新典社注釈叢書26

今浜　通隆　注釈

菅家後集　叙意一百韻全注釈

新典社刊行

凡 例

一 原詩については、底本には、岩波古典文学大系本『菅家文草・菅家後集』（底）を使用し、校異には、内閣文庫本（貞享四年刊本・内）・肥前松平文庫本（松）・島根大学桑原文庫本（桑）・大和文華館本（文）・日本詩紀本（『詞華集日本漢詩』第三巻所収内閣文庫蔵市河寛斎浄書本・日）・新校群書類従本（新）を使用した。さらに、広兼本・板本・鎌倉本などとの校異も、底本及び内以下の諸本の注記を参照して補うことにした。

一 なお、原詩中に※印を付した四箇所の漢字については、近体五言長律詩としての「平仄式」に照らし合わせ、それぞれ、意をもって改めた。

一 漢字は、通行体のあるものは、煩雑さを避けるために、なるべくそれに従った。

一 「大宰府」の表記についても、煩雑さを避けるために、役所名・地名共に上記のそれを用いて統一することにした。

一 意をもって、全五言二百句を六段落に分割した。

一 各段落ごとに、原詩・訓読・通釈・語釈・評説の項目をそれぞれ順番に配置した。

目次

はじめに

改めて言うまでもないことだが、『菅家後集』中に見える、「叙意一百韻」との詩題を有するところの、近体五言長律詩二百句は、質・量ともに菅原道真の漢詩作品を代表する傑作であるばかりではなく、それは、広く平安朝の漢文学作品を代表する韻文の一つということになっている。その成立が延喜元年（九〇一）の十月であることからしても〈川口久雄校注『菅家文草・菅家後集』日本古典文学大系本・以下底本と略称〉、文学史的・伝記的にも大変に貴重な作品と言えるだろう。なにしろ、直前の同年正月二十五日に大宰権帥に左遷され、翌々年の延喜三年二月二十五日に五十九歳で薨ずることになる作者なのだから。

詩題に「叙意一百韻」とある通り、本作品は、内容的に「意（おもひ）ヲ叙（の）ブ」（叙レ意）との目的で作られている。つまり、成立当時の作者の「思い」、それが余すところなく本作品中に披瀝（ひれき）されていることになっているわけで、左遷直後の、作者のその「思い」がどのようなものであったかを知る手掛かりとして、それは、第一級の歴史的・文学的資料を提供していることになるはずなのである。例えば、左遷事件に関してであるが、その直後に、当事者としての作者が、どのようにその事件について感じ、どのようにそれについて考えたのか、どのような気持で都を離れて大宰府に向かうことになったのか、彼の地に到着してからの生活は、また、それについての感想は、などといった興味深い事柄の多くが、その「思い」を通してそこに詠述され、表明されているに違いないからなのである。

ただし、すでに述べたように、本作品は近体詩としての五言長律詩、しかも、二百句（一百韻）という、まさに、長大にして整然たる構成を有するところの、そうした韻文の体裁を備えているわけで、内容的・表現的な側面以上に、形式的なそれ（「平仄式」など）においても、必ずや、多くの制約を受けて作成されているはずで、作者の「思い」がそのままの形で、直接的に詠述され、表現されていると安易に考えるわけにはいかないこと、これも理の当然ということになるだろう。内容・表現上における文学的な修飾なり誇張表現なりも、きっと、そこにあるはずなのだ。近体詩としての形式上における修辞的な技巧性も、必ず、そこに認めないわけにはいかないだろう。

左遷事件以後の、道真の「思い」を知るための第一級の歴史的資料であるばかりではなく、それが、質・量ともに第一級の文学的作品となっている以上は、それらの文学的な修飾なり誇張表現なり、そして、修辞的な技巧性なりを的確に知る必要があり、そのためには、何を措いても、まずは、原詩を厳密に注解する必要があるはずなのだ。そして、その作業を行なった後、今度は、全詩のより正しい通釈を施すための作業が改めて必要になるわけで、このことも、また、理の当然ということになるはずなのだ。ところが、本作品についての厳密な注解と言えば、底本のそれが、ほとんど唯一のものということに以前はなっていたし、その上、全詩を通しての、より平易でより詳しい通釈となると、これも、底本のように、手軽に入手可能な段階にはいまだ至っていない有り様なのである。

底本の注解は、確かに、大変な労作であると言える。全詩二百句が丁寧に訓読されていて、しかも、ほぼ毎句ごとに注解が施されているし、さらに、巻末には、補注も付け加えられている。今さら、新たな注解を加える必要もない程度にまで出来上っているわけであるが、ただ、何箇所かに、注解者自身の「存疑」を指摘した意見が見えているし、新たに注解を加えてより一層の厳密さを期した方がよいと思われる部分もないことはないようなのだ。その上、本作品の全詩に亘(わ)たる通釈がいまだに用意されていないということも、やはり、問題なのではないか、それを施す作業が、今や改めて必要になっているのではないか、との思いもあって、底本の注解者の驥尾(きび)に付して、ここに、新たに厳密に注解を加え、それに従って、全詩に、より平易でより詳しい通釈を施すことにしたわけなのである。

本注解、そして、本通釈にあたっては、特に、作者の修辞的な技巧性にも多く注目することにした。それは、近体詩である以上、「平仄式」を始めとする創作上の制約がいくつかあるはずで、作者が、それらをどのようにして乗り越えて詩作を進めているのか、本作品を注解し通釈するためには、単に内容を吟味するだけではなく、そのことの吟味をも合わせて見ていく必要があると思うからなのである。例えば、本作品の場合にも、近体詩としての「平仄式」に合わない箇所が第四段落に一つ、第五段落に三つ、合計四つ程認められるわけであるが、その場合に、それが、作者の詩作上における本来的な過失のせいなのか、はたまた、後世の写本・活字本をはじめとする諸本における、その誤写・誤植のせいなのか、改めて、検討する必要に迫られることになるはずなのである。何故なら、その結果は、必然的に、注解作業の上でも大きな問題点を提供する可能性が出て来ることになるはずだし、通釈作業の上でも同様な可能性が出て来ることにもなるはずだ、と考えるからなのである。原則的には、後者のせいであるとの立場をとり、以上の四箇所については意をもって改めることにした。底本には、「日本古典文学大系本」の原詩を使用することにして、校異には、凡例で述べたように、内松桑文日新の諸本を使用することにした。①原詩②訓読③通釈④語釈⑤評説の順番に従って作業を進めて行くことにした。分かり易さを第一に心掛けることとし、原詩には返り点を付すことにした。また、長大な全詩二百句を、その内容に即して六段落に分割し、段落ごとにそれぞれの作業を順番に進めて行くことにもした。

段落の分割は、内容に従って任意にこれを行ない、各段落ごとにその箇所の大意をまず紹介することにした〈括弧内において、その段落が第何句目から第何句目までで構成されているかを漢数字で表示した。〉。原詩にも句読点を打った。韻字の右横には◎印を付して、それが韻字となっていることを指示した。なお、本作品の韻目は、『広韻』〈下平声・一先韻・二仙韻同用〉で、それによって「一韻到底」となっている。また、段落ごとの語釈の順番を明示するために、原詩中に括弧付きの算用数字を付した。とりわけ、意味内容上の分かり易さを第一に心掛け、各段落ごとの、そして、各聯ごとの意味内容上の脈絡を把握することに努めた。

第一段落

大宰権帥への突然の左遷という命令に驚き周章てるが、やむなく、都を後にして大宰府に向かい、とうとう、彼の地に到着するが、その途中の艱難辛苦について述べ、併せて、その旅路がいかに長かったかということを述べる（第一から二四句まで）。

【原　詩】

「叙レ意一百韻。五言」

「(1)生涯無二定地一、(2)運命在二皇天一◎。(3)職豈図二西府一、(4)名何替二左遷一◎。(5)貶降軽自芥、(6)駈放急如レ弦◎。(7)怏赦顔愈厚、(8)章狂踵不レ旋◎。(9)牛涔皆埳穽、(10)鳥路惣鷹鸇◎。(11)老僕長扶レ杖、(12)疲驂数費レ鞭◎。(13)臨レ岐腸易レ断、(14)望レ闕眼将レ穿◎。(15)落涙欺二朝露一、(16)啼声乱二杜鵑一◎。(17)街衢塵冪々、(18)原野草芊々◎。(19)伝送蹄傷馬、(20)江迎尾損船◎。(21)郵亭余二五十一、(22)程里半二三千一◎。(23)税レ駕南楼下、(24)停レ車右郭辺◎。」（計十二聯）

【訓　読】

「意を叙ぶ一百韻。〔五言なり〕」

「生涯には定地無く、運命は皇天に在り。職もて豈に西府を図らんや、名もて何ぞ左遷に替へんや。貶降の軽きこと自ら芥のごとく、駈放の急しきこと弦の如し。怏赦するも顔もて愈厚しとし、章狂するも踵もて旋らさざらしむ。牛涔すら皆埳穽のごとく、鳥路すら惣て鷹鸇のごとし。老僕は長しく杖に扶り、疲驂は数鞭を費す。岐に臨みては腸は断ち易く、闕を望みては眼は将に穿たんとす。落涙は朝露かと欺かれ、啼声は杜鵑に乱さる。街衢に塵は冪々たり、原野に草は芊々たり。伝は送る蹄傷するの馬、江は迎ふ尾損するの船。郵亭は五十に余り、程里は三千に半ばす。

駕を税く南楼の下、車を停める右郭の辺。」

【通　釈】

「我が思いを述べる長律詩二百句。〔五言詩である〕」（詩題）

「人の生涯には一定した地位というものは無く、人の運命というものは大いなる天帝の命ずるままのものなのだ〈一・二句〉。

（我が場合もまさに然り。これまでのわたしが）大宰権帥という官職を（我が身のそれとして）思い描いてみるなどということがどうしてあったであろうか（これまで、決してそんなことがあるとは思ってもみなかったし）、（同じく、我が場合もまさに然り。これまでのわたしが）左遷という名称を（我が身のそれとして）置き替えてみるなどということがどうしてあったであろうか（これまで、決して、そんなことがあるとは考えてもみなかった）〈三・四句〉。

（ところが、その大宰権帥への左遷ということが急転直下我が身に降りかかることになったわけであるが）その左遷（の命令）が（いとも）手軽に下されたことはまるで（小さくて軽い）塵あくた（を自由に動かすかの）ようであったし、その（京都から）追放（の命令）が厳格に下されたことはまるで（強くて厳しい）弓弦（をぴんと張ったかの）ようであった〈五・六句〉。

（左遷の命令に対しては）恥じて顔を赤らめ（それに服しようとし）たけれども（人々はわたしを）ますます鉄面皮な奴だと見なしたし、（追放の命令に対しては）恐れ周章て（それに服しようとし）たけれども（人々はわたしに）もはや一刻の猶予をも与えようとはしなかった〈七・八句〉。

（いよいよ我が邸宅を後に行く道を進まんとして、まずは、前方の地面に目を落とすと、車を引く）牛の足跡のわずかな水溜まりさえもがみなまるで（わたしを陥れる深々とした）落とし穴（のためのもの）でもあるかのように（恐しく）見えたものだし、（同じく、次に、前方の天空を見上げると、空を飛ぶ）鳥の通い路のまっすぐな道筋さえもがすべてまるで（わたしを攫わんと襲いくる）鷹や隼（のためのもの）でもあるかのように（恐しく）見えたものだった〈九・一〇句〉。

（随行することになっている）年老いた召し使いときたら（早くも）すっかり杖に頼りきっている体たらくで（少しも当てにならないし）、（引き連れていくことになっている）老いおとろえた副馬にいたっては（早くも）いたずらに鞭を打つ有り様なのだ（思うように進もうとしない）〈一一・一二句〉。

（とうとう都に別れを告げることになる）その別れ道にたどり着くと（見送りの人々とも別れを告げなければならず）腹わたのちぎれる程の悲しみが（改めて）襲ってきたし、（見収めにすべく）遠く宮城の方に視線をやると目はまさに（その宮城に）穴をあけんとするかのようにそれを（いつまでも）探し求めるのであった〈一三・一四句〉。

（都の人々、そして、宮城との別離のために留めどもなく）流した涙は（その分量の多さにおいて）まるで（あたり一面を潤す）朝露ではないかと見間違えてしまう程に次から次へと溢れ出て来たし、（同じく、別離のために絶え間なく）発する泣き声は（その調子の高さにおいて）ホトトギスの（甲高く響く）鳴き声に入り乱れていや増しに高まるばかりであった〈一五・一六句〉。

（旅の途中で通り過ぎる）街道の到る所には塵が高く積もり、（同じく）原野の到る所には草が盛んに生い茂っていた〈一七・一八句〉。

陸路の宿駅の旅館の方は（明け方には、わたしの乗って来たところの）蹄を傷めた馬を（そのまま取り替えようともせずに）送り出したし、海路の宿駅の旅館の方は（暮れ方には、わたしの乗って来たところの）艫の破れた船を（そのまま取り替えようともせずに）出迎えるという有り様であった〈一九・二〇句〉。

（それらの）宿駅（の数）は五十に余る程で、全行程は千五百里程にも及んだのであった〈二一・二二句〉。

（そうした旅路もどうにか終わって大宰府の配所となっている官舎に到着し）馬車から馬を解き放ったのが府庁舎（都府楼）の正面にあった南門（大門）の高楼の側で、（わたしが）車から下りたのが（府域の、朱雀大路に相当する南北中軸線を挟んだ）西側の街区の辺りであった〈二三・二四句〉。

【語　釈】

（1）**生涯無二定地**一　「生涯ニハ定地無ク」と訓読して、人の生涯には一定した地位というものは無く、との意になる。

「生涯」は、一生の間の意。用例「吾ガ生ヤ涯有リテ、知ヤ涯無シ。涯有ルモノヲ以テ涯無キモノニ随ヘバ、殆ルルノミ。」（吾生也有レ涯、而知也無レ涯。以レ有レ涯随レ無レ涯、殆已。）〈『荘子』「養生主」〉。「定地」は、後聯（三・四句）中に「職」「名」との詩語が見えていることからして、ここでは「一定した地位」との意。

（2）**運命在二皇天**一　「運命ハ皇天ニ在リ」と訓読して、人の運命というものは大いなる天帝の命ずるままのものなのだ、との意になる。

「皇天」は、天に対する敬称。また、天の主宰神である、天帝のことをいう。用例「皇天ハ眷命（いつくしみ深い思い）シテ、四海（天下）ヲ奄有（おおように残らず自分のものにする）スレバ、天下ノ君為リ。」（皇天眷命、奄二有四海一、為二天下君一。）〈『書経』「大禹謨」〉。天帝が天界を支配しているだけではなく、人間界をも支配しているとの、そうした「天命思想」は儒教の発想の一つとなっている。本聯の前句（一句）は老荘思想、後句（二句）は儒教の発想に従った詠述となっており、注目していいだろう。内容的に、両句は対比的な配置となっていて、冒頭の一聯である本聯もまた、対句構成となっている。

（3）**職豈図二西府**一　「職モテ豈ニ西府ヲ図ランヤ」と訓読して、（我が場合もまさに然り。これまでのわたしが）大宰権帥という官職を（我が身のそれとして）思い描いてみるなどということがどうしてあったであろうか（これまで、決してそんなことがあるとは思ってもみなかったし）、との意になる。

反語形の文体。「職」は、官職。右大臣兼右大将としての当時の官職を大宰権帥に変えるなどとは、思いもしなかった、との意。「西府」は、大宰府のことであるが、ここでは、その官職の一つである「大宰権帥」（左遷後の道真の官職名）のことを具体的に指示している。

（4）**名何替二左遷**一　「名モテ何ゾ左遷ニ替ヘンヤ」と訓読して、（同じく、我が場合もまさに然り。これまでのわたしが）左遷という名称を（我が身のそれとして）置き替えてみるなどということがどうしてあったであろうか（これまで、決して、そんなことがあるとは考えてもみなかった）との意になる。

反語形の文体。「何」は前句中の「豈」の対語で、ここでは反語の副詞。「名」は名称との意で、ここでは「左遷」という名称のこと。「替」は（我が身のそれとして）置き替える、との意である。つまり、作者は、このたび、「左遷」という名称を身に帯びることになったわけであるが、過去を振り返って、自分はこれまで「左遷」という名称を我が物として我が身に置き替えてみるということなどは、決して有りはしなかった（そんなことがあるとは考えもしなかった）と主張しているわけなのである。本聯（三・四句）の前・後句も見事な対句構成となっている。

前句「職モテ豈ニ西府ヲ図ランヤ」（二句）の対句表現。前句の場合は、「大宰権帥」などという官職を我が身に帯びるということなどは、これまでは決して思ってもみなかった、との意味ということになるが、その対句表現として、本句（四句）の場合も、内容的には、過去を振り返って「左遷」についての考えを述べていることになるだろう。過去を振り返って、「左遷」などというものが我が身に関わりを持つなんて、ただの一度たりとも、自分は考えてみたことはなかった、とのそれは、作者の主張ということになるはずなのだ。前句では「大宰権帥」について言及し、後句（本句）では「左遷」について言及していることになるわけであるが、結局は、作者は過去において、そのどちら一つも、我が身に関連するものとしては思い考えることはしなかったと言っていることになるのであり、一聯両句（三・四句）の対句構成は、内容的にも見事な対比を形成している。「大宰権帥」として「左遷」されることになった、当時の作者の驚きと嘆きの深さが述べられている。

（5）**貶降軽自芥**　「貶降ノ軽キコト自ラ芥ノゴトク」と訓読して、（ところが、その大宰権帥への左遷ということが急転直下我が身に降りかかることになったわけであるが）その左遷（の命令）が（いとも）手軽に下されたことはまるで（小さくて軽い）塵あくた（を自由に動かすかの）ようであったし、との意になる。

「貶降」は官位を落とし退けることで、「左遷」に同じ。「軽」は、ここでは「軽キコト」と訓じ、「貶降」が行われるに際して、それが、いともお手軽になされた、との意味をいう。「自芥」は、ここでは「自ラ芥ノ如ク」（自如㆑芥）の省略形と考える必要があるだろう。後句（六句）中の「弦ノ如シ」（如㆑弦）の対語にそれがなっており、「軽」字に対しては、それが程度補語ということになっているからである。比喩形として、「自ラ芥ノゴトク」と訓読し、ここでは、「まるで（小さくて軽い）塵あくた（を動かすかの）ようであったし」との意に解釈することにする。作者自身に対しての、「左遷」という大変なことがいともお手軽に行われた、と言いたいわけなのである。

（6）駈放急如㆑弦　「駈放ノ急シキコト弦ノ如シ」と訓読して、その（京都から）追放（の命令）が厳格に下されたことはまるで（強くて厳しい）弓弦（をぴんと張ったかの）ようであった、との意になる。

「駈」は、「駆」に同じ。「駆放」は、追い払うことで、追放に同じ。京都から追放することをいう。「急」については、底本は「急なること」との訓を用いるが、「弦ノ如シ」（如㆑弦）との関連からすると、ここは、敢えて、「急シキコト」との訓を用いた方がよいであろう。用例としては「西門豹ノ性ハ急ナレバ、故ニ韋（柔らかくて緩やかな、そのなめし皮の紐）ヲ佩ビテ以テ己ヲ緩クス。董安于ノ心ハ緩ナレバ、故ニ弦（強く厳しく張り切っている、その弓弦）ヲ佩ビテ以テ自ラ急ニス。」（西門豹之性急、故佩㆑韋以緩㆑己。董安于之心緩、故佩㆑弦以自急。）〈『韓非子』「観行篇」〉との一文が見え、そこでの「急」も、確かに、「緩」の対語となっている。「緩シ」の対語ということになると、やはり、「急シ」ということになるだろう。なお、上記の用例の後半部に、「急」と「弦」とが関連付けられていて、大いに注目される。あるいは出典であろうか。

「弦ノ如シ」（如㆑弦）は比喩形で、「急」の程度補語ということになっている。都からの追放ということが、如何に厳格に実行されたかというと、その厳しさの程度で言えば、ちょうど、強く厳しく、ぴんと張り切った弓弦のそれのようであった、と言いたいわけなのである。ところで、本聯（五・六句）のような「軽」と「急」との対語関連の用例としては、「秋草ニ馬蹄ハ軽ク、角弓ニ持弦ハ急シ。」（秋草馬蹄軽、角弓持弦急。）〈『全唐詩』巻一四五・杜頠「従軍行」〉との一聯などが見える。また、この用例の一聯中に見える「急」字の使用の場合も、「弦」字とそれが関連付けられていて、大いに注目されよう。なお、道真に対する左遷の命令は、延喜元年正月二十五日に発せられ〈『日本紀略』同日条〉、彼は、六日後の、二月一日に出京したことになっている〈同〉。まことに、「急」であったと言えよう。

（7）㥏赧顔愈厚　「㥏赧スルモ顔モテ愈厚シトシ」と訓読して、（左遷の命令に対しては）恥じて顔を赤らめ（それに服しようとし）たけれども（人々はわたしを）ますます鉄面皮な奴だと見なしたし、との意になる。

「㥏赧」は、恥じて顔色を赤らめる意。（無実の罪ではあるが）大宰権帥への左遷という命令が下されたこと、そのことを作者は恥じて赤面することになるわけなのだろう。「顔」はその作者の赤面した顔のこと。世間の人々はその「顔」を見て、かえって、ますます、作者のことを鉄面皮な奴だと非難したというのである。「いかにも、わざとらしくて図々しい」と、人々は作者のことを非難したわけなのだろう。

（8）章狂踵不レ旋　「章狂スルモ踵モテ旋ラサザラシム」と訓読して、（追放の命令に対しては）恐れ周章て（それに服しようとし）たけれども（人々はわたしに）もはや一刻の猶予をも与えようとはしなかった、との意になる。

「章狂」は、恐れ周章てる意。同じく、その命令が下ったことに対して作者は恐れ周章てることになるわけであるが、そのような場合だからこそ、冷静に物事を考える時間的余裕が作者には必要なのであった。しかし、人々はその時間さえも与えようとはせずに、すぐさま、命令を執行しようとしたのである。ここでは、「踵モテ旋ラサザラシム」（踵不レ旋）は、「踵ヲシテ旋ラサザラシム」（使二踵不一レ旋）との、そうした使役形の省略と見ることにする。（人々は作者の）足の踵を回らせないようにさせた、との意。「くびす」は「かかと」に同じ。そのような、わずかな時間をも人々は作者に与えようとはしなかった、というのである。強制執行の、如何にも慌ただしかったことをいう。

本来、踵をめぐらす間もないこと（時を移さないこと）を「踵ヲ旋ラサズ」（不レ旋レ踵）ということになっていて、それは「踵ヲ旋ラスニ暇アラズ」（不レ暇レ旋レ踵）とか、「踵ヲ旋ラスヲ得ズ」（不レ得レ旋レ踵）とかの省略形ということになっている。その用例としては、「罪辜（つみとが）ハ踵ヲ旋ラサズ」（罪辜不レ旋レ踵）〈『漢書』巻七五「京房伝賛」〉との一文などが見えるが、この用例でも、京房が、にわかに罪を得たさまを表現するためにそれは使われていて、大いに注目される。本句（八句）中の用例に、表現上、大変に近いと言えよう。

（9）**牛涔皆埳穽**　「牛涔スラ皆埳穽ノゴトク」と訓読して、（いよいよ我が邸宅を後に行く道を進まんとして、まずは、前方の地面に目を落とすと、車を引く）牛の足跡のわずかな水溜まりさえもがみなまるで（わたしを陥れる深々とした）落とし穴（のためのもの）ででもあるかのように（恐しく）見えたものだし、との意になる。

　本聯（九・一〇句）は共に比喩表現となっており、ここでは、前句中の「埳穽」は「如二埳穽一」の、後句中の「鷹鸇」は「如二鷹鸇一」の省略形と見なすことにする。本聯（九・一〇句）も見事な対句構成を形作っていて、その前句に当たる本句と、その後句に当たる次句「鳥路スラ惣テ鷹鸇ノゴトシ」（鳥路惣鷹鸇）とは、それぞれの詩語「牛涔」と「鳥路」、「皆」と「惣」、「埳穽」と「鷹鸇」とが対語として対比的に配置されている。本句中の詩語「牛涔」は、「牛蹄ノ涔」（牛蹄之涔）の略。牛の蹄の跡に溜まった水のこと。牛の蹄に溜まった水には大魚が住まないことになっていて、「牛蹄ノ涔ニ尺ノ鯉無シ」（牛蹄之涔無二尺之鯉一）〈『淮南子』「俶真訓篇」〉との用例も見えている。いわゆる、通路上に出来た小さな水溜まりの意。「埳穽」は、落とし穴の意。「埳」は「坎」に同じ。出京に際して、これからの艱難辛苦の旅路を思うにつけて、牛の蹄に溜まった小さな水溜まりを見ても、そこが、底知れない程の深い落とし穴になっているのではないか、と恐れ戦く道真なのであった。彼の場合にも、馬車の旅を続けることになっているわけなのであり、既存の、通路上の水溜まりの上を通り過ぎないわけにはいかないことになっているからなのである。水溜まりの存在からすると、恐らく、前夜なり早朝なりに雨が降ったのだろう。

（10）**鳥路惣鷹鸇**　「鳥路スラ惣テ鷹鸇ノゴトシ」と訓読して、（同じく、次に、前方の天空を見上げると、空を飛ぶ）鳥の通い路のまっすぐな道筋さえもがすべてまるで（わたしを攫わんと襲いくる）鷹や隼（のためのもの）ででもあるかのように

（恐しく）見えたものだった、との意になる。

「鳥路」は、鳥の飛ぶ、一直線の道筋をいう。「鷹鸇」は、獰猛な鷹や隼のこと。出京に際して、前方の空を見上げれば、鳥の飛ぶ様子も目に入るわけなのであるが、それらの鳥がすべて獰猛な鷹や隼なのではないか、すべて、自分を攫おうとして襲いかかって来るのではないかと恐れ戦いたと言うのである。もとより、本句も、これからの旅路の艱難辛苦に思いを至した結果の、比喩表現ということになる。これから先の、旅路への不安と恐れとを詠述した本聯における作者の視線の方向性の対比、前句の下方向（地面）と後句の上方向（天空）との対比に注目する必要があるだろう。

（11）**老僕長扶レ杖**　「老僕ハ長シク杖ニ扶リ」と訓読して、（随行することになっている）年老いた召し使いときたら（早くも）すっかり杖に頼りきっている体たらくで（少しも当てにならないし）、との意になる。

本聯（一一・一二句）の前句に当たる本句と、その後句に当たる次句「疲驂ハ数鞭ヲ費ス」（疲驂数費レ鞭）とはこれも見事な対句構成を形作っていて、それぞれの詩語「老僕」と「疲驂」、「長」と「数」、「扶レ杖」と「費レ鞭」とは対語として、対比的に配置されている。とりわけ、「僕」と「驂」との対比は、前聯（九・一〇句）の前句中の「牛」、その後句中の「鳥」とのそうした対比とも密接に関連しているはずなのである。注目していいだろう。本句中の詩語「老僕」は、道真の旅路に付き従うことになっている年老いた召し使いをいう。この召し使いたるや、老齢の故に、出発直後から杖を手放せず、それに寄り縋って歩く始末なのであった。とにかく、本聯と前聯との都合四句は、密接に対応しており、内容的には、都を出発して間もない頃の、作者の恐れと不安感とを詠述していると言えるだろう。前聯が恐れ、本聯が不安感をもっぱら詠述していることになる。

（12）**疲驂数費レ鞭**　「疲驂ハ数鞭ヲ費ス」と訓読して、（引き連れていくことになっている）老いおとろえた副馬にいたっては（早くも）いたずらに鞭を打つ有り様なのだ（思うように進もうとしない）、との意になる。

「疲驂」は、老いおとろえた副馬。底本では、「疲れたる驂」と訓読するが、「疲」は、ここでは、前句（一一句）中の「老」の対語であり、「老いる」「老いおとろえる」の意と、やはり、解釈しなければならないだろうと思う。用例としては、「棄席ハ君ノ幄ヲ思ヒ、疲馬ハ君ノ軒ヲ恋フ。」（棄席思二君幄一、疲馬恋二君軒一。）《『文選』巻二八「楽府下」鮑照「東部吟」》との一聯が見える。その「疲馬」については、「李善注」では、『韓詩外伝』〈巻八〉中の、「昔者田子方ハ出デテ、老馬ヲ道ニ見テ、喟然トシテ（嘆息すること）志有リ。以テ御者ニ問ヒテ曰ク、此レハ何ノ馬ゾ、ト。曰ク、故ハ公家ノ畜ナリ。罷レテ用ヲ為サザレバ、故ニ出ダシ放ツナリ、ト。田子方曰ク、少クシテ其ノ力ヲ尽クスニ、老イテハ其ノ身ヲ去テラル。仁者ハ為サザルナリ、ト。」（昔者田子方出、見二老馬於道一、喟然有レ志焉。以問二於御者一曰、此何馬也。曰、故公家畜也。罷而不レ為レ用、故出放也。田子方曰、少尽二其力一、而老去二其身一。仁者不レ為也。）との一文を、その出典としているとする。

つまり、以上の出典によると、「年老いた馬」の意ということに、その「疲馬」の場合は、なることになっているのである。本句（一二句）中の「疲驂」の場合も、すでに述べたように、「老僕」の対語ということになっているわけなのであり、意味的な関連から言って、「老いおとろえた副馬」の意味に、それを考えた方がいいだろう。なにしろ、「老」といい「疲」といい、前者は、ここでは「僕」の本来的な属性を指示しているはずで、後者も、ここでは「驂」（四頭だての馬車の外側の両馬）の本来的な属性を指示しているとしなければならないはずだからなのだ。いまだ、出発して間もないはずの旅路で、ここでの「僕」が早々と杖に頼りきることになるのも、ここでの「驂」が、しばしば、鞭打たれることになるのも（進行を催促するために）、ともに、「年老いている」という、それぞれの属性のためなのである。決して、出発早々に、両者が、もはや、「疲れて」しまったから、というように考えてはならないはずなのだ。

（13）**臨レ岐腸易レ断**　「岐ニ臨ミテハ　腸ハ断チ易ク」と訓読して、（とうとう都に別れを告げることになる）その別れ道にたどり着くと（見送りの人々とも別れを告げなければならず）腹わたのちぎれる程の悲しみが（改めて）襲ってきたし、との意になる。

「臨レ岐」は、別れ道にさしかかる、との意。ただし、ここでは、その対語が「望レ闕」（一四句）ということになっているから、都城（平安京）との別れ道にさしかかったことを具体的に指示していると考えるべきだろうと思う。いよいよ、都城（平安京）との別れ道に差し掛かったために、改めて、「闕」（宮城）の方を遠く眺めることにしたのだろう。邸宅を後にして、これまでは都城（平安京）の中を進んできたわけであるが、いよいよ、それとも別れることになる作者の一行なのである。だからこそ、このたびの別れ道は、これまで以上の、それこそ、「腹わたが断ち切れる」程の悲しみを作者に抱かせることになるわけなのだろうし、「闕」の方を遠く眺めては、作者は、そこに自身の視線を釘付けにしないではいられないわけなのだろう。

（14）**望レ闕眼将レ穿**　「闕ヲ望ミテハ眼ハ将ニ穿タントス」と訓読して、（見収めにすべく）遠く宮城の方に視線をやると目はまさに（その宮城に）穴をあけんとするかのようにそれを（いつまでも）探し求めるのであった、との意になる。

「闕」は、宮城をいう。「望」は、遠く眺める意。「眼将レ穿」は、「眼ハ将ニ穿タントス」と訓読する。「目はまさに（その宮城に）穴をあけんとするかのようにそれを探し求める」との意。「穿」は、穴をうがつこと。転じて、穴のない所に無理に穴をあけるようにして、物事を熱心に探り求めること。ここは、懸命になって、どこまでも宮城の在りかを探り求める、との意ということになる。もとより、都城（平安京）との別離における作者の悲しみの原因が、結局は、宮城（醍醐天皇・宇多上皇）との別離における、作者のそれに大きく由来していたということになるわけなのだ。

（15）**落涙欺二朝露一**　「落涙ハ朝露カト欺カレ」と訓読して、（都の人々、そして、宮城との別離のために留めどもなく）流した涙は（その分量の多さにおいて）まるで（あたり一面を潤す）朝露ではないかと見間違えてしまう程に次から次へと溢れ出て来たし、との意になる。

「欺」は、ここでは、本聯の後句（一六句）中の対語「乱」（みださる）と同じように、「あざむかれ」との、これも受身形に訓読。作者の「落涙」が量的に多く、まるで、あたり一面を潤す「朝露」ではないかと見間違えるほどであって、「朝露」に比べても、作者の「落涙」の分量は決して少なくはなかったと言いたいのである。当時の悲しみの思いの深さを指示しているとともに、その時の別離が、「朝露」の降りた「朝」だったことをも指示していることに注意する必要があろう。本句（一五句）には、その別離の際の時間が指示されているし、視覚的表現が用いられていることになっている。「朝露」の対語である、後句（一六句）中の「杜鵑」（ホトトギス）が、次項で述べるように、季語（春）となっているとともに、聴覚的表現ともなっていることと、それは密接に関連付けられているのである。時間と季節、視覚と聴覚との対比に注目。

なお、後句中の詩語「杜鵑」（ホトトギス）が季語（春）として、ここで採用されていることにすれば、その対語である、本句中の詩語「朝露」もまた季語（秋）として見なす必要があるわけであるが、道真が都城（平安京）との別離を余儀なくされたのは、二月一日ということになっている。と言うことは、「杜鵑」の場合は問題無いとしても、「朝露」の場合、それを季語と見なすわけにはいかないはずで、ここでは、あるいは、「牛涔」（九句目）との関連からしても、「朝雨」の見立て表現（視覚的なそれ）と見なさなければならないかもしれないが、今は、作者が実際にそれを目にしたことにしておきたい。

（16）**啼声乱二杜鵑一**　「啼声ハ杜鵑ニ乱サル」と訓読して、（同じく、別離のために絶え間なく）発する泣き声は（その調子の高さにおいて）ホトトギスの（甲高く響く）鳴き声に入り乱れていや増しに高まるばかりであった、との意になる。

「乱」は、対語である「欺」が受身形で用いられている関連で、ここでは、「みださる」との、これも受身形に訓読する必要があるはずなのだ。作者の「啼声」（別離を悲しむ泣き声）は、もとより、高い調子なのであるが（それだけ悲しみの思いが強い）、聞こえてくるホトトギスの鳴き声が、その作者の「啼声」の調子をさらに掻き乱し、掻き乱されることによって、両方の声は入り乱れ、それの調子は、いや増しに高まるばかり（作者の悲しみの思いはより一層強まる）であったと言いたいのである。悲しみの思いの強さを指示していると共に、その当時の別離の際には、ホトトギスの鳴き声が辺りに響いていたことをも指示していることになっていて、注意する必要があるだろう。

本句（一六句）には、その別離の際の季節が指示されているし、聴覚的な表現が用いられていることになっている。なお、すでに述べた通りで、本聯（一五・一六句）には、時間（朝）と季節（春。ホトトギスはわが国ではむしろ初夏の季語とされるが、唐詩などではそれを陰暦二月末から三月初めの季語とすることになっている。）、視覚（朝露）と聴覚（杜鵑）との対比が認められるわけであるが、そのうちの聴覚的表現について、もう少し説明を加えてみることにする。つまり、作者の泣き声の高い調子がホトトギスの鳴き声に掻き乱され、そして、両者の声が入り乱れて、その結果、いや増しに高くなるばかりであったという、その点なのである。

いよいよ、都城（平安京）を後にすることになり、作者は、その別離に涙を流し声をたてて泣いているわけなのだ。そうした作者の耳に、ホトトギスの声が響いて来る。すると、作者の「啼声」は、その調子に掻き乱されてしまい、そして、両者の声が入り乱れ、その結果、作者の泣き声の調子は、いや増しに高くなるばかりであった、ということになっているが、どうして、そのようになるのであろうか。結論から言えば、ホトトギスの鳴き方が、作者の泣き声をしてそのようにさせることになっているからである。

ホトトギスの鳴き方、それがその原因ということになるが、一つは、そもそも、ホトトギスの鳴き声そのものが聴く者をして悲しみの感情を抱かせずにおかないことになっているからなのである。例えば、中唐の竇常が「楚塞ノ余春ニ聴クコト漸ク稀ニシテ、断猿（猿の断腸の声）モ今夕ハ衣ヲ霑スコトヲ譲ル。」（楚塞余春聴漸稀、断猿今夕譲レ霑レ衣。）（『全唐詩』巻二七一「杏山館聴二子規一」）との一聯で詠じているように、ホトトギスの鳴き声は、時には、その哀切さにおいて、断腸の猿声よりも甚だしいことになっているのである。そして、二つには、その鳴き方ということになるだろう。

ホトトギスの異名の一つとして、「思帰鳥」とか「不如帰」（不如帰去）とかの呼称が見えるが、これらは、鳴き声による命名であるという。それについては、「ほととぎすの鳴き声は、中国では『不如帰（去）』と記されることが多い。この表現が文献上に現れるのは、北宋以後であるが、晩唐の詩には、すでに『思帰』と書いたものもあり、民間の伝承としては、唐代、かなり流布していたに違いない。」〈植木久行著『唐詩歳時記—四季と風俗—』五〇頁〉との意見が提出されている。
ホトトギスの鳴き声が、「帰ランコトヲ思フ」（家郷に帰ろうと思うとの意）とか「帰（去）スルニ如カズ」（故郷に帰った方がよいとの意）とか、と発声しているかのように旅人などには聞こえて来て、それによって、彼等が強烈な望郷の念を引き起こさせられてしまう、という図式は、すでに、唐詩の世界にも流布していたらしい。そうであれば、その図式たるや、我が道真などにも知識として熟知されるところであったろうから、本句（二一句）において、「啼声乱㆓杜鵑㆒」と作者が詠じているのは、その図式の応用とも考えていいことになるだろう。例えば、『古今集』〈巻三「夏歌」一四六・「題しらず」読人しらず〉中に見える、「郭公鳴く声聞けば別れにしふるさとさへぞ恋しかりける」との一首などにも、その図式の応用の跡が認められ、その応用が一般化していたらしいこともすでに知られている。

とにかく、作者の道真にとっては、都城（平安京）が「ふるさと」ということになるのであり、その地を今や後にしようとしているわけなのだ。さらぬだに悲しい別離ということで、作者は、思わず「啼声」の調子を高めないわけにはいかないはずなのである。そこへ、なんとも、ホトトギスの鳴き声が聞こえてくることになる。道真の大宰府への旅立ちは、具体的には、「二月一日」ということになっている。『荊楚歳時記』などでは、ホトトギスの初鳴きは「三月三日」ということになっており、作者が都城（平安京）を離れるに際してその鳴き声を耳にしたというのには、確かに、日時的に少しく早いようにも思える。別離の悲しみを強調するための、あるいは、文学的修飾とも考えられ、対語である「朝露」、それを朝に降る雨の見立て表現（視覚的なそれ）とし、こちらの「杜鵑」、それを他の鳥の鳴き声の見立て表現（聴覚的なそれ）とし、それらの見立て表現を通して、共に、別離の悲しみを強調しようとしているとも考えられるが、ここでは、「杜鵑」の方もまた、それを実際に耳にしたことにしておきたい。「思㆑帰」とか「不㆑如㆑帰」（不㆑如㆓帰去㆒）とかと聞こえてくるその鳴き声、それを彼はともかく耳にすることになったのだ、と。

ひとたび、「ふるさと」を後にすることを納得したはずの作者の心は、それによって、新たな乱れを生ずることになり、彼の「啼声」は、それまでよりも高い調子をとることになるはずなのだ。このまま「ふるさと」に帰った方がいい、と勧めるようにそれは聞こえてくるわけで、「岐ニ臨ミ」（臨レ岐）、そして、「闕ヲ望ミ」（望レ闕）、それだけでも別離の涙を流し、泣き声を上げずにはおれない作者にとって、「ふるさと」に戻ることを勧めるかのように、そのように聞こえてくるそのホトトギスの声は、まことに、哀切極まりない響きとして聞こえてきたはずなのだ。より一層、それによって彼が心を乱されることになったのは当然と言えよう。帰るに帰れない理由、それが厳然としてある以上、「早ヨリ是レ家有ルモ帰ルコト未ダ得ズ、杜鵑ヨ耳辺ニ向イテ啼クヲ休メヨ。」（早是有レ家帰未レ得、杜鵑休下向二耳辺一啼上。）（『全唐詩』巻七八五「雑詩」無名氏）との一聯を詠じたという無名氏のような思いを、作者もまたその時に感じることになったに違いないと思うからである。以上、ホトトギスの鳴き声と鳴き方とが作者の耳に届くことになった結果、作者の別離を悲しむ泣き声をしていや増しに高く響かせることになった、と言いたいわけなのだ。ちなみに、『古今集』などでは夏の季語とされているホトトギスが、ここではあくまでも春のそれとして使用されているわけなのである。作者の道真が漢詩の作成に当たっては、日本風の歳時記よりも、『荊楚歳時記』などの中国風のそれに即することにこだわっていたことが、このことによって分かり、その点でも、本句の用例は大いに注目されてよいことになるのではないだろうか。

（17）**街衢塵冪々**　「街衢ニ塵ハ冪々タリ」と訓読して、（旅の途中で通り過ぎる）街道の到る所には塵が高く積もり、との意になる。

「街衢」は、四通八達の道。ここは、（旅の途中で通り過ぎる）街道の到る所、との意。都城（平安京）を離れてから後の、旅の道中についての作者の印象、それが以下に述べられている。本聯（一七・一八句）の前・後句では、自然に対する印象が、次聯（一九・二〇句）の前・後句では、人事に対する印象が述べられており、都合二聯（四句）での対比的な構成（自然面と人事面）が、ここでは形作られている。街道の到る所には塵が高く積もり（一七句）、原野の到る所には草が盛んにおい茂っている（一八句）と詠じている本聯が、大宰府に至るまでの旅の道中の自然及び人事的な景色に対する作者の印象ということになる。

「冪々」とは、雲などが広くあたりを覆っているさまのことで、対語の「芊々」とは、草が生い茂っているさまのことである。共に視覚の対象を広く覆い隠している点で共通項を有しており、「街衢」といい、対語の「原野」といい、前者の場合には塵埃に塗れ、後者の場合には草木に覆われているわけなのだ。視覚の対象としての両者は、共に、いかにも、荒涼とした景色を有していた、と作者は言いたいのであり、都城（平安京）で目にしていたそれと大いに異なっていたと言いたいわけなのである。作者の、これからの大宰府での生活に対する思いを、ますます、不安にさせずにはおかない、それらは、自然と人事の景色なのであった、と。勿論、作者の不安感が、むしろ、旅の途中の自然と人事の景色をそのように見させたわけなのであろうが、そうした自然面・人事面の景色の変化に、まず、作者は驚かされるわけなのである。次聯（一九・二〇句）では、さらに、作者に直接的に関係する人事面の環境の、その大きな変化にも驚かされることになる。

(18) **原野草芊々**　「原野ニ草ハ芊々タリ」と訓読して、（同じく）原野の到る所には草が盛んに生い茂っていた、との意になる。

「原野」は、本聯の前句中の詩語「街衢」の対語。視覚の対象としての、その「街衢」が人事的な町並みであるのに対して、同じく、「原野」は自然的な野原ということになり、両者は、人事と自然の対比と考えていいだろう。「芊々」は、草木の盛んに生い茂るさま。作者が旅の途中で目にした、人事的な景色を前句で言及し、自然的な景色を後句（本句）で言及することにしているのは、韻字「芊」、それを偶数句である後句（本句）に配置するためなのである。「街衢」がそうであったように、旅の途中で目にする「原野」の風景もまた、作者には何の感興をも抱かせるものではなかったわけなのだ。人事的な町並みの風景に対しても、あるいは、自然的な野原の風景に対しても、旅の途中の、前途に大いなる不安感を有する作者にとっては、どちらも、決して、感興を起こさせる対象にはなり得なかったということなのだろう。都（平安京）の町並み、そして、そこの野原との比較をしないではいられなかったはずなのだ。まして、左遷のための旅ということになっている以上、より一層、そうしないではいられなかったに違いない。本聯の前・後句も見事な対句構成を形作っており、それを通して、旅の途中にある作者の不安感の大きさを窺い知ることが出来るようになっている。それにしても、旅の途中の風景についての詠述は、本聯の前・後句のそれのみとなっている。恐らく、外の景色などを見る、心の余裕は無かったということなのだろう。

(19) **伝送蹄傷馬** 「伝ハ送ル蹄傷スルノ馬」と訓読して、陸路の宿駅の旅館の方は（明け方には、わたしの乗って来たところの）蹄を傷めた馬を（そのまま取り替えようともせずに）送り出したし、との意になる。

「伝」は宿駅の旅館。ここでは、「馬」との結び付きからして、また、次句（二〇句）中の対語「江」との関連からして、陸路における宿駅の旅館のことを指示していることになるだろう（「江」の方は反対に海路におけるそれということになる）。

本来、「伝」では、旅客の乗馬を昨日のそれと取り替えて朝に送り出すことになっているわけであるが、ここは、それをせずに、昨日の、蹄を傷めた馬をそのまま今日も使用して旅客（わたし）を乗せて送り出す仕末なのだ、との意を述べている。理由は、底本が指摘している通りで、「又山城・摂津等ノ国ハ、食・馬ヲ給スルコト無カレ。路次ノ国モ亦宜シク之ニ准ズベシ。」（又山城摂津等国、無レ給二食馬一。路次国亦宜レ准レ之。）〈『政治要略』巻二二「太政官符」昌泰四年正月廿七日〉との命令が朝廷から下っていたからなのである。「送」とあるからには、それは「明け方」の出来ごとということになるだろう。対語「迎」が「暮れ方」のそれであることと、ここでは、対比されている。

(20) **江迎尾損船** 「江ハ迎フ尾損スルノ船」と訓読して、海路の宿駅の旅館の方は（暮れ方には、わたしの乗って来たところの）艫の破れた船を（そのまま取り替えようともせずに）出迎えるという有り様であった、との意になる。

「江」は「江駅」の略であろう。海や湖水の陸地に入りこんだ場所（入り江）に設けられている宿駅の旅館のことを指示し、そのことから、「伝」との対語をここでは構成しているのであろう。「船」との結び付きに注意。「船」は「馬」の対語。「南船北馬」〈『淮南子』「斉俗訓」〉からの発想か。なお、大宰府までの行程は、「上廿七日、下十四日。海路卅日。」〈『延喜式』巻二四「主計」下〉ということになっている。

「迎」とあるからには旅客を出迎えることになり、時間的には、それは「暮れ方」の出来ごとということになるだろう。対語「送」（明け方）とは、時間的な対比を構成。本聯（一九・二〇句）では、陸路と海路との対比の他に、時間的な対比も意図されている。暮れ方に「尾損船」を出迎えることになるわけであるが、その船は、明け方に出港した時点において、すでに、「尾損」していたことになるはずなのだ。そして、前日の暮れ方に出迎えられた「尾損船」は、夜間に修理されないまま、翌朝には、次の目的地に向かって出発することになるわけなのだろう。船を交換したり修理したりすること無しに、次々に「江駅」を発着しているわけなのだろう。理由は、前句（一九句）中の「蹄傷馬」の場合に同じ。

大宰府への左遷が決定した後の、道真に対する人事面での環境の変化が露骨に表面化した事例の一つとして、ここでは、「蹄傷馬」と「尾損船」とのことが取りあげられているのだろう。前聯（一七・一八句）では、最初に、自然面と人事面との風景の変化が道真を驚かせたということが述べられていたはずで、それと対比する形で、本聯（一九・二〇句）では、その次に、作者に直接的に関係するところの、その人事面の環境の変化が作者をさらに驚かせることになったという、そのことが述べられているのである。もとより、前聯と本聯との両聯（都合四句）は互いに密接な対応関係を有している。

本聯に見える、人事面における環境の変化の場合などは、特に、以前の、右大臣兼右大将の道真の身分では到底考えることができない程のものであって、作者をして、つくづくと、「左遷」の身の上であることを実感させることになっただろうと思う。悲嘆に暮れさせるとともに、大宰府での生活に対する限りない不安を、それは、より一層掻き立てたに違いない。しかも、そのような悲嘆と不安を抱いて、さらに作者は旅を続ける必要があったのである。それにしても、前聯と本聯との両聯（都合四句）のみで、大宰府への長い旅路の、その途中経過のことを紹介し終えているわけなのであるが、あまりに簡潔にすぎるのではないだろうか。陸路で目にした自然面と人事面との風景の様子と、海路と陸路とで目にした人事環境の変化の様子を一聯ずつ配置するだけで、長い旅路の途中経過のことには、それ以上、言及しようとはしない作者の道真なのである。例えば、左遷の命が下ってから都城を離れるまでの詠作部分（九から一六句までの都合四聯八句）と比べると、内容はとにかく、分量的には、問題にならないほどに少ないと言えよう。陸路における、風景の人事・自然描写も通り一片なら、海路における風景に至っては、まったく言及されていない。作者の道真にとっては、大宰府への旅路は、あくまでも、左遷のためのそれであって、上述したように、風景などは、ほとんど目に入らなかったことになるだろう。風景を楽しむ気などに、勿論、なれなかった、それ程に作者の気持は沈み込んでしまっていたということになるに違いない。長い旅路の、その途中の風景など、思い出す気にもなれなかったし、もともと、そんなものを、目に入れる気がしなかったということになるわけなのだろう。

(21) **郵亭余㆓五十㆒**　「郵亭ハ五十ニ余リ」と訓読して、（それらの）宿駅（の数）は五十に余る程で、との意になる。
「郵亭」は、宿駅をいう。「伝」に同じ。次句（二二句）中の「程里」の対語。「程里」は里程・距離をいう。本聯（二一・二二句）は、道真の一行が五十以上の宿駅を通過し、千五百里ほどにも及ぶ道のりのかなたの、その大宰府に到着したことを述べている。次聯（二三・二四句）は、目的地に到着して馬車を停止させたことをいう。

(22) **程里半㆓三千㆒**　「程里ハ三千ニ半バス」と訓読して、全行程は千五百里程にも及んだのであった、との意になる。
ここでの度量衡の単位である「里」については、中国唐代の、三百六十歩を一里とする（五五九・八メートル）とのそれが採用されていると考えるべきだろう。それに従えば、京都から大宰府までの千五百里程の全行程とは、八三九・七キロメートル程の距離ということになるだろう。「千」字で韻を踏ませている。

(23) **税㆑駕南楼下**　「駕ヲ税ク南楼ノ下」と訓読して、（そうした旅路もどうにか終わって大宰府の配所となっている官舎に到着し）馬車から馬を解き放ったのが府庁舎（都府楼）の正面にあった南門（大門）の高楼の側で、との意になる。
「税㆑駕」は、「駕ヲ税ク」と訓読し、馬車につけた馬を解き放つことをいう。ここは、旅行者が目的地に到着したことを述べる。以下の二五句に、「宛然(うつぜん)トシテ小閣(せうかく)ヲ開(ひら)ケバ」（宛然開二小閣一）と述べられていることからして、道真一行は、まず配所となっている官舎に馬車を着けたことになる。その官舎の位置であるが、それは、「南楼(なんろう)ノ下(もと)」（二三句）にあり、「右郭(いうくわく)ノ辺(あたり)」（二四句）であったということになる。「南楼」は、大宰府の政庁（「都府楼」とも）の正面にあった南門（大門）の高楼のことであろう。「下(もと)」は、対語「辺(あたり)」との関連で、ここでは「ほとり・そば」の意と考える必要があろう。

(24) **停レ車右郭辺**　「車(くるま)ヲ停(と)メル右郭(いうくわく)ノ辺(あたり)」と訓読して、（わたしが）車から下りたのが（府域の、朱雀大路に相当する南北中軸線を挟んだ）西側の街区の辺(あた)りであった、との意になる。

「右郭」は、（府域の、朱雀大路に相当する南北中軸線を挟んだ）西側の街区、との意。大宰府の「府郭の条坊制」については、「大宰府は平城京や平安京などの都京と同じ、いわゆる碁盤の目のような地わり、条坊制がしかれた都市である。……さらに平城京では左京・右京という呼び方に対し、大宰府では左郭・右郭（いずれも政庁からみて左・右）と呼んでいる。」〈藤井功・亀井明徳著『西都大宰府』一三八―一三九頁〉とされていて、それによると、「右郭」とは、政庁府に向かって西側の街区ということになる。

なお、同書〈一四二頁〉によると、府郭は左郭十二坊・右郭十二坊の東西二十四坊と南北二十二条の地わりであったことになっている。道真の配所となった官舎、いわゆる、「南館」（『菅家後集』「南館夜聞二都府礼仏懺悔一詩」）は、鏡山猛氏復元案〈同・一四〇頁所収〉によると、確かに、右郭十条一坊に位置していたことになっている。そこは、府域のうちの、朱雀大路に相当する南北中軸線に面した西側（右郭）に当たり、そして、「都府楼」（府庁）の正面にあった南門（大門）の高楼の、その南方六条の地に当たることになっているわけで、作者が、「南楼」の側の、しかも、西側の街区で馬車を停めて下車したと述べているのは、まことに、適切な表現ということになるだろう。

【評　説】

「叙意一百韻」は、上述のように、近体五言長律詩二百句の形式で詠じられており、内容面は言うまでもないが、形式面においても幾多の工夫が凝らされていることになっているわけなのでる。近体詩である以上、「平仄式」における「一韻到底」や「二四不同」・「下三連」・「粘法（ねんぽう）」などの大原則は当然のごとく厳守されているが、なるべく避けることが望ましいとされる「孤平」・「孤仄」の原則の方もまた、その大部分が守られていると言っていい程なのである。そして、長律詩としての、対句形式の原則の方も正しく守られている。長律詩の場合、散句・対句どちらの構成でも可とされる、最初の一聯（一・二句）と最後の一聯（本詩では一九九・二〇〇句がこれに相当）を除いた、あとの残りの各聯は、すべて対句形式に整える必要があるわけであるが、本詩はその原則をも、勿論、十分に守って詠作されている（最初の一聯も対句形式に仕立てられている）。

作者の、漢詩人としての才能と技巧の高さを知るためにも、まずは、その形式面における技巧の素晴らしさに注目していくことにし、第一段落の評説もそれに従うことにする。

韻字が『広韻』〈下平声・一先韻・二仙韻同用〉となっていることは既述の通り。第一段落では天[2]・弦[6]・鵑[16]・芊[18]・千[22]・辺[24]がその「先韻」で、遷[4]・旋[8]・鸇[10]・鞭[12]・穿[14]・船[20]がその「仙韻」となっており、各六字ずつの韻字が配置され、計十二字で「一韻到底」の押韻となっている（各韻字の右横の算用数字はその句の順番を指示）。また、第一段落の「平仄式」を図示すれば次の通りということになる（横の漢数字は句の順番を、縦の算用数字は句の語順を指示。○印は平声字、×印は仄声字、◎印は平声字で韻字となっていることを指示。）。

	1	2	3	4	5
一	○	○	○	×	×
	×	×	×	○	◎
	×	×	○	○	×
	○	○	×	×	◎

	1	2	3	4	5
	○	○	○	×	×
	×	×	×	○	◎
一五	×	×	○	○	×
	○	○	×	×	◎

五　×〇〇××　〇〇〇××
　　〇××〇◎　〇××〇◎
　　××〇〇×　××〇〇×
　　〇〇××◎　二〇　〇〇××◎
　　〇〇〇××　〇〇〇××
一〇　××〇◎　〇××〇◎
　　××〇〇×　××〇〇×
　　〇〇××◎　〇〇××◎

第一段落が、近体詩として大変に見事な「平仄式」を見せていることは、以上の図式によって容易に分かるだろう。五言詩としては「偏格」ということになっている、「平起こり式」（一句の二字目に平声が配置）ということにそれはなるが、「二四不同」以下の約束ごとが厳守されている。「孤平」・「孤仄」さえも、一つとして犯すところがないという、それは、徹底ぶりなのだ。見事と言うしかない（平安中期の『本朝麗藻』所収の七律などの多くは、「孤平」・「孤仄」に限って言えば、それを犯すことをあまり問題視していないように見える〈拙著『本朝麗藻全注釈（一）（二）』などを参照のこと。〉、それらの作品と互いの「平仄式」を比較することによっても、本段落のそれが、いかに、原則通り、見事に完備されているか、改めて確認できるだろうと思う。）。

すでに述べたように、本詩（第一段落）の場合には、一聯目（一・二句）にも対句形式が採用されていることから、この第一段落は、都合十二聯の対句で構成されていることになっている。その十二聯の対句形式であるが、見ての通り、その中の、十聯もの対句形式が、「平仄」の上からも前・後両句のそれを対称的に配置するように工夫されており、表現上からだけでなく、形式上からも、対比の見事さを形作るように創意されている。これは、決して偶然ということにはならないだろうし、意識的になされたと見ないわけにはいかないだろう。作者の努力と技巧の跡であるに違いない。

例えば、一聯目（一・二句）の場合にも、その努力の跡は、はっきりと見えていて、前句の「平仄」の配列が「○○○××」となっているのに対して、後句のそれは「×××○◎」ということになっている。つまり、「○」（平声）と「×」（仄声）とが前・後両句で互いに逆になるように配置していることになる。それを、作者の努力と技巧の跡と見るわけなのであるが、本第一段落には、その跡が十聯にも亘って見えていると言いたいわけなのである。逆に、九聯目（一七・一八句）と十一聯目（二一・二二句）との二聯のみには、それが見えていないことになるが、これは已むを得ないこととしなければならないだろう。

とにかく、第一段落は、「平仄式」においては、ほとんど完璧とも言えるような形式を備えているわけであるが、一方で、その内容面は、どうなのであろうか。次に、内容面について見ていきたい。本段落を内容的に見ると、意味的には二聯（四句）で一つの纏まりという、そうした形式が採用されていると考えていいだろう。すなわち、意味的には六つの纏まりで、本段落は形成されていると見なすことができるはずだ、と。

最初の纏まり（一―四句）では、人生上の命題がまず提示され（一聯目）、その命題に基づいて、作者自身が大宰権帥に思いがけなく左遷されることになったということが、次に述べられている（二聯目）。人の生涯には一定不変の地位などというものはなく、その地位たるや、天帝（天界の帝王で人間界の運命をも司る絶対者）の命令のままに、いつどうなるのか分からないものなのだ、というのが、ここでの人生上の命題ということになる。作者は、その命題をわが身の上にも当て嵌め、大宰権帥への左遷という大事件をひとまずそれによって理解しようとするわけなのだ。とにかく、今回の事件が勃発するまで、ただの一度たりとも、自分が大宰権帥へ左遷されるなどということは考えもしなかった、と作者は、突然に起きた事件への驚きを素直に表明している。

第二の纏まり（五―八句）では、その左遷という、自分にとっての大事件がいかに手軽く、そして、その命令がいかに厳格に実施されたかということがまず述べられ（三聯目）、その命令を下されることになった作者自身の方が、かえって、鉄面皮な奴だと悪口を言われ、ぐずぐずせずに早く命令に服せと非難を受けることになったかということ、そのことが次に述べられている（四聯目）。事件発生当時の当局の素早い動きと、それに対する世間の素早い反応について述べられているが、作者には、弁明の機会すらも満足に与えられることは無く、その刑罰の執行は、いかにも速（すみ）やかで、素早いものであったらしい。

第三の纏まり（九―一二句）では、道真一行はいよいよ大宰府に向けて出発ということになる。前途に横たわっているに違いない不安のことが頭を離れず、ちょっとしたことにもびくびくとして恐れることになったし（五聯目）、付き従うことになっている年老いた下男の姿と、同じく老い衰えた副馬（そえうま）を目にすれば、なおのこと、遠い旅路のことが思い遣られたという、そのようなことが述べられている（六聯目）。

「長」（一一句）は、ここでは、「長（ひさ）シク」と訓読する必要があるだろう。それが、「数（しばしば）」（一二句）の対語となっているからなのである。その「数」の方は、出発して間もなく（出発と同時に）、何度となく「副馬」に鞭（むち）をくれてやるが、老い衰えているために、早くも、思うようにそれは進んではくれない、との句意の中で使われており、出発して間もない時に（出発と同時に）、行なわれた動作、すなわち、鞭をくれてやる動作を修飾していることになっている。「長」の方も、同様ということになるはずで、それも、出発して間もない時に（出発と同時に）、行なわれた動作、すなわち、杖を突（つ）く動作を修飾していると考えなければならないだろう。出発して間もなく（出発と同時に）、早くも「老僕」は年老いているために杖をしっかりと握り締めて離さず、思うように彼は進んではくれない、との句意の中での、そうした使用ということになるはずで、ここでの「長」は、やはり「長（ひさ）シク」と訓読し、（出発して）早くも、との意に解釈する必要があるだろう。

第四の纏まり（一三―一六句）では、都（平安京）との別れ道（分岐点）にさしかかる時点での描写ということになっている。作者の別離の悲しみは、いやが上にも募（つの）り、都城の方に視線を送っては、まるで、釘付けになったかのようにその場を動くことが出来なくなってしまったし（七聯目）、朝露の分量に負けないほどの涙を流した上に、ホトトギスの声が作者の泣き声の調子を、いやが上にも高めずにはおかなかったという、そのようなことが述べられている（八聯目）。作者にとっては、都の人々、そして宮城との別離が、何にもまして悲しみを誘ったわけなのである。

第五の纏まり（一七―二〇句）では、大宰府までの道中で目にした自然環境の変化、そして人事環境の変化について述べられている。街道には塵（ちり）が積もり、原野には草が伸び放題で、都での自然環境に慣れ親しんだ作者の目には、いかにも、それらは見慣れぬ異様な景色に映ったし（九聯目）、駅舎では、傷付いた馬を交換せずに出発させる始末だったし、船着場では、壊れてしまった船をそのままさらに修理もせずに使用させようとする始末で、作者の以前の身分では決して考えられないような、そうした人事環境の変化を経験し、そのことを通して、将来の生活に対する不安な思い、それをいやという程掻き立てられたという、そのようなことが述べられている（十聯目）。特に、その後聯（十聯目）の記述は、読者をして痛ましいとの、同情の思いを抱かせずにはおかないだろう。

第六の纏まり（二一―二四句）では、いよいよ、大宰府に到着したことが述べられている。道中の五十以上の駅舎を通り、千五百里に及ぶ旅をはるばると続け（十一聯目）、今や、ようやく都府楼の南門の近くで馬車から馬を解き放ち、大宰府の西側の街区にある、彼の配所のところで馬車から降りることになったという、そのようなことが述べられている（十二聯目）。旅路を終えた安心感をはるかに凌（しの）ぐ程の、新たな不安感に捕らわれて、作者は、大宰府の地に一歩を踏み出すことになるわけなのである。

第二段落

大宰府に到着して配所となっている官舎の前で下車した直後、改めて、遙けくやって来た思いを抱き、肉体的・精神的な疲労感に苛（さいな）まれていることを実感する。しかし、やはり、この現実世界をそのまま受け入れるわけにはいかないと思い直し、これまた、改めて、不正義に対して、それを糾明せずにはおかないし、自己の無実の罪に対して、それを払いのけなければならない、との思いをも新たにする。さらに、今後、身を置くことになる官舎の、それこそ、侘びしい佇（たたず）まいにも言及する（第二五から五〇句まで）。

【原　詩】

「宛(1)然開二小閣一、観(2)者満二遐阡一。嘔(3)吐胸猶レ逆、虚(4)労脚且レ癱。肥(5)膚争刻鏤、精(6)魄幾磨研。信(7)宿常羇泊、低(8)迷即倒懸。村(9)翁談二往事一、客(10)館忘二留連一。妖(11)害何因避、悪(12)名遂欲レ蠲。未(13)二曽邪勝一レ正、或以実帰レ権。移(14)徙空官舎、修(15)営朽采椽。荒(16)涼多失レ道、広(17)袤少盈レ廛。井(18)堙堆レ沙甃、籬(19)疎割レ竹編。陳(20)レ根葵一畝、斑(21)レ蘚石孤拳。物(22)色留仍レ旧、人(23)居就不レ悛。随(24)レ時雖二編切一、恕(25)レ己稍安便。」（計十三聯）

【訓　読】

「宛然（うつぜん）として小閣（せうかく）を開（ひら）けば、観（み）る者（もの）は遐阡（かせん）に満（み）つ。嘔吐（おうと）して胸（むね）は猶（な）ほ逆（さか）らふがごとく、虚労（きよらう）して脚（あし）は且（まさ）に癱（つ）らんとす。肥膚（ひふ）も争（あらそ）ひて刻鏤（こくる）し、精魄（せいはく）も幾（いくばく）か磨研（まけん）する。信宿（しんしゆく）せんとするも常（つね）に羇泊（きはく）なればなり、低迷（ていめい）せんとするも即（すなは）ち倒懸（たうけん）なればなり。村翁（そんをう）と往事（わうじ）を談（だん）ずれば、客館（かくくわん）に留連（りうれん）することをも忘（わす）る。妖害（えうがい）は何（なに）に因（よ）りてか避（さ）けん、悪名（あくめい）は遂（つひ）に蠲（はら）はんと欲（ほっ）す。未（いま）だ曽（かつ）て邪（じや）の正（せい）に勝（か）ち、或（ある）いは以（もっ）て実（じつ）の権（けん）に帰（なつ）くことあらざればなり。移徙（いし）す空（むな）しき官舎（くわんしや）、修営（しうえい）す朽（く）ちたる采椽（さいてん）。荒涼（くわうりやう）として多（おほ）く道（みち）を失（うしな）ひ、広袤（くわうぼう）は少（すこ）しく廛（すまひ）を盈（み）たす。井（ゐ）の堙（ふさ）がれば沙（すな）を堆（お）きて甃（をさ）め、籬（まがき）の疎（まばら）なれば竹（たけ）を割（さ）きて編（あ）

む。根を陳りて葵は一畝なり、蘚を斑として石は孤拳なり。物色も留めて旧に仍ひ、人居も就ひて悛めず。時に随ひては編切なりと雖も、己を恕めんとするに稍安便なればなり。」

【通　釈】

「（目的地に到着したというのに）憂鬱な気分のままで小さな乗り物（の出入り口）を開くと、（物珍しそうに）見物人たちが道一杯に（溢れるほどに）集まっているのだった〈二五・二六句〉。

（車から降りると）気分が悪く吐き気がして胸がまるで引っ繰り返ったようにむかむかしたし、身体が衰弱疲労して脚がまるで引き攣ってしまったかのように萎えていた〈二七・二八句〉。

血色の良かった肌もどこもかしこも見すぼらしく痩せ衰え、精も根もすっかり尽き果ててしまっていた〈二九・三〇句〉。

（それは無理もないことなのであった。なぜなら、その肉体的な疲労を取り除こうとして）たとえ、同じ場所に二泊することにしたとしても、あくまでも（慌ただしい）旅寝でしかなかったわけなのであるから、（また、それは無理もないことなのであった。なぜなら、その精神的な疲労を取り除こうとして）たとえ、頭を垂れてうつらうつらしようとしても、あくまでも極点に達した困苦を抱えていたわけなのであるから〈三一・三二句〉。

（肉体を休め、精神を鎮めて疲労を取り去るどころの話ではなく、その旅宿で、例えば）村里の年寄りと語り合って話題が先の事件のことに及ぼうものなら（当然にそういうことになるわけであるが）、せっかく同じ旅宿に（肉体を休め、精神を鎮めんとして）もう一泊することに決めた（その目的の）ことをもすっかり忘れて（激昂して）しまうのであった〈三三・三四句〉。

（感情は弥が上にも高ぶって来て）このたびの不可思議な災いが避け得られなかったものであったとしても、我が悪名だけは絶対に雪がずにはおくものかと思い至るのであった〈三五・三六句〉。

（どうしてそのように思い至ったのかと言えば、それは）これまで、邪悪が正義に対して勝利するなどということも、はたまた、（邪悪が正義に対して勝利して）それによって、真実が虚偽に対して降参するなどということも決して有りはしないことになっているからなのであった〈三七・三八句〉。

（以上のような思いを抱いて、いよいよ）人気のない官舎に移り住むことになり、朽ちかけた櫟造りの質素な椽（粗末な建物）を修繕することになった〈三九・四〇句〉。

（その官舎の建っている敷地の出入口のところが）すっかり荒れ果ててしまって（人の通る）道が分からない程になっていて、（その官舎の建っているすっかり荒れ果てた）敷地は庶人の住宅のそれとほとんど変わらない程に狭かった〈四一・四二句〉。

井戸は塞がっていて（使いものにならず、そのために掘り返して、新たに底に）砂を敷いて修理する必要があったし、垣根は（櫛の歯が抜けたように）疎となっていて（使いものにならず、そのために、新たに）竹を削り裂いて編み直す必要があった〈四三・四四句〉。

（庭には）根をしっかりと張り巡らした葵が一畝程の広さにも繁茂していたし、蘚を飾り物として生やした岩が一塊程の大きさで（庭に）放置されているのだった〈四五・四六句〉。

（ただ、それだからと言って、大掛かりに手を入れることはせず、官舎の）周囲の景色も従来のそれをなるべく残すようにしたし、住居の方も（新築することはせずに）従来のそれをなるべく生かすように心掛けたのである〈四七・四八句〉。

時にはその狭苦しさが気にならないこともなかったが、自分自身の（当時の遣る瀬ない）気持を少しでも落ち着かせるためには（そのような荒れた景色や狭い住宅である方が）かえって安心で便利だと思えたからなのである（それで、「物色」も「人居」もなるべく従来通りということにしたのである）〈四九・五〇句〉。」

【語　釈】

（1）**宛然開二小閤一**　「宛然トシテ小閤ヲ開ケバ」と訓読し、（目的地に到着したというのに）憂鬱な気分のままで小さな乗り物（の出入り口）を開くと、との意になる。

本句は後句（二六句）に対する前提条件を提示している。「宛然」は、ここでは「うつぜん」と訓読し、気の塞がったさまの意となっている。「鬱然」に同じ。前聯（一三・一四句）の、「駕ヲ税ク南楼ノ下、車ヲ停メル右郭ノ辺。」（税レ駕南楼下、停レ車右郭辺。）との両句の内容を、ここでは直接的に継承している。はるばる大宰府の地まで長旅を続け、ようやくに目的地に作者は到着したわけであるが、勿論、作者の場合には、喜びの気持など、どこにもありはしない。事件以来、長旅の途中にも、絶えず持ち続けていたに違いない鬱積した気分が、大宰府に到着ということで、それは、かえって、最高潮にまで達したと、そのように考えていいのではないだろうか。ここの「宛然」とは、作者のそうした気分を表現した詩語と見なす必要がある。

「小閣」は、ここでは、小さな乗り物（車）のことを指示した詩語ということになるだろう。前聯の後句（一四句）中に見えている「車」の言い換え表現。作者がこれまで乗ってきた車のことを指示しており、その小さな乗り物は、今や停止し、作者はいよいよ下車することになるわけなのである。

「閣」字には、『広雅』〈「釈詁」二〉中に「閣、載也。」と作っているように、「載せる・載せるもの」との意もあることになっている。ここの「閣」字は、まさしく、「載」字の同意語と見なす必要があり、それに従うと、詩語「小閣」とは、小さな乗り物（車）の意ということになるはずなのである。「載」字は、勿論、乗り物の意を持っており、例えば、「予ハ四載ニ乗ル」（予乗二四載一）〈『書経』巻二「益稷篇」〉との一文が見えているし、その「孔氏伝」にも、「載スル所ノ者ハ四ニシテ、水ニハ舟ニ乗リ、陸ニハ車ニ乗リ、泥ニハ輴ニ乗り、山ニハ樏ニ乗ルヲ謂フ。」（所レ載者四、謂二水乗レ舟、陸乗レ車、泥乗レ輴、山乗レ樏。）との言及がなされている。

いわゆる、「四載」の一とされる「車」のことを、ここの「閣」は指示していると見ていいはずで、「小閣」とは、文字通りに、作者の乗って来た小さな車ということになるだろう。後の〔評説〕の項を参照のこと。「開」とは、作者の乗って来た小さな車の、その出入口を開けること。目的地に到着した作者は、その小さな車の出入口を開けて、いよいよ下車することになるのである。

（２）**観者満二遐阡一**「観ル者ハ遐阡ニ満ツ」と訓読し、（物珍しそうに）見物人たちが道一杯に（溢れるほどに）集まっているのだった、との意になる。

大宰権帥として左遷されてきた作者を一目見ようと、人々が彼の乗った小さな車を取り囲むようにして眺めることになり、その群衆が道一杯に溢れてしまったわけなのである。物珍しさが、人々をしてそのようにさせることになったのだろう。「遐阡」は、はるか遠くにまで続く南北の道のことを指示している。『文選』〈巻七「藉田賦」潘岳〉中に、「遐阡ハ縄ノゴトク直ク、邇陌ハ矢ノ如シ。」（遐阡縄直、邇陌如レ矢。）との一文が見えていて、その「劉良注」には、「風俗通ニハ、南北ヲ阡ト曰ヒ、東西ヲ陌ト曰フ。」（風俗通、南北曰レ阡、東西曰レ陌。）との指摘がなされている。「阡」とは、南北に通じる道のことであり、ここでは、道真の配所となった官舎があった場所、すなわち、大宰府城内の右郭十条の坊辺の、その東側に面した大路である、「朱雀大路」のことを指示していることになるだろう。なお、「遐」とは、はるかに遠く続いているさまのことである。

（３）**嘔吐胸猶レ逆**「嘔吐シテ胸ハ猶ホ逆フガゴトク」と訓読し、（車から降りると）気分が悪く吐き気がして胸がまるで引っ繰り返ったようにむかむかしたし、との意になる。

以下の二聯四句（二七—三〇句）は、大宰府に到着して車から降りた直後の、その作者の様子を具体的に説明していることになっている。精神的な疲労と肉体的なそれとの両方によって、作者の疲労困憊振りはその極に達していたことが詠述されている。表現上からも、精神的な疲労のこと（Ａ）と肉体的なそれのこと（Ｂ）とが、前聯（二七・二八句）と後聯（二九・三〇句）とにおいてそれぞれ、ＡＢ・Ｂ′Ａ′の配列で見事に対比されていると見ていいだろう。つまり、前聯の前・後句が対句、後聯の前・後も対句、そして、前聯と後聯とがそのまま対句仕立てに構成されていることになるわけなのである。

前聯の前句（二七句）では、当時の作者の精神的な疲労のことがもっぱら詠述されている。気分が悪くなって吐き気がするのも、また、胸がまるで引っ繰り返ったようにむかむかしたのも、そのためと考えていいだろう。作者は、すでに見たように、「宛然」（二五句）とした気分で車を降りたわけなのであり、長旅の途中もその気分を絶えず持ち続けていたわけなのである。これまで鬱積していた気分が、車を降りた途端に、「嘔吐」なり「胸逆」なりに姿を変えて発現したと考えれば、大いに納得がいくに違いない。

（4）**虚労脚且ㇾ癵**　「虚労シテ脚ハ且ニ癵ラントス」と訓読して、身体が衰弱疲労して脚がまるで引き攣ってしまったかのように萎えていた、との意になる。

本句は、肉体的な疲労が甚だしかったことを詠述している。「虚労」とは、衰弱疲労すること。ここでは、もっぱら肉体的な疲労について言っている。用例「解結ノ錐ヲ磨グコト莫カレ、人ノ気力ヲ虚労セン。」（莫ㇾ磨二解結錐一、虚二労人気力一。）（『白氏文集』巻五一「啄木曲」）。「且」は、ここでは、「将」に通じて、「まさに〜せんとす」と再読文字として訓読すべきだろう。前句（二七句）中の再読文字「猶」（なほ〜のごとし）の対語として、これが使用されているからである。「癵」は、「攣」に通じ、病んで体がかがまること。また、つる・ひきつること。ここでは、脚が引き攣ることをいう。全身の肉体的な衰弱疲労に伴って、作者の脚が引き攣ってしまったかのように萎えてしまったわけなのである。車に乗り船に乗っての長旅を続けて来た作者のことを考えれば、当然ということになるだろう。

（5）**肥膚争刻鏤**　「肥膚モ争ヒテ刻鏤シ」と訓読して、血色の良かった肌もどこもかしこも見すぼらしく痩せ衰え、との意になる。

この一句も、もっぱら肉体的な疲労について言及している。なお、「肥」字は、「板本」及び松桑文日の諸本には「肌」字に作っている。内新の諸本は底に同じく、「肥」字に作る。

「肥膚」とは、豊かで血色の良い肌のこと。事件が起きる以前の、作者の肌のことを指示している。「争」は、後句（三〇句）中の「幾」（いくばくか）の対語。ここは、競い合うとの意で、「あらそひて」と訓ずる必要があるだろう。顔の肌を初めとし、手や足などのそれが、まるで競い争うかのように痩せ衰えてしまったわけなのである。「刻鏤」とは、刻み彫り付けること。ここは、豊かで血色の良かった肌がまるで刻み彫り付けられたようになってしまったという、その当時の作者の様子について言っている。げっそりと痩せ衰えてしまったことをいう。

「刻鏤」の用例としては、「丸挻彫琢シ、刻鏤鑽笮ス。」（丸挻彫琢、刻鏤鑽笮。）〈『文選』巻一八「長笛賦」馬融〉との一文などが見え、その「李善注」には、「爾雅ニ曰ク、金ヲ之ヲ鏤ト謂ヒ、木ヲ之ヲ刻ト謂フ。」（爾雅曰、金謂二之鏤一、木謂二之刻一。）と言及している。金に細工する場合を「鏤」といい、木に細工する場合を「刻」というのである、と。勿論、本詩のここでの用法はあくまでも比喩形となっていて、前述のように、細工を施し、余分なものを削り取ってしまったかのような、そのような作者の、当時の痩せ衰えてしまった肉体の様子のことを表現していることになる。

（６）**精魄幾磨研**　「精魄モ幾カ磨研スル」と訓読し、精も根もすっかり尽き果ててしまっていた、との意になる。

本句は、前句（二九句）の対句であり、本聯中の詩語「肥膚」と「精魄」、「争」と「幾」、「刻鏤」と「磨研」とはそれぞれ対語となって対応している。ここの一聯の場合も、内容的には、前句が肉体的な疲労のことについて言及しているのに対して、その後句（三〇句）に当たる本句は、精神的な疲労のことについて言及していると見ていいだろう。

「精魄」とは、魂のことで、「精魂」に同じ。転じて、ここでは、心・精神・気力の意に使われている。用例「心ヲ化シテ精魄ヲ養ヒ、几ニ隠リテ天真ヲ窅タリ。」（化レ心養二精魄一、隠レ几窅二天真一。）〈『全唐詩』巻一七七「送二李青帰二南葉陽川一」李白〉。「幾」は、ここでは、連用修飾語として「いくばくか」（どんなに多く、何々したことか、との意）と訓読し、動詞「磨研」を修飾している。

「磨研」とは、磨き研ぐこと。対語「刻鏤」が材質を細工するための動作を指示する詩語（刻み彫り付ける意）であったのに対して、こちらの「磨研」もまた、同様に、材質を細工するための動作を指示する詩語ということになっている。見事な対比と言えるだろう。当然に、対語「刻鏤」が作者の肉体的な疲労を表現するものとして転用され、比喩表現としての役割を果たしていたように、こちらの「磨研」もまた、作者の精神的な疲労を表現するものとして転用され、比喩表現としての役割を果たしていることになっている。すなわち、（精も根も）磨り減らしてしまい、尽き果ててしまう、との意味にここでは転用されているのである。肉体的にも、そして、精神的にも、事件以来の疲労の蓄積によって、作者は大きな損失を被ることになるわけであるが、なかんずく、大宰府への長旅は、その損失に拍車をかけることになったわけなのである。「磨研」の用例としては、「材調ハ真ニ惜シム可キモ、朱丹ハ磨研ニ在リ。」（材調真可レ惜、朱丹在二磨研一。）（『全唐詩』巻三三七「送二霊師一」韓愈）との一聯などが見える。

（7）**信宿常羇泊**　「信宿セントスルモ常ニ羇泊ナレバナリ」と訓読し、（それは無理もないことなのであった。なぜなら、その肉体的な疲労を取り除こうとして）たとえ、同じ場所に二泊することにしたとしても、あくまでも（慌ただしい）旅寝でしかなかったわけなのであるから、との意になる。

後句（三二句）との対句で、「信宿」と「低迷」、「常」と「即」、「羇泊」と「倒懸」とがそれぞれ対語となっていて、対比させられている。本聯（三一・三二句）は、前二聯（二七―三〇句）を直接的に継承していて、作者の旅先での肉体的・精神的な疲労がどのような理由で発生することになったのか、そのことを具体的に説明している内容となっている。そして、本聯の前句（三一句）である本句は、もっぱら、前二聯のうちの二八・二九の両句の方を直接的に継承して、作者の肉体的な疲労の理由について言及していると見ていいし、本聯の後句（三二句）である次句は、もっぱら、前二聯のうちの二七・三〇の両句の方を直接的に継承して、作者の精神的な疲労の理由について言及していると見ていいだろう。精神的な疲労についての言及（A）と肉体的な疲労についての言及（B）とをここで改めて図式化すると、二七句から三二句までの三聯六句における配列は、上述のような前二聯におけるAB・B′A′のそれに、さらにB″・A″のそれを付け加えることになるに違いない。

「信宿」とは、二泊・再宿の意。一泊した上で、さらに、同じ場所でもう一泊することをいう。二日にわたって連泊すること。『左伝』〈「荘公」三年条〉中に、「凡ソ師（軍隊）ノ出ヅルヤ、一宿スルヲ舎ト為シ、再宿スルヲ信ト為シ、信ヲ過グルヲ次ト為ス。」（凡師出、一宿為レ舎、再宿為レ信、過レ信為レ次。）との一文が見える。「羇泊」とは、旅泊の意。「羇」は旅の意であり、旅先での宿泊のことをいう。

ここにおいて、作者の大宰府への長旅では、再宿ということも行われたことが分かる。前三聯（二七―三二句）との内容的な関連を考えれば、それは、もっぱら、肉体的な疲労を癒やすために取られた処置と考えていいだろう。しかし、もとより、それは旅先での宿泊ということになるわけなのだ。落ち着かない旅先での宿泊、それも、たったの二泊でしかないわけなのであるから、作者の、それまで蓄積された肉体的な疲労が、そんなことで癒やされるわけはないのである。言うまでもないことなのだ。

しかも、本聯の後句（三二句）で詠述されているように、精神的な疲労が作者をして安眠させないことになっているわけなのだから、「信宿」することなどで、作者の肉体的な疲労を癒やすことなど、最初から出来る相談ではなかったのである。その結果、作者の肉体的な疲労は、最終の目的地にまで持ち越され、しかも、日毎に累積されていき、前二聯（二七―三〇句）中の、もっぱら、二八・二九の両句で詠述されていた肉体的な衰弱という、明白な結果をもたらすことになったわけなのだ。

（8）**低迷即倒懸**　「低迷セントスルモ即チ倒懸ナレバナリ」と訓読して、（また、それは無理もないことなのであった。なぜなら、その精神的な疲労を取り除こうとして）たとえ、頭を垂れてうつらうつらしようとしても、あくまでも極点に達した困苦を抱えていたわけなのであるから、との意になる。

本句では、旅先において、作者が何故に精神的な疲労を癒やすことが出来なかったのか、その理由について具体的に言及している。「低迷」とは、ここでは、頭を垂れてうつらうつらする意となる。『文選』〈巻五三「養生論」嵆康〉中に、「夜分ニシテ坐セバ、則チ低迷シテ寝ネンコトヲ思フモ、内ニ殷憂（深い憂い）ヲ懐ケバ、則チ旦ニ達スルマデ瞑ラレズ。」

（夜分而坐、則低迷思レ寝、内懐二殷憂一、則達レ旦不レ瞑。）との用例が見えているが、恐らく、本句の出典と考えて間違いないだろう。

「倒懸」とは、縛って逆さに吊される程の、それ程の非常な苦しみ、との意。ここは、「倒懸之苦」（極点に達した困苦の意）の省略形と見なしていいだろう。「倒懸」の用例としては、「今ノ時ニ当タリテヤ、万乗ノ国ノ、仁政ヲ行ハバ、民ノ之ヲ悦ブコト、猶ホ倒懸ヲ解クガゴトクナラン。」（当二今之時一、万乗之国、行二仁政一、民之悦レ之、猶レ解二倒懸一也。）《『孟子』「公孫丑章句上」》との一文が見えている。

たとえ、「信宿」したとしても、そこが旅宿であってみれば、肉体的な疲労を癒やすことなど、最初から出来る相談ではなかったわけであるが（三一句）、その上、作者の場合には、普通の旅人と異なり、非常な苦しみを抱いたままで旅を続けなければならなかったのである。精神的な苦痛、それも測り知れない程のそれを抱いての旅だったわけなのであり、まさしく、作者の場合には、上記「養生論」中に見えたような、「内懐二殷憂一」ということであったはずなのである。

作者もまた、夜分に、座っているうちに、つい、頭を垂れてうとうととしてしまい、寝床に横になって眠りにつこうと思うわけであろうが、結局、翌朝まで一睡も出来ないことになってしまうわけなのであろう。これは、心中に抱く深い憂いのためなのであるが、その作者の憂いたるや、「倒懸之苦」ということになっているわけなのであり、翌朝まで一睡も出来ないことになってしまうのも、理の当然ということになるだろう。たとえ、「信宿」したとしても、そうした夜分を二度にわたって過ごすしか、作者には方法がなかったわけなのであるから。

精神的な疲労の蓄積が原因ということになるわけであるが、旅先でのそうした不眠の連続が、その精神的な疲労をさらに蓄積させることになり、目的地に到着した段階で、前二聯（二七—三〇句）中の、もっぱら、二七・三〇句で詠述されていた精神的な衰弱という、明白な結果をもたらすことになったわけなのだ。本句（三二句）の内容が、それら二七・三〇句を内容の上で直接的に継承していると前述したのは、その関連性のためなのである。

（9）**村翁談二往事一**　「村翁ト往事ヲ談ズレバ」と訓読して（肉体を休め、精神を鎮めて疲労を取り去るどころの話ではなく、その旅宿で、例えば）村里の年寄りと語り合って話題が先の事件のことに及ぼうものなら（当然にそういうことになるわけであるが）、との意になる。

本聯（三三・三四句）は、前聯（三一・三二句）の内容を継承して、「信宿」したとしても一睡も出来ないままに朝を迎えることになった作者が、その夜分をどのように過ごすことになったのか、ということについて具体的に言及した内容となっている。本聯の前句（三三句）と後句（三四句）との対句構成においては、「村翁」と「客館」、「談」と「忘」、「往事」と「留連」とがそれぞれ対語として対比されている。なお、意味内容上からは、本聯の前・後の両句は、因果関係を形作っている。

「村翁」とは、村の年寄りの意。ここでは、前聯（三一・三二句）との意味内容上の関連から、作者が「信宿」すると決めた現地の村の、その年寄りのことを指示しているのだろう。例えば、本聯の後句（三四句）中にも、「客館」（旅宿）や「留連」（ここでは「信宿」の言い替え表現）という詩語が見えていることから、作者が「留連」することに決めた「客館」に、現地の村の長老なりが挨拶のために訪れて、それで、作者と「村翁」とが語り合うことになったのであろうか。その場合には、「村翁」とは、現地の村の長老のことを指示していることになるだろう。

ここの「村翁」の身分なり立場なりについては、今はなお、未詳とせざるを得ないが、作者が「留連」することに決めた「客館」において、その「村翁」と作者とが「往事」（先の左遷事件）について語り合ったこと、そのことは間違いないことなのである。作者の長旅を慰労すべく、わざわざ、「客館」を訪れた「村翁」であるのか、あるいは、その「客館」にたまたま居合わせることになった「村翁」であるのか、そのどちらとも決め兼ねることになっているわけであるが、例えば、「晨ニ遊ブ紫閣ノ峰、暮ニ宿ル山下ノ村。村老ハ予ヲ見テ喜ビ、予ノ為ニ一鐏ヲ開ク。」（晨遊紫閣峰、暮宿山下村。村老見レ予喜、為レ予開二一鐏一。）（『白氏文集』巻一「宿二紫閣山北村一詩」）との用例の、その二聯などを見ると、あるいは、前者の「村翁」であったとも、そのように考えられないこともないように思えて来るのである。確かに、作者は左降の身の上であったが、その長旅を慰労すべく、作者の「留連」する「客館」を訪れる「村翁」もいたのではないだろうか。

「往事」とは、過ぎ去った事柄。用例「往事ハ追思スルコト勿カレ、追思スレバ悲愴（悲しみ）多シ。」（往事勿₂追思₁、追思多₂悲愴₁。）（『白氏文集』巻五一「有ㇾ感」其三）。用例によると、「往事というものは思い返してはならない、思い返せば悲しみが増すだけなのだから。」ということになっているが、ここの作者（道真）の場合には、「村翁」と話を交えているうちに、必然的に、「往事」に言及しないではいられなくなるわけなのだ。作者ならば、当然に、用例に見えている白居易の忠告は知っていたはずなのに、つまり、「往事」を思い返せば、その時の悲しみが増すだけだということを知っていたはずなのに、やはり、思い返さずにはいられなくなってしまったわけなのだろう。

それでは、ここの「往事」とは、具体的に何を指示しているのであろうか。白居易の忠告を知っていたであろう作者が、敢えて思い返さずにはいられなかった「往事」とは、何か。どんな事なのかと言えば、当然に、つい、この間の、京都での左遷事件を措いて他にあるはずはないだろう。当たり前のことなのだ。本聯（三三・三四句）の内容を直接に継承していることになっている、後二聯（三五―三八句）との内容上の関連性を考えれば、中でも、「悪名ハ遂ニ蠲ハント欲ス」（悪名遂欲ㇾ蠲）との一句（三六句）のそれを考えれば、容易に想像が付くことになっているのだから。

（10）**客館忘₂留連₁**　「客館ニ留連スルコトヲモ忘ル」と訓読して、せっかく同じ旅宿に（肉体を休め、精神を鎮めんとして）もう一泊することに決めた（その目的の）ことをもすっかり忘れて（激昂して）しまうのであった、との意になる。

「客館」とは、旅宿のことで、ここでは、作者が蓄積した肉体的・精神的な疲労を取り去らんとして「信宿」（三一句）することにした、その旅宿のことと見ていいだろう。「留連」との詩語（ここでは「信宿」の言い替え表現）が以下に使用されているからである。なお、「連」字は、日本には「達」（『広韻』入声・一二曷韻）字に作っているが、その押韻上からも誤りとしなければならないだろう。なお、内松桑文新の諸本は底本に同じ。

「留連」とは、去るに忍びず、いつまでも留まることの意であり、「流連」とも言うことになっている。ここでは、「客館」に居続けることを言っていることになり、勿論、それは、同じ「客館」に二泊することを言っていることになるはずなのである。つまり、「信宿」（三一句）の同意語となる。「忘」（三四句）は、ここでは、「留連」することになったその目的のことを忘れてしまう、ということを言っているに違いない。

作者は、「村翁」と語り合っているうちに、当然のことに、つい、この間の、京都での左遷事件に言及せずにはいられなくなってしまい、前述のように、我を忘れて激昂してしまうことになるわけなのである。作者をして激昂せしめることになる理由については、後二聯（三五―三八句）において言及されており、それと本聯（三三・三四句）との意味内容上の関連が密接に保持されていることを知れば、作者が何に対して、我を忘れて激昂することになったのか、そのことが十分に納得出来るようになっている。

さて、「忘」（三四句）のことであるが、ここでは、作者が「客館」に「留連」することにした、その目的のことをも忘れてしまった、との意ということになるだろう。作者が「客館」に「留連」することにしたのは、あくまでも、肉体を休め精神を鎮めて、蓄積した疲労を取り去るのが目的であったはずなのである。それが、「村翁」と「往事」を語り合っているうちに、心情が激昂してきて、作者自身、それを抑え切れなくなってしまうわけなのである。肉体を休め精神を鎮めるどころではなくなってしまい、逆に、疲労を増大させる結果となってしまうわけなのである。

「客館」に「留連」するという当初の目的は、ものの見事に裏切られてしまうことになるが、その、当初の目的をも忘れ去らせるほどに、「往事」に対する作者の憤激の気持は、大宰府への旅の間を通して、いつでも、爆発する危険性を保持し続けたわけなのだ。「往事」のことに話が及ぶや、作者は、なおも、理性（「留連」することにしたその目的）を失ってしまい、肉体的疲労のことも精神的疲労のことも、ついつい、忘れ去って激昂してしまうのであった。

（11）**妖害何因避**　「妖害（えうがい）ハ何（なに）ニ因（よ）リテカ避（さ）ケン」と訓読して、（感情は弥（いや）が上にも高ぶって来て）このたびの不可思議な災いが避け得られなかったものであったとしても、との意になる。

既述のように、本句以下の二聯（三五―三八句）は、前聯（三三・三四句）の意味内容を直接に継承している。作者が感情を高ぶらせて、せっかく、「客館」に「留連」することにした当初の目的を忘れ去らせてしまった理由について、本句以下の二聯は記述していることになる。「妖害」とは、不可思議な災いの意で、前聯中の「往事」（三三句）のことを指示している。つい、この間の、京都での左遷事件のことを言っている。「妖」は、ここでは、不可思議なことの意。作者にとっての左遷事件は、不可思議な災いとしか言えないものなのであって、それは、「皇天」（二句）が支配しているところの、まさしく、「運命」（二句）としてしか理解出来兼ねるものなのであった。

「運命」が人事を超越したところの絶対的な存在であることは、「其ノ然ルヲ得ル所以ノ者ハ、豈ニ徒ニ人事ノミナランヤ。之ヲ授クル者ハ天ナリ。之ヲ告グル者ハ神ナリ。之ヲ成ス者ハ運ナリ。」（其所㆓以得㆑然者、豈徒人事哉。授㆑之者天也。告㆑之者神也。成㆑之者運也。）（『文選』巻五三「運命論」李康）との一文にも言及されている通りなのである。一人、人事だけでは、如何ともしようがないもの、それが「運命」なのである。作者は、すでに、「往事」を「運命」の然らしむるところであると認識していたわけなのであり（二句）、今や、それを改めて、ここでは「妖害」と表現しているわけなのである。「妖害」が「皇天」のなせる「運命」ということであるならば、もはや、人事では如何ともしようがないことになるわけで、作者が「何ニ因リテカ避ケン」（何因避）と詠述していることも、十分に納得が出来ることになる。

(12) **悪名遂欲㆑黷**　「悪名ハ遂ニ黷ハント欲ス」と訓読して、我が悪名だけは絶対に雪がずにはおくものかと思い至るのである、との意になる。

本聯（三五・三六句）の前・後句も対句構成を形作っており、「妖害」と「悪名」、「何」と「遂」、「因」と「欲」、「避」と「黷」とがそれぞれ対語として対比されている。「悪名」とは、悪い評判。このたびの、作者に降りかかった「妖害」に対して、世間の人々が一方的に作者を悪く言って、大いに非難を繰り返したことについては、すでに、前聯（七・八句）

において詠述されていたはずなのである。ここの「悪名」とは、それらの世間の人々の悪評のことを指示している。

　世間の人々が立てる悪評、こちらの方は、決して「皇天」のなせる「運命」ということにはならないはずで、あくまでも、それは人事的な事柄と言えるわけなのである。人事的な事柄ということであれば、当然に、作者の人事的な力量なりによって取り払うことは可能ということになるはずなのだ。作者が、ここで、「遂ニ蠲ハント欲ス」（遂欲レ蠲）と息巻くことになるのは、そのためなのである。前聯（三三・三四句）において、「客館」に「留連」する当初の目的をも忘れて作者が激昂することになるのは、もっぱら、この、世間の「悪名」を取り払わずにおくものか、との作者の、その執念とも言える強い思いのためなのであった。事件そのものは、「運命」のなせる仕業なのであって、その発生は仕方がないとしても、世間の「悪名」の方は是非とも取り払わなければならないし、それは人事を尽くせば可能なのだ、というのが、旅先での作者の強い思いだったのである。何故に、可能ということになるのか、その理由については、後聯（三七・三八句）で言及することになっている。

(13) 未二曽邪勝一レ正、或以実帰レ権　「未ダ曽テ邪ノ正ニ勝チ、或イハ以テ実ノ権ニ帰クコトアラザレバナリ」と訓読して、（どうしてそのように思い至ったのかと言えば、それは）これまで、邪悪が正義に対して勝利するなどということも、はたまた、（邪悪が正義に対して勝利して）それによって、真実が虚偽に対して降参するなどということも決して有りはしないことになっているからなのであった、との意になる。
　意味内容上から言えば、本来、この一聯は、「未三曽有二邪勝一レ正、或以実帰レ権」（未ダ曽テ邪ノ正ニ勝チ、或イハ以テ実ノ権ニ帰クコト有ラザレバナリ）とあるべきところであるが、五言詩としての字数の制限から、動詞「有」の一字を省略する必要があったわけなのである（その場合、動詞「有」字は、代わりに「送りがな」として訓読することになる）。また、そうすることによって、この一聯は、その前句（三七句）と後句（三八句）とにおいて、近体長律詩としての形式を整えて、対句構成を成立させることが出来、「未曽」と「或以」、「邪」と「実」、「勝」と「帰」、「正」と「権」との対語をそれぞれ見事に対応させることになったわけなのである。中でも、意味的にも形式的にも、「邪勝レ正」と「実帰レ権」との対語の対比は見事と言えるに違いない。

前者の「邪勝レ正」については、「若シ乃チ道ヲ信ズルコト篤カラズ、或イハ虚偽ヲ耀カシ、讒夫ノ昌エテ、邪ノ正ニ勝テバ、則チ火ハ其ノ性ヲ失フ。」（若乃信レ道不レ篤、或耀ニ虚偽一、讒夫昌、邪勝レ正、則火失ニ其性一矣。）〈『漢書』巻二七上「五行志上」〉との用例が見えている。「邪」は邪悪、「正」は正義のことで、それは、邪悪が正義を打ち負かすことの意となる。一方、後者の「実帰レ権」についてであるが、「実」は真実のことであり、その反対語としての「権」は、それ故に虚偽ということになるだろう。

「権」については、『春秋繁露』〈巻三「玉英」〉中に、「権、譎也。」とあって、それには偽り欺くことの意があることになっており、ここでは、その意に従わなければならないことになる。勿論、ここでは、押韻（一韻到底）する必要があり、『広韻』〈下平声・一先韻・二仙韻同用〉の韻目を持つ「権」字が敢えて使用されることになったわけなのである。「帰」は、ここでは、『礼記』〈第三三「緇衣篇」〉中の、「私ニ恵ミテ徳ニ帰カザレバ、君子ハ自ラ留メズ。」（私恵不レ帰レ徳、君子不ニ自留一焉。）との一文に施された「鄭玄注」に作られている、「帰、或為レ懐。」（「懐」は、「なつく」と読み、慣れ親しむ意。）とのそれに従うべきだろう。

すなわち、後者の「実帰レ権」の場合も、意味内容上からは、前者の「邪勝レ正」のそれとほぼ同じということになり、それは、真実が虚偽に対して降参する、との意を持つことになるだろう。形式的にも、そして意味的にも、両者が見事な対応関係を形作っていることが分かる。恐らく、後者の「実帰レ権」は、上記の『漢書』〈巻二七上「五行志上」〉中の一文に見えた「讒夫昌、邪勝レ正」との一句の、その前半三字（讒言する人が栄える、との意。）を巧みに置き替えたところの表現と言っていいだろう。なにしろ、作者は、「讒夫」の振り撒く「悪名」をこそ取り除きたいと念願していることになっていたのだから。

なお、「或以」は、「或以レ之」（或イハ之ヲ以テ）の省略形である。「之」（代名詞）が前句（三七句）中の「邪勝レ正」を指示していることになっているわけなのであり、それに従うと、ここでは、「はたまた、（邪悪が正義に対して勝利して）それによって」との意味ということになるはずなのである。「邪勝レ正」ということがあり、はたまた、その結果、今度は「実帰レ権」ということもある、との意味をそれは導き出していることになるわけなのである。

作者は、勿論、「邪勝レ正」ということも、はたまた、「実帰レ権」ということも、これまで、ただの一度たりとも有り得なかった、と確信しているわけなのである。本聯中の「未曽」（三七句）は、「邪勝レ正」ということがあったことを否定すると共に、「実帰レ権」ということがあったことをも否定する詩語ということになっている。そうした確信があるからこそ、作者は自身が負うことになってしまった「悪名」を取り払わずには置くものかと激昂し（三六句）、ついには、「客館」に「留連」することにした目的（肉体を休め、精神を鎮めて疲労を取り除こうとのそれ）をも忘れてしまうことになるわけなのである（三四句）。ところで、本聯の場合には、対句構成としては、本来的に、前句が「未ダ曽テ或イハ以テ邪ノ正ニ勝ツコトアラザレバナリ」（未二曽或以邪勝レ正）との七言一句、後句が「未ダ曽テ或イハ以テ実ノ権ニ帰クコトアラザレバナリ」（未二曽或以実帰レ権）との七言一句として対比されるべきところを、五言一句としてそれぞれを対比する必要があり、そのために各句の○印を付した共通の四言「未曽或以」を「未曽」と「或以」との二言ずつに分けて、前者を前句中に残し、後者を後句中に残すことにしたわけなのだろう。残すに当たっては、本来的な意味を維持すると共に、「平仄式」を厳守する必要が、もとより、あったはずなのだ。見事な工夫と言えるだろう。

以上、二七句から三八句までの六聯（十二句）においては、大宰府到着直後の、作者の肉体的・精神的な疲労がどれ程に甚だしいものであったかということを具体的に説明すると共に、その理由が那辺にあり、その理由のために作者が旅の途中においてもどれ程に苦しんで、例えば、二泊した旅宿においても疲労を癒やすどころか、かえって、それが蓄積してしまうことになった、ということなどが詠述されていて、その六聯（十二句）は、内容的に、一纏りということになっていたわけであるが、以下の、三九句から五〇句までの六聯（十二句）では、いよいよ官舎に移り住むことになったことをいい、その官舎が荒れ果てていること、家屋と庭地の狭いこと、人工的な物（井戸や垣根）が不備であるのに対して、自然的な物（雑草や樹木）が我が物顔に繁茂していることなどが詠述されていて、こちらの六聯（十二句）もまた、内容的に、一纏りということになっている。作者は、いよいよ大宰府での新しい生活を開始することになるのである。

（14）**移徙空官舎**　「移徙（いし）ス空（むな）シキ官舎（くわんしや）」と訓読して、（以上のような思いを抱いて、いよいよ）人気（ひとけ）のない官舎に移り住むことになり、との意になる。

「移徙」とは、移り動くことで、ここでは、移り住むことを指示している。「空」とは、人気（ひとけ）のないこと。人の住んでいない邸宅を「空屋」「空宅」という。「官舎」とは、作者のために配所（大宰府）に用意された官舎のこと。それが、大宰府の城内にあって、都督府の南楼からさらに（朱雀大路を）南下したところの、右郭（西街区）側に位置していたことは、前聯（二三・二四句）中に、すでに詠述されていた通り。その官舎は都督府の南楼の、さらに南方に位置していたことから、「南館」《『菅家後集』「南館夜聞二都府礼仏懺悔一」詩》とも呼称されることがあった。

（15）**修営朽采椽**　「修営（しうえい）ス朽（く）チタル采椽（さいてん）」と訓読して、朽ちかけた櫟（くぬぎ）造りの質素な椽（たるき）（粗末な建物）を修繕することになった、との意になる。

作者は、いよいよ、朽ちかけた官舎の「采椽」（質素な建物）を修繕して移り住むことになったのである。本聯（三九・四〇句）もその前・後句が対句構成になっていて、「移徙」と「修営」、「空」と「朽」、「官舎」と「采椽」とがそれぞれ対語として対比されている。

なお、そのうちの、「官舎」と対比されている「采椽」のことであるが、底本の原詩には「松椽」に作られており、その一方で、同本の頭注には、「松字、板本ハ采字、一本ニ梠字ニ作ル。」（松字、板本采字、一本作二梠字一。）との校異が見えているのである。底本の原詩に「松椽」と作ったそれが、「板本」には「采椽」に作られており、同じく一本には「梠椽」

に作られている、とのその校異であるが、ここでは、大いに注目する必要があるだろうと思っている（内松桑文日の諸本も「采」字に作っている。ただ、新本のみは「梠」字に作っている。）。

と言うのは、近体五言長律詩としての本詩「叙意一百韻」の形式（「平仄式」）と本聯の後句（四〇句）とのそれが、その校異の問題に密接に関係してくることになっているからなのである。すなわち、前述したように、本詩は近体五言長律詩ということになっていて、形式（「平仄式」）も近体詩のそれの原則に即して作られていることになっているはずなのである。

しかるに、「松」字ということになると、その韻目は『広韻』〈上平声・三鍾韻〉ということになり、それは平声字に該当していることになるわけなのである。今、本聯（三九・四〇句）の後句中の四字目に「松」字を入れて、本聯の「平仄式」を図式化すると（平声を〇印、仄声を×印、平声で押韻を◎印にして表示すると）、その前句が「〇×〇〇×」ということになり、その後句が「〇〇×〇◎」ということになるはずなのである。その場合には、前句では「孤仄」が一つあることになるが、「二四不同」なり「下三連」なりといった近体詩の「平仄式」における大原則は厳守されていることになる。それなのに、後句では、同じく「孤仄」が一つある上に、「下三連」は問題無しとして、「二四不同」の大原則を犯してしまうことになるわけなのである。

本聯の後句（四〇句）中の四字目を「松」字ということにすると、その句が近体詩の「平仄式」に合わないことになり、ひいては、本詩そのものが近体五言長律詩ではないという結論に達してしまうことになるわけなのだ。それでは、大問題ということになってしまう。もしも、「板本」及び内松桑文日の諸本にあるように、それが「采」字ということであれば、その韻目は『広韻』〈上声・一五海韻〉ということになり、それは仄声字に該当していることになる。また、底本の頭注に指摘する「一本」及び新本に作るように、それが「梠（りょ）」（廂（ひさし）との意味になる）字ということであれば、その韻目は『広韻』〈上声・八語韻〉ということになり、これも仄声字に該当していることになる。

本聯の後句（四〇句）中の四字目が「采」字かということであれば、その一句の平仄の図式は「〇〇××◎」ということになり、「二四不同」の大原則を犯すこともなくなり、また「孤仄」を犯すこともなくなり、大変に好都合ということになるわけなのである。ここは、むしろ、「板本」及び内以下の諸本なり「一本」及び新本なりに従って、「采」字なり「梠」字に作るべきだろうと思う。もともと、「松椽」（松の木の椽(たるき)）では「官舎」の対語として相応しくないし、意味的にも用をなさないに違いない。

意味的に用をなすということで言えば、むしろ、「采椽」（櫟(くぬぎ)の椽）や「梠椽」（廂や椽）の方が相応しいということになるだろうし、「官舎」（修飾語＋被修飾語）の対語として相応しいかどうかということで言えば、むしろ、「采椽」（修飾語＋被修飾語）の方がより相応しいということになるだろう。本聯（三九・四〇句）における「官舎」の対語として相応しく、意味的にも用をなすということで、ここでは「板本」及び内以下の諸本が作っている「采」字を採用することにした（なお、「梠椽」の場合には、「名詞＋名詞」ということになる）。

「采」字が「松」字に誤って作られるようになった理由については未詳であるが、あるいは、「采」字が「枀」（松の別体）字と誤写され、そのように誤認されたためということになるのではないだろうか（「梠」字の場合は、これも「松」字の別体となっている「柗」字の誤写か）。「采椽」は、櫟の椽の意であり、転じて、質素な建物のことを指示することになっている。用例としては、「墨家者流ハ、蓋(けだ)シ清廟ノ守ヨリ出デン。茅屋采椽、是(ここ)ヲ以テ倹ヲ貴ブ。」（墨家者流、蓋出₌於清廟之守₋。茅屋采椽、是以貴レ倹。）〈『前漢書』巻三〇「芸文志」墨家〉との一文が見えていて、その「師古注」には、「采トハ、柞木(さくぼく)ナリ。字ハ棌ニ作リ、本ハ木ニ従フ。茅ヲ以テ屋ヲ覆(おほ)ヒ、棌ヲ以テ椽ト為ストハ、其レ質素ナルヲ言フナリ。」（采、柞木也。字作レ棌、本従レ木。以レ茅覆レ屋、以レ棌為レ椽、言₌其質素₋也。）に作られている。今、「采」（棌）字を櫟（くぬぎ）の意に訳すことにしたのは、『史記』〈巻八七「李斯伝」〉中の用例「采椽ハ斲(けづ)ラズ、茅茨(ばうし)ハ翦(き)ラズ。」（采椽不レ斲、茅茨不レ翦。）との一文に、「索隠」が「采、木名。即今之櫟木也。」に作っていて、それに従ったからなのである。大宰府において、道真がこれから居住することになる「官舎」は、もともと、質素な建物であった上に、それがもはや朽ちてしまっていて、修繕を要するまでになっていたわけなのである。作者のこれから居住することになる「官舎」は、それ程までに、質素で粗末な住宅なのであった。しかも、後の三聯（四一―四六句）を見れば、質素で粗末なのが住宅ばかりではなかったということも分かることになっている。

(16) **荒涼多失ㇾ道**　「荒涼（くわうりやう）トシテ多（おほ）ク道（みち）ヲ失（うしな）ヒ」と訓読して、（その官舎の建っている敷地の出入口のところが）すっかり荒れ果ててしまって（人の通る）道が分からない程になっていて、との意になる。

本聯（四一・四二句）の前・後句も対句構成に作られていて、「荒涼」と「広袤」、「多」と「少」、「失ㇾ道」と「盈ㇾ塵」とがそれぞれ対語となっていて、対比させられているわけであるが、ただ、「荒涼」と「広袤」との対語の場合だけは、意味内容的に、本来、「荒涼（くわうりやう）タル広袤（くわうぼう）」（荒涼広袤）〈荒れ果てた《その官舎の》敷地〉とあるべき四字句の詩語を、上下の二字ずつに分け、上の方「荒涼」を前句に、そして下の方「広袤」を後句に配置して、形式的な対語として、両者を対比させるように整えたと、ここでは考えていいだろう。つまり、形式的な対語と見なすべきだろうと思う。

すなわち、ここでは、あくまでも、「荒涼」が「広袤」の装飾語になっていると考えなければならないことになるわけで、前句（四一句）の場合にも、そして、後句（四二句）の場合にも、それ故に、主語は同じく「荒涼広袤」ということになるのである。当然に、両句の述語は同じようにそれを受けることになっている。前句の場合にも、（人の通る）道が分からない状態になっているのは、それは（その官舎の建っている）すっかり荒れ果てた敷地ということになるし、後句の場合にも、庶人の住宅のそれと変わらない程に狭い状態にあるのは、それは（その官舎の建っているすっかり荒れ果てた）敷地ということになるのである。

「荒涼」とは、荒れ果ててもの寂しいさまのことで、「荒涼」に同じ。恐らく、官舎の建っている敷地が、もともと、手入れをしていないことにより、雑草が茫々（ばうばう）と繁茂してしまっていて、それで、門から邸宅へ人を導くための道が見えなくなってしまっているわけなのだろう。官舎の庭に雑草が繁茂していたことについては、後聯（四五・四六句）において詠述されている。参考になるだろう。なお、『白氏文集』〈巻一七「江南謫居十韻」〉中にも、「草ハ合シテ門ニ道無ク、煙ハ消エテ甑ニ塵有リ。」（草合門無レ道、煙消甑有レ塵。）との一聯が見えていて、左遷先の白居易の官舎の庭に雑草が繁茂している様子が詠述されている。

(17) **広袤少盈レ廛**　「広袤ハ少シク廛ヲ盈タス」と訓読して、（その官舎の建っているすっかり荒れ果てた）敷地は庶人の住宅のそれとほとんど変わらない程に狭かった、との意になる。

「広袤」とは、土地の面積のことで、「広」は東西、「袤」は南北を指示している。『文選』〈巻二「西京賦」張衡〉中に、「是ニ於イテ径輪ヲ量リ、広袤ヲ考ヘ」（於レ是量二径輪一、考二広袤一）との用例が見えていて、その「薛綜注」に「南北ヲ径ト為シ、東西ヲ広ト為ス。」（南北為レ径、東西為レ広。）とあり、また、その「李善注」にも「説文ニ曰ク、南北ヲ袤ト曰フ、ト。」（説文曰、南北曰レ袤。）とある。ここでは、官舎の敷地の面積のことを指示していることになり、いわゆる、官舎の建っている荒れ果てた土地の広さのことを指示していることになる。

「廛」とは、居住する住まいのことをいう。ただし、『荀子』〈巻五「王制篇」〉中に、「州里ヲ順ニシテ、廛宅ヲ定メ」（順二州里一、定二廛宅一）との用例が見えていて、その「楊倞注」に「廛トハ市内ノ百姓ノ居ヲ謂フ。」（廛謂二市内百姓之居一。）とあることから、それは庶人の住まいのことを指示していることになっているのである。貴族が居住するところの、その広大な敷地を有する邸宅ではなくして、市中の庶人のそれということになっており、「廛」は、それ故に、敷地の狭少な住まいのことを指示していることになる。

大宰府において作者が居住することになった官舎の敷地たるや、ようやく、庶人の住まいのそれを満たす程度の、それこそ、狭少なものなのであった。「少」とは、「少しく・どうにかこうにか」との意であり、「盈」とは、「充足する」との意であるから、その官舎の敷地は、庶人の住まいのそれと、ほぼ、同程度の広さであったということになるだろう。それは、貴族の住まいというものではなかったのである。貴族として、従二位右大臣兼右大将まで昇り詰めた作者の、その京都の地で住み慣れた大邸宅とは、それは、まさに、雲泥の差を実感しないではいられないような、そうした住まいなのであった。荒れ果てていたばかりではなく、その官舎は、まるで、庶人の住まいのような広さでしかなかったのである。そうした官舎に移り住まなければならなかったわけであるが、作者は、改めて、左遷の悲しい身の上を、官舎に移り住んだ当初において、実感せずにはいられなかったに違いない。

　荒れ果てて、しかも、狭少な官舎について、作者は、さらに、後の二聯（四三―四六句）を使って詠述することになる。その前聯（四三・四四句）においては、井戸や垣根といった、実生活を送るための人工的な設備の欠乏について言及し、その後聯（四五・四六句）においては、庭や庭石を覆い隠す程に繁茂した、こちらは欠乏するどころか、逆に、有り余って存在することによって困惑させることになる、そうした自然物（草木）の荒れ果てた様子について言及することになる。

(18) **井壅堆レ沙甃**　「井（ゐ）ノ壅（ふさ）ガレバ沙（すな）ヲ堆（お）キテ甃（をさ）メ」と訓読して、井戸は塞（ふさ）がっていて（使いものにならず、そのために掘り返して、新たに底に）砂を敷いて修理する必要があったし、との意になる。

　本聯（四三・四四句）の前・後句においては、官舎の人工的な設備（井戸や垣根）の不備について言及していることになる。一方、後聯（四五・四六句）の前・後句においては、官舎の庭や庭石を覆い隠す程に繁茂した、その自然的な設備（草花や樹木）の不備に言及しており、ここの前後二聯（四三―四六句）を使って、作者は、結局、官舎の荒れ果てた様子を具体的に説明していることになるわけなのである。本聯（四三・四四句）の前・後句はＡＢの対句構成、そして、後聯（四五・四六句）の前・後句はＡ′Ｂ′の対句構成となっていて、ここの前後二聯（四三―四六句）の対句構成を図式化すると、ＡＢ・Ａ′Ｂ′の対比ということになるはずなのである。ＡＢは人工的な設備（井戸と垣根）の不備、Ａ′Ｂ′は自然的な設備（草花と樹木）の不備ということになっていて、意味・内容的には、それは、人工物と自然物の対比ということになるだろう。なお、また、ＡＢとＡ′Ｂ′との間においては、同じ不備ということで共通ということになっているが、意味・内容的には、ＡＢの場合には「マイナス」による不備、Ａ′Ｂ′の場合には「プラス」による不備ということになり、それは「マイナス」と「プラス」の対比ということにもなるに違いない。

「過ギタルハ猶ホ及バザルガゴトシ」（過猶レ不レ及）との格言の通りなのであって、ＡＢとＡ′Ｂ′とは、設備の不備という点では、結局は同じということになるわけであるが、ＡＢの場合には「マイナス」（不レ及）ということになり、Ａ′Ｂ′の場合には「プラス」（過）ということに、ここではなるわけなのである。人工的な設備（井戸や垣根）であるＡＢの場合には、設備としての機能不全で、不十分な状態で荒れ果てているわけなのであり、それは「マイナス」（不レ及）ということになるだろうし、自然的な設備（草花や樹木）であるＡ′Ｂ′の場合には、十分過ぎる程に繁茂した状態で荒れ果てているわけなのであり、それは「プラス」（過）ということになるだろう。不備ということでは共通点を有しているわけであるが、まさしく、「マイナス」（不レ及）と「プラス」（過）との対比ということをも、ここの前後二聯（四三―四六句）の対句構成の特色の一つとして考えてやる必要があるだろうと思う。

「壅」は、ふさがることで、「塞」字に同じ。ここは、井戸の底が余分な泥土で埋まってしまっていることを言っている。「堆」は、ここでは、「おく・さしおく」ことで、「置」字に同じ。井戸の底に積もった余分な泥土を浚った後に、新たに砂を置いて井戸の水の清潔さを保とうとしたわけなのである。「甃」は、井戸を修理すること。『易経』〈下経「井」〉中に、「六四。井甃ス、咎无シ。」（六四。井甃、无レ咎。）との用例が見えていて、『経典釈文』のそれの注の一説には、「子夏伝云、脩治也。」に作っている。井戸を修理する意味であるとする、その一説に、ここでは従うことにしたい。

なお、上記の『易経』〈下経「井」〉中には、「初六。井泥ニシテ食ハレズ。旧井ニ禽无シ。」（初六。井泥不レ食。旧井无レ禽。）との一文も見えていて、井戸の底に汚泥が沈滞している古井戸のこと、そして、その古井戸の水は人にも飲用されないし、鳥さえもが見向きもしないということが述べられている。作者（道真）が移り住むことになったその官舎にもともと備え付けられていた古井戸も、「旧井」ということで、底には汚泥が沈滞し、人の飲用にも、鳥のそれにも適さない状態であったということになるのだろう。それ故、作者は、積もった汚泥を浚っては、新たに底に砂を置いて修理する必要があったわけなのだろう。

（19）**籬疎割レ竹編**　「籬ノ疎ナレバ竹ヲ割キテ編ム」と訓読して、垣根は（櫛の歯が抜けたように）疎となって（使いものにならず、そのために、新たに）竹を削り裂いて編み直す必要があった、との意になる。

庭先に設置されている、もう一つの人工的な設備であるところの、その垣根のことについて、ここでは言及されている。これも、「マイナス」（不レ及）ということにおいて、さきの井戸と同じく、設備としての機能不全で、不備で役に立たない状態のまま、そこに放置されていたことになっている。庭先のその垣根たるや、櫛の歯が抜けたように疎となっていて、まったく垣根としての用を果たしていなかったことになっている。いわゆる、「疎籬」（まばらな垣）であったわけなのだ。例えば、「小宅ハ里閭ニ接シ、疎籬ハ鶏犬モテ通ス。」（小宅里閭接、疎籬鶏犬通。）〈『白氏文集』巻六五「小宅」〉との一聯に見えるような、道真の住むことになった官舎の、その庭先の垣根もまた、鶏や犬が自由に出入りしてしまう程度に、ここでは、それ程に「疎籬」であったと考えていいだろう。なお、「籬」は、「まがき・ませがき」の意で、竹や柴を荒く編んだ垣のことをいうが、ここでは、「割レ竹編」とあることから、竹垣のことを指示している。

なお、「疎籬」との詩語のことは言うまでもないが、上記の『白氏文集』〈巻六五「小宅」〉中の一聯に見えている「小宅」についての記述と、本詩（「叙意一百韻」）中に見える「官舎」についてのそれとの間に、やはり、関連性が強くあると見ていいのではないだろうか。と言うのは、本詩の前聯（四一・四二句）中の後句「広袤ハ少シク廛ヲ盈タス」（広袤少盈レ廛）においても、その「官舎」の小ささについて言及していたと思うからである。その敷地は、庶人の住宅のそれと変わらないほどに狭かったことになっていたわけなのであり、規模的に言って、文字通りに、道真の「官舎」は白居易の「小宅」そのものであったと言えるだろう。白居易の「小宅」と「疎籬」との関連が、「官舎」と「疎籬」との関連として、ここではそのまま利用されているに違いない。

ただ、白居易の「小宅」の「疎籬」の場合には、それを修理したとの記述は見えておらず、恐らく、村里への便利で近道な連絡通路としてそのまま放置されていたことになるわけなのだろうが、道真の「官舎」のそれの場合には、「疎籬」は、「竹ヲ割キテ編ム」（割レ竹編）と記述されていて、改めて修理されたことになっている。両者は、その点で相違していることになっている。「官舎」の庭先の垣根は、もともと、竹で作られた籬であったということになるだろう。本来、目を荒く作った竹の籬ということであったから、櫛の歯が抜けたような「疎籬」という状態になってしまい、鶏や犬が自由に出入りする程度に穴があいてしまっていたのだろう。それで、竹を割いて補修することにしたわけなのだ。

(20) **陳レ根葵一畝**　「根ヲ陳リテ葵ハ一畝ナリ」と訓読して、（庭には）根をしっかりと張り巡らした葵が一畝程も繁茂していたし、との意になる。

「陳」は、『広韻』に「陳、張也」とあり、ここでは、それに従って、張るとの意に解釈する。すなわち、「陳レ根」で、根を張り巡らすこと。「葵」が思い思いに、「官舎」の庭に勝手に根を張り巡らして繁茂しているわけなのである。なお、『礼記』〈「檀弓上」〉中の一文には、「曽子曰ク、朋友ノ墓ニ宿草有レバ、哭セズ。」（曽子曰、朋友之墓有二宿草一、而不レ哭焉。）と見えていて、その「鄭玄注」には、「宿草トハ、陳根（古い草の根）ヲ謂フナリ。」（宿草、謂二陳根一也。）に作られ、その「孔穎達疏」には、「草ハ一年ヲ経レバ、則チ根ハ陳キナリ。」（草経二一年一、則根陳。）に作られているし、また、『文選』〈巻六〇「弔二魏武帝一文」陸機〉中の一文にも、「喪殯ニ臨ミテ後ニ悲シミ、陳根ヲ覩テ哭ヲ絶ツ。」（臨二喪殯一而後悲、覩二陳根一而絶レ哭。）との用例が見えている。

つまり、以上の用例などに従えば、ここの「陳レ根」（四五句）も「陳キ根」（陳根）と訓読すべきであろうが、対語「斑レ蘚」（四六句）との関連性と、それが近体五言詩句における上二字（陳レ根）として使用されているという条件から、ここでは、敢えて「根ヲ陳ル」との訓読を採用することにしたわけなのであるが、「陳根」といい「陳レ根」といい、意味的にはそれ程の差異はないということになるだろう。一年草ではなく、二年草以上の、すなわち、多年草（宿根草）としての「葵」が庭一杯にその根を張り巡らして繁茂している状態を、どちらの訓読の場合にも指示していることになっているはずだからなのである。

何の手入れもしない庭だからこそ、多年生植物である「葵」の地下部（宿根）が残っていて、それが却って年毎に勢いを増し、今も庭一杯に繁茂して（花を咲かせて）いるわけなのだろう。「葵」は、ここでは、やはり、ウマノスズクサ科の多年草「フタバアオイ」（二葉葵）を指示していると見ていいのではないだろうか。『枕草子』〈「草は」〉中にも、「草は、菖蒲・菰・葵、いとをかし。神代よりしてさる挿頭となりけむ、いみじうめでたし。」との言及が見えているし、「フタバアオイは、本州から西の陰湿な山地に生えている。根茎は鉛筆より細い程度で節間が長く、地表をはう。頂に二葉をつけ、落葉性、葉は薄く柔らかい。四月に二葉間に一花をつける。」〈『週刊朝日百科・世界の植物』一五八五頁〉との指摘が見えているからである。

「フタバアオイ」のことならば、作者の道真の、大宰府における「官舎」の庭にも繁茂していたと考えてもいいことになると思うからなのである。その根茎は地表をはって繁殖を続けることになっており、まさしく、「根ヲ陳ル」（陳レ根）との、ここでの表現に、それは正しく適合していることになるのではないだろうか。

賀茂神社の葵祭の神事にも用いられているように、「フタバアオイ」ならば、確かに、「神代よりしてさる挿頭となりけむ、いみじうめでたし。」と見なされてもいる植物ということになるわけであるが、それが繁茂しているということは、逆に、その土地が「陰湿」であるということにもなるわけなのである。決して歓迎すべきことには、それはならないはずなのだ。

「官舎」が、それこそ「陰湿」な場所にあったということは、作者自身が、例えば、本詩「叙意一百韻」中においても、長雨の降り続いた後の様子を詠じて、「壁ハ堕チテ奔溜（落ちる雨垂れ）ヲ防ギ、庭ハ涅ミテ濁涓（濁った小さい流れ）ヲ導ス。」（壁堕防二奔溜一、庭涅導二濁涓一。）〈九一・九二句〉と述べていること、また、同じく『菅家後集』の「官舎幽趣」詩中においても、同じく雨後の様子を詠じて、「秋雨ハ庭ヲ湿シテ潮ノ落ケル地トナシ、暮煙ハ屋ヲ縈リテ潤ノ深キ家トナス。」（秋雨湿㆑庭潮落地、暮煙縈㆑屋潤深家。）〈三・四句〉と述べていることによって、容易に理解出来る。「フタバアオイ」の庭一面の繁茂は、そのこととも関係するに違いなく、作者にとっては、決して歓迎すべきことではなかったと考えていいだろう。

「一畝」は、ここでは、「フタバアオイ」が繁茂している面積のことを指示している。「畝」は、もともと、耕地の面積の単位で、古は六尺四方の面積を「歩」、一百歩を「畝」とし、秦代以後は二百四十歩を「畝」としたことになっているが、ここでは、単なる広さの単位と考えていいだろう。なぜか。例えば、「如何ゾ弁ジ得ン帰山ノ計、両頃ノ村田一畝ノ宮（住居）。」（如何弁得帰山計、両頃村田一畝宮。）〈『白氏文集』巻一四「詠懐」〉との一聯中においても、住宅の広さの単位としてそれが使われているからである。

「官舎」の敷地については、作者はすでに、それが庶人の住宅のそれと変らない程に狭かったと言っていた〈四二句〉はずで、そうであれば、その庭もそれ相応に狭かったということになるだろう。恐らく、手入れもしない庭一面に「フタバアオイ」が繁茂していて、作者の目には、それがまるで「一畝」もある程に、それ程に多く見えたわけなのだろう。人手が入らないために伸び放題、そして、繁殖のし放題ということになっていたと考えていいだろう。「根茎」を庭の至るところに伸ばし、それを庭の「地表」という「地表」に這わせたわけなのだろう。

庭が人手によってまったく手入れされておらず、人工物としての井戸や垣根がそうであったように〈四三・四四句〉、「過ギタルハ猶ホ及バザルガゴトシ」（過猶㆑不㆑及）の状態にあったということになるわけなのだ。もっとも、井戸や垣根は人工物であって、前述のように、「及バザル」（不㆑及）状態で設備としての機能を果たしておらず、つまり、「マイナス」の不備ということになっていたわけなのであるが、ここの「フタバアオイ」の場合〈四五句〉には、自然物である上に、「過ギタル」（過）状態で、景物としての、その役割を果たしておらず、つまり、「プラス」の不備ということになるわけなのである。自然物である上に、「過ギタル」（過）状態で景物としての、その役割を果たしておらず、つまり、「プラス」の不備ということになっている、ということで言えば、「フタバアオイ」の対語となっている、次句中の「石」（四六句）の場合にも、それは、まったく同じということになるだろう。

(21) **斑レ蘚石孤拳**　「蘚ヲ班トシテ石ハ孤拳ナリ」と訓読して、蘚を飾り物として生やした岩が一塊程の大きさで（庭に）放置されているのだった、との意になる。

「斑レ蘚」は、「陳レ根」（四五句）の対語。ここでは、蘚を飾り物のようにして、びっしりと生やしている状態のことを指示している。なお、「蘚」（『広韻』上声・二八獮韻）字は、底本及び新本には「薛」（同・去声・一二霽韻、入声・二一麥韻）に作られている。ただ、その底本の補注（七三〇頁）にも指摘されているように、「板本」には「蘚」字に作られているし、また、内松桑文日の諸本などにも、同じく「蘚」字に作られていることから、ここでは、敢えて、「蘚」字に従うことにした。勿論、近体五言長律詩としての「平仄式」（「粘法」の原則）からして、この四六句の上から二字目には、必ずや、仄声の字が配置されていなければならないことになっているし、後に述べるように、意味・内容的にも、「石」との関連でより適切な意味を有する字が配置されていなければならないはずなのである。

仄声の字ということで言えば、上記のように、「蘚」「薛」の両字は、共に仄声ということになっており、「平仄式」の上からは、どちらが配置されても構わないということになるだろう。どちらの字が配置されても、「平仄式」上は問題がないということになる。

それでは、意味・内容的には、どういうことになるのであろうか。当然、意味・内容上からは、多少の差異は生ずることになるはずなのだ。「薛」字の場合であれば、「コヅタ・マサキノカズラ」などの意ということになり、それは、蔓性の落葉樹のことを指示していることになるだろうし、「蘚」字の場合であれば、それは、陰地や岩石などに生える隠花植物としての苔類のことを指示していることになるだろう。ここでは、「石」（岩石）の表面を飾り物のようにそれが飾っていることになっており、そのことからすると、やはり、「蘚」字である方が、より解釈がし易いということになるに違いない。

もっとも、他の場所で生育した「コヅタ」なり「マサキノカズラ」なりが、その蔓の先端を「石」（岩石）の上にまで伸ばし、蔦をそれに固く絡み付かせて繁茂している状態を詠じたもの、として解釈出来ないことはないだろう。確かに、そうではあるが、例えば、『白氏文集』中の用例、「漠々班々タル（点々として斑を成して生えている）石上ノ苔、幽芳静緑ニシテ纖埃ヲ絶ツ。」（漠々班々石上苔、幽芳静緑絶二纖埃一。）〈巻六八「山中五絶句」石上苔〉との一聯、あるいは「黛ハ潤ヒテ新雨ニ霑ヒ、班ハ明カニシテ古苔ヲ点ズ。」（黛潤霑二新雨一、斑明点二古苔一。）〈巻六七「奉レ和下思黯相公以二李蘇州所レ寄太湖石奇状絶倫一、因題二二十韻一見上示、兼呈二夢得一。」〉との一聯を見れば、やはり、「薜」字よりも「蘚」字に作っている方を是と見なす必要があるように思えて来るが、どうであろうか。

「孤拳」は、「一拳」に同じ。対語の「一畝」とは、「一」と「孤」とで、数対となっていると見ていいだろう。「拳」は、「畝」（面積の単位）の対語ということに、ここではなっており、「拳」の方も、意味的には面積のことを指示する詩語と見なしていいだろう。「拳」は「巻」に通じることになっており〈『説文通訓定声』〉、ここでは「かたまり」（塊）の意に解釈すべきだろうと思う。例えば、「一巻石」との用例が『礼記』〈第三一「中庸」〉中に見えていて、「今夫レ山ハ一巻石ノ多キナリ。其ノ広大ナルニ及ビテヤ、草木モ之ニ生ジ、禽獣モ之ニ居リ、宝蔵モ興ル。」（今夫山一巻石之多。及二其広大一、草木生レ之、禽獣居レ之、宝蔵興焉。）との一文としてそれは作られており、そして、「巻」字については、『礼記正義』中に「巻ハ猶ホ区ノゴトシ」（巻猶レ区）との古注が見えていることになっているからである。

「一巻石」との用例の場合、「巻」は「区」（区域）の意を指示するということになっていて、その用例は、まさしく「一塊の岩」の意味ということになるだろう（「石」は「岩」に同じ）。なお、「一拳石」に作る場合にも、例えば、その用例としての、「頑賤ナリ一拳ノ石、精珍ナリ百錬ノ金」（頑賤一拳石、精珍百錬金）〈『白氏文集』巻六二「哭二崔常侍晦叔一」〉との一聯中に見えるそれの場合にも、同じく「一塊の岩」の意味ということになるはずなのであり、また、「拳石」に作る場合にも、例えば、その用例としての、「拳石ハ苔蒼翠、尺波ハ烟杳眇。」（拳石苔蒼翠、尺波烟杳眇。）（『白氏文集』巻八「過二駱山人野居小池一」）との一聯中に見えるそれの場合にも、同様の意味を持つと考えていいはずなのである（とくに、後者の「拳石」の用例の場合には、青緑色の「苔」を表面に生やしたそれのことを詠じていて、本句〈四六句〉との関連性をも指摘出来ることになるだろう）。

対語であるところの「葵」（四五句）と同じように、「石」（四六句）の方も自然物ということになるわけで、「井」（四三句）と「籬」（四四句）とが人工物であったことと対比されて、それらは配置されていることになるわけなのである。前述のように、四三・四四の両句一聯と四五・四六の両句一聯とは、AA′（人工物）とBB′（自然物）との対句形式で構成されていると考えていいし、また、AA′とBB′とは、四者ともに「官舎」の庭中に実在しているものということになっていた。そして、前者のAA′の人工物の場合には、それらは、「及バザル」（不レ及）状態で設備としての機能を果たしておらず、つまり、「マイナス」の不備ということになっていたはずなのである。

それでは、後者のBB′の自然物の場合には、それらは、どのような状態にあり、景物としての役割を果たしていたことになるのであろうか。その答えは、否ということにならざるを得ないだろう。と言うのは、前述のように、B（フタバアオイ）の場合（四五句）が、広い範囲に繁茂し過ぎてしまっていて、つまり、それは、「過ギタル」（過）状態で景物としての役割を果たしておらず、「プラス」の不備ということになっていたはずだからなのである。恐らく、B′（一塊の岩）の場合にも、民家のそれのように狭い「官舎」の敷地（四二句）の庭を、さらに、それは狭くするような大きな容量なり多くの数量なりを持った物体として実在し、つまり、それ故に「プラス」の不備なもの、対語であるBと同様に、「過ギタル」（過）状態で景物としての役割を果たさないものとして、作者には意識されていたということになるのではないだろうか。BとB′とは、共に自然物であり、共に「プラス」の不備なものであるということにおいて、共通点を有していて、その結果、共に人工物であり、共に「マイナス」の不備なものであるという、そうした共通点を有するAとA′とに、敢えて対比させられているのだと、ここでは、そのように考えるべきだろうと思う。

(22) **物色留仍レ旧**　「物色モ留メテ旧ニ仍ヒ」と訓読して、（ただ、それだからと言って、大掛かりに手を入れることはせず、官舎の）周囲の景色も従来のそれをなるべく残すようにしたし、との意になる。

本聯（四七・四八句）も見事な対句構成を形作っていて、それぞれの詩語「物色」と「人居」、「留」と「就」、「仍レ旧」と「不レ悛」とがそれぞれ密接な対応関係を有するように配置されている。そして、内容的には、その前句（四七句）の方では、「官舎」の周囲の「物色」（自然物）のことが詠じられており、その後句（四八句）の方では、「官舎」そのものである「人居」（人工物）のことが詠じられている。つまり、本聯においてもまた、自然物と人工物との対比によって、内容的な対応関係が形作られていることになっているわけなのである。

「物色」（自然物）とは、ここでは、それが「人居」（人工物）の対語ということになっており、「官舎」の周囲の景色あるいは風物を指示していることになるだろう。まさしく、それは自然物のことであり、具体的には、前聯（四五・四六句）において詠述されていた、庭中の「葵」や「石」などを含んだところの、「官舎」の周囲の「物色」（自然物）を指示していることになるだろう。すなわち、大きな容量なり多くの数量なりを持った自然物として実在し、それ故に、「プラス」の不備なもの、「過ギタル」（過）状態で景物としての役割を果たしていないもののことを指示していることになるだろう。

「留メテ旧ニ仍ヒ」（留仍レ旧）とは、（官舎の周囲の景色も）従来のそれをなるべく残すようにしたし、との意味にここではなるだろう。「仍」は、「よる・したがふ」と訓読することになっており、それ故、「仍レ旧」とは、従来のもの（景色）を改めて新しくするということはせず、元の通りのままということにする、との意味を持つことになるはずなのである。『論語』〈「先進篇」〉中に、「旧貫（もとのまま）ニ仍ヘバ之ヲ如何、何ゾ必ズシモ改メ作ラン。」（仍二旧貫一如レ之何、何必改作。）との用例が見えているが、本聯（四七・四八句）における出典の一つと考えていいだろう。

なお、その、『論語』中の一文であるが、魯国の当局者が「長府」という倉を改築して大きくした時に、孔子の弟子・閔子騫が話したとされる言葉で、それは、「元の通りにしたらどんなものだろう。何も必ずしも改めて新築する必要もあるまいに。」との意味を有している。そして、その弟子の言葉を耳にした孔子が、「夫ノ人（閔子騫）ハ言ハザルモ、言ヘバ必ズ中ル有リ。」（夫人不レ言、言必有レ中。）と言って称賛したとされている、そうした言葉ということになっている。

本聯（四七・四八句）の前句中には、既述のように「仍レ旧」との詩語が見えているし、同じく後句中には、後述のように「悛メズ」（不レ悛）との詩語も見えているのである。後句中の「不レ悛」は、まさしく「不レ改」とのそれと同じということになるはずで（ここでは、押韻の関係で、「改」〈『広韻』上声・一五海韻〉字が「悛」〈同・下平声・二仙韻、一先韻と同用〉字に敢えて作られていることになるだろう。）、本聯は、内容的にも表現的にも、かの閔子騫の「仍二旧貫一如レ之何、何必改作。」との言葉、それを耳にした孔子が称賛してやまなかったとされる言葉を、ここでの出典の一つにしていると見て間違いないはずなのである。

作者は、人気のなかった「官舎」に移り住むことになり（三九句）、さすがに、朽ち果てていた「采椽」（櫟造りの質素な椽）や実生活の上で直接に必要な「井」や「籬」は修繕することにしたが（四〇・四三・四四句）、その他の点では、「物色」（自然物）も「人居」（人工物）も出来るだけ、旧来の状態をそのまま残すように心掛けたわけなのである。それは、作者が、何となく、消極的にそうしたからなのではなく、ここでは、かの閔子騫の言葉に従うという、そうした積極的な理由付けがあったからと考えていいのではないだろうか。何よりも、そうすることが、孔子の称賛をも得られる行為ということになっているはずなのだから。

（23）**人居就不レ悛**　「人居モ就ヒテ悛メズ」と訓読して、住居の方も（新築することはせずに）従来のそれをなるべく生かすように心掛けたのである、との意になる。

「人居」は、人の住まい。すなわち、ここでは「官舎」のことを指示していることになるが、ただし、対語である「物色」（自然物）の対比ということからすると、「井」（四三句）や「籬」（四四句）などの人工的な附属の設備のことも、そこには含まれていると考えるべきだろうと思う。さすがに、「官舎」の「采椽」（四〇句）や附属の設備である「井」や「籬」は日常生活の上で、修繕せざるを得なかったわけであるが、それは、あくまでも修繕の範囲を超えない程度の、手直し作業でしかなかったわけなのであり、まったくの新築なり新造なりということには至らなかった、と作者は言いたいわけなのである。自然物の場合もそうであったが、人工物の場合にも、作者は、新築したり新造したりせずに、従来のものを出来るだけ生かすようにしたわけなのだ。両者の対比は、その点を共通項にしていることになっている。

「就」は、「留」（四七句）の対語であり、ここでは動詞「したがふ」との訓を持っていることになるだろう。もとのままに従うこと。『玉篇』にも、「就、従也。」とある。従来の、「官舎」（人工物）そのもの、あるいは、附属の設備である「井」や「籬」（人工物）などをも、なるべく生かすように工夫して、それらを使用することにしたというのである。「悛(せん)」は、「改」字に同じで、改める意。ここでは、上述したように、近体長律詩としての「一韻到底」を守るために、敢えて、「悛」（『広韻』下平声・二仙韻、同・一先韻と同用）字に作られているわけなのである。すなわち、ここの「不レ悛」は、「不レ改」の同意語ということになり、つまり、本聯（四七・四八句）が内容的にも表現的にも、かの、『論語』〈「先進篇」〉中の閔子騫の言葉「仍二旧貫一如レ之何、何必改作。」を出典にしているという、そのことが、それによって、既述の通りに、分かることになるわけなのである。作者は、閔子騫の言葉の通りに、最低限必要なものを除いて、人工物の方も、新築なり新造なりをしないことにしたわけなのであるが、それは、そうすることが、これまた前述の通り、孔子の称賛を得る、いわゆる儒教的な行為ということに繋がっていたからなのである。

（24）随レ時雖二褊切一　「時(とき)ニ随(したが)ヒテハ褊切(へんせつ)ナリト雖(いへど)モ」と訓読し、時にはその狭苦(せまくる)しさが気にならないこともなかったが、との意になる。

本聯（四九・五〇句）の場合には、「随レ時」と「恕レ己」、「雖二褊切一」と「稍安便」とが対語として対比されている。

「随レ時」は、ここでは、「何か必要な時には、機に臨んでは」との意ということになるだろう。「褊切」は、ひどく狭苦しい意。「切」は、ここでは程度の甚だしいことを指示している。自然物・人工物の両環境面から言っても、「官舎」がひどく狭苦しかったわけで、そのことについては、すでに、「広袤ハ少シク塵ヲ盈タス」（広袤少盈レ塵）〈四二句〉と詠述していた作者であるが、何か事ある時には、京都における、以前の邸宅のことをついつい思い浮かべずにはおれなかったことだろうし、そうした時には、より一層、「官舎」の狭苦しさを、作者は実感することになったに違いない。

(25) **恕レ己稍安便**　「己ヲ恕メントスルニ稍安便ナレバナリ」と訓読し、自分自身の（当時の遣る瀬ない）気持を少しでも落ち着かせるためには（そのような荒れた景色や狭い住宅である方が）かえって安心で便利だと思えたからなのである（それで、「物色」も「人居」もなるべく従来通りということにしたのである）、との意になる。

本聯（四九・五〇句）は、意味・内容的には、前聯（四七・四八句）を直接的に継承していることになっている。その前聯において詠述されていた結果が、どのような理由で導き出されることになったのかという、すなわち、原因についての言及が本聯においてなされているわけなのである。前聯と本聯との関連は、そうした因果関係にこそあると見ていいだろう。前聯において、作者は「物色」（四七句）も「人居」（四八句）もなるべく従来通りということにし、新築したり新造したりすることをしなかったと詠述していたはずであるが、どうして、そのようにすることにしたのであろうか。そうした結論を導き出すに至った理由は何であったのか、そのことに対する理由説明が、本聯においてなされているのだと言えるだろう。

「恕レ己」は、「己ヲ恕メントスルニ」と、ここでは訓読し、自分自身の（当時の遣る瀬ない）気持を少しでも落ち着かせるためには、との意味を持つ。「恕」は、「思い遣る・いつくしむ・あわれむ」との意。『左伝』〈「隠公」十一年条〉中に、「恕ニシテ（思い遣りの心をもって）之ヲ行フハ、徳ノ則ナリ、礼ノ経ナリ。」（恕而行レ之、徳之則也、礼之経也。）との用例が見えている。本聯（四九・五〇句）の作者自身の場合には、思い遣り慰めるべき対象は、勿論のこと、左遷以降の心の動揺ということになるはずで、何よりも先ず、それを落ち着かせる必要があったわけなのである。

「稍安便」は、「稍安便ナレバナリ」と訓読し、かえって安心で便利だと思えたからなのである、との意味となる。「安便」とは、安心で便利なこと。ここでは、作者の現在の心境について言い、「編切」である方が、かえって好都合であると考えられたというのである。

例えば、前述のように、白居易は自身の「小宅」について詠じているわけであるが、彼は「庾信ノゴトクニ園ハ殊ニ小ニシテ、陶潜ノゴトクニ屋ハ豊カナラズ。何ゾ労セン寛窄（広さ狭さ）ヲ問フヲ、寛窄ハ心中ニ在レバナリ。」（庾信園殊小、陶潜屋不レ豊。何労問二寛窄一、寛窄在二心中一。）《『白氏文集』巻六五「小宅」》とも言及しているのである。「小園賦」を詠じた庾信（北周の文人）の庭園のように、白居易の「小宅」のそれは狭小であり、「帰去来辞」を詠じた陶潜（東晋の文人）の邸宅のように、白居易の「小宅」のそれは狭小であったが、庭園や邸宅の広いとか狭いとか、そんなことはどうでもいいことなのであって、要は、そこに居住する人の心の用い方一つなのである、と彼は主張するのである。

たとえ、「小宅」に居住していても、そこに居住する人の心が広ければ、何らの問題もないはずなのであって、心の用い方こそが問題なのだという、そのことが「小宅」詩を詠述している白居易の結論ということになるだろう。なにしろ、前代の優れた文人であった庾信も陶潜も「小宅」に満足していたことになっているわけなのだから、と彼は主張しているわけなのである。

また、そのように主張してやまない白居易は、「小宅」の小堂に寝所を設けた後で、その利便性について言及し、「鹿ノ深草ニ眠ルニ似タリ、鶏ノ穏枝ニ宿ルガ如シ。身ヲ逐ヒテ枕席ニ安ンジ、事ニ随ヒテ屏帷有リ。」（似三鹿眠二深草一、如三鶏宿二穏枝一。逐レ身安二枕席一、随レ事有二屏帷一。）《巻六七「三年冬、随レ事鋪二設小堂寝処一、稍似二穏暖一、因念二衰病一、偶吟レ所レ懐。」》とも詠述しているのである。その寝所に身を横たえると、「まるで鹿が深々と茂った草むらの中で眠るように、そのように安眠することが出来たし、同じく、まるで鶏が安全な枝を占めて住処として眠るように、そのように安眠することが出来た」と、そこにおいて、彼はその利便性を具体的に詠述しているわけなのである。

道真が本聯（四九・五〇句）中において、「官舎」である「小舎」の、その狭小さについては時に感じながらも（四九句）、その一方で、左降の身の上を慰めるための手段の一つとしてそれを利用し、その狭小さという点に、逆に、利便性を認めることにしたのは（五〇句）、上記のような白居易の主張に首肯したからに違いない。白居易の主張によれば、「小宅」の問題はあくまでも居住する人の心の持ち方次第ということになっていたし、安眠を得るには、むしろ、その方が最適ということになっていたからなのである。

実際に、優れた詩人として尊敬すべき庾信も陶潜も、そして白居易も、「小宅」に居住していたことになっているわけなのであり、当時の道真には、さらに、何よりも「小宅」において安眠する必要が誰よりもあったと考えていいだろう。大宰府への長く悲しい旅を続けた後の彼には、白居易の主張に首肯せざるを得ないような、そうした条件がすでに揃っていたことになるわけなのだ。つまり、当時の作者自身を慰めるための手段の一つとして、「小宅」としての「官舎」は、それなりに、確かに利便性を有していたわけなのであり、作者が「物色」（四七句）も「人居」（四八句）も、なるべく旧来通りということにしたのは、そのためでもあったのである。

【評　説】

第二段落としての、第二五から五〇句までの都合十三聯には、大宰府到着直後に、作者が目にした彼の地の様子と当時の作者自身の胸中および身体の状況、そして、移り住むことになっていた謫居（官舎）の様子とそれを目にした時の作者の心中の思いとが、印象的に詠述されていると言えるだろう。目的地までの長旅が、作者をして、いかに、精神的・肉体的に疲労困憊させることになったのかということ、肉体的なそれは当然のこととして、それ以上に作者を苦しめることになったのが、精神的なそれであったということなどが、本段落においては具体的に回想され詠述されている。また、配所として彼に用意されていた「官舎」がいかに、粗末で狭小なものであったかということについても言及されている。

まずは、その形式面を見ていくことにしよう。韻字が『広韻』〈下平声・一先韻・二仙韻同用〉となっていることは既述の通りであるが、この第二段落では、阡[26]・研[30]・懸[32]・蠲[36]・編[44]がその「先韻」で、⿰火縣[28]・連[34]・権[38]・椽[40]・廛[42]・拳[46]・悛[48]・便[50]がその「仙韻」となっており、以上の計十三文字で「一韻到底」の押韻となっている（各韻字の右横の算用数字はその句の順番を指示）。

また、この第二段落の「平仄式」を図示すれば、次の通りということになっている（横の数字は句の順番を、縦の数字は句の語順を指示。〇印は平声、×印は仄声、◎印は平声で韻字となっていることを指示。）。

	1	2	3	4	5
二五	×	〇	〇	×	×
	×	×	×	〇	◎
	×	×	〇	〇	×
	〇	〇	×	×	◎
	〇	〇	〇	×	×
三〇	×	×	×	〇	◎
	×	×	〇	〇	×
	〇	〇	×	×	◎
	〇	〇	〇	×	×
	×	×	×	〇	◎
三五	〇	×	〇	〇	×
	×	〇	×	×	◎
	×	〇	〇	×	×

	1	2	3	4	5
	〇	×	〇	〇	×
四〇	〇	〇	×	×	◎
	〇	〇	〇	×	×
	×	×	×	〇	◎
	×	×	〇	〇	×
	〇	〇	×	×	◎
四五	〇	〇	〇	×	×
	〇	×	×	〇	◎
	×	×	〇	〇	×
	〇	〇	×	×	◎
	〇	〇	〇	×	×
五〇	×	×	×	〇	◎

×××〇◎

近体五言長律詩としての、その「平仄式」上の大原則、例えば、「粘法」「二四不同」「下三連」などのそれは、この第二段落においても厳守されていることが分かる。ただ、なるべく避けることが望ましいとされている「孤平」が一つ（三六句）と、同じく「孤仄」が二つ（三五・三九句）とを、本段落の場合にはそれぞれ犯していることが確認出来、その点だけが第一段落のそれと相違していることになっている（第一段落の場合には、既述の通り、「孤平」・「孤仄」さえも、一つとして犯すところがなかった）。

なお、この第二段落は、以上のように都合十三聯によって構成されているわけであるが、勿論、近体詩の法則通りに、すべてに対句形式が採用されている。各聯ごとの内容上の対比については、すでに〔語釈〕の項において述べた通りであり、また、以下に改めて追加説明するつもりであるが、大変に見事な構成ということになっている。今、それとは別に、形式的（平仄式）な対比ということから、この第二段落における十三聯を見てみると、これまた、大変に見事な構成と言うことが出来るはずなのである。

右の図式を見れば分かる通り、各聯の前・後句の平仄の配置が正しく逆になるようになっているものが、都合十三聯のうち、九聯にも及んでいるわけなのである。さきの第一段落の都合十二聯の場合には、それが十聯にも及んでいて、そこに作者の努力と技巧の跡とを認めることにしたわけであるが、この第二段落の都合十三聯においても、やはり、作者に対して同じような評価を下してやる必要があるのではないだろうか。見事な技巧である、と。

近体詩としての「平仄式」上から言って、既述の通り、四〇句の四字目が底本に「松」字に作られているのは、やはり、それは誤字と見なさざるを得ず、内松桑文日の諸本に「采」字に作られている、そちらの方を正しいものと認めなければならないことになるだろう。四〇句の四字目は、「二四不同」の大原則から言って、それが仄声字でなければならないことになっているのに、「松」字は平声字（『広韻』上平声・三鍾韻）ということになっているからなのである。「松」

字ということになると、四〇句は「二四不同」の大原則を犯すことになり、近体詩としての「平仄式」に違犯することになってしまう。そして、その場合には、本詩「叙意一百韻」そのものが近体五言長律詩には、そもそも、ならないことになってしまうわけなのである。

やはり、ここでは、内本以下に作られている「采」（『広韻』上声・一五海韻）字を採用しなければならないだろう。「采」（櫟の意）字ということになれば、「平仄式」上からは、それは仄声ということになり、その結果、「二四不同」の大原則は厳守されることになるわけだし、意味・内容上からも、「采椽」（櫟の垂木の質素な建物）という名詞を形作ることになって、対語である「官舎」のそれと見事に対比していることになるわけなのだ。「官舎」（官人の宿舎、の意）も「修飾語＋被修飾語」によって構成されている名詞ということになるし、「采椽」の場合も同様ということになるはずだからである。意味・内容上からも、両者は見事な対語ということになるに違いない。

ところで、ついでに言及すると、底本の頭注には、「一本梠字に作る」とあって、四〇句の四字目が「梠」（『広韻』上声・八語韻）字に作られているテキストがあることになっている（新本も、「梠」に作っている。）。「梠」字の場合には、確かに、「平仄式」上からは、それは仄声ということになり、その結果、「二四不同」の大原則は、「采」字の場合と同様に厳守されることになるわけであるが、意味・内容上から考えると、それは、「ひさし・のき」（廂・軒）の意ということになっていて、「梠椽」（廂・軒と垂木）との名詞は、「名詞＋名詞」によって構成されていることになるわけなのである。前述のように、対語としての名詞「官舎」の構成が「修飾語＋被修飾語」の構成になっていることを考え合わせると、「梠椽」に作られているよりも、やはり、「采椽」に作られている方が、意味・内容上から言って、より良いということになるだろう。

ここでは、以上の理由によって、四〇句の四字目を「采」字に改めて作ったわけであるが、改めて、そのように作ったということで言えば、もう一つ、四六句の二字目も、底本に、「薜」（『広韻』去声・一二霽韻、同・入声・一二麥韻）字に作っているのを、改めて、「蘚」（同・上声・二八獮韻）字に作ることにした。「平仄式」上からは、「薜」字に作る場合も「蘚」

字に作る場合も、どちらであって、どちらでも、配置することは可ということになるが、ここでは、もっぱら、意味・内容上から、「薜」（つる草の一種である、マサキノカズラ、の意）字、それを「蘚」（こけ、の意）字に改めて作った。底本の補注（七三〇頁）にも、「薜字、板本蘚字に作る。」とあり、ここでも、その「板本」及び内松桑文日の諸本に従うことにしたわけなのである（なお、新本は、「薜（イ蘚）」に作っている。）。

　四六句の二字目の場合、意味・内容上から言えば、〔語釈〕の項で既述したように、「孤拳」の岩を飾っているところの植物を指示していることになるわけであるが、「マサキノカズラ」（薜）と「コケ」（蘚）とのどちらを採用するかということになると、やはり、後者に作った方が、意味・内容上からは説得力に富むように思えるのである。蔓（つる）性の常緑灌木である前者よりも、岩上を飾り彩（いろど）るものとしては、後者の方がより相応しく、好都合であるに違いないと考えるからである。恐らく、道真が移り住むことになった狭い「官舎」の庭には、それをさらに狭くするような、大きな容量なり、多くの数量なりを持った一塊（かたまり）の物体として、それが実在していたのだろう。つまり、その、大きさと多さの故に「過ギタル」（過）状態ということになるところの、そうした、景物としての役割をむしろ果たさないものとしての、すなわち、「コケ」（蘚）によって飾り彩られた「孤拳」の岩があったわけなのだろう。今は、そのように考えておくことにしたい。

　意味・内容上から、この第二段落（第二五から五〇句まで）を概観すると、大宰府到着直後の道真の、その肉体的・精神的な疲労が極限に達していて、その道中がいかに困難なものであったかということ、また、配所に用意されていた「官舎」がまったく不十分なものでしかなく、敷地・建物・設備・景物のどれ一つを取っても、傷心の作者をして、満足させるどころか、かえって、いかにも、気分を滅入らせるものであったかということが具体的に詠述されていると言えるだろう。都合十三聯がそれぞれ一聯ごとに独立している上に、それぞれの前聯と後聯との意味・内容上の脈絡が、第一段落のそれに引き続いて、見事な仕上がりを見せていることになっている。

　さきの第一段落の、その、最後の一聯（二三・二四句）と意味・内容上で連結していることになる、本第二段落の冒頭の一聯（二五・二六句）においては、大宰府への長旅をまさに終えて、作者が目的地に第一歩を踏み出そうとするところから語り始められている。その、前聯（二三・二四句）では目的地に到着して、作者の乗った「車」がいよいよ停車したことになっていたが、この冒頭の一聯では、作者はその「車」から降りることになるわけなのだ。

当然のことに、そこでの作者の心中には、長旅を終えて目的地に到着したという、そのことによる喜びなどは、あるはずもない。大宰府への第一歩が、彼にとっての、長旅による精神的・肉体的な苦しみの総仕上げということを意味していたはずなのだから。しかし、その第一歩は、もとより、踏み出さざるを得ないことになっているのだ。ここでの「宛然」（二五句）とは、そうした当時の作者の気分を正しく吐露した詩語と見なす必要があり、「ゑんぜん」ではなくして、敢えて、「うつぜん」（「鬱然」に同じ）と音読し、ひどく気分が塞がったさまを表現した詩語としてそれを理解しておく必要はあるだろうと思う。

例えば、『史記』〈巻一〇五「扁鵲倉公列伝」〉中に見える「寒湿ノ気ノ、宛篤シテ発ラズ、化シテ虫ト為ル。」（寒湿気、宛篤不レ発、化為レ虫。）との一文に、「集解」が注を付して、「宛」字の音と訓とを指示し、「鬱」字に作るべしと言っているのである。今は、それに従って、ここの「宛然」も「鬱然」（気分のひどく塞がるさま）の同意語と見なして解釈することにしたい。まさに、大宰府への第一歩を、道真は結ぼれた気分のままで踏み出すことになったわけなのである。

なお、ここの「小閣」とは、〔語釈〕の項で既述したように、これまた、「小車」の同意語と見なして解釈する必要があるだろうと思う。底本の頭注には、「閣は、門の両わきにある長いくいで、門扉をとどめおさえるもの。転じて、たかどの。」との解釈がなされているが、その解釈では、やはり、本聯（二五・二六句）における前・後句の意味・内容上の脈絡、そして、特に、前聯（二三・二四句）の後句と本聯（二五・二六句）の前句とのそれが不十分ということになるに違いない。「小閣」とは、ここでは「小車」の言い替え表現と見なすべきだろうと思う。「閣」については、『広雅』〈「釈詁」二〉中に「閣、載也。」とあり、乗り物の意をそれが指示することもあることになっているから、ここでは、それを、敢えて、

「車」の意にとってもいいことになるわけなのだ。「小閣」を「小車」の意味にとれば、前聯の後句（二四句）と本聯の前句（二五句）とは、意味・内容上から言って、極めて密接な対応関係にあるということになり、両句の脈絡は、それによって十分に密接なものということになって来るはずなのである。何故か。大宰府の「右郭ノ辺」に作者の乗った車が停止し、目的地に到着したわけなのである（二四句）。作者には、当然に、次に、下車して目的地に第一歩を踏み出すという動作を行なう必要があることになっているわけなのであり、その動作のことを詠じているのが本聯の前句（二五句）であるということにすれば、両句の意味・内容上の脈絡は、確かに、それで十分に密接なものということになるはずだからである。

　作者は、目的地に到着後、気分がひどく塞がったままに、乗って来た「小車」から下車せんとしてその出入口を開け放ったわけなのである。作者を目的地まで運んで来たのが、馬車であったということは、前段落中の一二句、あるいは一九・二三句の詠述によって、それは、明白に確認出来ることになっているわけであるが、その馬車に引かれ載せられてきた車箱（車の胴の部分に当たり、車に乗る人や乗せる荷物を入れるところ。）のことを、ここでは「閣」と表現していると考えていいだろう。「小閣」（二五句）をさきに「小車」と解釈したが、具体的に言えば、馬車が引き載せているところの、その小さな車箱のことを指示していることになるだろう。

　例えば、後梁の甄玄成（字、敬平）の作に「車賦」があり、そこに、「其ノ駕スル（車に馬を繋げる）ニ及ビテヤ、……始メ軛ニ向ヒテ竜ノゴトク転ジ、就チ轅ニ入リテ獣ノゴトク躍ル。或イハ鼽鼽シテ（鼻を仰向けて）鼻ヲ鳴ラシ、或イハ参差トシテ（ばらばらなさま）脚ヲ動カス。咆哮シテ転（車上の荷物）ヲ歇サントシ、鬱怏シテ（気分が塞がるさま）閣ヲ隕サントス。」（及二其駕一也、……始向レ軛而竜転、就入レ轅而獣躍。或鼽鼽而鳴レ鼻、或参差而動レ脚。咆哮歇レ転、鬱怏隕レ閣。）（『初学記』巻二五「車」所収）との一文が見えているのである。対語としての「転」字を車上に載せられた荷物の意として、ここで解釈すれば（『左伝』〈襄公二十四年条〉中の「皆転ニ踞シテ琴ヲ鼓ス」〈皆踞レ転而鼓レ琴〉との一文に、杜預が注して「転、衣装。」に作っており、今はそれに従う。）、対比上、「閣」字は車箱の意ということになるだろう。

車に繋がれることを嫌がって、それで暴れ回っては嘶き、車上の「転」や「閣」を落とそうとしている、そうした馬の様子が見事に詠述されているわけであるが、以上の一文中にも、「転」字の対語としての「閣」字が、確かに見えている。用例と考えていいだろう。対語である「転」字を、車上に載せられた荷物の意と解釈すれば、「閣」字は、当然に、人や荷物を載せるための車箱を指示する言葉ということに、ここではなるだろう。「閣」字には、『広雅』〈「釈詁」二〉中に「閣、載也。」とあるように、「載せる・載せるもの」との意もあることになっているのだから。

さて、そのように解釈すれば、本段落（第二段落）の冒頭の、その、二五句中に見える詩語「小閣」も、既述のように、前句（二四句）中で詠述されている詩語「車」との関連で使用されていると見ていいことになるはずなのである。逆に、前聯（二三・二四句）との表現・内容上の脈絡から言って、そのように考えなければならないだろう。「駕」とあり「車」とある前聯との関連から、ここの「小閣」も、作者がこれまで乗って来た「小さな車箱」の意と解釈する必要があるに違いない。

目的地の大宰府に到着し、それによる一片の喜びをも感じないままに、仕方無く、作者の道真は、これまで乗り続けて来たところの、その、小さくて狭い車箱の出入口を開けて、已む無く第一歩を踏み出すことにするわけなのである。そこは、「南楼ノ下」（二三句）の、「右郭ノ辺」（二四句）の、配所となっていた「官舎」の前なのであった。小さな車箱の出入口となっていた扉なり簾などを開けて車の外に目をやると、道路一杯に見物人が押し寄せていて、大宰府の地に第一歩を踏み出そうとする作者の道真を、さも、珍しそうに眺めているのだった。

前段の末尾の一聯（二三・二四句）と本段の冒頭の一聯（二五・二六句）との意味・内容上の脈絡については、以上のように解釈しておきたい。まことに見事な意味・内容上の表現技巧と言えるのではないだろうか。

第三段落

大宰府に身を置くことになって、少しでも気持を落ち着かせるために、官舎の佇まいや周辺の環境に新たに手を加えることもせず、ほとんど、整備し造り替えようともしなかった作者なのであるが、一方で、同じく、心の安らぎを求めんとして、自身と同じように、時運に不利な境遇に身を置いたとされる、そうした過去の歴史上の人物たちのことに思いを致し、彼等の苦しみについて改めて積極的に知ろうとする。その結果、心が少しく安らぎ、少しく諦めの気持を抱くようになった頃に、季節は春から夏に確実に移り変わり、作者は、ようやくのことに、大宰府の地に住む人々の民俗や習慣にも目を向け、周辺の環境についても客観視出来るようになっていく（第五一から八〇句まで）。

【原　詩】

「同(1)レ病求二朋友一、助(2)レ憂問二古先一◎。才(3)能終蹇剝、富(4)貴本迍邅◎。傅(5)築巌辺耦、范(6)舟湖上扁◎。長(7)沙沙卑湿、湘(8)水水瀰瀯◎。爵(9)レ我空崇レ品、官(10)レ誰只備レ員◎。故(11)人分レ食噉、親(12)族把レ衣湔◎。既(13)慰二生之苦一、何(14)嫌二死不一レ遄◎。春(15)蠶由二造化一、忖(16)度委二陶甄一◎。荏(17)苒青陽尽、清(18)和朱景妍◎。土(19)風須漸漬、習(20)俗擬二相沿一◎。苦(21)味塩焼レ木、邪(22)羸布当レ銭◎。殺(23)傷軽下レ手、群(24)盗穏差レ肩◎。魚(25)袋出垂レ釣、簈(26)篁換叩レ舷◎。貪(27)婪興レ販米、行(28)濫貢レ官綿◎。鮑(29)肆方遺レ臭、琴(30)声未レ改レ絃◎。(31)已上十句、傷二習俗不一レ可レ移。」（計十五聯）

【訓　読】

「病を同じくせんとして朋友を求め、憂を助けんとして古先に問ふ。才能も終には蹇剝たればなり、富貴も本より迍邅たればなり。傅の築くこと巌辺に耦たりて、范の舟うかぶること湖上に扁たり。長沙は沙は卑湿にして、湘水は水は瀰瀯たり。我に爵して空しく品をのみ崇くせしめ、誰をか官して只だ員にのみ備へしむる。故人として食を分けて噉ふがごとくし、親族として衣を把りて湔ふがごとくす。既にして生の苦しきを慰めらるれば、何ぞ死の遄ならざるを嫌はんや。春蚕せらるるは造化に由ればなり、忖度せらるるは陶甄に委ぬればなり。荏苒たる青陽の尽くれば、清和なる朱景は妍し。土風にも須く漸く漬るべく、習俗にも相沿はんことを擬す。苦味には塩もて木に焼かんとし、邪贏には布もて銭に当てんとす。殺傷も軽しく手を下し、群盗も穏かに肩を差ぶ。魚袋もて出だして釣を垂らし、箄篁もて換へて舷を叩く。貪婪なり販を興さんとするの米、行濫たり官に貢がんとするの綿。鮑肆は方に臭きを遺し、琴声は未だ絃を改めず。已上の十句は、習俗の移す可からざるを傷む。」

【通　釈】

「（同病相憐むの喩えを信じて、同じく気持を少しでも落ち着かせるために）わたしと同じ（心の）苦痛を抱いていたとされる（歴史上の）人物をわが友人とするべく（書物の中にそれらの人々を）捜し求め、わたしのその悩みを取り除く手助けをしてもらおうとして（そうした）過去の人物たちに（書物を通して）質問をすることもしてみた〈五一・五二句〉。

（なんとなれば、過去いつの世の）たとえどんな優れた才能の持ち主であっても、結局は、時運の巡り合わせが利・不利ということになれば、それに逆らうことが出来ないことになっているからなのであり、（なんとなれば、過去いつの世の）たとえどんな高い富貴に恵まれた人物であっても、言うまでもなく時運の巡り合わせが利・不利ということになれば、それに行き悩み進みかねることになっているからなのである〈五三・五四句〉。

（だからこそ、例えば、あれ程の才能の持ち主であった殷代の）傅説でさえも（時運の利に遭遇することになる以前には）巌頭で二人並んで杵で築き土を固めていなければならなかったのであり、（だからこそ、例えば、あれ程の富貴にめぐまれることになった越国の）范蠡でさえも（時運の利に遭遇することになる前には）湖上に一艘の小舟を浮かべて一人何方へか姿を暗まさなければならなかったのである〈五五・五六句〉。

（同じく、だからこそ、あれ程の学才や文才に優れた前漢の賈誼でさえも、時運の不利に遭遇することになった後には）長沙の砂浜に左遷されてしまいその土地において低くて湿気の多い中での生活を経験しなければならなかったのであり、（同じく、だからこそ、あれ程の富貴にめぐまれた楚国の屈原でさえも、時運の不利に遭遇することになった後には）湘水の水辺に追放されてしまいその水流の深くて広い川面に身を投じなければならなかったのである〈五七・五八句〉。

（その賈誼や屈原と同じような運命を辿ることになり、大宰府に左遷されることになったわたしであるが）そうしたわたしに対して（権力者は事件の直前には）爵位をなおも授けて（その結果、左遷によって）位階だけを高くするようにさせたし、いったい誰に対して（権力者は大宰員外帥という）官職を授けたであろうか、他でもないこのわたしに対して（その新たな）官職を授けて（大宰府の役人の）員数を充足させようとしただけなのであった〈五九・六〇句〉。

（左遷を経験した者同士であるので、書物の中の彼等〈賈誼・屈原〉に対してわたしは）まるで一つの飯を（長旅の途中で）分け合って食べる友人のような、そのような親しい気持を（彼等に）感じないではいられなかったし、（同じく書物の中の彼等に対してわたしは）まるで（訪れた旅人の）汚れた衣服を脱がせて（さっそくに）洗濯する（旅を続けて来た人を心から接待する）親族のような、そのような懐かしい気持を（彼等に）抱かないではいられなかった〈六一・六二句〉。

（以上のように、官舎の佇まいになるべく手を加えないことにする一方で、過去の歴史上の、時運の巡り合わせによって左遷を経験することになった人物たちのことをも改めて知った結果、わたしは大宰府への左遷という）人生の苦杯を嘗めることになったこのたびの我が心の中を少しばかりは慰めることに成功したので、一日も早く死にたいものだと念願してやまなかったそれまでの気持をどうにか抑え込むことが出来るようになった（もう少しの間、この大宰府の地で生きてみようかと思うようにさえなった。）〈六三・六四句〉。

（とにかく、天下万物がその運命を）搗き砕かれ（変化・推移せざるを得ないことになってい）るのはもとより造化のなせるわざということになっているし、（とにかく、天下万物がその運命を）断ち切られ（変化・推移せざるを得ないことになってい）るのはもとより天工のおぼしめしということになっているのだ（このたび、わたしの時運の巡り合わせが利から不利になったのも、これは造化天工のなせるわざなのであり、おぼしめしなのであって、仕方なかったことなのだ。）〈六五・六六句〉。

（天下万物の変化・推移ということで言えば、例えば、季節もまさしくそうなのであって、以上のような、この大宰府の地で少しの間生きてみようとの考えをわたしが持つようになった時分には、大宰府の地にも）柔らかで穏やかな春の季節は行き過ぎてしまい、清らかで和いだ陰暦四月の初夏の季節が気持よく訪れるようになっていた〈六七・六八句〉。

（大宰府の地に改めて生きようとすれば）その土地の風俗にも少しずつ慣れ親しむことが必要となり、（同じく、大宰府の地に改めて生きようとすれば）その土地の人々の慣習にも少しずつ打ち解けることが必要となる〈六九・七〇句〉。

（それ故に、大宰府の土地の風俗や人々の慣習に対してわたしは改めて目を注ぐことにしたわけであるが、なんと、ここの土地では）苦味を作り出そうということで鹹味に酸味を加えるようなことをしているし（甘・酸・鹹・苦・辛の五味をごちゃ混ぜにしているし）、（なんと、ここの土地では）不正な利益を得ようということで布貨を銭貨と同等なものと見なすようなことをしているのであった（貨幣の種類とその価値とをごちゃ混ぜにしているのであった）〈七一・七二句〉。

（また、地元の人々は他人を）殺傷するようなことをも平気でやってのけているし、盗賊どもも肩で風を切るようにして平気でのし歩いているのであった（犯罪が多発しているというのに、それを十分に取り締まることが出来ない有り様なのである。）〈七三・七四句〉。

（さらに、地元の役人たちの中には、彼等が儀式の際に身に帯びることになっている）魚形の符契を入れる袋から釣り糸を取り出してそれを垂らして魚釣りに興ずるような者までいるし（公私混同をして平然としている者もいるし）、（そうして一方では、魚を網で掬い取ることに興ずる彼等の中には同じく、公用車の）車の塵除けや覆に使われている竹材を引っ剝がして、それで舷を叩いて魚を追い立てるようなことまでしているのであった（公共物をみずから破損して私的な遊びにそれを利用し少しも恥じない、そのような公私混同の役人までいるのであった。）〈七五・七六句〉。

（さらに、地元の農民たちの中には、極めて欲深くて、市場で）販売することになっている米（を売り惜しんではそ）の値段を勝手に上げて暴利を貪(むさぼ)ろうとするような者がいるし、（同じく、地元の農民たちの中には、極めて罪深くて）献納することになっている綿の品質を勝手に落としては官庁を誑(たぶら)かそうとするような者までいるのであった〈七七・七八句〉。（以上、大宰府の土地の風俗や人々の慣習に改めて注目して気付いたわけであるが）小人(しょうじん)どもは寄ってたかって昔から悪事のし放題、政庁の方も法律を改めて彼等を厳しく取り締まろうとは今もしていないのであった〈七九・八〇句〉。（以上の十句は、京都と違って大宰府の土地の風俗や人々の慣習が容易には改善出来ない程に、それ程に悪いのを悲しんで詠述したものである。）

【語　釈】

（1）**同㆑病求㆓朋友㆒**　「病(やまひ)ヲ同(おな)ジクセントシテ朋友(ほういう)ヲ求(もと)メ」と訓読し、（同病相憐(あわれ)むの喩(たと)えを信じて、同じく気持を少しでも落ち着かせるために）わたしと同じ（心の）苦痛を抱いていたとされる（歴史上の）人物をわが友人とするべく（書物の中にそれらの人々を）捜し求め、との意になる。

「同㆑病」は、ここでは「病(やまひ)ヲ同(おな)ジクセントシテ」と訓読し、「病ヲ同ジクスルモノハ相憐(あはれ)ム」（同㆑病相憐）との一文の省略形となっていると見ていいだろう。『呉越春秋』〈闔閭内伝〉第四〉中に、「病ヲ同ジクスルモノハ相憐ミ、憂(うれひ)ヲ同ジクスルモノハ相救(すく)フ。」（同㆑病相憐、同㆑憂相救。）との一文が見えていて、これが出典であろう。ここでは、そのうちの「相憐」の部分が意味的に省略されていると考えられる。本詩「叙意一百韻」の場合には、詩語「同㆑病」は、本聯後句（五二句）中の「憂(うれひ)ヲ助(たす)ケントシテ」（助㆑憂）とのそれの対語ということになっているわけであるが、改めて後述するように、その詩語「助㆑憂」とは、出典の一文中に見える「同㆑憂」との、そちらの方の言い替え表現と見ていいことになるはずなのである。対語である以上、当然のことに、「助㆑憂」の方もまた、「相救」の部分が、ここでは内容的に省略されていることになるだろう。「同㆑病」と「助㆑憂」とが互いに対語関係にあること、そして、それらが「同㆑病」と「同㆑憂」との対語関係に基づいて表現されていることを知れば、上記の、『呉越春秋』中の一文が、ここでの出典になっていること、これは明白ということになるに違いない。

もとより、作者の道真が「病ヲ同ジクセントシテ」（同レ病）、そのために「朋友」を書物の中に求めようとしたのは、出典の一文中からして、それは、その「朋友」たちと互いに自分たちの「病」（時運の不利ということにより、左遷という事実を受けたことによる苦痛）について心の中で話し合い、そして、同情し合おうと思ったためなのである。互いに同情し、同情されること、すなわち、互いに慰め合うことによって、道真自身の「病」の苦しみも、そのことによって少しく緩和されることになるのではないかと、そのように思ったからなのである。

「朋友」は、ここでは、本聯後句（五二句）中の詩語「古先」（過・以前）の対語ということになっており、恐らく、意味的には「古先ノ朋友」（古先朋友）との四文字、それを対語とするために、敢えて「古先」と「朋友」との二文字ずつに分割し、互いに配置することにしたわけなのだろう。押韻の関係（「先」字で韻を踏むため）で順序が入れ替わって、「朋友」の方が前句（五一句）中に、「古先◎」の方が後句（五二句）中に配置されているが、意味的には、ここの「朋友」とは、まさしく「古先」のそれということにしなければならないはずなのである。「過去」の友人というからには、それは書物の中でしか知ることの出来ない人物ということになるだろう。例えば、『文選』〈巻二一「詠史八首」左思・其七〉中にも、「四賢（主父偃・朱買臣・陳平・司馬相如の四人）ハ豈ニ偉ナラザランヤ、遺烈ハ篇籍（書物）ニ光ケリ。其ノ未ダ時ニ遇ハザルニ当タリテヤ、憂ハ溝壑ニ塡ルルニ在リシナリ。英雄モ屯邅スル有リテ、由リ来ルコト古昔自リス。」（四賢豈不レ偉、遺烈光二篇籍一。当二其末レ遇レ時、憂在レ塡二溝壑一。英雄有二屯邅一、由来自二古昔一。）との五言三聯が見えていて、過去の四人の偉人を書物中から取り上げ、それらの人々の残された業績は今でも書物の中に輝いている、と述べられている。まさしく、道真もまた、そのような、時運の激変に遭遇して、なおも「遺烈」を書物の中に輝かせている人物たち「四人」を「古先朋友」として捜し求めようとしたわけなのである。

道真の場合、それがどういう過去の人物たちであったのかということは、後聯（五三・五四句）中に詠述されていて、才能に恵まれていたにもかかわらず、突然に時運の激変という、そうした運命を引き受けることになったり（前句）、身分が高貴であったにもかかわらず、これまた突然に時運の激変という運命を引き受けることになったりした（後句）、そうした人物たちということになっている。さらに、その後の二聯（五五—五八句）において、それらの過去の人物たちが具体的にどういう人物であったのか、作者はそれらの四人の個人名を明示することにしており、殷の時代の傅説（ふえつ）（五五句）・春秋時代の越国の范蠡（はんれい）（五六句）・前漢時代の賈誼（五七句）、そして戦国時代の楚国の屈原（五八句）の四人がまさしく、ここでの作者の「古先ノ朋友」（古先朋友）であったということが分かるようになっている（さきの左思が列挙した「四賢」とは人物が入れ変っていて、注目される。）。すなわち、本句「同レ病求二朋友一」（五一句）から五八句「湘水（しやうすい）ハ水（みづ）ハ奫潫（ゐんわん）タリ」（湘水水奫潫）までの都合四聯八句は、内容的には、道真が列挙することにした四人の「古先朋友」について言及したところの、そうした一連の構成・詠述ということになっているのである。

本句（五一句）の直前に配置された都合六聯（三九—五〇句）において、作者の道真は移り住むことになった「官舎」の狭小さや設備の不具合のことを詠述しながら、それでも、その佇（たたず）まいや周辺の環境には敢えて新たに手を加えようとはしなかったと言っていて、それは、大宰府到着直後の作者の心の不安を少しでも慰撫したいとの思いからなのであった、とそのように彼は述べていたはずなのである（五〇句）。すなわち、大宰府到着後の作者がまず最初に試みたこと、それはやはり、自身の心の不安を少しでも慰撫するための方策を実行に移すことだったわけなのであるが、ただ、最初のそれは、「官舎」の佇まいや周辺の環境に敢えて新たに手を加えないことだったわけなのであり、つまり、消極的な方策の実行ということに、それはなるはずなのである。勿論、そうした最初の消極的な方策だけで、作者の心の不安が十全に慰撫されるはずはなく、そのためには、何かしら、今度は、積極的な方策を実行する必要が出て来ることになるだろう。

次に、実行しなければならないその積極的な方策の一つ、それが本句（五一句）以下で詠述されている、書物の中から「朋友」や「古先」を捜し出すこと、作者の道真自身と同じような、時運の激変という、そうした運命に突然に遭遇することになってしまった体験を持ち、そのために苦しみ抜くことになったはずの過去の、歴史上の人物たち、そうした人物たち四人を見付け出し、その苦しみを改めて追体験することだったわけなのである。書物の中で彼等の苦しみを改めて追体験することによって、作者は自身の心の不安を少しでも慰撫しようと試みることにしたわけなのだ。確かに、それは積極的な方策の一つであったと言えるだろう。

(2) **助レ憂問二古先一** 「憂ヲ助ケントシテ古先ニ問フ」と訓読し、わたしのその悩みを取り除く手助けをしてもらおうとして（そうした）過去の人物たちに（書物を通して）質問をすることもしてみた、との意になる。

本聯（五一・五二句）も見事な対句構成となっていて、本句（五二句）中の「助レ憂」「問」「古先」との詩語は、前句（五一句）中の、それぞれ「同レ病」「求」「朋友」とのそれらと対語ということになっている。前項で述べたように、本句中の「助レ憂」もまた、前句中の対語「同レ病」がそうであったように、『呉越春秋』〈「闔閭内伝」第四〉中に見えている「同レ病相憐、同レ憂相救。」との一文を出典にしていると考えていいだろう。その出典の後句中に、「憂ヲ同ジクスルモノハ相救フ」との言及が見えているからなのである。ここでは、本句中の詩語「助レ憂」が、出典中の「同レ憂」の言い替え表現と考えていいことになるはずで、出典中に述べられている、「心の不安を同じように抱く者たちは互いに救い合う」とのその意見も、意味的にそのまま本句中に援用されていると見ていいだろう。

当時の作者（道真）は、自身の「心の不安」を積極的に取り除こうとして、先ずは、書物の中に記述されている「同レ病」の人物たちのことを改めて読み直し、彼等を互いに憐み合うための「朋友」と認め、そうした人々を捜し求めることにした（五一句）わけなのであるが、勿論、互いに憐み合うだけでは満足出来るはずはなく、更に、「心の不安」を積極的に取り除いてもらう必要が、作者には生じて来たわけなのだ。当時の作者の「心の不安」を取り除く手助けをしてくれる人物たちを、今度は書物の中から見付け出すことにしたわけなのである（五二句）。

「古先」とは、「いにしへ・昔」との意。ここは、書物の中に記述されている過去の人物の伝記のことを指示。前句（五一句）中の詩語「朋友」の対語となっていることは既述の通り。ここは、本来的に「古先ノ朋友」（古先朋友）とあるべきところを、本聯（五一・五二句）を対句仕立てにする必要から、「古先」と「朋友」とにそれぞれ分割し、押韻（「先」字）の関係で前者の方を後句（五二句）中に、後者の方を前句（五一句）中に配置したと見ていいだろう。今は、そのように考えて通釈することにした。なお、上記のように、『文選』〈巻二一「詠史八首」左思・其七〉中の一文にも「由リ来ルコト古昔自リス」（由来自二古昔一）とあって、そこに「古昔」との詩語が見えていたはずであるが、ここの「古先」はその類語と見なしていいだろう。「昔」字を「先」字に作ったのは、押韻の関係であったに違いない。

（3）**才能終蹇剝**　「才能モ終ニハ蹇剝タレバナリ」と訓読し、（なんとなれば、過去いつの世の）たとえどんな優れた才能の持ち主であっても、結局は、時運の巡り合わせが利・不利ということになれば、それに逆らうことが出来ないことになっているからなのであり、との意になる。

本句は、後句（五四句）の「富貴モ本ヨリ迍邅タレバナリ」（富貴本迍邅）とは対句構成になっており、ここでは「才能」と「富貴」、「終」と「本」、「蹇剝」と「迍邅」との詩語がそれぞれ対語として対比させられていることになっている。本聯（五三・五四句）は内容的に前聯（五一・五二句）のそれを直接的に継承している。作者は書物を通して「古先ノ朋友」（古先朋友）を捜し求めることにしたわけであるが、結果的に、それがどのような人物であったのかということ、つまり、選択基準をどこに置いたかということが本聯中において言及されることになっている。具体的な人物たちのその名称のことについては、本聯の直後の両聯（五五—五八句）で改めて言及されることになっていて、本聯では、まず、作者によって書物の中から捜し求められることになったそうした人物たちの、選ばれることになった理由とその選択基準のことが取り上げられているのである。ここでは、そのことが先ず問題にされている。

選ばれることになった理由とその選択基準のことであるが、本聯の前句（五三句）においては、もとより、才能の豊かな人物であったこと、しかも、そうした豊かな才能を持っていた人物たちの中で、時運の劇的な巡り合わせに突然に遭遇してしまい、それに逆らうことが出来なくなってしまった人物たちであること、この二つの条件を満たしていることが要求されている。作者が、書物の中から捜し求めることにした「古先朋友」とは、一つには、そうした人物たちであったことになるわけなのである。勿論、左遷という、時運の劇的な巡り合わせに突然に遭遇して、それに逆らうことが出来ず、都から遠く離れた大宰府の地に身を置くことになったばかりの作者の、その作者の当時の心の不安を少しでも慰撫すべく選ばれることになった書物中の「古先朋友」なのである、そうした人物たちは。彼等は、是非とも、作者自身の当時の境遇に同情と理解とを示す必要があるわけなのであり（作者をしてそのように感ぜしむる存在でなければならなかったわけなのであり）、そのためには、彼等は、作者とは運命共同体的な存在ということにならなければならないわけなのである。

「才能」とは、ここでは豊かな才能の持ち主のことを指示。「蹇剝」とは、時運の不利なことに遭遇して前に進めないことをいう。時運の巡り合わせが不利となり、思うように前進出来ないことを指示しており、「蹇」も「剝」も、共に『易経』中の「卦」の名称ということになっている。前者については、「彖ニ曰ク、蹇ハ、難ナリ。険ノ前ニ在ルナリ。険ヲ見テ能ク止マル、知アルカナ。」（彖曰、蹇、難也。険在レ前也。見レ険而能止、知矣哉。）との一文が見えているし、後者についても、「剝ハ、往ク攸有ルニ利アラズ。彖ニ曰ク、剝ハ、剝クルナリ。柔ノ剛ヲ変ゼントスルナリ。往ク攸有ルニ利アラズトハ、小人ノ長ズレバナリ。」（剝、不レ利レ有レ攸レ往。彖曰、剝、剝也。柔変レ剛也。不レ利レ有レ攸レ往、小人長也。）との一文が見えている。つまり、「蹇剝」とは、危難が前方に横たわっていて前進することが出来ないさまを指示する詩語ということになっていて、確かに、『白氏文集』〈巻二六「草堂記」〉中の用例「一旦ニ蹇剝タレバ、来リテ江郡ニ佐トナル。」（一旦蹇剝、来佐二江郡一。）もそうした意味で使用されている。

どんなに豊かな才能に恵まれた人物であっても、時運における利と不利ということが、その人物の行為における出処進退の大前提になっているはずで、本聯の前句（五三句）で、その中の、才能に恵まれていながら不利な時運に遭遇して、結局は前進すること（恵まれたその才能を十分に使って自由自在に活躍すること）が不可能ということになってしまったところの人物たち、そうした人物たちを選んでいるのは、そのことを理由に取り上げ、それを選択の基準にしているからなのである。そうした人物たちを作者自身の運命共同体的な存在として認め、その存在を改めて認めることによって、先ずは、作者自身の当時の心の不安を慰撫しようとしたわけなのである。

　自分自身もまた不利な時運に遭遇してしまい、さらに、前進することが不可能ということになってしまったのだ、と。あれほどに豊かな才能に恵まれた人物でありながら、過去において、そうした出処進退を余儀なくされた人物たちが確かに存在していたわけなのであり、自分自身の如き拙い才能の持ち主が、このたびの大宰府への左遷という運命を引き受けなければならなかったのも、そうした「古先朋友」の実例を目にすれば、大いに納得がいくことになるはずなのだ、と。作者は自身の才能を卑下する一方で、ここでは、自身が引き受けることになってしまったその運命の激変との遭遇についての、その必然性を大いに強調するようにして詠述していると、そのように考えていいだろう。まさしく、作者は「病ヲ同ジクセントシテ」(同レ病)、そして「憂ヲ助ケントシテ」(助レ憂)、そのためにこそ「朋友ヲ求メ」(求二朋友一)、そして「古先ニ問フ」(問二古先一)ことを願ったわけなのである。

(4)富貴本迍邅　「富貴モ本ヨリ迍邅タレバナリ」と訓読し、(なんとなれば、過去いつの世の)たとえどんな高い富貴に恵まれた人物であっても、言うまでもなく時運の巡り合わせが利・不利ということになれば、それに行き悩み進みかねることになっているからなのである、との意になる。

　本聯(五三・五四句)中の前句「才能モ終ニハ蹇剝タレバナリ」(才能終蹇剝)とは対句構成になっており、そのことについては既述の通り。本聯中の後句(五四句)に当たる本句は、前句に引き続いて、意味的には、作者が書物を通して捜し求めようとした「古先ノ朋友」(古先朋友)がどのような人物であったのかということ、その選ばれた理由と選択基準について言及していることになる。前句において言及されていた人物たち、それらが優れた才能の持ち主でありながら、もう一方で、時運が不利ということになって行き悩むことになってしまったところの人物たちであったのに対して、本句において言及されている人物たち、それらは、人一倍の富貴に恵まれた人物たちでありながら、もう一方で、時運が不利ということになって行き悩むことになってしまったところの人々ということになっている。

どんなに豊かな富(とみ)と高い身分を手中にした人物たちであっても、不利な時運に突然に遭遇すれば、その富の豊かさや身分の高さなどは何の役にも立たず、前進を阻(はば)まれてしまうことになるはずなのであり、本句においては、そうした二つの条件、一つは、人一倍の富貴に恵まれた人物たちであること、他の一つは、不利な時運に突然に遭遇して前進を阻まれてしまった人物たちであること、この二つの条件を満たしているということが、本聯の後句における人物たちの、選ばれた理由とその選択基準ということになっているわけなのである。本句においては、そうした理由と基準の上で、「古先朋友」が作者によって選ばれたのだということ、そのことが述べられている。

本句に見える、こうした理由とその選択基準もまた、前句中に見えたそれと同じく、あくまでも、当時の作者の心の不安を慰撫するために設けられたものなのであって、かつて、都において人一倍富貴に恵まれた生活を送っていた作者だからこその、そして、今や遠い大宰府に左遷されてしまうことになってしまった作者だからこその、それは、そうした、理由とその選択基準の設定ということになるはずなのだ。その選択基準をより高く設定すると共に、もう一方で、作者は自身がかつて経験したことのある「富貴」さの程度を卑下することも忘れてはいない。過去の、あれほどの「富貴」に恵まれた人物たちでさえも、一たび、時運の不利という状況に突然に遭遇したならば、その人物たちの前進はすっかり阻まれてしまうことになるわけなのだ。そうした人物たちに比較すれば、まして、それほどの「富貴」さに恵まれたとは決して言えない自分自身の場合には、時運の不利という状況に突然に遭遇すれば、一溜(ひとたま)りもなく前進を阻止されることになるはずで、むしろ、それは当たり前ということになるに違いない、と。作者は、そうすることによって始めて、心の不安を慰撫することが可能ということになるわけなのである。

「迍邅」とは、行き悩んで前進出来かねるさま。前句（五三句）中の詩語「蹇剝」の対語。「迍」は「屯(ちゅん)」字に同じ。「屯」は『易経』中の卦名で、その「彖伝」には、「屯ハ、剛柔始メテ交(まじ)ハツテ難(なん)生ズ」（屯、剛柔始交而難生。）に作っている。なお、その「文辞」中には、「六二ハ、屯如タリ。邅如タリ。」（六二、屯如邅如。）との一文が見えていて、「邅」字の方もまた「屯」字と密接に結び付き、『易経』中に使われていることが分かる。「屯如」とは、むずかしいさま、「邅如」とは、行きつ戻りつするさまのことを言い、例えば、前記の『文選』〈巻二一「詠史八首」左思・其七〉に見えていた「其ノ未ダ時ニ遇ハザルニ当タリテヤ、憂ハ溝壑ニ塡ルルニ在リシナリ（自身の死骸で路傍の溝を塞ぐ心配もあった）。英雄モ屯邅スル有リテ、由リ来ルコト古昔自リス。」（当二其未一レ遇レ時、憂在レ塡二溝壑一。英雄有二屯邅一、由来自二古昔一。）との一文中の用例「屯邅」についても、その「李善注」には、「周易曰、屯如邅如。」に作られている。

（5）傅築巌辺耦　「傅ノ築クコト巌辺ニ耦タリテ」と訓読し、（だからこそ、例えば、あれ程の才能の持ち主であった殷代の）傅説でさえも（時運の利に遭遇することになる以前には）巌頭で二人並んで杵で築き土を固めていなければならなかったのであり、との意になる。

今は、近体五言詩一句の一般的な構成条件に従い、本句も、二言「傅築」と三言「巌辺耦」との意味的な固まりを認め、それぞれ分割して訓読することにし、後者の三言が前者の二言の程度補語となって接続していると見なし、そのように本句全体を解釈することにした。なお、その訓読法に従えば、後者の三言の方は、本来的な語順としては当然に「耦二巌辺一」とあるべきだろうが、ただ、本句（五五句）の場合もここでは、本聯（五五・五六句）における前句ということになっているわけで、本聯の対句構成上の制約を必然的に受け入れなければならないことになっているのである。後句（五六句）中の詩語「湖上ニ扁タリ」（湖上扁）とそれとは対語ということになっているはずで、本聯における後句中の詩語「湖上扁」が、その訓読法に従って本来的には「扁二湖上一」とあるべきところを、それを「扁」字で押韻する都合から「湖上扁」◎と改め、その語順を変える必要に迫られることになった結果、「耦二巌辺一」の方もまたそれとの対語関係上、「巌辺耦」との語順に改めなければならなくなったのだ、とここではそのように理解しておくことにしたい。

「傅」は殷代の傅説のことで、高宗に見出だされてその「相」（大臣）となった人物のことを指示。『史記』〈巻三「殷本紀〉中に、「武丁（高宗）ハ夜ノ夢ニ聖人ノ、名ヲ説ト曰フヲ得タリ。夢ノ見ル所ヲ以テ群臣・百吏ヲ視ルモ、皆非ナリ。是ニ於イテ、迺チ百工ヲシテ之ヲ野ニ営求セシメ、説ヲ傅険ノ中ニ得タリ。是ノ時ニ説ハ胥靡（鉄の鎖で数珠繋ぎにされた囚人）ト為リテ、傅険ニ築ク。武丁ニ見エシムレバ、武丁曰ク、是レナリ、ト。得テ之ト語レバ、果タシテ聖人ナリ。挙ゲテ以テ相（大臣）ト為セバ、殷国ハ大イニ治マル。故ニ遂ニ傅険ヲ以テ之ヲ姓トシ、号シテ傅説ト曰フ。」（武丁夜夢得二聖人一、名曰レ説。以二夢所レ見視二群臣百吏一、皆非也。於レ是、迺使三百工営二求之野一、得二説於傅険中一。是時説為二胥靡一、築二於傅険一。見二於武丁一、武丁曰、是也。得而与レ之語、果聖人。挙以為レ相、殷国大治。故遂以二傅険一姓レ之、号曰二傅説一。）との一文が見えていて、その傅説のことが記述されている。

殷の高宗が夢の中で「説」という名の聖人を見て、これを天下に捜し求めさせたところ、「傅険」（地名で「傅巌」に同じ）で囚人たちに混じってそこの道路の補修工事に携わっていた傅説を見出だすことになり、果たして聖人であったので、高宗は彼を抜擢して大臣にしたことになっている。『史記集解』に見えている孔安国の「注」でも、「傅氏ノ巌ハ虞・虢ノ界ニ在リ。通道ノ経ル所ニ、澗水有リテ道ヲ壊セバ、常ニ胥靡・刑人ヲシテ此ノ道ヲ築キ護ラシム。説ハ賢ナルモ隠レテ、胥靡ニ代ハリテ之ヲ築キ、以テ食ヲ供スルナリ。」（傅氏之巌在二虞虢之界一。通道所レ経、有二澗水一壊レ道、常使三胥靡刑人築二護此道一。説賢而隠、代二胥靡一築レ之、以供レ食也。）とあって、大臣になる前の傅説が、確かに、「傅巌」の道路の補修工事を「胥靡」たちに混じって行っていたことにしている。

本句（五五句）中の詩語「巌辺」とは、まさしく、「傅巌」の辺のことを指示し、「築」とは、同じく、そこの道路補修の工事に携わっていたことを指示していることになるだろう。また、「耦」とは、ここでは、傅説がその「賢」（賢才の持ち主）であることを隠して、こっそりと、「胥靡」たちに混じって働いていた、そのことを指示していることになるだろう。二人で組みになり並んで何かをするさまのことを「耦」ということになっていて、ここでは、傅説が囚人と二人組みで働いているさまのことを指示しているに違いない。

前述のように、本句中の詩語「耦」は、ここでは、後句（五六句）中の詩語「扁」の対語となっている。「耦」字については、『広雅』〈「釈詁」四〉中に「耦、二也。」とあるし、「扁」字についても、『漢書』〈巻九一「貨殖伝」〉中の「乃（すなは）チ扁舟ニ乗リテ、江湖ニ浮カブ。」（乃乗二扁舟一、浮二江湖一。）との一文の「孟康注」に、「（扁舟トハ、）特舟ナリ。」（特舟也。）とあることによって、それには、「一つ」との意味があることが分かっている。ここの「耦」（二）と「扁」（一）との対語に、それこそ、数対の存在を考えていいことになるだろう。

作者の道真は、本聯（五五・五六句）と後聯（五七・五八句）との都合四句において、各句ごとに一人ずつの、計四人の歴史上の人物たちを登場させている。それら四人の歴史上の人物たちは、言うまでもなく、当時の作者の心の不安を慰撫するという、その目的のために選抜された人々ということになるはずで（五一・五二句）、それは時運の利・不利という状況に突然に遭遇することになった人物たち、具体的に言えば、彼等は才能に恵まれながらも時運の利・不利という状況に突然に遭遇せざるを得なかった人物たち、もしくは、富貴な身分に一たび身を置くことになるが、これまた、時運の利・不利という状況に突然に遭遇せざるを得なかった人物たちということになるに違いない。前者の、すぐれた才能の持ち主の場合には、直前の五三句の意味内容に即応したところの、その選択基準による人選ということになるだろうし、後者の、富貴な身分に身を置くことになった人物の場合には、同じく、直前の五四句の意味内容に即応したところの、その選択基準による人選ということになるだろう。

ここで選ばれている歴史上の人物たちは、傅説（五五句）・范蠡（はんれい）（五六句）・賈誼（かぎ）（五七句）・屈原（五八句）の都合四人ということになっているが、直前の五三句の意味内容に即応した人選ということから敢えて考えてみると、その中の傅説と賈誼の二人、同じく直前の五四句の意味内容に即応した人選ということから敢えて考えてみると、その中の范蠡と屈原の二人ということになる、とここはそのように想定していいことになるではないだろうか。理由については後述するが、先にその考え方に基づいて、ここでの三聯（五三―五八句）における各句ごとの意味内容上の脈絡を一応図式化してみると、以下の通りということになるに違いない。すなわち、五三句（A）・五四句（B）、五五句（A′）・五六句（B′）、五七句（A″）・五八句（B″）という配列になっていて、それらがAB、A′B′、A″B″との対句構成を形作っていることになる、と。

　ところで、本句（五五句）中の傅説の場合であるが、彼が優れた才能の持ち主であったこと、これは間違いなく、既述のように、殷の高宗に見出だされた後はさっそく大臣に抜擢され、その彼の政治的な手腕のお蔭で殷国が大いに治まったことになっている。ただ、その傅説と時運の利・不利との関係をここで考えてみると、彼が「胥靡」たちに混じって道路補修の工事に携っていた時期は、これは言うまでもなく、時運の不利な時期ということになるだろうし、逆に、見出だされて大臣に抜擢された後の時期、これは時運の利に遭遇した時期ということになるだろう。もとより、彼は優れた才能の持ち主であったわけであるが、まさしく、その傅説もまた時運の利・不利ということに大きく影響を受けたことになるわけなのである。ただ、彼の場合には、時運の利・不利ということに大きく影響を受け、その運命を激変させることになったわけであるが、それが不利から利への変化となっているわけなのである。ここで改めて、傅説の場合の、その時運の不利から利への変化の方向性ということに、対句構成上、注目しておくことにしたい。

（6）**范舟湖上篇**　「范ノ舟ウカブルコト湖上ニ扁タリ」と訓読し、（だからこそ、例えば、あれ程の富貴にめぐまれることになった越国の）范蠡でさえも（時運の利に遭遇することになる前には）湖上に一艘の小舟を浮かべて一人何方へか姿を暗まさなければならなかったのである、との意になる。

　勿論、本句（五六句）中の范蠡についての出典は、『史記』〈巻一二九「貨殖列伝」〉に見える以下の一文と考えていいだろう。すなわち、「范蠡ハ既ニ会稽ノ恥ヲ雪ギ、乃チ喟然トシテ歎ジテ曰ク、計然ノ策ハ七アリ。越ハ其ノ五ヲ用ヒテ意ヲ得タリ。既ニ已ニ国ニ施ス。吾ハ之ヲ家ニ用ヒント欲ス、ト。乃チ扁舟ニ乗リ、江湖ニ浮カビ、名ヲ変ジ姓ヲ易ヘ、斉ニ適キテハ鴟夷子皮ト為リ、陶ニ之キテハ朱公ト為ル。朱公ハ以為ヘラク、陶ハ天下ノ中ニシテ、諸侯ハ四通シ、貨物ノ交易スル所ナリ、ト。乃チ産ヲ治メテ積居シ（貨物を積み蓄え置き）、時ト逐ヒテ、人ニ責メズ。故ニ善ク生ヲ治ムル者ハ、能ク人ヲ択ビテ時ニ任ズ。十九年ノ中ニ、三タビ千金ヲ致シ、再ビ分散シテ貧交・疏昆弟（貧しい友人や縁遠い兄弟たち）ニ与フ。此レ所謂富メバ好ミテ其ノ徳ヲ行フ者ナリ。……故ニ富ヲ言フ者ハ、皆陶朱公ヲ称ス。」（范蠡既雪二会稽之恥一、乃喟然而歎曰、計然之策七。越用二其五一而得レ意。既已施二於国一。吾欲レ用二之家一。乃乗二扁舟一、浮二於江湖一、変レ名易レ姓、適レ斉為二鴟夷子皮一、之レ陶為二朱公一。朱公以為、陶天下之中、諸侯四通、貨物所二交易一也。乃治レ産積居、与レ時逐而不レ責二於人一。故善治レ生者、能択レ人而任レ時。十九年之中、三致二千金一、再分散与二貧交疏昆弟一。此所謂富好行二其徳一者也。……故言レ富者、皆称二陶朱公一。）

との一文がそれなのである。

その一文中に、「故言レ富者、皆称二陶朱公一。」との記述が見えているように、范蠡（陶朱公）こそは「貨殖」に成功して、後世からは、いわゆる、「富貴」に身を置くことになった代表的な人物として称賛されているわけであるが、その彼もまた、「富貴」に身を置くことになる前は、「乃乗二扁舟一、浮二於江湖一」とあるように、湖上に一艘の小舟を浮かべて一人何方へか姿を暗まさなければならなかったことになっている。「富貴」の身分を手中にした彼は、まさしく、時運の利に遭遇したことになるわけなのであり、そのことについては、さきの出典の一文中にも、「与レ時逐而不レ責二於人一」とか「択レ人而任レ時」とかと記述されていて、彼が「時」（時機）を見はからって巧みに品物を売買したことになっていることを知れば、十分に納得することが出来るだろう。

范蠡の場合にも、時運の利・不利ということが彼の生涯に密接に関係していて、その時運の変化が大きく彼に影響を与えたことになるだろう。湖上に一艘の小舟を浮かべなければならなかった時期、それは時運の不利に遭遇した時期、そして「富貴」の身分を手中にした時期、それは時運の利に遭遇した時期ということになるはずなのである。つまり、彼の場合にも、時運が不利から利への変化を提示していることになるわけなのであり、時運の方向性ということから考えて、先の傳説の場合（五五句）のそれと同一ということになるだろう。本聯（五五・五六句）の対句構成上から言っても、時運の方向性における同一ということが、ここでは、対比の条件になっていると見て構わないことになるはずなのである。

ちなみに、范蠡のことについては、『史記』〈巻四一「越王勾践世家」〉中にもその活躍のことが詳述されていて、彼が越王勾践に仕えて「会稽之恥」を雪ぎ、勾践を覇王とすることに助力して彼自身も「上将軍」と称するに至ったということが記述されている。すなわち、范蠡は「其ノ軽宝・珠玉ヲ装シ、自ラ其ノ私徒属ト与ニ、舟ニ乗リ海ニ浮カビ、以テ行リ、終ニ反ラズ。」（装二其軽宝珠玉一、自与二其私徒属一、乗レ舟浮レ海、以行、終不レ反。）〈同〉ということになる以前に、越国においてすでに「上将軍」に任命され、信任されていることになっているのである。

時運の利・不利ということからすると、范蠡の場合には、「乗レ舟浮レ海」という行動を彼が取ることになる以前、すでに時運の利に遭遇し、そこに身を置いていたということ、そうしたことも考えられて来るわけなのである。そのように考えると、本句（五六句）中における時運の方向性は利から不利へのそれということにならざるを得ず、先の傅説の場合（五五句）とは、それは方向性が逆ということにならざるを得ないだろう。本聯（五五・五六句）における対句構成上からも、その場合には、大いに注目しなければならないことになるはずなのである。

ただし、上記の「越王勾践世家」の記述によっても、范蠡は「乗レ舟浮レ海」した後、斉国に行って、「鴟夷子皮」と姓名を変え、「海畔ニ耕シ、身ヲ苦シメ力ヲ戮セ、父子ハ産ヲ治ム。居ルコト幾何モ無ク、産ヲ致スコト数千万ナリ。斉人ハ其ノ賢ナルヲ聞キテ、以テ相ト為ス。」（耕二于海畔一、苦レ身戮レ力、父子治レ産。居無二幾何一、致レ産数千万。斉人聞二其賢一、以為レ相。）したことになっているし、彼自身も、「家ニ居リテハ則チ千金ヲ致シ、官ニ居リテハ則チ卿相ニ至ル。此レ布衣ノ極ナリ。久シク尊名ヲ受クルハ、不祥ナリ。」（居レ家則致二千金一、居レ官則至二卿相一。此布衣之極也。久受二尊名一、不祥。）との言葉を吐いたことになっているわけなのである。

すなわち、こうした記述内容に従うならば、范蠡の場合にも、いわゆる、「富貴」に身を置くことになったのは、やはり、彼が「乗レ舟浮レ海」した後のことなのであって、時運の利・不利ということからしても、その方向性は不利から利へのそれと考えてまったく構わないことに、その場合には、なるはずなのである。まさしく、傅説の場合と同じということになるわけで、本聯の対句構成上からも、内容的に大いに納得がいくことになるだろう。ちなみに、本句（五六句）の「范舟湖上扁」との記述からして、その出典は、正しくは、「貨殖列伝」中の一文の方と見なすべきであろうし、あるいは、そちらの一文の方を引用している古注『蒙求』（標題「范蠡泛湖」）のそれと考えるべきであろう。

なお、さきに、前聯（五三・五四句）と本聯（五五・五六句）との意味内容上の脈絡を考えた時に、各句ごとの配列をAB・A′B′（A′Aは優れた才能、もしくは、その持ち主を指示。BB′はめぐまれた富貴、もしくは、それにめぐまれた人物を指示。）と図式化してみることにしたが、A′B′の場合には、時運の方向性という点では不利から利へのそれということになり、その点では共通項を有しているということになっているわけなのである。時運の激変を確かに経験することになった傳説（A′）と范蠡（B′）なのであるが、彼等の場合には、利から不利への、そうした時運の方向性を持ったところの激変を経験することになった菅原道真自身のそれとは、同じく、時運の激変の経験者とは言っても、その方向性は全く逆ということになっているはずで、本聯（五五・五六句）中で行なわれている人選の、その選択基準の問題を考える上で大いに興味深いと言えるだろう。

（7）長沙沙卑湿　「長沙ハ沙ハ卑湿ニシテ」と訓読し、（同じく、だからこそ、あれ程の学才や文才に優れた前漢の賈誼でさえも、時運の不利に遭遇することになった後には）長沙の砂浜に左遷されてしまいその土地において低くて湿気の多い中での生活を経験しなければならなかったのであり、との意になる。

本句（五七句）においては、時運の激変を経験した人物として、改めて前漢の賈誼が人選されている。『前漢書』（巻四八「賈誼伝」）中に、「是ニ於イテ、天子（文帝）ハ後ニ亦タ之ヲ疎ジテ、其ノ議ヲ用ヒズ、（賈）誼ヲ以テ長沙王ノ太傅ト為ス。……誼ノ長沙ノ傅為ルコト三年、服（鳥名。ふくろう）ノ飛ビテ誼ノ舎ニ入ル有リテ、坐隅ニ止マル。服ハ鴞ニ似テ不祥ノ鳥ナリ。誼ノ既ニ適（謫落）セラルルヲ以テ長沙ニ居スルニ、長沙ハ卑湿ナレバ、誼ハ自ラ傷悼シテ、以為ヘラク、寿（命）ハ長キヲ得ズ、ト。」（於レ是、天子後亦疎レ之、不レ用二其議一、以レ誼為二長沙王太傅一。……誼為二長沙傅一三年、有三服飛入㆓誼舎㆒、止㆓於坐隅㆒。服似㆑鴞不祥鳥也。誼既以㆑適居㆓長沙㆒、長沙卑湿、誼自傷悼、以為、寿不㆑得㆑長。）との一文が見えていることによって、そのことが知られる（なお、賈誼の伝記については『史記』〈巻八四「屈原賈誼列伝」〉中にも見えるが、今は『前漢書』中のそれに従うことにする。）。

　賈誼は洛陽の出身で詩文の才に優れ、若くして文帝に寵愛されて最年少で博士に抜擢され、続いて「太中大夫」〈同〉に就任することになったが、後に、長沙王の太傅に左遷され、長沙（地名。今の湖南省長沙市で、洞庭湖の南東、湘江の右岸に位置する。）に謫居させられてしまった人物なのである。まさに、「才能」（五三句）に優れた人物であって、しかも、時運の激変に遭遇した人物ということに、賈誼の場合にも、確かに、なっている。

　前漢の賈誼と言えば、例えば、大宰府に左遷された菅原道真は、その運命を賈誼のそれに擬え、その地で居住することになったところの自身の官舎を、賈誼の長沙にあったそれに比較して、それよりは増しであると言い、「（賈）誼ガ舎ノ長沙ニ在リシニ優ル」（優㆓於誼舎在㆓長沙㆒）〈『菅家後集』「官舎幽趣」〉との一句を詠述していて、そこにも登場させているわけなのである。このことからしても、本句（五七句）中において、道真自身の時運の激変を前漢の賈誼のそれに擬え、自身の心の不安を少しでも慰撫するためと称して、ここで彼を四人のうちの一人に選んでいるのは、大いに納得出来ることになるだろう。

　ところで、賈誼の場合であるが、彼の、その時運の利・不利との関係を考えてみると、ここでの方向性はどういうことになるのであろうか。前聯（五五・五六句）中の傅説と范蠡との場合には、それは、共に不利から利への方向性ということで一致していたはずなのであるが、そもそも、本聯（五七・五八句）の場合には、それはどういうことになるのであろうか。これも結論から先に言ってしまえば、賈誼（五七句）の場合にも屈原（五八句）の場合にも、ここでのそれは、共に利から不利への方向性ということで一致していることになっていて、前聯と本聯（後聯）とのそうした方向性の相違ということがまた、ここでの両聯（五五―五八句）における、対句構成上の大きな特色の一つに数え上げてもいいはずなのである。

何故にそのように考えられるのかというと、後述することになる、屈原の場合は言うまでもなく、賈誼の場合にも、長沙に左遷されてから一年余り後、彼は文帝に呼び戻されて都に帰ることになり、梁の懐王の太傅に新たに就任することになるわけであるが、その後間もなく、三十三歳の若さで死没することになってしまっているからなのである。『前漢書』の本伝の「賛」にいみじくも指摘されているように、「(賈)誼モ亦タ天年早ク終フ。公卿ニ至ラズト雖モ、未ダ遇セラレズト為サザルナリ。」（誼亦天年早終。雖レ不レ至二公卿一、未レ為レ不レ遇也。）ということになっているからなのである。勿論、その「賛」において、賈誼の生涯を顧みて「決して不遇ではなかった」と言及しているのは、彼が「二十余歳」〈同〉の若年で、最年少の博士となってから後、長沙に左遷されるまでのその大活躍の期間のことをもっぱら指摘しているからに違いなく、左遷以後の彼の生涯は、まさしく、「不遇」以外の何物でもなかったと考えていいだろう。

つまり、前漢の賈誼の場合には、前述のように、時運の激変に遭遇したという点においては前聯中の傅説や范蠡と同一ということになるわけなのであるが、その利・不利の方向性という点においては、彼等とはまったくの逆方向ということになるわけなのだ。賈誼の場合には、あくまでも、利から不利への方向性でなければならないことになっているからなのである。

さて、本句（五七句）中の「卑」字であるが（[底]本及び[内]以下の諸本も「卑」字に作っている）、後の〔評説〕の項で改めて詳述するように、近体詩の「平仄式」から言って、その字の使用はすこぶる不審と言わざるを得ない。つまり、平仄上からは、「卑」字は平声（『広韻』上平声・五支韻）ということになっていて、本句中の「沙」字が同じく平声（同・下平声・九麻韻）ということになっているので、その結果、本句は「二四不同」の大原則を犯すことになってしまっているからなのである。上から数えて二字目の「沙」字は、これは、もう一方の「粘法」の大原則から言っても平声でなければならないはずで、「二四不同」の大原則を犯しているのは、やはり、上から数えて四字目の「卑」字ということにせざるを得ないだろう。あるいは、ここは、同音「ひ」と同訓「ひくし」とを持つところの、類似体としての「埤」「庳」「俾」（同・上声・四紙韻）字などの、後世における誤写による使用と見なさないわけにはいかないかもしれない。「埤」「庳」「俾」字の誤写とすれば、「二四不同」の大原則はそれによって厳守されていることになるからである。あるいは、例えば、『詩経』〈小雅「正月」〉中の「山ヲ蓋シ卑シト謂フ」（謂二山蓋卑一）との一句に、『経典釈文』〈巻六〉が「卑、本作レ俾。」に作り、『易経』〈巻七「繋辞伝上」〉中の「天ハ尊クシテ地ハ卑ク」（天尊地卑）との一句に、『経典釈文』〈巻二〉が「卑、本亦作レ埤。」と作っていることからしても、もともと、互いに通用しており、本句（五七句）の場合も通用させているのであろうか。今は、通用させていると想定し、ここでも、「二四不同」の大原則は厳守されていると見なすことにしたい。

（8）**湘水水奫潫**　「湘水ハ水ハ奫潫タリ」と訓読し、（同じく、だからこそ、あれ程の富貴にめぐまれた楚国の屈原でさえも、時運の不利に遭遇することになった後には）湘水の水辺に追放されてしまいその水流の深くて広い川面に身を投じなければならなかったのである、との意になる。

本句（五八句）においては、時運の激変を経験した人物として、新たに、楚国の屈原が人選されている。『史記』〈巻八四「屈原賈生列伝」〉中に、「屈原ナル者ハ、名ハ平ニシテ、楚ノ同姓ナリ。楚ノ懐王ノ左徒（側近の官名で左拾遺の類）ト為ル。博聞彊志ニシテ、治乱ニ明ルク、辞令ニ嫺ル。入レバ則チ王ト国事ヲ図リ議シテ、以テ号令ヲ出ダシ、出ヅレバ則チ賓客ヲ接遇シテ、諸侯ニ応対ス。王ハ甚ダ之ヲ任ズ。……屈平ノ既ニ絀ラルルヤ……、屈原ハ江浜ニ至リ、被髪（髪の毛をふりみだすこと）シテ沢畔ニ行吟ス。顔色ハ憔悴シ、形容ハ枯槁ス。……是ニ於イテ、石ヲ懐キテ遂ニ自ラ汨羅ニ投ジテ以テ死ス。」（屈原者、名平、楚之同姓也。為二楚懐王左徒一。博聞彊志、明二於治乱一、嫺二於辞令一。入則与レ王図二議国事一、以出二号令一、出則接二遇賓客一、応二対諸侯一。王甚任レ之。……屈原既絀……、屈原至二於江浜一、被髪行二吟沢畔一。顔色憔悴、形容枯槁。……於レ是懐レ石遂自投二汨羅一以死。）との一文が見えていることによって、そのことが知られる。

上記の一文中に見えているように、晩年には、屈原は「江浜」に追放され「沢畔」において詩歌を口ずさんで流離い、遂には「汨羅」（湘水の近辺で、湖南省湘陰県の北にある川の名。）に身を投じて自殺することになるわけであるが、本句（五八句）中に見えている「湘水」とは、まさしく、屈原の投身したその川面のことをここでは指示していると考えていいだろう。

例えば、前句（五七句）中に見えた前漢の賈誼は長沙に左遷されてそこに行く途中、「湘水」を渡って（かってそこで投身した先人の）屈原を弔い、「弔二屈原一賦」を改めて作ったとされている〈『前漢書』巻四八「賈誼伝」〉。すなわち、「誼ハ既ニ適（謫に同じ）ヲ以テ去ルニ、意ハ自得セズ。湘水ヲ度ルニ及ビ、賦ヲ為リテ以テ屈原ヲ弔フ。……誼ハ之ヲ追傷シテ、因リテ以テ自ラ諭フ。」（誼既以レ適去、意不二自得一。及レ度二湘水一、為レ賦以弔二屈原一。……誼追二傷之一、因以自諭。）と記述されている通りなのであって、屈原と「湘水」とはもとより密接な関係を有していることになっているのである。

「瀰瀁」とは、水のゆったりと廻り流れるさまをいう。『文選』〈巻五「呉都賦」左思〉中にも「瀰瀁」の用例が見えていて、李善はそれに注して、「迴リ復ルノ貌」（迴復之貌）に作っている。まさしく、ここでは、湘水の、その水の廻り返し流れるさまをいうことになっている。

ところで、言うまでもないことであるが、屈原の場合には、はっきりと、その時運の方向性は利から不利へのそれということになるだろう。彼が「江浜」に追放され、遂には「汨羅」に身を投ずることになっているからなのである。前述のように、前漢の賈誼の場合にも（五七句）、その時運の方向性は利から不利へのそれということになっていて、そのように想定して見たわけであるが、確かに、上記の『前漢書』〈巻四八「賈誼伝」〉の記述に改めて注目すれば、長沙に左遷された賈誼は屈原の身の上に、まさしく、自身のそれを投影させ、その上で「弔二屈原一賦」を作ったということが容易に理解出来るだろう。彼は、つまり、時運の方向性における両者の一致点をそこに見出したわけなのだ。賈誼の場合の方向性を利から不利へのそれと想定した、との前述の指摘は、そのことから考えても、やはり、妥当だったということになるに違いない。

大宰府到着後の道真は、心の平安を取り戻すべく、そのための手段の一つとして、自分と同じように、時運の激変に遭遇した歴史上の人物たち四人を書物の中から人選することにしたわけなのだ。勿論、その人選のためには判断基準というものがすでに決められていて、時運の激変に遭遇した歴史上の人物であるほかに、それらの人々が、一つは優れた「才能」の持ち主であること（五三句）、他の一つは「富貴」にめぐまれた人物であること（五四句）、この二つのうちの、どちらかがさらに条件的に揃っていなければならないのであった。結局、そうした判断基準に従って、傅説（五五句）・范蠡（五六句）・賈誼（五七句）・屈原（五八句）の都合四人が人選されることになっているわけであるが、既述のように、二つの判断基準に従って人選されたその四人の配列・順序を改めて眺めてみると、ここでの三聯六句（五三―五八句）が各聯・各句ごとにそれぞれ密接な対応関係を有して、相互に関連付けられていることが分かって来る。

すなわち、時運の激変に遭遇した歴史上の人物であるほかに、優れた「才能」の持ち主（A）であるとの条件と、同じく「富貴」にめぐまれた人物（B）であるとの条件とに敢えて区別して、人選された四人がそのうちの、よりどちらの条件を満たした人物であるのかを、以上の彼等の伝記によって調べてみると、傅説と賈誼がAの条件、范蠡と屈原がBの条件を満たしているということになるだろう。つまり、ここでの三聯六句（五三―五八句）のそれぞれの対応関係を、そのAとBの条件に照らして図式化するならば、既述のように、AB・A′B′・A″B″ということになる違いない。

ただ、人選された四人における時運の利・不利の、その変化の方向性ということになると、これはまた、別の対応関係を作っていることが分かる。すなわち、ここでの二聯四句（五五―五八句）の、それぞれの対応関係について見ると、時運の不利から利への変化（A）と時運の利から不利への変化（B）とに分類するならば、傅説と范蠡とがA、賈誼と屈原とがBということになり、それはAA′・BB′に図式化出来ることになるだろう。同じく時運の激変に遭遇した人物であるとは言っても、その変化の方向性が違っているわけなのであり、作者の道真が経験することになった、時運の激変の方向性が利から不利へのそれ（B）であったということを考え合わせるならば、人選された四人のうち、道真自身の心の不安を直接的に慰撫することになったのは、やはり、賈誼と屈原の二人の方であったろうと想像されて来るが、どうなのであろうか。作者の当時の心情を考えれば、人選された四人における時運の変化の、その利・不利の方向性という問題は、ここにおいては、必ずや考慮しなければならないことだろうと思う。

ちなみに、人選された以上の四人のうち、道真自身の心の不安を直接的に慰撫することになったのが賈誼と屈原の二人の方であったろうと想定してみたが、例えば、前記のように、賈誼のことを指示して「長沙沙卑湿」と詠じ、屈原のことを指示して「湘水水瀹瀁」と述べていたはずなのである。それらは、両人が左遷され追放された長沙という土地なり湘水という場所なりについて言及していることになっているわけであるが、そうした表現内容は、道真自身が左遷され追放されることになった大宰府の官舎、それが設置されていた土地なり場所なりが低くて卑湿であり、しかも、ゆったりと流れる河川の畔（ほとり）であったということ、そのこととの共通項の存在を念頭に置いた上での詠述である、と見なすことも出来るだろう。道真は、自分自身との間に、左遷され追放された土地なり場所なりに、環境的な共通項の存在が認められるということで、過去の体験者としての賈誼と屈原の二人を敢えてここで取り上げることにしたのだ、と。そのように見なすならば、当時の道真自身の心の不安を直接的に慰撫することになったのが、ここで取り上げられている傅説・范蠡・賈誼・屈原の四人のうちの、その後半の二人であったとした、上述の想定の妥当性を補強してくれるように思えるが、どうなのであろうか。

確かに、道真自身の場合も、大宰府の官舎が設置されていた土地なり場所なりが低くて卑湿であり、しかも、ゆったりと流れる河川の畔に位置していたことになっている。本「叙意一百韻」の後聯（九一・九二句）においても、「壁ハ堕（お）チテ奔溜（ほんりう）ヲ防ギ、庭ハ涅（ぬかる）ミテ濁涓（だくけん）ヲ導ク。」（壁堕防㆓奔溜㆒、庭涅導㆓濁涓㆒。）との詠述が見えていることから、さらに、道真の謫居した官舎（都府の南館）の北辺近くを藍染川（あいそめ）（染川）が流れ、その南辺近くを白川が流れていることからして、道真もそうした環境に身を置いていたことが、十分に分かることになっている。彼が、賈誼と屈原の二人によって、自身の心の不安を直接的に慰撫しようとした、とのそうした想定も、その共通項の存在を考えれば、大いに納得が出来、無理からぬことと思えて来るのではないだろうか。

人選された以上の四人の各聯各句ごとの配列・順序ということで、もう一つ、問題になると思うのは、各人ごとの活躍分野における相違点についてなのである。傅説といい范蠡といい、そして、賈誼といい屈原といい、四人はすべて、大なり小なり政治に参与していることになるわけであるが、前者の二人はともかくとして、後者の二人、賈誼と屈原とは学者・文人としての活躍の方が、より有名ということになっているのである。前者の二人の方をもっぱら政治的に活躍した人物（A）として把握するならば、後者の二人の方はもっぱら学者・文人として活躍した人物（B）として把握しなければならないはずなのだ。すると、ここでも、二聯四句（五五—五八句）の各聯各句の配列・順序は、AA′・BB′として図式化することが可能ということになるだろう。人選において、互いに密接な対応関係を持たせていることが分かる。

以上、作者道真の当時の不安な心を慰撫するために人選された、時運の激変に遭遇したことになっている歴史上の四人の人物たち、彼等は当然に時運の激変を経験していることになり、その点で、道真と軌を一にしていることになるわけであるが、決してそれだけではないだろう。彼等の活躍分野が政治家としてのそれであり、学者・文人としてのそれということになっていて、そうした分野で活躍した人物たちの中から、敢えて人選されているわけなのだ、彼等は。政治家と学者・文人との、それぞれの分野から人選されていることになっている。これも、考えてみれば、当然ということになるだろうが、それらの分野が、大宰府左遷以前の道真の、まさしく、活躍した両方の分野だったということに思いを致せば、自ずから納得がいくことだろう。心の不安を慰撫するためには、道真としては、是非ともそうする必要があったに違いない。

とにかく、ここでの三聯六句（五三—五八句）ないしは二聯四句（五五—五八句）は、各聯各句ごとにおける形式・内容上の対応関係が、見事な出来映えに仕上っていると言えるだろう。人選といい、配列・順序といい、そこには、細心の注意が施されていて、この上なく技巧的であると言えよう。なお、本聯（五七・五八句）中に見えている地名「長沙」「湘水」と大宰府との地理上の類似性については、第四段落の〔語釈〕の項（11・12）を参照のこと。

（9）**爵レ我空崇レ品**　「我（われ）ニ爵（しゃく）シテ空（むな）シク品（ほん）ヲノミ崇（たか）クセシメ」と訓読し、（その賈誼や屈原と同じような運命を辿（たど）ることになり、大宰府に左遷されることになったわたしであるが）そうしたわたしに対して（権力者は事件の直前には）爵位をなおも授けて（その結果、左遷によって）位階だけを高くするようにさせたし、との意になる。

本聯（五九・六〇句）は前聯（五七・五八句）の意味内容を直接的に継承し、賈誼や屈原のような時運の激変（利から不利へのそれ）に遭遇した作者自身が、大宰府に左遷されることになってしまったことを改めて思い起こし、自身の位階と官職とがそれによってどのようになったかについて、具体的に言及する意味内容となっている。本聯においては、「爵」と、「官」、「我」と「誰」、「空」と「只」、「崇」と「備」、「品」と「員」とがそれぞれ対語となっていて、もとより、そのことを通して、前・後句は見事な対句構成に仕上っている。

「爵」とは、「爵位」（位階）のこと。ただ、ここでは「我（われ）ニ爵（しゃく）シテ」と訓読する必要があり、「爵」を動詞と見なしておく。わたしに位階を授ける、との意味をそれは持つことになる。『公卿補任』〈昌泰四年（延喜元年・九〇一）条〉によると、道真（五十七歳）は同年正月二十五日に「大宰員外帥」に左遷されてしまうことになるわけであるが、その直前の正月七日には「従二位」の位階に叙せられているのである。彼が、「正三位」に叙せられることになったのが寛平九年（八九七）七月十三日のことになっているから、およそ四年ぶりの、それは、叙爵ということになっていたわけなのである。当時の道真にとっては、まことに、晴れがましい出来ごとであったはずなのである。

ただし、「官位相当表」〈『平安時代史事典』〉に従えば、少なくとも、左遷直前の道真は「右大臣」の官職に就任していたわけなのであり、そのことからすると、位階の方は「正二位・従二位」のそれが相当ということになるだろう。道真が、「正三位」に叙せられることになったのは寛平九年（八九七）七月十三日のことなのであり〈『公卿補任』〉、当時の彼の官職が「権大納言」であったから、その時点での官位は、まさしく、相当していたことになるわけなのである。それが不相当になってくるのは、昌泰二年（八九九）二月十四日に彼が「右大臣」に就任してから以後ということになる。つまり、「右大臣」で「正三位」という、そうした官位の不相当な状態が彼の場合には二年間ほど続くことになり、その状態が解消することになるのが、それが、昌泰四年（延喜元年）正月七日のことなのであった。

すでに述べたように、道真は、左遷直前の昌泰四年（延喜元年）正月七日に「従二位」の位階に叙せられているが、これは、道真だけに対する特別な叙位というわけではなかった。例えば、「左大臣」で「正三位」という、同じくそうした不相当な官位の状態に置かれていた藤原時平（三十歳）も、当日には「従二位」に叙せられているのである。まさしく、当日の叙位というのは、道真に限って言えば、二年間ほど続いていた彼の官位の不相当な状態を解消すべく行われ、それを相当な状態に改善せしめんとしてなされた処置ということになるだろう。彼にとっては、久しぶりに、官位相当の状態を迎えることになったわけなのであり、確かに、それは、一つの嬉しく晴れがましい出来事であったに違いない。

ところが、久しぶりに迎えることになった官位相当の状態が、その直後に、しかも、突然に不相当な状態に逆戻りさせられてしまうことになるわけなのである。それは、道真の喜びも束の間、二十日も経たないうちに「大宰員外帥」に左遷されてしまうからなのであった。先の「官位相当表」によれば、「大宰員外帥」の官職は「従三位」の位階に相当することになっており、左遷当時に道真が叙せられていた「従二位」のそれからすると、それは、大いに不相当な官職ということになるだろう。短期間のうちに、しかも、突然に道真は官位不相当な状態に逆戻りさせられてしまうわけなのである。「右大臣」で「正三位」という、そうした官位不相当の状態から、久しぶりに「右大臣」で「従二位」という、そうした官位相当の状態を迎えて喜んだというのに、今度は「大宰員外帥」で「従二位」という、そうした官位不相当な状態に逆戻りさせられてしまったことになる。前には、位階の方が低いということで不相当な状態を導き出していたが、今度は、官職の方が低いということで不相当な状態を導き出すことになったわけなのである。理由はともあれ、不相当な状態に逆戻りしたこと、これは間違いない。

すなわち、「大宰員外帥」への突然の左遷という事件によって、道真の官職と位階との相当の状態が不相当なそれへと逆戻りしたことになる。今度は、位階の高さに対して官職の方が低いという、それが、その不相当の理由なのであった。本句（五九句）中に、「空シク品ヲノミ崇クセシメ」（空崇レ品）と詠述されているのは、そのことが言いたいためなのである。「品」とは、ここでは、「従二位」の位階のことを具体的に指示している。「従三位」相当の官職とされる「大宰員外帥」に就任するということは、せっかくの官位相当の状態を崩して、官職と位階との均衡を台無しにすることを意味する。それは、「従二位」の位階の方だけを一方的に高くさせることになるのだ、と。

なお、「崇」は、ここでは使役形に訓じ、「たかくせしめ」と読まなければならないだろう。なにしろ、権力者が道真をして一方的にそのようになるように仕向けたわけなのだから。

（10）**官レ誰只備レ員**　「誰ヲカ官シテ只ダ員ニノミ備ヘシムル」と訓読し、いったい誰に対して（権力者は大宰員外帥という）官職を授けたであろうか、他でもないこのわたしに対して（その新たな）官職を授けて（大宰府の役人の）員数を充足させようとしただけなのであった、との意になる。

「官」とは、「官職」のことで、ここでは「爵」の対語となっている。「位階」と「官職」との対比。ただ、ここでは、「爵」字と同じように、「官」字もまた動詞として訓読する必要があり、「誰ヲカ官シテ」に作らなければならないだろう。前述のように、対語である「爵」字は、道真が「従二位」の位階に叙せられたことを具体的に指示していたが、「官」字の方は道真が補せられることになったどのような官職のことを、それでは具体的に指示していることになるのであろうか。もとより、それは、左遷によって彼が新しく補せられることになった、「大宰員外帥」の官職ということでなければならないだろう。本聯（五九・六〇句）においては、左遷直後の道真の「爵」と「官」とについて言及していると考えてよく、そうであれば、当時の彼の「従二位」の位階に対するに、それは、「大宰員外帥」の官職ということになるはずなのだ。

ここでの「爵」字と「官」字との、その対語としての密接な対応関係のことを考慮するならば、当時の道真が「大宰員外帥」に補せられたこと、そのことを後者のそれが具体的に指示していると見なさないわけにはいかないだろう。

すなわち、本句（六〇句）中の、「誰ヲカ官シテ」（官レ誰）との詩語は、「いったい誰に対して（権力者は大宰員外帥という）官職を授けたであろうか、他でもないこのわたしに対して（その新たな）官職を授けて」との意味ということになるだろう。「誰」字は、疑問詞であるが、ここでは「我」字の対語ということになっている。両字の密接な対応関係のことを考慮すれば、「誰」字の方も、道真自身のことを指示していると見なしていいのではないだろうか。「誰あろう、他でもないこのわたし」との意味をここでは指示しているに違いない。

「員」は定員のことで、ここでは、大宰府政庁の、その役人の定員のことを指示している。「備」は「そなふ」と訓読し、ここでは、「数に入れる」との意となる。勿論、対語「崇」字が使役用法を採用して「崇クセシメ」と訓読していたように、「備」字の方も、同様に「備ヘシムル」と使役用法を使って訓読する必要がここではあるに違いない。あくまでも、権力者が道真をしてそうなるように仕向けたことにしているからなのである。なお、「員」の訓読に際しては、限定の副詞「只」字との係り結びということで、限定の終尾詞「のみ」を加えて、ここでは、「員ニノミ」と作ることにしたい。

以上、本句中の「只ダ員ニノミ備ヘシムル」（只備レ員）との詩語は、（大宰府の役人の）員数合わせのためにだけ、他の誰でもない、このわたしを（権力者は）「大宰員外帥」という官職に就くようにさせたのだ、との意味を持つと考えていいだろう。道真にとっては、自身の左遷はあくまでも権力者の一方的な都合によるものとしか考えられないわけなのであるが、官職を下降させられることによって生じた、官職と位階との不相当な状態への突然の移行といい（五九句）、「大宰員外帥」という新たな官職への突然の左降の理由といい（六〇句）、確かに、具体的に考えれば考えるほど、彼には、それらが権力者の手前勝手な都合によってなされたものだったのだ、と改めて再確認しないではいられなくなってしまうのであろう。

ちなみに、本聯の前句（五九句）と後句（六〇句）との内容を見る限り、ここでの、その内容の順序が逆転しているように思えてくる。すなわち、前句において、先に「爵」（位階）のことが述べられており、後句において、次に「官」（官職）のことが述べられている。当然に、話の順序としては、先に「官」の左降の原因のことが述べられ、次に、その結果としての「爵」の不相当のことが述べられて然るべきなのに、本聯においては、そうはなっていずに、その順序が逆転ということにされている。これは、どうしてなのだろうか。恐らく、後句中の「員」字で押韻する必要から、それを偶数句（六〇句）に配置することにせざるを得なかったという理由によるものだろう。近体五言長律詩としての表現形式（「平仄式」）を厳守するための、それは処置だったということになるに違いない。

（11）**故人分レ食噉**　「故人トシテ食ヲ分ケテ噉フガゴトクシ」と訓読し、（左遷を経験した者同士であるので、書物の中の彼等〈賈誼・屈原〉に対してわたしは）まるで一つの飯を（長旅の途中で）分け合って食べる友人のような、そのような親しい気持を（彼等に）感じないではいられなかったし、との意になる。

本聯（六一・六二句）は、前二聯の四句（五七―六〇句）を内容的に直接継承していると見ていいだろう。本第三段落の冒頭部分において、作者は大宰府に身を置くことになって、少しでも、自分の気持を落ち着かせるために、過去の歴史上の人物たちのうち、自身と同じような、そうした境遇上の激変を経験することになった四人（殷代の傅説・越国の范蠡・前漢の賈誼・楚国の屈原のこと）の伝記を書物を通して改めて知ろうとした、ということが詠述されていた（五一・五二句）。

もっとも、作者は、過去の歴史上の人物たちのうち、すぐれた才能を持ちながら時運の利・不利に遭遇して、その境遇を激変させることになってしまった以上の四人、すなわち、殷代の傅説（五五句）と越国の范蠡（五六句）、そして、賈誼（五七句）と屈原（五八句）とをここでは取り上げているわけであるが、その、取り上げられている四人のそれぞれの激変の方向性を詳しく見てみると、確かに、それぞれの境遇を激変させている点では共通項を有していることになっているけれども、前述のように、前二者のそれの場合には、時運の不利から利への激変ということになるはずだし、逆に、後二者の場合には、時運の利から不利への激変ということになるはずなのである。つまり、激変の方向性が前二者と後二者とでは、逆になっているわけなのである。

ちなみに、前聯（五九・六〇句）においては、道真自身の境遇の激変について詠述されていて、それが、時運の利から不利への激変であったということが、そこでは明言されている。右大臣から「大宰員外帥」へ突然に官職を左降させられ、従二位の位階が一方的に不相当という状態に置かれることになったのだ、と。まさしく、それは、時運の利から不利への激変ということになるだろう。作者自身の激変の方向性から言えば、彼が取り上げた過去の歴史上の、以上の四人の人物たちのうち、賈誼と屈原との激変が、作者のそれと同一であるということになるだろう。時運の利から不利への激変、すなわち「左遷」ということを経験することになったという点で、道真は、それら二人と運命を共にしていることになるはずなのだから。先に、本聯（六一・六二句）が前二聯の四句（五七―六〇句）を内容的に継承していると見ていいだろう、と言ったのはそのためなのである。

境遇上の激変を経験したということで、過去の歴史上の四人を取り上げた作者なのであるが、作者自身の境遇上の激変ということに照らし合わせた結果、賈誼と屈原との両人に、作者はとりわけ親近感を抱くことになったわけなのだ。その両人のことを詠述した前聯（五七・五八句）を継承するようにして、直後の、この一聯（五九・六〇句）において改めて作者自身の左遷のことに言及しているのは、両人と作者自身とが運命共同体者であるということを再確認するためなのであり、そうした両人の存在のことを改めて再確認することこそが、作者自身の、その当時の心の平安を少しでも取り戻したいとの心情に、まさしく、合致することになるからなのであった。

そして、本聯（六一・六二句）では、以上の前二聯の四句を内容の上で直接的に継承し、運命共同体者であるところの、その賈誼と屈原との存在、それを作者がどのように親近感を抱いて、自身の心中に迎え入れることにしたかということについて比喩形を採用して具体的に詠述するわけなのである。結論から言えば、その前句（六一句）においては、まるで、

「故人」のようにして快く両人を迎え入れたということにしており、その後句（六二句）においては、あたかも、「親族」のようにして温かく両人を迎え入れたということにしている。作者は、両人における境遇上の激変、それも、時運の利から不利への激変というその方向性に対して、わが身の上の運命をそれに重ね合わせないではいられなかったわけなのだ。まことに、「同病相憐レム」存在として（五一句）、十全の同情心を禁じ得ない対象として、両人を心中に迎え入れると共に、作者は、それによって少なからず、当時の心の平安を勝ち得たいとの願い（五二句）を実現することが出来たわけなのである。

さて、本句（六一句）中の詩語である「故人」「分レ食」「噉」について言えば、本聯における対句構成上から見て、後句（六二句）中の詩語である「親族」「把レ衣」「湔」とは、上から順番にそれぞれ対語ということになっていて、見事な対比を形作っていることになるだろう。「故人トシテ」に対して「親族トシテ」、「食ヲ分ケテ」に対して「衣ヲ把リテ」、「噉フガゴトクシ」に対して「湔フガゴトクス」との詩語がそれぞれ対比させられている。

本聯の前句（本句）も後句も、既述のように、内容的には、当時の作者自身が運命共同体としての、その、賈誼と屈原との両人をいかに快く、そして、温かく心中に迎え入れることにしたかということ、そのことが詠述されているのである。本句の場合には、作者は両人を「故人」として心中に迎え入れたのだと言い、後句の場合には、両人を「親族」として心中に迎え入れたのだと述べている。

それでは、本句（六一句）の場合には、次に、どのようなことをして、賈誼と屈原との両人を「故人」として作者は心中に迎え入れるようにしたと述べているのであろうか。それは、果たして、左遷された彼等のためにどのようなことをするような、「故人」だったというのであろうか。そのことを説明しているのが、すなわち、「分レ食」と「噉」との詩語ということになるはずなのである。

「故人」とは、古くからの親しい友人のこと。「分レ食」とは、食物を分配すること。「噉」とは、食らうこと。つまり、作者は、賈誼と屈原との両人を「故人」として心中に迎え入れることにしたわけなのであるが、その「故人」というのは、まるで、自分の食物を分け合って一緒にそれを口にするような、そうした相手の存在に配慮する、親しい友人の如きそれであった、と作者は言いたいわけなのである。ここの「噉」は、あくまでも、「噉フガゴトクシ」との比喩形に訓読し、例えば「如レ噉」（噉フガ如クシ）の省略形と見なす必要があるだろう。

なお、詩語「分レ食」と「噉」（「食」と同意）との用例であるが、「昔、闔廬ハ、……熟食スル者（よく煮えた食物）モテ分カチテ後ニ敢ヘテ食ラフ。其ノ嘗ムル所ノ者ハ、卒乗（卑しい兵士たち）モ与ル。」（昔、闔廬、……熟食者分而後敢食。其所レ嘗者、卒乗与焉。）〈『左伝』「哀公元年」条〉との一文などに、それらが同時に見えているのである。すなわち、呉王の闔廬は、出でて軍中にある時には、よく煮えた食物を兵士たちに分け与えた後で、ようやく自分も口にするようにしたし、自分の口にする物は、卑しい兵士たちにも分け与えるようにした、との意を持つ一文中にそれらの用例が同時に使われている。

あるいは、本句（六一句）中の「分レ食」とある、その「食」の場合にも、それは、「熟食者」のことを具体的に指示していることになるのではないだろうか。左遷されて遠く旅を続けることになっている、あるいは、その旅を続けている賈誼や屈原に対して、よく煮えた食物（「熟食者」）を分け与えるということであれば、確かに、相手の苦労と体調のことを第一に考慮したところの、この上なく思い遣りのある「故人」のもてなしということに、その場合はなると思うからである。呉王の闔廬が出でて軍中にある時には、よく煮えた食物を戦っている兵士たちに一番初めに分け与え、その後で、ようやく自分もそれを口にすることにしていたが、当然に、それは戦っている兵士たちの苦労と体調とを呉王が考慮したからに違いないだろうし、また、自分の口にする物を卑しい兵士たちに分け与えることにしたのも、同様に彼等の苦労と体調のことを呉王が気遣ったからに違いないだろう。それはこの上なく思い遣りのある行為ということになるだろう。

本句（六一句）中においては、作者の道真は、運命共同体者である賈誼や屈原を心中に迎え入れるに際して、自分を、先ずは、彼等の「故人」であると見なして、それも、まるで、食物を分け与えて一緒に食べるかのようにする、そのような「故人」であると見なしていたわけであるが、左遷されて遠く旅を続けることになっている、あるいは、その旅を続けている賈誼や屈原に対して、一般的に食物を分け与えてそれを一緒に食べるようにする、そのような「故人」ということにそれを解釈すべきなのだろうか。はたまた、左遷された人々の苦労なり体調なりを考慮した上で、改めて、「熟食者」を分け与え、その後で自分もそれを口にするような、そのような「故人」ということにそれを解釈すべきなのだろうか。もとより、後者の「故人」の方が、左遷された人々に対しての思い遣りが一段上ということになるはずであるが、ここではどうなのであろうか。

呉王の闔廬が兵士たちの苦労や体調を考慮して、彼等に「熟食者」を一番初めに分け与え、その後で、ようやく自分もそれを口にしたように、本句中の作者の場合も、左遷された人々の苦労なり体調なりを考慮した上で、彼等に「熟食者」を一番初めに分け与え、その後で、ようやく自分もそれを口にすることにしたのではないだろうか。そのように考える方が、確かに、左遷された人々に対する「故人」としての、その作者の道真の思い遣りは大いに深いということになるに違いないからである。本句中に見えている詩語「分レ食」の出典、それを『左伝』〈「哀公元年」条〉中に見えている一文と考えるならば、作者の道真の、その左遷された人々に対する「故人」としての思い遣りは一段と深いことになり、しかも、内容的にそれが具体化出来ることになるはずなのである。

どうなのであろうか。今は、通釈の通りに、一般的に食物を分け与えてそれを一緒に食べるようにする、そのような「故人」ということに解釈したが、以上の通りに、「熟食者」を分け与え、その後で自分もそれを口にするような、そのような「故人」ということに解釈する説も大いに可能性があり、むしろ、その方が説得力があるようにも思えて来るわけなのである。敢えて、ここに別解として付言することにしたのは、それが理由なのである。

（12）**親族把レ衣湔**　「親族トシテ衣ヲ把リテ湔フガゴトクス」と訓読し、〈同じく書物の中の彼等に対してわたしは〉まるで

（訪れた旅人の）汚れた衣服を脱がせて（さっそくに）洗濯する（旅を続けて来た人を心から接待する）親族のような、そのような懐かしい気持を（彼等に）抱かないではいられなかった、との意になる。

本聯（六一・六二句）における後句ということになっている、この本句の場合にも、対句である前句と同様に、内容的には、もっぱら、前聯（五七・五八句）のそれを直接的に継承していて、左遷という運命の激変を経験したことになっている賈誼と屈原との存在に対して、運命共同体者としての作者の道真が、どのように親近感を抱いて自身の心中に彼等を迎え入れることになったかという、そのことについて比喩形を採用して具体的に詠述されている。前句（六一句）の場合には、「故人」として彼等を迎え入れたことになっていたが、本句（六二句）の場合には、「親族」として彼等を迎え入れたことになっている。

「親族」とは、同宗親（親類）の縁者のことで、用例は、「親族ノ走リテ相送リ、別レント欲スルモ敢テ住ラズ。私ニ恠シミテ道ノ旁ニ問フ、何人ニシテ復タ何ノ故ナルカ、ト。云フ、是レ右丞相ニシテ、国ニ当タリテ枢務ヲ握ル。禄ハ厚クシテ万銭ヲ食ミ、恩ハ深クシテ日ニ三顧セラル。昨日ハ延英（唐の宮殿の名）ニ対シ、今日ハ崖州（南方の僻遠の地）ニ去ル、ト。」（親族走相送、欲レ別不二敢住一。私恠問二道旁一、何人復何故。云、是右丞相、当レ国握二枢務一。禄厚食二万銭一、恩深日三顧。昨日延英対、今日崖州去。）〈『白氏文集』巻一「寄二隠者一」〉との五言詩の五聯中などにも見えているが、この『白氏文集』中の用例などは、本句（六二句）中の「親族」のことを理解する上で、すこぶる興味深いと言えるのではないだろうか。まるで、作者の道真が大宰府へ左遷されることになり、京都から追放されることになった事件のことをいみじくも想起させるかのような、そのような記述内容になっている。

「右丞相」と言えば、右大臣の唐名ということになっているが、左遷される前の道真の官職は、まさしく、右大臣のそれであったわけだし、その「右丞相」が突然に左遷の憂き目に逢って、「崖州」（今の広東省瓊山県の東南地方）に流されたことになっているが、そこは、唐国の都長安からすれば南方の僻遠の土地ということになるだろう。道真が京都から大宰府の地に遠く流されて行く、その苦渋に満ちた旅路のことを、いかにも、それは彷彿せしめずにはおかないだろう。そうした「右丞相」の左遷という事件の、その記述中に、先の用例「親族」は見えているわけなのである。

　長安から追放される「右丞相」を見送ろうとして、その「親族」たちは、走って彼を追い駆けたことになっている。作者の道真が京都を離れることになった時にも、そうした「親族」の見送りは必ずや、あったはずだろう。道真は本句（六二句）中において、運命共同体者としての賈誼や屈原を、まるで、彼等の「親族」になったような気持を抱いて心中に迎え入れたと詠述しているわけなのであるが、彼等の場合にも、走って追い駆け、見送ろうとした「親族」はいたに違いなく、ここでの「親族」とは、言うまでもなく、そうした彼等の、左遷という運命の激変とは切っても切り離せない存在としての、そのような「親族」のことを指示していることになるだろう。

　それでは、本句（六二句）の場合には、次に、どのようなことをして賈誼と屈原との両人を、その「親族」として作者は心中に迎え入れるようにしたと述べているのであろうか。それは、果たして、左遷される彼等のためにどのようなことをする「親族」だったというのであろうか。そのことを説明しているのが、すなわち「把レ衣」と「澣」との詩語ということになるはずなのである。

　「把レ衣」とは、衣服を手に取ること。「澣」とは、洗うこと。勿論、ここでの「衣」とは左遷されることになる賈誼と屈原との、その長旅の衣裳ということになるだろう。それを受け取って、彼等に代わって洗濯するというのである、ここの「親族」は。つまり、作者は、彼等両人を「親族」として心中に迎え入れることにしたわけなのであるが、その「親族」というのは、まるで、彼等の長旅の衣裳を受け取ってそれを本人に代わって洗濯するような、そうした、相手の存在に配慮する身近な親類の如きそれであった、と作者は言いたいわけなのである。なお、ここの「澣」字が、あくまでも「澣フガゴトクス」との比喩形に訓読し、例えば「如レ澣」（澣フガ如クス）の省略形と見なす必要があるだろうことは、対語「暾」の場合と同じであるが、ただし、「澣」の場合には韻字として、敢えて、ここに配置されていることになっているわけなのであり、そのことは留意しておきたい。近体詩としての「一韻到底」の大原則を厳守するために、「あらふ」との同義語の中から、ここでは、韻字としての「湔」をどうしても採用する必要があったのだ、と。

ところで、本句（六二句）中の詩語「親族」と「把レ衣湔」（衣服を洗うということで、「湔レ衣」「洗レ衣」「浣レ衣」「澣レ衣」「濯レ衣」などの熟語と意味的には同じと考える。）との用例であるが、「呉隠之ハ字ハ処黙ニシテ、……清顕（高い位）ニ居ルト雖モ、祿賜（俸給）ハ皆親族ニ班テバ、冬月ニモ被ルモノ無シ。嘗テ衣ヲ澣ヘバ、乃チ絮ヲ披ル。勤苦（つとめ苦しむ）スルコト貧庶ニ同ジキナリ。」（呉隠之字処黙、……雖レ居二清顕一、祿賜皆班二親族一、冬月無レ被。嘗澣レ衣、乃披レ絮。勤苦同二於貧庶一。）〈『晋書』巻九〇「良吏」呉隠之〉との一文などに、それらが同時に見えているのである。すなわち、東晋の呉隠之（字は処黙）は高位・高官に昇ったけれども、その俸給のすべてを「親族」に分配してしまい、彼自身は冬というのに着る物もないという有り様なのであった。ある（夏の）時のこと、衣服を洗ってしまったので、（着替える衣服が無くなってしまい）彼は（冬物の）綿入れを着用する破目になってしまった。（高位・高官になっても、彼は相変らず）貧しい人々と同じように貧乏な生活を送った、との意を持つ一文中にその用例が同時に使われている。

東晋の呉隠之の、その親孝行の話は有名で、例えば、『世説新語』〈「徳行篇」47〉中にも引かれているし、『蒙求』〈標題「隠之感憐」〉中にも取り上げられているわけであるが、その彼は、上記の『晋書』の記述によると、「良吏」の一人としても有名で、高位・高官に栄達した後も、その俸給のほとんどすべてを「親族」に分配してしまって、昔のままの貧乏な生活に彼は甘んじていたということになっている。同上の『晋書』中の別の記述にも、「後ニ中領軍ニ遷ルモ、清倹ナルコトハ革メズ。月ノ初メ毎ニ祿ヲ得ルヤ、裁ニ身糧ニ留ムルノミニシテ、其ノ余ハ悉ク親族ニ分ケ振ヘバ、家人ハ績紡シテ以テ朝夕ニ供ス。」（後遷二中領軍一、清倹不レ革。毎二月初一得レ祿、裁留二身糧一、其余悉分二振親族一、家人績紡以供二朝夕一。）との一文が見えていて、彼は、確かに、俸給のほとんどすべてを「親族」に分配してしまったらしい。そのために「家人」は内職をせざるを得なかったのだ、ということになっている。

つまり、呉隠之は、常日頃、彼の「親族」に対して恩義を施し続けていたわけなのだ。しかも、興味深いことには、そのせいで、冬季にも彼には満足な衣服が無かったし、例えば、彼はある時（恐らく、それは夏の時期ということになるのだろう。）、衣服を洗濯してしまい、着替えが無いことに気付き、冬物の綿入れを（夏季だというのに）着用する破目になってしまったほどであったという。呉隠之の場合にも、「親族」と「衣ヲ澣フ」（澣レ衣）という彼等の動作が内容的に密接に結び付けられており、その点でも大いに興味深いと言えるだろう。

ところで、本句（六二句）の内容のことに話を戻すとすると、作者の道真は、左遷された賈誼や屈原を心中に迎え入れるのに、まるで、（訪れた旅人の）汚れた衣服を脱がせて（さっそくに）洗濯する（旅を続けて来た人を心から接待する）「親族」のような、そのような懐かしい気持を（彼等に）抱いて、その上で迎え入れることにした、との内容にそこでは作られていたはずなのである。以上で通釈したように、本句における解釈は、一般的にはそういうことになるだろう。

ただ、どうなのであろうか。以上のような一般的な解釈に従う場合には、「親族」とは、そのまま、単なる親類縁者ということになってしまい、それがどういう「親族」であるのかという、そうした具体的な説明がなされないままになってしまうのではないだろうか。はたまた、そのような「親族」と、「把レ衣澣」という彼等の動作との結び付きにおいて、これまた、具体的な説明が出来兼ねるということになるのではないだろうか。

そうした疑問に答えるために、例えば、本句の出典として、以上の、東晋の呉隠之の、その伝記中の一文を考えるとすると、それはどういうことになるのであろうか。呉隠之の「親族」の場合には、彼等は呉隠之から日頃、その俸給のほとんどすべてを分配され続けていたはずなのである。その「親族」は、多くの恩義を呉隠之から連続して受けていたことになるわけなのだ。そうである以上、彼等は一般的な「親族」よりも、はるかに大きな、呉隠之に対する報恩の気持を抱いていたことになるだろう。日頃、彼等は恩義に報いたいとの気持を強く感じていたことになるはずなのだ。呉隠之に何かの理由があれば、献身的にその彼に何等かの動作を通して報いたいと思っていたに違いない。

一般的な「親族」の場合よりも、呉隠之の「親族」のそれの方がはるかに相手に報いたいとの気持を抱いていたことになるはずで、作者の道真がそうした、呉隠之の「親族」である、彼等のような「親族」の立場に自身を置いて、その立場に立って、かの賈誼や屈原を心中に迎え入れようとしたと考えるならば、確かに、そこに具体的な説明が付くように思うが、どうなのであろうか。また、何等かの動作を通して相手に報いたいとの思い、そちらの思いも、呉隠之の「親族」の場合の方が一般的な「親族」のそれよりもはるかに強いことになっていたはずで、まして、「把レ衣湔」という動作を通して相手に報いるということであるならば、前者（呉隠之の「親族」）の方には、もとより、そうする必然性があることになっていて、これまた、そこに具体的な説明が付くように思えて来るが、どうなのであろうか。

呉隠之と動作「衣ヲ澣フ」（澣レ衣）との関係については、彼の伝記中に見えた通り、両者には密接な関係があることになっていた。ある（夏の）時のこと、彼が衣服を洗ってしまったので、（着替える衣服が無くなってしまい）彼は（冬物の）綿入れを着用する破目になってしまった、と。呉隠之ということであれば、「澣レ衣」という動作は彼にとって必然性を有する動作ということになるわけなのだ。それ故に、その彼に、もしも、何かの理由が出来てしまい、「澣レ衣」という動作が実行しえないということになってしまったならば、彼の「親族」が、それを代行しなければならないことになるだろう。なにしろ、彼の「親族」は、日頃、彼の恩義に報いたいとの気持を強く感じていて、献身的に、その彼に何等かの動作を通して報いたいと思っていたはずなのだから。呉隠之の「親族」であるならば、彼に代わって、「澣レ衣」という動作を喜んで、積極的に実行したに違いない。

呉隠之の「親族」ということであるならば、彼等と、「把レ衣湔」という彼等のその動作との結び付きは、以上のように、具体的に説明出来ることになるはずで、むしろ、その方が説得力が増すように思えて来るのであるが、どうなのであろうか。本句（六二句）中の詩語「親族」を、一般的なそれと解釈する場合には、前述の通りに、それと「把レ衣湔」との結び付きが具体的に説明出来兼ねることになるわけなのである。ただ、今は、やはり、上記の通釈のように、一般的な「親族」のこととしてそれを解釈しておくことにしよう。すなわち、一般的な「親族」として、（左遷のための旅を続けて来た賈誼と屈原とを迎えて、さっそくに）まるで、汚れた衣服を脱がせて洗濯してやるように（旅を続けて来た人を心から接待するように）して、作者の道真は彼等を（そのような懐しい気持を抱いて）心中に迎え入れたのである、と。呉隠之の「親族」としてそれを解釈する説の方は、敢えて、ここでは別解として付言するだけに留めておこうと思う。

最後に、ここで、本聯（六一・六二句）を解釈する上で、なお少しく、不明な点について言及しておくことにしたい。それは、その前句（六一句）に見えている「故人」のことであるが、左遷された人々の旅程のうちの、果たして、どの地点で「分レ食噉」との動作を彼等はすることにしたのか、同じく、その後句（六二句）中に見えている「親族」のことであるが、左遷された人々の旅程のうちの、果たして、どの地点で「把レ衣澣」との動作を彼等はすることにしたのか、というそのことについての疑問点なのである。出発点であったのか、終着点であったのか、旅程の途中であったのか、以上の三通りの地点での動作ということにそれらはなるだろうが、作者の道真は、「故人」なり「親族」なりがどの地点でなしたところの動作として、それらを認識して、ここで詠述していることになるのであろうか。

三通りの地点のどれもがそこに当て嵌（あ）（は）まるようにも思えるが、改めて考えるとすると、「分レ食噉」との動作の場合には、やはり、旅程の途中のことであったような気がして来るし、「把レ衣澣」との動作の場合には、やはり、終着点のことであったような気がして来る。どうなのであろうか。食物を相手と分け合って一緒に食べるということになっている以上、「故人」の動作としてのそれは、旅程の途中での、乏しい食料を、左遷された人物のために分け合おうとする行為であると想定しないわけにはいかないだろうし、相手の汚れた衣服を手に取って洗濯してやるということになっている以上、「親族」の動作としてのそれは、終着点での、汚れ切った衣服を、左遷された人物のために洗い清めようとする行為であると想定しないわけにはいかないだろう。前述の通釈は、そうした想定に従った上で、一応、施したものなのである。

（13）**既慰二生之苦一**　「既（すで）ニシテ生（いのち）ノ苦（くる）シキヲ慰（なぐさ）メラルレバ」と訓読し、（以上のように、官舎の佇まいになるべく手を加えないことにする一方で、過去の歴史上の、時運の巡り合わせによって左遷を経験することになった人物たちのことをも改めて知った結果、わたしは大宰府への左遷という）人生の苦杯を嘗めることになったこのたびの我が心の中を少しばかりは慰めることに成功したので、との意になる。

本聯（六三・六四句）においては、作者の道真が大宰府到着後、ようやく、少しばかりの心の平安、それを取り戻したということについて述べることになっている。作者はこれまで、大宰府までの遠い旅路での肉体的・精神的な苦痛を訴え、さらに、到着後の官舎の狭小さなり環境の劣悪さなりを訴えて、心の不平不満を募らせ（それを権力者に向けて爆発させ）ていたわけなのであるが、その一方で、そうした精神上の不安感を少しく取り除くための方策をも、自分自身で考えるようになったと述べていた。その一つの方策が、官舎の佇まいになるべく手を加えないようにしたこと（四九・五〇句）なのであって、他の一つのそれが、過去の歴史上の、時運の巡り合わせによって左遷を経験することになった人物たち（特に、賈誼と屈原の二人）のことを改めて知って、彼等を「同病相憐れむ」存在として心中に迎え入れようとしたこと（六一・六二句）なのであった。

前者の方策は、作者にとっては、より消極的なそれということになるだろうし、後者の方策は、同じく作者にとっては、より積極的なそれということになるだろう。当然のことに、作者の精神上の不安感を少しく取り除くというその目的から言えば、その効果たるや、後者の方策の方にこそ、それはより多くあったと考えざるを得ないだろう。作者がより消極的な方策を前段に配置し、より積極的なそれを後段に配置することにしたのは、そのためであったに違いないと思うが、作者自身がそうした二つの方策を考え、そして、それを実行したことによって、確かに、作者は大宰府到着後、ようやく、少しばかりの心の平安を取り戻すことに成功したらしい。

本聯においては、既述のように、そうしたことについて言及することになっている。本聯の前句に当たる本句（六三句）では、以上の方策のお蔭で、当時の作者の、今なお生き長らえていることに対する心の苦痛、それが少しく慰められるようになったということ、そして、その後句に当たる次句（六四句）では、結果的に、当時の作者の、一日も早く死にたいものだとの思い、それがどうにか抑え込めるようになったということがそれぞれ詠述されている。なお、本聯の構成においては、前・後句の役割は、ここでは因果関係のそれと見なすべきであろうと思う。今は、上記の通り、訓読も通釈もその見解に従うことにした。なお、本聯の場合の対語であるが、「既」と「何」、「慰」と「嫌」、「生之苦」と「死不㆑遄」とがそれぞれ対比的に配置されていると見るべきだろう。

（14）**何嫌㆓死不㆒㆑遄**　「何ゾ死ノ遄ナラザルヲ嫌ハンヤ」と訓読し、一日も早く死にたいものだと念願してやまなかったそれまでの気持をどうにか抑え込むことが出来るようになった（もう少しの間、この大宰府の地で生きてみようかと思うようにさえなった。）、との意になる。

消極・積極の両方策を考え、そして、それを実行に移したことによって、当時の作者は、先ず、今なお生き長らえ続けているという、そうした心の苦痛から自身を少しく解放することが出来るようになり（六三句）、その結果、次に、この大宰府の地でもう少し生き長らえ続けてみようかという、そうした気持をさえ抱くようになった（六四句）、と詠述しているわけなのである。ということは、ここの本聯の前・後句の記述によって、大宰府到着直後の道真が、「生ノ苦シキ」（生之苦）に耐え切れずに、「死ノ遄ナラザル」（死不㆑遄）ことをひたすら残念に思い、一日も早い死を念願していたということ、そのことが逆に分かることになるわけなのだ。大いに注目してよい記述と言えるだろう。

これまで、作者の道真は、権力者の自身に対する横暴に激怒し、彼の非と我の是とを声高に論じ、例えば、「未ダ曽テ邪ノ正ニ勝チ、或イハ以テ実ノ権ニ帰クコトアラズ。」（未㆘曽邪勝㆑正、或以実帰㆖㆑権。）とまで断言して（三七・三八句）、自身の正当性を高く主張し、最終的な自身の勝利を確信していたはずなのである。敵愾心を盛んに燃え立たせて、例えば、「悪名ハ遂ニ蠲カント欲ス」（悪名遂欲㆑蠲）とまで言い切っていた（三六句）し、これ以後にも、権力者に対する不平不満を強気に言い立て続けることになっている作者の道真なのである。そうした道真であるのに、本聯の前・後句の内容からは、彼自身の速やかな死についての言及さえもが見て取れ、当時の弱気な一面もそこに垣間見えることになっているわけなのだ。注目しないわけにはいかないだろう。

本句（六四句）は反語法の構文ということになっており、意味的には、「どうして、我が死の速やかでないことを毛嫌いするであろうか、毛嫌いすることはない。」ということになり、作者の道真がこの時点で、精神的に一応の立ち直りを見せ、大宰府の地でもう少し生き長らえ続けてみようと決心した、との内容を述べていることになる。「遄」字は、ここでは韻字として配置されているわけであるが、用例として、「人ニシテ礼無ケレバ、胡ゾ遄カニ死セザル。」（人而無レ礼、胡不二遄死一。）〈『詩経』鄘風「相鼠」〉との一聯が見えていて、その後句中に、「遄死」（「毛伝」には、「遄、速也。」に作っている。）との熟語でそれが使われているのである。しかも、疑問の副詞としての「胡」字もそこに使用されている。ここ（本句）での出典として考えていいのではないだろうか。

なお、上述のように、『詩経』中の一聯を本句（六四句）の出典と考える場合であるが、内容的には、その出典は、礼儀に欠けた人間に対して「どうして速かに死なないのか」との疑問を発していることになっているわけなのである。あくまでも、礼儀に欠けた人間に向かって発せられていることになっているのである、出典におけるその疑問というのは。そのようにして発せられたことになっている疑問に作者の道真自身が答えていると考え、それを本句の出典として見なすならば、道真が、これまでの、一日も早く死にたいものだとの思いに打ち勝つことが出来た理由のその一つに、当時の作者がなおも礼儀を失っていない自分自身を再確認したからである、というそれを付け加えてやってもいいことになるのではないか、そのようにも考えられて来る。

消極・積極の両方策を考え、そして、それを実行に移したことによって、当時の道真は、「生之苦」から少しく解放されることになり、その解放が彼の立ち直りの理由ということになっていたはずであるが、立ち直りのもう一つの理由に、礼儀をなおも失っていない自分自身を再確認したこと、そのことがあったのだ、と。『詩経』中の一聯を本句の出典と見なすならば、道真は、暗黙のうちに、そうしたもう一つの理由の、その存在をここで主張しようとしているのではないか、そのようにも考えられて来るわけなのである。

(15) 舂韲由二造化一 「舂韲セラルルハ造化ニ由レバナリ」と訓読し、(とにかく、天下万物がその運命を) 搗き砕かれ (変化・推移せざるを得ないことになってい) るのはもとより造化のなせるわざということになっているし、との意になる。

立ち直ることに少しく成功し、この大宰府の地で生き長らえてみようと新たに思い直した作者の道真であるが、運命共同体者としての賈誼と屈原、そして自分自身がそれでは、何故に、そうした左遷という運命を受けることになってしまったのか、ということに対して改めて思いを致し、当時にあっての一応の結論を導き出すことにするわけなのである。本聯(六五・六六句)では、その一応の結論について言及することになっている。

道真の、当時にあっての一応の結論というのは、以下の通りなのである。結局は、人事をはるかに越えた、天地自然の道理に由来するところの、その大きな働きによってあらゆる万物は育成されることになっているわけなのであり、そうである以上、人が左遷を受けるということも、また、そうした大きな働きによる作用の一つということになるだろう。つまり、それは、人力では如何とも抗し難いほどの存在なのであって、その作用を授けられることになる人間は、諦めてそれをひたすら受け入れざるを得ないことになるのである、という結論、それを道真は当時導き出すことになったわけなのである。「運命論」による、それは解決であり結論であったということになるだろう。本聯(六五・六六句)における対語は、「舂韲」と「忖度」、「由」と「委」、「造化」と「陶甄」ということになる。

「舂韲」とは、搗き砕くこと。勿論、ここでは、「舂韲セラルルハ」と受身形に訓読することになるはずで、運命共同体者としての賈誼と屈原、そして作者自身とがそれぞれの運命の激変、すなわち、利から不利へのそれを突然に受けることになり、左遷という思い掛けない仕打ちを被り、それに泣くことになった事実をそれは指示していることになる。ここの「舂」は「つく」(搗・撞・衝に通ず)と訓じ、臼に入れた穀物に杵などを打ち当てて、殻やぬかを取り去ったり砕いて柔らかくしたりすること、また、それに似た動作をすることをいう。用例としては、「其ノ喉ヲ舂キ、戈ヲ以テ之ヲ殺ス。」（舂二其喉一、以レ戈殺レ之。）《『史記』巻三三「魯周公世家」》との一文が見え、その「集解」にも、「舂、猶レ衝。」との注が見えている。ちなみに、ここ（本句）の「齏」は、「くだく」（砕・摧に通ず）と訓じ、固まっている物を、力を加えてつぶし、細かくすることをいう。用例としては、「万物ヲ齏クモ義ト為サズ」（齏二万物一而不レ為レ義）《『荘子』内篇「大宗師」》との一文が見え、その「釈文」にも、「齏、砕也。」との注が見えている。なお、「舂齏」は、内桑文日の諸本には「嗇爨」に作る。「嗇」は穀物を取り入れることで、「穡」字に同じ。「爨」は飯を炊くこと。共に仄声字（『広韻』入声・二四職韻と同・去声・二九換韻）。今は、底松新の諸本に従う。共に平声字（同・上平声・三鍾韻と同・上平声・一二斉韻）。「嗇爨」に作る場合には、六五句の平仄は上から順に「××○××」となり、「平仄式」の上で、「粘法」「孤平」「二四不同」の大原則を犯すことになり、その配置は、「平仄式」上からも不可としなければならないだろう。

「造化」とは、天地のことをいい、天地自理の道理のことをもいう。また、万物を創造化育することをいい、その神のことをもいう。用例「昔、老聃ノ西ニ徂クヤ、顧ミテ予ニ告ゲテ曰ク、有生ノ気、有形ノ状ハ、尽ク幻ナリ、ト。造化ノ始マル所、陰陽ノ変ズル所ノ者ハ、之ヲ生ト謂ヒ、之ヲ死ト謂フ。数ヲ窮メ変ニ達シ、形ニ因リテ移易スル者ハ、之ヲ化ト謂ヒ、之ヲ幻ト謂フ。造物者ハ、其ノ巧ハ妙ニシテ、其ノ功ハ深シ。固ヨリ窮メ難ク終ヘ難シ。」（昔、老聃之徂レ西也、顧而告レ予曰、有生之気、有形之状、尽幻也。造化之所レ始、陰陽之所レ変者、謂二之生一、謂二之死一。窮レ数達レ変、因レ形移易者、謂二之化一、謂二之幻一。造物者、其巧妙、其功深。固難レ窮難レ終。）《『列子』第三「周穆王」》。「由」とは、よる・もとづくの意。ここでは、左遷という結果に対して、その原因を述べることになっており、「由レバナリ」と訓ずる必要があるだろう。

（16）**忖度委二陶甄一**　「忖度セラルルハ陶甄ニ委ヌレバナリ」と訓読し、（とにかく、天下万物がその運命を）断ち切られ（変化・推移せざるを得ないことになってい）るのはもとより天工のおぼしめしということになっているのだ（このたび、わたしの時運の巡り合わせが利から不利になったのも、これは造化天工のなせるわざなのであり、おぼしめしなのであって、仕方なかったことなのだ。）との意になる。

本聯（六五・六六句）の後句に当たる本句では、対句である前句と同様に、運命共同体者としての賈誼と屈原、そして道真自身が左遷を受けることになったその原因について改めて思いを致し、当時にあっての、一応の結論を導き出すことになっている。解決方法は、勿論、前句のそれと同じく、「運命論」ということになる。

「忖度」とは、断ち切ること。前句中の対語である「舂齏」と同様に、ここでは「忖度セラルルハ」と受身形に訓読することになるはずで、利から不利への運命の激変、すなわち、左遷という思い掛けない仕打ちを被り、それに泣くことになった事実をそれは指示していることになる。ここの「忖」は「きる・わる」（刌に通ず）と訓じ、切断することをいう。用例としては、「成ノ数ヲ以テ該ノ積ヲ忖ル」（以二成之数一忖二該之積一）〈『前漢書』巻二一上「律暦志上」〉との一文が見え、その「孟康注」にも、「忖、除也。」とある。ここ（本句）の「度」も、「きる・わける」（剫に通ず）と訓じ、切断することをいう。用例としては、「山ニ木有レバ、工ハ則チ之ヲ度ル。」（山有レ木、工則度レ之。）〈『左伝』「隠公十一年」条〉との一文が見え、その「会箋」にも、「爾雅ノ釈器ノ注ニハ、此ノ伝ヲ引キテ、度ヲ剫ニ作ル。」（爾雅釈器注、引二此伝一、度作レ剫。）との注が見えている。また、『説文通訓定声』にも、「度、仮借為レ剫。」に作っている。なお、ここの「度」を「なぐ」（投に通ず）と訓じ、投げ飛ばす意に取ることも可能であろう。用例として、「之ヲ度グルコト薨々タリ」（度レ之薨々）〈『詩経』大雅「緜」〉との一句が見え、その「鄭箋」にも、「度、猶レ投也。」との注が見えている。ここの「度」を後者の意に取れば、「忖度」とは、言うまでもなく、切断して投げ飛ばす意ということになるだろう。ただ、その場合にも、それは、当然に運命の激変（左遷）のことを指示していることになる。

「陶甄」とは、陶人が瓦器を作ることから、転じて、聖王が天下を治めることに喩えられ、また、造化が万物を化成することに喩えられる。勿論、ここでは、それは後者の喩えとして使用されていて、対語である「造化」の同意語となっている。万物を化成する天地自然の働き、との意。用例として「茫々タル造化、二儀（天と地）ハ既ニ分カレ、気ヲ散ジテ形ヲ流キ、既ニ陶シ既ニ甄ス。」（茫々造化、二儀既分、散レ気流レ形、既陶既甄。）〈『文選』巻五六「女史箴」張華〉との一文が見え、その「李周翰注」にも、「陶甄トハ、陶人ノ瓦器ヲ為ルヲ謂フナリ。言フココロハ、天地ノ気ヲ散ジ、流キテ形ヲ為ルコト、陶人ノ器ヲ為ルニ似タル有ルナリ。」（陶甄、謂三陶人為二瓦器一也。言、天地散レ気、流而為レ形、有レ似三陶人為レ器也。）に作っている。「委」とは、ゆだねまかせる意。

(17) **荏苒青陽尽**　「荏苒タル青陽ノ尽クレバ」と訓読し、（天下万物の変化・推移ということで言えば、季節もまさしくそうなのであって、以上のような、この大宰府の地で少しの間生きてみようとの考えをわたしが持つようになった時分には、大宰府の地にも）柔らかで穏やかな春の季節は行き過ぎてしまい、との意になる。

本聯（六七・六八句）では季節の変化・推移について、すなわち、晩春（陰暦三月）から初夏（同四月）へと季節が変化・推移したことについて言及されている。その前句においては、春の季節が終わったことについて、その後句においては、夏の季節が始まったことについて、それぞれ対句構成によって対比的に述べられており、「荏苒」と「清和」、「青陽」と「朱景」、「尽」と「妍」とが対語ということになっている。

前聯（六五・六六句）において、この大宰府の地で少しく生き長らえてみようと新たに思い直すことになった作者の道真は、左遷という自己の運命の激変を天地自然の道理に由来するところの、その大きな働きの、作用の一つなのだと納得し、そうした「運命論」によってそれを解決し結論を導き出そうとしていた。本聯は、そのような前聯の意味内容を直接的に継承していることになるだろう。生き直そうとの新たな道真自身のその思いに正当性を与えるべく導き出された、天地自然の道理とその偉大な働き、それは、人力では如何とも抗し難いほどの存在なのであって、その作用を授けられることになる人間は諦めて、それをひたすら受け入れざるを得ないことになるわけなのだ。そうした「運命論」を採用することによって、当時の道真は、生き直そうとの新たな自身の思いに正当性を与えることが出来たし、しばらくの心の平安を我が物にすることが出来たはずなのである。

しばらくの心の平安、それを我がものにすることの出来た当時の道真は、それによって、ふと、季節の変化・推移の方に目を奪われることになるのである。確かに、季節は移り変わっているではないか、とそのことに改めて彼は気付くことになる。彼の、しばらくの心の平安が自身に心の余裕を持たせることになり、季節の変化・推移にも自然に目を向けさせるようにしたわけなのだろう。天地自然の道理とその偉大な働きが、ここにもその作用の一つを及ぼしているではないか、と。前聯（六五・六六句）において、左遷という自己の運命の激変をその大きな働きの人事的作用（人事に対する作用）の一つとして認めて納得した道真であるが、本聯においては、季節の変化・推移という現象をその大きな働きの自然的作用（自然に対する作用）の一つとして認め、改めて、彼は納得することになるわけなのである。人事的な作用であれ自然的なそれであれ、天地自然の道理とその偉大な働きによってなされたものである以上、これらは、同一のものということになるだろう。道真は、先ず最初に、人事的な作用を確認し（前聯）、次に、自然的な作用を確認している（本聯）ことになる。本聯が前聯の意味内容を直接的に継承していると先に述べたのは、そのためなのである。

しばらくの心の平安を取り戻したことが、道真の視線をして、季節という外的環境の変化・推移に向かわせることにもなったわけなのである。彼が左遷によって京都を離れることになったのは昌泰四年（九〇一・延喜元年）二月一日のことであったから、その後、二箇月ほど経過して、初夏の到来の頃になって、ようやく、しばらくの心の平安を取り戻すことに彼は成功したわけなのだ。

「荏苒」とは、やわらかなさま。「荏染（じんぜん）」に同じ。用例として「荏染タル柔木ハ、君子之（これ）ヲ樹（う）エタリ。」（荏染柔木、君子樹レ之。）〈『詩経』小雅「巧言」〉との一聯が見え、その「毛伝」にも、「荏染、柔意也。」との注が見えている。「青陽」とは、春の季節のことをいう。春は、気が青く温陽であるからだとする。用例「春ハ青陽ト為シ、夏ハ朱明ト為シ、秋ハ白蔵ト為シ、冬ハ玄英ト為ス。」（春為二青陽一、夏為二朱明一、秋為二白蔵一、冬為二玄英一。）〈『爾雅』巻中「釈天」〉。「尽」とは、尽きること。終わること。ここは、春三月の尽日（つごもり）を迎えることをいう。なお、本聯の前・後句の脈絡を因果関係のそれと考えて、今は、ここの「尽」を「尽クレバ」と確定条件として訓読することにした。

（18）清和朱景妍　「清和ナル朱景ハ妍シ」と訓読し、清らかで和いだ陰暦四月の初夏の季節が気持よく訪れるようになっていた、との意になる。

初夏の季節の到来したことをいう。「清和」とは、清らかで和ぐこと。用例「陰陽ハ清和ナリ」（陰陽清和）（『孔叢子』巻一「論書」）。ところで、詩語としてのこの「清和」には、陰暦二月（仲春）の気候のことを指示するものとして、それを二月の異称とする説と、同じく四月（初夏）の気候のことを指示するものとして、それを四月の異称とする説とがあることになっている（『大漢和辞典』）。前者の用例としては、「仲春ノ令月（陰暦二月の異称）ハ、時和気清ナリ。」（仲春令月、時和気清。）（『文選』巻一五「帰田賦」張衡）との一文とか、「首夏（陰暦四月）ナルニ猶ホ清和（陰暦二月）ナルガゴトク、芳草モ亦タ未ダ歇キズ。」（首夏猶㆓清和㆒、芳草亦未㆑歇。）（同・巻二二「遊㆓赤石㆒進㆑帆海」謝霊運）との一聯とかが見えている。一方、後者の用例としては、「清和ナル四月ノ初メ、樹木ハ正ニ華滋シ。」（清和四月初、樹木正華滋。）（『白氏文集』巻五「首夏同㆓諸校正㆒遊㆓開元観㆒、因宿翫㆑月。」）との一聯とか、「孟夏（陰暦四月）清和ノ月、東都閑散ノ官。」（孟夏清和月、東都閑散官。）（同・巻六五「初夏閑吟、兼呈㆓韋賓客㆒。」）との一聯とかが見えている。

清の沈徳潜の詩話『説詩晬語』（巻下）などによると、後者の、陰暦四月説とする用例は、前者の、陰暦二月説とする用例の明白な誤用であって、詩語としての「清和」は、やはり、陰暦二月の季節と密接な関連を持つものと見なすべきものであるのに、後世は、これを誤用することになってしまったのだ、と結論付けられている。本句（六八句）における詩語「清和」の使用は、間違いなく、後者の用例に従っていることになるわけで、沈徳潜などの指摘によれば、それは、はっきりと誤用ということになるだろう。が、それはそれで、一つの興味深い事実を我々に教示してくれるように思える。すなわち、作者の道真は、大まかに言えば、『文選』中の用例よりも、『白氏文集』中のそれに従って作品をものしていることになる、と。道真の漢文学作品と『白氏文集』との密接な関係については従来強く指摘されているが、本句中の、「清和」の用例一つを取っても、そのことが改めて確認出来ることになるのではないか、と。興味深いと言ったのは、そのためなのである。

「朱景」とは、本聯（六七・六八句）の前句中の、「青陽」（春の季節のことを指示）の対語で、夏の季節のことを指示している。春と夏の季節的な対比ということになるが、内容的には、晩春（陰暦三月）と初夏（陰暦四月）との対比ということになるだろう。前項（17）で引用した、『爾雅』〈巻中「釈天」〉中にも、春の異名を「青陽」というのに対して、夏のそれは「朱明」ということになっていたはずで、「朱景」はそれの類似語。ここでの「景」は、「あきらか」との意で、いわゆる「明」の同意語と考えていいだろう。用例として、「高山モテ仰ギ、景行モテ行ク。」（高山仰止、景行行止。）〈『詩経』小雅「車舝」〉との一聯が見え、その「鄭箋」にも、「景、明也。」との注が見えている。ちなみに、本句において「明」字の代替に「景」字が使用されているのは、もっぱら、近体詩としての「平仄式」を厳守するためであると見ていいだろう。「明」字は平声で「景」字は仄声ということになっており、本句中の上から二字目の「和」字が、もとより、平声ということになっている以上、「二四不同」の大原則からして四字目に置かれることになる字は、必ずや、仄声のそれでなければならないことになっているからである。

「妍」とは、清く美しいさまをいう。『広韻』〈巻二〉には、「妍、浄也。美也。好也。」に作っている。なお、ここの「妍」は、前句（六七句）中の「尽」の対語となっており、そのことを踏まえた上で、ここでは解釈する必要があるかもしれない。すなわち、春の季節の方が「（あちらに）行き過ぎてしまった」のに対して、夏の季節の方は「（こちらに）気持よく訪れるようになった」と。そういうように解釈を施し、両者の進む方向性の対比を明示するのである。どうであろうか。今は、それに従って通釈を試みることにした。

（19）**土風須二漸漬一**　「土風ニモ須ク漸ク漬ルベク」と訓読し、（大宰府の地に改めて生きようとすれば）その土地の風俗にも少しずつ慣れ親しむことが必要となり、との意になる。

本聯（六九・七〇句）には、しばらくの心の平安を取り戻し、大宰府の地で改めて生き直してみようかと決意した道真、その彼が前聯（六七・六八句）の内容を直接的に継承して、今度は、もう一つの外的環境であるところの、大宰府という土地、あるいは、そこに住む人々の風俗・習慣というものに視線を向けるようになった、との内容が詠述されているのである。前聯においては、当時の道真を取り囲む外的環境の一つとしての、その季節の変化・推移というものに対して、彼の視線は向けられていたわけなのであるが、本聯においては、彼の視線は、もう一つの外的環境である、大宰府の土地、あるいは、そこに住む人々の風俗・習慣というものに対して向けられることになる。

季節の変化・推移といい、人々の風俗・習慣といい、これらは当時の道真を取り囲む外的環境ということになるだろう。前聯においても、また本聯においても、作者の視線は、連続的に外的環境に向けられていることになるのである。本聯が前聯の内容を直接的に継承している、と先程述べたのはそのためなのであるが、この時点での、作者の視線がそうした外的環境に向けられるようになったのは、やはり、彼が、しばらくの心の平安を取り戻し、大宰府の地で改めて生き直す決心をするようになったからに違いない。心に余裕を持つようになったからに違いない。

大宰府の地で改めて生き直すためには、道真自身の生活をして、彼の地の季節の変化・推移にどうにか合わせる必要があるはずなのだし（前聯）、同じく、彼自身の生活をして、彼の地に住む人々の風俗・習慣にどうにか合わせる必要があるはずなのだ（本聯）。とにかく、前聯と本聯との間には、同じ外的環境とはいいながら、自然環境と人事環境との対比が巧みに配置されていることになっているが、ここにおいて、道真は彼自身の方から、大宰府におけるそうした自然環境及び人事環境に対して、ようやく視線を注ぐことが出来るようになり、彼自身の方から、それらに対して、ようやく働き掛けてみようとの思いをも持つことが出来るようになったわけなのだ。

本聯（六九・七〇句）においては、「土風」と「習俗」、「須」と「擬」、「漸漬」と「相沿」とがそれぞれ対語となっていて、見事に対比させられている。そのうちの「土風」と「習俗」との対比は、意味内容的には、「土俗ノ風習」（土俗風習）

との熟語（AB・CD）としてのそれが本来のものであったに違いない（大宰府の土着の風俗習慣との意）。ここでは、それを対語として対比させる必要から、敢えて、「土風」（AC）と「習俗」（DB）とのそれぞれの詩語に作って分割配置したと考えていいだろう。当然、それぞれの詩語の分割配置という作業においては、意味内容を考慮するだけではなく、本聯における近体詩としての「平仄式」のことをも考慮する必要があったはずなのである。例えば、「土俗風習」との熟語の各漢字が所持しているところの、その平仄は上から順に「××○×」（平声は○印・仄声は×印）ということになっており、本聯における「粘法」の大原則を厳守するためには、どうしても、「土風」（×○）と「習俗」（××）との詩語にそれぞれ作って分割し、それを対比的に配置させるしかなかったはずなのだ。「平仄式」上からは、これ以外の分割配置の方法はなかったということになり、そうした点で、本聯における、「土風」（AC）と「習俗」（DB）との対語としての対比は、作者の、詩人としての技巧上の成果ということになるだろう。今は、以上の理由によって、両者を、共に、「土俗ノ風習」（土俗風習）との熟語の意を持つものとして同じように通釈することにした。

「土風」とは、その土地の風俗との意で、「土俗」に同じ。用例「山沢ニハ蔵育（産物）多ク、土風ハ清ク且ツ嘉シ。」（山沢多二蔵育一、土風清且嘉。）《『文選』巻二八「呉趨行」陸機》。「漸漬」とは、次第次第に水が染み込むこと。転じて、ものごとが段々に水が染み込むように、そのようにして少しずつ変化影響を受けること。用例「而ルヲ況ンヤ中庸以下ノ、失教ニ漸漬シ、成俗ニ被服スルモノヲヤ。」（而況中庸以下、漸二漬于失教一、被二服於成俗一乎。）《『史記』巻二三「礼書」》。本聯の前句（六九句）の場合には、作者が大宰府という土地の風俗に段々と慣れ親しむことの必要性を改めて認識した、とのことを言っている。当地で、もう少しの間、生き直してみようとの思いを作者が抱くようになったからなのである。「須」とは、ここでは再読文字「すべからく……べし」と訓読し、……することが必要である、との意を持つ。

（20）**習俗擬二相沿一**　「習俗ニモ相沿ハンコトヲ擬ス」と訓読し、（同じく、大宰府の地に改めて生きようとすれば）その土地の人々の慣習にも少しずつ打ち解けることが必要となる、との意になる。

「習俗」とは、世間の習わし。習慣と風俗。用例「常民ハ習俗ニ溺レ、学者ハ聞ク所ニ沈ム。」（常民溺二於習俗一、学者沈二於所レ聞。）〈『戦国策』巻六「趙策」〉。「相沿」とは、相手（ここは「習俗」のこと）に寄り従うこと。ここでは、大宰府における習わしを身に付けるべく、作者の方から進んで打ち解けようと試みることをいう。用例として「礼ト楽トノ情ノ同ジケレバ、故ニ明王ハ以テ相沿フナリ。」（礼楽之情同、故明王以相沿也。）〈『礼記』「楽記」〉との一文が見え、その「鄭注」には、「沿、猶二因述一也。」に作っている（「因述」は「因循」に同じ。寄り従うこと。）。「擬」とは、ここでは、「図る」「欲する」との意。……しようとすること。

（21）**苦味塩焼レ木**　「苦味ニハ塩モテ木ニ焼カントシ」と訓読し、ここでは、（それ故に、大宰府の土地の風俗や人々の慣習に対してわたしは改めて目を注ぐことにしたわけであるが、なんと、ここの土地では）苦味を作り出そうということで鹹味に酸味を加えるようなことをしているし（甘・酸・鹹・苦・辛の五味をごちゃ混ぜにしているし）、との意になる。

本聯（七一・七二句）においては、「苦味」と「邪贏」、「塩」と「布」、「焼レ木」と「当レ銭」とがそれぞれ対語として対比されている。しかも、内容的には、本聯の前句に当たる本句（七一句）より以下、八〇句までの五聯（都合十句）には、その八〇句末に置かれた自注に、「已上ノ十句ハ、習俗ノ移ス可カラザルヲ傷ム。」（已上十句、傷二習俗不レ可レ移。）とあるように、大宰府の土地の風俗や人々の慣習に対して、作者自身が、どのように、否定的な意見を持ってそれらを眺めることになったのか、という、そのことについて詠述されている。しばらくの心の平安を取り戻した結果、それによって、道真は大宰府の地で改めて生き直そうとの決心を少しく固めることになり、どうにか、彼を取り囲む外的環境（季節の変化・推移のことや人々の風俗・習慣のこと）にも視線を向けることが出来るようになったわけなのである。大宰府における当時の、その自然環境と人事環境とに道真自身が目を向けるようになったのは、地元で生き直すためには、それらの外的環境にも少しずつ慣れ親しむ必要があると思ったからなのであるが、前者のそれはともかく、後者のそれに至っては、まったく、慣れ親しむことなど出来ない、すなわち、「移ス可カラザル」（不レ可レ移）状態そのものなのであった。京都から左遷されて来たばかりの道真にとっては、それは信じられないような、そのような悪い人事環境なのであった。京都における人事環境とそれとを比較検討しながら、大宰府における悪い人事環境について、本句以下で具体的に言及していくことになるが、勿論、道真にとっては、京都におけるそれこそが唯一絶対の「善」ということになっており、それこそが、彼の主観的な判断基準ということになっているはずなのである。

本句（七一句）では、大宰府の人々の日常生活における食味に対する感覚が京都の人々のそれと大いに異なっていること、当地の人々が五味の種類とその価値とをごちゃ混ぜにしていることについて述べている。「苦味」とは、五味（鹹・苦・酸・辛・甘）の一で、苦菜などの、にが味のことをいう。五味のことで序でに言えば、「鹹味」とは、塩からい味のこと、「辛味」とは、唐辛子などの、からい味のことになっていて、「酸味」とは、すっぱい味のこと、「甘味」とは、甘い味のことになる。

なお、その五味という概念を五行（五つの元素）に当て嵌めて解釈することが一般に行なわれていて、例えば、『書経』〈洪範〉中にも、「一、五行。一ハ水ト曰シ、二ハ火ト曰シ、三ハ木ト曰シ、四ハ金ト曰シ、五ハ土ト曰ス。水ハ潤下ト曰シ、火ハ炎上ト曰シ、木ハ曲直ト曰シ、金ハ従革ト曰シ、土ハ稼穡ト爰ス。潤下ハ鹹ヲ作シ、炎上ハ苦ヲ作シ、曲直ハ酸ヲ作シ、従革ハ辛ヲ作シ、稼穡ハ甘ヲ作ス。」（一、五行。一曰レ水、二曰レ火、三曰レ木、四曰レ金、五曰レ土。水曰二潤下一、火曰二炎上一、木曰二曲直一、金曰二従革一、土爰二稼穡一。潤下作レ鹹、炎上作レ苦、曲直作レ酸、従革作レ辛、稼穡作レ甘。）との一文が見えているのである。その五行思想によると、水・火・木・金・土の五つの元素は、鹹・苦・酸・辛・甘の五味にそれぞれ当て嵌めることが出来ることになっている。

すなわち、潤す性能を持つところの水は、味においては鹹（塩から味）となり、燃え上がる性能を持つところの火は、味においては苦（にが味）となり、曲がったりまっ直ぐになる性能を持つところの木は、味においては酸（すっぱ味）となり、そのままであったり革めたりする性能を持つところの金は、味においては辛（から味）となり、種を蒔き実りを穫る性能を持つところの土は、味においては甘（甘味）となるのだ、と。以上がその説ということになるが、簡単に言えば、水と鹹・火と苦・木と酸・金と辛・土と甘とが密接に対応することになっているのである。

　さて、話を本句（七一句）に戻すと、そこでは、「苦味ニハ塩モテ木ニ焼カントシ」（苦味塩焼レ木）に作られている。「塩」とは、言うまでもなく、鹹味ということになるだろうし、「木」とは、五味に当て嵌めると酸味ということになるだろう。さらに、「焼」とは、五行に配当すれば、それは、まさしく、火ということになり、五味に当て嵌めると苦味ということになるだろう。つまり、「焼」という火を起こす動作は、苦味を作るためのそれと考えていいことになるはずなのだ。

　今は、以上のように、それぞれの詩語を解釈することにした。その結果、本句の通釈は、（大宰府の人々は）苦味を作り出そうということで鹹味に酸味を加えるようなことをしている、ということになったが、作者がここで言いたかったのは、当地の人々が五味ということを少しも弁えず、それをごちゃ混ぜにしてしまっているということなのだろう。道真は、大宰府の風俗や慣習が京都のそれと大いに異なるものとして、まず最初に、ここでは、味覚のことを取り上げているわけなのだ。

　大宰府の地で改めて生き直すべく決意した道真なのであるが、京都風の味覚に慣れ親しんだ者にとって、確かに、当地風のそれに慣れ親しむこと、そのことは、彼にとって第一の難題であったに違いない。道真にとって、それは、驚き嘆かしめるに足る重要な問題であると共に、左遷による悲哀を改めて実感させ、京都から大宰府までの距離の遠さを再認識させずにはおかなかったであろう。ただ、後の〔評説〕の項で改めて言及するつもりでいるが、本句（七一句）において、道真が本当に問題にしたかったのは、大宰府の当地における味覚が京都風のそれと大いに異なっているということ、そのことではなかったように思える。というのは、五味の種類とその価値とをごちゃ混ぜにしているということ、それは、「五行思想」についての認識が不足していることを意味し、また、それは、とりもなおさず儒教的道徳観念の欠乏を意味しているということになるからなのである。本句において、道真は、身近な味覚の問題を最初に取り上げ、その問題を通して、当地の人事的環境における儒教的道徳観念の欠乏について詠述したかったと考えるべきなのではないだろうか。彼をして心から驚き嘆かしめることになったのは、むしろそちらの方であったと見なすべきだろうと思う。

(22) 邪贏布当レ銭　「邪贏ニハ布モテ銭ニ当テントス」と訓読し、(なんと、ここの土地では) 不正な利益を得ようということで布貨を銭貨と同等なものと見なすようなことをしているのであった (貨幣の種類とその価値をごちゃ混ぜにしているのであった)、との意になる。

「贏」(まうけ、との訓) 字は、底本及び日新の諸本には「羸」(やす・つかる、との訓) 字に作るが、内松桑文の諸本に従い、今は、意をもって改めた。理由は、下文を参照のこと。

本聯 (七一・七二句) の後句に当たる本句では、大宰府の人々の、日常生活における通貨に対する感覚が京都の人々のそれと大いに異なっていること、当地の人々が、通貨の種類とその価値をごちゃ混ぜにしていることについて述べている。前句においては、当地の人々が、五味の種類とその価値とをごちゃ混ぜにしていることについて詠述していたはずであるが、本句では、それと内容的に対比させて、その種類とその価値とをごちゃ混ぜにしているということで、当地の人々の通貨に対する感覚のことが取り上げられている。法律によって一国内で通用する貨幣及びその代用物とされている通貨が、京都と違って、その種類とその価値をごちゃ混ぜにした状態で、この大宰府の地では流通している、と道真は慨嘆しているわけなのである。その事実は、必ずや、当地風の生活に慣れ親しもうとした作者をして驚き嘆かしめることになり、京都から大宰府までの距離の遠さを改めて実感させ、左遷による悲哀感を募らせずにはおかなかったはずなのだ。

「邪贏」とは、不正の儲け、正当性のない利益のこと。ここでは、(商人たちが) 不正な手段によって暴利を貪ることを指示。用例としては、「鬻グ者ハ贏ヲ兼ネ (利益を倍にし)、求ムル者は匱シカラズ。爾シテ乃チ商賈百族、裨販 (安価で買い高値で売ること) ノ夫婦ハ、良ヲ鬻ギ苦ヲ雑ヘ、辺鄙ヲ蚩キ眩ス。何ゾ必ズシモ作労ヲ昏メンヤ、邪贏ノ優ニシテ恃ムニ足レバナリ。彼ノ肆人ノ男女ハ、麗美ニシテ許・史 (皇帝の外戚である許氏と史氏) ヨリモ奢レリ。」(鬻者兼レ贏、求者不レ匱。爾乃商賈百族、裨販夫婦、鬻レ良雑レ苦、蚩二眩辺鄙一。何必昏二於作労一、邪贏優而足レ恃。彼肆人之男女、麗美奢二乎許史一。）〈『文選』巻二「西京賦」張衡〉との一文が見えていて、そこには、商人たちの、不正な手段によって暴利を貪る様子があからさまに詠述されている。本句（七二句）中の、「邪贏」の出典と考えていいのではないだろうか。本句中のそれの場合にも、不正な利益を得んとする（大宰府の）商人たちの、そうした不正な手段によって齎されたところの、その儲けのことを指示した詩語と考えていいに違いない。

・「布」とは、ここでは布貨のことを指示。「銭」（銭貨）と共に中国上代の通貨のことをいう。「銭」は形が丸く、多く中央に穴のあるものをいい、「布」は多く凸形のものをいう。なお、「布」は戦国時代に多く用いられ、さらに、新の王莽の時に復活されたことになっている〈『大漢和辞典』〉。用例「吏民ハ出入スルニ布・銭ヲ持シテ、以テ符伝ニ副フ。」（吏民出入持二布銭一、以副二符伝一。）〈『前漢書』巻九九中「王莽伝中」〉。ちなみに、王莽の制した布貨の場合には、「大布」から「小布」までの十種類があって（布貨十品）、「小布」は長さ一寸五分、重さ十五銖、「小布一百」と記し、その値が一百銭であることを示した。「小布」以上は、順次に、長さ一分、重さ一銖を加え、「大布」は長さ二寸四分、重さ一両、値は一千銭に至ったとされている〈同・巻二四下「食貨志下」〉。

すなわち、「布」と「銭」とは中国上代における二種類の通貨のことなのであって、もとより、それぞれの貨幣価値は大いに異なっていたことになっているわけであるが、勿論、本句（七二句）中に見える用例の場合には、大宰府の地で、当時、実際にそれらの通貨が流通していたということを意味していることには決してならないだろう。それら「布」「銭」の用例は、あくまでも、比喩形としてのものなのであって、布貨と銭貨のように、種類といい価値といい、もとより、大いに異なっている通貨をまるで同等なもののように取り扱い、まさしく、ごちゃ混ぜにするようなことをして、そうすることによって（商人たちは）不正な暴利を得ようとしている、と作者はここでは言いたいわけなのだ。

本聯（七一・七二句）においては、もともと、種類や価値の異なるはずのもの、前句の場合には五味、後句の場合には通貨ということになるが、大宰府の地元ではそれらを区別せずにごちゃ混ぜにするようにして用いていると述べ、当地における（京都とは大いに異なった）悪しき風俗・習慣の二つの実例として対比的に取り上げているわけなのである。とりわけ、後句のそれの場合には、法令違犯の悪質な、商人たちの犯罪ということになるが、そうした行為が大宰府の地において堂々と行なわれていて、当地の風俗・習慣に少しく慣れ親しもうとした道真の心に向かって、大いに冷や水を浴びせるのであった。法令違犯の悪質な犯罪を見逃しているということで言えば、商人たちのそれだけではなく、殺人犯や盗賊どもの犯罪についても、大宰府の地では（京都とは大いに異なって）、驚くことに、見逃がしにされているのだった。本聯の後句（七二句）が後聯（七三・七四句）を内容的に直接導くように、そのようにここでは作られていると考えていいだろう。両者が密接な対応関係を有していることが分かる。ちなみに、本聯の対句構成上から言って、当然のことに、前句の場合がそうであったように、後句（本句）の場合にも、通貨をごちゃ混ぜにして不正な暴利を得るという、そうした悪しき風俗・習慣を通して、当地の人事的環境における儒教的道徳観念の欠乏のことを本当は指摘していることになるだろう。

(23) **殺傷軽下レ手**　「殺傷モ軽シク手ヲ下シ」と訓読し、（また、地元の人々は他人を）殺傷するようなことをも平気でやってのけているし、との意になる。

「殺傷」とは、人を殺したり傷付けたりすること。「下レ手」とは手を下すことで、ここでは、自分で罪を犯すことを言う。『律』〈巻八「闘訟律」闘殴殺人条〉の規定では、兵刃を使用しない闘争で人を殺した場合には「絞罪」、兵刃を使用して人を殺した場合には、「斬刑」を科せられることになっていたが、平安時代においては、「薬子の変」（八一〇年）の時を最後にして、死刑は死一等を降して「遠流」の刑に処するのが慣例となっていたとされている〈『平安時代史事典』〉。

法令違犯の悪質な犯罪である殺傷事件でさえも、大宰府の地元では気軽にそれを実行してしまう人々がいることを道真は指摘し、これまた、（京都とは大いに異なった）悪しき風俗・習慣の実例の一つであるとして彼はここで取り上げているわけなのである。当地の治安が乱れて殺傷事件が頻発しているのに、それを取り締まるべき府庁の警察機構が十分に機能していない、と彼は言いたいわけなのだ。これも、当地の人事的環境における儒教的道徳観念の欠乏によるわけなのだ。以下の後句（七四句）の内容も同様であることは、言うまでもない。

（24）**群盗穏差レ肩**　「群盗モ穏カニ肩ヲ差ブ」と訓読し、盗賊どもも肩で風を切るようにして平気でのし歩いているのであった（犯罪が多発しているというのに、それを十分に取り締まることが出来ない有り様なのである。）、との意になる。

本聯（七三・七四句）においては、大宰府の地元での治安の乱れと、それを取り締まるべき府庁の警察機構の機能不全とについて言及していて、その前句では、頻発している殺傷事件のことが取り上げられていたが、その後句に当たる本句では、盗賊どもの勝手気ままな振る舞いのことが取り上げられている。本聯もまた、見事な対句構成に仕上がっていて、詩語としての「殺傷」と「群盗」、「軽」と「穏」、「下レ手」と「差レ肩」とがそれぞれ対語となって対比させられている。なお、同上書の『律』中には、「巻七」として「賊盗律」が配置されているのである。本聯の前句（七三句）で言及されていた「殺傷」に関わる法律「闘訟律」〈巻八〉と、この後句（七四句）で言及されている「群盗」に関わる法律「賊盗律」〈巻七〉とが、『律』中の巻数の「八」と「七」とに並べて配置されていることになるわけなのであり、そのことも、本聯における内容上の見事な対比の一つと見なすことが出来るのではないだろうか。

「群盗」とは、大勢で仲間を組んだ盗賊のこと。多くの盗賊どものことを言う。「穏」とは、おだやかで、やすらかなさま。ここは、盗賊どもがこそこそと姿を隠すでもなく、大きな顔で公然として歩き回っているさまのことを言っている。「差レ肩」とは、肩を並べてやや後ろに立つこと。肩を並べて大勢でいることを言う。ここは、後者の意。用例「膝ヲ促ケテ貧賤ヲ斉シクシ、肩ヲ差ベテ後先ヲ次ヅ。」（促レ膝斉二貧賤一、差レ肩次二後先一。）（『白氏文集』巻一三「東都冬日、会二諸同声一、宴二鄭家林亭一。」）。

法令違犯の悪質な犯罪を見逃しているということで言えば、役人たちのそれも、この大宰府の地では、同じように見逃されていて、府庁の役人たちの公私混同ぶりは目を覆うばかりである、と作者の道真は後聯（七五・七六句）において言及することになる。本聯（七三・七四句）では犯罪者集団の無法ぶりについて言及した作者なのであるが、それに引き続いて、彼等を取り締まるべき側の、その役人たちの無法ぶり（公私混同ぶり）について言及することになる。無法の見逃しという観点において、そこに、共通項を有していることになるからである。

(25) **魚袋出垂レ釣**　「魚袋モテ出ダシテ釣ヲ垂ラシ」と訓読し、（さらに、地元の役人たちの中には、彼等が儀式の際に身に帯びることになっている）魚形の符契を入れる袋から釣り糸を取り出してそれを垂らして魚釣りに興ずるような者までいるし（公私混同をして平然としている者もいるし）、との意になる。

「魚袋」とは、金銀をもって飾りとした魚形の符契で、左右二片に分かれ、左は宮廷に置き、右は身に帯びて官名及び姓名を刻し、宮廷に出入の時にこれを合わせる。隋・唐代に始まり、袋に入っているので「魚袋」という《『大漢和辞典』》。用例「魚ハ白金ヲ綴リテ歩ニ随ヒテ躍リ、鶻ハ紅綬ヲ銜ミテ身ヲ繞リテ飛ブ。」（魚綴二白金一随レ歩躍、鶻銜二紅綬一繞レ身飛。）《『白氏文集』巻一七「初除レ官、蒙二裴常侍贈二鶻銜瑞草緋袍魚袋一……。」》。これが奈良時代に我が国に伝わり、これを持って宮門を出入りしたが、平安時代に入ると、大儀（朝賀・大嘗会等）や中儀（節会・新嘗祭等）に列する際に、左腰の飾り太刀に対し、右腰につるす飾りとなった。紺または紫の組紐がついていて、石帯の第一・第二の石の間につるした《『平安時代史事典』》。用例「正月一日つけさせたまふべき魚袋のそこなはれたりければ……」《『大鏡』巻中「右大臣師輔」》。

「出垂レ釣」とは、ここでは、魚袋から釣り糸を取り出して、それで魚を釣ろうとして水面に垂らすことを言う。「釣」は、つり針。または、つり糸。「垂レ釣」は、釣をすることを言う。用例「頭ノ眩ミテ釣ヲ垂ルルヲ罷メ、手ノ痺レテ琴ヲ援クヲ休ム。」（頭眩罷レ垂レ釣、手痺休レ援レ琴。）《『白氏文集』巻六九「病中宴座」》。

本来、役人であることを証明するために公的に身に帯びることになっている「魚袋」、それを私的に、魚釣りをするための遊び道具に転用してしまっている、と作者の道真は言いたいわけなのであり、恐らく、これは、「魚袋」という、その名称からの面白い発想なのであろう。「魚の袋」ということで、魚釣りの遊びと関連付け、その中に釣り糸を収納し、私的な遊びとしての魚釣りの際に携行している、つまり、本来は公的なものであるはずのものをまったく私的なものに流用してしまっている、と言いたいわけなのであろう。勿論、「魚袋」の中に、実際に釣り糸を入れるようなことをしているのか否かということは、ここでは問題にする必要はないだろう。前二聯（七一―七四句）の場合と同様に、一つの比喩形として、ここでは、それを解釈していいに違いない。そのような、まったく、とんでもないことをする公私混同の役人が存在するのだ、と作者は指摘したいわけなのであろう。勿論、このこともまた、大宰府の当地における儒教的道徳心の欠如を証明することになるわけなのだ。

(26) **箳篂換叩レ舷**　「箳篂(へいせい)モテ換(か)ヘテ舷(ふなばた)ヲ叩(たた)ク」と訓読し、（そうして一方では、魚を網で掬(すく)い取ることに興ずる彼等の中には同じく、公用車の）車の塵除(ちりよ)けや覆(おおい)に使われている竹材を引っ剝(へ)がして、それで舷(ふなばた)を叩(たた)いて魚を追い立てるようなことまでしているのであった（公共物をみずから破損して私的な遊びにそれを利用し少しも恥じない、そのような公私混同の役人までいるのであった。）、との意になる。

本聯（七五・七六句）の後句に当たる本句においては、その前句に引き続いて、公私混同して恥じない大宰府の役人の存在について言及する。それも、同じく、魚取りに興ずる彼等の公私混同ぶりについて指摘している。魚取りの遊びに興ずるということで言えば、前句中の役人たちは魚を釣り上げることに熱中していたわけであるが、一方、本句（後句）中の彼等は魚を網を使って掬い上げることに熱中しているということになるだろう。彼等が竹の板切れで船の縁(へり)を叩くことになっているからである。それは水中の魚を網の中に追い立てるための動作であり、そのように魚を一箇所に集め、まさに、一網打尽に魚を捕えんとするための行動ということに、それはなるだろう。同じく、魚取りの遊びに興ずることになってはいるが、前句中のそれは魚を釣り上げる方なのであり、本句（後句）中のそれは網を使って魚を掬い上げる方なのであって、本聯においては、そうした魚取りの方法の違いが対句構成の一つとして考慮され、対比されていると見ていいのではないだろうか。

ところで、本聯の前・後句中に見えている対語ということになると、「魚袋」と「箳篂」、「出」と「換」、「垂レ釣」と「叩レ舷」とがそれということになっていて、それぞれ、互いに密接な対応関係を有していることになるわけなのである。例えば、上記のように、前句中の「垂レ釣」という詩語と、本句（後句）中の「叩レ舷」というそれとが対語として密接に対比されているということから、内容的に、「叩レ舷」という詩語の方もまた、「垂レ釣」というそちらと同様に、魚取りの遊びに興ずるための動作、すなわち、水中の魚を網の中に追い立てるためのそれと見なすことが可能ということになっているわけなのである。竹の板切れで船の縁を叩くのは、ここではそれを目的にした動作ということになるに違いない。対語関係上からは、必ずや、そのように解釈しなければならないはずなのである。「舷」字については、[内][桑]の諸本は「舩」（船に同じ）に作っている。今は、[底][松][文][日][新]の諸本に従う。

「魚袋」と「箳篂」との対語の場合にも、同様なことが言えるはずなのだ。解釈の上では、「魚袋」が役人の所有するところの公的なものである以上、「箳篂」の方もまた、それは役所の所有するところの公的なものと考えなければならないだろう。両者がそれぞれ互いに密接な対応関係を有しているからなのである。『博雅』〈巻七「釈器」〉中に、「箳篂トハ、雀目（竹片で細かく編んだむしろ）ノ蔽簹（車の塵除け）ナリ。」（箳篂、雀目蔽簹也。）に作られていて、「箳篂」とは、車の塵除けのことであるとする。『篇海』にも、「車上ノ竹席（竹製のむしろ）ノ塵ヲ障グ者ニシテ、前ヲ篰ト曰ヒ、後ヲ箳ト曰フ。亦タ屏星ニ作ル。」（車上竹席障レ塵者、前曰レ篰、後曰レ箳。亦作二屏星一。）と説明しているところからすると、それは、車上に塵除けのために設けられたところの、竹片で細かく編んだむしろの覆いのことと考えていいだろう。

「箳篂」の用例としては、『白氏文集』〈巻一七「江州赴二忠州一、至二江陵一已来、舟中示二舎弟一五十韻」〉中にも、「箳篂ノ州乗（州の車）モテ送ラレ、艛艓ノ駅船モテ迎ヘラル。」（箳篂州乗送、艛艓駅船迎。）との一聯が見えている。ちなみに、用例中の詩語「箳篂」の「篂」字のことであるが、金沢文庫本・管見抄本・高麗本・那波本などの『白氏文集』の諸本は、誤って「篁」字に作ってしまっているが、これは、やはり、活字本（宮内庁書陵部蔵銅活字本『白氏文集』）が作っているように、

「篁」字でなければならないはずで、今は、その活字本に従うことにした〈京大人文研刊・校定本『白氏文集』〉。なお、馬元調本・汪立名本などの諸本も「篁」字に作っている。なお、内桑文日新の諸本は、「篺篁」に作っている。今は、底松の諸本に従う。

ところで、上記の『白氏文集』〈巻一七〉中の用例には「篺篁ノ州乗モテ送ラレ」（篺篁州乗送）とあったはずで、その「篺篁」（塵除け）の装置が着いた車は州役所の公用車ということになっていて、しかも、長官である刺史を送るために使用されたことになっているのである。その装置が付いた公用車は、もっぱら、上官が乗ることになっているのだ。ということは、本聯（七五・七六句）の後句中において、公用車の装置である「篺篁」から、何本かの竹の板切れを引き抜いて、それで船の縁を叩いて魚を追い立てようとする役人のことについて言及しているが、その役人はというと、それは身分の高い人物ということになるのではないだろうか。この場合、公私混同しているのは、大宰府庁の高官であると考えないわけにはいかないのではないだろうか。

例えば、本聯の前句（七五句）中に見えていた対語「魚袋」の場合にも、同様なことが言えそうなのである。金銀をもって飾りとした魚形の符契とされ、隋・唐代から始まったとされている「魚袋」、これを身に帯びることになっていた中国の役人の場合は、これは、もとより、身分の高い人物ということになっていて、『旧唐書』〈巻四五「輿服志」〉中にも、「咸亨三年（六七二）五月ニ、五品已上ハ新タナル魚袋ヲ賜ハルニ、並ビニ飾ルニ銀ヲ以テス。……垂拱二年（六八六）正月ニ、諸州ノ都督・刺史ハ、並ビニ京官ニ准ジテ魚袋ヲ帯ブ。」（咸亨三年五月、五品已上賜二新魚袋一、並飾以レ銀、……垂拱二年正月、諸州都督刺史、並准二京官一帯二魚袋一。）との一文が見えている。そこでは、「魚袋」を身に帯びる資格を有することになっていた役人、それは「五品已上」の京官ないしは「諸州都督刺史」の外官ということになっているのである。

我が平安朝の場合にも、それは同様ということになっていたらしく、『延喜式』〈巻四一「弾正台」〉中にも、「凡ソ魚袋ナル者ハ、参議已上、及ビ紫ヲ著スルノ諸王ノ五位已上ハ金装ニシテ、自余ノ四位・五位ハ銀装ナリ。」（凡魚袋者、参議已上、及著レ紫諸王五位已上金装、自余四位五位銀装。）との条文が見えている。金装と銀装との差異があったとしても、そもそも「魚袋」を身に帯びる資格を有することになっていた役人、それは「五位已上」の人物ということになっている。『読史備要』〈「官職制一覧」官位相当〉によると、大宰府庁の役人で「五位已上」ということになると、長官である「帥」（従三位相当）と次官である「大貳」（従四位下相当）と、同じく「少貳」（正五位上相当）だけなのである。まさに、地元における高級官人ということに、それはなるはずなのだ。

つまり、「魚袋」といい「箄篁」といい、それらは、共に高級官人に関連付けられるところの、そうした物品なのであり、公的なものということになるのである。そうであるならば、そうした物品を私的な遊び（魚取り）のために流用し、公私混同する役人ということになると、一般的に言えば、その役人たちとは、地元における高級官人たちということになるだろう。勿論、さきの「魚袋」の場合においても想定したように、「箄篁」の場合にも、対語関係を考えれば、ここでは、比喩形としての使用を認めるべきだろう。すなわち、竹片で細かく編んだ「箄篁」から何本かの竹材を引っ剝がすようなことを実際にしているのか否かということは、ここでは問題にする必要はないだろう。ここでは、それをあくまでも比喩形として解釈し、そのような、まったく、とんでもないことをする公私混同の役人たちが存在するのだ、と作者は指摘したいわけなのであろう。「換」とは、本来の用途を勝手に変更し、別の用途のために代用すること。ここでは、水中の魚を網の中に追い立てるという新しい用途のために、それを代用することを言う。

大宰府の地元の高級官人たちの公私混同ぶりについて、作者は本聯において以上のように言及しているわけであるが、下々の役人たちの場合はどうなのであろう。ここでは、直接的に言及していないことになっているが、例えば、「子曰ク、下ノ上ニ事フルヤ、其ノ令スル所ニ従ハズシテ、其ノ行フ所ニ従フ。上ノ是ノ物ヲ好メバ、下ハ必ズ甚ダシキ者有リ。故ニ上ノ好悪スル所ハ、慎マザル可カラザルナリ。是レ民ノ表ナレバナリ。」（子曰、下之事レ上也、不レ従二其所一レ令、従二其所一レ行。上好二是物一、下必有二甚者一矣。故上之所二好悪一、不レ可レ不レ慎也。是民之表也。）〈『礼記』第三三「緇衣篇」〉との一文を考慮すれば、「民之表」であるべき高級官人たちがそのように公私混同しているということであれば、下々の役人たちは推して知るべしということになるだろう。より大々的に公私混同していることになるはずなのだ。作者のここでの表現中には、言外にそうした意味が含まれていると考えていいのではないだろうか。まさに、高級・下級を問わず、当地における官人たちの儒教的道徳心の欠如もまた、目を覆いたくなるほどであったと言いたいわけなのだろう。

(27) **貪婪興レ販米**　「貪婪ナリ販ヲ興サントスルノ米」と訓読して、(さらに、地元の農民たちの中には、極めて欲深くて、市場で) 販売することになっている米 (を売り惜しんではそ) の値段を勝手に上げて暴利を貪ろうとするような者がいるし、との意になる。

本聯 (七七・七八句) の場合、その前・後句は共に構文的に、主語 (「興レ販米」と「貢レ官綿」) と述語 (「貪婪」と「行濫」) の部分をそれぞれ逆にした、いわゆる、倒置形となっており、今は、それに従って通釈することにした。ここにおける倒置形の使用は、後句中の「綿」字で押韻させる必要があったこと、また、その他の「平仄式」上の都合があったためと考えていいだろう。

「貪婪」は、「たんらん」とも。極めて欲が深くて、むさぼるさま。『楚辞』〈「離騒」〉中に、「衆ハ皆競ヒ進ミテ以テ貪婪ナリテ、憑ツレドモ求索ニ猒カズ。」(衆皆競進以貪婪兮、憑不レ猒二乎求索一。) との用例が見えていて、その「王逸注」には、「財ヲ愛シムヲ貪ト曰ヒ、食ヲ愛シムヲ婪ト曰フ。」(愛レ財曰レ貪、愛レ食曰レ婪。) に作っている。また、『淮南子』〈巻一〇「繆称訓」〉中にも、「貪婪ナル者ハ、先ヅ欲スルニ非ズシテ、利ヲ見テ其ノ害ヲ忘ルルナリ。」(貪婪者、非二先欲一也、見レ利而忘二其害一也。) との用例が見えていて、まさしく、利益を得んとした結果、そうした行動を取ることになるのだと指摘している。

本聯の前句に当たっているところの、この本句 (七七句) 中に見える用例「貪婪」もまた、暴利を貪らんとした結果によって導かれたところの、そうした人々の行動ということになるだろう。例えば、『令義解』〈巻九「関市令」〉中に「凡ソ官ノ市ヒ買ハムヲ除キテハ、皆市ニ就キテ交易セヨ。坐ナガラニシテ物主ヲ召シ、時ノ価ニ乖キ違フコトヲ得ジ。官私ヲ論ゼズ、交ニ其ノ価ヲ付ケヨ。懸ニ違フコトヲ得ジ。」（凡除二官市買一者、皆就レ市交易。不レ得下坐召二物主一、乖中違時価上。不レ論二官私一、交付二其価一。不レ得二懸違一。）との禁止条項が見えているが、それこそ、本句の場合にもそうした禁を破って、時価とかけ離れた値段を吹っ掛けるようなことをするわけなのだろう。本句中の場合には、「販ヲ興サントスルノ米」（興レ販米）とあるところからして、そうした行動を取る人々ということになると、まさに、それは地元の農民たちと考えるべきだろう。

　本聯における対語関係も、「貪婪」と「行濫」、「興レ販」と「貢レ官」、「米」と「綿」との対比ということになっていて、それぞれが密接な対応関係を有していることになるわけなのであり、「官ニ貢ガントスルノ綿」（貢レ官綿）とある後句（七八句）中の場合には、後述するように、そうした行動を取る人々は当然に地元の農民たちということになるはずなのである。そうである以上、その後句との内容上の密接な対応関係から言って、本句中の場合にも、「興レ販米」とのそうした行動を取る人々、それは、やはり地元の農民たちと考えなければならないことになるだろう。今は、作者の道真が本聯の前・後句中においてそれぞれ指示していることになっている、いわゆる、不正を働こうとする人々、そうした行動を取る人々を同じく地元の農民たちのことであると見なして、以上のように通釈することにした。対句としての本聯の前・後句における内容的な関連性を考慮した結果である。

「販」とは、ここでは、「官」（官庁の略称）の対語となっており、おのずから名詞の用法となる。あくまでも（農民たちが余剰米を私的に）売りさばこうとすることの意となろう。物品を買い入れ、これを転売して利益を得ることを「販」（ひさぐ）ということは、「往来シテ賤キニ販ヒテ貴キニ売リ、家ニ千金ヲ累ム。」（往来販レ賤売レ貴、家累二千金一。）〈『史記』巻八五「呂不韋伝」〉との用例に見える通りであるが、ここでは名詞「売ること」（販売）との意味に取る必要があるはずなのだ。

「興」とは、ここでは、執り行なうとの意であり、「なす」と訓読することにしておく。用例として「凡ソ小祭ノ祀ニハ、則(すなわ)チ舞(まひ)ヲ興(な)サズ。」（凡小祭祀、則不レ興レ舞。）《『周礼』巻一二「舞師」》との一文が見えていて、その「鄭玄注」には、「興猶レ作也」に作っている。すなわち、対語である「貢レ官綿」の方が、官庁への税目である「調」「庸」などとして農民たちが貢納するところの、その綿のことを指示しているのに対して、「興レ販米」の方は、農民たちが官庁への税目である「租」などとして貢納した後の、残りの余剰物として市場で私的に売りさばこうとする米のことを指示していることになるわけなのである。「興レ販米」の方は、利益を貪ろうとして不当な売り惜しみをしていて、作者の道真は、そうした行動を取っている農民たちを「貪婪」であると見なしていることになる。「興レ販」は法令用語ともなっていて、『令義解』〈巻九「関市令」〉中にも「凡(およ)ソ市(いち)ニ在リテ興販セバ、男女ハ坐(ざ)ヲ別ニセヨ。」（凡在レ市興販、男女別レ坐。）との用例が見えている。それは、市場で商売する意味として使われていて、本聯の前句（七七句）中に見えている用例の場合も、市場で私的に売りさばこうとする米のことを指示していると考えていいだろう。

　用例の訓読の方は、対語である「貢レ官」のそれに対比させるために、敢えて、今は「興レ販」に作ることにした。ちなみに、平安時代の「田租」であるが、国ごとに額が定められ、十世紀末には段別八から十束（穀米にして四から五斗）が普通とされていたという《『平安時代史事典』》。なお、前三聯（七一―七六句）のそれぞれがそうであったように、本聯（七七・七八句）の場合にも、前・後句中に見えている農民たちの行動は、あくまでも比喩形として解釈すべきであって、実際に彼等がそうした行動を取ったのか否かということは、ここでは問題にする必要はないだろう。そのような、まったく、とんでもない不正を働く農民たちが存在するのだ、と作者は指摘したいわけなのであろう。

(28) **行濫貢レ官綿**　「行濫(かうらん)タリ官(かん)ニ貢(みつ)ガントスルノ綿(わた)」と訓読して、（同じく、地元の農民たちの中には、極めて罪深くて）献納することになっている綿の品質を勝手に落としては官庁を誑(たぶら)かそうとするような者までいるのであった、との意になる。

　官庁への税目である「調」「庸」などとして農民たちが貢納することになっている綿の品質、それを勝手に落とすような、そうした法令違犯の行為を彼等は平気でやってのけている、とここでは言及していると見ていいだろう。本聯（七七・

七八句）の後句に当たっているところの、この本句（七八句）中においても、作者は地元の農民たちの不正行為の一つを比喩形として取り上げ、前句中のそれと内容的な関連性を持たせ、対比させるようにしていると見なすべきだろうと思う。本句中に見えている農民たちの不正行為も実際的なそれではなく、あくまでも比喩的なそれと解釈すべきだろう。

「行濫」とは、法令用語。『令義解』〈巻九「関市令」〉中にも、「凡ソ出ダシテ売ラントスル者ハ、行濫ヲ為スコト勿カレ。」（凡出売者、勿レ為二行濫一。）との例文が見えていて、その「注」には、「牢（堅牢）ナラザルヲ謂ヒテ行ト為シ、真ナラザルヲ濫ト為ス。」（謂レ不レ牢為レ行、不レ真為レ濫。）に作っている。すなわち、堅牢でない品物を「行」といい、紛い物であるそれを「濫」という、と。不正に利益を得んがために、品物の品質や分量を勝手にごまかす行為のことを指示した、それは法令用語ということになっている。法令用語ということで言えば、前述の通りに、前句（七七句）中の「興レ販」もそういうことになっていたはずで、しかも、その出典は同じく『令義解』〈巻九「関市令」〉ということになっていた。さらに言えば、「興レ販」との用例が「関市令」の第十八条中に見えているのに対して、「行濫」との用例は、同じく、第十七・十九条中に見えているのである。まさに、隣り同士の条令中の、その用語の使用ということになるわけで、本聯における用例の出典を「関市令」中のそれと見なして構わないということになるのではないだろうか。

「貢レ官綿」とは、前記のように、官庁への税目である「調」「庸」などとして農民たちが貢納するところの、その真綿のことをいう。「綿」は、ここでは真綿のことを指示。屑繭を引き延ばして綿のようにしたもので、純白で光沢があり、軽くて柔らかい。特に、その精細なもの、または、新しいものを「綿」という。用例「綿、精曰レ綿、粗曰レ絮。」〈『広韻』〉。大宰府の管轄区域である筑前・筑後などの各国が、特産品として「綿」を「調」「庸」として貢納しているということは、『延喜式』〈巻二四「主計上」〉中の記述に見えている通りで、例えば、筑前国は、「調」として「綿紬五疋」、「庸」としても「綿」を貢納し、筑後国は、「調」として「綿紬十八疋」と「綿」、「庸」としても「綿」を貢納している。以下の、肥前・肥後・豊前・豊後・日向・大隅・薩摩などの各国も、同様に「綿」を特産品としていたことが分かっている。

大宰府の官庁が、年貢として大量の「綿」を集積していたことは、例えば、「大宰府ノ年貢ノ綿十万屯、其ノ内ノ二万屯ハ、絹ヲ以テ相博メテ之ヲ進ム。」(大宰府年貢綿十万屯、其内二万屯、以レ絹相博進レ之。)〈『三代実録』元慶八年五月一日条〉との記述などに見える通りなのであり、また、その特産品が良質なものとして世間によく知られていたらしいことは、例えば、「しらぬひ筑紫の綿は身に着けていまだは着ねど暖けく見ゆ」〈『万葉集』巻三・三三六「沙弥満誓詠レ綿歌一首」〉との詠作などにも見えている通りなのである。

特産品であり、良質なものとして世間によく知られている「綿」、それを官庁に貢納しようとする際に、大宰府の地元の農民たちは、数量なり品質なりを不正に胡麻化そうとするわけなのだろう。例えば、『令義解』〈巻三「賦役令」〉中には、「凡ソ調ハ、皆近キニ随ヒテ合セ成セ。絹・絁・布ノ両ツノ頭、及び糸・綿ノ嚢ニハ、具ニ国・郡・里・戸主ノ姓名・年月日ヲ注シテ、各国ノ印ヲ以テ之ニ印セ。」(凡調、皆随レ近合成。絹絁布両頭、及糸綿嚢、具注二国郡里戸主姓名年月日一、各以二国印一印レ之。)との条項が見えていて、不正防止のためのそうした規定が存在したことになっているはずであるが、それが十分なる機能を果たしていなかったということなのだろう。勿論、本句(七八句)の場合にも、官庁を誑かすような不正が実際に行われていたのか否かということは、ここでは、問題にする必要はないだろう。ここでは、それをあくまでも比喩形として解釈し、そのような、まったく、とんでもない不正行為をする農民たちも存在するのだ、と作者は指摘したいわけなのであろう。

(29) **鮑肆方遺レ臭** 「鮑肆ハ方ニ臭キヲ遺シ」と訓読し、(以上、大宰府の土地の風俗や人々の慣習に改めて注目して気付いたわけであるが) 小人どもは寄ってたかって昔から悪事のし放題、との意になる。

前四聯(七一―七八句)において、作者の道真は大宰府の地元における悪しき風俗なり卑しき慣習なりについて、比喩表現を使って具体的に言及して来たわけであるが、その四聯の内容を踏まえた上で、本聯(七九・八〇句)では、以上の結論としての、一般論について言及することになるわけなのである。

「鮑肆」とは、鮑魚（塩漬けの魚。魚をひらいて塩に漬けたもの。）を売る店のことを指示。転じて臭い場所のことをいう。「鮑魚之肆」の略。「肆」は、店や市場のこと。ここでは、悪事を働こうとする小人たちの集まる場所（組織）、もしくは、そうした場所（組織）に集まって悪事を働こうとしている小人たちのことを比喩し、指示する詩語と見なして、以上のように通釈することにした。用例としては『説苑』〈巻一七「雑言」〉中に、「（孔子）又タ曰ク、善人ト居ルハ、蘭芷（らんとよろい草。共に香草。）ノ室ニ入ルガ如シ。久シクシテ其ノ香ヲ聞カズシテ、則チ之ト化ス。悪人ト居ルハ、鮑魚ノ肆ニ入ルガ如シ。久シクシテ其ノ臭キヲ聞カズシテ、亦タ之ト化ス、ト。」（又曰、与二善人一居、如レ入二蘭芷之室一。久而不レ聞二其香一、則与レ之化矣。与二悪人一居、如レ入二鮑魚之肆一。久而不レ聞二其臭一、亦与レ之化矣。）との一文が見えている。ちなみに、『孔子家語』〈「六本篇」〉や『顔氏家訓』〈「慕賢篇」〉などにも同様の用例が見えており、『十訓抄』〈第五「可レ撰二朋友一事」序文〉中にも、その『顔氏家訓』の例文「善人ト居ルハ芝蘭ノ室ニ入ルガ如シ。久シクシテ自ラ芳シキナリ。悪人ト居ルハ鮑魚ノ肆ニ入ルガ如シ。久シクシテ自ラ臭キナリ。」（与二善人一居如レ入二芝蘭之室一。久而自芳也。与二悪人一居如レ入二鮑魚之肆一。久而自臭也。）が引用されている。そうした例文の内容に従えば、悪人と交わるということは、いわゆる、「鮑魚之肆」に入るようなもので、その悪臭を嗅いでいる中に、すぐに悪習に染まってしまうものだ、ということになる。その例文においても、「鮑魚之肆」（鮑肆）は悪人たちの集まる場所（組織）の比喩として使われている。

本聯（七九・八〇句）の場合には、対語は「鮑肆」と「琴声」、「方遺レ臭」と「未レ改レ絃」ということになっていて、それぞれが密接な対応関係を有していることになるはずなのである。「鮑肆」が悪人たちの集まる場所（組織）なりそこに集まる悪人たちなりのことを比喩した詩語ということになると、密接な対応関係にあるはずの、その対語としての「琴声」とは、それを取り締まる側の役人たちの集まる場所（組織）、すなわち、大宰府の政庁なりそこに集まる役人たちのことを比喩したそれということになるだろう。後に詳述するように、県官などの地方官が政務を執る場所を「琴堂」ということになっており、その役所の中で琴を演奏しながらよい政治を行なうことになっていることから、その「琴声」の内容を、

「琴堂」（本聯の場合には、大宰府の政庁のことをいう。）から聞こえてくる琴の音声のことを指示していると考えてみることがここでは可能ということになるからなのである。勿論、「鮑肆」の場合がそうであったように、「琴声」の場合にも、それを響かせている場所（組織）、すなわち「琴堂」（大宰府の政庁）なりそこに集まって琴を演奏している役人たちのことを比喩していることになるだろう。対語としての密接な対応関係を考えれば、そのように解釈しなければならないはずなのである。なお、「鮑肆」と「琴声」との対比には、当然のことに、「嗅覚」と「聴覚」とのそれも工夫されていると見るべきだろう。

「方遺レ臭」とは、まさに、悪事のし放題、との意。「臭」は、「鮑肆」がおのずから放つところの悪臭のことをここでは指示。その「鮑肆」が悪人たちの集まる場所（組織）なりそこに集まる悪人たちなりのことを比喩していたはずだから、それが放つところの悪臭ということになると、当然に、それは、悪事そのものを比喩しているということになるだろう。「遺」とは、相変らずに残す（残る）ことであり、ここでは、昔から今日に至るまで、少しも、改まることなく悪事が計画され、そして実行され続けている、との意を指示していることになる。

（30）**琴声未レ改レ絃**　「琴声ハ未ダ絃ヲ改メズ」と訓読し、政庁の方も法律を改めて彼等を厳しく取り締まろうとは今もしていないのであった、との意になる。

「琴声」とは、前述の通り、ここでは「琴堂」（大宰府の政庁）から聞こえて来る琴の音声のことを指示していることになっており、対語である「鮑肆」との関連で、それは、役人たちの集まる場所（組織）なりそこに集まる役人たちなりのことを比喩していると見ていいだろう。県官などの地方官が政務を執る場所を「琴堂」ということになっているが、その出典は、例えば、『呂氏春秋』〈巻二一「察賢」〉中に見えている次の一文である。すなわち、「宓子賤（孔子の門人）ハ単父（地名で春秋時代の魯国の邑）ヲ治ム。鳴琴ヲ弾ジテ、身ラ堂ヲ下ラズシテ、単父ハ治マル。……宓子ハ則チ君子ナリ。四肢ヲ逸シ、耳目ヲ全クシ、心気ヲ平ラカニシテ、百官ハ以テ治マリテ義アリ。」（宓子賤治二単父一。弾二鳴琴一、身不レ下レ堂、而単父治。……宓子則君子矣。逸㆓四肢㆒、全㆓耳目㆒、平㆓心気㆒、而百官以治義矣。）との一文で、この話は、『韓詩外伝』〈巻二〉や『説苑』〈政理篇〉中にも見えている。

春秋時代の魯国の宓子斉（ふくしせい）（字、子賤）が、魯国の邑である単父の宰となって彼の地を治めた時には、正堂（儀式や政事を行う表御殿）から一歩も下らず、琴を掻き鳴らしていて、それで領地を治めることが出来たとされ、そのために、彼は「君子」と称賛されたというのである。後世、この話から、地方官である県官が政務を執る場所を「琴堂」と称することになったとされているが、例えば、『全唐詩』〈巻二一二〉中に、高適（こうせき）作の「宓公琴台詩」三首が見えていて、その二首目に「邦伯（州牧のことで、諸国の長をいう。）ハ遺事ニ感ジテ、慨然トシテ琴堂ヲ建ツ。」（邦伯感㆓遺事㆒、慨然建㆓琴堂㆒。）との一聯が詠述されているのである。その自序によると、二首目は「次章ハ太守（郡の長官）ノ李公ノ、能（よ）ク子賤ノ政ヲ嗣（つ）ギテ、再ビ琴台ヲ造ルヲ美（ほ）メタリ。」（次章美㆘太守李公、能嗣㆓子賤之政㆒、再造㆗琴台㆖。）との内容を詠述したものとなっていて、唐代においては、すでに、地方官の執務室を「琴台」（琴堂）と称することになっていたらしいことも分かる。

道真は、本句（八〇句）において、地方官である大宰府の政庁のことを上記の「琴台」（琴堂）に比喩しているに違いなく、それは、ここでは、いかにも、相応しい比喩表現と言えるのではないだろうか。この詩語「琴声」とは、大宰府の政庁から聞こえてくる琴の響きのことを直接的に指示すると共に、その琴を演奏している政庁自体、もしくは、それを演奏している政庁の役人たち自身のことを間接的に指示していることになるだろう。今は、対語である「鮑肆」との関連で、上述の通りに、その間接的な指示に従って、ここでは解釈することにした。「鮑肆」が悪人たちの集まる場所（組織）なりそこに集まる悪人たちなりのことを比喩した詩語であったのに対して、「琴声」の方は、それを厳しく取り締まるべき立場にあるはずの、その大宰府の政庁なり役人たちなりを比喩した詩語と見なして、意味的に、両者を密接に対比させることにした。

「改㆑絃」とは、絃楽器の絃（弦）を取り変えることから、転じて、法律や制度を改め変える意となる。用例「琴瑟（きんしつ）ノ時ニ未ダ調セザレバ、改弦シテ当ニ更張（弦を改めて張り替える）スベシ。矧ンヤ乃チ天下ヲ治ムルヲヤ。此ノ要ハ安ンゾ忘ル可ケンヤ。」（琴瑟時未レ調、改弦当二更張一。矧乃治二天下一。此要安可レ忘。）〈『宋書』「楽志四」〉。絃楽器の調子を変えるためには、必ずや、絃を改めて張り替えることになるはずなのである。まして、天下国家を治めるためには必要に応じて、まさに、法律や制度を改正しなければならないことになるわけで、そのことの重要性を為政者は肝に銘ずべきなのである、というのが上記の例文の内容ということになるだろう。

その例文の内容に照らしてみるならば、大宰府の政庁、もしくは、そこの為政者である「琴声」が「未ダ絃ヲ改メズ」（未レ改レ絃）との状態にあるということは、法律や制度を改正して悪人たちの集まる場所（組織）なり、そこに集まる悪人たちなりを積極的に取り締まること、そうした政策に新たに取り組もうとの意欲を持っていないということになるわけなのであり、政治の怠慢は、ここに窮まれりということになるに違いない。作者である道真の、本句（八〇句）における指摘は、そうした大宰府の政庁、もしくは、そこの為政者である「琴声」の、その政治上の怠慢ぶりを非難した詠述ということになるはずなのである。取り締まりの対象となるべき「鮑肆」（七九句）の方も、政治上の怠慢ぶりを見透かして、「方ニ臭キヲ遺シ」（方遺レ臭）とあったように、昔からの悪習を決して改めようとはしないわけなのだ。取り締まるべき当局の「琴声」（八〇句）自体が怠慢ぶりを発揮して、「未ダ絃ヲ改メズ」（未レ改レ絃）とあるように、今に旧習を改めようとしないせいだということにそれはなるが、「琴声」と「鮑肆」とは、互いに「改めない」という点では共通していることになるわけなのである。見事な意味上の対比となっている。

（31）**已上十句、傷二習俗不レ可レ移一。**　「已上ノ十句ハ、習俗ノ移ス可カラザルヲ傷ム。」と訓読し、以上の十句は、（京都と違って）大宰府の土地の風俗や人々の慣習が容易には改善出来ない程に、それ程に悪いのを悲しんで詠述したものである、との意になる。

八〇句目に付されている、自注としてのこの一文には、七一句から八〇句までの都合十句（五聯）の詠述についての、それを詠述することにした目的が述べられている。七一句から八〇句までの都合十句（五聯）の詠述に先立って、大宰府の地に改めて生きてみようと決意した作者の道真は、その六九・七〇句の一聯において、大宰府の土地の風俗や人々の慣習にも少しずつ慣れ親しみ打ち解けることの必要性について言及していたはずなのである。道真はそのことに気付き、彼を取り巻く当時の大宰府の人事的な環境に改めて注目することにしたわけなのだ。そして、改めて注目した結果の、作者なりの報告が、七一句から八〇句までの都合十句（五聯）ということになるのである。

「習俗」とは、ここでは、大宰府の地元の慣習なり風俗なりのことを指示。七〇句中に既出。「不レ可レ移」とは、その「習俗」（邪悪な習俗）を善良なものに移し替えることが出来ないことを言う。その土地の慣習なり住民の風俗なりの邪悪な点、それを善良なものに移し替えることの重要性については、例えば、『礼記』〈「楽記」〉中に、「風ヲ移シテ俗ヲ易フレバ、天下ハ皆寧シ。」（移レ風易レ俗、天下皆寧。）との一文が見えている通りで、天下の安寧のためにも、そのことは絶対に必要なこととされているのである。ところが、大宰府の地元の「習俗」は、もはや、善良なものに移し替えることが出来ない程に、それ程に酷い状態にある、と作者の道真は、ここの都合十句（五聯）において指摘しているわけなのである。

ただ、ここでのその邪悪さという指摘については、本来的に、善良なものへと「習俗」を移し替えるべき使命を持ったところの、大宰府の政庁に身を置く為政者たちのそれをも含めた上での指摘なのであって、そのことは、既述の通りで、七五・七六句の一聯における高級官人たちの公私混同ぶりについての詠述、そして、八〇句における政庁の怠慢ぶりについての詠述を見れば、もとより、十分に納得出来るはずなのである。「傷」とは、「いたむ」との訓で、悲しみ憂える意。六九・七〇句の一聯において、（もう少し生き長らえ続けるために）大宰府の土地の風俗や人々の慣習にも少しずつ慣れ親しみ打ち解けることの必要性を認めることにした、と一度は思い直した道真であったが、彼を取り巻く、当時の大宰府の人事的な環境に改めて注目してみた結果、それがあまりにも酷い邪悪な状態にあることを知らされ、彼は再び絶望して、そのことの必要性を完全に否定せざるを得なくなってしまうわけなのである。以下に述べる、次の第四段落の冒頭の一聯（八一・八二句）の、「誰トカ口ヲ開キテ説カン、唯ダ独リ肱ヲ曲ゲテ眠ル。」（与レ誰開レ口説、唯独曲レ肱眠。）との詠述は、大宰府の「土風」（六九句）や「習俗」（七〇句）への接近の必要性を完全に否定し、それ自体が無理であると認識した結果の、必然的に、作者が、次に取らざるを得ないことになる行動のことを指示しているということになるだろう。

【評　説】

第三段落としての、五一から八〇句までの都合十五聯には、大宰府に身を置くことになった作者の道真が少しでも心の安らぎを求めたいと願い、もっぱら、自身と同じように、時運に不利な境遇に身を置いたとされる、過去の歴史上の人物たち（前漢時代の賈誼と戦国時代の楚国の屈原）の事件のことを再確認し、「同病相憐れむ」の気持を抱くことを通して、作者は、案の定、少しだけ心の安らぎを得ることになったということ、しかし、その心の安らぎはあくまでも一時的なものでしかなく、その安らぎによって、改めて新天地の大宰府において生き長らえんと作者が決意し、その新天地の人事的な環境に注目することになった結果、政庁の役人は言うに及ばず、庶民一般に至るまで、すなわち、その地に生活する上から下までの人々が等しく「儒教的道徳心」に欠如している実体を知ることになったという、そうしたことなどが詠述されていた。

大宰府へ左遷された道真が、たとえ、それが一時的なものであったとしても、改めて新天地で生き長らえようとしたこと、そして、そのために、同地方における自然的・人事的な環境に彼の方から同化しようと働き掛けたこともあったのだとの、そうした本段落中に見えている記述の内容は、それなりに、大いに貴重としなければならないのではないだろうか。なんとなれば、左遷後の道真が、一般に言われるように、ひたすら、「絶望」の淵にのみ生き長らえ、そこだけで呻吟し嘆息していたわけでは決してなかったのだということを、それが物語ってくれていると思うからなのである。

もっとも、作者が、当時手に入れた心の安らぎはほんの一瞬間のものであり、彼の、新天地での「決意」も、その後に簡単に打ち砕かれてしまうことになっている。自然的・人事的な環境への同化ということを彼は試みるわけであるが、その結果、もっぱら、後者への同化に道真は完全に失敗したことになっており、その失敗が新天地での、彼の「決意」をあっさりと打ち砕いてしまったことになっている。大宰府における人事的環境の悪さについての作者のここでの言及は、まったくもって、容赦がないと言えるだろう。

その悪口の対象は、政庁の役人から庶民一般に至るまでの、その各階層の人々に広く及んでいるが、結論から言えば、大宰府に居住している人々に、総じて、「儒教的道徳心」が欠如しているとの、そうした彼の私見に基づいたところの非難ということに、それはなっている。勿論、彼の非難の声は、本段落の最後（八〇句）に配置されている「琴声ハ未ダ絃ヲ改メズ」（琴声未ㇾ改ㇾ絃）との句中に、集中的に発せられていると見なければならないだろう。人々の「儒教的道徳心」の欠如をそのまま放置し、それによって引き起こされることになる悪事を取り締まることもせず、厳しく取り締まることを可能にするはずの法律改正をも全くしようとしない政庁の、上層部の役人たちの怠慢ぶりに向かってこそ、道真の悪口の矢は鋭く放たれているに違いない。天下の安寧のためには、「風ヲ移シテ俗ヲ易フ」（移ㇾ風易ㇾ俗）〈『礼記』「楽記」〉ことの必要性がもとより強く叫ばれているにもかかわらず、そして、それを実行する責任は、ここ、大宰府においては政庁以外には有り得ないにもかかわらず、その役所にいる当局者が責任を放棄してしまっているわけなのだ。道真の非難の舌鋒が鋭くそれに向かって放たれるのは、当然の帰結ということになるだろう。

京都における自然的・人事的環境をこそ、唯一絶対の「善」だと左遷事件以前には考えていたはずの道真だったわけなのであり、そこから、左遷によって強制的に新天地への移住を命じられた作者だったわけなのである。そんな彼であったわけなのだ、大宰府の新しい環境に馴染まんとして、新たに「決意」せしめたのは。自然的な環境の変化の方面では、左遷事件にも拘らず、相変らずに、京都のそれが唯一絶対の「善」であり続けたに違いないであろうし、その信念は、大宰府到着後はますます堅固なものとなったことだろう。ただ、彼が、新たに「決意」したその時期は、季春三月が終わって孟夏四月の初めだったということになっているわけなのであり（六七・六八句）、すなわち、大宰府の地においても、年間を通じて恵まれた気候に相当する時期ということに、恐らく、それはなるであろうから、京都における季節とそれとの比較上からも、彼をして、大きな違和感や不満を抱かしめずに済むことになったわけなのだろう。本段落に見えている作者の、その大宰府の環境に対する悪口の中で、自然的な環境の変化の方面に向けられるもの、それが一つとして存在していないことからも、そのことは容易に分かる。

道真の、本段落中に見えている悪口のすべてが、新天地における人事的環境の方面にだけ向けられたものとなっているわけであるが、政庁の役人は言うに及ばず、庶民一般に至るまでの、大宰府に居住する各層の人々に対してそれは向けられていて、総じて、それらの人々の「儒教的道徳心」の欠如を彼はそこで問題にし、そのことを痛烈に非難していることになるわけなのだ。なかんずく、大宰府の政庁に対して向けられたそれが、最も激しいということは前述した通りなのである。

ところで、ここで、改めて考えを致せば、京都における人事的環境こそ唯一絶対に「善」であり、それと比較して、大宰府のそれが相対的に「悪」であると当時の道真が認識し、その認識の下で、大宰府における人事的環境の「悪」に対して痛烈に非難の言辞を加えているということに、そのように本段落の場合はなるのであろうか。果たして、そのような単純な図式だけで本段落中における、彼の大宰府の人事的環境に対する悪口の原因を考えてしまっていいのであろうか。そうとだけは言えないのではないかとの思いが、今は捨て切れないでいる。

というのは、左遷後の道真、その彼が、事件以前には京都をこそ唯一絶対の「善」であったと考えていたに違いないとしても、京都における人事的環境を唯一絶対に「善」であると、そのように信じたままで彼が大宰府に流されたはずはないと思えるからなのである。流された道真の立場からすれば、「儒教的道徳心」が当時の京都の人事的環境においてもはっきり欠如していたことになるはずなのであり、それだからこそ、彼は左遷という憂き目を経験することになったわけなのだし、確かに、例えば、彼も前第二段落において、「未ダ曽テ邪ノ正ニ勝チ、或イハ以テ実ノ権ニ帰クコトアラズ。」（未二曽邪勝レ正、或以実帰レ権。）〈三七・三八句〉との詠述をなし、彼自身を追放処分にした京都の中央政界（人事的環境）を、「邪」

（邪悪）であり「権」（虚偽）であると見なしていたはずではなかったか。

「儒教的道徳心」の欠如は、京都の人事的環境にもはっきりと存在するとの認識を持っていたはずの道真であるのに、それでは、何故に、大宰府のそれの欠如のみを本段落において一方的に言い立てて非難しているのであろうか。それは、大宰府における人事的環境の「悪」、それの直接的な原因が、京都の中央政界（人事的環境）における「儒教的道徳心」の欠如にこそあると当時の道真が見なしていたからなのではないだろうか。大宰府の人事的環境が「悪」であるのは、京都のそれが、まさしく、「悪」だからなのである、と。こうした見解を彼が所持していたとしても、それは、むしろ、当然なのであって、地方の大宰府の政庁と京都の中央政界とは、理論上は、切っても切れない関係にあったはずなのである。なにしろ、両者は上下・主従の関係にあったはずなのだから。

京都の中央政界（上・主）に「儒教的道徳心」が欠如するということになれば、必然的に、大宰府の政庁（下・従）にも、間違いなく、それは欠如することになるわけなのである。いや、むしろ、「子曰ク、下ノ上ニ事フルヤ、其ノ令スル所ニ従ハズシテ、其ノ行フ所ニ従フ。上ノ是ノ物ヲ好メバ、下ハ必ズ甚ダシキ者有リ。故ニ上ノ好悪スル所ハ慎マザル可カラザルナリ。是レ民ノ表ナレバナリ。」（子曰、下之事レ上也、不レ従二其所一レ令、従二其所一レ行。上好二是物一、下必有二甚者一矣。故上之所二好悪一不レ可レ不レ慎也。是民之表也。）〈『礼記』「緇衣篇」〉との一文に見えているように、大宰府における「儒教的道徳心」の欠如の程度は、すべからく、京都のそれの程度を凌駕することになっているわけなのであり、それを目にすることになった道真の非難は、当然に、大宰府に対して一方的に、より強く加えられることになるわけなのだ。

京都の中央政界・大宰府の政庁・大宰府に居住する一般庶民の三者の関係を、上下・主従のそれと「儒教的道徳心」の欠如の程度のそれとで見てみるならば、理論的には、上下・主従関係の末端に位置することになっているところの、その大宰府に居住する一般庶民の欠如の程度が最も大きいということになるだろうが、「民之表」たる者の責任の大きさということになると、理論的には、これまた、当然なことに、京都の中央政界の人事的環境の「悪」こそが最も大きな責任を負わなければならないということになるだろう。いみじくも、「子曰ク、上ノ仁ヲ好メバ、則チ下ノ仁ヲ為スコト人ニ先ダツコトヲ争フ。故ニ民ニ長タル者ハ、志ヲ章ニシ教ヲ貞シクシ、仁ヲ尊ビテ以テ百姓ヲ子愛スレ（わが子のように愛すれ）バ、民ハ己ヲ行フヲ致シテ以テ其ノ上ヲ説バス。」（子曰、上好レ仁、則下之為レ仁争レ先レ人。故長レ民者、章レ志貞レ教、尊レ仁以子二愛百姓一、民致レ行レ己以説二其上一矣。）（『礼記』「緇衣篇」）との一文が指摘している通りの、そうした儒教的な道理に従うならば、責任の所在はそこにこそあるということになるはずなのだ。

　結論的に言えば、本段落中に見えている道真の、その大宰府の人事的環境の「悪」に対する一方的な非難、そして、大宰府の政庁の、その上層部の役人たちの怠慢ぶりに対する痛烈な非難は、決して、単に、大宰府に居住する一般庶民のみに、そして、大宰府の政庁の役人たちのみに向けて加えられているだけではなく、さらに、そうしたことに対して最も大きな責任を負わなければならないことになっている京都の中央政界における人事的環境の「悪」、そちらにこそ向けてより強く加えられていることになるはずなのである。目前の「悪」を正さんとすれば、その根本となっている「悪」をこそ正す必要があることになるわけなのだから。理論的には、そういうことになるだろう。

　少しばかりの心の安らぎを手にした道真が、改めて、新天地の大宰府において生き長らえんと決意したにもかかわらず、その新天地の人事的環境の「悪」を目前にし、再び絶望の淵に立たされることになってしまうわけなのだ。彼の決意を一時的なものにしてしまった理由、それは、目前の「悪」の背後に京都の中央政界のそれが厳然として控えていることを彼が再確認したから、ということになるのではないだろうか。とにかく、大宰府での目前の「悪」に対する一方的な彼の非難が、むしろ、厳然として背後に控えている根本の（京都の中央政界の）それに向かってより強く放たれていると見なければならないのではないか、との思いが今に捨て切れないでいるわけなのである。どうなのであろうか。あるいは、やはり、唯一絶対の京都の「善」に対して、大宰府のそれを「悪」とのみ決め付けるという、そうした単純な図式として、ここは見なすべきなのであろうか。どうなのであろうか。ただ、前者の見方に従うとしても、ここで大いに問題にしなければならないのは、仮に、目前の「悪」の背後に京都の中央政界のそれが厳然として控えていることを道真が再確認していたとして、それならば、何故に、その点についての言及がここにおいて全くなされていないのか、ということになるだろう。そちらの方が、ここでは、より重要な問題ということになるはずなのだ。何故か。本作品（「叙意一百韻」）の成立事情を解明するための、それが一つの手掛かりを与えてくれるはずだからなのである。例えば、後の、左遷中の作者の、詩語使用に関する「忌諱」意識の存在を詠述している、第四段落中の一〇九句「詞(ことば)ノ拑(かん)スルガゴトキハ忌諱(きき)ニ触(ふ)レントスレバナリ」（詞拑触二忌諱一）との関連を考え合わせたり、また、後の、あれ程に望郷の念を訴え、あれ程に京都への帰還実現を願って止(や)まなかった道真の思いを詠述していることになっている第五・六段落においても、改めて、このことを関連付けて考え合わせなければならないだろう。

次に、第三段落としての、本段落の形式面（平仄式）を見ていくことにしよう。韻字が『広韻』〈下平声・一先韻・二仙韻同用〉となっていることは既述の通りであるが、この第三段落では、先[52]・妍[68]・肩[74]・舷[76]・絃[80]がそのうちの「先韻」で、邅[54]・扁[56]・溱[58]・員[60]・湔[62]・遄[64]・甄[66]・沿[70]・銭[72]・綿[78]がそのうちの「仙韻」となっており、以上の計十五文字で「一韻到底」の押韻となっている（各韻字の右横の算用数字はその句の順番を指示）。また、この第三段落の「平仄式」を図示すれば、次の通りということになる（横の漢数字は句の順番を、縦の算用数字は句の語順を指示。○印は平声、×印は仄声、◎印は平声で韻字となっていることを指示）。

	1	2	3	4	5
五一	○	×	○	○	×
	×	○	×	×	◎
	○	○	○	×	×
	×	×	×	○	◎

	1	2	3	4	5
	×	×	○	○	×
	○	○	○	×	◎
	×	○	○	×	×
七〇	×	×	×	○	◎

五五××○○×
×○○×◎
○○○××
○××○◎
××○○×
六〇○○○×◎
×○○××
○××○◎
××○○×
○○××◎
六五○○○××
×××○◎

××○○×
○○××◎
×○○××
○××○◎
七五○××○×
○○××◎
○○○××
○××○◎
××○○×
八〇○○××◎

以上が、近体五言長律詩としての、本詩「叙意一百韻」の第三段落（十五聯三十句）の「平仄式」ということになるが、この図式を見れば、見事に、近体詩としての「平仄式」上の大原則、例えば、「粘法」「二四不同」「下三連」などのそれが、本段落においても厳守されていることが分かる。ただ、なるべく避けることが望ましいとされている「孤平」が二箇所（五二・七五句）と、同じく、「孤仄」が四箇所（五一・五六・六〇・六八句）とを、本段落の場合にはそれぞれ犯していることが確認出来ることになっていて、第一段落（十二聯二十四句）の場合の、「孤平」「孤仄」が共に無いことや、第二段落（十三聯二十六句）の場合の、「孤平」一箇所・「孤仄」二箇所が確認出来ることに比較すると、それらが、やや、多くなっているようにも見える。

本段落が十五聯三十句ということになっていて、第一・二段落とは句数に量的な差異があり、必ずしも、単純に比較するわけにはいかないだろうが、注目せずにはいられない。なお、そのことに関してであるが、本段落の「平仄式」で犯している「孤平」「孤仄」のその箇所が、共に2列目と4列目であることに気付く。「孤平」となっている五二句のそれが2列目、七五句のそれが4列目に配置されているし、「孤仄」となっている五二句のそれが2列目、五六句のそれが4列目、六〇句のそれも4列目、六八句のそれも4列目に配置されているのである。その配置が2・4列目ということになると、その平仄は、「粘法」「二四不同」の大原則に直接にかかわることになるはずで、近体詩であるためのそれらの大原則を厳守するためにこそ、作者は、敢えて、それを犯さざるを得なかったということになるだろう。

右の、本段落における「平仄式」の図式を見れば分かるように、全十五聯のうちの八聯までが、それぞれの前・後句の平仄を逆にして配置し、対応するようにさせている。工夫が凝らされているのである。ちなみに、五一と五二句・五三と五四句・六一と六二句・六三と六四句・六五と六六句・七一と七二句・七三と七四句・七九と八〇句の都合八聯がそれぞれそうした工夫をここでは施していることになっているが、両句一聯の前・後句を対句形式に仕上げて、内容的・文法的に密接に対応させているばかりではなく、形式的な「平仄式」の方面においても、配置上の対比ということが工夫されていることに、それはなるだろう。近体詩としての五言長律詩である以上、本詩の第三段落中の全十五聯は言うまでもなく十五種類の対句形式によって構成されていることになるわけであるが、すでに〔語釈〕の項で述べたように、各聯ごとの対句形式は、それぞれ内容的・文法的に密接に対応していて、それは、まさに、見事な出来映えとなっていると言えるだろう。

ところで、本段落中の五七句「長沙沙卑湿」中の、その上から四字目「卑」字の配置についてであるが、〔語釈〕の項で指摘したように、平仄上、それは平声字（『広韻』上平声・五支韻）となっていて、同句中の上から二字目「沙」字が平声字（同・下平声・九麻韻）であることから、「二四不同」の大原則を犯すことに、「平仄式」上はなっているのである。これは、あるいは、例えば、「卑」字の方のそれと、同音「ひ」と同訓「ひくし」とを有している、「埤」「庳」「俾」（共に、同・上声・四紙韻）字のいずれかとの類似性による、後世における誤写のせいとも考えられるし、あるいは、例えば、同音・同訓の故に、両字が互いに通用することになっていたためとも考えられる。

今は、後者のためと考えることにしようと思うが、確かに、本句中の詩語「卑湿」の用例にしても、それと同じ、「低く湿り気のある地・下湿の地」との意味で、「埤湿」との熟語が、『文選』〈巻七「子虚賦」司馬相如〉中にも見えている。本句（五七句）の出典は、『漢書』〈巻四八「賈誼伝」〉中の「長沙卑湿」との一句であろうが、本句の場合、その「平仄式」を厳守するために、「長沙埤湿」に作らなければならないのに、そのようには作っていないわけなのだ。理由は未詳ながら、後世の、「平水韻」の「卑」字の韻目の一つに「上声・四紙韻」とのそれが新たに加えられていることからしても《『大漢和辞典』》、「卑」字と「埤」「庳」「俾」字との間に、〔語釈〕において指摘したような通用がある程度認められていて、作者の道真がそれに従ったと考えることも出来そうなのである。ここで、本句の「卑」字、それを「埤」字と通用していると見なし、それによって「二四不同」の大原則も厳守されていると見なすことにしたのは、そのためなのである。

第四段落

大宰府の新天地において、少しく、生き長らえんと決意した道真であったが、その新天地における人事的環境の「悪」を改めて目にした結果、その決意は、あっけなく、崩れ去ってしまうのであった（前第三段落）。本段落では、その後の道真の日常生活と心象風景が詠述されている。再び、絶望の淵に立たされることになってしまった彼を待ち構えていたのは、これまで以上の、辛い孤独な生活と、初めて体験する新天地での長雨、そして、暑苦しい夏の気候なのであった。日々の粗末な食事に、彼はすっかり痩せ衰えてしまっただけではなく、貧弱な官舎の中で、彼は、ひたすら、うっとうしい長雨の季節と暑苦しい夏の季節とを遣り過ごすことになるわけなのだ。新天地における人事的環境に自分の方から飛び込もうとして、かえって、絶望することを余儀なくさせられてしまった道真は、必然的に、孤独感をこれまで以上に噛(か)みしめることになるわけであるが、長雨の季節を遣り過ごして本格的な夏を迎える頃、その激しい孤独感をどうにかして癒(いや)し、それを乗り切る術(すべ)を得んとして、いくつかの方法、それを、道真は新しく試行することにする。人事的環境にひたすら背を向けて、彼自身の手で孤独感からの解放を勝ち取ろうとするわけなのである。彼が、まず、着手することにしたのが老荘思想への新たな接近、次に、着手することにしたのが漢詩文のための新たな創作活動、そして、三番目に、着手することにしたのが仏教への新たな帰依であったということが、順番に述べられる（第八一から一二六句まで）。

【原　詩】

「(1)与レ誰開レ口説、(2)唯独曲レ肱眠◎。(3)鬱蒸陰二霖雨一、(4)晨炊断二絶煙一◎。(5)魚観生二竈釜一、(6)蛙咒聒二階甎一◎。(7)野豎供二蔬菜一、(8)厮児作二薄饘一◎。(9)痩同二失レ雎※鶴一、(10)飢類二嚇レ雛鳶一◎。(11)壁堕防二奔溜一、(12)庭涅導二濁涓一◎。(13)紅輪晴後転、(14)翠幕晩来褰◎。(15)遇レ境虚生レ白、(16)遊レ談暗入レ玄◎。(17)老君垂レ迹話、(18)荘叟処レ身偏◎。(19)性莫レ乖二常道一、(20)宗当レ任二自然一◎。(21)殷勤斉物論、(22)洽恰寓言篇◎。(23)景致幽二於夢一、(24)風情癖未レ痊◎。(25)文華何処落、(26)感緒此間牽◎。(27)慰レ志憐二馮衍一、(28)銷レ憂羨二仲宣一◎。(29)詞拑触二忌諱一、(30)筆禿述二麁癲一◎。(31)草得二誰相視一、(32)句無二人共聯一◎。(33)思将臨レ紙写、(34)詠取著レ灯燃◎。(35)反覆何遺恨、(36)辛酸是宿縁◎。(37)微々抛二愛楽一、(38)漸々謝二葷膻一◎。(39)合掌帰二依仏一、(40)廻心学二習禅一◎。(41)厭離今罪網、(42)恭敬昔真筌◎。(43)皎潔空観月、(44)開敷妙法蓮◎。(45)誓弘無二誑語一、(46)福厚不二唐捐一◎。」（計二十三聯）

【訓　読】

「誰と与にか口を開きて説かん、唯だ独り肱を曲げて眠るのみ。鬱蒸には霖雨を陰ふも、晨炊には絶煙を断つ。魚観も竈釜に生じ、蛙児も階甎に聒し。野豎は蔬菜を供し、廝児は薄饘を作る。瘦することは雌を失ふの鶴に同じく、飢うることは雛を嚇すの鳶に類す。壁は堕ちて奔溜を防ぎ、庭は涅みて濁涓を導く。紅輪の晴後に転ずれば、翠幕は晩来に褰げらる。境に遇ひては虚に白を生じ、談に遊りては暗きに玄を入る。老君は迹を垂れんとして話り、荘叟は身を処せんとして偏る。性は常道に乖くこと莫かれとし、宗は当に自然に任すべしとす。殷勤なり斉物の論、洽恰たり寓言の篇。景致の夢よりも幽なれば、風情は癖未だ痊えず。文華は何処にか落てん、感緒は此の間にも牽かる。志を慰めんとしては馮衍を憐れみ、憂を銷さんとしては仲宣を羨む。詞の拑するがごときは忌諱に触れんとすればなり、筆の禿するがごときは麁癲を述べんとすればなり。草は誰にか相視すことを得ん、句は人と共に聯ぬること無し。思ひ将めては紙に臨んで写すも、詠み取めては灯に著けて燃やす。反覆も何ぞ遺恨とせんや、辛酸も是れ宿縁とすればなり。微々として愛楽を抛ち、漸々として葷膻を謝る。合掌しては仏に帰依し、廻心しては禅を学習す。厭離す今の罪網、恭敬す昔の真筌。皎潔たり空観の月、開敷す妙法の蓮。誓弘に誑語無く、福厚は唐捐せず。」

【通　釈】

「（再び絶望の淵に立たされることになったわたしは）いったい誰と言葉を交えて話などしよう、（もはや誰と話す気も起こらず）

ただただ一人肱を曲げて（それを枕にして）眠るだけなのであった〈八一・八二句〉。

（時季が真夏の長雨のそれということもあって）蒸し暑い夏の日（の早朝）の（副食の藜を）蒸し上げる時には（その煙は相変らず）長々と降り続く雨を覆い隠して（いつも）立ち上ったものだったが、（蒸し暑い夏の日の）早朝の（主食の黍を）炊き上げる時には（その煙はそれまで）とぎれとぎれに立ち上っていたはずのものが（いつのまにか貧窮の故に）立ち上らなくなってしまったのだった〈八三・八四句〉。

竈にかけられたままの（炊飯に全く使われなくなり、その上、降り続く雨水をため込むことになってしまった）その釜の中は（本来的な炊飯の用を果たすのではなく、泳ぎ回る）魚どもの（恰好の）遊び場としての用を果たすだけということになってしまったし、階段に敷き詰められている（客人の出入りがなくて全く使われず、その上、長雨で水びたしとなってしまっている）その煉瓦の上は（本来的な客人の出入り口としての用を果たすのではなく、なんとも）鳴き騒ぐ蛙どもの（恰好の）出入り口としての用を果たすだけということになってしまった〈八五・八六句〉。

（そのように客人の訪れはなくなってしまったが、それでも、時には地元の）田舎の子供が（裏口に）こっそりとやって来ては（副食にするための）野菜を届けてくれることもあったし、（そのように釜は炊飯の用には全く使われなくなってしまったが、それでも、時には）召使いの童僕が（飢えを救わんとして）こっそりと薄粥を作ってくれることもあった〈八七・八八句〉。

（孤独生活の故に）痩せ衰えてしまった（我が）姿はまるで（番いの）雌を亡くしてしまった（雄の）鶴のそれのようであったし、（貧窮生活の故に）飢えに苦しむ（我が）姿はあたかも（自分の獲物を奪われるのではないかと）鳳凰を威嚇する鳶のそれのようでもあった〈八九・九〇句〉。

（長雨のために、粗末な官舎の）壁土は崩れ去ってしまって（小山を作り）流れ落ちようとする雨垂れを（却って）遮断することになってしまったし、（長雨のために、狭小な官舎の）庭園は泥濘んでしまって（泥田を作り）濁水の小さな流れを（却って）導入することになってしまうのだった〈九一・九二句〉。

（それでも、どうにか長雨の季節が終わり）赤色の車輪のような月が雨上がりの晴れた空に転（ころ）がり出ると、緑色の帳幕（とばり）のような靄（もや）も夕暮れと共に巻き上げられ（晴れわた）るのだった〈九三・九四句〉。

（月が昇り靄が晴れわたるという、そうした新たな）環境に身を置くことになると（満月を眺めているうちに）愚かで暗いわたしの心にも純粋さが蘇（よみがえ）って来たし、（新たに）清談高論に読み耽（ふけ）っているうちに愚かで暗いわたしの心にも老荘玄妙な道が興味深く感じられて来るのだった〈九五・九六句〉。

老子は（人の生きるべき）道を教えようとして（わたしに）語りかけて来たし、荘子は（身の処すべき）法を教えようとして（わたしに）語りかけて来た〈九七・九八句〉。

（老子は）人の本性として天地自然の法則に反してはならないと教えているし、（同じく老子は）人の本性として天地自然の法則に任（まか）せるべきだと教えている〈九九・一〇〇句〉。

まことに懇切（こんせつ）な意見であることよ（荘子の）「斉物」の議論は、まことに丁寧（ていねい）な意見であることよ（同じく荘子の）「寓言」の一篇は〈一〇一・一〇二句〉。

（ところで、月が昇り靄が晴れわたるという、そうした新たな環境に身を置くことになってその満月を眺めているうちに、一たびは老荘玄妙な道に興味を引かれることになったわたしであるが、その外界の）幽玄な景色が夢の中のそれよりもはるかに趣き深いものであったので、風月の情趣を前にした時のわたしの習性（ならいしょう）をそれは（もう一方で）改めて思い起こさしめずにはおかないのであった〈一〇三・一〇四句〉。

素晴らしい詩を作りたいものだとの我が思いだけは（たとえ身を落ち着けるそこが）どんな場所であったとしても決して捨て去ろうとは考えなかったし、（同じく）素晴らしい詩を作りたいものだとの我が思いだけは（大宰府の地に身を落ち着かせることになり、梅雨の季節の終了を迎えて夜空に「紅輪」を眺めることが出来るようになった）今の今も（相変らず捨て去ることは出来ないばかりか、かえって）その思いが猛烈に頭をもたげて来るのを押しとどめることが出来ない有り様なのであった

〈一〇五・一〇六句〉。

（素晴らしい詩を作ることによって）我が心中を慰めようと考えてみては（かの後漢の文人の）馮衍（ふうえん）（の「顕志賦（けんしのふ）」）のような作品を作りたいと強く願ったし、（同じく、素晴らしい詩を作ることによって）我が悲哀を晴らさんと考えてみては（かの三国魏の文人の）王粲（おうさん）（の「登楼賦（とうろうのふ）」）のような作品を作りたいと強く願ったものであった〈一〇七・一〇八句〉。

（しかしながら、罪人であるわたしの場合には、馮衍のようにはいかず）詩語が（まるで、口籠（くちご）もってしまったかのようになって）自由自在に口中から飛び出すということなどは決して有り得るはずがないのであって（それは、そうすれば、中央政府の権力者の）気にそのまま障（さわ）るだけということになってしまう（と同時に、何よりも、もはや、わたしにはそれをするための資格も手段もないことを再認識することになってしまった）からなのであり、（同じく、老齢であるわたしの場合には、王粲のようにはいかず）筆先が（まるで、禿（ち）びてしまったかのようになって）自由自在に紙上を走り廻るということなどは決して有り得るはずがないのであって（それは、そうすれば、わたし自身の）粗雑な物狂おしさをそのまま書き述べるだけということになってしまう（と同時に、何よりも、もはや、わたしにはそれをするための希望も若さもないことを再認識することになってしまった）からなのである〈一〇九・一一〇句〉。

（その上、左遷中の身の上のわたしの場合には、馮衍の場合と違って）たとえ詩句が出来上がったとしても（それを）誰にいったい見てもらうことが出来ようか（誰にも見てはもらえないことになっているし）、（同じく、左遷中の身の上のわたしの場合には、王粲の場合と違って）たとえ詩句が出来上がったとしても（それを）誰といったい連句にして編むことが出来ようか（誰にも編んではもらえないことになっている）〈一一一・一一二句〉。

我が詩情を（無理に）掻（か）き立てつつ紙を前にして（それを）写し取ってはみるけれども、何度となく（声に出して）詠（よ）み返してみては（結局は）灯火に翳（かざ）して燃やすことになってしまうのだった〈一一三・一一四句〉。

（今や思いのままに詩も作れない成り行きということになってしまったが、そうした一身上の我が）挫折についてもまたどうして恨みを残すなどということをしようか（いや、恨みを残すことは決してしないつもりだ）、（なんとなれば、灯火に翳して燃やし後世に我が作品を残すことをしないようにするという、そうした一身上の我が）苦痛もまた前世からの因縁であると思えるからなのである〈一一五・一一六句〉。

（後世に我が詩作を残せないのも前世からの因縁であると思うに至り、わたしはこれまで）愛好してきたところのもの（詩作）をもそれとなく捨て去るようになったし、（同じく何事も前世からの因縁であると思うに至り、わたしはこれまで）口にしてきたところのくさい野菜となまぐさい肉をも次第に遠ざけるようになった〈一一七・一一八句〉。

手を合わせては仏の道に心を寄せるようにもなったし、仏を信じては悟りを得ようと禅の道を学ぶようにもなった〈一一九・一二〇句〉。

ひたすら忌み嫌ったのは現在の（真性ではない虚構の）罪苦に満ちあふれた俗世間なのであり、大いに頼みがいとして親しんだのは過去の真理そのものの教え（仏の教え）なのである〈一二一・一二二句〉。

（一切の存在が空であることを説いてやまない）「空観」の真理の正しさはまさしく清浄な真白い（水面に浮かぶ）月を目にすることによって大いに納得出来たし、（仏陀の永遠の生命を説いてやまない）『妙法蓮華経』の教理の正しさはまさしく鮮やかに（水上に浮かんで）咲き誇る蓮を目にすることによって大いに納得出来た〈一二三・一二四句〉。

（『法華経』中に見えている観音菩薩の）一切衆生をあまねく救わんとする誓願、それは決して狂言ではないし、（同じく『法華経』中に見えている観音菩薩の）一切衆生に手厚く施すことになっているよい果報、それは決して妄言ではないのだ〈一二五・一二六句〉。」

【語　釈】

（1）与レ誰開レ口説　「誰ト与ニカ口ヲ開キテ説カン」と訓読し、（再び絶望の淵に立たされることになったわたしは）いったい誰と言葉を交えて話などしよう、との意になる。

第四段落の冒頭に位置する本聯（八一・八二句）の内容は、必然的に、第三段落の末尾の十句（七一―八〇句）のそれを直接的に継承し、それをより発展させるべく詠述されていると見ていいだろう。直前の第三段落においては、作者の道真は、心の安らぎを求めるべく、自分自身と同じように、時運に不利な境遇に身を置いたとされる過去の、歴史上の人物たちのことに思いを致し、彼等の苦しみに同情すると共に、確かに、少しばかりの心の安らぎを手に入れ、自分自身の不利な境遇に対しても少しく諦めの気持を抱くようになった、と詠述していたはずなのだ。そして、そうした心境の変化を反映して、今度は、大宰府という地域環境、そして、その地に住む人々の中にこちらの方から溶け込まんとして、まずは、民俗や習慣にも目を向け、どうにか、客観視出来るようになって行ったわけなのである。周囲に目を向けようと努力することになったが、しかし、その結果は、前段落の末尾の十句で詠述していたように、作者をして改めて絶望の淵の中に叩き落とさしめることになってしまうのであった。

大宰府の地に住む人々は、身分の上下に拘らず、それこそ、政庁の上級役人から商人・農民に至るまで、押し並べて、儒教的道徳心を欠いているのであった。まったく、どうする術もない体たらくなのであった。「五味」をごちゃ混ぜにしているし（七一句）、貨幣の価値もごちゃ混ぜにしている（七二句）。殺人事件も頻繁に起きるし（七三句）、盗人も肩で風を切って平気でのし歩いている（七四句）。政庁の役人たちと言ったら、上から下まで公私混同に大忙しなのだ（七五・七六句）。商人たちは米の値段を釣り上げ、農民たちは品質を落とした真綿で官庁を誑かそうとする（七七・七八句）。そして、何よりも、小人どもが寄ってたかって悪事のし放題だというのに、政庁の方も法律を改めてそれを厳重に取り締まろうとはしないのである（七九・八〇句）。

前段落の末尾の十句において、大宰府の地域環境、およびその地に住む人々の中に客観的に認めることが出来る儒教的道徳心の欠如、それを厳しく指摘し、その「悪」を羅列することによって、作者の道真は、自分自身がその中に溶け込むことの如何に不可能であるかということ、つまり、そうした環境の中で命長らえることが、どんなに困難窮まりないことであるかということを詠述していたわけなのだ。以前の、少しばかりの心の安らぎは、その事実を知ることにより、どこかに跡形もなく消え去り、作者は、改めて、絶望の淵の中に叩き落とされた気分を味わうことになるのだった。その絶望感が、作者自身の孤独感をますます増幅することになったのは当然だろう。

しかも、考えてみれば、中央政府のある京都、そこから遠く離れた大宰府の地域環境およびその地に住む人々の中に認められる、そのような儒教的道徳心の欠如というのは、単に、その地域環境および住民たちの責任だけということにはならないはずだろう。なぜなら、中央政府のある京都、そこにおける儒教的道徳心の欠如こそが本当の犯人ということになるわけであり、それこそが、最大にして最高の責任を負わなければならないはずだからなのである。政治的に言えば、京都が上位で大宰府は当然に下位ということになり、京都が支配し、大宰府は当然に支配されることになっているからなのである。下位にあり支配される側の罪に対する責任は、より大きく、そして、より多く、上位にあり支配する側が引き受けなければならないというのが、それが儒教的な立場である論法のはずなのだ。なにしろ、より大きな、そして、より多くの権力をそれが有していることになっているわけなのだから。

そうした儒教的な立場・論法からすると、大宰府の地域環境、および、その地に住む人々の中に認められる儒教的道徳心の欠如という罪、それに対する責任は必然的に京都の中央政府こそがより大きく、そして、より多く負わなければならないことになるはずなのである。当然のことなのだ。そうであるのに、どうであろう。責任を引き受けるどころの話ではなく、京都の中央政府自身が儒教的道徳心の欠如という罪をはっきりと犯しているわけなのだ（作者の道真を左遷に処したこと）。上位にあり支配する側からして罪を犯しているわけなのである。下位にあり支配される側がどうして罪を犯さないことがあろう。

以上のように考えれば、大宰府の地域環境、および、その地に住む人々の中に認められる儒教的道徳心の欠如という罪は、まったく、必然的なものということになり、作者の道真が第三段落の末尾の自注において、それを「移ス可カラズ」

（不レ可レ移）と述べ、矯正すべからざる「習俗」であるとまで言っているのは、まさに、正鵠を射た意見ということになるだろう。その「習俗」を、改めて、目の当たりにしたわけなのである、作者の道真は。これまで以上の、より深い絶望の淵の中に叩き落とされることになったのは、理の当然ということになるだろう。これまで以上の、より深刻な孤独感に襲われることになったのも、これまた、理の当然ということになるだろう。

少しばかりの心の安らぎを得て、大宰府の土地および住民の中に溶け込まんとした道真の希望は、結果的に相手側から大きく拒絶されることになったばかりではなく、その拒絶する相手側（大宰府）の背後に、道真の受け入れを拒絶するところの、その、より大きな相手側（京都の中央政府）が厳然として存在することを改めて認識させられることになったわけなのである。儒教的な見解に従えば、理論上は、そういうことになるだろうが、前述した通り、作者の道真は第三段落においては、その、より大きな相手側（京都の中央政府）が厳然として存在している点について、何故か、全く言及していない。あるいは、ここでは、単に、左遷後の道真が相変わらずに、京都の人事環境を唯一絶対の「善」と認識していたために、それとの対比で、結果的に、大宰府のそれを一方的に「悪」と決め付けることになったのだ、との見方も出来るわけであるが、そうした前・後者どちらの見方にしても、とにかく、当時、道真が叩き落とされることになった絶望の淵は、これまで以上に深かったはずだろう。抱くことになった孤独感も、これまで以上に甚だしかったはずだろう。本第四段落は、そうした絶望の淵に叩き落とされることになった、そして、孤独感に嘖まれることになった道真自身の、その後について詠述することになっている。

冒頭に位置している本聯（八一・八二句）では、周囲の人々との交際をもはや断ち切り、孤独な生活を余儀なくされることになった作者自身の身の上について詠述していることになる。その、前句に当たっている本句においては、誰とも口をきく気になれなくなってしまった、との内容が述べられているのである。「開レ口」とは、ものを言い、話を始めること。『論語』〈「衛霊公篇」〉中に、「子曰ク、与ニ言フ可クシテ、之ト与ニ言ハザレバ、人ヲ失フ。与ニ言フ可カラズシテ、之ト与ニ言フハ、言ヲ失フ。知者ハ人ヲ失ハズ。亦タ言ヲ失ハズ、ト。」（子曰、可㆓与言㆒、而不㆓与㆑之言㆒、失㆑人。不㆑可㆓与言㆒、而与㆑之言、失㆑言。知者不㆑失㆑人。亦不㆑失㆑言。）との一文が見えている。共に語るべき人物（相手）であるのに、その人と語り合わないならば、（せっかくの立派な）人物をとり逃がすことになるし、共に語るべき人物（相手）でないのに、その人と語り合うならば、（せっかくの立派な）言葉を無駄使いすることになる、との意味を持ったそれは一文ということになっている。

勿論、本句（八一句）において、道真が誰とも口をきく気になれなくなってしまったのは、孔子が言っているところの、その後半部分「不㆑可㆓与言㆒、而与㆑之言、失㆑言。」の指摘、それを恐れたからということになるだろう。彼がより深い絶望の淵に叩き落とされることになった理由は、大宰府の地域環境およびその地に住む人々の中に儒教的道徳心の欠如を認め、それを目の当たりにしたからなのであった。ということは、彼の周囲には共に語るべき人物が一人もいなかったということになるだろう。もしも、そうした、語るべき相手ではない人物（相手）と語り合うことにすれば、必然的に、「失㆑言」との非難を道真は甘んじて受けなければならないことになるはずなのだ。（せっかくの立派な）言葉を無駄使いしているとの、そうした非難を受けることになる。それを恐れたわけなのだろう。

作者の道真が本聯の前句（八一句）において、「与㆑誰開㆑口説」と詠述しているのは、以上のような、『論語』〈「衛霊公篇」〉中の一文の内容を踏まえた上での、すなわち、その一文を出典にした上での、作者なりの発想に従ったからに違いない。以下に述べるように、本聯の後句（八二句）も、同じく『論語』〈「述而篇」〉中の、「肱ヲ曲ゲテ之ヲ枕トス」（曲㆑肱而枕㆑之）との一文を出典にしていること、これは明白なのであって、本聯における対句構成上から言っても、前・後句の出典を同一の『論語』ということにして、それによって意味内容上の対比の妙趣を作り出そうとしたと解釈することは、極めて容易に説明が付くことになるはずなのである。本聯の前句の、その出典を『論語』中の、以上の一文と見なすのは、そのためでもあるわけなのだ。

（2）**唯独曲レ肱眠**　「唯ダ独リ肱ヲ曲ゲテ眠ルノミ」と訓読し、（もはや誰と話す気も起こらず）ただただ一人肱を曲げて（それを枕にして）眠るだけなのであった、との意になる。

より深い絶望の淵の中に叩き落とされることになり、より深刻な孤独感を抱くことになった道真は、他人と会話することを拒否すると共に、孔子が指摘するところの、もう一つの新たな「楽しみ」を見付けようとして、孤独な生活を送ることに自分自身甘んじることにするわけなのである。確かに、孔子も次のように指摘しているわけなのだ。すなわち、「子曰ク、疏食ヲ飯ヒテ水ヲ飲ミ、肱ヲ曲ゲテ之ヲ枕トス。楽シミハ亦タ其ノ中ニ在リ。不義ニシテ富ミ且ツ貴キハ、我ニ於イテ浮雲ノ如シ、ト。」（子曰、飯二疏食一飲レ水、曲レ肱而枕レ之。楽亦在二其中一矣。不義而富且貴、於レ我如二浮雲一。）《『論語』「述而篇」》と。

（儒教的道徳心を堅持し、その行為が道義に適ってさえいれば）粗食を口にして水を飲み、枕の代わりに肱を曲げて寝るような、そのような（貧窮の）境遇に身を置いたとしても、やはり、楽しみはその生活の中にあるものなのだ。（逆に、儒教的道徳心を蔑ろにし、その行為が）道義に適うこともないままに富み、そして、高い身分を得るなどということは、わたしにとっては空行く浮き雲のよう（に無縁）なものなのである、とのそれは内容を持っていて、儒教的道徳心の堅持とそれに則する行為との重要性を孔子が強調したところの一文ということになっているのである。本聯の後句「唯独曲レ肱眠」は、まさしく、その一文中の「曲レ肱而枕レ之」との一句を出典にしていることになっているはずなのであって、作者の道真が、自分自身の儒教的道徳心を堅持することを改めて決意し、併せて、自身の行為が道義に反することになるのではないかということを大いに恐れて、敢えて、貧窮の境遇にそのまま身を置くように、すなわち、孤独な生活を送ることを甘受するようにしたのだということ、つまり、むしろ、そうした行為が当時の彼の積極的な選択によるものであったのだということが、その出典となっている『論語』の、その一文の内容を重ね合わせることによって容易に理解出来てくるはずなのである。

すでに述べたように、本聯の前句（八一句）においては、作者の道真は「失レ言」との非難を受けることを恐れて誰とも口をきかなくなってしまったと詠述していたが、当然に、その行為は、当時の彼の積極的な選択によってとられたものなのであった。同じように、本聯の後句（八二句）において詠述されているところの、作者の道真がとった行為「唯独曲レ肱眠」も、当時の彼の積極的な選択によってとられたものなのであった。本聯における前・後句は、対句構成上から言って、その点でも、内容的に共通項を有していて、対比の妙趣を作り出していることになるわけなのだ。

なお、以上のように、本聯の後句は、『論語』〈「述而篇」〉中の一文を出典にしていることになっていて、それからすると、作者の道真は、自分自身の儒教的道徳心を堅持することを改めて決意し、併せて、自分自身の行為が道義に反することになるのではないかということを大いに恐れて、敢えて、貧窮の境遇にそのまま身を置くこと、すなわち、孤独な生活を送ることを甘受するようにしたということになるだろう。そして、そうした生活の中にも存在するとされている「楽しみ」を求めるべく、「唯独曲レ肱眠」との行為を彼は採用するようにしたということになるだろう。もっとも、その出典の一文によると、そうした生活の中にも存在するとされている「楽しみ」を味わうためには、もう一つの行為「飯二疏食一飲レ水」の方をもここでは採用する必要があることに、理論的にはなって来るわけなのである。そちらの方の行為については、作者の道真は、次聯（八三・八四句）においてもっぱら詠述することにしていて、その結果、本聯の後句（八二句）と次聯とは、内容的に密接な対応関係を有していることになるはずなのである。

（3）**鬱蒸陰二霖雨一**　「鬱蒸（うつじょう）ニハ霖雨（りんう）ヲ陰（おほ）フモ」と訓読し、（時季が真夏の長雨のそれということもあって）蒸し暑い夏の日（の早朝）の（副食の藜（あかざ）を）蒸し上げる時には（その煙は相変らず）長々と降り続く雨を覆（おお）い隠して（いつも）立ち上（のぼ）ったものだったが、との意になる。

本聯（八三・八四句）中の前句に当たっている本句と、その後句に当たっている次句「晨炊（しんすい）ニハ絶煙（ぜつえん）ヲ断（た）ツ」（晨炊断二絶煙一）とは対句構成上、密接な対応関係を有するように作られていて、それぞれの詩語「鬱蒸」と「晨炊」、「陰」と「断」、

「霖雨」と「絶煙」とがここでは対比的に配置されていると見ていいだろう。まず、「鬱蒸」（AB）と「晨炊」（A′B′）との対比的な配置のことであるが、これは内容上から言って、本来的に、「鬱晨ノ蒸炊」（鬱晨蒸炊）との、すなわち、AA′BB′との一連の詩語であるべきはずのものを、対句構成にする必要上から、それを、敢えて、AB・A′B′の語順に改めて置き替え、対比的に配置仕直したと考えていいのではないだろうか。そして、そのように考えれば、両者の詩語をさらに細分化して、「鬱」（A）と「晨」（A′）、「蒸」（B）と「炊」（B′）との、そうした対比的な配置でもある、と今一歩、それを進めて考えることも出来るだろうと思う。

前者の「鬱」（A）と「晨」（A′）との対比の場合には、「月日」と「時刻」とのそれであると見ていいだろう。ここでの「鬱」（A）は、蒸し暑い夏の日（月日）のことを指示した詩語ということになるはずで、早朝との、そうした時刻の意を有する「晨」（A′）とは、その点で密接な対応関係を有していると見るべきだろう。そうした「鬱」の用例としては、『漢書』〈巻六四下「王褒伝」〉中に、「盛暑ノ鬱懊（蒸し暑さ）ヲ苦トセズ」（不レ苦二盛暑之鬱懊一）との一文が見えていて、その「師古注」にも、「鬱、熱気也。」に作っているし、『白氏文集』〈巻五一「一葉落」〉中にも、「煩暑ノ鬱トシテ未ダ退カザルニ、涼飆ハ潜ニ已ニ起ク。」（煩暑鬱未レ退、涼飆潜已起。）との一聯が見えている。

すなわち、一般には、「盛暑」なり「煩暑」なりの、その蒸し暑い夏の時季の熱気のこと、それを「鬱」は指示していることになっているが、本句（八三句）のそれの場合には、次句（八四句）中の詩語「晨」（時刻）との対比上、蒸し暑い夏の時季（月日）そのものを指示していることになるに違いない。ただ、本来的に、蒸し暑い夏の早朝との意を持つところの、その一つの熟語「鬱晨」を本聯の対句構成上から、敢えて、機械的に分割して、「鬱」の方を前句に、そして、「晨」の方を後句に配置することにしたのではないか、と考えることも当然に出来るはずなのであって、その場合には、「月日」と「時刻」との対比を殊更にここで考えてやる必要はないだろう。

しかし、その場合であっても、本句中の詩語「鬱」が「霖雨」（陰暦五月頃に降り続く長雨）と共に、「仲夏」（陰暦五月）

という時季そのものを指示する詩語となっていることには変わりは無いはずで、作者の道真が、本句において、時季の推移のことを改めて強調しようとしている、とそのように見定めなければならないだろう。前段落（第三段落）中の六八句において、「清和ナル朱景ハ妍シ」（清和朱景妍）と詠述して、和いだ陰暦四月の初夏の季節の到来を喜んでいた作者なのであるが、いよいよ、それから一箇月後の、蒸し暑い夏（陰暦五月）の、その五月雨（梅雨）の時季を迎えることになり、人事的な環境と共に、新たに加わることになった自然的な環境の悪化にも、彼は悩み苦しめられることになったわけなのである。

本聯における、対語としての「鬱蒸」（AB）と「晨炊」（A′B′）とが、さらに、細分化して「鬱」（A）と「晨」（A′）、「蒸」（B）と「炊」（B′）との対語として対比的に配置されていると先に考えてみたわけなのであるが、それでは、「蒸」（B）と「炊」（B′）との、対語としての対比の場合には、それはどういうことを具体的に指示していることになるのであろうか。「蒸炊」との熟語としても使用されることになっている、こちらの対語の場合には、共に、食事を用意するための動作・行為という共通項を持っていることになるはずで、その動作・行為としての共通項が対比させられている、とここでも考えていいだろう。「むす」（蒸気にあてて熱する）と「かしぐ」（米や麦をたいて飯にする）との対比ということにそれはなるだろうが、前者は、もっぱら、副食を用意するためのもの、後者は、もっぱら、主食を用意するためのものとして、ここでは対比的に配置されていると見ていいだろう。

本聯の場合に、どんなものを蒸して副食にしようとしたのか（八三句）、また、どんなものを炊いて主食にしようとしたのか（八四句）、ということについては未詳ということになるが、前述のように、前聯の後句（八二句）において、道真は貧窮の中に身を置くことを改めて決意し、「疏食ヲ飯ヒテ水ヲ飲ミ、肱ヲ曲ゲテ之ヲ枕トス。」（飯㆓疏食㆒飲㆑水、曲㆑肱而枕㆑之。）〈『論語』「述而篇」〉との生活を送ることにしたと詠述していたはずなのである。その前聯の後句に当たる八二句「唯独曲㆑肱眠」において詠述されている作者の決意、それを直接的に継承していることになっているのが本聯の内容であるということからすると、当時の作者の副食といい主食といい、必然的に「疏食」以外であってはならないことになるだろう。

その点で注目されるのが、盛唐の王維作の「積雨空林烟火遅ク、藜ヲ蒸シ黍ヲ炊ギテ東菑ニ餉ス。」（積雨空林烟火遅、蒸レ藜炊レ黍餉二東菑一。）〈『全唐詩』巻一二八「積雨輞川荘作」〉との七言一聯なのである。「積雨」とは、長雨のことであり（「霖雨」に同じ）、「烟火遅」とは、煮炊きの煙が雨中を低くたゆたうことである。「蒸レ藜」とは、副食にするために藜（アカザ科の一年生草本で、その葉を食用にする。）を蒸し上げることであり、「炊レ黍」とは、主食にするために黍を炊き上げることである。長雨の降り続く頃に、王維が、彼の別荘「輞川荘」から眺めた貧しい農民たちの生活を詠述した一聯ということにそれはなっているが、その一聯中の詩語が、道真作の本聯（八三・八四句）中のそれらと密接に関連しているのである。例えば、「蒸」「炊」「煙」（烟に同じ）は言うまでもないことだが、その「霖雨ヲ陰フモ」（陰二霖雨一）との表現内容なども、「積雨……煙火遅」とのそれに類似していると見ていいのではないだろうか。両聯を見比べれば、表現及び内容上に、明らかに類似点は多い。

王維作のその一聯を本聯の出典と見なすならば、道真が蒸して副食にしようとしたのは藜の葉ということになるだろうし、同じく、炊いで主食にしようとしたのは黍ということになるだろう。農民たちが口にすることになっている、その副食の藜といい主食の黍といい、確かに、それらを口にする食事は粗食ということになっていて、「飯二疏食一飲レ水」〈『論語』「述而篇」〉との、そうした貧窮の中に生活することを改めて決意したところの、その道真が口にすることになるはずの食物としては、それらは、いかにも相応しいものと言うことになるはずなのだ。『論語』〈「述而篇」〉の「古注」においても、孔安国は、「疏食トハ、菜食ナリ。」（疏食、菜食。）と注しており、蒸した藜の葉を副食にせんとする食事こそは、まさに「疏食」そのものと言うことになるわけなのだから。

藜の葉の蒸した食物が粗食そのものであるということは、「親ニ事フルニ啜菽（豆粥をすること）ノ窶シキ有ルモ、養ニ就クニ（父母に付き添って孝養すること）藜蒸ノ給寡シ。」（事レ親有二啜菽之養一、就レ養寡二藜蒸之給一。）『梁書』巻五一「諸葛璩伝」との一文中にも見えている通りなのであるが、ただ、当時の道真が、実際にそれを副食として口にしたのかどうか、という点については、ここでは別問題と見なすべきだろう。ここでは、あくまでも、当時の道真が身を置くことになった貧窮生活がどれ程のものであったのかということを比喩したところの、いわゆる、文学的表現と考えてみる必要があるのではないだろうか。それ程の貧しい副食しか当時の道真は口にすることが出来ず、当時の彼の貧窮生活は、それ程に酷いものであったのだ、と。

本聯の前句（八三句）中の詩語「霖雨ヲ陰フモ」（陰二霖雨一）もまた、後句（八四句）中の詩語「絶煙ヲ断ツ」（断二絶煙一）とは見事な対語を形成して、対比的に配置されており、これも前述の通り、「陰」と「断」、「霖雨」と「絶煙」との対比的な配置ということになっている。先ずは、「陰」と「断」との対比の方であるが、これは、どちらも人煙の状態について言及した詩語ということになるはずで、それが共通項となって対比させられていると見ていいだろう。当然に、「陰」は、蒸す動作の結果として立ち上ることになっている、その人煙の状態の方を指示していることになり、「断」は、炊ぐ動作の結果として立ち上ることになっている、その人煙の状態の方を指示していることになる。

「陰」は、ここでは「蔭」に通じて「おほふ」と訓じ、（霖雨を）おおい隠すとの意となる。用例としては「惟レ天ハ下民ヲ陰隲シテ、厥ノ居ヲ相協ス。」（惟天陰二隲下民一、相二協厥居一。）『書経』「洪範」との一文が見え、『経典釈文』（巻四「洪範」第六）には「馬云、陰、覆也。」と注している。その用例に従って今は訓読することにしたが、そうすると、「陰二霖雨一」とは、蒸す動作の結果として立ち上った人煙が「霖雨」（五月雨）のために空に上ることを遮られ、広く横に一杯にたゆたうことになってしまい、それこそ、長く降り続く雨足をおおい隠して見えなくしてしまう程に煙る、との意ということになるだろう。

炊ぐ動作の結果として立ち上ることになっている人煙の方が、「断」（立ち上ることを止めてしまう）であるのに対して、蒸す動作の結果として立ち上る人煙の方は、広く横に一杯にたゆたい続けることになっているわけなのである。ということは、あくまでも、蒸す動作の方は結果として、連続して行われていることになるはずなのだ。炊く動作の方は結果として、逆に、中断されたことになっているわけなのであり、「陰」と「断」との対比は、結果的には、蒸すと炊ぐとの、そうした動作における連続と非連続とのそれをも意味しているということになるだろう。立ち上る人煙の状態を指示した「陰」と「断」とが、蒸す動作の連続性と、炊ぐ動作の非連続性とを指示していることに、ここではなっているわけなのである。

「霖雨」（八三句）と「絶煙」（八四句）との詩語の対比もまた、見事な出来映えとなっている。「霖雨」とは長雨のことであり、「凡ソ雨ノ三日ヨリ以往ヲ霖ト為シ」（凡雨自㆓三日㆒以往為㆑霖）〈『左伝』「隠公」九年条〉との一文に見えるように、それは三日以上も連続して降り続く雨のことなのである。時季的に言って、ここでは、五月雨（梅雨）のことを指示していることになるだろう。一方、「絶煙」の方は、非連続的に、絶え絶えに（とぎれとぎれに）立ち上る人煙のことであり、ここでの「絶」とは、隔てる意と見なすべきだろう。それは、連続的に毎朝ごとに立ち上るのではなく、間隔を置いて、それこそ、非連続的に、何日目かごとに立ち上る人煙のことを指示していることになる。「霖雨」の方は毎日降り続き、一方の「絶煙」の方は何日目かごとに間隔を置いて立ち上ることになっているわけで、こちらの対比も、まさしく、連続と非連続とのそれということになるはずなのである。毎朝立ち上ることになっている主食を炊ぐ時の人煙が、何日目かごとに間隔を置くようになり、遂には、完全に立ち上らなくなってしまうわけなのだ。勿論、貧窮の生活が極まった結果、主食として炊ぐべきものが遂に底を突いたということをここでは意味していることになるに違いない。なお、連続的な「霖雨」が自然的現象であるのに対して、非連続的な「絶煙」の方は人事的現象ということになるだろう。その対比が自然と人事とのそれにもなっていることに注意する必要がある。まことに見事な対比ということが出来る。

（4）**晨炊断㆓絶煙㆒**　「晨炊ニハ絶煙ヲ断ツ」と訓読し、（蒸し暑い夏の日の）早朝の（主食の黍を）炊き上げる時には（その煙はそれまで）とぎれとぎれに立ち上っていたはずのものが（いつのまにか貧窮の故に）立ち上らなくなってしまったのだった、との意になる。

本聯（八三・八四句）の後句に当たっている本句と、その前句「鬱蒸ニハ霖雨ヲ陰フモ」（鬱蒸陰二霖雨一）とは対句構成上から言って、互いに密接な対応関係を有していることになっていて、前項（３）で述べた通り、それぞれの詩語である「鬱蒸」と「晨炊」、「陰」と「断」、「霖雨」と「絶煙」とが見事に対比させられている。また、本句（八四句）は、次聯（八五・八六句）の前句を内容的に導き出す役割を担っていて、それ故に、両句は、これまた、同様に密接な対応関係を有していることになっているはずなのである。

「晨炊」とは、早朝の炊事のことをいう。用例「白醪ハ夜酌ニ充テ、紅粟ハ晨炊ニ備フ。」（白醪充二夜酌一、紅粟備二晨炊一。）《『白氏文集』巻一三「代レ書詩一百韻。寄二微之一。」》。本句（八四句）の場合には、本聯における、対語としての「蒸」と「炊」との対比からして、前項（３）で言及したように、盛唐の王維作の七言一聯「積雨空林烟火遅ク、藜ヲ蒸シ黍ヲ炊ギテ東菑ニ餉ス。」（積雨空林烟火遅、蒸レ藜炊レ黍餉二東菑一。）《『全唐詩』巻一二八「積雨輞川荘作」》を出典にしているとも、そのように考えることが出来た。その七言一聯を出典と考えるならば、前句中の「蒸」は「蒸レ藜」の省略形、そして、本句中の「炊」は「炊レ黍」の省略形ということになり、前句中のそれが、副食としての藜を蒸す動作のことを指示しているのに対して、本句中のこれは、主食としての黍を炊ぐ動作のことを指示していることになるはずなのだ。

出典と考えられるその一聯が、「輞川荘」（王維の別荘）から眺めた農民たちの生活を詠述したものとされていて、藜といい黍といい、農民たちが口にする粗末な食物ということになっているわけなのであるが、ただし、本聯の前句中の「蒸」を「蒸レ藜」の省略形、本句中の「炊」を「炊レ黍」の省略形と見なした場合であっても、実際に、当時の道真がそうした農民たちと同じように、藜や黍を口にしたと考える必要はないだろう。道真の場合には、あくまでも比喩表現としてこれを考えるべきだろうと思う。藜を蒸して副食とし黍を炊いで主食とするような、まるで、農民たちが口にするようなそうした粗末な食事しか、彼の当時の貧窮生活の中では用意することが出来なかったのだ、とここでは言いたいわけなのだ。

しかも、そうした食事を用意しようとは思っても、副食を蒸す作業の方は、どうにかこれまで通り、蒸し暑い夏の日（の早朝）の長々と降り続く雨の中でも連続してそれに取り掛かることが出来、その結果、毎日、その雨天を覆（おお）い隠すほどに連続して煙を立ち上らせることが出来たわけなのであるが（八三句）、もう一方の、主食を炊ぐ作業の方は、いつの間にかこれまでとは違って、（蒸し暑い夏の日の）早朝の絶え絶えに（とぎれとぎれに）、何日目かごとに非連続的に煙を立ち上らせていたそれが全く取り掛かれなくなってしまい、その結果、その煙は、立ち上ることをぴたりと止めてしまうことになったわけなのである（八四句）。理由は貧窮生活がいよいよ極まったからということになっているが、本聯における前句中の「連続」性、そして、「継続」性的動作と、後句である本句中の「非連続」性、そして、「非継続」性的動作との内容上の対比は、やはり、見事な出来栄えと言えるだろうと思う。なお、左遷中の生活において、食事を用意するための人煙が途絶（とだ）えたことを詠述している用例は、「草ハ合シテ門ニ道無ク、煙ハ消エテ甑（こしき）ニ塵（ちり）有リ。」（草合門無レ道、煙消甑有レ塵。）（『白氏文集』巻一七「江南謫居十韻」）との一聯中にも見えている。

勿論、そうした、本聯における前句中の「連続」性、そして、「継続」性的動作と、後句である本句中の「非連続」性、そして、「非継続」性的動作との内容上の対比は、「陰」と「断」、「霖雨」と「絶煙」との、それぞれの詩語の対比によって詠述されていることになるわけなのであり、そのことについては、前項（3）において既述した通り。改めて端的に言えば、「霖雨」とは降り続く長雨のことなのであって、それは、「連続」性を指示することになるはずなのであり、「陰」とはその「霖雨」を覆（おお）い隠すほどに煙が立ち上ることなのであって、それは、まさしく、「継続」性を指示することになるはずなのである。

一方、「絶煙」とは、絶え絶えに（とぎれとぎれに）、何日目かごとに立ち上る煙のことなのであって、それは、「非連続」性を指示することになるはずなのであり、「断」とはその「絶煙」をいよいよ中断に迫い込み、煙がまったく立ち上らない状態にしてしまうことなのであって、それは、まさしく、「非継続」性を指示することになるはずなのである。すなわち、本聯の前句においては動作としての「連続」性、そして、「継続」性が詠述されているのに対して、後句である本句においては動作としての「非連続」性、そして、「非継続」性が詠述されていることになっているわけなのである。対句構成として見るならば、前句における「連続」性（霖雨）に対する本句における「非連続」性（絶煙）、同じく、前句における「継続」性（陰）に対する本句における「非継続」性（断）という、そうした比較ということになるはずで、先に見事な出来栄えと言ったのは、もとより、そのためなのである。

　ちなみに、本聯は対句構成および内容上から言えば、恐らく、前句は、本来的に「鬱晨ノ蒸藜ニハ煙ハ霖雨ヲ陰フモ」（鬱晨蒸藜煙陰㆓霖雨㆒）との一句、後句（本句）は本来的に「鬱晨ノ炊黍ニハ煙ハ絶煙ヲ断ツ」（鬱晨炊黍煙断㆓絶煙㆒）との一句に作られ、そして対比させられて然るべきものだったのだろうが、近体五言長律詩の一聯としての制約上から、前句を「鬱蒸陰㆓霖雨㆒」に省略し、後句（本句）を「晨炊断㆓絶煙㆒」に省略して作る必要があったわけなのだろう。そのように考えて、以上のように通釈することにしたわけなのである。

　ところで、本聯中における「霖雨」と「絶煙」との対比は、既述の通り、とりわけ、見事な出来栄えということになっており、それは、動作における「連続」性と「非連続」性との対比ということだけではなく、自然と人事との対比をも指示していることになっている。自然としての長雨（五月雨）と人事としての人煙との対比が指示されているからなのである。その自然の方が相変らずに毎日降り続いている（「連続」性）のに対して、人事としての（主食の黍を）炊ぐ煙の方は、貧窮生活の故にもともと何日目かごとに立ち上っていたに過ぎないもの（「非連続」性）なのであった。その上、本聯中においては、「陰」と「断」との、人煙に関する動作上の対比が付け加えられているわけなのである。前句中の（副食の藜を）蒸すために立ち上る人煙の方は、まるで、自然の「霖雨」がそうであるごとくに毎日立ち上る（「継続」性）ことになっているのに対して、後句（本句）中の（主食の黍を）炊ぐために何日目かごとに立ち上っていた人煙（「絶煙」）の方は、遂には、立ち上ることを完全に止めてしまう（「非継続」性）ことになるわけなのであった。

なお、本聯におけるその後句（本句）中の（主食の黍を）炊ぐために何日目かごとに立ち上っていた人煙（絶煙）が遂には立ち上ることを完全に止めてしまう（「非継続」性）との表現内容は、次聯（八五・八六句）の前句における「魚観モ竈釜ニ生ジ」（魚観生竈釜）とのそれとは密接な因果関係を有することになっていて、むしろ、次聯の前句の表現内容を本聯の後句（本句）のそれが意識的に導き出す働きをしていることになっている。本聯の後句（本句）と次聯の前句との表現内容上の脈絡が密接であるために、両聯間の移行はまことに円滑に運ばれている。

（5）**魚観生竈釜**　「魚観モ竈釜ニ生ジ」と訓読し、竈にかけられたままの（炊飯に全く使われなくなり、その上、降り続く雨水をため込むことになってしまった）その釜の中は（本来的な炊飯の用を果たすのではなく、なんとも、泳ぎ回る）魚どもの（恰好の）遊び場としての用を果たすだけということになってしまったし、との意になる。

「魚観」とは、ここでは魚の（恰好の）遊び場との意であり、「竈釜」とは、竈にかかった釜の意である。「魚観」の「観」は、ここでは「あそび」（遊）の意としなければならないだろう。すなわち、「魚観」とは、魚の遊びとの意で、「（恰好の）遊び場」と通釈したのはそのためなのである。

というのは、本句「魚観生竈釜」もまた、近体詩としての「平仄式」に当然に従う必要があるからなのである。「平仄式」のうちの、その「粘法」及び「二四不同」の大原則に従うならば、本句中の「観」字は、平声の韻目を有していなければならないことになるはずだからなのである。先ずは、「粘法」の大原則の点から見ていく。前聯の前句（八三句）の、上から二字目の「蒸」字は仄声となっていて、その後句（八四句）の、上から二字目の「炊」字は、もとより、平声となっているわけなのである。と言うことは、その、前聯と本聯との「粘法」上の大原則から言って、本聯の前句（八五句）の、上から二字目の「観」字は、必然的に、平声の韻目を有していなければならず、その後句（八六句）の、上から二字目の「兕」字は仄声の韻目を有していなければならないことになるだろう。

次に、「二四不同」の大原則の方はどうかというと、本聯の前句（八五句）に当たる本句の場合、上から四字目の「竈」字はまさしく仄声の韻目を有しているわけなのであって、それ故に、「二四不同」の大原則からすると、同じく、上から二字目の「観」字は、言うまでもなく、平声の韻目を有している必要があるわけなのである。つまり、「平仄式」のうちの「粘法」「二四不同」の大原則上から言って、ここの「観」字は、共に平声の韻目を有していなければならないことになるわけなのだ。

ところで、「観」字には、確かに、平声と仄声の両方の韻目があることになっている。すなわち、平声のそれは『広韻』〈上平声・二六桓韻〉に、仄声のそれは同〈去声・二九換韻〉に所属していて、韻目が二つあることになっているのである。韻目が異なっている以上、平声の場合と仄声のそれとでは、意味もまた一般的に大きく異なることになっていて、「観」字の場合も、その例外ということにはなっていないのである（『広韻』には、上平声字のそれについては「観、視也。」に作り、去声字のそれについては「観、楼観也。」に作っている。）。例えば、仄声の韻目を有する「観」字の場合には、後世の「平水韻」に従えば、その意味は「みる」「しめす」「あらはす」「ながめ」「うてな」（たかどの・ものみだい）などということになっており、平声の韻目を有する「観」字の場合には、その意味は「みる」「め」（視線）「あそび」（遊覧）「思考力」などということになっている（『大漢和辞典』）。

本句中の詩語「魚観」の、その「観」字の場合には、「平仄式」の大原則から言って、必ずや、それは、平声の韻目を有するものでなければならないことになっていたわけなのであって、意味的には、ここでは、「あそび」（遊覧）とのそれを選択しなければならないことになるはずなのだ。すなわち、ここの「魚観」とは、魚どもの遊び（場）の意ということになるに違いない。その場合には、釜の中に魚どもの遊び場が発生するとの、本句（本聯の前句）の通釈は、そういうことになるだろう。「観」字に「あそび」（遊覧）との意があるということは、「婦女ニ禁ジテ観無カラシメ」（禁二婦女一無レ観）〈『呂氏春秋』巻三「季春紀」〉との一文中に見えている、その「観」との用例に、「高誘注」が「観、遊也。」に作っていることからも分かる。

本句（八五句）は、貧窮の故に久しく炊飯することが出来ずに、それで、釜中に魚を生ずることになってしまったという、後漢の范冉（字、史雲）の故事を出典としている。范冉については、「好ミテ時ニ違ヒテ俗ヲ絶チ、激詭（世の常習に反して奇異の事を行なったり説を立てること）ノ行ヲ為ス。……党人ノ禁錮セラルルニ遭フヤ、遂ニ鹿車ヲ推シテ妻子ヲ載セ、捃拾シテ（探し集める）自ラ資シ、或イハ客廬ニ寓息シ、或イハ樹蔭ニ依宿ス。此ノ如キコト十余年ニシテ、乃チ草室ヲ結ビテ居リ、止マル所ハ単ダ陋（みすぼらしい場所）ノミ。時有リテ粮粒ノ尽クルモ、窮居スルコト自若（どっしり落ち着いて動かないさま）タリテ、言貌（ことばと顔つき）ニ改ムル無シ。閭里（村里）ハ之ヲ歌ヒテ曰ク、甑中（こしきの中）ニ塵ヲ生ズ范史雲（范冉）、釜中ニ魚ヲ生ズ范萊蕪（范冉）、ト。」（好レ違レ時絶レ俗、為二激詭之行一。……遭二党人禁錮一、遂推二鹿車一載二妻子一、捃拾自資、或寓二息客廬一、或依二宿樹蔭一。如レ此十余年、乃結二草室一而居焉、所レ止単陋。有レ時粮粒尽、窮居自若、言貌無レ改。閭里歌レ之曰、甑中生レ塵范史雲、釜中生レ魚范萊蕪。）《『後漢書』巻一一一「范冉伝」》との伝記が見えているし、『蒙求』にも「范冉生塵」との標題で取り上げられている。

後漢の范冉と言えば、萊蕪県の長に召されても就かなかったし、太尉府や侍御に召された時にも赴こうとはしなかったという。節操や主義を守って、世間の人に左右されない生き方を貫いた人物の一人ということになっていて、赤貧に甘んじ、飯粒を絶った時にも泰然自若としていたとされている。その結果、村里の人々からは、「甑中生レ塵范史雲、釜中生レ魚范萊蕪」と歌われることになったわけであるが、この本聯の前句（八五句）は、まさしく、その、里人が彼のために歌った歌の後半句に基づいたところの表現内容となっている。ちなみに、その范冉の故事については、『菅家文草』〈巻四「依レ病閑居、聊述二所懐一、奉レ寄二大学士一。」〉の一聯中にも、すでに、「断児ハ悶ミテ見ル魚ノ釜ニ生ズルヲ、門客ハ笑ヒテ帰ル雀ノ羅ニ触ルルヲ。」（断児悶見魚生レ釜、門客笑帰雀触レ羅。）と見えている。

本聯（八五・八六句）の前・後句もまた見事な対句構成となっていて、「魚観」と「蛙咒」、「生」と「聒」、「竈釜」と

「階甎」とが対語としてそれぞれ対比されている。自然物としての「魚観」と「蛙咒」との対比、そして、人事物としての「釜」と「甎」（敷き瓦）との対比、物事の発生する動作を指示する「生」と「聒」（喧しい）との対比がそれということになる。

前の第三段落において、大宰府の新天地における人事的環境の「悪」を改めて目にしたことを述べ、その結果として、本第四段落に入るや、作者の道真は俗世間との交わりを遮断し、「独行」（世間の人に左右されない生き方を貫くこと）生活を実行する決意を新たにしていたはずなのである。誰とも口をきかず（八一句）、肱を曲げて独り眠る（八二句）ことになったのは、もとより、「独行」生活を実行することにしたからなのである。そうした生活を実行すれば、結果として、赤貧に甘んじ、飯粒を絶つことにもなる。毎朝に副食（の藜）を蒸すことは出来たが（八三句）、主食（の黍）を炊ぐことは、何日目かごとのそれが、とうとう、中断する破目になってしまうのだった（八四句）。

とうとう、貧窮生活の故に主食（の黍）を炊ぐことが出来なくなってしまったわけなのであり、竈に掛けられたままの釜の出番は、まったく、無くなってしまったわけなのである。ちょうど、後漢の范冉が使っていた釜のように、である。これまでは、毎朝ということではなかったが、それでも、何日目かごとに使用されることになっていたところの、その竈に掛けられた釜が、本来の、炊事という仕事をしなくてもよくなってしまったのだった。その後、本来の、炊事という仕事をする必要がなくなってしまった釜は、竈に掛けられたままで、どのような仕事をし、役に立つようになったのか。

なんと、それは、「霖雨」（梅雨）による雨水を溜め込み、魚どもの恰好の遊び場に変身することになってしまったのである。炊事という本来の仕事をしなくなった代替に、魚を飼うという、本務以外の仕事で役に立とうとするようになったというのである。まったく、後漢の范冉が使っていた釜と同じように、である。恐らく、道真の使っていた釜の場合は、外に置かれた竈に掛けられたまま、放置されていたに違いなく、その結果、連日降り続く「霖雨」の、その雨水を溜め込むことになったのであろう。それで、釜の中に魚が湧き出した、と言いたいわけなのであろう。魚の恰好の遊び場を提供することになった釜は、本務以外の仕事に取り組むことになったわけなのであるが、出典となっている後漢の范冉の故事の場合と同様に、ここでも、道真の貧窮生活の極まった状態の、その程度を比喩する働きをしていることになる。

前聯の後句（八四句）では、当時の道真の貧窮生活の程度がどれだけ極まったものであったのか、それは、主食（の黍）を炊ぐことを完全に不可能にするほどのものであったのだ、と詠述されていたわけであるが、本聯の前句（八五句）では、その貧窮生活の程度をより具体的に説明すべく、比喩表現を使って、改めてその程度を説明していることになるだろう。ここでも、前聯と後聯（本聯）との結び付きが密接ということになっている。

(6) 蛙咒聒㆓階甎㆒　「蛙咒モ階甎ニ聒シ」と訓読し、階段に敷き詰められている（客人の出入りがなくて全く使われず、その上、長雨で水びたしとなってしまっている）その煉瓦の上は（本来的な客人の出入り口としての用を果たすのではなく、なんとも）鳴き騒ぐ蛙どもの（恰好の）出入り口としての用を果たすだけということになってしまった、との意になる。

本聯（八五・八六句）の後句に当たっている本句は、当時の道真の貧窮生活の程度をより具体的に説明すべく、比喩表現を使って、改めてその程度を説明していたところの、その前句とは、見事な対句構成を形作っていて、表現・内容が共に密接に対応するように詠述されている。結論から言えば、本句もまた、当時の道真の「独行」生活実践の結果をより具体的に説明すべく、詠述されていることになる。ただし、表現的には、前句のそれが視覚的であるのに対して、本句のそれが聴覚的ということになっている。視覚と聴覚の対比。

前句中の詩語「魚観」が視覚的なそれであるのに対して、本句中の詩語「蛙咒」が聴覚的なそれだからである。「蛙咒」とは、呪文を唱えているかのように鳴き騒いでいる蛙の声のこと。それ故に、聴覚的な詩語ということになるだろう。「聒」も同じ。喧しく騒ぎ立てている動作を指示していることになっているからである。

本第四段落に入るや、作者の道真は俗世間との交わりを遮断し、いわゆる、「独行」生活を実行する決意を新たにし、さっそく、その生活を実践することにしたと詠述していた。大宰府において、彼が「独行」生活を実践すれば、当然のことに、彼の生活上において新たな二つの環境的変化を付け加えなければならなくなるはずなのだ。一つは、より一層の貧窮生活、そして、もう一つは、より一層の孤独生活。以上の二つの環境的変化を新たに引き受ける覚悟をしなければならなくなったはずで、本聯（八五・八六句）においてはそれらのことについて、その前句では、新たに引き受けることになったより一層の貧窮生活の方を、その後句（本句）では、新たに引き受けることになったより一層の孤独生活の方を具体的に詠述していることになる。本聯もまた見事な対句構成を形作っていて、表現・内容が共に密接に対応するように詠述されていると言ったのは、まさにそのためなのである。

本句（八六句）においては、「独行」生活実践の結果として、必然的に齎らされることになった、当時の道真の、その、より一層の孤独生活がどれほどのものであったのかということについて、そちらの方のことが、もっぱら具体的に説明されている。前聯（八三・八四句）との脈絡上、本聯もまた、時季的には「霖雨」（五月雨）の頃の出来ごとということになるはずで、前句中の「魚観」に対比させて、本句中に「蛙咒」が登場して来るのは、時季的な関連性を重視したからなのだろう。降り続く長雨の中での「魚」と「蛙」の登場は、いかにも相応しいと言えるのではないだろうか。それも、視覚的な「魚」と聴覚的な「蛙」の対比は、既述のように、見事な対比ということになるに違いない。

来客もなく、門前が非常にもの寂しい様子のことを比喩して、「門外ニ雀羅ヲ設ク可シ」（門外可㆑設㆓雀羅㆒）〈『史記』巻一二〇「鄭当時伝」賛〉といい、「門前ニ雀羅張ル」（門前雀羅張）〈『白氏文集』巻二「寓意詩」其二〉ということになっているが、それは、訪問客が無いために門前がすっかり寂れ、雀どもが思いのままに群れ遊ぶことになるからなのである。門前に雀どもが思いのままに群れ遊ぶのは、突然の来客に驚いて飛び立つ必要がないからなのであり、その雀どもを鳥網を使って捕えることが出来るのも、まったく、そのためなのである。その門前に遊ぶ雀ども、それらを「霖雨」（五月雨）の頃の出来ごとであるということで改めることにし、あくまでも、当時の時季的な関連性を重視することにした結果、門前に遊ぶ「蛙」どものことに置き替えることにしたわけなのだろう。確かに、同上の『史記』中にも、「始メ翟公ノ廷尉ト為ルヤ、賓客ハ門ヲ塡ム。廃セラルルニ及ビテヤ、門外ハ雀羅ヲ設ク可シ。」（始翟公為二廷尉一、賓客塡レ門。及レ廃、門外可レ設二雀羅一。）と見えているし、同上の『白氏文集』中にも、「賓客モ亦タ已ニ散ジテ、門前ニ雀羅張ル。」（賓客亦已散、門前雀羅張。）と見えていて、門前に「雀羅」を張ることになるのは、「賓客」の訪れがないからだとされている。なお、前項（5）「魚観生二竈釜一」中に言及したように、「門前雀羅」の故事については、『菅家文草』〈巻四「依レ病閑居、聊述二所懐一、奉レ寄二大学士一。」〉の一聯中にも、すでに、「廝児ハ悶ミテ見ル魚ノ釜ニ生ズルヲ、門客ハ笑ヒテ帰ル雀ノ羅ニ触ルルヲ。」（廝児悶見魚生レ釜、門客笑帰雀触レ羅。）と見えている。

　人の来訪が無くて門前が寂れている状態を比喩して、門前に「雀羅」を張るとの表現が用いられることになっているが、「蛙」どもが（官舎の入り口の）階段に敷き詰められているところの、その煉瓦の上で鳴き騒ぐとの表現もまた、人の来訪が無くて門前が寂れている状態を比喩していることになるだろう。門前に突然の来客があれば、必然的に、「雀」どもは驚いて飛び立つことになるに違いなく、それと同様に、門前に突然の来客があれば、必然的に、「蛙」どもも驚いて一斉に鳴き声を潜めて逃げ去るに違いないからなのである。ここは、前句（八五句）中の「魚」の対語として、時季的な関連性を重視した結果、「雀」の代替として、敢えて、「蛙」が採用されていると見るべきだろう。前述の通り、『菅家文草』〈巻四「依レ病閑居、聊述二所懐一、奉レ寄二大学士一。」〉の一聯中においても、詩語「魚生レ釜」の対語には、「雀触レ羅」が採用されていたはずなのであり、その「雀」の代替として「蛙」が採用されて、「魚」の対語としてそれが配置されることは、当然にあってもいいはずなのだ。

　前句中の詩語「魚観」は、釜中に発生した魚どもの遊び（場）のことを指示していたわけであるが、本句中の詩語「蛙咒」もまた、（官舎の入り口の）階段に敷き詰められた煉瓦上に現出した蛙どもの遊び（場）のことを指示していると見ていいだろう。魚どもの遊び（場）と蛙どもの遊び（場）との対比ということに、それらはなるだろう。表現的には視覚的なそれと聴覚的なそれとの対比ということになっているが、蛙どもの鳴き騒ぐ声の方もまた、（官舎の入り口の）階段に敷き詰められた煉瓦上が彼等の遊び（場）になっていること、そのことを指示していることになるはずなのだ。なんとなれば、（官舎を）訪れる突然の来客がないということで、蛙どもは、今や煉瓦上を遊び（場）にしているわけなのであり、その結果として、そこに群がり集まって一斉に鳴き声を上げているということになるからなのである。

主食（の黍）を炊ぐという、そうした本来の仕事をする必要がなくなった代替に、竈にかけられたままの釜の中は本務以外の仕事、すなわち、魚どもに遊び（場）を提供するようになったし、来客の訪れを迎えるという、そうした本来の仕事をする必要がなくなった代替に、階段に敷き詰められた煉瓦の上は本務以外の仕事、すなわち、蛙どもに遊び（場）を提供するようになったわけなのだ。勿論、釜の中といい煉瓦の上といい、それぞれが本務以外の仕事に、結果的に精を出すことになった原因は、作者の道真が「独行」生活を実行することにしたからなのである。そうした生活を実行すれば、その結果の一つとして、これまで以上の貧窮生活を余儀なくされ、主食（の黍）を炊ぐことも完全に不可能ということになり、当然に、釜の中は本務以外の仕事に精を出すことになるはずなのだし、その結果のもう一つとして、これまで以上の孤独生活を余儀なくされ、来客の訪問ということも完全に有り得ないということになり、当然に、煉瓦の上はこれまた本務以外の仕事に精を出すことになるはずなのだ。その当時、本務以外の仕事に精を出していたという点において、釜も煉瓦も同様ということになるわけなのである。見事な対比と言えるだろう。

本聯（八五・八六句）においては、作者の道真が「独行」生活を実行することにした後の、その彼の実生活上の変化を比喩表現を採用しながら詠述していることになる。前句の方では、その結果としての、より一層の貧窮生活がどの程度にまで達することになったのかということ、後句の方では、その結果としての、より一層の孤独生活がどの程度にまで達することになったのかということ、そのことが比喩表現の採用を通して具体的に説明されている。例えば、比喩表現としては、前句では後漢の范冉の「釜中生㆑魚」との故事がそのままの形で、後句では前漢の鄭当時の「門外可㆑設㆓雀羅㆒」（あるいは唐の白居易の「門前雀羅張」）との故事がその応用された形で採用されているわけなのであり、見事な対比を作っていると言えるだろう（前句中の故事の出典が後漢の范冉のそれということである以上は、対比ということで言えば、後句中の故事の出典は、やはり、前漢の鄭当時のそれと考えるべきなのだろう。）。

　後句中に見えている比喩表現の採用方法、それが、とりわけ、技巧的で素晴らしいと言えるのではないだろうか。まず、内容上から言って、五月雨（梅雨）の時季であるということ、「魚」との対比ということ、視覚的なものと聴覚的なものとの対比ということなどを考慮して、作者は、敢えて、「雀羅」を「蛙咒」に代替させる必要を感じたわけなのだろう。次に、何よりも、「平仄式」上から言っても、前句中の「魚観」（〇〇）〈〇印は平声で×印は仄声〉に対比して配置するには、後句中のそれを「雀羅」（×〇）にすることは出来ないことになるはずなのだ。なんとなれば、平声の「羅」字を後句中の上から二字目に配置した場合には、「粘法」の大原則を犯すだけではなく、その上、「二四不同」のそれをも犯すことになってしまうからなのである。それに対して、後句中のそれを「蛙咒」（〇×）に代替させて配置するようにすれば、結果的に、仄声の「咒」字を後句中の上から二字目に配置することになり、その場合には、「粘法」も「二四不同」も全く問題は無いということになって来るはずなのである。「平仄式」上から言えば、「雀羅」を「蛙咒」に代替させて配置すること、それは、必須の前提条件であったということになるわけなのだ。

　なお、「咒」字は、「呪」の同字であり、ここでは「咒文（じゅもん）」（陀羅尼（だらに）なり呪（まじな）いなりの文句）の省略形と考えていいだろう。すなわち、「蛙咒」とは蛙の鳴き声、それを、何かの呪文を唱えているかのように聞きなすことなのであり、「蛙声（あせい）」「蛙鳴（あめい）」「蛙吟（あぎん）」などの同義語ということにそれはなるわけであるが、「平仄式」上からは、「声」（『広韻』下平声・一四清韻）字の場合も「鳴」（同・下平声・一二庚韻）字の場合も、そして、「吟」（同・下平声・二一侵韻）字の場合も平声（〇）ということになっているわけなのである。以上で述べたように、本句（本聯の後句）中の上から二字目には仄声（×）を配置しなければならないことになっていて、それ故、仄声である「咒」（同・去声・四九宥韻）字の代替には、それらは、なり得ないことになるわけなのだ。ここでの、仄声である「咒」字の配置に際しての、その作者の技巧と工夫とを思い知っておくべきだろう。

「聒（くわっ）」とは、かまびすしい意。やかましい声が耳を乱すことをいう。用例として「鴝鵒（くよく）（八哥鳥（はっか））ノ鳴キテ余（よ）ヲ聒（みだ）ス」（鴝鵒鳴兮聒㆑余）《『楚辞』九思「疾世」王逸》との一句が見え、その「注」には「多声ニシテ耳ヲ乱スヲ聒ト為ス」（多声乱㆑耳為㆑聒）に作っている。ちなみに、蛙の鳴き声を「聒」であるとする用例には、『南史』〈「孔珪伝」〉中の一文が見えていて、次のように作っている。すなわち、「（孔）珪ハ風韻清疏（ふうゐんせいそ）（風流でさっぱりとした性格）ニシテ、文詠ヲ好ミ、飲酒スルコト七八斗ナリ。……門庭ノ内（うち）ハ、草莱（さうらい）モテ翦（き）ラザレバ、中ニ蛙鳴有リ。……王晏ノ嘗（かつ）テ鼓吹ヲ鳴（めい）ジテ之（これ）ニ候（こう）スルニ、群蛙ノ鳴クヲ聞キテ、曰ク、此レ殊（こと）ニ人ノ耳ヲ聒（みだ）ス、ト。珪曰ク、我ノ鼓吹ヲ聴クニ、殆（ほとん）ド此（こ）レニ及バズ、ト。晏ニ甚ダ慚（は）ヅル色有リ。」（珪風韻清疏、好㆓文詠㆒、飲酒七八斗。……門庭之内、草莱不㆑翦、中有㆓蛙鳴㆒。……王晏嘗鳴㆓鼓吹㆒候㆑之、聞㆓群蛙鳴㆒、曰、此殊聒㆓人耳㆒。珪曰、我聴㆓鼓吹㆒、殆不㆑及㆑此。晏甚有㆓慚色㆒。）と。確かに、そこでも、蛙の鳴き声を「聒㆓人耳㆒」ところのものであるとしており、大いに注目してよい表現ということになるだろう。

（7）野豎供㆓蔬菜㆒　「野豎（やじゅ）ハ蔬菜（そさい）ヲ供（きょう）シ」と訓読し、（そのように客人の訪れはなくなってしまったが、それでも、時には地元の）田舎の子供が（裏口に）こっそりとやって来ては（副食にするための）野菜を届けてくれることもあったし、との意になる。

本聯（八七・八八句）の前句に当たっている本句は、対句構成上から言って、内容的に、その後句「厮児（しじ）ハ薄饘（はくせん）ヲ作ル」（厮児作㆓薄饘㆒）とは密接に対応すべく配置されており、それぞれの詩語「野豎」と「厮児」、「供」と「作」、「蔬菜」と「薄饘」とが見事な対語を作っている。中でも、本聯における「豎」（童僕）と「児」（子供）との対語は、前聯（八五・八六句）における「魚」と「蛙」とのそれ、そして、同じく、後聯（八九・九〇句）における「鶴」と「鳶」とのそれとも見事に対応するように作られているわけなのであり、水生動物・人間・鳥類との順序での密接な対比ということに、それはなるはずなのである。

本聯の前・後句と前聯の前・後句とは、内容上の脈絡が互いに密接で、ここでは、共にその対応が互文関係（AB・B′

A′）にあると見ていいだろう。つまり、前聯の前句（八五句）と本聯の後句（八八句）とが内容的に密接な脈絡を有し、同様に、前聯の後句（八六句）と本聯の前句（八七句）とが内容的に密接な脈絡を有していて、まさに、その前聯と本聯との都合四句は、内容的には、AB・B′A′との隔句対の関係にある、そうした密接な対応ということになっていると、ここでは見るわけなのだ。

AA′の内容的な脈絡ということになると、以下の通りということになるだろう。すなわち、主食（黍）を炊くという本来の仕事をしなくなった代替に、魚どもの遊び（場）を提供するという、本務以外の仕事で役に立とうとするようになった竈に掛けられた釜の中、それほどに（炊事の煙が立ち上らなくなってしまい）貧窮生活の程度がより厳しくなった、当時の作者の日常生活においても、それでも、（時々のことではあるが）召使いの童僕がこっそりと「薄饘（はくせん）」（うす粥（がゆ））を用意して（作者の飢えを救って）くれたものであった、と。次に、BB′の内容的な脈絡ということになると、こちらは以下の通りということになるだろう。すなわち、人の来訪を迎えるという本来の仕事をしなくなった代替に、蛙どもの遊び（場）を提供するという、本務以外の仕事で役に立とうとするようになった階段に敷き詰められた煉瓦の上、それほどに（人の来訪が途絶えることになってしまい）孤独生活の程度がより厳しくなった、当時の日常生活においても、それでも（時々のことではあるが）田舎の子供がこっそりと（裏口を）訪れて（副食にするための）「蔬菜」を持って来てくれ（作者の寂しさを救ってくれ）たものであった、と。

以上のように、本聯の前句に当たっている本句（八七句）は、前聯の後句（八六句）を内容的に直接に継承していて（BB′の関係）、作者が「独行」生活を実行することにした後の、その彼の孤独生活がどのようなものであったかということ、そのことを、前聯の後句の内容を受けてさらに補足説明していることになっている。つまり、世間と絶交を宣言した故に、賓客の、正門からの正式の来訪はまったく途絶えてしまったけれども（八六句）、（時々のことではあり、しかも、正式な入り口ではない、裏口からのそれではあったが、地元の）田舎の少年が（副食の代用にするための）野菜を届けるべく来訪することもあった（八七句）、と。

（官舎の入り口の）階段に敷き詰められた煉瓦上が、すっかり蛙どもの遊び（場）になってしまっている、との前聯の後句の内容を本句が直接に継承していることになっている以上、その、時々に来訪することになっている（地元の）田舎の少年は、勿論のこと、こっそりと、（官舎の）裏口を訪れて野菜を手渡してくれるわけなのだろう。作者の、当時の孤独生活を慰めてくれる、それが唯一の来訪者だったわけなのだ。当時、「独行」生活を実行していて、俗世間との交際を彼の方から絶っていた作者ではあったが、（地元の）田舎の少年の、その来訪には何らの拒絶すべき理由はなかったはずだろうし、ましてや、少年は（貧窮生活の足しとなるはずの）副食とすべき野菜を持参して来ているわけなのである。必ずや、彼の場合には、作者によって、喜び迎え入れられたに違いない。少年の持参した「蔬菜」は、前々聯（八三・八四句）の前句中に「鬱蒸ニハ霖雨ヲ陰フモ」（鬱蒸陰㆓霖雨㆒）とあったはずであるが、蒸し暑い夏の日（の早朝）の（藜を）蒸し上げる時のように、それは蒸し上げられ、長々と降り続く雨を覆い隠すほどに、煙を立ち上らせることになったであろう、当時の道真の、その副食に供せられるために。

「野豎」とは、田舎の少年。「野」はここでは田野（田舎）の意であり、「豎」は子供・少年の意である。「孺」に同じ。ここは、大宰府の地元の、その田舎（農家）の少年のことを指示。「蔬菜」とは、青物・野菜のことで、食用となる草や野菜の総称をいう。それが、そのままで粗食の代名詞になっていることは、「（堅）鐔ハ蔬菜ヲ食ヒ、士卒ト労苦ヲ共ニス。」（鐔食㆓蔬菜㆒、与㆓士卒㆒共㆓労苦㆒。）（『後漢書』巻二二「堅鐔伝」）との用例に見える通り。なお、「昔ハ喪乱ニ遭ヒテ、饑饉ノ仍チ臻レバ、饘蔬（粥と野菜）モテ口ニ餬ス。」（昔遭㆓喪乱㆒、饑饉仍臻、饘蔬餬㆑口。）（『北史』巻二一「崔浩伝」）との用例にも見えている通りで、粥と野菜とが、人々の飢えをいやすための最終的な食料となっていたことも分かっている。そこに「饘蔬」とあるのは、「薄饘」（うす粥）と「蔬菜」（野菜）との省略形ということになるであろうから、本聯（八七・八八句）中において、対語として使用されている詩語「蔬菜」「薄饘」と、それとの関連性には大いに興味を引くことになるだろう。

（8）**廝児作二薄饘一**「廝児ハ薄饘ヲ作ル」と訓読し、（そのように釜は炊飯の用には全く使われなくなってしまったが、それでも、時には）召使いの童僕が（飢えを救わんとして）こっそりと薄粥を作ってくれることもあった、との意になる。

本聯（八七・八八句）と前聯（八五・八六句）との内容的な関連性はAB・B′A′のそれなのであって、もとより、密接な対応関係を有していることは前項（7）に記述した通りなのである。本聯の後句に当たっている本句（八八句）は、前聯の前句（八五句）の内容を直接に継承していることになっており（AA′の関係）、作者が「独行」生活を実行することにした後の、その、彼の貧窮生活がどのようなものであったかということ、そのことを、前聯の前句の内容を受けてさらに補足説明していることになっている。つまり、世間と絶交を宣言した故に、より一層の貧窮生活を余儀なくされて、主食を炊ぐことになっている釜は、その正式な役割をまったく放棄することになってしまったが（八五句）、（時々のことではあり、しかも、正式な主食ではない、飢えをいやすためだけのそれではあったが家内の）炊事係の召使いが（主食の代用にするための）薄粥を作ってくれることもあった（八八句）、と。

（官舎の台所の）竈に掛けられたままの釜の中がすっかり魚どもの遊び（場）になってしまっている、との前聯の前句の内容を本句が直接に継承していることになっている以上、その時々に薄粥を作ってくれたことになっている（家内の）炊事係の召使いは、勿論のこと、こっそりと（台所の）鍋などを使ってそれを作ってくれたわけなのだろう。白居易も、「二年忘却ス家事ヲ問フヲ、門庭ハ草多ク厨ニ烟少シ。庖童（料理係の召使い）ハ朝ニ塩米ノ尽キタルヲ告ゲ、侍婢ハ暮ニ衣裳ノ穿テルヲ訴フ。」（二年忘却問二家事一、門庭多レ草厨少レ烟。庖童朝告二塩米尽一、侍婢暮訴二衣裳穿一。）〈『白氏文集』巻六九「達哉楽天行」〉と詠述して、台所に毎朝立ち上るはずの炊飯の煙が次第に間遠になっていき、そして、遂には、「庖童」の「塩米尽」との宣告を突き付けられることになったと言っているが、作者の道真もまた、当時は、同様な宣告を「廝児」から突き付けられたに違いない。なんとなれば、前項（5）（6）中に言及したように、『菅家文草』〈巻四「依レ病閑居、聊述二所懐一、奉レ寄二大学士一。」〉の一句中にも、すでに、「断児ハ悶ミテ見ル魚ノ釜ニ生ズルヲ」（断児悶見魚生レ釜）との表現が見えているからなのである。

ただ、道真の「断児」の場合には、主人の飢えを癒やすためにどうにかして薄粥を作って、それを提供してくれたわけなのだ。「饘」とは、『礼記』〈「内則篇」〉中に、「饘酏・酒醴」との用例が見え、その『経典釈文』には、「饘、厚粥也。酏、薄粥也。」に作っている。「饘」は、もともと、厚粥（堅粥）の意であるが、ここでは、韻字（『広韻』下平声・二仙韻）として（二韻到底）を守るべく）それを使用する必要があり、さらには、薄粥の意としてそれを使用する必要もあって、それで、「薄饘」との詩語が、敢えて、作られ配置されたと考えるべきなのだろう。

なお、『世説新語』〈巻中「夙恵篇」1〉中に、「賓客ノ陳太丘（後漢の陳寔）ニ詣リテ宿ス。太丘ハ元方（陳紀）・季方（陳諶）ヲシテ炊ガシム。客ハ太丘ト論議ス。二人ハ火ヲ進メテ、倶ニ委テテ窃ニ聴キ、炊グニ箄（竹や葦などを粗く編んだむしろ。簀。）ヲ箸クルヲ忘レ、飯ハ釜中ニ落ツ。太丘ハ問フ、炊ギテ何ゾ餾（蒸すこと）セザル、ト。元方・季方ハ長跪（ひざまずく）シテ曰ク、大人（父君）ノ客ト語レバ、乃チ倶ニ窃ニ聴キ、炊グニ箄ヲ箸クルヲ忘レ、飯ハ今ヤ糜（饘に同じ）ト成レリ、ト。」（賓客詣二陳太丘一宿。太丘使二元方季方炊一。客与二太丘一論議。二人進レ火、倶委而窃聴、炊忘レ箸レ箄、飯落二釜中一。太丘問、炊何不レ餾。元方季方長跪曰、大人与レ客語、乃倶窃聴、炊忘レ箸レ箄、飯今成レ糜。）との一文が見えている。それによると、「飯」とは、今日の強飯（米を蒸したもの）のことをいい、「糜」（饘）とは、今日のご飯（米を水と共に炊いたもの）のことをいうことになり、いわゆる、「薄饘」（酏）とは、それ故に、今日のお粥ということにしなければならないだろう。

「断児」とは、召使いの童僕との意。ここは炊事係の召使いのことを指示しているのであろう。なお、「断」字は、内松桑文日の諸本には、「厨」（料理人）に作っている。作者の道真が「独行」生活を実行することにしたので、当然のことに、その結果として、ますます、貧窮生活の度合は深まっていくことになるはずなのだ。「断児」としては、それに応じて、「飯」から「糜」(饘)へ、それでも足りずに、「糜」(饘)から「薄饘」(酏)へ、と主食の質を順次下げざるを得なくなってしまったわけなのだろう。上述したように、白居易の使用人であった「庖童」は、ある朝、「塩米」が尽きてしまったことを主人に宣告したことになっていたが、道真の使用人であった「廝児」の方は、そうした、「塩米」が尽きる朝の来るのをどうにか引き延ばすために、主食の質を順序下げる努力を続けることにしたわけなのだろう。一般的には、平安時代人の食事の回数は一日に二度、朝は「巳」の時(今の午前九時頃)で、夕は「申」の時(今の午後三時頃)に食することになっているが〈池田亀鑑著『平安時代の文学と生活』二八五頁〉、先ずは、その回数を減らさざるを得なくなり、次には、その主食の質を下げざるを得なくなったわけなのだろう。「薄饘」は、そうした結果として、「廝児」によって作られることになったに違いない。

(9) **瘦同二失レ雌鶴一**　「瘦スルコトハ雌ヲ失フノ鶴ニ同ジク」と訓読し、(孤独生活の故に)瘦せ衰えてしまった(我が)姿はまるで(番いの)雌を亡くしてしまった(雄の)鶴のそれのようであったし、との意になる。

本聯(八九・九〇句)の前句に当たっている本句と、その後句「飢ウルコトハ雛ヲ嚇スノ鳶ニ類ス」(飢類二嚇レ雛鳶一)とは、対句構成上から言って、互いに密接な対応関係を有していることになっている。それぞれの詩語である「瘦」と「飢」、「同」と「類」、「失」と「嚇」、「雌」と「雛」、「鶴」と「鳶」とが見事に対比するように配置されている。また、本句(八九句)が、内容的には、「独行」生活を実行することにしたその結果としての、作者の孤独生活がどのような状況に彼自身を追い込むことになったのかということ、そのことを比喩表現を使って具体的に説明しているのに対して、後句(九〇句)は、内容的には、同じく、「独行」生活を実行することにしたその結果としての、作者の窮乏生活がどのような状況に彼自身を追い込むことになったのかということ、そのことを比喩表現を使って具体的に説明していて、本聯もまた見事な対句構成に仕立てられていることが分かる。

「独行」生活を実行することにしたその結果としての、作者の孤独生活と貧窮生活との両方面についての対比的な詠述ということで言えば、前々聯（八五・八六句）と前聯（八七・八八句）も同様であったはずで、本聯は、内容的にそれら二聯と相互に脈絡を有し、密接な対応関係にあると言えるだろう。すなわち、孤独生活の方面の詠述をAとし、窮乏生活の方面の詠述をBとして図式化するならば、八五句から九〇句までの都合三聯（六句）の対応関係は、BA・A′B′・A″B″ということになるに違いない。それぞれが密接な対応関係を有し、有機的な関連性のもとに詠述されていることが分かるはずなのだ。

ところで、本句（八九句）中の詩語「䧑」のことであるが、底本及び内松桑文日新の諸本には等しく「雌」字に作られているのである。「䧑」字は、「雌」字と同じく、音は「し」で訓は「めす・めどり（雌鳥）」ということになっているが、両字は、平仄上では大きく異なっていて、「䧑」字の方が仄声（上声・紙韻）で、「雌」字の方は平声（上平声・支韻）ということになっている。つまり、「雌」字の方は、『広韻』〈巻一〉によると「上平声・五支韻」に分類配置されており、「䧑」字の方は、『大広益会玉篇』〈巻二四〉によると「昌耳切、鳥類。」に作られていて、その反切法が「昌耳(しやうじ)ノ切(せつ)」（『広韻』〈巻三〉の分類配置に従うと、「耳」字のそれは、上声・四紙韻となる。）ということになっているし、さらに、『字彙』にも「昌止切、鳥之䧑也。」に作られていて、その反切法が「昌止(しやうし)ノ切(せつ)」（『広韻』〈巻三〉の分類配置に従うと、「止」字のこれも上声・紙韻となる。）ということになっているわけなのである。両字は平仄上では、確かに、大きく異なっていて、「雌」字は平声、「䧑」字は仄声となっているのだ。

と言うことは、本句「痩同二失レ䧑鶴一」（八九句）中の上から四字目に配置されている「䧑」字、それを「雌」字に置き替えた場合には、内容的に不変ということではあっても、その「平仄式」は、上から「×○×○×」（○印は平声で×印は仄声）ということとなってしまい、それでは、「二四不同」の大原則が厳守されていないことになるはずだし、その上に、「孤平」が二箇所に「孤仄」が一箇所も存在することになるはずで、それこそ、「拗体(ようたい)」（近体詩でありながら、平仄の規定にはずれているもの）そのものの一句となってしまうのである。それが、「䧑」字に作られている場合には、本句の「平仄式」

は、上から「×○×××」ということになるはずで、勿論のこと、「二四不同」の大原則はそれによって厳守されることになり、「拗体」の非難は受けずに済(す)むことになるはずなのだ。

それでも、「孤平」の一箇所と「下三連」とを犯していることにはなるが、例えば、「下三連」に関しては、「また毎句の下三字に平声を連用することも戒しむべきだとされ、これを〈下三平(かさんぴょう)〉という。「孤仄」および「下三仄(かさんそく)」はそれほど避けねばならぬとは考えられなかったらしい。」〈小川環樹著『唐詩概説』一〇九頁〉と指摘されているのである。つまり、毎句の下三字に仄声を連用する、まさしく、本句の場合のような「下三仄(かさんそく)」については、それほどに問題視されなかったということになっているわけなのだ。それ故、仄声の「⿰氏隹」字に作られている場合には、本句は、内容的には言うまでもなく、「平仄式」的にも（「下三仄」と「孤平」一箇所を犯していることになるが）、近体詩としての条件を一応は満たしていることになるはずなのである。それに対して、それが、平声の「雌」字に作られている場合には、以上で述べたように、「二四不同」の大原則を厳守していないという理由で、近体詩としての条件を全く満たしていないことになってしまうわけなのだ。

音「し」と訓「めす・めどり（雌鳥）」とがまったく同じで、違いがあると言えば、平声と仄声のそれということになっているところの、「雌」と「⿰氏隹」の両字のうち、作者の道真自身は、果たして本句の詩語として、もともと、どちらの方を採用し配置することにしたのであろうか。道真自身が、もともと、「二四不同」の大原則を犯すような誤用をし、「⿰氏隹」字に作るべきところを「雌」字に作ってしまったのであろうか、あるいは、音(おん)を表示している「此」と「氏」の、両字における草書体（くずし字）の類似性によって、後世の写本の段階で、「⿰氏隹」字に作るべきところを「雌」字に誤って作ってしまったのであろうか。その、どちらかということになるだろうが、やはり、前者であるとは、今は、考えることが出来ないのではないだろうか。

と言うのは、道真自身は、「雌」字が平声（『広韻』上平声・五支韻）であることは当然に知っていたはずで、例えば、すでに、「水ニハ見ル舟ノ檝無キガゴトキヲ、林ニハ迷フ鳥ノ雌ヲ失フガゴトキニ。」（水見舟無レ檝、林迷鳥失レ雌。）（『菅家文草』巻四「一葉落」）との一聯を彼はものしているのである。五言律詩中のその一聯は、頸聯（五・六句）に該当していて、「雌」字は、後句中の韻字としてそこでは採用され配置されていることになっている。「知」「吹」「雌」「衰」の四箇の韻字（『広韻』上平声・五支韻）のうちの一箇として採用され、それは配置されていることになるわけなのである。「雌」字が平声であることは、道真の、もとより、知るところなのであった。

なお、以上の五言律詩「一葉落」の、その頸聯の後句「林迷鳥失レ雌」の「平仄式」は、『広韻』に従う限り、「○○××◎」（○印は平声、×印は仄声、◎印は平声で押韻）ということになっていて、そこでは、近体詩としての「平仄式」の条件は厳守されている。ところで、そのうちの後半の三文字「鳥失レ雌」（××◎）が、「叙意一百韻」の本聯（八九・九〇句）の前句（本句）中に、それも、同じく、五言句の後半三文字として、「失レ雌鶴」（×○×）との語順に並び替えて再配置されていることになっているわけなのである。両者の関連性について、改めて注目しないわけにはいかないだろう。

意味内容的には、本聯の後句（九〇句）中の詩語「鳶」との対比の上から、また、その前句に当たっている本句中の詩語「痩」との関連の上から、「鳥」（×）を「鶴」（×）に置き替えることに（同じ仄声であり鳥名ということで）したわけなのだろうが、その置き替えた三文字「鶴失レ雌」（××◎）、それを、今度は近体詩としての「平仄式」に合わせる必要があるわけなのだ。本句が本聯の前句ということになっているからには、本句末（上から五字目）には当然に仄声の文字を配置する必要があることになる。それで、「鳥失レ雌」（××◎）を「鶴失レ雌」（××◎）に置き替えた後で、今度は、その「鶴失レ雌」（××◎）との語順を「失レ雌鶴」（×○×）とのそれに置き替えることにしたわけなのだろう。

ただし、その後が問題ということになるわけなのである。何故か。本句の後半三文字を「失レ雌鶴」（×○×）との語順に置き替え、それをそのまま前半二文字「痩同」（×○）に接続させた場合には、本句「痩同二失レ雌鶴一」の「平仄式」は「×○×○×」ということになってしまい、上述のように、何よりも、「二四不同」の大原則を犯すことになってしまうからなのである。上から二番目に配置される文字は、これまた、大原則としての「粘法」を厳守する必要上から、本句の場合には平声の文字を配置しなければならないことになっていて、そのためにこそ、「同」（○）字がそこに配置されることになったに違いない。つまり、「二四不同」の大原則を厳守するためには、「同」字の方ではなくて、上から四番目の「雌」（○）字の方をこそ、仄声の文字に置き替えなければならないことに、本句の「平仄式」の場合にはなるわけなのだ。

『菅家文草』〈巻四「一葉落」〉中にすでに使用されている、「鳥失レ雌」との詩語を本句（八九句）中に再使用するためには、意味内容上からも「平仄式」上からも、以上のような、幾つかの置き替え作業が是非とも必要ということになるわけなのであるが、他の置き替え作業の方を実行しておきながら、その中でも、近体詩である以上は厳守しなければならないことになっている、「二四不同」の大原則に限って、作者の道真自身がその作業を実行することを失念してしまったとは、ここでは、どうしても考えることが出来ないのではないだろうか。やはり、ここは、以上で述べたように、後人の誤字によって「䧑」（×）字が「雌」（○）字に書き改められることになってしまったとの、そうした結論に従うべきなのではないだろうか。何しろ、両字は音「し」も訓「め・めどり（雌鳥）」も、共に同一ということになっており、その上、草書体（くずし字）も互いに類似していることになっているはずなのだから。本句中において、意をもって、「雌」字を「䧑」字に敢えて訂正することにしたのは、以上の結論に従ったからなのである。

　ちなみに、本句（八九句）においては、作者の道真が「独行」生活を実行することにした結果としての、その孤独生活が、如何（いか）に苦しみを伴ったものであり、そのために、如何に作者をして肉体的に痩せ衰えさせることになったかということ、そのことを、「䧑」を失ってすっかり痩せ衰えてしまった鶴の姿に比喩した上で詠述しているわけなのである。一番（つが）いの鶴が雌雄互いに離れ離れになってしまった時に味わうことになる、孤独生活の苦しみの深さについては、『白氏文集』〈巻六六「雨中聴三琴者弾二別鶴操一」〉中にも、「双鶴（さうかく）ノ分離スルコト一（いつ）ニ何ゾ苦シキ、連陰雨夜（れんいんうや）ニ聞クニ堪（た）ヘズ。」（双鶴分離一何苦、連陰雨夜不レ堪レ聞。）との一聯が見えていて、そこにも詠述されている。楽府琴曲の一に、「別鶴操（べつかくさう）」という作品があり、その曲の演奏を耳にした白居易が詠述したことにそれはなっているが、もともと、その「別鶴操」という作品は、商の陵牧子が作ったものとされている〈『楽府詩集』巻五八「琴曲歌舞」別鶴操〉。

商の陵牧子には、妻を娶って五年も子がなかったので、そのために、彼の父兄は改めて娶らせようとした。牧子の妻はそれを聞いて大いに悲しみ嘆き、牧子も悲しんで、それで、その「別鶴操」という曲を次のように作ることにしたのだという〈崔豹撰『古今注』巻中「音楽」〉。すなわち、「将ニ比翼（比翼の鳥の誓い）ニ乖キテ天端ニ隔テラレントス。山川ノ悠遠ニシテ路ノ漫々タレバ、衣ヲ攬リテ寝ネラレズ食ニ餐（飲み食い）スルヲ忘ル。」（将下乖二比翼一兮隔中天端上。山川悠遠兮路漫々、攬レ衣不レ寝兮食忘レ餐。）と。別離の苦しさと孤独生活の寂しさに眠ることも出来ず、食べることも忘れてしまうことになれば、当然のことに、鶴はいよいよ痩せ衰えてしまうことになるわけなのだ。

作者の道真も孤独生活に苦しんだ結果、彼自身をして肉体的に痩せ衰えさせざるを得ないことになってしまったが、それは、「別鶴操」中に詠じられているその鶴の場合と同様に、孤独生活の寂しさの結果なのであった。ちなみに、別に、後世に作られた「琴曲歌辞」で、「別鶴操」との題を持つものとしては六朝宋代・鮑照作と唐代・韓愈作との二作品、「別鶴」との題を持つものとしては六朝梁代・簡文帝作と呉均作との二作品、唐代・楊巨源作と王建作と張籍作と杜牧作との四作品が現存していることになっているのである〈同『楽府詩集』〉。後世にも、そのように多くの同題の作品が作られているわけなのであり、孤独生活に苦しんだ当時の道真が、それらの「別鶴操」中の鶴に自身を比喩させるということは、十分に有り得たと考えていいはずなのだ。

なお、鶴のように痩せ衰えることを「鶴痩」ということになっているが、勿論、病気で痩せ衰える場合もあるわけなのであり、友人の病状を心配して、「竜ノゴトク臥セテ心ニ待ツコト有ラン、鶴ノゴトク痩セテ貌ハ弥清カラン。」（竜臥心有レ待、鶴痩貌弥清。）〈『白氏文集』巻五「醻二楊九弘貞長安病中見一レ寄」〉との一聯をものすることなどは、もとより、有り得ていいはずなのである。ただし、道真の詠述の場合には、以上で述べたように、意味内容上から言っても、当時の孤独生活の結果としての、そうした「鶴瘦」と見なさないわけにはいかないだろう。

(10) **飢類二嚇レ雛鳶一**「飢ウルコトハ雛ヲ嚇スノ鳶ニ類ス」と訓読し、(貧窮生活の故に)飢えに苦しむ(我が)姿はあたかも(自分の獲物を奪われるのではないかと)鳳凰を威嚇する鳶のそれのようでもあった、との意になる。

本聯(八九・九〇句)の後句に当たっている本句は、「独行」生活の実行によって必然的にもたらされることになった、もう一つの、作者の当時の貧窮生活がどのようなものであったのか、ということについて具体的に詠述していることになっている。本聯の前句が作者の当時の孤独生活について言及していたのに対して、その後句である本句では、作者の当時の貧窮生活について言及されているわけで、本聯の対句構成は、内容的に、両者(孤独生活・貧窮生活)の対比によって形作られていると見ていいはずなのだ。

前々聯(八五・八六句)と前聯(八七・八八句)との内容、それらを本聯が直接的に継承していることは前項(9)で既述した通りなのであり、作者の、当時の貧窮生活についての記述をAとし、同じく、孤独生活についてのそれをBとするならば、それら三聯(八五―九〇句)における内容上の脈絡は、AB・B′A′・B″A″と図式化することが出来るはずなのである。本句(九〇句)はA″ということになっていて、A(八五句)の内容とA′(八八句)のそれとを直接的に継承して詠述されているはずなのだ。主食となるべきものが底をついて、それを炊ぐための釜の出番はすっかりなくなってしまったが(A)、それでも、炊事係の召使いはこっそりと(台所の)鍋などを使って薄粥を作ってくれたりしたが(A′)、結局は、大いなる飢えに悩まされ続けることになってしまったのだ(A″)、と。

本句中の詩語「嚇レ雛鳶」は、『荘子』〈「秋水」〉中の次の一文を出典としている。すなわち、「恵子ノ梁ニ相(大臣)トナルヤ、荘子ハ往キテ之ヲ見ル。或ヒト恵子ニ謂ヒテ曰ク、荘子ノ来ルヤ、子ニ代リテ相タラント欲ス、ト。是ニ於イテ、恵子ハ恐レテ国中ヲ捜スコト、三日三夜ナリ。荘子ハ往キテ之ヲ見テ曰ク、南方ニ鳥有リ、其ノ名ハ鵷鶵、子ハ之ヲ知ルカ。夫レ鵷鶵ハ南海ヲ発シテ、北海ニ飛ブ。梧桐(あお桐)ニ非ザレバ止マラズ、練実(竹の実)ニ非ザレバ食ハズ、醴泉（甘味のある泉）ニ非ザレバ飲マズ。是ニ於イテ、鴟ノ腐鼠ヲ得ルニ、鵷鶵ノ之ヲ過グレバ、仰ギテ之ヲ視テ曰ク、嚇、ト。今子ハ、子ノ梁国ヲ以テ、我ヲ嚇セント欲スルカ、ト。」（恵子相レ梁、荘子往見レ之。或謂二恵子一曰、荘子来、欲三代レ子相一。於レ是、恵子恐捜二於国中一、三日三夜。荘子往見レ之曰、南方有レ鳥、其名鵷鶵、子知レ之乎。夫鵷鶵発二於南海一、而飛二於北海一。非二梧桐一不レ止、非二練実一不レ食、非二醴泉一不レ飲。於レ是、鴟得二腐鼠一、鵷鶵過レ之、仰而視レ之曰、嚇。今子、欲下以二子之梁国一而嚇上レ我邪。）との一文がそれである。

その出典中に見えている「鵷鶵」とは、『経典釈文』〈巻二七〉中に「李云フ、鵷鶵ハ、乃チ鸞凰ノ属ナリ。」（李云、鵷鶵、乃鸞凰之属也。）に作っているように、至徳の瑞兆として現われるという神鳥のことであり（「鶵」は「雛」に同じ）、「鴟」とは、『詩経』〈小雅「四月」〉中に、「鶉ニ匪ズ鳶ニ匪ズ」（匪レ鶉匪レ鳶）との一句が見えていて、『経典釈文』〈巻六〉中に「鳶、鴟也。」に作っているように、ワシタカ科の猛鳥である鳶のことである。本句（九〇句）中の詩語「嚇レ雛鳶」に見えている「雛」は、それ故に、「鵷鶵」の省略形、同じく、「鳶」は、それ故に、「鴟」の代替字ということになるはずなのだ（「鴟」字は、『広韻』上平声・六脂〈五支・七之同用〉韻であり、「鳶」字は、同じく、下平声・二仙〈一先同用〉韻となっていて、ここは、下平声・一先〈二仙同用〉韻で押韻する必要があるための、その代替字ということになるであろう）。

本来的に、「雛」は「練実」（竹の実）でなければ食べないことになっているのに、「腐鼠」（腐った鼠）を手に入れた鳶は、ちょうど通りかかった「雛」の姿を目にするやいなや、餌である「腐鼠」を奪われはしないかと思って「嚇」する（叱り拒んで発する怒りの声を上げて脅すこと）わけなのである。「嚇」については、『経典釈文』〈巻二七〉中には、「司馬云フ、嚇ハ、其ノ声ヲ怒ラシ、其ノ奪ハレンコトヲ恐ルルノミ。」（司馬云、嚇、怒二其声一、恐二其奪一已也。）に作っている。まさしく、相手構わずに怒声を張り上げ、自分の乏しく貧しい食料を奪われないようにする行為のことを、それは指示していることになっている。当時の作者（道真）の貧窮生活が、どのような状態に彼自身をして至らしめることになったのかということ、そのことを具体的に説明すべく、ここでは、比喩形が採用されているわけなのだ。

本聯（八九・九〇句）の前句は、すでに述べたように、「独行」生活を実行した結果としての孤独生活が、どのような状態に作者自身をして至らしめることになったのかということ、そのことを具体的に説明すべく、そこでは、比喩形が採用され、作者自身が痩せ衰えた鶴（痩鶴）に比喩されていたはずであるが、その、後句に当たる本句においては、「独行」生活を実行した結果としての、もう一つの、貧窮生活の方について具体的に、比喩表現を採用して説明することにするわけなのだ。主食となるべきものが底をつき（八五句）、薄粥を口にするしかなくなってしまったので（八八句）、その結果として、まるで、飢えた鳶のように常に空腹に悩むことになってしまったのだ（九〇句）、と。

対句構成上の見事な技法と言えるだろう、本聯の前・後句における表現及び内容上の対比は。痩せ衰えた鶴（痩鶴）に対して、飢えに悩まされた鳶（飢鳶）が配置されているわけなのである。鳥名としての「鶴」と「鳶」との、鳥類同士の見事な対比ということになっているが、前者が「別鶴操」を出典にしているのに対して、後者も『荘子』を出典にしていて、共にしっかりと出典に基づいたところの、それは、鳥類同士ということになっているのである。詩人としての作者の力量に対して、改めて感服しないわけにはいかないだろう。

なお、本句中の「類」字と、対語となっている前句中の「同」字とは、もとより「同類」との熟語を作っていたはずで、対句構成上から、それを本聯においては分割し、前・後句の、上から二字目にそれぞれ一字ずつを配置し直すことにしたわけなのだろう。配置するに当たっては、その場合には、必然的に、「平仄式」上の大原則「粘法」の制約を受けることになり、平声（○）である「同」（『広韻』上平声・一東韻）字を前句中に、仄声（×）である「類」（同・去声・六至韻）字を後句（本句）中に配置しなければならなかったわけなのだ。

(11) **壁堕防㆓奔溜㆒**　「壁ハ堕チテ奔溜ヲ防ギ」と訓読し、（長雨のために、粗末な官舎の）壁土は崩れ去ってしまって（小山を作り）流れ落ちようとする雨垂れを（却って）遮断することになってしまったし、との意になる。

本聯（九一・九二句）中の前句に当たっている本句と、その後句に当たっている次句「庭ハ涅ミテ濁涓ヲ導ク」（庭涅導二濁涓一）とは対句構成上、密接な対応関係を有するように作られていて、それぞれの詩語「壁」と「庭」、「堕」と「涅」、「防」と「導」、「奔溜」と「濁涓」とがここでは対比的に配置されていて、いわゆる、対語として巧みに配置されていると見ていいだろう。もとより、本聯の両句は、梅雨時の長雨に降り籠められた官舎の外側の自然的景色のことを内容的に詠じているわけなのであり、前聯（八九・九〇句）の両句が同じく、梅雨時の長雨に降り籠められた官舎の内側の人事的景色（そこに起居する主人である道真自身の様子）のことを内容的に詠じていたことを考え合わせると、前後の両聯が、官舎の内側と外側の、人事・自然の両景色を対比的に詠じているという点で、これまた密接な対応関係を有していることになるはずなのだ。対句構成上から言えば、前聯と本聯との四句（八九—九二句）の関連は、AA′・BB′（AA′は官舎の内側の人事的景色でBB′は官舎の外側の自然的景色を指示）のそれとして図式化することが出来るに違いない。

　もっとも、それらの前・後二聯を使って、梅雨時の長雨に降り籠められた官舎の内側と外側の、人事・自然の両景色を対比的に詠じているということで言えば、本第四段落の、冒頭句（八一句）から本聯の後句（九二句）までの都合六聯（十二句）は、その点では、対句構成上の一つの特色を共有していることになっているはずで、前聯と本聯との四句（八九—九二句）におけるそうした特色は、まさしく、本第四段落の、冒頭の四聯（八一—八八句）のそれを、そのまま継承していると言えるはずなのである。梅雨時の長雨に降り籠められた官舎の内側と外側の、人事・自然の両景色を対比的に詠じているということで、改めて振り返ってみると、例えば、八一・八二句の一聯（前聯）は官舎の内側の人事的景色（A・A′）を詠じているのに対して、八三・八四句の一聯（後聯）は官舎の外側の自然的景色（B・B′）を詠じていて、その点で対句構成上の一つの特色（AA′・BB′の対比）を確かに共有していることになっている。

　また、同様に、八五・八六句の一聯（前聯）と八七・八八句の一聯（後聯）の場合にも、そのことは、間違いなく言えるはずなのだ。ただ、上述したように、その両聯四句の場合には、内容的には互文構成ということになっていて、その前聯がA・B、その後聯がB′・A′（AA′は官舎の内側の人事的景色でBB′は外側の自然的景色を指示）ということになり、すなわち、ＡＢ・Ｂ′Ａ′ということになるが、官舎の内側と外側の、人事・自然の両景色の対比という点では全く変わってはいないはずなのである。そうした対句構成上の一つの特色は、すでに述べた通り、八九・九〇句の一聯（前聯）と九一・九二の一聯（後聯・本聯）の場合にも明白に継承されていることになっていて、その前聯がＡＡ′であるのに対して、その後聯に当たっている本聯はＢＢ′として図式化し、対比出来ることになるわけなのである。鶴のように痩せ衰えてしまい（八九句）、鳶のように飢えに苦しむ（九〇句）との作者自身の姿の描写は、やはり、官舎の内側の人事的景色ということになるだろうし、逆に、壁土が崩れ去って雨垂れを遮断してしまい（九一句）、庭園が泥濘(ぬかる)んでしまって泥水を導き入れている（九二句）との自然的景色の描写は、言うまでもなく、官舎の外側のそれということになるだろう。

すなわち、本聯（九一・九二句）もまた、前聯（八九・九〇句）との、対句構成上における密接な対応関係のもとに詠述されていることになっているはずなのであり、その前聯における、梅雨時の長雨に降り籠められた官舎の内側の人事的景色（そこに起居する、主人である道真自身の様子）についての詠述との、そうした対比を通して、その上で、内容的な解釈を試みる必要が当然にあることになっているはずなのである。もっとも、本聯を含んだ、本第四段落の、冒頭部分の都合六聯（八一―九二句）の構成が以上で述べたように、それぞれの前・後聯（都合四句）において内容的に一つの纏(まと)まり（梅雨時の長雨に降り籠められた官舎の内外の人事・自然の両景色の対比）を持つように仕組まれていて、それが、同じように前後三回にわたって繰り返されていることになっているわけであるが、勿論、それぞれの回ごとの、その、官舎の内外の人事・自然の両景色についての詠述なり内容なりは、これまで見て来た通りで、そこに、はっきりとした差異が設けられており、すこぶる技巧的な前・後聯（都合四句）ごとの纏まりということになっているはずなのである。

とにかく、本第四段落の、冒頭句（八一句）から本聯の後句（九二句）までの都合六聯（十二句）は、内容的には、前・後聯（四句）ごとの三つの纏まりを持ち、それぞれの纏まりにおいては、梅雨時の長雨に降り籠められた官舎の内外の、人事・自然の両景色のことについて述べられていて、これまで以上に辛い孤独な生活を送ることになってしまった作者自身の姿（官舎内の人事的景色）と、初めて体験することになった新天地での長雨の様子（官舎外の自然的景色）とのことが対比的に詠じられていることになっている。その官舎外の自然的景色の描写を見れば分かるように、時季的には梅雨の始まりからその終わりまでの期間ということに、それはなっていて、その始まりということについては、八三句中に詩語「霖雨」が見えていて、それを知ることが出来るし、その終わりということについては、九一・九二句中に詩語「奔溜」「濁涓」が見えていて、それを知ることが出来る。確かに、本段落の冒頭部分の六聯中に詠じられている時季ということになると、それは、しとしとと降り続く長雨の景色の描写から始まって、壁からしたたり落ちる雨水と庭に溜まって流れようとしない泥水の景色の描写で終わっている。

次の一聯（九三・九四句）には、「紅輪ノ晴後ニ転ズレバ、翠幕ハ晩来ニ褰ゲラル。」（紅輪晴後転、翠幕晩来褰。）との官舎外の自然的景色が詠じられていて、赤色の車輪のような月が雨上がりの空に転がり出ると、緑色の帳幕のような靄も夕暮れと共に巻き上げられ（晴れわた）るのだった、とそこでは述べられているわけなのだ。つまり、次の一聯の詠述している内容は、梅雨明けの時季に新たに入ったこと（時季の移り変わったこと）を指示したものとなっているわけなのであり、その一聯の直前に位置していることになっている本聯（九一・九二句）が、その点からしても、梅雨の時季の終わりの、その官舎外の自然的景色を描写したものであると見ていいことになるはずなのである。

梅雨時のおよそ二箇月間、官舎の内外の、人事・自然の両景色にも、当然に、多少の変化はあったことになっていて、例えば、官舎内の人事的景色の一つとしての、そこに起居する主人である道真自身の様子についても、うっとうしい長雨と暑苦しい季節とを遣り過ごすうちに、世間との交わりを絶ったことによる日々の孤独感にますます苛まれていくことになっているし、日々の粗末な食事とそれさえも満足に口に出来ない貧窮生活のせいで次第に痩せ衰えていくことになっている。官舎外の自然的景色についても、まさしく、日時の推移と共に少なからぬ変化は見えていて、そのことは明白に指摘出来るはずなのだ。なにしろ、梅雨の始まりの、しとしとと降り続く長雨が、その終わり頃には官舎の壁土を崩し去らしめる程度に、そして、泥濘んでしまった庭園に（却って）濁水を導き入れしめる程度に激しく降ったことになっているのだから。梅雨末期のそれは、いわゆる、「豪雨」と呼ぶべきものなのであって、そのためにこそ、壁土をも崩し庭園をも水没せしめることになったわけなのだろう。雨の降り方の変化、雨量の大小の相違を、官舎外の自然的景色においてもはっきりと認めてやる必要があるはずなのである。

ちなみに、作者の道真が身を置くことになった大宰府の官舎については、本「叙意一百韻」中においても、すでに、四七・四八句の一聯で、「物色モ留メテ旧ニ仍ヒ、人居モ就ヒテ悛メズ」（物色留仍レ旧、人居就不レ悛）と詠じられていたはずだし、同じく、四九・五〇句の一聯で、「時ニ随ヒテハ褊切ナリト雖モ、己ヲ怨メントスルニ稍安便ナレバナリ」（随レ時雖二褊切一、怨レ己稍安便）と述べられていたはずなのである。すなわち、前者の一聯においては、「（官舎の）周囲の景色も従来のそれをなるべく残すようにしたし、住居の方も新築することはせずに元来のそれをなるべく生かすように心掛けたのである」との意味が詠じられていたはずだし、後者の一聯においては、「時にはその狭苦しさが気にならないこともなかったが、自分自身の（当時の遣る瀬ない）気持を少しでも落ち着かせるためには（そのような荒れた景色や狭い住宅である方が）かえって安心で便利だと思えたからなのである」との意味が述べられていたはずなのだ。

作者の道真が左遷後に身を置くことになった大宰府の官舎は、周囲の景色をも含めて、ほとんど、新たに手を加えることはせず、ほぼ、従来通りのものをそのまま使用すること、つまりは、古い官舎をそのまま使用し続けることになったわけなのであり、それは、もとより、旧式な建物であったということになるわけなのである。当然に、都からやって来た道真にとっては、それは、旧式で狭苦しい官舎ということになったはずであるが、当時の彼の心には、むしろ、逆に、それが、より安心感を与えるもの、より好都合なものと思わせるように、作用を及ぼしたらしい。なお、その官舎が狭苦しいものであったということについては、本「叙意一百韻」中において、後の、一九一句で改めて「瑣々タル（小さいこと）コト黄茅ノ屋（藁葺きの家）ノゴトク」（瑣々黄茅屋）と詠じられており、その狭苦しい官舎が、むしろ、逆に、より満足感を与えることになったということについては、同じく、後の一九三句で改めて「吾ガ廬ハ能ク足レリ」（吾廬能足矣）と述べられている。

その官舎が狭苦しいものであったということについては、ここでは、一先ず措くとして、旧式な古い建物であったということ、そのことこそが、梅雨末期の、いわゆる、「豪雨」に遭遇することになって、建物の壁土をして崩落せしめる結果を招くことになったわけなのであり、そのための理由ということに、当然に、ここではなるに違いない。「奔溜」は、ここでは、流れ落ちようとする雨垂れの意。屋根に降った雨が雨垂れとなって、壁土を伝って流れ落ちようとするわけなのであるが、その雨垂れのことを、これは指示していることになっている。「奔」は、落ちるとの意で、「落」に同じ。ここは、流れ落ちること。用例としては、「孤客ハ逝湍ニ傷ミ、徒旅ハ奔峭ニ苦シム」（孤客傷逝湍、徒旅苦奔峭）《『文選』巻二六「七里瀬」謝霊運》との一文が見えていて、その「李善注」にも、「奔ハ、亦タ落ツルナリ」（奔、亦落也）に作っている。「溜」は、水や液体のしたたり・水滴の意で、ここでは、雨垂れのことを指示している。用例「珠霙ハ条間ニ響キ、玉溜ハ檐下ニ垂ル」（珠霙条間響、玉溜檐下垂）《『全斉詩』巻三「阻雪連句遙贈和」謝朓》。

（12）**庭泥導濁涓** 「庭ハ涅ミテ濁涓ヲ導ク」と訓読し、（長雨のために、狭小な官舎の）庭園は泥濘んでしまって（泥田を作り）濁水の小さな流れを（却って）導入することになってしまうのだった、との意になる。

本聯（九一・九二句）の後句に当たっている本句は、前句と同様に、梅雨時の長雨に降り籠められた官舎の外側の自然的景色のことを内容的に詠述していることになっており、その官舎の壁土が崩れ去ってしまったとの、そうした内容を詠じている前句に対して、本句においては、その官舎の庭園が泥濘んでしまった（泥田を作ってしまった）との、そうした内容が述べられているのである。その官舎の庭園が泥濘むことになったのも、壁土が崩れ去ることになったそれと同様に、梅雨時の長雨のせいなのであり、なかんずく、梅雨末期の「豪雨」のためなのである。なお、「涅」字は、内松桑文日の諸本には「泥」に作る。今は、底新の諸本に従う。

大宰府の官舎に付属していた庭園のことについては、これも、本「叙意一百韻」中において、すでに、四五・四六句の一聯において、「根ヲ陳リテ葵ハ一畝ナリ、蘚ヲ斑トシテ石ハ孤拳ナリ」（陳レ根葵一畝、斑レ蘚石孤拳）と詠じられていたはずだし、同じく、四七・四八句の一聯において、「物色モ留メテ旧ニ仍ヒ、人居モ就ヒテ悛メズ」（物色留仍レ旧、人居就不レ悛）と述べられていたはずなのである。すなわち、前者の一聯においては、「（官舎の庭には）根をしっかりと張り巡らした葵（フタバアオイ）が一畝程も繁茂していたし、蘚を飾り物として生やした岩が一塊程の大きさで（庭に）放置されているのだった」との意味が詠じられていたはずだし、後者の一聯においては、「（官舎の）周囲の景色も従来のそれをなるべく残すようにしたし、住居の方も新築することはせずに元来のそれをなるべく生かすように心掛けたのである」との意味が述べられていたはずなのだ。

　何の手入れもしないからこそ、多年生植物である「葵」（ウマノスズクサ科の多年草・フタバアオイのことであろう）の地下茎（宿根）が残っていて、それが、却って、年毎に勢いを増し、ますます、庭一杯に繁茂して（花を咲かせて）いるわけなのだろう。また、同じく、何の手入れもしないからこそ、もともと、庭中に放置されていた岩が一塊程の大きさで苔生して、そのまま放置されているわけなのだろう。

　官舎それ自体だけではなく、それに付属しているところの、その庭園に対しても、道真は、何の手入れもせず、旧来のままにしておくことにしていたと指摘したが、そのことについては、上述の後聯（四七・四八句）の前句において、「物色留仍レ旧」と詠述していることによって大いに明白であろう。ここでの「物色」（自然物）とは、それが「人居」（人工物としての官舎）の対語ということになっており、官舎の周囲の自然的景色、あるいは、風物を指示していることになるだろう。まさしく、それは自然物のことであり、具体的には、前聯（四五・四六句）において詠述されていた、庭園中の「葵」や「石」などを含んだところの、その官舎の周囲の自然物のことを指示していることになるはずなのである。自然物としての庭園のことをもっぱら指示した上での、そうした「物色」ということに、それは、必ずや、なるはずなのだ。

庭園に自生していたとされている「葵」については、上記において、それがフタバアオイ（二葉葵）のことを指示しているのではないかと想定してみたが、それは、「フタバアオイは、本州から西の陰湿な山地にある。根茎は鉛筆より細い程度で節間が長く、地表をはう。」〈『週刊朝日百科・世界の植物』一五八五頁〉との特性を有する植物ということになっているからなのであった。とりわけ、その植物が「陰湿な」場所を好むことになっている点に、今は注目することにしたい。また、従来から庭園中に放置されていた「石」には、蘚苔が飾り物のように生え揃っていたことになっているが、このこともまた、庭園を含めた官舎の敷地そのものが「陰湿な」場所であったという、そうしたことを物語っていると言えるのではないだろうか。

庭園を含めた官舎の敷地そのものが「陰湿な」場所であったということは、同じ『菅家後集』〈「官舎幽趣」〉中に、「秋雨ハ庭ヲ湿シテ潮ノ落ケル地トナシ、暮煙ハ屋ヲ縈リテ潤ノ深キ家トナス。」（秋雨湿レ庭潮落地、暮煙縈レ屋潤深家。）との一聯が見えていることによっても分かる。秋雨が降り続いたからなのであろうが、庭園が水浸しになってしまい、まるで、満ち潮が引いた後の、その海岸の砂浜のようである、とのそうした詠述は、梅雨末期の「豪雨」に見舞われた官舎の庭園の様子を詠じて、作者が本句（九二句）において、「庭涅導二濁涓一」と述べていることと、大いなる関連性を有していることになるはずなのだ。秋雨の場合にも水浸しになる庭園ということであれば、梅雨末期の「豪雨」の場合には、なおさら、そういうことにならざるを得ないだろう、と思えるからなのである。

秋雨の降り続いた後の庭園が、まるで、満ち潮の引いた後のように、すっかり水浸しになってしまうし、（秋の）夕暮れ時に立ち込める靄・霞が官舎をすっぽりと取り囲み、まるで、露けき家のように、いつまでも湿気が抜けきらないしとの、そうした詠述を道真は、確かに、ものしているわけなのであり、官舎の敷地そのものが「陰湿な」場所にあったということがそれによっても分かるが、同作「官舎幽趣」中には、さらに、「是ノ身ヲ忘却シテ偏ニ意ヲ用フレバ、誼（前漢の賈誼）ノ舎ノ長沙ニ在リシヨリ優ラン。」（忘二却是身一偏用レ意、優三於誼舎在二長沙一。）との一聯も見えていて、その事実がより一層分かるようになっている。上記「官舎幽趣」の一聯中の、その後句中に詠述されている、前漢の賈誼とは（時運の不利に遭遇することになった後）長沙の砂浜に左遷されることになってしまい、その土地において、低くて湿気の多い中での生活を経験しなければならなかった人物であるが《『前漢書』巻四八「賈誼伝」》、そのことについては、本「叙意一百韻」中においても、「長沙ハ沙ハ卑湿ニシテ」（長沙沙卑湿）〈五七句〉とすでに詠述されていたはずなのである。

大宰府に左遷された菅原道真は、自身の時運の激変を前漢の賈誼のそれに擬え、自己の心中の不安を少しでも慰撫すべく、「長沙沙卑湿」との一句をそこにおいて詠述していたわけなのであるが、左遷後の賈誼が生活することになった長沙という土地、そこが低くて湿気の多い場所である、と道真がその一句で取り立てて詠述しているのは、彼我における左遷という共通の体験そのものによるだけではなく、左遷先である、彼の長沙での生活と我の大宰府でのそれが、共に低くて湿気の多い土地でのものであったという、その点での、彼我における共通項がもう一つの理由として存在したからに違いないだろう。そのように考えるべきだろうと思う。大宰府における道真の官舎の、その敷地が「陰湿な」場所であって、賈誼の長沙におけるそれと同程度のものと考えて間違いないはずだ、とのそうした認識が道真にはもとよりあったわけなのだろう。それだからこそ、その結果としての、「長沙沙卑湿」との一句の詠述が生まれることになったのであろうし、「忘二却是身一偏用レ意、優三於誼舎在二長沙一。」との一聯の詠述が生まれることになったのであろう。前者の一句の場合には、上述の通りであるが、後者の一聯の場合にも、意味的には、その前句は、あくまでも、後句のための条件文ということになっているわけなのであって、その条件が用意されなければ、当然のことに、長沙における賈誼の官舎と大宰府における道真のそれとの間には、優劣の差はまったく無いということになるわけなのである。勿論、両方の官舎が「陰湿な」場所に設置されているという点においては共通していて、その結果として、優劣の差はまったく無いということになるわけなのだ。

ところで、ここで、改めて、もう一つ注目しておきたいことがある。それは、本「叙意一百韻」中において、「湘水ハ水ハ斎湲タリ」（湘水水斎湲）〈五八句〉との一句の詠述が見えていることなのである。言うまでもなく、この一句は、上述の一句「長沙沙卑湿」の対句なのであって、両句は一聯ということになっており、「長沙」と「湘水」、「沙」と「水」、「卑湿」と「斎湲」とのそれぞれの対語が、意味的にも密接な対応関係を有していることになっている。五七・五八句の両句が一聯を構成し対句関係を有していることになっている以上、その後句「湘水水斎湲」の方もまた、その前句「長沙沙卑湿」の場合と同様に、左遷という共通項の外に、もう一つの共通項の存在、すなわち、屈原の追放先である湘水の河畔の景色、それと道真が追放されることになった大宰府の官舎附近のそれとの内容上の共通項を考えないわけにはいかなくなるはずなのだ。

屈原が追放されることになったのは湘水の河畔であったが、その湘水の水流たるや、あくまでも、ゆったりと廻っていたのだという。あくまでも、ゆったりと流れる湘水の景色を屈原は目にしたことになっているわけなのであるが、それとの内容上の共通項ということになると、それでは、道真の場合には、どういうことになるのであろうか。その解答は、試みに「大宰府条坊図」〈岩波日本古典文学大系本『菅家文草・菅家後集』九三頁所収〉に改めて注目するだけで、容易に得られるだろう。

すなわち、同上「大宰府条坊図」によると、道真配謫の官舎「南館」の旧跡は、今日の榎社（榎寺）の所在地（大宰府市朱雀六丁目）に比定されているが、その所在地の北側近くには藍染川（染川）が流れていることになっている。旧跡の北東に位置する安楽寺（大宰府神社）西側から流れ下って、それは、まさしく、官舎「南館」の北側近くを通り、さらに、西流して御笠川に合流することになっている。また、その所在地の南側近くには白川が流れていることになっている。こちらは、旧跡の東に位置する高雄山の南麓から流れ下って、それは、まさしく、官舎「南館」の南側近くを通り、さらに、西北流して、藍染川と同地点で御笠川に合流することになっている。

つまり、道真配謫の官舎「南館」の、その旧跡の北側近くを藍染川が流れ、南側近くを白川が流れていることになっていて、両方の河川に挟まれるように、それが位置していたことになっているのである。道真が大宰府の官舎附近の藍染川なり白川なりの流れ、それを屈原の追放先である湘水のそれに比定し、彼我における、その点での共通項の一つを、追放という共通の体験の外に、そこに新たに見出すことになって、そのことによって、彼自身の心の不安を直接的に慰撫しようとし、一聯の後句においても「湘水水瀹漆」との詠述をものすることにしたのだ、と考えるならば、その前句「長沙沙卑湿」との対句構成は、内容的に、見事な関連性と対比性とを有することになるに違いない。

大宰府に追放された道真の目にも、官舎附近の北側の藍染川なり白川なりの水流は、恐らく、あくまでも、ゆったりと廻っていると見えたことだろう。例えば、康和二年（一一〇〇）秋に安楽寺に参詣した大江匡房も、これは、藍染川のことを詠述していることになるだろうが、「西ニ潺湲タル（水のさらさらと流れるさま）水有リテ、霧雨ハ彎崎（湾曲して出た岸）ニ添フ。或イハ激シテ飛灘（早瀬）ヲ為リ、或イハ鋪リテ清湄（清らかな水辺）ヲ為ル。」（西有㆓潺湲水㆒、霧雨添㆓彎崎㆒。或激為㆓飛灘㆒、或鋪為㆓清湄㆒。）〈『本朝続文粋』巻一「参㆓安楽寺㆒詩」江都督〉との詠述をものしている。道真が目にしたであろう藍染川の景色からすると、これは、およそ百年後の詠述ということになるが、安楽寺の西方を流れる河川ということになっていることからして、間違いなく、道真がかつて目にした、官舎の北側近くを流れていたその河川のことを指示しているはずで、それは、およそ百年後にも、さらさらと流れては早瀬を作ったり淀みを作ったりしていたということになっている。

ところで、話を本句「庭泥導㆓濁涓㆒」（九二句）の内容のことに戻すならば、そこにおいて、道真は、梅雨の長雨、ましてや、その末期の「豪雨」のために（狭小な官舎の）庭園が泥濘んでしまって（泥田を作り）、濁水の小さな流れを（却って）導入することになってしまうのだった、とそのように詠述していることになっている。上記のように、大宰府の官舎の所在地は、もともと、低くて湿気の多い場所であった上に、藍染川と白川に挟まれた土地であったわけなのだ。と言うことは、梅雨末期の「豪雨」に遭遇することになれば、両河川の水量は増大し、ややもすれば、それが氾濫して洪水を引き起こすようなことにもなって、その結果、官舎の所在地に向かってその溢(あふ)れた川の水が押し寄せるということも、当然にあったと考えていいということになるのではないだろうか。本句において、官舎の庭園に「濁涓」（濁水の小さな流れ）が流れ込んだと詠述されているが、ここでは、官舎近くを流れる河川の氾濫による浸水のことを指示していると見なすことにしたい。

「濁涓」は、濁った小さな流れ、の意。「涓」については、『説文』にも「涓、小流也。」に作っており、『文選』〈巻一二「海賦」木華〉中にも、「涓流ハ泱瀼(あうじやう)トシテ（水の流れるさま）、来(きた)リ注ガザルハ莫(な)シ。」（涓流泱瀼、莫レ不二来注一。）との用例が見えていて、その「李善注」にも、「涓流、小流也。」に作っている。「導」は、導き入れることで、前句（九一句）中の「防」の対語。「防」が、流れ落ちようとする雨垂れを防止する動作であるのに対して、「導」は、濁った小さな流れを導入する動作ということになる。その動作は対比的ということになるわけなのであり、しかも、作者にとっては、両方ともに、決して望ましい動作ということにはならないはずなのだ。なぜなら、本来的に、雨垂れは屋根から流れ落ちるべきものであり、濁った小さな流れは庭園の中に流れ込むべきものではないからなのである。

雨垂れに対してこそ、「導」との動作が行われ、濁った小さな流れに対してこそ、「防」との動作が行われるべきであるのに、それぞれに対する動作がまったく逆に行われていることになるわけなのだ。両方共に、作者の希望を裏切った動作と言えるだろう。なお、「防」と「導」との対語ということで、もう一つ付け加えるとすると、雨垂れの垂直（上から下）方向の動作と濁った小さな流れの水平（外から内）方向の動作との、そうした動作の方向性の対比ということも、ここには、あるのではないか。「防」の方が、垂直方向の動作を防止することになっているのに対して、「導」の方は、水平方向の動作を導入することになっているからなのである。本聯（九一・九二句）においては、とにかく、梅雨末期の「豪雨」が、もともと粗末な官舎をますます粗末なものに、そこに身を置く道真をして、そのように見させることに一役買ったということ、その結果として、俗世間との交わりを遮断して、いわゆる、「独行」生活を実行する決意を新たにしたところの、その道真をして、いよいよ、貧窮生活と孤独生活を送っているとの思いを強く実感させるようにしたということ、本聯においては、それらのことが内容的には詠述されていると考えていいだろう。

(13) 紅輪晴後転　「紅輪ノ晴後ニ転ズレバ」と訓読し、(それでも、どうにか長雨の季節が終わり) 赤色の車輪のような月が雨上がりの晴れた空に転がり出ると、との意になる。

本句(九三句)からは、作者の道真が一つの季節的な変化、すなわち、長雨の季節が終了して本格的な夏の到来という、新たな時期を迎えることになり、大宰府において、初めて経験することになったその暑苦しい季節を、その地において、どのような思いを抱きながら過ごすことになったのかということ、そうしたことが詠述されることになっている。すなわち、後聯(一二七・一二八句)中において、「熱悩ノ煩モ纔ニ滅エ、涼氛ノ序モ愆ツコト罔シ。」(熱悩煩纔滅、涼氛序罔レ愆。)との詠述が見えていて、そこでも、一つの季節的な変化、すなわち、待ち遠しい初秋の到来という新たな時期を迎えたことが告知されることになっているが、それまでの、本句から本第四段落の末尾(一二六句)までの都合十七聯(三十四句)が、その暑苦しい本格的な夏の季節における「叙意」ということになるわけなのだ。

「紅輪」については、それが赤色の車輪のような「月」(月輪)のことを指示しているのか、はたまた、赤色の車輪のような「日」(日輪)のことを指示しているのか、大きく意見の分かれるところであるが、今は、以下に述べるような私見に従って、「月」(月輪)のことをここでは指示していると見なして、本句を以上のように通釈することにした。長雨の季節が終了したことを告げるかのように、雨上がりの晴れた夜空に赤色の満月が転がり出て来た、との意である、と見なすことにした。

我が平安朝漢文学作品中において、月もしくは月光のことを指示して「紅桂」という言葉がしばしば使用されているのである。そのことの詳細については拙稿「〈紅桂〉と月光と—平安朝漢文学の注釈的研究(一)—」と「同(二)」〈「武蔵野日本文学」第十五・十七号〉に譲ることにするが、例えば、

1「席上ニ伝ヘテ看ル紅桂ノ杪、盃中ニ勧メ得タリ緑梨ノ花。」〈席上伝看紅桂杪、盃中勧得緑梨花。〉『菅家文草』巻一「冬日、賀㆓般進士登科㆒、兼感㆓流年㆒。」〉

2「（三善）道統ハ再ビ竜門ニ登リ、再ビ紅桂ヲ折ル。天暦七年ニハ進士及第シ、応和二年ニハ秀才及科ス。」〈道統再登㆓竜門㆒、再折㆓紅桂㆒。天暦七年進士及第、応和二年秀才及科。〉『本朝文粋』巻六「請㆑被㆔挙㆓達弁官・右衛門権佐闕㆒状」三善道統〉

3「詩情ハ底ニ縁リテカ大イニ蒸仍タル、蓮府ノ秋池ノ月ヲ浮カベテ澄メバナリ。碧浪ト金波トハ応ニ合体ナルベク、緑蘋ト紅桂トハ是レ親朋ナリ。」〈詩情縁㆑底大蒸仍、蓮府秋池浮㆑月澄。碧浪金波応㆓合体㆒、緑蘋紅桂是親朋。〉『江吏部集』巻上「暮秋、左相府東三条第守㆓庚申㆒、同賦㆔池水浮㆓明月㆒詩。」〉

4「紅桂ハ誰ガ為ニカ尤モ意有ル、未ダ忘レズ昔日一枝ノ芳シキヲ。」〈紅桂為㆑誰尤有㆑意、未㆑忘昔日一枝芳。〉『本朝無題詩』巻三「月前（月下即事）」中原広俊〉

などの用例中に見えている「紅桂」が、そうなのだ。

用例1・2・4は、言うまでもなく、六朝晋の郤詵の、いわゆる「桂林一枝」の故事を引用していることになるはずなのである。「郤詵一枝」の標題で、古註『蒙求』にも「晋書ニ、郤詵、字ハ広基、賢良ニ挙ゲラレ、対策シテ天下第一ト為ル。武帝ハ之ニ問フ、卿ノ才ハ自ラ以テ如何ト為ス、ト。詵ハ対ヘテ曰ク、臣ハ賢良ニ挙ゲラレ、冊（対策）シテ天下第一ト為レルモ、猶ホ桂林ノ一枝ニシテ、崑山ノ片玉ノゴトシ、ト。今ノ詞場（詩壇・文壇）ノ桂ヲ折ルトハ、此レヨリ始マルナリ。」〈晋書、郤詵、字広基、挙㆓賢良㆒、対策為㆓天下第一㆒。武帝問㆑之、卿才自以為㆓如何㆒。詵対曰、臣挙㆓賢良㆒、冊為㆓天下第一㆒、猶㆓桂林之一枝、崑山之片玉㆒。今詞場折㆑桂、始㆓於此㆒也。〉〈宮内庁書陵部蔵上巻影鈔本〉との一文に作られ、その故事は広く知られているが、それが、まさしく、そこに引用されている。

天下第一の好成績で対策及第を果たした郤詵に向かって、当時の武帝から直接に、「自分自身の才能に対してどのように思うか」との下問があった時、彼は「わたくしの好成績は、それは、まさしく、月中に生えているという桂の林木の一本の枝を手折ったにすぎず、崑崙山(こんろんざん)に産するという美玉の一片を手中に収めたにすぎません。」と応答したというのである。とりわけ、郤詵の応答中に見えている、「桂林之一枝」（桂林一枝）というその一句が「桂ヲ折ル」（折レ桂）との熟語を作り出し、後世に、「登科」（科挙及第）との関連でさかんに使用されることになるわけであるが、そのことについては、上記『蒙求』の一文中にも言及されている。

ちなみに、そのことについては、趙宋の葉夢得(しょうむとく)（一〇七七―一一四八）も、「世ニ登科ヲ以テ桂ヲ折ルト為ス。此(こ)レ郤詵ノ東堂ニ対策シテ、自(みづか)ラ桂林ノ一枝ト云(い)フヲ謂(い)フナリ。唐ヨリ以来、之(これ)ヲ用フ。……其ノ後、月中ニ桂有ルヲ以テ、故(ゆゑ)ニ又(ま)タ之ヲ月桂ト謂フ。」（世以二登科一為レ折レ桂。此謂下郤詵対二策東堂一、自云中桂林一枝上也。自レ唐以来、用レ之。……其後、以二月中有レ桂、故又謂二之月桂一。）〈叢書集成初編本『避暑録話』巻下〉と言及していて、上述したように、郤詵の「桂林一枝」が「折レ桂」との熟語を作り出し、「登科」との関連でさかんに使用されるようになったこと、そして、その熟語は、唐代から使用されるようになり、「月桂」との熟語をも作り出すことになったと述べている。熟語「折レ桂」が、唐代から使用されるようになり、「月桂」との熟語をも作り出すことになったとの指摘は、もとより、我が平安朝漢文学作品中に見えている「紅桂」を解釈する上で、大いに興味深いと言えるだろう。

なお、六朝晋の郤詵の故事「桂林一枝」にも指摘され、今また、「月桂」との熟語についての指摘もなされていることを知ったが、そのことからすれば、月中に「桂」の樹木が生えているとの伝説は、少なくとも、中国の六朝時代には言い旧(ふる)されていたことになるだろうし、また、その月中に生えているという「桂」のことになるが、それは、落葉樹としての「かつら」のことではなく、ここでは、当然のことに、常緑樹としての「肉桂(にくけい)」なり「木犀(もくせい)」なりのことを指示していることになるだろう《『大漢和辞典』》。と言うのは、六朝晋の嵆含著『南方草木状』〈巻中「桂」〉中にも、「桂ハ、……冬夏ニモ常ニ青ク、其ノ類(たぐひ)ハ自(おのづか)ラ林ヲ為ス。……桂ニ三種有リ。葉ノ柏(はく)ノ葉ノ如クシテ皮（樹皮）ノ赤キ者ヲ丹桂(たんけい)ト為シ、葉ノ柿ノ葉ニ似タル者ヲ菌桂（きんけい）ト為シ、其ノ葉ノ枇杷（びは）ノ葉ニ似タル者ヲ牡桂（ぼけい）ト為ス。」（桂、……冬夏常青、其類自為レ林。……桂有二三種一。葉如二柏葉一皮赤者為二丹桂一、葉似二柿葉一者為二菌桂一、其葉似二枇杷葉一者為二牡桂一。）との指摘が見えているからなのである。

「冬夏常青」とあるからには、その月中に生えていることになっている「桂」もまた、常緑樹としての「肉桂」なり「木犀」なりということになるはずであるが、例えば、『古今和歌集』〈「秋歌上」〉中に壬生忠岑の詠としての、「久方（ひさかた）の月の桂も秋はなほ紅葉（もみち）すればや照りまさるらむ」（一九四番歌）との、世に広く知られた和歌が見えていて、そこでは、月中に生えていることになっている「桂」は、落葉樹としての「かつら」ということにされている。月の桂が秋になって紅葉するために、それで秋の月は「照りまさる」ことになっているのだ、とのそうした見立ては大変に面白いが、これは、いかにも、和歌的発想ということになるだろう。もとより、忠岑が中国伝来の「月桂」の故事を知らなかったはずはなく、それが常緑樹であることを知りながら、敢えて、ここでは、それを落葉樹に置き替え、ひたすら、奇抜な発想を競い合おうとしたことによる、その結果としての、面白い、知的な表現と見なす方が当を得ているに違いない。

「桂」には、落葉樹としての「かつら」を意味する場合と、常緑樹としての「肉桂」なり「木犀」なりを意味する場合との両方があることになっているが、それでは、中国において古来言い伝えられている、月中に生えていることになっている「桂」、いわゆる、「月桂」とは、どちらの方を指示していることになるのであろうか。そのことについては、上記の、六朝晋の嵆含著『南方草木状』〈巻中「桂」〉中の、「桂、……冬夏常青、其類自為レ林。」との指摘に従う限り、必ずや、後者の「肉桂」なり「木犀」なりの方を指示していることになるはずなのである。今は、「桂」の区別を明示する必要から、前者を意味する場合にはそれを「かつら」と訓読することにし、後者を意味する場合にはそれを「ケイ」と音読することにしようと思うが、「月桂」とは、まさに、そのうちの「ケイ」ということでなければならないわけなのだ。

ところで、月中にも生えていることになっている「ケイ」、その「ケイ」のことについては、例えば、『白氏文集』〈巻一「盧山桂」〉中にも、次のような詠述が見えている。すなわち、「偃蹇タル（高々とそそり立つさま）月中ノ桂、根ヲ結ビテ青天ニ依ル。天風ノ月ヲ繞リテ起クレバ、子ヲ吹キテ人間ニ下ス。飄零シテ（ひらひらと落ちる）何処ニカ委ツル、乃チ匡盧山（江西省九江県の南にある盧山の別名）ニ落ツ。生ジテ石上ノ桂ト為リ、葉ハ碧鮮（青い苔）ヲ剪ルガ如シ。枝幹ハ日ニ長大シ、根発（入りくんで、こぶのようになった根。）ハ日ニ牢堅タリ（固くて丈夫なさま）。天上ノ月ニ帰ラズシテ、空シク山中ノ年ニ老ユ。……」（偃蹇月中桂、結レ根依二青天一。天風繞レ月起、吹レ子下二人間一。飄零委二何処一、乃落二匡盧山一。生為二石上桂一、葉如レ剪二碧鮮一。枝幹日長大、根発日牢堅。不レ帰二天上月一、空老二山中年一。……）と詠述されていて、確かに、そこには月中の「ケイ」についての言及がなされている。

月中の「ケイ」が天空の風に吹かれてその実を下界に落とし、それが匡盧山に落下したのだといい、匡盧山中の岩上に発芽したその「ケイ」が日々成長して葉を茂らせ、幹や枝を伸ばして太い根を張るほどになったのだという。そこには、まさしく、古来の「月桂」の伝説が脈々と継承されていて、「葉如レ剪二碧鮮一」との一句からも、それが常緑樹としての「ケイ」であったことが容易に想定されて来るわけなのである。さて、話を同『南方草木状』の記述に戻すと、「ケイ」には、「丹桂」「菌桂」「牡桂」の三種類があることになっている。葉が柏（ひのき・このでがしわなどの常緑樹の総称）のそれのようになっていて、樹皮が赤い色をしたものが「丹桂」、葉が柿のそれのようになっているものが「菌桂」、葉が枇杷のそれのようになっているものが「牡桂」であるとしているが、月中の「ケイ」とは、その三種類のうちのどれということになるのであろうか。次の疑問点はそのことなのである。

結論から先に言えば、月中の「ケイ」は、それは「丹桂」の種類ということになっていたらしいのである。というのは、例えば、同じく『白氏文集』〈巻五八「自嘲」〉中に、「秋ノ月ニ晩ク生ル丹桂ノ実ノゴトク、春ノ風ニ新ニ長ズル紫蘭ノ芽ノゴトシ。」（秋月晩生丹桂実、春風新長紫蘭芽。）との一聯が見えていたり、『古今事文類聚』〈巻二七「及第」〉中に、「霊椿ノ一株ハ老ユルモ、丹桂ノ五枝ハ芳シ。」（霊椿一株老、丹桂五枝芳。）〈唐末・五代周の馮道作〉との一聯が見えているからなのである。なお、後者の一聯には、「竇禹鈞（学者）ニ子五人有リテ、儀・儼・侃・偁・僖ナリ。倶ニ登科（科挙及第）スレバ、馮道（字、可道）ハ之ニ詩ヲ贈リテ曰ク」（竇禹鈞有二子五人一、儀儼侃偁僖。倶登科、馮道贈二之詩一曰）との説明文が付されている。

前者の用例の方は、五十八歳になって初めて後継ぎの男子が誕生したことに対して、白居易が自嘲的にその子を「丹桂ノ実」と「紫蘭ノ芽」とに比喩して詠述した一聯である。その詩語「丹桂」は、ここでは「秋月」の縁語となっていて、両者は密接な対応関係の上で使用されていることになっているはずで、ここにおける「丹桂」とは、地上に生えるところのそれであると共に、月中に生えているとされているところの、それをも指示していると見なさなければならないだろう。ここでの白居易は、地上の「丹桂」を思い浮かべている一方で、月中の「丹桂」をも連想しているのだ、と。このことからして、月中に生えているとされる「ケイ」、それについて、白居易は「丹桂」の種類であるとの明白な認識を有していたことになるはずなのだ。

後者の用例の方は、これは、問題ないだろう。まさしく、「桂林一枝」の故事を踏まえていて、竇禹鈞の五人の子供がみな科挙の試験に及第したことを指示して、「丹桂五枝芳」と詠述しているわけなのだから。「丹桂」が「桂林」の代替として、間違いなく、ここでは使用されている。もとより、これによると、月中の「ケイ」のことを、ここでは「丹桂」と称していることになるわけで、いわゆる、「ケイ」の三種類のうち、「丹桂」こそが月中の「ケイ」なのだ、ということになるだろう。

月中に生えていることになっている「ケイ」、それが、具体的には「丹桂」のことを指示し、それが、樹皮の紅い（決して葉の色が紅いのではない）、柏の葉のような、そうした葉を持ったところの常緑の樹木であるということならば、上述したところの、我が平安朝漢文学作品中において、月、もしくは、月光のことを指示して使用されていた「紅桂」という言葉、そのすべては、以上の「丹桂」の言い替え表現と考えられて来るのではないだろうか。当然に、そういう結論に達することになるに違いない。上述した「紅桂」四例について、ここで改めて注目していくことにするが、その1「紅桂杪」の場合には、詩題中に「賀二般進士登科一」との句が見えていること、その2「再折二紅桂一」の場合にも、「進士及第」「秀才及第」との句が見えていること、その3を後回しにして、その4「紅桂為レ誰尤有レ意」の場合にも、「昔日一枝芳」との句が見えていることからすると、既述のように、六朝晋の郤詵の、いわゆる、「桂林一枝」の故事をそれらはすべて踏まえていることになるはずなのである。言うまでもなく、それらの「紅桂」は、月中に生えている「ケイ」のことを指示していることになっているはずで、それ故に、それらの「紅桂」という表現は、「丹桂」の言い替えということになるわけなのである。

上述した「紅桂」の用例の、その3「緑蘋紅桂是親朋」の場合には、詩題中に「賦三池水浮二明月一詩」との句が見えていることからすると、これは「桂林一枝」の故事をさらに発展させ、むしろ、そこから意味的に離れた状態で、広く、「明月」なり「月光」なりのことを具体的に指示している用例ということになるだろう。例えば、その3「紅桂」の用例の場合には、「碧浪ト金波トハ応ニ合体ナルベク、緑蘋ト紅桂トハ是レ親朋ナリ。」（碧浪金波応二合体一、緑蘋紅桂是親朋。）との対句構成の中で、それは使用し配置されているわけなのである。つまり、「碧浪」（A）と「金波」（B）とのそれぞれの詩語が、対語として、「緑蘋」（A′）と「紅桂」（B′）とのそれぞれの詩語に密接な対応関係を持つように、対比的に使用され、配置されていることになっている。池水の岸辺に打ち寄せる青緑色の浪（A）と、月光に照らされて金色に輝きながら池水の岸辺に打ち寄せる波（B）との対比、池水の表面に漂う緑色の浮き草（A′）と、池水の表面を照らす月の光（B′）との対比がここでは詠述されているわけなのだ。

AとBとは、池水の岸辺に打ち寄せる青緑色と金色の波のことであり、A′とB′とは、池水の表面に漂う緑色の浮き草とそれを照らし出している月（の金色）の光ということになるだろう。AとA′、BとB′とが内容的にそれぞれ密接に対応していることになるはずで、例えば、「碧」と「緑」との色対、「金」と「紅」とのそれからしても、そのことは容易に指摘出来るに違いない。とりわけ、BとB′との、内容上の関連性は極めて密接で、「金波」といい「紅桂」といい、共に、月なり月光なりの関連語ということになるはずなのだ。前者が、月光に照らされて金色に輝きながら池水の岸辺に打ち寄せる波のことを指示し、後者が、池水の表面を照らす月光のことを指示していることになっているからなのである。

　月中に生えていることになっているその「丹桂」、それが何故に我が平安朝漢文学作品中において「紅桂」と言い替えられることになったのか、その理由については、未詳ということになっている。何故に、「丹」を「紅」に言い替える必要があったのだろうか。色彩的に言えば、「丹」（に・たん）とは、「赤色の顔料。一般に赤土・辰砂、または鉛丹などをも言う。▽黄赤。」〈小学館刊『色の手帖』三七頁〉、「紅」（くれない）とは、「ベニバナの汁で染め出した色の名。元来、紅色（べにいろ）と同じであるが、やや濃い、またはくすんだ色をいう。▽紫みの赤。▼〈くれない〉は〈呉（くれ）の藍（あい）〉の変化した語で、呉国（中国）伝来の藍の意から。」〈同・一〇頁〉ということになっていて、同じ赤色系統ではあるが、色彩上は、もとより、微妙な点で相違していることになるはずなのである。

　黄赤であるとされる「丹」色、それを紫みの赤であるとされる「紅」色に言い替えることにした理由は何故なのか。今のところ未詳とするしかないが、菅原道真を初めとする、我が平安朝漢文学作品の作者たちが、「丹桂」を「紅桂」にすべて言い替えていることは、以上に見た通り、間違いない事実なのである。「丹」字と「紅」字とのそれぞれの韻目は当然に異なっていて、前者は『広韻』〈上平声・二五寒韻〉ということになっており、後者は同〈上平声・一東韻〉ということになっている（共に「上平声」の韻目である点は同じ。）。ちなみに、「桂」字の韻目は同〈去声・一二霽韻〉ということになっているから、「丹桂」「紅桂」を近体詩の詩語として配置する場合には、確かに、平仄上から見る限りは、どちらも「○×」（○印は平声で×印は仄声）ということになり、どちらを配置しても問題点はないはずなのである。「丹桂」の代替として、「紅桂」を使用することは、もとより、可能ということになるはずなのだ。

　「丹」字と「紅」字とが、内容的には、ほぼ、同じ赤色系統の色彩を共通に指示するものであること、また、平仄上からも「上平声」の韻目を共通に有するものであること、これらが、あるいは、前者の代替として後者が使用されることになった理由なのではないだろうか。また、その理由をもう一つだけ付け加えるならば、やはり、平安朝の貴族たちの好みの問題がそこにあったからに違いないだろう。上述したように、古代社会においては、「丹」色は一般的には「埴(はに)」(赤土)から産出するところの、天然の顔料ということになっていて、「くすんだ赤黄色で、きれいな赤色ではありません。」〈高橋雅夫著『化粧ものがたり―赤・白・黒の世界』四頁〉と言われているのに対して、「呉国」(中国)から伝来したとされている、ベニバナから産出するところの「紅」色が、「非常に高価であることと、退色しやすいこと、などの欠点がある。」〈武井邦彦著『日本色彩事典』六二頁〉ということになっているが、美しい赤色であって、しかも、洗っても落ちない染色であることから、万葉人にも好まれ、『万葉集』にも数多くそれは詠み込まれることになるわけなのだ。「華麗な赤や紫の系統と、派手な赤系を主体とする鮮かな配色が〈はなやか〉なるものであり」〈伊原昭著『色彩と文芸美』一五九頁〉とされ、その「はなやか」な配色が平安貴族の好みとなっていて、平安時代の散文作品にはその使用例が数多く見られるという〈同・一五一頁〉。万葉人にも好まれていた「紅」色であるが、その「はなやか」な印象によって、平安貴族にも、それはより一層好まれるようになっていったに違いない。

未詳ではあるが、色彩的にも「丹」と「紅」とが同様の赤色系統であるということ、韻目的にもそれらが同じ上平声のグループに所属している漢字であるということ(近体詩の「平仄式」上からは好都合であること)、その上、「丹」よりも「紅」の方が「はなやか」な配色となっていて、そちらの方が平安貴族の好みに合致していたということ、これらの理由によって、我が平安朝漢文学作品の作者たちは、敢えて、「丹桂」を「紅桂」に言い替えることにしたのではないだろうか。明白な理由は未詳ということになるが、以上の四例で見たように、確かに、本来的には、「丹桂」に作るべきところをそれらは共に「紅桂」に作っていて、しかも、それらは、すべて月中の「ケイ」なり月光なりのことを直接指示していることになっていたはずなのである。結果論的に、どうしても、それらの「紅桂」を「丹桂」の言い替え表現であると見なさないわけにはいかないだろう。

話を本「叙意一百韻」中の詩語「紅輪」（九三句）のことに戻すことにしよう。ここの詩語「紅輪」を紅い太陽（日）のことと見るのか、はたまた、紅い太陰（月）のことと見るのか、内容を解釈する上では、当然に、大きな問題点を提供することになるだろうということ、そのことについては前述した通りなのである。従来の意見は、多分に前者ということになっていて、それに従って解釈が施されて来たわけなのであるが、ここでは、敢えて、後者の意見を採用して解釈を施したいと思う。その理由は、我が平安朝漢文学作品の作者たちが、すべての「丹桂」を「紅桂」に言い替えているからなのである。とりわけ、作者の道真自身が過去にそれを実行していることになっているからなのである。

『菅家文草』〈巻一「冬日、賀二船進士登科一、兼感二流年一。」〉中に、「席上ニ伝ヘテ看ル紅桂ノ杪、盃中ニ勧メ得タリ緑梨ノ花。」（席上伝看紅桂杪、盃中勧得緑梨花。）との一聯が見えていて、道真自身が、そこでは、「丹桂」を「紅桂」と言い替えて、月中の「ケイ」のことを指示していたはずなのである（用例その1）。詩語「紅輪」を「丹輪」の言い替え表現と見なし、それが、「丹桂ノ輪」（丹桂輪）の言い替え表現としての「紅桂ノ輪」（紅桂輪）の省略語であって、紅い太陰（月）の、それも満月のことを直接に指示していると見なすことも、その、「丹桂」を「紅桂」に言い替えるという表現手法の延長線上に置いて考えてみること、これは出来るのではないだろうか。ここでの詩語「紅輪」が紅い太陰（月）、それも満月のことを直接に指示していると見なすことにしたのは、そのためなのである。

例えば、後の明代の卓徴甫撰の類書『卓氏藻林』〈「天文」〉中にも、「丹輪トハ、月ナリ。六朝ノ詩ニ、丹輪ハ殊ニ未ダ円カラズ、ト。」（丹輪、月也。六朝詩、丹輪殊未レ円。）との記述が見えていて、詩語「丹輪」（丹桂輪の略）を取り上げ、それが、まさしく、月の異名であると認めている《『大漢和辞典』》。その用例が六朝時代の詩語の中に見えていることになっているわけなのであり、それならば、時代的に言って、道真が詩語「丹輪」の知識をすでに持っていたと考えることは、これは、十分に有り得ていいということになるだろう。また、その、月の異名である詩語「丹輪」を、「丹桂」を「紅桂」

に言い替えたように、「紅輪」（紅桂輪の略）に言い替えて表現することにしたのではないかと考えることも、これも、十分に有り得ていいということになるのではないだろうか。

今は、月の異名としての「丹輪」、それを「紅輪」に言い替えて表現したものと見なすことにし、ここでは、あくまでも月のこと、それも、「輪」とあるからには、満月のことを指示しているものと見なすことにしたい。言うまでもなく、ここでは、それは大きくて円い月ということで、車の車輪に比喩されているわけなのだ。もっとも、本句（九三句）の詩語「紅輪」の場合には、近体詩としての「平仄式」上の決まりに従って、敢えて、詩語「紅桂」の代替に「紅輪」を使用することにしたのではないか、月の異名としての詩語「丹輪」の、その六朝時代の用例をもともと知らなかったと仮定しても、「平仄式」上の制約によって、代替としてそれを使用することにしたのではないか、と考えることも出来そうなのである。というのは、本聯「紅輪晴後転、翠幕晩来褰。」における平仄は「〇〇〇××、×××〇◎。」（〇印は平声、×印は仄声、◎印は平声で押韻していることを指示。）ということになっているからなのである。「輪」字の韻目は『広韻』〈上平声・一八諄韻〉で、まさしく、平声の韻目中にそれは所属していることになっている。それ故に、「紅輪」に作る場合には「〇〇」となり、対語である「翠幕」（緑色の帳のような靄）が「××」となっていることと合わせて、両者の、内容上からだけではなく、平仄上からの見事な対比も、すでに作者によって意図されているということを、そのことによって理解することになるわけなのである。

平声である「輪」字を本句の上から二番目に配置したことにより、「平仄式」上の大原則「粘法」「二四不同」は厳守されていることになるわけなのである。ところが、上述したように、「桂」字の韻目は『広韻』〈去声・一二霽韻〉で、まぎれもなく、仄声の韻目中に所属していることになっており、その仄声である「桂」字を本句の上から二番目に配置することにすれば、「平仄式」上の大原則「粘法」「二四不同」を、逆に、両方共に犯すことになってしまうわけなのだ。

「桂」字をそのまま本句の上から二番目に配置すれば、その平仄の配置は、「〇×〇××」（紅桂晴後転）ということにならざるを得ないことになる。これでは、「二四不同」の大原則を犯すことになるばかりか、前句（九二句）の上から二番目に配置されている「渥」字が平声ということになっていたはずだから、仄声の「桂」字を本句の上から二番目に配置すれば、それでは「粘法」の大原則をも犯すことになってしまう。さらに、その場合には、「孤仄」と「孤平」とを一つずつ犯すことにもなるわけなのだ。近体五言長律詩「叙意一百韻」を作成せんとした作者の道真は、「丹桂」を「紅桂」に言い替えた後に、その「紅桂」を「平仄式」を厳守するために、今度は、「紅輪」に改めて言い替える必要性を確認することになったはずなのである。

月を車輪に見立てることは、これまた、一つの伝統となっているわけなのであり、例えば、梁の劉孝綽「望月詩」（『芸文類聚』巻一「月」）中にも、「輪光ノ欹ケテ半バナラザルニ、扇影ハ出デテ将ニ円カラントス。」（輪光欹不レ半、扇影出将レ円。）との詠述が見えているし、何よりも、『菅家文草』〈巻一「八月十五夕、待レ月。席上各分二一字一。」〉中にも、「二更ニ月ヲ待ツ事ハ如何、金輪ノ碧虚ヲ度ルコトヲ見ズ。」（二更待レ月事何如、不レ見二金輪度一碧虚一。）との用例が見えているのである。月光を「輪光」ともいい、満月を「金輪」ともいうことになっているわけなのであり、道真が「叙意一百韻」中の本句（九三句）の、その「平仄式」を厳守するために、改めて「紅桂」を「紅輪」に言い替えるというそうした作業は、以上の伝統に従うならば、むしろ、はなはだ容易なことであったに違いない。

それにしても、詩語「紅輪」について考える場合、道真自身が満月のことを指示して、すでに、それを「金輪」と表現しているわけなのであり、改めて、その事実に注目しないわけにはいかないだろう。先ずは、「輪」字の方であるが、詩題中に「八月十五夕、待レ月。」との記述が見えていることからして、いわゆる、「仲秋」の名月（満月）のことをそれが指示していることになるはずで、まさしく、それは車輪のごとき大きな円形の月のことであったわけなのだ。この用例「金輪」の場合には、意味上からも、「輪」字をそこに採用する必然性は正しくあったことになるだろう。なにしろ、八月十五夜の満月のことを指示していることになっているのだから。

また、上記「二更待レ月事何如、不レ見三金輪度二碧虚一。」との、その道真の一聯は、近体七言絶句の起句（一句）と承句（二句）に相当しており、同聯の「平仄式」は、「×○×××○◎、××○○××◎。」ということになっている。確かに、詩語「金輪」の平仄が「○○」となっていることからして、その結果、承句においては、「二四不同」の大原則はそれによって厳守されていると言えるだろう。例えば、月を指示していることになるはずの詩語「金桂」では、その平仄が「○×」ということになってしまい、それでは、承句の「平仄式」は、「××○×××◎」ということになるはずなのだ。結果的に、「二四不同」の大原則と「孤平」一つをそれによって犯してしまうことになるわけなのだ。ここでの用例「金輪」の場合には、「平仄式」上からも、「輪」字をそこに採用する必然性、これは正しく有ったことになるだろう。

次に、「金」字の方であるが、これは言うまでもなく、色彩「こがね色」を指示しているに違いない。何故か。『前漢書』〈巻二二「礼楽志」郊祀歌・天門〉中にも、「月ハ穆々（ぼくぼく）トシテ以テ金波ニ、日ハ華耀シテ以テ宣明ナリ。」（月穆々以金波、日華耀以宣明。）との用例が見えていて、顔師古がそれに注して、「月光ノ穆々トシテ（うるわしく美しいさま）、金（金色）ノ波流ノ若（ごと）キナルヲ言フ。」（言三月光穆々、若二金之波流一也。）に作っているからなのである。月光を「金波」といい、その月光に照らされて金色に見える波浪をも「金波」というのはそのためなのであるが、ここでの用例「金輪」の、その「金」字の場合にも、それは同様ということになるだろう。すなわち、詩語「金輪」とは、「こがね色」の色彩を持つところの、その、大きくて円い満月のことを指示していることになるはずなのである。同じく、大きくて円い満月のことを指示していると見なした詩語「紅輪」との関連において、やはり、その詩語「金輪」の存在は注目せずにはいられないだろう。

月もしくは月光のことを中国においては伝統的に指示していることになっている詩語「丹桂」、それを道真は「紅桂」に書き替え、さらに、それを「紅輪」に書き替えることにし、それによって大きくて円い満月（月輪）のことを指示することにしたのだ、と以上のように想定してみたわけであるが、ただ、当然のことに、詩語「紅輪」そのものが月輪の方ではなくて、はっきりと日輪の方を指示している場合もあることになっている。例えば、「彭蠡湖天（ほうれいこてん）ノ晩（くれ）、桃花水気（たうくわすゐき）ノ春（はる）。」

鳥ハ飛ブ千白点、日ハ没ス半紅輪。」（彭蠡湖天晩、桃花水気春。鳥飛千白点、日没半紅輪。）《『白氏文集』巻一六「彭蠡湖晩帰」》との両聯中に見える用例などは、まさしく、その日輪の方を指示していることになるだろう。「半紅輪」が、「日没」との関連で詠述されているからなのである。もっとも、ここの詩語「半紅輪」はその対語となっている「千白点」の場合と同様に、それぞれ、「半輪ノ紅」（半輪紅）と「千点ノ白」（千点白）の倒装ということになっているはずなのである（「輪」字で押韻するために「紅輪」と倒装する必要があり、対語として、同じく、「白点」と倒装する必要があったわけなのだ。）。本来的には詩語「紅輪」の用例と見なすわけにはいかないはずであるが、意味的には「半輪紅」であっても「半紅輪」であっても、確かに、日暮れの時刻となって、半分ほど姿を没してしまった日輪のことをそれは明白に指示していることになるだろう。以上のごとくに、詩語「紅輪」が日輪を指示する場合もあること、これはもとより間違いない事実なのであり、それ故に、道真作「叙意一百韻」中に見えている詩語「紅輪」（九三句）が、日輪のことを指示するのか、それとも月輪のことを指示するのか、すでに指摘したように、大きな問題点を含むことになるわけなのである。

今は、月輪のことをそれが指示していると想定してみることにしたが、本句（九三句）中には、さらに、詩語「晴後」が見え、その対語として、さらに、後句（九四句）中には、詩語「晩来」が見えていることも、その想定の妥当性を補強してくれているように思える。というのは、本聯（九三・九四句）中の、詩語「晴後」と「晩来」とは対語として対比されているはずで、「晴」と「晩」、「後」と「来」とが密接な対応関係にあるはずだからなのである。

まず、前者の「晴」と「晩」との対応関係のことであるが、「晴」字の方にも、本来的には、「夜、雨がふって後、雲除き、星が生じ見はれる」《『大漢和辞典』》との意があることになっており、そのことは、『説文』中に、「姓（晴）ハ、雨フルモ夜ニ除キテ、星ノ見ユルナリ。」（姓、雨而夜除、星見也。）との字解がなされていることからも、十分に納得することが出来る。すなわち、「くれ・ひぐれ・ゆふぐれ」との意を持つところの「晩」字とは、意味的に、時刻的な共通項（夜と晩）を有していることになっており、そこに、密接な対応関係が認められることになるからなのである。「晴」字が本来的に意味しているとされる、その時刻的な「夜」の意、それと「紅輪」との意味上の関連を考えれば、必然的に、本句中の「紅輪」とは月輪のことを指示していることになるはずなのである。

なお、「晩晴」との熟語が『白氏文集』〈巻五四「題二報恩寺一」〉中に、「晩晴ハ野寺ニ宜シク、秋景ハ閑人ニ属ス。」（晩晴宜二野寺一、秋景属二閑人一。）との一聯中に用例として見えていて、確かに、そこでも、「夕方になって空が晴れわたること」との意でそれが使用されている。しかも、意味的に、「晴」字に通じていることになっている「霽」（はる。雨があがるとの意。）字に置き替えた熟語「晩霽」の用例も、同書には見えているのである。例えば、「晩霽烟景度リ、早涼窓戸虚シ。」（晩霽烟景度、早涼窓戸虚。）〈『白氏文集』巻八「病中逢レ秋、招レ客夜酌。」〉との一聯中、あるいは、「簷雨ノ晩ニ初メテ霽レ、牕風ハ涼シクシテ休マント欲セシム。」（簷雨晩初霽、牕風涼欲レ休。）〈同・巻五八「府西池北、新葺二水斎一、即レ事招レ賓、偶題二十六韻一。」〉との一聯中に見えている用例などがそれである。もとより、それらは、意味的には「晩晴」のそれと同様ということになっている。

「夕方になって空が晴れわたること」との意を有する熟語「晩晴」「晩霽」の用例が、以上のように見えているわけなのである。「晩」と「晴」（「霽」）との両字の、以上のような結び付きを考えれば、両字における密接な対応関係は、もともと、存在していることになるはずなのであり、例えば、話を「叙意一百韻」中の本聯（九三・九四句）のことに戻すならば、対語としてその前句に配置されている「晴」字と、同じく、後句に配置されている「晩」字とは、本来的には、熟語「晩晴」としてあるべきものを、それを、敢えて、二字に分割して、「晴」字の方を前句中に配置することにし、「晩」字の方を後句中に配置することによって、両字を密接な対応関係を有する対語と見なすようにしたのではないか、とそのようにも考えられて来るのである。

それでは、何故に、熟語としての「晩晴」を敢えて分割して、「晴」字の方を前句中に配置し、「晩」字の方を後句中に配置することにしたのか。その理由は、当然、近体詩としての「平仄式」を作者が厳守しようとしたから、ということになるだろう。熟語「晩晴」を詩語として使用する場合、その平仄が「×〇」（〇印は平声で×印は仄声）ということになっているから、本聯の前句（九三句）中に、「晩」「晴」両字のどちらかを配置するということになると、必然的に、それは平声字である「晴」字の方でなければならないということになるだろう。なんとなれば、本聯の前句中の、その、上から三字目に「晴」字を配置すれば、「紅輪晴後転」との語順を作ることになり、その平仄は「〇〇〇××」ということになるからなのである。

逆に、本聯の前句中の、その、上から三字目に「晩」字を配置したならば、「紅輪晩後転」との語順を作ることにより、その平仄は「〇〇×××」ということになってしまい、いわゆる、仄声の「下三連」（下三仄）を犯すことになってしまうわけなのであり、近体詩としての「平仄式」上からは、どうしても、「晩」字をそこに配置するわけにはいかないことになるのである。

一方、本聯の後句（九四句）中に、「晩」「晴」両字のどちらかを配置するということになると、必然的に、それは仄声字である「晩」字の方でなければならないということになるだろう。なんとなれば、本聯の後句の、その、上から三字目に「晩」字を配置すれば、「翠幕晩来褰」との語順を作ることになり、その平仄は「×××〇◎」ということになるからなのである。

逆に、本聯の後句中の、その、上から三字目に「晴」字を配置したならば、「翠幕晴来褰」との語順を作ることになり、その平仄は「××〇〇◎」ということになってしまい、いわゆる、平声の「下三連」（下三平）を、この場合にもまた、犯すことになってしまうわけなのである。「下三連」のうち、下三字に平声を連用する「下三平」は、とりわけ、避けなければならないとされていて〈小川環樹著『唐詩概説』一〇九頁〉、それ故に、近体詩としての「平仄式」上からは、どうしても、「晴」字をそこに配置するわけにはいかないことになるのである。

本聯の前句の方に「晴」字を配置し、後句の方に「晩」字を配置することにしたのは、まさしく、近体詩としての「平仄式」を厳守する必要があったからに違いない。今は、熟語「晩晴」を詩語として使用し、それを本聯中の対語として配置するために、敢えて、その二字を分割し、「晴」字の方を前句中に、そして「晩」字の方を後句中に配置することにしたのだ、との想定に従うことにしようと思う。その想定に従うならば、前句中に配置された「晴」字の場合にも、また、後句中に配置された「晩」字の場合にも、その通釈はあくまでも共通に、熟語としての「晩晴」の意のままに、すなわち、「夕方になって空が晴れわたること」との意の、それを採用しなければならないだろう。

と言うことは、前句中の詩語「紅輪」といい、後句中の詩語「翠幕」といい、「夕方になって空が晴れわたること」との、そうした内容上の関連でそれらを考えてみる必要があるということになるはずなのである。「翠幕」のことについては後述するとして、「紅輪」が日輪のことではなく、月輪のことを指示していると見なした理由の一つは、まったく、そのためなのである。なにしろ、その「紅輪」たるや、「夕方になって空が晴れわたった」後に転がり出ることになっているのだから。月輪のことを指示していると見なさなければならないだろう。

熟語「晩晴」を詩語として使用し、それを本聯中の対語として配置するために、敢えて、その二字を分割し、「晴」字の方を前句中に、そして「晩」字の方を後句中に配置することにしたのだと見なし、その配置については、近体詩としての「平仄式」を厳守する必要上から、そのようにせざるを得なかったと見なすことにしたが、本聯中の、もう一つの対語としての、「後」字と「来」字の場合にも、熟語「晩晴」のそれと同様に、ここでは、考えることが出来るのではないだろうか。すなわち、本来的には、熟語「後来」（「そののち」の意。「以後」に同じ。）として使用されるべきもの、それを詩語として、本聯中の対語として使用し配置するために、敢えて、その二字を分割し、「後」字の方を前句中に、そして、「来」字の方を後句中に配置することにしたのだ、と。勿論、その配置については、ここでも、近体詩としての「平仄式」を厳守する必要上から、そのようにせざるを得なかったということになるだろう。

つまり、仄声である「後」（『広韻』上声・四五厚韻）字と平声である「来」（同・上平声・一六咍韻）字とを対語として本聯中に配置するに場合には、必ずや、近体詩としての「平仄式」を厳守する必要があるわけなのであり、本聯の前句（九三句）中の、上から四字目にそれを配置するには、上から二字目の「輪」字が平声ということになっていることから、必然的に、「二四不同」の大原則を厳守して、仄声である「後」字をそこに配置しなければならないことになるだろう。その反対に、本聯の後句（九四句）中の、上から四字目にそれを配置するには、上から二字目の「幕」が仄声ということになっていることから、必然的に、「二四不同」の大原則を厳守して、平声である「来」字を配置しなければならないことになるだろう。

本聯の、前句中の、上から四字目に「後」字が配置され、同じく、後句中の上から四字目に「来」字が配置されることになった結果、その前句の平仄は、上から「○○○××」となり、同じく後句のそれは、上から「×××○◎」となって（○印は平声、×印は仄声、◎印は平声で押韻であることを指示。）、前・後句の、それぞれの平仄が対比的な配置を見事に構成することになったわけなのである。もとより、熟語「晩晴」の場合がそうであったように、熟語「後来」の場合にも、それを詩語として使用し、本聯中の対語として配置するために、その二字が、敢えて、分割されていると見なす以上は、前句中の「晴後」であっても後句中の「晩来」であっても、共に内容上からは熟語「後来」の意味を有するものとして、前者も「夕方になって空が晴れわたってより後に」と解釈し、後者も「夕方になって空が晴れわたってより後に」と同様な解釈を施さなければならないはずなのだ。なお、熟語「後来」の用例としては、『白氏文集』中にも、「特ニ後来ノ妹（美人）ニ報ズ、須ラク眉首ヲ倚ムベカラズ。」（特報二後来妹一、不レ須レ倚二眉首一。）〈巻一「青塚」〉とか、「後来ニ予ガ杓直（李建）・虞平（崔韶）ト游ビシ者有リテ、此ノ短什（短い詩作）ヲ見バ、能ク惻々タルコト（悲しみ悼むさま）無カランヤ。」（後来有下与二予杓直虞平一游者上、見二此短什一、能無二惻々一乎。）〈巻二〇「商山路有レ感。并序。」〉とかが見えていて、そこでも「そののち」「以後」との意でその熟語は使用されており、「後」と「来」との結び付きは、大いに密接ということになっている。

さて、本聯の、前句（九三句）中の詩語「紅輪」、それが月輪のことを指示していると見なし、その、車輪のような大きな月が「夕方になって空が晴れわたってより後に」転がり出たとの、そうした句意に通釈することにしたわけであるが、その詩語「紅輪」は、既述の通りに、後句（九四句）中の詩語「翠幕」とは対語関係にあることになっていて、両者は、もとより、密接な対応関係を有していることになっている。前者の「紅」（紅色）と後者の「翠」（みどり色）とは色対ということになるだろうし、しかも、後聯（九五・九六句）の、前句中の「白」と後句中の「玄」（くろ色）との対語とも、それは、互いに色対としての対応関係を有していることになるだろう。車輪のことを指示している前者の「輪」と、帳帷（とばり）のことを指示している後者の「幕」とは、共に人事物ということになり、本来的には、自然物であるはずの月輪と煙霧とが、そうした人事物に比喩されていることになるわけなのだ。見事な色対であり、見事な比喩表現であると、それらは言えるだろう。

ただ、本聯における色対に関して言えば、本句中の詩語「紅輪」の、その「紅」字の場合には、前述の通りに、それは「丹桂」から「紅桂」、そして「紅桂」から「紅輪」への、そうした言い替え表現の中で使用されていると見なしたはずなのである。ということは、「丹桂」の「丹」字が月中に生えている「ケイ」の、その赤い色の樹皮によって命名されたことになっていた以上、その言い替え表現としての、「紅輪」の「紅」字の場合にも、それはあくまでも、月中に生えている「ケイ」の、その樹皮の赤い色のことを指示していなければならないことになるだろう。すなわち、「紅輪」の「紅」字の場合には、月、あるいは、月光そのものに対する呼称の一部なのであって、本来的には、それは「紅」色の月なり月光なりの、その色彩上のことを指示しているわけでは決してないことになるわけなのだ。

しかし、そうではあるが、対語である「翠幕」の「翠」字の場合が、煙霧そのものに対する視覚的表現を通しての、その色彩を指示していることからすると、「紅輪」の「紅」字の場合にも、両者の密接な対応関係からして、月輪そのものに対する視覚的表現を通しての色彩上のことも、そこにはおのずから含まれていて、つまり、視覚上の「紅」色の月の、その色彩のことをも指示していると考えなければならないのではないだろうか。ここでは、そのようにも思えてくるがどうなのであろうか。色彩のことについては後回しにして、まずは、その月の大きさのことになるが、既述のように、それが人事的な車輪そのものに比喩されていることからして、当夜に、作者の道真が目にした月は、まさしく、満月、もしくは、それに近いものでなければならないだろう。『菅家文草』〈巻一「八月十五夕、待レ月、席上各分二一字一。」〉中の、前述した「二更ニ月ヲ待ツ事ハ何如、金輪ノ碧虚ヲ度ルコトヲ見ズ。」（二更待レ月事何如、不レ見三金輪度二碧虚一。）との一聯中にも、「十五夕」の満月を「金輪」（金色の車輪）と道真は表現していたはずなのだ。

月は、月齢十五で満月になり、「この時、月は地球をはさんで太陽と反対側に位置しますから、月は日没後に東から顔を出す」〈沼沢茂美著『天体写真クラブ』六〇頁〉ことになっているが、そのことについては、『釈名』〈巻一「釈天」月〉中にも、「望トハ、月満ツルノ名ナリ。日月ノ遙ニ相望ム者ナリ。」（望、月満之名也。日月遙相望者也。）との記述が見える。いわゆる、それは「望月」（陰暦十五夜の月）ということになるが、太陽が西の空に没すると共に、東の空に昇り始める月なのである。まして、人の目の錯覚によって、「月の出や月の入りのときの地平低い月は、非常に大きく見える」〈藤井旭著『天体観測図鑑』四〇頁〉ことになっているわけなのだ。恐らく、陰暦十五夜前後の月なのであろうが、当夜の、「夕方になって空が晴れわたってより後に」東の空に転がり出て昇って来たばかりの、まるで、車輪のような大きな月を作者の道真は目にしたわけなのだ。

ところで、次に、道真が当夜に目にした、円い大きな車輪のような月の、その色彩のことになるが、その月たるや、時期的に梅雨明けを知らせるべく、夕方の晴れわたったばかりの東の空に、まるで、転がり出るようにして昇って来たところのそれということになっている。前聯（九一・九二句）においては、「壁ハ堕チテ奔溜ヲ防ギ、庭ハ涅ミテ濁涓ヲ導ク。」（壁堕防二奔溜一、庭涅導二濁涓一。）との詠述がなされていたはずで、それこそ、梅雨末期の「豪雨」が降り続いていたわけなのだ。しかも、その詠述を受け継いだ本聯（九三・九四句）においては、「紅輪」が転がり出て来ることになったのも、

「翠幕」が消えて無くなることになったのも、共に、夕方になってからだということになっている。ということは、作者の道真が、転がり出た「紅輪」と、消えて無くなる「翠幕」とを目にすることになったその当日の、少なくとも、日中までは梅雨空がなおも続いていたことになるだろう。

その「紅輪」たるや、満月ということでもあり、恐らくは、梅雨明け頃の陰暦六月十五日の東の空に、それは、日没と同時に姿を現わしたということに、理論上はなるだろう〈延喜元年〈九〇一〉には「閏六月」があったことになっている〉。地平線から顔を出したばかりの月は赤く見えることがあり、それは、「夕焼けが赤く見えるのと同じで、斜めに空気の層を長い距離進むあいだに、波長の短い光が散乱して失われ、波長の長い赤い光がより多く届くため」〈ネイチャー・プロ編集室編『月に恋』一四九頁〉とされている。道真が、当夜に目にすることになった車輪のような大きな月も、確かに、視覚上から言って、赤味がかった色彩を有していたとも、それは、考えることが日時的に十分に出来そうなのである。道真が目にした「紅輪」の、その「紅」字の場合にも、月輪そのものに対する視覚的表現を通しての、そうした色彩上のこともそこにおのずから含まれているのではないかと先に想定してみたのは、まさに、そのためなのである〈なお、その大きく赤い月も、水平線を離れるに従って、小さくなり白色に輝くことになっている〉。満月それ自体を指示して「紅輪」と言うことになっているが、道真が目にしたそれは、確かに、色彩的にも紅色に見えるそれであったのだ、と。そのように想定するならば、対語「翠幕」との視覚上からの、「紅」と「翠」との色対そのものも、大いに具体性を持って来ることになるになるのではないだろうか。ちなみに、延喜元年度においては、太陽暦の七月八日頃に当たるとされている「小暑」の節気が六月十四日ということになっており〈湯浅吉美編『日本暦日便覧』〉、六月十五日はその翌日に当たっているわけなのだ。同年度中の「梅雨明け」がその頃に有ったと想定しても、決して不都合なことにはならないだろう。

(14) **翠幕晩来褰**　「翠幕(すゐまく)ハ晩来(ばんらい)ニ褰(かか)ゲラル」と訓読し、緑色の帳幕(とばり)のような靄(もや)も夕暮れと共に巻き上げられ〈晴れわた〉るのだった、との意になる。

「翠幕」は緑色の幕。本聯（九三・九四句）の、前句中に見えている「紅輪」の対語。「翠」は緑色（もえぎ色・青黄色）を指示し、「紅」とは色対となっていると同時に、後聯（九五・九六句）中に見えている、「白」と「玄」（黒）との色対とも密接な対応関係を有していることに、ここではなっている。すなわち、「紅」と「翠」との色対が本聯の前・後句中の一字目に配置され、「白」と「玄」（黒）との色対が後聯の前・後句中の五字目に配置されていて、それらの二つの色対が、有機的に、しかも、効果的に配置されていることが分かる。まさしく、技巧的な配置と言えるだろう。

詩語「翠幕」の用例は、例えば、『白氏文集』〈巻一七「鍾陵餞送」〉中の、「翠幕ノ紅筵ハ高クシテ雲ニ在リ、歌鐘ノ一曲ハ万家ニ聞コユ。」（翠幕紅筵高在レ雲、歌鐘一曲万家聞。）との一聯にも見えているが、ただし、この用例の場合には、文字通りに、「緑色の幕」（人事物）の意にしか用いられていないことになっており、緑色の煙霧（自然物）のことを比喩する表現とはなっていないのである。本聯（九三・九四句）の後句中に見えている詩語「翠幕」の場合には、既述の通りに、その前句中の詩語「紅輪」の対語として配置されていることになっているわけなのだ。「紅輪」の方は自然物である満月、それを人事物としての車輪に比喩して表現していることになっていたはずなのであり、両者の密接な対応ということからすると、「翠幕」の方も、自然物である煙霧、それを人事物としての帳幕に比喩して表現している、と必ずや見なければならないだろう。

自然物である煙霧や靄霞を色彩的に「翠」（緑色・もえぎ色・青黄色）と見なすことは一般的であり、例えば、『文選』〈巻一二「江賦」郭璞〉中にも、「淩波ヲ撫シテ鳧ノゴトク躍リ、翠霞ヲ吸ヒテ夭矯タリ。」（撫二淩波一而鳧躍、吸二翠霞一而夭矯。）との用例で見えているし、『全梁詩』〈巻一〇「望二夕霽一」王筠〉中にも「密樹ハ緑滋ヲ含ミ、遙峰ハ翠靄ヲ凝ラス。」（密樹含二緑滋一、遙峰凝二翠靄一。）との用例で見えている。ちなみに、『懐風藻』〈「春日応詔」巨勢多益須〉中にも、「岫室ハ明鏡ニ開キ、松殿ハ翠烟ニ浮カブ。」（岫室開二明鏡一、松殿浮二翠烟一。）との用例が、『菅家文草』〈巻四「山寺鐘」〉中にも、「草堂ハ深ク鏁ス翠煙ノ松、抜苦ノ音声五夜ノ鐘。」（草堂深鏁翠煙松、抜苦音声五夜鐘。）との用例が見えている。

ところで、本聯の後句（九四句）中の詩語「翠幕」の場合には、その、自然物としての煙霧や靄霞を人工物である「幕」に比喩しているわけであるが、そうした用例も、例えば、確かに、「烟幌ハ自ラ応ニ白紵（白色の麻布）ヲ憐ムベク、月楼ハ誰ヲカ伴ヒテ黄昏ヲ詠ゼンヤ。」（烟幌自応レ憐二白紵一、月楼誰伴詠二黄昏一。）《『唐李義山詩集』巻五「汴上送二李郢之一蘇州一二」》との一聯中にも見えているし、「玉俎ハ華ヲ雕リテ、星光ヲ煙幕ニ列ネ、珍羞ハ味ヲ錯ヘテ、綺色ヲ霞帷ニ分ク。」（玉俎雕レ華、列二星光於煙幕一、珍羞錯レ味、分二綺色於霞帷一。）《『懐風藻』「秋日於二長王宅一宴二新羅客一序」山田三方》との一文中にも見えている。

上記中の「烟幌」「煙幕」「霞帷」との表現は、すべて、自然物である「烟」「煙」「霞」、それらを人工物である「幌」「幕」「帷」にそれぞれ比喩し、それぞれ見立てていることになっているはずなのである。それらの「烟」「煙」「霞」がすべて、自然物であるところの、いわゆる、「かすみ・もや」の類を指示しており、それらの「幌」「幕」「帷」がすべて、人工物であるところの、いわゆる、「とばり・たれぎぬ」の類を指示していることになっているからなのである。

周囲に立ち込めた「かすみ・もや」の類、それを人の視界を遮断する「とばり・たれぎぬ」の類に比喩し、見立てるという表現は、以上の通りに、用例としてすでに多く見えているわけなのであり、本聯の後句（九四句）中の詩語「翠幕」の場合にも、そうした用例に従ったものとここでは考えるべきだろう。「翠」の方は、これも、以上の用例で見た通りで、自然物として周囲に立ち込めた「かすみ・もや」の類の色彩上のことを指示していることになるはずだし（ここでは「翠霞」「翠靄」「翠烟」などの省略形と見なすべきだろう）、「幕」の方は、以上の用例「煙幕」にそのまま見えていた通りで、人工物として見立てることにした「とばり・たれぎぬ」の類のことを指示していることになるはずなのだ。

対語である「紅輪」との対比上、例えば、「翠烟ノ幕」（翠烟幕）を省略して「翠幕」に作り、色対を生かす必要があったに違いないが、もとより、「翠幕」に作り、それを「紅輪」の対語として配置するためには、近体詩としての「平仄式」上の制約も、当然に、考慮する必要があったはずなのである。「平仄式」上の制約から言って、「翠」字の方には、問題はひとまず無く、問題になるのは「幕」字の方ということになっている。いわゆる、「粘法」をそこでは厳守する必要があるわけなのであり、本聯の前句（九三句）中の、上から二字目に配置されている「輪」字、それが「粘法」の制約上から平声の文字としてそこに配置されることになっているということ、そのことは、すでに述べた通りなのであるが、同じく、「粘法」の制約上から言って、本聯の後句に当たっているところの、本句（九四句）中の、上から二字目に配置されることになる文字、それは、今度は、必ずや、仄声のそれでなければならないことになるわけなのだ。そうした「粘法」の制約上から、本句では、敢えて、仄声の「幕」（『広韻』入声・一九鐸韻）字が採用されることになったに違いないのである。

なお、ここでの「翠」字の方は、「平仄式」上の制約は問題にならないわけであるが、恐らく、色対となっている「紅」字が平声（『広韻』上平声・一東韻）になっており、それとの対比上から、これも、敢えて、仄声となっている「翠」（同・去声・六至韻）字を採用することにしたのだろうと思う。そうすることで、「紅輪」の方が共に平声の文字、「翠幕」の方が共に仄声のそれということになり、対語としての両詩語の対比、それを意味上からだけでなく、「平仄式」上からも、密接な対応関係を有するように工夫を加えることにしたに違いない。以上のように、「平仄式」上の対比ということからも、本聯における「紅輪」と「翠幕」との対語は、密接な対応関係を有することになっているわけなのだ。詩人としての作者の、その技巧の妙を、ここでも改めて思い知らされることになっているはずなのだ。

作者の技巧の妙ということで、「紅輪」と「翠幕」との対比に関しての、その意味上における密接な対応関係のことについて、最後にもう一つ付言しておくことにしたい。それは「幕」のことなのである。ここでの「幕」が周囲に立ち込めた「かすみ・もや」の類（自然物）のことを指示していて、それを人の視界を遮断する「とばり・たれぎぬ」の類（人工物）に比喩し、見立てて表現しているということはすでに述べたが、その「とばり・たれぎぬ」の類（人工物）は、どこに使用されているところの、そうしたものなのであろうか。それは、人の視界を遮断するためのものということになっているが、具体的に、それは、ここでは、どのような場所に設置されたものなのであろうか。例えば、部屋の窓辺に設置されたものなのであろうか。

ここでの「幕」は、やはり、部屋の窓辺に設置された「とばり・たれぎぬ」ということにはならないはずなのだ。何故か。対語「輪」との密接な対応関係のことを考えれば、そういうことにはならず、「輪」が文字通りに車輪のことを指示し、あくまでも、車の関連語ということになっているわけなのであり、その点からすると、「幕」の方も、同様に、車の関連語と見なす必要が、ここでは、有ることになるからなのである。例えば、馬車の前方に設置した「幕」のことを「車幔」ということになっていて、「帝ノ初メテ省ニ上ラントシテ、旦ニ、領軍府ヲ発セントスレバ、大風ノ暴ニ起コリ、御スル所ノ車幔ヲ壊ス。帝ハ甚ダ之ヲ悪ム。」（帝初上レ省、旦、発二領軍府一、大風暴起、壊二所レ御車幔一。帝甚悪レ之。）（『北史』巻七「斉本紀・中」孝昭帝）との一文にも、用例としてのそれが見えている。ここでの「幕」が、その「車幔」のことを指示しているとするならば、対語である「輪」と同様に、それは、確かに、車の関連語（人工物）ということになるわけなのであり、それによって、両者は、意味的に、より一層密接な対応関係を有していることになるはずなのである。必ずや、作者の道真は、ここでの「幕」を、馬車の前方に設置された「車幔」のことを具体的に指示してそれに比喩し、見立てることにしたであろう。詩人としての作者の、その技巧の妙を、ここでの「紅輪」と「翠幕」との対比ということでも改めて知らされることになるはずで、以上のことを、もう一つ、最後に付言しておくことにしたのはそのためなのである。

「晩来ニ褰ゲラル」（晩来褰）は、夕方になって（空が晴れわたってより後に）消えて無くなってしまうのだった、との意。「晩来」については、対語「晴後」との密接な対応関係を考える必要があり、その「晴後」の語釈において詳述した通りなのである。もとより、熟語としての、「晩晴」と「後来」とは別々のものであるが、その二つが、「夕方になって空が晴れわたってより後に」との意味をまず作ることになり、その結果として、改めて、「晩晴後来」との四字句の詩語を構成することに、ここではなったわけなのだ。その、新たに構成した詩語「晩晴後来」を「平仄式」上の制約を犯さないように、作者は本聯の前句（九三句）中の、その上から三字目には平声の「晴」字の方を配置し、同じく、本聯の後句（九四句）中の、その上から三字目には仄声の「晩」字の方を配置することにし（こちらは「下三連」の大原則を犯すことを避けるため）、さらに、作者は本聯の前句中の、その上から四字目には仄声の「後」字の方を配置し、同じく、本聯の後句中の、その上から四字目には平声の「来」字の方を配置することにして、それによって、対語の役割を果たさせるようにしたはずなのである（こちらは「二四不同」の大原則を犯すことを避けるため）。

本来的に、「晩晴後来」（AB・CD）との四字句の詩語を構成していることになっていたはずのものを、本聯（九三・九四句）の対句形式に合わせて、それを二つの、二字句の詩語に分割することにして、すなわち、「晩来」（AD）と「晴後」（BC）の二つの詩語を新たに作り出し、前者の方を本聯の後句（九四句）の方に、そして、後者の方をその前句（九三句）の方に配置することにしたわけなのである。対語を新しく作り出すための、ここでの、そうした分割と配置とは、あくまでも、「平仄式」上の制約を厳守することを通して、便宜的に行われたものなのであって、本聯の前句中に配置されることになった詩語「晴後」（BC）といい、あるいは、同じく、後句中に配置されることになった詩語「晩来」（AD）といい、意味的には、共通していて、「晩晴後来」（AB・CD）との本来的な意味をそのまま有したものとして解釈しなければならないことになるはずで、そのことについては前述した通りなのだ。以上の通釈がそれに従っているのは、まったく、そのためなのである。

「褰」（『広韻』不平声・二仙韻）字は、ここでは韻字となっていて、近体長律（二百句）詩としての大原則「一韻到底」が厳守されている。その意味は、掲（かか）げ持ち上げる、とのそれであるが、ただし、ここは受身形として「褰（かか）ゲラル」と訓読する必要があるはずなのだ。本聯の前句（九三句）中に見える「転」字の対語。その対語「転」字が「輪」字の縁語となっているのに対して、「褰」字の方は「幕」の縁語となっている。車輪のように大きな「紅輪」（月輪）である故に、それは、夜空に転がり出ることになってその姿を見せることになるわけなのだし、車幔のようなみどり色の「翠幕」（烟霞）である故に、それは夜空に掲げ持ち上げられることになってその姿を消すことになるわけなのだ。本聯においては、「紅輪」

（前句）といい「翠幕」（後句）といい、両者は共に自然物が人工物に比喩され、見立てられていることになっているわけなのであり、その結果として、両者のそれぞれの動作を指示していることになっている、「転」（前句）と「褰」（後句）の方も、当然に、擬人法的な動作を指示するものとして、ここでは、敢えて、使用されていることになるだろう。それにしても、夜空にその姿を見せる動作を指示している「転」字と、同じく、夜空にその姿を消す動作を指示している「褰」字との内容的な対比を見れば、対語として、それは、見事な出来映えと言えるのではないだろうか。

（15）**遇レ境虚生レ白**　「境ニ遇ヒテハ虚ニ白ヲ生ジ」と訓読して、（月が昇り靄が晴れわたるという、そうした新たな）環境に身を置くことになると（満月を眺めているうちに）愚かで暗いわたしの心にも純粋さが蘇って来たし、との意になる。

「境ニ遇ヒテハ」（遇レ境）とは、新たな環境に身を置くとの意。「境」は、ここでは、心意の対象となる世界のこと指示し《『大漢和辞典』》、「境物」（外界のもの）の省略形と考えていいだろう。それでは、ここでの、その「境物」とは、何のことを言うのであろうか。勿論のこと、それは、前聯（九三・九四句）で詠述されていた、作者の道真が、新たに目にすることになった夜空の新しい景色、すなわち、夜空に転がり出ることになった「紅輪」と、夜空に巻き上げられることになった「翠幕」との、それら二つの自然物のことを具体的に指示していることになるだろう。もとより、「翠幕」の方は、消えて無くなってしまったわけなのであり、ここでは、晴れわたった、その夜空に明るく輝く「紅輪」の方を作者はもっぱら目にすることになるはずなのだ。夜空に明るく輝く「紅輪」を目にすることが出来るという、そのような新たな環境に道真は身を置くことになったわけなのだ。

新たな環境に身を置くことになれば、その「境物」に、人は影響を受けることになり、その人物の心象風景そのものが、確実に、変化することになっている。そのことは、例えば、「心興ハ境ニ遇ヒテ発リ、身力ハ行クニ因リテ知ル。」（心興遇レ境発、身力因レ行知。）《『白氏文集』巻五二「秋遊二平泉一、贈二韋処士閑禅師一。」》との一聯中、あるいは、「懐ヲ放ニシテ常ニ自適スレバ、境ニ遇ヒテ多ク趣ヲ成ス。」（放レ懐常自適、遇レ境多成レ趣。）《同・巻五二「閑多」》との一聯中などにすでに明白に指摘されている。新たな環境に身を置くことによって、心に多くの「興趣」が沸き起こることになるのだ、と。

新たな環境に身を置くことと、心中に沸き起こる「興趣」との関係については、当然に、菅原道真も言及していて、例えば、「丞相（右大臣）トシテ年ヲ度リテ幾ノ楽ヲカ思ヘルニ、今宵モ物ニ触レテ自然ニ悲シム。声ハ寒シ絡緯（キリギリスの類）風ノ吹ク処、葉ハ落ツ梧桐（青桐）雨ノ打ツ時。」（丞相度レ年幾楽思、今宵触レ物自然悲。声寒絡緯風吹処、葉落梧桐雨打時。）〈『菅家後集』「九日後朝、同賦二秋思一応レ制」〉との詠述などにも、それが見えている。ここでの「物」もまた、「境物」（外界のもの）のことになるはずで、具体的に言えば、キリギリスなどの鳴き声が秋風の吹く音に交じって寒々と聞こえて来るという、そうした聴覚的な環境と、雨に打たれて青桐が（秋の訪れを告げるかのように）はらりと葉を落とすという、そうした視覚的な環境とのことを、ここの用例では指示していることになっている。ここでの道真は、そうした二つの新たな「境物」に身を置くことになった結果、すなわち、「物ニ触レ」（触レ物）た結果、必然的に、物悲しい気持を抱かずにはおれなくなってしまったわけなのである。まさしく、新たな環境（聴覚的な環境と視覚的なそれ）に身を置くことになった結果、ここでの道真は、彼自身の心象風景を「悲哀」のそれに変化させざるを得なくなってしまったわけなのだ。

話を本聯の前句（九五句）「遇レ境虚生レ白」のことに戻すならば、「遇レ境」とは、上述のように、作者の道真が新しい環境に身を置くことになったため、とのその原因となる内容のことを詠じ、そして、「虚生レ白」とは、その結果として、彼自身の心象風景がある方向に変化することになった、とのその結果となる内容のことを述べていると見ていいだろう。まずは、ここでの新しい環境のことになるが、既述した通りに、本句（九五句）中の場合には、前聯（九三・九四句）において詠述されていたところの、「紅輪」が夜空に転がり出、そして、「翠幕」が夜空に消えて無くなってしまったという、そうした視覚的な環境に新しく身を置くことになったことを指示していることになるはずなのである。これまでの鬱陶しい梅雨空がようやく終わって、晴れわたった夜空に満月を迎えることになった作者なのである。そうした新しい視覚的な環境に身を置くことになった作者なのだから、彼自身の心象風景がある方向に変化することになるのは、これは理の当然と言えるだろう。

「虚ニ白ヲ生ズ」（虚生レ白）とは、（わたしの）心にも純粋さが蘇って来たし、との意。「虚室ニ白ヲ生ズ」（虚室生レ白）の省略形。『荘子』〈内篇「人間世」〉中に、「彼ノ闋シキ者ヲ瞻レバ、虚室ニ白ヲ生ズ。」（瞻二彼闋者一、虚室生レ白。）との一文が見えていて、その「釈文」〈巻二六〉には、「崔云フ、白ナル者ハ、日光ノ照ラス所ナリ。司馬云フ、室トハ、心ヲ比喩ス。心ノ能ク空虚ナレバ、則チ純白ハ独リ生ズルナリ。」（崔云、白者、日光所レ照也。司馬云、室、比二喩心一。心能空虚、則純白独生也。）に作っている。また、『淮南子』〈巻二「俶真訓」〉中にも、「是ノ故ニ、虚室ノ白ヲ生ズレバ、吉祥ハ止マルナリ。」（是故、虚室生レ白、吉祥止也。）との一文が見えていて、その「高誘注」にも、「虚トハ、心ナリ。室トハ、身ナリ。白トハ、道ナリ。能ク其ノ心ヲ虚ニスレバ、以テ道ヲ生ズ。」（虚、心也。室、身也。白、道也。能虚二其心一、以生二於道一。）に作っている。今は、「釈文」の解釈の方にもっぱら従って、訓読し通釈を施すことにした。

確かに、同『荘子』には、「誰ダ道ハ虚ニ集マル。虚ナル者ハ、心斎（専一で定静な心）ナリ。」（唯道集レ虚、虚者心斎也。）との一文も見えていて、そこにおいても、「虚」が専一で定静な「心」のことを指示していることになっている。用例としては、「之（白牡丹）ニ対スレバ心モ亦タ静ニ、虚白ハ相向カヒテ生ズ。」（対レ之心亦静、虚白相向生。）〈『白氏文集』巻一「白牡丹詩」〉との一聯や、「鄭君ノ自然ヲ得レバ、虚白ハ心胸ニ生ゼン。」（鄭君得二自然一、虚白生二心胸一。）〈同・巻五「題二贈鄭秘書徴君石溝渓隠居一」〉との一聯などに見えているし、また、「青キヲ殺シテ書ハ已ニ倦ミ、白キヲ生ジテ室ハ相宜シ。」（殺レ青書已倦、生レ白室相宜。）〈『菅家文草』巻二「疎竹」〉との一聯も見えている。当然のことに、純粋な心を蘇らせるとの意を同様に述べていることになっている、その後者の、『菅家文草』中の用例には特に注目する必要があるだろう。

本聯（九五・九六句）の前句中に見えている用例「虚生レ白」の場合にも、ひとえに、心を鬱陶しくさせていた梅雨の季節がようやく終わり、夜空に「紅輪」（月輪）が転がり出て、視界を遮っていた「翠幕」（煙霧）が消えてしまうという、そうした新しい環境に身を置くことになった作者の道真が、その環境を目にするやいなや、心中に新鮮で純粋な気持を蘇らせることになったのである、との意味を指示していることになるだろう。上述のように、ここでの「白」とは、新鮮で純粋な気持のことを指示していることになっているわけであるが、それでは、作者は、何故に、この時点でそうした気持を心中に蘇らせることになったのであろうか。それは、言うまでもなく、晴れわたった夜空に輝く「紅輪」の姿を作者が目にすることになったからに違いない。

作者の道真が、梅雨の季節の終了という新しい環境に身を置くことになり、改めて、新鮮で純粋な気持を心中に蘇らせることになったとここで述べているのは、具体的には、彼の孤独生活と貧窮生活とをより一層強いるようにさせていた梅雨の季節、それがようやく終了した結果、晴れわたった夜空に「紅輪」が輝いている景色を再び目にすることが出来るようになったからなのである。一たび「独行」生活を決断したからには、作者の孤独生活と貧窮生活それ自体の改善の方は、たとえ、梅雨の季節が終了し、晴れわたった夜空に「紅輪」が輝いたとしても、それは、決して望むべくもないはずなのだ。なぜなら、「独行」生活を決断したという、まさに、そのことこそが作者の孤独生活と貧窮生活を作り出すことになった直接的な原因だったからなのである。いくら、梅雨の季節が終了し、晴れわたった夜空に「紅輪」が輝いたからといって、現実生活それ自体の方が改善されることなど、決して有り得るわけがないだろう。

改善が期待出来るのは、作者の、その現実生活に対する「心」の持ち様の方だけなのだ、当然なことに。しかも、勿論、現実生活である、すなわち、作者の孤独生活と貧窮生活との二つのうち、肉体的な苦しみをもっぱら伴うことになっている後者のそれを、「心」の持ち様だけで解消出来るはずがないわけで、こちらの方は、ここでは、解消出来ないものとして、そのまま措いておく他は無いことになっているはずなのである。「心」の持ち様で、その苦しみを解消出来る可能性があるのは、まさしく、前者の孤独生活、それだけなのだ。なにしろ、孤独生活の方ならば、それは、もっぱら、精神的な苦しみを伴うものということになっているからなのである。「心」の持ち様によって、その苦しみを完全に取り除くことは出来ないとしても、それを和らげ弱めること、そのことは出来るに違いないからなのである。

　当時の作者に残された唯一の、現実の孤独生活の苦しみを和らげ弱めるための方策を考える機会、すなわち、「心」の持ち様を変化させる機会を、「自然的環境」の変化が彼に提供したことになるわけなのだ。なぜなら、一つには、梅雨の季節が終了したということが、その期間中を通して日毎により強く噛みしめざるを得ないことになっていた孤独感を、これからは、それ以上強く噛みしめなくともよいことにしてくれたし、二つには、晴れわたった夜空に輝く「紅輪」を目にしたということが、作者の「心」の中に、新鮮で純粋な気持を蘇らせるようにしてくれたのだから。それまで、すっかり、「愚かで暗い」状態に落ち込んでしまっていた「心」（暗虚）の中に、どうにか、純白な光（月光）を導き入れることが出来るようにさせてくれたのだから。

　とにかく、「自然的環境」の変化によって提供されることになった機会、それを手にすることになった作者なのである。恐らく、晴れわたった夜空に輝く「紅輪」の光、それこそ、それは、奥深くて玄妙な白色の光ということになるだろうが、その白く輝く光が、それを目にし、感激している作者の「心」の中にまで射し込んで来たわけなのだろう。梅雨の期間中、「愚かで暗い」状態に落ち込むばかりで、自身の孤独感を僅（わず）かなりとも和らげんとする、そのための「心」の持ち様をどのように工夫するのかということさえも、思案する余裕を失ってしまっていた作者なのだ。そうした状態にあった作者の「心」の中に、一条たりとも白色の光が射し込むことになったというのは、「心」の持ち様を思案するための余裕、それを作者が再び取り戻すことが出来るようになったということになるに違いない。孤独感を和らげるための新たな手立てに、再び挑戦してみようとの、そうした気持を抱かせることになったわけなのだ。

　梅雨の季節を迎えるよりも以前のことになるが、作者の道真は、「病（やまひ）ヲ同ジクセントシテ朋友ヲ求メ、憂（うれひ）ヲ助ケントシテ古先ニ問フ。」（同ㇾ病求㆓朋友㆒、助ㇾ憂問㆓古先㆒。）〈五一・五二句〉と詠じて、自分自身と同様に運命の激変という事態を経験することになった過去の、歴史上の四人の人物たち（傳説・范蠡・賈誼・屈原）のそうした経験を書物の中から改めて探り出し、なかんずく、「左遷」による運命の激変という事態を経験することになった、その中の二人の人物たち（賈誼・屈原）の存在のことを改めて調べ直すことを通して、まさしく、「左遷」によって彼自身の被(こうむ)ることになった「病」（肉体的な苦痛）と「憂」（精神的な苦悩）とを幾らかでも緩和しようと試みたことがあったという、そうしたことを述べていたはずなのである。ただし、道真のその時の試みは、一時的には成功したかのように見え、大宰府の土地とそこに住む人々の中に積極的に溶け込もうとの姿勢を彼は見せるまでになったが、結局、大宰府の「人事的環境」の悪さがその試みを失敗させてしまうわけなのである。そして、その試みの失敗に追い討ちを掛けたものこそが、とりもなおさず、長期にわたる梅雨の季節の到来、まさしく、「自然的環境」の悪化なのであった。

「病」と「憂」の緩和を試みながら、「人事的環境」の悪さの故にそれに失敗した道真に対して、今度は、長期にわたる梅雨の季節の到来という、そうした「自然的環境」の悪さ、それが新たに追い討ちを掛けることになり、彼の孤独生活と貧窮生活とをより一層深刻なものにして行くことになったわけなのであるが、そうこうするうちに、どうにか、梅雨の季節の終了を告知するところの、その「紅輪」が夜空に転がり出、その「翠幕」が視界から消え去るという景色を彼は目にすることになったわけなのである。「人事的環境」の悪さには少しの変化もないことになるだろうが、道真に対して、新たに追い討ちを掛けることになっていた「自然的環境」の悪さ、こちらの方だけは、少なくとも、取り除かれることになったわけなのである（なお、夏の暑さは、これからが本格的ということになる。）。

長期にわたって続いた梅雨の季節の終了、すなわち、「自然的環境」の少しばかりの好転が、道真に対して新たな試みに再挑戦してみようとの、そうした気持を蘇らせることになったわけなのだ。本聯（九五・九六句）では、その新たな試みについての言及がなされている。新たな試みに再挑戦するとは言っても、大宰府における「人事的環境」の悪さには何の変化もないわけなのであり、道真に今やあるのは、「自然的環境」の少しばかりの好転だけなのだ。もはや、大宰府の土地とそこに住む人々の中に積極的に溶け込み、そのことによって、道真自身の孤独感と貧窮感とを取り除こうと試みることなどは、彼の選択肢にはもはや有るはずがないと考えていいだろう。そうした試みなどは、再び失敗することが目に見えているのだから。なぜか。「人事的環境」の悪さの中に、道真が積極的に溶け込めるはずがないことになっているからなのである。「独行」生活の続行を決意している以上は、そういうことになるだろう。

それでは、当時の道真の孤独感と貧窮感とを取り除くための試みには、どのような手立てが残されていることになるのであろうか。貧窮生活の方の解消ということについて言えば、大宰府において、悪い「人事的環境」との絶縁を宣言している以上、上述した通りに、道真には、決して、新しい手立てなどあるはずがないわけなのであり、ここでは、それについて考慮する必要はないだろう。そこには、もとより、考慮する余地がないことになっているからなのだ。彼が新たな試みに挑戦することにしたのは、まさしく、もう一つの、孤独生活の方の解消を願ったからに違いない。当時の道真を苦しめていたところの、孤独感と貧窮感との両者のうち、彼には、その前者の方を取り除く手立てしか、今や試みることは許されていなかったわけなのであり、残された、そちらの方の試みに新たに再挑戦してみようとの、そうした気持を彼は抱くに至ったわけなのだ。「自然的環境」の少しばかりの好転がそうした気持を蘇らせることにしたのだということになっている。勿論、孤独感を取り除く手当とはいっても、道真に今や残されている試み、それは、対外的なものということには決してならず、あくまでも、対内的なもの、例えば、書物を読んだり詩作をものしたり仏教に救いを求めたりして、それこそ、彼自身の精神的な苦悩を一時的に解放する可能性のある手当を試みること、そうした対内的なものでしかなかったはずなのである。すなわち、彼自身の「心」の持ち様（よう）を工夫する手立てしか残されていなかったわけなのだ。

本聯の場合にも、その前句（九五句）とその後句（九六句）とは見事な対句構成を形作っている。「遇レ境」と「遊レ談」、「虚」と「暗」、「生レ白」と「入レ玄」とが対語として対比されており、とりわけ、「白」と「玄」（黒）とは色対ということになっている。色対ということで言えば、本聯における「白」と「玄」（黒）とのそれは、前述した通り、前聯（九三・九四句）における「紅」と「翠」とのそれと明らかに対応していることになっている。両者の色対の配置場所を見ても、そのことは容易に理解出来るだろう。前聯のそれの場合には、前・後句の一字目に配置されているし、後聯である、本聯のそれの場合には、前・後句の五字目ということにそれはなっている。修辞的な、ここでの見事な工夫と言えるのではないだろうか。

　ところで、「虚」と「暗」との対語関係について、前もって、ここで注目しておきたい。と言うのは、「鎌倉本」及び底新の諸本には、「暗」字を「時」字に作り、内松桑文の諸本には、それを「暗」字に作っているからなのである。「虚」字との対語関係ということからすると、以下の通り、意味的にも形式的（平仄式）にも、やはり、「暗」字に作るものの方がここではより是認されて然るべきだろうと思っている。何故か。まずは、意味上から考えてみよう。前句中においては、「虚」字と「白」字とが密接な関連を有するものとして配置されていると考えるべきで、両字が、時に、「虚白」との熟語を作ることになっていることからしても、そのことは容易に納得出来るだろう。その「虚」字との対語である以上は、同じく、後句中においては、「暗」字と「玄」（黒）字とは密接な関連を有するものとして配置されていると考えるべきで、両字が、時に「暗玄」（暗黒）との熟語を作ることになっていることからしても、そのことは容易に納得出来るはずなのである。「時」字に作られている場合には、もとより、それと「玄」（黒）字との密接な関連性をそこに認めるわけにはいかないはずなのであり、「暗」字に作る方を、意味上から考えてより是認するべきだと言ったのは、第一には、そのためなのである。

　意味上から考えての第二の理由。それは、対語としての「虚」字と「暗」字との、その両字における直接的な関連性の有無のためなのである。例えば、両字は「暗虚」なり「虚闇」（虚暗）なりとの熟語を作ることになっているが〈『大漢和辞典』〉、本聯の場合にも、その両字は、まさしく、対語として使用され配置されていることになっているわけなのであり、当然に、直接的な、意味上の関連性を有していなければならないことになるはずなのである。「暗」字を「時」字に作る場合には、「虚」字とそれとの間に、そうした直接的な、意味上の関連性の存在は、やはり、認めることが出来ないのではないだろうか。両字の間に密接な関連性を認めること、それは難しいように思う。「暗」字に作るべきだと考えるのは、そのためなのである。

「暗」字に作る場合には、対語である「虚」字とそれとの間に、本来的には、「暗虚」（暗（くら）キ虚（こころ））との熟語をここでは形成していると見なすことにしたい。というのは、上記のように、『淮南子』〈巻二「俶真訓」〉中に見えている、「虚室生レ白」との一文の、その「高誘注」に、「虚、心也。」と作っているからなのである。本聯（九五・九六句）の前句中の詩語「虚生レ白」は、上述のように、『荘子』〈内篇「人間世」〉、あるいは、同上『淮南子』中に見えている、「虚室生レ白」との一句を出典にし、その省略形として使用されていることになるはずなのであり、そこから、今は、「高誘注」に従って、「虚」字がここでは「心」の意味を指示していると見なすことにしたわけなのであるが、そうすると、「暗」字は、その「心」を修飾する詩語ということになるだろう。両字が、本来的に、「暗虚」との熟語を形成していると見なすことにしたのは、まさに、そのためなのだ。

「愚かで暗いわたしの心」との意をここでは指示することになっている、その熟語「暗虚」、それを本聯における対語として使用し、それを前・後句に配置するために、その二字を分割して、「虚」字の方を前句中に、「暗」字の方を後句中に振り分けることにしたのだろうと思う。振り分けるに際しては、後述するように、勿論、「平仄式」との関連に注目して作業を進めることにしたはずなのである。例えば、前句中の「虚生レ白」の平仄は「○○×」（○は平声、×は仄声、◎は平声で押韻を指示する。）ということになっていて、後句中の「暗人レ玄」のそれは「××◎」ということになっている。平仄上からも、それは見事に対比するように工夫・配置していることになっている。

今は、「暗」と「虚」の両字にのみ注目することにするが、前者の韻目は、『広韻』〈去声・五三勘韻〉ということになっていて、まさしく、それは仄声字（×）となっているし、後者の韻目は、同〈上平声・九魚韻〉ということになっていて、まさしく、それは平声字（○）となっているのである。両字を、熟語「暗虚」に作る場合には、その平仄は、「×○」ということになり、熟語を分割し、本聯の前・後句に対語として配置すれば、「×」と「○」との平仄上の対比ということになるはずなのである。仮に、「暗」字を「時」（同・上平声・七之韻）字に作る場合には、その熟語「時虚」の平仄は、「○○」ということになり、熟語を分割し、本聯の前・後句に対語として配置すれば、「○」と「○」との平仄上の対比ということになる。それでは、本聯の、前句中の「虚生レ白」の平仄が「○○×」となっているのに対して、その後句中の「時入レ玄」の平仄は「○×◎」ということになってしまい、両者の対比は、平仄上からも、見事な工夫・配置というわけにはいかないことになるはずなのである。

本聯（九五・九六句）の、前句中の「虚生レ白」との詩語、それに対比させる上では、意味内容からだけではなく、形式（平仄）からもまた、「暗入レ玄」とのそれに作っている方が、「時入レ玄」とのそれに作っているよりも、より見事な工夫・配置の跡を、本聯の、その後句中に認めることが出来ることになるはずなのであり、「暗」字の方に、敢えて、作って通釈を施すことにしたのはそのためなのである。ところで、本聯中の、「虚生レ白」と「暗入レ玄」との平仄上の対比に言及したが、序でに、本聯における「平仄式」についても、前もって、ここで見ておくことにしたい。対句構成である以上、本聯の前・後句もまた、意味内容上からも文法上からも互いに密接な対応関係を有しているだけではなく、平仄上からの、そうした形式的な対応関係も互いに密接であることが望ましいことになるはずなのだ。

前句「遇レ境虚生レ白」（九五句）の平仄は「××○○×」となり、後句「遊レ談暗入レ玄」（九六句）のそれは「○○××◎」となっていて、「粘法」「二四不同」「下三連」の「平仄式」上の大原則は、それによって厳守されていることが分かる。「弧平」「弧仄」さえも、そこには一つとして無いことになっていて、平仄上では、前・後句がそれぞれ見事に対応するように工夫・配置していることになっている。ちなみに、上述したように、例えば、熟語「暗虚」（×○）を分割して本聯の前・後句に対語として配置するに際しても、もとより、平仄上の対比ということを作者は重視したに違いない。何故か。仮に、仄声の「暗」字を前句中に、平声の「虚」字を後句中に配置することにしたならば、前句の平仄は「×××

○×」となり、後句のそれは「○○○×◎」となってしまうからなのである。そうすることによって、「弧平」と「弧仄」を、敢えて、それぞれ一箇所ずつ犯すことになってしまうはずで、作者が「暗」字を後句中に、「虚」字を前句中に配置することにしたのは、それを避けるための工夫であったと考えなければならないだろう。
もう一つ、改めて、ここで付言しておくならば、後句中の仄声の「暗」字、それを平声の「時」字に置き替えることにした場合には、後句の平仄は「○○○×◎」ということになるわけなのであり、前句のそれが「××○○×」であるのと対比すると、後句中に「弧仄」を一箇所犯すことになるだけではなく、当然のことに、本聯の前・後句における平仄上の見事な対比がそれによって崩れ去ってしまうことにもなるからなのである。「時」字ではなくて、「暗」字を、敢えて、採用することにしたのは、そうした平仄上の対比にも注目したからなのである。

本来的には、熟語「暗虚」は、「愚かで暗いわたしの心」との意味を有することになっているはずで、それを分割して対語とするべく、「暗」字の方を本聯の後句中に、「虚」字の方を同じく前句中に配置することに作者はしたのだろうと想定してみたが、そうである以上は、「暗」字にも「虚」字にも、共に「愚かで暗いわたしの心」との意味を付加して通釈しなければならないだろう。「愚かで暗い」との意味は、もとより、作者の謙譲表現であるに違いないだろうが、当時の、作者の孤独生活と貧窮生活とを、これまで以上に、本人にたいして教え悟らせるように仕向けた梅雨の季節、その梅雨の期間を遺り過ごすうちに、すっかり、落ち込んでしまうことになってしまった作者自身ということであるからして、その彼の心中のことをそれは表現しているとも、ここでは、やはり、考えてやる必要があるのではないだろうか。

勿論、梅雨の季節に入る以前には、すでに、作者の道真は大宰府における「人事的環境」に絶望してしまい、ひたすら、「独行」生活を実行する決意を固め、そうした生活を実行しつつあったはずなのである。その結果として、彼の孤独生活と貧窮生活とは、より一層深刻なものとなって行ったわけであるが、さらに、それに拍車をかけることになったのが、まさしく、「自然的環境」の悪化、すなわち、梅雨の季節の到来ということになっていたはずなのである。作者が自身の孤独生活と貧窮生活とをはっきりと実感すると共に、それらの状態をより深刻なものにした切っ掛けが、「独行」生活を実行する決意を固めたことにあったということになるはずで、そのことを考慮に入れるならば、作者の、ここでの「愚かで暗い」気持を抱くに至った時期は、梅雨入り前からということになるに違いないだろう。ただ、梅雨の季節の到来こそが、その気持を大いに増幅させることにしたわけなのであり、「愚かで暗い」気持を作者がより強く、その時点から抱くに至ったこと、このことは間違いないはずなのだ。

「暗虚」とは、つまりは、梅雨の期間を通して長らく抱き続けることになり、そして、絶えず、その程度を増幅させることになってしまっていた、当時の作者の「愚かで暗い」気持のこと、それを具体的に指示しているのだと、やはり、ここではそのように考えてやる必要があるのではないだろうか。今は、そうした解釈に従っておきたい。梅雨の期間を通して長らく抱き続けることになり、そして、絶えずその程度を増幅させることになってしまっていた、当時の作者の「愚かで暗い」気持が、梅雨の季節が終わり、夜空に「紅輪」が転がり出、「翠幕」が消え去るという、そうした「自然的環境」の、少しばかりの好転を直接に目にすることによって、すなわち、これまでとは違った、そうした「境ニ遇フ」（遇レ境）ことによって、「白」を生ずることになったわけなのだ。

「白」とは、ここでは、「愚かで暗い」気持を抱く作者の、その「心」の中に射し込んだ一条の光明、すなわち、新鮮で純粋な気持のことを指示しているに違いなく、そのことについては、既述した通りなのである。「自然的環境」の、少しばかりの好転に遭遇することになって、作者が「心」の中に、そうした気持を抱き始めることになったというのである。奥深くて幽玄な「紅輪」の光を、晴れわたった夜空に眺めることになった作者は、すっかり落ち込んでしまっていた気持、それを再び奮い立たせるための勇気と余裕とを新たに持つに至ったわけなのだ。

ただし、孤独感を和らげ弱めるための手立て、すなわち、「心」の持ち様を工夫する手立てを考えるということしか、当時の作者には、もはや、苦しみから救われる術としては残されていなかったわけなのであるが、その術として、先ず第一に、作者は道家（老荘）思想に改めて接近することを通して、孤独感からの解放を試みることにするわけなのである。「心」の持ち様を工夫する手立てとして、『老子』と『荘子』の思想への再接近のことが先ず第一に取り上げられ（九五から一〇二句までの四聯）、第二には漢詩文の創作のことが改めて取り上げられ（一〇三から一一四句までの六聯）、そして最後に、第三には仏教思想への再接近のことが改めて取り上げられている（一一五から一二六句までの六聯）。本聯（九五・九六句）以下の十六聯において、当時の作者が試みることにした、「心」の持ち様についての、その三種類の手立てのことが詠述されていることになっているわけであるが、そのすべての手立ては、作者自身の孤独感を和らげ弱めんとすることを目的としたものなのであった。

(16) **遊レ談暗入レ玄**　「談（ものがたり）ニ遊（ふけ）リテハ暗（くら）キニ玄（げん）ヲ入（い）ル」と訓読し、（新たに）清談高論に読み耽っているうちに愚かで暗いわたしの心にも老荘玄妙な道が興味深く感じられて来るのだった、との意になる。

「遊レ談」は、本聯の前句（九五句）中に見えている詩語「遇レ境」の対語となっており、ここでは「談（ものがたり）ニ遊（ふけ）リテ」と訓読して解釈する必要があるだろう。対語ということで注目するならば、「遇レ境」の方が、屋外の景色に目を向けている作者自身の視覚的動作のことを指示しているのに対して、「遊レ談」の方は、屋内において書物に読み耽っている作者自身の視覚的動作のことを指示していることになり、まさしく、その点で、作者の姿が対比的に詠述されていると言えるだろう。しかも、前者の場合には、その動作の対象は自然物（「紅輪」「翠幕」）ということになっているし、後者の場合には、その動作の対象は人事物（『老子』『荘子』）ということになっているのである。ここでは、作者の視線の方向性が対比的に取り上げられているばかりではなく、その動作の対象物もまた、対比的に取り上げられていることになるわけなのだ。ただし、意味内容的には、前者といい後者といい、作者は両方の動作を通して、共に、新鮮で純粋な気持を抱くことになっているわけなのであり、その点では、一つの共通項を有していることになるはずなのである。以上、対立項と共通項を兼ね備えた見事な、これは対語と言えるだろう。

「談」とは、「はなし・ものがたり」の意であり、『広韻』〈巻二〉中に、「談話、又言論也。」に作っているそれに、今は、従うことにする。もとより、ここでの談話なり言論なりとは、『老子』及び『荘子』中に見えているそれを直接的に指示していることになるはずで、そのことは、本聯の前句中の詩語「虚生レ白」が『荘子』〈内篇「人間世」〉中の一句を出典としていること、また、本聯の後句に相当する本句（九六句）中に、詩語「入レ玄」が見えていて、後述するように、その「玄」字が老荘思想なり、道家の学問なりのことを指示していることからも分明ということになるだろう。また、上述したように、次聯（九七・九八句）以下の三聯は、すべての内容が老荘思想なり道家の学問なりについての言及となっているわけなのであり、その点からも容易に納得がいくことになるだろう。なお、本句中の「談」字は、次聯（九七・九八句）の前句中の詩語「話」字及び、後句中の詩語「偏」字と同訓異字の関係にあることになるはずで、ここでは、その両字を導き出す役割を担っていると考えていいのではないだろうか。すなわち、以上の三字は、密接な対応関係にあると見なす必要があるはずなのだ。

作者の道真は、『老子』及び『荘子』を読み進めるうちに、それらに記述されている談話なり言論なりに対して、何時(いつ)しか、改めて、興味を抱くようになってしまうわけなのであるが、当時の作者が、何故に、まずは、老荘思想なり道家の学問なりに興味を抱くようになったのか、その理由については、次聯以下の三聯（九七―一〇二句）において言及されている。が、結局は、上述した通り、当時の作者を苦しめていたところの、その孤独感を和らげ弱めんとする手立ての一つとして、そうすることがどうしても必要だったということになるに違いない。ここの「遊」とは、自身の心のままに楽しむことの意。自適することであり、今は「ふける」と訓読することにしたが、その場合には、『老子』及び『荘子』中に見えている談話なり言論なりに読み耽(ふけ)る、との意ということにしなければならないだろう。『荘子』〈雑篇「外物」〉中に、「胞(はら)ニ重閬(ちょうろう)有リ、心ニ天遊(てんいう)有リ。」（胞有二重閬一、心有二天遊一。）との一文が見えていて、その「郭象注」には、「天遊トハ、遊ビテ係(かか)ハラザルナリ。」（天遊、遊不レ係也。）に作っているのである。自然に合し、物に煩わされず、自由である状態のことを「天遊」ということにしているが、本句（九六句）中の「遊」字の場合にも、「天遊」の省略形と考えれば、悠々自適して思う存分にそうした書物に読み耽るとの意にそれを解釈することは、もとより、可能ということになるはずなのであり、「ふける」と訓読することにしたのも、そのためなのである。

晴れわたった夜空に奥深く玄妙に輝く「紅輪」、それを梅雨の季節の終了と共に久しぶりに目にした作者の道真が、これまでの孤独感に苛(さいな)まれ続けて来た心の中に、それこそ、新鮮で純粋な気持を蘇らせることになったわけなのであるが、恐らく、その、奥深く、玄妙に輝く「紅輪」の景色を目にしたということ、そのことが、作者をして、自身の孤独感を和らげ弱めるための工夫の第一番目として、奥深くて玄妙な道について言及しているところの、『老子』及び『荘子』中の談話なり言論なりに読み耽らせるという、そうした行為を選択させることにしたのだろうと思う。本聯中の対語である、「遇レ境」と「遊レ談」との密接な対応関係、そして、本句中の詩語「暗入レ玄」の意味を考慮するならば、そうした内容上の脈絡は、有って当然ということになるだろう。

詩語「暗(くら)キニ玄(げん)ヲ入(い)ル」（暗入レ玄）との、その「暗」字については、前項の〔語釈〕（15「虚生レ白」）において述べた通りなのであり、対語である、前句中の「虚」字とそれとは、ここでは、本来的に、「暗虚(あんきょ)」（暗(くら)き虚(こころ)）との熟語を形作っていることになるはずで、それを対語として改めて配置するために、ここでは、「虚」字の方を本聯の前句中に、「暗」字の方を同じく後句中に配置することにしたに違いない、とそのように解釈することにしたはずなのである。それ故に、「虚」字の場合にも「暗」字の場合にも、通釈する上では、同様に、「愚かで暗いわたしの心にも」との意を持つものとしてそれぞれ補足説明する必要があることになっていた。「暗」字を、「時」字に作る諸本があることにはなっているが、今は、それには従わないことにした。理由は、これも前項の〔語釈〕において述べた通り。前項を参照のこと。

「入レ玄」とは、老荘玄妙な道が興味深く感じられて来る、との意。「玄」字は、ここでは、対語「白」字との色対を作っており、「くろ」（黒）との意を有することとなっているが、同時に、老荘・道家の「道」の性質のことを内容的に指示していることになっているはずなのだ。『老子』〈一章〉中に、「同ジク之ヲ玄ト謂フ。玄ノ又タ玄ニシテ、衆妙ノ門ナリ。」（同謂二之玄一。玄之又玄、衆妙之門。）との一文が見えており、そこでは、時間・空間を超越して存在し、天地万物の根源としての、絶対的なその「道」の性質のことを指示して「玄」ということになっている。「入レ玄」とは、まさしく、その「道」を心に受け入れること、老荘玄妙な学問世界に改めて興味を抱くに至った、との意ということに、ここでは、必ずや、なるはずなのだ。「入」が、外部から受け入れる動作のことを指示しているのに対して、その対語としての「生」は、もとより、自発的な動作のことを指示していることになるだろう。対語としての、両者における、それぞれの動作の方向性にも注目する必要があるだろう。

(17) **老君垂レ迹話**　「老君ハ迹ヲ垂レントシテ話リ」と訓読し、老子は（人の生きるべき）道を教えようとして（わたしに）語りかけて来たし、との意になる。

本聯（九七・九八句）も見事な対句構成を形作っており、その前句に当たっている本句「老君垂レ迹話」と、そして、その後句に当たっている次句「荘叟ハ身ヲ処セントシテ偏ル」（荘叟処レ身偏）とにおいては、「老君」と「荘叟」、「垂レ迹」と「処レ身」、「話」と「偏」とがそれぞれ対語として、互いに密接な対応関係を有して配置されていることが分かる。本聯の前・後句が、内容的に、前聯（九五・九六句）の後句中の詩語「入レ玄」を受けて配置されていることは明白で、以下の二聯（九九―一〇二句）も同様ということになっている。そのことは、前述の通り。つまり、本聯を含めた以下の都合三聯六句は、当時の作者の心の中に改めて受け入れられることになった、老荘思想の玄妙な学問世界についての、作者なりの意見に関する、そうした詠述が内容的になされていることになるわけなのである。

「老君」とは、老子の尊称。「太上老君」とも。用例としては、「言フ者ハ知ラズシテ知ル者ハ黙スト、此ノ語ハ吾ハ老君ニ聞ケリ。」（言者不レ知知者黙、此語吾聞二於老君一。）〈『白氏文集』巻六五「読二老子一」〉との一聯、「迹ルコト有レバ尼父（孔子）ヲ崇ビ、為スコト無ケレバ老君（老子）ヲ拝フ。」（有レ迹崇二尼父一、無レ為拝二老君一。）〈『菅家文草』巻三「読書」〉との一聯などに見えている。なお、その後者の用例によると、菅原道真は、讃岐の国守として赴任中（四十二歳の仁和二年〈八八六〉から四十六歳の寛平二年〈八九〇〉まで）に『春秋』と『老子』に親しみ、両書に読み耽ったことになっている。というのは、その用例に取り上げた以上の一聯に続けて、「春秋ノ三十巻ニシテ、道徳ノ五千文ナリ。口ニ誦ヘテ衙後（役所仕事の後）ニ窺ヒ、心ニ耽リテ夜分ニ到ル。二経（『春秋』と『老子』）モテ晩学ニ充ツレバ、那ゾ旧キ丘墳（古書の「九丘」と「三墳」）ヲ問ハンヤ。」（春秋三十巻、道徳五千文。口誦窺㆓衙後㆒、心耽到㆓夜分㆒。二経充㆓晩学㆒、那問㆓旧丘墳㆒。）との詠述がそこに見えているからなのである。

讃岐の国守として赴任中の道真は、公務を遂行する必要上から、孔子が編纂したとされる『春秋』三十巻を口ずさんではわが政道に誤りがないかどうかをそれによって確認したし、公務の余暇には、老子が編纂したとされる『道徳経』（『老子』）五千言に読み耽っては夜半に及ぶまでわが心中を楽しませたことになっている。讃岐の国守として赴任中ということは、上記の通り、道真の四十二歳から四十六歳までの四年間ということになるわけなのであり、確かに、『春秋』と『老子』についての彼の学問、それは、「晩学」そのものであったと言えるだろう。『春秋』の方については、とにかく、ここで問題になるのは、『老子』の方についてなのであり、讃岐の国守として赴任していた時期に、何故に、それを「晩学」する必要があったのか、その理由は未詳であるが、「為スコト無ケレバ老君（老子）ヲ拝フ」（無㆑為拝㆓老君㆒）と詠じ、「心ニ耽リテ夜分ニ到ル」（心耽到㆓夜分㆒）と述べていることからすると、公務の余暇に、それに読み耽り、興味が高じて夜半に至るまで時間を忘れるほどであったらしい。

ただ、当然なことに、当時の道真が『老子』に読み耽ることになったその理由、それを、単に、興味本位だけであったと片付けるわけにはいかないはずなのである。例えば、本「叙意一百韻」中に見えている、後の、第五段落中の両聯（一五五―一五八句）においても、「射テハ毎ニ正鵠ヲ占ヘリ、烹テハ寧ゾ小鮮ヲ壊サンヤ。東堂ニハ一杪ヲ折レリ、南海（讃岐国）ニハ百城ヲ専ニセリ。」（射毎占㆓正鵠㆒、烹寧壊㆓小鮮㆒。東堂一杪折、南海百城専。）との詠述がなされていることからも、それを、実学として政道上においても応用したらしいこと、そのことは、容易に想定出来るはずなのだ。

以上の、隣接の両聯は、道真が大学寮で勉学に励んでいた時期と、讃岐の国守として政道に取り組んでいた時期との思い出に言及した内容ということになっているが、その前聯（一五五・一五六句）と後聯（一五七・一五八句）とは、構成上からして、互いに密接な対応関係を有していることになっているはずなのである。内容的に言って、彼が大学寮で勉学に励んでいた時期の思い出、それを詠じている詩句をAとし、彼が讃岐の国守として政道に取り組んでいた時期の思い出、それを述べている詩句をBとしてそれぞれ図式化するならば、以上の両聯は、AB・A′B′ということになるだろう。もとより、AとA′・BとB′がより密接な対応関係を有していることになっているわけであり、今は、BとB′との対応関係だけに注目することにするが、その対応関係に従って解釈すれば、道真が、讃岐の国守として政道に取り組むに当たっても、彼が採用することにした施政方針は、「烹寧壊二小鮮一」とのそれであったということになるだろう。

その施政方針「烹寧壊二小鮮一」こそは、まさしく、『老子』〈六二章〉中の、「大国ヲ治ムルハ、小鮮ヲ烹ルが若(ごと)シ。」（治二大国一、若レ烹二小鮮一。）との一文を出典にしていることになっており、このことからも、讃岐守当時の道真が『老子』に読み耽った理由、それが、単に、興味本位だけではなく、『春秋』と同様に、公務を遂行する必要上からでもあった、ということが想定出来るはずなのだ。老子の言うように、讃岐国という「大国」を治めるに当たっても、法令威厳を多用することなく、道真は人民を安静にするように努力したことになるわけなのであるが、その施政方針こそは、彼の「晩学」によって導き出されたものと考えていいのではないだろうか。

とにかく、菅原道真は讃岐の国守として政道に取り組んでいた時期に、『老子』を「晩学」したことになっていて、その書物を「夜分」に到るまで読み耽ったという経験をすでに有していたことになっているわけなのである。ということは、大宰府でのそれは二度目の経験ということになるが、ただし、その二度目の経験の場合には、理由は、あくまでも、当時の、彼が抱かざるを得なかった孤独感、それを和らげ弱めるためなのであった。

「迹ヲ垂レントシテ話リ」（垂レ迹話）とは、（人の生きるべき）道を教えようとして（わたしに）語りかけて来たし、との意。「迹」は、ここでは「道」（道家の真理）のことを指示していることになるだろう。用例として、「昏微ニシテ迹ニ遵フ」（昏微遵レ迹）〈『楚辞』「天問」〉との一文が見えていて、その「王逸注」には、「迹、道也。」に作っている。また、「迹」には、「ことわり」との意があることになっていて、『玉篇』には、「迹、理也。」に作っている。本句（九七句）中の「迹」字を「理」の意に解釈することも当然に出来るはずで、その場合には、それは、道家思想の「理」のことを直接に指示していることになるに違いない。一方、本句中の「垂」字は、「たる」（たれる）との訓として読み、後世の道真に（教え）伝えるとの意を有することになっている。ここでは、「垂教」「垂訓」などの場合と、まさしく、同じ用法で使用配置されていることになるだろう。ちなみに、熟語としての詩語「垂レ迹」の用例としては、『菅家文草』〈巻六「和下由律師献二桃源仙仗一之歌上」于レ時上皇幸二雲林院一〉中に、「主人ノ迹ヲ垂レテ相携ヘテ去レバ」（主人垂レ迹相携去）との一句が見えている。

「話」字については、内松桑文日の諸本は「淡」字に作っているが、今は、「鎌倉本」及び底新の諸本に従った。その「話」字は、対語である「偏」字と同様に、ここでは、敢えて、「ものがたる」（物語る）との訓を採用することにした。すなわち、老子が、『老子』に読み耽っている道真に向かって、道家思想の真理について物語り聞かせるようにした、との内容を本句が有していることに、ここでは、なっているはずだと思うからなのである。

（18）**荘叟処レ身偏**　「荘叟ハ身ヲ処セントシテ偏ル」と訓読し、荘子は（身の処すべき）法を教えようとして（わたしに）語りかけて来た、との意になる。

「荘叟」は、本聯（九七・九八句）の前句中の詩語「老君」の対語で、荘子のことを指示。「叟」は、老人の尊称。用例としては、「大底ハ荘叟ヲ宗トシ、私心ハ竺乾（仏法）ヲ事トス。」（大底宗二荘叟一、私心事二竺乾一。）〈『白氏文集』巻一九「新昌新居書レ事四十韻、因寄二元郎中・張博士一。」〉との一聯、「此ノ時ニ傲吏モテ荘叟ヲ思ヒ、処ニ随ヒテ空王モテ尺迦ヲ事トス。」（此時傲吏思二荘叟一、随レ処空王事二尺迦一。）〈『菅家後集』「官舎幽趣」〉との一聯中などに見えている。

菅原道真が大宰府への左遷以前に、『荘子』をすでに読んでそれに親しんでいたことは、例えば、「荘周スラ委蛻（ゐぜい）（蛇や蟬などの遺棄した脱け殻（ぬがら））モテ寒蟬（かんせん）ヲ泣ク」（荘周委蛻泣二寒蟬一）〈『菅家文草』巻二「夢二阿満一」〉との、『荘子』中の「知北遊篇」の一文「孫子（そんし）、汝（なんぢ）ノ有（いう）ニ非（あら）ズ、是（こ）レ天地ノ委蛻ナリ。」（孫子、非二汝有一、是天地委蛻也。）を出典とする、そうした一句が彼の作品中に見えていること、「此（こ）ノ夕（ゆふべ）ニ他業（たげふ）無ク、荘周ノ第一篇ノミ。」（此夕無二他業一、荘周第一篇。）〈同・巻二「灘声」〉との、『荘子』中の「逍遙遊篇」の第一篇を指示している、そうした一聯が彼の作品中に見えていることによっても、容易に分かることになっている。とりわけ、後者の用例からすると、道真は、確かに、『荘子』を読みそれに親しんでいたことになっているし、しかも、さらに、「我ニ請（こ）フ荘周ヲ学バンコトヲ」（請レ我学二荘周一）〈巻三「舟行五事」其四〉との一句も彼の作品中に見えていて、その学問についても、確かに、道真は造詣が深かったことになっている。

ところで、上記の、道真が『荘子』をすでに読んでそれに親しんでいたことを指示しているとした三例は、指摘した通りに、すべて、『菅家文草』中に見えているそれなのである。ということは、大宰府への左遷以後に詠述された「叙意一百韻」中に見えている、その、彼が『荘子』に読み耽けったという行為そのものは、『老子』の時がそうであったように、孤独感を和らげ弱めるための手立ての一つとして、改めて、読み直そうとしたためのものであったということになるだろう。大宰府への左遷以前のそうした読書は、恐らくは、もっぱら、知識の量を獲得し、実学として応用せんとするためのものであったに違いないだろうが、左遷以後のそれは、道真本人の、抜き差しならない、個人的な要求に従うところのものなのであった。上記で取り上げた、もう一つの、『菅家後集』〈「官舎幽趣」〉中の用例「此時傲吏思二荘叟一」なども、当然なことに、そうしたことになるだろう。

「処レ身」とは、身を処し、世渡りする意。用例としては、「身ヲ処シ道ヲ行ヒ、世ヲ輔（たす）ケ名ヲ成ス。」（処レ身行レ道、輔レ世成レ名。）〈『文選』巻四五「答二賓戯一」班固〉との一文、あるいは、「曽向（むかし）ハ簪纓（しんえい）シテ路（みち）ヲ行クコト難（かた）キモ、如今（いま）ハ杖策（ちやうさく）シテ身ヲ処スルコト安シ。」（曽向簪纓行レ路難、如今杖策処レ身安。）〈『菅家文草』巻六「閑適」〉との一聯などが見えている。本句

（九八句）の場合には、荘子が世渡りするための手立てについて、書物（『荘子』）を通して道真に向かって語りかける、との意を有することになっている。

「偏」字は、本句の場合には、前句（九七句）中の「話」字の対語として配置されており、ここでは「諞（へん）」字に通じて使用されていると考えるべきだろう。例えば、『荘子』〈「人間世」〉中にも、「故（ゆゑ）ニ忿（いかり）ノ設（まう）クルニ由（よし）無シ。巧言・偏辞ヨリス。」（故忿設無レ由。巧言偏辞。）との一文が見えていて、その『経典釈文』〈巻二六〉にも、「偏ハ、崔本ニハ諞ニ作ル。音ハ、弁ナリ。」（偏、崔本作レ諞。音、弁。）とあり、「偏」と「諞」との両字が、そこでは互いに通じて使用されていたことになっている。

「諞」字は、言葉巧みに言うとの意であり、『説文』〈三編上〉にも、「諞ハ、便巧ニ言フナリ。」（諞、便巧言也。）に作り、『広韻』〈巻二〉にも、「諞ハ、巧ミニ言フナリ。」（諞、巧言也。）に作っている通りなのである。ちなみに、「偏」と「諞」との両字は、そのような意味上だけではなく、韻目の上でも、同様に『広韻』〈下平声・二仙韻（下平声・一先韻同用）〉に配属されていて、本「敍意一百韻」の韻字として配置する上では、両字のうちのどちらが使用されても構わないことになるはずなのであるが、ここで、「偏」字の方が、敢えて、使用され配置されることになっているのは、上記のように、出典となっている『荘子』〈「人間世」〉の一文中に、「偏」字が通行体として使用されていて、それに合わせる必要があったということなのであろう。

今は、「偏」字が、「諞」の字の代替としてここでは使用され配置されていると見なし、言葉巧みに言うとの意に解釈することにしたい。ただし、前句中の対語「話」との意味上の対比を考えることにして、同じく、「ものがたる」（物語る）との訓をここでは採用することにした。本聯の対語としての「話」と「偏」との両字が、前聯の後句（九六句）中の「談（ものがたり）」字を直接的に継承していて、意味上の対応をなしていると考えるからなのである。勿論、ここでは、「談」字は名詞として、「話」と「偏」との両字は動詞として使用し配置されていることになるわけなのであるが、三者が密接な対応関係にあること、これは間違いないだろうと思う。

（19）**性莫レ乖二常道一**　「性ハ常道ニ乖クコト莫カレトシ」と訓読し、（老子は）人の本性として天地自然の法則に反してはならないと教えているし、との意になる。

前聯と本聯と後聯の三聯六句（九七―一〇二句）は、それぞれ密接な対応関係を有していて、それぞれの対句構成における対応関係を図式化すれば、AB・A′A″・B′B″（AA′A″は老子について、BB′B″は荘子について）ということになるはずなのである。前聯においては、言うまでもなく、「老君」（前句）と「荘叟」（後句）との対比ということになっていて、前者の「老君」が物語るところの、その内容についての言及は本聯の前・後句においてなされ、後者の「荘叟」が物語るところの、その内容についての言及は後聯の前・後句においてなされていると見ていいのではないだろうか。図式化すれば、まさしく、同上のように、それはAB・A′A″・B′B″の対応関係ということになるはずで、ここも、すこぶる技巧的な手法の採用と言えるに違いない。

前者の、「老君」の物語るところの、その内容についての言及がなされている本聯の前句（九九句）では、老子の主張する「常道」（恒常不変の道・天地自然の法則）についての詠述がなされている。「道ノ道トス可キハ常ノ道ニ非ズ。名ノ名トス可キハ常ノ名ニ非ズ。……同ジク之ヲ玄ト謂フ。玄ノ又玄ニシテ、衆妙ノ門ナリ。」（道可レ道非二常道一、名可レ名非二常名一。……同謂二之玄一。玄之又玄、衆妙之門。）《『老子』一章》との一文を出典としていることになっているはずの、本聯の前句中に見えているその「常道」とは、勿論、老子の主張するところの、「恒常不変の道」「天地自然の法則」のことでなければならない。まさしく、世間一般に定義されるような、「常道」ではない「道」、絶対的な根源の真理であるような、老子の主張する「道」のことをここでの「常道」は指示していることになるはずなのだ。

「性」字については、ここでは、本聯の後句（一〇〇句）中の対語「宗」字との、密接な対応関係を考える必要があるだろう。例えば、両字は、本来的には、熟語「宗性」（後述のように、「宗」は「本」の意であり、熟語としては、本来の性質・天性との意となる。）を形成していて、それを対語として使用するために、敢えて、それを分割し、本聯の前句中には「性」字の方を、同じく、後句中には「宗」字の方を配置することにしたのではないだろうか。今は、そのように考えて話を進めることにするが、もとより、「宗」字の方の韻目は平声（『広韻』上平声・二冬韻）、「性」字の方のそれは仄声（同・去声・四五勁韻）に所属しているということになっているわけなのであり、本聯の前・後句における「平仄式」上の対比を考えれば、前句の上から一字目には仄声の「性」字の方を、後句の上から一字目には平声の「宗」字の方を必然的に配置する必要があったわけなのだ。そのように配置すれば、前句「××〇〇×」と後句「〇〇××◎」との平仄が見事な対応と整合性とを有することになるはずだからなのである（〇印は平声、×印は仄声、◎印は平声で押韻。）。

逆に、本聯の前句の上から一字目に、平声の「宗」字の方を、後句の上から一字目に、仄声の「性」字の方を配置することにすれば、その結果として、前句「〇×〇〇×」と後句「×〇××◎」との「平仄式」において、前句には「孤仄」が一箇所、後句にも「孤平」が一箇所、それぞれ発生することになってしまうわけなのであり、ここで、わざわざ、そうした配置を作者が選択することなどは、やはり、有り得ないと考えていいだろう。本来的に、「宗性」とあるべき熟語を対語として対比させる必要上から、それを「宗」字と「性」字とに分割し、前者の方を後句中に、そして、後者の方を前句中に配置して対比させているのは、まさしく、そのためであるに違いない。

以上のように、本来的に「宗性」とあるべき熟語をここでは、敢えて、分割し、それを対語として対比させている、と考えることにするならば、「宗」と「性」との両字は、上記の通釈の通りに、共に「人の本性として」との意味を等しく有していることにしなければならないだろう。本聯の前・後句においては、両字は、そうした意味を有するものとして対比的に配置されていることになっているはずなのである。そのように考えるのは、以上のことを通して始めて、両字が互いに密接な対応関係を有していることになるはずだからなのである。

老子が、人の本性として「常道」（恒常不変の道・天地自然の法則）に反してはならないと教えていることは、例えば、

「命ニ復ルヲ常ト曰ヒ、常ヲ知ルヲ明ト曰フ。常ヲ知ラザレバ、妄作シテ（でたらめな行為をして）凶ナリ。常ヲ知レバ容レ、容ルレバ乃チ公ナリ。公ナレバ乃チ王タリ、王タレバ乃チ天ナリ。天ナレバ乃チ道ナリ、道ナレバ乃チ久シ。身ヲ没スルマデ殆カラズ。」（復㆑命曰㆑常、知㆑常曰㆑明。不㆑知㆑常、妄作凶。知㆑常容、容乃公。公乃王、王乃天。天乃道、道乃久。没㆑身不㆑殆。）〈『老子』一六章〉との一文を読めば、そのことは明白である。そこにおいても、永遠不滅である「常道（天地自然の法則）」に復帰すること、それと一つになることの必要性が説かれており、それと一つになることによって、身を終えるまで安らかに生きられるのだ、とのそうした主張が見えているはずなのである。「常道」に乖かない生き方が要求されている。

まさしく、大宰府左遷以後、「独行」生活を実行することに決めた道真を日ごと夜ごとに苦しめることになった貧窮感と孤独感、前者のことはひと先ず措くとして、後者のそれを少しでも和らげ弱めたいとの願いが、当時の彼をして『老子』や『荘子』の書物に改めて接近せしめることにしたはずなのであるが、それらの書物中に描かれている老荘的な人間像は、儒家的なそれとは全く相違して、「もし環境的な条件を重視するならば、老荘的人間像とは、現実社会からの疎外者、政治的・経済的な世界からの脱落者、優越者よりも劣敗者、支配者よりも被支配者にとっての慰めと憬れの対象であり、彼らの躓きと崩れを励まし支える救済の慈顔であったといえるであろう。」〈福永光司著『老子』九一頁〉とされているわけなのである。孤独感に苦しめられていた当時の道真が、それを少しでも和らげ弱めんとして『老子』や『荘子』に改めて接近することになったのは、それこそ、至極当然と言うことになるだろう。

(20) **宗当㆑任㆓自然㆒**　「宗ハ当ニ自然ニ任スベシトス」と訓読し、（同じく老子は）人の本性として天地自然の法則に任せるべきだと教えている、との意になる。

「宗」とは、「根本・根源」の意であり、用例としては、『老子』〈四章〉中にも、「道ハ、冲シケレドモ之ヲ用ヒテ或ニ盈タズ、淵トシテ万物ノ宗ニ似タリ。」（道、冲而用㆑之或不㆑盈、淵兮似㆓万物之宗㆒。）との一文などに見えている。本句（一〇

○句）中の「宗」字の場合には、本来的には、前句（九九句）中の対語「性」字と共に、「宗性」（「宗」は「本」の意であり、熟語としては、本来の性質・天性との意となる。）との熟語を作っていると見なすべきであろう。それを本聯中の対語として密接に対応させる必要上から、敢えて、分割して、「性」字の方を前句中に、「宗」字の方を後句（本句）中に配置することにしたに違いないはずなのであり、そのことについては前項（19）においてすでに詳述した。参照のこと。

「自然」とは、人為の加わらない意で、本来のままをいう。『老子』〈二五章〉中にも、「人ハ地ニ法リ、地ハ天ニ法リ、天ハ道ニ法リ、道ハ自然ニ法ル。」（人法レ地、地法レ天、天法レ道、道法二自然一。）との一文が見えていて、老子の主張する「常道」（恒常不変の道）の、その根本的な在り方が「自然」に法っていること、すなわち、「常道」の本質が「自然」そのものであることが述べられている。ということは、「常道」と「自然」とは同等のものということになるわけなのであり、本聯（九九・一〇〇句）における、前句中の対語「常道」と本句（後句）中の「自然」とは、その点において、まさしく、両者は密接に対応していることになるはずなのだ。

（21）**殷勤斉物論**　「殷勤ナリ斉物ノ論」と訓読し、まことに懇切な意見であることよ（荘子の）「斉物」の議論は、との意になる。

「殷勤」とは、手厚く親切なこと。「慇懃」に同じ。用例としては、『白氏文集』〈巻一五「渭村退居、寄二礼部崔侍郎・翰林銭舎人一詩一百韻」〉中に、「殷勤ナリ翰林ノ主（銭舎人）、珍重ス礼闈ノ郎（崔侍郎）。」（殷勤翰林主、珍重礼闈郎。）との一聯などが見えているが、同詩の後聯中には、さらに、「身ヲ外ニシテハ老氏（老子）ヲ宗トシ、物ヲ斉シクシテハ蒙荘（荘子）ヲ学ブ。」（外レ身宗二老氏一、斉レ物学二蒙荘一。）との一聯も見えているのである。すなわち、「殷勤」との用例だけではなく、「斉レ物」との用例もそこに見えているわけなのであり、表現上からして、本句「殷勤斉物論」（一〇一句）の出典、それを『白氏文集』中の同詩に求めることも十分に可能と思えるが、どうなのであろうか。

ちなみに、白居易と老子・荘子との関係について言えば、例えば、『白氏文集』〈巻六五〉中に、「読二老子一」「読二荘子一」

と題する七言絶句の二作品が見えていて、白居易が老荘思想を日頃どのように考えていたかが分かるようになっている。前者には、「言フ者ハ知ラズ知ル者ハ黙ス、此ノ語ハ吾ハ老君（老子）ニ聞ケリ。若シ老君ハ是レ知者ナリト道ハバ、何ニ縁リテカ自ラ五千文ヲ著セル。」（言者不レ知知者黙、此語吾聞二於老君一。若道二老君是知者一、縁レ何自著二五千文一。）との詠述がなさているし、後者には、「荘生（荘子）ノ斉物ハ同ジク一ニ帰ス、我ガ道（儒教）ハ同中ニ不同有リ。性ヲ遂ゲントシテ逍遙タルハ一致スト雖モ、鸞鳳ハ終ニ校蛇虫ニ勝レリ。」（荘生斉物同帰レ一、我道同中有二不同一。遂レ性逍遙雖二一致一、鸞鳳終校勝二蛇虫一。）との詠述がなされている。前者においては、老子が五千言の『老子道徳経』を著述したことを捉えて自己矛盾であるとの指摘がなされているし、後者においては、荘子の「万物斉同」との意見に対しての、信奉する儒教思想からの反論が用意されている。

『白氏文集』〈巻六五〉中の、以上の両作品を見る限りにおいては、『老子』『荘子』に対する白居易の肯定的意見をそこに認めることは出来ないわけであるが、ただし、例えば、同書〈巻一四〉中の七律「村居、寄二張殷衡一。」には、「金氏村中ノ一病夫（白居易）、生涯ハ濩落（不遇なさま）トシテ性霊（心）ハ迂（愚か）ナリ。唯ダ老子五千字ヲ看ルノミニシテ、長安ノ十二衢ヲ踏マズ。」（金氏村中一病夫、生涯濩落性霊迂。唯看二老子五千字一、不レ踏二長安十二衢一。）との両聯が見えていて、そこには、逆に、『老子』に対するはっきりとした肯定的な意見が詠述されているわけなのである。また、例えば、同書〈巻六三〉中の五言古詩「隠レ几贈レ客」には、「宦情ハ本ヨリ淡薄ニシテ、年貌モ又タ老醜ナリ。……忽チ荘生（荘子）ノ言ヲ思ヒ、亦タ其ノ後レタルヲ鞭タント擬ス。」（宦情本淡薄、年貌又老醜。……忽思二荘生言一、亦擬レ鞭二其後一。）との両聯も見えていて、そこには、逆に、『荘子』に対するはっきりとした肯定的な意見が詠述されているわけなのである（なお、詩語「鞭二其後一」は、『荘子』〈達生〉中の一文を踏まえている。）。

もとより、当然なこととしなければならないだろう。白居易もまた、孟子の「窮スレバ則チ独リ其ノ身ヲ善クシ、達スレバ則チ兼ネテ天下ヲ善クス。」（窮則独善二其身一、達則兼善二天下一。）〈『孟子』「尽心章句上」〉との意見に従おうとして、結果的に、そのように、「兼善」の立場に彼が身を置いている時と「独善」の立場に彼が身を置いている時とでは、老荘思想に対する価値観に自然に変化を生じさせることになったはずなのである。そのためにこそ、前者の立場で詠述された作品には、一般的に否定的なそれ、後者の立場で詠述された作品には、一般的に肯定的なそれが見えているということになるわけなのだろう。確かに、上記の用例においても、『老子』に対する肯定的な意見が詠述されていた七律「村居、寄二張殷衡一。」には、白居易は自身のことを「一病夫」と称していたし、自身の運命についての「生涯濩落性霊迂」との表現もそこに見えていたはずなのである。また、同じく、『荘子』に対する肯定的な意見が詠述されていた五言古詩「隠レ几贈レ客」には、白居易は自身の官界への思いを「本淡薄」と表現していたし、自身の年齢のことに関しての「年貌又老醜」との表現もそこに見えていたはずなのである。

　さらに、同じく、老荘思想に対する肯定的な意見が詠述されていた上記の五言長律「渭村退居、寄二礼部崔侍郎・翰林銭舎人一詩一百韻。」にも、官界を離れて「渭村退居」の生活を当時の白居易が送っていたことに作られているし、「外レ身」（身を俗界の外に置くこと）といい「斉レ物」（万物を斉同と見なすこと）という詩語もそこに見えていたはずなのである。つまり、白居易も老荘思想を尊重するべき立場に身を置くことになって、必然的に、そうすることになったわけなのだ。ということは、菅原道真が前聯（九九・一〇〇句）及び本聯（一〇一・一〇二句）において、『老子』と『荘子』について改めて興味を感じて、それらの書物に言及することになった理由もまた、白居易の場合と同様と考えていいことになるはずなのだ。何しろ、当時の彼は、大宰府において「独行」生活を余儀なくされ、貧窮感と孤独感とに苦しみ、せめてのことに、孤独感だけでも和らげ弱めたいと思っていたはずなのだから。

「斉物論」とは、『荘子』〈「内篇」〉中の篇名。万物を斉同と見なすことによって、「あらゆる境遇を自己に与えられた境遇として逞(たくま)しく肯定してゆくところに、真に自由な人間の生活がある。絶対者とは、この一切肯定を自己の生活とする人間にほかならないのだ。」〈福永光司著『荘子』「内篇」一〇八頁〉との主張を内容的に展開している一篇であり、いわゆる、それは、荘子の思想を説明した代表的な篇名ということになっている。確かに、荘子のそうした主張に従って、大宰府での左遷生活をも「一切肯定」するようになれば、当時の道真の孤独感なども、少しく和らげ弱められることになったに違いない。

（22）**洽恰寓言篇**　「洽恰タリ寓言ノ篇」と訓読し、まことに丁寧な意見であることよ（同じく荘子の）「寓言」の一篇は、との意になる。

「洽恰」とは、情趣があって和らぎ穏やかなさまのことをいう。用例としては、「洽恰トシテ頭ヲ挙グ千万ノ顆、婆娑トシテ面ヲ払フ両三ノ株。」（洽恰挙レ頭千万顆、婆娑払レ面両三株。）〈『白氏文集』巻五四「呉桜桃」〉との一聯などが見えている。ただし、本句（一〇二句）中の用例の場合には、前句（一〇一句）中の対語「殷勤」との意味的な対応からして、『荘子』中の「寓言篇」に展開されている意見が、まことに、丁寧で（読むわたしの心を和らげ穏やかにさせるに十分で）ある、との意ということにしなければならないだろう。「寓言篇」とは、『荘子』〈「雑篇」〉中の篇名。前句（一〇一句）の中の対語「斉物論」とは、もとより、密接な対応関係を有していることになっている。「寓言篇」は、内容的には、前半と後半とに分類が出来、前半の方は、『荘子』全篇に用いられている文章の三種類の表現方法（寓言・重言・巵言）についての説明、後半の方は、その三種の表現方法についての、その具体的な問答形式による、五種類の説話によって構成されている。その前半部分は、『荘子』著作の一般的な体例を説明する〝後序〟的な性格をもつ」〈福永光司著『荘子』「外篇雑篇」一七一頁〉とされ、その後半部分は、『荘子』の哲学そのものを要約する哲学ノート的な性格をもつ」〈同〉とされている。

本聯（一〇一・一〇二句）の後句に相当している本句中の、その詩語「寓言篇」とは、それでは、どのような内容のことをここでは具体的に指示していることになっているのであろうか。未詳ではあるが、前句中の対語「斉物論」との密接な対応ということで考えれば、ここでの「寓言篇」とは、内容的に、その後半部分における五種類の説話（『荘子』〈「内篇」〉中の、「徳充符」「人間世」「大宗師」「斉物論」「応帝王」の五篇の、その思想的な特色を改めて解説したもの。）の方、それも、直接的には、そのうちの第四番目の説話（「斉物論」を解説したもの）の方、すなわち、「斉物論」篇に所載されている「影」と「罔両」（影をふちどる淡い影）との問答についての、そうした趣旨を推し広めて、改めて説明しているところの、その説話の方、それを具体的に指示していることになっているのではないだろうか。そのように想定出来るがどうなのであろうか。

前聯（九七・九八句）から本聯（一〇一・一〇二句）までの都合三聯六句の対句構成を図式化すれば、それがAB・A′A″・B′B″（AA′A″は老子のこと、BB′B″は荘子のことを指示。）の対応関係を作っているという、その点についてはすでに言及したが、そのうちのA′A″の対応関係における対語「常道」と「自然」との対比を見れば、それが、ほぼ、類似した内容同士のものであることが分かるだろう。A′A″の対応関係における対語の対比がそうであるからには、B′B″の対応関係における対語「斉物論」と「寓言篇」との対比もまた、ほぼ、類似した内容同士のものでなければならないだろう。B″の「寓言篇」が、内容的に、その後半部の、五種類の説話のうちの第四番目のそれを具体的に指示していると見なすことにしたのはそのためなのである。第四番目の説話たるや、「斉物論」の趣旨を推し広めて、改めて説明していることになっているわけなのであり、その説話を読むことになった道真が、まことに、丁寧な意見としてそれを受け止めることになったわけなのだろう。当然、そういうことになるだろう。

(23) **景致幽二於夢一**　「景致ノ夢ヨリモ幽ナレバ」と訓読し、（ところで、月が昇り靄が晴れわたるという、そうした新たな環境に身を置くことになってその満月を眺めているうちに、一たびは老荘玄妙な道に興味を引かれることになったわたしであるが、その外界の）幽玄な景色が夢の中のそれよりもはるかに趣き深いものであったので、との意になる。

「景」字は、底本及び新本に「⿺辶景」字に作っているが、今は、内松桑文日の諸本に従って「景」字に改めることにした。「景致」とは、山水や風物などの趣きの意であり、「風致」「景趣」「景色」などの同義語。用例「規模ハ何レノ日創ムル、景致ハ一時ニ新ナリ。」（規模何日創、景致一時新。）〈『白氏文集』巻一五「題二周皓大夫新亭子一二十二韻」〉。本句（一〇三句）

中の「景致」とは、直接的には、前聯（九三・九四句）において詠述されていた「紅輪ノ晴後ニ転ズレバ、翠幕ハ晩来ニ褰ゲラル。」（紅輪晴後転、翠幕晩来褰。）を指示していることに、ここではなるだろう。梅雨の季節が終了したことを告知するかのように、晴れわたった夜空に「紅輪」（月輪）が転がり出て、あまつさえ、周囲に立ち込めていた「翠幕」（煙霧）も消え去ってしまい、道真は、それこそ、趣きが深くて、味わいの尽きないその景色を目にすることになっていたはずなのであり、そして、そうした「幽玄」な景色を目にすることになった彼が、自身の孤独感を和らげ弱めんとして先ず着手することにしたのが、それが老荘思想への再接近ということなのであった。「幽玄」な景色を目にしてから、「幽玄」な老荘思想への再接近を試みることにしたわけなのであるが、既述の通り、それは、あくまでも、当時の道真が悩まされ続けていた孤独感を少しでも和らげ弱めんとするためなのであった。

　本句中の「景致」とは、具体的には、道真をして老荘思想への再接近を第一に試みることにさせたところの、その「幽玄」な景色のことを、やはり、ここでは指示していると見なければならないだろう（ちなみに、先に、作者が目にしている「紅輪」が「月輪」のことを指示していると見なしたが、ここでの「幽玄」な景色との関連性を考えれば、確かに、それは、「日輪」ではなく、「月輪」でなければならないことになるだろう。）。その「幽玄」な景色が第二の試みとして、漢詩創作への再挑戦に、道真を駆り立てることになったわけなのだ。もとより、その「幽玄」な景色があまりにも素晴らしい眺めであったが故に、本聯の後句（一〇四句）において詠述されているように、自然に、彼の詩情が刺激されることになったということになるだろうが、漢詩創作への再挑戦の目的、それは、あくまでも、孤独感からの解放にあったと見なければならないはずなのである。第一の手段・方法として老荘思想への再接近、そして、第二のそれとして漢詩創作への再挑戦が試みられることになったということになるが、それらの切っ掛けが、同じく、「幽玄」な景色を目にしたことになっている以上、段階的に、第一・第二の順番通りということにはなっておらず、ここでは、同時進行であったと考えるべきなのだろう。老荘思想に改めて親しむと同時に、詩作にも改めて取り組むことになったのだ、と。

「幽二於夢一」とは、夢の中の「景致」（幽玄な景色）よりも、現実のそれの方が「幽玄」の程度が勝っている、との意で、ここでは比較形を指示していることになる。現実（目前）の「幽致」（奥深くて静かな趣き）の方が、夢の中のそれよりも程度においてはるかに勝っていると言いたいわけなのである。「幽致」の用例としては、『白氏文集』〈巻六三「睡後茶興、憶二楊同州一。」〉中にも、「脚ヲ信バシテ池ヲ遶リテ行ケバ、偶然ニ幽致ヲ得タリ。」（信レ脚遶レ池行、偶然得二幽致一。）との一聯が見えている。ちなみに、現実の出来ごとと夢の中のそれとの比較ということで言えば、例えば、同じく、『白氏文集』〈巻五八「疑レ夢二首」其二〉中に、「仮使如今（現実）ノ是レ夢ナラザルモ、能ク夢ヨリモ長キコト幾多ノ時ゾ。」（仮使如今不二是夢一、能長二於夢一幾多時。）との一聯がその用例として見えていて、そこでは、両者を比較した場合には、それ程、多くの差異は認め難いとの内容が詠述されている。

本句（一〇三句）中の詠述に見えている道真の、現実の出来ごとと夢の中のそれとの比較の場合には、「幽致」という点において、夢の中のそれよりも、現実のそれの方がはるかに勝っていると詠述しているわけなのである。晴れわたった夜空に転がり出た「紅輪」を目にした当時の道真が、それによって如何に強い感動を覚え、その「幽致」によって如何に大きな活力を得たことか、そして、結果的に、孤独感からの解放に向かっての、新たなる再挑戦を積み重ねる決意を下すことになったわけなのだ。本句中の詠述「景致幽二於夢一」に対して大いに注目するのは、まさに、そのためなのである。

(24) **風情癖未レ痊**　「風情ハ癖未ダ痊エズ」と訓読し、風月の情趣を前にした時のわたしの習性をそれは（もう一方で）改めて思い起こさしめずにはおかないのであった、との意になる。

「風情」とは、風月の趣き・自然の美しい趣きの意。また、その趣きに感動する風流心のことをもいう。用例としては「残春ヲ送ラント欲シテ酒伴ヲ招クニ、客中ノ誰カ最モ風情有ル。」（欲レ送二残春一招二酒伴一、客中誰最有二風情一。）〈『白氏文集』巻二〇「湖上招レ客、送レ春汎レ舟」〉との一聯、あるいは、「詩人ハ境ニ遇ヒテ感ハ何ゾ勝ヘン、秋気ト風情ト一種ニ凝ル。」（詩人遇レ境感何勝、秋気風情一種凝。）〈『菅家文草』巻一「戊子之歳、八月十五日夜、陪二月台一、各分二一字一。」〉との一聯などが見えている。とりわけ、後者の用例は興味深いと言えるだろう。何となれば、素晴らしい環境に遭遇すれば、「詩人」たるものは、その「風情」によってこの上なく感動させられるものなのだ、とのそうした内容がそこにおいて詠述されているからなのである。

「詩人」たるものが、その「風情」によってこの上なく感動させられることになれば、結果的に、詩作に耽らざるを得ないことになるわけなのだ。「詩人」であることを自認する道真も、確かに、「松喬（赤松子や王子喬などの神仙）ヲ笑傲シテ耳ノ熱キコトヲ知リ、風月ヲ愛嘲シテ心ノ狂（一つのことに取りつかれること。ここは、詩狂のことを指示。）センコトヲ欲ス。」（笑二傲松喬一知二耳熱一、愛二嘲風月一欲二心狂一。）〈『菅家文草』巻一「入レ夏満レ旬、過二藤郎中亭一、聊命二紙筆一。」〉との一聯を詠述していて、そのことに言及している。その詩題中に、「聊カ紙筆ヲ命ズ」（聊命二紙筆一）とあることからして、作者の道真は素晴らしい「風月」に感動し、その結果、彼の「詩情」が激しく掻き立てられることになってしまい、「紙筆」を求めてそれを詠述しないではいられなくなってしまったわけなのだ。

ここでの「心ノ狂」（心狂）とは、作者の「詩心」が素晴らしい「風月」を愛するあまりに激しく掻き立てられる、とのそうした意味というになるだろう。「詩人」たる者が、素晴らしい「風月」によって「詩心」を激しく掻き立てられ、その結果、詩作に耽ることになるということは、むしろ、当然の成り行きなのであって、白居易も、「物ニ遇ヒテ輙チ一詠シ、一詠シテ一觴（一杯の酒）ヲ傾ク。……老ノ将ニ至ラントスルヲ知ラズシテ、独リ自ラ詩狂ヲ放ニス。」（遇レ物輒一詠、一詠傾二一觴一。……不レ知二老将レ至、独自放二詩狂一。）〈『白氏文集』巻八「洛中偶作。自レ此後在二東都一作。」〉との二聯中において、すでにそのことを詠述しているし、道真自身も、別の一聯において、「詩人ノ詠ジ得ントシテ詩情モテ苦シメレバ、狂風ヲシテ第一ニ吹カシムルコト莫カレ。」（詩人詠得詩情苦、莫レ使二狂風第一吹一。）〈『菅家文草』巻五「柳絮」〉との詠述をなし、すでに、そのことに言及しているはずなのである。

本句（一〇四句）中の「風情」とは、風月の素晴らしい趣きに感動する、詩人としての強い風流心のことを指示しているだけではなく、その風流心に即して詩作に耽らざるを得なくなってしまう、詩人としての「詩心」のことをも指示していると見なければならないだろう。すなわち、素晴らしい風月に遭遇し、その結果、詩作をものせずにはいられなくなってしまうところの、その、詩人としての性情のことを指示していることになるはずなのだ。それ故、同じく、本句中の「癖」とは、まさしく、そうした道真の性情のことを具体的に受け、それを改めて指示した詩語ということになるに違いない。

「癖」とは、嗜好の偏った性質や習慣のことをいい、例えば、「時ニ王済ハ相馬ヲ解シテ、又タ甚ダ之ヲ愛シ、而シテ和嶠ハ頗ル聚斂（集め収める）スレバ、預ハ常ニ称スラク、済ニ馬癖有リテ、嶠ニ銭癖有リ、ト。武帝ハ之ヲ聞キ、預ニ謂ヒテ曰ク、卿ニ何ノ癖カ有ル、ト。対ヘテ曰ク、臣ニ左伝ノ癖有リ、ト。」（時王済解二相馬一、又甚愛レ之、而和嶠頗聚斂、預常称、済有二馬癖一、嶠有二銭癖一。武帝聞レ之、謂レ預曰、卿有二何癖一。対曰、臣有二左伝癖一。）〈『晋書』巻三四「杜預伝」〉との一文に見えている通りに、「馬癖」「銭癖」「左伝癖」などの用例があることになっている。本句（一〇四句）中に見えている道真の「癖」とは、後の、五聯十句（一〇五―一一四句）の意味内容からして、「詩癖」（作詩を嗜む性癖）のことを指示していることになるだろう。「詩癖」については、例えば、白居易にも、その性癖があったことになっていて、「別来只ダ是レ詩癖ヲ成スノミニシテ、老去スレバ何ゾ曽テ更ニ酒顛センヤ。」（別来只是成二詩癖一、老去何曽更酒顛。）〈『白氏文集』巻一七「十年三月三十日、別二微之於澧上一……。」〉との一聯中にその用例を見ることが出来るわけなのであるが、道真にも、その性癖はあったであろうし、そのことには、当然に、納得がいく。

「詩癖」のことを「詩魔」（詩を好む病癖）とも言うことになっていて、白居易なども、自身の心に「詩魔」が潜んでいることを白状して、「苦ニ空門ノ法（仏法）ヲ学ビテヨリ、銷シ尽クス平生種々ノ心。唯ダ詩魔有リテ降スコト未ダ得ザルノミニシテ、風月ニ逢フ毎ニ一タビ閑吟ス。」（自三従苦学二空門法一、銷尽平生種々心。唯有二詩魔一降未レ得、毎レ逢二風月一一閑吟。）〈『白氏文集』巻一六「閑吟」〉との詠述をなしているのである。仏法の威力を借りて心中の種々の「煩悩」を取り除くことに成功したが、ただ一つ、「詩魔」だけは、いまだ取り除くことが出来ず、それこそ、素晴らしい「風月」に遭遇するたびに詩作をものしないではいられなくなってしまうのだ、と。また、その白居易は、「風情」だけは年老いたからと言って消えて無くなることなど決して有り得ないのだということを、「生事ハ縦ヒ貧ナルトモ猶ホ過ゴス可ク、風情ハ老イタリト雖モ未ダ全クハ鎖エズ。」（生事縦貧猶可レ過、風情雖レ老未二全鎖一。）〈『白氏文集』巻六八「夢得前所レ酬篇、……。」〉との一聯で詠述しているわけなのである。

そうした、たとえ、仏法を学ぼうと、たとえ、老齢に至ろうとも、「風月」に遭遇するたびに、「詩癖」なり「詩魔」なりに心を捕えられてしまい、詩作に耽けらないではいられなくなってしまうのだとの、その白居易のような性癖については、もとより、上述の通りに、詩人としての道真も持っていなかったはずはないわけなのであり、「大底詩情ハ多ク誘引セラレ、毎年ノ春月ハ家ニ居ラズ。」（大底詩情多誘引、毎年春月不レ居レ家。）〈『菅家文草』巻六「詩友会飲、同賦三鶯声誘引来二花下一。」〉との彼の詠述によっても、そのことは、容易に理解出来ることになっている。「風月」の一つとしての、その「鶯声」を耳にしたりすると、鳥の声に誘われて、春には、家におちおち居られなくなってしまい、「詩友」と一緒に「花下」にたびたび集うことになってしまう道真なのであるが、当然に、それは、詩作に専念するためということになるのだろう。

本聯（一〇三・一〇四句）の後句中に見えている「癖」とは、道真が従来持ち続けていた「詩癖」のことであり、素晴らしい「風月」に遭遇するたびに、詩作をしないではいられなくなってしまう、そうした彼の性癖のことを指示しているわけなのである。今や、夢の中の「景致」よりも、「幽玄」さにおいて勝っているように見えている、目前の「紅輪」（満月）の素晴らしい景色、それが、従来の彼の「詩癖」を改めて刺激することになったわけなのだ。「未ダ痊エズ」（未レ痊）とは、大宰府への左遷、そして、「独行」生活を決意して後、これまで以上の孤独感と貧窮感とに苦しめられることになった道真が、もはや、捨て去ったものと思っていたはずの「詩癖」、それが、いまだに、捨て切れずに残っている事実を新たに発見することになった、とのことになるだろう。「紅輪」の素晴らしい景色が、その彼の新たな発見を手助けすることになったわけであるが、捨て切れずに残されていた「詩癖」が、彼をとりわけ苦しめることになった孤独感を和らげ弱めんとする手立ての一つとして、ここでは、さっそく活用されることになっているのである。

「詩癖」なり「詩魔」なりが、どうしても捨て切れないものであるということは、白居易も、仏法を学んで「煩悩」を捨て去ろうとしたが、ただ、「詩魔」のみはどうしても捨て去ることが出来なかった、と上述のように詠述していたはずなのであり（『白氏文集』巻一六「閑吟」）、道真がその性癖に対して、「未㆑痊」と詠述しているのは理の当然ということになるだろう。なお、「癖未㆑痊」とあるからには、従前の「癖」が現在まで、そのまま存在し続けているわけなのであり、従前のそれと現在のそれとが、質量的には同等であるということになるわけなのだ。

と言うことは、意味内容上からは、従前の性癖と現在のそれとをおのずから比較検討していることになるはずなのであり、「癖未㆑痊」とのこれも、一つの比較形の文体ということなるわけなのである。本聯（一〇三・一〇四句）における対句構成上から言って、つまり、その前句中の詩語「幽㆓於夢㆒」とこれとは、密接な対応関係を有することになるはずで、そのことによって、両者を対語と確認していいことになるのではないだろうか。前句中の詩語「幽㆓於夢㆒」の場合には、「景致」という点において、現実（目前）のそれの方が夢の中のそれに比べて、より「幽」（幽玄）であるとされていて、両者が比較検討されているわけであるが、後句（本句）中の詩語「癖未㆑痊」の場合にも、「風情」という点において、（それを愛好して詩作に耽けるという）従前の性癖が現在にもそのまま残されていて、両者の質量を比較検討した上で同等ということにされているわけなのだ。比較形の文体の採用ということにおいて、確かに、本聯の両句もまた密接な対応関係を有していると言えるだろう。

ただし、本聯の、前句と後句（本句）とにおける対応関係を文法的に見た場合には、両句の返り点の位置の違いなどからして、まさしく、密接なそれとは、厳密には言えないことになるはずなのである。その理由については、未詳であるが、例えば、意味内容上からは、本来的に、「景致ノ現夢（まのあたりゆめ）ヨリモ幽（いう）ナレバ、風情ハ癖未（いま）ダ今（いま）ニ痊（い）エズ。」（景致現幽㆓於夢㆒、風情癖未レ痊レ今。）との六言一聯の対句としてあるべきであったものを、近体詩としての五言一聯に仕立て上げ、しかも、その「平仄式」を厳守する必要上から、敢えて、○印を付したところの五文字だけをそれぞれ選び取ることにして、「景致幽二於夢一、風情癖未レ痊。」との五言一聯の対句構成に仕立て上げることにしたのではないだろうか。本来的な六言一聯の対句の場合には、「景致」と「風情」、「現」と「癖」、「幽二於夢一」と「未レ痊レ今」とがそれぞれ対語として見事な対比を作ることになっているわけであるが、「平仄式」ということになると、前句のそれは「×××○○×」（○印は平声で×印は仄声）ということになり、後句（本句）のそれは「○○××○○」（同上）ということになっているわけなのだ。

これを近体詩としての五言一聯の対句構成に仕立て上げるためには、もっぱら、「平仄式」を厳守することが必要ということになるだろう。例えば、前句の上から二字目には、「粘法」の大原則からは、仄声（×）の字をここでは配置しなければならないことになっているし、後句（本句）の上から二字目には、平声（○）の字をここでは配置しなければならないことになっている。また、「二四不同」の大原則からは、前句の上から四字目には平声（○）の字を、後句（本句）の上から四字目には仄声の字を配置しなければならないことになっている。勿論、前句の五字目には仄声（×）の字を、後句（本句）の五字目には平声の韻字（『広韻』下平声・一先韻〈二仙韻同用〉）を配置する必要があるだろうし、「孤平」「孤仄」「下三連」などの「平仄式」も守る必要があるだろう。

結局、近体詩としての五言一聯の対句構成を仕立て上げるために、作者は、本聯の前句の方を「景致幽二於夢一」（××○○×）に作り、後句（本句）の方を「風情癖未レ痊」（○○××◎）に作ることにしたわけなのだろう。本聯の両句を以上のように作り上げさえすれば、近体五言一聯としての「平仄式」を、そのことによって完全に厳守した上に、さらに、前・後句の平仄を見事に対比させることにも成功することになるからなのだ。作者の道真は、本聯における、「平仄式」の厳守と、前・後句の平仄の対比との両方を重視することにし、本聯両句の、対語の配置における文法的な対比ということよりも、むしろ、そちらの方を優先することにここではしたのだろう、と今は、そのように解釈しておきたい。ちなみに、内容的には、本聯の前・後句は因果関係として対応しており、前句（原因）が後句（結果）の前提条件となっている。

（25）**文華何処落**　「文華ハ何処ニカ落テン」と訓読し、素晴らしい詩を作りたいものだとのわが思いだけは（たとえ身を落ち着けるそこが）どんな場所であったとしても決して捨て去ろうとは考えなかったし、との意になる。

本聯（一〇五・一〇六句）は、意味内容的には、前聯（一〇三・一〇四句）のそれを直接的に継承発展させ、それを改めて具体的に説明する役割を果たしていると見ていいだろう。そして、その前聯と後聯（本聯）との両聯四句を意味内容上から、敢えて、対応させて図式化するならば、AB・B′A′（AA′は素晴らしい「景致」によって詩情が刺激されること、BB′は詩作に耽らないではいられない「癖」を残していること。）ということになるだろう。すなわち、本聯の前句に当たる本句（一〇五句）が、前聯の後句（一〇四句）と意味内容的に密接な対応関係を有することになっていると見なし、同じく、本聯の後句に当たっている次句（一〇六句）が、前聯の前句（一〇三句）と意味内容的に密接な対応関係を有することになっていると見なすことにするわけなのだ。

前聯の前句「風情ハ癖未ダ痊エズ」（風情癖未レ痊）においては、風月の情趣を前にした時の作者自身の習性（詩作に耽らないではいられないという性癖）が、なおも、そのまま消え去らずに残っていた、との詠述がなされていたわけであるが、本聯の前句（本句）においては、そうした意味内容を直接的に継承発展させ、それを改めて具体的に説明しているところの、そうした詠述となっているはずなのだ。「文華」とは、詩文の華やかなこと、また、華やかな詩文の意であり、用例としては、「其ノ論讃ノ辞采ヲ綜ベ緝メ、序述ノ文華ヲ錯キ比ブルガ若キハ、事ハ沈思ヨリ出デ、義ハ翰藻ニ帰セリ。」（若下其論讃之綜二緝辞采一、序述之錯中比文華上、事出二於沈思一、義帰二乎翰藻一。）〈梁昭明太子撰「文選序」〉との一文などに見えている。

ただし、本句（一〇五句）中の詩語「文華」の意味としては、素晴らしい「詩」とのそれに限定して指示していると見なければならないのではないだろうか。ここでの「文」の場合には、前聯との意味内容的な脈絡からは、あくまでも、韻文としての、「詩」の方だけを限定的に指示していることになるはずで、散文を指示する「筆」に対しての、六朝時代の用例《『大漢和辞典』》に従うものとして、今は、それを通釈することにしたが、それは、そうした理由のためなのである。ところで、本聯（一〇五・一〇六句）もまた見事な対句構成を形作っていて、前句（本句）中の詩語「文華」「何処」「落」は、それぞれ、後句「感緒ハ此ノ間ニモ牽カル」（感緒此間牽）中の詩語「感緒」「此間」「牽」の対語として配置されているわけなのである。すなわち、「文華」は、「感緒」の対語としてここでは配置され、密接な対応関係を有していることになっているわけなのである。

それでは、両者は、どのような密接な対応関係をここでは有していることになるのであろうか。「文華」とは、素晴らしい詩のことを言い、後述するように、「感緒」とは、思い（感じて動く心）のことを言うことになっているわけなのであるが、そのような意味を有する両者に、どのような密接な対応関係を認めるべきなのであろうか。どうなのであろうか、未詳ながら、ここでは、以下のような対応関係を認めてやるべきではないかと思っている。すなわち、両者は、本来的には、「文華ノ感緒」（文華感緒）との詩句を形作っていて、それは、「素晴らしい詩を作成したいとの思い」との意を有することになっていたのだ、と。それを本聯中の対語に仕立てるために、その四字句を分割することにして、前句（本句）中に「文華」の方を、そして後句中に「感緒」の方を配置することによって、そのことで密接な対応関係を有するようにさせたのだ、と。そのように考えるべきではないだろうか。

配置するに際しては、近体五言詩としての「平仄式」を厳守する必要が、当然に、有ったはずである。「文華」の両字の平仄が「〇〇」（共に平声）、「感緒」の両字の平仄が「××」（共に仄声）となっている関係上、「粘法」を厳守するためには（前聯との関連において、本聯の前句の上から二字目には平声の字を、同じく後句の上から二字目には仄声の字を配置しなければならないことになっている。）、それこそ、必然的に、「文華」の両字の方を前句中に、「感緒」の両字の方を後句中に配置しなければならないことになるわけなのだ。

以上のように、「文華感緒」の詩句を分割して配置した、とここで考えれば、確かに、本聯両句における「文華」と「感緒」との対語は、それによって密接な対応関係を有することになるだろう。なお、「文華」と「感緒」との対語の成立をそのように考えた場合には、両者の通釈は、当然のことに、「素晴らしい詩を作りたいものだとのわが思いだけは」との、共通したそれということにしなければならないだろう。

「何処落」は、「何処ニカ落テン」と訓読し、反語形の文体を形作っていて、それは、「（たとえ身を落ち着けるそこが）どんな場所であったとしても（それを）捨て去ろうとしたであろうか、いや、決して捨て去ろうとは考えなかった。」との、そうした通釈を導き出すことになるはずなのだ。勿論、本句中の「何処」とは、作者が左遷させられることになった大宰府の地のことを、ここでは、具体的に指示していることになるに違いないだろうから、ということは、つまり、大宰府の地に身を落ち着けざるをえないことになってしまった作者の道真が、「素晴らしい詩を作りたいものだとの我が思いだけは」、それだけは、決して、（そこでも）捨て去ろうという気持にはなれなかった、と自身で詠述していることに、本聯の前句の意味内容はなるわけなのであり、まさしく、前述の通りに、前聯の後句「風情ハ癖未ダ痊エズ」（風情癖未レ痊）とは、意味内容的に密接な対応関係を有していることになるだろう。それにしても、当然のことに、左遷後の道真像を考える上では、前聯の後句（一〇四句）と本聯の前句（一〇五句）との、それらの、内容上、密接な脈絡を有する詠述は、詩人としての彼の活躍を知るために大いに貴重ということになるはずで、改めて注目しないわけにはいかないだろう。

「落」とは、上述のように、ここでは、「落テン」と訓読し、捨て去ろうとしたであろうか、いや、決して捨て去ろうとしたことはなかった、との反語形の意として解釈する必要があるはずなのだ。捨て去る・取り止める、との意を持つ「落」の用例としては、「吾ガ事ヲ落テシムル無カレ」（無レ落二吾事一）〈『荘子』外篇「天地」〉などの一文が見え、『経典釈文』〈巻二七〉にも、「落トハ、猶ホ廃ノゴトキナリ。」（落、猶レ廃也。）に作っている。

（26）**感緒此間牽**　「感緒ハ此ノ間ニモ牽カル」と訓読し、（同じく）素晴らしい詩を作りたいものだとの我が思いだけは

（大宰府の地に身を落ち着かせることになり、梅雨の季節の終了を迎えて夜空に「紅輪」を眺めることが出来るようになった）今の今も（相変らず捨て去ることが出来ないばかりか、かえって）その思いが猛烈に頭をもたげて来るのを押しとどめることが出来ない有り様なのであった、との意になる。

「感緒」とは、物事に感じて動く心のことを言い、ここでは、対語「文華」との関連で、上述の通りに、素晴らしい詩を作りたいものだとの、そうした作者の心情のことを具体的に指示している。「文華」の〔語釈〕(25)の項を参照。「緒」は心の意。用例「形容・意緒モテ遙ニ看取スルニ、華陽観裏ノ時ニ似ザラン。」（形容意緒遙看取、不レ似二華陽観裏時一。）《『白氏文集』巻一五「渭村訓二李二十見一レ寄」》。

「此間」とは、それが、本聯の前句（一〇五句）中の詩語「何処」の対語となっていることからして、今現在の時間のことをここでは指示していると考えるべきだろう。「何処」が空間（大宰府という場所）を指示していることになるわけなのであり、それに対して、「此間」が今現在の時間のことを指示していると見れば、両者は空間と時間との対比ということになり、当然に、密接な対応関係を有することになるからなのである。それでは、今現在の時間のことを指示している「此間」とは、具体的には、どのような今現在の時間のことなのであろうか。

本句中の「此間」、それを、対語「何処」の場合と同様に、空間（大宰府という場所）のことを指示したものと考えることも、確かに、ここでは出来そうであるが、やはり、そうした意見には従うわけにはいかないだろうと思う。なぜなら、上述のように、本聯（一〇五・一〇六句）と前聯（一〇三・一〇四句）との意味内容上の対応関係を、一〇三句から順番に配列して図式化するならば、それは、AB・B′A′（AA′は素晴らしい「景致」によって詩情が刺激されること、BB′は詩作に耽らないではいられない「癖」を残していること。）ということになるはずで、本聯の後句に当たっている本句（一〇六句）と前聯の前句（一〇三句）とが密接な対応関係を有していなければならないことになっているからなのである。

つまり、「此間」もまた、「景致ノ夢ヨリモ幽ナレバ」（景致幽二於夢一）との対応関係において解釈する必要があることになるわけなのであり、幽玄な景色が、夢の中のそれよりもはるかに趣き深く感じられるところの、その今現在の時間のことをそれは指示していることになるはずなのだ。そして、その「景致」たるや、具体的には、「紅輪ノ晴後ニ転ズレバ、翠幕ハ晩来ニ褰ゲラル。」（紅輪晴後転、翠幕晩来褰。）〈九三・九四句〉との、作者が目にすることになった梅雨の季節終了時の景色のことを指示していることになっていると考えることが出来たはずで、そうである以上、まさしく、「此間」とは、晴れわたった夜空に「紅輪」（満月）が昇り靄が晴れわたるという、そのような、素晴らしく幽玄な景色を作者が目にすることになった今現在の時間のことを指示していることになるわけなのだ。

梅雨の季節の終了を迎えて、夜空に転がり出た「紅輪」を眺めることになって、その結果、心にも純粋さが蘇ることになった作者は、先ず最初に、「独行」生活によってより深く味わうことになった孤独感を和げ弱めるために、老荘玄学の学問に改めて親しむことにしたわけなのであるが、もう一方で、同時に、素晴らしい詩を作成したいとの、そうした日頃の思いをも作者は実行に移す気になったわけなのである。もとより、作者が詩作に耽る気分になったというのも、単に、幽玄な景色を目にして詩情が刺激を受けることになったから、というそうした理由だけではなかったはずで、まさに、老荘玄学に再接近を試みることになった場合のそれと同様に、「独行」生活によって、より増大することになった彼自身の孤独感をそれによって和らげ弱めたいというのが、その、もう一つの、そして、それこそが、主な理由であったとここでは考える必要があるだろう。確かに、後聯（一〇七・一〇八句）においても、作者は、「志ヲ慰メントシテハ馮衍ヲ憐レミ」（慰志憐馮衍）と詠じ、「憂ヲ銷サントシテハ仲宣ヲ羨ム」（銷憂羨仲宣）と述べているはずなのだ。

梅雨の季節を通して、作者をますます苦しめることになった孤独感と貧窮感、その後者の方については、「独行」生活を送る決意を固めた以上、もはや、どのような解決方法もないことになるはずなのであるが、その前者の方については、梅雨の季節の終了を迎え、晴れわたった夜空に「紅輪」が転がり出るのを目にして、それを和らげ弱めるための方策を彼は実行することにしたわけなのである。季節の変化が、その実行を促すことになったのだろう。方策は三つ。一つには、老荘玄学への再接近、一つには、詩作に耽ること、そして、もう一つには、仏教思想への再接近（後の一一五句以下に詠述）ということになっているが、その、三つの方策を彼は実行することにしたわけなのだ。勿論、それらを詠述の順序に従って次々に実行したということではなく、同時並行したということにしなければならないだろう。そして、老荘玄学への再接近の方策を実行する目的がそうであったように、他の二つのそれもまた、その、実行に当たっての主な目的、それは、孤独感を和らげ弱めることであったとしなければならないだろう。実行に当たっての主な目的は、三つの方策とも、同様であるのだ、と。

「牽」は、引かれ捕らわれる意。ここでは、素晴らしい詩作をものしたいとの気持を押えきれないほどに高ぶらせてしまうことをいう。本聯の前句（一〇五句）中の対語「落」字とは、密接な対応関係を有していることになっており、例えば、「落」「牽」両字の意味内容上における、それぞれの動作の方向性が対称的ということになるだろう。「落」字は捨て去るとの意であり、動作の方向性から言えば、上から下へ、あるいは、内から外へのそれということになるのに対して、「牽」字は、引かれ捕らわれるとの意であり、動作の方向性から言えば、下から上へ、あるいは、外から内へのそれということになるだろう。両者の方向性は、それ故に、正反対ということになるはずなのであり、その点での密接な対応関係を、ここでは、認めてやる必要があるだろう。

(27) 慰レ志憐二憑衍一　「志(こころざし)ヲ慰(なぐさ)メントシテハ憑衍(ふうえん)ヲ憐(あは)レミ」と訓読し、（素晴らしい詩を作ることによって）我が心中を慰めようと考えてみては（かの後漢の文人）の憑衍の「顕志賦(けんしのふ)」のような作品を作りたいと強く願ったし、との意になる。

本聯（一〇七・一〇八句）は、意味内容的には、前聯の後句（一〇六句）のそれを直接的に継承発展させると共に、具体的な説明を加えるべく、その役割を果たしていると言えるだろう。前聯の後句においては、作者の道真が、素晴らしい詩作をものしたいものだ、とのそうした強い思いに捕らわれたことになっていたはずなのである。その切っ掛けは、晴れわたった夜空に「紅輪」の転がり出るという幽玄な景色を目にしたこと、そして、その主な目的は、彼の孤独感を和らげ弱めるためなのであったが、とにかく、素晴らしい詩作をものしたいものだとの、そうした作者の思いが、そこには詠述されていたはずなのである。そのような前聯の後句の意味内容、それを継承発展させて具体化し、それでは、どのような目的のもとに、どのような先輩文人の、どのような作品を手本とし理想的なものとして詩作に取り組むことにしたのか、それらのことを説明するべく、本聯の前・後句は配置されていることになるわけなのだ。

　本聯の前・後句も見事な対句構成を形作っていて、その前句に当たっているところの、本句（一〇七句）中の詩語「慰ㇾ志」「憐」「憑衍」と、その後句に当たっているところの、次句（一〇八句）中の詩語「銷ㇾ憂」「羨」「仲宣」とは、それぞれ密接な対応関係を有していることになっている。最初の、「慰ㇾ志」と「銷ㇾ憂」との対語は互いに同様の意味内容を持つことになっており、本来的には、憂いの心を消し慰めようとして、との意味内容を有するところの、「憂志（いうし）ヲ銷（け）シ慰（なぐさ）メントシテ」（銷二慰憂志一）との一句を構成していたはずのものであるのが、前・後句に、それを対語として配置する必要上から、ここでは、互文的修辞法が採用されて、「慰ㇾ志」と「銷ㇾ憂」とに分割配置されることになったのだろうと思う。

　その分割配置においては、近体五言長律詩としての「平仄式」を当然に厳守する必要があるわけなのであり、「銷二慰憂志一」（〇×〇×）〈〇印は平声で×印は仄声〉との一句を対語にするべく、前・後句に分割配置するに当たっては、同じ仄声字である、「慰」（『広韻』去声・八未韻）と「志」（同・去声・七志韻）との両字を、そして、同じ平声字である、「銷」（同・下平声・四宵韻）と「憂」（同・下平声・一八尤韻）との両字を互いに結合させて熟語にする必要があったはずなのである。

　そして、その上で、近体五言長律詩としての「平仄式」の大原則、すなわち、「粘法」「二四不同」などのそれぞれを厳守する必要もあって、「慰ㇾ志」の方を本聯の前句中に、「銷ㇾ憂」の方を本聯の後句中に配置することにしたに違いない。例えば、「粘法」をここで厳守するためには、本聯の前句中の上から二番目には仄声字を、同じく、後句中の上から二番目には平声字を配置する必要が当然にあるわけなのであるが、そのためにこそ、前句中のそこには仄声字としての「志」を、同じく、後句中のそこには平声字としての「憂」を分割配置しなければならないということになるだろう。詩語

「慰レ志」の方を本聯の前句中の冒頭部分に、同じく、詩語「銷レ憂」の方を本聯の後句中の冒頭部分に配置することにしたのは、まさに、そのためなのだ。

「粘法」の大原則がそのように厳守されることになった後で、今度は、それに従う形での、いわゆる、「二四不同」の大原則の厳守ということが問題になるわけなのである。本聯の前句中の上から四番目には平声字が、同じく、後句中の上から四番目には仄声字がそれぞれ配置されなければならないことになっているわけであるが、前句中のそこには、正しく平声字としての「馮」（『広韻』上平声・一東韻）が、後句中のそこには、正しく仄声字としての「仲」（同・去声・一送韻）が配置されている。「二四不同」の大原則は、もとより、その、両字の配置のために、本聯においても厳守されていることになっているのだ。

本聯の前句（本句）中の詩語「慰レ志」は、本来的には、同じく、後句中の対語「銷レ憂」と意味内容的に結合していて、「憂志（いうし）ヲ銷（け）シ慰（なぐさ）メントシテ」（銷二慰憂志一）との一句を構成していたはずのものであるのが、前・後句にそれを対語として配置する必要上から、ここでは、互文的修辞法が採用されることになったのだろうと考えてみたわけなのであるが、そうであるならば、意味内容的には、本句中の「志」とは、まさしく、「憂志」ということにしなければならないだろうし、その対語としての「憂」の方も、同様に、「憂志」ということにしなければならないだろう。

勿論、ここでの「志」とは、「こころざし」との意などではなく、内容的には、「こころ」の意としなければならないはずで、恐らく、「心」の代替字としての「志」を配置することにしたのだろう。と言うのは、上述した通りに、本句の上から二字目には、近体詩としての「平仄式」上の大原則の一つ「粘法」を厳守する必要があり、どうしても、仄声字をそこに配置しなければならないことになっているからなのである。そのためにこそ、「心」（『広韻』下平声・二一侵韻）の代替字としての「志」（同・去声・七志韻）が、敢えて、ここで採用されることになったに違いない。勿論、ここでの「志」の使用には、そうした「平仄式」からの側面だけではなく、馮衍の「顕志賦」を読者に連想せしめたいとの作者なりの意図があったことも考えてやる必要があるだろう。とにかく、「心」と「志」との両字が、同様の意味内容のものとして使用されることは、例えば、「浩蕩トシテ八溟ハ闊ク、志ハ泰ニシテ心ハ超然タリ。」（浩蕩八溟闊、志泰心超然。）〈『白氏文集』巻六九「送二毛仙翁一」〉との一聯などにも見えている。なお、当時の、道真にとっての「憂志」ということになると、それは、具体的には、「独行」生活を余儀なくされていた当時の彼を、その結果として、ますます、苦しめ追い詰めるようにさせたところの、その孤独感と、それに伴った悲哀感とを指示していると考えていいのではないだろうか。まさに、その孤独感の方を本聯の前句における「（憂）志」が、そして、その悲哀感の方を本聯の後句における「憂（志）」がそれぞれ指示していることになっているのだ、と。そのように考えておくことにしたい。ちなみに、前句（本句）中の詩語「慰レ志」の用例としては、「古ニ託シテ志ヲ慰メ、疎ナレドモ弁有リ。」（託レ古慰レ志、疎而有レ弁。）〈『文心雕龍』巻三「雑文」〉との一文などに見えている。道真の「慰レ志」の場合にも、古人（後漢の文人の馮衍）に事寄せて自身の「志」を慰めんとしているわけなのであり、この用例の一文中の、「託レ古慰レ志」の部分については、内容的にも、改めて、注目する必要があるだろう。

「憐」とは、憐れみ慈しむこと。愛で楽しむこと。『爾雅』〈巻二「釈詁」下〉には、「憐、愛也。」に作っている。ここでは、（かの後漢の文人の）馮衍（の「顕志賦」）のような作品を作りたいと強く願った、との意を指示していることになるだろう。馮衍（の「顕志賦」）に親しみを感じ、彼の作品のようなものを作って、自身の「憂志」（孤独感）を慰めようとしたわけなのである。

「馮衍」は、後漢の長安杜陵出身の文人で、字は敬通。少くして奇才があり、九歳で詩を暗誦し、年二十にして博く群書に通じたとされている〈『後漢書』巻二八上「馮衍伝」〉。光武帝に仕えて、官は曲陽令・司隷従事となり、彼は西京（長安）にあって貴顕と交友し、諸王に重んぜられたが、後に、外戚の賓客に懲りた光武帝の怒りを被って、罪を得ることになり、その罪を赦されて故郷に帰ってからは、彼は、門を閉じて親戚や旧友とも往来することをしなかったとされている〈同〉。

なお、馮衍が大志を抱きながら罪を被ってしまい、故郷に帰らざるを得なくなってしまった人物であるということから、『蒙求』にも、「馮衍帰里」との標題で取り上げられている。

その『蒙求』の記述によると、生前の馮衍は、常日頃、「常ニ凌雲ノ志ヲ有シ、……貧ニシテ哀シマズ、賤ニシテ恨ミズ、猶ホ名賢ノ風ヲ庶幾ヒ、道徳ヲ幽冥ノ路ニ修メ、以テ身名ヲ終へ、後世ノ法ト為ラン。」（常有二凌雲之志一、……貧而不レ哀、賤而不レ恨、猶庶二幾名賢之風一、修二道徳於幽冥之路一、以終二身名一、為二後世法一。）との思いを口にしていたことになっているが、まさしく、その、常日頃の思いを書き述べたもの、それが、「眇然トシテ陵雲ヲ思フノ意有レバ、乃チ賦ヲ作リテ自ラ厲マシ、其ノ篇ニ命ジテ顕志ト曰フ。」（眇然有下思二陵雲一之意上、乃作レ賦自厲、命二其篇一曰二顕志一。）〈『後漢書』巻二八下「馮衍伝」〉との序文を有するところの、その「顕志賦」なのである。

『後漢書』の本伝や、『芸文類聚』〈巻二六「人部」言志〉中に見えている馮衍のその作品のことを、当時の道真は、本句（二〇七句）中において間接的に指示した上で、そのような作品を自身も詠述したいものだと思い、作者の馮衍に対しても親しい気持を抱くようになっていたに違いない。何よりも、本句中に、敢えて、採用されている「志」字が、そのことを暗示していると見ていいのではないだろうか。後漢の馮衍ならば、道真と同様に、朝廷から罪を被った人物ということになっているわけなのであり、その罪を赦されて、彼の場合には故郷に帰ることが出来たとは言え、それ以後は、彼もまた、当時の、流謫中の道真と同様に、門を閉じて親戚や旧友とも往来することを承知しなかったわけなのだ。いわゆる、「独行」生活をすることを余儀なくされたという点においても、当時の道真は、馮衍に親しみを感じないではいられなかったはずだろう。「独行」生活の結果としての孤独感、それを弱め和らげるための方法なり手段なりの一つとして、今や、道真は詩作に耽ろうとしているわけなのであるが、同様の孤独感に苦しめられ、同様の方法なり手段なりの一つとしてものされたに違いないだろう、その馮衍の作品「顕志賦」に対して、我が道真が人一倍の親近感を抱くことになったというのは、考えてみれば、至極当然と言えるはずなのだ。

（28）銷レ憂羨二仲宣一　「憂ヲ銷サントシテハ仲宣ヲ羨ム」と訓読し、（同じく、素晴らしい詩を作ることによって）我が悲哀を晴らさんと考えてみては（かの三国魏の文人の）王粲（の「登楼賦」）のような作品を作りたいと強く願ったものであった、との意になる。

　本聯の前句（一〇七句）に引き続き、当時の、作者自身の悲哀感を和らげ弱めることを目的にして、素晴らしい詩作をものせんと思い、どのような先輩文人の、どのような作品を手本とし理想的なものと考え、親近感を抱くことになったのかを、本聯の後句（一〇八句）に相当する本句においても明示することにしている。前句においては、先輩文人としては後漢の馮衍が取り上げられ、その彼の「顕志賦」が理想的な作品であり手本ということにされていたわけであるが、引き続いて、本句（一〇八句）においては、先輩文人としては三国魏の王粲が取り上げられ、その彼の「登楼賦」が理想的な作品であり手本ということにされているのである。前句においては、当時の作者の、その「独行」生活の結果としての孤独感、そちらの方をもっぱら弱め和らげるための方法なり手段なりの一つとして、後漢の馮衍の「顕志賦」のような、そのような素晴らしい詩作をものしてみたいものだと念願することにしたのであるとの、そうした内容が述べられていたわけであるが、本句においては、同じく「独行」生活の結果としての悲哀感、こちらの方をもっぱら弱め和らげるための方法なり手段なりの一つとして、三国魏の王粲の「登楼賦」のような、そのような素晴らしい詩作をものしてみたいものだと念願することにしたのであるとの、そうした内容が詠じられているわけなのである。

　孤独感に苦しんだ馮衍がものした作品ということで、その「顕志賦」が、当時の、孤独感に苦しむ道真の心を捕えて離さなかったように、当然に、今度は、悲哀感に苦しんだ王粲がものした作品ということで、その「登楼賦」が、当時の、悲哀感に苦しむ道真の心を捕えて離さなかったということになるだろう。「仲宣」とは、王粲（一七七—二一七）の字。王粲は、いわゆる、「建安七子」中の第一人者であり、詩文・辞賦に長じ、『文選』〈巻一一「遊覧」〉所収の彼の作品「登楼賦」は、とりわけ有名である。ところで、その「登楼賦」の冒頭に、「茲ノ楼ニ登リテ以テ四ニ望ミ、聊カ暇日以テ憂ヲ銷サントス。」（登二茲楼一以四望兮、聊暇日以銷レ憂。）との一文が見えていて、そこに、「銷レ憂」との言葉がそのまま採用されているわけなのである。本聯の後句（一〇八句）中の、冒頭二字に見えている詩語「銷レ憂」の、その出典であると認めてそれを考えることにすれば、後句中で言及されている「仲宣」の作品が「登楼賦」のことを指示していること、これは明白ということになるはずなのだ。以上のように、これまで、「仲宣」のその作品を「登楼賦」であると特定して話を進めて来たのは、まさしく、そのためなのである。

王粲は後漢末の戦乱を逃れ、荊州の劉表のもとに一時期身を寄せていたことがあり《『三国志』巻二一「王粲伝」》、「登楼賦」は、その時期の彼の作品ということになっている。彼は、荊州の地に建つ城楼に登って周囲の美しい景色を眺めながらも、ひたすら故郷のことに思いを致し、「信ニ美ナリト雖モ、吾ガ土（わが故郷）ニ非ザレバ、曽チ何ゾ以テ少シク留マルニ足ランヤ。……情ハ眷々トシテ（恋い慕うさま）帰ランコトヲ懐フ、孰カ憂思ノ任フ可キ。……涕ハ横ニ墜チテ禁ゼズ。……人情ハ土（故郷）ヲ懐フニ同ジク、豈ニ窮達（困窮と栄達）シテ心ヲ異ニセンヤ。……心ハ悽愴トシテ（悲しみ痛むさま）以テ感発シ、意ハ忉怛トシテ（憂い悲しむさま）憯惻タリ（悲しみ痛むさま）。」（雖二信美一而非二吾土一兮、曽何足二以少留一。……情眷々而懐レ帰兮、孰憂思之可レ任。……涕横墜而弗レ禁。……人情同二於懐レ土兮、豈窮達而異レ心。……心悽愴以感発兮、意忉怛而憯惻。）と詠述せずにはいられなかったのだ、という。

異郷の地において、城楼に登って四方の美しい景色を眺めて日頃の憂愁の気分を晴らそうとしたわけなのであるが、それが却って、望郷の念を引き起こして、結果として、悲哀感をますます強めることになり、大いに涙を流さずにはいられなくしてしまった、との内容を詠述したところの、それは、作品ということになっているわけなのだ。そうした内容の「登楼賦」に対して、当時の道真が心を寄せ、そのような作品を詠述したいものだと願ったというのであるから、王粲がかつて経験したその心情、それに似たような心情を当時の道真も追体験していたことになるのだろう。

もとより、道真の場合には、同じように、異郷の地（大宰府）に身を置いてはいたが、城楼に登って四方の美しい景色を眺めたことによってそうした心情を抱くことになったわけなのではなく、彼の場合には、あくまでも、夢の中のそれよりもはるかに趣き深い、夜空に転がり出た満月の美しく輝いている景色を眺めたからなのであり（一〇三句）、その美しい風月の情趣を前にして、彼自身の（詩作に耽らないではいられないという）習性（ならいしょう）を改めて思い起こさせずにはおかなかったからなのである（一〇四句）。さらに、王粲も道真も、共に、「憂（うれひ）ヲ銷（け）サントシテ」（銷レ憂）という、そのことを目的にして、前者の場合には、城楼に登って周囲の美しい景色を眺めて詩作に耽ろうとしたわけなのであり、後者の場合には、夜空に転がり出た満月の美しく輝いている景色を眺めて詩作に耽ろうとしたわけなのである。その点では、確かに、両者の目的とする所は同一と言えるだろうが、しかし、前者の場合の「憂」が、あくまでも、望郷の念によって生じたところのものであったはずであるのに対して、後者の場合のそれは、「独行」生活の結果としての悲哀感によって生じたところのものなのであった。つまり、両者の目的とする所は同一であったが、それぞれの「憂」の由って来たる所においては、勿論のこと、大きな差異が、ここでは有ることになっているわけなのである。

　とにかく、本句（一〇八句）中の道真の場合には、「独行」生活によってもたらされることになった「憂」（悲哀感）を取り除き、一時的ではあっても、それを忘れ去ろうとして詩作に専念することにしたわけなのだ。三国魏の王粲の「登楼賦」のような優れた作品をものせんとして。「羨」とは、うらやみ慕うの意。用例としては「上都ノ赫戯（かくぎ）タル（盛大な様子）ヲ羨（ねが）フ」（羨二上都之赫戯一兮）《『文選』巻一五「思玄賦」張衡》との一文が見えていて、その「李善注」には、「羨、欲也。」に作り、「呂向注」には、「羨、慕也。」に作っている。今は、もっぱら、後者に従って通釈することにした。

(29) **詞拑触二忌諱一**　「詞（ことば）ノ拑（かん）スルガゴトキハ忌諱（きき）ニ触（ふ）レントスレバナリ」と訓読し、（しかしながら、罪人であるわたしの場合には、馮衍のようにはいかず）詩語が（まるで、口籠（くちご）もってしまったかのようになって）自由自在に口中から飛び出すということなどは決して有り得るはずがないのであって（それは、そうすれば、中央政府の権力者の）気にそのまま障（さわ）るだけということになってしまう（と同時に、何よりも、もはや、わたしにはそれをするための資格も手段もないことを再認識することになってしまった）からなのであり、との意になる。

本聯も見事な対句構成を形作っており、その前句（一〇九句）に当たる本句と、その後句（一一〇句）に当たる次句「筆（ふで）ノ禿（とく）スルガゴトキハ麁癲（そてん）ヲ述ベントスレバナリ」（筆禿述㆓麁癲㆒）との両句においては、詩語「詞」と「筆」、「拙」と「禿」、「触」と「述」、「忌諱」と「麁癲」とがそれぞれ対語として対比されている。また、本聯（一〇九・一一〇句）と前聯（一〇七・一〇八句）との間には、内容的に密接な対応関係が認められるはずで、すなわち、前聯の前句（一〇七句）をA、その後句（一〇八句）をBとすれば、本聯の前句（本句）はA′ということになり、その後句はB′ということになり、両聯（四句）の対応関係は、AB・A′B′ということになるはずなのである。つまり、本聯の前句（本句）、それをAとの対応関係を認めた上でA′ということにすると、内容的に、馮衍の「顕志賦」との関連性をそれは必然的に有することになるだろうし、本聯の後句、それをBとの対応関係を認めた上でB′ということにすると、内容的に、王粲の「登楼賦」との関連性をそれは必然的に有することになるだろう。

本聯の前句（本句）を「（罪人であるわたしの場合には、馮衍のようにはいかず）詩語が（まるで、口籠（くちご）もってしまったかのようになって）自由自在に口中から飛び出すということなどは決して有り得るはずがないのであって……」と通釈し、その後句を「（老齢であるわたしの場合には、王粲のようにはいかず）筆先が（まるで、禿（ち）びてしまったかのようになって）自由自在に紙上を走り廻るということなどは決して有り得るはずがないのであって……」と通釈して、前句を馮衍のことに掛け、同じく、後句を王粲のことに掛けることにしたのは、まさに、そのためなのである。AとA′・BとB′との内容的な対応関係をここの両聯（四句）において認めてやるならば、それによって、本聯の前句（本句）と後句との意味内容は、より一層、具体性を有することになるはずなのだ。

「詞」とは、ここでは詩語の意。道真が詩作せんとして口から発する詩語のことを指示している。「拙」とは、つぐむ意で、口を閉じてものを言わないことをいう。ここは、あくまでも比喩形で、「拙スルガ如シ」（如㆑拙）の省略形とみなすべきだろう。『漢書』〈巻四九「鼂錯伝」〉中にも、「且ツ臣ハ恐ル、天下ノ士ノ口ヲ拑ミテ、敢テ復タ言ハザルコトヲ。」（且臣恐、天下之士拑レ口、不二敢復言一矣。）との用例が見えている通り、刑罰などを恐れて口を閉じて自由に発言しないことを「拑口」ということになっている。ここでは、道真が、馮衍の「顕志賦」のような作品をものしようと試み、詩語を口から発しようとするが、（それをすることによって新たな刑罰を被ることになるだろうこと、いや、それは、今さら問題にならないが、それよりも、罪人として大宰府に左遷の身となった者が、そもそも、自由自在に言葉を発するという、そのこと自体が、中央政府の権力者にとって不都合極まりないことであること、また、そのようにして、罪人であるわたしがここで改めて言及したとしても、もはや、それをすることによる好ましい成果を期待することなど全く出来ないだろうということをも十分に知っているので）ついつい、口を閉ざすことになってしまい、（まるで、口籠ってしまったかのようになって）自由自在に詩語を口にすることが出来ないようになってしまった、との意ということになるだろう。

例えば、馮衍が「顕志賦」をものすることにした一つの理由は、「九州（中国全土）ノ山川ノ体ヲ歴観シテ、上古ノ得失ノ風ヲ追覧シ、道ノ陵遅スル（次第に低くなり衰えること）ヲ愍ミ、徳ノ分崩スルヲ傷ム。……眇然トシテ陵雲ヲ思フノ意有レバ、乃チ賦ヲ作リテ自ラ厲マシ、其ノ篇ニ命ジテ顕志ト曰フ。顕志ナル者ハ、風化（道徳で人民を感化すること）ヲ光明ニセントスルノ情、玄妙（奥深くて微妙なこと）ヲ昭章セントスルノ思ヲ言フナリ。」（歴二観九州山川之体一、追二覧上古得失之風一、愍二道陵遅一、傷二徳之分崩一。……眇然有下思二陵雲一之意上、乃作レ賦自厲、命二其篇一曰二顕志一。顕志者、言下光二明風化一之情、昭二章玄妙一之思上也。）〈『全後漢文』巻二〇「顕志賦」馮衍〉との記述によると、いわゆる、「道徳」の衰微と崩壊とを嘆き悲しんだためだったということになっている。罪人として左遷されている道真が、馮衍のように、「道徳」の衰微と崩壊とを嘆き悲しんで詩作をものすることになれば、当然のことに、中央政府の権力者にとって、不都合極まりないことにも言及せざるを得ないことになるだろう。ということは、その結果として、より重い刑罰を被ることをも覚悟しなければならないことになるわけなのだ。

ついつい、口を閉ざすことになってしまい、道真が自由自在に詩語を口にすることが出来なくなってしまったのは、まさしく、「忌諱ニ触レントス」（触㆓忌諱㆒）となるような、そうした詩語が自然に口から飛び出すことになってしまったからなのであろうが、ただし、彼が、ここで「触㆓忌諱㆒」となるような、そうした詩語を敢えて口にしようと思わなかった理由は、今以上の刑罰を被るのを恐れたから、というそれだけでは決してなかったはずなのだ。というのは、「触㆓忌諱㆒」とのそうした行為を敢えてしようとする人物たちは、以下に記述する用例の一文（『三国志』巻二一「衛覬伝」）に見えているように、たとえ、我が家が破滅しようとも、国家のために忠誠を尽くそうとの強い思いがその本人にあるからなのであり、たとえ、我が身が犠牲になろうとも、君主を成功に導きたいとの強い思いがその本人にあるからなのである。

しかるに、当時の道真の場合はどうなのであろう。すでに、大宰府に左遷の身ということになっているわけなのだ、彼の場合には。もはや、彼の家は破滅してしまっており、彼の身は犠牲になってしまっているわけなのだ。理論的には、そういうことになるだろう。これ以上、破滅する家も犠牲になる身も彼は持ち合わせていないということになるはずなのである。また、そもそも、罪を被った彼には、もはや、忠誠を尽くすべき国家なり成功に導きたい君主なりが、仮に、あったとしても、能動的にそうした対象に働き掛けるための手段なり方法なりが、何一つ残されていないということになるだろう。

つまり、そのような状態に身を置いているということは、道真には、「触㆓忌諱㆒」という行為そのものを実行するための資格それ自体が、当時、欠けていたということを意味することになるだろう。当時の道真が、権力者の「忌諱」に触れるような詩語を口にする気になれず、敢えて、それを口にしようと思わなかった理由は、単に、刑罰をこれ以上被るのを恐れたためばかりではないだろう。むしろ、それを実行するための資格それ自体を持ち合わせていない、今の自分の悲しい立場をはっきり認識しなければならなかったという、そのことの方を、理由の第一であったと考えるべきなのではないだろうか。どうなのであろう。当時の道真が刑罰をこれ以上被ることを恐れたという、それだけの理由で、権力者の「忌諱」に触れるような詩語の使用、これを自主的に規制することにしたとは、到底、考えることは出来ないだろう。なんとなれば、大宰府への左遷という大事件、道真にとっては、まさに、驚天動地とも言うべきそれを自身のこととしてすでに経験しているからなのである。彼にとっては、想像だに出来なかったほどの、それは、大きくて重い刑罰だったに違いない。それをすでに被っている彼なのだ、新たな刑罰を被ることを今さら恐れる必要が、そもそもあったとは思えないし、あったとしても、その理由が第一であったとは、なおのこと、思えない。

例えば、当時の道真の、権力者の「忌諱」に触れるような、そうした表現ということで言えば、本「叙意一百韻」中においても、すでに見えていたはずなのである。第二段落中の「妖害ハ何ニ因リテカ避ケン、悪名ハ遂ニ黜ハント欲ス。未ダ曽テ邪ノ正ニ勝チ、或イハ以テ実ノ権ニ帰クコトアラザレバナリ。」（妖害何因避、悪名遂欲レ黜。未二曽邪勝レ正、或以実帰レ権。）〈三五―三八句〉との両聯などは、内容的に、まさに、大宰府への左遷という刑罰、それを道真に被らしめずにはおかなかった権力者に対しての、彼の痛烈な批判ということになるはずなのだ。つまり、権力者の「忌諱」に大きく触れる表現ということに、これなどは、明白になるだろう。これなどを見ると、確かに、当時の道真は、新たな刑罰を被ることをそれほど恐れてはいなかった、ということになるのではないだろうか。彼が馮衍の「顕志賦」のような作品をものしたいと願いながら、一方で、権力者の「忌諱」に触れるような詩語の使用をここで自主的に規制することにしたのは、「忌諱」に触れるための資格それ自体をもはや失ってしまっている、その当時の、自分自身の悲しい立場を再認識せずにはいられなかったからなのではないか。そのことが第一の理由であった、とここでは考えるべきだろう。

それでは、権力者の「忌諱」に触れるための、その資格とは、具体的に、どういうことになるのであろうか。それについて以下に見ていきたい。そもそも、「忌諱」とは、人が避け嫌って、言うのを憚る事柄であり、人の秘密の悪事や好ましくない事件のことをいい、「触二忌諱一」とは、そうした人の秘密の悪事や好ましくない事件の真相について、敢えて、言及して、その人の機嫌を損ねることをいうことになっていて、用例としては、「指（指令）ニ順フ者ハ愛ノ由リテ来ル所ニシテ、意ニ逆フ者ハ悪（憎悪）ノ従リテ至ル所ナリ。故ニ人臣ハ皆争ヒテ指ニ順ヒテ意ニ逆フヲ避ク。家ヲ破ルモ国ノ為ニセントシ、身ヲ殺スモ君ヲ成（成功に導くこと）セントスル者ニ非ザレバ、誰カ能ク顔色ヲ犯シ、忌諱ニ触レテ、一言ヲ建テ、一説ヲ開カンヤ。」（順レ指者愛所二由来一、逆レ意者悪所二従至一也。故人臣皆争順レ指而避レ逆レ意。非下破レ家為レ国、殺レ身成レ君者上、誰能犯二顔色一、触二忌諱一、建二一言一、開二一説一哉。）（『三国志』巻二一「衛覬伝」）との一文が見えている。

以上の『三国志』中の例文を見る限り、すなわち、君主の機嫌を損ねてまで、君主にとって不都合極まりないことに敢えて言及し、献策や進言をしようとする人物は、たとえ、わが家が破滅しようとも、国家のために尽くそうと強く思うからなのであり、たとえ、わが身を犠牲にしようとも、君主を成功に導こうと強く思うからなのである、ということになるだろう。逆に言えば、そうしようと思わない人物は、決して、君主の機嫌を損ねてまで、君主にとって不都合極まりないことに敢えて言及し、献策や進言をしようとは思わない、ということになるはずなのだ。何故か。それは、君主の意向に従順である人臣が寵愛され、君主の意向に反逆する人臣が憎悪されることに、一般的には、なっているからなのである。多くの人臣たちが競い合って、君主の意向に従順であろうとし、反対に、その意向に反逆しようとしないのは、まさに、そのためなのだ。

ところが、君主の顔色を変えさせ、機嫌を損ねるようなことをする、すなわち、主君の意向に反逆して、主君に向かって献策したり進言する者たちも、勿論、いることはいるのである。彼等こそが、「忌諱」に触れんとする人物たちということになるのであるが、彼らが、何故に、敢えて、そうした行動を選ぶことになるのかと言えば、それは、国家のためならば、わが家が破滅しても構わないと強く思っているからなのであり、君主を成功に導くためならば、わが身が犠牲になっても構わないと強く思っているからなのである。以上の『三国志』中の用例によれば、「忌諱」に触れるようなことをする人臣とは、そうした思いを強く持っている人物たちのことであるということになるだろう。

道真の場合は、どういうことになるのであろうか。本句（一〇九句）には、「詞ノ拙スルガゴトキハ忌諱ニ触レントスレバナリ」（詞掛触二忌諱一）に作られていて、上述したように、（中央政府の権力者の）気にそのまま障るだけだという理由で、作者は自由自在に口中から詩語を飛び出させようとはしなかった、との意がそこでは詠述されていたわけなのだ。道真が「忌諱」に触れるとの理由で詩語の使用を自主規制することにしたのは、それは、何故なのであろうか。もとより、彼が権力者の寵愛を受けるために、彼等の意向に対して従順であろうとしたから、というような理由はここでは考慮の外ということになるだろう。なんとなれば、本「叙意一百韻」の詠述中にも、上述のように、「忌諱」に触れるに違いないような、具体的な表現〈三五―三八句〉がすでに明白に使用されているからなのである。そのことが分かっているからなのだ。

それでは、どうして、ここで、道真は自主規制することにしたのであろうか。どうして、箝口するようなことをしたのであろうか。その理由たるや、当時の彼が、「忌諱」に触れるための資格それ自体が自分自身にはもはや存在しないこと、今や、そうした悲しい立場に身を置いていることを再認識したためであった、というそうしたことになるのではないだろうか。「忌諱」に触れるための資格とは、上記の『三国志』中の用例において言及していた通り、破滅しても構わない我が家、もしくは犠牲にしても構わない我が身を事前に所持していることなのである。それらを事前に所持していることが、それをするための資格なのだ。国家に尽くすためならば我が家が破滅しても構わないと強く思っている人、または、君主を成功に導くためならば我が身を犠牲にしても構わないと強く思っている人が、それこそ、「忌諱」に、敢えて、触れようとするわけなのである。と言うことは、理論的には、事前に、破滅しても構わない我が家、もしくは、犠牲にしても構わない我が身を所持していること、そのことが、「忌諱」を、敢えて、実行するための資格ということになるはずなのである。

道真の場合、そうした資格を、当時の彼が有していたことになるのであろうか。勿論、有していたとは、決して言えないはずなのだ。何故か。すでに、大宰府に左遷されてしまった彼だからなのである。結果的に、彼の家は、すでに破滅の憂き目を見ていたはずであり、彼の身は、すでに犠牲の憂き目を見ていたはずだからなのだ。つまり、当時の彼は、理論的には、「忌諱」に触れるための前提条件を二つながらに失っている状態にあったことになるわけなのである。今や、その資格それ自体が道真の手中には無くなってしまっているわけなのであり、「忌諱」に触れることを彼自身が自主規制することにした理由は、もっぱら、そのことを悲しく再認識したためであると、そのように考えないわけにはいかないのではないだろうか。

当時の道真が「忌諱」に触れるための前提条件を二つながら失っている状態にあったということで、もう一つ、言及すれば、そもそも、当時の彼には忠誠を尽さんと願う国家そのものがあったのであろうか、同じく、成功に導かんと願う君主そのものがいたのであろうか。どうなのであろうか。そうした国家などは無かったし、そうした君主などはいなかったと仮定するならば、「忌諱」に触れようとする彼の意欲は、そもそも、沸き起こらなかっただろうし、沸き起こったとしてもすぐに消失してしまったに違いなく、そうした場合も、「忌諱」に触れるための前提条件を、結果的に、二つながら失っている状態ということにしなければならないはずなのだ。反対に、そうした国家は有ったし、そうした君主もいたと仮定するならば、「忌諱」に触れようとする彼の意欲は、当然に、強く沸き起こることになったに違いないだろうが、ただし、当時の彼には、実際に国家に忠誠を尽くしたり、君主を成功に導くための、そのための手段なり方法なりが、もはや、無かったことになるはずなのであり、そのことを再認識することになれば、沸き起こった彼の意欲は、これまた、消失していくことになったに違いない。この場合もまた、前提条件を、結果的に、二つながら失っている状態ということにしなければならないだろう。果たして、前・後者のどちらであったのであろうか。今は、恐らく、後者であったろうと仮定しているが、どうなのであろうか。

結局、当時の道真は、どちらにしても、「忌諱」に触れるための資格なり前提条件なりを失っている状態に身を置いていたことになるわけなのである。彼が「忌諱」に触れることを恐れて、自由自在に詩語が口から飛び出すのを自主規制したのは、それをするための資格なり前提条件なりが、もはや、当時の自分自身に無いことを再認識したからなのだろう。今は、そのように、本句の内容上の結論を導くことにしておきたい。

（30）**筆禿述二麁癲一**　「筆ノ禿スルガゴトキハ麁癲ヲ述ベントスレバナリ」と訓読し、（同じく、老齢であるわたしの場合には、王粲のようにはいかず）筆先が（まるで、禿びてしまったのかのようになって）自由自在に紙上を走り廻るということなどは決して有り得るはずがないのであって（それは、そうすれば、わたし自身の）粗雑な物狂おしさをそのまま書き述べるだけということになってしまう（と同時に、何よりも、もはや、わたしにはそれをするための希望も若さもないことを再認識することになってしまった）からなのである、との意になる。

「筆禿」とは、筆先が禿びてしまって自由自在にそれが働かず、思うことを十分に書き述べることが出来ない状態をいう。筆の毛などがすり切れることを「禿」ということは、例えば、「中書君（筆の比喩）ハ老イテ禿ス。吾ガ用ニ任ヘズ。」（中書君老而禿。不レ任二吾用一。）《『唐宋八大家文読本』巻五「毛穎伝」韓愈》との一文などに見えている通りであり、「禿筆」の用例としては、「戯レニ禿筆ヲ拈ミテ驊騮（駿馬の名）ヲ掃ケバ、欻チ見ハル騏驎（駿馬）ノ東壁ニ出ヅルヲ。」（戯拈二禿筆一掃二驊騮一、欻見騏驎出二東壁一。）《『全唐詩』巻二一九「題二壁画馬一歌」杜甫》との一聯などに見えている。なお、仄声の「述」（『広韻』入声・六術韻）字を、底新の諸本には平声の「迷」（同・上平声・一二斉韻）字に作っているが、今は、内松桑文日の諸本のそれに従う。平声の「迷」字に作る場合には、本句の平仄は「××○○◎」（○印は平声、×印は仄声、◎印は平声で押韻を指示。）となって、「平仄式」上、絶対に避けなければならないとされている「下三平」を犯すことになってしまうからなのである。

ちなみに、本句「筆禿述二麁癲一」中の「禿」の場合にも、前句「詞拑触二忌諱一」中の対語「拑」のそれと同様に、比喩形「禿スルガ如シ」（如レ禿）の省略形とここでは考えてやる必要があるだろう。作者の道真の筆先が実際に禿びてしまっているわけではなく、筆が自由自在に紙上を走り廻らない様子を比喩した、それは表現であると見なし、筆が、まるで、禿びてしまったかのように、との意味にここでは解釈すべきだろう。また、本句中の「麁癲」とは、荒々しくて物狂おしいさまのことをいう。「麁」は「粗」に通じ、「癲」は「狂」に通じることになっている（「癲」字は、『広韻』〈下平声・一先韻〉で、ここでは韻字として配置されている。恐らく、「一韻到底」のために、敢えて、「麁狂」を「麁癲」に作り変える必要があったのであろう。）。「麁狂」の用例としては、「漸ク詠詩ノ猶ホ老醜ナルヲ覚レバ、豈ニ宜シク酒ニ憑リテ更ニ麁狂スベケンヤ。」〈漸覚二詠詩猶老醜一、豈宜二憑レ酒更麁狂一。〉〈『白氏文集』巻五七「贈二夢得一」〉との一聯が見えていて、内容的に、大いに注目出来ることになっている。

と言うのは、その『白氏文集』中の一聯においては、「年老いてしまって次第に詠詩が拙劣になっていくのに気付いたので、酒を飲んで今更に荒々しくて物狂おしい状態になる必要など、どうして有るだろうか、いや、無いだろう。」との内容が詠述されているからなのである。白居易のその意見によると、人は、老齢と共に、「老醜」と「麁狂」とが自然に身に付け加わることになっていて、詩作上においても、それらが自然に滲み出して来て、拙劣な作品しか、ものせないことになってしまうらしい。と言うことになると、道真が、王粲の「登楼賦」のような優れた詩作をものしようとして筆を執ってみることにした結果、粗雑な物狂おしさ、それをそのまま書き述べることになってしまって、まるで、禿びた筆先でものを書くように、紙上を自由自在に走り廻ることが出来なくなってしまった理由、それは、もっぱら、彼自身の老齢のためだったということになるだろう。白居易の指摘によると、人は、老齢になればなるほどに「老醜」が自然に身に付け加わることになり、詩作上においても、「麁狂」という現象が目立つようになるらしいからなのである。つまり、人の詩作上における「麁狂」という現象、それは、「老醜」の然らしめるところのものなのであって、その「老醜」たるや、もとより、老齢が導き出すところのものなのである。つまり、結論としては、「麁狂」が詩作上に目立つことになるその原因は、これは、もっぱら、老齢のためということになるはずなのである。白居易の意見に従うと、そういうことになるだろう。

道真の詩作上における、ここでの「麁癲」の場合にも、当然に、結論はそういうことになるわけだろう。ちなみに、上記「漸覚二詠詩猶老醜一、豈宜二憑レ酒更麁狂一。」との一聯を詠じた七律「贈二夢得一」は、白居易が太和三年（八二九）の五十八歳の時にものした作品ということになっており〈花房英樹著『白氏文集の批判的研究』四五一頁〉、道真が本句「筆禿述二麁癲」を詠述したのが延喜元年（九〇一）の五十七歳の時であったから、両人はほぼ同年齢の時に、それぞれの詩作中に、老齢のために目立つことになった「麁狂」なり「麁癲」なりについて言及していることになるわけなのだ。後者の表現が前者のそれに直接的に影響を受けているということは、以上のことを考えれば容易に納得出来るのではないだろうか。ところで、王粲の「登楼賦」のような優れた詩作をものして、我が心中の悲哀を晴らし慰めんとした作者の道真なのであるが、実際に筆を手にして詩作を始めるや、表現上で、「麁癲」という現象が目立つことに気付き、思わず筆の動きが止まることになってしまったわけなのである。それも、何度となく、そういうことになってしまい、まるで、禿びた筆先で詩作をものするようになってしまうのだった。白居易が詠述していたように、道真の場合にも、彼自身の当時の「老醜」、それが、もっぱら、そのように仕向けたはずなのであり、このことを原因の一つとして考えて、これは間違いないことになるだろうが、ここでの道真の場合に限って言えば、筆を執った彼をして、「麁癲」という現象を詩作上に目立たせしめることになった、直接的な原因のことをも、ここで、改めて、考えてやってもいいのではないだろうか。

王粲の「登楼賦」のような優れた詩作をものすることによって、ここでの道真は、彼の心中の悲哀を晴らし慰めんとしたわけなのだろうが、もとより、かの王粲が、その詩作をものした時点での状況なり動機なり、と道真が詩作をものしたいと考えた当時におけるそれらとが、同一であるはずはないだろう。例えば、上述したように、王粲は後漢末の戦乱を逃れ、荊州（現在の湖北省襄陽県）の劉表のもとに一時期身を寄せたことがあって、「登楼賦」はその時期にものされた作品ということになっているのである。彼は山陽郡高平県（現在の山東省鄒県の西南）の人であるが、早くから都の長安に居住していて、その長安が戦乱に巻き込まれ、それから逃れて彼は荊州に身を寄せることになったわけなのであるが、それは、彼の十七歳の時であったという〈『三国志』巻二一「王粲伝」〉。そして、彼の「登楼賦」中に、「紛濁ニ遭ヒテ遷リ逝キ、漫トシテ紀ヲ踰エテ以テ今ニ迄ル。」（遭二紛濁一而遷逝、漫踰レ紀以迄レ今。）との一文が見えることからすると、その作品の成立は、恐らく、彼の三十歳前後ということになるはずなのである。道真が本「叙意一百韻」をものにすることになった五十七歳に比べて、確かに、王粲は、若くして「登楼賦」をものしたことになっている。
と言うことは、京都から大宰府に左遷されることになり、異郷の地に身を置くことになった道真（五十七歳）と、戦乱に巻き込まれた都の長安を逃がれ、荊州に身を寄せることになった王粲（十七歳）とは、両人は、少なくとも、確かに、異郷の地に身を置くことになったというその点については、共通項を有していることになるだろうが、両人の置かれた状況なり抱いた執筆動機なりの相違点としては、何よりも、年齢差の大きさということをここでは第一に採り上げないわけにはいかないだろう。道真が「登楼賦」のような優れた作品をものしたいと思って筆を執りながら、自身の「老醜」によって生み出される「奄癲」に、殊更（ことさら）気が滅入ってしまい、自由自在に筆を進めることが出来なくなってしまった原因の第一が、そこにこそ有ると思えるからなのである。次に、両人の相違点の第二として採り上げなければならないのは、道真の場合と違って、王粲の場合には、あくまでも、都の長安を離れることになったのは一時的な期間なのであって、しかも、それが、彼自身の決断に基づく行動の結果であった、というそのことなのである。王粲の場合には、決して、左遷ということにはなっていないわけなのだ。そうである以上、一時的な期間を異郷の地で過ごし、戦乱が収まれば、早速に、自由な自己決定に基づいて、王粲の場合には、都の長安に立ち帰れることになっているわけなのである。勿論、彼は、後に、魏の曹操の幕下に入って活躍することになるが、それはあくまでも、彼自身の自由な自己決定に基づいた、そうした結果なのであった。

一方、道真の場合には、もとより、自由な自己決定に基づいて京都に帰ることなど、全く許されてはいないわけなのであり、異郷の地を勝手に離れて故郷に帰ることなど、現実には、有り得るわけがないのである。

「登楼賦」において、作者の王粲は、上述したように、荊州の地に建つ城楼に登って周囲の美しい景色を眺め遣りながら、「情ハ眷々（けんけん）トシテ（恋い慕うさま）帰ランコトヲ懐（おも）フ、孰（たれ）カ憂思（いうし）ノ任（た）フ可（べ）キ。」（情眷々而懐レ帰兮、孰憂思之可レ任。）との思いを強くした、と詠述していたはずなのだ。周囲の美しい景色を眺めることによって、彼は、却って、心に望郷の念を強く抱かないではいられなかったわけなのであるが、その彼をして、「人情ハ土(ど)(故郷)ヲ懐フニ同ジク、豈(あ)ニ窮達(きゅうたつ)(困窮と栄達)シテ心ヲ異(こと)ニセンヤ。」(人情同㆓於懐㆑土兮、豈窮達而異㆑心。)と言わしめているように、異郷に身を置くことになった人物であるならば、それが、たとえ、困窮に苦しむ人物であろうと栄達を果たした人物であろうと、どちらも、望郷の念を強く抱くことになるのは当然なのであって、王粲自身が望郷の念を強く抱くことになったのも、まさしく、そのためなのであった。

道真もまた、後の、第五段落中の一四五―一五二句において詠述しているように、大宰府の景色を眺めて望郷の念を強く抱くことになったはずなのであり、彼が、「登楼賦」に大いに共鳴することになったというのも、そもそも、そこに詠述されている、王粲の強い望郷の念を理解し、それに、大いに共感したからに違いないだろう。一日も早く故郷に戻って心行くまでその景色を眺めたい、との王粲の思いに共鳴したからこその、道真の、「登楼賦」に対する共感であったはずなのだ。その「登楼賦」中に見えた一文「茲(こ)ノ楼ニ登リテ以テ四(よ)ニ望(のぞ)ミ、聊(いささ)カ暇日(かじつ)以テ憂(うれひ)ヲ銷(け)サントス。」(登㆓茲楼㆒以四望兮、聊暇日以銷㆑憂。)に記述されているような気持を抱いて、道真もまた、大宰府の景色を眺めながら「憂ヲ銷サント」(銷㆑憂)して、彼自身の作品をものしたいと筆を執ることにしたわけなのだろう。

ただし、道真の筆の場合には、どうしても、禿びた筆でものを書くように、自由自在に、紙上を進み走らせることには決してならないのであった。上述のように、その理由は、道真自身の指摘によると、彼の年齢的な「老醜」によって必然的に齎(もた)らされたところの、その「僶癲」のせいなのであるということになっていたが、ただ、それだけの理由であったのであろうか。他にも、例えば、以下のような理由もあったのではないかと思えるが、どうなのであろうか。同じく、異郷の地に身を置いているとは言っても、王粲と道真とでは立場がそれぞれ異っていることは、以上で見た通りなのである。当然にそうなるはずなのであって、前者の場合には、故郷を離れることも故郷に戻ることも、少なくとも、本人の自由意志に任せられていたわけなのだ。ところが、それに対して、後者の場合には、強制されて故郷を離れざるを得ないことになったわけなのであり、自由に故郷に帰るなどということは、もともと、一切不可能なことなのである。とにかく、後者の場合には、左遷の命令を受けて、その結果、異郷の地に身を置くことになったわけなのだから。

王粲の場合には、荊州の景色を眺めては、「信ニ美ナリト雖モ吾ガ土（故郷）ニ非ザレバ、曽チ何ゾ以テ少シク留マルニ足ランヤ。」（雖二信美一而非二吾土一兮、曽何足二以少留一。）との思いを抱いて、一日も早く故郷に戻ることを願い、「冀クハ王道ノ一タビ平ラカナリテ、高衢（王道）ヲ仮リテ力ヲ騁センコトヲ。」（冀王道之一平兮、仮二高衢一而騁レ力。）との思いをも抱いて、戦乱が終息した後に、朝廷に出仕して再び活躍することを望んでいたわけなのであるが、確かに、結果的に、彼の希望は両方ともに叶えられることになったのであった。一方、道真の場合には、故郷に戻る願いも、再び朝廷で活躍する望みも、すでに、両方ともに断ち切られてしまっていたわけなのであり、当時の彼には、もはや、どちらの希望も持てないことになっていたはずなのだ。当然のことに、希望を有する、王粲の筆は自由自在に走り回り、希望の無い、道真の筆は禿びたように、しばしば、動きを止めることになったに違いない。

王粲の筆の場合とは違って、当時の道真のそれの場合には、「老醜」の故に、「亀獺」が自然に立ち現われることになっていて、それが、彼の筆をしてしばしば止めさせてしまう、大きな理由ということになっていたはずなのである。が、彼の詩作中に、「亀獺」が自然に立ち現われることになった理由、それを、単に、彼の、年齢的な「老醜」のせいばかりにするわけには、やはり、いかないだろうと思う。何故なら、当時の彼には、故郷に戻る願いも、そして、再び朝廷で活躍する望みも、二つながらに断ち切られてしまっていたはずだからなのである。そうした絶望感もまた、道真の筆をして、「亀獺」たらしめる一つの要因になったに違いない。つまり、当時の道真が、王粲の「登楼賦」のような優れた作品を自由自在にものせないことになってしまった原因の一つに、そうした、彼の絶望感の存在をも考えてやる必要があるのではないか、ということなのである。

（31）**草得二誰相視一**　「草ハ誰ニカ相視スコトヲ得ン」と訓読し、（その上、左遷中の身の上のわたしの場合には、馮衍の場合と違って）たとえ詩句が出来上がったとしても、（それを）誰にいったい見てもらうことが出来ようか（誰にも見てはもらえないことになっているし）、との意になる。

本聯の、前句（一一一句）に相当している本句と後句（一一二句）に相当している次句「句ハ人ト共ニ聯ヌルコト無シ」（句無二人共聯一）もまた、見事な対句形式を構成していて、「草」と「句」、「得」と「無」、「誰」と「人」、「相」と「共」、「視」と「聯」との詩語がそれぞれ対語として配置されているわけであるが、それだけではなく、やはり、本聯の場合もまた、その表現といいその内容といい、前々聯（一〇七・一〇八句）と前聯（一〇九・一一〇句）との内容上の脈絡の上で対比構成されている、とここでは考えるべきだろう。都合三聯（六句）による一連の対比構成となっていて、前々聯と前聯との対比構成が、上述したように、それぞれの前・後句の順番通りに、AB・A′B′（AA′が馮衍「顕志賦」のことに関連し、BB′が王粲「登楼賦」のことに関連する。）の配置ということになっていたことからすると、本聯の前・後句も、A″B″としてそれに引き続いて対比するように、そのように配置されていることになるはずなのである。

すなわち、本聯の前句に相当している本句の場合もまた、表現・内容的には馮衍「顕志賦」のことに関連付けて詠述され、本聯の後句に相当している次句の場合もまた、表現・内容的には王粲「登楼賦」のことに関連付けて詠述されているのだ、と。A″となるはずの本句は、前々聯のA（一〇七句）と前聯のA′（一〇九句）との表現・内容をAA′A″のように継承していることになっているはずなのであり、その想定に従うならば、AA′A″の通釈上の脈絡は、以下の通りということになるだろう。すなわち、（素晴らしい詩を作ることによって）我が心中を慰めようと考えてみては（かの後漢の文人の）馮衍の「顕志賦」のような作品を作りたいと強く願った罪人であるわたし（道真）ではあったが〈以上がA〉、（そうすれば、中央政府の権力者の）気にそのまま障るだけということになるのが分かっているので（それと同時に、何よりも、もはや、それをするための資格も手段も今の自分にはないことを再認識しているので）詩語が自由自在に口中から飛び出すなどということは有り得なかったし（素晴らしい詩作を思った通りにものすることなどは出来なかったし）〈以上がA′〉、（また、たとえ、それが出来たとしても、わたしの場合には、馮衍の場合と違って）出来上がった詩句を誰にいったい見てもらうことが出来ようか（誰にも見てはもらえないのだ）〈以上がA″〉、ということになるはずなのだ。

馮衍の「顕志賦」のような作品をものすることによって、自身の心中を慰めようと考えた道真ではあったが、結局、彼は思い通りの作品をものすることが出来なかったわけなのである。その理由の一つが、本句の詠述によると、馮衍の場合と違って、道真には、もはや、出来上がったその詩句を見せたり見てもらったりするような、そうした、心中を分かち合い、彼の詩文の才能を認識してくれるような人物が身近に存在していないことなのであった。それに対して、馮衍の場合には、確かに、そうした人物がいたことになっているのである。例えば、『後漢書』〈巻二八上「馮衍伝」〉中にも、「後ニ衛尉ノ陰興・新陽侯ノ陰就ハ外戚貴顕タルヲ以テ、深ク衍ヲ敬重スレバ、衍ハ遂ニ之ト交結ス。是ニ由リテ諸王ノ聘請スル所ト為リ、尋ギテ司隷従事ト為ル。」（後衛尉陰興新陽侯陰就以二外戚貴顕一、深敬二重衍一、衍遂与レ之交結。由レ是為三諸王所二聘請一、尋為二司隷従事一。）との一文が見えていて、身分の高い人々と馮衍は交わりを結んでいたことになっているし、何よりも、同書〈巻二八下「馮衍伝」〉中には、「著ス所ノ賦・誄・銘・説・問交・徳誥・慎情・書記説・自序・官録説・策五十篇ハ、粛宗ハ甚ダ其ノ文ヲ重ンズ。」（所レ著賦誄銘説問交徳誥慎情書記説自序官録説策五十篇、粛宗甚重二其文一。）との一文に見えている通り、馮衍の著作は、粛宗（後漢第三代章帝〈劉炟〉の廟号）に大変に尊重されたことになっているわけなのだ。大宰府に身を置き、「独行」生活を余儀なくされていた道真とは、もとより、その点で大きな差異があったことになっている。

詩語「草」は、ここでは、対語「句」との関連で、詩句の下書き・原稿のことを指示している。用例「黄紙ノ詔ハ頻ニ草シ、朱輪ノ車ハ載チ脂ス。」（黄紙詔頻草、朱輪車載脂。）〈『白氏文集』巻五二「和二微之一詩・和二我年一」其二〉。また、詩語「相視」は、ここでは、対語である「共聯」との関連で（「相」と「共」、「視」と「聯」との対比。）、相互に（出来上がった詩句の下書きや原稿を）見せ合うとの意を指示している。ここの「相」字は、韻目としては、近体五言詩である本句中の「平仄式」の大原則「二四不同」を厳守する必要上から、当然に、平声（『広韻』下平声・一〇陽韻）のそれでなければならないことになっているはずなのである（「相」字の韻目としては、もう一つの仄声〈同・去声・四一漾韻〉のそれが認められているが、本句中の上から二字目の「得」字が仄声〈同・入声・二四職韻〉の韻目ということになっているために、ここでは、平声のそれでなければならないことになるわけなのである。）。平声の韻目としての「相」字の場合には、『広韻』中に「相、共・供也。」に作っている通り、「共」「供」字とは意味内容的に密接な対応関係を、もともと、有することになっているわけなのであり、本句（一一一句）中の「相」字が次句（一一二句）中の「共」字の対語としてここで対比して配置されているのは、まさに、そのためということになるだろう。

本句中の「視」字と次句中の「聯」字とは、これも対語としてここでは対比されており、もとより、密接な対応関係を有することになっている。前者は、相互に（出来上がった詩句の下書きや原稿を）見せ合うとの意であり、後者は、相互に（出来上がった詩句の下書きや原稿に）新たに詩句を連ね合うとの意であって、そうした、内容上の共通点においてこそ、両者は密接な対応関係を有していることになるわけなのだろう。「視」字が、ここでは「しめす」（示）との訓を有していることになっているが、「視」と「示」との両字が古来通用して使用されていることは、『漢書』〈巻一上「高帝紀上」〉中の、「亦タ項羽ニ東スルノ意無キヲ視ス」（亦視三項羽無二東意一）との一文に、顔師古が、「漢書ハ多ク視ヲ以テ示ト為ス。古ノ通用字ナリ。」（漢書多以レ視為レ示。古通用字。）との注を付している通りなのである。

なお、次句（一一二句）中の上から一字目の「句」字と、五字目の「聯」字とが互いに連結して、熟語「聯句」とのそれを作ることになっているが、まったく同様に、本句（一一一句）中の上から一字目の「草」字と、五字目の「視」字とは互いに連結して、熟語の「視草」とのそれを作ることになっているのである。「聯句」とのそれが、数人が集まって詩句を連ねて一篇の詩をものすることをいい、また、そのようにしてものした作品のことをもいうことになっているのに対して、「視草」とのそれは、天子の草した詔勅などの文章の草稿を視ることをいい、また、後世には、翰林が制書を草することをもいうことになっている〈『大漢和事典』〉。用例「憶フ近臣為リシ時、筆ヲ秉リテ承明（漢代に侍従の臣下の居た承明廬のこと。ここは宿直室の意。）ニ直ス。春深クシテ視草ノ暇、旦暮ニ此ノ声ヲ聞ク。」（憶為二近臣一時、秉レ筆直二承明一。春深視草暇、旦暮聞二此声一。）（『白氏文集』巻七「聞二早鶯一」）。

「聯句」との熟語は言うまでもないが、「視草」とのそれも、一般的には、文筆に関連するものということになっているわけなのであり、作者である道真の本聯（前・後句）における用字配列の妙案と、ここでは、やはり、考えてやるべきなのであって、これを、決して、偶発的なものと見なすべきではないだろう。何しろ、「聯句」とのそれが、次句（後句）中の上から五字目の「聯」と一字目の「句」との連結によって形成されており、「視草」とのそれが、本句（前句）中の同じく上から五字目の「視」と一字目の「草」との連結によって形成されていることになっているのだから。また、用字配列の妙案という、そうした形式的な側面だけではなく、本聯中における「視草」と「聯句」との熟語の対比は、本聯の内容を具体的に解釈する上で、多くの示唆を与えてくれることになるはずなのだ。

例えば、本句中の熟語「視草」の場合であるが、上述したように、それは、天子の草した詔勅などの文章の草稿を視る意ということになっており、また、後世には、「翰林待詔」などが制書の草稿を作成することの意ともなっているのである。古来、以上の両説があることは、清の趙翼『陔余叢考』〈巻二一「視草」〉中にも明白に指摘している通りなのである。勿論、『漢書』〈巻四四「淮南衡山済北王伝」〉中に見えている、「（武帝ハ）報書及ビ賜ヲ為ル毎ニ、常ニ司馬相如等ヲ召シテ視草セシメテ、乃チ遣ル。」（毎レ為二報書及賜一、常召二司馬相如等一視草、乃遣。）との用例などは、「視草」における前説のそれなのであって、趙翼もこの用例に対しては、「書ヲ作リ已ハリテ、就チ相如等ヲシテ草稿ヲ覆視（繰り返して視る）セシメ、始メテ遣リ去ルヲ言フ。相如等ヲシテ書ヲ作ラシムルニ非ザルナリ。」（言下作レ書已、就令三相如等覆二視草稿一、始遣去上。非レ令二相如等作一レ書也。）との意見を述べて、前説のそれであることを強調している。

ところで、元の馬端臨『文献通考』〈巻五四「職官考八」学士院〉中の、「元宗（玄宗）ハ初メテ翰林待詔ヲ置キ、張説・陸堅・張九齢等ヲ以テ之ト為シ、四方ノ表疏・批答・応和ノ文章ヲ掌ラシム。」（元宗初置二翰林待詔一、以二張説陸堅張九齢等一為ㇾ之、掌二四方表疏批答応和文章一。）との一文によると、唐の玄宗皇帝の時代になってから「翰林待詔」の官職が新設されることになり、詔勅の草案などをそこにおいて作成させるようになったらしい。確かに、そのことは、『旧唐書』〈巻四三「職官志」翰林院〉中の「注」にも、「玄宗ノ即位スルヤ、張説・陸堅・張九齢・徐安貞・張垍等モテ、禁中ニ召シ入レテ、之ヲ翰林待詔ト謂フ。……宸翰ノ揮フ所、亦其ノ検討ニ資スルヲ、之ヲ視草ト謂ヘバ、故ニ嘗テ当代ノ士人ヲ簡ビテ、以テ顧問ニ備フ。」（玄宗即位、張説陸堅張九齢徐安貞張垍等、召二入禁中一、謂二之翰林待詔一。……宸翰所ㇾ揮、亦資二其検討一、謂二之視草一、故嘗簡二当代士人一、以備二顧問一。）と言及されている。と言うことは、いわゆる、「視草」における後説の発生、それは唐の玄宗皇帝の時代以後のことであるということになるだろう。

熟語「視草」の意味には両説があることになっていて、前説のそれは、天子の草した詔勅などの文章の草稿を視ること、後説のそれは、翰林が詔勅などの文章の草稿を作成することであるという。その後説は、その前説に、もとより、由来していて、後世になって意を転ずることになったわけなのであるが、その転換期は、唐の玄宗皇帝の時代以後のことであったらしい。確かに、上記の『白氏文集』〈巻七「聞二早鶯一」〉中の「視草」の用例などは、その後説に従って使用されていると見て間違いなく、そこでの白居易は、公務である「視草」のために、「筆ヲ秉リテ承明ニ直ス」（秉ㇾ筆直二承明一）と詠述していたはずなのだ。近臣として出仕していた彼は、詔勅などの文章の草稿を作成するために宿直室で筆を手にして待機していたわけなのだろう。

ちなみに、『白氏文集』〈巻一九「中書連直、寒食不ㇾ帰、因懐二元九一。」〉中には、もう一つの「視草」の用例が見えている。それは、「併セテ上ル新人ノ直、旧伴ニ随ヒテ遊ビ難シ。誠ニ草ヲ視スノ貴キヲ知ルモ、未ダ花ニ対スルノ愁ヲ免レズ。」（併上新人直、難下随二旧伴一遊上。誠知二視ㇾ草貴一、未ㇾ免二対ㇾ花愁一。）との詠述中に見えているもので、こちらの用例の場合には、対語「花ニ対スルノ愁ヲ」（対ㇾ花愁）と対比的に配置し使用されていることから、「草ヲ視スノ貴キヲ」（視ㇾ草貴）と訓読しなければならないことになるだろう。勿論、こちらの用例の場合にも、「草」の方は詔勅などの文章の草稿のことを指示していることになっているわけで、ここでの「花（はな）」と「草（さう）」との対比は、あくまでも、文字上の面白さによるものということになるはずなのだ。

それでは、「視」の方はどういうことになるのであろうか。両説があることになっている「視草」の意味のうち、その前説の方を採用する場合には、敢えて「視（み）ル」、その後説の方を採用する場合には、敢えて「視（しめ）ス」との訓読ということに、必然的に、なるに違いない。以上で言及したように、「視草」の意味上の転換がなされたのは、盛唐の玄宗皇帝の時代以後のことであったということにされている。中唐の白居易は、まさしく、その転換がなされて以後に活躍する人物ということになっているわけなのだ。それ故、『白氏文集』中に見えている「視草」の用例は、一般的には、後説に従って解釈すべきなのであって、『白氏文集』〈巻七「聞㆓早鶯㆒」〉中に見えたそれなどは、まぎれもなく、後説に従って解釈する必要があるだろう。そのことについては前述した通りなのである。

結論から言えば、『白氏文集』〈巻一九「中書連直、……」〉中に見えている、もう一つの「視草」の用例の場合にも、その詩語「視㆑草」は、後説に従って「草（さう）ヲ視（しめ）ス」との訓読をそこでは採用する必要があるはずなのだ。連日のように中書省（機務・詔勅・民政を司った中央官庁）に宿直することを余儀無くされたという白居易、彼はここでも、詔勅などの文章の草稿を作成するために宿直室において「筆ヲ秉リテ」（秉㆑筆）待機していたに違いない、とそのように考えなければならないと思うからなのである。ところで、白居易が作成した詔勅などのその草稿は、当然のことに、天子に呈示されて閲覧に供せられることになるはずで、「草（さう）ヲ視（しめ）ス」（視㆑草）とは、そのことをここでは指示していると考えていいだろう。「視」字を、敢えて、「しめす」と訓読することにしたのはそのためなのである。

さて、菅原道真の「視草」のことに話を戻そう。彼は本句（一一一句）において、「草（さう）ハ誰（たれ）ニカ相視（あひしめ）スコトヲ得（え）ン」（草○得㆓誰相視㆒○）と詠述し、熟語「視草」を巧みに分割して配置している。もとより、彼の詠述している「草」字の場合には、詔勅などの草稿のことをそれは指示しているのではなく、彼がものしたことになっている詩句の草稿のことを指示していることになるわけなのであるが、やはり、本句において、熟語「視草」が巧みに分割して配置されていることには、それなりに、大いに注目しないわけにはいかないのではないだろうか。ここでは、道真が熟語「視草」の本来的な意味、それを本句において応用し借用した、とそのように考えるべきなのではないだろうか。当然、その意味の応用といい借用ということになれば、白居易を尊敬し、『白氏文集』を高く評価してやまない道真のことなのである、必ずや、「視草」における、後説の意味としての、すなわち、『白氏文集』中の上記の用例に即した上での、応用なり借用なりということにしなければならないだろう。とりわけ、詩語「草（さう）ヲ視（しめ）ス」（視ㇾ草）〈『白氏文集』巻一九「中書連直、……」〉との関連性に注目しないわけにはいかないだろう。

　白居易の場合には、完成した詔勅の草稿を「視（しめ）ス」相手、これは、言うまでもなく、「天子」その人ということに決まっているわけであるが、道真の場合には、完成した詩句の草稿を「視ス」相手、これは「誰」ということになるのだろうか。詔勅の草稿ではなく、それが詩句の草稿である以上、完成したからと言って、それを「視ス」相手は、「天子」その人ということには必ずしもならないはずなのだから。同じく、「草」ということになっていながら、「視ス」相手が、一方は「天子」で、もう一方は「誰」ということに作らざるを得ないことになっているわけなのだ。

　詩句の草稿である以上、道真の場合には、それを「視ス」相手は必然的に「誰」ということに作らざるを得ず、それをいったい誰に見てもらうことが出来ようか（誰にも見てはもらえない）との意味内容をここでは有することになっているわけであるが、ただ、『白氏文集』中の用例「視ㇾ草」との関連性（応用・借用）を考えれば、以上のような、「天子」と「誰」との表現上の対比が、ここでは暗示されていると見ていいのではないだろうか。つまり、ここでの「誰」とは、「天子」としての「誰」（天子のうちのどなた）との意を指示していることになっており、ここの「誰」の対象は、あくまでも「天子」でなければならないことになっているはずなのだ、と。道真が、本句において熟語「視草」を敢えて分割して配置していることに注目するならば、以上のように解釈する必要があるのではないだろうか。

公的な詔勅などの草稿ではなく、個人的な詩句の草稿である以上、それが完成したからと言ってそれを天子に「視ス」ことなどは、通常は有り得ないはずであるが、道真のことに限って言えば、左遷される以前に、確かに、彼の詩句の草稿が醍醐天皇に献上され、叡覧に供されたことになっているのである。まさしく、醍醐天皇に対して、彼は自身の詩句の草稿を「視ス」ということを以前に実行したことになっているわけなのだ。それは、『日本紀略』〈「後篇一」醍醐天皇・昌泰三年八月十六日条〉中に、「右大臣菅原朝臣（道真）ハ状ヲ上リテ、家集廿八巻ヲ奏進ス。」（右大臣菅原朝臣上レ状、奏二進家集廿八巻一。）との記述が見えているからなのであり、それこそ、左遷される直前の昌泰三年（九〇〇）八月十六日に、奏状と共に祖父の清公『菅家集』六巻・父の是善『菅相公集』十巻・道真『菅家文草』十二巻の計二十八巻を献上したことになっているからなのである《『菅家後集』奏状「献二家集一」》。

道真の場合には、まぎれもなく、祖父と父との家集の他に、彼自身の家集『菅家文草』十二巻を醍醐天皇に「視ス」ということを以前に実行しているわけなのだ。もっとも、その奏状中の、「右、臣某伏シテ惟ンミルニ、陛下（醍醐天皇）ノ始メテ東宮ニ御セシトキ、令有リテ臣ガ讃州ノ客中（讃岐守時代）ノ詩ヲ求メタマフ。臣ハ両軸（二巻）ヲ写シ取リ、啓シ進ルコト既ニ訖リヌ。登極（天皇即位）ノ後、侍臣ノ或ル人ノ臣ニ勧メテ、文草ノ多少ヲ献ラシム。臣ハ或ル人ノ勧ヲ蒙リ、元慶（元慶元年・八七七年・三十三歳）以往ノ藁草（草稿）ヲ捜シ覓ム。」（右、臣某伏惟、陛下始御二東宮一、有レ令求二臣讃州客中之詩一。臣写二取両軸一、啓進既訖。登極之後、侍臣或人勧レ臣、令レ献二文草多少一、臣蒙二或人之勧一、捜二覓元慶以往藁草一。）との記述によれば、それ以前の醍醐天皇の皇太子時代にも、道真は、讃岐守時代に作成した詩句の草稿を「視ス」経験を有していたらしいが、今は、本句（一一一句）中の「視草」との関連で、やはり、昌泰三年八月十六日に彼が経験することになった『菅家文草』十二巻を献上して、それを天皇の叡覧に供した、まさに、僅か、一年前の出来ごとの方に注目しなければならないだろう。

その奏状「献二家集一」の末尾において、道真は、「故ニ今ハ臣ノ草ヲ献ズルノ次ニ、副ヘテ以テ之（祖父と父の家集）

ヲ奉進ス。伏シテ願ハクハ、陛下ノ曲ゲテ照覧ヲ垂レタマハンコトヲ。臣某ハ感歎ノ至リニ勝ヘズ。」（故今献㆓臣草㆒之次、副以奉㆓進之㆒。伏願、陛下曲垂㆓照覧㆒。臣某不㆑勝㆓感歎之至㆒。）と記述して、祖父と父と自身の家集が醍醐天皇の「照覧」に供されることをこの上ない喜びであると言っている。彼自身の詩句の草稿をも醍醐天皇に「視ス」経験を持つに至ったことになっているわけなのであるが、その彼の、そうした経験こそが本句（二一句）中の、その「視草」との熟語の、具体的に指示している内容なのである、とそのように想定するならば、当然のことに、本句中の詩語「誰」とは、醍醐天皇の存在を心中に描いた上での、作者の文学的な表現であるとここでは見なさないわけにはいかないだろう。

大宰府に左遷の憂き目を見ている当時の道真にとっては、もはや、二度と実現不可能な経験ということになっているはずなのだ、彼の「視草」という文学活動は。まして、その文学活動の相手が醍醐天皇ということになっているわけなのである。なおのこと、それは、実現不可能な活動ということになるわけだろう。彼の文学活動「視草」の場合には、醍醐天皇を措いては、その活動の相手は他にいないことになっているわけなのであり、そもそも、「視草」という文学活動自体が今や成立するはずのないものとなっていたはずなのだ。つまり、当時の道真には、完成した詩句の草稿を「視ス」相手、その相手が、理論的には誰もいないことになるだろう。「視ス」相手が、醍醐天皇でなければならないことになっているからなのである。「視ス」相手が誰もいないことになっているというのは、左遷後の彼にとっては、まったく、当然のことなのだ。

更に言えば、上記の、昌泰三年八月十六日の「視草」に際しては、醍醐天皇が菅家三代の家集を「照覧」した後、「右丞相（右大臣道真）ノ家集ヲ献ズルヲ見ル」（見㆔右丞相献㆓家集㆒）との詩題で、以下の作品をものして道真に贈ったことになっている《『菅家後集』》。すなわち、「門風ハ古ヨリ是レ儒林ニシテ、今日ノ文華ハ皆尽クニ金ナリ。唯ダ一聯ヲ詠ズルノミニシテ気味ヲ知レリ、況ンヤ三代ヲ連ヌレバ清吟ニ飽カン。琢磨スル寒玉ノゴトク声々ハ麗シク、裁制スル余霞ノゴトク句々ハ侵ス。更ニ菅家ノ白様（白居易の作品）ニ勝レル有レバ、茲レヨリ抛チ却テテ匣ノ塵ハ深カラン。」（門風自レ古是儒林、今日文華皆尽金。唯詠二一聯一知二気味一、況連二三代一飽二清吟一。琢磨寒玉声々麗、裁制余霞句々侵。更有三菅家勝二白様一、従レ茲抛劫匣塵深。）との七律がそれとされている。

なお、この七律の尾聯の後句（八句）には、さらに、「平生ノ愛スル所、白氏ノ文集七十巻是レナリ。今ハ菅家ヲ以テ、亦タ帙ヲ開カズ。」（平生所レ愛、白氏文集七十巻是也。今以二菅家一、不二亦開一レ帙。）との自注が付けられている。それは、献上された菅家三代の家集二十八巻の方が、『白氏文集』七十巻よりも優れた出来映えとなっている故に、もはや、『白氏文集』の納められた文箱は開かれることはないであろう、との内容を有する一文となっていて、七律の内容を十分に補足するものとなっている。言うまでもなく、七律においても、菅原道真の家系が代々の学問の名家であって、漢詩文の創作の方面でも優れた実績を三代にわたって継承していること、そのことが最大限の賛辞をもって表現されているし、具体的に、献上された家集の作品の素晴らしさについても、それらが白居易の作品以上であるとまで称賛されている。

道真が献上した詩句の草稿、それを醍醐天皇は、実際に「照覧」したことになっているわけなのであり、剰え、それに対する感想を認めた御製の七律をも、道真に下賜したことになっているわけなのである。昌泰三年八月十六日の「視草」に際しては、「照覧」だけではなく、御製までもが下賜されることになったわけで、そうした栄誉を手にした道真の、その当時の喜びがいかに大きなものであったかは想像に難くない。しかし、その喜びは過去のものとなってしまっていて、左遷以後の道真の場合にも、その「視草」の相手、それは、やはり、醍醐天皇を措いては、他にいないことになっているはずであるのに、今や、その醍醐天皇に詩句の草稿を献上することなどは全く不可能な状態ということになっているわけなのだ。そうであれば、道真には、もはや、「草ヲ視ス」相手は、確かに、「誰」もいないということになるだろう。醍醐天皇以外にその相手がいるはずはないことになっている以上、詩句の草稿が出来上がったとしても、彼は、「草ハ誰ニカ相視スコトヲ得ン」（草得二誰相視一）との慨嘆の声を新たに発せざるを得ないことになるに違いないのである、当然のことに。

なお、上述において、本聯（一一一・一一二句）の前句に当たる本句が、前々聯の前句（一〇七句）と前聯の前句（一〇九句）とを意味内容的に継承していて、それがＡＡ′Ａ″との、そうした密接な対応関係を有するように配置されていると見なすことにしたわけであるが、本句の場合には、それではどういう対応関係を有することになっているのであろうか。もとより、それは、かの後漢の文人である馮衍の「顕志賦」との関連ということになるだろう。馮衍の「顕志賦」との関連ということで言えば、前述したように、『後漢書』〈巻二八下「馮衍伝」下〉中には、「粛宗（後漢第三代目章帝）ハ甚ダ其ノ文ヲ重ンズ」（粛宗甚重二其文一）との一文が見えているのである。

八十歳前後の年齢で、ほぼ、章帝の建初年間（七六―八四）の初年頃に馮衍は亡くなったとされているわけであるが《『中国学芸大事典』》、「顕志賦」を含めた彼の全作品が、上述のように、その最晩年には、当時の皇帝から尊重されていたことになっている。ということは、完成した馮衍の詩文の草稿が彼の生前において、当時の粛宗（章帝）の、その「視草」を何度となく受けたことになるわけだろう。当時の彼には、詩文の草稿を「視ス」相手が存在していたのに対して、左遷中の道真には、もはや、そのような相手の存在は考えられず、「視草」の機会そのものがすでに奪われてしまっていることになるわけなのだ。最晩年に身を置く二人なのであるが、当時の彼我の、それぞれの境遇における天地のような差異を改めて認識し、その認識の結果として道真が発することになったのが、それが本句（一一一句）中に見えている慨嘆の声「草得二誰相視一」なのである、とそのように想定するならば、ＡＡ′とＡ″との密接な対応関係がそこに明白に存在することになってくるはずなのである。

（32）**句無二人共聯一**　「句ハ人ト共ニ聯ヌルコト無シ」と訓読し、（同じく左遷中の身の上のわたしの場合には、王粲の場合と違って）たとえ詩句が出来上がったとしても（それを）誰といったい連句にして編むことが出来ようか（誰にも編んではもらえないことになっている）、との意になる。

本聯（一一一・一一二句）の後句に相当している本句（Ｂ″）と、前々聯（一〇七・一〇八句）の後句（Ｂ）と、前聯（一〇九・一一〇句）の後句（Ｂ′）とは、表現的・内容的に密接な対応関係を有していて、その三句が、ＢＢ′Ｂ″（王粲「登楼賦」

のことに関連する）の対応関係にあるということは前述した通りなのである。前々聯の前句（A）と、前聯の前句（A′）と、本聯の前句（A″）との三句が、AA′A″（馮衍「顕志賦」のことに関連する）の対応関係を有していて、表現的・内容的に密接な脈絡をそこに認めざるを得なかったことと、それは同断ということになるだろう。つまり、B″となるはずの本句（一一二句）は、前々聯のB（一〇八句）と、前聯のB′（一一〇句）との表現・内容上の脈絡をBB′B″のように、あくまでも、継承していることになっているはずなのだ。

そうした想定に従うならば、BB′B″の内容上の脈絡は、以下の通りということになるだろう。すなわち、（素晴らしい詩を作ることによって）我が悲哀を晴らさんと考えてみては（かの三国魏の文人の）王粲の「登楼賦」のような作品を作りたいと強く願ったわたし（道真）ではあったが〈以上がB〉、（そうすれば、老齢であるわたし自身の）粗雑な物狂おしさをそのまま書き述べるだけということになってしまう（と同時に、何よりも、もはや、わたしにはそれをするための希望も若さもないことを再認識しているので）筆先が自由自在に紙上を走り廻るということなどは決して有り得なかったし（素晴らしい詩作を思った通りにものすることなどは出来なかったし）〈以上がB′〉、（また、たとえ、それが出来たとしても、わたしの場合には、王粲の場合と違って）出来上がった詩句を誰といったい連句にして編むことが出来ようか（誰にも編んではもらえないのだ）〈以上がB″〉、ということになるはずなのだ。

王粲の「登楼賦」のような作品をものすることによって、自身の悲哀を晴らさんと考えた道真ではあったが、結局、彼は思い通りの作品をものすることが出来なかったわけなのである。その理由の一つが、王粲の場合と違って、道真には、もはや、たとえ、出来たとしても、出来上がったその詩句に連句を編んでくれるような、そうした、心中を分かち合い、彼の詩文の才能を認識してくれるような人物が身近に存在していないからなのであった。それに対して、王粲の場合には、確かに、そうした人物がいたことになっているのである。例えば、『三国志』〈巻二一「王粲伝」〉中に、「始メ文帝（曹丕）ノ五官将ト為ルヤ、平原侯ノ植（曹植）ト皆ニ文学ヲ好ミ、粲（王粲）ト北海ノ徐幹字偉長・広陵ノ陳琳字孔璋・陳留ノ阮瑀字元瑜・汝南ノ応瑒字徳璉・東平ノ劉楨字公幹トハ並ビニ友善トセラル（友人として親愛された）。」（始文帝為二五官将一、及二平原侯植一皆好二文学一、粲与二北海徐幹字偉長広陵陳琳字孔璋陳留阮瑀字元瑜汝南応瑒字徳璉東平劉楨字公幹一並見二友善一。）との一文が見えていて、まさしく、彼は、三国魏の曹丕・曹植兄弟によって、徐幹・陳琳・阮瑀・王瑒・劉楨の五人と共に彼等の友人として親愛されたことになっているのである。

後漢時代末期、献帝の建安年間（一九六―二二〇）に、曹操父子のもとで活躍した七人の文人を「建安七子」と言うことになっているが（王粲を含めた上記の六人に孔融を加える）、王粲こそは、その七人の代表と目されていた人物なのである。曹操などが開催した宴席に列坐して、彼がその詩才を披露するようなことはたびたび有ったらしい。彼が詩友に恵まれていたということは、王粲「公讌詩」〈『文選』巻二〇所収〉中にも、「……君子（曹操）ノ堂ニ高会シ、坐ヲ竝ベテ華榱（美しい堂屋）ニ蔭ハル。……合坐楽シム所ヲ同ジクシ、但ダ杯ノ行ルコトノ遅キヲ愬フルノミ。……眷（恩顧）セラルルコト良ニ翅ナラザルモ、分ヲ守リテ豈ニ能ク違ハンヤ。……」（……高二会君子堂一、竝レ坐蔭二華榱一。……合坐同レ所レ楽、但愬二杯行遅一。……見レ眷良不レ翅、守レ分豈能違。……）との詠述が見えていて、十分に、そのことに納得がいく。

王粲が詩友に恵まれていたことは間違い無いらしく、乱を避けて荊州に赴いて劉表を頼った時期、すなわち、彼が「登楼賦」をものすることになった頃にも、そうであったらしい。例えば、蔡睦（字、子篤）や士孫萌（字、文始）や文穎（字、叔良）と言った詩友が、当時の彼の周囲にはいたことになっていて、王粲は彼等との間で詩の贈答を行なっているのである〈『文選』巻二三「贈答詩」〉。蔡睦と士孫萌とは、王粲と同様に、乱を荊州に避けることになった詩友で、文穎は、荊州の劉表の従事であって、当地で知り合った詩友であるという〈『全三国詩』巻二「魏王粲」〉。「登楼賦」をものした王粲には、確かに、詩を贈答し合うような詩友がいたわけなのである。そうである以上、荊州の地に身を置くことになった王粲が、そうした詩友と「聯句」をすることも、必ずや、有ったはずだと想定することなどは、これは、十分に説得力を有することになるだろう。大宰府に身を置くことになった道真にとって、そうすることが全く不可能であったのとは正反対に、である。

「聯句」とは、何人かが集まり、句を連ねて一篇の詩を作る文学活動で、その形式には、一人一句を作って毎句に押韻するもの、人毎に二句を作るもの、同じく四句を作るもの、句数の長短不定のものなどがあり、一般的には、前漢の武帝の「柏梁体」の詩に始まるとされている《『大漢和辞典』》。通常、「聯句」の活動は詩友の間で行われることになっており、例えば、『白氏文集』〈巻二二「酔後走レ筆、酬二劉五主簿長句之贈一、兼簡二張大・賈二十四先輩昆季一。」〉中にも、「劉兄（劉五主簿）ハ文ハ高クシテ行(おこなひ)ハ孤立シ、……我ガ年ハ二十ニシテ君ハ三十ナリ。意ヲ得テ年ヲ忘レテ心迹(しんせき)親シミ、……朝来暮去ニハ多ク手ヲ携(たづさ)ヘ、……秋灯ニ夜ニ写ス聯句ノ詩、春雪ニ朝ニ傾ク煖寒(だんかん)ノ酒。」（劉兄文高行孤立、……我年二十君三十。得レ意忘レ年心迹親、……朝来暮去多携レ手、……秋灯夜写聯句詩、春雪朝傾煖寒酒。）との詠述が見えていて、そうした文学活動が詩友としての「劉兄」と白居易との間で行われたことになっている。

本句（一一二句）中に見えている「人」とは、まさしく、「聯句」するための、道真にとっての詩友のことを指示していることになるはずなのだ。つまり、本句「句無二人共聯一」においては、荊州に身を置くことになった王粲と比較して、大宰府に身を置くことになった道真には、そうした詩友がもとより誰も存在していないこと、そして、そのことがまた、道真の場合には、「登楼賦」のような素晴らしい詩作をものせなかった理由の一つでもあったということ、それらのことが詠述されていることになるわけなのである。結局、素晴しい詩句をものすることによって、彼自身の悲哀を晴らさんとした試みは、こちらの方も失敗に終わってしまうわけなのだ。

（33）**思将臨レ紙写**　「思(おも)ヒ将(すす)メテハ紙(かみ)ニ臨(のぞ)ンデ写(うつ)スモ」と訓読し、我が詩情を（無理に）掻(か)き立てつつ紙を前にして（それを）写し取ってはみるけれども、との意になる。

本聯（一一三・一一四句）も見事な対句構成を形作っており、その前句に当たる本句と、その後句に当たる次句「詠(よ)ミ取(すす)メテハ灯(ひ)ニ著(つ)ケテ燃(も)ヤス」（詠取著レ灯燃）との両句においては、詩語「思将」と「詠取」、「臨レ紙」と「著レ灯」、「写」

と「燃」とがそれぞれ対語として配置されている。なお、本聯は、構成上からは、前三聯（一〇七―一一二句）の意味内容を直接的に継承していることになっていて、しかも、その前三聯の意味内容を纏めて結論を下す役目を担っていることになっているはずなのである。前三聯の意味内容上の対比構成が、AB・A′B′・A″B″（AA′A″が馮衍「顕志賦」のことに関連し、BB′B″が王粲「登楼賦」のことに関連する。）となっていることは上述の通りなのであり、道真が、自身の心中を慰め悲哀を晴らさんと思って、そのために、馮衍「顕志賦」や王粲「登楼賦」のような素晴らしい詩を作らんとした試みは、結局は、彼の思い通りにはいかず、敢えて、自身の詩情を紙に写し取ってはみるものの、それを灯火に翳して燃やす破目に立ち至ってしまうわけなのである。本聯においては、結果的に、作者の詩作の試みが、失敗に終わってしまったとの意が詠述されている。

　本句（一一三句）中の「将」は、対語「取」との対応を考えれば、ここでは、「すすめる」との、その動詞としての読みを採用すべきであろう。用例としては、「大車ヲ将ムル無カレ、祇ニ自ラ塵ル。百憂ヲ思フ無カレ、祇ニ自ラ疷ムノミ。」（無レ将二大車一、祇自塵兮。無レ思二百憂一、祇自疷兮。）〈『詩経』小雅「無将大車」〉との両聯などに見え、その「鄭箋」にも、「将トハ、猶ホ扶ケ進ムルガゴトキナリ。」（将、猶二扶進一也。）に作っている。なお、上記の用例を見ると、「将」字の対語として、それこそ、「思」字が配置されている。動詞「すすめる」（将）に対して、動詞「おもふ」（思）が、上記の用例においても対比的に配置されているわけなのである。そこでも、密接な対応関係を有するものとして両字が配置されていることになっていて、本句（一一三句）中の詩語「思ヒ将メテハ」（思将）との、その用法上の関連性をそこに認めないわけにはいかないだろうと思う。『詩経』中のそれを、ここでの出典と見なしていいのではないだろうか。

　ちなみに、本句中の「将」字は、平仄上からは、平声（『広韻』下平声・一〇陽韻）ということになっている。本句の場合には、上から二字目に配置されることになる字は、「粘法」を厳守する必要上から、そこに配置されるべき字は平声でなければならないことになっているわけなのである。当然、そうした「平仄式」上の制約も、ここで、作者が「将」字を採用することにした理由の一つであったと考えるべきなのだろう。「将」字を配置することにした結果、本聯の前句に当たる本句「思将臨レ紙写」における平仄、これが「○○○××」（○印は平声、×印は仄声、◎印は平声で押韻を指示。）ということになり、対句形式を構成することになっている、本聯の後句に当たる次句「詠取著レ灯燃」における平仄「×××○◎」とは、「平仄式」の上からも見事な対応関係を有することになったはずなのだ。出典と考えられるところの、『詩経』中の両聯を踏まえた上での、「将」字の意味内容だけではない、「平仄式」にも配慮した、形式上の見事な配置ということについて、ここでは、大いに注目しなければならないだろう。

　ところで、上述の通り、本句中の詩語「思将」の出典と考えられるところの、その『詩経』中の両聯の場合には、「無レ将二大車一、祇自塵兮。無レ思二百憂一、祇自疷兮。」とのそれに作られていたはずで、それらは内容的に、「（牛に駕して平地で荷物を運ぶ）大きな車を（後押しして）進めようとするな、ただただ、自分に塵がかかるだけだから。（いくら心配しても誰にも分かってもらえない）多くの心配事を（あれこれと）思い悩むようなことをするな、ただただ、自分が病み苦しむだけだから。」との意味に作られていたはずなのである。「大車」を後押しして前に進めようとすることも、「百憂」をあれこれと思い悩もうとすることも、結局は、「骨折り損のくたびれ儲け」ということになるだろうから、そのようなことは、決して、やろうなどとは思ってはならないのだし、そのような空しい努力は、もとから、中止すべきなのである、との教訓的な意味内容をそれは有していることになっていて、それ故に、「無レ将」「無レ思」と作っているように、そうしたところの動作、それらを禁止する表現がそこでは採用されていることになるわけなのだ。

　本句（一一三句）の作者である道真の詠述の場合には、もとより、『詩経』中の用例に見えている教訓的な内容のそれとは大いなる差異を有している。その差異を比較し照合した上で、改めて、道真が詠述している、ここでの中止すべき動作ということについて検討すれば、それは、「大車」を後押しして前に進めようとすることなどではなく、それこそ、「（思い浮かんだ詩句を）紙ニ臨ンデ写ス」（臨レ紙写）という動作をさらに進めようとする、そうした動作の中止のことを指示していることになるだろうし、また、それは、「百憂」をあれこれと思い悩もうとすることなどではなく、それこそ、「（素晴らしい詩作をものせんとして）あれこれと思い悩もうとする」動作をさらに続けようとする、そうした動作の中止のことを指示していることになるだろう。『詩経』中の用例を出典と考えるにしても、その出典である両聯の意味内容をも踏まえた上での、道真によって独自になされた、本句中の詩語「思将」の採用なのであり配置なのである、とそのように考えないわけにはいかないのではないだろうか。

出典と考えられる両聯中に明示されている、その教訓的な意味内容に従うならば、「骨折り損のくたびれ儲け」的な、そのような空しい努力は、もとから中止すべきことになっているはずなのに、そのことを承知しながらも、道真は、敢えて、「（素晴らしい詩作をものせんとして）あれこれと思い悩もうとする」動作をさらに続けようとし、また、一方で、「（思い浮かんだ詩句を）紙ニ臨ンデ写ス」（臨レ紙写）という動作をもさらに進めようとしたわけなのである。彼の場合、大宰府において余儀なくされた「独行」生活の結果としての孤独感と悲哀感、それらを弱め和らげるための方法なり手段なりの一つとして、それこそ、（かの後漢の文人の）馮衍の「顕志賦」のような素晴らしい作品、あるいは、（かの三国魏の文人の）王粲の「登楼賦」のような素晴らしい作品をものすることが是非とも必要なのであった。そのために、上記『詩経』中に明示されている教訓的な内容に、当時の彼は従うわけにもいかず、敢えて、空しい努力を続けることになったわけなのである。

だが、本聯の後句（一一四句）に当たる次句「詠ミ取メテハ灯ニ著ケテ燃ヤス」（詠取著レ灯燃）の詠述によれば、道真の努力は、やはり、「空しい」ものでしかなく、『詩経』中に明示されている教訓の方こそが正しかったらしい。詩情を無理に掻き立てつつ、それを紙に写し取ってはみたものの、書き写した紙を灯火に翳して燃やす破目になってしまったからなのだ。出典と考えられる両聯中の教訓には、「将ムル無カレ」（無レ将）とあり「思フ無カレ」（無レ思）とあったにもかかわらず、道真は、敢えて、「思ヒ」（思）、そして、「将メテ」（将）みることにしたに違いない。両聯中の教訓を明確に意識した上で、当時の彼には、その教訓にどうしても従うわけにはいかない事情があって、そのために、教訓に逆らうことになったと、ここでは考えるべきなのだろう。結果的に、教訓の正しさの方が証明され、詩句を認めた紙を火に翳して燃やすことになってしまうという、それこそ、彼にとっては、無念至極の結末を迎えることになるわけなのである。

(34) 詠取著レ灯燃　「詠ミ取メテハ灯ニ著ケテ燃ヤス」と訓読し、何度となく（声に出して）詠み返してみては（結局は）灯火に翳して燃やすことになってしまうのだった、との意になる。

「詠取」は、前句（一一三句）中の、「思ヒ将メテハ」（思将）の対語。ここでは、「思」と「詠」、「将」と「取」との対比的表現となっている。「思」との対比的表現ということからして、また、前句中に、「紙ニ臨ンデ写スモ」（臨レ紙写）との表現がすでに見えていたことからして、本句中の詩語「詠」の場合には、声を長く引いて調子を作り、そのようにして詩を歌うことの意としなければならないだろう。用例としては、『周語』〈巻三「周語下」〉中に、「詩以テ之ヲ道キ、歌以テ之ヲ詠ズ。」（詩以道レ之、歌以詠レ之。）との一文が見え、その「韋昭注」にも、「詠トハ、詩ヲ詠ズルナリ。」（詠、詠レ詩也。）に作っている。「詠」字については、「鎌倉本」は「誰」字に作るも、底内松桑文日新の諸本はすべて「詠」字に作っている。

「取」の場合にも、「将」との対比的表現ということからして、ここでは、「すすむ」との訓読を敢えて採用することにした。用例としては、『前漢書』〈巻七二「王吉伝」〉中に、「其ノ取舎ノ同ジキヲ言フナリ」（言二其取舎同一也）との一文が見え、その「師古注」にも、「取トハ、進ミ趣クナリ。」（取、進趣也。）に作っている。紙に写した自作の詩、それを道真は何度となく（声に出して）詠み返してみたわけなのだろう。

「著レ灯燃」とは、（詠み取めている自作の詩を）灯火に翳して燃やしてしまう、との意。灯火を前にして詠み取めていた作者が作品の出来具合に失望して、それを灯火に翳して燃やすことにしてしまったわけなのだ。例えば、『白氏文集』〈巻一五「舟中読二元九詩一」〉中の白居易の場合などは、「君ガ詩巻ヲ把リテ灯前ニ読ムニ、詩ノ尽キ灯ノ残シテ天ハ未ダ明ケズ。」（把二君詩巻一灯前読、詩尽灯残天未レ明。）と詠述している通り、友人である元九（元稹）の素晴らしい詩作を舟中の灯前で、その出来具合に感動しながらそれこそ最後まで読み進めているわけなのであるが、道真の場合には、自作を灯前で詠み取めながら、出来具合に失望し、中断してそれを灯火に翳して燃やしてしまうことになるわけなのである。

結局、馮衍の「顕志賦」や王粲の「登楼賦」のような素晴しい作品をものしたいとの、道真のここでの強い願望は、中途で断念せざるを得ないことになってしまうわけなのだ。当時の、道真自身の心中を慰めるためにも（一〇七句）、また、彼自身の悲哀を晴らすためにも（一〇八句）、是非とも素晴らしい作品をものする必要があったわけなのであるが、その願いは、遂に叶わないことになってしまったのである。「左遷」という運命の激変を経験することになってしまった、当時の、罪人である道真には、詩語を、自由自在に口中から飛び出させるという、そうしたこと、それをするための資格や手段が彼自身にはもはやないこと（一〇九句）、更に、当時の、老齢である道真には、筆先を、自由自在に紙上を走り廻らせるという、そうしたこと、それをするための希望や若さも彼自身にはもはやないこと（一一〇句）になっていて、それらの事実を再認識せざるを得ない状態にあったわけだし、また、たとえ、それを無理に可能なものにしたとしても、その出来上がった作品を（醍醐）天皇にお目に掛ける機会など有るわけがないし（一一一句）、その作品を詩友に見てもらって詩句を（さらに）連ねる機会など有るわけがないこと（一一二句）になっていて、そうした事実をも改めて自覚せざるを得ない状態に立ち至っていたわけなのだ。彼の願いが叶わなかったのは、そうした理由のためということなのであった。つまり、道真が素晴らしい作品をものすることが出来なかった最大の原因、それは、やはり、「左遷」という運命の激変を経験することになり、大宰府の地に身を置くことになったから、ということになるだろう。

（35）**反覆何遺恨**　「反覆モ何ゾ遺恨トセンヤ」と訓読し、（今や思いのままに詩も作れない成り行きということになってしまったが、そうした一身上の我が）挫折についてもまたどうして恨みを残すなどということをしようか（いや、恨みを残すことは決してしないつもりだ）、との意になる。

本聯（一一五・一一六句）もまた見事な対句構成を形作っていて、その前句に当たっている本句と、その後句に当たっている次句「辛酸モ是レ宿縁トスレバナリ」（辛酸是宿縁）とにおいては、「反覆」と「辛酸」、「何」と「是」、「遺恨」と「宿縁」とがそれぞれ対語として対比され、配置されていることになるわけなのだ。ちなみに、本句中の詩語「何」は、反語の副詞となっていて、意味的には、打ち消しの「不」（不是）などと同様ということになっていることから、対語としての「何」と「是」（語調を強める助辞）とのここでの対比は、そうした点で十分に可能ということになるのだろう。

「反覆」とは、ここでは、「思い通りにはいかないこと」（心に背き裏切ること）との意。用例は、「而ルニ詐偽反覆ノ蘇秦ノ余謀ヲ恃マント欲スルハ、其ノ成ル可カラザルコト亦タ明ラカナリ。」（而欲レ恃二詐偽反覆蘇秦之余謀一、其不レ可レ成亦明矣。）《『史記』巻七〇「張儀列伝」》との一文などに見える。なお、同様の意味のものとして、『白氏文集』〈巻三「太行路」〉中にも、「君見ズヤ、左ハ納言、右ハ納史、朝ニ恩ヲ承ケ、暮ニ死ヲ賜フヲ。行路難ハ、水ニ在ラズ、山ニ在ラズ、只ダ人情反覆ノ間ニノミ在リ。」（君不レ見、左納言、右納史、朝承レ恩、暮賜レ死。行路難、不レ在レ水、不レ在レ山、只在二人情反覆間一。）との用例が見えていて、本句（一一五句）中の、道真の用例「反覆何遺恨」の場合とそれの場合とは、内容的に、ものごとの定めなく思い通りにいかないことに言及している点で、より類似していると言えるだろう。もとより、道真の「反覆」の場合も、それこそ、「人情反覆」の典型的な例と言えるに違いないと思うからなのである。

勿論、本句中の詩語「反覆」の場合には、前聯中の、とりわけ、その後句「詠取著レ灯燃」（一一四句）との内容上の脈絡を当然に考えてやる必要があるはずなのだ。その、道真の場合の「反覆」が、具体的に、どのような内容のことを指示しているのかと言えば、前聯中の後句の内容を継承した上での、「（詩作を途中で灯に翳して燃やすことになってしまい、素晴らしい詩作をものしたいとの思いが、それこそ、途中で挫折してしまい思い通りにはいかなくなってしまった）」との、そうした内容であるということにしなければならないだろう。彼の場合には、素晴らしい詩作が思う通りにものせない状態に立ち至ってしまったこと、すなわち、思いが途中で挫折してしまったということ、そのことを「反覆」と表現していることになるはずなのだ。前聯中の後句との内容上の脈絡を考えれば、当然に、そういうことになるだろう。

「何遺恨」とは、ここでは、反語形の文体を作っていて、「何ゾ遺恨トセンヤ」と訓読し、「どうして恨みを残すなどということをしようか（いや、恨みを残すことは決してしないつもりだ）」との意になることは、上述した通りなのである。「遺恨」は、恨みを残すこと。用例「觴ニ臨ミテ遺恨有リ、悵望ス空渓ノ口。」（臨レ觴有二遺恨一、悵望空渓口。）（『白氏文集』巻一〇「同二友人一尋二澗花一」）。素晴らしい詩作をものせんとした道真の事前の思い、それは途中で挫折してしまったわけなのであるが、思いが遂げられなかったことを決して残念至極とは思わないようにしたものであった、と彼は言うのである。その理由については、もっぱら、本聯の後句（一一六句）において言及されている。

(36) **辛酸是宿縁**　「辛酸モ是レ宿縁トスレバナリ」と訓読し、（なんとなれば、灯火に翳して燃やし後世に我が作品を残すことをしないようにするという、そうした一身上の我が）苦痛もまた前世からの因縁であると思えるからなのである、との意になる。

「辛酸」とは、苦しくて辛いこと。用例「重関ノ警固ナレバ知聞モ断エ、単寝ノ辛酸ナレバ夢見モ稀ナリ。」（重関警固知聞断、単寝辛酸夢見稀。）（『菅家後集』「詠二楽天北窓三友詩一」）。また、同じく、その用例としては、「壮士ハ志ノ未ダ伸ビザレバ、坎軻トシテ（行き悩むさま）辛酸多シ。」（壮士志未レ伸、坎軻多二辛酸一。）（『三国志』巻二一「劉劭伝」所引注「文章叙録」）との一聯などが見える。

本句（一一六句）中の詩語「辛酸」と前句（一一五句）中の詩語「反覆」とは、対語として配置されていて、上述した通り、両者は密接な対応関係を有していることになっている。内容的にも、当然にそういうことになっていて、「反覆」の方が（素晴らしい詩作をものしたいものだとの）道真の思いが途中で挫折してしまったことを具体的に指示していたはずだから、「辛酸」の方もまた、その、思い通りにいかないことに対する、作者の苦しくて辛い気持のことを具体的に指示していると見なければならないだろう。道真の場合の、ここでの「辛酸」とは、やはり、詩作を思い通りにものせなくなったことに対する、その結果としての、苦しくて辛い彼の気持のことなのであって、ここでの「辛酸」の原因は、あくまでも、

「反覆」のためなのである。

「辛酸」と「反覆」との対語関係を、ここで改めて考えてみれば、両者は、本来的には、「反覆ノ辛酸」（反覆辛酸）との四字一句を構成していたはずで、意味内容的には、上述の通り、（素晴らしい詩作をものしたいとの、そうした）思いが途中で挫折してしまったことによる（作者の）苦しくて辛い気持のことを指示したところの四字一句、ということになるはずなのである。すなわち、「反覆」がその原因となり、「辛酸」がその結果となって構成されている四字一句ということに、もともとは、なっているはずなのであるが、そうした両者を対語関係を有する詩語として対比的に配置する必要から、原因の「反覆」と結果の「辛酸」とに分割し、前者を本聯の前句（一一五句）中に、そして、後者を同じく後句（一一六句）中に配置することにしたのだろう。原因と結果との対比ということにし、それによって、対語関係を有する構成・配置を考えたわけなのだろう。

もっとも、その構成・配置を考えるに当たっては、当然に、近体詩としての「平仄式」のことをも念頭に置く必要があったに違いない。「反覆」の方は、両字が共に仄声字となっており（××）〈×印は仄声字であることを指示〉、反対に、「辛酸」の方は、両字が共に平声字となっている（〇〇）〈〇印は平声字であることを指示〉。「粘法」の大原則をここで厳守するためには、本聯の前句中の、上から二字目には仄声字を配置する必要があり、同様に、それを厳守するためには、本聯の後句中の、上から二字目には平声字を配置する必要があることになっているわけなのである。対語としての、「反覆」（××）と「辛酸」（〇〇）との配置に当たって、前者が前句中に、そして、後者が後句中に配置されることになったのは、そのためなのだ。まことに見事な、対比的な配置と言えるのではないだろうか。意味内容上（原因と結果）の対比的な配置ということだけではなく、さらに、「平仄式」上の両詩語（××と〇〇）の対比的な配置ということも、ここでは、十分に考慮されていると思えるからなのである。

「宿縁」とは、仏教用語であり、「すくえん」とも。過去世に作った因縁（原因と条件）のことで、前世からの約束ごと、との意である（『仏教語大辞典』）。用例「豈ニ是レ今（現世）分ヲ投ズル（親交する）ノミナランヤ、多ク疑フ宿（前世）ヨリ縁ヲ結ベルヲ。」（豈是今投ㇾ分、多疑宿結ㇾ縁。）（『白氏文集』巻五八「酔後重贈二晦叔一」）。現世における結果の、その原因や条件、それらを、前世において自身がなした善悪の行為（宿業）に求める、そうした仏教観に基づく考え方によって、道真は、まさに、現世における「辛酸」（結果）を「宿縁」（原因）に基づくものとして、解決を計ろうとするわけなのである。現世における結果が、「辛酸」である以上は、その原因たるや、必然的に、前世における悪業ということになるだろう。それが、前世における悪業が原因ということであるならば、これは、もはや、現世においては手の施しようがないことになり、その結果としての「辛酸」も、諦観して素直に受け入れざるを得ないことになるだろう。勿論、その結果としての「辛酸」も、諦観して素直に受け入れざるを得ないということならば、その「辛酸」を導き、それを作ることにしたところの、現世における「反覆」もまた、同じように、諦観して素直に受け入れざるを得ないことになるはずで、道真が、その「反覆」に対しても、「何ゾ遺恨トセンヤ」（何遺恨）と詠述しているのは、そのためであったということになるに違いない。

　とにかく、素晴らしい詩作をものしたいとの道真の思いは、途中で挫折することを余儀なくされてしまい、そして、その原因である「反覆」によって、新たな「辛酸」という結果を彼は味わうことになるわけなのであるが、彼は改めて、その「辛酸」を味わうことになった本当の原因、それが前世における因縁に基づくものなのであって、もはや、現世においては、それは、手の施しようがなく、仏教的な諦観をもってしか、解決出来ないものなのだ、との結論に立ち至らざるを得ないことになるわけなのだ。「宿縁」こそが、本当の原因なのであって、当時の彼の、その「反覆」の原因もそこにあることを悟った道真は、それに対しても、仏教的な諦観をもってしか解決出来ないことを知り、「遺恨」を残すことをも放棄してしまうことにするわけなのである。

　結局、道真自身が選ぶことにした「独行」生活の結果としての、その激しい孤独感をどうにかして癒し、それを乗り切る術（すべ）を得んとして、当時の彼が試行し実践することにしたところの三つの方法、すなわち、老荘思想への新たな接近・漢詩文の新たな創作活動・仏教への新たな帰依との、そうした三つの方法のうち、彼は、いよいよ、三つ目の方法にここで取り組むことになるわけなのだ。仏教への新たな帰依という、そうした方法の実践を通して、孤独感を癒し、それを乗り切る術を得ようと試みることにするのである。以下、本句（二一六句）中の詩語「宿縁」を受けて、一一七句から一二六句までの都合十句（五聯）においては、仏教への新たな帰依という、三番目の方法の実践を通して、道真自身が、孤独感を如何（いか）に癒そうと試みたかという、そのことについての詠述がなされることになっている。

(37) **微々抛二愛楽一**　「微々（びび）トシテ愛楽（あいがう）ヲ抛（なげう）チ」と訓読し、（後世に我が詩作を残せないのも前世からの因縁であると思うに至り、わたしはこれまで）愛好してきたところのもの（詩作）をもそれとなく捨て去るようになったし、との意になる。

本聯（一一七・一一八句）もまた見事な対句構成を形作っていて、その前句に当たっている本句と、その後句に当たっている次句「漸々（ぜんぜん）トシテ葷膻（くんせん）ヲ謝（さ）ル」（漸々謝二葷膻一）とにおいては、詩語「微々」と「漸々」、「抛」と「謝」、「愛楽」と「葷膻」とがそれぞれ対語として対比され、配置されていることになるわけなのだ。ちなみに、「愛楽」と「葷膻」との対語についてであるが、必然的に、「葷膻」の「膻」字（「羶」字に同じで、その韻目は、『広韻』の「下平声・一先韻」となっている。）が本詩の韻字ともなっていることから、偶数句である、本聯の後句（一一八句）の末尾にそれが配置されることになり、同じく、「二四不同」の「平仄式」を厳守する必要からも、後句の上から四字目に、平声字である「葷」字がそこに配置されることになって、結局、詩語「葷膻」（○◎）〈○印は平声字、◎印は平声で韻字であることを指示。〉が後句中に配置されることになったわけなのだろう。反対に、同じく、「二四不同」の「平仄式」を厳守する必要から、前句の上から四字目に、仄声字である「愛」字が配置されることになり、さらに、押韻する必要のない、奇数句の前句（一一七句）の、その上から五字目には、仄声字を配置する必要があることから、そのために、仄声字である「楽」字がそこに配置されることにもなり、結局、詩語「愛楽」（××）〈×印は仄声字であることを指示〉が本聯の前句中に配置されることになったわけなのだろう。

つまり、対語となっている「愛楽」と「葷膻」との配置についてであるが、前者を前句中に、後者を後句中に配置することになった理由、それは、あくまでも、本聯の「平仄式」を厳守するためなのであって、意味内容的には、むしろ、前者を後句中に、そして、後者を前句中に配置する方が理解し易いように思えるが、どうなのであろう。仏教への新たな帰依を日常生活の中で実践する順序として、「葷膻ヲ謝ル」（謝二葷膻一）との動作の方がまず第一、その後に、「愛楽ヲ抛ツ」（抛二愛楽一）とのそれを配置するようにした方が、より自然であるように思えるからなのである。実際には、恐らく、先ずは、食材を制限するようにし、次いで、詩作を制限するようにしたに違いない。

「微々」とは、少しずつとの意。用例「始メ謂ヘラク微々トシテ腸ノ暫ク続ケリト、何ニ因リテカ急々トシテ痛ムコト煎ルガ如キ。」（始謂微々腸暫続、何因急々痛如レ煎。）〈『菅家文草』巻二「夢二阿満一」〉。「漠々タル闇苔新雨ノ地、微々タル涼露秋ナラント欲スルノ天。」（漠々闇苔新雨地、微々涼露欲レ秋天。）〈『白氏文集』巻一四「贈レ内」〉。

「抛二愛楽一」とは、（わたしはこれまで）愛好してきたところのもの（詩作）をもそれとなく捨て去るようになったし、との意。「抛」は、なげうつ・なげすてる。「愛楽」は、愛し好む。ここでの「楽」は、「このむ・ねがふ」と訓読することにしたい。用例としては、『礼記』〈「礼運篇」〉中の、「其ノ楽ム所ヲ玩ブハ、民ノ治ナリ。」（玩二其所一レ楽、民之治也。）との一文が見えていて、その『経典釈文』〈巻一二〉には、「楽、好也。」に作っている。ちなみに、『広韻』〈巻四〉にも「楽、好也。」に作っていて、その場合には、韻目が、『広韻』の「去声・三六効韻」ということになっている。

前聯の後句（一一六句）において、「宿縁」の存在を確認することにより、作者は仏教への新たな帰依という、そうした三番目の方法を通して、彼自身が苦しんでいた、当時の孤独感を癒やすための方策を試みることにする、と詠述していたわけなのであるが、本聯の前句に相当する本句（一一七句）においては、その、仏教への新たな帰依のための第一の方策が試みられことになるわけなのだ。道真がこれまで愛好してきたところのもの、それを少しずつ捨て去ることを決心し、その決心を実行に移すことにするわけなのである。そのことが、第一の方策なのであった。仏教への再接近を試みるための、それが第一歩なのであった。

　ところで、当時の道真が少しずつ捨て去ることを決心し、その決心を実行に移すことにしたところの、その「愛楽」とは、具体的に、何に対する愛好のことを、ここでは指示していることになるのであろうか。結論から言えば、それは、もっぱら、彼の詩作そのものに対する「愛楽」ということになるだろう。前句（一〇三―一一四句）中の、都合六聯との意味内容上の脈絡を考えれば、ここでは、そういうことにしなければならないはずなのだ。とりわけ、その、前句中の、「景致(けいち)ノ夢(ゆめ)ヨリモ幽(いう)ナレバ、風情(ふぜい)ハ癖未(くせいま)ダ痊(い)エズ。」（景致幽㆓於夢㆒、風情癖未㆑痊。）〈一〇三・一〇四句〉との一聯、そして、さらに、「文華(ぶんくわ)ハ何処(いづこ)ニカ落(す)テン、感緒(かんしよ)ハ此(こ)ノ間(かん)ニモ牽(ひ)カル。」（文華何処落、感緒此間牽。）〈一〇五・一〇六句〉との一聯の詠述に注目すれば、大宰府に身を置くことになっても捨て去ることが出来ず、当時の彼の、ほとんど、唯一の「愛楽」となっていたもの、それが詩作であったということになるはずだからなのである。

　もっとも、素晴らしい詩作をものせんと思い、それを紙に写しては見るものの（一一三句）、読み上げては満足出来ず、結局、灯火に翳(かざ)して燃やすことになってしまうわけなのであるが（一一四句）、当時の道真にとっては、残された、ほとんど唯一の「愛楽」となっていたに違いないところの、その詩作の行為そのものを捨て去るというのは、「文華(ぶんくわ)ハ何処(いづこ)ニカ落(す)テン」（文華何処落）〈一〇五句〉とまで言い切っていた彼のことなのである、大いなる決意を有することになったと考えていいだろう。勿論、そうする必要があったのは、ここにおいて、道真が、仏教への再接近を試みようとしたからなのである。当時の彼の、ほとんど、唯一の「愛好」となっていた詩作という行為そのものが、必然的に、執着心を伴うところのものなのであって、それ故に、仏教的には、それは、心身に纏(まと)い付いて心を掻き乱すとされる、いわゆる、煩悩(ぼんのう)の一つと考えられたからに違いない。

　人間の心を毒するとされる三つの根本的な煩悩、それを「三毒」といい、「貪(とん)」「瞋(じん)」「癡(ち)」の三つがそれであるとされているが『仏教大事典』、中でも、より素晴らしい詩作をものしたいとの、詩人のそうした思いは、そのまま、自身の気に入ったもの、それをどうしても手に入れずにはおかないとする執着心を生むことになるはずで、すなわち、「貪」とそれとは、結果的に、しっかりと結び着くことになるはずなのだ。当時の道真が、大いなる決意をもって、詩作という行為そのものを捨て去ることを決意し、それを実行に移すことにしたのは、まさに、仏教への再接近を試みるために、「三毒」の一つである「貪」を我が身から取り除こうとしたからに違いない。

(38) **漸々謝二葷膻一**　「漸々トシテ葷膻ヲ謝ル」と訓読し、(同じく何事も前世からの因縁であると思うに至り、わたしはこれまで) 口にしてきたところのくさい野菜となまぐさい肉をも次第に遠ざけるようになった、との意になる。

当時の道真が仏教への再接近を試みるために、彼が日常生活から取り除こうとしたところの、その、もう一つが「葷膻」を口にすることなのであった。「葷」とは、辛くて臭気を発する野菜のことで、葱・韮・薤・蒜・薑の類(これを「五辛」という)をいい、これを食することはその臭気の不浄さと精力がつくとの理由で、出家者には禁じられている『仏教語大辞典』。「葷辛」とも。出家者ということではないが、仏教への再接近を試みんとして、当時の道真も、それを口にすることを避けることにしたわけなのだろう。「膻」とは、生臭い魚肉のことで、「羶」「羴」字に同じ。出家者には、「葷」と同じく、それは口にすることが禁じられている。用例「地ノ清浄ナルヲ以テノ故ニ、献典ニ葷膻無シ。」(以二地清浄一故、献典無二葷膻一。)『白氏文集』巻六「遊二悟真寺一」。「会ノ前後ニハ屠割ヲ禁ジ、会ノ中間ニハ葷辛ヲ絶ツ。」(会之前後禁二屠割一、会之中間絶二葷辛一。)『菅家文草』巻四「懺悔会作」。

「漸々」とは、次第次第に・ようやくの意。用例「山ハ疑フ小雪ノ微々トシテ積ルカト、水ハ誤ツ新氷ノ漸々トシテ生ズルカト。」(山疑小雪微々積、水誤新氷漸々生。)『菅家文草』巻四「冬夜対レ月憶二友人一」。この用例の場合にも、「漸々」の対語としての「微々」が採用されていて、本聯(一一七・一一八句)の場合と同一ということになっている。作者を同じくする、それも同一の対語の使用ということになり、改めて、注目する必要があるだろう。「謝」は、「抛」の対語であり、ここでは、去る・やめるの意となる。食物としてそれを捨て去り、口にすることを止めることをいう。

(39) **合掌帰二依仏一**　「合掌シテハ仏ニ帰依シ」と訓読し、手を合わせては仏の道に心を寄せるようにもなったし、との意になる。

本聯(一一九・一二〇句)の前句に相当する本句と、その後句に相当する次句「廻心シテハ禅ヲ学習ス」(廻心学二習禅一)とは、これも見事な対句形式を構成していて、詩語「合掌」と「廻心」、「帰依」と「学習」、「仏」と「禅」とが、それぞれ対語としてここでは対比的に配置されている。前聯(一一七・一一八句)においては、仏教への再接近のための、作者自身の外的条件の整備ということについて詠述されていたわけなのであるが、本聯においては、作者自身の内的条件の整備ということについて詠述されている。

「合掌」とは、インドでの敬礼法の一で、両手の掌を合わせて十指を揃え、相手に尊敬の念を表す作法のこと《『禅学大辞典』》。用例「故ニ我ハ掌ヲ合ハセテ、至心廻向ス。」(故我合レ掌、至心廻向。)《『白氏文集』巻七〇「讃法偈」》。「香ハ善心ヨリ出ヅルモ火ヨリ出ヅル無ク、花ハ合掌ニ開クモ春ニ開カズ。」(香出二善心一無レ出レ火、花開二合掌一不レ開レ春。)《『菅家文草』巻四「懺悔会作」》。「帰依」とは、仏・法・僧の三宝や学徳の優れた人に帰投して依伏すること《『禅学大辞典』》。用例「故ニ我ハ足ニ礼シテ、讃歎帰依ス。」(故我礼レ足、讃歎帰依。)《『白氏文集』巻七〇「讃仏偈」》。「帰依ス一万三千仏、哀愍ス二十八万人。」(帰依一万三千仏、哀愍二十八万人。)《『菅家文草』巻四「懺悔会作」》。

(40) **廻心学二習禅一**　「廻心シテハ禅ヲ学習ス」と訓読し、仏を信じては悟りを得ようと禅の道を学ぶようにもなった、との意になる。

「廻心」とは、ここでは、仏教用語として、自力の執心をひるがえして他力の信仰に帰依することをいう《『仏教語大辞典』》。「廻」は、「回」「迴」に同じ。用例「故ニ我ハ掌ヲ合ハセテ、至心廻向ス。」(故我合レ掌、至心廻向。)《『白氏文集』巻七〇「讃法偈」》。「禅」とは、仏道修行法の一で、精神を統一して心を一つの目的物に注ぐことをいう《『仏教語大辞典』》。

用例「夜ニハ禅ヲ学ビテ多ク坐シ、秋ニハ興ニ牽カレテ暫ク吟ズ。」（夜学レ禅多坐、秋牽レ興暫吟。）《『白氏文集』巻五五「閑詠」》。

（41）厭離今罪網　「厭離ス今ノ罪網」と訓読し、ひたすら忌み嫌ったのは現在の（真性ではない虚構の）罪苦に満ちあふれた俗世間なのであり、との意になる。

本聯（一二一・一二二句）の前句に相当する本句と、その後句に相当する次句「恭敬ス昔ノ真筌」（恭敬古真筌）とは、これも見事な対句形式を構成していて、詩語「厭離」と「恭敬」、「今」と「古」、「罪網」と「真筌」とがそれぞれ対語としてここでは対比的に配置されている。前々聯（一一七・一一八句）においては、仏教への再接近のための、作者自身の外的条件の整備について詠述し、前聯（一一九・一二〇句）においては、そのための、作者自身の内的条件の整備について詠述していたはずなのである。つまり、仏教への再接近のための条件整備が完了したことを詠述した後に、本聯以下の都合三聯（一二一―一二六句）においては、具体的に、作者の道真が、どのような仏教上の関心と信頼とを抱いてそれに再接近を試みることにしたのか、そのことが、もっぱら、詠述されている。

「厭離」とは、「えんり」とも。仏教用語として、厭い捨て去るとの意。用例「厭離穢土・欣求浄土」（仏教用語。この世を穢れたものとして厭い、心から喜んで浄土に生まれようと願うこと。）。「罪網」とは、罪苦に満ちあふれた、俗世間のことをここでは指示している。「罪」とは、罪深い意であるが、仏教用語としては、或いは、「苦」（苦しみ・悩み）の同義語ともなっている。両者は、通常は異なった概念であるが、古くは、ほとんど、同じと考えられていたらしく《『仏教語大辞典』》、確かに、例えば、「教（仏の教え）ヲ遠ザクレバ万方ニ罪ハ先ヅ現レ、和ニ乖ケバ一夕ニ苦ハ相遵フ。」（遠レ教万方罪先現、乖レ和一夕苦相遵。）《『菅家文草』巻四「懺悔会作」》との一聯中にも、「罪」と「苦」とが対語として、対比的に配置されていて、両者は密接な対応関係を有するものとなっている。つまり、本句（一二一句）中の「罪」の場合にも、やはり、仏教用語としてのそれと考える必要が当然にあるわけなのであり、単に、罪深い意とするよりも、罪苦に満ちあふれた、とのそうした意味にここでは解釈した方がいいことになるだろう。今は、その解釈に従うことにした。
「網」とは、魚や鳥獣を捕える道具としての網の意から、転じて、ここでは、人に纏わり付いて逃さない、環境や世界のことを指示している。仏教語としては、例えば、「塵網」（汚れた網の意から、転じて、解脱し得ない世界。俗界。俗世。）《『大漢和辞典』》との熟語などがあり、『文選』〈巻三一・雑擬下・雑体詩「許徴君（自序）詢」江淹〉中に見えている、「五難モテ既ニ灑落シ、迹ヲ超ゲテ塵網ヲ絶タン。」（五難既灑落、超レ迹絶二塵網一。）との一聯のそれにも、呂延済は注して、「塵網、喩二世事一。」に作っている。「塵網」については、さらに、『白氏文集』中にも、「心ニ千載ノ憂有リテ、身ニ一日ノ閑無シ。何レノ時カ塵網ヲ解キテ、此ノ地ニ来リテ関ヲ掩ハン。」（心有二千載憂一、身無二一日閑一。何時解二塵網一、此地来掩レ関。）〈巻五「秋山」〉とか、「世途ノ倚伏（禍福）ハ都テ定無ク、塵網ノ牽纏ハ卒ニ未ダ休マズ。」（世途倚伏都無レ定、塵網牽纏卒未レ休。）〈巻一五「放言五首」其二〉とかの用例が見えていて、確かに、そこでも、俗世間もしくは俗世間の煩わしさの意として用いられているし、また、わが平安中期の漢詩人である藤原行成の、「一タビ洛陽城北ノ寺ニ到リ、暫ク塵網ヲ拗チテ炎蒸ヲ避ク。」（一到二洛陽城北寺一、暫拗二塵網一避二炎蒸一。）《『行成詩稿』「世尊寺作」》との一聯中に見えているそれも、同様の意で用いられている。ちなみに、仏教用語としての「塵網」の場合には、それは、人の身に入って、本来は清らかであるところの人の心、それを汚す「六塵」（色・声・香・味・触〈ふれられるもの〉・法〈思考の対象〉の六種の対象。六境とも。）が人々を網にかけること、あるいは、その網の意ということになっている《『仏教語大辞典』》。

今は、本句中の詩語「罪網」を、罪苦に満ちあふれた俗世間との意に解釈しておくことにするが、ところで、上述したように、本聯（一二一・一二二句）においては、本句中の「罪網」と、次句中の「真筌」とが対語ということになっているわけなのである。「網」と「筌」との対比に関しては、前者が魚や鳥獣を捕える網、後者が細い竹で編んで水中に沈めて魚を捕える漁具ということになっていて、文字上からも、両者は、密接な対応関係を有することになっている。しかし、一方の「罪」と「真」との対比に関しては、前者が罪苦に満ちあふれた意、後者が究極の真理の意ということになっていて、文字上からは、両者は、あくまでも、密接な対応関係を有することにはなっていないのである。どうしてなのであろうか。

「罪」と「真」との、ここでの対比の場合には、あるいは、「平仄式」上の問題点があって、例えば、上述した「塵網」との詩語を「罪網」とのそれに、どうしても、置き替える必要が本句中において生じることになってしまい、その結果として、「罪」と「真」との対比がここで実現することになってしまったと考えることも、確かに、出来そうに思えるが、どうなのであろうか。そのように考えることにした第一の理由は、「平仄式」上の問題点よりも以前に、詩語「罪網」そのものの用例が上述したところの、その「塵網」などとは違って、他に見えていないからなのである（『佩文韻府』にも見えていない）。その「罪網」の対語となっている「真筌」の場合には、後述するように、もとより、用例が多く見えているのに、「罪網」の場合には、それが見えていないのである。

ちなみに、本聯の前句に相当する本句「厭離今罪網」（一二一句）と、後句に相当する次句「恭敬古真筌」（一二二句）との「平仄式」上の問題点に関して言えば、本句の平仄が「×○○××」となっており、次句のそれが「○××○◎」となっていて、両句の平仄が見事な対応関係を有していること、このことは分かっている（○印は平声、×印は仄声、◎印は平声で押韻）。本聯においても、それぞれの平仄の配置は、前・後句で見事に対応するように作られているわけなのだ。両句の、上から二字目に平声の「離」（『広韻』上平声・五支韻）字と、仄声の「敬」（同・去声・四三映韻）字とがそれぞれ配置されているのは、「粘法」の大原則を厳守する必要上から当然ということになるだろうし、それらの二字目との、今度は、「二四不同」の大原則を厳守するためにこそ、両句の、上から四字目に仄声の「罪」（同・上声・一四賄韻）字と平声の「真」（同・上平声・一七真韻）字とがそれぞれ配置されることになったはずなのである。

両句の、上から四字目に配置された「罪」字と「真」字との、その両字の間に、文字上からは密接な対応関係を見付け出し難（にく）い、との問題点を、敢えて、先に指摘したが、作者が両字を対語としてここに配置することにした、その理由の一つとして、とりわけ、「罪」字の方の「平仄式」（「二四不同」の大原則）を厳守する必要上から、例えば、詩語「塵網」の、その平声である「塵」（『広韻』上平声・一七真韻）字を仄声字に置き替える必要がどうしても有って、そのために、仄声字としての「罪」字を敢えて配置して、「罪網」との詩語をここで新しく作り、「真筌」とのそれに対比することにしたのではないか、とのそうした「平仄式」上の理由を、ここでは、改めて、考えてやっていいのかもしれない。と言うのは、これも上述した通りで、詩語としての「罪網」の用例が他に見えていないからなのであり、一方、「塵網」ならば、その用例は、既述のように、仏教用語としてのそれも含めて、数多く認めることが出来るからなのである。しかも、「塵網」ならば、その「塵」字には「ちり。ごみ。あくた。俗。俗世。わずらわしい。」との意味の他に、「仮のこと。真性でないもの。」との意味もあることになっているからなのである（『大漢和辞典』）。

例えば、『荘子』（「斉物論」）中の、「塵垢ノ外ニ遊ブ。」（遊二乎塵垢之外一。）との一文の「郭象注」にも、「凡ソ真性ニ非ザルモノハ、皆塵垢ナリ。」（凡非二真性一、皆塵垢也。）に作っている通り、「塵」字には、「真性」でないとの意が、確かに、存在することになっているのである。「真性」でないとの意が、「塵」字に存在するということならば、対語としての「真」字とは、もとより、密接な対応関係を有していることになるわけなのだ。しかるに、本句における「平仄式」上からは、平声字である「塵」字をここに配置するわけにはいかないことになるはずで、そのためにこそ、代替字として、仄声字である「罪」字を配置することにしたのではないだろうか。今は、「罪」字を「塵」字の代替字として配置されたものとして、ここでは見ておくことにしたい。「罪網」を「塵網」の代替としての詩語と見なし、敢えて、「真筌」との対語として配置されていると見なすことにすると、「塵網」の意味が、真性ではない虚構の世界（煩しい俗界）のことを指示していることになり、そうした意味で、ここでは「真筌」と対比されていることになるだろう。つまり、「罪網」の意味としても、（真性ではない虚構の）罪苦に満ちあふれた世界（煩しい俗界）のことを、ここでは指示していると見なさなければならないことになるはずなのだ。

（42）**恭敬昔真筌**　「恭敬ス昔ノ真筌」と訓読し、大いに頼みがいとして親しんだのは過去の真理そのものの教え（仏の教え）なのである、との意になる。

「恭敬」とは、うやまい尊重して礼を尽くすこと。なお、仏教用語としては「くぎゃう」と発音することになっており、他に対して敬うことをいう。今は、それに従う。用例「恭敬礼拝」（敬い尊び、真心をもって礼拝すること。）（『仏教語大辞典』）。「真筌」とは、「真詮」に同じで、真実の理法を表現した文章や文句のことをいう（「詮」字の韻目も、『広韻』の「下平声・二仙韻・一先韻同用」となっている。）。もとより、ここでは、仏の教えなり経典なりを指示していることになる。本句（一二三句）において、敢えて、「筌」（細い竹で編んだ伏籠で、水中に沈めて魚を捕える漁具の意。）字が採用されているのは、対語となっている前句（一二一句）中の、「網」字との意味上の対比を重視したからに違いない。魚を捕える道具としての「筌」から、転じて、目的を達する手立ての意となり、さらに、ここでは「詮」（真理）に通じさせて、真実の理法を言葉や文句で示したものの意となっている。なお、仄声の「昔」（『広韻』入声・二二昔韻）字については、底本及び新本は同じ仄声の「古」（同・上声・一〇姥韻）字に作っているが、その両字の配置に関しては、意味・平仄上、どちらも可ということになるはずなのだ。ただ、今は、対語「今」字との対比上から、内松桑文日の諸本に従って「昔」字に作ることにした。

（43）**皎潔空観月**　「皎潔タリ空観ノ月」と訓読し、（一切の存在が空であることを説いてやまない）「空観」の真理の正しさはまさしく清浄な真白い（水面に浮かぶ）月を目にすることによって大いに納得出来たし、との意になる。

本聯（一二三・一二四句）も見事な対句構成を形作っており、その前句に当たる本句と、その後句に当たる次句「開敷ス妙法ノ蓮」（開敷妙法蓮）との両句においては、詩語「皎潔」と「開敷」、「空観」と「妙法」、「月」と「蓮」とがそれぞれ対語として配置されている。なお、本聯は構成上からは、前句（一二二句）の「恭敬ス昔ノ真筌」（恭敬昔真筌）とのそれを意味的に直接継承し、とりわけ、当時の道真が大いに頼みがいとして親しんだ過去の真理そのものの教え（仏の教え）、それが具体的にどのようなものであったのかということについて詠述しているわけなのだ。結論として、「空観」（前句）

と『妙法蓮華経』（後句）との教えがそれであったということになっている。

本句（一二三句）中の「皎潔」とは、清浄で真白いとの意であり、あくまでも、ここでは（水面に姿を浮かべている）月の様子を形容した詩語ということになる。「空観」とは、一切の存在がそれ自体の本性はなく、固定的に実存するものでは決してないという、そうした真理を観想する方法のことをいう〈『仏教語大辞典』〉。すなわち、一切の存在はすべて、他の因縁によって生起した幻のように、仮に存在するもの（「依他起性」）なのであって、それは真の「有」ではなく、あくまでも、「仮有」でしかないわけなのであるが、そのことを八種類の比喩（幻事・陽焔〈かげろう〉・夢境〈夢の世界〉・鏡像・光影〈顕現〉・谷響〈こだま〉・水月〈水中月〉・変化）を使用して説明することになっており、これを「依他八喩」という〈同〉。その八種類ないしは十種類（「依他十喩」）の比喩の一つに、「水月」（水中月）があることになっているわけなのであり、『大智度論』〈巻六「大智度初品中十喩釈論第十一」〉にも、「水中ノ月ノ如シトハ、月ハ実ニ虚空ノ中ニ在リ、影ハ水ニ於イテ実法ノ相ヲ現ズ。月ハ法性ノ如ク実際ノ虚空ノ中ニ在ルモ、凡人ノ心ハ水ノ中ニ我々所ノ相有リテ現ズ。是ヲ以テノ故ニ水中ノ月ノ如シト名ヅク。」（如二水中月一者、月実在二虚空中一、影現二於レ水実法相一。月在下如二法性一実際虚空中上、而凡人心水中有二我々所相一現。以レ是故名レ如二水中月一。）との解説が加えられている。そうした「空観」の真理を証明するためのものとして、以下の通り、比喩的に、「水月」（水中月）は、しばしば、詩文にも詠述されることになっているのである。

例えば、「太上法皇（宇多法皇）ハ、万乗（帝位）ヲ辞シテ一乗（仏法）ニ趣キ、有為（俗界）ヨリ出デテ無為（仏道）ニ入リ、水月ノ観ヲ嗜ムト雖モ、未ダ煙霞ノ賞（風流の遊び）ヲ抛タズ。」（太上法皇、辞二万乗一赴二一乗一、出二有為一入二無為一、雖レ嗜二水月之観一、未レ抛二煙霞之賞一。）〈『本朝文粋』巻一〇「初冬翫二紅葉一、応二太上法皇製一。」後江相公〉との一文中に見えている「水月之観」とは、もとより、「水月」によって比喩されるところの、その「空観」の真理のことを指示していることになっているはずだし、菅原道真自身も、確かに、『菅家後集』の他の作品中において、「未ダ香花モテ親ラ供養スルコトヲ得ザルモ、偏ニ将ニ水月モテ苦ニ空観セントス。」（未レ得二香花親供養一、偏将二水月苦空観一。）〈「晩望二東山遠寺一」〉

との一聯を詠述して、「水月」によって比喩されるところの、その「空観」の真理について、そのように言及しているはずなのだ。

本句（一二三句）中の「月」の場合も、ここでは、「水月」あるいは「水中月」の省略形と見なさなければならないだろうし、同じく、「皎潔」も、直接的には、その「月」を修飾する詩語と見なさなければならないだろう。（水面に浮かぶ）清浄な真白い月を目にすることによって、当時の道真は、それに比喩されているところの、その「空観」の真理の正しさを改めて実感することになったわけなのだろう。ちなみに、そうした意味内容上からすれば、本句中の語順は、当然のことに、例えば、「空観ハ皎潔タル月ノゴトク」（空観皎潔月）とのそれに作るべきであろうし、対句形式を構成している次句（一二四句）中の、「開敷ス妙法ノ蓮」（開敷妙法蓮）との語順も、後述するような意味内容上からすれば、「妙法ハ開敷スル蓮ノゴトシ」（妙法開敷蓮）とのそれに作るべきであろう。

しかるに、本聯（一二三・一二四句）の前句に当たる本句が、「皎潔タリ空観ノ月」（皎潔空観月）との語順に作られ、その後句に当たる次句が、「開敷ス妙法ノ蓮」（開敷妙法蓮）との語順に作られて、それによって対句形式を構成しているのは、もとより、近体五言長律詩の「平仄式」を厳守するために、敢えて、そのように作る必要があったからに違いないだろう。意味内容上からして、本聯を前述のように、「空観皎潔月、妙法開敷蓮。」の語順に作る場合には、その「平仄式」は、「○○×××、××○○◎。」（○印は平声、×印は仄声、◎印は平声で韻字であることを指示。）ということになり、何よりも、前聯（一二一・一二二句）との間の、「粘法」が厳守されていないことになってしまうのである。前聯の前句中の、上から二字目「離」字が平声（○）であり、同じく、後句中の、上から二字目「敬」字が仄声（×）となっているからには、本聯（一二三・一二四句）の前句の、上から二字目には仄声（×）字が配置されていなければならず、しかも、同じく、後句の、上から二字目には平声（○）字が配置されていなければならないわけなのだ。

ところが、本聯の、もともとの、意味内容上からの語順に従うならば、前句の上から二字目には、「観」（○）、後句の上から二字目には「法」（×）が配置されていることになり、結果的に、前聯と本聯との都合四句の、その各句の、上から二字目の平仄は「○×○×」となるわけで、「粘法」の大原則を犯すことになってしまうし、もう一つの大原則「下三連」（近体五言詩の場合には、上から三・四・五字目に配置された三字の平仄が同一のものであってはならないとするもの。とくに、「下三平」は絶対的に不可とする〈小川環樹著『唐詩概説』一〇九頁〉。）をも、前句の場合にも、後句の場合にも犯すことになってしまうわけなのである。以上の、「粘法」と「下三連」の違犯を避ける必要が是非ともあり、作者は、本聯両句の語順を既述のように、「皎潔タリ空観ノ月、開敷ス妙法ノ蓮。」（皎潔空観月、開敷妙法蓮。）と配置替えすることにしたに違いないのだ。このように配置替えさえすれば、その「平仄式」は、「××○○×、○○××◎。」ということになり、「粘法」と「下三連」の違犯を二つながら避けることが出来るだけではなく、前・後句の平仄をも見事に対比させることが出来るからなのである。作者の大いなる工夫の一つと、ここでは考えてもいいだろう。

（44）**開敷妙法蓮**　「開敷ス妙法ノ蓮」と訓読して、（仏陀の永遠の生命を説いてやまない）『妙法蓮華経』の教理の正しさはまさしく鮮やかに（水上に浮かんで）咲き誇る蓮を目にすることによって大いに納得出来た、との意になる。

本聯の前句（一二三句）とは、もとより、対句形式を構成していることになっているわけなのであり、その後句にあたっている本句（一二四句）の場合にも、前項（43）において述べたように、意味内容上の語順として考えられるところの、その、「妙法ハ開敷スル蓮ノゴトシ」（妙法開敷蓮）とのそれを、ここでは、「平仄式」を厳守するために、敢えて、「開敷ス妙法ノ蓮」（開敷妙法蓮）とのそれに配置替えしたと見るべきだろう。意味内容上の語順「妙法開敷蓮」の場合には、本句は、「××○○◎」との平仄ということになり、上述のように、「粘法」と「下三連」の大原則を犯すことになるし、しかも、その「下三連」の違犯も、決して犯してはならないとされている、「下三平」ということに、ここではなるからなのである。語順を配置替えして、「開敷妙法蓮」とのそれに作れば、確かに、本句は、「○○××◎」との平仄ということになるはずで、「粘法」と「下三連」の大原則は、それによって厳守されることになるわけなのだ。

「開敷」とは、ここでは、花が咲くとの意。用例「天ノ樹王ノ其ノ華ノ開敷スルガ如シ」（如二天樹王其華開敷一）〈『法華経』巻一「序品第一」〉。「妙法」とは、ここでは、『妙法蓮華経』の省略形。略称して『法華経』とも。八巻二十八品。鳩摩羅什訳。初期大乗を代表する経典の一〈『仏教大事典』〉。「蓮」とは、ここでは、蓮華（蓮の花）のことを指示。蓮は泥中に生じながら清らかで美しい花を開くことから、インドでは古来珍重され、仏教でも、仏や菩薩の台座とするなど尊重された。とりわけ、白花の蓮（白蓮華）は、煩悩に汚されない清らかな仏や法性の喩えにされていて、『法華経』や『悲華経』のように、経題にも使用されている〈同〉。

なお、本句中の「蓮」の場合には、前句中の「月」の対語となっているわけなのであるが、上述したように、その「月」が水面に浮かんでいる月のことを指示していたはずだから、水上に浮かんで咲く、その蓮の花ということであるならば、両者はおのずから、水面と水上との共通項を有していることになるだろう。もとより、本聯中の対語である「月」と「蓮」の場合にも、池の水面に浮かぶ「月」と、池の水上に咲く「蓮」との対比ということになるのだろうし、「蓮」が夏に花を咲かせることになっているから、「月」も、夏の池水に姿を浮かべていることになるのだろう。本聯の場合には、その「月」と「蓮」とは、実際に、作者が時を同じくして目にしたところの景物ということになるわけなのだろう。

なんとなれば、大宰府における道真の、老荘思想への新たな接近、漢詩文の新たな創作活動、そして、仏教への新たな帰依という、彼の、当時の激しい孤独感をどうにかして癒し、それを乗り切る術として着手することになった三つの活動、それらが上述されていたように、長雨の季節を遣り過ごして本格的な夏を迎える頃に開始され、そして、夏の期間を通して実行されたことになっているからなのである。すなわち、九三・九四句「紅輪ノ晴後ニ転ズレバ、翠幕ハ晩来ニ褰ゲラル。」（紅輪晴後転、翠幕晩来褰。）から、一二七・一二八句「熱悩ノ煩モ纔ニ滅エ、涼氣ノ序モ愆ツコト罔シ。」（熱悩煩纔滅、涼氛序罔レ愆。）までの期間に、その活動が行われたことになっているからなのだ。九三・九四句の一聯では、梅雨の季節の終わりのことが、一二七・一二八句の一聯では、涼秋の季節の始まりのことが詠述されており、そうした両者の季節の中間ということになれば、まさしく、盛夏から晩夏までの期間ということに、それはなるだろう。本聯（一二三・一二四句）中に見えている「月」と「蓮」とは、その期間中における、仏教への新たな帰依という、当時の道真の一つの活動中に、彼が実際に目にした景物ということになるわけであり、いかにも、それらは、時期的・季節的に相応しいものということになるに違いない。もっとも、本句中に見えている、その「月」の方は、九三句中に見えている「紅輪」（月輪）と同一のもの、すなわち、同一の満月を指示していると考えること（一方は天空に輝き、もう一方は水面に映じている。）、これは当然に出来るはずで、時間的な問題は一先ず措くとして、そのように考える場合には、仏教への新しい帰依という活動も、他の二つの活動と共に、同じ満月を目にしたことが切っ掛けとなって行われることになり、上記の期間中を通して同時平行的に行われ続けたということにしなければならないだろう。

ちなみに、その「月」と「蓮」との景物のことであるが、既述したように、両者は、場所的には、共に池の「水面」と「水上」に存在する景物ということになっていて、確かに、そこに共通項の一つを有することになっているはずであるが、色彩的にはどういうことになるのであろうか。「月」の方は、当然のことに、水面に白色の姿を浮かべていることになっているわけであるが、「蓮」の色彩の方はどうなのであろう。作者は、咲き誇るその「蓮」を目にすることによって、『妙法蓮華経』の教理の正しさを改めて確認することになったと詠述しているわけなのであるが、上述のように、『法華経』や『悲華経』の経題ともなっているという、その白色の蓮（白蓮華（びゃくれんげ））の方を彼は実際に目にすることになり、その結果として、以上のように、詠述することになったのであろうか。そうであるならば、「月」の白色と「蓮」の白色との、そうした色彩上の対比ということにもなり、その場合には、両者は、もう一つの共通項（白色）をここでは有することになるに違いない。「蓮」の花色には、紅色・白色・淡紅色・紅白斑のそれがあることになっているが《『原色季節の花大事典』》、ここでは、やはり、白色の花（白蓮花）ということにすべきなのだろうが、勿論、紅色のそれと考えることも十分に出来るわけなのであり、確かに、「月」の白色と「蓮」の紅色との対比も、色彩的には美しいと言えるだろう。

(45) **誓弘無二誑語一** 「誓弘ニ誑語無ク」と訓読して、（『法華経』中に見えている観音菩薩の）一切衆生をあまねく救わんとする誓願、それは決して狂言ではないし、との意になる。

本聯（一二五・一二六句）の前句に当たる本句と、その後句に当たる次句「福厚ハ唐捐セズ」（福厚不二唐捐一）とは、これも見事な対句構成となっていて、それぞれの詩語「誓弘」と「福厚」、「無」と「不」、「誑語」と「唐捐」とが対比的に配置されていることになっている。さらに、本聯は意味内容上からも、前聯（一二三・一二四句）の、その後句中において詠述されている、『妙法蓮華経』の教理の正しさについて、前・後句は、共にそれを具体的に取り上げ、説明を加える役割を担うことになっていて、その点でも、対比的な配置と言うことになるはずなのだ。

「誓弘」とは、「弘誓」に同じ。近体五言長律詩としての「平仄式」を厳守するために、仏教用語としての「弘誓」を、ここでは、敢えて、「誓弘」との詩語に言い替えて配置することになったのだろう。すなわち、「弘」（『広韻』下平声・一七登韻）と「誓」（同・去声・一三祭韻）との熟語としての、その「弘誓」の平仄は「○×」（○印は平声、×印は仄声）ということになっていて、その語順では、本聯における「粘法」の大原則は厳守出来ないことになるからなのである。前聯（一二三・一二四句）における前・後句の、上から二字目に配置されている、『広韻』〈入声・一六屑韻〉によると仄声の「潔」（×）字と、同〈上平声・一〇虞韻〉によると平声の「敷」（○）字との関連で、「粘法」を厳守するためには、本聯（一二五・一二六句）における前・後句の、上から二字目に配置されることになる二つの漢字は、必然的に、前句のそれが「○」で、後句のそれが「×」でなければならないことになるはずなのである。それ故に、本来的に、本聯の前句に配置されることになっている、仏教語としての「弘誓」（○×）、それを言い替えて「誓弘」（×○）に作る必要があったわけなのだろう。同じく、後句の方は、こちらは、本来的に、配置されることになっていた仏教語としての、仄声（『広韻』上声・四五厚韻）である「厚」字と、同じく、仄声（同・入声・一屋韻）である「福」字の熟語「厚福」（××）、こちらの方は、「粘法」を厳守する上からは「福厚」（××）に言い替える必要はないわけであるが、対句構成ということで、対語である「誓弘」

に合わせて、こちらも、敢えて、「福厚」に言い替えることにしたと考えるべきだろう。

仏教用語としての「弘誓」とは、仏となる以前の、菩薩修行中に発願した誓いのことで、一切衆生を救おうとする誓願のことを指示していて〈『仏教語大辞典』〉、例えば、『法華経』〈巻八「観世音菩薩普門品第二五」〉中にも、観音菩薩の「弘誓」についての、「弘誓ノ深キコト海ノ如ク、劫ヲ歴ルモ思議セザラン。多千億ノ仏ニ侍ヘテ、大清浄ノ願ヲ発セリ。」（弘誓深如レ海、歴レ劫不二思議一。侍二多千億仏一、発二大清浄願一。）との記述が見えていることになっている。上述したように、本聯の前・後句の意味内容上からは、前聯（一二三・一二四句）の後句中において詠述されている『妙法蓮華経』の教理の正しさについて、具体的にここで取り上げ、説明を加える役割を担っていることになっていたわけなのであるが、そのことからすれば、本聯の前句中に見えているこの詩語「誓弘」、それが、以上のように、『法華経』中の一文を出典として見えていて、それこそ、本句中の用例の場合も、観音菩薩の「弘誓」のことをここでは直接的に指示していると見なしていいことになるはずなのだ。改めて、以下に述べることにするが、ここで少しく付言すれば、本聯の後句「福厚不二唐捐一」もまた、同じく、『法華経』〈巻八「観世音菩薩普門品第二五」〉中の一句「福ハ唐捐セズ」（福不二唐捐一）を出典としていること、それが明白に分かっているのである。本聯の対句構成上から言っても、前句中の詩語「誓弘」が観音菩薩の「弘誓」のことをここでは直接的に指示していると見なして、より一層いいことになるのではないだろうか。今は、そのように解釈することにしたい。

「誑語」とは、人をたぶらかす言葉、勝手気ままで、いい加減な言葉の意。用例「如来ハ是レ真語シ、実語シ、誑語セズ、異語セザル者ナリ。」（如来是真語、実語、不二誑語一、不二異語一者。）〈『白氏文集』巻二八「与二済法師一書」〉。

（46）**福厚不二唐捐一**　「福厚ハ唐捐セズ」と訓読して、（同じく『法華経』中に見えている観音菩薩の）一切衆生に手厚く施すことになっているよい果報、それは決して妄言ではないのだ、との意になる。

上述した通り、本聯（一二五・一二六句）の後句に当たっている本句は、『法華経』〈巻八「観世音菩薩普門品第二五」〉中の、

「若シ衆生有リテ、観世音菩薩ヲ恭敬礼拝スレバ、福ハ唐捐セザラン。」（若有二衆生一、恭二敬礼拝観世音菩薩一、福不二唐捐一。）との一文中の、その「福不二唐捐一」との記述を出典としており、一切衆生に対して手厚く施すことになっているよい果報、すなわち、ここでの「福厚」とは、やはり、観音菩薩が施すことになっているそれということにしなければならないだろう。「福」とは、法を実行したことから生じるよい果報のこと、よい行ないの報いのことをいう《『仏教語大辞典』》。

「福厚」とは、よい果報がこの上なく手厚いこと。ここは、既述したように、本来的には、「厚福」（この上なくよい果報）に作るべきところであろうが、近体詩としての、「平仄式」上の大原則「粘法」を厳守する必要があって、対語としての「弘誓」（○×）の語順を、敢えて、替えて「誓弘」（×○）に作る必要が生じたために（○印は平声、×印は仄声）、対句構成上から、結果的に、今度は、その「誓弘」の語順に合わせて、「厚福」（××）の方も語順を、敢えて、替えて「福厚」（××）に作ることになったわけなのであろう。なお、「厚福」の用例としては、「盛徳ヲ舒べ、号栄ヲ発シ、厚福ヲ受ケ、以テ黎民ヲ浸スナリ。」（舒二盛徳一、発二号栄一、受二厚福一、以浸二黎民一也。）《『史記』巻一一七「司馬相如列伝」》との一文などが見える。なお、「厚」字については、内松桑文日新の諸本は、すべて「享」字に作っているが、今は、底本に従う。「厚」「享」両字は共に仄声。平仄上は、両字のどちらを配置しても可ということになるだろうが、意味上は、「享」字の訓は「すすむ・うく」となっていて、対語である「弘」字との対比上の関係からすると、やはり、「厚」字の方が相応しいであろう。

「唐捐」とは、空しく捨てる・いたずらに裏切るとの意。本聯では「誑語」（狂言）の対語となっていることから、衆生の期待をいたずらに裏切る、出任せの言葉（拠り所の無い言葉）の省略形として解釈し、「妄言」との通釈を施して対比することにした。出典である、上記『法華経』中の一文には観音菩薩をうやうやしく礼拝しさえすれば、よい果報は、いたずらに、裏切ることは無く、（衆生の期待に答えて）施されることになるだろうと述べられていたはずであるが、その、よい果報を施すという観音菩薩の言葉が、決して、（衆生の期待を裏切るような）「妄言」などではないのだ、と作者はここでは言いたいわけなのだ。本聯の出典となっている、その、『法華経』中の、「観世音菩薩普門品」に見えている一文においては、とりわけ、種々に姿を変えて衆生を救済する「三十三応現身」が説かれており（『仏教大事典』）、救いを求める者の姿に応じて大慈悲を行(ぎょう)ずるという観音菩薩に対して、当時の作者は、改めて救いの手を求めることにしたのだろう。用例「如今(いま)福ヲ享(う)クルコト唐捐セザラン」（如今享レ福不二唐捐一）（『菅家文草』巻四「丙午之歳、四月七日……」）。なお、「唐」字については、内桑文新の諸本には、「虚ナルカ」（虚与）との傍注を付す。出典に従って、やはり、ここも「唐捐」に作るべきだろう。

【評　説】

まずは、本第四段落の形式面を見ていくことにしよう。韻字（『広韻』下平声・一先韻・二仙韻同用）は、本第四段落では、眠[82]・煙[84]・涓[92]・玄[96]・牽[106]・癲[110]・蓮[124]がその「先韻」で、甎[86]・饘[88]・鳶[90]・褰[94]・偏[98]・然[100]・篇[102]・痊[104]・宣[108]・聯[112]・燃[114]・縁[116]・膻[118]・禅[120]・筌[122]・捐[126]がその「仙韻」となっており、以上の計二十三文字で「一韻到底」の押韻を作っている（各韻字の右横の算用数字はその句の順番を指示）。また、本段落における「平仄式」を図式化すれば、以下の通りということになっている（横の漢数字は句の順番を、縦の算用数字は句の語順を指示。○印は平声、×印は仄声、◎印は平声で韻字となっていることを指示）。

	1	2	3	4	5
八一	×	○	○	×	×
	○	×	×	○	◎
	×	×	○	○	×
	○	○	×	×	◎
八五	○	○	○	×	×
	○	×	×	○	◎

	1	2	3	4	5
一〇五	○	○	○	×	×
	×	×	×	○	◎
	×	×	○	○	×
	○	○	×	×	◎
	○	○	×	×	×
一一〇	×	×	×	○	◎

××○○×
○○××◎
×○×××
九〇　○××○◎
××○○×
○○××◎
○○○××
×××○◎
九五　××○○×
○○××◎
×○○××
○××○◎
××○○×
一〇〇　○○××◎
○○○××
×××○◎
××○○×
○○××◎

××○○×
×○○×◎
○○○××
×××○◎
一一五　××○○×
○○××◎
○○○××
×××○◎
××○○×
一二〇　○○××◎
×○○××
○××○◎
××○○×
○○××◎
一二五　×○○××
×××○◎

本段落の「平仄式」の図式化は以上の通りで、近体五言長律詩としての、「粘法」「二四不同」の大原則は厳守されているが、なお、その「粘法」との関連で言えば、八三句の、上から二字目に配置されている「蒸」(『広韻』下平声・一六蒸韻)字は、本来的には、「烝」(同・去声・四七証韻)字に作る必要があるはずなのである。それは、前聯の、後句(八二句)の上から二字目に「独」(同・入声・一屋韻)字が配置されているからなのであり、それとの「粘法」上の関係で、八三句の上から二字目に配置されなければならないのは、平声字ではなく、仄声字ということになっているからなのである。

仄声字ということならば、同じ「むす」との訓を有するところの、「烝」字の方をそこに配置する必要があるはずなのであるが、ただ、「蒸」「烝」両字は、字体が相通じていて、『広韻』中にも、「蒸ハ、経典ニモ亦烝ニ作ル。」(蒸、経典亦烝作。)に作っている通りなのだ(なお、『大漢和辞典』によると、「平水韻」では、「蒸」字そのものにも、平声の韻目の他に、仄声〈去声・二五径韻〉のそれもあることになっている。)。恐らく、「蒸」「烝」両字の字体が相通じていることから、本段落の「蒸」字の場合にも、「烝」字の代替としてそれを配置することにしているのだろう。底本及び内松桑文日の諸本は、「蒸」字に作っているが、新本のみは、確かに、「烝」字に作っている。

以上の、本段の「平仄式」においては、「孤平」(八九句)と「孤仄」(一一二句)とがそれぞれ一箇所、そして、「下三仄」(八九・一〇九句)が二箇所、確認出来ることになっている。とりわけ、仄声字の「下三連」(下三仄)を二箇所犯していることになっているが、平声字の「下三連」(下三平)を犯すよりも、唐詩の世界では、「孤仄」と「下三仄」とはそれほどに問題視されなかったらしく〈小川環樹著『唐詩概説』一〇九頁〉、近体五言長律詩としての本作品においても、「下三仄」をそれほどに問題視する必要はないと思えるが、実は、問題視しなければならないのは、その「下三仄」(八九句)を作り出すことになった原因の方なのである。八九句については、上述の通り、底内松桑文日新の諸本のすべてが、「痩スルコトハ雌ヲ失フノ鶴ニ同ジク」(痩同二失レ雌鶴一)とに作っていて、同句の、上から四字目には平声の「雌」(『広韻』上平声・五支韻)字が配置されているのである。諸本に従って、同句の上から四字目に平声字を配置した場合には、二字目に配置されている平声の「同」(同・上平声・一東韻)字との関係で、いわゆる、「二四不同」の大原則を犯すことになるはずなのである。つまり、それによって、本作品は近体五言長律詩としての資格を失うことになるわけなのだ。

八九句の上から二字目に配置されている平声の「同」字については、前聯の、後句（八八句）の上から二字目に平声の「児」（同・上平声・五支韻）が配置されており、それとの「粘法」上の関係で、当然に、平声字である「同」が配置されることになったに違いないだろうから、八九句における「二四不同」の違犯は、もっぱら、四字目に配置された、平声の「雌」字のためということになるはずなのである。

結局、諸本に作られている平声の「雌」字の配置、これを作者自身の過失とするのか、それとも、これを後世の書写の段階での誤写（草書体の類似性による）とするのか、前者とするのか、後者とするか、未詳ということになるが、本作品の「平仄式」を総合的に見て、近体詩としての資格を有していると認める以上、やはり、どうしても、後者の方の理由と考えないわけにはいかないはずなのだ。例えば、仄声字であり、しかも、同じ「（鳥の）めす」との訓を有する「䧑」（『字彙』上声・紙韻）字（『大漢和辞典』）の、後世の書写の段階での誤写であるに違いない、と。今は、そのように想定して、※印を付して「䧑」字に改め、本第四段落における「二四不同」の大原則もそれによって厳守されている、と見なすことにしたわけなのであり、八九句が、いわゆる、「下三仄」を犯すことになっているのは、そのように、「二四不同」の大原則、それを本句が厳守していると認めることにしたからなのだ。

本第四段落の、以上の、図式化された「平仄式」を目にすれば、都合二十三聯四十六句における、それぞれの平字と仄字との対比的な配置には、大いに注目しないわけにはいかないだろう。ちなみに、二十三聯中の、実に、十八聯もが、前・後句の平仄を逆にして、平仄の配列の上でも、対比的な構成を形作っていることになるわけなのである。各聯ごとの対句構成として、意味内容面だけではなく、形式面においても、そうした工夫が十分に施されていることになり、作者の優れた詩才の存在を知る手掛かりの一つに、これも数え上げることが出来るはずなのだ。形式面における、作者のそうした工夫のことを考えれば、例えば、九六句の上から三字目の、仄声の「暗」（『広韻』去声・五三勘韻）字を、平声の「時」（同・

上平声・七之韻）字に作っている、「鎌倉本」及び底新の諸本のそれは、むしろ、是とするわけにはいかないだろうし、また、一一四句の上から一字目の、仄声の「詠」（同・去声・四三映韻）字を、平声の「誰」（同・上平声・六脂韻）字に作っている、「鎌倉本」のそれも、やはり、是とするわけにはいかないだろう。

形式面における、そうした見事な工夫ばかりではないのだ。本第四段落においては、内容面もまた、見事な詠述が展開されることになっている。大宰府の新天地において、最初に迎えることになった真夏の暑苦しい日々を、作者は、孤独感を抱きながら如何に送ることになったのであろうか。新天地における、人事的環境の「悪」については、すでに前第三段落において詠述していた作者なのであるが、本段落においては、新たに、そこに、真夏の暑苦しさという、自然的環境の「悪」が加わり、つまり、作者は、環境的には、「二重苦」の日々を送ることになったわけなのである。新たに付け加えられることになった自然的環境の「悪」が、当時の作者の抱いていた孤独感をいや増しに強めたこと、これは間違いないだろう。強まる孤独感を抱きながら、そこからの、精神の解放を少しでも勝ち取るべく、作者は、苦労に苦労を重ねることになるわけなのだ。老荘思想への新たな接近を試みることにしたのも、漢詩文の新たな創作活動に取り組むことにしたのも、仏教に改めて帰依することにしたのも、孤独感からの解放を、当時の作者が強く願ったからなのである。

延喜元年（九〇一）度には、暦法上、閏六月が存在することになっていて、夏の季節は、四月・五月・六月・閏六月の、実質、四箇月に亘って続いたことになっている。今、当年度の、その夏季四箇月間における「二十四節気」を見てみると、「立夏」が四月十二日、「小満」が四月二十七日、「芒種」が五月十三日、「夏至」が五月二十八日、「小暑」が六月十四日、「大暑」が六月三十日、「立秋」が閏六月十五日ということになっている〈湯浅吉美編『日本暦日便覧上』〉。ちなみに、「処暑」の到来は七月一日のことで、まさしく、暑さが収まるとされるその当日は、初秋七月の最初の日に重なっているわけなのだ。夏の極暑の期間とされる「三伏」について言えば、当年度の「初伏」は六月二十日、「中伏」は六月三十日、「末伏」は閏六月二十日となっている〈同〉。当時の作者は、その「末伏」をも閏六月中に体験することになっているわけなのである。本作品の、次の、第五段落の冒頭の一聯（一二七・一二八句）において、作者が「熱悩ノ煩モ纔ニ滅エ、涼氛ノ序モ愆ツコト罔シ。」（熱悩煩纔滅、涼氛序罔レ愆。）と詠じ、初秋の到来を告げる七月一日と、暑さの収まることを告げる「処暑」とが同日に訪れたのを大いに喜んでいることになっているが、恐らく、そうした暦法上の偶然性だけではなく、当日には、文字通りに、ようやく、秋の涼しさをも実感することになって、そのこともまた、作者を大いに喜ばせる原因を作ったのだろう。

とにかく、本第四段落は、意味内容的には、大宰府の新天地において、人事的環境に絶望することによって、ますます、孤独感に苛まれることになってしまった作者が、夏の暑さに苦しみながら、どのようにして、その孤独感からの解放を目指そうとしたのか、ということについて詠述されているわけなのだ。同じく夏期中の詠述ということにはなっているが、これを大きく前・後半の二部に分けて考えてみてもいいかもしれない。と言うのは、八一句から九二句までの前半部においては、梅雨の時期の鬱陶しい日常生活について、九三句から一二六句までの後半部においては、梅雨明け以後の、孤独感からの解放を目指した、老荘思想への新たな接近、漢詩文のための新たな創作活動、そして、仏教への新たな帰依といった、そうした取り組みについて、前・後半部それぞれにおいて、もっぱら、詠述していることになっているからなのである。

前半部の詠述においては、孤独感を抱いた作者の日常生活が、梅雨の時期の鬱陶しさの中で、ますます、精神的に追い詰められてしまう、との言及がなされているわけなのであるが、そればかりではなく、肉体的にも、例えば、食料の欠乏という現実にも悩まされたとの言及が見えている。そうした窮乏感も、作者の孤独感をいよいよ追い詰めることになったこと、これは間違いないだろう。後半部の冒頭の一聯（九三・九四句）に、「紅輪ノ晴後ニ転スレバ、翠幕ハ晩来ニ褰ゲラル。」（紅輪晴後転、翠幕晩来褰。）との詠述が見えており、これによって、長雨の期間が終わり、ここから、大宰府の本格的な暑苦しい夏が始まったことが分かるようになっている。上述のように、延喜元年度においては、梅雨入り直前の節気であるとされている〈『暦ことば辞典』五四頁〉、その「芒種」が五月十三日となっており、梅雨明け前であることが多いとされている「小暑」の節気〈同〉が六月十四日となっている。つまり、梅雨の時期の鬱陶しい日常生活について詠述している本段落の前半部は、まさしく、五月十三日頃から六月十四日頃までの、ほぼ、一箇月余りの期間の日常生活についての、そうした詠述ということになるはずなのである。

すでに語釈(13)で詳述したように、後半部の冒頭の一聯中に見えている詩語「紅輪」、それを月のことを指示していると見なすことにしたわけなのであるが、確かに、「紅輪」に作っている以上、それが月を指示した詩語であると見なすからには、満月のそれということにしなければならないだろう。未詳ではあるが、延喜元年の梅雨明けが早まって、「小暑」の節気である六月十四日以前に、あるいは、その「小暑」の当日である六月十四日、もしくは、その六月十五日が梅雨明けであったとすれば、本段落の、後半部の冒頭の、その「紅輪晴後転、翠幕晩来褰。」との一聯の詠述、すなわち、「(それでも、どうにか長雨の季節が終わり)赤色の車輪のような月が雨上がりの晴れた空に転(ころ)がり出ると、緑色の帳幕(とばり)のような靄(もや)も夕暮れと共に巻き上げられ(晴れわた)るのだった。」との詠述は、まことに、相応しい内容ということになるのではないだろうか。

そうした、後半部の、冒頭の一聯を直接に継承した、「境(をり)ニ遇(あ)ヒテハ虚(こころ)ニ白(はく)ヲ生(しやう)ジ、談(ものがたり)ニ遊(ふけ)リテハ暗(くら)キニ玄(げん)ヲ入(い)ル。」(遇レ境虚生レ白、遊レ談暗入レ玄。)〈九五・九六句〉との一聯の詠述、すなわち、「(月が昇り靄が晴れわたるという、そうした新たな)環境に身を置くことになると(満月を眺めているうちに)愚かで暗いわたしの心にも純粋さが蘇(よみがえ)って来たし、(新たに)清談高論に読み耽(ふけ)っているうちに愚かで暗いわたしの心にも老荘玄妙な道が興味深く感じられて来るのだった。」との詠述は、まさしく、後半部の、冒頭の両聯四句の、その内容上の密接な脈絡から言って、これは、大いに納得が出来るはずなのである。仮に、「紅輪」が太陽のことを指示しているとするならば、あくまでも、それは、真夏の暑い太陽ということになるだろうし、それでは、「虚生レ白」とか「暗入レ玄」とかの表現は、関連性において、いかにも、相応しくないことになるだろう。「玄学」（老荘思想）との関連性を考えれば、やはり、ここでの「紅輪」は、夕空に輝き昇る満月そのものを指示しているとしなければならないのではないだろうか。

本第四段落の後半部において、作者は、孤独感を少しでも慰めようとして、上述の通り、先ずは、老荘思想へ改めて接近を試みることにしたし、次には、漢詩の創作に改めて打ち込むことにしたし、さらには、仏教思想へ改めて接近することにした、と詠述している（恐らく、これら三つの活動は、順番通りに行われたわけではないだろう。むしろ、同時平行的に行われたと考えるべきだろう。）。ただし、あくまでも、梅雨明け以後の、それは、真夏の期間中の活動ということでもあり、彼のその念願は、思い通りには行かなかったらしい。何故なら、上述のように、次の、第五段落の冒頭の一聯（一二七・一二八句）において、「熱悩煩纔滅、涼氛序罔㆑愆。」との詠述が見えているからなのである。延喜元年度の場合には、暦法上、初秋の到来を告げる七月一日と、暑さの収まることを告げる「処暑」とが同日に訪れたことになっている。道真は、そのことを大いに喜んでいるわけなのであるが、彼の、その喜びの理由、それが、真夏の暑さが解消し、初秋の涼しさを実感出来るようになったことだけではなく、「煩悩」（ここでは、道真の孤独感のことを指示。）の方も少しだけ解消することが可能となったからなのだ、ということになっている。真夏の期間中の諸活動よりも、初秋の訪れが、どうも、彼の孤独感を幾分なりとも解消することにしたらしいのである。ただし、秋になればなったで、彼は、今度は、望郷心を強く駆り立てられるという、新しい「煩悩」をも抱くことになっており、そのことについては、次の、第五段落において、もっぱら、詠述されることになっている。

第五段落

どうにかこうにか、夏の暑苦しさを遣り過ごし、初秋七月の涼気を迎え入れることが出来るようになった作者道真なのであるが、新しい季節になればなったで、罪を受け、大宰府に左遷の憂き身を送っている彼に対する世間の風当たりは、弱まるどころか、いや増にし強まるばかりなのであった。京都の留守宅からの便りなども、もはや、望むべくもない状態で、全(まった)く以(もっ)て、それは跡絶えてしまうのだった。それでも、そうこうするうちに、晩秋の九月が過ぎて初冬の十月を迎える頃となり、彼は勅許を被って故郷へ帰れる日の来るのを改めて思い描いてみる一方で、併せて、左遷される以前の、故郷における、来(こ)し方の彼自身の栄光の足跡を具体的に追憶してみないわけにはいかなくなるのだった（第一二七から一七四句まで）。

【原　詩】

「(1)熱悩煩纔滅、(2)※涼気序罔レ愆。◎(3)灰飛推二律候一、(4)斗建指二星躔一。◎(5)世路間弥険、(6)家書絶不レ伝。◎(7)帯寛泣二紫毀一、(8)鏡
照歎二花巓一。◎(9)旅思排レ雲雁、(10)寒吟抱レ樸蟬。◎(11)一逢蘭気敗、(12)九見桂華円。◎(13)掃レ室安レ懸レ磬、(14)扃レ門嬾レ脱レ鍵。◎(15)跛牂
重有レ蘖、(16)瘡雀更加レ攣。◎(17)強望垣牆外、(18)偸行戸牖前。◎(19)山看遙縹緑、(20)水憶遠潺湲。◎(21)俄頃羸身健、(22)等閑残命延。◎(23)形
馳魂怳々、(24)目想涕連々。◎(25)京国帰何日、(26)故園来幾年。◎(27)却尋初学仕、※(28)追計昔鑽堅。◎(29)射毎占二正鵠一、(30)烹寧壊二小鮮一。◎
(31)東堂一枤折、※(32)南海百城専。◎(33)祖業儒林聳、(34)州功吏部銓。◎(35)光栄頻照耀、(36)組珮競縈纏。◎(37)責重二千鈞石一、(38)臨深二万仞淵一。◎
(39)具瞻兼二将相一、(40)僉曰欠二勲賢一。◎(41)試レ製嫌レ傷レ錦、(42)操レ刀慎レ欠レ鉛。◎(43)兢々馴二鳳扆一、(44)懍々撫二竜泉一。◎(45)脱レ屣黄埃俗、
(46)交レ襟紫府仙。◎(47)桜花通夜宴、(48)菊酒後朝筵。◎余毎預レ之。禁中密宴、」（計二十四聯）

【訓　読】

「熱悩の煩も纔に滅え、涼氛の序も愆つこと罔し。灰は飛びて律候に推り、斗は建して星躔を指す。世路の間く弥険しければ、家書は絶えて伝はらず。帯の寛びて紫の毀れるに泣かん、鏡の照らして花き巔を歎かん。旅の思は雲を排く雁のごとく、寒しき吟は樸を抱く蟬のごとし。一たびは逢ふ蘭気の敗るるに、九たびは見る桂華の円かなるを。室を掃かんとして磬を懸くるがごときなるを安しとするも、門を扃さんとして鍵を脱するがごときなるを嬾しとす。跛牂をして重ねて蓺有らしむればなり、瘡雀をして更に攣を加へしむればなり。強ひて望まんとす垣牆の外、偸に行かんとす戸牖の前。山もて看んとす遙かなる縹緑、水もて憶はんとす遠き潺湲。俄頃く羸身も健やかとなり、等閑に残命も延びたり。形は馳せて魂も悦々たり、目は想ひて涕も連々たり。京国は帰ること何れの日ぞ、故園は来ること幾の年ぞ。却りて尋ぬ初めて学仕せしことを、追ひて計ふ昔鑽堅せしことを。射ては毎に正鵠を占へり、烹ては寧ぞ小鮮を壊さんや。東堂には一杪を折れり、南海には百城を専にせり。祖業は儒林に聳え、州功は吏部に銓せらる。光栄は頻りに照耀し、組珮は競ひて縈纏す。責むることは千鈞の石よりも重く、臨むことは万仭の淵よりも深し。具に瞻る将相を兼ねたるを、僉曰く勲賢に欠けたりと。製を試んとしては錦を傷むるを嫌ふがごとくし、刀を操らんとしては鉛を欠くを慎むがごとくす。兢々として鳳扆に馴れんとし、懍々として竜泉を撫せんとす。屐を脱ぐがごとくにす黄埃の俗、襟を交ふるがごとくにす紫府の仙。桜花の通夜の宴にして、菊酒の後朝の筵なり。禁中の密宴にも、余は毎に之に預れり。」

【通　釈】

「夏の熱気による暑苦しさも〈秋の季節の到来と共に〉少しずつ消え去って行き〈それと同時にわたしの心身の煩悩も〈改めて仏に帰依することによって〉少しずつ消え去って行き〉、秋の涼気による爽やかさが〈秋の季節の到来と共に〉間違いなく巡って来た〈それと同時にわたしの心身の煩悩も無くなり、平静さが〈改めて禅を学習することによって〉間違いなく巡って来た〉〈一二七・一二八句〉。

（時候を窺い知るための）灰は飛び散って（初秋七月の到来を告げるべく、季節的にそれが）六律のうちの正しい位置（夷則）に移り変わるようになったし、（時候を窺い知るための）北斗七星は尾指して（初秋七月の到来を告げるべく、季節的にそれが）星座のうちの正しい位置（井宿・鬼宿）を指し示すようになった〈一二九・一三〇句〉。

（そのように、自然現象の方は順調に推移して涼しい秋の到来を知らせ、心身の煩悩の方も少しく消え失せるようになり、わたし自身を大いに喜ばせるようになったというのに、しかし、わたしを取り巻く人事環境としての）世間的な状況の方がここしばらくますます険悪なものとなってしまっているので、故郷の妻からの便りも決してもはやわたしの手元に届くことはなくなって（妻の安否も分からないことになって）しまった〈一三一・一三二句〉。

（初秋七月となりそのように我が妻からの家書は一切届かなくなってしまったが、恐らく、妻よ、お前は夫であるわたしの身の上を心配する余りに、すっかり痩せ衰えてしまって、そのために）締める帯が緩々となってしまい（さらには、以前に着用していた高貴な）紫色の衣服ではない（夫の左遷によって今では粗末な等級の）色物のそれを着用せざるを得なくなってしまったのを泣き悲しんでいることだろうし、（そのように我が妻からの知らせは届かないが、恐らく、また、お前は）鏡に姿を映し出して見ては（夫の身の上を心配する余り）すっかり白くなってしまった頭髪を目にして嘆き悲しんでいることだろう〈一三三・一三四句〉。

（一方、夫であるわたしの、帰りたくても帰ることの出来ない故郷と、離れ離れになってしまったお前とに対するその）旅先での心情たるや（見上げる上空を北方から南方に向かって、今や）まさに立ち込める雲を押し分けて飛翔している一羽の秋雁の（次から次へと断ち難いほどに募る望郷の念と、離れ離れとなってしまった群れへの愛着の念とに駆られているはずの、そうした）心情そのままのようでもあったし、（同じく、夫であるわたしの、残された我が命のはかなさに対してそれを嘆き惜しんで立てる泣き声の）その寂しく悲しげな響きたるや（はかない我が命のことを悲しげに訴え続けて、今や）まさに木の皮を抱いて鳴かずにはおれない一匹の秋蟬の（細々とした絶え絶えの声を立てて泣いているはずの、そうした）鳴き声そのままのようでもあった〈一三五・

一三六句〉。

（もうすでに、わたしが故郷を離れ妻と別れてからは、今では）蘭の香気が消え失せる時期（晩秋九月）を一度迎えることになってしまったし、（もうすでに、わたしが故郷を離れ妻と別れてからは、今では）月が真ん丸に見える日時（毎月の十五日）を九度も迎えることになってしまった〈一三七・一三八句〉。

（そして、さらに、孟冬十月を迎えることになって）部屋を掃除しようとして（その部屋の中が）まるで楽器の磬（石を「へ」の字形に作り、吊り下げて打ち鳴らすもの）を掛けているかのようにそれほどにがらんとしてしまっていて（家財道具などが）何一つ無いことを再確認することになったけれども（そのことについては）少しも苦にはならないのであったが、（そして、さらに、孟冬十月を迎えることになって）門戸を閉鎖しようとして（その門戸の錠が）まるで車軸の楔（車輪が抜けないように止めるもの）を引き抜いてしまっているかのようにそれ程にものの役に立たなくなっていて（戸締り道具などが）何一つないことを再確認することになってしまい（そのことについては）大いに気にせずにはいられないのであった〈一三九・一四〇句〉。

（そうした門戸の閉鎖のことをわたしが大いに気にせずにはいられなかったのは、そのことが、一度、既に罪人とされてしまっている、まさに、か弱い）足萎えの雌羊であるわたしに今度は新たに足枷を嵌めさせることになるからなのであり（ふたたび、別種の、命令違犯との罪を受けさせることになるからなのであり）、（そうした門戸の閉鎖のことをわたしが大いに気にせずにはいられなかったのは、そのことが、一度、既に罪人とされてしまっている、まさに、小さな）傷付いた雀であるわたしに今度は新たに手枷を嵌めさせることになるからなのである（ふたたび、別種の、命令違犯との罪を受けさせることになるからなのである）〈一四一・一四二句〉。

（当時、確かに、歩行に不自由な、足萎えのか弱い雌羊のような、そうした存在のわたしではあったが、それでも、望郷の念にひどく駆られてしまった結果、今では、儒者たり得ぬわが身の上であるが故に、かの前漢の儒者・董仲舒とは正反対に）垣根の外の景色をも遠く眺め（そこに故郷の面影の片鱗なりとも認めてみ）たいものだと強く思っ（てそちらを眺めてみ）たりしたものであったし、（当時、確かに、歩行に不自由な、傷付いた小さな雀のような、そうした存在のわたしではあったが、それでも、帰還の願いにひどく駆られてしまった結果、今では、儒者たり得ぬわが身の上であるが故に、かの楚国の儒者・孫敬とは正反対に）戸口や窓辺の前を通って外に出て行き（そこに故郷の面影の片鱗なりとも認めてみ）たいと強く思っ（てそこで聞き耳を立ててみ）たりしたものであった〈一四三・一四四句〉。

（垣根の外の景色を眺めると、青緑色をした山肌（やまはだ）が目に入って来るのだったが、わたしは）その山肌のそこかしこを、（この大宰府の地から）遙かに遠く離れた故郷の青緑色をした山肌のことを思い浮かべながらつくづくと眺め入ったものだったし、（戸口や窓辺のところまで行って〈その戸口や窓を開けて外に出て〉耳を傾けると、河のさらさらと流れる瀬音（せおと）が聞こえて来るのだったが、わたしは）その河のせせらぎの音のあれこれに、（この大宰府の地から）遙かに遠く離れた故郷のさらさらと音を立てて流れる河の瀬音のことを思い浮かべながらつくづくと聞き入ったものだった〈一四五・一四六句〉。

（遙かに遠く離れた故郷の山肌を見たかのような気分にさせられた結果）ほんの暫（しばら）くではあったが疲れ果ててしまったわたしの体も元気を取り戻したかのように思えたものであったし、（遙かに遠く離れた故郷の河の瀬音（せおと）を耳にしたかのような気分にさせられた結果）ほんの仮初（かりそめ）ではあったが残り少ないわたしの命も生気を取り戻したかのように思えたものであった〈一四七・一四八句〉。

（故郷の山肌を身近に思い浮かべることが出来たせいで、たとえ、一時的であったにせよ、疲れ果てたわが身体もいくらか元気を取り戻すことになったわけであるが、そのことでかえって、故郷をより身近に感じることになったために、故郷への恋しさがより一層募ることになってしまい、わたしの）体はそわそわと落ち着きを失うことになり心も魂が抜け出てしまったかのようにぼんやりとしてしまったし、（故郷の河の瀬音（せおと）を身近に思い浮かべることが出来たせいで、たとえ、一時的であったにせよ、残り少ないわが寿命もいくらか命（いのち）長らえることになったわけであるが、そのことでかえって、故郷をより身近に感じることになったために、故郷への恋しさがより一層募ることになってしまい、わたしの）目は次から次へもの思いに耽ることになり涙も止めどなく滴り落ちることになってしまった〈一四九・一五〇句〉。

（そのように故郷の山肌や瀬音をより身近に感じることになり、故郷への恋しさをより一層募らせることになってしまった結果、わたしは次のような問いを改めて発せざるを得なくなってしまうのだった。すなわち、我が）京都へ帰還出来るのは（いったい）何日のことになるのであろうか（一日も早く帰りたいものだ）と、（そのように故郷の山肌や瀬音をより身近に感じることになり、故郷への恋しさをより一層募らせることになってしまった結果、わたしは次のような問いを改めて発せざるを得なくなってしまうのだった。すなわち、我が）故郷へ帰還出来るのは（いったい）何年のことになるのであろうか（一年も早く帰りたいものだ）と〈一五一・一五二句〉。

（故郷への帰還が果たして何時のことになるのだろうか、との思いを巡らしているうちに、故郷におけるわたし自身の過去の生活についての順境時の誇らしい思い出が鮮明に次々と蘇って来るのだったが）先ずは（大学寮において、二十三歳の時に文章得業生に補せられ、学問研究に、より一層専念する一方で）その勉学に余裕を生じたということで初めて（下野権少掾に）仕官した時のことを偏に思い起こすことになったし、（故郷への帰還が果たして何時のことになるのだろうか、との思いを巡らしているうちに、故郷におけるわたし自身の過去の生活についての順境時の嬉しい思い出が鮮明に次々と蘇って来るのだったが）その次には（大学寮において、寮試及第を果たして擬文章生となり、さらには、文章生に補せられんとして省試及第を目指して）切り込めば切り込むほどいよいよ堅固さを増すとされる儒教の学問研究に向かって久しきにわたって懸命に努力し取り組んだことを引き続いて思い起こすことになった〈一五三・一五四句〉。

（そのように久しきにわたって儒教の学問研究を深めた結果、わたしは、大学寮や式部省における）試験という試験の際には常に（優秀な成績を収めて）及第することだけを目指したし（結果は常にその通りとなったし）、（文章得業生外国として下野国の権少掾を拝命した時には、まさに、老子の、大国を治めるためには小魚を煮る時のように、やたらに掻き回したりして、かえってそれを台無しにしてしまうようなことはせずに、それこそゆっくりと自然に任せることが大切だ、とのそうした教えに従い）やたらに効果をあせって次々に施策を加えるようなことはせずにひたすらゆっくりと自然に任せる治政に取り組んだものであった〈一五五・一五六句〉。

（さらに、そのように久しく儒教などの学問を深く研究していたので、遂に、文章得業生であったわたしは）宮中（式部省）の試験場において（優秀な成績で）対策及第をも勝ち得ることが出来たし、（廷臣として幾多の京官を経歴した後にわたしは）南海道の国（讃岐国）に長官として赴任して（領地内の）多くの町々を治めたものであった〈一五七・一五八句〉。

（わたしが対策に及第して正式に儒者の仲間入りを果たしたということで）先祖代々の学問の名家としての我が菅原家の伝統が儒者の世界においてより一層高く聳え立つことになったし、（わたしが讃岐守の職務を全うしたということで）地方長官としての在任中の我が政治上の功績が式部省においてより一層高く評価されることになった〈一五九・一六〇句〉。

（わたしが対策及第を果たして正式に儒者の身分となり、菅原家の伝統を継承しそれをさらに発展させるべく努力したこと、在職期間中の讃岐守としての功績についても式部省においてはっきりとそれが認定されたことによって、高位・高官に抜擢されることになり）栄えある「珮玉」と「組紐」とを腰に帯びることになって（その「珮玉」の方が）盛んにわが身を輝き照らすことになったし、（同じく、わたしが対策及第を果たして正式に儒者の身分となり、菅原家の伝統を継承しそれをさらに発展させるべく努力したこと、在職期間中の讃岐守としての功績についても式部省においてはっきりとそれが認定されたことによって、高位・高官に抜擢されることになり）栄えある「珮玉」と「組紐」とを腰に帯びることになって（その「組紐」の方が）次ぎ次ぎに我が身にまとわり付くことになった〈一六一・一六二句〉。

（栄えある「珮玉」と「組紐」とを腰に帯びることになった当時のわたしはその喜びや誇らしさと共に、まさしく、そのために）千鈞の重さの岩を持ち上げる時よりもさらに重大な責任をも我が心に感じないわけにはいかなかったものだし、（栄えある「珮玉」と「組紐」とを腰に帯びることになった当時のわたしはその喜びや誇らしさと共に、まさしく、そのために）万仞の深さの淵を覗き込む時のそれよりもさらに深刻な恐れをも我が心に感じないわけにはいかなかったものだった〈一六三・一六四句〉。

（確かに、天下の人民は、わたしが）右大将と右大臣とを兼務することになったのを共に仰ぎ見て、（そのことについて）口を揃えて彼等は次のように言ったものである（新任の、右大将兼右大臣は、武官である右大将としての）武勲と（文官である右大臣としての）賢才との両方を欠いているようだと〈一六五・一六六句〉。

（そうした世間の人々の、賢才を欠いていると非難する声を耳にしながら、右大臣としてのわたしは、儒者の出身である故に、あたかも）裁縫を訓練しようとしては（かえって、その素材の）美しい錦の布地を傷つけて台無しにして（その衣服そのものをまったく仕立てられないようにして）しまうのではないかと恐れ戦く未熟な裁縫師のようにそのように慎重にふるまった（あくまでも、失敗しないかと恐れ戦きながら注意深く、右大臣としての朝廷政治の職務に励んだ）ものであったし、（そうした世間の人々の、賢才を欠いていると非難する声を耳にしながら、右大臣としてのわたしは儒者の出身である故に、あたかも）刀剣を操作しようとしては（かえって、素材の）なまくらな鉛の刀身を欠いて駄目にして（その刀剣そのものをまったく役立たないものにして）しまうのではないかと恐れ戦く未熟な裁縫師のようにそのように慎重にふるまった（あくまでも、失敗しないかと恐れ戦きながら注意深く、右大臣としての朝廷政治の職務に励んだ）ものであった〈一六七・一六八句〉。

（そうした世間の人々の、武勲を欠いていると非難する声を耳にしながら、右大将としてのわたしは天皇身辺の警護のために、何よりも）恐れ謹みながらも玉座の側近くに侍ることに慣れ親しもうと努力したものであったし、（同じく、そうした世間の人々の、武勲を欠いていると非難する声を耳にしながら、右大将としてのわたしは天皇身辺の警護のために、恐れ謹んで玉座の側近くに侍ることに慣れ親しもうと努力する一方で、これまた）恐れ慎みながら（その武器として自分自身の腰に帯びた）宝剣の柄に手を掛けることに（いざという時の用意のために）努力したものであった〈一六九・一七〇句〉。

（右大臣・右大将としてのそうした職務の余暇にあっても、当時のわたしは）あたかも履き物を脱ぎ去るかのように（惜しげもなく）塵埃にまみれた俗界の者ども（妻女と子供）を遠ざけたものであったし、（その一方で、そうした公務の余暇にあってさえも、当時のわたしは）あたかも襟元をきちんと交え整え合わせるかのように〈威儀を正してうやうやしく〉神聖な宮中におわす仙界の方々（宇多上皇と醍醐天皇）に近侍したものであった〈一七一・一七二句〉。

（公務の余暇にあって、なおも、襟元をきちんと交え整え合わせるかのように威儀を正し、うやうやしく神聖な宮中におわす仙界の方々に近侍したということで言えば、例えば）桜花を愛でた（宇多上皇主催の昌泰二年三月三日の）夜通しの宴席の時がそうであったし、（同様に公務の余暇にあって、なおも、襟元をきちんと交え整え合わせるかのように威儀を正し、うやうやしく神聖な宮中におわす仙界の方々に近侍したということで言えば、例えば）菊酒を酌んだ（醍醐天皇主催の昌泰三年九月九日の）翌日の宴席の時がそうであった〈一七三・一七四句〉。〔（公式開催の場合は言うまでもないが）宮中において非公式に開催されることになった宴席の場合にも、わたしは毎回参列することを勅許されたものであった。〕」。

【語　釈】

（1）熱悩煩纔滅　「熱悩ノ煩モ纔ニ滅エ」と訓読し、夏の熱気による暑苦しさも（秋の季節の到来と共に）少しずつ消え去って行き（それと同時にわたしの心身の煩悩も〈改めて仏に帰依することによって〉少しずつ消え去って行き）、との意になる。

本句（一二七句）と次句（一二八句）の「涼氛ノ序モ愆ツコト罔シ」（涼氛序罔レ愆）とは、これも対句形式を構成していて、詩語の「熱悩」と「涼氛」、「煩」と「序」、「纔滅」と「罔レ愆」とがそれぞれ密接な対応関係を有することになっている（なお、以上の、次句中に見えている「氛」字については、底本及び内以下の諸本には「気」（氣）字に作られているが、恐らく、後世の誤写に基づく誤りとしなければならないだろう。「平仄式」〈「粘法」「二四不同」の大原則〉に従って、ここでは、仄声の「気」字に作るのではなく、むしろ、類似体としての、平声の「氛」字に作るべきであると見なして、今は意をもって訂正することにした。詳しくは、その、次句の〔語釈〕の項を参照のこと。）。本句と次句との一聯を通して、夏の猛暑もいよいよ終了して秋の涼気を新しく迎えることになったこと、そして、それと同時に、改めての仏教への帰依と学習とのお蔭で（前第四段落中の六聯〈一二五—一二六句〉の内容を承ける）、作者のそれまでの煩悩も消えてしまったかのように、少しく爽やかな気分をも取り戻すことになった、とのそうした意味が述べられている。

「熱悩」には、仏教用語としての、激しい心の苦悩・身を焼くような心の苦悩との意と、一般用語としての、夏の暑さに苦しむとの意がある〈『日本国語大辞典』〉。前者の用例には、「世尊ヨ、我等ハ三苦ヲ以テノ故ニ、生死ノ中ニ於イテ諸ノ熱悩ヲ受ケ、迷惑シ無知ニシテ、小法ヲ楽著セリ。」（世尊、我等以二三苦一故、於二生死中一受二諸熱悩一、迷惑無知、楽二著小法一。）〈『法華経』巻二「信解品」〉との一文が見え、後者の用例には、「熱悩ハ漸ク知ル念（雑念）ニ随ヒテ尽クルヲ、清涼ハ常ニ願フ人ト同ジカランコトヲ。」（熱悩漸知随レ念尽、清涼常願与レ人同。）〈『白氏文集』巻六九「納涼」〉とか、「既ニ白栴檀無ケレバ、何ヲカ以テ熱悩ヲ除カン。」（既無二白栴檀一、何以除二熱悩一。）〈同・巻五一「贈二韋処士一、六年夏大熱旱。」〉とかの一聯が見える。仏教用語としてのそれと、一般用語としてのそれとの両方の意があることになっているが、本句（一二七句）中の用例の場合には、その、どちらの意をも兼ね含んでいると見るべきだろう。

なんとなれば、本聯の前句（一二七句）と後句（一二八句）とが、同じく、前聯（一二五・一二六句）との内容的な関連性、そして、同じく、次聯（一二九・一三〇句）との内容的な関連性を有していて、本聯がそれらの両聯を内容的に連結させる役割を担っていると考えることが出来るからなのである。その前聯「誓弘ニ誑語無ク、福厚ハ唐捐セズ。」（誓弘無二誑語一、福厚不二唐捐一。）の前・後句が、共に『法華経』〈巻八「普門品」〉中の記述を出典として詠述されていることは既述した通りなのであり、そうであるならば、当然のことに、本聯の前・後句においても、内容的には先ずそうした前聯との関連性、すなわち、仏教的な内容の方面を指摘する必要があるはずなのだ。

本聯の後句については、後述することにするが、前句の場合にも、前聯との関連性に先ずは注目して、それを仏教的な内容として解釈しなければならないことになるはずで、それ故に、詩語「熱悩」の意味も、仏教用語としての「激しい身を焼くような心の苦悩」との、そちらの方を先ずは採用しなければならないだろう。そちらの方を採用することによって、前聯との関連性が生まれて、本聯の前句全体の内容は、上述したように、「わたしの心身の煩悩も（改めて仏に帰依したことによって）少しずつ消え去って行き」とのそうした解釈を有するということになるに違いない。逆に、その次聯「灰ハ飛ビテ律候ニ推リ、斗ハ建シテ星躔ヲ指ス。」（灰飛推㆓律候㆒、斗建指㆓星躔㆒。）との内容上の関連性に注目すれば、確かに、次聯の前句（一二九句）といい後句（一三〇句）といい、それらは時候の夏から秋への変化についての、そうした内容の詠述ということになっているわけなのであり、本聯の前句の場合にも、それは時候的な変化についての内容ということにしなければならず、それ故に、詩語「熱悩」の意味も、一般用語としての、「夏の熱気による暑苦しさ」とのそちらの方を採用しなければならないだろう。そちらの方を採用することによって、次聯との関連性が生まれて、本聯の前句全体の内容は、上述したように、「夏の熱気による暑苦しさも（秋の季節の到来と共に）少しずつ消え去って行き」とのそうした解釈をも有するということになるに違いない。

　本聯の前・後句の内容は、前聯における仏教的な内容と次聯における時候的なそれとを連結する役割を担っていて、それ故に、前句の場合も後句の場合も、前聯における内容と次聯におけるそれとの両方に意味的に関連付けて、複合的に解釈する必要が、以上のようにあることになるはずなのだ。ただ、上述のように、本聯の場合には、やはり、夏から秋への季節の変化ということに内容上の主眼が置かれているはずなのであり、それ故に、本聯の前・後句の通釈に当たっては、次聯との内容上の関連性の方は主として取り扱うことにし、前聯との内容上の関連性の方は従として取り扱うことにして、結果的に、従的な意味の方は括弧内に入れて付け加えることにした。なお、ここで、前聯との内容上の関連性を持たせて通釈するに際しては、その仏教的な「熱悩」が消え去ることになった理由、それを前聯（一一九・一二〇句）「合掌シテハ仏ニ帰依シ、廻心シテハ禅ヲ学習ス。」（合掌帰㆓依仏㆒、廻心学㆓習禅㆒。）中の、その前句との関係を敢えて考慮することにした。

（2）**涼氛序罔レ愆**※　「涼氛ノ序モ愆ツコト罔シ」と訓読し、秋の涼気による爽やかさが（秋の季節の到来と共に）間違いなく巡って来た（それと同時にわたしの心身の煩悩も無くなり、平静さが〈改めて禅を学習することによって〉間違いなく巡って来た）との意になる。

本句（一二八句）中の詩語「涼氛」が、底本及び内以下の諸本には「涼気」に作られていることは既述した通りなのである。それを、今は近体詩の「平仄式」（「粘法」「二四不同」の大原則）に照らして、恐らく、これは後世の書写に基づく誤りであろうと見なすことにし、「気」（氣）字の類似体としての、「氛」字に意をもって訂正することにした。理由は以下の通り。

「気」字の韻目は『広韻』によると、「去声・八未韻」ということになっている。すなわち、「気」字は仄声なのであり、仮に、本句の上から二字目に仄声である「気」字が配置されるということになると、本句「涼気序罔ㇾ愆」の平仄は、上から順番に「○×××◎」（○印は平声、×印は仄声、◎印は平声で押韻であることを指示。）と図式化されることになり、この時点で、本句が「二四不同」の近体律詩としての大原則を犯していることになるわけなのである。しかも、本聯の前句「熱悩煩纔滅」（一二七句）の平仄が上から順番に「××○○×」と図式化されることになっているから、いわゆる、「粘法」の大原則（一聯中の前・後句の、それぞれ上から二字目に配置されている漢字の平仄は、必ず逆にしなければならない。）をも、仄声の「気」字を配置すれば犯していることになるわけなのだ。前句中の上から二字目に配置されている「悩」字の韻目は、『広韻』によると、「上声・三二晧韻」であって、それは、もとより、仄声字なのである。

本聯中の前句の上から二番目に配置されている「悩」字が仄声で、同じく、後句の上から二字目に配置されている「気」字も仄声ということになると、これは「粘法」の大原則に明白に違犯していることになるだろう。例えば、前聯（一二五・一二六句）の前・後句における「粘法」は、平声の「弘」字と仄声の「厚」字とで厳守されているし、次聯（一二九・一三○句）の前・後句における「粘法」も、平声の「飛」字と仄声の「建」字とで厳守されている。つまり、本聯を挟んだ前後三聯における「粘法」は、本聯の後句中に「気」字を配置することによって「○×・××・○×」ということになってしまい、近体律詩としての「平仄式」に、それは、はっきりと合致しないことになるわけなのである。しかも、そのように違犯することになる理由、それは他でもない、本聯の後句中に仄声の「気」字が配置されることになっているからなのである。

作者の道真自身が誤って仄声の「気」（氣）字をここに配置してしまったということになるのか、はたまた、後世の書写の段階で、くずし字（草書体）としての字形が類似しているために、もともとの平声の「氛」字を誤写してしまい、仄声の「気」（氣）字としてそれを認（したた）めてしまったということになるのか、どちらとも判然としないが、恐らくは、以下の理由によって、後者の方だったのではないか、と今は考えておくことにしたい。

作者の道真が近体律詩の「平仄式」に無知だったからなどということ、そんなことは、理由として全く考えられないことだし、「気」字の韻目が平・仄声のどちらであったのか、彼が知らなかったからなどということ、そんなことも、理由として全く考えることが出来ないはずだからなのである。道真に限ってそんなことは決してないはずなのであって、『菅家文草』『菅家後集』の、他の作品中の「気」字の用例を調べれば、そんなことは容易に分かるだろう。

例えば、「班来年事晩、刀気夜風威。」（○○○××、○××○◎。）〈『菅家文草』巻一「秋夜。離合。」五言絶句〉との一聯とか、「残香経ㇾ洗ㇾ露、晩気未ㇾ傷ㇾ風。」（○○○××、×××○◎。）〈同・巻二「紅蘭」五言律詩〉との一聯とか、「芳気近従二階下一起、莫ㇾ言天上桂華開。」（○××○○××、×○○××○◎。）〈同・巻五「月夜翫二桜花一」七言絶句〉との一聯とか、「脚気与二瘡癢一、垂陰身遍満。」（×××○×、○○○×◎。）〈『菅家後集』「雨夜」五言古調詩〉との一聯とかを見れば、どれも、「気」字は正しく仄声として配置されていて、その配置によって、各聯における「粘法」はもとより、各句における「二四不同」「二六対」の大原則も厳守されていることが分かる。道真にとっては近体詩の「平仄式」、または、「気」字の韻目が仄声のそれであることなどは間違いようのない、まったくの、既知の事柄であったに違いないのだ。

その道真が本聯（一二七・一二八句）の後句中に限って、「気」字の平・仄を間違えて配置してしまったと考えることは、どうしても出来ないのではないだろうか。本聯中の「粘法」の大原則がそれによって犯されるということになってしまうし、後句中の「二四不同」の大原則もそれによって犯されることになってしまうわけなのだから。ここは、どうしても、「気」字の平仄の間違いを作者自身が犯したと考えることは、やはり、出来ないことになるはずなのだ。何しろ、作者自身が誤ちを犯したということになれば、本作品「叙意一百韻」の近体五言長律詩としての形式上の資格そのものを、それは奪うことになってしまうのだから。そのように考えることは、どうしても出来ない。

そうであれば、もう一つの、平声である「氛」字と仄声である「気」（氣）字との、両者のくずし字（草書体）としての字形が類似していることによる、「氛」字から「気」（氣）字への、後世の書写の段階での誤写の可能性の方を考えないわけにはいかなくなるだろう。『広韻』によると、「氛」字の韻目は「上平声・二〇文韻」ということになっていて、これは、はっきりと平声字ということになるわけであるが、ここで「氛」字から「気」（氣）字への誤写であると想定することにしたのは、上記のように、両字のくずし字（草書体）としての字形が類似しているからだけではなく、「氛」字がまた、意味的に、「気」字に相通じることになっているからなのである。「氛」字の意味の一つに「天の気」とのそれがあることになっているが、そのことは、『後漢書』〈巻五九「張衡伝」〉中に、「氛旄ハ溶ケテ以テ天旋シ、蜺旌ハ飄リテ飛揚ス。」（氛旄溶以天旋兮、蜺旌飄而飛揚。）との例文が見えていて、その「李賢等注」に「氛、天気也。」と作っていることによって知れるだろう。

本句（一二八句）中の詩語「涼氛」は、それ故に、一般用語としては「秋天の涼気」との意を有することになるわけなのであるが、実は、その「涼氛」との詩語が、『菅家文草』中に既に見えているのである。「毎ニ涼氛ノ到ル有レバ、空シク旅思ヲシテ焦ガシム。」（毎有二涼氛到一、空令二旅思焦一。）〈巻一「秋日山行二十韻」〉との五言一聯とか、「風ノ涼シクシテ便チ繊氛ヲ斂ムルニ遇フモ、未ダ青天ヲ覩ズシテ日ハ已ニ曛レヌ。」（風涼便遇レ斂二繊氛一、未レ覩二青天一日已曛。）〈巻二「過二大使房一、賦二雨後熱一。」〉との七言一聯中に見えているが、それなのだ。

道真は「涼氛」との詩語を、以上のように他の作品中においても複数回使用しているわけなのであり、こうしたこともまた、「涼氛」から「涼気」への、後世の書写の段階での誤写の可能性を強く想定させる要因となっているのである。勿論、彼が詩語「涼氛」の平仄に関しても「〇〇」（共に平声）であるとの認識のもとに、上記のそれぞれの用例においてそれを正しく配置していることは、以下の通りなのである。前者「毎有㆓涼氛到㆒、空令㆓旅思焦㆒。」の場合の平仄は、上から順に「××〇〇×、〇〇××◎。」（〇印は平声、×印は仄声、◎印は平声で押韻であることを指示。）と図式化できることになっているし、後者「風涼便遇㆑斂㆓繊氛㆒、未㆑観㆓青天㆒日已曛。」の場合のそれは、同じく上から順に「〇〇××〇◎、××〇〇××◎。」と図式化できることになっている。

「平仄式」上から見て、以上の両聯の場合には、そこに、何一つ問題点は見出し得無い。「氛」字の韻目を『広韻』の「上平声・二〇文韻」であること、それ故に、平声字であること、それらのことが作者によって正しく認識されていると言えるだろう。例えば、後者の用例の場合には、それは、七律の首聯（一・二句）となっており、その前・後句末には原則通りに韻字が配置されている。つまり、「氛」字もまた、そこに、韻字として配置されていることになっているわけなのだ。上記のように、まさしく、その「氛」字は七言一聯の前句（一句目）の末尾に配置されていて、韻字（『広韻』上平声・二〇文韻）としての役割をもそれが果たしていることは、後句（二句目）の末尾に配置されている「曛」字、それが韻目を同じくしていることからも分かるはずなのだ。道真は、確かに、「氛」字の韻目をも正しく認識していたのだ。そうである以上、その平仄を彼が知らなかったはずは、もとより、無かったであろう。

　さて、本聯の後句に当たっている、本句（一二八句）の意味内容上のことに話を進めることにするが、対句構成から言って、前句（一二七句）との密接な対応関係を考えなければならないだろう。例えば、詩語「涼氛」の場合にも、当然に、対語である「熱悩」との関連性を考慮する必要があるはずなのだ。「熱悩」の場合がそうであったように、「涼氛」の場合にも、前聯（一二五・一二六句）との内容的な関連性と、次聯（一二九・一三〇句）との内容的な関連性とをそれぞれ考えてやらなければならないだろう。なんとなれば、意味内容上、本聯がそれらの両聯を内容的に連結させる役割を担っていると考えることが出来るからなのである。

すなわち、「熱悩」の場合がそうであったように、「涼氛」の場合にも、先ずは前聯との関連性を有する、仏教用語としての意味を、そして、次には次聯との関連性を有する、一般用語としてのそれを考えてやる必要があるはずなのだ。「涼氛」の場合にも、ここでは両方の意を兼ね含むように配置されていると見るべきだろう。対語である「熱悩」の場合には、仏教用語としてのそれは「激しい身を焼くような心の苦悩」との意であり、一般用語としてのそれは、「夏の熱気による暑苦しさ」との意であったわけであるが、「涼氛」の場合には、どういうことになるのであろうか。

一般用語としての「涼氛」の意としては、既述したように、「秋天の涼気」ということになり、それが次聯に見えている、夏から秋への時候の変化のことに言及した表現内容と密接な対応関係を有することになっているはずなのだ（対語「熱悩」が夏の時候のことを指示しているのに対して、「涼氛」は、もとより、秋の時候のことを指示している。見事な時候的対比。）。一方、仏教用語としての「涼氛」の意はどういうことになるのであろうか。前聯に見えている、仏教への信頼と帰依とに言及した表現内容と密接な対応関係を有することになっているはずの、「涼氛」の、そのもう一つである、仏教用語としての意味の方は、どういうことになるのかというと、こちらの方は、こういうことになるのではないだろうか。

すなわち、「涼氛」をここでは「清涼氛」の省略形と考えればいいことになるはずだ、と。そのようにすればまさしく、「清涼」が煩悩や迷情の無い、平静なる悟りの境地のことを仏教語として指示していることになっているから（『禅学大辞典』）、仏教語としての「涼氛」とは、そうした気分のことを指示していることになるわけなのだ。仏教語としての「熱悩」が「激しい身を焼くような心の苦悩」のことを指示していたはずだから、その対語としての「涼氛」が「煩悩や迷情の無い、平静なる悟りの境地」のことを指示していることになれば、両者は密接な対応関係を有することになって、いかにも相応しいということになるに違いない。ちなみに、上記の、『白氏文集』（巻六九「納涼」）中の一聯「熱悩漸知随ㇾ念尽、清涼常願与ㇾ人同。」においても、これはあくまでも一般用語としての用例ということになるだろうが、「熱悩」と「清涼」

とが対語として配置されていたはずで、ここでの、本聯（一二七・一二八句）中の対語「熱悩」と「涼氛」との用例として、大いにそれは参考となることだろう。

　本聯の前句（一二七句）中の詩語「熱悩」の場合と同様に、その後句（一二八句）に当たる本句中の詩語「涼氛」の場合にも、一般用語としての、そして仏教用語としての、そのどちらの意味をも兼ね備えていると、そのように考えてやる必要があるはずなのだ。そうである以上、当然のことながら、上述したように、本句全体の通釈も、「秋の涼気による爽やかさが（秋の季節の到来と共に）間違いなく巡って来た（それと同時にわたしの心身の煩悩も少しずつ無くなり、平静さが（改めて禅を学習することによって）間違いなく巡って来た）。」とのように、複合的なそれとして作らなければならないだろう。延喜元年度の場合には、「二十四節気」の「処暑」が七月一日に到来したことになっていて、文字通り、秋の季節の到来と共に、暑さが収まることに、暦法上はなっているわけなのである。恐らく、その暦法上の約束に従うかのように、七月に入るやいなや、作者は、実際に秋の涼しさを体感することになり、それと同時に、心身の煩悩も少しずつ無くなるようになっていったのだろう。

　ただ、複合的なそれではあるが、本句全体の通釈に当たっては、前句の場合と同様に、次聯（一二九・一三〇句）との内容上の関連性の方を主として取り扱うことにし、前聯（一二五・一二六句）との内容上の関連性の方は従として取り扱うことにした結果、従的な意味の方を括弧内に入れて付け加える形式に整えることにした。というのは、本聯（一二七・一二八句）の場合には、やはり、夏から秋への季節の変化ということに内容上の主眼が置かれていると思えるからなのである。また、前句の場合と同様に、本句の場合にも、前聯との内容上の関連性を持たせて通釈するに際しては、心身の煩悩も無くなり作者に平静さが間違いなく巡って来ることになった理由、それを前聯（一一九・一二〇句）「合掌シテハ仏ニ帰依シ、廻心シテハ禅ヲ学習ス。」（合掌帰二依仏一、廻心学二習禅一。）中の、その後句との関係を、敢えて、考慮することにした。

（3）**灰飛推二律候一**　「灰ハ飛ビテ律候ニ推リ」と訓読して、（時候を窺い知るための）灰は飛び散って（初秋七月の到来を告げるべく、季節的にそれが）六律のうちの正しい位置（夷則）に移り変わるようになったし、との意になる。

本聯（一二九・一三〇句）においても、その前句に当たっている本句と、その後句に当たっている次句「斗ハ建シテ星躔ヲ指ス」（斗建指二星躔一）とは見事な対句構成を形作っていて、それぞれの対語「灰」と「斗」、「飛」と「建」、「推」と「指」、「律候」と「星躔」とは密接な対応関係を有している。本聯の前・後両句を通して、内容的に、初秋の時候（陰暦七月）の到来を告げるべき天体現象の変化がはっきりと目に出来るようになったこと、そのことについて、ここでは言及されている。

「灰」とは、ここでは、時候の変化等を窺い知る、すなわち、「候気ノ法」（候気之法）のために用いる「葭莩」（葦の茎の内側の薄い膜）を焼いた灰のことを指示する。『後漢書』〈志第一「律暦上」〉中に「候気ノ法ハ、室ヲ為ルコト三重ニシテ、戸ハ閉ヂ、釁ヲ塗ルコト（犠牲の血を塗って神を祭ること）必ズ周クシ、密ニ緹縵（赤い絹の幕）ヲ布ク。室中ニ木ヲ以テ案ヲ為ルコト毎律（十二律それぞれに）ニ各一、内ハ庳クシテ外ハ高クシ、其ノ方位ニ従ヒテ、律ヲ其ノ上ニ加ヘ、葭莩ノ灰ヲ以テ、其ノ内端ヲ抑ヘ、暦ヲ案ジテ之ヲ候ス。気ノ至レバ、灰ハ動ク。其レ気ノ為ニ動カサルレバ、其ノ灰ハ散ジ、人及ビ風ノ動カス所ナレバ、其ノ灰ハ聚ル。」（候気之法、為レ室三重、戸閉、塗レ釁必周、密布二緹縵一。室中以レ木為レ案毎律各一、内庳外高、従二其方位一、加二律其上一、以二葭莩灰一、抑二其内端一、案レ暦而候レ之。気至者、灰動。其為レ気所レ動者、其灰散、人及風所レ動者、其灰聚。）との一文が見えていて、「灰」による「候気」（望気）の方法についての記述がなされている。

ちなみに、「律」とは、音調の基準を示す竹管のことで、長さの異なる十二本からなり、これを音調によって陰陽に分ける。陽は「律」といい（六律）、陰は「呂」という（六呂）。さらに、その「六律」「六呂」を合わせて「十二律」ということになっていて、その「十二律」は転じて十二の方角にそれぞれ配置されたり、一年十二箇月への配当のことを指示していることになるはずなのだ。なお、「六律」の方は、それぞれ「黄鐘」「太蔟」「姑洗」「蕤賓」「夷則」「無射」との名称を有していて、これらを一年十二箇月に配当する際には、上から順に、十一月・正月・三月・五月・七月・九月のそれにそれぞれ当て嵌めることになっている。その一方、「六呂」の方はそれぞれ「大呂」「夾鐘」「中呂」「林鐘」「南呂」「応鐘」との名称を有していて、これらを一年十二箇月に配当する際には、上から順に、十二月・二月・四月・六月・八月・十月のそれにそれぞれ当て嵌めることになっている。

本句（二二九句）中の詩語「律候」とは、ここでは、「十二律」のうちの、上記の、「六律」に配当されたそれぞれの時候（各月）のことを指示していることになるわけであるが、具体的に言えば、その「六律」のうちの、それは「夷則」（七月）のことを指示していると見ていいだろう。何故か。『礼記』〈「月令篇」〉中にも、「孟秋（七月）ノ月ニハ、……昏ニ建星（二十八宿の斗）ハ中シ、……律ハ夷則ニ中リ、……」（孟秋之月、……昏建星中、……律中㆓夷則㆒、……）との記述が見えているからなのである。「推」とは、ここでは、移り変わるとの意。用例としては、「日ノ往ケバ則チ月ハ来リ、月ノ往ケバ則チ日ハ来リ、日月ノ相推リテ明ハ生ズ。寒ノ往ケバ則チ暑ハ来リ、暑ノ往ケバ則チ寒ハ来リ、寒暑ノ相推リテ歳ハ成ル。」（日往則月来、月往則日来、日月相推而明生焉。寒往則暑来、暑往則寒来、寒暑相推而歳成焉。）〈『易経』「繋辞下伝」〉との一文が見える。ちなみに、「律候ニ推リ」（推㆓律候㆒）とは、ここでは、上述したように、初秋七月の季節の到来を指し示すべく、「六呂」のうちの「林鐘」（六月）から、「六律」のうちの「夷則」（七月）へと、灰の飛ぶ位置と方角とが移り変わったとの意を述べていることになるのだ。「林鐘」である「呂候」（六呂の気候）から、「夷則」である「律候」（六律の気候）へ、すなわち、「呂」から「律」へと位置と方角とが推移したのだ、と。なお、ここで注目すべきことがある。それは、延喜元年（九〇一）には六月の後に閏六月が来て、それから初秋七月が来ることになっているという事実なのである。閏六月があって、晩夏が例年になく長く続くとの、そうした精神的な苦痛が、当時の作者にはもともとあったのではないか。それ故、初秋七月の到来は、それこそ、待ちに待ったものとなって、例年になく、そのことが作者を有頂天にせしめるという結果をもたらすことになったのではないだろうか。そのように、今は思えてならない。

（4）**斗建指二星躔一**　「斗ハ建シテ星躔ヲ指ス」と訓読して、（時候を窺い知るための）北斗七星は尾指して（初秋七月の到来を告げるべく、季節的にそれが）星座のうちの正しい位置（井宿・鬼宿）を指し示すようになった、との意になる。

「斗」とは、ここでは星宿（星座）の名。天の二十八宿中には「南斗」「北斗」「小斗」の三座があることになっているが、単に「斗」に作る場合には、多くは「北斗」のことを指示することになっており《『大漢和辞典』》、北斗七星（北斗星・大熊星）とは北極から約三十度の距離にあり、「天樞」「璇」「璣」「権」「玉衡」「開陽」「揺光」との、一から七までの七星からなり、その一から四までを「魁」とし、その五より七までを「杓」として、合して、「斗」とすることになっている〈同〉。「建」とは、前句中の動詞「飛」の対語であって、ここでは「尾指す」との動詞として訓じ、北斗星の斗柄がある方向を指し示すとの意を持つ。

北斗星の斗柄は十二支のいずれかの方角を指し示すことになっていて、それは、陰暦の、正月の夕刻には寅（東北東）の方角を指し、二月の同時刻には卯（東）の方角を指し、三月の同時刻には辰（東南東）の方角を指すというように、時計回りに、順次一年間に十二支の方角を指し示すことになっている《『日本国語大辞典』》。用例としては、「斗ノ建シテ辰ヲ移ス」（斗建移レ辰）《『後漢書』志第三「律暦下」》との一文などが見える。ちなみに、本句（一三〇句）中の北斗七星の斗柄が指し示すことになる方角とは、時候が陰暦の七月（初秋）ということでもあり、申（西南西）のそれということになるわけなのであるが、そのことについては、例えば、「帝（天帝）ハ四維（四隅）ヲ張リ、之ヲ運ラスニ斗ヲ以テス。月ニ一辰ヲ徙リ、復タ其ノ所ニ反ヘル。正月ハ寅（東北東）ヲ指シ、十二月ハ丑（北北東）ヲ指シ、一歳ニシテ帀リ、終ハリテ復夕始マル。……（七月は）申ヲ指ス。……律ハ夷則ヲ受ク。」（帝張二四維一、運レ之以レ斗。月徙二一辰一、復反二其所一。正月指レ寅、十二月指レ丑、一歳而帀、終而復始。……指レ申。……律受二夷則一。）《『淮南子』巻三「天文訓」》との一文などが言及している。

「星躔」とは、星座（星宿）に同じく、星々の宿る場所のことをいう（「躔」とは、日・月・星のめぐる軌道の意である。）。天空には特定された二十八の星座があるとされ、これを「二十八宿」ということになっているが、そもそも、天空には

「九野」（九天）というものがあることになっている。中央を「鈞天」といい、そこにある星宿は（二十八宿のうちの）「角」「亢」「氐」の三つ、東方を「蒼天」といい、そこにある星宿は「房」「心」「尾」の三つ、東北を「変天」といい、そこにある星宿は「箕」「斗」「牽牛」の三つ、北方を「玄天」といい、そこにある星宿は「須女」「虚」「危」「営室」の四つ、西北を「幽天」といい、そこにある星座は「東壁」「奎」「婁」の三つということになっている。さらに、西方を「顥天」といい、そこにある星座は、「胃」「昴」「畢」の三つ、西南を「朱天」といい、そこにある星座は「觜巂」「参」「東井」の三つ、南方を「炎天」といい、そこにある星座は「輿鬼」「柳」「七星」の三つ、東南を「陽天」といい、そこにある星座は「張」「翼」「軫」の三つということになっている〈同〉。

　以上が、天空に特定された二十八宿の星座ということになっているが、それでは、初秋七月の到来を告げるべく、北斗星の斗柄が指し示すことになっている正しい位置にある星座とは、どれのことになるのであろうか。初秋七月にそれが指し示すことになっている方角は「申」（西南西）のそれということになっていたはずなのであり、そのことからすれば、「朱天」にある星座「東井」と、「炎天」にある星座「輿鬼」との二つを指し示すことになるわけなのだ〈新釈漢文大系『淮南子上』一四一頁「太陰・歳星・二十八宿対照表」〉。本聯（一二九・一三〇句）の後句に当たっている本句中の詩語「星躔」とは、ここでは二十八宿中の、「東井」と「輿鬼」との二つの星座のことを具体的に指示していることになり、北斗星の斗柄がその両星座を指し示しているということは、まぎれもなく、初秋七月の到来を告げていることになるわけなのだ。

（5）**世路間弥険**　「世路ノ間ク弥険シケレバ」と訓読し、（そのように、自然現象の方は順調に推移して涼しい秋の到来を知らせ、心身の煩悩の方も少しく消え失せるようになり、わたし自身を大いに喜ばせるようになったというのに、しかし、わたしを取り巻く人事環境としての）世間的な状況の方がここしばらくますます険悪なものとなってしまっているので、との意になる。

　本聯（一三一・一三二句）の前句に当たる本句と、その後句に当たる次句「家書ハ絶エテ伝ハラズ」（家書絶不レ伝）とは、勿論、対句構成を形作っていて、対語としての「世路」と「家書」、「間」と「絶」、「弥険」と「不レ伝」とがここではそれぞれ見事に対比させられている。「世路」とは、世の中を渡って生きて行く道のことから、転じて、世の中・世間の意となる。用例「家山ノ泉石ハ尋常ニ憶エ、世路ノ風波ハ子細ニ諳ズ。」（家山泉石尋常憶、世路風波子細諳。）〈『白氏文集』巻五三「除夜寄二微之一」〉。「山林ニハ羈鞅（束縛するもの）少ナク、世路ニハ艱阻（苦労すること）多シ。」（山林少二羈鞅一、世路多二艱阻一。）〈同・巻二「読史詩五首」其二〉。以上の用例にも見えているように、世間との意を有する「世路」には、一般的に、「風波」や「艱阻」との詩語が結び付けられ、詠述されることになっていて、それによって、いわゆる、内容的には、世の中を渡ることの困難さを表現する用例が多いことになるわけなのだ。本句（一三一句）の場合にも、その「世路」には「弥険」が結び付いていて、確かに、以上の用例のそれに準じていると言えるだろう。ただ、本句の「世路」の場合には、それが「険」であるだけではないのだ。通常の「険」のみではない。「弥」とのそれも結び付くことになっているわけなのである。「険」の度合が強められていることに、ここでは注目する必要があるだろう。

「間」は、ここでは「しばらく」と訓じ、「ここしばらく」の意として解釈することにする。ちなみに、「間」（閒）字の韻目には、『広韻』によると、「上平声・二八山韻」のそれと、同「去声・三一襉韻」のそれとがあることになっていて、「しばらく」（このごろ・ちかごろ）との訓を有するのは、前者の場合のみということになっている。本句中の「間」字の対語は、仄声の「絶」（『広韻』入声・一七薛韻）字ということになっており、「平仄式」上の対比からして、仄声の「絶」字に対するには平声の「間」字である方が良いに違いないだろうし、仮に、ここの「間」字を仄声字として配置していると考えるならば、次句（一三二句）「家書絶不レ伝」の平仄が上から順番に「○○××◎」（○印は平声、×印は仄声、◎印は平声で押韻。）となっているのに対し、本句（一三一句）「世路間弥険」の平仄は上から順番に「×××○×」ということになってしまい、両句における平仄上の対応が密接ではないことになってしまうわけなのである（しかも、「孤平」を一つ犯すことになる。）。

それよりも、やはり、ここの「間」字は平声字として配置していると考えるべきであろう。確かに、そのように考える場合の方が、その平仄も、上から順番に「××〇〇×」ということになるはずだし、それによって、次句との「平仄式」上の対比も見事に対応することになり、大いに密接ということになるはずなのだから。なお、その、平声字としての「間」字の訓を考える場合には、これもやはり、対語「絶」との意味上の密接的な対応を考えてやる必要がここでもあるに違いなく、「絶」字が「絶エテ」（副詞）との訓を持つ以上、その「間」字も、「しばらく」（副詞）との訓を持つそれとして解釈してやる必要があるはずなのである。「しばらく」との訓を持つ「間」（閒）字の用例としては、「莫然トシテ閒有リテ、子桑戸ハ死セリ。」（莫然有レ閒、而子桑戸死。）（『荘子』内篇「大宗師」）との一文が見え、その『経典釈文』（巻二六）には「閒、如レ字。崔李云、頃也。」に作っている（ここの「頃」とは、「しばらく」の意）。

なお、本句（一三二句）中の「間」字に関しては、「鎌倉本」及び「前田家尊経閣所蔵甲本」にはそれを「聞」字に作っている。「聞」字に作る場合には、対語「絶」との意味上の密接的な対応は認め難くなるはずで、それ故、今は、「広兼本」及び[底][内]以下の諸本に従って「間」字に作ることにした。一方、同じく「険」字に関しては、「広兼本」及び[内][松][桑][文][日]の諸本には「嶮」字に作っているが、今は、[底]本及び[新]本に従って「険」字に作ることにした。ただ、「嶮」（『広韻』去声・一五卦韻）字の場合でも、「険」（同・上声・五〇琰韻）字の場合と同様に、それは仄声字ということになっているわけなのであり、意味上においても、それは「険」字の場合と同様に、「けはし」との訓を持っていることになる。本句中の五字目を「嶮」字に作っても、「平仄式」上からも意味上からも何ら問題はないことになっている。

ところで、本聯（一三一・一三二句）における内容上の構成ということになると、その前句が原因のことを、その後句が結果のことを詠述していて、いわゆる、それが因果関係によって構成されていることがおのずから分かるようになっている。故郷の妻からの便りも決してもはやわたしの手元に届くことはなくなって（妻の安否も分からないことになって）しまった（後句）、とのそうした結果を導き出すことになった原因が、まさしく、（わたしを取り巻く人事環境としての）社会的な状況の方がここしばらくますます険悪なものとなってしまっているので（前句）、とのそうした理由ということになっている。それでは、その原因となっている、ここしばらくますます険悪なものとなってしまっているという、（わたしを取り巻く人事環境としての）社会的な状況の方とは、具体的な、それはどのような事実のことを指示していることになるのであろうか。「世路間弥険」とは、具体的に、どのような当時の事実状況を踏まえて言っているのであろうか。

未詳ではあるが、例えば、同じく、『菅家後集』〈「詠㆓楽天北窓三友詩㆒」〉中に、「重関ノ警固スレバ知聞ハ断エ、単寝ノ辛酸ナレバ夢見モ稀ナリ。」（重関警固知聞断、単寝辛酸夢見稀。）との一聯が見えていて、これは、謫所の大宰府へ向かう途中における、菅原道真を取り巻く状況なり心情なりについての詠述ということになるが、『日本紀略』によれば、確かに、延喜元年正月二十五日に道真の左遷が決定した、その翌二十六日には「固関」のための使者が宮中から派遣されたことになっているし、同年二月一日に道真が謫所に出発した直後の、同月四日には事件のために諸社への奉幣が行われ、その翌五日には同じく山陵への奉幣も行われたことになっている。また、『政事要略』〈巻二二「年中行事八月上」北野天神会〉によれば、確かに、道真の護送に関して、「又山城・摂津等ノ国ハ食・馬ヲ給スル无カレ。路次ノ国モ又宜シク此ニ准フベシ。」（又山城摂津等国无㆑給㆓食馬㆒。路次国又宜㆑准㆑此。）との命令までもが下されていたことになっていて、道真自身もその悲惨な旅路については、まさしく、上述したように、「伝（宿場）ハ送ル蹄傷ノ馬、江（船着場）ハ迎フ尾損ノ船。」（伝送蹄傷馬、江迎尾損船。）〈「叙意一百韻」一九・二〇句〉との詠述をものしていたはずなのである。

そうした事件直後の、道真を取り巻く険しい社会状況は謫所に到着し、新たな環境に身を置くことになった後も緩められることなどはなく、引き続きそうした社会状況が彼を苦しめることになったわけなのだろう。例えば、「誰ト与ニカ口ヲ開キテ説カン、唯ダ独リ肱ヲ曲ゲテ眠ル。」（与㆑誰開㆑口説、唯独曲㆑肱眠。）〈八一・八二句〉との一聯にも詠述されていた通り、大宰府の地においては、道真は大いなる「窮乏感」と「孤独感」に苛まれることになるわけなのである。その理由であるが、それは、もっぱら、謫所にあっても引き続いて彼を取り巻いていたはずの、そうした険しい社会状況のためであったわけなのだ。それがもっぱらの理由である、と考えること、これは間違いないことだろうと思う。

その険しさは、緩められるどころの話ではなかったのではないか。例えば、道真の左遷事件の直後ということになるが、東国地方に群盗が蜂起するという新たな事件も勃発していて、延喜元年二月十五日には諸社への奉幣が行われ〈『日本紀略』同日条〉、同年四月となるや、同事件のための推問追捕使が東国に派遣されている〈『本朝世紀』第三「朱雀天皇」天慶二年六月七日条〉。また、この間には「革命勘文」が三善清行によって同年二月二十二日に上奏されていて、同年七月十五日には延喜改元のことが実施されることになるわけなのだ。宮中では、さらに、それ以前の六月十四日には物怪の出現により諸社に奉幣が行われたり〈『日本紀略』同日条〉、同月二十九日の雷雨により陣立が行われたりもしている〈同・同日条〉。七月二日にも「雷鳴大動」〈同・同日条〉との記述が見えているように、天変地異による恐れに、人心が大いに動揺していたことが分かる。当時の道真を取り巻く社会状況、それがますます険しさを増すことになったに違いないと考えることにしたのは、そうしたことのためなのである。本句（一三一句）において、初秋七月を迎えた道真が「世路間弥険」との詠述をなしている理由には、そうした当時の歴史的背景があったからに違いない。

勿論、そうした歴史的背景が延喜元年（九〇一）の秋七月現在にあって、それが、道真（五十七歳）をして「世路間弥険」との本句（一三一句）を詠述せしめる理由の一つになったであろうこと、これは間違いないだろうと思うが、ただ、それだけではなかったらしいことも確認出来ることになっている。と言うのは、例えば、仁和二年（八八六）に彼（四十二歳）が讃岐守在任中に詠述した七律「早秋夜詠」〈『菅家文草』巻三〉中においても、「初涼（初秋七月）ハ計会ス客愁モテ添ヘテ、覚エズ衣衿ノ夜毎ニ霑スヲ。」（初涼計会客愁添、不レ覚衣衿毎レ夜霑。）〈首聯〉と詠じ、「家書ノ久シク絶ユレバ詩ヲ吟ジテ咽ビ（むせび泣き）、世路ノ多ク疑ハシムレバ夢ニ託シテ占フ。」（家書久絶吟レ詩咽、世路多疑託レ夢占。）〈頸聯〉と述べているからなのである。

仁和二年の初秋七月と言えば、同年正月十六日に讃岐守に任命され、同年三月二十六日に道真が彼の地に着任することになってからは、いまだ三箇月ほどしか経過していない時期ということになっているわけなのであり、讃岐国滞在中において、それは、彼が最初に経験する秋七月の到来ということになっているわけなのだ。首聯における、その季節の到来が作者をしてより一層の旅愁を掻き立てさせることになって、夜毎に涙が彼の襟元を濡らすようにしたとの詠述については、これは内容的に十分に納得出来るだろう。何しろ、それが、ただでさえ物寂しさを感じさせる秋の季節の到来ということになっていて、しかも、異国の地に身を置いて間もない作者が、その地において初めて物寂しい秋を経験することになっているのだから。それに対して、頸聯中に見えている、「故郷（京都）の家からの便りが長らく届かなくなってしまったので（故郷を偲ぶ）詩をものしては咽び泣き、（この所、そうした家書が届かないことをも含めて）世間には不可思議に思わせる点が多くなっているので夢見を占わせ（そちらの方を信用する）ことにしている」との詠述については、こちらは、内容的に、異国の地に身を置いて初めて秋七月の到来を迎えたことと、故郷（京都）の家からの便りが長らく届かなくなってしまったこととの両者の関連性が今一つ分かり難いことになっている。

確かに、両者の関連性については分かり難いことになっているが、讃岐守在任中に詠述された七律「早秋夜詠」の、その頷聯の前・後句中に配置されている「家書久絶」と「世路多疑」との詩語が、「叙意一百韻」中の本聯（一二一・一二二句）の、その前・後句中の「世路間弥険」と「家書絶不レ伝」との両句に密接な関連性を有しているだろうこと、このことについては誰もが納得するに違いない。両者にそれぞれ配置されている詩語の、その共通点については言うまでもないだろうが、その上、前者が、故郷を離れた讃岐国において、初めて秋七月の到来を迎えた時期について言及して詠述されたもの、後者が、故郷を離れた大宰府において、初めて秋七月の到来を迎えた時期について言及して詠述されたものとなっていて、そうした共通点をも両者の間に認めざるを得ないことになっているわけなのだから。まさに、両者には密接な関連性が有ることになっているのである。

ところで、上記において、異郷の地（讃岐国と大宰府）に身を置いて初めて秋七月の到来を迎えることと、「世路」や「家書」について言及することとの関連性が今一つ分かり難いと述べたが、ここで、その、関連性の説明の手掛かりになるのではないかと思い、『礼記』〈「月令篇」〉中の記述を以下に引用することにしたい。すなわち、それは、「是ノ月（初秋七月）ヤ、有司（役人）ニ命ジテ、法制ヲ脩メ、囹圄（獄舎）ヲ繕メ、桎梏（刑具）ヲ具ヘ、姦（邪悪）ヲ禁止シ、慎ミテ邪ヲ罪シ、博執（罪人を召し捕ること）ニ務ム。理（獄吏）ニ命ジテ傷ヲ瞻、創ヲ察シテ折（骨折）ヲ視、断決（裁判）ヲ審カニシ、獄訟（訴訟）ハ必ズ端平（公正）ニシ、有罪ヲ戮シ、断刑ヲ厳ニス。天地ノ始メテ粛（厳しい秋の気が満ちること）スレバ、以テ嬴ル（怠慢に過ごすこと）可カラズ。」（是月也、命二有司一、脩二法制一、繕二囹圄一、具二桎梏一、禁二止姦一、慎罪レ邪、務二博執一。命レ理瞻レ傷、察レ創視レ折、審二断決一、獄訟必端平、戮二有罪一、厳二断刑一。天地始粛、不レ可二以嬴一。）との一文なのである。

「天地始粛、不レ可二以嬴一。」とあるように、初秋七月の到来、それは天地間に厳しい（草木を枯らす）秋の気が満ち満ちることを意味していて、それ故に、為政者はこの時期を怠慢に過ごしてはならないとされている（「鄭玄注」には、「嬴トハ、猶ホ解ノゴトキナリ。」〈嬴、猶レ解也。〉に作っている。「解」は「懈」に通じて、「おこたる」との意。今はこれに従う。）。為政者は役人に命令して、法律や規則の修正を行わせたり、獄舎や刑具を調えさせたりするだけではなく、世間の邪悪を厳しく取り締まらせたり、罪人の逮捕に努めさせたりしなければならないし、また、彼は獄吏に命令して、罪人の負傷や骨切箇所を診察したり手当させたりするだけではなく、訴訟沙汰を公明正大に裁断したり、罪人を厳罰に処すようにさせたりしなければならないことになっている。

以上、『礼記』〈「月令篇」〉の記述に従えば、初秋七月の到来というのは、歳時記的に言えば、国家の法令なり規則なり制度なりを改めて厳しく見直す機会を為政者に要求する、そうした季節の到来ということにもなるだろう。為政者はこの時期を怠慢に過ごしてはならないことになっていて、当然に、法令・規則・制度などを役人たちに改めて見直させるべく、天下に厳しい命令を発せざるを得ないことになっているわけなのだ。為政者は、例えば、「世路」に対しても、あるいは、「家書」に対しても厳しい見直しの目を向けさせるようにしたであろう。と言うことは、仁和二年の新秋七月となるやいなや、まさに、讃岐国に赴任中の道真（四十二歳）の身辺にもその余波は確実に及んで来て、その結果、彼の国守としての役務は多忙を極めるようになり、彼を取り巻く「世路」にも不可思議な出来ごとが目立つようになったであろう。さらには、待ち望む故郷からの便りも久しく彼の手元に届かないようになる、といった新事態もが俄に起きることになったに違いない。

　まして、罪人として大宰府左遷中の道真（五十七歳）が迎えることになったわけなのだ、延喜元年の新秋七月の場合には。当然に、その余波は、より確実に彼の身辺に及んで来たはずで、結果的に、彼を取り巻く「世路」なども一段と厳しさを増すことになったであろうし、故郷からの「家書」なども全く彼の手元に届くことは無くなったであろう。讃岐守の時の詠述が「家書ノ久シク絶ユレバ」（家書久絶）に作られ、「世路ノ多ク疑ハシムレバ」（世路多疑）に作られているのに対して、大宰府左遷時のそれが「世路ノ間ク弥険シケレバ」（世路間弥険）に作られ、「家書ハ絶エテ伝ハラズ」（家書絶不レ伝）に作られている理由は、まさに、それぞれの時代に彼が受けることになったに違いない、そうした余波の、その身辺に及ぼした影響力の強弱に、そもそも、差異があったためで、そのことが表現・内容上に反映していると考えるべきなのではないだろうか。

　「世路」に関して言えば、「多疑」（多ク疑ハシムレバ）から「間弥険」（間ク弥険シケレバ）に、「家書」に関して言えば、「久絶」（久シク絶ユレバ）から「絶不レ伝」（絶エテ伝ハラズ）に表現・内容上の変化が見えているわけなのである。前者の表現・内容よりも、後者のそれの方が、両者共に、程度の厳しさがより強調されていると言えるだろう。確かに、大宰府左遷時のそれの方には、程度の厳しさがより強調されていて、世間的な状況の方は、ここしばらく、ますます険悪なものとなってしまい、故郷の妻からの便りの方も決して、もはや、わたしの手元に届くことはなくなってしまった、との詠述がそこにはものされている。讃岐守の時に比べて、大宰府左遷時の場合の、新秋七月の到来に伴う余波が道真の身辺により強い影響力を及ぼしたこと、これは間違いないだろう。何故か。その余波が及んで来る以前、罪人としての彼は個人的にも社会的にも、すでに、十分なる険悪さを経験していたはずだからなのである。以前の、そうした険悪さの上に、新秋七月の到来が新たな険悪さを積み上げることにしたわけなのだ。「世路」がいよいよ険悪となり、「家書」が全く伝わらなくなってしまった、と当時の彼が言っているのは、まさしく、そのためであると考えていいだろう。

とにかく、『礼記』〈「月令篇」〉中の記述によると、歳時記的には、初秋七月の到来というのは、一面では、国家の法令なり規則なり制度なりを改めて厳しく見直す機会を為政者に提供することになっているわけなのである。と言うことは、とりわけ、異郷の地に新しく身を置くことになった者にとっては、初秋七月の到来というのは、例えば、程度の差はあるにしても、「世路」においても「家書」においても、人一倍その余波を被(こうむ)らざるを得ない、そうした季節の訪れということになるはずだろう。作者の道真が前々聯（一二七・一二八句）において初秋七月の到来を詠述し、前聯（一二九・一三〇句）においての、その初秋七月の星座の運行の変化に言及した直後、本聯（一三一・一三二句）の前句において「世路」の険悪なさまを詠じ、同じく、その後句において「家書」の全く届かなくなった状態を述べているのは、そうした初秋七月を迎えたことによって生じた、歳時記上に関連する、人事的な変化について言及したかったからなのだろう。恐らく、前々聯において初秋七月の到来を告げた後で、前聯・本聯四句において、その季節上の変化、すなわち、自然・人事両方面に見える変化を具体的に詠述することにしたに違いない。天上界（星座）と地上界（人間）との対比をも含めた形において。さらに、喜びと悲しみとの対比をも含めた形において。

（6）家書絶不レ伝　「家書(かしょ)ハ絶(た)エテ伝(つた)ハラズ」と訓読し、故郷の妻からの便(たよ)りも決してもはやわたしの手元に届くことはなくなって（妻の安否も分からないことになって）しまった、との意になる。

「家書」とは、ここでは、故郷の家族からの便り・手紙の意であるが、次聯（一三三・一三四句）「帯(おび)ノ寛(ゆる)ビテ紫(むらさき)ノ毀(くだ)レルニ泣(な)カン、鏡(かがみ)ノ照(て)ラシテ花(しろ)キ巓(かしら)ヲ歎(なげ)カン。」（帯寛泣二紫毀一、鏡照歎二花巓一。）との内容上の関連性から言って、もとより、本句（一三二句）の場合には、妻からの便り・手紙のことを具体的に指示していることになるだろう。その詩語「家書」

は、本聯（一三一・一三二句）の前句中の詩語「世路」の対語。「世路」と「家書」との対語の用例ということで言えば、既述したように、『菅家文草』〈巻三「早秋夜詠」〉中に見えている「家書ノ久シク絶ユレバ詩ヲ吟ジテ咽ビ、世路ノ多ク疑ハシムレバ夢ニ託シテ占フ。」（家書久絶吟レ詩咽、世路多疑託レ夢占。）との一聯があることになっている（「世路」の〔語釈〕を参照のこと）。その用例は、仁和二年（八八六）正月十六日に四十二歳で讃岐守を拝命することになり、同年三月二十六日に任地に赴任した作者の道真、彼がその年の初秋七月を新たに異郷の地で迎えて、季節的に旅愁を強く感じ取るに至った際に詠述したところの、そうした作品中に見えているものなのである。本聯（一三一・一三二句）中の用例の場合もまた、初秋七月を異郷の地（大宰府）で迎えることになった際の、その詠述中においてもものされているわけなのだ。両者の共通項には大いに注目しなければならないだろう。

初秋七月を異郷の地で迎えることと、「世路」や「家書」について詠述することとの関連性については、前項〔語釈〕（5）において言及した通りなのであり、今はそこに『礼記』〈「月令篇」〉中の記述の影響を認めることにしたい。初秋七月の歳時記に従った上で、地上界の季節的な変化を「世路」や「家書」を通して詠述していると見なすことにするわけであるが、作者が、ここで、敢えて、「家書」を取り上げているのは、初秋七月の到来によって作者個人の孤独感がそのために、より一層の刺激を受けることになったからに違いない。秋は旅愁を実感させることになっているからなのだ。本聯後句（一三二句）中の「家書」の用例の場合にも、初秋七月を異郷の地（大宰府）で迎えることになった作者が、季節的に新たな旅愁を強く感じ取るに至った結果、その詩語「家書」を使用することにしたわけなのだろう。かつて、彼が讃岐国で感じた国守在任中の旅愁よりも、左遷中であったということで、はるかに強い情感（孤独感）を大宰府において彼は抱くことになったはずなのだから。

『楚辞』〈宋玉「九弁」〉中に、「悲シイカナ、秋ノ気タルヤ。蕭瑟タリ（秋風が物寂しく吹くさま）、草木ハ揺落シテ変衰ス。憭慄タリ（心が悲しみ痛むさま）、遠行（遠い旅路）ニ在リテ、山ニ登リ水ニ臨ミ、将ニ帰ラントスルヲ送ルガ若シ。」（悲哉、秋之為レ気也。蕭瑟兮、草木揺落而変衰。憭慄兮、若下在二遠行一、登レ山臨レ水兮、送上将レ帰。）との詠述が見えているように、秋という季節は、とりわけ、旅人には悲しい気分を容赦なく感じさせ、その結果、故郷への思いを掻き立てずにはおかないことになっているわけなのである。例えば、旅人のそうした、秋の季節を迎えていよいよ強まる故郷への思いについては、『文選』〈巻二九「雑詩其一」魏文帝〉中にも、「漫々トシテ秋夜ハ長ク、烈々トシテ北風ハ涼シ。……草虫ノ鳴クコト何ゾ悲シキ、孤鴈ハ独リ南ニ翔ル。鬱々トシテ悲思多ク、緜々トシテ（長々と続き絶えないさま）故郷ヲ思フ。……」（漫々秋夜長、烈々北風涼。……草虫鳴何悲、孤鴈独南翔。鬱々多二悲思一、緜々思二故郷一。……）と詠述され、はっきりとそのことが指摘されている。その魏の文帝の詠述については、「これは旅にある時、故郷に還りたいと願っている詩である。……その故郷を懐かしむ感情が、この詩では、秋夜と関係している。」〈小尾郊一著『中国文学に現われた自然と自然観―中世文学を中心として―』五七頁〉との解釈がなされている通りなのであり、秋の到来は人々を悲しい気分にさせ、それが旅人である場合には、望郷の念に強く結び付き、故郷の人々、故郷の景物を思い起こさせずにはおかないことになるのだ。

本句（一三二句）のことに話を戻せば、前々聯（一二七―一二八句）において初秋七月の到来について言及した作者は、前聯（一二九―一三〇句）においては、その季節を迎えたことによって生じた歳時記上の変化、すなわち、天上界に見える自然的な変化（星座の変化）について詠述すると共に、それと対比するべく、本聯（一三一―一三二句）においてはその季節を迎えたことによって生じたもう一つの歳時記上の変化、地上界に見える人事的な変化（「世路」と「家書」の変化）について詠述することにしていて、まさに、その、本聯の前句において「世路」の変化について言及した後、後句に当たる本句においては、今度は、「家書」が、もはや、決して手元に届かなくなってしまったとの、そうした変化を取り上げることにするわけなのだ。それが、もはや、決して手元に届かない状況に立ち至っている、と大いに慨嘆しているわけであるが、上述した通り、初秋七月の到来というのは歳時記的には、国家の法令なり規則なり制度なりを改めて厳しく見直す機会を為政者に要求する、そうした季節の到来ということにもなっていて〈『礼記』「月令篇」〉、大宰府に身を置く道真の手元に「家書」が決して届かなくなったという現象も、そうした歳時記上の問題として考えてみる必要があるはずなのだ。ただ、ここでは、作者は、敢えて、「家書」を取り上げてそれについて言及しているわけなのである。何故に、ここでは「家書」なのか。それは、作者の道真自身が初秋七月の到来と共に、より強く望郷の念を抱かずにはおれなくなってしまったからなのだろう。大宰府に身を置く道真は、まぎれもなく、故郷を遠く離れた「旅人」ということになるはずなのであり、それも、故郷には帰るに帰れないわけなのだ、彼の場合には。いわゆる、一般的な「旅人」（帰ろうと思えば故郷に帰れる存在）が抱く以上に、つまり、人一倍強い望郷の念を抱かせるように、初秋七月の到来は、彼に仕向けたに違いないだろう。

延喜元年初秋七月当時の道真の、その人一倍強い望郷の念を癒し、いささかでもそれを和らげてくれるもの、それこそが、彼の手元に届く「家書」だったはずなのである。故郷への思いを繋ぐ、彼にとっては、それが唯一の手段であり方法であったわけなのだから。歳時記上からは、しかし、その唯一の手段なり方法なりであった「家書」が、もはや、決して彼の手元に届かないという、そうした社会的状況が続くことになっているわけで、初秋七月当時の彼をこの上なく慨嘆させずにはおかなかったというのは、これは当然と言えよう。ところで、謫居中の道真と「家書」との関係で言えば、『菅家後集』中に、「九月廿二日、四十韻。」との題下注を持つ「哭㆓奥州藤使君㆒」との五言古調詩が見えていて、そこに「家書ノ君ノ喪セタルヲ告グレバ、約略（簡略な誄詩）モテ行李ニ寄セタリ。」（家書告㆓君喪㆒、約略寄㆓行李㆒。）との一聯が詠述されているし、また、「読㆓家書㆒」との七律も見えていて、そこにも「消息ハ寂寥タリ三月余、便風ノ吹キテ著ク一封ノ書。」（消息寂寥三月余、便風吹著一封書。）との一聯が詠述されているのである。謫居中の道真にも、間違いなく、「家書」はわずかながらではあるが届いていたらしい。

前者の一聯中に見えている「家書」については、恐らく、その五言古調詩「哭㆓奥州藤使君㆒」をものしたことになっている、延喜元年九月二十二日の直前に道真の手元に届いたことになるだろう。陸奥守であった藤原滋実が赴任地で亡くなったのは、どうも、延喜元年の五月中のことであったらしい。というのは、そのことに関連して、同五言古調詩中に「葬(はうむ)リテヨリ来(このかた)十五旬（一百五十日）ニシテ、程(てい)ノ去ルコト三千里ナリ。」（葬来十五旬、程去三千里。）との詠述が見えているからなのである。延喜元年には閏六月があることになっているから、それを計算に入れると、滋実の死は五月下旬のことになるはずで、道真がその彼の死を「家書」によって知ったのは、死後五箇月を経過してからということになるだろう。恐らく、道真は知り得てから、驚き慌ててすぐに誄詩を認(したた)めるべく、筆を執ることになったに違いないであろうから、彼の執筆の大幅な遅れは、やはり、「家書」の到着が九月下旬のそれまで無かったためと考えていいのではないだろうか。

後者の一聯中に見えている「家書」については、上述の通り、それは妻からの消息が途絶えてから三箇月ほどして、ようやく手にすることになった便りだったらしい。恐らく、前者の一聯中に見えていた、九月下旬に道真が手にした「家書」の後に、彼が再び手にすることになった、それは別の「家書」ということになるだろう。今、『菅家後集』（岩波日本古典文学大系本）の作品配置番号に従うと、前者の一聯が見えている五言古調詩「哭二奥州藤使君一」のそれは四八六番、そして、後者の一聯が見えている七律「読二家書一」のそれは四八八番となっているのである。両作品の間に「東山小雪」（四八七番）と題する五律が配置されているわけであるが、その首聯（一・二句）には、「雪ハ白シ初冬（十月）ノ晩、山ハ青シ反照(はんせう)ノ前。」（雪白初冬晩、山青反照前。）との詠述が見えている。延喜元年の「初冬」にものされた、それは作品ということになっていて、まさしく、「読二家書一」（四八八番）とのそれはその直後に配置されているわけなのである。すなわち、「読二家書一」と題する七律は、「初冬」以後にものされ、しかも、前者の、五言古調詩の一聯中に見えていた「家書」、それを道真が九月下旬に手にしてから、さらに三箇月ほど後にものされたことになっているのである。ということは、九月下旬からすると、数えで三箇月ほど後の、恐らく、十一月中にそれはものされた作品ということになるだろう。

『菅家後集』中の作品配置番号に従うならば、謫居中の道真は九月下旬に一回目の「家書」を手にした後、十一月中に二回目のそれを手にしたことになるはずなのだ。とりわけ、二回目の「家書」は、夫人（島田宣来子(のぶきこ)）からのもので、夫の留守宅のことを記述すると共に、薬種としての生薑や精進用としての昆布をも同封した、それはまことに心の籠ったものであったらしい。ところで、それを手にした道真は、「妻子ノ飢寒ノ苦シミヲ言ハザレバ、是レガ為ニ還リテ愁ヘテ余ヲ懊悩セリ。」（不レ言二妻子飢寒苦一、為レ是還愁懊二悩余一。）との一聯を詠述している（ちなみに、「飢寒」に作っていることに注目。十一月中に手にしたと想定した二回目の「家書」に対する道真の感想として、それはいかにも相応しいことになるのではないだろうか。）。彼は二回目の「家書」を手にして、かえって、都に残して来た妻子のことが心配で堪らないことになったと言っているのだ。都の留守宅のことで心配を新たに掛けまいとして、敢えて、それに関することについては書き加えないように、注意深く気配りした夫人からの「家書」の記述に対して、その夫人の気遣いを感じ取り、その夫人の配慮を見通して、かえって、そこに妻子に対する不安と心配とを覚えてしまう夫の道真なのであった。そうした詠述からは、まさしく、「家書」を巡っての道真（受け取り人）と夫人（差し出し人）との、両者両様のそれこそ相手を思いやろうとする、そうした気遣いがはっきりと読み取れることになっている。

　さて、本聯（一三一・一三二句）の後句に当たる本句「家書絶不レ伝」の内容のことに、改めて話を戻すことにしよう。上述したように、本句は『礼記』〈月令篇〉中の一文などに基づいた、歳時記的な内容となっていると見なしたわけであるが、勿論、実際上からも、初秋七月当時には、そうした夫人からの「家書」は、夫である道真の手元にまったく届かなくなってしまっていたに違いない。『菅家後集』中に見えている、以上のような「家書」についての詠述に従えば、謫居先に届いた「家書」は、一回目が九月下旬、二回目が十一月中ということになっていたはずで、確かに、初秋七月当時、道真は夫人からの「家書」をいまだ手に出来ない状態に置かれていたらしい。季節が初秋七月ということで、とりわけ、故郷への思いを強く感じないではいられなかった「旅人」としての彼なのである、都の留守宅のこと、夫人の身の上のことに不安と心配とを抱くことになったのは理の当然だろう。「家書」が手元に届かないことが、彼の不安と心配とを弥増しに増幅させたに違いない。

(7) **帯寛泣二紫毀一**「帯(おび)ノ寛(ゆる)ビテ紫(むらさき)ノ毀(くだ)レルニ泣(な)カン」と訓読し、(初秋七月となりそのように我が妻からの家書は一切届かなくなってしまったが、恐らく、妻よ、お前は夫であるわたしの身の上を心配する余りに、すっかり痩(や)せ衰えてしまって、そのために)締(し)める帯が緩々(ゆるゆる)となってしまい(さらには、以前に着用していた高貴な)紫色の衣服ではない(夫の左遷によって今では粗末な等級の)色物のそれを着用せざるを得なくなってしまったのを泣き悲しんでいることだろうし、との意になる。

本聯(一三三・一三四句)の前句に当たる本句と、その後句に当たる次句「鏡(かがみ)ノ照(て)ラシテ花(しろ)キ巓(かしら)ヲ歎(なげ)カン」(鏡照歎二花巓一)とはこれも対句形式を構成していて、詩語の「帯」と「鏡」、「寛」と「照」、「泣」と「歎」、「紫」と「花」、「毀」と「巓」とがそれぞれ密接な対応関係をここでは有することになっている。そして、意味内容的には、本聯の前・後句を通して、故郷に残して来た妻(島田宣来子(のぶきこ))の身の上を作者である夫(道真)が遠く思い遣るとの、そうした詠述となっている。前聯(一三一・一三二句)との意味内容上の関連が大変に密接ということになっていて、とりわけ、その後句「家書絶不レ伝」との意味内容をここでは直接的に継承していると考えるべきだろう。初秋七月を異郷の地で迎えることになった作者なのである、故郷の留守宅のこと、そこに残して来た妻子のことを改めて思い起こすことになるわけなのだ、当然なことに。勿論、彼には帰郷という方法を勝手に選ぶなどということ、これは、出来ない無理な相談なのであって、彼に唯一残された、望郷の念を少しく解消してくれるはずの方法、それが「家書」を受け取ることであったわけなのである。

ところが、前聯の後句(一三二句)において、初秋七月当時の作者には「家書」を手にすることは、もはや、決して出来ないことになっている、との詠述がなされていた。つまり、当時の彼には望郷の念を少しく解消してくれるはずの、唯一残されたその方法までもが、もはや、手にすることはまったく不可能という状態になっていたわけなのだ、彼を取り巻く歳時記上の厳しい社会状況の結果として。前聯の後句のそうした意味内容を継承した本句(一三三句)と、次句(一三四句)とにおいては、「家書」が手元に届かないのはあくまでも歳時記上の厳しい社会状況の結果なのであって(一三一句)、恐らく、わが妻は、何度となく、これまで「家書」を大宰府に届けようと差し出しているに違いないはずだと作者は考え、その考えの延長線上において、改めて妻の身の上に思いを馳せることにするわけなのである。

「帯寛」とは、旅先の夫の身の上を心配する余り、妻が痩せ細ってしまい、その身に着用する衣服の帯が緩んでしまう、との意。その用例は、「痩セ尽クシテ衣帯寛マン、啼多クシテ枕檀漬ラン。」（痩尽寛二衣帯一、啼多漬二枕檀一。）『本事詩』情感第一「寄レ内詩」河北士人〉との一聯などに見えている。上記の用例は、中唐期の作者である河北士人が河北地方に出征した際に妻に寄せるべくしてものした五律中の、その頸聯（五・六句）ということになっている。前半部の首・頷両聯四句においては、夫である作者自身の北方地方を転戦する兵士としてのひとかたならぬ苦労を、「筆ヲ握リ詩ヲ題スルコトハ易キモ、戈ヲ荷ヒテ戍リニ征クコトハ難シ。慣レテ従フ鴛被（鴛鴦の縫いとりをした夫婦の布団）ノ暖サ、怯エテ向カフ鴈門ノ寒サ。」（握レ筆題レ詩易、荷レ戈征レ戍難。慣従鴛被暖、怯向鴈門寒。）と詠述しているわけなのであるが、そうした前半部を継承したところの上記の頸聯においては、一転して、別離を悲しみ、遠征している夫の身の上を案じているに違いない、その、故郷に残して来た妻の身の上、それを夫が想定しながら詠述していることになっている。

まさしく、遠地に出征中の夫が故郷の妻の身の上を案じるとの、そうした詠述がなされているわけなのだ、上記の頸聯においては。そこでは、「（妻よ、お前は、必ずや、別離を悲しみ、夫であるわたしの身の上を心配するあまりに）すっかり痩せ細ってしまい、（そのせいで）着物の帯も緩々になってしまっていることだろうし、（そして、毎夜）多くの涙を流して、（そのせいで、お前の）香木をしのばせた枕もすっかり濡れそぼってしまっていることだろう。」との意味内容が詠述されていることになる。その詩題「内ニ寄スル詩」（寄レ内詩）に即して、それは、留守を預かる妻の身の上を案じる夫側の思いを述べた内容となっていて、その思いを表現した言葉の一つとして、詩語「寛二衣帯一」がここでは使用配置されていることになっている。それ故、痩せ細ることになっているのも妻の側、また、そのせいで、緩々になってしまう着物の帯も、当然のことに、妻の側のそれでなければならないだろう。

例えば、以上の用例に従うならば、本句（一三三句）中の詩語「帯寛」の場合にも、それは、大宰府に身を置く道真が故郷で留守を預る妻の身の上を遠く思い遣って贈った、そうした言葉と見なさなければならないことになるだろう。前述のように本句を通釈することにしたのは、まったく、以上の用例に従ったからなのである。確かに、前聯（一三一・一三二句）の後句においても、妻からの「家書」が全く、夫である自分の元に届かないと詠述していたはずなのである。と言うことは、そうした内容を直接的に継承しているに違いない本聯（一三三・一三四句）の場合は、意味内容的には、妻と夫との夫婦間における当時の、相手への思い遣りの心情を踏まえた上で詠述されていることになるはずなのだ。手元に届かない「家書」の内容をあれこれと想定すると共に、その「家書」を認めた妻の身の上に、夫の思いは必ずや及ぶことになるであろう。そうなることが当然であると思えるからなのである。前聯の後句（一三二句）中の詩語「家書」との関連性を考えれば、そのように考えなければならないだろう。

ちなみに、本段落中の〔語釈〕（5）において既述したように、道真（四十二歳）は仁和二年（八八六）の初秋七月にものした七律「早秋夜詠」（『菅家文草』巻三）中においても、「家書ノ久シク絶ユレバ詩ヲ吟ジテ咽ビ（むせび泣き）、世路ノ多ク疑ハシムレバ夢ニ託シテ占フ。」（家書久絶吟レ詩咽、世路多疑託レ夢占。）〈頸聯〉との一聯を詠述していたはずなのである。仁和二年の初秋七月と言えば、彼が讃岐守として任地に赴任して最初に迎えることになった「早秋」の季節なのである。上述したように、『礼記』〈月令篇〉中の記述によれば、歳時記的には、その季節の到来は、一面では、国家の法令・規則・制度を改めて厳しく見直す機会を為政者に提供することになっているわけなのであり、ここでの「家書久絶」といい「世路多疑」というのも、もっぱら、そうした歳時記的な人事上の変化の影響であり、それに起因していると見なす必要があるだろう。勿論、大宰府における場合と同様に、讃岐守在任当時にあっても、「家書」が届かず「世路」が混乱している事実がまず先に起こって、それが作者をして大いに悲しませることになり、そこで、その原因、それを歳時記上の、そうした人事的な変化に彼は求めることにしたわけなのだ。

ところで、仁和二年初秋七月当時、「家書」が長らく手元に届かなくなったことに対しては、道真は「詩ヲ吟ジテ咽ビ」（吟レ詩咽）と詠じていたはずで、「世路」に不可思議に思わせる点が多くなったことに対しては、彼は「夢ニ託シテ占フ」（託レ夢占）と述べていたはずなのである。つまり、前句中の「家書」の場合には、初秋という季節を迎えて、異郷の地に身を置く道真は望郷の念をこれまで以上に募らせていたわけであるが、そんな時期にその「家書」が長らく彼の手元に届かなくなっていたというのだ。届かないということで、当然のことに、より一層、彼は故郷なり家族なりを恋しく思い、浮かび上がらせたに違いない。そのように考えれば、当時の彼が口ずさむことになったとされる「詩」、それは望郷の思いをもっぱら詠述した内容のものであったと見なさないわけにはいかないであろう。さらに、手元に届かなくなってしまった「家書」に関連したところの、そうした望郷の思いを詠述した「詩」ということであれば、必然的に、それは家族の安否、とりわけ、差出人である妻の身の上を中心に詠述したものであったと見なさないわけにはいかないであろう。その「詩」を口ずさんだ後に、道真本人が咽び泣いたというのは、当然、彼自身の身の上と妻のそれとに改めて深く思いを致し、悲しみが極まったからなのだろう。

もう一方の、後句中の「世路」の場合には、それについて不可思議に思わせる点が多くなって、異郷の地に身を置く道真をしてますます途惑わせることにしたわけなのだろう。初秋という季節を迎え望郷の思いを募らせている彼にとっては、そのことが自身の孤独感をより深めさせ、それがまた、「家書」の場合と同様に、望郷の思いをますます募らせるように仕向けたことだろう。その望郷の思いは、ここでも、やはり、故郷に残して来た家族の安否のことに、そして、何よりも、故郷の妻の身の上のことに及んだと見ていいのではないだろうか。ところで、道真はそうした「世路」との関連において夜に夢を見たことになっている。そして、その夢に現われたことを事実か否かを確認するために改めて占ってもらったと言っているのである。夢に現われたものが何であったのか、それは、言うまでもないだろう。故郷・家族、なかんずく、妻の身の上であったに違いない。

さて、大宰府に身を置くことになった道真は、延喜元年初秋七月の到来を迎えて、仁和二年新秋七月以来、再び「世路」と「家書」について言及し、前者については「間ク弥険シケレバ」（間弥険）と詠じ（一三一句）、後者については「絶エテ伝ハラズ」（絶不レ伝）と述べていたはずなのだ。讃岐守在任中（仁和二年初秋七月）の場合には、「家書」については「久シク絶ユレバ」（久絶）、「世路」については「多ク疑ハシムレバ」（多疑）に作られていたはずで、そうした表現と比較すれば、確かに、大宰府での詠述の仕方は、「家書」についても「世路」についても、厳しさの点においてより程度が増していると見ていいのではないだろうか。大宰府左遷中の詠述の仕方が厳しさを増しているという点については、作者の置かれた立場から言ってこれは当然ということになるはずなのだ。

そのように、詠述の仕方に厳しさが認められるということは、逆に、大宰府左遷中における故郷・家族、なかんずく、妻の身の上に対しての作者の思い、それがいや増しに強められていた事実を物語っていて、その点を証明してくれていることになるに違いない。本聯（一三三・一三四句）の内容に関する限りは、上述したように、前聯（一三一・一三二句）のそれとの密接な関連性を重視しなければならないはずで、とりわけ、その後句「家書絶不レ伝」との内容上の関連性には大いに注目する必要があるはずなのだ。道真の手元に全く届かなくなった「家書」との関連性を考えるならば、本聯の前句「帯寛泣二紫毀一」といい後句「鏡照歎二花巓一」といい、両句中において泣き歎いているその動作の主体が、「家書」の差出人としての妻（島田宣来子）であると認めないわけにはいかないのではないだろうか。例えば、彼の讃岐守当時にも初秋七月を迎えて「家書」が手元に届かなくなったことがあって、その時には「詩ヲ吟ジテ咽ビ」（吟レ詩咽）と詠述していたはずなのだ。「家書」が届かないことでますます望郷の思いを強くし、故郷の家族、なかんずく、「家書」の差出人である妻の身の上を思って詩を詠じ、咽び泣くことになっていたはずなのである。

届かない「家書」との関連性を考えれば、そこでの「詩」というのは、もとより、望郷の思いを詠じた内容のものと考えなければならないだろう。さらに、内容が望郷の思いを詠述した「詩」ということにすれば、それは、必然的に、故郷の家族、なかんずく、「家書」の差出人である妻の身の上に言及したものとしなければならないだろう。讃岐守当時の道真が「詩」を詠じて咽び泣くことになったのは、それが、そうした内容の、そうした詠述のものだったからに違いない。さて、大宰府左遷当時の道真の場合はどうであったのだろう。同様に、彼の手元には「家書」は届かないことになっていたはずなのだ。むしろ、讃岐守当時よりも、その状況はより厳しく、「絶エテ伝ハラズ」（絶不レ伝）との、そうした状況に立ち至っていたわけなのである。そうであるのに、こちらの場合には、いわゆる、「詩」を詠じて咽び泣くようなことにはならなかったのであろうか。そんなはずはないだろう。望郷の思い、故郷の家族、なかんずく、「家書」の差出人である妻の身の上をより強く思い起こして「詩」を詠じ、より強く咽び泣くことになったに違いないはずなのだ。

前聯（一三一・一三二句）の後句の詠述「家書絶不レ伝」との密接な関連性を認めるならば、本聯（一三三・一三四句）の前・後句中の詠述「帯寛泣二紫毀一、鏡照歎二花巓一。」こそは、大宰府左遷当時における、道真の望郷の思い、故郷の家族、なかんずく、「家書」の差出人である妻の身の上をより強く思い起こしてものしたところの、その「詩」の部分に相当していて、彼はこの一聯を詠述しながらより強く咽び泣くことになったと考えないわけにはいかないだろう。讃岐守当時の彼は、「家書久絶」との状況を前にして、その結果として、「吟レ詩咽」との詠述をものさないではいられなかったはずなのであり、大宰府左遷当時の彼が「家書絶不レ伝」との状況を前にして、その結果として、本聯の前・後句をものして、讃岐守当時に詠述した「吟レ詩咽」とのそれに代替させているのだと、ここでは見なすべきなのではないだろうか。すなわち、本聯（一三三・一三四句）は、大宰府左遷当時の道真が「家書絶不レ伝」（一三二句）の状況を前にして、その結果として詠述したところの、咽び泣きながら吟じ続けることになった「詩」なのである、と。

今は、そのように解釈することにしたい。そのように解釈するならば、本聯の前・後句中において詠述されている人物は、その「家書」の差出人である、故郷に残して来た妻ということになるはずであり、道真本人というわけにはいかないだろう。妻の身の上のことを作者が想像して詠述していると見なさないわけにはいかないはずだからなのである。以上、ここでは本聯の前・後句中において詠述されている人物を妻であると見なすことにするが、ところで、既述した『本事詩』の用例「寛二衣帯一」及び本句（一三三句）中の詩語「帯寛」の出典とも考えていい、そうした五言一聯の用例「相去ルコト日ニ已ニ遠ク、衣帯ハ日ニ已ニ緩マン。」（相去日已遠、衣帯日已緩。）《『文選』巻二九「雑詩上」古詩十九首・其一》が、別に見えていることになっている。その用例の場合には、一般的には、遠行中の夫の身の上を留守中の妻が思い案じる、とのそうした内容の作品ということになっていて、以下のように詠述されている。すなわち、「行キ行キテ重ネテ行キ行キ、君ト生キナガラ別離ス。相去ルコト万余里、各天ノ一涯ニ在リ。」（行行重行行、与レ君生別離。相去万余里、各在二天一涯一。）との冒頭の両聯からそれは始まっていて、その一篇は都合五言十六句で構成されている。上記の「相去日已遠、衣帯日已緩。」との一聯は、その中の第九・十句目に相当していて、内容的には、まさしく、夫の遠行が続いてすでに日数も遠く過ぎ、そのために妻であるわたしの悲しみと不安は日増しに募り、身も痩せ細り、今では衣の帯も日毎に緩くなるばかりです、とのそうした留守中の妻の身の上のことが彼女自身の言葉によって詠述されているのである。ここでの「帯緩」も妻の身の上を詠述したところの詩語となっている。

なお、「古詩十九首」其一の、その一篇については、内容的には、上述の通り、遠行中の夫の身の上を留守中の妻が思い案じる作品ということに一般的にはなっているが、その他に、一篇の五言十六句を前・後八句ずつの二段落に分け、その前段落を夫の言葉、その後段落を妻の言葉と解釈する一説もあることになっている〈新釈漢文大系『文選』（詩篇下）五五四頁〉。ただ、その、前・後八句ずつの二段落に全体を分けるというそうした説に従ったとしても、上記の、出典と見なした一聯は後段落の冒頭部分、すなわち、第九・十句目に相当しているわけなのであり、二段落に分けた場合であっても、あくまでもそれは妻の言葉と考えていいことになるはずなのだ。遠行中の夫に向かって、留守宅の妻が自身の寂しい身の上について詠述したところの、そうした語句ということになるわけなのだ。

ところが、上記の『本事詩』中の用例「寛二衣帯一」といい、本句（一三三句）中の用例「帯寛」といい、これらは共に、故郷を遠く離れた夫の側が故郷の留守宅の妻に向かって、その寂しい彼女の身の上について想定し、そして発問するという、『文選』中のそれとは逆の形式が採用されているわけなのだ。そこでは形式的に、妻から夫への発問というそれが、夫から妻への発問というそれに変化していることになっているわけなのであり、その点からしても、本句中の用例「帯寛」が、出典と考えられる『文選』中の、その「衣帯日已緩」との一句からの間接的な影響を受けたと考えるよりも、むしろ、『本事詩』中の用例「寛㆓衣帯㆒」を通しての直接的な影響の有無を、ここでは考えてやる必要があるのではないだろうか。勿論、その場合には、出典中の「緩」字が、『本事詩』の用例と共に「寛」字に代替されている点も考慮に入れるべきだろう。

上記の『本事詩』中の用例「寛㆓衣帯㆒」が、夫から妻への発問形式を採用していることは上述した通りなのであるが、本句（一三三句）中の用例「帯寛」の場合にも、前述した通り、確かに、夫の道真の側が妻の身の上を思って、彼女に発問するという、そうした形式が採用されているはずなのだ。つまり、夫の道真が妻の身の上のことを心配して詠述しているわけなのであり、明らかに、出典と考えられる『文選』中の「衣帯日已緩」の場合とは、夫と妻の立場が逆転しているということになるわけなのであるが、本句中の用例「帯寛」の場合における、夫と妻との立場について改めて確認するならば、恐らく、それは、以下の通りということになるだろう。すなわち、道真の場合には妻からの「家書」が手元に届かない状況に立ち至っていたはずなのである。意味上、前聯の後句（一三二句）とのそうした内容上の脈絡を考えることにすれば、その届かない妻からの「家書」に対しての、本聯「帯ノ寛ビテ紫ノ毀レルニ泣カン、鏡ノ照ラシテ花キ巓ヲ歎カン。」（帯寛泣㆓紫毀㆒、鏡照歎㆓花巓㆒。）〈一三三・一三四句〉と、次聯「旅ノ思ハ雲ヲ排ク雁ノゴトク、寒シキ吟ハ樸ヲ抱ク蟬ノゴトシ。」（旅思排㆑雲雁、寒吟抱㆑樸蟬。）〈一三五・一三六句〉との都合四句、それが夫からの「返書」という形式をとってここでは詠述されているのだ、と想定することは十分に可能ということになるであろう。

本聯の前・後両句の方は、妻からの「家書」中に書かれていたと想定されるところの、妻本人が自分の身の上について記述していたに違いない、その記述の内容に対する夫側の発問的な詠述ということにそれはなるだろうし、次聯の前・後両句の方は、同じく、妻からの「家書」中に書かれていたと想定されるところの、妻本人が夫の身の上について発問し記述していたに違いない、その発問の記述に対する夫側の回答的な詠述ということになるだろう。手元に届くことのなかった妻からの「家書」の内容を夫の道真が自分なりに想定し、それに対する「返書」を認（したた）めるように詠述したのが本・次両聯四句の内容と考えれば、そういうことになるに違いない。妻からの「家書」が手元に届いていたならば、それには、必ずや、妻自身の身の上についての記述と夫の身の上についての発問との両方が記述されているはずだ、と夫の道真はそのように想定し、前者に対する発問を本聯の前・後句中に詠述することにし、後者に対する回答を次聯の前・後句中に詠述することにしたのだと考えるようにすれば、確かに、例えば、本聯の前句に当たる本句中に使用されている詩語「帯寛」のその用例に対しても、夫の立場でそのことについて詠述しているのは何故なのかという、そうした疑問に関しての質問は、一切ここでは抱く必要がないということになるはずだろう。

「帯寛」の出典とされる『文選』〈巻二九「雑詩上」古詩十九首・其一〉には、「衣帯日已緩」の一句に作られていたはずで、本句（一三三句）においては「緩」字がわざわざ「寛」字に作り改められている。これは、作者の道真にとっては近体五言長律詩としての「平仄式」にそれを適合させる必要があり、敢えて、そのように作り改めることにしたからに違いない。と言うのは、「緩」字を本句の上から二字目に配置した場合には、その韻目が仄声字（『広韻』上声・二四緩韻）ということになっているわけなのであり、その結果、本句の「平仄式」は、「粘法」「二四不同」の大原則に明白に違犯することになってしまうからなのである。例えば、本句の上から二字目に仄声の「緩」字を配置した場合には、本句の平仄は上から順に「××××」（×印は仄声）ということになってしまい、本作品「叙意一百韻」は近体詩としての資格を、そのことによって全く失うことになってしまうのである。「緩」字を配置したその場合、「二四不同」の大原則については言うまでもないが、「粘法」のそれをも犯すことになるのは上述の通りなのである。前聯後句（一三二句）の上から二字目「書」が平声字

（同・上平声・九魚韻）である以上、本聯前句（一三三句）の上から二字目にも、必ずや、平声字を配置しなければならないことになっているはずだからなのである。

作者の道真にとっては、「粘法」「二四不同」の大原則をここでも厳守する必要が是非ともあるわけなのであり、「緩」字の同義語であり、しかも、平声字（『広韻』上平声・二六桓韻）でもある「寛」字を、ここにおいて、その代替字として採用することにしたに違いない。『広韻』においても、「寛、愛也。裕也。緩也。」に作っていて、「緩」字の代替字として「寛」字を採用して配置すれば、本句の平仄は上から順に「×○×××」ということになり、確かに、「粘法」「二四不同」の大原則は厳守されることになるはずなのである。勿論、その場合にも、本句が「孤平」一箇と「下三仄」とを犯していることにはなるが、本作品の近体五言長律詩としての資格、それは維持されることになるはずなのだ。ところで、本句が「孤平」と「下三仄」とを犯していることになるが、「孤平」はともかく、「下三仄」（下三字に仄声を連用すること）の配置は、「下三平」（下三字に平声を連用すること）のそれに比べてそれほど避けねばならないこととは考えられていなかったらしいとの指摘が見えている〈小川環樹著『唐詩概説』一〇九頁〉。注目していいだろう。

ちなみに、上記の『本事詩』中の用例「寛二衣帯一」の場合にも、五言律詩としての「平仄式」を厳守する必要上から、「緩」字を「寛」字に代替したことになっているはずで、その点においても、本句（一三三句）中の用例「帯寛」と『本事詩』中のそれとは共通項を有していると言えるだろう。上述したように、『本事詩』中のその用例は、五律の頸聯「瘦尽寛二衣帯一、啼多漬二枕檀一。」中に見えているわけなのである。その頸聯における平仄を図式化すれば、「××○○×、○○××◎」（○印は平声字、×印は仄声字、◎は平声字で韻字であることを指示。）ということになり、「平仄式」上からも全く問題のない一聯ということになっているはずなのだ。しかも、その前句と後句との平仄が対比的になるように配置されている。もし、その前句中の、上から三字目の「寛」字が「緩」字に作られる場合には、「緩」字が仄声字ということであるから、前句の平仄は「×××○×」ということになってしまうはずなのだ。いわゆる「孤平」をその場合には犯すことになるし、前・後句の対比的な平仄の配置も有り得ないことになってしまうわけなのだ。「緩」字を、敢えて、「寛」字に代替することにしたのは、間違いなくそうしたことを避けるためであったはずで、本句（一三三句）中の用例「帯寛」の場合と、それは軌を一にしていることになるだろう。本句中のそれが、『本事詩』中の用例を踏襲していると考えるのは、一つにはそのためなのである。恐らく、文学史的な影響関係を考えれば、先ず何よりも、「古詩十九首」の用例が先にあって、それが『本事詩』の用例に間接的な影響を与え、さらに、『本事詩』のそれがこの「叙意一百韻」中の用例に直接的な影響を与えたと見なければならないだろう。『本事詩』の用例の直接的な影響を考える以上は、勿論、この「叙意一百韻」における本句（一三三句）中の「帯寛」の用例の場合にも、意味内容的には、故郷にいる妻の身体が、遠地にいる夫の身の上を心配する余りに、それこそ、「痩尽」したこと、それがその理由ということになっていいはずなのだ。

「泣二紫毀一」についても、意味内容的には「帯寛」の場合と同様なことが言えるだろう。つまり、これも、夫（道真）が妻（島田宣来子）の現在の身の上のことについて想定した上で詠述していることになるはずなのである。手元に届くことはなかったが、妻からの「家書」にそのことは記述されていたはずだ、と夫の方が想定した上で、妻に対して改めて発問するという形式がここにも採用されていて、これも、夫の方が妻の身の上のことを想定し詠述したものとなっている、と。「紫」とは、妻の身に着ける衣服の色のことであり、ここでは妻の「紫衣」のことを指示していると見ていいだろう。本句中の詩語「帯寛」の出典とされる「古詩十九首」〈其一〉の、「衣帯日已緩」との一句中にも、また、同じく『本事詩』の、「寛二衣帯一」との詩語中にも、それらには共に「衣ノ帯」とのそれに作られていたはずなのであり、そのことからしても、ここの「紫」とは、やはり、「衣」の方の色彩のことを指示していると考えていいだろうと思う（「帯」の色彩のことを指示しているとも解釈出来るが、今はそれには従わないことにする。）。植物のムラサキ草（紫根）で染め上げられた紫色は赤と青の間色とされ（『色の手帖』）、平安時代を通じてそれが高貴な色として時代の好みにも合致していたらしいことは、例えば、清少納言の「すべて紫なるは、何も何もめでたくこそあれ。花も、糸も、紙も。紫の花の中には、かきつばたぞすこし憎き。色はめでたし。六位の宿直姿のをかしきにも、紫のゆゑなんめり。」〈『枕草子』「めでたきもの」〉との指摘にも見えている通りなのである。もっとも、同じ紫色の衣服とは言っても、「深紫」のそれは禁色の一つに数え上げられ、臣下の着用は禁じられていたわけなのであるが、「薄紫」のそれならば聴し色ということになっていて、臣下もその着用が許されていたはずなのだ。

延喜元年（九〇一）からすると百年後ということになるだろうが、長保二年（一〇〇〇）六月五日付の官宣旨には、「謹ミテ前規ヲ案ズルニ、紅紫ノ服ハ、堤防（防ぐこと）ハ自ラ存ス。……誠ニ其ノ深染ヲ禁ズルト雖モ、未ダ曽テ其ノ浅色ヲ制セズ。年載ノ間行ハレ来ルコト尚シ。今ニ忽チ停止スレバ、頗ル穏便ナラザラン。美服過差ノ外、尋常通用ノ色ハ、旧ニ仍リテ聴サルルモ、更ニ何ノ費カ有ラン。」（謹案二前規一、紅紫之服、堤防自存。……誠雖レ禁二其深染一、未三曽制二其浅色一。年載之間行来尚矣。今忽停止、頗不二穏便一。美服過差之外、尋常通用之色、仍レ旧被レ聴、更有二何費一。）〈『政事要略』巻六七「糺弾雑事」〉との一文も見えている。紫色に関しても、その「浅色」（浅紫・薄紫）については制約を受けることはなかったということになっているから、島田宣来子が身に着けていたという「紫衣」の場合も、色彩的には浅紫か薄紫かの衣服であったと考えるべきであろう。

ところで、島田宣来子（八五〇―？）は宇多上皇の女御・菅原衍子の実母でもあったから、上皇は宣来子の「五十の賀」のために昌泰二年（八九九）三月に東五条第に御幸し、彼女に「従五位下」の位階を授けたことになっている〈「北野天神御伝」〉。昌泰二年に五十歳であったということは、延喜元年（九〇一）には道真の妻は五十二歳に至っていたことになるだろうし、当時の彼女の場合には、もとより、「従五位下」の栄典をすでに手にしていたことになるわけなのである。言うまでもなく、夫の左遷事件勃発以前には、色彩的には浅紫か薄紫かのそれであったに違いないとしても、彼女の場合、日常的に、高貴な「紫衣」を身に着ける資格なり条件なりはすでに十分に持ち合わせていたことになるはずなのだ。

「毀」については、ここでは、「毀服」（服装の等級を下げ、服装を悪くするとの意）の省略形と考えることにしたい。用例

「(譙王) 承ノ王敦ノ将・魏乂ノ為ニ執ハレントスレバ[illegible]ハ西曹ノ韓階・従事ノ武延ト、並ビニ服ヲ毀チテ僮豎(召使い) ト為リ、承ニ随ヒテ武昌ニ向カフ。」(承為二王敦[illegible]、佐吏奔散。雄与二西曹韓階従事武延一、並毀レ服為二僮豎一、随レ承向二武昌一。)《『晋書』巻八九「桓雄伝」》。確かに、その用例では服装の等級を下げ、服装を悪くするとの意で「毀レ服」との熟語は使用されている。本句(一三三句) 中の詩語「紫ノ毀レルニ泣カン」(泣二紫毀一) とのそれの場合も上記の用例の意に従って、夫の左遷事件勃発以後は、妻も高貴な「紫衣」を身に着けることを遠慮しないわけにはいかなくなっていたことだろうし、それ故、服色の等級を下げ、より低い服色のそれを身に着けざるを得ない状態を余儀なくされていたに違いなく、そうした自分自身の身の上について、必ずや、妻は泣いていることであろう、との意を有することになるはずなのだ。現在の、妻の都での日々の生活を思いやったところの、夫の道真の心情を反映した言葉として、やはり、ここではそれを以上のように解釈してやる必要があるのではないだろうか。

(8) **鏡照歎二花巓一**　「鏡ノ照ラシテ花キ巓ヲ歎カン」と訓読して、(そのように我が妻からの知らせは届かないが、恐らく、また、お前は) 鏡に姿を映し出して見ては (夫の身の上を心配する余り) すっかり白くなってしまった頭髪を目にして嘆き悲しんでいることだろう、との意になる。

本聯(一三三・一三四句) の後句に当たる本句もまた、その前句と同様に、手元に届くことのなかった妻からの「家書」の内容、それを夫の道真が自分なりに想定し、それに対する「返書」を認めるようにして詠述された一句と見なしていいだろう。本聯の対句構成上からも、その前句と同様に、本句もまた、「家書」中に書かれていたであろう、妻自身の身の上についての彼女の説明を想定した上で、それに対する夫の発問として詠述された一句であると、ここでは見なすべきだろうと思う。恐らく、都にいる妻は、毎日のように鏡にわが身を映し出しては、大宰府にいる夫の身の上を案ずる余りに、すっかり白髪の目立つようになったわが頭髪を目にして歎いていることであろう、とのそうした内容表現となっていて、夫である道真の妻に対する発問という形式になるはずなのだ。お前は、遠く離れた夫の身の上を案ずる余りにすっかり頭髪が白くなってしまい、一気に年老いてしまったかのような気分にさせられているに違いない、と。なお、上記の「古詩十九首」〈其一〉には、その十三句目（後段五句目）に「君ヲ思ヘバ人ヲシテ老イシム」（思レ君令二人老一）との詠述が見えており、あるいは、本句（一三四句）はその言い換え表現とも見て取れるが、どうなのであろうか。本聯の前句（一三三句）がその十句目（後段二句目）を出典としている点からすれば、本句がその十三句目（後段五句目）の言い換え表現であると見て取ることも十分に可能ということになるのではないだろうか。

「花巓」とは、白色の頭髪のことを指示。「華巓」に同じ。ここでの「花」は、前句中の「紫」の対語（色対）となっており、「白」の同義語。髪の白いことを「華」（花）ということは、例えば、「故ニ朝ニ皤々タル（老人の髪の毛の白いさま）ノ良、華首ノ老多シ。」（故朝多二皤々之良、華首之老一。）（『後漢書』巻三五「樊準伝」）との一文が見えていて、その「注」には「華首、謂二白首一也。」に作っている。「巓」とは、ものの上端部のことをいい、ここでは頭髪のことを指示。

（9）旅思排レ雲雁　「旅ノ思ハ雲ヲ排ク雁ノゴトク」と訓読し、（一方、夫であるわたしの、帰りたくても帰ることの出来ない故郷と、離れ離れになってしまったお前とに対するその）旅先での心情たるや（見上げる上空を北方から南方に向かって、今や）まさに立ち込める雲を押し分けて飛翔している一羽の秋雁の（次から次へと断ち難いほどに募る望郷の念と、離れ離れとなってしまった群れへの愛着の念とに駆られているはずの、そうした）心情そのままのようでもあったし、との意になる。

本聯（一三五・一三六句）のその前句に当たる本句と、後句に当たる次句「寒シキ吟ハ樸ヲ抱ク蟬ノゴトシ」（寒吟抱レ樸蟬）とはこれも対句構成を形作っていて、対語としての「旅思」と「寒吟」、「排レ雲」と「抱レ樸」、「雁」と「蟬」がそれぞれ見事に対比されている。そして、意味内容的には、前聯の両句[illegible]・一三四句）が前々聯の後句「家書絶不レ伝」（一三二句）の意味内容を継承して、手元に届くことのなかっ[illegible]、それに認められていたであろう妻自身の身の上についての記述を夫の道真があれこれと[illegible]として、逆に、妻の身の上について敢えて推量するという、そうした形式で詠述され[illegible]一三五・一三六句）においては、そうした前聯との意味内容上の脈絡を保ちながら、同じく、妻からのその「家書」、それに認められていたであろうもう一つの、夫の身の上を案じた妻からの質問についての記述を夫の道真があれこれと想定し、それに対する回答として、自分自身の現在の心情について、敢えて、比喩表現を用いて吐露するという、そうした形式で詠述されていることになるだろう。つまり、前聯における、都に暮らす妻の身の上についての推量表現（A・A′）と、本聯における、大宰府に暮らす夫の身の上についての比喩表現（B・B′）との対比ということに、ここではなっているわけなのだ。意味内容的には、これもまた、見事な対句構成と言えるだろう。

「旅思」とは、旅先である大宰府に身を置く夫（道真）の心情との意。なお、「前田家尊経閣所蔵甲本」及び[新]本には「思」字を「惟」字に作っている（「岩波日本古典文学大系本」頭注）。ここは、やはり、「広兼本」及び[底][内][松][桑][文][日]の諸本に従って「思」字に作るべきである。というのは、本聯の前句に当たる本句の、その上から二字目に配置されている字は、近体長律詩の「平仄式」における大原則、すなわち、「粘法」、「二四不同」の大原則を厳守する上では、ここでは、必ずや、仄声字を配置しなければならないことになっているからなのである。本句の上から二字目を「惟」字に作る場合には、それはあくまでも平声字（『広韻』上平声・六脂韻）ということになっているわけなのであり、もとより、それを配置することは不可ということになるはずなのだ。反対に、そこに「思」字を配置する場合には、それがあくまでも仄声字（同・去声・七志韻）ということになっているわけなのであり、もとより、それを配置することは可ということになるはずだからなのである。

「排レ雲雁」とは、雲を押し分けて上空を飛翔する雁のこと。「排レ雲」の用例としては、「晴空ノ一鶴ノ雲ヲ排シテ上(のぼ)レバ、便(すなは)チ詩情ヲ引カレテ碧霄(へきせう)ニ到ル。」（晴空一鶴排レ雲上、便引二詩情一到二碧霄一。）〈『全唐詩』巻三六五「秋詞」其一・劉禹錫〉との一聯などに見えている。「雁」とは、対語「蟬」と共に秋の季語となっていて、そのことは、例えば、「仲秋ノ月（八月）ニハ、……盲風(まうふう)（疾風）ノ至リテ、鴻鴈(こうがん)ハ来(きた)ル。」（仲秋之月、……盲風至、鴻鴈来。）〈『礼記』「月令篇」〉とか、「季秋ノ月

（九月）ニハ、……鴻鴈ハ来賓シ、爵ハ大水ニ入リテ蛤ト為ル。」（季秋之月、……鴻鴈来賓、爵入二大水一為レ蛤。）とかの一文に見えている通りなのである。本段落中の前二聯（一二七―一三〇句）において、作者は初秋の到来を告げていたはずなのであり、本聯（一三五・一三六句）の前句に当たる本句中の「雁」といい、同じくその後句に当たる次句中の「蟬」といい、これらは、新たに到来した秋の季節を代表するところの自然物ということになるだろう。

ちなみに、「蟬」の場合は、上記「月令篇」に「孟秋ノ月ニハ、……涼風ノ至リテ、白露ハ降ル。寒蟬ノ鳴キテ、鷹ハ乃チ鳥ヲ祭ル。」（孟秋之月、……涼風至、白露降。寒蟬鳴、鷹乃祭レ鳥。）との一文が見えていて、同じく、秋を代表するところの自然物として見立てられているわけなのであるが、それはあくまでも「孟秋」（七月）を代表するものとなっている。それに対して、「雁」はあくまでも「仲秋」（八月）と「季秋」（九月）を代表するものとなっていて、厳密に言えば、季節的には「蟬」の後塵を拝することになっている。本聯において、その「蟬」を後句中の末尾に配置し、その「雁」を前句中の末尾に配置することにしたのは、勿論、ここでは「蟬」字（『広韻』下平声・二仙韻・一先韻同用）を韻字として採用する必要があったからに違いない。なお、「月令篇」中の「雁」に関する記述に関して言うならば、それらの「雁」は、季節的には「秋雁」ということになり、北方から南方に渡るべく飛来することになるはずなのだ。そして、「仲秋」におけるそれは、第一陣として飛来したもの、「季秋」におけるそれは、後発組として飛来したものをそれぞれ指示していることになるだろう。

さて、本句（一三五句）中の「雁」のことに話を戻すことにしよう。本句「旅思排レ雲雁」はその意味内容上からは、本来的に「旅思ハ雲ヲ排ク雁ノ如ク」（旅思如二排レ雲雁一）との、そうした比喩形の一句として作られて然るべきものなのであろうが、それが五言一句の省略形として、ここでは作られることになったわけなのである。それ故に、ここでは「旅思ハ雲ヲ排ク雁ノゴトク」との、やはり、比喩形として訓読する必要があるはずなのだ。「旅思」とは、言うまでもなく、旅先である、大宰府に身を置くことになっていた作者自身の心情のことを指示していると共に、北方から南方を目指して大宰府の上空を飛翔している「雁」の心情の、それのことをも、まさしく、ここでは指示していることになるだろう。道真の心情が「雁」のそれに比喩されていることになるわけなのである。

作者の心情が「雁」のそれに比喩されていることになっているわけなのであり、そのことからすれば、ここの「雁」とは、境遇的には作者と同等の、すなわち、家族や群れと離れ離れになってしまい、一羽だけで飛翔している孤雁のこととしなければならないだろう。季節的に北方から飛来し、さらに南下するべく大宰府の上空を飛翔していることになるわけなのだ、道真の目にした「雁」の場合には。彼がそれに注目することにしたのは、その「雁」が自分が抱いている「旅思」と同様のものを抱いているに違いないだろう、と想定したからなのである。すなわち、道真もまた地理的には北方（京都）を後にして、今や南方（大宰府）の地に一人身を置いていることになるわけなのだ。

両者の、それぞれの現在の境遇上の共通項の一つはそこにあるわけであろうが、もとより、それだけが両者の「旅思」を同様なものに作り上げているわけでは決してないだろう。その他にどのような、両者の、それぞれの現在の境遇上の共通項があるかという、そうしたことを考え合わせてみると、ここでは、道真自身の場合と同様に、その「雁」の場合にもまた、孤雁としての境遇を余儀なくされている存在であると見なす必要があるだろう。つまりは、道真の方は家族・友人などと遠く離れ、異郷の地に一人身を置いていることになっているわけなのであり、そうである以上、ここでは、その「雁」の方も、群れから離れ、一羽だけで飛翔し続けている、そうした存在ということにならなければならないだろう。両者における境遇上のもう一つの共通項とは、そうした点にこそあるはずなのであり、その「雁」がそうした存在であることを視覚を通して確認した結果、まさしく、道真は両者の「旅思」に同様なものがあるとの認識に立ち至ったに違いない。

今、その「雁」が孤雁であることを視覚を通して確認した結果、ということにしたが、言うまでもなく、「雁」という存在は鳴きながら飛翔することもあるわけなのであって、当然に、それは聴覚的な存在ということにもなっているわけなのだ。姿を目にすることがなくても、鳴き声だけでその存在が確認可能ということになっているわけなのであるが、本聯の前句に当たる本句（一三五句）中の「雁」の場合には、必ずや、それが孤雁でなければならないことになっているはずなのであり、やはり、作者自身の視覚を通しての、そのことの確認があったはずだ、とここでは想定しなければならないだろう。本聯の後句に当たる次句（一三六句）中の「蟬」の場合には、「寒吟」に作っていることからして、勿論、それは聴覚的な存在として詠述されていることになるわけであるが、それに対して、本句中の「雁」の場合には、それは、以上の理由によって、やはり、視覚的な存在として詠述されていると見なすべきだろう。その結果、本聯における対句構成の一つに、視覚と聴覚の対比ということが新たに加わることになって来るはずなのである。

道真は、自分自身の「旅思」と「（孤）雁」のそれとの間に同様なものがあるとの認識に立ち至ったわけなのであるが、それでは、具体的に、その「旅思」の内容とはどのようなものだということになるのであろうか。一般的に、異郷の地に身を置く旅人が「雁」の姿を目にすると、別れている家族たちからの便りを思い浮かべて、望郷の念を募らせることになっている〈植木久行著『唐詩歳時記』二四〇頁〉。それは、古来、前漢の蘇武が雁の足に絹布を結んで便りとしたとの故事から出ていることになっており、雁書・雁札・雁帛などが共に便り・手紙の意を指示していることになっているのはそのためなのである。

本句（一三五句）中の「雁」の場合にも、前句（一三三句）中の詩語「家書」との関連を、ここでは、必ずや、有していることになるはずなのだ。もはや、手元に届くことのなくなった「家書」を、あるいは、上空の「雁」が運び伝えんとして今回飛来してくれたのではないのか、そうした期待を抱いたからこそ、作者は上空のその「雁」に改めて注目しないわけにはいかなくなった、ということになるに違いない。「雁」がそれこそ「家書」を彼のために新たに運んで来たのではないか、との期待なのだ。勿論、作者の今回の期待もまた、再び裏切られてしまうことになっていて、その「雁」は作者の側近くに降下する気配も見せずに、さらに、南方を目指して飛翔して行くことになっているわけなのである。

ただ、作者は、今回に限って、そうした期待が再び裏切られてしまったにも拘わらず、南方を目指して飛翔し続けるその「雁」が孤雁であることによって、もう一度、改めて注目することになってしまうわけなのである。それは、とりもなおさず、孤雁であるという事実を目にして、作者は自身の姿を、上空を飛翔するその鳥の身の上に重ね合わせずにはおれなくなってしまったからなのだ。その鳥の「旅思」に思いを重ねることになったからなのである。孤雁が南方を目指して飛翔するということであれば、用例として、「漫々トシテ秋夜ハ長ク、烈々トシテ北風ハ涼シ。展転シテ寐ヌル能ハズ、衣ヲ披テ起チテ彷徨ス。……俯シテ清水ノ波ヲ視、仰ギテ明光ノ光ヲ看ル。……草虫ハ鳴クコト何ゾ悲シキ、孤雁ハ独リ南ニ翔ル。鬱々トシテ悲思多ク、緜々トシテ故郷ヲ思フ。……」（漫々秋夜長、烈々北風涼。展転不レ能レ寐、披レ衣起彷徨。……俯視二清水波一、仰看二明月光一。……草虫鳴何悲、孤雁独南翔。鬱々多二悲思一、緜々思二故郷一。……）〈『文選』巻二九「雑詩二首」其一・魏文帝（曹丕）〉との詠述も見えている。

以上の用例においても、「孤雁」の南方に飛び去る姿を目にする、その作者の心情が詠述されている。秋の夜長に肌寒さを感じ、寝られぬままに起き上がって歩き回る作者の耳に、「草虫」が悲しげに鳴く声が聞こえ、彼の目に「孤雁」が南に飛び去る姿が見えることになっている。「孤雁」の方は、明月を仰ぎ見た時に目にしたことになるであろうから、ここでも、それは視覚的表現ということになるだろう。まさに、聴覚的表現としての「草虫」と視覚的表現としての「孤雁」とが、ここでも対比的に詠述されていることになっているはずなのであり、前者の悲しげな鳴き声をもっぱら耳にした結果、作者は「鬱々多二悲思一」（悲しみにすっかり心がふさがれるほどの思い）とのそうした心情を抱くことになったに違いないし、後者の一羽で飛び去る姿をもっぱら目にした結果、作者は「緜々思二故郷一」（次から次へと断ち難いほどの連続した望郷の思い）とのそうした心情を抱くことになったに違いない。

悲しみにすっかり心がふさがれるほどの思いを用例中の作者が抱くことになったのは、まさに、それは「草虫」の悲しげな鳴き声をもっぱら耳にしたからなのであり、次から次へと断ち難いほどの連続した望郷の思いを作者が抱くことになったのは、まさに、それは「孤雁」が群れを離れて一羽だけで南方の異郷の地に向かって飛び去って行く姿をもっぱら目にしたからなのである。今、後者のことにのみ限って言及すれば、その「孤雁」たるや、明月の輝く秋の夜空を南方を目指して飛び去ろうとしているわけなのであり、それがあくまでも、「孤雁」である故に、その姿を目にすることになった作者は、故郷への思いを押え難くさせられてしまったわけなのである。何故か。異郷の地に身を置く作者の抱く、いわゆる、「旅思」（旅先の思い）を「孤雁」の抱いているであろうそれに重ね合わせることにしたからなのであり、同じ境遇下に身を置いている故に、群れを離れ北方の故郷を後にした「孤雁」の抱いているであろう「旅思」もまた、作者自身のそれと同様なものであるに違いない、と作者をしてそのように発想せしめたからなのである。

同じ境遇下に身を置いているということで言えば、本句（一三五句）中の作者（菅原道真）と「雁」との関係は、上記の用例中の作者（曹丕）と「孤雁」とのそれにまさしく重なり合うことになるはずなのだ。本句中の「雁」の場合にも、「排レ雲」とあるように、それは上空を飛翔していることになっているわけなのであり、しかも、秋の季節ということで、それは北方から南方を目指し飛来していることになっているわけなのだ。同じ境遇下のそうした「孤雁」と「雁」とをそれぞれ目にしている、作者としての曹丕と道真との、その時点における両者の身の上もまた、互いにまさしく重なり合っていると言えるだろう、異郷の地に旅人として身を置き、断ち難いほどの連続した望郷の思いを抱いているという点において。また、そうした「孤雁」なり「雁」なりが抱いているであろう「旅思」のことをそれぞれの作者が思い描くことを通して、結果的に、作者それぞれが自身の「旅思」にそれを重ね合わせるようにしているという点において。

恐らく、本句（一三五句）における作者（道真）の場合も、秋の夜長に寝られぬままに起き上がって歩き回り、明月を見上げて、上空を南方に向かって飛翔して行く一羽の「雁」を目にすることになったのだろう。そして、その孤独に飛翔する鳥の姿を目にした結果、彼もまた望郷の念を強く意識することになったに違いない。そのように考えることが出来ることから、本句中の作者と一羽の「雁」との関係、それの出典を上記の用例中の作者（曹丕）と「孤雁」とのそれに求めてもいいように思えるが、どうであろうか。

本句を含む本聯（一三五・一三六句）と前聯（一三三・一三四句）とは、前句（一三三句）中の詩語「家書」によって導き出された両聯ということになっていて、前聯のそれが、故郷に残して来た妻の身の上を想定し、発問する内容となっていたのに対して、本聯のそれは、異郷の地に身を置く夫の当時の思いを妻に報告し回答する内容となっているわけなのである。そうした両聯にはそれぞれ質疑（前聯）と応答（本聯）という形式が採用されていて、もとより、互いに密接な対応関係を有していることになるはずなのである。そのこととの関連で言えば、例えば、前聯の前句（一三三句）と本聯の前句に当たる本句（一三五句）とについてのそれぞれの出典が、同じ『文選』〈巻二九「雑詩上」〉中に見えている、前者が「古詩十九首」〈其二〉ということになっていて、後者のそれが、上述のように「雑詩二首」〈其二〉ということになっているわけなのだ。その点に注目するならば、出典の上でも、両句は密接な対応関係を有していることになるわけなのであって、その場合には、そうした対応関係にも注目しなければならないことになるだろう。

(10) **寒吟抱レ樸蟬**　「寒シキ吟ハ樸ヲ抱ク蟬ノゴトシ」と訓読し、（同じく、夫であるわたしの、残された我が命のはかなさに対してそれを嘆き惜しんで立てる泣き声の）その寂しく悲しげな響きたるや（はかない我が命のことを悲しげに訴え続けて、今やまさに木の皮を抱いて鳴かずにはおれない一匹の秋蟬の（細々とした絶え絶えの声を立てて泣いているはずの、そうした）鳴き声そのままのようでもあった、との意になる。

本聯（一三五・一三六句）の後句に当たる本句も、対句であるその前句「旅ノ思ハ雲ヲ排ク雁ノゴトク」（旅思排レ雲雁）と同様に、意味的には「寒シキ吟ハ樸ヲ抱ク蟬ノゴトシ」（寒吟抱レ樸蟬）との一句として訓読し、そして、解釈すべきなのであり、比喩形の文体としての「寒吟如二抱レ樸蟬一」の省略形とここでは見なす必要があるだろう。前句の場合には、旅先での作者（道真）の心情、それを一羽の「雁」の心情に重ね合わせて詠述していたはずなのである。今や空高く飛翔して南方に向かう一羽の「雁」の姿に作者は目をやりながら、その「雁」が心情において望郷の念と群れへの愛着の念とを募らせているに違いないであろうと想定した上で、作者自身の、故郷と妻への募る心情を「雁」のそれに比喩し、両者を重ね合わせて詠述していたわけなのだ。

そうした前句に対して、対句構成として形作られているその後句に当たる本句の場合には、残された命のはかなさを実感せざるを得なくなり、それを嘆き惜しんで立てる作者（道真）の泣き声、それを一匹の「蟬」の泣き声に重ね合わせて詠述されている。今や木の皮を抱いて寂しく悲しげな響きを立てて鳴いている一匹の「蟬」の鳴き声に作者は耳を傾けながら、その「蟬」が鳴き声において残り少なくはかない自分の命を嘆き惜しんでいるに違いないであろうと想定した上で、作者自身の、残された命のはかなさに対して嘆き惜しんで立てる、寂しく悲しげな泣き声を「蟬」のそれに比喩し、両者を重ね合わせて詠述することにしたわけなのだ。

前句中の「雁」の場合には、それはあくまでも視覚的表現ということになっていたわけなのであるが、後句中の「蟬」の場合には、こちらはあくまでも聴覚的表現ということにしなければならないだろう。ここでは、視覚と聴覚との対比と考えるべきだろう。なお、「雁」と「蟬」との対比ということで言えば、作者自身の比喩として両者が採用されている以上、前句中の「雁」が一羽だけの存在であったのと同様に、後句中の「蟬」もまた、ここでは一匹だけの存在として考えてやる必要があるだろう。何しろ、「蟬」の方もまた、一人きりの作者自身の境遇なり立場なりを投影する対象ということになっているのだから。一羽と一匹との対比と考えないわけにはいかないだろう。

「寒吟」とは、（作者が絞り出すようにして上げる）寂しく悲しげな泣き声のことをいう。「寒」は、ここでは寂しい意で、「吟」は、嘆き（なげき）の声の意。なお、本句中の「寒」字は、前句（一三五句）中の「旅」字の対語ということになっているわけなのである。ということは、その「旅」字の方が旅先に身を置く作者自身の境遇上のことを指示していると共に、前句中の「雁」字と結んで「旅雁」（旅を続ける雁）との詩語を作り、それによって「雁」の境遇上のことをもそれが指示することになっているのと同様に、対語の「寒」字の方もまた、寂しく悲しげな状態にある作者自身の境遇上のことを指示していると共に、本句中の「蟬」字と結んで「寒蟬」（寂しく悲しげに鳴く秋の蟬）との詩語を作り、それによって「蟬」の境遇上のことをも指示するように、巧みに対比されていることになるはずなのだ。本聯においては、その点にも改めて注目する必要があるだろう。

「寒蟬」については上述した通りなのであり、『礼記』〈「月令篇」〉中の一文に、「孟秋ノ月（七月）ニハ、……涼風ノ至リテ、白露ハ降ル。寒蟬ノ鳴キテ、鷹ハ乃チ鳥ヲ祭ル。」（孟秋之月、……涼風至、白露降。寒蟬鳴、鷹乃祭㆑鳥。）と見えていて、歳時記的には初秋七月の存在ということになっている。それは、「秋蟬」とも「秋蜩」とも言うことになっていて、一説に、それは秋に鳴くセミのことで、ヒグラシゼミの異名のこととされている〈『大漢和辞典』〉。

上述の曹丕「雑詩二首」〈其二〉にも、「草虫ハ鳴クコト何ゾ悲シキ、孤雁ハ独リ南ニ翔ル。鬱々トシテ悲思多ク、緜々トシテ故郷ヲ思フ。」（草虫鳴何悲、孤雁独南翔。鬱々多㆓悲思㆒、緜々思㆓故郷㆒。）〈『文選』巻二九〉との両聯が見えていたはずなのである。そこでは、秋の季節を迎えることになれば、「孤雁」が南に向かって飛翔すると共に、「草虫」は悲しげな声で鳴き始めることになっていたし、そして、人がその声を耳にすれば悲しい思いを多く抱くことになり、その姿を目にすれば次々と故郷のことを思い浮かべることになっていたはずなのだ。

「草虫」がそのように悲しげな声で鳴き始めるだけではないのである。秋になれば、「秋蟬」もまた、悲しみ憂えるように鳴き始めることになっており、その声を耳にすることになる人は、これまた、それによって一層憂い悲しむことになるわけなのだ。例えば、そのことは、「秋蟬ノ階軒（階廊や軒先）ニ号ケバ、物ニ感ジテ憂ハ歇マズ。」（秋蟬号㆓階軒㆒、感㆑物憂不㆑歇。）〈『全唐詩』巻一六一「古風五十九首」其三十三・李白〉との一聯中に詠述されている通りなのである。秋という季節は、もとより、「秋は変化の激しい時期であり、しかもその変化が繁栄隆昌から衰微凋落に向かうものである。したがって人の心に生じる情は悲哀沈鬱のそれである。」〈大野実之助著『李太白詩歌全解』一一七〇頁〉とされているわけなのであり、秋になって「悲哀沈鬱」な心情を抱くことになった人が「草虫」や「秋蟬」の声を耳にすれば、それらの声が悲しみ憂えるように聞こえて来るだろうこと、これは当然ということになるだろうし、そうした声を耳にすることによって、人がその心情をますます「悲哀沈鬱」な状態に陥らせることになるだろうこと、これも当然ということになるだろう。

勿論、作者が寂しく悲しげな泣き声を立てることになったのは、秋の到来と共に、彼がこれまで以上の「悲哀沈鬱」な心情を抱くことになったからなのであろうが、理由は決してそれだけではない。さらに加えて、彼自身のそうした心情、それと同じような心情を抱いて鳴いているに違いないと想定されるところの、残り少なく、はかない自分自身の命を嘆き惜しんで、切れ切れにか細く鳴いている一匹の「蟬」の声を耳にしたからなのである。もっとも、その一匹の寂しく悲しげな「蟬」の、切れ切れに、か細く聞こえて来る声を耳にして、それを、残り少なく、はかない「蟬」自身の命を嘆き惜しんでいるかのように聞き及ぶに至ったのは、耳にする側の、すなわち、作者の道真自身の側に、本来的にそうした心情があったからということになるはずなのだ。つまり、作者が寂しく悲しげな泣き声を立てることになった理由、それは、秋の到来と共に、残り少なく、はかない自分自身の命を再認識せずにはいられなくなったからだ、ということになるし、そのためであるとしなければならないだろう。

作者が耳にしたその一匹の「蟬」は、今や木の皮を抱いて鳴いているのだった。詩語「樸ヲ抱ク蟬」（抱ㇾ樸蟬）については、その用例が、前漢の王褒（?―前六一）作「洞簫賦」中の一文に、「秋蜩ハ食ハズシテ樸ヲ抱キテ長吟シ、玄猨ハ悲シミ嘯キテ其ノ間ニ捜索ス。」（秋蜩不ㇾ食抱ㇾ樸而長吟兮、玄猨悲嘯捜二索乎其間一。）〈『文選』巻一七〉と見えている。「秋蜩」が「秋蟬」「寒蟬」に同じであることは上述した通りなのであり、この「秋蜩」の場合にも、まさしく、「長吟」していることになっている。そこでも「寒吟」していることになっているわけなのであり、この「秋蜩」を本句（一三六句）中の「蟬」の出典と考えていいだろうと思う。ちなみに、「洞簫賦」中の「樸」字については、「李善注」には、「蒼頡篇ニ曰ク、朴ハ木ノ皮ナリ。」（蒼頡篇曰、朴、木皮也。）に作っていて、今は、それに従って通釈することにした（「樸」字と「朴」字とは音訓互いに通じている）。

(11) 一逢蘭気敗　「一タビハ逢フ蘭気ノ敗ルルニ」と訓読して、(もうすでに、わたしが故郷を離れ妻と別れてからは、今では)蘭の香気が消え失せる時期(晩秋九月)を一度迎えることになってしまったし、との意になる。

本聯(一三七・一三八句)の前句に当たる本句とその後句に当たる次句「九タビハ見ル桂華ノ円カナルヲ」(九見桂華円)とは、これも見事な対句構成を形作っており、対語としてのそれぞれの詩語「一」と「九」、「逢」と「見」、「蘭気」と「桂華」、「敗」と「円」とが密接な対応関係を有して対比されている。中でも、本句中の「蘭気」とその対語である「桂華」との対比は、大いに技巧的と言えるだろう。それは、実際的には、植物としての蘭の香気(蘭気)と天体としての月の表面(桂華)との対比ということになっているわけであるが、文字表現上から見れば、それが植物(蘭)と植物(桂)との対比のように作られているからなのであり、実際的な距離空間上から見れば、それが地上(蘭)と天上(月)との対比として作られているからなのである。

本句中の詩語「蘭気」についても改めて言及すれば、上述の通り、それは蘭の香気の意ということになっている。その「蘭」たるや、陰暦七月のことを「蘭秋」ともいうように《『梁元帝纂要』》、まさしく、秋の香草ということになっているわけなのだ。例えば、「秋風ノ起リテ白雲ハ飛ビ、草木ハ黄落シテ雁ハ南ニ帰ル。蘭ニ秀(長い柄の花)有リテ菊ニ芳(馨しい花)有リ。」(秋風起兮白雲飛、草木黄落兮雁南帰。蘭有レ秀菊有レ芳。)《『文選』巻四五「秋風辞」漢武帝》との詠述に見えているように、深まりゆく秋景色の中でも、蘭は菊と共に美しく花を咲かせることになっているのである。

ただ、当然なことに、「(季秋九月)是ノ月ヤ、草木ハ黄落ス。」(是月也、草木黄落。)《『礼記』「月令篇」》とあるように、草木の葉が次第に黄葉の度合を深め、遂には、それをすっかり落とし尽してしまうことになる季秋九月の時節を迎えると、香草としての蘭もその秋風によって枯れ萎まされることになるわけなのだ。そのことについては、「故ニ叢蘭(群がり茂った蘭)ノ茂ラント欲スルモ、秋風ハ之ヲ敗リ、王者ノ明ナラント欲スルモ、讒人ハ之ヲ蔽フ。」(故叢蘭欲レ茂、秋風敗レ之、王者欲レ明、讒人蔽レ之。)《『帝範』「去讒篇」》との例文が明言している(また、『文子』〈「上徳篇」〉中にも、「叢蘭ノ脩カラント欲スルモ、秋風ハ之ヲ敗ル。」〈叢蘭欲レ脩、秋風敗レ之。〉との一文が見えていることになっている《『大漢和辞典』》。

ちなみに、上記『帝範』中の例文などにも、蘭の花が萎み枯れるとの意で、そこに「敗」字が採用されているわけなのであり、本句（一三七句）中の「敗」字との関連性がここでは大いに注目されることになるだろう。「蘭」「敗」両字の同時採用ということからして、本句が上記『帝範』中の例文などを出典にしているのではないかと思えるが、その「敗」字が「鎌倉本」には「散」字に作られている。「敗」「散」の両字は意味的にも花が散り萎むとのそれであり、韻目上でも、『広韻』では前者が「去声・一七夬韻」、後者が「上声・二三旱韻」となっていて、共に仄声字のそれであることから、そのどちらの配置でも可能ということになるはずなのであるが、上記『帝範』中の例文などとの関連性からすると、やはり、ここでは「敗」字の配置の方がより妥当性を有することになるのではないだろうか。例文との関連性を改めて認めなければならないだろう。今は、[底][内]以下の諸本に従って、「敗」字に作ることにした。

(12) **九見桂華円**　「九タビハ見ル桂華ノ円カナルヲ」と訓読して、（もうすでに、わたしが故郷を離れ妻と別れてからは、今では）月が真ん丸に見える日時（毎月の十五日）を九度も迎えることになってしまった、との意になる。

本聯の前句「一逢蘭気敗」（一三七句）の場合には、意味内容的に、それは季秋九月の歳時についての詠述ということになっていたはずなのであり、そのことからすれば、前句との、本聯における対句構成上からして、当然に、後句に当たる本句（一三八句）の場合にも、意味内容的に、それは季秋九月の歳時についての詠述ということにしなければならないだろう。「一」と「九」とは数対で、一度と九度の対比。故郷を離れ妻と別れてから、作者は毎月十五日の満月（望月）を九度まで目にすることになった、すなわち、もはや、九箇月を経過するまでになった、とここでは言いたいわけなのだ。

「桂華」（桂花）とは、木犀の花の意であるが、月中には木犀が生えているとの中国古代の伝説から、転じて、その月中に生えている木犀の花のこと、ないしは、月・月光そのもののことを指示する（第四段落中の九三句「紅輪」の語釈を参照のこと）。本句（一三八句）の場合には、月そのもののことを指示している。用例としては、『菅家文草』〈巻五「月夜翫二桜花一」〉

中にも、「芳気ノ近ク階下ヨリ起コルニ、言フコト莫カレ天上ニ桂華ノ開ク、ト。」（芳気近従二階下一起、莫レ言天上桂華開。）との一聯が見え、『白氏文集』〈巻五四「東城桂三首」其三〉中にも、「遙ニ知ル天上ノ桂華ノ孤ナルヲ、試ミニ問ハン常娥（月中の仙女）ノ更ニ要ムルヤ無ヤ、ト。」（遙知天上桂華孤、試問常娥更要無。）との一聯が見えている。なお、月・月光そのものを指示している用例としては、『新撰朗詠集』〈巻下「雑」遊女〉中に、「桂花ハ秋ニ白シ雲ノ閑ナル地、蘆葉ハ春ニ青シ水ノ冷キ天。」（桂花秋白雲閑地、蘆葉春青水冷天。）〈「遊女詩」大江以言〉との一聯などが見えている。

「円」とは、ここでは月が丸くなることで、月が丸くなるところの、その毎月十五日のことを指示。月日の経過している状態を満月を目にした回数で数えるということは、例えば、『白氏文集』〈巻一七「八月十五夜、湓亭望レ月」〉中にも、「西北ニ郷ヲ望ミテ何ノ処カ是ナル、東南ニ月ヲ見テ幾廻カ円カナル。」（西北望レ郷何処是、東南見レ月幾廻円。）との一聯などに見えている。本句（一三八句）の作者・道真の場合には、都を離れ妻と別れてから現在まで、九回目の満月を目にすることになり、それほどの長い月日の経過を余儀なくされることになってしまった、とここでは言っているわけなのである。

彼がその九回目の満月を目にすることになったのは、延喜元年（九〇一）九月十五日ということになるだろう。何故か。同年正月二十五日に左遷の命令が下り、二月一日に至って、彼が京都を出発して謫所に向かったことになっているからなのである〈『日本紀略』同日条〉。ということは、二月十五日の第一回目の満月、それを彼は旅の空の下に仰ぐことになったわけであるが、それ以後に、同年中の閏六月分のそれを含めて〈『読史備要』〉、都合八回分の満月を彼は見上げることになったわけなのだ。合計して九回目のそれは、大宰府の地において、同年九月十五日に見上げることに、間違いなく、なったはずなのである。対句構成上からして、本聯の前句（一三七句）において、意味内容的に、季秋九月の歳時についての詠述がなされていたわけなのであり、その後句（一三八句）である本句がこれまた、意味内容的に、季秋九月十五日の満月のことを詠述することになっているのは、前・後両句の対比的な配置として、もとより、当然ということになるだろう。

（13）**掃レ室安レ懸レ磬**　「室ヲ掃カントシテ磬ヲ懸クルガゴトキナルヲ安シトスルモ」と訓読し、（そして、さらに、孟冬十月を迎えることになって）部屋を掃除しようとして（その部屋の中が）まるで楽器の磬（石を「へ」の字形に作り、吊り下げて打ち鳴らすもの）を掛けているかのようにそれほどにがらんとしてしまっていて（家財道具などが）何一つ無いことを再確認することになったけれども（そのことについては）少しも苦にはならないのであったが、との意になる。

本聯（一三九・一四〇句）の前句に当たる本句と、その後句に当たる次句「門ヲ扃サントシテ鍵ヲ脱スルガゴトキナルヲ嬾シトス」（扃レ門嬾レ脱レ鍵）とは、これも対句構成となっていて、対語「掃レ室」と「扃レ門」、「安」と「嬾」、「懸レ磬」と「脱レ鍵」とがそれぞれ対比的に配置されている。対語である「掃レ室」と「扃レ門」との対比については、ここでは、共に、孟冬十月に関する歳時記的な記述と見ていいだろう。例えば、前者については、『淮南子』〈巻三「天文訓」〉中に、「閶闔風（秋の西方の風）ノ至リテ四十五日（立冬の日）ニシテ、不周風（冬の西北方の風）ハ至ル。……不周風ノ至レバ、則チ宮室ヲ修メ、辺城ヲ繕ム。」（閶闔風至四十五日、不周風至。……不周風至、則修二宮室一、繕二辺城一。）との一文が見えていることからすると、作者が官舎の室内を改めて掃除せんとしたのも、いわゆる、陰暦十月一日の「立冬」（十月節）を迎えることになったための、それは歳時記的な行動であったということになるだろうし、後者については、『礼記』〈「月令篇」〉中に、「（孟冬ノ月）是ノ月ヤ、……城郭ヲ坏シ（城郭の破損の箇所を修理し）、門閭ヲ戒メ（村里の門の管理を慎重にさせ）、鍵閉ヲ脩メ、管籥ヲ慎ミ（かんぬきや錠や鎖や鍵などの取扱いに注意をさせ）、……。」（是月也、……坏二城郭一、戒二門閭一、脩二鍵閉一、慎二管籥一、……。）との一文が見えていることからすると、作者が門に改めて鍵を掛けようとしたのも、いわゆる、陰暦十月を迎えることになったための、それは歳時記的な行動であったということになるだろう。なお、仄声の「掃」（『広韻』上声・三二晧韻）字を内松桑文日の諸本には平声の「帰」（同・上平声・八微韻）字に作っている。今は、対語「扃」との対比から、底新本に従って「掃」字に作ることにした。

陰暦十月の到来のことを指示するために、本聯（一三九・一四〇句）においては歳時記的な表現が採用されていることになるわけなのであるが、前々聯（一三五・一三六句）においても、そして、前聯（一三七・一三八句）においても同様な表現が見えていたはずなのだ。前々聯においては、「雁」と「蟬」とのことが詠述されていたし、前聯においても、「蘭気」と「桂華」とのことが詠述されていて、その両聯四句の歳時記的な表現を通して、それこそ、七月から九月までの秋三箇月の到来のことが指示されていたわけなのである。ちなみに、前々聯において取り上げられている歳時記的な対象物が動物（鳥と虫）ということになっているのに対して、前聯において取り上げられている歳時記的な対象物は植物（草と木）ということになっている（「桂華」の場合には、ここでは、月中に生えているとされる木犀（もくせい）のことを指示し、それが転じて、意味的には月のことを指示することになっているが、表現上からの歳時記的な対象物としては、あくまでも植物ということにしなければならないだろう）。すなわち、前々聯と前聯との対比は動物と植物のそれということになっているわけなのである。

そうした前々聯と前聯との対比を直接的に継承しているわけなのだ、本聯における歳時記的な対象物は。前々聯の動物と前聯の植物との対比は、大きく分類すれば、動物であれ植物であれ、それらは共に自然物ということになるだろう。大きく分類して、前々聯と前聯との両聯四句において、詠述されている歳時記的な対象物が自然物ということになっているのに対して、本聯二句において詠述されている歳時記的な対象物、それは人事物ということになっているのだ。それ故、その点では、自然物と人事物との対比ということになるわけなのだろう。まさしく、前々聯・前聯・本聯において詠述されている歳時記的な対象物は、自然物（動物）・自然物（植物）・人事物の、それぞれの対比ということになっていて、その上、内容的には、前々聯と前聯とが晩秋九月のことを指示し、そして、本聯が孟冬十月の到来のことを指示していることになっているわけで、以上の各聯ごとの関連性は、言うまでもなく、大変に密接ということになっているわけなのだ。すこぶる技巧的な表現方法と言えるだろう。

ところで、前聯（一三七・一三八句）と本聯（一三九・一四〇句）との密接な関連性にとりわけ注目するならば、本「叙意一百韻」の成立時期に関する重要な想定が、以下の通り、ある程度可能ということになって来るのではないだろうか。

すなわち、前聯の後句「九見桂華円」の詠述によると、作者の道真は大宰府において、都を離れ妻と別れてからの九回目の満月を目にすることになったと言っていたはずなのである。彼が京都を出発して謫所に向かうことになったのが延喜元年二月一日ということになっているから、それ以後に、閏六月分の満月を含めて数え上げると、彼が九回目にそれを仰ぎ見ることになったのは、晩秋九月十五日の夜空においてであったということになるだろう。前聯の後句における、その晩秋九月十五日の詠述を直接的に継承した上で、本聯の前・後句における孟冬十月の到来を指示したところの詠述がここに配置されていることになるわけなのだ。

孟冬十月の到来を指示している本聯以後の、そのどの各聯においても、月日の経過を指示している歳時記的な詠述、これが全く見えていないのである。つまり、歳時記的な詠述としては、本聯が最後ということになっているわけなのだ。と言うことは、本「叙意一百韻」の成立が、時期的に、孟冬十月のことであったという、そうした想定を強く抱かせることになるだろうし、その上で、さらに、前聯の後句（一三八句）中において、作者は九回目の満月を目にしたと詠述していたはずなのである。つまり、孟冬十月十五日の、その十回目の満月を作者はいまだ目にしていないことになっているわけなのだから、その成立時期としては、孟冬十月の、その上旬頃のことに限定しなければならないことになるだろう。延喜元年（九〇一）の十月を迎えて間もない（同月十五日以前の）時期に本作品は成立したことになって来るはずなのであり、前聯の後句（一三八句）と本聯の前・後句（一三九・一四〇句）とは、そうした意味で、本作品の成立時期を想定するための、それこそ重要な手掛かりを暗示してくれていることになるはずなのだ。

さて、本聯の前句に当たる本句（一三九句）の意味内容についての話に戻ることにするが、詩語「掃レ室」とは、前述した通り、延喜元年の陰暦十月一日の「立冬」（十月節）を迎えることになったために、敢えて、取らざるを得なかった、そうした作者の行動ということになるわけなのだ。それは歳時記に従おうとして行ったところの、そうした作者の動作なのであり、すなわち、改めて、住まいである官舎の室内を掃き清め、新たな節季を迎えんとした作者の行為ということになるだろう。そして、「懸レ磬」とは、ここでは比喩形「如レ懸レ磬」（磬ヲ懸クルガ如キナルヲ）の省略形と見なして、「磬ヲ懸クルガゴトキナルヲ」と訓読する必要があるはずなのである。住まいである官舎の室内を掃き清めた後、作者は改めて認識することになったわけなのだ、わが室内には家財道具など、何一つ無く、建物の屋根を支えるための梁（家の棟を支える大きな横木）がまるで楽器の磬（石を「へ」の字形に作り、吊り下げて打ち鳴らすもの）を掛けたかのように、剝き出しになって見えるばかりであるということを。室内が全くからっぽで家財道具など、何一つない状態にあることを、比喩形で、「室ハ磬ヲ懸クルガ如シ」（室如レ懸レ磬）と表現することになっていて、その用例としては、「（斉の孝）公曰ク、室ハ磬ヲ縣（懸）クルガ如ク、野ニ青草無キニ、何ヲ恃ミテカ恐レザラン、ト。」（公曰、室如レ縣レ磬、野無二青草一、何恃而不レ恐。）『国語』巻四「魯語上」との一文が見えていて、その「韋昭注」には、「磬ヲ縣クルトハ、魯ノ府蔵ノ空虚ニシテ、但ダ榱梁（たるきやはり）有ルノミナルコト磬ヲ縣クルガ如キナルヲ言フナリ。」（縣レ磬、言下魯府蔵空虚、但有二榱梁一如上縣レ磬也。）に作っている。なお、『白氏文集』〈巻一六「東南行一百韻」〉中にも、「貧室ハ磬ヲ懸クルガ如ク、端憂ハ株ヲ守ルヨリモ劇シ。」（貧室如レ懸レ磬、端憂劇レ守レ株。）との用例の一聯が見えている。

　本句（一三九句）中の「安」とは、室内が全くからっぽで家財道具など、何一つない状態にあることを改めて認識することになったが、作者（道真）の場合には、室内がそうした状態であることを少しも苦にしなかった、との意を述べていることになる。上記『国語』中の用例においても、斉の孝公が「室如レ縣レ磬」との状態を恐れ戦くに足る条件の一つとして数え上げていたはずであるが、確かに、室内が全くからっぽで家財道具など、何一つない状態を目にすれば、その室内に身を置く者にとっては、一般的に、そうした状態は恐れ戦くに足る条件の一つと言うことになるであろうが、しかし、作者の場合には、そうした状態であることに、逆に、少しも不満を抱くようなことはなかったのだった。むしろ、そんなことは平気だったらしい。考えてみれば、それは当然で、左遷中の作者には、もともと、家財道具などは無かったわけなのであり、無いものを無いと再確認したということになるはずなのだ。彼が「安」と述べているのは、そのためなのである。

(14) **扃レ門嬾レ脱レ鍵**　「門(もん)ヲ扃(さ)サントシテ鍵(くさび)ヲ脱(だつ)スルガゴトキナルヲ嬾(ものう)シトス」と訓読し、(そして、さらに、孟冬十月を迎えることになって) 門戸を閉鎖しようとして (その門戸の錠(じょう)が) まるで車軸の楔(くさび)(車輪が抜けないように止めるもの) を引き抜いてしまっているかのようにそれ程にものの役に立たなくなっていて (戸締り道具などが) 何一つないことを再確認することになってしまい (そのことについては) 大いに気にせずにはいられないのであった、との意になる。

本聯(一三九・一四〇句) 中における「掃レ室」の対語としての詩語「扃レ門」が、これもまた、孟冬十月に関する歳時記的な詠述となっていることは、前項において詳述した通りなのであり、『礼記』〈月令篇〉中にも、「(孟冬の月) 是(こ)ノ月ヤ、……門閭(もんりょ)(家の門や村の入り口の門) ヲ戒メ、鍵閉(けんぺい)(鍵) ヲ脩(をさ)メ、管籥(くわんやく)(鍵) ヲ慎ミ、……。」(是月也、……戒二門閭一、脩二鍵閉一、慎二管籥一、……。) との一文が見えていたはずなのである。陰暦十月になると、天子は百官に命じて、家や村の門の管理を厳重にし鍵などの取り扱いに注意させることになっているわけなのであり、本聯の後句中の詩語「門ヲ扃(さ)サントシテ」(扃レ門) とは、まさしく、孟冬十月に関するそうした歳時記的な記述に沿ったところの、これは表現内容ということになるだろう。「扃(けい)」は、閉(と)ざす意であり、道真は歳時記の記述に従って、官舎の門戸を閉鎖しようと試みたわけなのだ、孟冬十月になったということで。正しく門戸を閉鎖出来るか否(いな)かを試みたわけなのだ。

ところが、官舎の門戸の錠(じょう)がすっかり壊れてしまっているのであった。本句中の「脱レ鍵」とは、対語「懸レ磬」と同様に、ここでは比喩形「如レ脱レ鍵」(鍵(くさび)ヲ脱スルガ如(ごと)キナルヲ) の省略形と見なして、「鍵ヲ脱スルガゴトキナルヲ」と訓読する必要があるはずなのである。対語「懸レ磬」の場合には、室内に家財道具などは何一つなく、がらんとなっている状態、それを、まるで、楽器の磬を掛けているかのようだと比喩していたはずなのだ。つまり、そのような状態を比喩している対語との対比的な関連性を考えれば、詩語「脱レ鍵」の場合にも、ここでは、比喩表現としてのそれが採用されて然るべきであると見なさなければならないだろう。例えば、門戸に戸締まり道具などは何一つ無く、(あるいは、錠(じょう)が有ったとしても壊れてしまっていて）戸締まり道具がものの役に立たず、門戸が全く閉鎖出来なくなってしまっている状態、それを、まるで、車軸の楔が引き抜かれてしまって（車輪が全く用をなさないで）いるかのようだ、とのそうした比喩表現としてここではそれが配置されていることになるに違いない、と。

「鍵」字を「かぎ」と訓ずるのではなく、今はあくまでも、比喩表現としてそれを使用するために、ここでは、敢えて、「くさび」（車輪のはずれを止める楔）との意に解釈することにしたい。そもそも、「鍵」字には、㈠鼎のつる（把手）のことで「鉉」字に同じ、㈡車軸のくさび（楔）のことで「鎋」字に同じ、㈢錠前のかぎ（鍵）との意があることになっている《『大漢和辞典』》。ただ、ここでのそれは、対語との対比関係上、比喩表現として使用されていることになっているわけなのであり、しかも、その「鍵」字と「脱」字との関連性のことをも十分に考慮する必要があることになっていて、結果的に、㈡車軸のくさび（楔）、との訓をここでは採用することにしなければならないだろう。

「鍵」字に「くさび」との訓があることは、『説文』中に「鍵、一曰、車舝也。」に作っていることからも（「車舝」とは、車輪が抜けないように固定するために、車軸の端に差し込む楔のこと。「鎋」「轄」に同じ。）、また、東晋の郭璞作「爾雅序」中の「誠ニ九流ノ津渉ニシテ、六芸ノ鈐鍵ナリ。」（誠九流之津渉、六芸之鈐鍵。）との一文に、『経典釈文』〈巻二九〉が「鍵、一曰、鎋也。」との「注」を付していることからも、十分に確認出来ることになっている（なお、『説文』中には、確かに、「轄、鍵也。」とも作っている。）。

車軸の楔としての「轄」のことであるが、例えば、「（陳）遵ノ酒ヲ耆ムヤ、毎ニ大飲ス。賓客ノ堂ニ満ツレバ、輒チ門ヲ関シテ客車ノ轄ヲ取リ、井ノ中ニ投ジテ、急有リト雖モ、終ニ去ルヲ得ザラシム。」（遵耆レ酒、毎大飲。賓客満レ堂、輒関レ門取二客車轄一、投二井中一、雖レ有レ急、終不レ得レ去。）《『前漢書』巻九二「游侠伝」陳遵》との一文中にもそれが見えている。以上の一文は、熟語「轄ヲ投ズ」（投レ轄）の出典とされており、それは、客人の来訪を好み、強引にその来客を留めて帰れないようにするとの意を有する熟語ということになっている。我が国の道真なども、その熟語を使って「珠ハ洙水ヨリ出デ、轄ハ孔門ヨリ投ズ。」（珠従二洙水一出、轄自二孔門一投。）〈『菅家文草』巻一「仲春釈奠、聴レ講二論語一」〉との一聯を詠述しているはずなのだ。

　まさしく、「轄」を引き抜きさえすれば、車輪は全く何の用もなさないことになっているわけなのだ。作者の道真は本句（一四〇句）において、官舎の門戸を閉鎖せんとした時、そこに戸締まり道具などは何一つ無く、（あるいは、錠が有ったとしても壊れてしまっていて）何の用も果たせない状態にあることを改めて知ったわけなのだろう。本聯の前句（一三九句）においては、室内を掃除せんとして、そこに（家財道具などが）何一つ無い状態にあるということを、まるで（楽器の）磬を掛けたかのようである、とそのように比喩していたわけなのであるが、その後句に当たる本句（一四〇句）においては、門戸を閉鎖せんとして、そこに（取り締まり道具などが）何もなく、（たとえ有ったとしても壊れてしまっていて）ものの役に立たない状態にあるということを、まるで（車軸の）鍵を引き抜いたかのようである、とそのように比喩し、その表現を通して本聯の対句構成を形作ろうとしているわけなのだ。勿論、作者がその後句中の末尾に、車軸の「くさび」を意味する、上掲の「鎋」「舝」「轄」（共に、『広韻』入声・一五鎋韻）字などの代わりに、敢えて、「鍵」（同・下平声・二仙韻・一先韻同用）字を配置することにしたのは、ここでは、それは、近体五言長律詩としての大原則「一韻到底」を厳守するためであるに違いない（なお、「轄」字には、「同・去声・一四泰韻」の韻目もあることになっている。）。「脱」字は、解き外すとの意。ここでは、車軸に挿し入れてある「くさび」を引き抜くとの意。

　「嬾」字は、前句中の「安シトス」（安）字の対語として、ここでは「嬾シトス」と訓じ、（不安で）暗く沈んだ気分にさせられる、との意を対比的に作っていることになる。室内に家財道具などが何一つ無い状態に対しては、作者はそれを安らかな気分で見過ごすことが出来たわけなのであるが、ところが、門戸に取り締まり道具が何も無く、（錠などが）有ったとしても、ものの役に立たない状態であることを目にするやいなや、作者はそれを見過ごしにすることが出来ず、（不安で）暗く沈んだ気分にさせられるのだった。それは、言うまでもなく、門戸の閉鎖が思うように出来ないからなのであった。前者の場合には安らかな気分でそれを見過ごすことが出来たのに対して、後者の場合には（不安で）暗く沈んだ気分になってそれを見過ごすことが出来なくなってしまった作者なのであるが、その理由は、以下の通りということになるだろう。一つには、前者の場合には、左遷中の作者なのであり、もともと、家財道具などは無かったはずで、今も、室内ががらんとしているその状態を再確認することになったわけなのだ。以前の「無」が今も「無」の状態にそのままあるにすぎないわけで、彼が心を悩ます必要はないということになるだろう。これに対して、後者の場合には、官舎の門戸の錠なり鍵なりは、もともと、付いていて、それも正常な役目を果たしていたに違いない。それが今では、無くなっていたり、役に立たないことになっているわけなのだ。つまり、以前の「有」が今や「無」に変化しているわけなのである。彼が心を悩ますことになったのは、そのためということになるだろう。そして、二つには、恐らく、前者のそれの場合が、作者にとってはあくまでも私的な問題でしかなかったからであるのに対して、後者のそれの場合は、作者にとっては、あくまでも、公的な問題ででもあったからであるということになるだろう。ここでは、後聯（一四一・一四二句）との関連で、二つ目の理由に、とりわけ注目することにしたい。

室内の家財道具の有無などが私的な問題であることは言うまでもないだろうが、一方の、門戸の取り締まり道具などの有無、こちらの方は公的な問題ででもあるということに、確かに、なるはずなのである。何故か。上述したように、室内を掃除することと共に、門戸を閉鎖し、取り締まり道具の所在を確認することは、陰暦十月の到来による、まさしく、歳時記的な行動ということになっていて、とりわけ、後者の行動については、『礼記』〈「月令篇」〉によると、それは天子が役人に命令して、そのような行動を執らせることになっていたはずなのである。つまり、門戸を閉鎖し、取り締まり道具の所在を確認することは、まさしく、それは天子の直接的な命令ということ、すなわち、公的な問題ということになるわけなのだ。

取り締まり道具などがものの役に立たず、門戸を閉鎖出来ない状態にあるということは、それは、まぎれもなく、天子の直接的な命令に違犯するということになるわけなのであり、たとえ、罪を得て左遷され、大宰府に已む無く身を置くことになった作者であったとしても、役人の一人としての大宰権帥、それが天子の直接的な命令に違犯するなどということは、これは有り得べからざる事態と言わなければならないだろう。道真が後者の状態を物憂いことだと見なし、見過ごすことの出来ないことだとしたのは、あくまでも、それが公的な問題だったからなのである。ところで、本聯の後句（一四〇句）に当たる本句の詠述を意味内容的に継承し、当時の作者の（不安で）物憂い気持が具体的にどのような感覚なり感情なりを彼に引き起こさせることになり、それがどれ程のものであったのかという、それらのことについては、次聯（一四一・一四二句）の前・後句において詠述されている。本句と次聯両句との、密接な対応関係に注目する必要があるだろう。

(15) **跛牂重有レ縶**　「跛牂ヲシテ重ネテ縶有ラシムレバナリ」と訓読し、（そうした門戸の閉鎖のことをわたしが大いに気にせずにはいられなかったのは、そのことが、一度、既に罪人とされてしまっている、まさに、か弱い）足萎えの雌羊であるわたしに今度は新たに足枷を嵌めさせることになるからなのであり（ふたたび、別種の、命令違犯との罪を受けさせることになるからなのであり）、との意になる。

本聯の前句（一四一句）に当たる本句と、その後句（一四二句）に当たる次句「瘡雀ヲシテ更ニ攣ヲ加ヘシムレバナリ」（瘡雀更加レ攣）とは、これも見事な対句構成となっている。なお、両句は意味内容上からして、本来的には使役法が採用されていることになるはずで、「使二跛牂重有一レ縶」と「使二瘡雀更加一レ攣」とに作られて然るべきものと考えられるが、ここでは、共にそれらの省略形が採用されていると見ることにしたい。今、以上のように訓読することにしたのは、まったくそのためなのである。詩語「跛牂」と「瘡雀」、「重」と「更」、「有」と「加」、「縶」と「攣」とがそれぞれ密接に対比するように配置されていることが分かる。本句中の詩語「跛牂」とは、足が萎えてしまって、不自由な足を引きずりながら歩くことを強いられている雌羊のことをいう。「跛」は足萎え、「牂」は雌羊のことをいう。用例としては「故ニ十仞ノ城スラ、楼季（上古の善く走る人）ノ踰ユル能ハザルハ、峭ケレバナリ。千仞ノ山スラ、跛牂ノ牧シ易キハ、夷カナレバナリ。」（故十仞之城、楼季弗レ能レ踰者、峭也。千仞之山、跛牂易レ牧者、夷也。）〈『韓非子』「五蠹篇」〉との一文中とか、その『韓非子』の一文を引用したところの、「是ノ故ニ、城ノ高キコト五丈ナルモ、楼季ハ軽シク犯サザルナリ。泰山ノ高キコト百仞ナルモ、跛牂（牂）ハ其ノ上ニ牧ス。夫レ楼季ニシテ五丈ノ限ヲ難シトスルニ、豈ニ跛牂ニシテ百仞ノ高キヲ易シトスルヤ。峭ト塹（漸次に高くなること）トノ勢ノ異ナレバナリ。」（是故、城高五丈、而楼季不二軽犯一也。泰山之高百仞、而跛牂牧二其上一。夫楼季也而難二五丈之限一、豈跛牂也而易二百仞之高一哉。峭塹之勢異也。）〈『史記』巻八七「李斯伝」〉との一文中とかに見えている。もっとも、本聯（一四一・一四二句）の前句中の「跛牂」の場合には、ここでは、当時の、ひとたび罪を着せられて大宰府に左遷させられてしまっている作者自身をそれに見立てることにしているわけなのだ。比喩的用法となっている。

ところで、上記の『韓非子』などの用例に見えているように、足萎えの雌羊ではあっても、登るのに際して、なだらかな坂でありさえすれば、たとえ、高さが「千仞」あるいは「百仞」の山であったとしても、その上に登って草を食むことが出来ることになっているわけなのである。当時の作者の心情を知る上で、本句中の詩語「跛牂」のここでの使用は、大いに注目する必要があるのではないだろうか。何故か。それは、作者自身が着せられている罪が、いまだ、一度である限りは、将来的に、その罪は必ず許される可能性を有しているはずなのだ、との作者の期待感、それが、ここでの詩語「跛牂」の使用に際して暗示されているように思えるからなのである。足が萎えてしまっている雌羊、それが当時の作者自身を比喩していることは言うまでもないだろう。一度罪を着せられ、大宰府に左遷させられてしまっている作者自身の身の上が、不自由な足を引きずりながら歩くことを強いられている「跛牂」に、ここでは見立てられているわけなのだ。

そうした見立てには十分なる説得力が有ること、その点については異論を挟む余地は無いはずだが、敢えて、ここで注目しなければならないのは、『韓非子』などの用例によれば、足萎えの雌羊でさえも、なだらかな坂を登って行くならば、「千仭」あるいは「百仭」の高さの山をも登り切ることが出来ることになっているわけなのであって、頂上において、それが草を食むことさえも可能なのだと述べられている、そちらの記述内容の方ということになるだろう。そちらの記述内容の方、それを作者の身の上に当て嵌めることにした場合、それは、どういうことになるのであろうか。作者にとっての、「千仭」あるいは「百仭」の高さの山とは、何のことにそれを見立てていることになるのであろうか。はたまた、その頂上において草を食むとは、どういうことにそれを比喩していることになるのであろうか。一度罪を着せられ、大宰府に左遷させられてしまっている作者自身の身の上にとって、なだらかな坂を登り続け、そして、「千仭」あるいは「百仭」もあるような高さの山の頂上に立ち、そこに生えている草を食むとは、これがどういうことを比喩していることになるのか、と言えば、それは、時間がどれ程掛かるとしても、作者が遂には勅許を勝ち取り、罪を赦されて故郷に立ち返ること、これ以外のことであるはずがないと思えるが、どうなのであろうか。

たとえ、足萎えの雌羊であっても、念願しさえすれば、なだらかな坂を登り切って、不可能と思えるような高い山の頂上に立ち、そして、思う存分に草を食むことが出来ることになっているわけなのだ。作者自身の身の上にこのことを当て嵌めるならば、当然に、彼の念願が叶って、勅許を勝ち取り罪を赦されて、そして、故郷である京都に帰還する当日を迎えること、そのこと以外のことではあり得ないに違いない。勿論、嬉しい帰還の当日を迎えるためには、かの雌羊がなだらかな坂をひたすら登り続けるように、作者もまた、大宰府での生活をひたすら坦々として無事に過ごす必要があるはずなのである。

大宰府での生活をひたすら坦々として無事に過ごす必要のある作者にとっては、新たに罪を重ねてしまい、再び朝廷から罰せられるようなことがあっては、絶対に、ならないはずなのである。作者の場合には、もとより、理論上は、そういうことになるだろう。新たな罪を被り、不自由な足に、さらに、足枷を嵌められるようなことなどは、決して、これはあってはならないことなのだ。足萎えの雌羊も、もはや、そうなっては、いくら、なだらかな坂であっても登ることなど全く不可能ということになるだろうし、作者の場合にも、そうなった以上、今度はどんなに時間を費やしたとしても、もはや、故郷への帰還の夢などは絶対に叶わないことになるはずだからなのである。

「縶（ちふ）」とは、ここでは、雌羊の足萎えの足を縛り上げる、ほだし・足枷（あしかせ）の意。対語「攣（れん）」を手枷（てかせ）の意とし、それとの意味上の対比から、ここでは足枷として、敢えて、通釈することにした。手枷といい足枷といい、罪を犯した人の行動の自由を奪うための刑具ということになるが、本句（一四一句）の場合には、その足枷を「重（かさ）ネテ」（重）身に受けさせることになる、と詠述しているわけなのだ。勿論、本句中の「重」とは、足枷を二度にわたって身に受けさせるとの意などではなく、足萎えである上に、それなのにさらに、もう一つ別に、足枷を身に受けさせるとの意でなければならないだろう。ここでは、対語「更」の同意語と見なす必要があるはずなのだ。

足萎えであるということが、雌羊にとっては、既に一つの罪を引き受けているとここでは見なされているわけなのであり、そうした足萎えの罪の他に、足枷を嵌められるような罪をその雌羊は新たに犯す状況に立ち至ることになるわけなのだ。そのことが、雌羊の場合における「重」的な状態ということになるに違いない。一方、作者の場合における「重」的な状態とは、どういうことになるのであろうか。雌羊の場合の、その足萎えの罪に相当するもの、それは、作者の場合には、言うまでもなく、左遷された大宰府での、今まさに現実に強いられている生活そのものということになるに違いない。それでは、作者の場合には、足枷を嵌められるような罪とは、どのような新たな罪のことを指示していることになるのであろうか。それを新たに犯して「重」という状態に立ち至らされてしまうとは、具体的に、どういうことを言うのであろうか。

作者の場合には、ここでの、足枷を嵌められてしまうような新たな罪とは、前聯の後句（一四〇句）との、内容上の密接な関連性を考え合わせれば、以下の通りと言うことになるだろう。すなわち、（孟冬十月を迎えることになって、官舎の）門戸を閉鎖しようとした作者は（その門戸の錠（じょう）が）まるで、車軸の楔（くさび）（車輪が抜けないように止めるもの）を引き抜いてしまっているかのように、それほどにものの役に立たなくなっていて（戸締まり道具などが）何一つ無いということを再認識したことになっていたわけであるが、そうした状況であれば、当然のことに、歳時記の上で孟冬十月に発せられることになっている、門戸を厳重に閉鎖せよとのその天子の命令に対して、明白に違犯せざるを得ないことになり、結果的に、作者はそのことによって、新たな罪を引き受けることになるはずなのだ。ここでの、足枷を嵌められてしまうような新たな罪とは、まさしく、作者の場合には、門戸の閉鎖に関する命令違犯を犯すことによって着せられるところの、そうした罪科ということになっているわけなのであり、確かに、前聯の後句においては、そうした罪科を着せられることになるのではないかと心配した作者自身が、門戸に戸締まり道具などが何一つ無い状況を目にして、「嬾シトス」（嬾）と詠述していたはずなのである。

「嬾」とは、大いに気にするとの意であり、ここでは、その対語「安」（一三九句）の対義語として配置されていることになっているわけなのだ。一方、前聯の前句においては、（孟冬十月を迎えることになって、官舎の）部屋を掃除しようとして（その部屋の中が）まるで、磬（石を「へ」の字形に作り、吊り下げて打ち鳴らす楽器）を掛けているかのように、それほどに、がらんとして（家財道具などが）何一つも無いことを再確認することになったわけなのであるが、そのことに対しては、作者は少しも苦にならず、それこそ、心安らかな状態でいられたと詠述していたはずなのである。それなのに、門戸の閉鎖ということに対しては、作者は大いに気にしないわけにはいかないのであった。理由は、明白だろう。家財道具の場合、それが、あくまでも私的な問題でしかないわけなのであるのに対して、戸締まり道具の場合、それは、あくまでも公的な問題ということになり、天子の命令違犯に直結することになるからなのだろう。

作者が孟冬十月を迎えて、門戸に戸締まり道具が何一つ無いことを大いに気にすることになったのは、そのことが、歳時記上から言って、天子の命令に違犯することに直結し、そのことによって、新たな罪科を着せられる可能性があると認識し、それを恐れたからなのである。罪科を着せられる可能性があるか否かということで言えば、例えば、『淮南子』

〈「天文訓」〉中に、「(立冬の日には)不周風(西北方の風)ハ至ル。不周風ノ至ルコト四十五日(冬至の日)ニシテ、広莫風(北方の風)ハ至ル。……不周風ノ至レバ、則チ宮室ヲ修メテ、辺城ヲ繕ム。広莫風ノ至レバ、則チ関梁(関門や橋梁)ヲ閉ヂテ、刑罰ヲ決ス(刑罰に判断を下す)。」(不周風至。不周風至四十五日、広莫風至。……不周風至、則修㆓宮室㆒、繕㆓辺城㆒。広莫風至、則閉㆓関梁㆒、決㆓刑罰㆒。)との一文が見えている。

つまり、「広莫風」が吹き始めるとされる冬至(陰暦十一月の節気)を迎えるやいなや、歳時記上からは「決㆓刑罰㆒」する時期の到来ということになっているわけなのであり、理論的には、道真が孟冬十月に立ち至って、官舎の門戸閉鎖の件で新たな罪科を着せられることになるのではないかと恐れたのは、来たる仲冬十一月中に差し迫った「決㆓刑罰㆒」との、そうした歳時記中の決まりを意識したからということになるのではないだろうか。来たる仲冬十一月中に差し迫った「決㆓刑罰㆒」とのそれが、孟冬十月中の現在、それこそ、大いに気にせずにはいられない問題として、官舎の門戸閉鎖の件をここで作者に採り上げさせることにしたのだろうと思えるが、どうなのであろうか。

とにかく、もはや、大宰府の地において孟冬十月を迎えることになってしまった作者なのだ。その作者であるが、自身を足萎えの雌羊に見立てることを通して、それでも、たとえ、高さが「千仞」あるいは「百仞」の山であったとしても、なだらかな坂を登り続けて行く限りは、足萎えの雌羊であっても頂上に立ち、十分に草を食むことも出来ることになっているはずだ、とのそうした見解に基づいたところの、すなわち、罪人として大宰府に左遷されてしまってはいるが、それでも、たとえ、どれほどに長い時間を要することになるとしても、この上に、新たな罪を着せられないように、ひたすら坦々とした無事な生活を送り続けていく限りは、勅許を勝ち取り罪を赦されて、そして、故郷である京都に帰還することも必ずや出来るはずだ、とのそうした念願を当時の彼が明らかに持ち続けていたという事実を打ち明けていることになるだろう。

その念願のためには、何よりも、新たな罪を着せられないようにすること、このことが肝要なことになっていたわけなのである。官舎の門戸閉鎖の件とは、まさに、作者にとっては、決して見過ごすことの出来ない重要な問題であったに違いない。当時の作者にとって、勅許を得て故郷に帰還することがどれほどに待ち焦がれることであったのか、そして、その勅許を手にするために、新たな罪を着せられないよう、いかに細心の注意を払って日々の生活を送っていたのか、本句（一四一句）においてはそうした意味内容についての詠述がなされていることになるわけなのであり、大いに注目する必要があるだろう。本句とは対句構成を形作っている次句（一四二句）においても、当然のことに、同様の意味内容が詠述され、そのことが繰り返し強調されることになる。

（16）**瘡雀更加レ攣**　「瘡雀ヲシテ更ニ攣ヲ加ヘシムレバナリ」と訓読し、（そうした門戸の閉鎖のことをわたしが大いに気にせずにはいられなかったのは、そのことが、一度、既に罪人とされてしまっている、まさに、小さな）傷付いた雀であるわたしに今度は新たに手枷を嵌めさせることになるからなのである（ふたたび、別種の、命令違犯との罪を受けさせることになるからなのである）、との意になる。

「瘡雀」とは、傷付いた雀の意。対語「跛牂」と同様に、既に罪人とされ、大宰府において左遷の憂き目に遭遇している作者自身のことを指示している。用例としては、「尚ホ遺簪ノ折ルルヲ念ヒ、仍ホ病雀ノ瘡ヲ憐ム。」（尚念二遺簪折一、仍憐二病雀瘡一。）〈『白氏文集』巻一五「渭村退居、寄二礼部崔侍郎翰林銭舎人一一百韻」〉との一聯が見えている。ちなみに、以上の用例は、白居易（三十九歳）が元和五年（八一〇）五月に憲宗に疎まれて京兆府戸曹参軍に左降された後、渭村に退去して住むことになり、その当時の自身の思いを詠述して友人たちに送ったとされる、そうした作品中に見えているもので、もとより、折れて捨て去られた簪とか、あるいは瘡付いた病弱な雀とかという、以上の表現は、左降されて渭村に退去中の白居易自身の身の上を指示していることになっている。同作中には、彼の当時の境遇や心境を詠述した「屈折ス孤生ノ竹、銷摧ス百錬ノ鋼。途ハ窮リテ憔悴ニ任セ、道ハ在リテ肯テ彷徨ス。」（屈折孤生竹、銷摧百錬鋼。途窮任二憔悴一、道在肯彷徨。）との両聯も見えていることになっており、そこにおいても、当時の彼自身の境遇を、折れ曲がってしまっている一本の竹や粉砕されてしまっている鍛（きた）え抜かれた鋼（はがね）などに見立てているし、そして、当時の彼自身の心境を、この上なく憔悴し切っており、切羽（せっぱ）詰まった、どうにもならない困難な心の状態を行きつ戻りつしているのである。

と言うことは、白居易が当時の彼自身の境遇、それを傷付いた病弱な雀に見立てているということに関しても、そのように彼自身を見立てることにした理由は、まさしく、この上なく憔悴し切っていて、切羽詰まった、どうにもならない困難な心の状態を行きつ戻りつしているような、そうした心境にあったからだということになるだろう。そうした心境にあった結果、白居易は彼自身を傷付いた病弱な雀に見立てることにしたわけなのだ。恐らく、本句（一四二句）中の詩語「瘡雀」の出典、それを白居易の上記中の「病雀瘡」であると想定しても、ここでは十分に説得力を有することになるだろう。そして、そのように想定すれば、作者の道真が自身の当時の境遇を「瘡雀」に見立てているということは、それは取りも直さず、当時の彼の心境もまた、白居易と同様にこの上なく憔悴し切っていて、切羽詰まった、どうにもならない困難な心の状態を行きつ戻りつしていたということになるはずなのだ。まさに、当時の白居易と当時の道真とは、共に左遷中の身分ということになっているわけなのだから。

勿論、道真の「瘡雀」の場合もまた、対語「跛牂」の場合がそうであったように、既に罪を着せられてしまい大宰府の地に左遷させられてしまっているという事実、それが、結果的に、当時の彼の境遇をして「瘡雀」に比喩せしめることにしたに違いないわけだし、また、望郷の念と故郷への帰還を熱望する気持とが当時の彼の心境をして、この上なく憔悴してどうにもならない困難さを感ぜしめることになったに違いないわけなのだ。本聯（一四一・一四二句）の対句構成上における対語「跛牂」と「瘡雀」との意味内容的な関連性を考えれば、そういうことにしなければならないだろう。

すなわち、傷付いた病弱な雀とは、既に罪を着せられてしまい大宰府の地に左遷されてしまっている作者自身の当時の境遇のことをここでは明白に指示していることになるはずなのである。そうした当時の作者自身の境遇に、更に「攣（てかせ）」

を嵌められることになってしまうのではないかと恐れていることになるわけなのだ、本句（一四二句）中の作者は。更に「攣」を嵌められるとは、作者が新たな罪を着せられることをいい、作者の、その因って来たる恐れとは、どういうことになるかと言えば、もとより、それは、「跛牂」のそれと同一ということになるはずなのだ。今や孟冬十月を迎えているが、官舎の門戸閉鎖の件で、天子のそれに関する命令に違犯することになってしまい、そのことによって新たな罪を着せられることになるのではないか、とのそうした恐れということになるだろう。

「瘖雀」の恐れの場合もまた、前句（一四〇句）中の詩語「嬾」字のそれとは、意味内容上において密接な関連性を有していることになっているわけなのであり、しかも、その恐れの理由もまた、「跛牂」のそれと同一ということになるはずなのだ。それは、ここで新たな罪を着せられることになってしまえば、故郷への帰還という念願、それがもはや絶望ということになってしまうからなのである。帰還の日が果たして何月何日のことになるのか、そのことに思いを至せば、作者の心はこの上なく憔悴してしまい、どうにもならない困難な状態に立ち至ってしまったはずなのだ。自分自身を「瘖雀」に見立て、そして、当時の日常生活において、新たな罪を着せられないように細心の注意を払っていたらしいことは、彼が左遷中の身分であり、故郷への帰還という念願を有していたことを考えれば、これまた、当然ということになるに違いない。

ところで、自分自身を「跛牂」や「瘖雀」に見立てた上で、孟冬十月を迎えることになった作者は官舎の門戸閉鎖の件で新たな罪を着せられないように細心の注意を払うように努めることにしたわけなのであるが、そのようにした理由については、前述の通り、例えば、『淮南子』〈「天文訓」〉中に見えているような、歳時記上からして、冬至（陰暦十一月の節気）を迎えることになれば天子が命令を発して、「決㆓刑罰㆒」することになっているからなのであろうとの、そうした想定を先に試みることにしたはずなのだ。そして、その上で、さらに、当時の作者が新たな罪を着せられないように、そのように細心の注意を払って冬至の時季を無事にやり過ごせるよう、努めることにした直接の理由、それは、故郷への帰還という彼の念願、これを一日も早く実現させたいとの強い思いからであったろう、との、そうした想定をも既に試みることにしたはずなのである。それでは、その孟冬十月を迎えて、そうした作者の思いは、どうして強まることになったのであろうか。

　未詳ながら、孟冬十月を迎えることになった道真をして、彼の念願の一日も早い実現のための努力を当時続けさせるようにしたのは、それは、或いは、来春になれば発せられることになるはずの、その恩赦への期待感のためではなかったかと、そのように考えることも出来そうなのであるが、どうなのであろうか。と言うのは、来春になりさえすれば、歳時記上、罪人に対しても恩赦が発せられることになっているからなのである。例えば、『礼記』〈「月令篇」〉によれば、「孟春」（陰暦正月）になり「立春」を迎えるやいなや、天子は大臣に対して命令を下し、「徳ヲ布キ令ヲ和ゲ、慶ヲ行ヒ恵ヲ施シ、下ハ兆民ニ及ビ、慶賜モテ遂行シテ、当タラザルコト有ル毋カラシム。」（布レ徳和レ令、行レ慶施レ恵、下及二兆民一、慶賜遂行、毋レ有レ不レ当。）ということになっているし、さらに、「仲春」（陰暦二月）となるや、天子は役人に命令を下し、「囹圄（牢獄）ヲ省キテ、桎梏（足枷・手枷）ヲ去リ、肆掠（刑死の人の亡き骸を見せしめにしたり、罪人を打ち叩くこと。）スルコト毋ク、獄訟（裁判沙汰）ヲ止メシム。」（省二囹圄一、去二桎梏一、毋二肆掠一、止二獄訟一。）ということになっている。また、同じく、それが「季春」（陰暦三月）に及ぶや、天子は改めて恩徳を広げ、慈恵を行うために、再び役人に命令を下し、「倉廩ヲ発キテ貧窮ニ賜ヒ、乏絶（不足の品々）ヲ振シ、府庫ヲ開キテ幣帛ヲ出ダシ、天下ニ周クセシム。」（発二倉廩一賜二貧窮一、振二乏絶一、開二府庫一出二幣帛一、周二天下一。）ということになっているし、一方では、天子は諸侯にも命令を下し、「名士ヲ聘シ、賢者ヲ礼セシム。」（聘二名士一、礼二賢者一。）ということになっている。まさしく、歳時記的には、来春になりさえすれば、とりわけ「仲春」になりさえすれば恩赦が発せられ、罪人である作者にも、罪を赦されて故郷への帰還という念願が実現出来ることになるかもしれないわけなのだ。延喜元年のこの冬を無事に過ごすことが出来さえすれば、との期待感を作者は抱くことになったのではないだろうか。その期待感が、日常生活において細心の注意を払わせることになったに違いない。ちなみに、当延喜元年七月の「改元詔書」発布の際には、期待外れとなり、それによる恩赦を被ることが出来なかった彼なのだ。その点を考えても、来春に掛ける彼の期待感の大きさは、これは、容易に想定出来るのではないだろうか。

とにかく、本聯（一四一・一四二句）の場合には、既に罪を着せられてしまい大宰府の地に左遷させられてしまっている作者が、自分自身の身の上を「跛牂」（か弱い足萎えの雌羊）と「瘡雀」（小さな傷付いた雀）とに比喩していて、一方では、当時の彼自身が置かれている境遇、それを、まるで、不自由な足を引きずりながら歩くか弱い雌羊であるかのように見立て、他方では、当時の彼自身が置かれている境遇、それを、あたかも、傷付いた病弱な小雀であるかのように見立てているわけなのだ。勿論、そうした比喩表現が、この上なく憔悴し切った当時の作者の心境、切羽詰まってしまい、どうにもならないと思われる困難な心の状況、そこから抜け出せずに、絶えず、苦しみが行きつ戻りつしている心の有り様を直接に投影して生み出されたものと見て、これは間違いないだろう。それでも、当時の作者は一縷の、故郷への帰還の望みを捨て切れずにいたわけなのであるが、そうした本聯において、作者が自分自身を、敢えて、「跛牂」と「瘡雀」とに見立てている点に、今は改めて注目することにしたい。

と言うのは、『菅家文草』〈巻四「依レ病閑居、聊述二所懐一、奉レ寄二大学士一。」〉中に、「情ヲ含ム海ノ上ニ蹉跎（つまづく）タルコト久シキヲ、猶ホ恨ム虚労ノ宿痾ヲ動カスヲ。脚ノ灸ハ堪フル無クシテ州府ヲ去レリ、頭ノ瘡ハ放レズシテ故人ニ遇ヘリ。」（含レ情海上久二蹉跎一、猶恨虚労動二宿痾一。脚灸無レ堪州府去、頭瘡不レ放故人遇。）との両聯が見えているからなのである。寛平二年（八九〇）の春に道真（四十六歳）が秩満によって讃岐国から帰京して間もなくにしてものしたとされる同作品（七律）中の、それは首・頷両聯四句となっているわけであるが、そこにおいて、作者は讃岐守滞在中の失望の多かった生活のことに思いを起こし（首聯前句）、身体の疲労による衰弱が持病の悪化を招いた事実についても、苦々しく思い起こしているのである（首聯後句）。

道真には、もともと「宿痾」（持病）というものがあって、身体の疲労による衰弱がそれを悪化させることになっていたらしい。その持病の悪化が、讃岐守滞在中に起こったわけなのだ。今、注目したいのは、その持病の悪化が「脚疾」となって発症し（頷聯前句）、「頭瘡」となって発症していることなのである（頷聯後句）。讃岐守滞在中に起こったとされる持病の悪化が、間違いなく、大宰府左遷中にも、それは、むしろ、より劇的な症状を伴って起こったはずであろうから、その結果、はるかに重症の「脚疾」を発症させてしまったことであろうし、同様に、その結果、はるかに重症の「頭瘡」を発症させてしまったことであろう。何しろ、道真の、その身体の疲労による衰弱が持病を悪化させる直接の原因となっていたわけなのだから。讃岐守滞在中に比べて、大宰府左遷中の、彼の、身体の疲労による衰弱の程度たるや、はるかに大きかったに違いないことを考えれば、当然、そのように推測して構わないことになるだろう。

例えば、本「叙意一百韻」においても、すでに、その第二段落中には、「嘔吐シテ胸ハ猶ホ逆ラフガゴトク、虚労シテ脚ハ且ニ攣ラントス。肥膚ハ争ヒテ刻鏤シ、精魄モ幾カ磨研スル。」（嘔吐胸猶レ逆、虚労脚且レ攣。肥膚争刻鏤、精魄幾磨研。）〈二七―三〇句〉との詠述が見えていたはずなのである。これは、京都からの長旅を終えて大宰府に到着した道真が、配所となっている官舎の前で下車した時の、彼自身の体調について言及している内容となっているが、その詠述によると、「（車から降りると）気分が悪く吐き気がして胸がまるで引っ繰り返ったようにむかむかしたし、体が衰弱疲労して脚がまるで引き攣ってしまったかのように萎えていた。血色の良かった肌もどこもかしこも見すぼらしく痩せ衰え、精も根もすっかり尽き果ててしまっていた。」という状態に至っていたことになっている。

当時における道真の体調の激変については、言うまでもなく、大いに納得出来るわけであるが、ここに、「虚労脚且レ攣」との詠述が見えていることに、今は、大いに注目する必要があるだろうと思う。上記のように、讃岐国から帰京して間もなくものした七律中にも「虚労動二宿痾一」との詠述が見えていたはずで、身体の疲労による衰弱が持病を悪化させ、「脚疾」と「頭瘡」とを発症させたことになっていたからなのである。道真は、大宰府に到着した時点で、少なくとも、「脚疾」の方はすでに発症していたことになるわけなのだ。「脚疾」が発症していたことになっている以上、「肥膚争刻鏤」との詠述からして、「頭瘡」の方も、京都からの長旅を終えた段階で発症していたと考えていいのではないだろうか。それも、持病の一つに数えられているはずだからなのである。

話を本聯（一四一・一四二句）の前・後句中に見えている詩語「跛牂」と「瘡雀」との、対語としての比喩表現のことに戻そう。当時の道真は、彼自身をか弱い足萎えの雌羊、そして、小さな傷付いた雀に見立てていることにしていた。罪人として大宰府の地に身を置く彼自身を、そのような「跛牂」なり「瘡雀」なりに見立てることにしているわけなのだ。上述したように、それは、この上なく憔悴し切っていて、切羽詰まった、どうにもならない困難な心の状態を行きつ戻りつしているような、そのような当時の彼の心境をまさしく投影した比喩表現と見なしていいはずなのであるが、ただ、以上のような、彼の持病の件からして、「跛」と「瘡」とに関して言えば、やはり、持病の悪化によって発症し、身体的に当時の道真を苦しめていたに違いない「脚疾」と「頭瘡」との、実際上の、その両方の病状をも見事に投影させた比喩表現であるとも見なさないわけにはいかないことになるだろう。

(17) **強望垣牆外**　「強ヒテ望マントス垣牆ノ外」と訓読し、（当時、確かに、歩行に不自由な、足萎えのか弱い雌羊のような、そうした存在のわたしではあったが、それでも、望郷の念にひどく駆られてしまった結果、今では、儒者たり得ぬわが身の上であるが故に、かの前漢の儒者・董仲舒とは正反対に）垣根の外の景色をも遠く眺め（そこに故郷の面影の片鱗なりとも認めてみ）たいものだと強く思っ（てそちらを眺めてみ）たりしたものだったし、との意になる。

本聯（一四三・一四四句）の前句に当たる本句と、その後句に当たる次句「偸ニ行カントス戸牖ノ前」（偸行戸牖前）とは、これも見事な対句構成を形作っていて、対語「強」と「偸」、「望」と「行」、「垣牆」と「戸牖」、「外」と「前」とがそれぞれ対比的に配置されていることになっているわけなのであるが、それと共に、ここでは、そうした両句の表現と内容とをそれぞれ導き出しているところの、両句における出典の有無と、そして、それぞれの出典の内容上に関する対比的な関連性とに、同様に注目していく必要があるのではないだろうか。何故なら、両句における出典の有無と、それぞれの内容上に関する対比的な関連性とを確認することによって、本聯の対句構成上における見事な技巧性が、より一層具体性を帯びて説明可能ということになるはずだからなのである。

以下に、本聯の前・後句における出典の有無をまず想定することにし、さらには、その両句における出典の内容上に関する対比的な関連性について確認してみることにしたい。

出典の有無については、今の所、共にその存在を認め、前句「強望垣牆外」のそれについては、『前漢書』〈巻五六「董仲舒伝」〉中の、「董仲舒ハ、広川ノ人ナリ。少クシテ春秋ヲ治メ、孝景ノ時ニ博士ト為ル。帷ヲ下シテ講誦シ、弟子ノ伝フルニ久次（先輩・後輩の順序）ヲ以テシテ業ヲ相授ケシムレバ、或ルモノハ其ノ面ヲ見ル莫シ。蓋シ三年園ヲ窺ハズ、其ノ精ナルコト此ノ如シ。」（董仲舒、広川人也。少治二春秋一、孝景時為二博士一。下レ帷講誦、弟子伝以二久次一相二授業一、或莫レ見二其面一。蓋三年不レ窺レ園、其精如レ此。）との一文が、後句「偸行戸牖前」のそれについては、『蒙求』〈巻上「孫敬閉戸」〉中の、「楚国先賢伝ニ、孫敬ハ字文宝ナリ。常ニ戸ヲ閉ヂテ書ヲ読ム。睡ラントスレバ則チ縄ヲ以テ頸ニ繋ギテ、之ヲ梁上ニ懸ク。嘗テ市ニ入ルニ、市人ハ之ヲ見テ皆曰ク、閉戸先生ノ来タル、ト。辟命（朝廷からの召喚状）セラルルモ至ラズ。」（楚国先賢伝、孫敬字文宝。常閉レ戸読レ書。睡則以レ縄繋レ頸、懸二之梁上一。嘗入レ市、市人見レ之皆曰、閉戸先生来也。辟命不レ至。）との一文がそれに当たると想定している。

前漢時代の董仲舒と後漢（三国）時代の孫敬とは、共に苦学力行の儒者であって、前者については部屋の帷帳を下ろして読書を続け、三年間というもの、屋外の庭園の様子さえも覗き見ることをしなかったとされる人物、後者については常に戸を閉め切って書物を読み続けていたので、時に市場に行くことがあると、人々から「閉戸先生」と呼ばれたとされる人物ということになっている。言うまでもなく、前者が「三年不レ窺レ園」との行為を自身に課したのは、「顔師古注」に「園圃有リト雖モ、之ヲ窺視セズトハ、学ヲ専ニスルヲ言フナリ。」（雖レ有二園圃一、不三窺二視之一、言レ専レ学也。）に作られている通りで、儒者として、学問にひたすら専念するためであったはずだし、もう一方の、後者が「閉戸先生」と呼ばれるに至ったのも、前者の場合と同様に、儒者として、学問にひたすら専念するべく努めた結果であったということになるはずなのだ。

とにかく、前者も後者も苦学力行の儒者なのであって、儒者として学問にひたすら専念したという事実、そのことが両者の共通項となっているわけなのだ。その点では、両者は、確かに、密接な対応関係にあると言えるだろうし、また、儒者となるべく苦労力行の経験を有する作者の道真とも、その点で大いに関連性があるということになるだろう。例えば、道真の後輩に当たっている大江匡衡（まさひら）（九五二―一〇一二）なども、儒者となるべく、董仲舒や孫敬の如くに苦学力行した人物であるが、自身の若年の頃を回想して、「帷ヲ下シテ園ヲ窺ハズ、戸ヲ閉ヂテ権（けん）ニ趁（はし）ラズ。」（下レ帷不レ窺レ園、閉レ戸不レ趁レ権。）《『江吏部集』巻下「述懐古調詩一百韻」》との詠述を残していることからしても、儒者となるべく、同じく苦学力行したことになっている先輩の道真が、以上の董仲舒や孫敬のエピソードを知らなかったはずはないだろう。確かに、彼もまた、「臣（しん）（道真）十五歳ニシテ冠ヲ加ヘテヨリ後、二十六ニシテ対策スルノ以前、帷（とばり）ヲ垂（た）ラシ戸（と）ヲ閉（と）ヂテ、経典ヲ渉猟（せふれふ）セリ。風月花鳥有リト雖（いへど）モ、蓋（けだ）シ詩ヲ言フノ日ハ尠（すくな）シ。」（臣十五歳加レ冠而後、二十六対策以前、垂レ帷閉レ戸、渉二猟経典一。雖レ有二風月花鳥一、蓋言レ詩之日尠焉。）《『菅家後集』貞享板本尾部》との一文を残していることになっている。道真もかつては董仲舒や孫敬の如くに一心不乱に勉学に打ち込んだ経験を、勿論、有していたことになるわけなのだ。

本聯（一四三・一四四句）の前・後句における出典の有無を想定し、それぞれの出典の、内容上に関する対比的な関連性を以上のように確認してみたわけなのであるが、それでは、本聯の前句「強望垣牆外」中に、何故に董仲舒のエピソードを、そして、その後句「偸行戸牖前」中に、何故に孫敬のエピソードを出典として採用する必要が、当時の道真にはあったのであろうか。ここでは、もとより、本聯の前・後句の意味内容からして、あくまでも、そのエピソードの採用は正反対なそれとして採用・配置されていることになっているはずで、まさしく、当時の道真の場合には、前句においては、董仲舒の場合とは正反対に、官舎の「垣牆」の外側の景色までをも眺めたことになっているし、後句においては、孫敬の場合とは正反対に、部屋の「戸牖」の直前にまで歩いて行ったことになっているわけなのだ。前句においては、庭園を眺めないどころではなく、その庭園よりも遠い景色を眺めたことになっているわけなのであり、後句においては、戸口を閉ざすどころか、その戸口の直前ばかりではなく窓際にまで歩いて行った（それらを開いた）ことになっているわけなのである。

当時の道真には、どうして、そのような行動を執る必要があったのであろうか。その行動たるや、「強ヒテ」（強）そして「偸ニ」（偸）にそれを執る必要があったことになっているが、どうして、そのように、自身の行動に制約を加えなければならなかったのであろうか。その後聯（一四五・一四六句）の前・後句において、「山モテ看ントス遙カナル縹緑、水モテ憶ハントス遠キ潺湲。」（山看遙縹緑、水憶遠潺湲。）と、明白に詠述されているように、作者が官舎の「垣牆」の外側の景色をはるかに眺めようとしたのは（一四三句）、聳える山肌の色彩を目にし、それによって遠方の故郷の山肌の彩色を重ねて見たかったからなのであり（一四五句）、同じく、「戸牖」の側近くまで歩み寄ろうとしたのは（一四四句）、近くを流れる河のせせらぎを耳にし、それによって遠方の故郷の川辺のせせらぎの音声を重ねて聞きたかったからなのである（一四六句）。それでは、山の景色を見るということ、河の音声を聞くということに対して、作者は、どうして、わざわざ、「強ヒテ」そして「偸ニ」というように、そのように自身の行動に制約を加える必要があったのであろうか。理由としては、作者のそうした行動が、儒者であった董仲舒および孫敬のそれとは、まさに、正反対であったからなのであるという、そうした理由以外には考えられないのではないだろうか。

例えば、同じ『菅家後集』中の「不レ出レ門」と題する七律の頷聯（三・四句目）と尾聯（七・八句目）とにおいても、道真は、「都府楼ニハ纔ニ瓦ノ色ヲノミ看、観音寺ニハ只ダ鐘ノ声ヲノミ聴ク。……此ノ地ハ身ノ撿繫セラルルコト無キト雖モ、何為レゾ寸歩モ門ヲ出デテ行カン。」（都府楼纔看二瓦色一、観音寺只聴二鐘声一。……此地雖三身無二撿繫一、何為寸歩出レ門行。）との詠述をものしていて、それによると、まさしく、彼自身は、門外に一歩なりとも出てみたいなどとは、決して思いもしなかったが、官舎の外側に見えている都府楼の屋根瓦を目にしたり、その外側から聞こえて来る観音寺の鐘声を耳にしたりしていたこと、そのようなことは、当時の彼にも間違いなくあったらしいのである。七律「不㆑出㆑門」の具体的な成立日時については未詳ということにはなっているが、底本などによると、その作品の配列順序が五言古調詩「読㆓開元詔書㆒」とのそれの直前ということになっていることからして、「延喜開元ノ詔書」が発布された延喜元年七月十五日よりも、日時的には、それ以前の詠述であったということが想定出来ることになっているわけなのだ。つまり、七律「不㆑出㆑門」の成立日時は、当然に、「叙意一百韻」中の本聯（一四三・一四四句目）の詠述対象となっている日時、すなわち、同年の孟冬十月よりも、確かに、これは、日時的にはそれ以前の詠述ということになるはずなのである。

　少なくとも、延喜元年七月十五日よりも以前の道真は、明らかに、一歩なりとも官舎の門外に足を踏み出してみるような、そのようなことは頑（かたく）なに拒絶していたことになっている。しかし、それでも、彼が都府楼の屋根瓦を目にしたり観音寺の鐘声を耳にしたことは、実際に、これは、有ったわけなのだ。ただ、有ったことは有ったであろうが、後者の鐘声の場合は言うまでもないことになるが、ここでの、前者の屋根瓦の場合にも、作者自身が積極的・能動的にそれを見ようとしたわけでは、決してなかったということになるはずなのだ。ここでは、消極的・受動的にそれを聞きそれを見たと解釈しなければならないだろう。自然に見え、自然に聞こえて来たわけなのだろう。何故か。「何為レゾ寸歩モ門ヲ出デテ行カン」（何為寸歩出㆑門行）と詠述していたように、当時の彼が一歩なりとも官舎の門外に足を踏み出してみるような、そのようなことを頑なに拒絶したことになっているからなのである。外部との接触・交渉を断絶したいと思っていたらしい当時の道真なのだ、積極的・能動的に都府楼の屋根瓦を見たいと目を凝らしたり、観音寺の鐘声を聞きたいと耳を澄ましたりすることなど、有ったはずがないと思えるからなのである。

　ところが、同年の孟冬十月に至るや、道真は近くに聳える山の色彩を目にするために（一四五句）、官舎の「垣牆」の外側の景色をはるかに眺めようとしたし（一四三句）、近くを流れる河のせせらぎを耳にするために（一四六句）、部屋の「戸牖」の側近くまで歩み寄ろうとした（一四四句）わけなのだ。こちらの方は、明白に、積極的・能動的な動作であると言えるだろう。何よりも、作者は、「垣牆」の外側の景色を眺めようとする自身の動作を「強ヒテ」執り行なったと言い、同じく、「戸牖」の側近くまで歩み寄ろうとする自身の動作を「偸ニ」執り行なったと言っているわけなのであって、これらの彼自身の動作が消極的・受動的であったなどとは、これは、決して言えないはずなのだ。

ちなみに、部屋の「戸牖」（戸口と窓）の側近くまで「偸ニ」歩み寄ろうとしたという、その道真の動作のことであるが、何を目的にそうした動作が執り行なわれることになったのであろうか。それは、上述したように、間違いなく、官舎の近くを流れる河のせせらぎの音を聞かんとしたためなのであった。ということは、そのためには、当然に、部屋の戸口なり窓なりを開く必要があることになるはずで、道真が「戸牖」の側近くまで「偸ニ」歩み寄ろうとしたのは、実際は、部屋の戸口なり窓なりを開いて、その上で、官舎の近くを流れる河のせせらぎの音を耳にしようとしたからだということになるだろう。まさしく、それは、極めて積極的・能動的な動作であったということになるだろう。あるいは、そうした動作は、作者をそのまま門外にまで歩を進めさせるという、その次の段階を用意するようにしたかもしれない。

孟冬十月に至るや、道真の、官舎の外側に見えている景色、あるいは、その外側から聞こえてくる音声に対する態度が、それ以前の消極的・受動的なそれから、積極的・能動的なそれへと大きく変化していることになっているわけなのであり、本聯（一四三・一四四句）の意味内容を解釈する上では、とりわけ、その点を大いに問題視する必要があることになるはずなのだ。その変化の原因、それは、前聯（一四一・一四二句）と後聯（一四五・一四六句）との意味内容上の関連性から言って、作者の、月日の経過と共にますます強くなり、もはや、抑え切れない程になってしまった望郷の念と帰還への願いということになるに違いない。前聯においては、既述したように、故郷への帰還の一日も早からんことを願っていた作者が、そのために、新たな罪科を身に受けないようにと細心の注意を払って日常生活を送っていたということ、そのことが詠述されていたはずだし、後聯においては、後述するように、「垣牆」の外側に見える山肌の彩色に故郷の山のそれを重ねて見てしまい、「戸牖」の外側から聞こえて来る川辺のせせらぎの音声に故郷の河のそれを重ねて聞いてしまったということ、そのことが詠述されているはずだからなのである。

本聯と前聯・後聯との、以上のような意味内容上の関連性から言えば、孟冬十月に至ってからの、そうした道真の態度・動作における変化の原因は、やはり、直接的には、望郷の念であり帰還への願いであったと見て間違いないだろう。ただ、そのことが直接的な原因であったとしても、そのことが、何故に、「垣牆」の外側を眺めるという動作に結び付くことになったのだろうか、はたまた、「戸牖」の側近くまで歩いて行くことになり、戸口や窓を開けるという動作に結び付くことになったのであろうか。望郷の念なり帰還への願いなりという、そうした動作を作者に対して、何故に「強ヒテ」「偸ニ」執り行なわせることにしたのであろうか。何故に、それが「垣牆」の外側を眺めるという動作でなければならなかったのであろうか、何故に、それが「戸牖」の側近くに立ち寄るという動作でなければならなかったのであろうか。

その解答の方は、上述した通りで、当時の道真が、もはや、先人である董仲舒や孫敬のような、苦学力行の儒者であり続けることに希望が持てず、むしろ、そのことを放棄・断念せざるを得ないような心理的状況に立ち至っていたからということ、そういうことになるのではないだろうか。苦学力行の必要性が無いということであれば、理論的には、確かに、一方では、帳帷を開いて庭園の様子を覗（のぞ）きみることも、さらには、官舎の「垣牆」の外側の景色を眺めることも、これは十分に可能ということになるだろうし、確かに、もう一方では、部屋の戸口や窓に近寄ることも、さらには、その「戸牖」を開いて門戸の外側に歩を進めることも、これは全く問題が無いということになるはずなのだ。

勿論、「垣牆」の外側の景色を眺めようとする動作、これを執り行なおうとした際にも、作者はその自身の動作を制約して「強ヒテ」そのようにする必要を感じたわけなのであり、「戸牖」に近寄り戸口や窓を開けようとする動作、これを執り行なおうとした際にも、作者はその自身の動作を制約して「偸ニ」そのようにする必要を感じたわけなのである。作者自身が執り行なう動作に対して、以上のような制約をここで設けているということは、とりもなおさず、苦学力行の儒者であり続けることにもはや希望が持てず、むしろ、そのことを放棄・断念せざるを得ないような心理的状況に立ち至っていたはずだとしても、当時の作者が、なおも、儒者であることを放棄・断念するとの、そうした決断を完全には下せていなかったということ、このことを意味していることになるのではないだろうか。

とにかく、孟冬十月当時の作者の、官舎の外側に見えている景色、あるいは、その外側から聞こえて来る音声に対する態度が、それ以前の消極的・受動的なそれから、改めて、積極的・能動的なそれへと大きく変化することになった理由の第一は、以上で述べたような、作者の、月日の経過と共にますます強くなり、もはや、抑え切れない程になってしまった望郷の念と帰還への願いということなのであった。そのことは、まさしく、理由の第一ということになるだろうが、官舎の外側に対する当時の作者の態度なり関心なりをしてより積極的・能動的なそれへと大きく変化せしめることになった理由、それをさらにもう一つ取り挙げることにすれば、それは、当時の作者の心理的状況ということになるに違いない。すなわち、儒者であることを放棄・断念するのか否か、ということで思い悩んでいたはずの、そうした当時の作者の心理的状況をもう一つ、ここでは取り上げないわけにはいかないのではないだろうか。

いや、むしろ、当時の作者のそうした思い悩む心理的状況が前もって存在していたからこそ、第一の理由である、望郷の念と帰還への願いとが大手を振って作者の心中を支配するようになり、「強ヒテ」「偸ニ」という動作上の制約が、確かに、そこに有ったことは有ったとしても、「垣牆」の外側の景色を眺めるという、儒者の董仲舒のそれとは正反対の動作、あるいは、「戸牖」に近寄り戸口や窓を開けるという、儒者の孫敬とのそれとは正反対の動作、それらの動作を作者は積極的・能動的に執り行なうようになったのである、とここではそのように結論付けるべきなのだろうと思う。それ程左様に、当時における作者の、日毎に募る望郷の念と帰還への強い思いは、もはや、心中において抑え難いものになってしまっていたということになるわけなのだろう。

「垣牆」とは、垣根の意で、ここでは官舎のそれのことを指示。第二段落の前句（四四句）中にも「籬ノ疎ナレバ竹ヲ割キテ編ム」（籬疎割レ竹編）との詠述が見えていたはずで、まさしく、官舎を取り囲むように竹で編んだ粗末な籬が有ったことになっている。作者はその籬の外側を眺めようとしたわけなのであるが、上述したように、後聯の前句（一四五句）との意味内容上の関連性からすれば、それは、官舎の近くに聳える山々の色彩を目にしようとしたからなのであり、その山々の色彩を通して、故郷における、孟冬十月時点での、山々の色彩に思いを馳せようとしたからなのであった。故郷を少しでも身近に感じようとしたからに違いない。

（18）**偸行戸牖前**　「偸ニ行カントス戸牖ノ前」と訓読し、（当時、確かに、歩行に不自由な、傷付いた小さな雀のような、そうした存在のわたしではあったが、それでも、帰還の願いにひどく駆られてしまった結果、今では、儒者たり得ぬわが身の上であるが故に、かの楚国の儒者・孫敬とは正反対に）戸口や窓辺の前を通って外に出て行き（そこに故郷の面影の片鱗なりとも認めてみ）たいと強く思っ（てそこで聞き耳を立ててみ）たりしたものであった、との意になる。

恐らく、前聯（一四一・一四二句）と本聯（一四三・一四四句）と後聯（一四五・一四六句）との都合三聯六句の意味内容上の脈絡は、AB・A′B′・A″B″との対比構成と見なしていいだろう（AA′A″のそれは、「跛牂」に見立てられたところの作者自身が主語ということになっており、BB′B″のそれは、「瘖雀」に見立てられたところの作者自身が主語ということになっている。）。つまり、こういうことになるはずなのである。一方で、既に罪人として大宰府に左遷させられてしまって、まるで、足萎えの雌羊のような、不自由な生活を余儀なくさせられている作者自身なのであるが、今や（孟冬十月を迎えるに際し、門戸の閉鎖などの件に関して）新たな罪をさらに身に受けることがないように細心の注意を払う必要があるのであった（A）。そうする必要があるのは、勿論、日毎に募る望郷の念と帰還の願いのためなのであり、そのためであるからには、もとより、門戸の閉鎖などの件についても、間違いの無いように、適切な処置が作者によって施されたと見ていいだろう。さて、そうこうするうちに、足萎えの雌羊のような作者の、その望郷の念と帰還の願いとは、いや増しに強まるばかりということになってしまい、遂には、儒者である前漢の董仲舒の戒めを破ってまで、垣根の外の景色を眺めてしまうことになるのだった（A′）。その彼が眺めることにしたのは、垣根の外側に見える山肌の彩色なのであるが、その本来の目的は、なつかしい故郷の山肌の彩色をそれを通して思い浮かべようとしたからなのであった（A″）、と。

あくまでも、日毎に募る望郷の念と帰還の願いのためなのであるが、他方で、既に罪人として大宰府に左遷させられてしまって、まるで、傷付いた雀のような、不自由な生活を余儀なくされている作者自身の方もまた、今や（孟冬十月を迎えるに際し、門戸の閉鎖などの件に関して）新たな罪をさらに身に受けることがないように細心の注意を払う必要があるのであった（B）。そして、そうした細心の注意を払う生活の中で、傷付いた雀のような作者の、その望郷の念と帰還の願いとは、いや増しに強まるばかりということになってしまい、こちらも、遂には、儒者である楚国の孫敬の戒めを犯してまで、部屋の戸口や窓際にまで歩いて行って（それらを開いて）しまうことになるのだった（B′）。その彼が耳にすることにしたのは、官舎の側近くを流れる河のせせらぎの音声なのであったが、これまた、その本来の目的は、なつかしい故郷の河川のせせらぎの音声をそれを通して思い浮かべようとしたからなのであった（B″）、と。

以上のように、ここでの前聯・本聯・後聯の都合三聯六句（一四一―一四六句）の脈絡は、AB・A′B′・A″B″との対句構成を基本にしながら、各聯それぞれの配置に当たっては、意味内容的に密接な対応関係を保有するように、改めて工夫が施されていることに気付く。本聯の後句（一四四句）に当たっている本句（B′）の場合においても、A′（一四三句）との関連性は言うまでもないが、B（一四二句）とB″（一四六句）との関連性についても、もとより注目しなければならないことになっている。

例えば、A′とB′との関連性ということに注目すれば、上述した通りに、「強」と「偸」、「望」と「行」、「垣牆」と「戸牖」、「外」と「前」とがそれぞれ対語となっていて、密接な対応関係を有することになっているはずなのだし、BとB′との関連性ということに注目すれば、B′中の、その「偸行」との動作の主体は、あくまでも、Bにおいて「瘡雀」に比定されたところの、その作者自身ということになっているはずなのだ。さらに、B′とB″との関連性ということに注目すれば、

B′中の、作者が室内の「戸牖前」まで歩行することにした目的は、その戸口や窓を開けて、官舎の側近くの河のせせらぎを聞こうとしたためであり、そして、その、河のせせらぎの音声を通して、故郷の邸宅近くを流れる河川のせせらぎの音声に思いを馳せようとしたためである、ということになっているはずなのである。

さて、本句（一四四句）中の詩語について見ていくことにしよう。「偸」とは、ここでは密かに、との意。対語「強」の場合と同様に、それは、作者自身が執り行なおうとした動作、すなわち、室内の戸口や窓の前まで歩を進めようとした（そして、それらを開けようとした）動作が本人の自由勝手に行ない得ないところのものなのであり、行なうに際しては制約されて然るべきものなのであるという点、その点を暗示していることになるだろう。いわゆる、そうした動作を執り行なうことに対する戒めというもの、それが従来、作者の意識下に存在していたことになるわけなのだ。その戒めとは、儒者である楚国の孫敬（閉戸先生）のそれである、とここでは想定出来ることになっていて、それについては上述した通りであるが、作者は、今や、彼の意識下に存在していたその戒めをその望郷の念と帰還の願いとの強まりによって、犯す必要が出て来た結果、以上の動作を「偸ニ」執り行なわざるを得ないことになったわけなのである。

「戸牖」とは、戸口と窓のこと。ここは、対語「垣牆」が官舎の外側を取り囲む、竹で編んだ籬のことを指示していたのに対して、官舎の内側の、部屋に取り付けてある戸口なり窓なりのことを指示している。官舎の内側と外側との対比。大宰府の官舎に取り付けられた「戸牖」については、同じ『菅家後集』〈「詠二楽天北窓三友詩一」〉中に、「古詩ハ何レノ処ニカ閑カニ抄出スル、官舎ノ三間ニシテ白キ茅茨（白いかや葺きの屋根）ナリ。方ヲ開クコト（方形の土地）窄シト雖モ南北ハ定マリ、宇ヲ結ブコト疎シト雖モ戸牖ハ宜シ。」（古詩何処閑抄出、官舎三間白茅茨。開レ方雖レ窄南北定、結レ宇雖レ疎戸牖宜。）との詠述も見えていて、その官舎の部屋には、確かに、戸口と窓とが適宜取り付けられていたことになっている。

「瘡雀」に見立てられた作者は、その戸口や窓の前まで歩いて行こうとしたわけなのだ。上述したように、その目的は、戸口や窓を開け放ち、官舎の近くを流れる河のせせらぎを耳にしようとしたからなのであった。窓のことはともかくとして、戸口を開け放つということになると、次には、その動作は部屋の外、官舎の外、そして、門外にまでも及び、そこにまで足を運ぶことになるに違いなく、そのことは容易に想像が付くわけなのであるが、そうした意味において、延喜元年十月上旬の成立と想定出来ることになっている本「叙意一百韻」中の一句と、その成立時期に先立つことおよそ三箇月、「延喜開元ノ詔書」が発布されることになった同年七月十五日の時期よりもさらに以前の成立と想定されるところの、上記の『菅家後集』〈「不レ出レ門」〉中の一句、すなわち、「何為レゾ寸歩モ門ヲ出デテ行カン」（何為寸歩出レ門行）〈八句目〉との、両者に見える「行」字の配置とそれぞれの句中における意味内容上の差異とには、やはり、注目していかなければならないだろう。何しろ、同じく「行」字の配置ということにはなっているが、それぞれの句中における意味内容は、一方では「行く」（肯定形）、もう一方では「行かない」（否定形）とのそれとして配置されていることになっているわけなのだから。少なくとも、三箇月余りの日時の経過が、官舎の外側の世界に対する作者の興味と関心とを劇的に変化させることになったわけなのだ、望郷の念と帰還実現への期待感の高まりを理由にして。注目しないわけにはいかないだろう。

(19) **山看遙縹緑**　「山モテ看ントス遙カナル縹緑」と訓読し、（垣根の外の景色を眺めると、青緑色をした山肌が目に入って来るのだったが、わたしは）その山肌のそこかしこを、（この大宰府の地から）遙かに遠く離れた故郷の青緑色をした山肌のことを思い浮かべながらつくづくと眺め入ったものだったし、との意になる。

本聯（一四五・一四六句）の前句に当たる本句とその後句に当たる次句「水モテ憶ハントス遠キ潺湲」（水憶遠潺湲）との対句構成においては、「山」と「水」、「看」と「憶」、「遙」と「遠」、「縹緑」と「潺湲」とがそれぞれ対語となっていて、密接な対応関係を有していることになっている。また、本聯の前・後句と前聯（一四三・一四四句）の前・後句との意味内容的な関連性について言えば、官舎の垣根の外側に視線を送ったことによって（一四三句）、作者が目にすることになったもの、それは「山」の佇まいということになるはずだし（一四五句）、官舎の部屋の戸口や窓辺の近くまで足を運んで行った（戸口や窓を開けた）ことによって（一四四句）、作者が耳にすることになったもの、それは「水」のせせらぎということになるはずなのだ。つまり、前聯・本聯四句における意味内容上の関連性はＡＢ・Ａ′Ｂ′（ＡＡ′は山の佇まいのこと、ＢＢ′は河のせせらぎのことを指示。）の対応ということになるに違いない。

本句（一四五句）中の詩語「山」とは、作者が官舎の垣根の外側に視線を送った結果、彼が目にすることになった大宰府の周囲に聳える山々のこと、同じく、次句（一四六句）中の詩語「水」とは、作者が官舎の部屋の戸口や窓辺の近くまで足を運んで行った（戸口や窓を開けた）結果、彼が耳にすることになった、官舎の側近くをせせらぎの音を立てて流れる河のことを指示していることになるはずなのだ。その「山」については、官舎の北西側には四王寺山地（最高峰は標高四一〇メートルの大城山〈大野山とも〉）が、北東側には三郡山地（最高峰は標高八六八・七メートルの宝満山）が、南側には標高二五七・六メートルの天拝山が、東側には標高一五一メートルの高雄山が聳えていることになっているし〈角川日本地名大辞典『福岡県』〉、その「水」については、御笠川が官舎の北側（都府楼の南側）を西流し、同じく、その支流である鷺田川（白川）が官舎の南側を西流していることになっている〈『日本歴史地図』六四頁〉。その「山」が東西南北どちらの方角に位置している山のことを指示し、その「水」が南北のどちらの方角に位置している河のことを指示しているのかについては、これは未詳ということになるだろうが、その「山」の山肌を通して、作者が、遙かに離れた故郷のそれを見たような気分にさせられたと言い、その「水」のせせらぎの音を通して、作者は遠く離れた故郷の河のそれを聞いた気分にさせられたと言っていることからすれば、あるいは、やはり、それは、故郷（京都）が位置していることになっている北東の方角、そちらの方角に位置している「山」であり「水」であったということになるのではないだろうか。そのように考えれば、すなわち、その「山」が宝満山のこと、その「水」が御笠川のことを具体的に指示していると想定出来るようにここでは思えるが、どうなのであろうか。

ちなみに、平安時代末期の大江匡房（一〇四一―一一一一）も大宰府の安楽寺（天満宮）に参詣した際にものした古調詩「参二安楽寺一詩」〈『本朝続文粋』巻一〉中において、「北ニ崔嵬（岩がごろごろして険しいさま）タル山有リテ、煙嵐（立ちこめるもや）ハ懸碕（切り立った崖）ヲ暗クス。嶺ノ高ケレバ銀兎（月の別称）ヲ銜ミ、谷ノ深ケレバ黄鸝（うぐいす）ヲ蔵ス。西ニ潺湲タル水有リテ、霧雨ハ彎崎（折れ曲がったみさき）ニ添フ。或ハ激シテ飛灘（急流）ト為リ、或ハ鋪キテ清湄（清らかな水辺）ト為ル。」（北有崔嵬山、煙嵐暗懸碕。嶺高銜銀兎、谷深蔵黄鸝。西有潺湲水、霧雨添彎崎。或激為飛灘、或鋪為清湄。）との両聯四句を詠述している。それによると、安楽寺（天満宮）の北方には高い山が聳え、その西方にはさらさらと音を立てて流れる河があることになっているが、まさしく、地理的には、前者の「崔嵬山」とは宝満山のこと、後者の「潺湲水」とは染川（御笠川の源流）のことを指示していることになるだろう。

その昔、道真が望郷の念と帰還の願いに駆られて官舎から目にすることになり、耳にすることになったところの、その「山」とその「水」もまた、「崔嵬山」（宝満山）としてのそれを指示し、「潺湲水」（御笠川）としてのそれを指示していると想定して、やはり、ここは、いいことになるのではないだろうか。とりわけ、道真の場合にも、「水モテ憶ハントス遠キ潺湲」（水憶遠潺湲）〈一四六句〉との詠述をものしていたはずなのであり、その「水」のせせらぎの音を通して彼は故郷の河のことを思い起こそうとしたことになっているわけなのだ。その「水」もまた、間違いなく、「潺湲」とした音を響かせて流れていることになっているのである。匡房の詠述との共通項として、大いに注目していいのではないだろうか。

本聯（一四五・一四六句）中の対語「看」と「憶」とのそれは、本来的には「憶ヒ看ル」（憶看）との熟語を形成しており、故郷の山の姿や河のせせらぎの音を思い浮かべて眺め入るとの意を有していることになるだろうが、それをここでは、敢えて、対語として分配する必要があり、その結果、「看」（前句）と「憶」（後句）とにそれぞれ分割配置することになったと、そのように想定すべきであろう。そうするためには、当然に近体詩としての「平仄式」、とりわけ、「粘法」と「二四不同」の大原則を厳守しなければならず、その前句の上から二字目の方には平声の「看」（『広韻』上平声・二五寛韻）字の方を、そして、その後句の上から二字目の方には仄声の「憶」（同・入声・二四職韻）字の方をそれぞれ配置することにしたに違いない。本来的に、熟語としての「憶看」を分割した上で、さらに順序を逆にして、「看」と「憶」とのそれぞれのものとして配置しなければならなかったのは、まさしく、それを対語として配置する必要があり、また、「平仄式」を厳守することを優先しなければならなかったからなのだ。

「看」と「憶」との対語を、以上のような理由で本聯の前・後句に配置していると想定する場合には、もとより、それら「看」「憶」両字のそれぞれに対しても、同様に、本来的な熟語「憶看」としての意味、すなわち、「思い浮かべて眺め入る」とのそうした通釈を施すことになるわけなのである。勿論、前句中の「看」字の場合には、官舎の垣根の外に見える「山」を目にしながら、遙かな故郷の「山」の姿を（心に）思い浮かべ、（それとの類似性を探って）眺め入るとの通釈になるはずだろうし、後句中の「憶」字の場合には、部屋の戸口や窓辺の向こうに見える「水」のせせらぎの音を耳にしながら、遠くの故郷の「水」のせせらぎの音を（心に）思い浮かべて、（それとの類似性を探って）聞き入るとの通釈になるはずだろう。

さらに、対語としての、「遙」（『広韻』下平声・四宵韻）字と仄声の「遠」（同・上声・二〇阮韻）字との対比に関しては、これは言うまでもないだろう。同義語としての対比であると共に、平声である前者と仄声である後者との、そうした平仄上の対比ということにもなっているわけなのだ。恐らく、この対比もまた、本来的に熟語「遙遠」（はるかに遠い）としてのそれを対語として前・後句に分割配置することを目的に、平声「遙」字の方をその前句中に、そして、仄声「遠」字の方をその後句中に並べることにしたのではないだろうか。ここでは、両者を、そのようにして配置された対語と見なしておくことにしたい。そして、意味内容的には、「遙」字といい「遠」字といい、同義語としての両者は、あくまでも、大宰府の地から故郷である京都までの「はるかに遠い」空間的な距離についての、その距離のことを共に指示していることになっているはずなのであり、官舎から「山」なり「水」なりまでの空間的な距離についての、その距離のことを、ここで指示していることには、決して、なっていないはずなのである。なんとなれば、官舎から「山」なり「水」なりまでの空間的な距離たるや、客観的に、それほどに「遙」でもなくそれほどに「遠」でもないことになっているはずだからなのであり、その上、作者がその「山」の姿を目にしその「水」のせせらぎの音を耳にしようとした理由が、前聯（一四三・一四四句）との意味内容上の関連性から、もともと、望郷の念と帰還の願いとに突き動かされたためであったということになっていたはずだからなのである。その理由が、近くの「山」の姿を通して故郷の山のことを思い浮かべようとしたためということになっているからなのであり、そして、近くの「水」のせせらぎの音を通して故郷の河のことを思い浮かべようとしたためということになっているからなのである。

「縹緑」と「潺湲」との対語は、ここでは、視覚的表現と聴覚的表現との対比ということになるだろう。前者が、はなだ色とみどり色との混じり合った、いわゆる、青緑色の色彩のことを指示し、後者が、水の流れるさま、ないしは、その、さらさらと流れる音声のことを指示することになっていて、ここでは、もっぱら、後者のそれも音声の方を指示していると考えられるからなのである。両者が、色彩と音声との対比を形作っていると思えるからなのである。本聯の前句中に見えている「縹緑」の場合には、勿論、それは、作者が官舎の垣根の外に目にすることになった「山」の、その山肌の青緑色の彩色のことを指示していると共に、それを通して、作者が思い浮かべることになった故郷の山の、その山肌の青緑色の彩色のことをも指示していることになるはずなのだ。同様に、本聯の後句中に見えている「潺湲」の場合には、勿論、それは、作者が部屋の戸口や窓辺で耳にすることになった「水」の、その河の流れのせせらぎのことを指示していると共に、それを通して、作者が思い浮かべることになった故郷の河の、そのせせらぎの音声のことをも指示していることになるはずなのである。

本聯の前・後句における、そうした意味内容上からすれば、当然に、本聯の前句は「縹緑タル山モテ看ントス遙カナル縹緑タルノ山」（縹緑山看遙縹緑山）との一句に作るべきことになるであろうし、その後句は「潺湲タル水モテ憶ハントス遠キ潺湲タルノ水」（潺湲水憶遠潺湲水）との一句に作るべきことになるであろうが、五言長律詩としての制約上から、それぞれ「山看遙縹緑」と「水憶遠潺湲」との省略形をここでは配置することになったに違いない。「縹緑」の対語としての「潺湲」とは、ここでは、河のせせらぎの音声のことを指示していると見なしていいだろう。視覚的表現としての色彩と聴覚的表現としての音声との対比であると、ここでは見なすことにしたい。

(20) **水憶遠潺湲**　「水モテ憶ハントス遠キ潺湲」と訓読し、（戸口や窓辺のところまで行って〈その戸口や窓を開けて外に出て〉耳を傾けると、河のさらさらと流れる瀬音が聞こえて来るのだったが、わたしは）その河のせせらぎの音のあれこれに、（この大宰府の地から）遙かに遠く離れた故郷のさらさらと音を立てて流れる河の瀬音のことを思い浮かべながらつくづくと聞き入ったものだった、との意になる。

〔語釈〕(18)において既述した通り、前々聯（一四一・一四二句）と前聯（一四三・一四四句）と本聯（一四五・一四六句）との都合三聯六句の意味内容上の脈絡は、ここではAB・A′B′・A″B″の対比構成と見なしていいことになるはずなのだ（AA′A″のそれは、「跛牂」に見立てられたところの作者自身が主語ということになっており、BB′B″のそれは、「瘡雀」に見立てられたところの作者自身が主語ということになっている）。つまり、本聯の後句に当たる本句（一四六句）が、前聯の後句（一四四句）を意味内容的にあくまでも継承していて、両句が密接な、B′B″としての関連性を有していると見なして通釈することにしたのは、まさに、そのためなのであるが、例えば、「瘡雀」に見立てられた作者自身が、部屋の戸口や窓辺のところまで歩み寄った（戸口や窓を開いて外に出た）のは（一四四句）、官舎の側近くを流れる河（御笠川）のせせらぎの音を聞くためなのであり、さらに、そのせせらぎの音を通して、遙か遠くの故郷を流れる河のそれを思い浮かべようとしたためなのだ（一四六句）、とそのように通釈することにしたのも、まさに、そのためなのだ。

本聯の前・後句が視覚的表現と聴覚的表現との対比によって構成されていることは、すでに〔語釈〕(19)において詳述した通りで、そのことは、前句中の詩語「縹緑」と後句中の詩語「潺湲」とが対語として使用・配置されていること、そのことによって容易に理解出来るだろう。前者の詩語が「山」の青緑色の佇まいのことを指示し、後者の詩語が「水」のせせらぎの音のことを指示している、とここでは思えるからなのである。前句の場合には、官舎の垣根の外に見えるその「山」（宝満山）の青緑色の佇まいを通して、遙かに遠い故郷の山の、その青緑色の佇まいを作者は思い浮かべようとしたとの、そうした内容の詠述ということになっているわけなのであり、それとの対句構成上、後句としての本句の場合には、部屋の戸口や窓辺のところに歩を進めて（それらを開け、外に出て）耳を傾けて聞こえて来るその「水」（御笠川）のせせらぎの音を通して、遙かに遠い故郷の河の、その、せせらぎの音を作者は思い浮かべようとしたとの、そうした内容の詠述ということになっているわけなのだ。見事な対句構成と言えるだろう。

意味内容上からだけではなく、近体五言長律詩としての「平仄式」上からも、本聯（一四五・一四六句）の対句構成は見事な出来栄えと言えるのではないだろうか。と言うのは、その前句の平仄が「○○○××」（○印は平声字で×印は仄声字であることを指示）に作られているのに対して、その後句のそれが「×××○◎」（◎印は平声字の韻字であることを指示）に作られているからなのである。「粘法」「二四不同」の大原則が厳守されているばかりではなく、前・後句の同位置のそれぞれの平仄が正反対になるように工夫し配置されていることも分かる。

なお、詩語「潺湲」（流れる水の音の形容）の用例としては、「荒忽トシテ遠ク望ミ、流水ノ潺湲タルヲ観ル。」（荒忽遠望、観二流水兮潺湲一。）〈『楚辞』「九歌・湘夫人」屈原〉との一聯中にも見えているが、その用例と本句「水憶遠潺湲」とのそれぞれの用字法における共通点が認められることにも改めて注目する必要があるだろう。「せんくわん」との字音は、「せんゑん」とも。本句中の「湲」（『広韻』下平声・二仙韻・一先韻同用）字の場合には、もとより、韻字としてここでは配置されていることになる。

(21) **俄頃羸身健**　「俄頃ク羸身モ健ヤカトナリ」と訓読し、（遙かに遠く離れた故郷の山肌を目にしたかのような気分にさせられた結果）ほんの暫くではあったが疲れ果ててしまったわたしの体も元気を取り戻したかのように思えたものであったし、との意になる。

対句構成としての本聯（一四七・一四八句）の、その前句に当たる本句とその後句に当たっている次句「等閑ニ残命モ延ビタリ」（等閑残命延）とにおける対語関係は、「俄頃」と「等閑」、「羸身」と「残命」、「健」と「延」ということになっていて、勿論、それぞれは密接な対応関係を有することになっている。さらに、本聯と前聯（一四五・一四六句）との意味内容上の対応関係も大変に密接ということになっていて、両聯四句（一四五―一四八句）の対応関係を図式化するならば、前聯の前・後句の対比をＡＢとした場合、本聯の前・後句のそれはＡ′Ｂ′ということにしなければならないだろう（ＡＡ′は、「山」の山肌の色彩を目にしたことによって故郷のそれをあれこれ思い浮かべた、とのそのことを共通項とし、ＢＢ′は、「水」のせせらぎの音を耳にしたことによって故郷のそれを思い浮かべた、とのそのことを共通項としている）。もとより、ここでは、ＡＢ・Ａ′Ｂ′とのそうした対応関係ではなくして、ＡＢ・Ｂ′Ａ′とのそれであるということも、確かに、想定可能ということになるだろうが、今は、前者の図式化（ＡＢ・Ａ′Ｂ′）に従って通釈しておくことにしたい。どちらにしても、本聯と前聯とは、当時の作者が執り行なったところの動作行為における、その結果（本聯）とその原因（前聯）ということになっていて、両者が密接な対応関係（因果関係）を有していること、これは間違いないはずなのである。

本句（一四七句）の場合には、官舎の垣根の外に見える「山」（宝満山）の山肌の色彩を通して故郷のそれを思い浮かべることが出来た（一四五句）、というその原因によって、一時的であったにせよ、作者は肉体上の元気を取り戻すことが出来たという、そうした結果を導き出すことになったわけなのである。そして、次句（一四八句）の場合には、部屋の戸口や窓辺に近付き（戸口や窓を開けて外に出て）「水」（御笠川）のせせらぎの音を通して故郷のそれを思い浮かべることが出来た（一四六句）、というその原因によって、これまた、一時的であったにせよ、作者は精神上の元気をも取り戻すことが出来たという、そうした結果を導き出すことになったわけなのだ。

ただ、ここで注意しなければならないのは、それはあくまでも、望郷の念と帰還の願いに駆られた結果として、作者が「山」を目にし「水」を耳にすることにしたからなのだとする、前聯（一四三・一四四句）との内容上の脈絡のことなのである。単に、「山」を目にし「水」を耳にしたという、そのことだけが原因ではないはずなのだ。作者が自身の肉体的・

精神的な元気を、たとえ、一時的であったにしても、取り戻すことになったのは、大宰府の「山」を目にして、そこに、故郷の山の面影を感じ取り、大宰府の「水」を耳にして、そこに、故郷の河の面影を感じ取ることが出来たからなのだ。つまり、まさしく、作者の望郷の念と帰還の願いとが、「山」と「水」とを通して作者に働き掛け、故郷の山と河とを、耳目を通してより身近に感じ取らせるという、そうしたことを作者に体験させることにしたからなのであり、その結果、これまで以上に、作者をして、故郷への帰還という、その夢の実現の可能性をより身近なものとして、改めて、感じ取れるようにさせたわけなのだ。作者が自身の肉体的・精神的な元気を、たとえ、一時的であったにしても、取り戻すことになったのは、そのことが直接的な原因なのである。

本句（一四七句）中の詩語「俄頃」は、しばらく・しばらくの間・わずかの間、との意。用例としては「孰カ能ク俄頃クノ間モ、心ヲ将テ栄辱ニ繋ガレン。」（孰能俄頃間、将レ心繋二栄辱一。）（『白氏文集』巻六「帰田三首」其三）との一聯などに見えている。同じく「羸身」は、疲れ果てた身体との意。対語「残命」（残り少ない寿命との意）との対応関係で言えば、もとより、「羸」（A）と「残」（A′）、「身」（B）と「命」（B′）との、すなわち、AA′・BB′の対比ということになるだろう。「身命」（BB′）の場合には言うまでもないだろうが、「羸残」（AA′）の場合にも、例えば、「周南ニ留滞シテ遺老ト称セラレ、漢上ニ羸残シテ半人ト号ス。」（周南留滞称二遺老一、漢上羸残号二半人一。）（『白氏文集』巻七一「詠レ身」）との一聯中に、その用例が見えているわけなのであり、確かに、そこでも、AA′・BB′の対応関係は大変に密接ということになっている。

恐らく、本聯（一四七・一四八句）においては、そうした両者を前・後句中にそれぞれ対語として配置する必要上から、AA′・BB′の対応関係を改めて、AB・A′B′のそれに組み替えることにしたわけなのであろう。勿論、その組み替え作業に際しては、近体詩としての「平仄式」をも考慮する必要があったはずなのであり、AA′としての「羸残」（○○）とBB′としての「身命」（○×）との組み替えに関しては、前・後句中のそれぞれにおける「二四不同」の大原則、それを厳守しなければならず、結果的に、ABとしての「羸身」（○○）を前句中に、A′B′としての「残命」（○×）を後句中に配置しなければならないことになったわけなのだろう（○印は平声で×印は仄声）。

なお、本聯と前聯（一四五・一四六句）との意味内容上の対応関係もまた、大変に密接となっていることは上述した通りなのであり、本聯の前句（一四七句）と前聯の前句（一四五句）とが因果関係を作り、本聯の後句（一四八句）と前聯の後句（一四六句）とが因果関係を作っていることになっていたはずなのである（前聯が原因で本聯が結果）。つまり、前聯の前・後句の対比をＡＢとした場合には、本聯の前・後句のそれはＡ′Ｂ′ということになり、前聯と本聯との意味内容上の脈絡は、これはＡＢ・Ａ′Ｂ′と図式化出来ることになっていたはずなのである。

ところで、この点も前述したはずであるが、その前聯（一四五・一四六句）の前・後句は、意味内容上の脈絡からして、それ以前の、前々聯（一四三・一四四句）の前・後句とも、また、さらには、前々々聯（一四一・一四二句）の前・後句とも、それぞれの前句同士・後句同士が互いに密接な対応関係を有していることになっている。と言うことは、本聯の前句（一四七句）が前聯・前々聯・前々々聯のそれぞれの前句（一四五・一四三・一四一句）との意味内容上の脈絡を有しているはずだということになり、そのことからすると、例えば、本句（本聯の前句）中の詩語「羸身」とのそれは、前々々聯の前句中に見えている詩語「跛牂」とのそれとも密接な対応関係にあることになるだろう。つまり、そのように考えれば、大宰府に左遷中の作者自身を歩行に不自由な足萎えの雌羊に見立てていたわけなのであるが（一四一句）、そうした「跛牂」の疲れ果ててしまった体のこと、そのことをここでの詩語「羸身」は具体的に指示していることになって来るはずなのだ（一四七句）。

もとより、当時の作者は、自身の望郷の念と帰還の思いとが一日も早く実現すること、そのことのみを心から期待していたに違いない。それにも拘（かかわ）らず、「跛牂」のそうした期待感は、結果的に、裏切られ続けることになるわけなのだ。結局、歩行に不自由な足萎えの雌羊が疲れ果てることになってしまったその直接的な原因、それは、もっぱら、そうした期待感が裏切られ続けているせいだということになるに違いない。それ故にこそ、そのように疲れ果てた雌羊に、期待感の実現が未だ無いにも拘らず、たとえ、一時的であったにもせよ、元気を取り戻させるようにしたもの、それが大宰府の「山」の青緑色をした山肌を通して作者が思い浮かべることにしたところの、それこそ、そのような青緑色をしたなつかしい故郷の山肌であったという（一四五句）、そうした意味内容上の脈絡の存在については、これは大いに納得がいくのではないだろうか。何故か。なつかしい故郷の山肌を身近に思い浮かべることが出来たという、その新たな事実が、作者の、それまでの望郷の念と帰還の思いとに対して、改めて、活力を注入することになったからであろう。そうに違いない。

「健」とは、すこやかな意。ここは、元気を取り戻すこと。ここは、そのような気分にさせられること。

(22) **等閑残命延** 「等閑ニ残命モ延ビタリ」と訓読し、（遙かに遠く離れた故郷の河の瀬音を耳にしたかのような気分にさせられた結果）ほんの仮初ではあったが残り少ないわたしの命も生気を取り戻したかのように思えたものであった、との意になる。

本句（一四八句）中の詩語「等閑」は、仮初の意。ほんの間に合わせで、一時的なことをいう。前句（一四七句）中の詩語「俄頃」の対語。「等間」とも。用例は「等閑ニ池上ニ賓客ヲ留メ、随時ニ灯前ニ管絃有リ。」（等閑池上留賓客、随時灯前有管絃。）〈『白氏文集』巻六四「自詠」〉との一聯などに見えている。その用例の場合にも、それは、確かに、ほんの間に合わせの意となる「随時」の、その対語としてそこでは採用配置されている。なお、内桑文日の諸本には、「等閑」を「等間」に作っている。今は、底松新の諸本に従う。

詩語「残命」は、残り少ない命の意。「余命」に同じ。対語「羸身」の場合と同様に、意味内容上の脈絡からして、本聯（一四七・一四八句）の後句に当たる本句中の詩語「残命」の場合にも、前聯（一四五・一四六句）の後句との密接な関連性に注目しなければならないだろう。そして、前々聯（一四三・一四四句）の後句とのそれ、さらに、前々々聯（一四一・一四二句）の後句とのそれにも併せて注目する必要があるだろう。つまり、対語「羸身」の場合には、具体的に言えば、「跛牂」（一四一句）に見立てられたところの、その作者自身の疲れ果ててしまった体のことを指示していたはずなのであるが、それに対して、「残命」の場合には、具体的に言えば、「瘡雀」（一四二句）に見立てられたところの、その作者自身の残り少ない命のことを指示していることになるはずなのだ。

その「跛牂」の方が日毎に募る望郷の念と帰還の思いとによって、（官舎の）垣根の外側の景色を眺めることになってしまった（一四三句）のとまったく同様に、その「瘡雀」の方もまた、日毎に募る望郷の念と帰還の思いとによって（部屋の）戸口や窓辺に近付き（戸口や窓を開けて）屋外の音色に聞き耳を立てることになってしまうわけなのである（一四四句）。景色を眺め音色に聞き耳を立てた結果、その「跛牂」の方が目に入った「山」の青緑色の山肌の中に故郷の遙かに遠い山肌を思い浮かべることが出来た（一四五句）のと、これまた同様に、その「瘡雀」の方もまた、耳に入った「水」のさらさらと流れる瀬音の中に故郷の遙かに遠い瀬音を思い浮かべることが出来たわけなのである（一四六句）。

そして、その「跛牂」の方が故郷の遙かに遠い山肌を思い浮かべることが出来たことによって、たとえ、一時的であったにせよ、疲れ果てた体も元気を取り戻したかのような気分にさせられた（一四七句）のと、これまた同様に、その「瘡雀」の方もまた、故郷の遙かに遠い瀬音を思い浮かべることが出来たことによって、たとえ、仮初であったにせよ、残り少ない命も生気を取り戻したかのような気分にさせられたわけなのである（一四八句）。もとより、元気を取り戻したその「跛牂」の場合と同様に、その「瘡雀」が生気を取り戻すことになった理由、それは、なつかしい故郷の瀬音を身近に思い浮かべることが出来たという、その新たな事実が、作者の、それまでの望郷の念と帰還の思いとに対して、改めて、活力を注入することになったからに違いない。「延」とは、ここでは、生気を取り戻し、寿命を引き延ばすとの意。ここは、仮初にそのような気分にさせられること。

（23）**形馳魂怳々**　「形（かたち）ハ馳（は）セテ　魂（たましひ）モ怳々（きやうきやう）タリ」と訓読し、（故郷の山肌を身近に思い浮かべることが出来たせいで、たとえ、一時的であったにせよ、疲れ果てたわが身体もいくらか元気を取り戻すことになったわけであるが、そのことでかえって、故郷をより身近に感じることになったために、故郷への恋しさがより一層募ることになってしまい、わたしの）体はそわそわと落ち着きを失うことになり心も魂が抜け出てしまったかのようにぼんやりとしてしまったし、との意になる。

本聯（一四九・一五〇句）の場合にも、その前句に当たる本句と、その後句に当たる次句「目ハ想ヒテ涕モ連々タリ」（目想涕連々）とは対句構成として密接な対応関係を形作っていて、それぞれの詩語「形」と「目」、「馳」と「想」、「魂」と「涕」、「怳々」と「連々」とが対語として対比されている。また、本聯の前・後句と前聯（一四七・一四八句）の前・後句との脈絡上の対比関係も密接ということになっていて、ここでは、その前聯の前句と本聯の前句、その前聯の後句と本聯の後句とが意味内容的に密接に関連付けられていると見なければならないだろう。勿論、前聯の前句（一四七句）は前々聯の前句（一四五句）とも脈絡を有していたはずだから、結局、本聯の前句は前々聯の前句とも密接に関連していることになるだろうし、前聯の後句（一四八句）は前々聯の後句（一四六句）とも脈絡を有していたはずだから、結局、本聯の後句は前々聯の後句とも密接に関連していることになるだろう。

と言うことは、本聯の前句に当たる本句（一四九句）において詠述されているように、「（わたしの）体はそわそわと落ち着きを失い心も魂が抜け出てしまったかのようにぼんやりとしてしまうことになった」わけなのであるが、それでは、どうしてそうなることになってしまったのかと言えば、その理由は、必ずや、故郷の山肌を身近に思い浮かべることが出来たせいということになるだろうし、さらに、その結果としての、故郷への恋しさがより一層募ることになったためということになるに違いない。また、本聯の後句に当たる次句（一五〇句）において詠述されているように、（わたしの）目は次から次へとものの思いに耽ることになり涙も止めどもなく滴り落ちることになってしまったわけなのであるが、それでは、どうしてそうなることになってしまったのかと言えば、その理由もまた、必ずや、故郷の河の瀬音を身近に思い浮かべることが出来たせいということになるだろうし、さらに、その結果としての、故郷への恋しさがより一層募ることになったためということになるはずなのだ。

もう一度、ここで確認することにするが、故郷の山肌を身近に思い浮かべることが出来た結果（一四五句）として、一方で、作者は一時的に、疲れ果ててしまった自身の体に元気を取り戻すことが出来たわけなのであるが（一四七句）、しかし、もう一方で、（その、故郷をより一層身近に感じてしまったことによって、故郷への恋しさがいや増しに募ることになってしまい）体はそわそわと落ち着きを失い心も魂が抜け出してしまったかのようにぼんやりとしてしまうことになるわけなのである（一四九句）。勿論、一日も早く故郷に帰還して、故郷の実際の山肌を目にしたいとの思いが、作者の体と心とをしてそのようにさせることにしたに違いない。そして、同様に、故郷の瀬音を身近に思い浮かべることが出来た結果（一四六句）として、一方で、作者は仮初に、残された短い自身の命に生気を取り戻すことが出来たわけなのであるが（一四八句）、しかし、もう一方で、（その、故郷をより一層身近に感じてしまったことによって、故郷への恋しさがいや増しに募ることになってしまい）目はあれこれともの思いに耽り涙も止めどもなく流れ落ちることになるわけなのである（一五〇句）。当然、一日も早く故郷に帰還して、故郷の実際の河の瀬音を耳にしたいとの思いが、作者の想いと涙とをしてそのようにさせることにしたに違いない。

　本聯の前・後句の通釈に際しても、これまた、前聯・前々聯の前・後句との意味内容上の脈絡を当然に考慮する必要があるはずなのであり、前述の通り、本聯の通釈がそれらの各聯ごとの対応関係に大いに注目しながら施しているのは、まさに、そのためなのである。さて、本句（一四九句）中の語釈について具体的に見ていくことにしよう。「形馳」とは、身体が落ち着きを失ってしまい、そわそわするとの意。その用例は、「其ノ鳴騶（天子の使者）ノ谷ニ入リ、鶴書（お召しの勅書）ノ隴ニ赴クニ及ビテヤ、形ハ馳セテ魄ハ散ジ、志ハ変リテ神ハ動ク。」（及二其鳴騶入一レ谷、鶴書赴一レ隴、形馳魄散、志変神動。）〈『文選』巻四三「北山移文」孔徳璋〉との一文中に見えている。そこには、「形馳」との用例が見えているだけではなく、「魄散」とのそれも見えていて、その「形馳魄散」との一句、それを本句「形馳魂悦々」の出典と考えることも出来そうに思うが、どうであろうか。

　ともかく、その用例「形馳魄散」の場合には、（隠者であった友人が朝廷からの使者とお召しの勅書を得た結果）体もそれを支配する精気も（隠者であることを忘れて、嬉しさの余り）すっかり落ち着きを失ってしまった、との意ということになっている。なお、「魄」とは、人の肉体の方を支配する陰の精気のことであり、人の精神の方を支配する陽の精気とされる「魂」とは、これは別物ということになっている。その用例「形馳魄散」が、敢えて、「魄」字に作っているのは、もとより、「形」字との密接な対応関係のためということになるはずで、肉体の方を支配している精気が「魄」だからなのだろう。そもそも、「形馳魄散」に作られているその四字句の構成には、ここでは互文的な修辞法が採用されていると見て取るべきであろうし、意味的には、「形魄ノ馳セ散ジテ」（形魄馳散）との四字句のそれと同様と考えていいことになるはずなのだ。用例中の「魄」字が、「形」字との間に密接な対応関係を有していると上述したのは、まさに、そのためなのである。

一方、本句「形馳魂悦々」（一四九句）中の場合には、それが、敢えて、「魂」字に作られているわけなのだ。精神の方を支配することになっている精気ということに、それがなっているわけなのであり、「形」との対応関係を考えれば、これは不自然ということになるだろう。理由は未詳ということになるが、恐らく、本句中の場合にも、その理由の一つに、近体詩としての「平仄式」の問題点を取り上げなければならないのではないだろうか。と言うのは、仄声の「魄」（『広韻』入声・一九鐸韻と同・入声・二〇陌韻）字と平声の「魂」（同・上平声・二三魂韻）字とには、もとより、韻目上の相違があることになっているからなのだ。

実際に、本聯の前・後句「形馳魂悦々、目想涕連々。」（一四九・一五〇句）の平仄の配列を図式化してみると、「○○○××、×××○◎。」（○印は平声、×印は仄声、◎は平声の韻字であることを指示。）ということになるはずなのである。前句中の上から三字目に平声の「魂」字を配置すれば、以上のように、その前・後句の平仄は見事に対比的な配列ということになるわけなのだ。一方、そこに仄声の「魄」字を配置すれば、その場合の平仄は「○○×××、×××○◎。」（同上）ということになってしまい、その前・後句の平仄が、対比的でなくなるばかりか、それによって、前句それ自体が「下三仄」を犯すことになってしまうのである。作者が仄声の「魄」字の代替として、平声の「魂」字をそこに配置することにした理由の一つは、間違いなく、そのためであったろうと思う。

それでは、「魄」字の代替として、そこに「魂」字を配置したことによって、本句「形馳魂悦々」の場合には、意味内容的にどのような違いを生ずることになったのであろうか。「魄」字が肉体の方を支配する精気（たましい）であるのに対して、「魂」は精神の方を支配するそれということになっていて、両者はそもそも別物ということになっていたはずなのだ。そのことからすれば、本句中の「形」と「魂」との場合には、「形」と「魄」とのそれと違って、意味内容上からは、両者は、密接な対応関係を有していないことになっているはずで、「形馳」と「魂悦々」とは二つの状況をそれぞれ別個に形作っていることになるだろうし、両者の状況は同時的・平行的な進行ということになるに違いない。体の方もそわそわと落ち着きを失うことになってしまい、心の方も「魂」が抜け出てしまったかのようにぼんやりとしてしまう、とのそうした二つの状況が同時的・平行的に作者を見舞うことになるわけなのだ。体の方もそわそわと落ち着きを失うことになったということからして、その体を支配する「魄」の方も、すっかり統制力を失うことになるわけなのだ。つまり、本句「形馳魂悦々」の場合には、「魄」の方も「魂」の方も、両方共に、それぞれが有することになっている統制力を失ってしまったということになるだろう。作者の場合には、体の方も心の方も、尋常ならざる状況に立ち至ることになってしまったわけなのだ。

勿論、それは、作者が故郷の山肌を身近に思い浮かべることになり、その結果、故郷への恋しさがより一層募ることになったためなのであり、その恋しさがもはや抑制出来ない程度にまで膨れ上がったからなのである。作者の体が「魄」の抑制を撥除（はねの）けてそわそわと落ち着きを失うことになってしまったのも、その心が「魂」の抑制を撥除けてぼんやりすることになったのも、理由はそのためなのだ。「悦々」とは、失意し気抜けするさまをいう。用例には、「蘭台（らんだい）ニ登リテ遙（はる）カニ望メバ、神（しん）（精神）ハ悦々トシテ外（そと）ニ淫（あそ）ブ。」（登蘭台而遙望兮、神悦々而外淫。）（『文選』巻一六「長門賦」司馬相如）との一文が見え、その「李善注」には、「王逸ノ楚辞（『楚辞』九歌「少司命」）注ニ曰ク、悦トハ、意ヲ失フナリ。又（ま）タ曰ク、不安ノ意ナリ。」（王逸楚辞注曰、怳、失レ意也。又曰、不安之意也。）に作っている。その用例中の「怳々」の場合にも、確かに、「魂」の方の抑制力が効かなくなってしまい、そのために、「神」（精神）が失望して気抜けしてしまうことになった、とのそうした意味に作られている。注目すべきであろう。

(24) **目想涕連々**　「目ハ想ヒテ涕モ連々タリ」と訓読し、（故郷の河の瀬音を身近に思い浮かべることが出来たせいで、たとえ、一時的であったにせよ、残り少ないわが寿命もいくらか命長らえることになったわけであるが、そのことでかえって、故郷をより身近に感じることになったために、故郷への恋しさがより一層募ることになってしまい、わたしの）目は次から次へもの思いに耽ることになり涙も止めどなく滴り落ちることになってしまった、との意になる。

本聯（一四九・一五〇句）の後句に相当する本句の場合にも、前句のその通釈に当たっては、前々聯の前句（一四五句）と前聯の前句（一四七句）との意味内容上の脈絡を考慮する必要があったわけで、そのことと、まさに、軌を一にして、その通釈に当たっては、前々聯の後句（一四六句）と前聯の後句（一四八句）との意味内容上の脈絡を是非とも考慮する必要があるだろう。すなわち、上述のように、本句（一五〇句）においては、「（わたしの）目は次から次へともの思いに耽ることになり涙も止めどなく滴り落ちることになってしまった」、との意が詠述されているわけなのであるが、それでは、どうしてそのような状態になることになってしまったのかと言えば、その理由は、必ずや、故郷の瀬音を身近に思い浮かべることが出来たから、と言うことになるだろう（一四六句）。そして、故郷を身近に思い浮かべた結果として、一方では、たとえ、仮初であったにせよ、残り少ないわが寿命もいくらか命長らえるような気分にさせられたわけなのであるが（一四八句）、もう一方では、そのように故郷を身近に思い浮かべることになった結果として、故郷への恋しさがより一層募ることになったわけなのだ。

結局、故郷の河の瀬音を身近に思い浮かべることが出来たことによって、一方で、故郷への思いがより一層溢れ出し、それを、もはや、抑制することが出来ないほどになってしまった作者なのである。本句（一五〇句）においては、作者の目が次から次へともの思いに耽り涙が止めどなく流れ落ちることになるわけであるが、前々聯の後句（一四六句）・前聯の後句（一四八句）との意味内容上の脈絡を考慮すれば、そうした事態を招くことになった理由は、当然に、故郷の河の瀬音のことに作者が改めて思いを致すことになったからということになるだろう。また、その懐かしい瀬音のためにこそ、彼は涙を止めどなく溢れさせることになったはずなのだ。それが理由ということになるに違いない。

本句中の詩語「目想」は、目を閉じて（物事を）思い浮かべるとの意。用例は、「耳ハ疇昔（昔時）ヲ傾想シ、目ハ平素ヲ仿彿ス。……上ハ遺象（遺影）ヲ瞻、下ハ泉壌（泉下）ヲ臨ム。窈冥（暗やみ）ニ潜ミ翳レシヲ、心ニ存シテ目ニ想フ。」（耳傾二想於疇昔一兮、目仿二彿乎平素一。……上瞻二兮遺象一、下臨二兮泉壌一。窈冥兮潜翳、心存兮目想。）《『文選』巻一六「寡婦賦」潘岳》との一文とか、「五柳ノ伝ヲ読ム毎ニ、目ニ想ヒ心ニ拳々タリ（常に忘れないさま）。」（毎レ読二五柳伝一、目想心拳々。）《『白氏文集』巻七「訪二陶公旧宅一。幷序」》との一聯とかに見えている。同じく、「連々」は、長く続くさまをいう。用例は、「曰ク、嗟乎、余ノ国ノ亡ビザルヤ、緜々連々タリ。殆キカナ、世ノ絶エザルヤ、ト。」（曰、嗟乎、余国之不レ亡也、緜々連々。殆哉、世之不レ絶也。）《『文選』巻五一「非有先生論」東方朔》との一文などに見えている。本句（一五〇句）の場合には、「目」と「涕」（なみだ）との密接な対応関係にも注目すべきであろう。

(25) **京国帰何日**　「京国ハ帰ルコト何レノ日ゾ」と訓読し、（そのように故郷の山肌や瀬音をより身近に感じることになり、故郷への恋しさをより一層募らせることになってしまった結果、わたしは次のような問いを改めて発せざるを得なくなってしまうのだった。すなわち、我が）京都へ帰還出来るのは（いったい）何日のことになるのであろうか（一日も早く帰りたいものだ）、との意になる。

本聯（一五一・一五二句）の前句に当たる本句と、その後句に当たる次句「故園ハ来ルコト幾バクノ年ゾ」（故園来幾年）との対句構成においても、それぞれの詩語「京国」と「故園」、「帰」と「来」、「何日」と「幾年」とは密接な対応関係を有することになっている。勿論、本聯の前・後句の場合にも、前聯（一四九・一五〇句）の前・後句との意味内容上の脈絡は密接ということになっているはずなのであるが、ただ、本聯の前・後句とその前聯の前・後句との対応関係の場合には、ここでは、各句ごとのそれではなく、各聯ごとの全体的な対応関係と考えるべきであろう。

すなわち、故郷への恋しさをより一層募らせることになって、一方では、体がそわそわと落ち着きを失い心も魂が抜け出てしまったかのようにぼんやりとしてしまい（一四九句）、他方では、目が次から次へともの思いに耽り涙も止めどなく滴り落とすことになってしまった（一五〇句）、そうした作者なのであるが、その結果として、彼が改めて発することになった疑問点、それが、本聯の前・後句中において詠述されている、故郷の京都へ帰還出来ることになるのは（いったい）何日のことで（一五一句）、それは何年のことになるのであろうか（一五二句）、とのこれまで幾度となく発していたに違いない問い掛けであったということになるわけなのである。当時の作者の、故郷に一日も早く帰還したいとの願いがどれほどに強く、痛切なものであったのかということ、そのことを詠述した前聯の意味内容、それを直接的に継承していることになっている本聯においては、必然的に、作者は、故郷の京都への帰還実現の具体的な年月日のことに、改めて、言及せざるを得ないことになるわけなのだ。前聯を継承した上での、改めての具体的な発問という形式が本聯においては採用されていることになるわけなのだ。本聯の前句においては、京都への帰還実現の具体的な日にちのことが発問され、そして、その後句においては、故郷への帰還実現の具体的な年度のことが発問されている。

勿論、本聯においては、故郷の京都への帰還実現が何年（何月）何日のことになるのか、とのそうした発問形式が採用されていることになるわけであるが、前・後句の対句構成を形作る必要から、ここでは、京都への帰還実現が（いったい）何日のことになるのか（前句）、そして、故郷への帰還実現が（いったい）何年のことになるのか（後句）と、前・後句それぞれが意味内容的に密接に対応するように、敢えて、分割配置されているわけなのである。本来的には、「幾年ノ何日」（幾年何日）に作られて然るべき四字句の熟語が分割配置され、対語として対比されているわけなのだ。「何日」と「幾年」とが、それぞれ前句と後句の末尾に配置されていることになっているが、言うまでもなく、「幾年」の方が後句に配置されている理由、それは「年」（『広韻』下平声・一先韻）字を本聯の韻字として配置するためなのである。

詩語「京国」とは、京都の意。用例「想フニ京国ニ到ルノ日モ、懶放タルコト（なまけて、わがままなこと。）亦タ斯ノ如クナラン。」（想到京国日、懶放亦如斯。）（『白氏文集』巻五一「自問行何遅」）。なお、上記の『白氏文集』中の用例は、白居易が蘇州刺史を辞して都に帰る舟路の途中で詠述した五言二十句の古体詩中に見えているものであるが、本句（一五一句）中の用例とそれとの関連性を考え合わせると、すこぶる興味深いと言えるのではないだろうか。何となれば、旅の途中の白居易の場合には、「京国」への帰還はすでに半ば実現しているわけなのであり、そのまま旅を続けることで彼の帰還は自然に達成されることになっているわけなのだ。その上、同詩中の一聯において、「郷ニ還リテ他ノ計無ク、郡（蘇州刺史）ヲ罷メテ余資有リ。」（還郷無他計、罷郡有余資。）と詠述されているように、旅を急がせて故郷の「京国」に帰還する理由は、彼にはもとより無かったことになっているのである。そのために、白居易の旅路は途中で遅れに遅れることになり、同詩によると、「山ニ逢ヒテハ輒チ棹ニ倚リ、寺ニ遇ヒテハ多ク詩ヲ題ス。酒ハ醒ム夜深クル後、睡ハ足ル日高キ時。眼底ニ一モ事無ク、心中ニ百モ知ラズ。」（逢山輒倚棹、遇寺多題詩。酒醒夜深後、睡足日高時。眼底一無事、心中百不知。）という有り様であったらしい。

白居易の場合には、「京国」への帰還を切望し、一日も早くそれを実現せずにはおかない、との差し迫った思いはもともと欠けていたわけなのだ。「京国」への帰還の旅程を彼が急ごうとしなかったのも、そのためということになるだろうが、何の屈託も無くのんびりと旅を続けながら、「眼底一無事、心中百不知。」と詠述して憚らない白居易の場合には、「眼底」や「心中」に故郷（京国）の風景なりを懐かしく思い浮かべて、そのために茫然となったり、涕泣したりすることなどは、これは、決して、無かったに違いない。「京国」に帰りたくとも帰れなかった我が道真の場合とは、もとより、状況が全く相違しており、両者の置かれた状況は比べようが無いわけなのであるが、「京国」への帰還ということを共に前提としながら、我が道真の方が、望郷の思いが募った挙句の果てに、彼自身が「形馳魂悦々」（一四九句）という状態となり、「目想涕連々」（一五〇句）という有り様に立ち至ったと詠述しているのに対して、白居易の方は、望郷の思いなど少しも湧かなかったということで、「眼底一無レ事」という状態のまま、「心中百不レ知」という有り様のままで旅を続けることになったと詠述しているわけなのだ。まさに、意味内容上からは正反対ということになるだろうが、ここでの両聯における、「心中百不レ知」と「魂恍々」、「眼底一無レ事」と「目想」との表現上の関連性については、大いに注目しなければならないのではないだろうか。

(26) **故園来幾年**　「故園ハ来ルコト幾ノ年ゾ」と訓読し、（そのように故郷の山肌や瀬音をより身近に感じることになり、故郷への恋しさをより一層募らせることになってしまった結果、わたしは次のような問いを改めて発せざるを得なくなってしまうのだった。すなわち、我が）故郷へ帰還出来るのは（いったい）何年のことになるのであろうか（一年も早く帰りたいものだ）、との意になる。

「故園」とは、ふるさと・故郷の意。用例「何ノ処カ酒ヲ忘レ難キ、逐臣（左遷された臣下）ハ故園ニ帰ル。」（何処難レ忘レ酒、逐臣帰二故園一。）（『白氏文集』巻五七「何処難レ忘レ酒」其七）。本聯（一五一・一五二句）の後句に相当する本句中の用例「故園」の場合には、その前句中の詩語「京国」の対語として配置されていることになるわけなのであるが、恐らく、ここでは、本来の「故園ノ京国」（故園京国）〈故郷である京都の意〉との四字句、それを対語として対比する必要上から分割配置することにしたのであろう。その分割配置に際しては、もとより、近体詩としての「平仄式」（とりわけ、「粘法」と「二四不同」の大原則。）を厳守しなければならず、「故園京国」（×〇〇×）〈〇印は平声、×印は仄声。〉との四字句のうちの、その前半部「故園」を後句中に、その後半部「京国」を前句中に配置することにしたに違いない。そのように配置すれば、本聯の前句における平仄は上から順に「〇×〇〇×」、後句におけるそれは上から順に「×〇〇×◎」となって、「粘法」と「二四不同」との大原則は厳守されることになるからなのである。

「来」字については、本句の場合には「帰」字の対語ということになっており、「故園」への帰還との意をこれもまた指示していることになっているはずで、その動作の方向性（大宰府から故郷へのそれ）を考えれば、「いたる」（至）もしくは「かへる」（帰）との訓をここでは、敢えて、採用しなければならないことになるだろう。前者の訓「いたる」の用例としては、『詩経』〈小雅「采薇」〉中に、「憂心ハ孔ダ疚ム、我ガ行ハ来ラズ。」（憂心孔疚、我行不レ来。）との一聯が見えていて、その「毛伝」には、「来トハ、至ルナリ。」（来、至也。）に作っている。一方、後者の訓「かへる」の用例としては、同上『詩経』中の一聯についての、その「鄭箋」には、「来トハ、猶ホ反ルガゴトキナリ。家ニ拠ルヲ来ト曰フ。」（来、猶レ反也。拠レ家曰レ来。）に作っているし、『易経』〈巻九「雑卦伝」〉中にも、「萃ハ聚マリテ、升ハ来ラザルナリ。」（萃聚、而升不レ来。）との一文が見えていて、その「韓康伯注」には「来、還也。」に作っている。今は、対語「帰」字との関連で、本句中の「来」字の訓を前者の「いたる」とのそれを採用することにした。

(27) **却尋初学仕**※ 「却リテ尋ヌ初メテ学仕セシコトヲ」と訓読し、（故郷への帰還が果たして何時のことになるのだろうか、との思いを巡らしているうちに、故郷におけるわたし自身の過去の生活についての順境時の誇らしい思い出が鮮明に次々と蘇って来るのだったが）先ずは（大学寮において、二十三歳の時に文章得業生に補せられ、学問研究に、より一層専念する一方で）その勉学に余裕を生じたということで初めて（下野権少掾に）仕官した時のことを偏に思い起こすことになったし、との意になる。

本聯（一五三・一五四句）も見事な対句構成を形作っていて、その前句に当たる本句とその後句に当たる次句「追ヒテ計フ昔鑽堅セシコトヲ」（追計昔鑽堅）とにおいては、「却尋」と「追計」、「初」と「昔」、「学仕」と「鑽堅」とがそれぞれ対語として対比的に配置されている。ただ、そのうちの対語「学仕」と「鑽堅」との対比についてであるが、底本及び内以下の諸本などには、「営仕」と「鑽堅」とのそれに作られていて、その点が大いなる疑問点を抱かせることになっている。ちなみに、上記の諸本のうち、松本は、「労」（『広韻』下平声・六豪韻）字に作り、その右横に「營」字を傍書している。

その疑問点は、「営」（營）字がそもそも平声（『広韻』下平声・一四清韻）字ということになっているからなのである。つまり、本句（一五三句）中の上から四字目に「営」字が配置される場合には、その平仄は上から順に「×〇〇〇×」（〇は平声字で×は仄声字）ということになり、近体詩の「平仄式」の大原則の一つ「二四不同」をそれが厳守していないことになるからなのだ。ちなみに、次句（一五四句）の平仄は同じく「〇××〇◎」（◎印は平声の韻字）ということになっていて、もとより、そこでは近体詩の「平仄式」のその大原則「二四不同」は厳守されている。対語となるべき「営仕」と「鑽堅」との対比ということに限ってみても、前者の平仄が「〇×」で後者のそれは「〇◎」となっているわけなのだ。平仄上からも、決して対比的ということにはなっていないのである。

近体五言長律詩としての「叙意一百韻」中の本句を作成する段階において、作者の道真自身が「営」字についての平仄を考え違いしたと想定することは、到底有り得ないことだ、と断言出来ることになっている。何故か。例えば、本作「叙意一百韻」中の他の二箇所に配置されている「営」字が、まさしく、平声字としてそれぞれに配置され、そのことによって各句の「平仄式」が以下の如く厳守されているからなのである。一つは、四〇句「修（をさ）メ営（いとな）ム朽（く）チタル采椽（さいてん）」（修営朽采椽）中の用例なのであり、他の一つは、一八三句「苟（いやしく）モ営々（えいえい）トシテ止（と）マル可（べ）ケレバ」（苟可二営々止一）中のそれなのであるが、確かに、その前者の平仄の場合には「〇〇××◎」、その後者の平仄の場合には「〇×〇〇×」ということになっている。上述した通りに、「営」字は共に平声字としてそこでは採用され配置されていることになっており、それ故に、各句の「平仄式」は近体五言長律詩としての体裁、例えば、「二四不同」「粘法」の大原則を厳守していることになるわけなのだ。

四〇句と一八三句との「営」字の用例によっても明白なように、作者の道真が「営」字の平仄を本句（一五三句）中に限って誤るなどということ、そのようなことは決して有り得るはずがないのである。一方、同様に、本句中の上から二字目に配置されている「尋」字について言えば、これも、上述した通りに、平声（『広韻』下平声・二一侵韻）字ということになっているわけなのであり、こちらの方は、「粘法」の大原則から言って、本句中の上から二字目に採用され配置されることになる漢字の平仄は、必ずや、平声のそれでなければならないことになっていて、それ故、平声の「尋」字がそこに採用され配置されているのは、至極当然ということになるはずなのだ。本句におけるその「粘法」の大原則に関してであるが、まさに、前聯（一五一・一五二句）のその前句中の上から二字目に配置されている「国」字は仄声（同・入声・二五徳韻）、その後句中の上から二字目に配置されている「園」字は平声（同・上平声・二二元韻）ということになっている。ということは、「粘法」の大原則からして、本聯（一五三・一五四句）の前句に当たる、本句中の上から二字目に配置されることになっている漢字、それは必然的に平声でなければならないことになるはずなのである。作者の道真が平声の「尋」字をそこに配置したのは、勿論、そのためなのであり、同じく、本聯の後句に当たる、次句の上から二字目に仄声の「計」（同・去声・一二霽韻）字を配置することにしたのも、もとより、そのためなのである。

つまり、本句（一五三句）中の「平仄式」において、「二四不同」の大原則を犯すことになっている根本原因、それが本句中の上から四字目に配置されている、平声の「営」字のためだということになるわけなのだ。そして、その「営」字が平声字であることに関しては、上述したように、四〇・一八三句中の用例に照らして見る限り、当然のことながら、作者自身はすでに十分にそのことを認識していたことになっているはずなのだ。その結果、本句中における「平仄式」上の重大な、「二四不同」の大原則を犯すという違犯については、その発生の原因として、もっぱら、以下の如き二つのことしか考えることは出来ないことになるだろう。すなわち、その一つは、作者自身の、本句に限っての、単純な不注意のためであるとの理由、そして、他の一つは、後世における「営」字の誤写のためであるとの理由、以上の二つしか、無いということになるだろう。

ただし、前者の方の理由については、やはり、上述の通り、ここでは全くのところ、有り得ないことであり、そのように考えることは不可能なことであると見なすべきであろうから、結果的に、後者のそれの方をここでは取り上げないわけにはいかないことになるわけなのだ。本句中の「営」字の場合には、まさに、後世における誤写と見なすべきであり、そうした誤写によって「営」字に作られてしまったことにより、「二四不同」の大原則を本句は犯すことになったのだ、と考える必要があるはずなのだ。本書においても、ここでは後者の理由を取り上げていくことにするのは、まさしく、そのためなのであるが、その場合に問題となるのは、言うまでもなく、後世において、「営」字として誤写されることになったと想定したところの、その原詩中の文字、それがどのようなものであったのかということになるだろう。当然に、それは仄声字であったに違いないが、果たして、どんな文字であったのであろうか。

　結論を先に言えば、未詳ながら、今は、それが仄声の「学」字であったのではないかと強く想定している。上記の原詩・訓読・通釈において、すでに、平声の「営」（營）字を仄声の「学」（學）字に訂正して注釈作業に取り組んでいるのは、その想定に従ったからなのであるが、訂正の理由は三つある。一つは、両字における旧字体としての字形（「營」と「學」）の類似性、二つは、上記の通りに「学」字が仄声であること、そして、三つは、本聯における対語としての「学仕」と「鑽堅」との、両者の内容及び出典上の類似性のためなのである。その一については、旧字体の「営」（營）字と「学」（學）字との字形の類似性が目につくことだろうし、草書体に作った場合の両字の字形がとりわけ類似していることから、後世において誤写した可能性は大いに有り得るように思えるが、どうなのであろうか。その二については、「学」字は、間違いなく仄声（『広韻』入声・四覚韻）となっていて、例えば、『菅家文草』〈巻一「九日侍レ宴、同賦二天錫レ難レ老、応レ製。」〉中の五律の、その頷聯（第三・四句）に見えている用例「采ヲ駐ムルコト道ニ因ルニ非ズ、身ヲ軽ンズルコト豈ニ仙ヲ学バンヤ。」（駐レ采非レ因レ道、軽レ身豈学レ仙。）においても、それは、確かに、仄声字として配置されている。今、その頷聯の平仄を図式化するならば、「××○○×、○○××◎。」（○印は平声、×印は仄声、◎印は平声の韻字。）ということになるはずで、その後句の上から四字目に配置されている「学」字が仄声である故に、「平仄式」上の「二四不同」の大原則もそこでも厳守されていることになるわけなのである。

　さて、そのように、「営」字を「学」字の、後世における誤写と見なすことにした三つ目の理由であるが、それは本聯

（一五三・一五四句）中の対語としての「学仕」と「鑽堅」との、その両詩語における内容上、そして、出典上の関連性からなのである。まず、後句中の詩語「鑽堅」についてであるが、こちらの方は、言うまでもなく、いわゆる、儒教的な学問を探求し、あくまでもそれを研究してやまないとの意味を指示しており、出典は『論語』〈「子罕篇」〉中の、「顔淵ハ喟然トシテ（ため息をついて嘆息するさま）歎ジテ曰ク、之ヲ仰ゲバ弥高ク、之ヲ鑽レバ弥堅シ。……。」（顔淵喟然歎曰、仰之弥高、鑽之弥堅。……。）との一文であるということになっている。まさしく、それは、儒教の学問が内容的にいかに高邁で堅固であるかということについて、孔子の弟子の顔淵が述べた内容となっていて、「鑽堅」とは、すなわち、その堅固な学問を研究してやまないとの意味を指示していることになる。出典は『論語』なのだ。

一方の「学仕」の方であるが、こちらも、出典は『論語』〈「子張篇」〉中の、「子夏曰ク、仕ヘテ優ナレバ（余裕を生じたならば）則チ学ビ、学ビテ優ナレバ則チ仕フ。」（子夏曰、仕而優則学、学而優則仕。）との一文であると想定出来ることになっているのである。いわゆる、それは、官職に就いてそこに余裕を生じることになったならば（さらに実地に役立てるために、改めて）学問する必要があるし、また、学問研究を志してそこに余裕を生じることになったならば（さらに学問研究を充実させるために、新たに）官職に就く必要がある、とのそうしたことについて、同じく、孔子の弟子の子夏が述べた内容となっているのである。「学仕」とは、その出典の一文の後半部の、すなわち、あくまでも学問研究を続行しながらも、その学問研究に余裕が生じたならば、さらに、それを充実させるために仕官をしてみる必要があるとの、そうした内容を指示しているところの後半部分、それを出典にしていると考えていいだろう。そこでは、あくまでも学問研究に専念することが「主」ということになり、仕官することは「従」ということになっているはずなのである。仕官するのは、あくまでも学問研究を充実させるためだということになっているからなのだ。本句（一五三句）中の詩語「宮仕」を、「学仕」の後世における誤写と見なすことにすれば、対語関係にある、次句（一五四句）中の詩語「鑽堅」とは、確かに、内容的にも密接な対応関係を有することになるはずなのだ。両者が共に『論語』中の一文を出典としていることになるだけではなく、両者が共に儒教的な学問研究に専念するとの、そうした意味内容ということになっているからなのである。両者は対語として、いかにも相応しいと言えるのではないだろうか。対語として相応しいと言えば、両者の平仄も、「学仕」が「××」で「鑽堅」が「○◎」となっていて、対比的な配置ということになっている。

ところで、前聯（一五一・一五二句）においては、故郷である京都への帰還が果たして何年のことになり、果たして何日のことになるのであろうかと詠述し、その帰還の一日も早い実現を願っていることになっている作者の道真なのであるが、その彼が、本聯（一五三・一五四句）に至るや、一転して、その故郷である京都での悲喜こもごもの生活上の体験のことを具体的に思い起こすことにし、そして、それぞれの出来ごとについての意見なり感想なりを併せて詠述することにするわけなのだ。そうした詠述は本聯を含めて、以後一九〇句までの都合十九聯三十八句の長きにわたって続くことになっている。そのうちの一五三句から一七六句までの十二聯二十四句が前半部に当たり、もっぱら、彼の順境時に関する体験及びそれに対する感想がそこでは詠述されており、同じく、一七七句から一九〇句までの七聯十四句が後半部に当たり、もっぱら、彼の逆境時に関する体験及びそれに対する感想がそこでは詠述されている。

もとより、道真の場合には、当然ということになるだろうが、大宰府への左遷事件の勃発以前の、その京都での生活上の体験及び感想については押し並べて前半部に詠述されることになっていて、勃発以後の、その京都での生活上の体験及び感想については押し並べて後半部に詠述されることになっている。そうした詠述方法のことに関して言えば、『白氏文集』〈巻一六「東南行一百韻」〉中にもまったく同様な形式が見えていて、大いに注目しなければならないことになっている。すなわち、江州に左遷された白居易が都長安に帰還したいとの思いを彼の地で募らせるわけなのであるが、その思いを詠述した直後に、彼もまた、都での悲喜こもごもの生活上の体験のことを具体的に思い起こすことにし、その上で、それぞれの出来ごとについての意見なり感想なりを併せて詠述することにしているのである〈白居易のその作品も五言長律詩となっている〉。それだけではない。その思い出についての詠述の方法も、前半と後半との両部分に大きく分かれていて、前者のおよそ三十一聯六十二句には彼の順境時に関する体験及びそれに対する感想がそこではもっぱら詠述されることになっているし、後者のおよそ三十七聯七十四句には彼の逆境時に関する体験及びそれに対する感想がそこではもっぱら詠述されることになっているのだ。分量的な問題は措くとして、形式的には、白居易のそれは、道真の場合と全く同一ということになっているのである。

本聯（一五三・一五四句）を含めた都合十九聯三十八句の長きにわたって、道真が望郷の念を募らせながら、京都での悲喜こもごもの思い出に耽ることにしているのは、白居易の「東南行一百韻」の詠述形式をここで借用することにしたからに違いない。確かに、例えば、前聯（一五一・一五二句）において、「京国ハ帰ルコト何レノ日ゾ、故園ハ来ルコト幾ノ年ゾ。」（京国帰何日、故園来幾年。）との詠述をなして、故郷への帰還実現を一日も早く果たしたいと思っているが、それは一体何時のことになるのであろうかと問い掛けた、その直後の本聯（一五三・一五四句）において、「却リテ尋ヌ初メテ学仕セシコトヲ、追ヒテ計フ昔鑽堅セシコトヲ。」（却尋初学仕、追計昔鑽堅。）との、内容的には一転して、京都での生活上の体験についての具体的な思い出のことに言及することにしているのは、かの「東南行一百韻」において、白居易が「帰ランコトヲ憶ヒテハ恒ニ惨澹タリ、旧ヲ懐ヒテハ忽チ踟躕ス。」（憶レ帰恒惨澹、懐レ旧忽踟躕。）〈五五・五六句〉との一聯で詠述している、都長安への帰還のことを思うと常に心があれこれと落ち着きを失って惨めなことになってしまったし、長安での旧友たちとの思い出を心に思い浮かべると次から次へと連想を重ねてしまってあちこちと歩き回ることになってしまうのだった、とのそうした内容を直接的に借用したからなのだと想定すれば、これは容易に納得がいくことになるはずなのだ。

さらに、例えば、本聯（一五三・一五四句）において、我が道真が京都での生活上の体験についての具体的な思い出の最初の一つとして、大学寮での、学問研究に熱心に従事した、とのそうした点を取り上げることにしているのも、白居易が「東南行一百韻」において、都長安での思い出の、その連想の第一番目に「自ラ念フ咸秦（長安）ノ客、嘗テ鄒魯ノ儒（じゅ）（孔孟の儒者）ト為（な）ルヲ。」（自念咸秦客、嘗為二鄒魯儒一。）〈五七・五八句〉との一聯をものして、彼自身が故郷から都長安に出向き、懸命に儒教の学問研究に取り組んだ過去の体験のことを取り上げ、詠述している点をそのまま踏襲したからなのではないだろうか。そのように想定すれば、これまた、大いに納得がいくことになると思うが、どうなのであろうか。また、そのように想定するならば、話は元に戻ることになるが、本聯の前句に相当する本句（一五三句）中の上から四字目に配置されている、底以下の諸本に作られている「営」（營）字、それが後世における「学」（學）字の誤写であるに違いないとの、前述のような指摘に対しても、それは、もう一つの説得力を付与してくれるのではないかと思え、以上に取り上げた、その三つの理由の他に、その白居易詩の詠述との類似性をここで四つ目のそれとして付け加えることにしたい。

さて、本句中の詩語ということになるが、「却尋」とは、（京都での思い出を）振り返って思い起こしてみる、との意。「却」は、ここでは振り返ってみること。「初学仕」とは、（大学寮において、二十三歳の時に文章得業生に補せられ、学問研究に、より一層専念する一方で）その勉学に余裕を生じたということで、初めて（下野権少掾に）仕官した時のことをいう。何故か。上述したように、本聯（一五三・一五四句）においても、もとより、その前句である本句（A）とその後句である次句（A′）とが対句構成を形作っていて、それぞれの詩語「却尋」と「追計」、「初」と「昔」、「学仕」と「鑽堅」とが対語として対比されているし、さらに、本聯の対句構成と次聯（一五五・一五六句）のそれとにおける、その前句（B′）とその後句（B）とが内容的に密接に対応するように、すなわち、内容的に両聯が因果関係にあると見なすことが出来て、AA′・B′B（AA′が原因、BB′が結果）として意図的に配置されていると考えることが、ここでは出来るからなのである。

次聯の前句「射（い）テハ毎（つね）ニ正鵠（せいこく）ヲ占（うかが）ヘリ」（射毎占二正鵠一）においては、寮試と省試との二回の試験に作者自身が好成績で合格したとの内容が詠述され（B′）、その後句「烹（に）テハ寧（なん）ゾ小鮮（せうせん）ヲ壊（こは）サンヤ」（烹寧壊二小鮮一）においては、文章得業生兼国として初めて「下野権少掾」に任官し、学業に打ち込む一方で国司の役人としても慎重に地方政治に参画したとの内容が詠述されているわけなのだ（B）。勿論、結果として、作者が寮試と省試とに好成績で合格することが出来たのは

（B′）、その原因は、彼が学問研究に長らく専念したからということになるだろうし（A′）、結果として、作者が国司の役人としての地方政治に参画することが出来たのは（B）、その原因は、彼が学業に打ち込みながらも初めて「文章得業生兼国」に補せられたからということになるだろう（A）。ここでの本・次両聯四句は、内容的には、相互に因果関係を有するものとして対比的に配置されていて、あくまでも、次聯の両句（BB′）がその結果の部分、本聯の両句（AA′）がその原因の部分を指示していることになっているはずなのだ。

つまり、次聯の前句（一五五句）は、具体的には、貞観四年（八六二）五月十七日の省試及第《『尊卑分脈』》の時（十八歳）の、その作者の嬉しい思い出についての詠述ということになるわけなのであり（B′）、その後句（一五六句）は、具体的には、貞観九年（八六七）二月二十九日の「下野権少掾」への任官《『公卿補任』寛平五年条》の時（二十三歳）の、その作者の誇らしい思い出についての詠述ということになるわけなのである（B）。ということは、本聯の前句に当たる本句（一五三句）中の詩語「初学仕」の内容を具体化し、それを補足説明することになっているのが、まさに、次聯のその後句（一五六句）ということになるはずだし、そして、本聯の後句に当たる次句（一五四句）中の詩語「昔鑽堅」の内容を具体化し、それを補足説明することになっているのが、まさに、次聯のその前句（一五五句）ということになるはずなのだ。本・次両聯四句が、前述したように、相互に因果関係を有するものとして、密接な対比関係の下に配置されていて、図式的にはそれらの対応関係がAA′・B′B（AA′が原因、BB′が結果）であると理解することにすれば、本聯の前・後句の内容は、確かに、より具体的で、説得力を有するものとなるに違いない。

ところで、本聯の前句に当たる本句（一五三句）中の詩語「初学仕」が作者の二十三歳の時の誇らしい思い出のことを具体的に指示し、また、その後句に当たる次句（一五四句）中の詩語「昔鑽堅」が作者の十八歳の時の嬉しい思い出のことを具体的に指示し、詠述していることになると、それらの思い出の順序が、ここでは年齢順の配置からは逆転しているということになるはずだ。どうしてなのであろうか。これは、やはり、本聯中における「平仄式」上の問題点のせいで、対語である「初学仕」と「昔鑽堅」との年齢順によるその配置、それを、敢えて、ここでは逆転させざるを得なかったためと考えるべきだろうと思う。すなわち、年齢上の順序に従えば、本聯の前句は「却尋昔鑽堅」（×〇×〇◎）に作られることになるだろうし、その後句は「追計初学仕」（〇×〇××）に作られることになるはずで、それでは、まったくもって、近体詩としての「平仄式」に適わないことになってしまうからなのである（〇印は平声、×印は仄声、◎印は平声の韻字）。とにかく、その場合には、本聯の前・後句における「二四不同」の大原則が共に厳守されないことになるばかりか、奇数句である前句の末尾には平声字が、そして、偶数句である後句の末尾には仄声字が配置されることになってしまうわけなのだ。言うまでもなく、近体五言長律詩としての大原則「一韻到底」もそれによって厳守されないことになるわけなのである。

上述したように、年齢上の順序を逆転させて、その前句を「却尋初学仕」（×〇〇××）に作ることにし、その後句を「追計昔鑽堅」（〇××〇◎）に作ることにすれば、近体詩としての「平仄式」には十全に適うことになり、しかも、後句末に配置することになっている韻字は言うまでもなく、その前・後句の平仄がそれぞれ見事に対比されることになるわけなのである。本聯の前・後句に見える、年齢上におけるそうした順序の逆転は、あくまでも、「平仄式」を考慮した上での判断とここでは見なすべきなのであり、それは、作者の詩作上の技巧に起因したところの、そうした結果と見なす必要があるはずなのである。ちなみに、次聯（一五五・一五六句）の前・後句における年齢上の、その順序については、前句のそれが作者の十八歳時の嬉しい思い出、後句のそれが作者の二十三歳時の誇らしい思い出のことを具体的に指示し、詠述していることになっていて、こちらは、順序の逆転ということにはなっていないはずなのだ。まさに、本聯と次聯との、その両聯四句の内容上の密接な対応関係は、上述の通りに、AA′・B′B（AA′が原因、BB′が結果）となっているわけなのであるが、そのこととの関連で言えば、作者の思い出についてのここでの詠述は、必ずしも、各聯が年齢上の順序に従っているということにはなっていないはずなのである。注目する必要があるだろう。

ここで、話を本句（一五三句）中の詩語「学仕」の語釈のことに戻すことにするが、前述した通り、これは、『論語』〈「子張篇」〉中の、「学而優則仕」との一文を出典にしていると想定出来ることになっていたはずで、学問研究を志してそこに余裕を生じることになったならば（さらに学問研究を充実させるために、新たに）官職に就く必要がある、とのそうした内容を踏まえていると見なすことが出来たはずなのである。『論語』中の、以上の一文を出典にしていると想定すれば、本句中の詩語「学仕」の内容も、出典の一文に即したところの、そのような意味ということになるだろう。あくまでも、学問研究に主力を注ぎながら、そのことに余裕があるという理由によって、また、その主力を注ぐ学問研究をさらに充実させるという目的によって、新たに官職に就く、との意味をそれは指示していることになるに違いない。

本句（一五三句）中の詩語「学仕」をそのように解釈し、さらに、本聯の前句に当たる本句と、国司の役人として慎重に地方政治に参画したとの意、それを有する次聯のその後句「烹寧壊二小鮮一」（一五六句）との、両句の意味内容上の密接な対応関係を考慮するならば、その詩語「学仕」とは、必然的に、作者の道真が貞観九年（八六七）二月二十九日の「下野権少掾」への任官を果たすことになった時（二十三歳）の、そのことを具体的に指示していると見なさないわけにはいかなくなるはずなのだ。しかも、都における作者の順境時の誇らしく嬉しい思い出は、その後もさらに続くことになっていて、例えば、後聯（一五七・一五八句）中に詠述されているそれの場合には、その前句が「東堂ニハ一杪ヲ折レリ」（東堂一杪折）に作られていて、自身が対策及第を果たした貞観十二年（八七〇）三月二十三日の時（二十六歳）〈『尊卑分脈』〉の思い出のこと、そして、その後句が「南海ニハ百城ヲ専ニセリ」（南海百城専）に作られていて、自身が南海道の讃岐の国守を拝命することになった仁和二年（八八六）正月十六日の時（四十二歳）〈『公卿補任』寛平五年条〉の思い出のことがそれぞれ取り上げられているのである。

つまり、本・次両聯四句（一五三―一五六句）中において取り上げられているそれらの思い出は、その後聯（一五七・一五八句）中のそれらよりも、当然のことに、早い時期に作者が体験したところのものでなければならないことになるはずなのである。少なくとも、本・次両聯四句中において取り上げられているそれらの思い出は、貞観十二年（二十六歳）の対策及第の時のことに関するそれよりも、作者にとっては、もとより、より早い時期に体験したところの出来ごとということになるはずなのだ。その点からしても、本・次両聯四句中において取り上げられているそれらの思い出の、その一つが十八歳の時の省試及第に関する嬉しい出来ごと（一五四・一五五句）を、そして、もう一つが二十三歳の時の「下野権少掾」への初任官に関する誇らしい出来ごと（一五三・一五四句）を指示していると想定することは、まさに、当を得ていることになるはずなのだ。

作者の道真は貞観四年五月十七日に十八歳で省試に及第し、同日に文章生給料に補せられている。そして、彼は貞観九年一月七日に二十三歳で文章得業生に補せられ、同年二月二十九日には正六位下に叙せられている。また、その同日に「下野権少掾」に任ぜられたことになっている。道真にとっての、この「下野権少掾」への任官は、いわゆる、「文章得業生兼国」と称されるところのものであったと考えていいだろう。「文章得業生は補任後年を経て対策するのが出身の本道であるから、対策以前に官に任ずることはない。ただ補任後二年位歴ると文章得業生兼国と称して諸国掾を兼ねることが行われた。その場合、兼職であるから、遠方の西海道に任じなかった（『三槐抄』中）。」〈桃裕行著『上代学制の研究』一九二―一九三頁〉との指摘に従えば、そういうことになるだろう。

道真が対策及第を果たすのは（一五七句）、上述したように、貞観十二年（二十六歳）になってからということになっているが、ここでは、それ以前の出来ごととして、「初学仕」したと言い（一五三句）、そして、その結果、「烹寧壊二小鮮一」（一五六句）と詠じているように、国司の役人として慎重に地方政治に参画したものであるとの、そうした思い出が述べられることになるわけなのである。この思い出は、明らかに、彼が貞観九年に文章得業生に補せられ、その直後に「下野権少掾」に任官することになったという、そうした事実を指示していることになるはずなのだ。まさしく、「文章得業生兼国」としての任官と見ていいだろう。

文章得業生であることを基本的条件としたところの、それは地方国司への任官ということになるに違いない。上記のように、文章得業生は「補任後年を経て対策するのが出身の本道」ということになっているはずで、「諸国掾」への任官は、あくまでも、「兼職」ということなのであった。文章得業生として学問研究を続け、対策及第を果たすことが最終目的である故に、「文章得業生兼国」と呼称されることになっているわけなのだ。と言うことは、その「文章得業生兼国」と本句（一五三句）中の詩語「学仕」とは、まさに、内容的に共通項を有していることになるだろう。何故か。詩語「学仕」の方もまた、それが『論語』〈子張篇〉中の、「学而優則仕」との一文を出典にしていると想定出来ることになっていて、その一文の、すなわち、学問研究を志してそこに余裕を生じることになったならば（さらに学問研究を充実させるために、新たに）官職に就く必要がある、とのそうした内容と、我が平安朝の「文章得業生兼国」制度の理念とが大きく合致していることになるからなのである。

確かに、本句中の詩語が「営仕」ではなくて、「学仕」に作られていたことにすれば、内容的にも、作者の道真が文章得業生に補せられた後に地方国司の役人として初めて任官したこと、すなわち、「文章得業生兼国」として初めて「下野権少掾」に任官したこと、そのことを詩語「学仕」が明白に指示していることになるわけなのであり、両者が共通項を有している点については、大いに納得出来ることになるに違いない。底本及び内以下の諸本によると、本句（一五三句）中の上から四字目に配置されているのは「営」（營）字ということになっているわけであるが、それが後世における「学」（學）字の誤写であるに違いないとの指摘をすでに提出した。前述のそうした指摘に対しても、道真の「下野権少掾」への初めての就任という事実は、もう一つの説得力を付与してくれるのではないかと思えてならない。後世の誤写を指摘するために、以上に取り上げたその四つの理由の他に、この事実をここで五つ目の理由として付け加えることにしたい。なお、本句中の「却」（「卻」は別体）を内桑文の諸本は「郤」（「卻」とは別字）字に作っている。今は底松日新の諸本に従う。

(28) **追計昔鑽堅**　「追ヒテ計フ昔鑽堅セシコトヲ」と訓読し、(故郷への帰還が果たして何時のことになるのだろうか、との思いを巡らしているうちに、故郷におけるわたし自身の過去の生活についての順境時の嬉しい思い出が鮮明に次々と蘇って来るのだったが)その次には(大学寮において、寮試及第を果たして擬文章生となり、さらには、文章生に補せられんとして省試及第を目指して)切り込めば切り込むほどいよいよ堅固さを増すとされる儒教の学問研究に向かって久しきにわたって懸命に努力し取り組んだことを引き続いて思い起こすことになった、との意になる。

詩語「追計」は、(引き続いて)過去にさかのぼって数え上げる、との意。「昔」とは、ここでは、省試に及第し、文章生に補せられることになった貞観四年五月十七日(十八歳)《『尊卑分脈』》以前の時のことを具体的に指示していることになる。「鑽堅」については前項〔語釈〕(27)で言及した通り、『論語』〈「子罕篇」〉中の、「之ヲ鑽レバ弥堅シ。」(鑽レ之弥堅。)との一文を出典としており、堅固な儒教の学問をあくことなく研究し続ける、との内容となる。

本聯(一五三・一五四句)と次聯(一五五・一五六句)との対句構成における密接な対応関係は、これまた、前項〔語釈〕(27)で言及した通りで、以上の両聯四句のそれぞれの関連性を図式化してみるならば、それは、AA′・B′B(AA′が原因、BB′が結果)ということになっているはずなのである。つまり、本聯の前句(一五三句)と次聯の後句(一五六句)とが因果関係を有し、本聯の後句(一五四句)と次聯の前句(一五五句)とが因果関係を有することになっているのである。例えば、本聯の後句に当たっている本句(一五四句)について言うと、それが原因ということになっていて、まさしく、内容的に、次聯の前句に当たっている次句(一五五句)をその結果として導き出すように工夫が施されているということなのだ。すなわち、切り込めば切り込むほどいよいよ堅固さを増すとされる儒教の学問研究に向かって久しきに亘って懸命に努力し取り組んだこと(一五四句)、そのことが原因となって、大学寮において、寮試・省試の再度の試験などに及第を果たすという(一五五句)、それこそ嬉しい結果を導き出すことになったのだ、と。

ちなみに、本句(一五四句)中の詩語「昔」が、それ故に、道真が省試に及第したことになっている貞観四年五月十七日（十八歳）《『尊卑分脈』》よりも以前の時期のことを具体的に指示していると見なすことにしたのは、まさに、その次聯の前句（一五五句）との内容上の因果関係を考慮したからなのである。つまり、その「昔」の対語となっている、本聯の前句（一五三句）中の詩語「初」の場合には、次聯の後句（一五六句）との内容上の因果関係を考慮する必要があるはずで、前述したように、それは、貞観九年二月二十九日の「下野権少掾」への初めての任官時（二十三歳）《『公卿補任』寛平五年条》のことを具体的に指示していることになっているはずなのだ。ということは、本聯における前・後句にそれぞれ詠述されている作者の思い出、それが年齢順の配置になっていないことになるわけなのだ。

　その理由は、これも前項〔語釈〕(27)において述べた通りで、近体五言長律詩としての「平仄式」を厳守するためであったと考えるべきだろう。つまり、年齢順の配置にした場合には、本聯の前句は「却尋昔鑽堅」（×○×○◎）〈○印は平声、×印は仄声、◎は平声の韻字〉に作られることになるだろうし、その後句は「追計初学仕」（○×○××）に作られることになるだろうから、必然的に、「平仄式」は、例えば、前・後句の「二四不同」の大原則は共に厳守されないことになるし、何よりも、偶数句となっている後句（一五四句）の末尾に仄声の「仕」（『広韻』上声・六止韻）字が配置されることになって、それによって「一韻到底」の大原則も厳守されないことになるわけなのである。勿論、奇数句となっている前句（一五三句）の末尾に平声の「堅」（同・下平声・一先韻）字が配置されること、これも「平仄式」に違犯していることになるわけなのだ。

　結局、本聯の場合には、やはり、近体詩としての「平仄式」を厳守する必要上から、前・後句中の「昔鑽堅」と「初学仕」との両詩語の配置を入れ替えて、前句を「却尋初学仕」（×○○××）に作り、後句を「追計昔鑽堅」（○××○◎）に作ることになった結果、思い出の配列が年齢順とは逆転することになったということなのだろう。意味内容よりも、近体詩としての「平仄式」の厳守をここでも優先せざるを得なかったというのが、その理由に違いない。

(29) **射毎占二正鵠一**　「射(い)テハ毎(つね)ニ正鵠(せいこく)ヲ占(うかが)ヘリ」と訓読し、（そのように久しきにわたって儒教の学問研究を深めた結果、わたしは、大学寮や式部省における）試験という試験の際には常に（優秀な成績を収めて）及第することだけを目指したし（結果は常にその通りとなったし）、との意になる。

　本聯（一五五・一五六句）の対句構成も密接な対応関係を形作っていて、その前句に当たる本句中の詩語「射」「毎」「占」「正鵠」と、その後句に当たる次句「烹テハ寧ゾ小鮮ヲ壊サンヤ」（烹寧壊㆓小鮮㆒）中の詩語「烹」「寧」「壊」「小鮮」とは、それぞれ対語として見事に配置されている。しかも、本聯の前・後句（B′・B）と前聯（一五三・一五四句）の前・後句（A・A′）との間にも、AA′・B′B（AA′は原因、BB′は結果）との密接な対応関係があることについては、前項（語釈）（27・28）において言及した通りなのである。意味内容的には、本聯の前句（一五五句）はあくまでも結果（B′）ということになっていて、その原因（A′）となっているのは前聯の後句（一五四句）なのであり、同様に、本聯の後句（一五六句）はあくまでも結果（B）ということになっていて、その原因（A）となっているのは前聯の前句（一五三句）なのだ。すなわち、ABとA′B′とがそれぞれに因果関係を形作っているはずなのだ。両聯四句が密接な対応関係を有していると言ったのは、そのためなのである。

　つまり、本聯の前句に当たる本句（一五五句）においては、作者の嬉しい思い出の一つとしての、（大学寮や式部省における）試験という試験の際には常に（優秀な成績を収めて）及第することだけを目指し（結果は常にその通りとなっ）た（B′）、とのそうした経験が詠述されていることになっているが、そうした嬉しい経験を導き出すことになったのは、言うまでもなく、作者が、切り込めば切り込むほどにいよいよ堅固さを増すとされる儒教の学問研究に向かって久しきに亘って懸命に努力し、それに取り組んだからなのであり（A′）、そのことが原因ということになるだろう。また、同様に、本聯の後句に当たる次句（一五六句）においては、作者の誇らしい思い出の一つとしての、（老子の、大国を治めるためには小魚を煮るように、やたらに搔き回さずに自然に任せることが大切だ、との教えに従い）ひたすら自然に任せる治政に取り組んだものであった（B）、とのそうした経験が詠述されていることになっているが、そうした経験を導き出すことになったのは、これまた、言うまでもなく、作者が、（文章得業生外国として下野権少掾との）地方官を拝命することになったからなのであり（A）、そのことが原因ということになるだろう。

　ところで、本句中の詩語「射」は、「射策」（漢代の士を試みる一科。経書または政治上の疑問を策に書き、解答者をしてその得る所に従って解釈せしめ、これによってその人物の優劣を決める試験のこと。）の略。転じて、ここでは大学寮で実施された寮試・式部省で実施された省試などの試験のことを指示している。「射策」については、『前漢書』〈巻七八「蕭望之伝」〉の「顔師古注」には、「射策ナル者ハ、難問・疑義ヲ為リテ、之ヲ策ニ書キ、其ノ大小ヲ量リテ、署シテ甲・乙ノ科ト為シ、列べテ之ヲ置キ、彰顕セシメズ。射セント欲スル者有レバ、其ノ取得スル所ニ随ヒテ之ヲ釈カシメ、以テ優劣ヲ知ルヲ謂フナリ。」（射策者、謂下為二難問疑義一、書二之於策一、量二其大小一、署為二甲乙之科一、列而置レ之、不レ使二彰顕一。有二欲レ射者一、随二其所一取得一而釈レ之、以知中優劣上。）に作っている。

　「毎」は、複数回の試験にはいつも、との意。具体的には、大学寮において実施された寮試や式部省において実施された省試などの、その複数回の試験のことをここでは指示しているのであろう。ちなみに、道真の大学寮入学が彼の何歳の時のことであったのかということについては未詳であり、それ故に、入学後に実施されることになっている寮試受験の年月日も未詳ということになっている。ただ、例えば、十四歳の道真が天安二年（八五八）十二月にものした七律「臘月独興」の尾聯（第七・八句）に、「恨ム可シ未ダ学業ニ勤ムコトヲ知ラズシテ、書斎ノ窓下ニ年華（歳月）ヲ過ゴセシコトヲ。」（可レ恨未レ知レ勤二学業一、書斎窓下過二年華一。）〈『菅家文草』巻一〉との詠述が見えていて、もしも、それを彼の、これまで以上に学業に専念することを誓った決意表明であると解釈するならば、あるいは、その頃に大学寮入学を果たし、もしくは、寮試及第を果たしたのではないかと想定することも可能のように思えて来るが、どうなのであろうか。なお、もう一方の、道真の省試及第の年月日については、こちらの方は明白ということになっている。及第が十八歳の貞観四年（八六二）五月十七日のことで、試験は同年四月十四日に実施されたことになっている『菅家文草』巻七・賛「省試当時瑞物賛六首」題下注〉。

「占二正鵠一」とは、弓射の競技で的を射抜くことを目指すとの意。ここは転じて、（優秀な成績を収めて）試験に及第することを目指す、との意。「正」も「鵠」も弓の的の中心の意であり、前者は布を張って的を作り、中心に「正」（鳥の名）を描き、後者は皮を張って的を作り、中心に「鵠」（鳥の名）を描く〈『礼記』「中庸篇」注〉。ちなみに、『菅家伝』（前田家尊経閣所蔵本）中にも、貞観十二年（八七〇）春の出来ごととして次のような逸話が見えている。すなわち、「十二年春ニ、少内記 都良香ノ亭ニ詣ルニ、門生ノ弓射ノ戯ニ遇フ。良香ノ引キ入レ、之ニ試射セシムレバ、大臣（道真）ハ二発二中ス。良香ハ之ヲ異トシ曰ク、射策ニ鵠ヲ中ツルノ徴ナリ。其ノ後幾ナラズシテ、対策ニ及第ス。」（十二年春、詣二少内記都良香亭一、遇二門生弓射之戯一。良香引入、令三試二射之一、大臣二発二中。良香異レ之曰、射策中レ鵠之徴也。其後不レ幾、対策及第。）との一文がそれである。

二十六歳の道真は貞観十二年三月二十三日に方略試に臨み、同年五月十七日に都良香の判定によって対策及第を果たすことになるが〈『菅家文草』巻八「対策」〉、『菅家伝』中の上記の逸話は、その直前の「春」の出来ごとということになっている。都良香の門生達の「弓射之戯」に道真も参加して、彼は「二発二中」する。これを目にした良香は、このことからして、道真の対策及第は間違いないはずだ、とのお墨付きを与えることになったと言い、道真は、果たして、無事に対策及第をも勝ち取ることになったというのである。その逸話においても、試験が「弓射之戯」に見立てられ、矢を的中させること、すなわち、「正鵠」を射ることが試験の及第を意味することになっていて、本句（二五五句）との関連上、大いに興味深いと言えるだろう。

興味深いと言えば、更に、上記の逸話においても、道真が「弓射之戯」に参加して「二発二中」したのが、彼が二十六歳で対策及第を果たすことになる直前だったという点も、そういうことになるだろう。なんとなれば、本句「射毎占二正鵠一」（二五五句）においても、上述したように、道真が試験という試験の際には常に（優秀な成績を収めて）及第を果たすことを目指した、とのそうした内容が詠述されているわけであるが、その試験及第の中には対策のそれがいまだ入っていないことになっているからなのだ。というのは、彼の対策及第のことについては、後聯（一五七・一五八句）の前句「東(とう)堂(だう)ニハ一杪(いちべう)ヲ折(を)レリ」（東堂一杪折）中において改めて詠述されることになっているからなのである。

つまり、本句中において、試験という試験の際には常に（優秀な成績を収めて）及第を果たすことだけを目指したと詠述されている、そうした何種類かの試験の中には対策及第のそれは入っていないことになっているわけなのであり、その点では、上記の『菅家伝』中に見えている「弓射之戯」の逸話の場合と同様ということになっているはずなのである。時期的には共に、道真の対策及第以前の出来ごとということになっていて、一方では試験における好成績のことを指示し、一方では競射における「二発二中」のことを指示していることになるわけであるが、やはり、ここでは、本句中の「射毎占㆓正鵠㆒」との表現形式が、『菅家伝』（あるいは『北野天神縁起』）中の「弓射之戯」の逸話に直接的に影響を与えていると見なし、そうした逸話については、「後世組織し直された伝説」〈古典文学大系本『菅家文草・菅家後集』七三三頁〉であると見なさなければならないだろう。

対策及第以前、大学寮の文章道の学生(がくしやう)としての道真が一般的に受験しなければならなかった試験と言うことになると、一つには大学寮における「寮試」のそれ、二つには式部省における「省試」のそれを順番に数え上げなければならないだろう。すなわち、一般的に言えば、道真の場合にも、それら二回の試験に及第を果たした後に文章得業生に選抜され、そして、はじめて対策に臨む資格を得ることになるわけなのである。その点からすれば、本句「射毎占㆓正鵠㆒」中に見えている「毎」字、それは「寮試」と「省試」との二回の試験のことを具体的に指示していることになるだろう。「そのどちらの試験においても常に」との意をそれはもともと有していたことになるはずなのだ。恐らく、そのために、後世において、「弓射之戯」の逸話に本句が転用されるに際して、「毎占㆓正鵠㆒」の部分が「二発二中」のそれに作り替えられることになったのだろう。ところで、本句（一五五句）中の、上から三字目に配置されている「占」字を「うかがふ」と訓じ、

「うかがひみる」（目指す）との意に解釈することにしたのは、その「占」を平声（『広韻』下平声・二四塩韻）字と見なすことによって、本句中における平仄を「××〇〇×」（〇印は平声で×印は仄声）とし、それを仄声（同・去声・五五艶韻）字と見なすことによって、本句中における平仄を「×××〇×」とし、いわゆる、「孤平」を犯すことになってしまうのを避けようとしたからなのである（仄声字としての訓は「しむ」）。詳細は後の〔評説〕の項を参照のこと。

（30）烹寧壊二小鮮一　「烹テハ寧ゾ小鮮ヲ壊サンヤ」と訓読し、（文章得業生外国として下野国の権少掾を拝命した時には、まさに、老子の、大国を治めるためには小魚を煮る時のように、やたらに掻き回したりして、かえってそれを台無しにしてしまうようなことはせずに、それこそゆっくりと自然に任せることが大切だ、とのそうした教えに従い）やたらに効果をあせって次々に施策を加えるようなことはせずにひたすらゆっくりと自然に任せる治政に取り組んだものであった、との意になる。

因果関係上において、本聯（一五五・一五六句）の前句（結果）が前聯（一五三・一五四句）の後句（原因）と密接な対応関係にあること、そして、同様に、本聯の後句に当たっている本句（結果）が前聯の前句（原因）と密接な対応関係にあることは上述した通りなのである。すなわち、本句のそれに限って言えば、前聯の前句の詠述内容である、文章生外国として地方官（下野国権少掾）に初めて任官したことが原因ということになり、その結果として、地方官として治政に臨んでは、老子の教えに即しながら自然に任せる方策を採用することになるわけなのだ。本聯の後句である本句の詠述内容は、前聯の前句のそれとの因果関係からして、そういう内容になるはずなのである。

本句「烹寧壊二小鮮一」の出典は、上述した通り、『老子』〈六〇章〉中の、「大国ヲ治ムルハ小鮮ヲ烹ルガ若クス。」（治二大国一若レ烹二小鮮一。）との一文である。いわゆる、位に居る者の心得について述べたその一文は、無為・自然を尊ぶこと、人為・施策を廃することを説き勧めている。すなわち、小魚を煮る時にはその形や味を損なわないように、無為・自然を尊重してゆっくり静かに調理しなければならないが、まさに、大国を治める場合にも、それは同様で、人為・施策を用いて効果を焦ったならば人民の生活はことごとく破壊されてしまうことになる。大国を治める場合にも、それ故に、ちょうど小魚を煮る時のように、無為・自然を尊重し人民の生活を守りながらゆっくり治政に当たらなければならないのだ、と。

　ところで、『職原抄』〈巻下「諸国」〉中にも「凡ソ国司ノ撰ハ、和漢モ之ヲ重ンズ。此レヲ烹鮮ノ職ト云ヒ、又タ分憂ノ官ト云フ。」（凡国司之撰、和漢重レ之。此云二烹鮮之職一、又云二分憂之官一。）との記述が見えているし、『本朝文粋』〈巻六「為二小野道風一申二山城守近江権介一状」菅原文時〉中にも「当（木工）寮ノ頭ヨリ、四品ノ栄爵ニ登ル者ハ、年暦ヲ改メズシテ、一国ノ烹鮮ニ預カレリ。」（自二当寮頭一、登二四品之栄爵一者、不レ改二年暦一、預二一国之烹鮮一焉。）との用例が見えているが、それらによると、国政を処理し人民を治める官職としての「烹鮮之職」は、我が国ではもっぱら地方国司の官職を指示することになっている。確かに、本句「烹寧壊二小鮮一」（一五六句）の場合にも、それが地方国司の官職、当時の道真のことに関して言えば、「下野国権少掾」のそれを具体的に指示していると見ていいことになるはずなのだ。その初任の地方国司の官職に対して、道真自身がどのような態度で取り組んだのかという、そうした内容を詠述していることになるだろう。「烹鮮之職」としての地方国司の官職に、初任者なりに努力して取り組んだものであった、と。

　勿論、その、道真初任の地方国司の官職は、あくまでも、文章得業生外国としての任官であり、兼職であったわけなのであり、「文章得業生は補任後年を経て対策するのが出身の本道」〈桃裕行著『上代学制の研究』二九二頁〉ということになっている以上、当時における彼の第一の目標、それは、文章得業生としての学問研究を通して対策及第を一日も早く果たすことにあったわけだろう。そのことからして、遙任としての「下野国権少掾」の職務遂行に際して、彼がどれ程の時間をそれに割くことが出来たのか、恐らく、実質的には、ほとんど、それに割く時間を有していなかったであろうし、また、兼職・遙任ということで、そうする必要も、もともと無かったに違いない。「下野国権少掾」の職務遂行に関する、過去の誇らしい思い出の一つとして、その当時のことを取り上げながら、『老子』中の、「治二大国一若レ烹二小鮮一」との一文をここで、敢えて、引用しているわけなのだ。むやみに効果をあせって次々に施策を加えるようなことはせずに、ひたすら、ゆっくりと自然に任せる治政に取り組んだものであった、と彼は回想していることになるが、以上で述べたような、当時の彼の文章得業生としての身分のことを考え合わせれば、むしろ、それは、素直で率直な詠述と見なすことが出来るはずなのだ。

(31) 東堂一杪折※　「東堂ニハ一杪ヲ折レリ」と訓読し、(さらに、そのように久しく儒教などの学問を深く研究していたので、遂に、文章得業生であったわたしは) 宮中(式部省)の試験場において(優秀な成績で)対策及第をも勝ち得ることが出来たし、との意になる。

本聯(一五七・一五八句)の前句に当たる本句と、その後句に当たっている次句「南海ニハ百城ヲ専ニセリ」(南海百城専)との対句構成においては、各句中のそれぞれの対語「東堂」と「南海」、「一杪」と「百城」、「折」と「専」とが見事に対比的に配置されている。その本聯両句の意味内容は、前聯(一五五・一五六句)のそれを直接的に継承しており、都合四句における各句ごとの対応関係を図式化すれば、AB・A′B′(AA′は大学寮における省試・対策受験とその成績のことを指示、BB′は地方国司の役人としての体験とその治績のことを指示。)ということになるだろう。これまた、見事な対比と言えるに違いない。

ただ、本句中の詩語「一杪○」についてであるが、底本及び内以下の諸本には「一枝○」に作られていて、ここでも、「平仄式」上において、大いなる疑念を抱かざるを得ないことになっている。というのは、本句が「東堂一枝○折」に作られている場合には、その平仄は、上から順に「○○×○×」(○印は平声、×印は仄声を指示。)と図式化されることになり、近体詩の「平仄式」における大原則「二四不同」のそれを犯していることになるからなのである。平声字の「枝」(『広韻』上平声・五支韻)に作っている場合には、上から二字目の平声字「堂」(同・下平声・一一唐韻)との関係において、まぎれもなく、大原則「二四不同」を犯すことになってしまい、近体五言長律詩としての、その「平仄式」に違犯してしまうことになるはずなのだ。

本句（一五七句）中の、その、上から二字目に平声字が配置されていること、この点は、前聯の後句（一五六句）中の上から二字目に配置されている「寧」（『広韻』下平声・一五青韻）字が平声となっていることにより、「粘法」上の大原則から見ても間違いないことになっており、それ故に、そこに平声字「堂」が配置されている点については、大いに得心がいくことになっている。また、熟語「東堂」としての、その意味内容上からの「堂」字の配置についても、そこには少しも問題がないことになっている。つまり、本句中においても本作品「叙意一百韻」の形式を近体五言長律詩と見なす以上、「二四不同」の大原則は絶対に厳守する必要があり、そうであるからには、これはどうしても、上から四字目の平声字「枝」の配置の方を疑わないわけにはいかないことになるわけなのだ。そこに配置出来るのが、あくまでも、仄声字でなければならないことになっているはずだからなのである。

結論から先に言えば、本句中の上から四字目の平声字「枝」は、本来的には仄声字「杪」（『広韻』上声・三〇小韻）に作られていたのではないだろうか。両字の草書体における類似性から、「杪」字が「枝」字に後世に誤写されることになったのではないか、ここでは、そのように想定することにしたい。そのように想定する理由は、単に、「枝」「杪」両字の草書体における類似性のためばかりではなく、それら両字の訓読みが、例えば、『広韻』中にも「枝、柯。」（柯は木の枝の意）に作り、「杪、梢（こずゑ）也。木末也。」に作っているように、互いに、それが意味上からも類似性を有していることになっているからなのである。

仄声字「杪」字と平声字「枝」字との訓読みにおいても、以上のような類似性があることから、確かに、両字には意味上の互換性も認められている。例えば、近体詩の「平仄式」を厳守するために、「枝」字の代替として「杪」字が配置されることもあることになっていて、『菅家文草』（巻一「冬日、賀船進士登科、兼感流年。」）中に見えている用例「席上伝へ看ル紅桂ノ杪」（席上伝看紅桂杪）の場合などは、まさしく、そうであると言えるだろう。以上の用例の一句は、七律の頸聯の前句（五句）に相当していて、あくまでも、奇数句ということになっている。それ故に、同句の末尾に配置されることになる漢字の平仄は、「平仄式」上からは、必ずや、仄声としなければならないことになっているわけなのである。そのために、仄声字の「杪」が平声字の「枝」の代替として、敢えて、配置されていると考えることにしたのは、もとより、そのためなのである。

と言うのは、詩題に「賀二船進士登科一」に作られていることからしても、その用例の一句中の詩語「紅桂杪」が、内容的には、月中に生えている「紅桂」（木肌の紅色の桂で、「丹桂」とも。）の梢のことを指示していて、さらに、それが、晋の郤詵の故事中の「桂林之一枝、崑山之片玉。」〈『晋書』巻五二「郤詵伝」〉との一句を出典にしている詩語となっているということが容易に理解出来ることになっているからなのだ（なお、古注『蒙求』中にも、「郤詵一枝」の標題で彼の伝記は見えている。）。上述のように、第一番の成績で対策及第を果たした郤詵が謙遜して、「桂樹の林に入って一本の枝を手折り、崑崙の山に入って一片の玉を手中にしたにすぎません。」と述べたとされていることから、後世、科挙の試験に及第することを「桂林一枝」または「折桂」と言うことになっているからなのである。

晋の郤詵の故事を出典にしているからには、上記『菅家文草』〈巻一「冬日、賀二船進士登科一、兼感二流年一。」〉中の一句「席上伝看紅桂杪」とは、本来的には、「席上伝看紅桂枝」に作られて然るべきなのであるが、その一句が頸聯の前句（五句）に配置されていることから、平声字の「枝」を仄声字の「杪」に代替させる必要が生じることになったわけなのだ。つまり、その一句は近体七律詩としての「平仄式」を厳守するために、平声字の「枝」が仄声字の「杪」に代替されることになった、そうした用例ということになるに違いない。代替させることにした結果、その頸聯の前句（五句）の平仄は、図式化するならば、上から順に「××〇〇〇××」（〇印は平声で×印は仄声）ということになり、つまりは、「平仄式」は完全に厳守されることになるわけなのだ。

我が平安朝においても、例えば、省試や対策に及第することを「桂ノ一枝」（桂一枝）を手にすると詠述し、それを折ると表現することになっていて、『菅家文草』中にも、「手ニ捧グ芬々タル桂ノ一枝」（手捧芬々桂一枝）〈巻二「絶句十首、賀㆓諸進士及第㆒、賀㆓多信㆒。」〉との一句や、「春風ニ桂ノ一枝ヲ折リシコトヲ詠ゼン」（詠㆑折㆓春風桂一枝㆒）〈巻四「寄㆓紙墨㆒以謝㆓藤才子見㆑過㆒〉との一句などに、そうした用例は見えている。前者の場合にも、そして、後者の場合にも、それらの用例は共に七絶中の結句（四句）としての詠述であり表現であるということになっている。と言うことは、それぞれの句末の「枝」字は、勿論、平声の韻字として、そこでは配置されていることになるわけなのだ。

話を本句（二五七句）の内容と表現のことに戻そう。対策に及第すること、そのことを「桂一枝」を手折ると詠述していたり、さらには、当然のことながら、「枝」を平声字として配置していたり、「平仄式」を厳守するために、その「枝」字を敢えて仄声字の「杪」に代替していたりする用例が、以上のように、『菅家文草』中には、他にも見えていることになっている。中でも、上記「席上伝看紅桂杪」〈巻一「冬日、賀㆓船進士登科㆒、兼感㆓流年㆒。」〉との一句には、大いに注目していいことになるはずなのだ。何故か。内容上から言って、本来的には、「席上伝看紅桂枝」（「席上伝看紅桂一枝」の省略形）との一句にそれは作られて然るべきところを、近体七律の「平仄式」の大原則を厳守するために、奇数句（五句）に当たっているその一句の末尾に配置することになるはずの、その平声字の「枝」、それを敢えて仄声字の「杪」に代替させていると考えられるからなのである。

作者の道真にとっては、対策及第を果たすこと、そのことを「桂一枝」を手折ると表現すること、その上、「枝」が平声字であり「杪」が仄声字であるということなどは、『菅家文草』中の用例ですでに確認したように、言うまでもなく、それらは、彼の常識的な知見の範囲内のことであったはずなのだ。その彼が本句（二五七句）の作成に当たって、近体五言長律詩の、その「平仄式」の大原則の一つである「二四不同」のそれを犯して、「東堂一枝折」（平仄は上から「〇〇×〇×」と図式化出来る。〇印は平声で×印は仄声。）に作るということなど、到底、有り得ることとは思えない。どうしても、それが詩語「一杪」の、その後世における誤写のせいであると考えないわけにはいかず、それが「一枝」に作られていることに対しては、やはり、大いなる疑念を抱かざるを得ないのである。どうなのであろうか。今は、以上の想定に従って

「二杪」に改めて作ることにして、その上で、以下に話を進めることにする。

詩語「東堂」は、晋代の宮殿名で、上記の郤詵がそこで試験（対策）を受けた故事により、転じて、一般的には試験場を指示することになっている。ちなみに、『晋書』（巻五二「郤詵伝」）には、「武帝ハ東堂ニ於イテ会送シ、詵ニ問ヒテ曰ク、卿ハ自ラ以テ何如ト為ス、ト。詵ハ対ヘテ曰ク、臣ヤ賢良ニ挙ゲラレ、対策シテ天下第一ト為ルモ、猶ホ桂林ノ一枝、崑山ノ片玉ノゴトシ、ト。」（武帝於二東堂一会送、問レ詵曰、卿自以為二何如一。詵対曰、臣挙二賢良一、対策為二天下第一一、猶二桂林之一枝、崑山之片玉一。）との一文に作られている。なお、道真の場合には、その試験場「東堂」とは、『菅家文草』（巻八「対策」）中に見えている標題に「省試対策文二条」に作られていることから、それは式部省を指示していることになるだろう。

作者の道真が文章得業生として方略試（対策）に臨んだのは、上述の通り、彼が二十六歳の時の貞観十二年（八七〇）三月二十三日のことであって、それに及第を果たしたのは、同年五月十七日のことであった（『菅家文草』巻八「対策」）。策題は「氏族ヲ明ラカニス」（明二氏族一）と「地震ヲ弁ズ」（弁二地震一）との二策であり、出題者は、少内記の問頭博士・都言道（良香）であった（『都氏文集』巻五「策二秀才菅原文二条一」）。当日に道真が作成した二種類の対策文に対する良香の判文「評二定文章得業生正六位下行下野権掾菅原対文一事明二氏族、弁二地震一。」が見えているが（同）、それによると、「又タ問頭ノ中ニ、名字ヲ脱落ス。況ンヤ亦タ病累（欠点）ノ頻発シ、格律ノ乖違（そむきたがう）スルヲヤ。然レドモ但ダ詞章ヲ織ルコト、其ノ体ヤ観ル可シ。之ヲ令（法令）ノ条文ニ准ズルヤ、理ハ粗ボ通ズ。仍チ之ヲ中ノ上ニ置ケリ。」（又問頭之中、脱二落名字一。況亦病累頻発、乖二違格律一。然而但織二詞章一、其体可レ観。准二之令条文一乎、理粗通。仍置二之中上一。）との評価が与えられている。道真作成の対策文には、確かに、多くの欠点や誤解も見受けられたらしいが、漢文作成能力にとりわけ優れていることを大いに評価され、「中上」の成績で及第を果たすことになったらしい。

道真の対策文に対する良香の評価「中上」に関して言えば、例えば、同じく、良香を問頭博士にして貞観十六年（八七四）に対策に臨んだ藤原佐世の場合にも、「今ヤ長短ノ相補ヘバ、纔ニ中ノ上ニ処ス。」（今長短相補、纔処二中上一。）（『都氏文集』巻五〉との評価が与えられているし、同じく、良香を問頭博士にして対策に臨んだ菅野惟肖（これすえ）の場合にも、「二条（分二別生死一・弁二論文章一）ノ中ノ、十六ノ微事（設問）ニ、其ノ通ズル者ハ多ク、其ノ略スル者ハ少ナシ。長短ハ相補ヒ、文理ハ粗（ほ）ボ通ズ。仍チ令ノ条ニ准ズレバ、之ヲ中ノ上ニ処ス。」（二条之中、十六微事、其通者多、其略者少。長短相補、文理粗通。仍准二令条一、処二之中上一。）〈同〉との評価が与えられている。道真の評価「中上」を考える上で、大いに参考になるに違いない。

とにかく、道真は二十三歳で文章得業生に補せられ、二十六歳で対策及第を果たすことになったわけなのである。三年ほどの歳月を費やすことになったが、道真は、ここに、遂に、自身及び菅原一門の念願して止まなかった専門儒者としての進路を確実に手中にすることになったのだった。この上ない満足感に浸ったに違いない。何しろ、十五歳で元服した我が子の前途を祝して、「久方の月の桂も折るばかり家の風をも吹かせてしがな」《『拾遺和歌集』巻八「雑上」》と詠じたところの、その母の伴氏の思いをも十一年ぶりに、それは叶えることになったのだから。

上述の母の歌には、「菅原の大臣（道真）かうぶり（元服）し侍りける夜、母の詠（よ）み侍りける」〈同〉との詞書が付されていることからして、学問の名家としての菅原家の、より一層の振興、それを将来の我が子に託さんとした母の強い思いがその歌には明白に込められていることになるだろう。十八歳での省試及第、そして、二十六歳での対策及第を通して、道真は、確かに、「月の桂を折る」ことを再度にわたって実現したことになるわけなのであり、再度にわたって母の期待に答えたことになるわけなのだ。道真にとって、対策及第を果たし、専門儒者としての将来の進路を確保することになった喜びは、当然に、この上ないものであったはずなのであり、何時（いつ）までも嬉しい記憶として強く心に残り続けることになったに違いない。

そのような道真なのだ。後に大宰府に身を置きながら、一日も早い帰京を願いつつ、故郷での嬉しい思い出を数え上げんとして、その一つに、彼が対策及第に関するそれを取り上げることにした理由、それは、もとより、自然の成り行きと見ていいのであろうが、もう一つ、例えば、江州に左遷された白居易が、帰京の日を待ち焦がれつつ、都長安での楽しい思い出を数え上げている中に、「策ヲ射テ一タビ孤ヲ彎ク」（射㆑策一彎㆑孤）〈『白氏文集』巻一六「東南行一百韻」〉との詠述をものしていることも、その理由として考えてやっていいことになるだろう。何しろ、白居易もまた、都長安での楽しい思い出の一つに、対策及第のことを数え上げているのだから。

なお、本句「東堂ニハ一杪ヲ折レリ」（東堂一杪折）の表現に関して、以下のことを改めて付言しておくことにしたい。

一つは、下三字「一杪折」の語法上の問題ということになるが、本来的には、「折二一杪一」との、そうした漢文法に従った語順に作られなければならないこと、これは言うまでもないだろう。ただ、下三字における、動詞と目的語の位置のそうした転倒は、ここでは、あくまでも、作者による意図的なものなのであって、対句としての次句（一五八句）「南海ニハ百城ヲ専ニセリ」（南海百城専）中の、その下三字「百城専」の語法にそのまま従うことにしたからなのである。対語「百城専」の場合にも、語順的には、「専二百城一」に作られて然るべきであるが、「専」（『広韻』下平声・二仙韻・一先韻同用）字を韻字とする必要から（近体詩としての「一韻到底」を厳守する必要から）、それを句末に配置することになったわけなのだ。つまり、それを「百城専」に作らなければならないことになり、それとの対応で、本句中の下三字も、対語としての性格上、「一杪折」の語順に作らなければならなくなったわけなのである。意図的と言ったのは、そのためなのだ。

もう一つ、本句の表現に関して言えば、「平仄式」に注目する必要があるだろう。「二四不同」の大原則を厳守する必要から、上から四字目の平声の「枝」字を仄声の「杪」字の誤写と見なすことにしたわけであるが、その想定に従うとすると、本句中の平仄は「〇〇×××」（〇印は平声で×印は仄声を指示）との図式を有するということになるわけなのだ。下三字の平仄が三つともに仄声ということになり、いわゆる「下三連」（下三仄）を犯すことにはなるが、同じく、下三字の平仄が三つともに平声となる、いわゆる「下三連」（下三平）に比べると、その場合には、「それほど避けねばならぬとは考えられなかったらしい」〈小川環樹著『唐詩概説』一〇九頁〉とされていることからして、本句中の「下三連」（下三仄）の場合も取り立てて問題視する必要はないということになるだろう。

（32）**南海百城専**　「南海(なんかい)ニハ百城(ひやくせい)ヲ専(もつぱら)ニセリ」と訓読し、（廷臣として幾多の京官を経歴した後にわたしは）南海道の国（讃岐国(さぬきのくに)）に長官(かみ)として赴任して（領地内の）多くの町々を治めたものであった、との意になる。

本聯（一五七・一五八句）の前・後句と前聯（一五五・一五六句）の前・後句とが密接な対応関係を有していることになっていて、それら都合四句の対応が図式的にＡＢ・Ａ′Ｂ′（ＡＡ′は大学寮における省試・対策受験とその成績のことを指示、ＢＢ′は地方国司の役人としての体験とその治績のことを指示。）の配列になっていることは、前項（31）においてすでに説明した通りなのである。そのうち、本句においては、道真が四十二歳の仁和二年（八八六）正月十六日に任命され（『三代実録』同日条）、同年三月二十六日に讃岐守として着任し（『菅家文草』巻四「四年三月廿六日作」）、実際に地方国司の職務をそれ以後四年間にわたって担当することになった体験のこと、そのことが取り上げられているわけなのだ。「下野権少掾」が遙任であったのに対して、こちらは赴任ということになっていて、それまで就任していた式部少輔・文章博士・加賀権守などの官職を止められた上での、それは出京ということなのであった（『公卿補任』寛平五年条）。

本句の詩語「南海」は、「南海道」の略語で、ここは、具体的には「讃岐国」（現在の香川県）のことを指示。『延喜式』によれば、讃岐国は十一郡を管轄していて、等級では「上国」とされ、遠近では「中国」に位置付けられ（巻二二「民部上」）、その行程は上り十二日・下り六日・海路十二日ということになっている（巻二四「主計上」）。国府は、現在の坂出市の府中町に置かれていた（『国史大辞典』）。「百城」は、多くの町々の意。用例としては、「雲ハ四岳(しがく)ヨリ起コリ、水ハ百城ニ向カヒテ流ル。」（雲従二四岳一起、水向二百城一流。）（『全唐詩』巻二一四「同二李太守一北池泛レ舟宴二高平鄭太守一」高適）とか、「百城ニ秋ノ至ルノ後、三諫(さんかん)ニ月ノ成ルノ初メ。」（百城秋至後、三諫月成初。）（『菅家文草』巻三「新月二十韻」）とかの一聯に見えている。とりわけ、後者の用例は、道真自身が讃岐の国守として滞在中にものした五言長律詩中に見えているもので、言うまでもなく、それは同国中の多くの町々のことを指示しているはずで、本句（一五八句）中の詩語との関連で大いに注目していいことになるだろう。「専」は、もっぱらにするとの意。ちなみに、地方長官の称を「専城」「百城」（「せんじゃう」とも）と言うことになっていて、一城をもっぱらにする権力をその長官が有することになっているからとされている。用例「故人ハ安慰シテ善ク辞ヲ為シ、五十ニシテ城ヲ専ニスルハ道ハ未ダ遅カラズト。」（故人安慰善為レ辞、五十専レ城道未レ遅。）〈『白氏文集』巻一七「初著二刺史緋一、答二友人見レ贈。」〉。そのことからすれば、「百城専」（専二百城一）に作っている本句の場合には、讃岐の国守は百城をもっぱらにする強大な権力を有することになるだろうが、もとより、ここでは「一」と「百」との数対による文学的誇張表現と見なすべきだろう。

　本聯（一五七・一五八句）の前句においては、故郷「京都」における、過去の嬉しい思い出の一つとしての対策及第のことがそこでは取り上げられていたはずであるが、その後句である本句においては、同じく、故郷における、過去の誇らしい思い出の一つとしての讃岐守拝命のことがここでは取り上げられている。ただ、その讃岐守拝命のことについてであるが、その拝命が決定した仁和二年正月十六日から、同年三月二十六日に着任を果たすことになるまでの期間といい、国守として実際にかの地に滞在していた期間といい、当時の道真自身にとって、それらが対策及第の時のような、嬉しく誇らしい思いだけを単に抱かせるものでは決してなかったらしいこと、このことについては、あらかじめ知っておく必要があるだろう。

　『菅家文草』〈巻三〉中に見えている詠述によれば、「吏ト為リ儒ト為リテ国家ニ報イン」（為レ吏為レ儒報二国家一）〈「相国東閤餞席」〉との思いを抱き、これまでのように儒職（前職の式部少輔・文章博士）を通して国家に奉仕することも、これ以後のように外吏（讃岐守）を通して国家に奉仕することも、国家に奉仕する点では同じことであると考えていたらしい道真も、結局は、赴任の時期が近くなるにつれ、「倩 憶フ分憂（国司の官職）ハ祖業ニ非ザルコトヲ」（倩憶分憂非二祖業一）〈「北堂餞宴」〉との思いに捕らわれることになったらしい。菅原家の門業としては、やはり、儒職を通して国家に奉仕することが先祖代々の伝統なのであって、これまでに就任していた、そうした儒職を辞して京都を離れ、外吏である讃岐守として任地にこれから赴くというのは、門業に背くことになるのではないか、との悩みが彼の心を苦しめることになり、遂には、彼をして「徘徊ス孔聖廟門（大学寮廟堂の南門）ノ前」（徘徊孔聖廟門前）〈同〉との行動を取らせるに至ったのだった。

さらに、もう一つ、当時の彼の心を苦しめる出来ごとがあったのだという。それは、彼の讃岐守拝命に対する世間の怪しからぬ噂なのであった。「更ニ妬ム他人ノ左遷ナリト道ハムコトヲ」（更妬他人道二左遷一）〈同〉とのそうした詠述によると、道真の、外吏としてのその赴任決定は、確かに、本人だけではなく、世間一般をも驚かしめるに足るほどの、それほどに衝撃的なものであったらしい。それが余りに唐突であったが故に、「左遷」との、そうした怪しからぬ噂をも生じさせることになったのだろう。赴任直前の彼の心を、その噂がますます打ちのめすことになったこと、これは想像に難くない。

讃岐国に着任した後も、道真は儒職を辞し京都を離れて生活することによる心の不安を、以下の如くにたびたび詠述している。四十二歳で初めて「二毛」を自身の頭髪に認めることになった時にも、「是レ愁ノ多クシテ海壖（ここは、海沿いの讃岐国のことを指示。）ニ臥スルガ為ナリ」（為三是愁多臥二海壖一）〈『菅家文草』巻三「始見二二毛一」〉と詠述して、その理由を外吏としての赴任のせいにしているし、望郷の念を増すとされる秋を初めて任地で迎えることになった時にも、「秋ノ来リテ暗カニ倍ス客居ノ悲シミ」（秋来暗倍客居悲）〈同「秋」〉と詠述して、故郷を離れて住んでいるためにこそ悲しみが倍増するのだと慨嘆している。

とりわけ、彼の悲しみを倍増させずにおかなかったもの、それは、まさに、「重陽」（陰暦九月九日）などの節句日であったのだという。例えば、任地で初めて「重陽」の節句を迎えることになった作者は、「秋ノ来リテ客思ノ幾ド紛々タルニ、況ンヤ復タ重陽ノ暮景ノ曛レナントスルヲヤ。……十八ニシテ登科シ初メテ宴（宮中の重陽の宴席）ニ侍セシニ、今年ハ独リ対ス海辺ノ雲。」（秋来客思幾紛々、況復重陽暮景曛。……十八登科初侍レ宴、今年独対海辺雲。）〈同「重陽日府衙小飲」〉との詠述をものしたことになっている。秋の到来による悲しみの倍増があるというのに、その上、さらに、彼には新たに「重陽」

の節句を迎えることによる悲しみの倍増が約束されることになるわけなのだ、当日の道真の心中においては。

「重陽」の節句を迎えることが道真の心中において、何故に悲しみの更なる倍増を約束させることになっているのか、と言えば、それは、その節句の当日の夕暮れには、遠く離れた京都の宮中において、年中行事としての、「重陽」の宴席が開催されることになっているからなのであり、しかも、時を同じくして、宮中の作文会がそこにおいて執り行われることになっているからなのである。道真の場合、十八歳の貞観四年（八六二）五月十七日に省試に及第して文章生に補せられ、その年の「重陽」の節句の宴席に初めて参列する栄誉を勝ち得、しかも、応製の七律をものするという、そうした喜びと誇らしさとを実感することになってからというもの《『菅家文草』巻一「九月侍レ宴、同賦二鴻雁来賓一、……。」》、儒者・文人を目指す彼にとっては、勿論、宮中におけるその年中行事は、そのまま彼自身における年中行事の一つとなっていたに違いない。

それが、二十四年後の、四十二歳の仁和二年（八八六）の「重陽」の節句の場合には、讃岐国から遠く離れた宮中で開催される、当日の宴席に参列することなど、物理的に叶わないことになってしまったわけなのだ。上記の「今年独対海辺雲」との詠述は、宮中の年中行事の宴席に参列することが出来ず、応製詩をものすることが出来なくなってしまったという、そうした、彼の個人的な悲しみを訴えたものと言えるだろう。道真のその悲しみの場合には、単に、宮中の宴席に参列出来ないことだけが原因なのではなかったわけなのだ。何故か。その参列出来ないということが、また、彼自身の詩才をそうした宴席において天皇なりに直接に披露する機会、そのことをもみすみす自分から手放すことを意味することになってしまうからなのであった。それがもう一つの、悲しみの原因なのであった。前述した通り、道真は、自身に讃岐守赴任の命が下った後、儒職を辞して外吏の任に就くこと、そのことが菅原家という、儒者・文人の職掌を専門に担うことになっているその名家に生まれた者として、果たして、是なのか非なのかと心を苦しめることになったのも、まぎれもなく、京都を離れ儒職を辞することになれば、彼自身の学才を天皇なりに直接に披露する機会がそのことによって失われてしまうのではないか、との危惧の思いがあったからなのである。道真の、自身の詩才を披露する機会を失うことによって生じるところの悲しみと、自身の学才を披露する機会を失うことによって生じるところの悲しみとは、ここでは、もとより同根ということになるだろう。

とにかく、以上のように、道真は、自身に讃岐守としての赴任の決定が下されることになった仁和二年（八八六）当時は言うまでもなく、さらに、任地に滞在して外吏としての生活を送ることになった、その四年間の生活においても、京都を離れ儒職を辞したことに対して、大いなる悲しみの感情を吐露しているわけなのだ。ところで、その、讃岐守拝命から数えておよそ十五年後に当たる延喜元年（九〇一）十月に、大宰府の地で作成された本「叙意一百韻」中において、道真は過去の故郷での嬉しく誇らしい経験の一つに、そのことを取り上げているわけなのである。本句（一五八句）中の詠述内容に注目するのは、その点なのだ。十五年という長い歳月の経過が過去の思い出そのものをそのように、悲しみから嬉しさに変化させるということもあったに違いないだろうが、やはり、讃岐守としての赴任と大宰権帥としての左遷とにおける、そもそもの、悲しみの度合の大きさこそが根本的な原因であると見なすべきだろう。後者の大きな悲しみからすれば、前者のそれなどはまったく取るに足りないことになるはずだからなのである。

同じように、京都を離れ儒職を辞したからと言っても、讃岐守の場合には、秩満の後、寛平二年（八九〇）には早速帰京を果たし、『公卿補任』〈寛平五年条〉によると、その翌年には、もとの式部少輔の儒職に任ぜられ（三月九日）、蔵人頭に補せられ（三月二十九日）、さらに、左中弁をも兼ねることになっているわけなのだ（四月十一日）。しかも、讃岐守の場合には、その任期中にあっても、例えば、着任後の翌仁和三年秋には早速休暇を願い出て入京を果たし、同四年正月まで故郷に長期間滞在し続けたことになっている。恐らく、この時の滞在は、同年八月二十六日に崩御した光孝天皇の葬儀参列のことに関連したところの、帰京ということになるだろうが、理由はともあれ、讃岐守在任中は、道真は一時的に帰京を果たし、長期間の在京生活をも可能にしていることになるわけなのだ。帰りたくても一切帰ることが許されない状況に置かれていた、大宰権帥としての赴任中の彼の悲しみの大きさに比べたら、讃岐守として赴任中のそれが如何に小さなものであったか、まことに、明々白々であって、当然に、その点については論を俟たないだろう。

讃岐守として赴任中の道真の悲しみと、大宰権帥としての赴任中の彼のそれとの比較に関しての、一つの興味深い事例をここで紹介することにしよう。すなわち、それは、三国魏の王粲「登楼賦」（『文選』巻一一）中に見えている「茲ノ楼ニ登リテ以テ四望（四方を眺めつつ）シ、暇日ニ聊カ以テ憂ヲ銷ス。」（登二茲楼一以四望兮、暇日聊以銷レ憂。）との一文に対する、道真自身の評価に関する差異のことなのである。同作品は、作者である王粲が後漢末の長安の戦乱を避けて荊州の劉表に身を寄せていた時期にものされたもので、望郷の念を抱いて城楼に登り、十二年に亘って長安に帰ることの出来ない無念さと、それ故に、日増しに募る故郷恋しさの思念とによって認められていて、上記の一文は、まさに、その冒頭部分に該当している。そこには、暇にまかせて城楼に登り、望郷の念を慰めようとする、との意が述べられている。

その冒頭の一文に対して、道真は、讃岐守在任中の仁和四年（八八八）の晩秋にものした七律「江上晩秋」（『菅家文草』巻四）の尾聯において、「憂ヲ銷スニハ自ラ平沙ノ歩有リ、王粲ハ何ゾ煩ヒテ独リ楼ニ上リタル。」（銷レ憂自有二平沙歩一、王粲何煩独上レ楼。）との詠述をなしていて、しかも、その尾聯の後句（八句）には、「仲宣（王粲の字）ノ賦ニ云フ、暇日ニ聊カ以テ憂ヲ銷ス、ト。」（仲宣賦云、暇日聊以銷レ憂。）との自注を付しているのである。京都を離れ、讃岐守として任地に滞在している道真の当時の「憂」とは、言うまでもなく、彼の儒者・文人としての能力を朝廷において大いに発揮し、併せて、それを直接的に認識してもらえる機会、それが物理的に狭められてしまったことに対しての悲しみということになるだろう。そうした悲しみを癒やすために、彼は秋景色の河畔を散策することにしたらしい。「平沙歩」とは、平らで広々とした川岸の砂浜の歩みの意であろうから、道真はそうした場所を秋に散策して憂さを晴らすことにしたのだ。

逆に言えば、当時の道真の憂さたるや、「平沙歩」によって癒される程度のものであり、それ程のものでしかなかったということになるに違いない。まさしく、彼の場合には、秋景色の河畔の散策により、それだけで心が慰められることになっているのだ。それだけで十分であったわけなのだ。そうした当時の道真にとって、十二年間に亘って故郷の長安に帰ることの出来ない無念さと、それ故に、日毎に募らざるを得ない故郷恋しさの思念とのために、城楼に登って四方を眺望し、遂には、故郷の方角に視線を釘付けにしないではいられなかった、かの王粲の心理と行為とを十分に理解することなど無理であったろうし、そうすることなど、これまた、必要とはしなかったであろう。恐らく、讃岐守時代の彼にとっては、かの王粲の心理と行為とが大袈裟なものに映ったわけなのだろう。王粲が城楼に登って憂さを晴らさんとしたことについて、それを誇張表現と見なすことにし、はっきりと疑問を呈しながら、「王粲何煩独上ㇾ楼」との一句を詠述しているのは、まったく、そのためであったと見ていいだろう。王粲の深い悲しみを十分に理解することが出来なかった理由であるが、当時の道真には、何しろ、翌仁和五年の春早々の秩満と帰京とが待ち受けていることになっているわけなのであり、その事実を知るだけで、その理由については大いに納得がいくはずなのだ。

　その道真が王粲の深い悲しみを十分に理解することになるのは、大宰権帥として左遷されるという経験を自身が有することになってからなのである。というのは、上述したように、本「叙意一百韻」（第四段落）中において、彼が改めて王粲「登楼賦」を取り上げ、「憂(うれひ)ヲ銷(け)サントシテハ仲宣(ちうせん)（王粲）ヲ羨(うらや)ム」（銷ㇾ憂羨二仲宣一）〈一〇八句〉との一句をものしているからなのだ。そこにも、讃岐守時代の作品「江上晩秋」中に見えていたものと同じ詩語「銷ㇾ憂」が、敢えて、採用されており、そのことからして、王粲「登楼賦」中の一句「暇日聊以銷ㇾ憂」をそれが出典にしていると見て間違いないはずなのである。勿論、本「叙意一百韻」中の「銷ㇾ憂」の場合には、左遷の身の上を苦しめてやまない悲しみ、それを少しでも慰めんとするとの意ということになるだろう。

　左遷の身の上を苦しめてやまない悲しみ、それを少しでも慰めんとして、当時の道真は、かつての王粲が「登楼賦」をものして悲しみを慰めたように、彼自身もまた、そうした作品をものしてみたいと思うようになったらしいのである。つまり、王粲の「登楼賦」に対する共感を新たに覚えることになったわけなのだ、大宰府における道真は。その共感とは、もとより、王粲の深い悲しみに対して、大宰府時代の道真が共感することを通して生み出したところのものに相違なく、道真の当時の深い悲しみの存在が、何よりも、そのことを可能にしたと考えていいだろう。逆に、讃岐守時代の道真は、前述した通り、王粲の深い悲しみに対しては、敢えて、疑問を呈して、「王粲ハ何ゾ煩ヒテ独リ楼ニ上リタル」（王粲何煩独上レ楼）〈「江上晩秋」〉と詠述していたはずなのだ。ここでそのことを思い起こすならば、大宰府時代の彼の王粲に対する共感の由り来たる理由は、それによって十分に説明可能ということになるに違いない。

道真の讃岐守時代の悲しみが、それまでの儒職を辞して京都を離れ、外吏として赴任することによってもたらされたものであったことは前述した通りなのである。儒門の名家を担うことになっている道真にとっては、京都を離れるというのは、取りも直さず、儒者・文人としての自身の学才・詩才を朝廷に向けて大いに発揮する機会、併せて、自身の所持する優れた才能を広く世間に認知せしめる機会、それらの機会を物理的に手放すことを意味しているわけなのであり、その悲しみたるや、確かに、当時の彼にとっては相当なものであったに違いない。ただし、その悲しみと大宰府時代のそれとを比べてみれば、前者のそれなどは、まったく、取るに足りないものということになるはずなのだ、当然なことに。

例えば、大宰府時代の道真の場合には、彼自身の学才・詩才を朝廷において発揮する機会などは、これは完全に失われていたことになるわけなのであり、もとより、彼の所持する優れた才能を広く世間に認知せしめる機会を手にすることなども、まったく期待出来ない境遇に彼は身を置いていたことになるわけなのだ。前述した通り、本「叙意一百韻」（第四段落）中においても、そうした機会を失ってしまった大宰府時代の境遇を彼は悲しみ絶望して、「草ハ誰ニカ相視スコトヲ得ン、句ハ人ト共ニ聯ヌルコト無シ。」（草得二誰相視一、句無二人共聯一。）〈一一一・一一二句〉と詠じ、「思ヒ将メテハ紙ニ臨ンデ写スモ、詠ミ取メテハ灯ニ著ケテ燃ヤス。」（思将臨レ紙写、詠取著レ灯燃。）〈一一三・一一四句〉と述べていたはずなのである。

学才を認めてくれる人（天皇）もなく、詩才を認めてくれる友もいないということで、せっかく、ものした詩文を燃やさざるを得ない境遇にあったわけなのだ、大宰府時代の道真は。儒門の名家の出身者である彼には、そのことは、何にも増して辛く悲しいことであったに違いない。自作の詩文を燃やさざるを得なかった、そうした大宰府時代に比べれば、讃岐守時代の彼には、物理的に狭められているとは言っても、自身の学才・詩才を朝廷において発揮する機会そのものは用意されていたこと、これは確かなのである。例えば、朝廷における「阿衡の紛議」のことに関しては、讃岐守であった彼は仁和四年十月中に、「奉二昭宣公一書」との私信を認めて当時の摂政太政大臣藤原基経に向かって、橘広相弁護のために自身の学才を大いに発揮し展開しているし《『政事要略』巻三〇「年中行事」阿衡事》、詩作のことに関しては、讃岐国滞在中において、「性ノ酒ヲ嗜ムコト無ケレバ愁ハ散ジ難ク、心ノ詩ヲ吟ズルコトニ在レバ政ハ専ナラズ。」（性無レ嗜レ酒愁難レ散、心在レ吟レ詩政不レ専。）《『菅家文草』巻四「冬夜閑思」》との一聯をも詠述しているほどなのである。当時の彼は、とりわけ、詩作には、時に政事を疎かにするほどに熱中していたらしいのである。

そうしてものされた詩作の中には、「菅蒯（雑草の菅や蒯のようなわたしではあるが）スラ若シ応ニ雨露ニ添フベクンバ、華ヲ吐キテ将ニ聖明ノ君（天皇）ニ奉ラントス。」（菅蒯若応レ添二雨露一、吐レ華将レ奉二聖明君一。）《同・巻四「小男阿視、留在二東京一。……」》との詠述も見えている。その一聯は、雑草である菅や蒯でさえも雨や露の恵みを受けることになったならば、美しい花を咲かせてわが聖明の天皇にそれを献上しようとすることだろうが、まったく、それと同様に、詩才の乏しいこのわたしでさえも（「菅」に菅原氏出身の道真自身のことを掛ける）、聖明なわが君の有り難い、「詩作せよ」とのご命令を忝くすることになったならば、精一杯苦吟して素晴らしい詩を作成し、それを献上しようとすることだろう、との意を有していることになるはずなのである。こうした詠述からも、当時の道真が、宮中の宴席に参列して自身の詩才を再び十分に発揮することの出来る機会、そうした機会の到来を今か今かと待ち望んでいたらしいことが分かる。言うまでもないが、讃岐守時代の道真の場合には、確かに、近い将来、その機会の到来することがはっきりと事前に約束されていたわけなのであり、彼がその機会の到来を待望することになるのは、まことに、これは、当然と言えるだろう。

大宰府時代の道真の場合には、そうした約束事も将来の希望も、まったくと言っていい程に無いことになっているわけなのだ。悲しみの深さという点において、勿論、讃岐守時代のそれなどとは比較にならないほどの、まさに、桁違いの深刻さであったはずなのである。そうした悲しみの深刻さの存在を理由にして、大宰府時代の彼は、およそ十五年前の讃岐守拝命時のことを思い起こして、むしろ、それを誇らしく嬉しい思い出の一つに数え上げることにしたのではないだろうか。本句（一五八句）中に讃岐守拝命時のことが敢えて取り上げられている理由を、今は、そのように考えることにしたい。

（33）**祖業儒林聳**　「祖業ハ儒林ニ聳エ」と訓読して、（わたしが対策に及第して儒者の仲間入りを果たしたということで）先祖代々の学問の名家としての我が菅原家の伝統が儒者の世界においてより一層高く聳え立つことになったし、との意になる。

本聯（一五九・一六〇句）の対句構成も密接な対応関係を形作っていて、その前句に当たる本句中の詩語「祖業」「儒林」「聳」と、その後句に当たる次句「州功ハ吏部ニ銓セラル」（州功吏部銓）中の詩語「州功」「吏部」「銓」とは、それぞれ対語として見事に配置されている。その両句における詩語の配置の順序ということで先に指摘しておくことにするが、本句（一五九句）中の下三字「儒林聳」と、次句（一六〇句）中の同じく下三字「吏部銓」とは、それぞれ、漢文法的には、本来は、「聳二儒林一」と「銓二吏部一」とに作られなければならないはずなのだ。ところが、本聯における韻字は、次句中の「銓」字ということになっている。近体詩としての「一韻到底」を厳守する必要から、そのために、次句中の下三字をまずは「吏部銓」に作り直すことにし、それに伴ってさらに、対句構成上の必要から、次に、本句中の下三字をも「儒林聳」に作り直すことにしたわけなのだろう。勿論、次句中の下三字を「吏部銓」に作り直し、そして、本句中の下三字を「儒林聳」に作り直すことにしたのは、単に、前者のそれによって「一韻到底」を厳守せんとし、後者のそれによって対句構成を整えんとしたからだけではなかったはずなのだ。

例えば、前者を漢文法に即して「銓二吏部一」に作る場合には、その平仄は上から順番に「〇××」（〇印は平声で×印は仄声）ということになってしまうはずなのである。つまり、偶数句である次句（一六〇句）の、その末尾に配置されるのが仄声字になってしまうことになるのだ。その点においても、「平仄式」に違犯することになってしまうわけで、そうした点からも、「吏部銓」（××◎）〈◎印は平声の韻字〉に作り直す必要が、当然に、ここには有ったことになるだろう。また、同様に、後者を漢文法に即して「聳㆓儒林㆒」に作る場合には、その平仄は上から順番に「×〇〇」（同上）ということになってしまうはずなのである。つまり、奇数句である本句（一五九句）の、その末尾に配置されるのが平声字になってしまうことになるのだ。その点においても、「平仄式」に違犯することになってしまうわけで、そうした点からも、「儒林聳」（〇〇×）に作り直す必要が、当然に、ここには有ったことになるだろう。

　本聯における前・後句中の、その下三字の配置の作り直しという形式に関して言えば、前述したように、前聯（一五七・一五八句）の前・後句中のそれぞれの下三字の形式も全く同様ということになっていたはずなのである。「一杪折」（×××）に作っているその前句の場合にも、漢文法的には、本来は「折㆓一杪㆒」（×××）に作る必要があるはずなのだし、「百城専」（×〇◎）に作っているその後句の場合にも、漢文法的には、本来は「専㆓百城㆒」（〇×〇）に作る必要があるはずなのだ。その前聯の前・後句の場合には、もっぱら、まずは、後句における「一韻到底」を厳守する必要から「百城専」に作り直すことにし、それに伴って、次に、前句における対句構成を整える必要から「一杪折」に作り直すことにしたのだろう。結果的に、前聯（一五七・一五八句）の前・後句中の下三字も漢文法的な本来の配置を作り直すという形式がそこでは採用されていることになるわけなのであり、同様の形式を採用していることになる本聯（一五九・一六〇句）の前・後句とは、もとより、形式上においても密接な対応関係にあると言えるだろう。

　前聯と本聯とにおける都合四句（一五七―一六〇句）、それは、そうした形式上の密接な関連性だけを有して配列されているわけでは、勿論、ないはずなのであり、意味内容上においても、それは、図式化するならば、AB・A′B′（AA′は作者の儒者としての活躍、BB′は作者の外吏としての活躍のことを指示する。）との密接な対応関係を有して配列されていることになるはずなのだ。作者が対策及第を果たして儒者としての身分を手にしたこと（A）が原因となって、彼自身の、先祖代々の学問の名家としての菅原家が儒者の社会においてより一層高くそびえ立つ（A′）という結果を導き出すことになっているわけなのだし、同様に、作者が讃岐守として赴任してかの国を統治したこと（B）が原因となって、彼自身の、外吏としての功績が式部省においてより一層高く評価される（B′）という結果を導き出すことになっているわけなのだ。ここでは、AとA′、BとB′とが形式上の関連性だけではなく、まさに、意味内容上の因果関係をもそれぞれ有していることになっているはずなのである。以上、前聯と本聯とにおける都合四句（一五七―一六〇句）は、確かに、密接な対応関係を有して配置されていると言えるだろう。

ところで、本聯（一五九・一六〇句）の前句に当たる、その本句中の詩語「祖業」とは、祖先が開き、その祖先から伝えられた事業のことで、ここでは、先祖代々の菅原家の門業、すなわち、学問の名家としての、その菅原家の家柄のことを指示している。それは、まさしく、道真（十五歳）が元服した貞観元年（八五九）に、母伴氏が詠んだとされる一首「久方の月の桂もをるばかり家の風をも吹かせてしがな」〈『拾遺和歌集』巻八「雑上」〉中にも見えている、「家の風」のことを同じく指示していることになるだろうし、また、道真（四十二歳）が讃岐守を拝命した仁和二年（八八六）に彼自身が京都を離れて任地に赴くことになったのを悲しんで詠述した一聯「倩憶フ分憂（国司の官職）ハ祖業ニ非ザルコトヲ、徘徊ス孔聖廟門（大学寮廟堂の南門）ノ前。」（倩憶分憂非二祖業一、徘徊孔聖廟門前。）〈『菅家文草』巻三「北堂餞宴」〉中にも見えている、「祖業」のことを同じく指示していることになるだろう。勿論、その「家の風」なりその「祖業」なりが学問の名家としての菅原家を指示していることになるわけであるが、そのことについては、醍醐天皇も「門風ハ古ヨリ是レ儒林」（門風自レ古儒林）〈『菅家後集』貞享板本首部「見三右丞相献二家集一」〉との詠述をものしている。

本句中の詩語「聳」とは、聳え立つこと、際立つことをいう。ここでは、前述したように、前聯（一五七・一五八句）の前句である「東堂ニハ一杪ヲ折レリ」（東堂一杪折）

との意味内容、それを直接的に継承していることになるはずで、道真（二十六歳）が対策及第を果たして、正式な儒者となった貞観十二年（八七〇）当時の、彼の嬉しく誇らしい思い出を受けた詠述と見なす必要があるだろう。菅原古人―清公―是善―道真と続くことになっている学問の名家を、二十六歳の道真は、自身が対策及第を果たした結果、正式に受け継ぐことになり、その資格を得たことになったわけなのだ。晩年の父（八一二―八八〇）と母（?―八七二）とをこの上なく喜ばせたばかりではないだろう、そのことは、当然に、当時の学界に菅原家の伝統と存在とをより一層認識させることにしたに違いない。本句中の詩語「聳」とは、ここでは、そうした事実を指示していることになるだろう。

(34) **州功吏部銓**　「州功ハ吏部ニ銓セラル」と訓読して、（わたしが讃岐守の職務を全うしたということで）地方長官としての在任中の我が政治上の功績が式部省においてより一層高く評価されることになった、との意になる。

本聯（一五九・一六〇句）の後句に当たる本句が、前聯（一五七・一五八句）の後句「南海ニハ百城ヲ専ニセリ」（南海百城専）を意味内容的に継承しており、両句が密接な対応関係を有して配置されていることは、前項〔語釈〕(33)において既述した通りなのであり、その点から言っても、本句中の詩語「州功」（地方長官としての政治上の功績）とのそれが、讃岐守としての、その彼の政治上の功績のことを具体的に指示していると見て、これは間違いないだろう。本句の詠述によると、讃岐守時代の道真の功績、それが彼の帰京後に式部省内で取り上げられることになったらしい。本句中の詩語「吏部」とは、式部省の唐名であって、確かに、それは、「内外の文官の名帳、考課、……勲績の校定、論功、……」（『国史大辞典』）を職掌とする役所ということになっているし、ここでの詩語「銓」とは、「銓補」（取り調べて、新たな官職に補任する。）などの省略形と考えていいことになるであろうから、まさしく、道真の讃岐守時代の功績のことが彼の帰京後に、式部省において取り沙汰されることになり、その一つの結果ということになるわけであろうが、帰京の翌年の寛平三年（八九一）に至って、上述したように、四十七歳の彼は相次いで、式部少輔（三月九日）・蔵人頭（三月二十九日）・左中弁（四月十一日）などの要職に、新たに、矢継ぎ早に補任されているのである。

道真の讃岐守時代の功績について、ここで少しく見てみよう。彼は儒職を辞して都を離れ、外吏として「南海」の地に赴任しなければならなくなったが、そのことについては、前述した通りで、大いなる不安と悲哀との感情を抱き続けていたことになっているのである。儒職を辞して外吏となることは、儒門の名家の出身者としての彼自身に相応しくないと考えられたからなのであった。勿論、その大部分は、讃岐守としての、任地における謙譲表現と見なさなければならないだろうが、例えば、滞在三年目の冬に彼（四十四歳）がものした作品〈『菅家文草』巻四「冬夜閑思」〉中にも、「性ノ酒ヲ嗜ムコト無ケレバ愁ハ散ジ難ク、心ノ詩ヲ吟ズルニ在レバ政ハ専ナラズ。」（性無レ嗜レ酒愁難レ散、心在レ吟レ詩政不レ専。）との一聯が、やはり、見えているのである。儒門の名家の出身者でありながら外吏となっているという、そうした不安と悲哀の感情とがいつまでも彼の心を捉えて離さなかったことも、確かに、事実であったらしい。そこにおいて、詩作に専念する余りに政事の方が疎かになってしまうことだ、と詠述されているからなのである。また、これも謙譲表現と見なければならないだろうが、滞在四年目の、仁和五年（寛平元年）の夏に、それこそ秩満を目前にした彼（四十五歳）がものした作品〈同・巻四「納涼小宴」〉中にも、「此ノ時ニ何ノ悶ユル事ゾ、官ノ満タントスルニ未ダ功ヲ成サザレバナリ。」（此時何悶事、官満未レ成レ功。）との一聯が見えているのである。秩満を迎えようとしているのに、讃岐守としての功績に見るべきものがないのを遺憾に思っている、との詠述がそこでもなされている。

さらに、道真（四十六歳）が帰京を果たした直後の、寛平二年三月三日に、雅院で開催された作文会においてものした作品〈『菅家文草』巻四「三月三日、侍二於雅院一、賜二侍臣曲水之飲一、応レ製。」〉中にも、「四時ニ王沢（天子のお恵み）ヲ歌フヲ廃セザラントスレバ、長ク詩臣ノ外臣ト作ルヲ断タシメンコトヲ。」（四時不レ廃レ歌二王沢一、長断三詩臣作二外臣一。）との一聯が見えているのである。その前句中の詩語「詩臣」とは、もとより、儒者文人としての道真自身を指示していることになるはずで、その彼が、今後は、宮中において儒者・文人として活躍する決意を新たにしたとの意を詠じると共に、そのために、二度と、「外臣」（外吏）として地方に赴任することのないようにさせて頂きたい、との願いをもそこでは述べていることになっている。讃岐国からようやく帰京を果たし、その直後に開催された宮中の作文会に参列した道真の詠述であってみれば、大いに注目しないわけにはいかないだろう。

ただし、仮に、道真が自身の本務を宮中に奉仕する儒者・文人としてのそれであると見なし、外吏として地方に赴任することを本務であるとは考えていなかったとしても、讃岐守としての功績の有無と、そうした彼の私見とは、やはり、別問題としてここでは取り扱わなければならないだろう。上述したように、確かに、秩満を迎えようとしていた時期の作品中には「官満未レ成レ功」（『菅家文草』巻四「納涼小宴」）との一句も見えていて、讃岐守としての功績には見るべきものがないことを道真自身が認め、そのことを慨嘆しているわけなのであるが、例えば、着任したばかりの仁和二年（八八六）の九月九日に、国府の庁内で重陽の宴席を主催した彼（四十二歳）がものした作品（『菅家文草』巻三「重陽日府衙小飲」）中にも、「盃ヲ停メテハ且ク論ズ輸租ノ法、筆ヲ走ラセテハ唯ダ書ス弁訴ノ文。」（停レ盃且論輸租法、走レ筆唯書弁訴文。）との一聯が見えているのである。酒宴の最中にあっても、彼は租税を取り立てる方策について話題にすることもしたし、民百姓の訴状に対する判決文を認めることもしたらしい。当然のことに、国守としての職務にも彼は熱心に取り組んだことになっている。

讃岐守であると共に儒者・文人でもある道真は、翌仁和三年（八八七）二月三日には「州廟」において釈奠の儀式を挙行し、それによって任地における学問の興隆をも願ったことになっているし（『菅家文草』巻三「州廟釈奠有レ感」）、同じく、翌々仁和四年三月二十六日には行く春を見送る寂しさの中で、「好シ去レ鶯花ヨ今ヨリ已後ハ、冷心（風流心を捨て去った心）モテ一向ニ農蚕ヲ勧メン。」（好去鶯花今已後、冷心一向勧二農蚕一。）（同・巻四「四年三月廿六日作。到レ任之三年也。」）との一聯をものし、初夏を迎えるに当たって国守としての職務に専念し、領民に対して農作業を勧奨しなければならないとの、そうした決意をも新たにしたことになっている。

国守として、領民に対して農作業を勧奨する一方で、道真は、同じ仁和四年の五月六日には、城山神社の神霊に豊作を祈願して祭文を奏上している。仁和四年の四月以降は雨量が少なく農作業に影響が出るということで、それは、もっぱら降雨を祈請する内容となっているが、「八十九郷、二十万口ノ若キ、一郷モ損スルコト無ク、一口モ愁フルコト无キ」（若二八十九郷、二十万口一、一郷無レ損、一口无レ愁）《『朝野群載』巻二二「諸国雑事上」臨時奉幣祭文》との、領地におけるそのような状況を、彼は讃岐守として土地の神霊に祈請しているわけなのである。

領民に農作業を勧奨し、神霊にそのための「冥祐」（神仏の加護）を祈願している道真なのだ。当然のことに、国守として、領内の農作物の年間収穫量の多寡については彼も常に関心を寄せていたに違いないであろうから、例えば、仁和四年冬の大雪を目にした彼が、「城中ノ一夜ニシテ応ニ尺ニ盈ツルナレバ、祝著ス明年ノ旱飢ヲ免レンコトヲ。」（城中一夜応盈レ尺、祝著明年免二旱飢一。）《『菅家文草』巻四「客居対レ雪」》との一聯を詠じていることも、あるいは、「口ニハ君ガ詩ヲ詠ジ心ニハ且ニ祝ハントス、明年ノ秋稼（秋に取り入れる農作物）ノ雲ト平ナラントスレバナリ。」（口詠二君詩一心且レ祝、明年秋稼与レ雲平。）《同・巻四「訓二藤十六司馬対レ雪見レ寄之作一」》との一聯を述べていることも、十分に納得がいくだろう。

冬の大雪が明年の豊作の瑞兆とされていることは、「尺ニ盈ツレバ、則チ瑞ヲ豊年ニ呈シ、丈ニ袤ケレバ、則チ沴ヲ陰徳ニ表ス。」（盈レ尺、則呈二瑞於豊年一、袤レ丈、則表二沴於陰徳一。）《『文選』巻一三「雪賦」謝恵連》との用例にも見えている通りなのであり、道真はそれ故に上記のように詠述しているわけなのだ。とりわけ、仁和四年中の領内の農作物の収穫量は、城山神を祭って雨を祈ったにも拘らず、干害のために思わしくなかったらしい。例えば、上記の「城中一夜応盈レ尺、祝著明年免二旱飢一。」《「客居対レ雪」》との一聯に、わざわざ、自注「今年ニ旱有レバ、故ニ云フ。」（今年有レ旱、故云。）を彼は付しているのである。同年中の干害については、これは国守として、確かに、大いなる心労を抱えさせることになったに違いないだろうし、逆に、それ故にこそ、「尺雪」を通して、明年度への期待感を国守としてことさらに膨らませざるを得なかったということなのだろう。

以上のごとく、讃岐守としての道真も、確かに、農作物の収穫量の多寡に対しては一喜一憂していたことになっており、租税の取り立ての方策に関しても常に心労を抱えていたことになっている。本句（一六〇句）中において、秩満を迎えて寛平二年（八六〇）春に帰京した彼（四十六歳）の、その国守時代の四年間の「州功」が式部省で取り沙汰されたことになっているが、恐らく、彼のそうした、外吏としての功績の有無のことがもっぱら取り上げられたわけなのであろう。道真自身は、これまでの宮中における儒者・文人としての活躍ぶり（一五九句）と共に、讃岐守時代の外吏としての功績についても大いなる自負を抱いていたらしい。何故なら、本聯（一五九・一六〇句）の前・後句に続く、その後聯（一六一・一六二句）において、「光栄（くわうえい）ハ頻（しき）リニ照耀（せうえう）シ、組珮（そはい）ハ競（きそ）ヒテ縈纏（えいてん）ス。」（光栄頻照耀、組珮競縈纏。）との詠述が見えているからなのである。帰京の翌年に当たる寛平三年（八九一）から以後の、いわゆる、道真の異例とも言える昇進ぶりについて、彼自身はその理由を、本聯の前・後句で詠述している、これまでの宮中における儒者・文人としての活躍と讃岐守時代の外吏としての功績のせいであると見なしていたらしい。本聯と後聯との両聯四句の意味内容上の脈絡を見る限り、そういうことにしなければならないだろう。

もっとも、寛平三年から以後の、いわゆる、道真の異例とも言える昇進ぶりの、その理由ということで一般的に取り上げられることの一つに、讃岐守として赴任していた道真が仁和四年十月以降に、「阿衡紛議」に関しての、左大弁の橘広相を弁護する文書「奉㆓昭宣公㆒書」《『政事要略』巻三〇「年中行事」阿衡事》を太政大臣基経に送ったからだとの意見があり、そのことに関しての功績が、まさに、宇多天皇に認可されて、「広相・基経亡き後、天皇の侍臣として信任」《『平安時代史事典』》されることになったのだとの、そうした指摘がある。橘広相は寛平二年五月十六日に、藤原基経は同三年一月十三日に亡くなっており《『公卿補任』同年条》、寛平三年から以後の、いわゆる、道真の異例とも言える昇進、例えば、その初期段階としての、同三年三月九日の式部少輔への補任、同年同月二十九日の蔵人頭への補任、同年四月十一日の左中弁への兼任《『公卿補任』寛平五年条》などは、まさに、広相・基経の亡き後の人事ということになっている。その点からしても、確かに、客観的には、道真の「州功」の一つとして、「奉㆓昭宣公㆒書」をも当然に数え上げる必要があるに違いないだろうが、本聯と後聯との両聯四句（一五九―一六二句）の意味内容上の脈絡を見る限り、道真は、自身の「州功」を、あくまでも、讃岐守時代の外吏としての公的な功績のことであると主観的に考えていたらしいことが分かる。注目すべきであろう。

(35) **光栄頻照耀**　「光栄ハ頻リニ照耀シ」と訓読して、（わたしが対策及第を果たして正式に儒者の身分となり、菅原家の伝統を継承しそれをさらに発展させるべく努力したこと、在職期間中の讃岐守としての功績についても式部省においてはっきりとそれが認定されたことによって、高位・高官に抜擢されることになり）栄える「珮玉」と「組紐」とを腰に帯びることになって（その「珮玉」の方が）盛んにわが身を輝き照らすことになったし、との意になる。

本聯（一六一・一六二句）の前句に当たる本句と、その後句に当たる次句「組珮ハ競ヒテ縈纏ス」（組珮競縈纏）とは対句構成。それぞれの詩語「光栄」と「組珮」、「頻」と「競」、「照耀」と「縈纏」とが、それ故に、密接な対応関係を有しているし、さらに、本聯の前（A′）・後句（B′）と前聯「祖業ハ儒林ニ聳エ、州功ハ吏部ニ銓セラル。」（祖業儒林聳、州功吏部銓。）〈一五九・一六〇句〉の前（A）・後句（B）とが内容的に密接な対応関係を有することにもなっている。原因としてのＡＢが結果としてのA′B′を導き出す形式、いわゆる、ここでの前・後（両）聯四句の密接な対応が因果関係（ＡＢ・A′B′）のそれを形作っていることになっている。すなわち、その両聯四句の詠述は、道真が対策及第を果たして儒者の身分となり、菅原家の伝統を継承しそれをさらに発展させるべく努力したこと（A）が一つ、そして、讃岐守としての在職期間中の功績についても式部省においてはっきりとそれが認定されたこと（B）がもう一つ、以上の二つが原因となって高位・高官に抜擢されることになり、栄える「珮玉」と「組紐」とを腰に帯びることになって（その「珮玉」の方が）盛んにわが身を輝き照らすという（A′）、そうした結果をもたらすことになったし、栄える「珮玉」と「組紐」とを腰に帯びることになって（その「組紐」の方が）次ぎ次ぎにわが身にまとわり付くという（B′）、そうした結果をもたらすことになった、との意味内容上の脈絡を有することになるはずなのである。あくまでも、前聯のＡＢが共通の原因となっており、本聯のA′B′が共通の結果となっている、とここでは考えるべきだろう。

ところで、本聯の前句に当たる本句（一六一句）中の詩語「光栄」と、その後句に当たる次句（一六二句）中の詩語「組珮」とは、対語として、ここでは対比的に配置されていることになっているわけであるが、本聯の前・後句の意味内容上の関連から言えば、その両詩語は、本来的には「光栄ノ組珮ハ」（光栄組珮）との四言一句を形作っていたと考えるべきだろう。すなわち、「栄えある組紐と珮玉は」との意味を有する、そうした四言一句であったものが、対句構成上、敢えて、「光栄」と「組珮」との二つの詩語にそれを分割し、対語として対比的に配置させることにしたのだ、と。「光栄」とは、大きな名誉の意であり、「組珮」とは、「組紐」と「珮玉」の意である。ここでの「組紐」は冠や印や帯玉に付けるもの、そして、ここでの「珮玉」は大帯に付ける飾り玉のことを指示している。両者は共に高位・高官が腰に帯びるものなのであって、それ故にこそ、両者を腰に帯びることは、これは大いなる名誉を伴うことになるはずなのだ。

高位・高官が腰に帯びることになっている「組紐」と「珮玉」については、例えば、「天子ハ白玉ヲ佩ビテ玄組ノ綬（黒色の組紐の緒）、公侯ハ山玄玉ヲ佩ビテ朱組ノ綬、大夫ハ水蒼玉ヲ佩ビテ純（黒色）組ノ綬、世子ハ瑜玉ヲ佩ビテ綦（混合色）組ノ綬、士ハ瓀玟（玉に似た美しい石）ヲ佩ビテ縕（赤と黄の中間色）組ノ綬、……。」（天子佩㆓白玉㆒而玄組綬、公侯佩㆓山玄玉㆒而朱組綬、大夫佩㆓水蒼玉㆒而純組綬、世子佩㆓瑜玉㆒而綦組綬、士佩㆓瓀玟㆒而縕組綬、……。）〈『礼記』「玉藻」〉との一文に見えている通りなのであり、その人物の身分の上下によって、前者には色彩上の、後者には材質上と色彩上との差異がもとよりあることになっている。つまり、そうした「組紐」と「珮玉」とによって、その人物の身分の上下が一見して見分けられるようになっているのだ。

本聯（一六一・一六二句）中の詩語「光栄」と「組珮」とが、もともとは「光栄ノ組珮ハ」（光栄組珮）との四言一句を形作っていたものだと考えることにし、それに従って、「栄えある組紐と珮玉は」との意味をそれが有していたはずだと見なすことにしたわけなのであるが、その場合には、ここでの「組紐」とは、当然に、「珮玉」を大帯に付けるための、その「組紐」の緒のことを指示していると見なさなければならないだろう。高位・高官は一般的に「珮玉」を大帯に佩びて腰に吊り下げることになっていて、そのことは、「凡ソ帯ニハ必ズ佩玉有リテ、唯ダ喪ノミニハ否ラズ。佩玉ニハ衝牙（佩玉中の牙状の玉。これが左右の玉に衝突して音を発する。）有リ。君子ハ故無ケレバ、玉ハ身ヲ去ラズ。君子ハ玉ニ於イテ徳ニ比ス。」（凡帯必有二佩玉一、唯喪否。佩玉有二衝牙一。君子無レ故、玉不レ去レ身。君子於レ玉比レ徳焉。）〈『礼記』「玉藻」〉との一文に見えている通りなのである。そうした珮玉を大帯に掛けて腰に吊り下げるための「組紐」の緒が、ここでの「組紐」ということになるに違いない。

服喪中の期間を除いては、高位・高官は一般的に、珮玉を付けた「組紐」の緒を大帯に吊り下げることになっているが、それは、歩行に従って「珮玉」が互いに触れ合い、仁徳や誠実の象徴とされるような、そのような清々しい音声を発するからなのである。高位・高官たる者は、その音声を常に耳にしてわが身を正すことになっている。そのことについては、例えば、『前漢書』〈巻二七上「五行志第七上」〉中にも、「故ニ行歩ニ佩玉ノ度有リ」（故行歩有二佩玉之度一）との一文が見えていて、顔師古がそれに、「……進ムニハ則チ之ヲ掩ヒ、退クニハ則チ之ヲ揚グレバ、然ル後ニ玉ハ鏘トシテ（玉の鳴る音のさま）鳴ル。是ヲ行歩ノ節度ト為スナリ。」（……進則掩レ之、退則揚レ之、然後玉鏘鳴焉。是為二行歩之節度一也。）との「注」を付しているし、また、『白氏文集』〈巻一二「酔後走レ筆、酬二劉五主簿長句之贈一、……。」〉中にも、「蹇歩（足を引きずる不自由な歩き）ハ何ゾ堪ヘン佩玉ヲ鳴ラスニ、衰容ハ称ハズ朝衣ヲ著ルニ。」（蹇歩何堪鳴二佩玉一、衰容不レ称レ著二朝衣一。）との用例が見えている。

さて、本聯中の対語「光栄」（一六一句）と「組珮」（一六二句）とが、本来的には、「光栄ノ組珮ハ」（光栄組珮）との四言一句を形作っていたと見なすことにしたわけなのであるが、そのこととの関連から言えば、本聯中の他の二つの対語、すなわち、「頻」と「競」、そして「照耀」と「縈纏」もまた、本来的には、「頻リニ競ヒテ照耀シ縈纏ス」（頻競照耀縈纏）との一句を形作っていたと見なさなければならないだろう。もっとも、その場合には、「競ヒテ頻リニ縈纏シ照耀ス」（競頻縈纏照耀）との語順に作られていたとも、当然に考えられていいことになるが、今は、前者の一句であったと考えて、話を進めることにしよう。

とにかく、「光栄組珮」との四言一句と「頻競照耀縈纏」との六言一句とがここでは本来的に結合していて、「光栄ノ組珮ハ頻リニ競ヒテ照耀シ縈纏ス」（光栄組珮頻競照耀縈纏）との十言一句を形作っていたことになるが、その十言一句を五言一聯の前・後句に再配置することにしたわけなのだ、本聯（一六一・一六二句）における対句構成を形作るために。五言一聯の前・後句に再配置するためには、もとより、近体詩としての「平仄式」を厳守する必要があることになる。上述の十言一句の平仄を図式化すれば、上から「○○××○×××○○」（○印は平声字で×印は仄声字）の順番ということになり、本聯における「平仄式」（「粘法」「二四不同」「下三連」「一韻到底」などの大原則）の厳守ということからすれば、本聯の前・後句への再配置は、確かに、前句「光栄頻照耀」（○○○××）との五言一句と、後句「組珮競縈纏」（×××○◎）との五言一句とのそれとしなければならないに違いない（なお、後句中の◎は平声字で韻字であることを指示。）。

勿論、上述の十言一句、それを五言一聯の前・後句に以上のように再配置することにしたと考える場合には、その前句中における、述語としての下三言「頻リニ照耀シ」（頻照耀）と、その後句中における、述語としての下三言「競ヒテ縈纏ス」（競縈纏）とに対するそれぞれの主語は、これは、意味内容上からして、共通の「光栄ノ縈纏ハ」（光栄縈纏）の四言一句と見なさないわけにはいかないだろう。つまり、その前句の場合にも、「盛んにわが身を輝き照らす」ようにしたもの、それは、あくまでも、作者が新たに腰に帯びることになった「栄えある珮玉と組紐」でなければならないだろうし、その後句の場合にも、「次ぎ次ぎにわが身にまとわり付く」ようにしたもの、それは、これまた、あくまでも、作者が新たに腰に帯びることになった「栄えある珮玉と組紐」でなければならないだろう。もっとも、その前句の場合には、それが「照耀」（輝き照らす）に作られていることからすれば、もっぱら、「栄えある珮玉」の方を指示していると見なさないわけにはいかないだろうし、その後句の場合には、それが「縈纏」（まとわり付く）に作られていることからすれば、もっぱら、「栄えある組紐」の方を指示していると見なさないわけにはいかないだろう。今は、そうした私見に従って通釈することにする。

なお、本聯（二六一・二六二句）中の詩語「照耀」（前句）は、（わが身を）照り輝かすとの意であり、その対語としての「縈纏」（後句）は、（わが身に）まとわり付くとの意である。前者の用例としては、「煥炳トシテ照曜シ、宣臻（あまねく至ること）セザルハ靡シ。」（煥炳照曜、靡レ不二宣臻一。）（『文選』巻四八「劇秦美新」揚雄）との一文が見え（曜は耀に同じ）、後者のそれとしては、「歌鼓ヲ縈纏シ、鍾律ヲ網羅ス。」（縈二纏歌鼓一、網二羅鍾律一。）（同・巻一八「笙賦」潘岳）との一聯が見えている。ちなみに、本聯中の詩語「頻照耀」の場合には、（高位・高官となって、栄えある「珮玉」と「組紐」とを腰に帯びることになった結果、もっぱら、その「珮玉」の方が作者の身を）盛んに輝き照らすことになったし、との意を有することになり、その対語「競縈纏」の場合には、（高位・高官となって、栄えある「珮玉」と「組紐」とを腰に帯びることになった結果、もっぱら、その「組紐」の方が作者の身に）次ぎ次ぎにまとわり付くことになった、との意を有することになるだろう。「珮玉」に反射した光がそれを帯びた作者の身を盛んに輝き照らすことになったわけなのだろうし、その「珮玉」を大帯に垂らすための「組紐」がそれを帯びた作者の腰に次ぎ次ぎとまとわり付くことになったわけなのだろう。今は、以上のように解釈することにする。

「栄えある珮玉と組紐」とを腰に帯びるようになった、と本聯（二六一・二六二句）において作者は詠述しているわけなのであるが、そうした作者自身の身分上の変化ということになると、上述したように、前聯（二五九・二六〇句）との意味内容上の関連性から言えば、それは、対策及第を果たして正式に儒者の身分となった作者が菅原家の伝統を継承しそれをさらに発展させるべく努力したこと、そして、讃岐守としての在職期間中の功績が式部省において正式に認証されたことが直接的な原因ということになるだろうし、時期的にも、それは寛平二年（八九〇）春に秩満によって讃岐国から帰京を果たしてから以後の、そのほぼ十年間ということになるだろう。そうした、讃岐国から帰京後の、彼の異例とも言える立身出世については、道真自身も、「図ラザルニ、太上天皇（宇多上皇）ハ南海ノ前吏ヲ抜キンデラレ、聖主陛下（醍醐天皇）ハ東宮ノ旧臣（春宮亮・春宮権大夫の任に当たった道真）ヲ棄テラレズ。……嗟虖、衣ヲ摳グルニ遑アラズシテ、星霜ハ僅ニ一十ヲ移スノミ（帰京後から右大臣に任ぜられるまでほぼ十年間）。屋ヲ潤スコト限リ無ク、封戸ハ忽チ二千ニ満ツ。」（不レ図、太上天皇抜二於南海前吏一、聖主陛下不レ棄二東宮旧臣一。……嗟虖、摳レ衣不レ遑、星霜僅移二一十一。潤レ屋無レ限、封戸忽満二二千一。）《『菅家文草』巻一〇「重請レ解二右大臣職一第三表」》と言及している。実際に、『公卿補任』によると、上述した通り、彼は帰京後の翌年（寛平三年）の三月九日には式部少輔に改めて補任されたのを皮切りにして、同年同月二十九日には蔵人頭を、同年四月十一日に左中弁を兼職したことになっていて、それから後も、彼はほとんど毎年のように立身出世の階段を駆け登って行くことになっている。

具体的に言えば、式部少輔に改めて補任された寛平三年三月九日から、後聯（一六五・一六六句）中に、「具ニ瞻ル将（右大将）相（右大臣）ヲ兼ネタルヲ、僉曰ク勲賢ニ欠ケタリト。」（具瞻兼二将相一、僉曰欠二勲賢一。）との詠述が見えていることからして、道真が右大将と右大臣とを兼務することになった昌泰二年（八九九）二月十四日《『公卿補任』》までの、およそ八年間ということになるが、すなわち、彼の四十七歳から五十五歳までの期間中の、その何れの年月日かに、新たな高位・高官に抜擢されることになって、本聯（一六一・一六二句）中に詠述されているような、まさに、道真は「栄えある珮玉と組紐とを腰に帯びる」身分になったということになるわけなのである（ちなみに、五十四歳の昌泰元年中には、道真に関する任官・叙位のことは見えない。）。寛平三年度は上述した通りに式部少輔・蔵人頭・左中弁に補任され、同四年度には左京大夫、同五年度には参議・式部大輔・左大弁・勘解由長官・春宮亮、同六年度には遣唐大使・侍従、同七年度には近江守・権中納言・中納言・春宮権大夫、同八年度には民部卿、同九年度には権大納言・右大将・中宮大夫をそれぞれ歴任したことになっており、位階の方も、寛平四年度には従四位下、同七年度には従三位、同九年度には正三位に昇進したことになっているわけなのだ、その期間中における道真は。まさしく、立身出世の階段を彼は駆け登っていると言えるだろう。

ところで、その期間中において、道真が、いわゆる、栄える「珮玉」と「組紐」とを自身の礼服の腰に帯びることになったのは、具体的に、それは何時のことになるのであろうか。上述したように、中国古代の礼法によれば、「組紐」と「珮玉」とは高位・高官が身分の上下に従って大帯にかけて腰に吊り下げることになっていて、前者には色彩上の、後者には材質上と色彩上との差異がもとよりあることになっているわけなのだ《『礼記』「玉藻」》。つまり、そうした「組紐」と「珮玉」とによって、その人物の身分の上下が一見して見分けられるようになっていたわけであるが、我が平安朝の「令制」においても、礼服の付属具としての「綬」や「綬玉珮」の着用が義務付けられていたことになっている。

「綬」とは、縒糸をもって平組みに編んだ「組紐」のことで、束帯の平緒のような、幅広の白色の飾り紐のことをいい、乳の下からそれを結んで余りを長く垂らすことになっていた《『平安時代史事典』》。「綬玉珮」とは、その「綬」に瑞玉を連繋させたもの。上部及び中間部に金銅の花形の盤（花先金）を設け、これに五色の玉を貫いた五筋の組糸を垂らし、各組糸の先端にも小さい花形の盤を取り付け、歩くと沓の先端に当たって鳴るようになっていた。天子は腰の左右に二筋、臣下は右にだけ一筋垂らすことになっていた《『日本国語大辞典』》。さらに、『令義解』〈巻六「衣服令」諸王礼服条〉中に見えている、「五位以上ハ綬ヲ佩へ、三位以上ハ玉佩ヲ加ヘヨ。諸臣モ此ニ准レ。」（五位以上佩レ綬、三位以上加二玉佩一。諸臣准レ此。）との一文によると、諸臣の礼服の場合にも、五位以上の者には「綬」の着用が、三位以上の者には「綬玉珮」の着用が義務付けられていたことになっている。

本聯（一六一・一六二句）中に見えている「光栄」と「組珮」との対語が「栄える珮玉と組紐」の意を有していて、そして、それが我が平安朝の「令制」における「綬玉珮」のことを具体的に指示していると想定するならば、当然のことに、本聯におけるその意味内容は、道真が「従三位」に叙せられることになった寛平七年（八九五）十月二十六日《『公卿補任』》以後の、その彼の身分上のことを詠述しているとしなければならないだろう。何となれば、その叙位当日よりも以前の彼の場合には、すなわち、讃岐守を終えて帰京を果たした後に式部少輔に改めて補任されることになった寛平三年三月九日（当時は正五位下）から「従三位」に叙せられるまでの、およそ、四年半に及ぶ期間中における彼は、間違いなく、「綬」のみを着用し、それに瑞玉を連結することなどは、決して、許されていないことになっていたはずだからなのである。

我が国の「令制」によると、「三位以上」の臣下の場合にも、「綬玉珮」の着用は義務付けられていたわけなのであり、そうした礼法に従えば、道真が「栄えある珮玉と組紐」とを腰に帯びることになったのは、まさしく、寛平七年十月二十六日に彼が「従三位」に叙せられてから以後のことでなければならないだろう。当年五十一歳の彼は、もとの左大弁・式部大輔・侍従・遣唐大使の他に、同日中に中納言にも補任されている《『公卿補任』同年条》。それまでは「綬」のみを着用していた彼であったが、新しく、その「綬」に瑞玉を連繋させて腰に帯びることが出来るようになったわけなのであり、このことによって、まぎれもなく、彼は名実共に高位・高官の仲間入りを果たすことになったわけなのだ。まことに晴れがましい、宮中における大きな思い出の一つとして、当日の叙位・任官のことを彼は心中に深く刻んだはずだ、とそのように見ていいだろう。腰に帯びた「珮玉」が光を反射して盛んに我が身を輝き照らし、また、それを吊り下げた「組紐」が歩を進めるたびに次ぎ次ぎと我が身にまとわり付くのを、いかにも、晴れがましい気分で彼はそれを目で確かめ、そして、そのことを誇らしく感じたに違いない。

道真が、五十一歳にして「従三位」に叙せられ、「綬玉珮」を新たに腰に帯びるのを勅許されたことに対して、その晴れがましい気分をことさらに強く抱くに至ったのは、何故なのであろうか。その理由の一つに、学問の代々の名家・菅原家の伝統の継承と発展とをひたすら祈念する彼の個人的な思いの存在があった、とここでは見ていいのではないだろうか。何となれば、『公卿補任』によると、その「従三位」という位階は、祖父の菅原清公（きよきみ）にとっては七十歳の、承和六年（八三九）正月七日に、そして、父の是善（これよし）にとっては六十八歳の、元慶三年（八七九）十一月二十五日にようやく手にすることになったところの、まさに、尊敬してやまない父祖が最晩年に共に叙せられたところのそれということになっているからなのである。子孫に当たる道真は、父祖が、最晩年に手にすることになった「従三位」の位階を、五十一歳にして手にすることになったわけなのだ。とにかく、年齢的には父祖よりもはるかに早く、そうした位階を彼は手にすることになったわけなのであり、今や、亡き父祖にその方面において肩を並べることになったわけなのだ。学問の代々の名家・菅原家の伝統の継承と発展とをひたすら祈念してやまなかった当時の道真にとって、「従三位」の位階を手にすることになった寛平七年十月十六日というのは、確かに、忘れがたい記念すべき一日となったであろうし、「綬玉珮」を新たに腰に帯びることになった当日の晴れがましさは、個人的に、格別な思いを抱かせたに違いない。本聯（一六一・一六二句）において、立身出世の階段を駆け登っていた当時の作者が、「栄えある珮玉と組紐」を腰に帯びることになったその喜び、それを敢えてここで取り上げて詠述しているのは、そのためであったと考えていいのではないだろうか。

(36) **組珮競縈纏**　「組珮ハ競ヒテ縈纏ス」と訓読して、（同じく、わたしが対策及第を果たして正式に儒者の身分となり、菅原家の伝統を継承しそれをさらに発展させるべく努力したこと、在職期間中の讃岐守としての功績についても式部省においてはっきりとそれが認定されたことによって、高位・高官に抜擢されることになり）栄えある「珮玉」と「組紐」とを腰に帯びることになって（その「組紐」の方が）次ぎ次ぎに我が身に纏わり付くことになった、との意になる。

本聯（一六一・一六二句）が意味内容上からして、本来的には、「光栄ノ組珮ハ頻リニ競ヒテ照耀シ縈纏ス」（光栄組珮頻競照耀縈纏）との十言一句に形作られていたもので、その十言一句を五言一聯の対句構成として再編成する必要上から、意味内容と「平仄式」上の制約のことを考慮して、ここでは前句「光栄頻照耀」と後句「組珮競縈纏」とに二分割して配置することにしたのだろう、とそのように前項〔語釈〕(35)においては想定してみることにした。そして、その結論として、本聯中の対語のうち、「光栄」（前句）と「組珮」（後句）とのそれに限っては、意味内容上は、共に「光栄ノ組珮ハ」（光栄組珮）ということになっているはずで、前句のそれの場合には「光栄（組珮）」の省略形を、後句のそれの場合には見を提示してみることにした。

「（光栄）組珮」の省略形をもって両者を対語として、形式的にそれを対比配置することにしたのだろう、とのそうした私見を提示してみることにした。

以上のような私見に従って本聯を通釈すれば、前句（一六一句）の場合には、（高位・高官に抜擢されることになった作者は）栄えある「珮玉」と「組紐」とを腰に帯びることになって（その「珮玉」の方が）盛んに我が身を輝き照らすことになったし、とのそうした意味を有することになるだろうし、それとの対句構成上、後句（一六二句）の場合には、（高位・高官に抜擢されることになった作者は）栄えある「珮玉」と「組紐」とを腰に帯びることになって（その「組紐」の方が）次ぎ次ぎに我が身にまとわり付くことになった、とのそうした意味を有することになるだろう。盛んに我が身を輝き照らすもの、それは、もっぱら、光に反射することになっている「珮」（珮玉）の方でなければならないはずだし、次ぎ次ぎに我が身にまとわり付くもの、それは、もっぱら、腰に吊り下げることになっている「組」（組紐）の方でなければならないはずだからなのである。

もとより、盛んに我が身を輝き照らすことになった「珮」（珮玉）の方も、次ぎ次ぎに我が身にまとわり付くことになった「組」（組紐）の方も、本聯（一六一・一六二句）の場合には、同一の「綬玉珮」のことを指示しているはずで、前項〔語釈〕（35）において言及した通り、それは、作者の道真が「従三位」の位階に叙せられることになった寛平七年（八九五）十月二十六日に、それこそ、晴れ晴れとして腰に帯びることになった礼服の、その付属具のこととしなければならないだろう。『令義解』〈巻六「衣服令」諸王礼服条〉によると、我が平安朝においては、五位以上の諸臣の場合には「綬」（組紐）を帯び、三位以上の諸臣の場合には「綬玉珮」（組紐に瑞玉を連繫させたもの）を帯びることになっている。

そのことからすれば、作者の道真が「綬」を腰に帯びるようになったのは、貞観十六年（八七四）正月七日に彼（三十歳）が「従五位下」に叙爵されてから《『公卿補任』寛平五年条》ということになるわけなのであり、当然に、讃岐守を秩満になって帰京を果たした後も彼は引き続き、例えば、その帰京後の寛平四年（八九二）正月七日に彼（四十八歳）が「従四位下」に叙せられた時にも〈同〉、「綬」の方だけを腰に帯びていたことになるだろう。久しく慣れ親しんだその「綬」に新たに「玉珮」を加えることを勅許されたのは、上述のように、彼（五十一歳）が「従三位」に叙せられてからなのだ。それが、新たに腰に帯びることになった「綬玉珮」であったからこそ、そのうちの「玉珮」が彼の身を盛んに輝き照らし出すのを目にすることになったわけだし、そのうちの「綬」が次ぎ次ぎに彼の身にまとわり付くのを感じることになったわけで、その結果、ことさらに、彼の気持をして嬉しく誇らしいものにさせたに違いない。それが、「綬玉珮」のものであったからこそ、これまでの「綬」だけのものとは全く違って、彼はそれを誇らしい新鮮なものとして、それこそ、「栄えある珮玉と組紐」として、改めて、それを腰に帯びることの有り難さを実感することになったのだろう。

ちなみに、本句（一六二句）中の詩語「縈纏」を、底本及び内桑文の諸本には「栄纏」に作っているが、これは松日新の諸本に作っているように、やはり、「縈纏」に作るのが内容的にも正しいはずで、今は、それに従って通釈することにした。「栄」（『広韻』下平声・一二庚韻）字が、栄えはえるとの意であるのに対して、「縈」（同・下平声・一四清韻）字は、巡りからむとの意。すなわち、詩語「縈纏」とは、纏わり付く、との意となる。用例「燭蛾ハ誰カ救護セン、蚕繭ハ自ラ纏縈ス。」（燭蛾誰救護、蚕繭自纏縈。）（『白氏文集』巻一七「江州赴忠州、……。」）。本句（一六二句）中の詩語「縈纏」の場合には、「纏」（『広韻』下平声・二仙韻・一先韻同用）字を韻字とする必要から、ここでは、上記『白氏文集』中の用例の、その語順を逆転させることにしたのだろう。

（37）**責重千鈞石**　「責ムルコトハ千鈞ノ石ヨリモ重ク」と訓読して、（栄えある「珮玉」と「組紐」とを腰に帯びることになった当時のわたしはその喜びや誇らしさと共に、まさしく、そのために）千鈞の重さの岩を持ち上げる時よりもさらに重大な責任をも我が心に感じないわけにはいかなかったものだし、との意になる。

本聯（一六三・一六四句）の前句に当たっている本句と、その後句に当たっている次句「臨ムコトハ万仞ノ淵ヨリモ深シ」（臨深万仞淵）とは、見事な対句構成を形作っていて、「責」と「臨」、「重」と「深」、「千鈞」と「万仞」、「石」と

「淵」との詩語が、ここでは対語として対比され配置されている。本聯の前・後句が、意味内容的に、前聯（一六一・一六二句）の前・後句のそれを直接的に継承していることは言うまでもないだろう。その前聯の前・後句において言及されていた、作者が心中に新たに感じることになった喜びと誇らしさとの二つの思い、すなわち、栄えある「珮玉」と「組紐」とを腰に帯びて高位・高官の仲間入りを果たしたことによって、作者の心中に新たに生じた喜びと誇らしさとの二つの感情についての、そうした詠述を直接的に継承し、この本聯（一六三・一六四句）の前・後句においては、それらとは逆の、栄えある「珮玉」と「組紐」とを腰に帯びて高位・高官の仲間入りを果たしたことによって、作者の心中にこれまた新たに生じることになった重大な責任（前句）と深刻な畏怖（後句）との二つの感情についての、そうした詠述が展開されることになっている。あくまでも、作者の当時の喜びと誇らしさとがもたらした副産物ということになるだろうが、責任の重大さと畏怖の深刻さとを、それらの喜びと誇らしさと一緒に実感しないわけにはいかない作者なのであった。

本句（一六三句）の出典は、恐らく、『文選』〈巻三八「為㆓斉明帝㆒譲㆓宣城郡公㆒第一表」任昉〉中に見えている、「責メハ山岳ヨリモ重シ」（責重㆓山岳㆒）との一文であろう。その一文は、「臣モ愜ハザルヲ知リ、物モ誰カ宜シト謂ハンヤ。但ダ命ハ鴻毛ヨリモ軽ク、責メハ山岳ヨリモ重シ。存没ハ帰ヲ同ジクシ、毀誉ハ一貫ナリ。」（臣知㆑不㆑愜、物誰謂㆑宜。但命軽㆓鴻毛㆒、責重㆓山岳㆒。存没同㆑帰、毀誉一貫。）との文章の中に配置されていて、それは、「新しく就任する官職が自分でも似つかわしいとは思っていないし、世間でも誰一人として相応しいとは言ってくれない。ただ、人命は鴻の羽毛よりも軽いものであり、責任は山々よりも重いことになっている。生きるも死ぬも結局は同じことなのであり、悪口も誉れも結局は同じことなのである。」との文脈の中で使用されている。まさしく、その一文も、新しく就任することになった官職がもたらすに違いない、そうした責任の重大さについて言及していると言えるだろう。本句の出典と想定する所以である。

なお、本句（一六三句）中の詩語「千鈞ノ石」（千鈞石）は、極めて重い岩の意であり、一鈞とは、一説に、三十斤の目方のこととされている。「千鈞」の用例は、「天下ノ大ヲ以テ、一人ノ才ニ託スルハ、譬ヘバ千鈞ノ重キヲ木ノ一枝ニ懸クルガ若シ。」（以二天下之大一、託二於一人之才一、譬若レ懸二千鈞之重於木之一枝一。）《『淮南子』「説林訓」》とか、「夫レ一縷ノ任ヲ以テ千鈞ノ重キヲ係ケ、上ハ無極ノ高キニ懸ケ、下ハ不測ノ淵ニ垂ル。甚愚ノ人ト雖モ、猶ホ其ノ将ニ絶タレントスルヲ哀レムコトヲ知ルナリ。」（夫以二一縷之任一係二千鈞之重一、上懸二無極之高一、下垂二不測之淵一。雖二甚愚之人一、猶知レ哀二其将一レ絶也。）《『漢書』巻五一「枚乗伝」》とかの一文中に見えている。同じく、「石」（『広韻』入声・二二昔韻）字は、本句の場合には「岩」「嵒」「巖」（共に同・下平声・二六咸韻）字の代替字として配置されているに違いなく、それ故に、ここでは、敢えて、「いは」と訓ずるべきだろう。近体詩の「平仄式」によれば、奇数句である本句（一六三句）の末尾にも、当然のことに、仄声字のそれが配置されなければならないことになっているからなのである。

（38）**臨深二万仞淵一**　「臨ムコトハ万仞ノ淵ヨリモ深シ」と訓読して、（栄えある「珮玉」と「組紐」とを腰に帯びることになった当時のわたしはその喜びや誇らしさと共に、まさしく、そのために）万仞の深さの淵を覗き込む時のそれよりもさらに深刻な恐れをも我が心に感じないわけにはいかなかったものだった、との意になる。

寛平七年十月二十六日に従三位に叙せられ、栄えある「珮玉」と「組紐」とを腰に帯びることが出来るようになった道真（五十一歳）は、そのことによる喜びと誇りとを感じる一方で、同じく、そのことによる重大な責任と深刻な畏怖との存在を意識しないわけにはいかないのであった。前句（一六三句）において、重大な責任の存在について言及した作者は、その対句としての本句（一六四句）においては、もう一つの、深刻な畏怖について詠述することにする。本句中の詩語「万仞」は、高さや深さの甚だしい意。対語「千鈞」とは数対をなしている。一仞は一説に、七尺とも。同じく、「臨レ深」また「臨二深淵一」は、深い淵に臨む意で、甚だ危険な状態の比喩。『詩経』〈小雅「小旻」〉中に、「戦々兢々トシテ、深淵ニ臨ムガ如ク、薄氷ヲ履ムガ如シ。」（戦々兢々、如レ臨二深淵一、如レ履二薄冰一。）との詠述が見えていて、その「伝」には、「深淵ニ臨ムガ如シトハ、墜チンコトヲ恐ルルナリ。薄冰ヲ履ムガ如シトハ、陥ランコトヲ恐ルルナリ。」（如レ臨二深淵一、恐レ墜也。如レ履二薄冰一、恐レ陥也。）に作っている。

道真の場合もまた、従三位に叙せられた当時の彼が深刻な畏怖の念を一方で感じることになった理由、それは、官位や名誉などというものがこの上なく崩れ易く、壊れ易いものであることを熟知していたからに違いない。例えば、『文選』〈巻一〇「西征賦」潘岳〉中にも、「寮位（官位）ハ儡トシテ其レ隆替シ、名節（名誉）ハ濯トシテ以テ隳落ス。素卵ノ殻ヲ累ヌルヨリモ危フク、玄鷰ノ幕ニ巣フヨリモ甚ダシ。心ノ戦懼シテ以テ兢悚シ、深キニ臨ミテ薄キヲ履ムガ如シ。」（寮位儡其隆替、名節濯以隳落。危素卵之累殻、甚玄鷰之巣幕。心戦懼以兢悚、如臨深而履薄。）との一文が見えている。そこでは、「官位や名誉などというものが崩れ易く壊れ易いことは、まさに、白い卵をいくつも重ねた状態、あるいは、黒い燕が幕の上に巣を営んだ状態よりも、危なっかしいものなのだ。」と述べられ、その上で、「（高位・高官となった自分に対して、わたしは以上のことを考えて）心は恐れ戦き、深淵に臨んだような、または、薄氷を踏んだような思いにとらわれて仕方ないのであった。」と結ばれている。高位・高官となった潘岳が深淵に臨み薄氷を踏むような気持で恐れ戦いたのは、官位や名誉などというものがこの上なく崩れ易く壊れ易いものであることを熟知していたからということになるが、従三位に叙せられた道真が感じたという深刻な畏怖の念もまた、その出所は同じと見なさなければならないのではないだろうか。

本聯中の前句（一六三句）の出典が『文選』〈巻三八「為斉明帝譲宣城郡公第一表」任昉〉中の一文ではないかと強く想定され、その点については前述したが、ここにおいてさらに、本聯の後句（一六四句）に当たる本句の出典もまた、同〈巻一〇「西征賦」潘岳〉中の、上記の一文ではないかと強く想定出来ることになっているわけなのである。本聯が対句構成を形作っている以上、前・後の両句が内容上・表現上・文法上において対比的に配置されていること、これは当然ということになるわけであるが、さらに、両句の出典が共通の書物『文選』になっているということになれば、本聯の前・後句がそうした対句構成を形作っていることからして、その対句形式の存在価値たるや、おのずからより高まることになるのではないだろうか。それは、作者の優れた詩的技巧の一つに数え上げられて然るべきことのように思えるが、どうなのであろうか。今は、本聯の後句に当たる本句もまた、その『文選』中の一文を典拠にしており、道真が従三位に叙せられて抱くことになったという、その畏怖心の因って来たる原因も、まさしく、潘岳が抱くことになったそれと同様のものであり、官位や名誉などがこの上なく崩れ易く壊れ易いものであることを熟知していたからだ、と見なして通釈することにしたのは、そのためなのである。

以上のように、とにかく、寛平七年（八九五）十月二十六日に中納言に任ぜられ、従三位に叙せられることになった作者の道真（五十一歳）は、それこそ、念願であったところの、栄えある「珮玉」と「組紐」とを腰に帯びることを勅許され、大いなる喜びと誇りとを感じる一方で、高位・高官の仲間入りを果たしたことによる大きな責任感と畏怖心をも同時に抱かないわけにはいかなくなるのであった。ところで、その後も、上述したように、彼は、立身出世の階段を駆け登り続けることになっているわけなのだ。同年十一月十三日には春宮権大夫を兼ねているし、翌年（寛平八年）の八月二十八日には民部卿をも兼ねることになっている。その上、翌々年（寛平九年）の六月十九日には権大納言に任ぜられ、右大将をも兼ねることになっている。さらには、同年七月十三日には正三位に叙せられ、その直後の同月二十六日には中宮大夫をも兼ねることになっている。まさしく、栄えある「珮玉」と「組紐」とを腰に帯びることを勅許された後も、道真は立身出世の階段を駆け登り続けたことになるだろう。そして、その彼は、ついに、昌泰二年（八九九）二月十四日に至って右大臣に任ぜられ、右大将を兼ねることになるのである。ここにおいて、いよいよ、右大臣兼右大将の道真が登場することになるわけなのだ。当然なことに、立身出世の階段を登れば登るほど、道真の喜びと誇りの感情の方は、そのことに比例して大きく膨（ふく）らんだに違いないだろうが、もう一方の、責任感と畏怖心の方もまた、そのことに比例して、間違いなく、大きく膨らまざるを得なかっただろう。不幸なことに、この後すぐに、彼の抱いた畏怖心が的中し、大宰府への左遷が決定したことを知らされることになっている。

（39）**具瞻兼二将相一**　「具（とも）ニ瞻（み）ル将相（しやうしやう）ヲ兼（か）ネタルヲ」と訓読して、（確かに、天下の人民は、わたしが）右大将と右大臣とを兼務することになったのを共に仰ぎ見て、との意になる。

本聯（一六五・一六六句）も見事な対句構成を形作っており、その前句に当たる本句と、その後句に当たっている次句「僉曰ク勲賢ニ欠ケタリト」（僉曰欠二勲賢一）との対語「具」と「僉」、「瞻」と「曰」、「兼」と「欠」、「将相」と「勲賢」とは、それぞれ密接な対応関係の下に配置されている。本句中の詩語「具」と「瞻」によって形作られる熟語「具瞻」と、その、それぞれの対語として配置されている、次句中の詩語「僉」と「曰」によって形作られている熟語「僉曰」（僉曰ク）との対比上、もとより、ここでは、熟語「具瞻」の方も「具ニ瞻ル」と訓ずることになるだろうし、同じく、本句中の熟語「将相」の場合にも、次句中の対語「勲賢」（武勲と賢才）との対比上、ここでは、「将」（右大将）と「相」（右相・右大臣）との、そうした意ということになるだろう。

ちなみに、後者の対語「将相」と「勲賢」の場合には、それが対語である以上、「将」（A）と「相」（B）・「勲」（A′）と「賢」（B′）との対比的な配置とここでは考える必要があるはずなのである。AはA′に、そして、BはB′に対応して配置されていて、それぞれが、「武官としての右大将となるべき武勲」（AA′）と、「文官としての右大臣となるべき賢才」（BB′）との意を有していると見なさなければならないことになるはずなのだ。武官としての右大将（A）にとっては武勲（A′）の有無のみが、文官としての右大臣（B）にとっては賢才（B′）の有無のみが、もっぱら、ここでは問題視されていることになるわけなのである。本聯の前・後句の場合には、意味的に、「相将」（BA）と「賢勲」（B′A′）との対語として作られて然るべきであろうが、その後句の末尾に配置されている「賢」（『広韻』下平声・一先韻）字を是非とも韻字にする必要があり、そこから、「賢」（B′）と「勲」（A′）との語順を逆にして、「勲賢」（A′B′）に作って配置することになり、さらには、その対語との関連上、前句中の「相」（B）と「将」（A）との語順をも逆にして、「将相」（AB）に作って配置することになったに違いない。本聯の対句構成上における、一つの工夫と考えるべきだろう。

いわゆる、「官位相当表」によれば、文官としての「相」（右大臣）の官職は二位の位階に相当し、武官としての「将」

（右大将）の官職は従三位の位階に相当することになっている。両官職の相当する位階の上下の順番に従えば、むしろ、「相将」（ＢＡ）の語順に作られて然るべきであるのに、敢えて、それを、ここでは「将相」（ＡＢ）の語順に作っているわけなのであり、理由としては、上述したこと以外には考えられないはずなのだ。ちなみに、平仄的には、前句中の「相」（Ｂ）字も「将」（Ａ）字も共に仄声、後句中の「賢」（Ｂ′）字も「勲」（Ａ′）字も共に平声ということになっている。つまり、本聯の前・後句において、それぞれＢＡとＢ′Ａ′の語順を逆にして、ＡＢとＡ′Ｂ′のそれとして配置し直したとしても、近体詩の「平仄式」の大原則の一つ「二四不同」については、当然に、厳守されることになっている。上述の、そうした理由をここで改めて想定することにしたのは、そのためでもあるわけなのだ。今は、そうした理由に従い、本聯の前・後句を通釈することにした。

なお、本句中の詩語「具」と「瞻」によって形作られる熟語「具瞻」（具ニ瞻ル）の場合には、『詩経』〈小雅「節南山」〉中に、「赫々タル師尹（三公の随一たる大師の尹氏）、民ハ具ニ爾ヲ瞻ル。」（赫々師尹、民具爾瞻。）との一聯が出典として見えていて、その「毛伝」にも、確かに、「具トハ、倶ナリ。瞻トハ、視ナリ。」（具、倶。瞻、視。）に作っている。また、用例としては、『三国志』〈巻二四「高柔伝」〉中にも、「今ハ、公輔（天子を輔佐する高位・高官としての三公及び四輔のこと）ノ臣ハ、皆国ノ棟梁（重い任務に当たる人）ニシテ、民ノ具ニ瞻ル所ナリ。」（今、公輔之臣、皆国之棟梁、民所具瞻。）との一文が見え、『本朝文粋』〈巻下「為昭宣公辞右大臣第一表」菅原道真〉中にも、「臣基経言ス、伏シテ恩旨ヲ奉ズルニ、去ンヌル八月廿五日ヲ以テ、右大臣ニ任ゼラル。仰ギテ注意ヲ思ヘバ、辰極（天子の居所）ヲ望ミテ以テ魂ハ亡セ、俯シテ具瞻ニ佇メバ、烝黎（万民）ニ揖（両手を胸の前で組み合わせておじぎすること）シテ顔ハ厚シ。」（臣基経言、伏奉恩旨、以去八月廿五日、任右大臣。仰思注意、望辰極以魂亡、俯佇具瞻、揖烝黎而顔厚。）との一文が見えている。

上記の出典及び用例を見る限り、詩語「具瞻」とは、一般的には、それが動詞の場合であれ名詞の場合であれ、天下の人民がその意味上の主格となっていることが分かるし、さらには、その対象として取り上げられている人物が高位・高官であることも分かる。とりわけ、後者の件に関して言えば、上記『本朝文粋』中の用例は、貞観十四年（八七二）十月十三日に道真（二十八歳）によって執筆された一文ということになっており、本聯の前句（一六五句）中の用例との関連は、もとより、作者が同人であるということで、大いに有り得ることになるだろう。「具瞻」の対象として取り上げられている人物が高位・高官であるということは当然であるとしても、それが、上記『本朝文粋』中の用例の場合にも「右大臣」ということに特定されているし、本聯の前句中の場合にも「将相」（右大将と右大臣）ということに特定されているわけなのだ。

と言うことからすれば、本聯の前句中の詩語「将相」の場合にも、その、詩語「具瞻」の対象としてここでもっぱら取り上げられているのは、右大将と右大臣との両官職のうちの、右大臣の方であるということにしなければならないだろう。上述のように、道真が権大納言に任ぜられて右大将を兼任することになったのは、寛平九年（八九七）六月十九日のことなのであり（五十三歳）、その彼が右大臣に任ぜられて右大将を兼任することになったのは、昌泰二年（八九九）二月十四日のことなのであった（五十五歳）。勿論、天下の人民が「具瞻」の対象として道真のことをもっぱら取り上げるようになった、とここで詠述しているのは、彼が文官としての右大臣という高位・高官に新しく任命されることになったからに違いない。ただ、その当時の彼が武官としての右大将をも兼任していたということで、ここでは、右大将の方も、改めて「具瞻」の対象として共に取り上げられることになったのだろう。ところで、道真が右大臣に任ぜられ右大将を兼ねることになった、その同日に、藤原時平（二十八歳）も左大臣に任ぜられ左大将を兼ねたことになっている《『公卿補任』昌泰二年条》。

（40）**僉曰欠二勲賢一**　「僉曰ク勲賢ニ欠ケタリト」と訓読して、（そのことについて）口を揃えて彼等は次のように言ったものである（新任の、右大将兼右大臣は、武官である右大将としての）武勲と（文官である右大臣としての）賢才との両方を欠いているようだと、との意になる。

詩語「僉曰」の出典としては、「僉曰ク、於、鯀ナルカナト。」（僉曰、於、鯀哉。）《『書経』「堯典」》との一文とか、「僉曰ク、何ゾ憂ヘント。何ゾ課ミズシテ之ヲ行ル。」（僉曰、何憂。何不レ課而行レ之。）〈『楚辞』「天問」〉との一聯とかが見えている。本聯（一六五・一六六句）の後句に当たる本句中の用例は、その前句中の詩語「具ニ瞻ル」（具瞻）の対語として配置されていて、上述の通り、「具瞻」との動作の主格が天下の人民ということになっている以上、対語である「僉曰」との動作の主格もまた、天下の人民でなければならないだろう。道真が右大将兼右大臣に就任したという事実を天下の人民は共に遠く眺め、そのことについて彼等は口を揃えて、「道真は、武官である右大将としての武勲と文官である右大臣としての賢才との両方を欠いているようだ」と噂し合ったわけなのだ。

本聯の、前句（一六五句）中の詩語「将相」（右大将と右大臣）と後句（一六六句）中の詩語「勲賢」（武勲と賢才）とが対語となっている以上、ここでは、上述したように、「将」（A）と「相」（B）とが、「勲」（A′）と「賢」（B′）とに対比的に配置されていることになっているはずで、AとA′・BとB′とが互いに意味的な関連性を有することになっていると見るべきであろう。すなわち、「右大将としての武勲」（AA′）と「右大臣としての賢才」（BB′）との、そうした意味上の対比となっているに違いない。

名目上、右大将（右近衛大将）は右近衛府の長官であって、左近衛府の長官である左大将（左近衛大将）と同じ従三位の武官とされているが、その次位に当たる官職とされている〈『国史大辞典』〉。それが武官である以上、その任官に当たっては、当然のことに、武勲の有無が問題視されることになるはずで、その点については、儒者出身の道真も自身に武勲の無いことを認め、昌泰三年（九〇〇）二月六日の奏状「請レ罷ニ右近衛大将一状」〈『菅家文草』巻九〉中においても、「右、臣某（道真）ハ身ヲ儒館ヨリ出ダシ、職ヲ武官ニ偸メリ。三四年来〈寛平九年〈八九七〉六月十九日に右大将に就任してからの三、四年間というもの〉、罪ハ深ク責ハ重シ。」（右、臣某出ニ身儒館一、偸ニ職武官一。三四年来、罪深責重。）と述べている。さらに、彼の右大将就任に際しては、恐らくは、彼にそうした武勲の無いことを問題視する人々からの非難の声が沸き上がったからなのであろうが、同じく、昌泰三年十月十日の奏状「重請レ罷ニ右近衛大将一状」〈『菅家後集』貞享板本尾部〉中においても、「当時ニ謗ノ声有リテ、喧聒トシテ（かまびすしいさま）切ナリト雖モ、聖慮ノ非常ノ寄モテ、戦兢（恐れつつしむこと）シテ辞セズ。」（当時有二謗之声一、喧聒雖レ切、聖慮非常之寄、戦兢不レ辞。）とも述べている。

儒者出身の道真が、武官としての右大将に就任するというそのことに対しては、確かに、一方で、はっきりとそれを非難する人々が存在したことになっている。そうした人々が、彼が儒者出身であるということを問題視する理由、それは、まさしく、右大将と武勲とが密接な関係にあり、決して、両者を切り離して考えることが出来ないからなのだ。上文中に「聖慮非常之寄」との記述が見えていて、それが、その「再度表」中の前段ともなっている、「臣伏シテ惟ミルニ、去ンヌル寛平九年ノ夏季ニ、陛下（醍醐天皇）ノ禅（天子の位を譲り受けること）ヲ入道太上天皇（宇多上皇）ヨリ受ケント欲シタマフニ当タリテ、臣ノ坊官（春宮権大夫）ニ備ハレルヲ以テ、儒学ヲ嫌ハズ、枉ゲテ爪牙（君主を助け守る臣や仲間。ここは右大将のことを指示。）ヲ忝クス。」（臣伏惟、去寛平九年夏季、当下陛下之欲上受二禅入道太上天皇一、以三臣之備二坊官一、不レ嫌二儒学一、枉忝二爪牙一。）との一文を意味内容的にそのまま継承していることになっている。つまり、そのことによって、道真の右大将就任（寛平九年六月十九日）が、あたかも、宇多天皇譲位と皇太子敦仁親王（醍醐天皇）受禅（同年七月三日）との両式典挙行の、その直前に当たっていたこと、当時、春宮権大夫の任にあった道真の新たな職務への就任は、受禅を控えた皇太子による直々の指令に基づくものであったということが分かるし、さらには、それが道真の儒者出身であること、それ故に、武勲の無いことをも承知した上での決定であったということも分かるわけなのだ。

このことは、大いに興味深いと言えるだろう。何故なら、道真の初度及び再度の奏状「請レ罷二右近衛大将一状」が、右大将を拝命することになった寛平九年（八九七）六月十九日の直後ではなくして、右大臣を拝命してそれを兼務することになった昌泰二年（八九九）二月十四日の、その翌年の二月六日と十月十日とに上奏されているからなのである。以上のような、道真の右大将補任が、受禅の式典を間近に控えた皇太子敦仁親王（醍醐天皇）の直々の指名に基づいたものであり、武勲の無いことをも承知した上での決定であったということであるならば、確かに、その辞状の上奏が遅れ、それが右大臣拝命の翌年に至っていることも、それなりに納得出来る。道真自身も、「三四年来、罪深責重。」〈「初度表」〉と表明しているように、彼は寛平九年（八九七）六月十九日に右大将に就任して以来、昌泰三年（九〇〇）二月十四日に初度の「右大将辞状」を奏上するようになるまでの、その「三四年来」というもの、武勲が無いとの彼に対する世間の非難の声には耳目を閉ざし沈黙を守って職務遂行を果たすしかなかったのだと言っている。まさに、右大将就任に当たっての、慣行通りの辞状の上奏が、この時には行われなかったことになっている。

昌泰二年（八九九）二月十四日に、道真の右大臣拝命と右大将兼任とが公表されるやいなや、その彼に対して、文官である右大臣としての賢才に欠けているとの、そうした非難の声も世間にこれまで以上に強く起こることになったわけなのだろう。彼の右大臣拝命の直後において、道真は、こちらの方は慣行通りの辞状の上奏ということになるのだろうが、同年二月二十七日に「初度表」を、同年三月四日に「再度表」を、そして、同年同月二十八日に「三度表」を、と連続してこれを行っている〈『菅家文草』巻一〇〉。彼の右大将兼任については、上述した通りで、その兼任後、一年ほど経過した昌泰三年二月六日に道真は「初度表」を、同年十月十日に「再度表」を上奏していることになっているわけであるが、こちらの方は、「初度表」の上奏がほぼ一年遅れとなっているし、「再度表」の上奏はそれからさらに半年以上の遅れとなっている。確かに、慣行通りの、速やかな辞状の上奏ということにはなっていない。恐らく、彼の、右大将の辞状の件については、寛平九年六月十九日就任の時の、上記のような事情がここにも影響を及ぼしているのだろう。

ところで、右大臣を拝命した道真に対する、文官である右大臣としての賢才が彼には欠けているとの、そうした世間の人々の非難の声に関しては、彼自身も、「曩者、孫弘（公孫弘。前漢の政治家・儒学者で、武帝に仕えて七十六歳で丞相に至る。）ハ高弟ニシテ、韋賢（前漢の大儒で、宣帝に仕えて丞相に至る。）ハ大儒ナリ。……年ヲ以テ之ヲ言ヘバ、臣（道真）ノ弘（公孫弘）ヨリ少キコト二十年ニシテ、学ヲ以テ之ヲ論ズレバ、臣ノ賢（韋賢）ニ及バザルコト千万里ナリ。」（曩者、孫弘高弟、韋賢大儒。……以レ年言レ之、臣少二於弘一二十年、以レ学論レ之、臣不レ及レ賢千万里。）〈「再度表」〉と記述している。もとより、謙譲表現ということになるわけであるが、前漢の儒者出身で、政治家としても丞相（大臣）に至った公孫弘と韋賢との二人を引き合いに出し、学者としても政治家としても、自分自身は彼等に遠く及ばない存在であると明言している。

また、同様に、道真は文官である右大臣としての賢才の有無に関しても、「臣ハ地望（門地勢望）ハ荒麁ニシテ（荒くて粗末）、售ルニ箕裘ノ遺業（ここは学者の家柄を継ぐこと）ヲ以テシ、天資（生まれつきの才能）ハ浅薄ニシテ、飾ルニ螢雪ノ末光（苦学生としての功）ヲ以テス。」（臣地望荒麁、售以二箕裘之遺業一、天資浅薄、飾以二螢雪之末光一。）〈三度表〉と明言し、自分は貧しい学問の家柄を継承しながら学者としての天分にも恵まれず、苦学を重ねるしかなかったとの、そうした謙辞を連ねている。

以上、道真は昌泰二年二月十四日に右大臣を拝命して右大将を兼ねるようになった直後に、その右大臣職を辞退せんとする辞状を同年同月二十七日・同年三月四日・同年同月二十八日の三度に亘って上奏し、そして、その右大将職を辞退せんとする辞状を翌昌泰三年二月六日・同年十月十日の再度に亘って上奏していることになるわけなのだ。辞状である以上、当然、それら五通の文章は、謙譲表現を駆使してものされているわけであるが、恐らく、本聯（一六五・一六六句）の後句に当たる本句「僉曰欠二勲賢一」において詠述しているような、そうした世間の人々の発する非難の声も、確かに、聞こえて来ていたに違いなく、そのことも彼が辞状を上奏する理由の一つになったと見て、これは間違いないだろう。

例えば、周知の通り、道真が再度の右大将職辞退を上奏した昌泰三年十月十日の、まさに、その翌日に当たる同年同月十一日に、文章博士の三善清行は道真に対して「奉二菅右相一書」を送り、彼に右大臣職からの退隠を勧告して、「伏シテ冀ハクハ、其ノ止足ヲ知リ、其ノ栄分ヲ察シテ、風情ヲ煙霞ニ擅ニシ、山智ヲ丘壑ニ蔵サンコトヲ。」（伏冀、知二其止足一、察二其栄分一、擅二風情於煙霞一、蔵二山智於丘壑一。）〈『本朝文粋』巻七〉との一文をものしていることになっている。清行の退隠勧告は、あくまでも、明年の昌泰四年（延喜元年）の干支が「辛酉」であり、それが変革の年に当たっているからという、その点が理由となっていて、「欠二勲賢一」との非難に直接に基づいているわけではないが、やはり、そうした退隠勧告の背後に、世間の人々の、道真に対する非難の声の存在をも間接的に認めないわけにはいかないのではないだろうか。ともあれ、本聯（一六五・一六六句）の詠述からは、道真が右大臣を拝命し、右大将を兼ねることになった昌泰二年（八九九）二月十四日以後の、彼を取り巻く政治状況を、そのことを通して窺い知ることが出来るわけなのであり、大いに注目しなければならないだろう。

（41）**試レ製嫌レ傷レ錦**　「製ヲ試ントシテハ錦ヲ傷ムルヲ嫌フガゴトクシ」と訓読し、（そうした世間の人々の、賢才を欠いていると非難する声を耳にしながら、右大臣としてのわたしは、儒者の出身である故に、あたかも）裁縫を訓練しようとしては（かえって、その素材の）美しい錦の布地を傷つけて台無しにして（その衣服そのものをまったく仕立てられないようにして）しまうのではないかと恐れ戦く未熟な裁縫師のようにそのように慎重にふるまった（あくまでも、失敗しないかと恐れ戦きながら注意深く、右大臣としての朝廷政治の職務に励んだ）ものであったし、との意になる。

本聯（一六七・一六八句）も見事な対句構成を形作っており、その前句に当たる本句とその後句に当たる次句「刀ヲ操ラントシテハ鉛ヲ欠クヲ慎ムガゴトクス」（操レ刀慎レ欠レ鉛）とが密接な対応関係を有していて、それぞれの詩語「試」と「操」、「製」と「刀」、「嫌」と「慎」、「傷」と「欠」、「錦」と「鉛」とは対語として対比的に配置されている。しかも、本聯の前・後句は、前聯（一六五・一六六句）の前・後句の意味内容を直接に継承していることになっている。すなわち、前聯のその前句中に見えている詩語「将」（A）と「相」（B）とが、その後句中に見えている詩語「勲」（A′）と「賢」（B′）とに密接に対応していて、前聯においてはAA′・BB′の結び付きとしてそれぞれ対比されていることは上述した通りなのであるが（〔語釈〕（39））、同様に、前聯におけるそうしたAA′の結び付きを継承するべく配置されているのは、意味内容上からして、それは、むしろ、後聯（一六九・一七〇句）のその前句（A″）とその後句（A‴）と見なさなければならないだろうし、前聯におけるそうしたBB′の結び付きを継承するべく配置されているのは、意味内容上からして、それは、むしろ、本聯（一六七・一六八句）のその前句（B″）とその後句（B‴）と見なさなければならないだろう。

何故なら、右大将（A）―武勲（A′）との図式に直接的に対応するものとしては、やはり、武官である右大将の公務のことを詠述したところの「馴二鳳扆一」（A″）と「撫二竜泉一」（A‴）との詩語がそれに相応しいことになると思うからなのであり、他方の、右大臣（B）―賢才（B′）との図式に直接的に対応するものとしては、やはり、文官である右大臣の公務のことを詠述したところの「試レ製」（B″）と「操レ刀」（B‴）との詩語がそれに相応しいことになると思うからなのである。そのAA′A″A‴の結び付きについては、後聯（一六九・一七〇句）の前・後句の〔語釈〕の項において改めて詳述することにして、ここでは、本聯（一六七・一六八句）の前・後句における、そのBB′B″B‴の結び付きについてもっぱら注目していくことにしたい。

先ずは、そのうちのBB′B″の結び付きということになる。本聯の前句に当たっている本句（一六七句）中の詩語「製ヲ試ントシテハ」（試レ製）とのそれを、文官である右大臣の公務のことを詠述したものと見なし、それを右大臣（B）―賢才（B′）との図式に直接的に対応したもの（B″）であると認めることにしたのは、その詩語「試レ製」が、もとより、「子（二人称。ここでは子皮を指示。）ニ美錦有ラバ、人ヲシテ製ツコト（裁断すること）ヲ学バシメザラン。大官大邑（大きな町やそれを治める長官）ハ、身ノ庇ハルル所（人々の身がそれによって庇護される大事なもの）ナリ。而ルニ学ブ者ヲシテ製タシメントス。其ノ美錦タルコト、亦タ多カラズヤ。僑（春秋、鄭の政治家・公孫僑のこと。字は子産。）ハ学ビテ後ニ政ニ入ルヲ聞クモ、未ダ政ヲ以テ学ブ者ヲ聞カザルナリ。若シ果タシテ此ヲ行ハバ、必ズ害スル所有ラン。」（子有二美錦一、不レ使二人学一レ製焉。大官大邑、身之所レ庇也。而使二学者製一焉。其為二美錦一、不二亦多一乎。僑聞二学而後入一レ政、未レ聞二以レ政学者一也。若果行レ此、必有レ所レ害。）《『左伝』「襄公三十一年条」》との一文を出典にしているからなのである。

以上の一文は、春秋時代の鄭国の上卿・罕虎（字は子皮）が家臣の尹何をある町の長官に任命しようとしたことに対して、子産がそれを否として答弁するという内容になっている。すなわち、そこでは、「大官大邑」の政治が美しい錦地に比喩され、その比喩を通して、政治に未熟な者をその地位に就けて政治を稽古させるのは、それは、まさに、裁縫に未熟な者に美しい錦地を裁断させて裁縫を稽古させるようなものだ、との見立て表現が採用されている。確かに、そこでは、「大官大邑」の政治が美しい錦地に比喩されているし、同時に、その政治を稽古する様子が錦地を裁断して裁縫を稽古するそれに見立てられている。以上の一文を本句「試レ製嫌レ傷レ錦」（一六七句）の出典と見なしても、まさしく、これは、いいことになるだろう。

勿論、本句のそれの場合には、美しい錦地に比喩されているのは、道真が右大臣として参与することになる朝廷の政治そのものということになるはずだし、その錦地を裁断して裁縫を稽古する様子に見立てられているのは、それこそ、右大臣の道真が朝廷の政治に参与しながら、それに習熟せんと苦心に苦心を重ねている様子そのものということになるはずだ。つまり、本句中の詩語「試レ製」の方は、内容的には、右大臣となった道真がその職責を果たすべく朝廷の政治に参与しながら、それに習熟せんと苦心に苦心を重ねている様子のことが指示されているわけなのであり、表現的には、その様子が未熟な裁縫師の、その（錦の）布地を裁断して稽古するそれのようである、との見立てが、そこでは、採用されていることになるわけなのだ。さらに、本句中の詩語「嫌レ傷レ錦」の方も、そこでは、同様に、「錦ヲ傷ムルヲ嫌フガゴトクシ」との比喩形が採用されているはずなのだ。内容的には、そのように習熟せんと苦心に苦心を重ねて朝政に参与しながら、自身の失敗によって朝政自体を台無しにしてしまうのではないかと恐れ戦いて事に当たっている、そうした右大臣の道真の様子のことが指示されていて、表現的には、あたかも、その、右大臣の道真の様子たるや、錦地を裁断して裁縫を稽古している未熟者の裁縫師が、自身の失敗によって錦地自体を台無しにしてしまうのではないか、と慎重の上にも慎重を期して事に当たっているそれのようである、との見立てがそこでも採用されている。右大臣として朝政に参与せんとしている道真が、錦地を裁断せんとしている未熟者の裁縫師に見立てられているわけなのだ。

本聯（一六七・一六八句）の前句に当たる本句が、以上のように、比喩表現を採用し、錦地を裁断して裁縫を稽古する未熟な裁縫師が慎重の上にも慎重を期して事に当たっている様子について詠述しているのは、上述した通り、前聯（一六五・一六六句）中に見えている右大臣（B）―賢才（B′）との図式に、本句を直接的に対応させるためなのである。つまり、未熟な右大臣としての道真が如何に苦心に苦心を重ね、恐れ戦いて朝政に参与したかということ（B″）を具体的に詠述せんとしたからなのだ。本句の内容が、もっぱら、右大臣就任に関連するものとなっている以上、それは当然に、謙譲表現と見なす必要があるわけであるが、まさに、それは、右大臣としての賢才に欠けているとの、そうした道真に対する世評（一六六句）の存在ということと、本句が密接に対応させるべくものされた詠述であり表現であると言えるだろう。

　ところで、上述のように、本句（一六七句）の出典となっている『左伝』〈「襄公三十一年条」〉中の一文の、その内容の場合には、鄭国の上卿・罕虎が家臣の尹何をある町の長官に任命しようとしたことに対して、子産がそれを否とし、政治に未熟な者を「大官大邑」の地位に就けて政治を稽古させるようなことは、決して、してはならない、とそのように言ったということになっている。ちなみに、同書によると、子産が未熟な裁縫師による錦地裁断の稽古をそれに見立てて反対した結果、尹何の「大官大邑」への就任はそのことにより沙汰止みとなっている。これに対して、道真の場合には、上述した通り、右大臣への就任は、賢才に欠けているとの世評が存在したにも拘らず、「太上皇」（宇多上皇）の抜擢を被ってそれは実現することになったわけなのである〈「辞二右大臣職一第一表」〉。まさに、かの子産が否とした通りの、未熟な裁縫師による錦地裁断の稽古がここに執り行われることになったわけなのだ。「地ハ貴種ニ非ズシテ、家ハ是レ儒林ナリ。」（地非二貴種一、家是儒林。）〈同〉との認識を有していたことになっている儒者出身の道真なのである、上席の左大臣と共に、「衆務ヲ統理シ、綱目ヲ挙持シテ、庶事ヲ総判スルコトヲ掌ル。」（掌下統二理衆務一、挙二持綱目一、総中判庶事上。）〈『令義解』巻一「職員令」〉との、右大臣としての職責を果たすべく悪戦苦闘して稽古を続けながら、必ずや、日夜に亘って、かの、子産の「錦地」の見立て表現を彼は思い浮かべていたに違いない。子産のその見立て表現が、自身の朝政の場における失敗を通して立証されてしまうことを、当時の道真は何にも増して恐れていたはずなのだ。つまり、右大臣の彼が「錦ヲ傷ムルヲ嫌フガゴトクシ」（嫌レ傷レ錦）て朝政に恐る恐る参与することになったのは、賢才を欠くとの世評と、子産のその見立て表現のせいということになる。なお、本句中の詩語「嫌レ傷レ錦」を、「鎌倉本」には「傷レ嫌レ錦」に作っている。今は底内以下の諸本に従う。

（42）操レ刀慎レ欠レ鉛　「刀ヲ操ラントシテハ鉛ヲ欠クヲ慎ムガゴトクス」と訓読し、（そうした世間の人々の、賢才を欠いていると非難する声を耳にしながら、右大臣としてのわたしは儒者の出身である故に、あたかも）刀剣を操作しようとしては（かえって、素材の）なまくらな鉛の刀身を欠いて駄目にして（その刀剣そのものをまったく役立たないものにして）しまうのではないかと恐れ戦く未熟な裁縫師のようにそのように慎重にふるまった（あくまでも、失敗しないかと恐れ戦きながら注意深く、右大臣としての朝廷政治の職務に励んだ）ものであった、との意になる。

本聯（一六七・一六八句）の後句に当たっている本句の場合にも、前述したように、前聯（一六五・一六六句）との内容上の関連性から言って、その前句と同様に、右大臣（B）—賢才（B′）との結び付きを継承するべく、ここでは配置されていると見ていいはずなのだ。すなわち、作者自身が右大臣の職責を果たすべく苦労に苦労を重ねてその職務に励んだ（B‴）との、そうした内容を指示していることになる。本聯の前句が前聯との内容上の関連性から言って、右大臣（B）—賢才（B′）との結び付きを継承するべく、そこでは配置されていて、すなわち、同じく、作者自身が右大臣の職責を果たすべく苦労に苦労を重ねてその職務に励んだ（B″）との、そうした内容を指示していることになっていたわけであるが、その前句（BB′B″の結び付き）とはまさに正しく対応する形で、後句である本句（BB′B‴の結び付き）も配置されていると見ていいだろう。本聯の前・後の両句は、それによって見事な対句構成を内容的に形作っていることになるのである。

勿論、本聯の前・後の両句は、表現・形式的にも見事な対句構成となっている。ちなみに、その後句に当たっている本句中の詩語「操レ刀」の「操」字については、底本及び新本には「採」字に作られている。今は、内松桑文日の諸本に従って「操」字に作ることとしたが、その理由の一つは、まさしく、近体詩の「平仄式」に照らして、仄声字としての「採」（『広韻』上声・一五海韻）よりも、平声字としての「操」（同・下平声・六豪韻）に作る方がより妥当性を有することになっていると思うからなのである。と言うのは、本聯の後句に当たる本句において、仮に、それを仄声の「採」字に作る場合には、本句「採レ刀慎レ欠レ鉛」の平仄は上から順に「×○××◎」（○印は平声、×印は仄声、◎印は平声で韻字であることを指示。）ということになり、結果的に、一箇所の「孤平」を犯すことになるはずだし、しかも、その前句「試レ製嫌レ傷レ錦」の平仄が上から順に「××○○×」となっているわけで、それとの対比ということになると、両句における平仄上の対比が仄声の「採」字のそれによって不完全なものとならざるを得ないことになるはずだからなのである。一方、これを平声の「操」字に作る場合には、平仄は、そのことによって「○○××◎」となり、「孤平」も解消されることになるし、その前句との平仄上の対比も、その場合には完全に正反対なものとなり、両句における平仄上の対比も見事なものとなるはずだからなのだ。「操」字に作る方をより妥当性を有するものと見なすことにした理由の一つは、まさしく、そのためなのである。

その理由の二つは、以下のように「操レ刀」に作る用例が見えているからなのだ。すなわち、『北史』〈巻一九「魏咸陽王禧伝」〉中の、「夫レ未ダ刀ヲ操ル能ハズシテ錦ヲ割カシムルハ、錦ヲ傷ムルモノ尤ニ非ズシテ、実ニ刀ヲ授クルモノノ責ナリ。」（夫未レ能レ操レ刀而使レ割レ錦、非二傷レ錦之尤一、実授レ刀之責。）との一文がそれなのであるが、確かに、そこでは「操レ刀」との用例だけではなく、前句中に見えていた「傷レ錦」とのそれも同時に見えていて、本聯（一六七・一六八句）の前・後両句との、表現上と意味上とにおける関連性は大変に密接であることになっている。しかも、その一文は、北魏の孝文帝宏（高祖）が諸弟を「三都職」に就任させようとして咸陽王禧に対して述べたところの、「弟等ハ皆幼年ナレバ任ハ重カラン。三都ニ獄ヲ折ツ（訴訟をさばく）コト、特ニ宜シク心ヲ用フベシ。」（弟等皆幼年任重。三都折レ獄、特宜レ用レ心。）との言葉に引き続いて発せられたもので、孝文帝自身が述べたことになっていて、まさしく、それは政治的な未熟者を重職に就任させることに対する危惧の念を表明した言葉ということになっているのである。本聯（一六七・一六八句）の前・後両句の出典と見なしても、その一文はいいことになるはずなのだ。

本聯の後句に当たる本句中の詩語「操レ刀」の場合にも、出典とみなされるその一文中のそれと同様に、錦地を切り割くことであり、ここでは、太刀を操って錦地を切り割き裁縫の訓練をするとの意を直接的には指示し、間接的には、政治的な未熟者を重職に就任させることに対しての危惧の念を指示していることになるだろう。ただ、本句中の「刀」の場合には、意味的には、布地の裁断のために使用する「刀」のことではあるが、それは、「鉛刀」そのものを指示していることになっている。なまり製の、なまくらな刀を「鉛刀」というが、その用例としては、「此ノ時（戦国の世）ニ当タリテヤ、朽ヲ搦リテ鈍ヲ摩ケバ、鉛刀スラ皆能ク一断セリ。」（当二此之時一、搦レ朽摩レ鈍、鉛刀皆能一断。）〈『文選』巻四五「答二賓戯一幷序」班固〉との一文とか、「鉛刀スラ一割ヲ貴ブ、夢ニ想フ良図ヲ騁センコトヲ。」（鉛刀貴二一割一、夢想騁二良図一。）〈同・巻二一「詠レ史詩其一」左思〉との一聯とかが見えている。後者の一聯には呂延済が注して、「鉛ヲ以テ刀ヲ為レバ、只ダ一割ス可キモ、再ビハ用フ可カラズ。」（以レ鉛為レ刀、只可二一割一、不レ可二再用一。）との一文を加えているが、なまり製の、なまくらな太刀であったとしても、一度だけは、それにも、物を断ち切る力があるとされている。

なお、「鉛刀」であったとしても、それにも、一度だけは物を断ち切る力があること、そのことを「鉛刀一割」といい、転じて、謙譲表現として、自分自身の才能・力量が微弱であって物の役に立たない状態を言う時の比喩にも、それは使用されることになっている。用例「臣ノ頑駑（かたくなでのろまな性格）ニシテ、器（才器）ニ鉛刀一割ノ用スラ無キニ至ルニ、過チテ国恩ヲ受ケ、栄秩（栄誉と俸禄）ハ兼ネテ優ナリ。」（至三臣頑駑、器無二鉛刀一割之用一、過受二国恩一、栄秩兼優。）〈『後漢書』巻五一「陳亀伝」〉。

そうした微弱な才能・力量しか有していない人物にして、さらに、裁縫に未熟な経験しか有していない人物が貴重な錦地を裁断することになるわけなのだ、本聯の前・後両句の場合には。当然に、裁縫に未熟な経験しか有していない人物であるという理由で、その人物は（不安のあまり）美しい錦地そのものを傷付けてそれを台無しにしてしまうのではないかと恐れ戦くことになるのだろうし（本聯前句）、同様に、微弱な才能・力量しか有していない人物であるという理由で、その人物は（不安のあまり）なまくらな太刀そのものを折り欠いてしまいそれをも台無しにしてしまうのではないかと恐れ戦くことになるのだろう（本聯後句）。前句の場合には、未熟な裁縫師が裁断するために取り組む客体としての、その美しい錦地そのものを傷付けて台無しにすることへの恐れ戦きということになるわけなのであり、後句の場合には、その未熟な裁縫師が裁断するために手に持つ主体としての、そのなまくらな太刀そのものを折り欠いて台無しにすることへの恐れ戦きということになるわけなのである。客体と主体との対比と言えるだろう。

上述したように、未熟な裁縫師が右大臣になったばかりの当時の道真自身を比喩し、美しい錦地が当時の朝廷の政治を比喩していることになっている以上、なまくらな太刀が比喩しているところのもの、それは当時の道真自身の有していたところの、その微弱な政治的才能・力量ということになるに違いない。もとより、それは謙譲表現による見立てということになるが、これまた上述したように、例えば、道真は右大臣としての賢才が自身に無いことを「地望（門地勢望）ハ荒麁ニシテ（荒くて粗末）、……天資（生まれつきの才能）ハ浅薄ニシテ」（地望荒麁、……天資浅薄）〈「重請レ解二右大臣職一第三表」〉と記述していたはずなのであり、そうした謙譲表現と、ここでの「鉛刀」は同列なものと見なしていいだろう。

なお、微弱な政治的才能・力量を「鉛刀」に見立てることにし、しかも、そうした、なまくらな太刀であったとしても、「鉛刀一割」の役割は果たすことになっているわけなのであるが、それを折り欠いてしまうことになれば、たった一度のその役割をも果たすことが出来なくなってしまうわけなのだ。そうなれば、まったく、それは無用な存在ということになってしまうだろう。道真は自身の微弱な政治的才能・力量を朝政の場で発揮するべく努力を続けながら、それさえも発揮出来なくなる状態、例えば、大いなる緊張感の余りに、自分自身を完全に見失うようなこと、もしくは、病気になってしまうことを恐れたに違いない。本句（一六八句）中の詩語「鉛ヲ欠クヲ慎ムガゴトクス」（慎レ欠レ鉛）とは、以上のような、当時の、右大臣就任直後の道真の緊張感に溢れた心情を詠述したものと見ていいだろう。

ちなみに、微弱な政治的才能・力量しか持ち合わせていない人物を「鉛刀」に見立て、そのような人物が朝政に参与すること、それを錦地を台無しにする未熟な裁縫師の仕事に比喩している用例は、道真自身の手になる、貞観十八年（八七六）十二月五日付けの辞表「為右大臣上太上皇重請被停摂政表」（『菅家文草』巻一〇）中に、「縦令陛下ノ臣ニ責ムルニ一割ノ刀（鉛刀一割の役割）有ルヲ以テストモ、而レドモ復タ臣ハ陛下ニ訴フルニ再ビハ全キノ錦無キヲ以テセン。独リ身ヲ顧ミルノミナラズ、亦タ能ク国ヲ思ヘバナリ。」（縦令陛下責臣以有一割之刀、而復臣訴陛下以無再全之錦。不独顧身、亦能思国。）との一文として、すでに見えている。『本朝文粋』（巻四「摂政関白辞職表」）中に見えている同文には、「為昭宣公辞摂政上太上皇第二表」との題が付されており、それによると、これは清和上皇に対して奏上された第二表で、摂政を辞せんとした藤原基経（昭宣公）に代わって道真（三十二歳）が執筆したものということになっている。「有一割之刀」とあり、「無再全之錦」とあることからして、まさしく、本聯（一六七・一六八句）中に見えているそうした詩語の、それも、道真自身の手になる用例と認めていいことになるだろう。前者は、「鉛刀一割」のことを指示し、微弱な政治的才能・力量しか持ち合わせていない人物、もしくは、その人物の役割の見立てとなっており、後者は、再生不可能な錦地のことを指示し、微弱な政治的才能・力量しか持ち合わせていない人物の朝政参与によってもたらされる、取り返すことの出来ない大きな被害の見立てとなっているわけなのだ。その後者の方が本聯の前句（一六七句）の詠述中に再利用され、その前者の方が本聯の後句（一六八句）の詠述中に再利用されていると見ていいのではないだろうか。

(43) **兢々馴鳳扆**　「兢々トシテ鳳扆ニ馴レントシ」と訓読し、（そうした世間の人々の、武勲を欠いていると非難する声を耳にしながら、右大将としてのわたしは天皇身辺の警護のために、何よりも）恐れ謹みながらも玉座の側近くに侍ることに慣れ親しもうと努力したものであったし、との意になる。

本聯（一六九・一七〇句）の前句に当たる本句と、その後句に当たる次句「懍々トシテ竜泉ヲ撫セントス」（懍々撫竜泉）とは、内容・形式上からして見事な対句構成を形作っていて、それぞれの詩語「兢々」と「懍々」、「馴」と「撫」、

「鳳扆」と「竜泉」とが対語として対比的に配置されている。また、前聯（一六七・一六八句）の前・後句の場合には、意味内容上からして前々聯（一六五・一六六句）のそれを直接的に継承していて、その前句が右大臣（B）―賢才（B′）―「試ㇾ製」（B″）との結び付きを、その後句が同じく右大臣（B）―賢才（B′）―「操ㇾ刀」（B‴）との結び付きを有していたのに対して、本聯の前・後句の場合には、意味内容上からして前々聯（一六五・一六六句）のそれを直接的に継承していて、その前句（一六九句）が右大将（A）―武勲（A′）―「鳳扆」（A″）との結び付きを、その後句（一七〇句）が右大将（A）―武勲（A′）―「竜泉」（A‴）との結び付きを有していることになっている。すなわち、前々聯との関連において、前聯の前・後句の場合が、内容的に、右大臣に就任した道真の、その職務上に関する事柄をもっぱら詠述していることになっていたのに対して、本聯の前・後句の場合は、内容的に、右大将に就任した道真の、その職務上に関する事柄をもっぱら詠述していることになっている。つまり、前々聯と前聯と本聯との三聯六句（一六五―一七〇句）は形式的・内容的にそれぞれ密接な、「BB′B″B‴」と「AA′A″A‴」との対応関係を有して配置されていることになるわけなのだ。

本聯の前・後句は、右大将に就任した道真がいかに恐れ戦きながらその職務の重責を果たそうとしたかということについて詠述している。ちなみに、道真が右大将に就任したのは、上述した通り、寛平九年（八九七）六月十九日のことなのであり（同日に権大納言に任命されている）、右大臣に任命される昌泰二年（八九九）二月十四日（右大将兼任）よりも、それはおよそ一年半以上も前のことになるわけであるが、ここでの、本聯（一六九・一七〇句）の前・後句中に詠述されている、彼の右大将としての職務上に関する内容は、それこそ、前聯（一六七・一六八句）の前・後句中に詠述されていた、彼の右大臣としての職務上に関するそれとの対比的な関連性を考慮すれば、やはり、昌泰二年二月十四日以後の、右大臣の兼任職として奉仕したそちらの方をもっぱら指示していると見なす必要があるだろう。

そもそも、右大将とは、右近衛府の長官（右大将）のことであり、左近衛府の長官（左大将）と共に天皇身辺の警衛に当たることを主な職務としている。例えば、貞観八年（八六六）十一月二十九日に道真が権大納言兼右近衛大将藤原氏宗のために代筆した奏状「為㆓藤大納言㆒辞㆓右近衛大将㆒表」中にも、「僅カニ縉紳ノ臣（高位・高官）ニ陪スル可キノミナルニ、何ゾ陛戟ノ列ニ預ルニ堪ヘンヤ。」（僅可㆑陪㆓縉紳之臣㆒、何堪㆑預㆓陛戟之列㆒。）との一文が見えていて、武官としての右大将に就任することを「預㆓陛戟之列㆒」と記述している。皇帝警護のために、階段を夾んで列することを「陛戟」と言うが、そのことについては、『前漢書』〈巻六八「霍光伝」〉中の、「期門（武官の名称）ノ武士ハ陛戟シ、殿下ニ陳列ス。」（期門武士陛戟、陳㆓列殿下㆒。）との一文に顔師古が注して、「陛戟トハ、戟ヲ執リテ以テ陛下ヲ衛ルヲ謂フナリ。」（陛戟、謂㆔執㆑戟以衛㆓陛下㆒也。）と述べている。

さらに、上述のように、道真自身が昌泰三年十月十日に、彼の官職である右近衛大将を辞職せんとして執筆した奏状「重請㆑罷㆓右近衛大将㆒状」（二度表）〈『菅家後集貞享板本尾部』〉中にも、「儒学ヲ嫌ハズ、枉ゲテ爪牙ヲ忝ウス。」（不㆑嫌㆓儒学㆒、枉忝㆓爪牙㆒。）との一文が見えていて、武官としての右大将の官職を指示して、そこでは「爪牙」と記述していたはずなのだ。その「爪牙」の場合は、もとより、「爪牙之臣」の略称であるに違いなく、君主を助けてこれを守護する臣下なり、その仲間なりの意味を有することになるだろう。

あくまでも武官である以上、右大将とは、武器を帯びて天皇に近侍し、それを警護することが主な職責となっているわけなのだ。儒者の出身である故に武功を欠いているとの、そうした世間の非難の声を背に受けながら、道真もまた武器を帯びて天皇に近侍し、その職責を果たすべく、懸命に努力したことになるはずなのである。上述の「重請㆑罷㆓右近衛大将㆒状」（二度表）中にも、「当時ニ（寛平九年に右大将を兼務することになった当時）謗ノ声有リテ、喧聒トシテ（かまびすしいさま）切ナリト雖モ、聖慮ノ非常ノ寄モテ、戦兢（恐れつつしむこと）シテ辞セズ。」（当時有㆓謗之声㆒、喧聒雖㆑切、聖慮非常之寄、戦兢不㆑辞。）との一文も見えていて、儒者の出身である道真が武官である右大将を兼務するということに対しては、就任当初から、武功を欠いているとの非難の声が世間にかまびすしく沸き上がったことになっていたはずなのである。と言うことは、道真が昌泰二年二月十四日に新たに右大臣を拝命し、そのまま右大将を引き続いて兼務することになった時には、武功を欠いているとの非難の声はそれまで以上に、世間においてかまびすしさを増大させることになったであろうし、やはり、そのことに比例して、右大将の職責を果たすべく、「戦兢」（戦々兢々）の思いを彼はこれまで以上に、強く抱かざるを得なくなったに違いない。

本聯（一六九・一七〇句）の前句に当たる本句中に見えている詩語「兢々」といい、その後句に当たる次句中に見えている詩語「懍々」といい、対語としての両者は、まさしく、道真が右大将の職責を果たすべく、これまで以上に戦々兢々として恐れ戦きながら事に当たることになった、その当時の彼の心中の思いを同様に詠述していることになるはずなのだ。本句中の「兢々」の場合であるが、その出典としては、「戦々兢々トシテ、深淵ニ臨ムガ如ク、薄氷ヲ履ムガ如シ。」（戦々兢々、如レ臨二深淵一、如レ履二薄冰一。）〈『詩経』小雅「小旻」〉との詩句が見えていて、その「毛伝」には、「戦々トハ、恐ルルナリ。兢々トハ、戒ムルナリ。」（戦々、恐也。兢々、戒也。）に作られている。その用例としては、「一タビ謫落セラレ柴荊（粗末な謫居）ニ在リショリ、万死兢々タルコト跼蹐ノ情（ひどく恐れつつしむ気持）。」（一従二謫落在一柴荊一、万死兢々跼蹐情。）〈『菅家後集』「不レ出レ門」〉との一聯も見えている。

「馴」とは、慣れ親しむことであり、本句の場合には、「馴レントス」と訓じて、道真がその職務に慣れ親しもうと努力したとの、そうした意味となるであろう。用例「遠ク憶フ群鶯ノ薬樹ニ馴レシコトヲ、偏ニ悲シム五馬（讃岐守）ノ滄波ヲ隔ツルコトヲ。」（遠憶群鶯馴二薬樹一、偏悲五馬隔二滄波一。）〈『菅家文草』巻三「正月二十日有レ感。禁中内宴之日也。」〉。「鳳扆」とは、天子の座を囲む美しく飾った衝立、あるいは、屏風のことをいい、転じて玉座のことをもいう。用例としては、「正ニ応ニ竜旂（竜の模様のある天子の旗）ヲ揚ゲテ以テ帝ヲ饗シ、鳳扆ヲ御シテ以テ天ヲ承クベシ。」（正応下揚二竜旂一以レ饗レ帝、御二鳳扆一以承上レ天。）〈『芸文類聚』巻一四「勧二進梁元帝一表」徐陵〉との一文とか、「稚羽ハ鴻賓ニ晩レ、寒声ハ鳳扆ヲ驚カス。」（稚羽晩二鴻賓一、寒声驚二鳳扆一。）〈『菅家文草』巻一「九日侍レ宴、同賦二鴻雁来賓一……」〉との一聯とかに見えている。

右大将を兼務している道真なのである、武器を帯びて玉座に近侍し、天皇を警護することが彼の、もっぱらの職責なのであった。本聯（一六九・一七〇句）の前句に当たる本句中の詩語「鳳扆」の場合も、玉座との意をここでは有していると見ていいだろう。儒者出身の彼が武官である右大将の職責を果たすべく、武器を帯びて玉座に近侍し、天皇を警護する役目を担おうとするわけなのだ。そして、その役目に慣れ親しもうと努力を積み重ねるわけであるが、その職責に対する彼の恐れ謹みの感情は一向に治まる気配がないのであった。道真の「兢々」の場合には、その理由はもっぱら二つということになるだろう。その一つは、儒者出身である故に武功を欠いているとの、従来からのそうした世間の非難の声がにわかに的中してしまうのではないかと恐れ戦くためであり、その二つは、もとより、玉座に近侍することによる畏怖の念のためであったに違いない。

(44) **懍々撫二竜泉一**　「懍々トシテ竜泉ヲ撫セントス」と訓読し、（同じく、そうした世間の人々の、武勲を欠いていると非難する声を耳にしながら、右大将としてのわたしは天皇の身辺警護のために、恐れ謹んで玉座の側近くに侍ることに慣れ親しもうと努力する一方で、これまた）恐れ慎みながら（その武器として自分自身の腰に帯びた）宝剣の柄に手を掛けることに（いざという時の用意のために）努力したものであった、との意になる。

本聯（一六九・一七〇句）の後句に当たっている本句の場合には、意味内容上、対句であるところの、その前句の内容を継承すると共に、さらに、恐れ慎みながら、右大将としての責務を果たすためのもう一つの行動、すなわち、腰に帯びた宝剣の柄に手を掛けて天皇の身辺警護に当たるというそれにも取り組んだものであったとの、そうしたことが詠述されていると見ていいだろう。玉座の側に恐れ謹んで近侍したとの、そうした前句の内容を継承しながら、本句においては、そうして近侍する際には、さらに、恐れ慎みながら、天皇の身辺警護のために腰に帯びた宝剣の柄に手を掛けることをも忘れないように努力した（いざという時のために細心の注意を払うように努力した）との、その、もう一つの、右大将としての具体的な行動のことが詠述されているわけなのだ。つまり、本聯の前・後句も前々聯（一六五・一六六句）の前・後句の内容を直接的に継承し、まさに、これを図式化すれば、右大将（A）—武勲（A′）との前々聯のそれに、本聯の前句中の「馴二鳳扆一」(A″)と、その後句中の「撫二竜泉一」(A‴)とが内容的に連結するように作られていることになる。儒者の出身である故に、右大将としての武功に欠けているとの世間の非難の声を耳にしながら(前々聯)、道真はその右大将としての重責を果たすためには、天皇の身辺警護のために玉座に恐れ謹んで近侍する(本聯前句)と共に、腰の宝剣の柄に恐れ慎んで手を掛けることを忘れないようにする(本聯後句)との、そうした努力を続けなければならなかったのである。

本句中の詩語「懍々」とは、ここでは対語「兢々」とほぼ同内容で、恐れ慎むとの意。用例としては、「抑モ亦タ懍々タルモ庶幾(乞い願う)ノ心有リ」(抑亦懍々有二庶幾之心一)〈『文選』巻四〇「在二元城一与二魏太子一牋」呉質〉との一文が見えていて、その「劉良注」には、「懍々トハ、敬ム貌。」(懍々、敬貌。)に作り、その「李善注」には、「孔安国ノ尚書伝ニ曰ク、懍々トハ、危懼ノ貌ナリト。」(孔安国尚書伝曰、懍々、危懼貌。)に作っている。今は、「劉良注」に従うことにする。

同じく、詩語「撫二竜泉一」とは、ここでは宝刀の柄に手を掛けようと努力するとの意。「撫」は、「子朱ハ怒リテ曰ク、班爵(爵位の序列)ノ同ジキニ、何ヲ以テ朱ヲ朝ヨリ黜クルト。剣ヲ撫シテ之ニ従フ。」(子朱怒曰、班爵同、何以黜二朱於朝一。撫レ剣従レ之。)〈『左伝』「襄公二十六年条」〉との用例に見える通りに、今にも抜かんとして剣の柄に手を掛けるとの意をそれは有することになっている。「竜泉」は、古の宝剣の名。もとは「竜淵」と言ったが、唐代高祖(李淵)の諱を避けて「竜泉」と改名した。「太阿」の宝剣と並び称せられた。『晋書』〈巻三六「張華伝」〉中に、「地ニ入ルコト四丈余リニシテ、一ノ石函ヲ得タリ。光気ハ常ニ非ズ、中ニ双剣有リテ並ビニ題ヲ刻ス。一ニ竜泉ト曰ヒ、一ニ太阿ト曰フ。」(入レ地四丈余、得二一石函一。光気非レ常、中有二双剣一並刻レ題。一曰二竜泉一、一曰二太阿一。)との記述が見えている。

本句(一七〇句)においては、右大将としての道真が腰に帯びている太刀のことをもとより指示しているわけであるが、それを宝剣の「竜泉」に見立てているのは、彼の太刀が神聖な天皇及び宮中を警護するためのものだからなのである。宝剣としての「太阿」ではなくして、詩語「竜泉」の方がここで選ばれ配置されているのは、勿論、近体詩として、本句の末尾の「泉」(『広韻』下平声・二仙韻・一先韻同用)字で押韻し、「一韻到底」を厳守する必要があるとの、そうした「平仄式」上の決まりに従っているからなのだ（さらに、平声の「竜」〈同・上平声・三鍾韻〉字によっても、本句の「二四不同」の大原則は厳守されている。）。

武官としての近衛大将が腰に帯びる太刀、それを宝剣に見立てることは、元慶六年（八八二）九月に道真（三十八歳）自身が当時の右大臣兼左大将源多（五十二歳）のためにものした「右大臣剣銘」〈『菅家文草』巻七〉との一文中にもその用例が見えている。まさに、「暁霜ノゴトキ三尺、秋水ノゴトキ一条。利器ハ惟レ服ヒ（持主によく馴染み）、飛揚シテ腰ニ在リ。」（暁霜三尺、秋水一条。利器惟服、飛揚在レ腰。）との一文がそれであるが、「暁霜」とは鋭利な刀身の比喩形、「秋水」とは曇なく光る刀身の比喩形である。その源多は貞観十九年（八七七）二月二十九日に左大将を兼務しており、その彼が腰に帯び続けている太刀を称賛して詠述していることに、ここではなるだろう。彼の太刀もまた、天皇及び宮中警護のために腰に帯びるものということになっているからなのだ。なお、本聯の後句（一七〇句）中の詩語「竜泉」と前聯の後句（一六八句）中の詩語「鉛刀」とが密接な対応関係にあることは、言うまでもない。見事な対比と言えるだろう。

（45）**脱レ屣黄埃俗**　「屣ヲ脱グガゴトクニス黄埃ノ俗」と訓読し、（右大臣・右大将としてのそうした職務の余暇にあっても、当時のわたしは）あたかも履き物を脱ぎ去るかのように（惜しげもなく）塵埃にまみれた俗界の者ども（妻女と子供）を遠ざけたものであったし、との意になる。

本聯（一七一・一七二句）の前句に当たる本句もまた、その後句に当たる次句「襟ヲ交フルガゴトクニス紫府ノ仙」（交レ襟紫府仙）との間で対句構成を形作っていて、それぞれの対語「脱レ屣」と「交レ襟」、「黄埃」と「紫府」、「俗」と「仙」とは互いに密接な対応関係を有して配置されている。そして、本聯の前・後句の場合には、内容的には、前々聯（一六七・一六八句）のそれが右大臣としての職務に関すること、前聯（一六九・一七〇句）のそれが右大将としての職務に関すること、すなわち、その両聯が、内容的に、共に自身の公務に関する作者の詠述であったのとは対比的に、そうした公務の緊張感から解放された余暇の時間に関する作者の詠述ということになっている。余暇の時間に関する詠述内容ということで言えば、次聯（一七三・一七四句）の作文会に関する両句の詠述内容もまた同様ということになるはずで、結局、前々聯・前聯・本聯・次聯の都合四聯八句は、当時の作者の公・私に関する詠述内容という点で関連性を有している一方で、前半の両聯四句が公務、後半の両聯四句が余暇となっていて、その点で前半・後半の両聯は、詠述内容上において対比されていることになるだろう。そして、その余暇の時間に関する詠述内容の一つとなっている本聯の場合には、作者が俗界の者どもを余暇であるにも拘らず遠ざけようとする（前句）一方で、他方、余暇であるにも拘らず、常に参内しては宮中におわす神聖な宇多上皇及び醍醐天皇に威儀を正して奉仕すべく努力する（後句）との、そうした内容が詠述されていることになるわけなのだ。つまり、右大臣兼右大将であった当時の道真は、公務を離れた余暇の時にあってさえも、公務にある時と同様に、彼は俗界の者どもとの接触を極力避けながら、上皇及び天皇には常に側近く奉仕するという、そのための緊張感を決して忘れ去るようなことはなかったのだ。

本句中の詩語「脱レ屣」とは、草履などの履き物を脱ぎ去るとの意であり、転じて、比喩的に、物事を軽視して惜し気もなく捨て去るとの意となる。用例としては「是(ここ)ニ於イテ、天子曰ク、嗟乎(ああ)、誠ニ黄帝ノ如キヲ得バ、吾モ妻子ヲ去ルヲ視(み)ルコト脱屣ノ如クセンノミ、ト。」（於レ是、天子曰、嗟乎、誠得レ如二黄帝一、吾視レ去二妻子一如二脱屣一耳。）〈『前漢書』巻二五上「郊祀志」〉との一文が見え、その「顔師古注」には、「脱屣トハ、其ノ便易ニシテ、顧(かへり)ミル所無キヲ言フナリ。」（脱屣者、言二其便易、無レ所レ顧也。）に作っている。本句（一七一句）中の詩語「脱レ屣」の場合にも、内容的には、比喩形の用法ということになるだろうから、ここは、「如二脱屣一」の省略形と見なし、「屣(くつ)ヲ脱(ぬ)グガゴトクニス」と訓読することにしたい。なお、同じ作者としての道真による、そうした「脱レ屣」の先行用例が、「神仙ヲ放(なら)ハズ骨録(こつろく)ニ離レ、前途(ぜんと)ニ屣(くつ)ヲ脱(ぬ)グ旧家ノ門。」（不レ放二神仙一離二骨録一、前途脱レ屣旧家門。）〈『菅家文草』巻五「劉阮遇二渓辺二女一詩」〉との一聯中に見えているが、こちらは比喩的な用法とはなっていない。

同じく、詩語「黄埃俗」とは、塵埃(じんあい)にまみれた俗界の者ども、との意。「黄埃」は、黄色の土埃(つちぼこり)の意。用例「黄埃ハ散漫トシテ風ハ蕭索タリ」（黄埃散漫風蕭索）《『白氏文集』巻一二「長恨歌」》。「俗」とは、ここでは「俗人」の省略形。俗界の者どもの意。それが次句（一七二句）中の詩語「仙」（宮中におわす仙界の方々の意）の対語となっていて、後述するように、具体的に、その「仙」が宇多上皇と醍醐天皇の両人のことを指示していると考えられることから、あるいは、対語としての本句中の「俗」の方も、具体的な存在のことをここでは指示しているのではないか、そのようにも、確かに、考えることが出来そうなのだ。何故なら、抽象的に、塵埃に塗れた俗界の者どものことを指示しているのではなく、例えば、上記の『前漢書』〈巻二五上「郊祀志」〉の用例中に見えていた一文「吾視レ去二妻子一如二脱屣一耳」との、ここでの密接な関連性を敢えて認め、本句中の詩語「俗」にも同様に、「妻」と「子」とのことが具体的に指示されていると考えれば、まさしく、対語「仙」との内容上の対応関係において、それぞれが具体的に指示しているところのものが二つずつ（「俗」の場合には妻と子、「仙」の場合には上皇と天皇となる。）となり、その結果、より、対語としての対比性及び整合性がここに新たに生まれて来ることになると思えるからなのである。その場合には、身近な「妻」と「子」とを塵埃にまみれた俗界の者どもと見なして、履き物を脱ぎ去るように、そのように惜し気もなく遠ざけてしまうとの意味になるわけなのであり（当然に、一般の俗人はそれ以前に捨て去られてしまっている。）、右大臣兼右大将に就任するに際して、それ程に強い責任感と決意とを当時の作者は所持していたことになるだろう。公務にある時は言うまでもないが、余暇にあってさえもなお、当時の道真は、その責任感と決意とを、公務にある時と同じように、引き続いて所持したまま、あくまでも威儀を正して、宮中の上皇及び天皇に奉仕せんと努力したのである、とのそうした内容ということになるに違いない。当時の道真の、神聖な上皇及び天皇に対する敬愛の感情がこの上ないものであったということを、それは意味していることになるはずなのである。今は、そうした想定に従って、本句を訓読し通釈することにした。

なお、本句中の詩語「黄埃俗」を、『前漢書』〈巻二五上「郊祀志」〉中の用例「吾視レ去二妻子一如二脱屣一耳」との、ここでの密接な関連性を認めた上で、それが、塵埃にまみれた俗界の者どもと道真が見なしたところの、その彼の「妻子」のことをここでは具体的に指示しているに違いないと想定してみたわけなのであるが、例えば、彼自身も、その昔、文章得業生として勉学に明け暮れていた頃には寸暇を惜しんで学問に励み、「妻子」に親しみ近付くことさえも避けたと述懐しているのである。すなわち、「少キ日秀才（文章得業生）為リシトキ、光陰（時間）ハ常ニ給ラズ。朋交（友人との交際）トハ言笑スルヲ絶チ、妻子トハ親習（なれ親しむ）スルヲ廃ム。」（少日為二秀才一、光陰常不レ給。朋交絶二言笑一、妻子廃二親習一。）《『菅家文草』巻四「苦二日長一十六」》との両聯の詠述がそれで、そこに「妻子」云々の詠述が見えている。道真は、貞観九年（八六七）正月七日に文章得業生に補せられている（二十三歳）。勉学の時間を確保するために、当時の彼は友人との交際を絶ち、妻子との睦み合いをすら犠牲にしたのだというのである。大いに注目していいのではないだろうか。何故か。文章得業生の頃に、たとえ、それが勉学の時間を確保するための処置であったとしても、「妻子」との馴れ親しむ時間を犠牲にした経験がすでに彼にはあることになっているからなのだ。神聖な上皇及び天皇に近侍することを第一に考えなければならない、右大臣・右大将としての彼が、その公務を果たす上で、「妻子」を今度は塵埃にまみれた俗界の者どもと見なして遠ざけ、しかも、公務を離れた余暇の時にあってさえも、そのようにしてしまうということも、これは、当然にあったと見なしていいことになるはずだからなのである。

（46）**交レ襟紫府仙**　「襟ヲ交フルガゴトクニス紫府ノ仙」と訓読し、（その一方で、右大臣・右大将としてのそうした公務の余暇にあってさえも、当時のわたしは）あたかも襟元をきちんと交え整え合わせるかのように（威儀を正してうやうやしく）神聖な宮中におわす仙界の方々（宇多上皇と醍醐天皇）に近侍したものであった、との意になる。

詩語「交レ襟」とは、ここでは、「襟ヲ交フルガゴトクニス」と訓読する必要があるはずで、比喩形「如レ交レ襟」の省略形と見なすことにしたのはそのためなのである。衣類の襟をきちんと交え合わせるかのようにする、とのその比喩形の意味から、転じて、ここでは、（天皇と上皇とに）威儀を正してうやうやしく奉仕するとのそれを作り出していることになっている。本聯（一七一・一七二句）の前句中の詩語「脱レ屣」（屣ヲ脱グガゴトクニス）の対語である以上、もとより、後句中の詩語「交レ襟」も、形式的には、同様に、比喩形を採用していることになるだろう。内容的には、前者の場合が、あたかも履き物を脱ぎ去るかのようにする、とのそうした比喩的な意味を指示しているのに対して、後者の場合には、あたかも襟元を交え合わすかのようにする、とのそうした比喩的な意味を指示していることになるはずなのだ。前者のそれが、まとまり整った状態にあるもの、それを、敢えて、ばらばらに分散させるという方向性を有しているのに対して、後者のそれは、逆に、ばらばらに分散している状態にあるもの、それを、敢えて、まとまり整えるという方向性を有していることになるだろう。両者は、意味内容的には動作の方向性が正反対ということになっていて、そのことによって対語としての対比的な配置を形成していることになっている。

　ちなみに、詩語「交レ襟」については、『佩文韻府』中にもその用例は見えていない。恐らく、衣服の襟をきっちりと交え合わすとの意を有する、すなわち、ここでは、同義語「交レ衽」（衽ヲ交フ）の代替語としての使用と見なすべきなのだろう。熟語「交レ衽」については、「車ニハ必ズ轊（車軸の頭部・軸がしら）ヲ挂メ、席ニハ必ズ衽ヲ交フ。」（車必挂レ轊、席必交レ衽。）（『全唐文』巻五七七「送二苑論登第一後、帰覲詩序」柳宗元）との用例などが見えている。本句（一七二句）中の詩語「交レ襟」を、その用例中に見えている「交レ衽」の代替語としての使用と見なすことにした理由は、何よりも、近体詩としての「平仄式」を厳守するためなのである。

　本聯（一七一・一七二句）中における対語「脱レ屣」（前句）と「交レ襟」（後句）との平仄を調べて見ることにしよう。前者の場合には、「脱」（『広韻』入声・一三末韻）字といい「屣」（同・去声・五寘韻）字といい、共に仄声字となっているのに対して、後者の場合には、逆に、「交」（同・下平声・五肴韻）字といい「襟」（同・下平声・二一侵韻）字といい、共に平声字となっていることが分かる。つまり、前句中の「脱レ屣」の平仄が「××」（共に仄声）、後句中の「交レ襟」が「○○」（共に平声）となっていて、平仄上からも、対比的に配置されていることになっている。とりわけ、前句中の上から二字目に配置されている「屣」（仄声）字と、後句中の上から二字目に配置されている「襟」（平声）字との平仄上の対比は、これは、近体詩としての「平仄式」の大原則である、いわゆる、「粘法」(同一聯の前・後句の上から二字目に配置された各字の平仄を逆にすること)を厳守する必要上からは、まさに、妥当な配置と言えるはずなのだ。

その、「平仄式」の大原則との関連でさらに言えば、前聯(一六九・一七〇句)における前句中の上から二字目には平声の「兢」(『広韻』下平声・一六蒸韻)字が、同じく後句中の上から二字目には仄声の「懍」(同・上声・四七寝韻)字が配置されているわけなのであるが、前聯中におけるそうした平仄上の「○」(前句)と「×」(後句)との対比的な配置、それを本聯中においては逆転させて、つまり、平仄上の「×」(前句)と「○」(後句)との対比的な配置として継承しなければならないことになっており、「粘法」上からは、そういう決まりになっているはずなのだ。すなわち、前聯と本聯との「粘法」上の継承関係からすれば、それは、平仄的には前聯の「○×」と本聯の「×○」との、そうした対比的な配置としなければならないことになるはずなのであり、本聯中の前句中には仄声の「屣」字を、同じく、その後句中には平声の「襟」字を敢えて配置しているのは、まったく、そのためと考えていいだろう。

以上、本聯の後句中の上から二字目には、「平仄式」の大原則である、その「粘法」を厳守するためには平声字を配置しなければならないことになっているわけなのだ。平声の「襟」字が、敢えて、そこに配置されているのはそのためなのであり、同義語である「衽」(『広韻』去声・五二沁韻)字をそこに配置出来ないのも、それが仄声字だからなのである。近体詩としての「平仄式」、それを厳守するためにこそ、作者は「交レ衽」の代替語としての、「交レ襟」を本聯の後句中に配置することにしたに違いない。「粘法」を厳守するために、仄声の「衽」字、それを同義語である平声の「襟」字に置き替える必要があったのだ、と。ただ、それが「平仄式」上の置き替えである以上、意味内容的には、もとより「交レ衽」のそれに従わなければならないだろう。「交」とは、ここでは、ぴったり合わせるとの意であり、『広雅』〈「釈詁一」〉にも、「交、合也。」に作っている。用例として、「萹薄(へんぱく)ト雑菜(ざっさい)トヲ解(さ)キテ、備(そな)ヘテ以(もっ)テ交佩(こうはい)ト為(な)ス。」(解三萹薄与二雑菜一兮、備以為二交佩一。)〈『楚辞』「九章」思美人〉との一文が見え、その「王逸注」にも、「交、合也。」に作っている。「衽」とは、衣服のえりの意であり、用例としては「且ツ衽ヲ斂メテ以テ帰来ス」（且斂レ衽以帰来兮）（『文選』巻一三「秋興賦」潘岳）との一文が見え、その「李善注」にも、「衽、襟也。」に作っている。

すなわち、「交レ衽」とは、もっぱら、衣服の襟をきっちりと交え合わすとの意を有することになっており、そこから転じて、威儀を正してうやうやしく（目上の人に）奉仕するとの意を指示することになっているわけなのである。本句（一七二句）中の、その詩語「交レ襟」が「交レ衽」の代替語としての使用であるからには、そのまま、以上のような意味を有していることになるだろう。例えば、詩語「交レ襟」の用例が、『菅家文草』（巻二「去春詠下渤海大使与二賀州善司馬一贈答之数篇上、今朝重吟、和二典客国子紀十二丞之長句一。感而翫レ之、聊依二本韻一。」）中にもう一例見えていて、その七律の頷聯に「春遊ニハ轡ヲ惣ベタリ州司馬、夏熱ニモ襟ヲ交ヘタリ典客郎。」（春遊惣レ轡州司馬、夏熱交レ襟典客郎。）として使用配置されているのである。

この七律中の用例の場合にも、近体詩としての、「平仄式」を厳守するための、詩語「交レ衽」の代替語としての、そうした「交レ襟」の使用配置と考えて、やはり、いいだろうと思う。というのは、そこにおける「春遊」と「夏熱」、「惣レ轡」と「交レ襟」とのそれぞれの対語の配置、それを「平仄式」との関連で調べて見れば分かるように、前者の対語は「〇〇」（共に平声）と「××」（共に仄声）との対比、後者のそれは「××」と「〇〇」との対比ということになっているからなのである。とりわけ、前句中の上から二字目に平声の「遊」（『広韻』下平声・一八尤韻）字が配置され、それの対語として、後句中の上から二字目に仄声の「熱」（同・入声・一七薛韻）字が配置されているのは、これまた、「粘法」を厳守するためということになるが、確かに、本七律の、頷聯に先立つところの、その首聯の、その前句中の上から二字目に配置されている「上」（同・上声・三六養韻）字が仄声、その後句中の上から二字目に配置されている「情」（同・下平声・一四清韻）字が平声となっている。すなわち、首聯における「粘法」は「×〇」の対比ということになっていて、それを逆転させて継承するためには、当然に、頷聯のそれは、「〇×」の対比としなければならないことになるはずなのである。頷聯の前句の上から二字目に平声の「遊」字を配置し、その後句の上から二字目に仄声の「熱」字を配置しているのは、まったく、そのためと言えるだろう。

「粘法」を厳守するために、その前句の上から二字目に平声の「遊」字を、そして、その後句の上から二字目に仄声の「熱」字を使用配置することにすれば、今度は、「二四不同」の大原則を厳守する必要上から、その前句の上から四字目には仄声字を、そして、その後句の上から四字目には平声字を使用配置しなければならないことになるわけなのだ。その結果、前者には仄声の「轡」（『広韻』去声・六至韻）字が、後者には平声の「襟」字が使用配置されることになったわけなのであり、それぞれの選定は「二四不同」の大原則をあくまでも厳守するためのものと考えていいだろう。ここでは、後者の「襟」字の使用配置にのみ注目することにするが、そうした「平仄式」の厳守という目的のためにこそ、恐らく、作者は、詩語「交レ衽」（○×）の代替語として、ここでも「交レ襟」（○○）を使用配置することにしたに違いない。本七律中の用例「交レ襟」もまた、「平仄式」の厳守という目的から、「交レ衽」の代替語としてそこに使用配置されたと見るべきで、その点では、まったく、本句（一七二句）中の用例とは同一のものということになるだろうし、意味上からも、本七律中の用例もまた、衣服の襟をきっちりと交え合わす（威儀を正してうやうやしく奉仕する）とのそれと見なさなければならないだろう。勿論、本七律中に見えているその用例は、同じ作者である、道真による先行使用例ということになるわけなのであり、本句中の用例を考える上では、大いに注目する必要があるはずなのだ。

次に、本句（一七二句）中の詩語「紫府」であるが、それは、前句（一七一句）中の詩語「黄埃」の対語となっていて、両者は、「黄」と「紫」とで色対を形成していることになっている。意味的には、「黄埃」のそれが塵埃にまみれた俗界との意であるのに対して、「紫府」のそれは、仙人のいる神聖な場所との意であり、両者は対比的な場所を指示していることになっている。「紫府」の用例としては、「天上ニ到ルニ及ビ、先ヅ紫府ニ過ギル。金牀・玉几ハ、晃々昱々トシテ、真ニ貴キ処ナリ。仙人ノ但ダ流霞一盃ヲ以テ我ニ与ヘテ之ヲ飲マシムレバ、輒チ飢渇セズ。」（及レ到二天上一、先過二紫府一。

金牀玉几、晃々昱々、真貴処也。仙人但以二流霞一盃一与レ我飲レ之、輒不二飢渇一。）《『抱朴子』内篇・巻二〇「袪惑」》との一文などに見えている（「仙人」との熟語も共にそこには見えている）。本句（一七二句）中の「紫府」の場合には、神仙の居処の意から転じ、紫宮・紫禁・紫宸に通じていて、そこでは天子の居処の意となっている。「仙」とは、その「紫府」に居住する仙人のこと。前句（一七一句）中の詩語「俗」（俗人）の対語で、ここでは、転じて、天子（天皇及び上皇）のことを指示していることになる。

上述したように、前々聯（一六七・一六八句）と前聯（一六九・一七〇句）との場合には、意味内容上、後者が前者を継承していることになっているが、本聯（一七一・一七二句）の場合には、意味内容上、その前二聯とは、これは明白な差異を有していることになっている。前々聯のそれが作者の右大臣としての公務に奉仕する様子、前聯のそれが作者の右大将としての公務に奉仕する様子についての詠述であるのに対して、本聯のそれは、そうした右大臣・右大将としての公務を離れた、いわゆる、余暇としての時間を作者がどのように過ごしたのか、そのことについての詠述となっているからなのである。前二聯と本聯との対比、それは公務の時間と余暇のそれとの対比ということになるだろうが、余暇の時間を過ごす場合にあっても、作者は、本聯の詠述によると、世俗界の人との接触をあっさりと断ち切り（前句）、神仙界の人との接触のことを念頭に置いて、常に威儀を正し続けた（後句）のだという。右大臣・右大将として公務の時間を過ごす場合ならば、世俗界の人との接触などはもとより考えに入れる必要はないだろうし、その場合ならば、神仙界の人との接触のために威儀を正して奉仕することなどは、むしろ、当然でなければならないはずだろう。それが余暇の時間であるからこそ、世俗界の人との接触も有り得ることになるわけだし、威儀を崩すことにも繋がるわけなのだ。しかし、そうした余暇の時にあっても、作者は、敢えて、俗人界の人との接触を断ち切り、神仙界の人との接触のことを念頭に置いて威儀を保ち続けた、とここでは詠述しているに違いない。作者は、公務の場合は勿論のこと、余暇の場合にも、神仙界の人との接触のことを常に念頭に置いて、気を緩めることが無かったことになる。

ところで、本聯の後句（一七二句）に当たる本句の内容を直接的に継承しながら、それを具体的に詠述しているのが、後聯（一七三・一七四句）の前・後句ということになっている。すなわち、公務を離れた余暇の時間でありながら、なおも、宮中においては、神仙界の人と接触する機会を有することになり、作者自身が改めて威儀を正してうやうやしく奉仕することになったとされる、そうした機会の具体例が、その後聯の前・後句において提示されることになっているのである。その前句「桜花ノ通夜ノ宴ニシテ」（桜花通夜宴）〈一七三句〉中の詠述内容といい、そして、その後句「菊酒ノ後朝ノ筵ナリ」（菊酒後朝筵）〈一七四句〉中の詠述内容といい、それらは、共に宮中で開催された作文会の宴席のことを指示しているわけなのだ。と言うことは、つまり、公務を離れた余暇の時間でありながら、作者がなおも、宮中において神仙界の人との接触する機会を有することになり、改めて、威儀を正してうやうやしく奉仕することになったとの、本聯の後句（一七二句）中の詠述内容は、まさしく、宮中で開催された作文会に彼自身が参列した事実を具体的に指示していることになるはずなのだ。

本聯の後句中の詠述内容と、後聯（一七三・一七四句）の前・後句中のそれらとの密接な対応関係に注目すれば、以上のことが言えるはずなのである。ところで、今、ここで問題にしたいのは、その、後聯の前・後句中に具体的に指示されている宮中の作文会の主催者についてなのである。何故か。その両度の作文会の主催者こそが、本聯の後句（一七二句）中に見えている詩語「紫府仙」が指示していることになっている、その具体的な人物名ということになるはずだからなのである。詳細は後聯の前・後句の〔語釈〕に譲ることにするが、道真が右大臣に就任した昌泰二年（八九九）二月十四日以後の、宮中で開催された作文会のうちで、「桜花通夜宴」（一七三句）とのそれに該当するものとしては、同年三月三日に宇多上皇主催による朱雀院柏梁殿での作文会（詩題「惜㆓残春㆒」）が想定可能、同様に、「菊酒後朝筵」（一七四句）とのそれに該当するものとしては、昌泰三年（九〇〇）九月十日に醍醐天皇主催による公宴としての、作文会（詩題「秋思」）が想定可能ということになっている。

なお、昌泰二年三月三日に、宇多上皇の主催による朱雀院柏梁殿での作文会において成立したところの、その道真作の七言絶句は、『菅家文草』〈巻六〉中にも「三月三日ニ、朱雀院柏梁殿ニ侍シ、残春ヲ惜シム。各一字ヲ分ケ、太上上皇ノ製ニ応ズ。探リテ浮ノ字ヲ得タリ。并ビニ序。以下ノ十三首ハ、右丞相ノトキノ作。」（三月三日、侍二朱雀院柏梁殿一、惜二残春一。各分二一字一、応二太上上皇製一。探得二浮字一。并序。以下十三首、右丞相作。）との詩題で見えているし、同様に、昌泰三年九月十日に、醍醐天皇の主催による公宴での作文会において成立したところの、その道真作の七言律詩は、『菅家後集』中にも「九日ノ後朝ニ、同ジク秋思ヲ賦シテ、制ニ応ズ。」（九日後朝、同賦二秋思一、応レ制。）との詩題で見えている。

以上の想定に従えば、後聯（一七三・一七四句）の前・後句において詠述されている両度の作文会の主催者は、まさしく、宇多上皇と醍醐天皇の両人ということになるわけなのである。ということは、本聯の後句（一七二句）中に見えている詩語「紫府仙」が指示していることになっている、その具体的な人物名も、その両人ということでなければならないだろう。右大臣・右大将としての公務を離れた余暇の時にあっても、道真は、宮中での作文会の席上において、改めて威儀を正して宇多上皇と醍醐天皇とにうやうやしく奉仕したのであった。

ちなみに、この点は上述したはずであるが、詩語「紫府仙」（一七二句）の方も宇多上皇と醍醐天皇との両人を具体的な指示対象としていると見なすことにすると、その対語としての「黄埃俗」（一七一句）の方もまた、対比上からして、その具体的な指示対象は二人ということにならなければならないだろう。公務中にあっては、当然のことに、「黄埃俗」との接触は有り得ないはずだろう。しかして、そうした公務から解放された後の、余暇の時間を過ごす場合にあっても、当時の作者は、世俗界の人との接触はあっさりと断ち切ることにしていたというわけなのだ。それでは、その、あっさりと断ち切る指示対象となったとされる「黄埃俗」とは、そこでは、具体的に誰のことを指示しているのだろうか。

その解答案の一つとして、未詳ながら、詩語「脱レ屣」（一七一句）の用例として取り上げた、『前漢書』〈巻二五上「郊祀志」〉中の一文「是ニ於イテ、天子曰ク、嗟乎、誠ニ黄帝ノ如キヲ得バ、吾モ妻子ヲ去ルヲ視ルコト脱屣ノ如クセンノミト。」（於レ是、天子曰、嗟乎、誠得レ如二黄帝一、吾視レ去二妻子一如二脱屣一耳。）に注目すべきであるとし、「屣ヲ脱グガゴトクニス黄埃ノ俗」（脱レ屣黄埃俗）〈一七一句〉中の詩語「黄埃俗」とは、その「視レ去二妻子一」の代替表現ではないのかと想定してみることにしたわけなのである。こうした想定に従えば、確かに、「黄埃俗」の方も、その具体的な指示対象は「妻」という存在と「子」という存在、すなわち、二つの存在であるということになっていて、「上皇」という存在と「天皇」という存在との二つを具体的な指示対象にしている「紫府仙」の、その対語としては、大いに相応しいことになるように思えるが、どうなのであろうか。ちなみに、以上の想定に従うとしても、道真の「脱レ屣」の場合には、それは「妻」と「子」という両存在との接触を全く断ち切ったということであるよりも、その両者を公私の生活上においてなるべく遠ざけるようにしたとの意ということにしなければならないだろう。

（47）**桜花通夜宴**　「桜花ノ通夜ノ宴ニシテ」と訓読し、（公務の余暇にあって、なおも、襟元をきちんと交え整え合わせるかのように威儀を正し、うやうやしく神聖な宮中におわす仙界の方々に近侍したということで言えば、例えば）桜花を愛でた（宇多上皇主催の昌泰二年三月三日の）夜通しの宴席の時がそうであったし、との意になる。

本聯（一七三・一七四句）の前句に当たる本句は、その後句に当たる次句「菊酒ノ後朝ノ筵ナリ」（菊酒後朝筵）と共に、前聯（一七一・一七二句）の後句「襟ヲ交フルガゴトクニス紫府ノ仙」（交レ襟紫府仙）の意味内容を継承し、密接な対応関係を有することになっている。すなわち、前聯の後句の意味内容に即して、二つの具体例がここでは提示されていて、本聯の前句に当たる本句がその具体例の一つを、そして、その後句に当たる次句がもう一つの具体例を提示していることになるわけなのだ。本聯の前・後句に提示されているその二つの具体例とは、前聯の後句との関連から言って、もとより、共に宮中で開催された宇多上皇、もしくは醍醐天皇主催の作文会の宴席ということになるはずで、それらは時期的には、道真が右大臣兼右大将に就任した昌泰二年（八九九）二月十四日以後に、そして、彼が大宰権帥に左遷された延喜元年（九〇一）一月二十五日以前に開催されたところの、そうした宮宴（作文会）でなければならないだろう。

『日本紀略』『菅家文草』『菅家後集』の記述によれば、以上の期間中に開催された宮宴（作文会）は、一応は、以下の都合七回ということになっている。

1、昌泰二年三月三日開催の朱雀院柏梁殿詩宴（詩題「惜二残春一」）。宇多上皇主催。詩序は右大臣（道真）《『紀略』同日条・『文草』巻六》。

2、同年七月七日開催の朱雀院詩宴（詩題「浮雲動二別衣一」）。宇多上皇主催《『紀略』同日条》。

3、同年九月九日開催の南殿重陽詩宴（詩題「菊散二一叢金一」）。醍醐天皇主催《『紀略』同日条・『文草』巻六》。

4、同年九月尽日（三十日）開催の残菊詩宴（詩題「残菊」）。宇多上皇主催《『文草』巻六》。

5、昌泰三年正月□日開催の内宴（詩題「香風詩」）。醍醐天皇主催《『紀略』同月条・『文草』巻六》。

6、同年九月九日開催の重陽詩宴（詩題「寒露凝」）。醍醐天皇主催《『紀略』同日条・『後集』》。

7、同年九月十日開催の公宴（詩題「秋思」）。醍醐天皇主催《『紀略』同日条・『後集』》。

以上の七回の、宮中開催の作文会のうちで、本聯（一七三・一七四句）の前句に当たる本句「桜花通夜宴」が詠述しているその内容と正しく適合するものとしては、やはり、昌泰二年三月三日開催の朱雀院柏梁殿詩宴（宇多上皇主催）を選ばないわけにはいかないだろう。それは、道真が右大臣兼右大将に就任した直後の、それこそ、就任して最初の宮宴（作文会）への参列となっているわけなのであり、しかも、その宴席においては、彼は序者にも抜擢されているわけなのだ。当時における、この上なく思い出深い作文会ということで、その1の宮宴（作文会）が本聯の前句（一七三句）において詠述されていると見るわけなのであるが、ところで、詳細は改めて後述することにするが、そうした前句の対句として、対比的に配置されているところの後句「菊酒後朝筵」（一七四句）、これの詠述は、以上のうちの何番目の宮宴（作文会）ということになるのであろうか。

結論から言えば、それは、その7の宮宴（作文会）を指示した詠述と見ないわけにはいかないことになっている。昌泰三年九月十日開催の「公宴」（詩題「秋思」・醍醐天皇主催）のそれということになるが、道真の当日に作成した七律の詩題が、「九日後朝、同賦二秋思一、応レ制。」に作られていることからしても、そのように結論付けないわけにはいかないだろう。ということになれば、本聯の前・後句中に詠述されている宮宴（作文会）は、前句がその1、後句がその7に該当することになり、道真が右大臣兼右大将に就任してから以後の、そして、彼が大宰権帥に左遷される以前の、その期間中に宮中で開催された七回にわたる作文会のうちの、それこそ、最初と最後のそれということになるわけなのである。しかも、前句のそれが宇多上皇主催、後句のそれが醍醐天皇主催ということになっている。上皇の主催するものと天皇の主催するものとを、ここでは、敢えて、一つずつ選んでいることになるわけなのだ。時期的な選択といい、主催者の選択といい、本聯の前・後句における対句構成は、確かに、内容的に見事な対応関係を提示していて、大いに意図的な対比と言えるはずなのである。

さて、本句「桜花通夜宴」についてであるが、それは「桜花を愛でた（昌泰二年三月三日開催の）夜通しの宴席」との意であって、その宴席において行われた作文会のことを指示していることになっている。具体的には、ここでは、上述したように、昌泰二年三月三日開催の朱雀院柏梁殿詩宴（詩題「惜二残春一」）のことを指示していると見なければならないだろう。まさしく、それは宇多上皇の主催による作文会となっていて、参列した道真にとっては、自身が同年二月十四日に右大臣兼右大将に就任してからわずか半月ほどしか経過していない時期の、それこそ、就任直後の宮宴ということになっている。確かに、『菅家文草』〈巻六〉所収の、当日作成の道真詩の題下注にも「以下十三首、右丞相作。」に作られている。右大臣就任以後に作成したとされる彼の十三首の作品がそこに配列されているが、同年三月三日に作成された五律は、まぎれもなく、一連の詩群の冒頭に配置されている。

当日の宴席において道真は序者に抜擢され、「三月三日、池ノ上(ほとり)ニ宴ス。蓋(けだ)シ古(いにしへ)ノ曲水(きょくすい)（曲水宴）ヲ思フナラン。柏梁（柏梁殿）ヲ構(かま)ヘテ以テ蘭亭(らんてい)（晋の王羲之が開催した蘭亭の集い）ヲ撥(ひら)キ、華林(くわりん)（魏代の洛陽城内にあった華林園のこと）ヲ問ヒテ拱木（ひとかかえもある太さの樹木）ヲ栽ウ。皆是レ閑放ヲ好ミテ無為ヲ楽シミ、風月ヲ詠ジテ時節ヲ重ンズルノ、致ス所ノ義ナリ。請フラクハ各一字ヲ分カチテ、将ニ残春ヲ惜シマントセンコトヲ、爾カ云フ。謹ミテ序ス。」（三月三日、宴㆓于池上㆒。蓋思㆓古之曲水㆒也。構㆓柏梁㆒以擬㆓蘭亭㆒、問㆓華林㆒而栽㆓拱木㆒。皆是好㆓閑放㆒楽㆓無為㆒、詠㆓風月㆒重㆓時節㆒之、所㆑致之義也。請各分㆓一字㆒、将㆑惜㆓残春㆒、云㆑爾。謹序。）〈『菅家文草』巻六〉との序文をものしたことになっている。当日の宴席が三月三日という日時、その上、池水のほとりという場所で開催されたとの理由で、それは、曲水の宴や蘭亭の集いに準えられているわけであるが、ここでは、魏代の華林園に準えて、宇多上皇の朱雀院の庭園に「拱木」が移植されていたという、その記述に注目することにしたい。

「拱木」とは、ひとかかえもある太さの樹木の意であるが、ここではどのような樹木のことを指示していることになるのであろうか。朱雀院の庭園を魏代の洛陽城内にあった華林園に準えることにした結果、その「拱木」は、朱雀院の庭園に移植されることになったのだとされている。華林園は、もとの、後漢時代の芳林園を魏代に改名したものであるが〈『魏志』「文帝紀」延康四年九月条注〉、庭園の名称に付されている、その「芳林」といい「華林」といい、それらは共に春の樹木のことを指示した名称ということになっている。『梁元帝纂要』中には、「春木ヲ華樹ト曰ヒ、亦タ芳林ト曰フ。」（春木曰㆓華樹㆒、亦曰㆓芳林㆒。）に作っており、それに従えば、「芳林」は言うまでもなく、「華林」もまた春の樹木のことを指示していることになるだろう。つまり、あくまでも、華林園に準えて「拱木」を移植したことになっているからには、その、移植したとされる「拱木」たるや、もとより、春に花を咲かせる樹木のことでなければならないだろう。

さらに、当日に道真がものしたとされる七絶の転・結両句には、まさしく、「花ノ已ニ凋零シテ鶯ノ又タ老ユルハ、風光ノ人ノ為ニ留マルヲ肯ゼザレバナリ。」（花已凋零鶯又老、風光不㆑肯㆓為㆑人留㆒。）〈『菅家文草』巻六〉との詠述が見えているのである。ここに「花」とあるのは、当然に、朱雀院の庭園に移植された「拱木」、それが咲かせたところのものを指示しているに違いなく、それが、昌泰二年三月三日の作文会当日にはすでに満開の状態を過ぎていて、盛んに花びらを舞い散らせていたことになっている。なお、当日には、鶯も盛りを過ぎた老い声を響かせていたことになっているわけなのだ。鶯の老い声を耳にしながら「拱木」が舞い散らす花びらを目にし、それを惜しんでいる詠述内容となっていることからすれば、当日の宴席が「花宴」（桜花の宴）のそれであったと想定しても、これは間違い無いだろうし、今を盛りに花びらを舞い散らせている「拱木」が桜の樹木のそれであったと想定することも、これは許されていいだろうと思う。

　宇多天皇は寛平八年（八七六）に朱雀院を新造し、同九年七月に譲位するや、昌泰元年（八九八）二月十七日には朱雀院に居を移し、延喜二年（九〇二）までそこを上皇の仙洞御所としたことになっている《『平安時代史事典』》。昌泰二年三月三日の作文会の開催は、宇多上皇が朱雀院に居を移してから、まさに、ほぼ一年後ということになっているわけであるが、その上皇が、以前から特別に桜花を愛好していたことは、例えば、「承和ノ代（八三四―八四八・仁明朝）ニ、清涼殿ノ東ニ三歩ニ、一ノ桜樹有リ。樹ハ老イテ代モ亦タ変ズ。代ノ変ジテ樹モ遂ニ枯レヌ。先皇（光孝天皇）ノ駁暦（即位）ノ初メ、事ハ皆承和ヲ法則トスレバ、特ニ樹ヲ種ウルヲ知ル者ニ詔シテ、山木ヲ移シテ、庭実（庭園の植木）ニ備ヘシム。移シ得テノ後、十有余年ニシテ、枝葉ハ惟レ新タニ、根荄モ旧ノ如シ。我ガ君（宇多天皇）ハ春ノ日ニ遇フ毎ニ、花ノ時ニ及ブ毎ニ、紅艶ヲ惜シミテ以テ叡情ヲ叙べ、薫香ヲ翫ビテ以テ恩盻（恩顧）ヲ廻セリ。」（承和之代、清涼殿東二三歩、有㆓一桜樹㆒。樹老代亦変。代変樹遂枯。先皇駁暦之初、事皆法㆓則承和㆒、特詔㆓知㆑種㆑樹者㆒、移㆓山木㆒、備㆓庭実㆒。移得之後、十有余年、枝葉惟新、根荄如㆑旧。我君毎㆑遇㆓春日㆒、毎㆑及㆓花時㆒、惜㆓紅艶㆒以叙㆓叡情㆒、翫㆓薫香㆒以廻㆓恩盻㆒。）《『菅家文草』巻五「春、惜㆓桜花㆒、応㆑製一首。并序。」》との一文中にも指摘されている通りなのである。春の季節、それも桜花が咲く頃になると、宇多天皇は臣下を招いて作文会を主催するのが常であったということになっている。

　朱雀院の新造に際して、宇多天皇が愛好する桜の「拱木」をその庭園に移植することにしたとの想定も、あるいは、春の季節、その「拱木」が花を咲かせる頃に、さらに、花びらを舞い散らせる頃に臣下を招いて作文会を主催することにしたとの想定も、これらは、可能性としては十分に有り得るはずなのだ。例えば、上記の、道真作の序文中の記述によれば、宇多天皇は、祖父の仁明天皇の頃に清涼殿の東側にすでに存在し、父の光孝天皇によって改めてそこに移植された桜の樹木をこの上なく愛好し、その花の、あでやかな美しい紅色と清く芳しい香りとを大いに楽しんだことになっている。と言うことは、宇多天皇の、清涼殿の東側に移植された桜の樹木に対する強い愛好心は、祖父の仁明天皇から始まり、父の光孝天皇を経由してはっきりと継承されたところの、いわゆる、三代にわたる、伝統に裏打ちされた心情であったと認めていいことになるのではないだろうか。単に、宇多天皇の個人的な愛好心だけではなかったはずなのだ。宇多天皇が朱雀院の新造に際して、または、そこを仙洞御所にするに当たって、三代の伝統に従い、とりわけ、父の事績に従って桜の「拱木」をその庭園に移植させることにしたのではないかとの想定については、それは大いに有り得ることとして、むしろ、当然視すべきではないだろうか。今は、そうした想定に従うことにする。

以上の想定に従うならば、昌泰二年三月三日当日の朱雀院柏梁殿詩宴（詩題「惜二残春一」）の開催目的は、参列者の一人であって、しかも、当日の作文会の序者にも抜擢されている道真の、以上のような序文の記述内容、および、以上のような七絶の転・結句の詠述内容に従うならば、その宴席は、内容的には、朱雀院の庭園に移植した桜の、その「拱木」が今を盛りに花びらを舞い散らせている、そうした美しい景色を観賞すると共に、残り少なくなった春を惜しむために設けられたもの、すなわち、「花宴」（桜花の宴）のためのそれであったと見ていいことになるはずなのだ。本聯の前句に当たる本句（一七三句）中に詠述されている、「桜花通夜宴」との宴席がその柏梁殿詩宴のことを指示していると想定するのは、そのためなのである。当日の柏梁殿詩宴が、内容的には、桜花の宴席であったということになれば、確かに、作者がその宴席を「桜花通夜宴」と詠述することにした理由についても、十分に説明が付くだろう。例えば、本聯の前句に当たっている本句と、その後句に当たっている次句「菊酒後朝筵」（一七四句）とは、もとより、互いに対句構成を形作る必要があるわけなのであり、そのためには、それぞれの対語を対比的に配置しなければならないことになるはずなのだ。詩語としての「桜花」と「菊酒」、「通夜」と「後朝」、「宴」と「筵」とをそれぞれ密接に対応させる必要上から、作者は当日の柏梁殿詩宴を、内容面から、「桜花通夜宴」と見なすことにし、改めて、そのように詠述することにしたのだろう。

「通夜宴」とは、夜を徹して開かれる宴席の意。「通夜」は、夜通し・夜もすがら。通夕・通宵とも。用例「時ニ慮ル所有レバ、乃チ通夜瞑セザルニ至ル。」（時有レ所レ慮、至二乃通夜不レ瞑。）《『文選』「与二呉質一書」曹丕》。楽しみを求めて開催する宴遊などには、例えば、「生年ハ百ニ満タザルニ、常ニ千歳ノ憂ヲ懐ク。昼ノ短クシテ夜ノ長キニ苦シメバ、何ゾ燭ヲ秉リテ遊バザル。」（生年不レ満レ百、常懐二千歳憂一。昼短苦二夜長一、何不二秉レ燭遊一。）《『文選』巻二九「古詩十九首」其一五》との両聯、あるいは、「夫レ天地ナル者ハ万物ノ逆旅ニシテ、光陰ハ百代ノ過客ナリ。而シテ浮生ハ夢ノ如ク、懽ヲ為スコト幾何ゾ。古人ノ燭ヲ秉リテ夜遊ブハ、良ニ以有ルナリ。」（夫天地者万物之逆旅、光陰百代之過客。而浮生如レ夢、為レ懽幾何。古人秉レ燭夜遊、良有レ以也。）《『唐文粋』巻九七「春夜宴二諸従弟桃李園一序」李白》との一文などに言及されている通り、燭台の下で夜を通してそれを行うべきだとの、そうした主張が見えている。

恐らく、そうした伝統的な主張に大きく影響されたからなのであろうが、我が平安朝において開催された宴席、例えば、桜花の宴席なども、しばしば、それは、「通夜宴」として行われたらしいことになっている。道真も過去にそうした桜花の宴席に参列していて、あるいは、「春夜ノ桜花ヲ賦シ、製ニ応ズ。」（賦二春夜桜花一、応レ製。）《『菅家文草』巻五》との詩題を有する七律中において、「紅桜ノ一種ニ意疎ナル無ク、暁ニ向カヒテ猶ホ言フ夜ハ未ダ渠カラズト。」（紅桜一種意無レ疎、向レ暁猶言夜未レ渠。）との一聯を詠述しているし、あるいは、「月夜ニ桜花ヲ翫ビ、各一字ヲ分ケテ、令ニ応ズルノ一首。開ヲ得タリ。」（月夜翫二桜花一、各分二一字一、応レ令一首。得レ開。）《同・巻五》との詩題を有する七絶中において、「応ニ兎魄（月光）ニ因リテ花ノ鰓（月光に照らされた桜の花びらを魚のえらに見立てる）ヲ見ルベク」（応下因二兎魄一見中花鰓上）との起句や、「言フ莫カレ天上ノ桂華（月中に生えているという桂の花）ノ開クカト」（莫レ言天上桂華開）との結句をものしているのである。

まさしく、過去において、桜花の宴席は夜を通して開催されているわけなのだ。昌泰二年（八九九）三月三日当日の朱雀院柏梁殿詩宴（詩題「惜二残春一」）の開催目的が、内容的には、桜花の宴席であったと想定することにしたわけであるが、そのように想定した上でならば、当日の宴席をも、それは、夜を通して開催されたものであったと想定することも可能となるだろうし、「通夜宴」であったと作者がその宴席について詠述することも、十分に有り得ることになるはずなのだ。まして、当日の作文会の詩題が「惜二残春一」とのそれであったわけなのである。「残春」を惜しむべく、夜を通してその宴席は開催されることになった、とのその詩題からも、そのように想定していいように思えるが、どうなのであろうか。

とにかく、道真が右大臣兼右大将に就任することになった昌泰二年二月十四日からすると、同年三月三日の朱雀院柏梁殿詩宴はいまだ一箇月も経過しない、それこそ、就任直後の、最初に開催された宮中の宴席ということになっているわけなのだ。主催者も宇多上皇ということになっている。文字通りに、前聯の後句（一七二句）中に詠述している当時の「紫府ノ仙」（紫府仙）の一人がその宴席の主催者であったわけなのであり、公務の余暇に開催された作文会であったとしても、彼が、まさに、あたかも、襟元を交え合わせるかのようにして（威儀を正してうやうやしく）奉仕したであろうこと、これは間違いないことになるはずなのだ。彼は、当日には、作文会の序者にも抜擢されているのだから。

（48）**菊酒後朝筵。禁中密宴、余毎預レ之。**「菊酒ノ後朝ノ筵ナリ。禁中ノ密宴ニモ、余ハ毎ニ之ニ預レリ。」と訓読し、（公務の余暇にあって、なおも、襟元をきちんと交え整え合わせるかのように威儀を正し、うやうやしく神聖な宮中におわす仙界の方々に近侍したということで言えば、例えば）菊酒を酌んだ（醍醐天皇主催の昌泰三年九月九日の）翌日の宴席の時がそうであった。〔（公式開催の場合は言うまでもないが）宮中において非公式に開催されることになった宴席の場合にも、わたしは毎回参列することを勅許されたものであった。〕との意になる。

「菊酒」とは、「菊花酒」の略で、陰暦九月九日の重陽の節句の際に用いる、菊の花を浸した酒のこと。不祥を払う意味で飲むとされる。用例としては、『西京雑記』（巻三）中にも、「九月九日、茱萸（かわはじかみ）ヲ佩ビ、蓬餌（よもぎで作った食べ物）ヲ食ヒ、菊華酒ヲ飲メバ、人ヲシテ長寿ナラシム。」（九月九日、佩二茱萸一、食二蓬餌一、飲二菊華酒一、令二人長寿一。）

との一文とか、『白氏文集』〈巻五一〉中にも、「須ラク知ルベシ菊酒・登高ノ会ハ、此レヨリ多キモ二十場無カラン。」〈須レ知菊酒登高会、従レ此多無二二十場一。〉〈九月宴集、酔題二郡楼一、兼呈二周殷二判官一。〉との一聯とかが見える。

対語「桜花」が桜花の宴席を指示しているのに対して、「菊酒」は菊酒の宴席（重陽節句）を指示していることになる。「桜」と「菊」、「花」と「酒」との対比は、勿論、春三月と秋九月との、それぞれの宴席の開催時期における、時節的なそれをも指示していることになるだろう。具体的な宴席としては、前者のそれの場合には、昌泰二年三月三日に開催された朱雀院柏梁殿詩宴（宇多上皇の主催）のことを指示している、とすでに見なすことにしたわけであるが、後者のそれの場合には、どういうことになるのであろうか。結論から言えば、昌泰三年九月十日に開催された朝廷の宴席（醍醐天皇の主催）のことをここでは指示していると想定しないわけにはいかないはずなのだ。『日本紀略』によると、その前日の同年九月九日には朝廷において「重陽宴」（詩題「寒露凝」）が開催され、確かに、翌日の十日にも、「公宴」（詩題「秋思詩」）が開催されたことになっているからなのである。さらに、それらの宴席については、『菅家後集』中に、「九日侍レ宴、同賦二寒露凝一、応レ制。一首。」との詩題を有する七律と共に、「九日後朝、同賦二秋思一、応レ制。」との詩題を有する七律も見えていて、道真自身がその両方の宴席に続けて参列していたことも分かっているからなのである。なお、「筵」とは、ここでは宴席の意。韻字（『広韻』下平声・二仙韻・一先韻同用）の一つとして配置されている。

本句（一七四句）中に見えている「菊酒後朝」の宴席は、上記の、「九日後朝、同賦二秋思一、応レ制。」との詩題を有する、そうした七律が成立することになった宴席（昌泰三年九月十日開催の「公宴」）のことを指示しているに違いなく、それは、確かに、「九日後朝」に開催されたことになっているし、その宴席においても、勿論、「菊酒」が供されている。「菊酒」が供されたことは、当日に成立した道真の七律の、その尾聯の後句における、「酒ヲ飲ミ琴ヲ聴キ又タ詩ヲ詠ズ」〈飲レ酒聴レ琴又詠レ詩〉との、そうした詠述を見れば分かる。ちなみに、「九日後朝」の宴席は、一般的には、重陽（九月九日）の宴席が開催された日の、その翌日（九月十日）の夜分に改めて行われることになっていて、開催の理由は、もっぱら、重陽の宴席を慕い惜しむためだとされている。そのことについては、道真自身も、「重陽ノ後、翌日ノ夕、……時ニ、涼気ハ屢動キ、夜漏（夜の水時計）ハ頻リニ移ル。」（重陽之後、翌日之夕、……于レ時、涼気屢動、夜漏頻移。）〈『菅家文草』巻五「重陽後朝、同賦二秋雁櫓声来一、応レ製。幷序。」〉との一文（序文）中において言及しているし、「重陽ヲ追ヒ惜ミテ閑ニ説フ処、宮人ハ怪シミテ問フ是レ漁ノ謳ナルカト。」（追二惜重陽一閑説処、宮人怪問是漁謳。）〈同〉との、その七律の一聯（尾聯）中において詠述しているはずなのだ。

なお、昌泰三年九月十日に開催された「九日後朝」（詩題「秋思」）の宴席の場合も、それは夜分に開催されたことになっており、そのことは、『菅家後集』中に見えている七絶（詩題「九月十日」）中に、「去年ノ今夜清涼ニ侍シ、秋思ノ詩篇ハ独リ腸ヲ断ツ。恩賜ノ御衣ノ今此ニ在レバ、捧ゲ持ツコト毎日余香ヲ拝ス。」（去年今夜侍二清涼一、秋思詩篇独断レ腸。恩賜御衣今在レ此、捧持毎日拝二余香一。）と詠述されていることによっても分かる。「九月十日」との詩題を有するその七絶は、「九日後朝」（詩題「秋思」）の宴席のことを指示して「去年今夜侍二清涼一」と詠述しているわけなのであり、まさしく、昌泰四年（延喜元年）九月十日の夜分に大宰府において成立した作品ということに、それはなるだろう。しかも、その詠述によれば、昌泰三年九月十日の夜分に開催された「公宴」〈『日本紀略』同日条〉は、清涼殿において挙行され、宴席の終了後には醍醐天皇から「御衣」が道真に下賜されたことになっている。

道真の「九日後朝、同賦二秋思一、応レ制。」との詩題を有する、上記の七律の出来映えが素晴らしかったからということになるだろうが、彼は、醍醐天皇から「御衣」をその「公宴」の当日に下賜され、およそ四箇月ほど後に、それを持参して大宰府に向かったことになるわけなのだ。しかも、異郷の地に身を置きながら、彼は、毎日それを押し頂いては移り香を嗅いで、「公宴」当日のこの上ない喜びの思い出に耽っていたことになっている。さらに、一年後の「九月十日」には、改めて、七絶を以上のように詠述せずにはいられなかった道真なのである。彼にとっては、昌泰三年九月十日の夜分に清涼殿で開催された宴席は、それほどに思い出深いものなのであった。それればかりではない。上述した通り、その「公宴」たるや、道真が右大臣兼右大将に就任した昌泰二年（八九九）二月十四日以後、そして、彼が大宰権帥に左遷されることになった昌泰四年（延喜元年）正月二十五日以前に、宮中において開催された都合七回のそれのうちの、まさしく、最終の宮宴となっているわけなのである。と言うことは、それは取りも直さず、結果的に、彼が経験した人生最後の宮宴ということにもなるはずなのだ。そうした点からしても、その「菊酒」の宴席が、大宰府に身を置く彼にとって、とりわけ、思い出深い宴席として強く記憶に残るものとなったと見ていいだろうし、後に、「叙意一百韻」をものするに際して、作者が本聯（一七三・一七四句）の後句中に、その「公宴」を、敢えて、取り上げて詠述せざるを得ない気持になったのも、当然と見ていいだろう。本聯の前句においては、その、都合七回の「公宴」中の、最初のそれを配置し、後句においては、最終のそれを配置しているわけなのであり、対句構成の上からも、まことに見事な対比と言えるだろう。

「禁中密宴」とは、ここでは醍醐天皇の御所および宇多上皇の御所において開催された、表向きでない、私的な宴席、との意。ここの「禁中」が、醍醐天皇の御所を指示すると共に、宇多上皇の仙洞御所（朱雀院）をも指示していることは上述した通り。宇多天皇は寛平九年七月に譲位した後、昌泰元年（八九八）二月十七日に新造の朱雀院に居を移し、延喜二年（九〇二）までそこを上皇の仙洞御所としている（『平安時代史事典』）。すなわち、醍醐天皇と宇多上皇とによって開催された、それぞれの御所を会場とする私的な宴席のことをここでは指示していることになるが、もとより、それぞれの宴席が開催された年月日は、道真が右大臣兼右大将に就任することになった昌泰二年二月十四日以降、そして、彼が大宰権帥に左遷されることになった昌泰四年（延喜元年）正月二十五日以前の、そうした期間内ということになる。

ちなみに、「禁中密宴」との注記が見えていることからしても、本聯（一七三・一七四句）の前・後句に詠述されている、「桜花通夜宴」と「菊酒後朝筵」とのそれぞれの宴席は、共に、御所での私的な宴席を指示していると見ていいだろう。今は、前句のそれが昌泰二年三月三日に開催された、宇多上皇主催の朱雀院柏梁殿詩宴（詩題「残春」）を指示し、後句のそれが昌泰三年九月十日に開催された、醍醐天皇主催の「公宴」（詩題「秋思」）を指示していると見なすことにしたわけであるが、確かに、両方の宴席における開催の形式が、私的な「密宴」のそれと呼ぶべきものであったらしいことは十分に想定出来る。

例えば、宇多上皇主催の朱雀院柏梁殿詩宴（詩題「残春」）の場合にも、当日の宴席において作成された道真の序文中には、「柏梁ヲ構ヘテ以テ蘭亭ヲ撥キ」（構二柏梁一以撥二蘭亭一）との一文が見えていて、その宴席は、晋の王羲之が名士を集めて蘭亭で私的に開催したそれに見立てられているわけなのである。『晋書』〈巻八〇「王羲之伝」〉中にも、「孫綽・李充・許詢・支遁等ハ、皆文義ヲ以テ世ニ冠タリテ、並ビニ室ヲ東土ニ築キ、羲之ト好ヲ同ジクス。嘗テ同志ト会稽山陰ノ蘭亭ニ宴集シ、羲之ハ自ラ之ガ序ヲ為リ、以テ其ノ志ヲ申ブ。」（孫綽李充許詢支遁等、皆以二文義一冠レ世、並築二室東土一、与二羲之一同レ好。嘗与二同志一宴二集於会稽山陰之蘭亭一、羲之自為二之序一、以申二其志一。）との一文が見えている通りで、晋の穆帝の永和九年（三五三）三月三日に開催された「蘭亭会」は、同志四十一人を集めて行なわれたが、あくまでも、それは私的な宴席、すなわち、「密宴」ということになっている。

道真が、朱雀院柏梁殿詩宴をその「蘭亭会」に見立てることにしたのは、両者の宴席が、日程的に「三月三日」に開催されているという、そうした共通点のためであったに違いないであろうが、それればかりではなく、ここではもう一つ、両者が形式的に「同志」だけの私的な集まりとして開催されたものであったという、そうした共通点のためでもあったと考えないわけにはいかないのではないだろうか。道真が当時の宴席を「蘭亭会」に見立てているということは、それが形式的に「同志」だけの私的な集まりであった、すなわち、「密宴」であったということを物語っているに違いない。

次に、昌泰三年九月十日開催の、その「九日後朝」の宴席の場合であるが、こちらの方は、明白に「密宴」であったと想定出来ることになっている。と言うのは、例えば、以前の、寛平三年（八九一）九月十日の宇多天皇主催の「九日後朝」の宴席（詩題「秋雁櫓声来」）に参列した道真がものした当日の序文中にも、「時ニ、涼気ハ屢動キ、夜漏（夜の水時計）ハ頻リニ移ル。詩臣ノ両三人、近習ノ七八輩ハ、請フ各篇ヲ成シテ、以テ備ニ志ヲ言ハムコトヲ。」（于レ時、涼気屢動、夜漏頻移。詩臣両三人、近習七八輩、請各成レ篇、以備言レ志。）〈『菅家文草』巻五「重陽後朝、同賦二秋雁櫓声来一、応レ製。并序。」〉との一文が見えているからなのである。確かに、その時の宴席は「密宴」という形式で開催されている。道真はその当日にものした七律の尾聯中において、「重陽ヲ追ヒ惜ミテ」（追二惜重陽一）〈七句目〉との詠述をものしているが、「九日後朝」の宴席というのは、そもそも、前日の宴席を慕い惜しむために私的に開催されることになっていることからして、必然的に、「密宴」の形式のもとにそれを行わざるを得ないことになるのだろう。昌泰三年九月十日開催の「公宴」（詩題「秋思」）の場合にも、それは、そうした形式のもとに開催されたと見ていいだろう。

　本聯（一七三・一七四句）の前・後句が前聯（一七一・一七二句）との内容上の脈絡のもとに詠述されていて、とりわけ、上述した通り、その後句（一七二句）の内容を本聯の前・後句が直接的・具体的に継承していることになっている。すなわち、その前聯においては、右大臣・右大将としての職務を離れた、当時の道真の余暇における生活信条について詠述していたはずで、一方では、あたかも、履き物を脱ぎ去るかのように（惜しげもなく）塵埃にまみれた俗界の者ども（妻女と子供）を遠ざけるようにしたと言い（一七一句）、もう一方では、あたかも、襟元を交え合わせるかのように（威儀を正してうやうやしく）神聖な宮中におわす仙界の方々（宇多上皇と醍醐天皇）に近侍するようにしたと述べていたはずなのである（一七二句）。

　本聯（一七三・一七四句）の前・後句は、前聯の、その後句（一七二句）中の、公務の余暇にありながらも、神聖な宮中におわす仙界の方々（宇多上皇と醍醐天皇）に改めて威儀を正してうやうやしく近侍したとの、そのような内容を直接的に継承していることになっている。そのために、具体例として、「密宴」の形式で宮中において開催された、一つには、宇多上皇主催の「桜花通夜宴」（一七三句）とのそれを取り上げることにし、二つには、醍醐天皇主催の「菊酒後朝筵」（一七四句）とのそれを取り上げることにしたわけなのだろう。公務の余暇に開催された、それらは、「同志」だけによる私的な宴席ではあったが、神聖な宮中における、上皇及び天皇主催による宴席である以上、あたかも、襟元を交え合わせるかのように、改めて威儀を正して、うやうやしく近侍する必要が道真にはあったはずなのだ。

公務の余暇であったとしても、また、それが「同志」だけによる私的な宴席であったとしても、上皇及び天皇によって宮中で開催されたところの、そうした宴席であるからには、右大臣兼右大将の道真に対しては、当然に「参列せよ」との下命があったことだろうし、彼の方も積極的にそれに応ずる意志を有していたと考えていいだろう。作者が本句（一七四句）の末尾に「禁中密宴、余毎預レ之。」との注記を付しているのは、右大臣兼右大将としての公務に懸命に取り組むと共に、公務を離れた余暇の時間であったとしても、よしんば、それが私的な集まりであったとしても、宇多上皇及び醍醐天皇の主催である以上は積極的にそのような宴席にも参列するように努力したものだ、つまり、当時は、それほどに「神仙」に奉仕することに、公私にわたって全身全霊を傾けたものであったと断言したかったからなのだろう。「密宴」に対しても、そのように積極的に参列を試みた道真なのだ。例えば、「朝儀」としての重陽の宴席などには当然に参列することになったはずで、右大臣兼右大将在任中の、昌泰二年九月九日に南殿で開催されたその宴席（詩題「菊散二一叢金一」）にも、昌泰三年九月九日開催のその宴席（詩題「寒露凝二」）にも、彼の参列は、当日成立の七絶（前者）と七律（後者）とが『菅家文草』〈巻六〉と『菅家後集』とに見えることから、確認出来ている。ただ、上記の、道真の右大臣兼右大将在任中に宇多上皇及び醍醐天皇主催で行われた七回の宴席のうち、その二回目に当たっている、宇多上皇主催の、昌泰二年七月七日の朱雀院詩宴（詩題「浮雲動二別衣一」）については、当日成立の彼の詩作が同書中に見えていないことから、参列の有無を確認することは出来ていないが、当然に、ここでは、参列したと考えるべきだろう。『日本紀略』〈同日条〉の記述に、「太上皇（宇多上皇）ハ文人ヲ朱雀院ニ召シ、浮雲ハ別衣ヲ動カス（詩題）ノ詩ヲ賦セシム。」（太上皇召二文人於朱雀院一、令レ賦下浮雲動二別衣一之詩上。）に作っていて、当日の「七夕」の宴席が、文人を朱雀院に招いて開催されたことになっているからなのである。当時の文人を代表する道真が、それも、宇多上皇の主催する宴席に参列しなかったとは、やはり、到底思えない。

【評　説】

第五段落（一二七―一七四句）の都合四十八句二十四聯における韻字については、巓[134]・前[144]・年[152]・堅[154]・淵[164]・賢[166]の六字が『広韻』〈下平声・一先韻〉に所属していて、愆[128]・躔[130]・伝[132]・蟬[136]・円[138]・鍵[140]・攣[142]・湲[146]・延[148]・連[150]・鮮[156]・専[158]・銓[160]・纏[162]・鉛[168]・泉[170]・仙[172]・筵[174]の十八字が同書〈下平声・二仙韻〉に所属している。もとより、両韻目は同用となっているから、本段落も「一韻到底」が厳守されていることになる（各韻字の右横の算用数字はその句の順番を指示）。また、第五段落の平仄を一覧表にして図示すれば次の通りということになる（横の漢数字は句の順番を、縦の算用数字は句の語順を指示。○印は平声、×印は仄声、◎印は平声で韻字となっていることを指示。）。

	1	2	3	4	5
一二七	×	×	○	○	×
	○	○	×	×	◎
	○	○	○	×	×
一三〇	×	×	×	○	◎
	×	×	○	○	×
	○	○	×	×	◎
	×	○	×	×	×
	×	×	×	○	◎
一三五	×	×	○	○	×
	○	○	×	×	◎
	×	○	○	×	×

	1	2	3	4	5
	○	×	○	○	×
	×	○	○	×	◎
	×	○	○	×	×
	○	×	×	○	◎
一五五	×	×	○	○	×
	○	○	×	×	◎
	○	○	×	×	×
	×	×	×	○	◎
	×	×	○	○	×
一六〇	○	○	×	×	◎
	○	○	○	×	×

×××○◎
××○○×
一四〇 ○○××◎
×○○××
○××○◎
××○○×
○○××◎
一四五 ○○○××
×××○◎
○×○○×
×○○×◎
○○○××
一五〇 ×××○◎

×××○◎
××○○×
○○××◎
一六五 ○○○××
○××○◎
××○○×
○○××◎
○○○××
一七〇 ×××○◎
××○○×
○○××◎
○○○××
一七四 ×××○◎

第五段落における、以上の平仄一覧表のうちで、既述したように、意をもって平仄を改めた箇所が三つある（※印を付して指示）。もとより、それは近体五言長律詩としての「平仄式」を厳守するためなのであり、原詩中の、その三箇所の漢字を意をもって書き改めることにしたのも、まさしく、そのためなのである。一二八句の上から二字目のそれの場合には仄声の「気」（氣）字を平声の「氛」字に、一五三句の上から四字目のそれの場合には平声の「営」（營）字を仄声の「学」（學）に、一五七句の上から四字目のそれの場合には平声の「枝」字を仄声の「杪」字に書き改めることにしたのは、もっぱら、「粘法」「二四不同」の大原則を厳守する必要があったからなのだ。以上の三箇所の中でも、最も注目しなければならないのは、一五三句「×○○××」とのそれであろう。というのは、底本及び内以下の諸本に見えている原詩では、「却リテ尋ヌ初メテ営仕セシコトヲ」（却尋初営仕）との一句にそれが作られているからなのである。上記〔語釈〕(27)において詳述したように、「営」（營）字にそれを作る場合には、それが平声（『広韻』下平声・一四清韻）字ということになっているから、底本以下に従う場合には、その一句の平仄は「×○○○×」とならざるを得ないことになるはずなのである。その場合には、近体詩の「平仄式」における大原則の一つとされる、いわゆる、「二四不同」のそれを犯すことになってしまい、本詩「叙意一百韻」は近体五言長律詩としての資格をそれによって失わざるを得ないことになるわけなのだ。

原作者の道真自身がそうした誤りを犯したということは、これは、やはり考えられないはずで、そうである以上、後世における書写の段階での、それは誤写と見なさないわけにはいかないだろう。今は、仄声字としての「学」（學）（『広韻』入声・四覚韻）が本来的にはそこに配置されていたはずだと想定することにしたわけであるが、そのように想定することにした理由に、大きく言って三つあることは既述した通り。一つには、両字の旧字体の字形、とりわけ、草書体にそれを作った場合には両字形の間に類似性が大いに認められるためなのであり、二つには、「学」（學）字は、もとより、仄声字となっていて、それを替えて配置するならば、それによって、「二四不同」の大原則が厳守されるためなのであり、そして、三つには、「学仕」に作る場合には、対語である「鑽堅」との間に内容・出典上において密接な関連性が認められるためなのである。その詳細については、上記〔語釈〕(27)を参照のこと。

以上の平仄一覧表のうちで、次に注目しなければならないのは、一三三句「×○×××」（帯寛泣紫毀）と一五七句「○○×××」（東堂一杪折）との両句のそれであろう。前者には、一つの「孤平」と「下三仄」とが、後者にも、「下三仄」が認められるからなのである。ただ、両句のそれの場合には、共に「粘法」及び「二四不同」の大原則は厳守されているし、「下三仄」を共に犯していることにはなっているが、「下三平」を犯すことに比べて、それほど避けなければならなかったとは考えられていなかったとされているから〈小川環樹著『唐詩概説』一〇九頁〉、両句における「下三仄」の存在についても、ここでは、取り立てて問題視しないことにしたい。

ただ、後者の「下三仄」についてであるが、上述のように、その一句は底本及び内以下の諸本によると、「東堂ニハ一枝ヲ折リヌ」（東堂一枝折）〈○○×○×〉とのそれに作られていることになっている。平声の「枝」（『広韻』上平声・五支韻）字がその句の上から四字目に配置されていることになるわけなのだ。確かに、その場合には、「下三仄」は、これは避けることになるだろうが、「孤平」一つを犯すことになるし、何よりも、それでは「二四不同」の大原則を犯すことになってしまうはずなのである。その句の上から二字目に配置されている、それが平声字になっているのは、「粘法」の大原則を厳守しているからなのであり、そこに「堂」（同・下平声・一一唐韻）字が配置されているのは、もとより、十分に納得出来る。そうであれば、その句が「二四不同」の大原則を厳守するためには、その句の上から四字目には、必ずや、仄声字が配置されなければならないことになるだろう。

例えば、草書体の類似性の故に、仄声の「杪」（『広韻』上声・三〇小韻）字が平声の「枝」字に、後世において誤写されてしまったのではないだろうか。「杪」字であるならば、同書中にも、「梢也。木末也。」との意味が指示されていて、「枝」字のそれと、意味的には大差がないことになっている。本句中における「枝」字が「杪」字の誤写であろうと、そのように想定するに至ったのはそのためなのであるが、もう一つ、上記の〔語釈〕（31）において既述したように、道真自身が、「冬日、賀㆓船進士登科㆒、兼感㆓流年㆒。」（『菅家文草』巻一）との詩題でものした七律の、その第五句目「席上ニ伝ヘ看ル紅桂ノ杪」（席上伝看紅桂杪）〈××○○○××〉の末尾に、平声である「枝」字の代替に仄声の「杪」字を実際に配置しているためなのである（近体詩の「平仄式」においては、奇数句の末尾には仄声字を配置することになっている。）。詳細は、上記の〔語釈〕（31）を参照のこと。

一方、一三三句「×○×××」（帯寛泣㆓紫毀㆒）中に見えている「孤平」の存在については、理由は未詳。「孤仄」を犯すことに比べて、「孤平」を犯すことは固く戒めるべきだとされているが〈同『唐詩概説』一〇九頁〉、本句中のそれの存在の理由は未詳である。まさしく、「帯」字も仄声（『広韻』去声・一四泰韻）、「泣」字も仄声（同・入声・二六緝韻）となっていて、「寛」字の平声（同・上平声・二六桓韻）を挟み込む位置に両者は配されている。

なお、第五段落の平仄一覧表中において、別の意味で注目しなければならないと思うのは、一五五句「××○○×」（射毎占二正鵠一）とのそれであろう。というのは、今は、上から三字目に配置されている、「占」字の平仄について問題視しようと思うからなのである。この一句も「粘法」「二四不同」の大原則は厳守されていて問題は無いが、弓の的の中心との意を有する「正」字が平声（『広韻』下平声・一四清韻）となっていて、それが、上から三字目に配置されている「占」字（同・下平声・二四塩韻と去声・五五艶韻との両韻目あり）と、弓の的の中心との意を有する、同じく仄声（同・入声・二沃韻）の「鵠」字とに挟み込まれる位置に配されていることになっているわけなのである。もしも、ここの「占」を仄声字と見なすならば、本句の平仄上の配置は「×××○×」となり、一つの「孤平」を犯すことになるはずなのだ。反対に、ここの「占」を平声字と見なすならば、既述のように、本句の平仄上の配置は「××○○×」となるはずで、その場合には、「孤平」を犯すこともなくなり、さらには、次句の一五六句「○○××◎」（烹寧壊二小鮮一）との間において、平仄の位置が互いに逆となって対比され、本聯の前・後両句としての、平仄上の密接な対応関係をも有することになるはずなのである。

仄声の「占」字の場合には、『広韻』中にも「占、固也。」に作っているように、その訓は「しむ」（占める）となり、それは、しっかりと自分のものにする（独占する）との意を有することになる。その結果、一句としての意味は、弓射の試合の時には常に的の中央を射抜いたものであった、とのそのようなものとなるだろうし、さらに、そこから転じたところの、（大学寮および式部省における寮試や省試などの）試験という試験の際には常に及第を勝ち得たものであった、とのそのようなものとなるだろう。一方、平声の「占」字の場合には、『広韻』中にも「占、視兆也。」に作っているように、その訓は「うかがふ」（占う）となり（「覘」字に同じ）、それは、ある状態になるのをひそかに待つ（目指す）との意を有することになる。その結果、一句としての意味は、弓射の試合の時には常に的の中央を射抜くことをひそかに目指したものであった、とのそのようなものとなるだろうし、さらに、そこから転じたところの、（大学寮および式部省における寮試や省試などの）試験という試験の際には常に及第を勝ち得ることをひそかに目指したものであった（結果は常に目指した通りとなった）、とのそのようなものとなるだろう。「占」字を平声・仄声のどちらのものとして作者が配置しているのか、そのことに従って本句の意味は多少の差異を、以上のように生じることになるはずなのだ。今は、その句中の「孤平」を避けるべく、「占」字を平声のそれとして配置していると見なすことにしたい。

　上記の平仄一覧上について、もう一つだけ付け加えるならば、一六八句「○○××◎」（操レ刀慎レ欠レ鉛）の場合、その冒頭に配置されている平声字の「操」（『広韻』下平声・六豪韻）が、底本及び新本には仄声の「採」字（同・上声・一五海韻）に作られている点なのである。仄声の「採」が配置されていることになれば、それは、結果的に、一六八句「×○××◎」との平仄を有することになり、「孤平」一箇を犯すことになるわけなのだ。ここは、平仄上から言って、やはり、「広兼本」及び内松桑文日の諸本に従って平声の「操」字に作るべきであろう。『広韻』にも、「操、持。」に作っており、「操」には、もとより、「もつ」との訓があることになっているからなのだ。

　さて、次に、第五段落（一二七―一七四句）の都合二十四聯四十八句を内容的に概観してみることにしよう。最初の意味上の纏まりとなっている六聯十二句（一二七―一三八句）では、大宰府において初めて迎え、そして、送ることになった秋の季節、それをどのような心境で迎え、また、どのような心境で送ることになったのか、それらの心境について作者は詠述している。内容的には、この六聯十二句はさらに四つの小さな纏まりに細分化出来るように思う。その一つ目（一二七・一二八句）の小纏まりにおいては、夏の暑苦しさと煩悩とが少しずつ消えていき、初秋七月の到来を知らせる涼気を肌で感じると共に、精神的にも少しく平静さを保つようになったとの、そうした内容が述べられている。

　一つ目の、そうした内容を直接的に継承しているのが、その二つ目（一二九―一三二句）の小纏まりということになるだろう。涼しさを触覚を通して感じ取り、それによって知ることになった初秋七月の到来を、作者は天上界の星座の動きと地上界の人間社会の動きとにおいて再確認することになるわけなのだ。前半の一聯（一二九・一三〇句）においては、星座が正しく動いて初秋七月の到来をはっきり指示しているとの、そうした内容が述べられ、後半の一聯（一三一・一三二句）においては、初秋七月の到来を迎えた人間社会の人事環境が、歳時記上の記載通りにますます険悪なものとなり、故郷の妻からの便り(たよ)も、もはや手元に届かなくなってしまっているとの、そうした内容が詠じられている。初秋七月の到来による出来ごとが二つ、一つは天上界の星座の変化、もう一つは地上界の人間社会の変化が取り上げられ、ここでは、前半部の自然と後半部の人事との対比が明白に意図されていると言えるだろう。

その後半部の人事的な出来ごと（地上界の人間社会の動き）、すなわち、故郷の妻からの便りがもはや手元に届かなくなってしまった、との内容を直接的に継承しているのがその三つ目（一三三―一三六句）の小纏まりと見ていいことになるはずなのだ。

初秋七月の到来が夏の暑苦しさと煩悩からの解放、そして、その涼気が少しく精神的な平静さをも作者に約束して、彼の喜びをいくらかは招来したであろうこと、その点は間違いない事実であろうが、そうした喜びの季節の到来は、他方では、作者自身にその秋の季節特有の人恋しい気持をより強く抱かせ、彼をより一層悲しませ、寂しい気持にさせるようにしたはずなのだ。より一層の悲しみと寂しさとを抱かせたこと、その点も間違いない事実であろう。なんとなれば、大宰府という、遠い異郷の地に身を置いて、秋を迎えることになっているわけなのだから、彼の場合には。人恋しい気持をより強く抱くことになった彼が、より一層強く望郷の思いを募らせ、より一層激しく故郷の家族に思いを募らせるようになったであろうこと、その点は容易に想定できる。まさに、そのような時期に重なっているわけなのだ、歳時記〈『礼記』「月令篇」孟秋之月〉に記載されている通りの、人間社会の人事環境上の険悪さによって、彼の手元に故郷の妻からの便りがもはや届かなくなってしまったという、そうした状況が。

ここの三つ目の小纏まりが、前の二つ目の小纏まりのうちの、その後半部の人事的な変化、すなわち、故郷の妻からの便りがもはや手元に届かなくなってしまった、とのそうした事実を直接的に継承していると見ていいだろう。特に、前聯（一三一・一三二句）と後聯（一三三・一三四句）との内容上の脈絡を考えるならば、そういうことにしなければならないはずなのだ。作者の手元に故郷の妻からの便りが届かないことになれば、作者の望郷の思い、家族への思いはますます募ることになったであろうし、それが届かないことにより、その便りの差出人である妻への思いは、なおのこと、募らざるを得なかったに違いない。そのように考えれば、ここの三つ目の小纏まりの前半部（一三三・一三四句）の内容が、故郷に身を置く妻の身の上を心配した作者が現時点の妻の身の上を想定して、そのことについて発問して詠じたもの、その後半部（一三五・一三六句）の内容が、大宰府に身を置く作者が現時点の自分の身の上を妻に報じるために応答して詠じたものと見なさなければならないことになるだろう。

勿論、その前半部の内容をも、その後半部のそれと同様に、作者の身の上を詠じたものであると解釈することも可能であろうが、作者の手元に「家書」が届かなくなったこととの、その内容上の脈絡を重要視するならば、以上のように、この三つ目の小纏まりの前半部は妻の身の上についての発問形式、後半部は自分の身の上についての応答形式と見なす必要があるだろうし、妻の身の上と自分の身の上との対比、さらには、妻への発問と妻への応答との対比が、そこに明白に意図されていると考えてみる必要があるだろうと思う。今は、それらの意図を考える必要性を認めた上で、上述のように通釈することにした。

ここの四つ目の小纏まり（一三七・一三八句）には、晩秋九月のことが詠述されている。恐らく、初秋七月のことが詠述されていた一つ目の小纏まり（一二七・一二八句）とは、ここでは、単聯同士の対比的な配置を作り出しているのであろう。秋の季節の初めとその終わりとをそれぞれ指示していることになっているからである。晩秋九月のことを詠述した、その四つ目の小纏まりの後句（一三八句）において、作者は九回目の満月を目にしたと言っているわけなのである。これは、必ずや、延喜元年（九〇一）の二月一日に京都を出発してから以後に、彼が目にすることになった満月の回数を指示しているということになり、晩秋九月のことでなければならないだろう。確かに、その年の閏六月のそれを数えるならば、彼が目にする晩秋九月の満月、それは九回目ということになるはずなのだ。

晩秋九月に、九回目の満月を目にしたとの、そうした内容を直接的に継承して詠述されているのが、第五段落中の二番目の意味上の纏まり（一三九―一五二句）を導いている、その冒頭の一聯（一三九・一四〇句）ということになるだろう。その冒頭の一聯には、『礼記』〈「月令篇」孟冬之月〉中に記載されている通りの、初冬十月中に実施することになっている、部屋の掃除や門戸の取り締まりなどの人事上の規則についての詠述がなされており、それによって、季節の移ろいが正しく孟冬十月に至ったことが確認出来ることになっている。晩秋九月の前聯（一三七・一三八句）と孟冬十月の後聯（一三九・一四〇句）との関連は、もとより密接と言えるだろう。初冬十月の到来を告げる冒頭の一聯、それに導かれている、その二番目の意味上の纏まりは、以上の冒頭の一聯を含めて、これも内容的には四つの小纏まりに細分化出来るはずなのだ。

冒頭の一聯（一つ目の小纏まり）を継承することになっている二つ目の小纏まり（一四一―一四四句）には、孟冬十月を迎えたということで、門戸の取り締まりが十全に出来ないことを嘆くと共に、一日も早い故郷への帰還を願う気持から、新たな刑罰をそれによって受けはしないかとの、そうした作者の恐れが詠述されているが（前聯）、その一方、孟冬十月を迎えたことによって、一層望郷の念に駆られた作者は、垣根の外の景色を眺めたり、門外に出て行こうとしたりして、故郷の面影を少しでも追い求めようとするのだった（後聯）。

三つ目の小纏まり（一四五―一四八句）においては、大宰府の青緑色をした山肌を目にし、河川のせせらぎの音を耳にすることになった作者が（前聯）、そこで故郷の山並みと故郷の河の流れとを思い浮かべることになって、少しばかりの元気と生気とを取り戻すことになるわけなのだ（後聯）。そうした内容を継承した四つ目の小纏まり（一四九―一五二句）においては、少しばかりの元気と生気とを取り戻すことになった作者は故郷をますます身近に感じてしまい、魂が抜け出したかのようになると同時に、涙が次から次へと止めどもなく滴り落ちることになり（前聯）、とうとう堪えきれずに、故郷への帰還は果たして何時のことになるのだろうか、との発問をせざるを得なくなってしまうのである（後聯）。各聯ごとの内容上の脈絡は、大変に密接となっている。

第五段落中の三番目の意味上の纏まり（一五三—一六二句）は、故郷への帰還を夢見た作者が過去を振り返って、文章得業生外国として初任官してから右大臣に昇り詰める直前までの、その、およそ三十二年間の、彼自身の学者および廷臣としての活躍ぶりを再確認する内容となっている。次の、第五段落中の四番目の意味上の纏まり（一六三—一七四句）が右大臣に昇り詰めてから以後、左遷までのおよそ二年間の思い出となっているのに対して、そこに至るまでの学者および廷臣としての活躍ぶりを詠述している、ここでの三番目の意味上の纏まりについては、これは、三つの小纏まりに細分化出来るだろう。その一つ目の小纏まり（一五三・一五四句）には、文章得業生に補せられると共に、初めて下野権少掾に任官した当時の喜び（前句）と、将来の文章得業生方略試受験に向かってより一層の勉学に努力する決意を固めた当時の思い（後句）とが詠述されている。

そうした、一つ目の小纏まりを内容的に継承している、その二つ目の小纏まり（一五五—一五八句）では、受験に際しては成績上位で及第することをひたすら目標として勉学に励む一方で、地方官吏としても任務遂行のために努力を惜しみなく傾けたことが詠述されている（前聯）。その結果、受験の方でも方略試の及第を勝ち得ることになったし、地方官吏の方でも讃岐守への新たな赴任が決定することになったのだという（後聯）。その三つ目の小纏まり（一五九—一六二句）では、作者の学者としての名声がいよいよ高まり、地方官吏としての評価もますます高まったその結果（前聯）、高位・高官への階段をさらに昇り続けることになった（後聯）、との意が詠述されている。前後の各小纏まりごとの内容上の脈絡といい、前後の各聯ごとの内容上の脈絡といい、ここでも大変に密接な対応関係が作り出されている。

第五段落中の四番目の意味上の纏まり（一六三—一七四句）は、上述した通り、作者が右大臣に抜擢され、右大将を兼務することになってから以後、大宰府に左遷される直前までの活躍ぶりを再確認する内容となっている。これも三つの小纏まりに細分化出来るはずなのだ。その一つ目の小纏まり（一六二―一六六句）においては、右大臣と右大将とを兼務することになった作者自身にとって、職責による重圧がいかに大きなものであったのか（前聯）、さらに、作者自身に投付けられた世間の中傷誹謗（ひぼう）がどれ程にひどいものであったのか（後聯）、について詠述されている。二つ目の小纏まり（一六七―一七〇句）には、そうした中傷誹謗を身に受けながらも、右大臣としての公務に懸命に取り組んだし（前聯）、右大将としての公務にも精一杯取り組んだ（後聯）、との内容が詠述されている。

右大臣と右大将との公務に一心に取り組む一方で、その公務の余暇にあっても、宇多上皇と醍醐天皇には相変らず威儀を正して奉仕するべく近侍した、との内容が詠述されている。それがその三つ目の小纏まり（一七一―一七四句）ということになっている。二つ目の小纏まりが公務上の精励ぶり、三つ目のそれが余暇上の精励ぶりをそれぞれ内容としていて、もとより、両者は対比的な配列を作っている。右大臣兼右大将としての職務にあった道真は、公務と余暇との区別なく、醍醐天皇と宇多上皇に対しては、同様に全身全霊を尽くして奉仕したことになるわけなのだ。

第六段落

右大臣兼右大将としての重責に戦きながら、公・私の区別なく、全身全霊を尽くして朝廷に奉仕し続けた道真であったが、昌泰四年（延喜元年）正月二十五日に至って、いよいよ、彼に大宰府追放の宣命が発せられることになってしまう。わが身の非才を嘆くと同時に、国家に対して報いることの出来なかったわが身の拙さをも大いに悲しむことになるわけなのだ。中央政界からの追放処分を経験した、歴史上の人物、後漢の張衡と西晋の潘岳との運命にわが身のそれを重ね、その差異について詳細に言及することになる。前者が後に中央政界への復帰を果したのに対して、後者がその希望が叶えられずに命を落としたことを述べ、作者自身もまた、前者のような運命を手にすること、つまり、一日も早い帰京への期待感が実現することを強く願うのであった（第一七五から二〇〇句まで）。

【原　詩】

「(1)器拙承二豊沢一、(2)舟頑済二巨川一◎。(3)国家恩レ未レ報、(4)溝壑恐二先塡一◎。(5)潘岳非レ忘レ宅、(6)張衡豈癈レ田◎。(7)風摧同二木秀一、(8)灯滅異二膏煎一◎。(9)苟可二営々止一、(10)胡為二脛々全一◎。(11)覆レ巣憎二鷇卵一、(12)捜レ穴叱二蚳蝝一◎。(13)法酷二金科結一、(14)功休二石柱鐫一◎。(15)悔三忠成二甲冑一、(16)悲三罰痛二戈鋋一◎。(17)瓅々黄茅屋、(18)茫々碧海壖◎。(19)吾廬能足矣、(20)此地信終焉◎。(21)縦使二魂思レ峴、(22)其如二骨葬レ燕◎。(23)分知レ交二糾纆一、(24)命詎レ質二筳篿一◎。(25)叙二意千言裏一、(26)何人一可レ憐◎。」（計十三聯）

【訓　読】

「器は拙きも豊なる沢を承け、舟は頑なるも巨なる川を済れり。国家に未だ報いざらんことを恩み、溝壑に先づ塡められんことを恐る。潘岳のごとく宅を忘るるに非ず、張衡のごとく豈に田を癈てんや。風の摧くがごときなるは木の秀づるに同じければなり、灯の滅ゆるがごときなるは膏の煎るるに異なればなり。苟も営々として止まる可ければ、胡ぞ脛々として全きを為さんや。巣を覆して㲉卵をも憎むがごとくなればなり、穴を捜りて蚳蝝をも叱るがごとくなればなり。法は金科に結ばれしよりも酷しく、功は石柱に鐫らるるを休めり。忠もて甲冑と成せしを悔いん、罰もて戈鋋に痛められしを悲しまん。瑣々たること黄茅の屋のごとく、茫々たること碧海の壖のごとし。吾が廬は能く足れり、此の地は信に終とならん。縦ひ魂をして峴を思はしむるとも、其れ骨をして燕に葬らしむるに如かんや。分もて糾纏に交はることを知れば、命もて筳篿に質すことを詎めん。意を千言の裏に叙ぶるも、何人ぞ一たび憐む可けんや。」

【通　釈】

「（わたしの）政治的な才能は（まことに）取るに足りないものであったが（それなのに）十分すぎる恩沢を頂戴することとなり、（わたしの）政治的才能は（まことに）取るに足りないものであったが（それなのに）天子の治世を輔佐する（右大臣としての）重責を果たすことになった〈一七五・一七六句〉。

（そのような有り難い思し召しを頂戴しながらも）国家に対していまだ何一つ報いないでいることを心苦しく思うと共に、（何一つ報いられないままでいるそのことのために）遂には官職を解き放たれて真っ先に野山に打ち捨てられ（命を奪われ）てしまうのではないかと恐れ戦いたものであった〈一七七・一七八句〉。

（そのように恐れ戦いた結果、当時のわたしは）あたかも（「閑居賦」をものし、その中で、命を奪われる前に中央政界を離れて自分で築造した邸宅に引き籠り、そこで自由な生活を送ることにすると詠述している）潘岳のように事前に自身の邸宅に引き籠りたいと願ったものであったし、（そのように恐れ戦いた結果、当時のわたしは）まるで（「帰田賦」をものし、その中で、官職を解かれる前に中央政界を離れて故郷の田園に立ち戻り、そこで気ままな生活を送ることにすると詠述している）張衡のように事前に故郷の田園に立ち戻りたいと願ったものであった〈一七九・一八〇句〉。

（もとより、その潘岳・張衡両先人の中央政界からの追放などはこのわたしの場合とは全く違っていて、例えば、その張衡の場合には、彼は）まるで風が木を吹き折るかのように職を解かれることになってしまったわけであるが（それは）高く伸びた樹木の場合と同じで（彼の才能が人並み以上に）質的に優れていたからなのであり、（例えば、その潘岳の場合には、彼は）まるで灯が火を消し去るかのように命を奪われることになってしまったわけであるが（それは）燃え尽きる膏油の場合と違って（彼の才能が汲めども尽きせぬ程に）量的に優れていたからなのである〈一八一・一八二句〉。

まことに（青蠅が）あちらこちら飛び回って（垣根に）止まるように（小人どもが宮中に居座って気ままにのさばり、人並み優れた才能の持ち主たちをさかんに中傷）していたわけなのであろうから、（潘岳や張衡のごとき人並み優れた才人たちがそれぞれの中央政界において）どうしてまっすぐに身を全うすることなど出来たであろうか（出来なかったのは当然なのだ）〈一八三・一八四句〉。

（何故なら、彼等小人どもが人並み優れた才能の持ち主たちを憎み嫌うことが、あたかも、木の上の鳥の）巣をひっくり返してその雛や卵までも憎み嫌うかのようであるからなのであり（それ程に徹底的に才人を憎み嫌うからなのであり）、（何故なら、彼等小人どもの人並み優れた才能の持ち主たちを罵り責めることが、まるで、地の下の虫の）穴を探り当てて蟻や蝗の幼虫までも罵り責めるかのようであるからなのである（それ程に徹底的に才人を罵り責めるからなのである）〈一八五・一八六句〉。

（その結果、小人どものために職を解かれることになったあの張衡の場合にも、彼に科せられた）罪状は法律の条文に書かれているそれよりもはるかに厳しいものとなってしまったわけなのであり、（その結果、小人どものために命を奪われることになったあの潘岳の場合にも、彼を称えるための）功名はその墓道の前に立てることになっている石柱に彫られないままになってしまったわけなのである〈一八七・一八八句〉。

（職を解かれんとしたその当時の張衡の場合には）忠義をもって（それを身に纏い）鎧かぶとに見立てたことをきっと悔やんだことだろうし、（命を奪われんとしたその当時の潘岳の場合には）刑罰をもって（それを身に被り）大小の矛に痛めつけられたことをきっと悲しんだことだろう〈一八九・一九〇句〉。

（一方、そうした張衡や潘岳に比べて、取るに足りない政治的な才能しか持ち合わせず、国家への報恩もいまだ果たせなかったわたしの場合には、事前の覚悟通りに、都城を遠く離れたこの大宰府の地に追放されることになってしまったわけなのであるが、身を落ち着かせるためのその官舎が、それこそ）狭小で粗末なことはまるで茅葺の屋舎のようであり、（その官舎の建つ場所が、それこそ）広々として殺風景なことはあたかも青海原の浜辺のようであった〈一九一・一九二句〉。

わたしのこの狭小で粗末な建物こそは（今のわたしにとっては大いに相応しく）十分に満ち足りた住まいと言えるだろうし、この広々として殺風景な場所は（今のわたしにとっては大いに相応しく）まさしく終の住処と言えるだろう（なんとなれば、当時のわたしが我が左遷の運命に対して、いわゆる、「貶謫草萊囚」との自己認識と「泣㆓天涯放逐辜㆒」との感慨とを抱かないわけにはいかなかったからなのであり、その上、かの張衡や潘岳と同様に、わたしもまた、事前にすでに覚悟が決まっていて、田舎の邸宅に引き籠り田園に帰ってそこで自由で気ままな生活を送ろうと考えていたからなのである。）〈一九三・一九四句〉。

（ただし）よしんば（西晋の羊祜が愛してやまず、死後もわが魂魄は登り続けることだろうと言ったとされる、その峴山のように、将来、わたしもこの終焉の地を愛してやまず、死後に）魂魄をして我が峴山（大宰府の地）を思い起こしそこを訪ねさせるようになったとしても、それでも（死後に）わたしの遺骨をして（この大宰府の地に埋葬させるよりは、後漢の竇憲が王朝の権威を天下に広く知らしめたとされる、その燕山のように、平安王朝の権威を天下に広く知らしめている）我が燕山（京都の地）にそれを埋葬させる方が（やはり）いいであろう〈一九五・一九六句〉。

運命（の吉凶）というものを糾える縄のようであると（わたしはすでに十分に）知り尽くしているので、我が運命を（今さら）占って（将来の吉凶を）みてもらったりしないつもりだ〈一九七・一九八句〉。

（以上）我が心中の思いを一千字（五言二百句）を使用して詠述することにしたが、そもそも誰が（我が本「意」を正しく理解し、わたしのことを）憐れに思うことがあろうか（いや、そのように思う人は、もとより、誰一人としていないであろう。なんとなれば、「千言」をも費やしていながら、我が詩才の拙劣さの故に、今なお、我が本「意」が十分に述べ尽くされていないからなのであり、さらには、言葉そのものが本「意」を十全に述べ尽くせないことになっているからなのである。）〈一九九・二〇〇句〉。

【語　釈】

（1）器拙承ニ豊沢一　「器ハ拙キモ豊ナル沢ヲ承ケ」と訓読して、（わたしの）政治的な才能は（まことに）取るに足りないものであったが（それなのに）十分すぎる恩沢を頂戴することとなり、との意になる。

本聯（一七五・一七六句）の前句に当たる本句と、もとより、その後句に当たる次句「舟ハ頑ナルモ巨ナル川ヲ済レリ」（舟頑済ニ巨川一）とは対句構成を形作っていて、それぞれの対語「器」と「舟」、「拙」と「頑」、「承」と「済」、「豊」と「巨」、「沢」と「川」とは密接な対応関係を有して配置されている。とりわけ、ここでの「器」と「舟」との対語は、本来的には「舟器」（「舟楫才器」の略）との熟語を形成していると見なすべきであり、ここではそれを対語として前・後句に配置するために、敢えて、「舟」と「器」とに分割することにしたと考える必要があるだろう。「舟楫ノ才器」（舟楫才器）とは、舟と楫とを操作して大きな河川を渡るための才能との意であるが、後述するように、転じて、それは天子の輔佐となるべきすぐれた臣下との意となるはずなのだ。本句中の「器」はその「舟楫才器」の略、次句中の「舟」もその「舟楫才器」の略と見なし、対語としての「器」と「舟」とのそれぞれが、同様に「（天子を輔佐すべき）政治的な才能」との意を有している、とここではそのように見なしていいだろう。

ちなみに、「器」の方が本聯の前句中に、「舟」の方がその後句中に分割し配置されることになったのは、あくまでも、両者の平仄上の問題であると見て、これは間違いないだろう。というのは、「器」が仄声字（『広韻』去声・六至韻）、「舟」が平声字（同・下平声・一八尤韻）となっていて、本聯の前句中の、上から二字目に配置されている仄声字「拙」と上下に並べて配置するためには、一字目に同じ仄声字の「器」の方を配置しなければならないはずだからなのであり（なお、ここでの、前句中の上から二字目には、「粘法」の大原則を厳守する必要上、仄声字を配置しなければならないことになっている。）、同様に、後句中の上から二字目に配置されている平声字「頑」と上下に並べて配置するためには、一字目に同じ平声字の「舟」の方を配置しなければならないはずだからなのである（また、ここでの、後句中の上から二字目には、「粘法」の大原則を厳守する必要上、平声字を配置しなければならないことになっている。）。「平仄式」上における「孤平」と「孤仄」の原則を厳守するためには、前・後句における配置は、そのようにしなければならない。

本聯中の「拙」と「頑」との対語の場合も、これも、本来的には「頑拙」（おろかでつたない、との意。）との熟語を形成していると見なすべきであり、ここでもそれを対語として前・後句に配置するために、敢えて、「頑」と「拙」とに分割したと考える必要があるだろう。それぞれ前・後句に配置するに当たっては、前述したように、上から二字目ということで、そこでは「粘法」の大原則を厳守しなければならないことになっていて、仄声字を配置しなければならないはずの前句中には、もとより、仄声字である「拙」（『広韻』入声・一七薛韻）の方を、そして、そこでも「粘法」の大原則を厳守しなければならないことになっていて、平声字を配置しなければならないはずの後句中には、もとより、平声字である「頑」（同・上平声・二七刪韻）の方を配置することになったわけなのだ。

つまり、本来的には、「舟器ノ頑拙ナルニ」（舟器頑拙）との一句（ＡＢＣＤ）に作られるはずのものを、対句構成上の決まりとして、形式的に、本聯の前・後句に対比的にそれらを再配置する必要から、「平仄式」を考慮し、その前句中には「器拙」（ＢＤ）の方を、その後句中には「舟頑」（ＡＣ）の方を配置することにしたはずなのである。もとより、本来的には、「舟器頑拙」との一句を形成していたわけなのであり、それが形式的に再配置されることになった以上、意味内容的には、前・後句のどちらの場合にも、同じく、「（わたしの）政治的な才能は（まことに）取るに足りないものであったが」とのそれと通釈しなければならないだろう。今は、そのように通釈することにした。

本聯における「豊」と「巨」、「沢」と「川」との対語にも注目する必要があるだろう。前者のそれが、共に度量的に多大との意を有し、後者のそれが、共に視覚的に水辺との意を有していて、それぞれが密接な対応関係を有していることになっているからなのである。

ところで、本句中の詩語「承二豊沢一」は、「（それなのに）十分すぎる恩沢を頂戴することになり」との意を有しているが、ここでは、具体的には、作者が昌泰二年（八九九）二月十四日に右大臣に抜擢された事実を指示していることになるはずで、もとより、宇多上皇・醍醐天皇両人に対する、この上ない感謝の念の表明となっている。用例としては、「昊天ハ豊沢ヲ降シ、百卉（百草）ハ葳蕤（草木の始めて生ずるさま）ヲ挺ンヅ。」（昊天降豊沢、百卉挺葳蕤。）《『文選』巻二〇「公讌詩」王粲》との一聯が見え、その「呂向注」には、「向曰、豊沢、時雨也。」に作っている。「時雨」とは、ちょうどよい時に降って百草の成長を促す雨の意であり、本聯（一七五・一七六句）の前句中の用例の場合には、そうした「時雨」のごとき、宇多上皇・醍醐天皇両人の（作者自身に対する）十分すぎる恩沢、との意になる。

(2) **舟頑済巨川**　「舟ハ頑ナルモ巨ナル川ヲ済レリ」と訓読して、（わたしの）政治的才能は（まことに）取るに足りないものであったが（それなのに）天子の治世を輔佐する（右大臣としての）重責を果たすことになった、との意になる。

詩語「舟」とは、上述した通り、ここでは「舟楫」（舟と楫）の略。出典は「若シ巨川ヲ済ラバ、汝ヲ用テ舟楫ト作サン。」（若済巨川、用汝作舟楫。）《『書経』「説命上」》との一文で、殷の高宗が賢臣の傅説に向かって言った、「もしも大川を渡らなければならないとしたら、汝を舟や楫として余を渡してもらおう（国家の難局に際しては輔佐の大臣として十分に力量を発揮してもらいたい）。」との意をそれは有している。用例としては、「良治ノ動ク時ニハ哲匠ト為リ、巨川ノ済リ了レバ虚舟ト作ル。」（良治動時為哲匠、巨川済了作虚舟。）《『白氏文集』巻六八「和楊尚書罷相後、夏日遊永安水亭、兼招本曹楊侍郎同行。」》との一聯中にも見えている。

本句（一七六句）中の詩語「舟」が、ここでは「舟楫」の省略形となっているだけではなく、本聯の前句（一七五句）中の詩語「器」（「才器」の省略形）との対語関係において、前述した通り、本来的には、「舟器」（舟楫才器）の熟語を形作っていると想定すべきだろう。それを、対語として本聯の前・後句に分割して配置することにしたわけなのだ。「平仄式」の都合をも考慮する必要があり、仄声字の「器」（『広韻』去声・六至韻）を前句中に、平声字の「舟」（同・下平声・一八尤韻）を後句（本句）中に配置することになったはずなのである。同様に、本聯の前・後の対語「拙」と「頑」との場合にも、本来的には、「頑拙」との熟語を形作っていると想定すべきであろうことは、これも前述した通りなのだ。ここでも、対語として、本聯の前・後句にそれを配置することになり、熟語「頑拙」を分割することにしたのだ、と。その場合には、共に各句の上から二字目の配置ということになるわけで、「粘法」と「二四不同」との大原則を厳守する必要があって、仄声字の「拙」（同・入声・一七薛韻）の方は必然的に前句に、平声字の「頑」（同・上平声・二七刪韻）の方は必然的に後句に配置しなければならないことになる。

本聯の前句中の詩語が「器拙」に作られ、後句（本句）中のそれが「舟頑」に作られ、それぞれ配置されているのは、以上のような、「平仄式」上の理由によると見なしていいだろう。「器拙」といい「舟頑」といい、もともとは、「舟器ノ頑拙ナルモ」（舟器頑拙）との一句（ABCD）に作られているはずのものを、対句構成上の決まりとして、形式的に本聯の前句中には前者（BD）の方が、後句中には後者（AC）の方が対比的に再配置されることになっていると想定する以上、両者の意味内容は、これは「（わたしの）政治的な才能は（まことに）取るに足りないものであったが（それなのに）」との共通したものと見なさなければならないだろう。なお、本句中の詩語「済二巨川一」は、上記の出典（『書経』「説命上」）にそのまま見えていたはずで、国家の難局に際して、大臣として天皇を輔佐する重責を担う、との意を有していることになる。勿論、道真が右大臣としての重責を担った事実、そのことをここでは指示している。ちなみに、本句中の、仄声の「済」（『広韻』去声・一二霽韻）字を内松桑文日の諸本は、同じ仄声の「渡」（同・去声・一一暮韻）に作っている。今は、底新に従う。ここでは、出典をも考慮すべきだろう。

（3）国家恩レ未レ報　「国家ニ未ダ報イザランコトヲ恩ミ」と訓読して、（そのような有り難い思し召しを頂戴しながらも）国家に対していまだ何一つ報いないでいることを心苦しく思うと共に、との意になる。

本聯（一七七・一七八句）の前句に当たる本句と、その後句に当たる次句「溝壑ニ先ヅ塡メラレンコトヲ恐ル」（溝壑恐二先塡一）とはもとより対句構成を形作って、密接な対応関係を有していることになっており、それぞれの詩語「国家」と

「溝壑」、「恩」と「恐」、「未㆑報」と「先塡」とは対比的に配置されているはずなのである。ここでは、とりわけ、対語としての「恩」と「恐」との対比的な配置について、大いに注目しなければならないだろう。というのは、「恐」の品詞が「恐ル」との動詞ということである以上、「恩」のそれもまた「恩(いた)ム」との動詞でなければならないと考えるからなのである。例えば、その「恩」の品詞を名詞「めぐみ」と見なして、本句を「国家(こっか)ノ恩(めぐ)ミ未(いま)ダ報(むく)イザルニ」（国家恩未㆑報）と訓読したり、「国家ニ恩(めぐ)ミ未ダ報イザルニ」（国家恩未㆑報）と訓読したりすれば、対語としての「恩」と「恐」との対比的な品詞上の配置は十分に適(かな)わないことになるはずだろう。

『広雅』〈「釈詁四」〉には、「恩、隠也。」に作っていて、その「隠(いん)」は「慇(いん)」に通じ、動詞としての「いたむ」（痛・傷）との訓を有することになっているのである。今は、それに従うことにし、対語としての「恩」と「恐」との対比的な品詞上の配置を再確認することにしたい。なお、もう一つ、本聯（一七七・一七八句）の前・後句の対句構成上の問題について言及するならば、両句は、それぞれ意味内容・構文上からして、本来的には、その前句の場合には、「未(いま)ダ国家(こっか)ニ報(むく)イザランコトヲ恩(いた)ミ」（恩㆑未㆑報㆓国家㆒）との語順に作るべきであろうし、その後句の場合には、「先(ま)ヅ溝壑(こうがく)ニ塡(うづ)メラレンコトヲ恐(おそ)ル」（恐㆔先塡㆓溝壑㆒）との語順に作るべきであろう。構文上、両句においては、共に主語が作者自身となっており（省略されている）、「恩」と「恐」とがそれぞれ述語、「未㆑報㆓国家㆒」と「先塡㆓溝壑㆒」とがそれぞれ目的語となっているはずなのである。ただ、前・後句をそのように作る場合には、近体詩としての「平仄式」が、まったくの不完全なものとならざるを得ないことになるわけなのである。

その前句を、仮に、「恩㆑未㆑報㆓国家㆒」との語順に作る場合には、平仄は、上から順に「〇×××〇」（〇印は平声で×印は仄声）となり、その後句を、同じく「恐㆔先塡㆓溝壑㆒」との語順に作る場合には、平仄は、上から順に「×〇◎〇×」（◎印は平声で韻字）となるはずなのだ。そのように作る場合には、当然に、「平仄式」の大原則である「粘法」「二四不同」「一韻到底」を共に犯すことになってしまい、そのために、本作「叙意一百韻」は近体詩としての資格を全く失うことになってしまうはずなのである。それを避ける必要がどうしてもあって、「国家」と「溝壑」とを両句のそれぞれの冒頭に配置するという、いわゆる、倒置法を、敢えて、作者は採用することにしたのだろう。倒置法を採用して、両句それぞれに、「国家恩レ未レ報」と「溝壑恐二先塡一」との語順に作れば、確かに、前者の平仄は、上から順に「×〇〇××」となるはずだし、後者のそれも「〇××〇◎」となるはずなのだ。「平仄式」の大原則である「粘法」「二四不同」「一韻到底」もそれによって厳守されるだけではなく、前者と後者の平仄は、それによって、見事に対比的な配列を作ることになるわけなのである。ここでの、両句における倒置法の採用については、作者の詩的技巧と見なすべきだろう。

なお、本句（一七七句）中の詩語「国家」の場合には、前聯の後句（一七六句）との内容上の脈絡からすれば、具体的には、作者を右大臣に抜擢した宇多上皇と醍醐天皇との両人を指示していることになるだろうし、また、詩語「未レ報」とは、そうした両人の恩愛に対して、何一つ報いられないままでいること、すなわち、作者が右大臣としての重責を果たせないでいることを指示していることになるだろう。勿論、謙譲表現。

（4）**溝壑恐二先塡一**　「溝壑ニ先ヅ塡メラレンコトヲ恐ル」と訓読して、（何一つ報いられないままでいるそのことのために）遂には官職を解き放たれて真っ先に野山に打ち捨てられ（命を奪われ）てしまうのではないかと恐れ戦いたものであった、との意になる。

本句（一七八句）も、意味内容・構文上からして、本来的には、「先ヅ溝壑ニ塡メラレンコトヲ恐ル」（恐三先塡二溝壑一）との語順に作られて然るべきであろうことは、上述した通り。ただ、近体詩としての「平仄式」を厳守する必要上から、敢えて、ここでは倒置法が採用され、「溝壑恐二先塡一」に作られることになったに違いない。「溝壑」とは、溝・谷間の意。不要物なり死者なりを投棄する場所。用例「小人ノ老イテ子無クンバ、溝壑ニ擠チンコトヲ知ル。」（小人老無レ子、知レ擠二于溝壑一矣。）（『左伝』「昭公十三年」条）。

「溝壑ニ塡メラル」（塡二溝壑一）とは、溝や谷間に投げ棄てられ、野垂死にする（命を失う）こと。「塡」とは、「うづむ」

の訓で、土の中に埋めること。用例「少シト雖モ、願ハクハ未ダ溝壑ニ塡ゼザルニ及ビテ之ヲ託セン。」（雖レ少、願及レ未レ塡二溝壑一而託レ之。）《『戦国策』「趙策」》。「先生有ラバ則チ活キ、先生無クンバ則チ弃捐セラレテ溝壑ニ塡メラレ、長終ニシテ反ルヲ得ザラン。」（有二先生一則活、無二先生一則弃捐塡二溝壑一、長終而不レ得レ反。）《『史記』巻九一「扁鵲伝」》。本聯（一七七・一七八句）の後句中の用例の場合にも、右大臣としての重責を何一つ果たせないことを心苦しいと思いながら、また、その一方で、重責を果たせないとの理由によって、官職を剝奪されて中央政界から追い払われ、遂には、溝や谷間に投げ棄てられ、野垂死にするのではないかと恐れた、とのそうした当時の作者の心境がこれによって表明されていることになるわけで、大いに注目しなければならないだろう。

　道真が事前に、右大臣の官職を剝奪されて中央政界から追い払われ、遂には、溝や谷間に投げ棄てられ、野垂死にするのではないかと恐れていた、との本句（一七八句）中のそうした詠述は、例えば、昌泰三年十月十一日に三善清行が彼に贈った書状「奉二菅右相府一書」《『本朝文粋』巻七「書状」》中にも、「伏シテ見ルニ、明年ハ辛酉ニシテ、運ハ変革ニ当タリ、二月ハ建卯ニシテ、将ニ干戈（たてとほこ。兵器の総称。）ヲ動カサントス。凶ニ遭ヒ禍ニ衡ルハ、未ダ誰カ是レナルヲ知ラザルト雖モ、弩ヲ引キテ市ヲ射レバ、亦タ当ニ薄命ニ中タルベシ。天数（大自然の理法）ハ幽微（奥深くて、かすか。）ニシテ、縦ヒ推察シ難クトモ、人間（世間）ノ云為（世態人情）ハ、誠ニ知リ亮カニスルニ足レリ。伏シテ惟ルニ、尊閣ハ翰林（儒者）ヨリ挺ンデラレテ、槐位（三公の位）ニ超エ昇リヌ。朝（朝廷）ノ寵栄ニシテ、道ノ光華ナルコト、吉備公（右大臣正二位の吉備真備）ノ外ハ、復タ美ヲ与ニスルモノ無シ。伏シテ冀ハクハ、其ノ止足（足るを知る）ヲ知リ、其ノ栄分ヲ察シテ、風情（詩情）ヲ煙霞（山川のよい景色）ニ擅ニシ、山智（優れた識見）ヲ丘壑（丘と谷）ニ蔵サンコトヲ。」（伏見、明年辛酉、運当二変革一、二月建卯、将レ動二干戈一。遭レ凶衝レ禍、雖レ未レ知二誰是一、引レ弩射レ市、亦当レ中二薄命一。天数幽微、縦難二推察一、人間云為、誠足二知亮一。伏惟、尊閣挺レ自二翰林一、超二昇槐位一。朝之寵栄、道之光華、吉備公外、無二復与一レ美。伏冀、知二其止足一、察二其栄分一、擅二風情於煙霞一、蔵二山智於丘壑一。）との一文が見えていることからして、大いに納得出来ることになっている。

　道真の大宰府左遷、それが決定されたのは昌泰四年（延喜元年）正月二十五日であり、そのことからすると、およそ三箇月ほど以前ということになるはずなのだ、清行が書状を道真の手許に贈ったのは。清行は、翌年が辛酉革命の年歳に当たっていて、特に、北斗七星の柄が「卯」（東）の方向を指すところの、その二月に凶事の勃発する可能性が高い、とそこでは警告を発していることになっている。翌年になって、まさに、清行の警告がほぼ正鵠を射ていたのを知ることになるわけなのであるが、少なくとも、道真は、その警告を事件の三箇月ほど以前には手中にしていたことになるのだ。その時点では、確かに、「溝壑ニ先ヅ塡メラレンコトヲ恐ル」（溝壑恐二先塡一）との、そうした気分を彼は抱いたと見て間違いないだろう。

　一方、そうした清行の警告を俟つまでもなく、道真は、それよりも前に凶事の勃発する可能性を自身で察知していたはずだ、と考えることも当然に出来るはずだし、そちらの意見の方がより妥当性は高いように思えるが、どうなのであろう。例えば、昌泰二年三月二十八日に彼が奏上した「重請レ解二右大臣職一第三表」中にも、「屋ヲ潤スコト限リ無ク、封戸ハ忽チ二千ニ満ツ。臣スラ自ラ其ノ過差ナルヲ知レバ、人ハ孰カ彼ノ盈溢（みちあふれること）ナルヲ恕サンヤ。顚覆（ひっくりかえること）スルコト電（いなずま）ヲ流スヨリモ急ヤカニシテ、傾頽（かたむきくずれること）スルコト機（はじき弓の矢をとばす装置）ヲ踰ユルニ応タルノミ。」（潤レ屋無レ限、封戸忽満二二千一。臣自知二其過差一、人孰恕二彼盈溢一。顚覆急二於流レ電、傾頽応二於踰レ機而已。）《『菅家文草』巻一〇》との一文が見えているのである。そこでは、右大臣に任命されることになった彼自身の栄華などというものは、これはあっさりと「顚覆」し、間もなく「傾頽」するであろう、と道真は予想していたことになっている。勿論、文体が「辞表」という体裁を有している以上、形式的・常套的な文句と言えなくはないであろうが、当時の道真の「溝壑恐二先塡一」との気分を多少なりとも反映している一文である、とそれを見なすこともまた可能なはずなのだ。そのように見るならば、右大臣就任と共に官職剝奪の恐れの気分をも、彼は抱かないわけにはいかなかったということ、そのことも、また、事実ということになるだろう。

右大臣就任直後のことなのか、はたまた、清行の進言以後のことなのかの問題は一先ず措くとして、そのどちらであったとしても、道真が大宰府左遷という事件以前に、確かに、中央政界から追い払われ、遂には、溝や谷間に投げ棄てられ、野垂死にするのではないかとの、そうした恐れの感情を自分から認めてそれを心中に抱いていたことになるだろう。そうした恐れの感情を自分から認めてそれを心中に抱いた結果、追い払われる前に、自身から右大臣の官職を辞して、田宅に退隠して日々を過ごさんとの思いを道真は新たに抱くことになったわけなのだろう。あたかも、清行の進言「知二其止足一、察二其栄分一、擅二風情於煙霞一、蔵二山智於丘壑一。」に従うかのように。まるで、後漢の張衡や西晋の潘岳が抱いた思いのように。次聯（一七九・一八〇句）においては、その新たな思いについて詠述することにする。

（5）**潘岳非レ忘レ宅**　「潘岳ノゴトク宅ヲ忘ルルニ非ズ」と訓読して、（そのように恐れ戦いた結果、当時のわたしは）あたかも（「閑居賦」をものし、その中で、命を奪われる前に中央政界を離れて自分で築造した邸宅に引き籠り、そこで自由な生活を送ることにすると詠述している）潘岳のように事前に自身の邸宅に引き籠りたいと願ったものであったし、との意になる。

本聯（一七九・一八〇句）の前句に当たる本句と、その後句に当たる次句「張衡ノゴトク豈ニ田ヲ癡テンヤ」（張衡豈癡レ田）とはもとより対句構成を形作っていて、それぞれの詩語「潘岳」と「張衡」、「非レ忘レ宅」と「豈癡レ田」とは密接な対応関係を有して配置されている。なお、意味上・構文上においては、例えば、本句のその場合には、もともとは、「我ノ宅ヲ忘ルルニ非ザルコト潘岳ノ如ク」（我非レ忘レ宅如二潘岳一）との比喩形の一文に作られ、次句のその場合にも、もともとは、「我ノ豈ニ田ヲ癡テンコト張衡ノ如シ」（我豈癡レ田如二張衡一）との比喩形の一文に作られていたとも想定可能である。ただし、その場合には、五言詩としての字数制限と近体詩としての「平仄式」上の制約から、両句は共に、「我」と「如」との二字を省略することになり（「如」字の方は共に送りがなとして残る）、「〇〇×」（〇印は平声で×印は仄声）との平仄を有する「非レ忘レ宅」を下三字として配置すると共に、「〇×」との平仄を有する「潘岳」を上二字として配置してそれを前句とし、同じく、「××◎」（◎印は平声で韻字）との平仄を有する「豈癡レ田」を下三字として配置すると共に、「○○」との平仄を有する「張衡」を上二字として配置してそれを後句とすることになる。そのように考えることにすれば、あくまで、ここでの両句の主語は共に、省略されている「我」（作者）と見なさなければならないはずだし、また、人名としての「潘岳」と「張衡」とは共に比喩形として、前者は「非レ忘レ宅」の、そして、後者は「豈癡レ田」の修飾語と見なさなければならないはずなのだ。今は、そのように考えて通釈することにした。

前聯の後句（一七八句）において、中央政界からの追放を意識し、それに関しての、そうした恐れの感情を抱くことになったと詠述していた作者なのである。そうした恐れの感情を抱いた作者が、自身から右大臣の官職を辞して、田宅に退隠して日々を過ごさんとの思いを新たに抱くようになったということは、確かに、三善清行の進言を俟つまでもなく、これは、有り得たと考えていいだろう。何となれば、本聯の前・後句の内容が、過去の歴史上において、中央政界からの追放を経験したところの、後漢の張衡と西晋の潘岳との、両者共に田宅に退隠して自由な生活を送らんとしたとの事例を取り上げ、彼等に倣（なら）って、作者自身も田宅に退隠生活を送ろうと思うに至った、と述べているからなのである。前聯後句（一七八句）との内容上の脈絡は、本聯の前・後句をそのように解釈すれば、頗（すこぶ）る密接ということになるに違いない。本聯の前・後句の主語を共に作者自身と見なし、さらに、「潘岳」と「張衡」の両人を共に比喩形と見なし、前者を「非レ忘レ宅」の、後者を「豈癡レ田」の修飾語と見なすことにしたのは、まさに、そのためなのである。

「潘岳」（二四七―三〇〇）は西晋の文人・廷臣。字は安仁。河陽令・黄門侍郎に累遷したが、友人の石崇（せきすう）と共に賈謐（かしつ）に臣従した結果、その賈謐が趙王倫（りん）に斬られるに及んで、石崇と共に殺された。詩文に勝れ、「閑居賦」「秋興賦」「西征賦」などが『文選』に所収〈近藤春雄著『中国学芸大事典』〉。その中でも、潘岳が五十歳になった元康六年（二九六）にものした作品「閑居賦」〈『文選』巻一六「志下」〉は、博士の官に召し出されたが着任せず、母の病気を理由にしてそれを辞退し、洛陽の南郊外に閑居した時の、その作者の閑静な暮らしぶりを詠述した内容となっている。

すなわち、「弱冠（二十歳）ヨリ知命（五十歳）ノ年ニ渉ルマデ、八タビ官ヲ徙サレ」（自二弱冠一渉二乎知命之年一、八徙レ官）した潘岳の、「是ニ於イテ、止足ノ分（欲を捨てて満足すべき度合い）ヲ覧、浮雲ノ志（富貴を求めない心）ヲ庶ヒ、室ヲ築キ樹ヲ種エ、逍遥（ゆったりと）シテ自ラ得。」（於レ是、覧二止足之分一、庶二浮雲之志一、築レ室種レ樹、逍遥自得。）との、そうした日常生活を送ろうとした当時の、その彼の行いと思いとが述べられている、それは、そうした作品なのである。そこでの彼の生活と心境とは、まさしく、「身ハ逸民（隠者）ニ斉シキモ、名ハ下士（身分の低い役人）ニ綴ナル。」（身斉二逸民一、名綴二下士一。）との、そのようなものなのであって、「衆妙（あらゆる微妙な働きの根元となっている老子的な道）ヲ仰ギテ思（出世の思い）ヒヲ絶チ、終ニ優遊シテ（のんびりと暮らし）以テ拙（つたなさ）ヲ養ハン。」（仰二衆妙一絶レ思、終優遊以養レ拙。）との、そのようなものなのであった。

本句（一七九句）中の詩語「非レ忘レ宅」とは、上記の、「閑居賦」の内容を具体的に指示しているに違いなく、それは、潘岳自身が築造した邸宅に戻って閑居することを忘れなかった事実のことを詠述していると見ていいだろう。もっとも、潘岳作「閑居賦」は、『晋書』〈巻五五「潘岳伝」〉中に、「（岳の）既ニ仕宦シテ達セザレバ、乃チ閑居賦ヲ作リテ曰ク」（既仕宦不レ達、乃作二閑居賦一曰）との一文が見えているように、思うように立身出世出来ないことに不満を持って詠述された作品ということにされている。確かに、その執筆の四年後には、上述のように、作者は死刑に処せられてしまうことになっている。道真の場合とは、勿論、理由や状況を全く異にしているわけであるが、潘岳が死刑に処せられてしまう以前に、彼自身が築造した邸宅に戻って閑居しようとし、たとえ、一時的であったとしてもそれを実行したこと、これは間違いない事実なのである。道真はその事実の方だけを本句中に引用し、自分自身の、官職を離れて邸宅に戻り閑居せんとした、当時の心境にそれを重ね合わせることにしたわけなのだろう。先人の、そうした事実を踏襲する決意を、当時のわたしも固めていたものであった、と。

（6）**張衡豈癈レ田**　「張衡ノゴトク豈ニ田ヲ癈テンヤ」と訓読して、（そのように恐れ戦いた結果、当時のわたしは）まるで

（「帰田賦」をものし、その中で、官職を解かれる前に中央政界を離れて故郷の田園に立ち戻り、そこで気ままな生活を送ることにすると詠述している）張衡のように事前に故郷の田園に立ち戻りたいと願ったものであった、との意になる。

　本聯（一七九・一八〇句）の前句中の詩語「潘岳」の場合と同様に、その後句（本句）中の詩語「張衡」の場合も、対語として、ここでは「張衡ノゴトク」と比喩形に訓読することにし、「豈癈レ田」の修飾語と見なすことにする。すなわち、本句も意味上・構文上においては、もともとは、「我ノ豈ニ田ヲ癈テンコト張衡ノ如シ」（我豈癈レ田如二張衡一）との比喩形の一文に作られていたとも想定が可能なはずなのだ。ただ、五言詩としての字数制限と近体詩としての「平仄式」上の制約から、ここでも「我」と「如」との二字が省略され（「如」の方は送りがなとして残る）、「××◎」（×印は仄声で◎印は平声で韻字）との平仄を有する「豈癈レ田」を下三字として配置すると共に、「○○」（○印は平声）との平仄を有する「張衡」は上二字として配置することにしたと見なせるはずなのである。今は、そうした想定に従って本句を解釈することにしたい。本句中の、仄声の「癈」（『広韻』去声・二〇廃韻）字を内以下の諸本は、同じ仄声の「廃」（癈）字に作っている。両字は音・訓共に同じ。

　「張衡」（七八―一三九）は後漢の文人・廷臣。字は平子。侍中・河間相・尚書などを歴任した（『アジア歴史事典』）。詩文に勝れ、「東京賦」「西京賦」「南都賦」「思玄賦」「帰田賦」などが『文選』に所収。その中でも、「帰田賦」（『文選』巻一五「志中」）は、「李善注」に、「帰田賦ナル者ハ、張衡ノ仕ヘテ志ヲ得ズシテ、田ニ帰ラント欲シ、因リテ此ノ賦ヲ作ル。」（帰田賦者、張衡仕不レ得レ志、欲レ帰二於田一、因作二此賦一。）との一文に作っているように、仕官しながら思うように立身出世が適わなかった張衡が、田園に帰って自由な生活を送ろうとしてものした作品ということになっている。また、同じく、「李周翰注」には、「順帝（一二五―一四四年在位）ノ時ニ閹官（宦官）ノ事ヲ用フレバ、田里ニ帰ラント欲シテ、故ニ是ノ賦ヲ作ル。」（順帝時閹官用レ事、欲レ帰二田里一、故作二是賦一。）との一文に作られていて、その制作の動機は、順帝時代の宦官横暴の政治に失望したためであったと具体的に説明されている。とにかく、本賦は作中において、「都邑ニ遊ビテ以テ永久ナルモ、明略（時の君主を輔佐する優れた政策）ノ以テ時ヲ佐クル無シ。」（遊二都邑一以永久、無三明略以佐レ時。）と述べて、自身の非才を嘆く一方で、「徒ニ川ニ臨ミテ以テ魚ヲ羨ミ、河ノ清ムヲ俟ツモ（出世のための千載一遇の好機を待ち望むけれども）未ダ期アラズ。」（徒臨レ川以羨レ魚、俟二河清一乎未レ期。）と述べて、現在の不遇な身分に対して不満の意を訴え、中央政界を離れることになった理由がそこにあったとしている。

結局、「埃塵（俗世間）ヲ超エテ以テ遐ク逝キ、世事ト長ク辞ス。」（超二埃塵一以遐逝、与二世事一長辞。）と述べて、俗界から遠く離れて住み、世間の雑事とは永久に手を切り、「（屋外では）般遊（遊び回る）ノ至楽ヲ極メ、日ノ夕クト雖モ劬ルルヲ忘ル。……（屋内では）五絃ノ妙指ヲ弾ジ、周孔（周公・孔子）ノ図書ヲ詠ズ。翰墨（筆）ヲ揮ヒテ以テ藻（詩文）ヲ奮ヒ、三皇（上古の三人の帝王）ノ軌模（教え）ヲ陳ブ。」（極二般遊之至楽一、雖二日夕一忘レ劬。……弾二五絃之妙指一、詠二周孔之図書一。揮二翰墨一以奮レ藻、陳二三皇之軌模一。）と述べて、自由気ままな生活を送ることを、潘岳「閑居賦」と同様に、宣言する内容となっているわけなのである。張衡「帰田賦」の場合にも。すなわち、官職を辞退して田園に帰居することを宣言した張衡の場合においても、道真の場合とは、勿論、理由や状況を全く異にしているわけであるが、確かに、潘岳と同様に、張衡もまた、たとえ、一時的であったとしても、それを実行したこと、これは間違いない事実なのである。道真は本句（一八〇句）において、その事実の方だけを引用し、自分自身の、官職を離れて邸宅に戻り閑居せんとした心境にそれを重ね合わせることにしたわけなのだろう。道真は、先人である張衡の、そうした事実を踏襲する決意を、当時のわたしも固めていたものであった、とここでは主張していることになる。

なお、張衡の晩年は、潘岳のそれと異なり、例えば、『後漢書』〈巻五九「張衡伝」〉中に、「永和（一三六―一四一年）ノ初ニ出デテ河間ノ相ト為ルヤ、……事ヲ視ルコト三年、上書シテ骸骨ヲ乞フ（退職を願った）。徴サレテ尚書ヲ拝ス。年六十二ニシテ、永和四年（一三九）ニ卒ス。」（永和初出為二河間相一、……視レ事三年、上書乞二骸骨一。徴拝二尚書一。年六十二、永和四年卒。）との一文が見えているように、彼は中央政界に復帰して活躍したことになっているし、また、同書によると、彼の没後には石碑が建立され、そこには、文人の崔瑗（さいえん）によって、「数術ハ天地ヲ窮（きは）メ、制作ハ造化ニ侔（ひと）シ。」（数術窮二天地一、制作侔二造化一。）との称賛の辞が撰文されたことになっている。

「豈（あ）ニ田（でん）ヲ癡（す）テンヤ」（豈癡レ田）とは、どうして田園を見捨てるなどということがあったであろうか、いや、そんなことはなかった、との意。転じて、故郷の田園に立ち戻り、そこで気ままな生活を送ることを当時のわたしは忘れはしなかった、との意となる。対語としての「非レ忘レ宅」（一七九句）の場合が、潘岳「閑居賦」のその題名からの転用であったと見なす以上は、本句（一八〇句）中の「豈癡レ田」の場合は、張衡「帰田賦」のその題名からの転用であると見なさなければならないだろう。それによって、両者は見事な対語となり、対比的な配置となるはずなのだ。ちなみに、上述したように、「平仄式」上においても、前者が「○○×」（○印は平声で×印は仄声）となり、後者が「××◎」（◎印は平声で韻字）となっていて、その点でも、対比的な配置を形作っていることになっている。なお、上述したように、「閑居賦」と「帰田賦」との両作品は、共に、『文選』に所収されていて、前者は同書・巻一六「志下」中の最初に配置され、後者は同書・巻一五「志中」中の最後に配置されている。つまり、両作品の配置は、巻数を異にしながらも両隣りとなっているわけなのだ。そのことからも、本聯の前・後句における、以上の両作品の引用には、それなりの、十分な説得力があると言えるはずなのである（もとより、『文選』のそこでの配置は、時代順となっている。）。

本聯（一七九・一八〇句）の対句構成上において、その前句中に潘岳と「閑居賦」とを配置し、その後句（本句）中に張衡と「帰田賦」とを配置していることになるわけであるが、西晋時代の潘岳とその作品を前句中に、後漢時代の張衡とその作品を後句中に配置して、時代の前後を逆転させることにしたのは、言うまでもなく、「田」（『広韻』下平声・一先韻）字で押韻し、近体詩としての大原則「一韻到底」を厳守するためであったに違いない。それは、「帰田賦」の題名中から「田」字を転用して配置することにしたからなのだ。ところで、本聯の前・後句において、中央政界から追放される前に、自身から右大臣の官職を辞して、田宅に退隠して日々を過ごさんとの思いを抱いた当時の道真が、後漢の張衡や西晋の潘岳を、そうした思いを抱いたことのある先人としてここで取り上げ、彼等と自分との間に横たわる共通項の存在を確認し、その点について詠述していることになるわけであるが、次聯以下（一八一―一九〇句）の五聯十句においては、以下の通り、彼等と自分との間に横たわる大きな相違点について言及することにしている。

（7）風摧同㆓木秀㆒　「風ノ摧クガゴトキナルハ木ノ秀ヅルニ同ジケレバナリ」と訓読して、（もとより、その潘岳・張衡両先人の中央政界からの追放などはこのわたしの場合とは全く違っていて、例えば、その張衡の場合には、彼は）まるで風が木を吹き折るかのように職を解かれることになってしまったわけであるが（それは）高く伸びた樹木の場合と同じで（彼の才能が人並み以上に）質的に優れていたからなのであり、との意になる。

本聯（一八一・一八二句）の前句に当たる本句と、その後句に当たる次句「灯ノ滅ユルガゴトキナルハ膏ノ煎ルルニ異ナレバナリ」（灯滅異㆓膏煎㆒）とは、これも対句構成を形作っており、詩語「風」と「灯」、「摧」と「滅」、「同」と「異」、「木」と「膏」、「秀」と「煎」とがそれぞれ密接な対応関係の下に配置されている。前聯（一七九・一八〇句）の前句中に登場した「潘岳」（A）とその後句中に登場した「張衡」（B）との両先人たちの、その人並み優れた才能について詠述し、そうした優れた才能こそが彼等をして共に挫折の道を歩ませるようにさせたのだ（その点で、同じく挫折の道を歩むことになった、政治的才能のまことに劣るわたし自身の場合とは大いに異なっている。）、と本聯の前・後句においてそのように結論付けることにしている。

「潘岳」（A）と「張衡」（B）との対比関係を見てみると、前聯（一七九・一八〇句）の前・後句の場合がＡＢのそれであったのに対して、本聯（一八一・一八二句）の前・後句の場合にはB′A′のそれとしなければならないだろう。と言うのは、その前句中に見えている比喩形が「風ノ摧クガゴトキナルハ」（風摧）に作られているからなのであり（「如㆓風摧㆒」の省略形）、同じく、その後句中に見えている比喩形が「灯ノ滅ユルガゴトキナルハ」（灯滅）に作られているからなのである（「如㆓灯滅㆒」の省略形）。前述したように、「潘岳」（A）の方は晩年には処刑されてしまうわけなのであり、「張衡」

（B）の方は晩年には中央政界に復帰を果たしているわけなのである。それぞれの人物の比喩形としては、風のせいで一度吹き折られたとしても、おのずからなおも成長を続ける樹木のそれは、まさに、Bの運命を比喩するのに相応しいことになるだろうし、逆に、油のせいで一度火種が消えてしまった以上は、おのずからなおも明かりを点じ続けることの出来ない灯火のそれは、まさに、Aの運命を比喩するのに相応しいことになるだろう。本聯の前・後句の場合には、AとBとの対比関係はB′A′のそれとしなければならないだろうと述べたのは、まったく、そのためなのである。

前聯（一七九・一八〇句）の前・後句の対比関係がABであるのに対して、本聯（一八一・一八二句）の前・後句のそれがB′A′となっているのは（AA′は潘岳を、BB′は張衡をそれぞれ指示。）、もとより、近体詩としての「平仄式」を厳守するためと考えていいだろう。本聯の前句「風摧同二木秀一」中の平仄が上から順に「○○○××」との配置となっており、同じく、後句「灯滅異二膏煎一」中のそれが上から順に「○××○◎」との配置となっている（○印は平声、×印は仄声、◎印は平声で韻字。）。この配置によって、本聯の前・後句は、共に、「粘法」「二四不同」「下三連」の「平仄式」上の大原則は厳守されることになり、後句の末尾に「煎」（『広韻』下平声・一先韻）字を配置することによって、「一韻到底」もまた厳守されることになるわけなのだ。本聯の前・後句の対比関係がB′A′のそれになっているのは、やはり、近体詩としての「平仄式」を厳守するという、そのことがもっぱらの目的であったと考えていいことになるだろう。

さて、本聯の前句中においては、後漢の張衡の中央政界からの（一時的な）追放、それが彼の人並み優れた才能に起因していると詠述していることになるわけなのであるが、そうした人並み優れた才能を有する人物の場合には、必ず挫折感を味わうことになるという、そうした点については、例えば、『文選』〈巻五三「運命論」李康〉中にも、「故ヨリ木ノ林ニ秀ヅレバ、風ハ必ズ之ヲ摧キ、堆ノ岸ヨリ出ヅレバ、流ハ必ズ之ヲ湍シ、行ノ人ヨリ高ケレバ、衆ハ必ズ之ヲ非ル。」（故木秀二於林一、風必摧レ之、堆出二於岸一、流必湍レ之、行高二於人一、衆必非レ之。）との一文中にも指摘されている。恐らく、その一文を本句の出典と見なしてもいいだろう。もとより、本句の出典ということで言えば、さらに、『白氏文集』〈巻一三「代レ書詩一百韻、寄二微之一。」〉中に見えている、「木ノ秀デテ風ニ遭ヒテ折ルルガゴトク、蘭ノ芳シクシテ霰ニ遇ヒテ萎ムガゴトシ。」（木秀遭レ風折、蘭芳遇レ霰萎。）との一句をも、その一つに数え上げなければならないだろう。

勿論、時代的に言って、後者の用例が前者のそれに依拠していることになるわけであろうが、今、その後者の用例に改めて注目するのは、白居易の友人である元稹が、「道ハ心ト共ニ直ク、言ハ行ト兼ネテ危シ。」（道将レ心共直、言与レ行兼危。）との、そうした優れた態度なり才能なりのために、「未ダ明主ニ識ラレザルニ、已ニ倖臣（寵臣）ニ疑ハル。……口ヲ騰ゲテ因リテ痏（傷跡）ヲ成シ、毛ヲ吹キテ遂ニ疵ヲ得タリ。……賈生（前漢の文人・賈誼）ノ魏闕（朝廷）ヲ離ルルガゴトク、王粲（三国魏の文人）ノ荊夷（南方の荊州）ニ向カフガゴトシ。」（未レ為二明主識一、已被二倖臣疑一。……騰レ口因成レ痏、吹レ毛遂得レ疵。……賈生離二魏闕一、王粲向二荊夷一。）との、そうした讒言を却って彼は被ってしまい、それが原因で左遷という運命を引き受けることになってしまったのだ、と詠述されていて、その詠述中に、「木秀遭レ風折」とのその用例が採用され配置されているからなのである。元稹の、その左遷という運命を具体的に比喩するために、その用例が使用されているからなのである。本聯の前句に当たる、本句（一八一句）中の用例の場合には、「運命論」中の一文は言うまでもないが、上記『白氏文集』中の一句をも出典と考えてみる必要が、やはり、有るのではないだろうか。

後漢の張衡が人並み勝れた才能の持ち主であったことは、「衡ハ少クシテ善ク文ヲ属シ、……遂ニ五経ニ通ジ、六芸（士が学ぶべき教養。礼・楽・射・御・書・数。）ヲ貫ク。才ノ世ニ高シト雖モ、驕尚（おごりたかぶる）ノ情無シ。常ニ従容（ゆったりとしたさま）淡静トシテ、俗人ニ交接スルヲ好マズ。……衡ハ機巧（仕掛け）ヲ善クシ、尤モ思ヲ天文・陰陽・歴筭ニ致ス。」（衡少善属レ文、……遂通二五経一、貫二六芸一。雖三才高二於世一、而無二驕尚之情一。常従容淡静、不レ好三交二接俗人一。……衡善二機巧一、尤致二思於天文陰陽歴筭一。）〈『後漢書』巻五九「張衡列伝」〉との一文に見えている通りなのであり、詞賦家としてだけではなく、彼は渾天儀（天球儀）や候風地動儀（地震計）の発明者としても有名な人物ということになっている〈『東洋史辞典』〉。確かに、『文心雕龍』〈「才略篇」〉中にも、「張衡ハ通贍（才略の広く豊かなこと）ナリ」（張衡通贍也）との指摘が見えている。

そうした張衡であったが、『文選』〈巻二九「四愁詩」張衡〉中に見えている序文によると、「張衡ハ久シク機密ニ処ルヲ楽シマズ。陽嘉中（一三二―一三五）ニ、出デテ河間ノ相ト為ル。」（張衡不レ楽三久処二機密一。陽嘉中、出為二河間相一。）との一文に作られていて、安帝の時に太史令に抜擢された彼であるが、後に宦官の讒言を被り、陽嘉年中に地方に出て、河間の恵王の補佐官になったことが分かる。本句（一八一句）中の詩語「風ノ摧クガゴトキナルハ」（風摧）との比喩形は、まさに、太史令として中央政界で活躍していた張衡が、讒言を被って地方官に転出せざるを得なかった事実を指示していると見ていいのではないだろうか。その張衡は、強風によって打ち砕かれるように、そのように中央政界から追放されることになってしまったのだ、と。彼が中央政界を追放されることになったという事実を取り上げ、その結果を、先ず比喩表現を採用して表現していることになるわけなのである。

比喩表現を採用して事実の結果を先ず取り上げることにした以上は、当然のことに、同じく、比喩表現を採用して、次には、その原因について詠述する必要があるだろう。「木ノ秀ヅルニ同ジケレバナリ」（同二木秀一）とは、まさしく、張衡が中央政界を追放されることになってしまった事実（結果）について、その原因が那辺にあったのかを詠述していることになるはずなのである。上述したように、本句（一八一句）の出典と認めることにした李康「運命論」中にも「木秀二於林一、風必摧レ之。」との一文が、さらに、同じく、『白氏文集』中にも「木秀遭レ風折」との一句が見えていたはずで、それらによると、林の中に一際高く伸びきった樹木は、風を受けて摧き折られてしまうことになるのだという。張衡は、ここでは、林の中に一際高く伸びきった樹木に見立てられているわけなのだ。そうした樹木と同様の存在と見なされている。勿論、以上の見立ては、彼の才能が人並み優れていた事実を表現したものとなっているはずで、結局、張衡が中央政界を追放されることになった原因、それは、人並み優れた彼の才能のせいなのだ、と作者は主張していることになる。まさに、人並み優れた才能のせいで、彼は追放の運命を被ることになったのだ、と。

ところで、ここで注目する必要があるのは、張衡の左遷の原因、それを人並み優れた彼の才能のせいであるとし、その彼を林の中に高く伸びきった樹木に見立てている点なのである。それが林の中に高く伸びきった樹木であるということになれば、もとより、吹く風を他の樹木よりも単独で引き受けざるを得ないことになるわけなのであり、枝や幹を吹き折られる可能性は、結果的に、それだけ高く大きいということになるだろう。ただ、樹木である以上は、一時的に、その枝や幹が風に吹き折られたとしても、時間の経過と共に、新たな枝や幹が再びおのずから成長することになるだろう。それによって、元（もと）の姿を復原し、さらに、それ以上に成長することも出来るはずなのだ。ここでは、そのような点までも含めた上で、張衡の場合の見立てとして、敢えて、樹木が採用されている、と見なす必要があるのではないだろうか。すなわち、一時的に、中央政界から追放されることになった張衡の場合には、その後に再び中央政界に立ち戻り、大いに活躍することになっているわけで、その点については前述した通りなのである。その点の共通項までも含めた上での、ここでの、樹木の見立て表現の採用と見なければならないだろう。

　こうした樹木の見立て表現を、当然のことに、もう一人の、中央政界を追放され、処刑されることになってしまった潘岳の場合に、当て嵌（あては）めるわけにはいかないであろう。何となれば、張衡の場合と同様に、彼もまた、人並み優れた才能の持ち主であり、それ故に、中央政界から追放されることになったわけなのであるが、ただ、張衡の場合とは違って、彼の場合には、これは、二度と中央政界に立ち戻って活躍する機会はなかったはずなのだから。彼は処刑されてしまったわけなのであり、そうした彼を、再び成長することの可能な樹木に見立てて表現するはずはないだろう。むしろ、そうした潘岳の場合の見立て表現としては、本聯の後句（一八二句）中に見えている「灯（ともしび）ノ滅（き）ユルガゴトキナル」（灯滅）の方が、やはり、大いに相応しいと言えるはずなのだ。つまり、前聯（一七九・一八〇句）における「潘岳」（A）と「張衡」（B）との対比関係ABをここでも継承しながら、本聯（一八一・一八二句）の対比関係は、上述した通り、B′A′のそれとしなければならないことになる。

（8）**灯滅異二膏煎一**　「灯ノ滅ユルガゴトキナルハ膏ノ煎ルルニ異ナレバナリ」と訓読して、（例えば、その潘岳の場合には、彼は）まるで灯が火を消し去るかのように命を奪われることになってしまったわけであるが（それは）燃え尽きる膏油の場合と違って（彼の才能が汲めども尽きせぬ程に）量的に優れていたためなのである、との意になる。

「灯滅」とは、ここでは、比喩形「灯ノ滅ユルガ如キナルハ」（如二灯滅一）の省略形と見なすべきだろう（対語「風摧」を比喩形「風ノ摧クガゴトキナルハ」〈如二風摧一〉と見なすことにしたのと同様）。潘岳が中央政界を追放され処刑されてしまったことに見立てる。

西晋の潘岳が人並み優れた才能の持ち主であったことは、「岳ハ少クシテ才穎（知恵が優れていること）ヲ以テ称セラレ、郷邑（村里）ハ号シテ奇童（人並み優れた少年）ト為シ、終・賈（前漢の終軍と賈誼の二人。共に早成して名を知られた。）ノ儔ト謂フナリ。」（岳少以二才穎一見レ称、郷邑号為二奇童一、謂二終賈之儔一也。）〈『晋書』巻五五「潘岳伝」〉との一文中、あるいは、「岳ノ才名ノ世ニ冠タレバ、衆ノ為ニ疾マレ、遂ニ栖遅スル（官職に就かない）コト十年ナリ。出デテ河陽ノ令ト為ルヤ、其ノ才ヲ負ヒテ鬱々トシテ志ヲ得ズ。」（岳才名冠レ世、為レ衆所レ疾、遂栖遅十年。出為二河陽令一、負二其才一而鬱々不レ得レ志。）〈同〉との一文中に見えている通りなのである。

上記の「閑居賦」〈『文選』巻一六「志下」〉中においても、作者の潘岳自身が、二十歳から五十歳までの三十年間、官職に八回就いたと言及している点を先に紹介したが、その点について、同作品中では、さらに、具体的に、彼は、「八タビ官ヲ徙サレテ、一タビ階ヲ進メラレ、再ビ免ゼラレ、一タビ名ヲ除カレ、一タビ職ニ拝セラレズ、遷サルル者ハ三タビノミ。通塞（思いが通じることと通じないこと）ニ遇有リト雖モ、抑亦タ拙キ者ノ效ナリ。」（八徙レ官、而一進レ階、再免、一除レ名、一不レ拝レ職、遷者三而已矣。雖二通塞有一レ遇、抑亦拙者之效也。）と述べていて、彼自身は生き方の拙さがその原因であると結論付けている。勿論、『晋書』の伝記中に見えた、「岳才名冠レ世、為レ衆所レ疾、遂栖遅十年。」との方を直接的な原因と見なすことも当然出来るはずなのであり、本聯（一八一・一八二句）の後句においては、もとより、そちらを直接的な原因と見なしていることになるわけなのだ。

上述したように、その潘岳は、友人の石崇と共に賈謐に臣従した結果、賈謐が趙王倫に斬られるに及んで、石崇と共に殺されてしまうことになるわけなのである。『世説新語』〈「仇隟篇」1〉の所引注『語林』に、「潘・石ハ同ジク東市ニ刑セラル。石ハ潘ニ謂ヒテ曰ク、天下ハ英雄ヲ殺セリ。卿ハ復タ何ヲカ為ス、ト。潘曰ク、俊士ノ溝壑ヲ塡ムレバ、余波ノ来リテ人ニ及ベリ、ト。」（潘・石同刑二東市一。石謂レ潘曰、天下殺二英雄一。卿復何為。潘曰、俊士塡二溝壑一、余波来及レ人。）と記述されているように、潘岳は友人と共に東市で処刑されてしまうわけなのであり、いわゆる、「夷三族」（本人の罪に対して、同時にその父・母・妻の三族をも罰すること）の大罪を被ることになるわけなのである《『晋書』巻五五「潘岳伝」》。

潘岳がそのように処刑され、命を失うことになったこと、そのことを灯火が消えてしまう様子に見立てているわけなのだ、本聯の後句に当たる本句（一八二句）中の詩語「灯滅」の場合には。それを「灯ノ滅ユルガゴトキナルヲ」と訓読し、「如二灯滅一」の省略形と見なすことにしたのは、そのためなのである。対語である「風摧」のそれの場合が自然的な見立てであったのに対して、「灯滅」のそれの場合には、人事的な見立てとなっていて、そうした、見立ての相違点においても本聯両句は対比的な配置となっている。それが灯火である以上は、一たび火が消えてしまえば、自然に再生することなどは有りえないはずで、ここで、それを処刑され、命を失うことになった潘岳の命の炎に見立てているのは、如何にも相応しいと言えるのではないだろうか。追放された後に復帰を果たすことになる、その張衡の見立てであるとそれを見なすわけにはいかないはずだし、処刑されて命を失うことになった潘岳の見立てであると、やはり、ここではそれを見なさないわけにはいかないだろう。

本聯の前・後句中においては、上述したように、それぞれの詩語「風」と「灯」、「摧」と「滅」、「同」と「異」、「木」と「膏」、「秀」と「煎」とが対語として配置されているわけであるが、後句に当たる本句中の「膏ノ煎ラルルニ異ナレバナリ」（異二膏煎一）の部分と、前句中の「木ノ秀ヅルニ同ジケレバナリ」（同二木秀一）の部分とは、これも見事な対句構成を形作っている。とりわけ、「同」と「異」との対比は面白いと言えるだろう。灯火が消える場合、一般的には、それは灯油が燃え尽きるからということになるわけであるが、潘岳に見立てられた灯油の場合には、そうした一般的な理由のために消えるのではないことになっているからなのだ。「膏」は油、ここは、灯火を燃やすための油のことを指示。「煎」は、ここでは「いる」と訓じ、火で熱し焦がす意。転じて、油が燃え尽きるとの意。用例「徒ラニ芳膏ノ煎リ灼キテ灯ノ明カナルヲ恨ム」（徒恨二芳膏煎灼灯明一）〈『後漢書』巻六七「党錮伝」賛〉。なお、その「李賢等注」には、「薫ハ香シキヲ以テ自ラ焼キ、膏ハ明キヲ以テ自ラ銷ユ。」（薫以レ香自焼、膏以レ明自銷。）に作っている。油の場合には、灯火を明るく輝かせるために自身を燃やし尽くすのだ、と。

潘岳が処刑されて命を奪われた事実を、本句（一八二句）においては、灯火の消えることに見立てているわけであるが、その彼の命の炎が消えてしまった理由については、それを、灯火の消えることになる、そうした一般的な理由であるところの、すなわち、灯油が燃え尽きて無くなってしまったためなのではなくて、むしろ、逆に、灯油が有り余り、それが、さらに、どんどん増え続けたためだからなのである、とここでは結論付けられていることになるわけなのである。灯火の消えることになる一般的な理由と、それは、全く異なっている（有り余る灯油が逆に火を消すことになったのだ）と言いたいわけなのだ。前句（一八一句）の場合には、張衡の人並み優れた才能は、その抜きん出ている高さの点において、森の中で一本だけ高く伸びた樹木に比喩されていたはずであるが、後句である本句の場合には、潘岳の人並み優れた才能は、その量り知れない多さの点において、灯火を燃やすには有り余り、しかも、無尽蔵となっている灯油に比喩されていることになるはずなのである。つまり、潘岳の場合には、その無尽蔵の灯油に比喩された彼の優れた才能が、灯火に比喩された彼の命の炎を却って消すことにしてしまったのだ、ということになるはずなのだ。両人の才能についての、位置的な高さと数量的な多さとの対比構成となっている。

ところで、『荘子』〈「人間世篇」〉中に、「山木ハ自ラ寇シ（木を切る）、膏火ハ自ラ煎ル。」（山木自寇也、膏火自煎也。）との対句表現が見えていて、とりわけ、その後句中の、灯油は（灯火として役立ったために）自身から我が身を燃やし尽くすことになる、との見立て表現は、前記『後漢書』〈「党錮伝」賛〉中の、「徒恨二芳膏煎灼灯明一」との一文の出典と見ることが出来るだろうし、さらに、本句（一八二句）の出典と見ることも出来るだろう。確かに、この『荘子』中の一文については、『経典釈文』〈巻二六「荘子音義上」〉にも、「司馬云フ、木ハ斧ノ柄ヲ生ミテ、還ツテ自ラ伐リ、膏ハ火ヲ起コシテ、還ツテ自ラ消ス。」（司馬云、木生二斧柄一、還自伐、膏起レ火、還自消。）に作られている。その司馬彪の説に従うならば、油の場合には、火を起こすために自身を燃やし尽くす、との意に解釈しなければならないはずで、前記『後漢書』〈「党錮伝」賛〉中のその一文の内容とは、おおよそ一致していることになる。

　もっとも、本聯（一八一・一八二句）の前・後句共通の出典を考える場合には、やはり、以上の『荘子』〈「人間世篇」〉中の、「山木自寇也、膏火自煎也。」との一文の存在を忘れるわけにはいかないだろう。何故か。そこには、対句表現が採用されているばかりではなく、前句には「山木」のことが、後句には「膏火」のことが詠述され配置されているからなのである。両者が対比されているからなのだ。本聯の前句が「木秀」のことを、その後句が「膏煎」のことを取り上げて、それを対句表現として配置していることからすると、まさに、表現・内容上、そこに両者の類似性を見ないわけにはいかないだろう。ただ、上述したように、本聯の前句における表現・内容上に、より密接な類似性を有するという観点からすれば、「運命論」中の、「木秀二於林一、風必摧レ之。」との一文、もしくは、『白氏文集』中の、「木秀遭レ風折」との一句に、今は注目しないわけにはいかないだろうし、同じく、後句における表現・内容上に、より密接な類似性を有するという観点からすれば、これまた、上述したように、『後漢書』中の、「徒恨二芳膏煎灼灯明一」との一句に、今は注目しないわけにはいかないだろう。

　恐らく、『荘子』中の一文の、その前句が「運命論」中の一文に影響を与え、その「運命論」中の一文がさらに『白氏文集』中の一句に影響を与えることになったのだろう。つまり、そうした前後の影響関係の存在がすでに有って、その結果として、本聯の前句（一八一句）中の表現・内容は成立を見るに至ったわけなのだろう。同様に、恐らく、『荘子』中の一文の、その後句が『後漢書』中の一文に影響を与えることになったのだろう。つまり、そうした前後の影響関係の存在がすでに有って、その結果として、本聯の後句（一八二句）中の表現・内容は成立を見るに至ったわけなのだろう。そのように考えて、今は、本聯の前句の出典、それを『荘子』「運命論」『白氏文集』中のそれぞれの一句と認め、本聯の後句の出典、それを『荘子』『後漢書』中のそれぞれの一句と認めることにする。

（9）**苟可二営々止一**　「苟モ営々トシテ止マル可ケレバ」と訓読して、まことに（青蝿が）あちらこちら飛び回って（垣根に）止まるように（小人どもが宮中に居座って気ままにのさばり、人並み優れた才能の持ち主たちをさかんに中傷）していたわけなのであろうから、との意になる。

　本聯（一八三・一八四句）の前句に当たる本句と、その後句に当たる次句「胡ゾ脛々トシテ全キヲ為サンヤ」（胡為二脛々全一）もまた対句構成を形作っていて、それぞれの対語「苟」と「胡」、「可」と「為」、「営々」と「脛々」、「止」と「全」とは対比的に配置されている。そして、本聯における対句構成の場合には、その前・後句は、意味内容的に、人並み優れた才能を有していながら、張衡と潘岳とが何故に職を解かれたり命を奪われたりする運命に遭遇するに至ったのか、という点について言及することになる。前聯（一八一・一八二句）においては、人並み以上に質的に優れた才能を有していた張衡が、まるで、風が木を折るかのように職を解かれて中央政界を追放となってしまったこと（前句）、同様に、汲めども尽きせぬ程の量的に優れた才能を有していた潘岳が、まるで、灯が火を消し去るかのように中央政界を追放となり命を奪われてしまったこと（後句）について詠述していたわけであるが、そうした意味内容を直接的に継承しているはずの本聯の前・後句においては、そのような両人の中央政界からの追放なり刑死なりという結果、それがどのような事情によって引き起こされたものであるのか、その原因が那辺にあったのか、ということについて言及することになっている。つまり、前聯の前・後句が結果について、本聯が原因について言及するように作られていて、すなわち、両聯四句が果因関係にあるというその点で、ここでの両聯は密接な関連性を有していることになるはずなのである。ここでの前聯と本聯との密接な関連性を考えれば、本聯における主語も、当然に、張衡・潘岳の両人であると認めないわけにはいかないだろう。作者である道真自身が主語であるとするわけには、どうしてもいかないはずなのだ。

　とにかく、中央政界からの追放なり刑死なりという結果を招くに至った、張衡の場合にも潘岳の場合にも、そうした結果をそれぞれ招くに至った原因が有るはずなのだ。その原因とは何か。それは、共に、彼等の優れた才能を妬んだ小人なり宦官なりの讒言なのであり、彼等の讒言こそが直接の原因なのだ、と本聯の前・後句において、作者は結論付けるわけなのである。その前句に当たる本句中の詩語について見るならば、「苟」とは、仮定の助字であり、「いやしくも」と訓じて、かりそめにも・かりにも、との意となる。「営々」とは、あくせくと動き回るさま。用例「営々タル青蠅、樊（垣根・まがき）ニ止マル。豈弟（心楽しく安らかな）ノ君子ヨ、讒言ヲ信ズル無カレ。」（営々青蠅、止二于樊一。豈弟君子、無レ信二讒言一。）《『詩経』小雅「青蠅」》。まさしく、この用例が本句中の詩語「営々トシテ止マル」（営々止）の出典と見なすべきであり、そのことからして、本句中の「営々」の場合にも、その出典中の「毛伝」に、「営々、往来貌。」に作られている通りに、青蠅があちらこちら飛び回るさま、との意に解釈する必要があるはずなのだ。勿論、その出典においても、「青蠅」とは、「鄭箋」に「蠅ノ虫為リテ、白ヲ汚シテ黒カラシメ、黒ヲ汚シテ白カラシムルコト、佞人（口先がうまく媚諂う人）ノ善悪ヲ変乱スルニ喩フルナリ。」（蠅之為レ虫、汚レ白使レ黒、汚レ黒使レ白、喩二佞人変二乱善悪一也。）に作られていて、それこそ、讒言を弄ぶ小人の比喩となっているわけなのであり、本句（一八三句）中の「営々」の場合にも、そうした動作を繰り返している主体は、青蠅（讒言を弄ぶ小人）としなければならないはずなのである。詩語「止」も上記の出典中に見えているわけなのであり、本句中のそれの場合にも、青蠅が垣根（まがき）に止まり集まる、との意に解釈しなければならないだろう。もとより、青蠅が垣根（まがき）に止まり集まるとは、讒言を弄ぶ小人どもが宮中に活躍の場を求めんとして右往左往する様子を比喩していることになる。なお、『白氏文集』〈巻二一「反二鮑明遠白頭吟一」〉中にも、「営々」と「小蠅」との用例が、「炎々タル烈火、営々タル小蠅。火モ貞玉ヲ爇カズ、蠅モ清氷ニ点セズ。」（炎々烈火、営々小蠅。火不レ爇ニ貞玉一、蠅不レ点ニ清氷一。）との両聯中に見えている。

人並み優れた才能を有していた、後漢の張衡と西晋の潘岳とが仕えたそれぞれの中央政界にも、確かに、「青蠅」が飛び回っていたことは、上述したように、張衡「帰田賦」〈『文選』巻一五「志中」〉中の「李周翰注」に、「順帝ノ時ニ閹官（宦官）ノ事ヲ用フレバ、田里ニ帰ラント欲シテ、故ニ是ノ賦ヲ作ル。」（順帝時閹官用レ事、欲レ帰ニ田里一、故作ニ是賦一。）との一文が見えていたはずだし、『晋書』〈巻五五「潘岳伝」〉中にも、「岳ノ才名ノ世ニ冠タレバ、衆ノ為ニ疾マレ、遂ニ栖遅スル（官職に就かない）コト十年ナリ。」（岳才名冠レ世、為レ衆所レ疾、遂栖遅十年。）との一文が見えていたはずなのである。それぞれの中央政界を自由に飛び回り、張衡なり潘岳なりを讒言せずにはおかなかった「青蠅」の活躍の様子、そのことを本句中の詩語「営々止」は比喩表現を通して指示していると見ていいだろう。

（10）**胡為ニ脛々全一**　「胡ゾ脛々トシテ全キヲ為サンヤ」と訓読して、（潘岳や張衡のごとき人並み優れた才人たちがそれぞれの中央政界において）どうしてまっすぐに身を全うすることなど出来たであろうか（出来なかったのは当然なのだ）、との意になる。

前聯（一八一・一八二句）との密接な関連性を有している本聯（一八三・一八四句）が、結果としての、その中央政界を追放されるに至った張衡の事件について取り上げ、そして、同じく、結果としての、その刑死させられるに至った潘岳の事件について取り上げているところの、そうした前聯の前・後句の内容を直接的に継承していること、そのことは上述した通りなのである。それらの事件の原因は共通していて、小人などによる、両人に対する讒言のせいなのである、と作者は本聯の前・後句において結論付けることにするわけなのだ。前聯において取り上げた、事件の結果についての詠述に対して、本聯においては、それらの事件の原因について取り上げて詠述することになっている。と言うことは、本聯の後句に当たる本句の主格は、あくまでも、潘岳と張衡ということでなければならないだろう。前聯と本聯との密接な関連性、それが果因関係のそれに有ることになっているからなのである。

「胡」とは、ここは反語の副詞で、「なんぞ」「いづくんぞ」と訓じて、「どうして」の意。「脛々」とは、まっすぐなさま・正直なさま。用例としては「事ハ何ゾ容易ナランヤ。脛々ナル者（まっすぐに生きる人）ハ未ダ必ズシモ全カラザルナリ。」（事何容易。脛々者未ニ必全一也。）（『漢書』巻九「楊惲伝」）との一文が見えていて、その「顔師古注」にも、「脛々、直貌也。」に作っている。なお、詩語の「脛々」と「全」とがその用例の一文においても併置され見えていることからして、それを本句（一八四句）の出典と見なすことも十分に可能だろう。ちなみに、内松桑文の諸本の傍注や割注にも、「脛見ニ漢書一」に作っている。本句（一八四句）の場合には以下のような意味を有することになるはずなのだ。すなわち、人並み優れた才能の持ち主である潘岳と張衡とがその才能を思う存分に発揮しようとしたけれども、それに対して、彼等の才能を憎悪する小人どもが讒言を弄して、中央政界から彼等を排除しようと画策することとなり、それが原因で、彼等両人は、一人は追放され、一人は刑死させられてしまい、どちらも、まっすぐに身を全うすることが出来なくなってしまったのだ、と。

(11) **覆レ巣憎ニ㲉卵一**　「巣ヲ覆シテ㲉卵ヲモ憎ムガゴトクナレバナリ」と訓読して、（何故なら、彼等小人どもが人並み優れた才能の持ち主たちを憎み嫌うことが、あたかも、木の上の鳥の）巣をひっくり返してその雛や卵までも憎み嫌うかのようであるからなのであり（それ程に徹底的に才人を憎み嫌うからなのであり）、との意になる。

本聯（一八五・一八六句）の前句に当たる本句と、その後句に当たる次句「穴ヲ捜リテ蚳蝝ヲモ叱ルガゴトクナレバナリ」（捜レ穴叱ニ蚳蝝一）とは、もとより対句構成を形作っていて、それぞれの詩語「覆レ巣」と「捜レ穴」、「憎」と「叱」、「㲉卵」と「蚳蝝」とは、対語として正しく対比的に配置されている。そして、本聯における対句構成の場合には、その前・後句は意味的に、共に前聯（一八三・一八四句）の意味内容を直接に継承して、中央政界に居座って気ままにのさばり、人並み優れた才能の持ち主たち（張衡・潘岳など）を讒言してやまない小人どもの、才人たちを憎悪する様子なり程度なりを具体的に説明することになっており、両句の場合は、表現的には、共に比喩形が採用されていると見ていいだろう。つまり、本聯の前句の場合には、「小人ノ才人ヲ憎ムコト巣ヲ覆シテ㲉卵ヲモ憎ムガ如クナレバナリ」（小人憎二才人一如三覆レ巣憎二㲉卵一）の省略形（○印の部分が省略されている）、その後句の場合には、「小人ノ才人ヲ憎ムコト穴ヲ捜リテ蚳蝝ヲモ叱ルガ如クナレバナリ」（小人憎二才人一如三捜レ穴叱二蚳蝝一）の省略形（同）と考える必要があるはずなのであり、もとより、両句の主格は、共に、省略されている「小人憎二才人一」としなければならないはずなのである。

すなわち、本聯の前句「覆レ巣憎二㲉卵一」と後句「捜レ穴叱二蚳蝝一」とは、小人どもが才人たちを憎悪する様子やその程度、それらがいかに徹底的なものであって、どんな些細な事であっても決して見過ごしたりすることはしない、との意を詠述していることになる。もとより、前・後句はそうした内容を共に詠述していることになるが、表現的には、前句の場合には、才人を「鳥」に比喩し、後句の場合には、才人を「虫」に比喩していて、対句的で対比的な構成を見事に形作っていると言えるだろう。

本聯中の対語として注目すべきなのは、「㲉卵」（前句）と「蚳蝝」（後句）との対比的配置であろうが、両者の対語としての用例は、「且ツ夫レ、山ハ蘖ヲ槎ラズ、沢ハ夭（若木）ヲ伐ラズ、魚ハ鯤鮞（卵や稚魚）ヲ禁ジ、獣ハ麑麇（鹿の子と馴鹿の子）ヲ長ジ、鳥ハ鷇卵（ひなとたまご）ヲ翼シ（成長させ）、虫ハ蚳蝝ヲ舎ク（そのままにしておく）ハ、庶物（万物）ヲ蕃スルモノニシテ、古ノ訓ナリ。今魚ノ方ニ別レテ孕メドモ、魚ノ長ズルヲ教ヘズシテ、又網罟ヲ行フ（一網打尽にする）ハ、貪ルコト芸無キナリ。」（且夫、山不レ槎レ蘖、沢不レ伐レ夭、魚禁二鯤鮞一、獣長二麑麇一、鳥翼二鷇卵一、虫舎二蚳蝝一、蕃二庶物一也、古之訓也。今魚方別孕、不レ教二魚長一、又行二網罟一、貪無レ芸也。）《『国語』「魯語上」》との一文中にすでに見えている。その用例においては、まさしく、「鳥翼二鷇卵一」と「虫舎二蚳蝝一」との両句が対句構成を形作っていて、「鳥」と「虫」、「翼」と「舎」、「鷇卵」と「蚳蝝」とが対語としてそれぞれ対比的に配置されている。大いに注目すべきだろう。「鷇卵」と「蚳蝝」との対語としての配置からすれば、それを本聯（一八五・一八六句）の出典と見なしていいのではないだろうか。なお、出典中に作られている「鷇」字と本句中に作られている「㲉」字とは、共に、雛鳥（親鳥が哺育する雛）の訓を有して通じ合っていて、『広韻』〈去声・五〇候韻〉中にも、「鷇（鷇に同じ）ハ、鳥ノ子。亦タ㲉ニ作ル。生マレテ須ク哺スベキヲ鷇ト曰ヒ、自ラ食スルヲ鶵（ひな）ト曰フ。」（鷇、鳥子。亦作㆑㲉。生而須㆑哺曰㆑鷇、自食曰㆑鶵。）に作られている。対語である「蚳蝝」の場合が蟻の子と蝗の子との二者の対比に基づいている以上、「㲉卵」の場合にも、それは雛鳥と卵との、そうした二者の対比に基づいていると見なす必要があるはずだ。

なお、『国語』〈「魯語上」〉中の対句「鳥翼㆓鷇卵㆒、虫舎㆓蚳蝝㆒。」の意味内容は、昔の教訓に従い、万物を繁殖させるために、鳥の場合には雛鳥と卵とを成育し、虫の場合には蟻の子と蝗の子とを採取しない、ということになるだろう。もしも、そのようにはせず、逆に、雛鳥と卵とを成育させず、蟻の子と蝗の子とを採取してしまう場合には、これは、当然に、昔の教訓を無視したところの、「貪ルコト芸無キナリ」（貪無㆑芸也）との、そうした、無謀な行為の一つとなってしまうはずなのだ。ところで、本聯（一八五・一八六句）の前・後句の用例「憎㆓㲉卵㆓」と「叱㆓蚳蝝㆓」との場合にも、もとより、昔の教訓を無視したことになるだろう。何しろ、雛鳥と卵との存在を憎悪し、蟻の子と蝗の子との存在を叱責することにしているのだから。まさしく、それは、「貪無㆑芸也」との、無謀な行為そのものと言えるだろうし、それは、満足することなく求め続ける、無謀な行為を指示しているに違いない。

上述したように、本聯（一八五・一八六句）の前・後句の意味内容は、前聯（一八三・一八四句）の前・後句のそれと密接な対応関係にあるはずなのだ。つまり、小人どもが中央政界をあちらこちら飛び回って讒言を振り撒いたならば、才人たちは無事でいられるはずがないのだ、とのそうした結果について言及している前聯の意味内容、それを継承し、それと対応させているることになっているはずの本聯の場合には、小人どもが才人たちを憎悪したり叱責したりする様子やその程度、それらがいかに徹底的なものであって、才人たちを陥れるためなら、どんな些細なことであっても決して見過ごしたりせず、これでもかこれでもか、と欠点や弱点を彼等が求め続けるからなのである、とのそうした原因について言及することにしている。才人たちを陥れるための、小人どもの、まさしく、「貪無レ芸也」との行為、それこそがそもそもの原因であることを明示するわけなのだ。確かに、才人たちに対する、以上のような小人どもの仕打ちは、昔の教訓をまったく無視しているという点において、まさしく、「貪無レ芸也」との、そうした行為の一つということになるに違いない。

　ちなみに、本聯の前句に当たる本句中の詩語「覆レ巣」は、（鳥の）巣をひっくり返す、との意。用例としては、『淮南子』〈巻八「本経訓」〉中に、「衰世（道徳のすたれた世）ニ至ルニ逮ビテハ、……巣ヲ覆シ卵ヲ毀リテ、鳳凰ハ翔ラズ。」（逮レ至ニ衰世一、……覆レ巣毀レ卵、鳳凰不レ翔。）との一文が見えているし、『史記』〈巻四七「孔子世家」〉中にも、類似の、「巣ヲ覆シ卵ヲ毀レバ、則チ鳳皇ハ翔ラズ、ト。何トナレバ則チ君子ハ其ノ類ヲ傷フヲ諱メバナリ。」（覆レ巣毀レ卵、則鳳皇不レ翔。何則君子諱レ傷ニ其類一也。）との表現が見えている。（鳥の）巣をひっくり返して卵を毀るような行為については、前者では、「衰世」における仕業だとし、後者では、君子の忌み嫌う行為であると見なしているわけなのであり、その見解には注目すべきだろう。何となれば、そうした見解が、上記の『国語』〈「魯語上」〉中に述べられていた「鳥翼ニ鷇卵一」との一句に違犯した行為について、昔の教訓を無視した仕業であり、「貪無レ芸也」との行為であると認めていた点と大いに軌を一にしていると思えるからなのである。その行為が昔の教訓を無視した貪欲極まりないものである以上、それは道徳の廃れた世の中の行為となるはずだし、必然的に、それは君子の忌み嫌うことになるに違いないのだから。

　とにかく、本句（一八五句）中の、「覆レ巣憎ニ鷇卵一」との仕業・行為は、昔の、その教訓としての「鳥翼ニ鷇卵一」に違犯し、君子の忌み嫌うところの、「覆レ巣毀レ卵」との仕業・行為そのままということになっているわけなのであり、それは、すこぶる貪欲極まりないとの、そうした意味内容を指示していることになるはずなのだ。本句中の詠述が比喩表現としてこれを採用しているのは、小人どもがどれほどに徹底的に、これでもかこれでもか、と貪欲極まりない様子なり態度なりを取って才人たちを憎悪し続けるか、ということを述べようとするからなのである。才人たちのどんな些細なことをも讒言の種にせずにはおかない、そうした小人どもの振る舞い、それを比喩したところの表現となっていて、確かに、表現的・内容的に如何にも相応しいと言えるだろう。何しろ、小人どもが才人たちを憎悪すること、まさに、「貪無レ芸也」との状態にあるわけなのだから。前聯の後句（一八四句）と本聯の前句に当たる本句（一八五句）との内容上の関連性に注目するならば、両句の果因関係は以下の通りということになるだろう。すなわち、小人どもの讒言を被ることになった才人たちがまっすぐに身を全うすることが出来ないのは（結果）、小人どもの才人たちへの憎悪感が際限ないからなのだ（原因）、と。

（12）**捜レ穴叱二蚳蝝一**　「穴ヲ捜リテ蚳蝝ヲモ叱ルガゴトクナレバナリ」と訓読して、（何故なら、彼等小人どもの人並み優れた才能の持ち主たちを罵り責めることが、まるで、地の下の虫の）穴を探り当てて蟻や蝗の幼虫までも罵り責めるかのようであるからなのである（それ程に徹底的に才人を罵り責めるからなのである）、との意になる。

本聯（一八五・一八六句）の後句に当たる本句も、その前句と同様に、内容的には、前聯の後句（一八四句）との果因関係を有していることになっている。すなわち、小人どもの讒言を被ることになった才人たちがまっすぐに身を全うすることが出来ないという、そうした結果は、小人どもの才人たちへの憎悪感が際限ないからという、そうした原因によって導き出されることになっているのだ、と。本聯の対句構成に従い、もとより、本句にもまた、前句と同様の比喩表現が採用されている。比喩の対象となっているのは、前句の場合には、それは樹上の鳥の巣であって、その上、そこに存在する雛や卵となっていたわけであるが、後句（本句）の場合には、それは地下の虫の穴であって、その上、そこに存在する蟻や蝗の幼虫となっているわけなのだ。樹上と地下、鳥の巣と虫の穴、鳥の雛や卵と蟻や蝗の幼虫との対比ということに、それらはなっている。

本聯の前・後句における対語は、前述したように、「覆レ巣」と「捜レ穴」、「憎」と「叱」、「鷇卵」と「蚳蝝」となっていて、それぞれが密接的な対比を作り出しているわけなのであるが、例えば、「巣」と「穴」、「卵」と「虫」との対比的な表現に限って言えば、「前日ノ巣中ノ卵ハ、化シテ雛ト作リテ飛ビ去リ、昨日ノ穴中ノ虫ハ、蛻シテ（抜け出て）蟬ト為リテ樹ニ上(のぼ)ル。」（前日巣中卵、化作レ雛飛去、昨日穴中虫、蛻為レ蟬上レ樹。）〈『白氏文集』巻一〇「村居臥レ病三首」其一〉との一聯中にもそうした用例は見えている。注目していいだろう。

　ただ、本聯（一八五・一八六句）の用例の場合には、その前・後句の意味内容は、あくまでも比喩表現を採用したものとなっているはずなのである。前句と同様、後句である本句のそれも、小人どもの、才人たちに対する憎悪感が際限のない、まさしく、徹底したものであるとの意を強調するための、それは、そうした役割を有した比喩表現と見なさなければならないはずなのだ。本聯の前・後句における対句構成上、そのように考える必要があるだろう。その本聯の前・後句の出典が、『国語』〈「魯語上」〉中の、「鳥ハ鷇卵(こうらん)ヲ翼(よく)シ、虫ハ蚳蝝(ちえん)ヲ舎(お)クハ、庶物(しよぶつ)ヲ蕃(しげく)スルモノニシテ、古ノ訓(をしへ)ナリ。今(いま)魚ノ方(まさ)ニ別レテ孕(はら)メドモ、魚ノ長(ちやう)ズルヲ教(をし)ヘズシテ、又網罟(またばうこ)ヲ行フハ、貪(むさぼ)ルコト芸(きはまり)無キナリ。」（鳥翼二鷇卵一、虫舎二蚳蝝一、蕃二庶物一也、古之訓也。今魚方別孕、不レ教二魚長一、又行二網罟一、貪無レ芸也。）との一文となっていることについてはすでに述べたが、確かに、その一文においても、「鳥」と「虫」、「鷇卵」（鷇は㲉に同じ）と「蚳蝝」とが対語として配置されている。

　しかも、意味内容的に、その一文においては、鳥の場合には雛鳥と卵とを成育し、虫の場合には蟻(あり)の子と蝗(いなご)の子とを採取しない、ということが万物を繁殖させるためには必要な行為なのであり、古来の訓戒なのだと主張されており、そうした行為とは逆に、雛鳥と卵とを成育させず、蟻の子と蝗の子とを採取するような行為、それは、古来の訓戒に違犯しており、この上なく貪欲な行為と言わざるを得ないと主張されている。本聯（一八五・一八六句）の前・後句「覆レ巣憎二㲉卵一、捜レ穴叱二蚳蝝一」の場合には、意味内容的に、まさしく、それは、古来の訓戒に違犯した仕業ということになるだろうし、それは、文字通りに、「貪無レ芸也」との行為、すなわち、この上なく貪欲な行為ということになるだろう。小人どもの、才人たちに対して抱く徹底的な憎悪感、そのことを比喩する表現としては、上述したように、如何にも相応しいと言えるはずなのだ。

　後句に当たる本句中の詩語「捜レ穴」とは、地下にある、虫（蟻と蝗）どもの巣となっている穴を採り当てる、との意。

「捜」字には、「索也。求也。聚也。」〈『広韻』下平声・一八尤韻〉との意があることになっており、しかも、それは平声字となっていて、対語「覆」〈同・入声・一屋韻〉の仄声字とは平仄上の対比を形作ることになっているわけなのだ。「穴」字には、もとより、動物の巣との意があり、ここでは、地下の虫どもの巣のことを指示している。それ故、対語「巣」とは密接な対応関係にあることになるわけなのであり、前述したように、『白氏文集』〈巻一〇「村居臥レ病三首」其二〉中に、「前日巣中卵、化作レ雛飛去。昨日穴中虫、蛻為レ蟬上レ樹。」との対句が見えているのは、まったく、そのためなのである。

同じく、詩語「叱二蚳蝝一」とは、蟻や蝗の幼虫までも叱責するかのようにする（それ程に徹底的に才人を罵り責めるからなのである）、との意。「叱」とは、罵り責める、との意。叱責すること。そのままに捨て置かない（生かしては置かない）こと。尽く採取してしまう、との意。「蚳蝝」とは、蟻と蝗の幼虫のこと。用例として、『文選』〈巻二「西京賦」張衡〉中にも、「胎ヲ攫リテ卵ヲ拾ヒ、蚳蝝モテ尽ク取リ、楽ヲ今日ニ取リ、我ガ後ヲ恤フルニ遑アランヤ。」（攫レ胎拾レ卵、蚳蝝尽取、取二楽今日一、遑レ恤二我後一。）との一文が見えていて、その「李周翰注」には、「蚳、蟻子。蝝、蝗子。」に作っている。今はそれに従うことにする。対語としての「㲉卵」の方が雛鳥と卵との両方を指示していることになっている以上は、対比的に、「蚳蝝」の方も蟻と蝗との、それら両方の幼虫のことを指示していなければならないと思うからなのである。

（13）**法酷二金科結一**　「法ハ金科ニ結バレシヨリモ酷シク」と訓読して、（その結果、小人どものために職を解かれることになったあの張衡の場合にも、彼に科せられた）罪状は法律の条文に書かれているそれよりもはるかに厳しいものとなってしまったわけなのであり、との意になる。

前聯（一八五・一八六句）の前・後句の意味内容、それを直接的に継承した本聯（一八七・一八八句）の前・後句においては、小人どもに徹底的に憎悪され、これでもかこれでもか、と讒言を被ることになってしまった才人たちが、結果的に、どのような運命を改めて引き受けざるを得ないことになってしまったのか、というその点に関する具体的な詠述がなされることになっている。前聯と本聯とは果因関係にあると見ていいはずで、才人たちをあくまでも憎悪する小人どもの行為（原因）が、才人たちにどのような運命を新しく招来せしめるようにさせた（結果）のか、そのことについて個別的に説明を加えているわけなのであり、それ故、両聯は密接な対応関係を有していると言えるだろう。

なお、結果的に、才人たちをして、どのような運命を新しく招来せしめるようにしたのか、その点について具体的に説明を加えることになっている本聯の前・後句の場合には、意味内容上は、前出の両聯四句（一七九―一八二句）を直接的に継承していると見るべきだろう。その前出の両聯四句においては、人並み優れた才能を有しながら、それ故に職を解かれて命を奪われることになってしまった西晋の潘岳（A）と、同じく、職を解かれて中央政界を追放されることになってしまった後漢の張衡（B）とについて、AB・B′A′の対比的な関連性を有しながら詠述されていたはずなのである。つまり、彼等両人がそうした仕打ちを被ることになったのは、まさしく、彼等が、それぞれ人並み優れた才能を有していたからなのであり、それが原因であったのだ、と。勿論、そうした仕打ちを被ることになった原因、それが、潘岳と張衡とに人並み優れた才能があったからだという、ただ、それだけの理由ではなかったこと、そこにもう一つの原因、才人を憎悪する小人どもの存在と暗躍とがあったことを、同じく、前出の両聯四句を継承している前々聯と前聯との両聯四句（一八三―一八六句）が詠述していたはずなのだ。まさに、小人どもの徹底的な、才人たちに対する憎悪感がもう一つの理由なのである、と。もっとも、その前出の両聯四句（一七九―一八二句）が、構成的にAB・B′A′（AA′は潘岳でBB′は張衡のことを指示）の対比的な関連性を有して配置されていたのに対して、小人どもの徹底的な、才人たちに対する憎悪感の存在をもう一つの理由に取り上げて詠述している両聯四句（一八三―一八六句）の場合には、才人としての潘岳と張衡との両者間においては、もとより、差異は無いはずで、両者はその仕打ちを共通して被（こうむ）ったと考えるべきだろう。才人であることを理由に被害を被ることになったわけなのであり、彼等両人の場合にもまた、個別的な理由としてそれを見なすわけにはいかないはずだからなのである。

潘岳（A）と張衡（B）とが被ることになった仕打ち、それがどのような理由によってもたらされたものであったのか、作者は二つの原因をここでは取り上げているわけなのだ。一つは彼等が才人であったから（一七九―一八二句）なのであり、そして、もう一つは、彼等の才能を徹底的に憎悪する小人どもの存在があったから（一八三―一八六句）なのである、と。そうした一連の詠述内容を構成的に見るならば、それぞれの理由が両聯四句ずつで構成され、詠述されていることが分かるだろう。つまり、その都合四聯八句中（一七九―一八六句）において、二つの原因が提示されているということは、それを継承していることになる本聯（一八七・一八八句）と次聯（一八九・一九〇句）との両聯四句も、もとより、二つの原因が提示されているところの、その四聯八句（一七九―一八六句）を意味内容的に直接継承していると見なければならないだろう。二つの原因によってそれぞれ追放と刑死という仕打ちを被ることになった潘岳（A）と張衡（B）であるが、それでは具体的にどのような裁(さば)きを彼等は受け入れることになったのか、本聯と次聯とにおいては、改めて、それぞれ個別的にその点について詠述することになっている。

本聯と次聯との両聯四句（一八七―一九〇句）の詠述、それが潘岳（A）と張衡（B）とのそれぞれ被ることになった仕打ちについての、個別的な裁きに関する内容となっていると見なすことにしたが、その配列順序はどのようになっているのであろうか。前両聯（一七九―一八二句）におけるＡＢ・B′A′（AA′は潘岳の場合でBB′は張衡の場合）との配列順序を間接的に継承していて、ここの本聯と次聯との両聯四句においてもB″A″・B‴A‴（A″A‴は潘岳の場合でB″B‴は張衡の場合）とのそれが採用されていると見ていいだろう。まずは、B″A″との配列順序となっている本聯（一八七・一八八句）の場合であるが、その前句に当たる本句「法(はふ)ハ金科(きんくわ)ニ結(むす)バレシヨリモ酷(きび)シク」（法酷㆓金科結㆒）〈一八七句〉と、その後句に当たる次句「功(いさを)ハ石柱(せきちう)ニ鐫(ほ)ラルルヲ休(や)メリ」（功休㆓石柱鐫㆒）〈一八八句〉とは、もとより、対句構成を形作っていて、それぞれの詩語「法」と「功」、「酷」と「休」、「金科」と「石柱」、「結」と「鐫」とが対比的に配置されていることになっているはずなのだ。後に、改めて詳述することにするが、内容的に言って、その次句においては、墓道の前に立てることになっている石柱に生前の功名が彫(ほ)られないままになってしまった、との内容に作られているわけなのである。そうした内容である以上は、必然的に、それは、刑死という仕打ちを被ることになった潘岳（A）の方を指示した詠述となっていると認めないわけにはいかないだろう。

それに対して、本句の場合には、内容的に言って、法律に書かれている条文よりもはるかに厳しい罪状を被ることになってしまった、とのそれに作られているわけなのだ。本句と次句とが対句構成を形作っていることを考慮すれば、その次句が潘岳（A）の方を指示した詠述であるとすると、本句は張衡（B）の方を指示した詠述であると認めないわけにはいかなくなるだろう。本句のそれは、一時的に、中央政界から追放されてしまうことになる（しかし、後に再び中央政界に返り咲く）張衡の被った裁きの方を指示していることになるに違いない。なんとなれば、上述したように、「夷三族」の大罪を被って処刑された潘岳の場合に対して《『晋書』巻五五「潘岳伝」》、中央政界に復帰して六十二歳で亡くなった張衡の場合には、石碑が建立され、そこに文人の崔瑗(さいえん)による称賛の辞が刻(きざ)まれたことになっているのだから《『後漢書』巻五九「張衡伝」》。

本句（一八七句）と次句（一八八句）との詩語の本来的な配置に関しては、漢文法的には、前者の場合には「法酷㆑結㆓金科㆒」に、後者の場合には「功休㆑鐫㆓石柱㆒」に作られて然(しか)るべきだろう。ただし、そのように作る場合には、前者の平仄は「×××○○」（○印は平声で×印は仄声）となり、後者のそれは「○○◎××」（◎印は平声で韻字）となってしまい、奇数句の末尾に仄声字を配置し、偶数句の末尾に韻字を配置するという、そうした近体詩としての「平仄式」の大原則を、それでは共に犯すことになってしまうわけなのである。何よりも、偶数句である後者の末尾に韻字である「鐫」（『広韻』下平声・二仙韻・一先韻同用）字を配置して、「一韻到底」の大原則を厳守する必要があったはずで、そのためにこそ、詩語の配置を入れ替えて、まずは、後者を「功休㆓石柱鐫㆒」（○○××◎）に作り、対句構成上、その後者のそれに合わせて、前者をも「法酷㆓金科結㆒」（××○○×）に作ることにしたに違いない。そのように詩語の配置を入れ替えれば、確かに、

「平仄式」の大原則であるところの、「一韻到底」や奇数句の末尾に仄声字を配置するというそれらを厳守することになるはずだし、両句はそれぞれの平仄の対比上からも、対句構成を見事に形作ることになるはずなのである。

なお、本句（一八七句）中の詩語「法」とは、ここでは仕置き。刑罰の意。用例「法ナル者ハ、刑罰ナリ。強暴ヲ禁ズル所以ナリ。」（法者刑罰也。所三以禁二強暴一也。）《『塩鉄論』巻一〇「詔聖」》。「金科」とは、「金科玉条」の略。金玉の如き、貴重で立派な法令・条文、との意。用例としては、「懿律嘉量、金科玉条、神卦霊兆、古文尽ク発シ、煥炳照曜、宣ク臻ラザルハ靡シ。」（懿律嘉量、金科玉条、神卦霊兆、古文尽発、煥炳照曜、靡レ不二宣臻一。）《『文選』巻四八「劇秦美新論」揚雄》との一文に見えていて、その「李善注」には、「金科玉条トハ、法令ヲ謂フナリ。金玉ト言フハ之ヲ貴ベバナリ。」（金科玉条、謂二法令一也。言二金玉一貴レ之也。）に作っている。「結」とは、止める意。その用例としては、「上林ニ迄リテ、徒ヲ結ビテ営ヲ為ス。」（迄二于上林一、結レ徒為レ営。）《『文選』巻三「東京賦」張衡》との一文が見えていて、「薛綜注」には、「結、止也。」に作られている。今はこれに従い、ここでは（法令に書き）止める、との意とする。

「酷」とは、厳しく過度である意。用例としては、「秦人ハ其ノ民ヲ生ゼシムルヤ陿阸ニシテ、其ノ民ヲ使フヤ酷烈ナリ。」（秦人其生レ民也陿阸、其使レ民也酷烈。）《『前漢書』巻二三「刑法志」》との一文が見えていて、「師古注」には、「酷、重厚也。」に作っている。ここでは、張衡（B）の罪に対して適用された罰則のための法律、それが、これまでの法令に書き止められたものよりも厳しく過度なものであった、との意となる。比較形が採用されている。勿論、小人どもの、張衡の人並み優れた才能に対する徹底的な憎悪感、それがそのような処罰を招くに至った理由なのだ。前々聯（一八三・一八四句）と前聯（一八五・一八六句）との意味内容上の関連性を考えれば、本句（一八七句）の意味内容は、そういうことになるだろう。ここでは、あくまでも、張衡（B）の罪に対して適用された、その法律に関しての内容（B″）と見なす必要があるはずなのだ。

（14）**功休二石柱鐫一**　「功ハ石柱ニ鐫ラルルヲ休メリ」と訓読して、（その結果、小人どものために命を奪われることになったあの潘岳の場合にも、彼を称えるための）功名はその墓道の前に立てることになっている石柱に彫られないままになってしまったわけなのである、との意になる。

詩語「功」とは、いさお・手柄のことであり、ここでは、生前の潘岳の功績のことを具体的に指示していると見ていいだろう。「石柱」とは、ここでは、墓道の前に立てる石造りの柱のことを指示している。例えば、『封氏聞見記』〈巻六「羊虎」〉中には、「秦漢以来、帝王ノ陵前ニハ石麒麟・石辟邪（獣の名）・石象・石馬ノ属有リテ、人臣ノ墓前ニハ石羊・石虎・石人・石柱ノ属有リ。皆墳壟（墳墓）ヲ表飾スル所以ニシテ、生前ノ儀衛ノ如キノミ。」（秦漢以来、帝王陵前有石麒麟石辟邪石象石馬之属、人臣墓前有石羊石虎石人石柱之属。皆所以表飾墳壟、如生前之儀衛耳。）との一文が見えていて、「石柱」も、亡くなった臣下の墓前に立てられ、その墳墓を飾りたてるものであったとしている。また、『北史』〈巻九二「趙脩伝」〉中にも、「脩ノ父（陽武令の趙謐）ヲ葬ラントスルヤ、百官ノ王公ヨリ已下ハ、弔祭セザルハ無ク、酒犢・祭奠ノ具ハ、門街ヲ塡塞ス（ふさぐ）。京師ニ於イテ碑銘・石獣・石柱ヲ制スルガ為ニ、皆人・車・牛ヲ発シテ、本県ニ伝ヘ致ス。財用ノ費ハ、悉ク公家（朝廷）ヨリス。」（脩之葬父、百官自王公已下、無不弔祭、酒犢祭奠之具、塡塞門街。於京師為制碑銘石獣石柱、皆発人車牛、伝致本県。財用之費、悉自公家。）との一文が見えていて、確かに、葬儀に際しての石柱は、碑銘や石獣などと共に新たに製作して立てるものであるとしている。

さらに、『水経注』〈巻九「淇水」〉中にも、「後ニ冀州刺史ノ賈琮ノ使シテ部ニ行カントシテ、祠・雲墓ヲ過ギルニ、石ヲ刻ミテ之ヲ表ス。今モ石柱ハ尚ホ存シ、俗ハ猶ホ之ヲ李氏ノ石柱ト謂フ。」（後冀州刺史賈琮使行部、過祠雲墓、刻石表之。今石柱尚存、俗猶謂之李氏石柱。）との一文が見えていて、これまた、石柱がその埋葬者を表彰するために立てられるものであるとしている。以上の例文によれば、「石柱」とは、亡き臣下の墓道の前に立てて、その臣下の生前の「功」を表彰するためのものということになるはずなのだ。

と言うことは、本句（一八八句）中の「石柱」とは、刑死させられることになった潘岳（A）のそれを具体的に指示していることになるだろう。彼は、「夷三族」の大罪を被って処刑されてしまったわけなのであり、当然のことに、彼の墓道の前に立てる「石柱」に、彼の生前の「功」を表彰するなどということは、論外であったに違いない。前々聯・前聯（一八三―一八六句）との意味内容上の関連性を考えれば、本句は、人並み優れた才能を有していた潘岳（A）が小人どもの憎悪感によって刑死させられてしまったばかりではなく、その上、「石柱」にも生前の「功」を表彰することを禁止させられてしまったのだ、とのそうした意味内容（A″）を有することになるだろう。才人を憎悪する小人どもの仕打ちが、如何に徹底的なものであったかという、そのことを本聯（一八七・一八八句）の前・後句において具体的に例示することになっているわけなのだ。その前句中の張衡の場合（B″）に対比させて、後句（本句）中においては潘岳の場合（A″）が具体的に指示されていて、それは、前述したように、B″A″の対比的配置となっている。本聯の前句（B″）が、一八〇句（B）と一八一句（B′）とを意味内容上で継承しているように、本聯の後句（A″）は、一七九句（A）と一八二句（A′）とを意味内容上で継承していることになるわけなのだ。

本句中の詩語「鐫(せん)」とは、彫(ほ)りつける意。ここは、埋葬された、その潘岳の、生前の「功」を「石柱」に彫りつけて表彰しようとするとの意であり、それは、ここでは韻字（『広韻』下平声・二仙韻・一先韻同用）として配置されている。勿論、詩語「休」とは、止(や)める意であり、埋葬された、その潘岳の、生前の「功」を「石柱」に彫りつけて表彰しようとする行為は、もとより、才人の存在を憎悪する小人どもによって休止させられてしまうことになるわけなのだ。

（15）**悔三忠成二甲冑一**　「忠(ちう)モテ甲冑(かふちう)ト成(な)セシヲ悔(く)イン」と訓読して、（職を解かれんとしたその当時の張衡の場合には）忠義をもって（それを身に纏(まと)い）鎧(よろい)かぶとに見立てたことをきっと悔やんだことだろうし、との意になる。

本聯（一八九・一九〇句）の前句に当たる本句と、その後句に当たる次句「罰(ばつ)モテ戈鋋(くわせん)ニ痛(いた)メラレシヲ悲(かな)シマン」（悲三罰痛二戈鋋一）とは、これも対句構成を形作っていて、それぞれの対語「悔」と「悲」、「忠」と「罰」、「成」と「痛」、「甲冑」と「戈鋋」とは密接な対応関係を有して配置されている。前聯（一八七・一八八句）の前・後句との意味内容上の関連性を考慮するならば、前聯の前句（B″）を継承しているのが本聯の前句（B‴）ということになるだろうし、前聯の後句（A″）を継承しているのが本聯の後句（A‴）ということになるだろう。すなわち、中央政界を一時的に追放されることになった張衡（B）が職を解かれんとした時に抱いた後悔の念（B‴）、それについて詠述しているのが本聯の前句（一八九句）、中央政界から追放となり、結果的に処刑されてしまう潘岳（A）が刑場に引き出された時に抱いた悲哀の情（A‴）、それについて詠述しているのが本聯の後句（一九〇句）ということになるに違いない。

結局、一七九句において詠述されることになった潘岳（A）は、一八二句（A′）・一八八句（A″）・一九〇句（A‴）と継承して詠述され、一八〇句において詠述されることになった張衡（B）は、一八一句（B′）・一八七句（B″）・一八九句（B‴）と継承して詠述されていることになるわけなのだ。以上の、都合四聯の各聯ごとのＡＢ（一七九・一八〇句）・B′A′（一八一・一八二句）・B″A″（一八七・一八八句）・B‴A‴（一八九・一九〇句）との対比的な配置には、大いに注目すべきだろう。そうした対比を通して、人並み勝れた才能を有した両人が、どのような運命を辿ることになったのかを具体的に詠述していることに、それがなっていると思うからなのである。なお、以上の、都合四聯の中間に挟まれている両聯（一八三―一八六句）は、内容的に、潘岳（A）と張衡（B）とに共通したものと見なしていいだろう。何故なら、それぞれが所有する優れた才能を小人どもに徹底的に憎悪され、そのことで、小人どもから徹底的に罵り責められるという経験を、彼等は共通して有しているはずだからなのである。

本句（一八九句）中の詩語「忠成二甲冑一」とは、ここでは「忠ヲ以テ甲冑ト成ス」（以レ忠成二甲冑一）との一句の省略形と見なすべきだろう。忠信という徳目を修得してそれらを身に纏い、それらを（国家や自身を守るための）鎧かぶとに見立てる、との意。出典は、『礼記』〈儒行篇〉中の、「儒ニ忠信以テ甲冑ト為シ、礼義以テ干櫓（大小の楯）ト為シ、仁ヲ戴キテ行キ、義ヲ抱キテ処リ、暴政有リト雖モ、其ノ所ヲ更ヘザル有リ。其ノ自立スルコト此ノ如キ者有リ。」（儒有下忠信以為二甲冑一、礼義以為二干櫓一、戴レ仁而行、抱レ義而処、雖レ有二暴政一、不レ更二其所一。其自立有二如レ此者一。）との一文で、儒者は忠・

信の徳目を修得してそれらを身に纏い、それらを（国家や自身を守るための）鎧かぶととし、同じく、礼・義の徳目を修得してそれらを身に纏い、それらを（国家や自身を守るための）大小の楯とし、仁の徳目を掲げて行き、義の徳目を抱いて居り、よしんば、暴政がその国を支配したとしても、居座り続ける。そのように（儒者の中には）自主独立の人物もいる、との意を述べたもの。用例「臣以為ヘラク、甲冑ハ未ダ必ズシモ忠信ナラザルモ、忠信ハ自ラ甲冑ト為ル、ト。」（臣以為、甲冑未二必忠信一、忠信自為二甲冑一。）《『菅家文草』巻一〇「為二藤大納言一辞二右近衛大将一表」》。

本句（一八九句）は、中央政界を一時的に追放されることになった張衡（B）が、職を解かれんとした時に抱いた後悔の念（B‴）について詠述したものであると見なしたが、確かに、その張衡は、例えば、「先哲ノ玄訓（奥深い教え）ヲ仰ギ、弥高シト雖モ違ハズ。仁里（仁者の集まっている村）ニ匪ズンバ其レ焉ンゾ宅ラン、義跡（義理にかなった行跡）ニ匪ズンバ其レ焉ンゾ追ハン。潜カニ服膺（しっかりと覚えて忘れない）シテ以テ永ク靚ヒ、日月ヲ綿ネテ衰ヘズ。」（仰二先哲之玄訓一兮、雖二弥高一而弗レ違。匪二仁里一其焉宅、匪二義跡一其焉追。潜服膺以永靚兮、綿二日月一而不レ衰。）《『文選』巻一五「思玄賦」》との一文中に記述しているように、自身のことを聖賢の奥深い教えを慕い、儒者として仁義の道を追い求め続ける人物ということにしている。張衡とは、まさしく、そうした人物だったわけなのだ。「忠信以テ甲冑ト為シ」（忠信以為二甲冑一）《『礼記』「儒行篇」》との本句中における見立て表現は、張衡に対するものとしては、如何にも相応しいと言えるのではないだろうか。

「甲冑」とは、鎧とかぶと。「甲」が鎧で「冑」がかぶと。共に戦場で体を敵の攻撃から保護するために着用した、鉄や革などで作った武具。対語としての「戈鋋」は、敵を攻撃するための武器の一種としての、大小の矛のこと（小さい方が「鋋」で、ここでは韻字として、それが、敢えて、配置されている。）。守備的な武具と攻撃的な武器との対比的な配置。ただし、両者はあくまでも形式上の配置となっていて、上述したように、本句中の詩語「甲冑」の場合にも、それは見立て表現となっていて、儒者としての張衡が忠信という徳目を修得してそれらを身に纏っていた状態をそれに比喩している。

「悔」とは、中央政界から追放されることになった当時の、その張衡のこれまでの、忠義を身に纏った生き方に対しての、彼の後悔の念のことをいう。

（16）**悲三罰痛二戈鋋一**　「罰モテ戈鋋ニ痛メラレシヲ悲シマン」と訓読して、（命を奪われんとしたその当時の潘岳の場合には）刑罰をもって（それを身に被り）大小の矛に痛めつけられたことをきっと悲しんだことだろう、との意になる。

本聯（一八九・一九〇句）の後句に当たる本句は、中央政界から追放となり、結果的に処刑されてしまう潘岳（A）が刑場に引き出された時に抱いた悲哀の情（A‴）について詠述している。すなわち、一七九句（A）・一八二句（A′）・一八八句（A″）の意味内容、それらを本句は直接的に継承していることになっている。

潘岳は、上述したように、「夷三族」の刑に処せられたことになっている。彼が東市に引き出されて死罪になったことは、例えば、「潘・石（石崇）ハ同ジク東市ニ刑セラル。石ハ潘ニ謂ヒテ曰ク、天下ハ英雄ヲ殺セリ、卿ハ復タ何ヲカ為ス、ト。潘曰ク、俊士ノ溝壑ヲ塡ムレバ（優れた人物の亡き骸が溝や谷を埋めていて）、余波ノ来リテ人ニ及ベリ、ト。」（潘・石同刑二東市一。石謂レ潘曰、天下殺二英雄一、卿復何為。潘曰、俊士塡二溝壑一、余波来及レ人。）（『世説新語』「仇隙篇」1・所引注「語林」）との一文にも見えているし、その潘岳について、さらに、「初メ、岳ノ母ハ岳ヲ誡メ止足ノ道（分を知って度を越さないこと）ヲ以テス。収ルルニ及ビ、母ト別レテ曰ク、阿母ニ負ケリ（母上の教えに背きました）、ト。」（初、岳母誡レ岳以二止足之道一。及レ収、与レ母別曰、負二阿母一。）（同・所引注「王隠晋書」）との一文によれば、処刑に臨んだ彼は母の教えに背いたことを悔やんだ、とされている。

「罰」は、ここでは「罰ヲ以テ」（以レ罰）の省略形。「罰モテ」と訓じて、刑罰をもって、との意となる。「痛二戈鋋一」は、「戈鋋（大小の矛）ニ痛メラレシヲ」と訓じて、大小の矛に痛めつけられたことを、との意となる。大小の矛に体を斬り突かれて殺されてしまったことをいう。「戈」は、まさかり型の武器。「鋋」は、小さな矛の意であり、ここでは韻字として配置されている（『広韻』下平声・二仙韻・一先韻同用）。「悲」は、ここでは後悔の涙を流すこと。本聯の場合には、

「悲」と「悔」とが対語となっているわけなのであり、その関連性から言って、両者は後悔の涙を流すとの意を共有していることになるはずなのだ。

（17）**瓅々黄茅屋**　「瓅々タルコト黄茅ノ屋ノゴトク」と訓読して、（一方、そうした張衡や潘岳に比べて、取るに足りない政治的な才能しか持ち合わせず、国家への報恩もいまだ果たせなかったわたしの場合には、事前の覚悟通りに、都城を遠く離れたこの大宰府の地に追放されることになってしまったわけなのであるが、身を落ち着かせるためのその官舎が、それこそ）狭小で粗末なことはまるで茅葺の屋舎のようであり、との意になる。

本聯（一九一・一九二句）の前句に当たる本句と、その後句に当たる次句「茫々タルコト碧海ノ壖ノゴトシ」（茫々碧海壖）とはこれも対句構成を形作っており、それぞれの詩語「瓅々」と「茫々」、「黄茅」と「碧海」、「屋」と「壖」とは、密接な関連性を有して配置されている。なお、本聯の前・後句は、意味内容的には、共に比喩表現を採用していて、本来的には、前句の場合には「瓅々如㆓黄茅屋㆒」に、後句の場合には「茫々如㆓碧海壖㆒」に作られて然るべきであろうが、近体五言詩としての字数制限のために、両句はそれぞれ「如」字を省略することにしたのだろう。今はそのように考え、訓読に際しては送り仮名を以上のように付すことにし、解釈もそれに従うことにした。

本聯を含めて、以下の四聯（一九一―一九八句）においては、意味内容的には、大宰府に左遷されることになった作者である道真自身の運命と、それに対する彼の思いについてもっぱら詠述されている。この四聯の詠述と、以上の、潘岳（AA′A″A‴）と張衡（BB′B″B‴）との、彼等両人の運命と、それに対する彼等の思いについてもっぱら詠述されていた四聯（一七九―一八二句と一八七―一九〇句）のそれとは、配置上、対比的な位置関係にあると見ていいだろう。人並み優れた才能を有していた潘岳と張衡とがどのような運命を辿り、そのような運命に対して、どのような思いを彼等が抱くことになったのかということについて、先に詠述することにした作者は、そうした彼等とは異なり、取るに足りない政治的な才能しか持ち合わせず（一七五・一七六句）、国家への報恩もいまだ果たせなかった（一七七句）自分自身の場合について、すなわち、官職を解き放たれて真っ先に野山に打ち捨てられ（命を奪われ）てしまうのではないか（一七八句）、と事前に恐れ戦（おのの）いていた通りの運命を辿ることになってしまい、大宰府に左遷されてしまったこと、さらには、そうした自身の運命に対してどのような思いを抱くことになったのかということについて、次に、改めて詠述することにするわけなのだ。

　こうした、そちらの四聯八句とこちらの四聯八句との、前後の対比的な詠述を通して、作者は、もとより、自分自身の運命とそれに対する思いとを浮き彫りにしようとするわけなのである。ただ、本第六段落（一七五―二〇〇句）においては、潘岳と張衡とのことを詠述した、そちらの四聯八句の場合にも、その両者に共通する内容を詠述している両聯四句（一八三―一八六句）が別にあることになっていたはずで、それを含めれば、都合六聯十二句ということになるだろうし、道真自身のことを詠述した、こちらの四聯八句の場合にも、彼自身のことを詠述している、本段落の冒頭部の両聯四句（一七五―一七八句）が別にあることになっていたはずで、それを含めれば、こちらも都合六聯十二句となるだろう。本第六段落の全十三聯二十六句のうち、それらは、実に、そちらとこちらの両方を合わせれば十二聯二十四句を占めていることになっているわけなのであり（残りの一聯二句〈一九九・二〇〇句〉は最後尾のもの）、本段落は、内容的に、そのまま、潘岳と張衡との運命とそれに対する思いとに、作者自身の運命とそれに対する思いとを意図的に対比させながら、そうした対比的な配置を通して、大宰府に左遷された、当時の道真の運命とそれに対する彼自身の思いとを改めて浮き彫りにするような、そのような構成となっていると見ていいだろう。

　さて、本聯（一九一・一九二句）を含めた以下の四聯八句が、道真の運命とそれに対する思いとを改めて詠述していて、それが、むしろ、内容的には、本第六段落の冒頭部両聯四句（一七五―一七八句）を直接的に継承しているものとなっていること、その点は前述した通りなのである。その、冒頭部両聯四句においては、もとより、謙譲表現ということになるが、まさしく、表現・形式上、作者は自身を取るに足りない政治的な才能しか持ち合わせていない人物であり（一七五・一七六句）、国家への報恩もいまだ果たせず（一七七句）、結果的に、官職を解き放たれて真っ先に野山に打ち捨てられ（命を奪われ）てしまうのではないか（一七八句）、と恐れ戦いていた、とのそうした内容が述べられていたはずなのである。そのような、冒頭部両聯四句の内容を直接的に継承した上で、本聯を含めた以下の四聯八句において、道真は自身の運命とそれに対する思いとを改めて詠述することにするわけなのである。勿論、以上の六聯十二句（一七九―一九〇句）において詠述して来たところの、その潘岳と張衡との、彼等の運命とそれに対する思いとに重ね合わせ、それらに対比させながら、わが身の上についての運命とそれに対する思いとを詠述することになる。

本聯の前句に当たる本句（一九一句）中の詩語「璅々」とは、「瑣々」に同じ。侘しくて小さなこと。用例としては、「薄カ敖（地名）ニ狩セシモ、既ニ璅々焉タリ。岐陽（地名）ノ蒐モ、又何ゾ数フルニ足ランヤ。」（薄狩于敖、既璅々焉。岐陽之蒐、又何足ㇾ数。）〈『文選』巻三「東京賦」張衡〉との一文に見え、その「薛綜注」には、「璅々トハ、小ナリ。言フココロハ、鄙陋ニシテ説クニ足ラザルナリ。」（璅々、小也。言、鄙陋不ㇾ足ㇾ説也。）に作っている。「黄茅屋」とは、屋根を黄色い茅萱で葺いた小屋の意。用例「官舎ハ黄茅ノ屋ノゴトキナラン、人家ハ苦竹ノ籬ノゴトキナラン。」（官舎黄茅屋、人家苦竹籬。）〈『白氏文集』巻一三「代ㇾ書詩一百韻、寄微之。」〉。『白氏文集』中のこの用例は、元稹が江州刺史に左遷された後、現地で彼に与えられた官舎がどれ程に小さく粗末なものであるかということを、都に身を置く白居易が想定した上で、比喩形を採用して詠述している五言一句ということになっている。元稹が左遷先の現地で宛われた官舎たるや、まるで、屋根を黄色い茅萱で葺いた小屋のような、それこそ、小さく粗末なそれであったであろう、とのそうした内容の一句となっていて、恐らく、本句（一九一句）中の詩語「黄茅屋」の出典と見なしていいだろうと思う。

ここで、以上のように、『白氏文集』中の「官舎黄茅屋」との五言一句を、本第六段落の本句中の詩語「黄茅屋」の出典と見なすことにし、さらに、その、出典と見なした五言一句が内容的に比喩表現となっていると考え、それを「官舎ハ黄茅ノ屋ノ如キナラン」（官舎如黄茅屋）との、そうした一句の省略形（「如」字の省略形）と見なして訓読することにしたが、それは、元稹の場合、江州に左遷されたとは言え、彼は、それでも、江州刺史の身分を有していたことになっているからなのだ。その彼の、現地で居住することになっている官舎、それが、文字通りの「黄茅屋」であったはずはないだろう。もとより、彼の都における邸宅と比較する限り、それは、まったく、小さく粗末な家屋という程度でしかなかったかもしれないが、「黄茅屋」そのものであったとは到底思えない。ここでは、やはり、それは、比喩表現と見なすべきであって、左遷後の悲哀感に打ちのめされた元稹の心情、それを遠く察した白居易が、現在の友人の官舎を「黄茅屋」に見立て、その心情に答えようとした、そうした内容の一句である、とそのように考えるべきだろうと思うからなのである。ここでは、以上のように解釈することにしたい。

本句（一九一句）に話を戻そう。実は、本句「瑣々黄茅屋」を比喩表現と見なし、「瑣々タルコト黄茅ノ屋ノ如ク」（瑣々如二黄茅屋一）との、そうした一句の省略形（「如」字の省略形）として訓読して通釈することにしたのは、上記の、『白氏文集』中の、出典と見なした一句「官舎黄茅屋」に従ったからなのである。道真の場合も、大宰府の官舎については、彼がそれまで居住していた都の広大な邸宅との比較を通して、確かに、小さく粗末な建物であるとの、そうした第一印象を抱かざるを得なかったのも事実であろうし、左遷後の悲哀感に打ちのめされた彼の心情が、より一層、そのように感じさせたことも事実であろう。ただ、やはり、大宰権帥である彼のその官舎が「黄茅屋」そのものであったと、ここでは考えるわけにはいかないだろうし、上記の、『白氏文集』中の、出典と見なした一句との関連性からしても、そのように考えるわけにはいかないだろう。あくまでも、ここでは、侘しくて小さな官舎についての比喩表現と見なすべきだろう。（白居易が、江州刺史として左遷された元稹の官舎の、その、小さくて粗末な点を比喩して、まるで、茅葺きの屋舎のようであろう、とそのように想定したが、わたしの大宰府における官舎も）侘しくて小さなことは、まるで（白居易が想定したような）茅葺きの屋舎のようであった、と。

勿論、道真が現実に目にした官舎は、彼の第一印象からして、それはあまりにも小さくて侘しいものに映ったであろう。その点についていては、例えば、すでに第二段落中においても、「移徙ス空シキ官舎、修営ス朽チタル采椽。荒涼トシテ多ク道ヲ失ヒ、広袤ハ少シク塵ヲ盈タス。井ノ甃ガレバ沙ヲ堆キテ甃メ、籬ノ疎ナレバ竹ヲ割キテ編ム。根ヲ陳リテ葵ハ一畝ナリ、蘚ヲ斑トシテ石ハ孤拳ナリ。物色モ留メテ旧ニ仍ヒ、人居モ就ヒテ悛メズ。時ニ随ヒテハ褊切ナリト雖モ、己ヲ恕メントスルニ稍安便ナレバナリ。」（移徙空官舎、修営朽采椽。荒涼多失レ道、広袤少盈レ塵。井甃堆レ沙甃、籬疎割レ竹編。陳レ根葵一畝、斑レ蘚石孤拳。物色留仍レ旧、人居就不レ悛。随レ時雖二褊切一、恕レ己稍安便。）〈三九―五〇句〉との詠述が見えていたはずなのである。

人気のない官舎は、もともと、質素な造りでそれがもはや朽ちかけていて、修繕しないわけにはいかない程であったし〈三九・四〇句〉、出入口が荒れ果てて通り道が分からず、敷地は庶民の住宅と変らない位に狭かった〈四一・四二句〉。井戸もあったが、もはや、使いものにならず、垣根も破れ放題の有り様〈四三・四四句〉、庭には葵が広く繁茂し、苔むした大きな岩が放置されている〈四五・四六句〉。（ただ、それだからと言って、大掛かりに手を入れることはせず、官舎の）周囲の景色も、なるべくそのままとし、住居の方も、従来のものをなるべく生かすようにしたのは〈四七・四八句〉、その狭苦しさが、時に気になったけれども、かえって、安心で便利だと思えたからなのである〈四九・五〇句〉。以上のように、第二段落中の詠述においても、確かに、その官舎の狭くて荒れ果てている様子が大いに強調されていたわけなのであるが、やはり、それが、文字通りの、「黄茅屋」であったわけではなかったらしい。と言うのは、もはや、荒れ果てて使いものにならなかったらしいが、その官舎の、民家のような狭い敷地には、井戸も垣根も、庭も大きな庭石もあったことになっているからなのである。櫟の垂る木造りの屋舎（「采椽」）であったというからには、もともと、それは、質素な建物であったわけなのだ。『前漢書』〈巻三〇「芸文志」墨家〉中に、「茅屋采椽、是以貴レ倹。」との一文が見えていて、その「師古注」にも、「茅ヲ以テ屋ヲ覆ヒ、採（采）ヲ以テ椽ト為ストハ、其ノ質素ナルヲ言フナリ。」（以レ茅覆レ屋、以レ採為レ椽、言二其質素一也。）に作っていることに従えば、そういうことになるだろう。

もともと、大宰府における官舎が質素な建物であったことは、これは間違いないだろうが、その屋根が、実際に茅葺であったとは、やはり、考えるわけにはいかないのではないだろうか。例えば、確かに、その官舎について、道真自身は、「官舎ハ三間ニシテ白キ茅茨」（官舎三間白茅茨）《『菅家後集』「詠二楽天北窓三友詩一」》とか、「茅屋」《同「種レ菊」》とか、「草堂」《同「題二竹床子一」》とかと詠述しているわけであるが、その一方で、彼は「屋ノ漏レテ蓋フル板無シ」（屋漏無二蓋板一）《同「雨夜」》とも詠述しているわけなのである。前三者からすると、それは、茅葺きの屋根であったということになるだろうし、後者からすると、それは、板葺きの屋根であったということになるだろう。

ところで、当然ながら、前三者の用例の場合にも、官舎の建物の、その、狭さと質素さとを比喩した上での表現であり、後者の用例の場合にも、官舎の建物の、その、質素さを強調した上での表現であると見ること、これは、十分に可能と言えるだろう。今は、前三者の用例の場合も後者のそれも、官舎の建物の狭さと質素さとを比喩した上での表現と見なすことにし、それと同様に、本句（一九一句）中の詩語「黄茅屋」をも、そのように見なすことにしたい。例えば、前者のうちの「官舎三間白茅茨」との詠述などの場合も、いわゆる、宮室の質素なさまを表現していることになっている、その、「墨者ハ亦タ尭・舜ノ道ヲ尚ビ、其ノ徳行ヲ言ヒテ曰ク、堂高ハ三尺、土階ハ三等、茅茨ハ剪ラズ、采椽ハ刮ラズ、……。」（墨者亦尚二尭舜道一、言二其徳行一曰、堂高三尺、土階三等、茅茨不レ剪、采椽不レ刮、……。）《『史記』巻一三〇「太史公自序」》との一文などに即した表現であると見なし、あくまでも、官舎の質素な様子を強調したものと見なすことも、これは、十分に出来るはずだからなのである（「三間」中の数字「三」も、ここは実数などではなく、「三尺」「三等」のそれに即した表現と見なすならば、そういうことにしなければならないだろう。）。ここでは、前・後者の用例も、すべて比喩形を採用したところの、そうした強調表現と見なすべきだろう。本句（一九一句）中の詩語「黄茅屋」をもそのように見なすことにしたが、それは、そうした用例に従って解釈することにしたからなのである。大宰府において道真が居住することになる官舎の、その、狭小で粗末な様子を強調するための、これも比喩表現なのである、と。

（18）**茫々碧海壖**　「茫々タルコト碧海ノ壖ノゴトシ」と訓読して、（その官舎の建つ場所が、それこそ）広々として殺風景なことはあたかも青海原(あおうなばら)の浜辺のようであった、との意になる。

本聯（一九一・一九二句）の前句においては、大宰府における道真の居住することになっている官舎の、その、いかにも狭小で粗末な様子を、比喩表現を採用することによって強調していると見なしたわけであるが、その後句に当たる本句においては、本聯の対句構成上からして、その官舎が立つ場所の、その、いかにも広々として殺風景な様子を、比喩表現を採用することによって強調することになっているわけなのだ。前句の「瑣々黄茅屋」の方、それを比喩表現としての「瑣々如二黄茅屋一」とのそれの省略形と見なすことにした以上、対句構成上からして、後句の「茫々碧海壖」の方、それをも比喩表現としての「茫々如二碧海壖一」とのそれの省略形と見なす必要がある（近体五言詩としての字数制限のために、両句共に「如」字が省略され、その代替として「ごとし」の送りがなが訓読に際して付与されることになった、とここでは見なすべきだろう。）。

本聯の後句に当たる本句中の詩語「茫々」とは、広々として果てしないさまをいう。底本及び新本には「荒々(くわうくわう)」（うすぐらいさま・暗淡たるさま《『大漢和辞典』》）に作るが、今は、「広兼本」及び内松桑文日の諸本に従って「茫々」（広大なさま・ひろびろとしたさま〈同〉）に作ることにした。何となれば、本聯の前句中の詩語「瑣々」（狭小なさま）との対語関係において、意味的に「茫々」に作る方が空間的な対比としては、如何にも相応しいと思えるからなのである。また、用例としても、「海天(かいてん)東ニ望メバ夕(ゆふべ)茫々タリ、山勢川形(さんせいせんけい)ハ闊(ひろ)クシテ復(ま)タ長シ。」（海天東望夕茫々、山勢川形闊復長。）《『白氏文集』巻二〇「江楼夕望招レ客」》とか、「白浪(はくらう)ハ茫々トシテ海ト連(つら)ナリ、平沙(へいさ)ハ浩々(かうかう)トシテ四(よも)ニ辺(へん)無シ。」（白浪茫々与レ海連、平沙浩々四無レ辺。）〈同・巻六四「浪淘沙詞」其二〉とかの一聯中に、それこそ、「海」との関連においてそれが詠述されているのを目にするからなのである。

なお、「茫」と「荒」との両字は、同韻目の『広韻』〈下平声・一一唐韻〉に所属していることになっている。本句を「茫々碧海壖」に作る場合にも、あるいは「荒々碧海壖」に作る場合にも、その「平仄式」を図式化するならば、共に「〇〇

××◎」（○印は平声、×印は仄声、◎印は平声で韻字。）となっていて、前句「瓅々黄茅屋」のそれが、「××○○×」となっていることからして、本聯の前・後句は「平仄式」上からも密接な対応関係を有していることになっている。「茫々」に作ることにしたのは、対語である「瓅々」との関連性、そして、「海」との関連性、さらには、そうした「平仄式」のためでもあるのだ。

本句中の詩語「碧海壖」とは、青海原の浜辺の意。岸辺のことを「壖」という。「碧海」の用例としては、「越国ノ封疆ハ碧海ヲ呑ミ、杭城ノ楼閣ハ青烟ニ入ル。」（越国封疆呑二碧海一、杭城楼閣入二青烟一。）〈『白氏文集』巻五三「得二湖州崔十八使君書一、……。」〉との一聯が見えているし、「海壖」の用例としては、「籃輿ハ嵩嶺ニ遊ビ、油幢ハ海壖ヲ鎮ス。」（籃輿遊二嵩嶺一、油幢鎮二海壖一。）〈同・巻六六「奉レ酬二淮南牛相公思黯見レ寄二十四韻一」〉との一聯が見えている。さらには、「碧海」「海壖」の用例については、『菅家文草』中にも共に見えている。前者については、「鳥ノ樊籠（鳥かご）ヲ出デテ翅モテ傷ラザレバ、青山・碧海モテ低昂ヲ任ニセリ。」（鳥出二樊籠一翅不レ傷、青山碧海任二低昂一。）〈巻四「遊覧偶吟」〉との一聯中に、後者については、「当初ニ見ズシテ今ニ初メテ見ルハ、是レ愁ノ多クシテ海壖ニ臥スルガ為ナラン。」（当初不レ見今初見、為二是愁多臥二海壖一。）〈巻三「始見二二毛一」〉との一聯中とか、「明王ハ変ハント欲ス旧ノ風煙、詔ハ竜楼ヨリ出デテ海壖ニ到ル。」（明王欲レ変旧風煙、詔出二竜楼一到二海壖一。）〈巻四「読二開元詔書一」〉との一聯中とかに、確かに、見えている。

ところで、『菅家文草』中に見えている、以上の、「碧海」と「海壖」とについての用例は、共に、道真が讃岐守として赴任中にものした作品に見えているわけなのであり、その点で、大いに興味深いと言えるはずなのだ。当時の讃岐の国府庁は阿野郡甲知郷（現在の坂出市府中町本村）の北部、瀬戸内海に注ぐ綾川の河口付近に置かれていたとされていて〈角川日本地名大辞典『香川県』八二一・三二六頁〉、その国府庁に身を置くことになった道真が、海の近さを実感することになり、とりわけ、距離的に、そこを「海壖」と表現することにした点については、これは、十分に納得出来る。例えば、讃岐の国府庁においてものした「重陽日府衙小飲」〈『菅家文草』巻三〉中においても、「十八ニシテ登科シテ初メテ宴ニ侍セシニ、今年ハ独リ対ス海辺ノ雲。」（十八登科初侍レ宴、今年独対海辺雲。）との詠述が見えていることからしても、以上の、讃岐国赴任中の用例「海壖」の場合は、やはり、実景の詠述と見なしていいだろう。

それに対して、本句（一九二句）中の詩語「碧海壖」の詠述の場合には、こちらは、大宰府における官舎の所在地の、その広々として果てしない風景なり様子なりを比喩的に表現したものと、やはり、見なすべきであろう。何しろ、大宰府の場合には、北方の博多津からは十数キロメートルも離れていることになっていて、その上、両者の間には、西北に四王寺山地（最高峰は四一〇メートルの大城山）が横たわり、東北に宝満山（標高八六八・七メートル）が横たわっていることになっているわけなのだから。そのためには、本句中の詩語「碧海壖」を実景そのままの詠述と見なすわけには、どうしてもいかないはずで、ここは、大宰府における官舎の所在地の、その広々として果てしない風景なり様子なりを、前述のように、海辺のそれに比喩して詠述したもの（「如二碧海壖一」の省略形）と見なさないわけにはいかないだろう。対語である「黄茅屋」を狭小で粗末な官舎の見立てとして詠述したもの（「如二黄茅屋一」の省略形）と見なす以上は、対句構成上、「碧海壖」の方もそのように見立てとして考える必要があるはずなのだ。

具体的に言えば、その「碧海壖」との詠述は、あるいは、大宰府の官舎の所在地、そこの北方近くを流れる「染川」、そして、西南方近くを流れる「白川」、それらの両河川に挟まれていることになっている、その所在地の、だだっ広くて殺風景な風景なり様子なりを比喩的に詠述したと考えてもいいかもしれない（両河川は所在地の西北方附近で合流して「御笠川」となり、福岡平野を北西方向に流れて博多湾に注ぐ。）。勿論、道真自身が「昔ハ栄花簪組ニ縛ガレ（高位・高官に昇り）、今ハ貶謫草萊ノ囚為リ（左遷追放の罪人となる）。……見ルニ随ヒ聞クニ随ヒテ皆惨慄（悲しみ傷む）、此ノ秋ハ独リ我ガ身ノ秋ト作ル。」（昔被二栄花簪組縛一、今為二貶謫草萊囚一。……随レ見随レ聞皆惨慄、此秋独作二我身秋一。）〈『菅家後集』「秋夜九月十五日」〉と詠述していることからしても、当時の彼の悲哀の心情が、その官舎をより狭小で粗末なものに、その場所をよりだだっ広く殺風景なものにおのずから見させるようにしたに違いないと考えて、これは間違いないだろう。前者を「黄茅屋」に、後者を「碧海壖」に見立てている本聯（一九一・一九二句）中の対語も、そうした、当時の、作者の心情をそのまま反映したものと見ていいのではないだろうか。

(19) **吾廬能足矣**　「吾ガ廬ハ能ク足レリ」と訓読して、わたしのこの狭小で粗末な建物こそは（今のわたしにとっては大いに相応しく）十分に満ち足りた住まいと言えるだろうし、との意になる。

本聯（一九三・一九四句）の前句に当たる本句と、その後句に当たる次句「此ノ地ハ信ニ終トナラン」（此地信終焉）とはもとより対句構成を形作っていて、それぞれの詩語「吾廬」と「此地」、「能」と「信」、「足」と「終」、「矣」と「焉」とは密接な対応関係のもとに、対語として配置されている。しかも、大宰府における、その官舎とその場所についての詠述内容からして、本聯の前・後句は、言うまでもなく、内容的には、前聯（一九一・一九二句）の前・後句を直接的に継承していることになっているはずで、ここでの両聯四句の詠述内容を図式化するならば、前聯の前・後句がA・B、本聯の前・後句はそれを継承してA′・B′ということになり、つまり、AB・A′B′の対応関係ということにそれはなるだろう（AA′は官舎でBB′は場所）。

それ故に、本句中の詩語「吾廬」とは、勿論、「黄茅屋」に見立てられたほどの、狭小で粗末な、大宰府において作者のために用意された官舎そのものを指示していることになる。「廬」とは、ここは「草廬」の略で、草葺の家・粗末な屋舎の意。「黄茅屋」の同義語。狭小で粗末な官舎に対する見立て表現。「能足」とは、十分に満ち足りる、との意。「貶謫草萊ノ囚」（貶謫草萊囚）〈『菅家後集』「秋夜九月十五日」〉との自己認識のもと、「天涯放逐ノ辜ニ泣ク」（泣二天涯放逐辜一）〈同「南館夜聞二都府礼仏懺悔一」〉との感慨を日々抱かざるを得なかったわけなのだ、当時の作者は。そうである以上、彼のために用意された狭小で粗末な官舎に対しても、今の自分には、如何にも相応しい住まいであるとの、そうした印象を受けるに至ったわけなのであり、むしろ、それは当然と言えるだろう。

例えば、道真は第二段落中においても、「移徙ス空シキ官舎、修営ス朽チタル采椽。……物色モ留メテ旧ニ仍ヒ、人居モ就ヒテ悛メズ。時ニ随ヒテハ褊切（狭小）ナリト雖モ、己ヲ恕メントスルニ稍安便ナレバナリ。」（移徙空官舎、修営朽采椽。……物色留仍レ旧、人居就不レ悛。随レ時雖二褊切一、恕レ己稍安便。）〈三九・四〇・四七―五〇句〉との詠述をものしていたはずなのだ。都からの長旅を終えて大宰府に到着し、（いよいよ）人気のない官舎に移り住むことになり、朽ちかけた櫟の椽（質素な建物）を修繕することになったが、（ただ、それだからと言って、大掛かりに手を入れることはせず、官舎の）周囲の景色も従来のそれをなるべく残すようにしたし、住居の方も（新築することはせずに）従来のそれをなるべく生かすように心掛けたのである、と彼は言及していたはずだし、そうすることにした理由についても、時には、その官舎の狭苦しさが気にならないことも無かったが、自分自身の（当時の遣る瀬ない）気持を少しでも落ち着かせるためには、（そのような荒れた景色や狭い住宅である方が）かえって安心で便利だと思えたからなのである、と彼は詠述していたはずなのである。

その官舎が狭小であり粗末であったこと、これは間違いない事実で、以上の第二段落中においても、確かに、時には、その「褊切」（狭小）な点が気になったと言っている。ただ、そこにおいても、「恕レ己」との、当時の道真のそうした心情によって、そのことがかえって、「安便」であるとの思いをも抱かせることになった、と彼は述べていたはずなのだ。いわゆる、前述したような、「貶謫草莱囚」との自己認識のもと、「泣二天涯放逐辜一」との感慨を日々抱かざるを得なかった当時の作者の心情を少しでも慰撫する上では、官舎の狭小さが、かえって、役に立つことになったわけなのである。本句「吾廬能足矣」（一九三句）中の詠述内容についても、当時の彼の、以上のような自己認識と感慨とがそれに影響を及ぼさなかったはずはないだろう。本句の通釈においても、その点は十分に考慮する必要があるはずなのだ。なかんずく、前聯の前句（一九一句）を内容的に継承していることになっているわけなのであり、あくまでも、本句は、大宰府の官舎を目にした当時の、作者のそれに対する第一印象を詠述したものと見なさなければならないはずなのだから。

なお、本句（一九三句）中の詩語「矣」は、置き字であり、本句中の主観的な判断・断定の語気を強調していることになっている。従って、対語としての、次句（一九四句）中の詩語「焉」も同じく置き字と見なすべきであり、それもまた、次句中の主観的な判断・断定の語気をそれが強調していると見なさなければならないだろう。勿論、次句中において、対語の「焉」字が、敢えて、置き字として配置されているのは、同字が韻字（『広韻』下平声・二仙韻・一先韻同用）となっているからなのである。

(20) **此地信終焉**　「此(こ)ノ地(ち)ハ信(まこと)ニ終(つひ)トナラン」と訓読して、この広々として殺風景な場所は（今のわたしにとっては大いに相応しく）まさしく終の住処(すみか)と言えるだろう（なんとなれば、当時のわたしが我が左遷の運命に対して、いわゆる、「貶謫草莱囚」との自己認識と「泣二天涯放逐辜一」との感慨とを抱かないわけにはいかなかったからなのであり、その上、かの張衡や潘岳と同様に、わたしもまた、事前にすでに覚悟が決まっていて、田舎の邸宅に引き籠り田園に帰ってそこで自由で気ままな生活を送ろうと考えていたからなのである。）、との意になる。

本聯（一九三・一九四句）の前・後句が、前聯（一九一・一九二句）の前・後句を意味内容的に継承し、図式化すれば、その両聯四句がAB・A′B′（AA′は官舎でBB′は場所）の関係にあることは、既述の通り。本聯の後句に当たる本句中の詩語「此地」とは、それ故に、その前聯の後句「茫々(ぼうぼう)タルコト碧海(へきかい)ノ壖(みぎは)ノゴトシ」（茫々碧海壖）との詠述内容、すなわち、「その場所が、それこそ、広々として殺風景なことはあたかも青海原の浜辺のようであった」との意を直接的に継承していることになる。大宰府における狭小で粗末な官舎が建っている、その周辺の、だだっ広くて殺風景な場所のことについて指示していると見ていいだろう。

官舎の周辺の、そのだだっ広い、殺風景な場所のことについては、例えば、「廓(くわく)ノ西路(にしみち)ノ北賈人(うりびと)ノ声、柳モ無ク花モ無ク鶯(うぐひす)ヲモ聴カズ。春ニ入リテヨリ来(このかた)五十日、未(いま)ダ一事(いちじ)ノ春(はる)ノ情(こころ)ヲ動カスヲ知ラズ。」（廓西路北賈人声、無レ柳無レ花不レ聴レ鶯。自レ入レ春来五十日、未レ知三一事動二春情一。）（『菅家後集』「二月十九日」）との七絶中においても、道真は、確かに、そのように、官舎の周辺の殺風景な景色について詠述している。春も半ばを過ぎようとしているのに、わが官舎の周囲には柳の芽吹きも見えず、梅の花も咲かず、鶯の声も聞こえて来はしない。ただ、聴こえてくるのは、物売りの人の声だけだ。まったく、春の到来を心から喜ばせるような、そのような嬉しい自然物からの知らせは何一つ、目にも耳にも届かない、と。まさに、それは、官舎が殺風景な場所に建っていることを慨嘆する内容となっているわけなのだ。勿論、この七絶中においても、当時の道真の、「貶謫草莱囚」との自己認識と「泣二天涯放逐辜一」との感慨とが、そうした内容に大きく影響を及ぼしていること、これは認めなければならないだろう。彼の当時の心象風景が、まさしく、そこに投影されていると見なさないわけにはいかないが、確かに、官舎の建っている場所の殺風景な点についての言及は、そこにも、はっきりと見えている。

本句（一九四句）中の詩語「信終焉」とは、まさしく終の住処ということになるだろう、との意。「信」は、まことに・本当に・確かに、の意。「終」は、ここは「終の住処」の略。人生最後に住むところ・終生住むべきところ、の意。「焉」は、前句（一九三句）中の「矣」の対語で、置き字。ここでは、韻字（『広韻』下平声・二仙韻・一先韻同用）として配置されている。

本聯の前句「吾廬能足矣」中においては、大宰府に用意された狭小で粗末な彼の官舎について、それについては、道真は今現在の彼自身にとって、如何にも相応しい住まいであると認めたことになっているわけなのであるが、同様に、その後句（「此地信終焉」）に当たる本句中においても、その官舎の建つ場所のだだっ広くて殺風景な点について、それについても道真は今現在の彼自身にとって、如何にも相応しい場所であると認めたことになっているのである。つまり、本聯の前・後句の場合には、建物についても場所についても、道真は、結局は、それらについて共に納得し、受け入れを決めることにしているわけであるが、その理由としては、一つには、当時の、彼自身の左遷の運命に対する、いわゆる、「貶謫草莱囚」〈『菅家後集』「秋夜九月十五日」〉との自己認識、さらには、「泣二天涯放逐辜一」との感慨〈同「南館夜聞二都府礼仏懺悔一」〉を取り上げなければならないだろうし、二つには、かの張衡や潘岳と同様に、彼自身もまた、追放以前に、田舎の邸宅に引き籠り田園に帰ってそこで自由で気ままな生活を送ることをすでに覚悟していた点（一七九・一八〇句）を取り上げなければならないだろう。

我が左遷の運命を悲しみのうちに受け入れ、さらには、都から追放された後に、田舎の邸宅に引き籠り田園に帰ってそこで自由で気ままな生活を送ることをすでに（潘岳や張衡のように）覚悟していた道真である以上、本聯（一九三・一九四句）で詠述しているように、大宰府に用意された狭小で粗末な官舎に対しても「能ク足レリ」（能足矣）との思いを当時の彼が抱くことになり、また、それが建つ場所の、だだっ広く殺風景な土地に対しても「信ニ終トナラン」（信終焉）との思いをその彼が抱くことになったのは、むしろ、当然と言っていいだろう。例えば、江州（江西省九江市）に左遷された白居易もまた、「匡廬（廬山の別名。ここは、その山のある江州のことを指示。）ハ便チ是レ名ヲ逃ルルノ地ニシテ、司馬（州の長官である刺史の補佐役）ハ仍ホ老ヲ送ルノ官タリ。心泰ク身寧キハ是レ帰スル処、故郷ハ何ゾ独リ長安ニノミ在ランヤ。」（匡廬便是逃㆑名地、司馬仍為㆓送㆑老官㆒。心泰身寧是帰処、故郷何独在㆓長安㆒。）〈『白氏文集』巻一六「香炉峰下、新卜㆓山居㆒、草堂初成、偶題㆓東壁㆒。」其四〉との両聯を詠述していることになっている。

白居易が左遷されることになった江州という土地は、もはや、（都の長安のように）俗世間の名声を競い合う場所ではなかったし、彼が左遷先で就くことになった司馬という官職も、（今の彼にとっては）老後を送るのには相応しい閑職なのであった。その二つのことを踏まえた上で、「心も体も安らかに日々を過ごせる場所こそが最終的に身を落ち着かせる場所なのであって、（その点からすると）我が故郷はどうして長安だけということになろうか（いや、長安だけではなく、この匡廬もまた故郷と言えるはずなのだ。）。」との結論を白居易はここにおいて下しているわけなのである。すなわち、第一の故郷である長安に次いで、匡廬は第二の故郷になり得るのだ、と。今、大宰府に左遷された道真のことにこれを当て嵌めて考えれば、白居易の場合の「匡廬」とは、まさしく「大宰府」のそれということになるだろうし、同じく、「司馬」とは、まさしく、「大宰権帥」のそれということになるだろう。その土地が「逃㆑名地」との、確かに、そうした場所となるはずだからなのであり、その官職が「送レ老官」との、確かに、そうした閑職となるはずだからなのだ。道真の境遇に置き替えれば、白居易の当時の思いは、そのまま彼にも通用することになるはずなのだ。

と言うことは、道真にとっては、大宰府という土地は、心も体も安らかに日々を過ごせる場所ということになるだろうし、そこは、彼にとっては、最終的に身を落ちつかせることの出来る土地ということになるだろう。最終的に身を落ちつかせることの出来るそこは、「帰処」の場所ということになるはずではないか。つまり、そこは、まさしく、「信終焉」との第一印象を彼が抱かざるを得ない土地ということになるだろう。彼にとっては、第一の故郷である京都に次ぐ、それこそ、第二の故郷と呼ぶに相応しい土地ということに、理論的には、なるに違いない。

(21) **縦使二魂思レ峴**　「縦(たと)ヒ 魂(たましひ) ヲシテ峴(けん)ヲ思(おも)ハシムルトモ」と訓読して、(ただし) よしんば (西晋の羊祜が愛してやまず、死後もわが魂魄(こんぱく)は登り続けることだろうと言ったとされる、その峴山のように、将来、わたしもこの終焉の地を愛してやまず、死後に) 魂魄をして我が峴山 (大宰府の地) を思い起こし、そこを訪ねさせるようになったとしても、との意になる。

本聯 (一九五・一九六句) の前句に当たる本句と、その後句に当たる次句「其(そ)レ骨(ほね)ヲシテ燕(えん)ニ葬(はうむ)ラシムルニ如(し)カンヤ」(其如二骨葬レ燕) とは対句構成を形作っており、それぞれの詩語「縦」と「其」、「使」と「如」、「魂」と「骨」、「思」と「葬」、「峴」と「燕」とが対語として、もとより、密接な関連を有して対比的に配置されている。それらの前・後句においては、道真自身の死後の埋葬地について、すなわち、それを第一の故郷である京都の地にするべきなのか、あるいは、「終の住処(ついのすみか)」(第二の故郷) である大宰府の地にするべきなのか、との問題点が提起されていて、結局、後者よりも前者に遺骨を埋葬する方がよりいいだろう、との当時の彼の決意が詠述されており、その点で、内容的には、大いに注目する必要のある一聯となっている。前聯の後句 (一九四句) において、作者は官舎の建つ場所に関して、そこが「終の住処」(第二の故郷) ということになるだろうと想定していたはずなのだ。その、「終の住処」の場所との脈絡上から、本聯 (一九五・一九六句) の前・後句においては、作者の死後の、彼の遺骨の埋葬場所に関する問題点が取り上げられることになっている。それは遺骨の最終の埋葬地をどこにするべきなのか、との重要な問題点なのである。

　本句中の詩語「縦」とは、ここでは、「たとひ」と訓読し、下の条件句には、「とも」を伴って仮定逆説条件を示すことになっている。よしんば・もしや、の意。「使」とは、使役の助動詞。本句中の「使二魂思一レ峴」との部分は、それ故に、「魂ヲシテ峴ヲ思ハシムルトモ」との、そうした使役形の文体に訓読することになる。「魂」とは、たましい。人の精神をつかさどる陽の精気のことで、人が死ぬと、その「魂」は天に昇るとされている。なお、人の肉体をつかさどる陰の精気である「魄」の場合には、人が死ぬと、地に帰るとされている。用例「延陵ノ季子（呉の季札）ノ斉ニ適クニ、其ノ反ルニ於イテヤ、其ノ長子ハ死シ、嬴博（地名）ノ間ニ葬ル。……既ニ封ジテ、左ニ袒ヌギ、右ニ其ノ封ヲ還リ、且ツ号ブコト三タビシテ曰ク、骨肉ノ土ニ帰復スルハ命ナリ。魂気ノ若キハ、則チ之カザル無キナリ、之カザル無キナリ、ト。」（延陵季子適レ斉、於二其反一也、其長子死、葬二嬴博之間一。……既封、左袒、右還二其封一、且号者三曰、骨肉帰二復于土一命也。若二魂気一、則無レ不レ之也、無レ不レ之也。）（『礼記』「檀弓下篇」）。「魂」の方のたましいは、人の死後には天に昇り、どこにでも自由に行き来するとされている。なお、「魂」は「魄」を兼ねて、肉体を主宰する精神の意として、「魂魄」にも作られることになっている。

　「思レ峴」とは、峴山を思い起こす、との意。「峴」は山名で、今の湖北省襄陽県の南に位置する峴山（一名は峴首山）のことを指示。西晋の羊祜（泰山南城の人）が襄陽の守となって、常に登って眺望を楽しんだとされる山名。『晋書』（巻三四「羊祜伝」）中には、「祜ハ山水ヲ楽シミ、風景毎ニ必ズ峴山ニ造リ、置酒言詠シテ、終日倦マズ。嘗テ慨然トシテ歎息シ、顧ミテ従事中郎鄒湛等ニ謂ヒテ曰ク、宇宙有ルヨリ、便チ此ノ山有リ。由来、賢達勝士ノ、此ニ登リテ遠望スルコト、我ト卿トノ如キ者ハ多キモ、皆湮滅シテ聞ク無ク、人ヲシテ悲傷セシム。如シ百歳ノ後モ知ル有ラバ、魂魄（精神）ハ猶ホ応ニ此ニ登ルベキナリ。湛曰ク、公ノ徳ハ四海（天下）ニ冠タリ、道ハ前哲ヲ嗣グ。令聞令望（優れた名声）ハ、必ズ此ノ山ト倶ニ伝ハラン。湛ノ輩ノ若キニ至リテハ、乃チ当ニ公ノ言ノ如カルベキノミ、ト。……襄陽ノ百姓ハ、峴山ノ祜ノ平生游憩ノ所ニ於イテ、碑ヲ建テ廟ヲ立テテ、歳時ニ饗祭（供え物をして祭る）ス。其ノ碑ヲ望ム者ハ、涕ヲ流サザルハ莫シ。杜預（西晋の学者）ハ因リテ名ヅケテ堕涙碑ト為ス。」（祜楽二山水一、毎二風景一必造二峴山一、置酒言詠、終日不レ倦。嘗慨然歎息、顧謂二従事中郎鄒湛等一曰、自レ有二宇宙一、便有二此山一。由来、賢達勝士、登レ此遠望、如二我与レ卿者多矣、皆湮滅無レ聞、使二人悲傷一。如百歳後有レ知、魂魄猶応レ登レ此也。湛曰、公徳冠二四海一、道嗣二前哲一。令聞令望、必与二此山一倶伝。至レ若二湛輩一、乃当レ如二公言一耳。……襄陽百姓、於二峴山祜平生游憩之所一、建レ碑立レ廟、歳時饗祭焉。望二其碑一者、莫レ不レ流レ涕。杜預因名為二堕涙碑一。）との一文が見えていて、本句（一九五句）中の「使二魂思レ峴一」との部分の、その内容上における出典となっている。

死後百年が経過した後でも、わが「魂魄」はきっと峴山に登ることになるはずだ、と羊祜は峴山を愛好した日頃の心情をそこでは述べている。彼は、今の山東省泰山県南城の出身で、（湖北省）襄陽の守となって彼の地に赴任して、そこで峴山の眺望の素晴らしさを確認することになったわけなのだ。西晋の都洛陽からすると、地理的には、峴山のある襄陽は、まさしく、西南の地に位置しており、そうした方角上の観点からすれば、確かに、道真の場合の、北東の京都と、西南の大宰府との位置関係を、それはそのまま踏襲していると見ていいことになるだろう。しかも、羊祜の場合にも、赴任のために都を離れて襄陽にやって来ていたわけなのであり、道真の場合にも、左遷のために都を離れて大宰府にやって来ているわけなのだ。道真にとっての大宰府は、まさしく、羊祜にとっての襄陽に相当していることになるだろう。本句（一九五句）中の詩語「峴」（峴山）が大宰府の地のことを指示していると見なした理由の一つ目は、そうした、両者には、赴任と左遷との相違点はあるとしても、都を遠く離れて、南西の地に至っているという共通点が存在しているからなのである。

「峴」（峴山）が大宰府の地のことを指示していると見なした理由の二つ目は、本聯の前句に当たる本句と、前聯の後句（一九四句）との、両句の、内容的な脈絡上の問題点に着目するからなのである。本句と前聯の後句「此地信終焉」とが内容的に密接な関連性を有することになっているはずなのであり、その点で、「此地」が大宰府の地を指示していることになっている以上、本句中の「峴」（峴山）もまた、大宰府の地を指示していると見なければならないはずだと思うからなのである。道真は、一度、大宰府の地を「終の住処」と見なすことにしたわけなのである。一方、出典中の羊祜の場合には、生前は言うまでもなく、死後百年を経過しても、わが「魂魄」は必ず峴山に登るだろうと言って、峴山に対する愛着心の強さを表明していたはずなのである。道真もまた、前聯の後句（一九四句）において詠述していたように、当時の彼は心中において、大宰府の地を「此地信終焉」との思いを抱く場所であると認めていたはずなのである。言うならば、当時の彼は、大宰府の地を第二の故郷、第一の故郷である京都、それに次ぐべき場所と見なしていることになるわけなのだ。第二の故郷である以上、羊祜が峴山に対して抱いたような思いを、現在そして将来的には、自分自身も、大宰府の地に対して必ずやより強く抱くことになるだろう、と彼はここで想定していることになる。まさしく、大宰府の地を終焉の地と見なすならば、生前の羊祜が赴任先の峴山に愛着心を抱いたように、彼自身もまた、そのように、左遷先の地に愛着心を抱くことになるに違いないはずなのだから。ここでは、あくまでも、道真は、現在そして将来的なこととして、それを想定していることになっているが、確かに、彼が第二の故郷としての大宰府の地に、現在そして将来的に、より強く愛着心を抱くようになれば、その生前は言うまでもなく、死後に至っても、彼の魂魄は「終の住処」を、あたかも、羊祜の場合のように、当然に思い起こし訪ねないわけにはいかないことになるだろう。道真が大宰府の地を終の住処と見なすことにしている以上は、愛着心の故に、羊祜の場合のように、死後に至っても、魂魄が彼の峴山（大宰府の地）を思い起こし訪ねることになるに違いない。

　ところで、本句中の詩語「峴」が、今の湖北省襄陽県の南に位置している峴山（一名は峴首山）のことを指示し、さらに転じて、西晋の羊祜が守として赴任した襄陽の地（峴山の地元）を指示していること、そして、それが道真の左遷先である大宰府の地に見立てられている、その点については前述した通りなのであるが、羊祜を道真に、襄陽を大宰府に見立てるとして、峴山の場合は、大宰府附近のどの山に見立てたらいいことになるのであろうか。未詳ながら、峴山が襄陽の南に位置している点を考慮すると、例えば、大宰府の南に位置している天拝山（天判山）などを作者が取り上げ、ここではそれを峴山に見立てることにしたとも思えるが、どうなのであろうか。背振山地東端に位置するその天拝山は、標高二五七・六㍍、低い山ではあるが眺望にも優れ、北方二キロメートルに大宰府都府楼跡のほか、榎寺（旧道真官舎）・観世音寺・戒壇院・大宰府天満宮などの史跡や名所が多い上に、道真が左遷中にその山に登り、東天を遙拝し、天皇に無実を訴えたという地名伝説があることでも知られている〈角川日本地名大辞典『福岡県』〉。どうなのであろうか。

(22) **其如二骨葬一レ燕**　「其レ骨ヲシテ燕ニ葬ラシムルニ如カンヤ」と訓読して、それでも（死後に）わたしの遺骨をして（この大宰府の地に埋葬させるよりは、後漢の竇憲が王朝の権威を天下に広く知らしめたとされる、その燕山のように、平安王朝の権威を天下に広く知らしめている）わが燕山（京都の地）にそれを埋葬させる方が（やはり）いいであろう、との意になる。

「其」とは、そもそもの意。発語の助字。「如二骨葬一レ燕」とは、ここでは「骨ヲシテ燕ニ葬ラシムルニ如カンヤ」との反語形として訓読することになる。「如」とは、動詞「しく」と訓じて、「およぶ・あたる・相当する」との意となり、ここでは比喩の反語形「AハBニ如カンヤ」（A如レB）との構文を形作ることになっていて、AはBに及ばない（Bの方がAよりも優れている）との意味を有することになっている。内容的には「AハBニ如カズ」（A不レ如レB）との比較形に同じ。

本句（一九六句）の場合には、もとより、「骨ヲシテ峴ニ葬ラシムルハ」（骨葬レ峴）に作るはずの、そのAに当たる部分が省略されていると見なす必要があるはずなのだ。すなわち、そのAに当たる部分「骨葬レ峴」とそのBに当たる部分「骨葬レ燕」とが、もともとは、「骨葬レ峴如二骨葬一レ燕」のように比較対象として並べられ、「骨ヲシテ峴ニ葬ラシムルハ骨ヲシテ燕ニ葬ラシムルニ如カンヤ」と訓読し、「遺骨を峴山に埋葬させるのは遺骨を燕山に埋葬させるのに及ばないだろう（燕山に埋葬させる方がいいだろう）」と通釈されて然るべきであるが、五言一句としての字数の制限によって、そのAに当たる部分がここでは省略されることになったわけなのだ。

字数の制限による省略ということで言えば、本句中の、そのAの部分もそのBの部分も、本来的には、本聯（一九五・一九六句）の、その前句中の「魂ヲシテ峴ヲ思ハシムルトモ」（使二魂思一レ峴）との対句構成上からは、本句中のこちらも、共に使役形が採用されていたと見なして、そのAは「骨ヲシテ硯ニ葬ラシムルハ」（使二骨葬レ硯）との、そのBは「骨ヲシテ燕ニ葬ラシムルニ」（使二骨葬レ燕）との一文にそれぞれ作られていたと見なすべきであろう。ただ、使役の助動詞「使」が、どちらの場合にも字数制限のために省略されることになったに違いない。結果的に、本聯における対句構成を考慮して、本句「其如二骨葬レ燕」を「其レ骨ヲシテ燕ニ葬ラシムルニ如カンヤ」と送りがなを使って訓読し、使役形を採用して通釈することにしたのは、まさに、そうした理由のためなのである。

「骨」とは、作者の死後の遺骨のことを指示。「魂」の対語。「葬レ燕」とは、燕山に埋葬させること。「燕」は「硯」の対語で山名。硯山に対して、ここでは燕山のことをいう。燕山とは、一に燕然山といい、今の河北省薊県（昔の燕国の都の地で幽州に属する）の東南に位置する山の名。『文選』〈巻五六「封二燕然山一銘一首并序」班固〉中には、後漢の竇憲（?—九二）が匈奴を伐って燕然山に登り功を記した石碑（「燕山石」）を建立しようとし、銘文を班固に執筆させたとする一文が見えている。硯山には「堕涙碑」が建っており、燕山には「燕山石」が建っているわけで、その点においても両山は対比的な存在となっている。

なお、班固作「封二燕然山一銘一首并序」には、「乃チ遂ニ山（燕然山）ヲ封ジ（土を盛る）、石ニ刊ミテ、昭カニ盛徳（後漢の勢威と徳望）ヲ銘ズ。其ノ辞ニ曰ク、……神丘ニ封ジテ隆嵑（高々とした石碑）ヲ建テ、帝載（帝業）ヲ熙メテ万世ニ振ルハントス。」（乃遂封レ山、刊レ石、昭銘二盛徳一。其辞曰、……封二神丘一兮建二隆嵑一、熙二帝載一兮振二万世一。）との一文が見えていて、その「燕山石」は、まさしく、後漢王朝の勢威と徳望とを広く記念するために建立されたものなのであった。『後漢書』〈巻五三「竇憲伝」〉中にも、「憲（竇憲）ト秉（耿秉）トハ遂ニ燕然山ニ登ル。塞ヲ去ルコト三千余里ニシテ、石ヲ刻ミテ功ヲ勒リ、漢ノ威徳ヲ紀サントシ、班固ヲシテ銘ヲ作ラシム。」（憲秉遂登二燕然山一。去レ塞三千余里、刻レ石勒レ功、紀二漢威徳一、令二班固作一レ銘。）との一文が見えている。

すなわち、道真は、後漢王朝の「威徳」を記念するために建立された、その「燕山石」で有名な燕山、それを硯山に対比させて本句（一九六句）中に、対語として配置しているわけなのである。もとより、地理的には、南西方向に位置している峴山からすると、燕山は北東方向に位置することになっているし、それが王朝の「威徳」を顕彰する山となっている以上は、大宰府の地を指示している峴山に対して、燕山が京都の地を指示していると、ここでは見なさないわけにはいかないだろう。本聯中の対語「峴」（前句）と「燕」（後句）とが、それぞれの山名として対比的に配置されていて、それぞれの山名が大宰府の地と京都の地を指示していることになっているわけなのだ。

地理的な方向性から言っても、南西方向に位置している峴山が、同じく、南西方向に位置している我が大宰府の地を指示し、北東方向に位置している燕山が、同じく、北東方向に位置している我が京都の地を指示していると見なすべきであろうし、そのように見なす方が、やはり、ここでは相応しいと言えるだろう。さらに、「堕涙碑」の建つ峴山とは、あくまでも、西晋の羊祜が守として赴任した襄陽の地に存在する名山なのであって、道真にとっての、左遷先の大宰府の地にそれを見立てるというのは、その点でも、如何にも相応しいと言えるはずなのだし、一方の、「燕山石」の建つ燕山とは、あくまでも、後漢の竇憲が王朝の権威と徳望とを顕彰した名山なのであって、道真にとっての、第一の故郷である京都の地にそれを見立てるというのは、その点でも、如何にも相応しいと言えるはずなのだ。

ちなみに、燕山を京都の地に見立てることに関して言えば、その名山が位置する今の河北省薊県は、上述の通り、昔の燕国の都が置かれた場所なのであり、幽州に属することになっているわけなのである。道真は本句（一九六句）において、「骨ヲシテ峴ニ葬ラシムルコト」（骨葬レ峴）と「骨ヲシテ燕ニ葬ラシムルコト」（骨葬レ燕）との二つの方法、すなわち、死後の自身の遺骨を大宰府に埋葬させた方がいいのか、それとも、京都に埋葬させた方がいいのかを比較した結果、前者よりも後者の方がより優れているはずだと詠述しているわけなのであるが、その理由について考える場合、一つには、第二の故郷よりも第一の故郷に埋葬してもらいたい、との本作品「叙意一百韻」成立当時の彼の個人的な思いの強さを考えないわけにはいかないだろうし、二つには、「北方ニ葬リテ北首スル（頭を北にして埋葬する）ハ、三代（夏・殷・周）ノ達礼（たつれい）

（習慣）ナリ。幽ニ之クノ故ナリ。」（葬二於北方一北首、三代之達礼也。之レ幽之故也。）〈『礼記』「檀弓下篇」〉との一文の影響を考えないわけにはいかないだろう。

一つ目の理由について言えば、道真は、例えば、前出の第五段落中において、「形ハ馳セテ魂モ恍々タリ、目ハ想ヒテ涕モ連々タリ。京国ハ帰ルコト何レノ日ゾ、故園ハ来ルコト幾ノ年ゾ。」（形馳魂恍々、目想涕連々。京国帰何日、故園来幾年。）〈一四九―一五二句〉との詠述をものしていたはずなのである。そこには、第一の故郷である京都のことを身近に考えるようになってからの、当時の彼自身の率直な思い、すなわち、体はそわそわと落ち着きを失うことになり、心も魂が抜け出してしまったかのようにぼんやりとしてしまったし、日は次から次へともの思いに耽ることになり涙も止めどなく滴り落ちることになってしまった。故郷へ帰還できるのは（いったい）何年のことになるのであろうか（一日も早く帰りたいものだ）、とのそうした第一の故郷である京都への、強い望郷の念と帰還への熱い思いとが明白に表明されていたはずなのだ。道真の、そうした京都への強い望郷の念と帰還への熱い思いとは、当然、本聯（一九五・一九六句）を詠述している時点においても、彼の心中には存在し続けたこと、これは間違いないだろう。その点を考慮するならば、彼の死後の遺骨の埋葬場所の選択に際しても、やはり、大宰府よりも京都の方を優先したと見なさなければならないのではないだろうか。仮に、第二の故郷である大宰府の地が現在そして将来的に、まさに、終焉の場所となるに違いない、と彼が認めていたとしても、本作品成立当時にあっては、なお、少なくとも、遺骨だけは京都の地に埋葬してもらいたいものだ、と彼は念願していたと見るべきだろう。

二つ目の理由については、遺体の埋葬場所について言及した上記『礼記』〈「檀弓下篇」〉中の一文の影響力ということになるが、その一文においては、確かに、遺体は、亡くなった家よりも北方の地に、頭を北にして埋葬するのが夏・殷・周三代を通じての習慣となっているとされ、そのことの理由についても、死とは幽暗に赴くことであり、幽暗の世界が北方に当たっているからなのである、との指摘がなされている。以上の一文の記述に従えば、まさに、道真の場合にも、彼の死後に自身の「骨」をして南西に位置する「峴」（大宰府の地の見立て）に埋葬させるようにするよりも、北東に位置する「燕」（京都の地の見立て）に埋葬させるようにした方が、より妥当性と説得力とを有することになるだろう。地理・方向性の問題だけからしても、そういうことになるはずなのだ。しかも、「燕」の地は、もとより、幽州の一部とされているわけで、そこは、確かに、北方に位置しているだけではなく、文字通り、幽暗の世界に当たっていることになっているわけなのだ。埋葬地として、そこは、大いに妥当性と説得力とを有することになるだろう。大宰府の地を「峴」と見なすならば、京都の地は「燕」ということに、地理・方向性においてはなるはずで、道真の場合においても、彼自身の遺骨を北東に位置する京都の地に埋葬させるようにすれば、それこそ、「三代之達礼也」に、まさに、適合することになるわけなのである。本聯（一九五・一九六句）中の対語「峴」と「燕」との見立てとして、前者を大宰府の地のそれに、後者を京都の地のそれに比定していると見なすことにしたのは、そのためでもあるわけなのだ。

なお、本句（一九六句）中の詩語「燕」が、今の河北省薊県（昔の燕国の都の地で幽州に属する）の東南に位置するところの、その燕山（燕然山）のことを指示していることは前述の通りなのであるが、本句においては、その山を、京都の地に見立てることにしているわけなのだ。道真が、具体的に、その山を、我が京都（平安京）近郊に位置しているどのような山に見立てることにして、そのことで京都の地を暗示させようとしたのか、その点については未詳ということになるが、それが、燕国の都の東南に位置している燕山（燕然山）であるということからすると、地理的には、やはり、我が平安京の東南に位置する、例えば、東山連峰中の「華頂山」（東山区粟田口南方にある山で、標高約二一〇メートル）のことを指示しているとも思えるが、どうなのであろうか。「華頂山」ならば、地理的な方向性が合致するばかりではなく、その頂上には、「将軍塚」があることになっているのである。それは、「桓武天皇が平安京への遷都の際に都の守護として武装した陶製人形を埋めたのに始まるといい、天下に異変があれば鳴動すると、すでに平安時代から信じられていた。」《国史大辞典》とされ、その埋められた人形は王城鎮護のためのもので、鉄の甲冑を着せて弓矢を持った長さ八尺の土偶である《京都大事典』とされているのである。後漢王朝の勢威と徳望とを広く天下に知らしめるために山上に建立された「燕山石」と、平安京鎮護のために山上に埋められた人形ということで、両者の存在にある程度の共通項を認めてもいいことになるのではないだろうか。恐らく、そこに両者の共通項を認めた結果、道真は、京都（平安京）の見立てに、燕山（燕然山）を本句中の詩語として採用し配置することにしたのだろう。

前述したように、本聯（一九五・一九六句）の前・後句は、前聯（一九三・一九四句）の前・後句の内容を直接的に継承していることになっている。その前聯においては、作者の道真は、大宰府において用意されたところの、その、狭小で粗末な官舎に対してでも（現在そして将来の自分にとっては）十分に満ち足りているとの思いを表明していたはずだし（前句）、そして、その官舎の建つ、広々として殺風景な場所に対してでも（現在そして将来の自分にとっては）「終の住処」となるであろうとの思いを表明していたはずなのだ。そうした内容を詠述している前聯の前・後句、それを継承した本聯の前・後句においては、さらに、その後の将来のことになる、彼自身の死後のことについて、すなわち、魂魄と遺骨のことについて詠述することにしているわけなのだ。上述のように、前聯において、（左遷の運命を受け入れた上に）大宰府の官舎に満ち足りた思いを抱き、その地を「終の住処」と定めることにしている道真なのである。そうであるからには、必然的に、彼にとっての大宰府の地とは、第一の故郷である京都（平安京）に次ぐところの、第二の故郷と呼称すべき場所ということになるだろう。

道真にとっての、その大宰府の地と左遷後の官職・大宰権帥とは、まさしく、江州司馬に左遷された白居易が詠述している通りなのであり（『白氏文集』巻一六「香炉峰下、新卜二山居一、草堂初成、偶題二東壁一。」其四）、その左遷の地（大宰府）たるや、京都（平安京）のような、俗世間の名声を競い合うような場所ではなかったし、左遷後のその官職たるや、老後の人生を送るのに、まことに相応しい閑職なのであった。それこそ、大宰府は心も体も安らかに日々を過ごせる場所ということになるはずなのであり、白居易にとっての「匡廬」と同様に、そこは、道真にとっての第二の故郷となるべき資格を十分に具備していたことになるわけなのだ。少なくとも、環境的にはそういうことになるだろう。そこが、第二の故郷ということであれば、西晋の羊祜が、死後も、わが魂魄は生前に愛した峴山に登り続けることだろう、と予告したように、道真の場合にも、彼の死後のこととして、その魂魄をして第二の故郷である「峴」（大宰府）のことを思い起こし、訪れさせることがあるかもしれない、とのそうした思いを抱くことは、これは、当然にあっていいことになるだろう。

　そうした魂魄についての思いを抱いていた道真であったが、一方では、彼自身の遺骨については、第二の故郷である「峴」（大宰府）よりも、やはり、第一の故郷である「燕」（京都）に埋葬させる方が（やはり）いいであろう、とのそうした思いをあくまでも抱いていたことになっている。その「燕」（京都）が彼の第一の故郷である以上は、はたまた、「京国ハ帰ルコト何レノ日ゾ、故園ハ来ルコト幾ノ年ゾ。」（京国帰何日、故園来幾年。）〈一五一・一五二句〉との、強い、帰郷の願いをすでに詠述していることになっている以上は、せめて、遺骨なりとも京都（平安京）に持ち帰ってもらい、その地に埋葬してもらいたい、とのそうした思いを抱くことは、これはまた、当然に、あっていいことになるだろう。

(23) **分知レ交二糾纏一**　「分モテ糾纏ニ交ハルコトヲ知レバ」と訓読して、運命（の吉凶）というものを糾える縄のようであると（わたしはすでに十分に）知り尽くしているので、との意になる。

　本聯（一九七・一九八句）の前・後句も対句構成を形作っており、その前句に当たる本句と、その後句に当たる次句「命モテ筳篿ニ質スコトヲ詎メン」（命詎レ質二筳篿一）とは、もとより密接な対応関係を有していて、それぞれの対語「分」と「命」、「知」と「詎」、「交」と「質」、「糾纏」と「筳篿」とが対比的に配置されている。以上の対語としての対比的な配置に関して言えば、例えば、その次句中の上から二字目の「詎」字についてであるが、底本には、それは「誰」（代名詞）字に作られている。今は、「広兼本」及び内松桑文日新の諸本に従って「詎」字に作ることにしたわけであるが、ところで、それを「誰」字に作る場合には、本句中の上から二字目の「知」（動詞）字とそれとを対語と考えるわけにはいかないだろうし、「平仄式」上から言っても、平声字である「知」（『広韻』上平声・五支韻）に対比して、同じ平声字である「誰」（同・上平声・六脂韻）を配置するわけにはいかないことになるはずなのだ。

　と言うのは、両字は、本聯の前・後各句の上から二字目に配置されているわけなのであり、近体詩の「平仄式」における「粘法」の大原則、それをその両字は厳守しなければならないことになっているからなのである。平声字である「知」の対語として配置されるためには、次句の上から二字目には、仄声字を配置しなければならないはずなのであり、確かに、上述のように、「広兼本」以下の諸本に作っている仄声字としての「詎」（同・上声・八語韻）であるならば、「粘法」の大原則もそれによって厳守出来ることになるし、動詞としての「とまる・やむ」（『玉篇』に「詎、止也。」に作る）との訓もあり、動詞としての「知」字の対語としては、その場合は、大いに相応しいことになるはずなのだ。

　本聯（一九七・一九八句）の前句に当たる本句中の詩語「分」は、その対語としての「命」との対比上、もともとは、両字によって熟語「命分」（めぐり合わせの意で、「運命」に同じ《『大漢和辞典』》。）とのそれを形作っていたと考えるべきだろう。本聯の対句構成上からして、それを、敢えて、分割することになり、その「分」の方を前句中の冒頭に、その「命」の方を後句中の冒頭に配置することにし、それによって対語を作ることにしたに違いない。勿論、その場合には、「分」と「命」とは、それぞれが共に「運命」との意を有することになるはずだし、「平仄式」上からも、共に仄声字ということになるはずだ（「分」の韻目は『広韻』〈去声・二三問韻〉となり、「命」の韻目は同〈去声・四三映韻〉となる。）。

　「運命」との意を有するその熟語「命分」の用例としては、『白氏文集』〈巻七「白雲期」〉中にも、「年ノ長ジテ命分ヲ識リ、心ノ慵クシテ営為少シ。」（年長識二命分一、心慵少二営為一。）との一聯が見えている。なお、本聯（一九七・一九八句）中において分割して配置された「分」と「命」とのそれぞれの場合には、意味内容からして、それらは同様に、「分ヲ以テ」（以レ分）と「命ヲ以テ」（以レ命）との省略形と見なす必要があるだろう。五言詩としての字数の制約によって、それぞれの前置詞「以」字がここでは省略されていると見なさなければならないことになるはずで、「分モテ」と「命モテ」とのように送り仮名を付して訓読することにしたのは、まさに、そのためなのである。それらの意味内容は、前者の場合には「運命（の吉凶）というものを」とのそれ、後者の場合には「我が運命を」とのそれということになるだろう。

前句に当たる本句中の詩語「糾纆」とは、三筋縒りの縄の意。「纆」は「纆」に同じ（共に縄の意）。用例としては、「禍ハ福ノ倚ル所ニシテ、福ハ禍ノ伏スル所ナリ。憂喜ハ門ニ聚リ、吉凶ハ域ヲ同ジクス。……夫レ禍ノ福トハ、何ゾ糾ヘル纆ニ異ランヤ。命ハ説ク可カラズ、孰カ其ノ極ヲ知ラン。」（禍兮福所レ倚、福兮禍所レ伏。憂喜聚レ門兮、吉凶同レ域。……夫禍之与レ福兮、何異二糾纆一。命不レ可レ説兮、孰知二其極一。）《『文選』巻一三「鵩鳥賦」賈誼》との一文などに見えている。「交」とは、「まじはる」と訓じて、ここでは「合フ」（二つ以上のものが一致する）との意。すなわち、「交二糾纆一」とは、意味的には「糾纆ニ合フ」（合二糾纆一）、あるいは、「糾纆ノ如シ」（如二糾纆一）に同じということになる。

本聯（一九七・一九八句）の場合には、因果関係が詠述されていて、前句が原因、後句がその結果となっている。上記「鵩鳥賦」の一文が指摘しているように、禍には福が宿り、福には禍が隠れていて、憂いも喜びも同じ門に集まり、吉も凶も同じ所に住むことになっている。そうである以上、禍福・憂喜・吉凶とは、まったく、縒り縄そのものということになるはずなのだ。その縒り縄たるや、人の意志とは全く関係なく、人に禍・憂・凶なり、福・喜・吉なりを見せ付けることになっている。意志とは全く関係ない故に、人は、これを運命と呼ぶことになる。大宰府に左遷されることになってしまった道真は、その縒り縄によって、もとより、今や、禍・憂・凶を見せ付けられ、それを運命として受け入れざるを得ない現状に置かれてしまっているわけなのだ。しかし、彼は、その、運命として受け入れざるを得ない現状、それが縒り縄そのものであること、すなわち、その禍福・憂喜・吉凶が容易に入れ替わることを知っていて、それ故に、同じく、上記「鵩鳥賦」の一文が指摘しているような、運命というものが説明出来ないものなのであり、誰も、その終極を知らないものなのであるとの、そうした意見に大いに納得することになるわけなのだろう。自身の現状が見せ付けているもの、それが運命であることをすでに知り尽くしている作者であるからには（原因）、卜占などによって将来を改めて予測してもらうことなど、決して、必要としないことになるはずなのだ（結果）。

もらったりしないつもりだ、との意になる。

（24）**命詎㆑質㆓筳篿㆒**　「命モテ筳篿ニ質スコトヲ詎メン」と訓読して、我が運命を（今さら）占って（将来の吉凶を）みて

「命」は、対語「分」との密接な関連性を有しており、前項（23）において述べたように、もともと、熟語「命分」（めぐり合わせの意で、「運命」に同じ『大漢和辞典』。）を形作っていたと考えるべきであろう。本聯の対句構成上からして、それを、敢えて、分割することにして、その「分」の方を前句中の冒頭に、その「命」の方を後句（本句）中の冒頭に配置して対語とすることにしたに違いない。勿論、意味内容上からは、対語「分」の場合に「分ヲ以テ」（以㆑分）の省略形と見なしたが、それと同様に、「命」の場合にも、「命ヲ以テ」（以㆑命）の省略形と見なす必要があるはずで、ここで、「命モテ」との訓読を採用することにしたのは、そのためなのである。前者が「運命（の吉凶）というものを」との意となっているのに対して、後者は「我が運命を」との意となる。

「詎」も、対語「知」との密接な関連性を有していることになるはずなのである。例えば、これも、前項（23）において述べたように、各句の上から二字目に配置されている対語の場合には、近体詩の「平仄式」における「粘法」の大原則を厳守する必要があるはずで、前句中の平声字である「知」（『広韻』上平声・五支韻）に対しては、もとより、後句中には仄声字が配置されなければならないことになるだろう。上述のように、「広兼本」及び[内]以下の諸本に作られている、仄声字である「詎」（同・上声・八語韻）の配置ということならば、確かに、「粘法」は厳守出来ることになるが、[底]本に作られているように、そこに、平声字である「誰」（同・上平声・六脂韻）を配置する場合には、それでは、「粘法」の大原則を犯すことになるわけなのだ。さらに、対語としての「知」字と「詎」字との、そうした密接な関連性を考慮するならば、内容的にも、両者を動詞としてここでは訓読する必要があるだろう。「詎」字のそれを、『玉篇』に作る「詎、止也。」に従って、「詎めん」との動詞に訓読することにしたのは、まさしく、そのためなのである。

「質」は、「ただす・問いただす・確かめる」との意。用例としては、「時々ニ事ヲ好ム者ノ、之ニ従ヒテ疑ヲ質シ事

ヲ問ヘバ、経書ヲ論道スルノミ。」（時々好レ事者、従レ之質レ疑問レ事、論二道経書一而已。）『前漢書』巻九二・游俠「陳遵伝」〉との一文が見え、その「師古注」には、「質、正也。」に作っている。「筳篿」は、古代の占卜法の一。眼前の草木の枝を折り、その数の多少を予め数えずに三本ずつ数え取り、その残りを用いて吉凶を定める方法（『広漢和辞典』）。用例としては、「藑茅ヲ索リテ以テ筳篿シ、霊氛ニ命ジテ余ノ為ニ之ヲ占ハシム。」（索二藑茅一以筳篿兮、命二霊氛一為レ余占レ之。）〈『楚辞』「離騒」〉との一聯が見え、その「王逸注」には、「筳ハ、小折ノ竹也。楚人ハ草ヲ結ビ竹ヲ折リテ以テトスルヲ名ヅケテ篿ト曰フ。」（筳、小折竹也。楚人名二結レ草折レ竹以卜一曰レ篿。）に作っている。

因果関係を詠述している本聯（一九七・一九八句）の場合には、その後句に当たる本句は、内容的には、その前句のそれ（運命の吉凶が糾える縄のようであることを十分に知り尽くしているので）を直接的な原因として継承し、その結果について言及することになっている。すなわち、それ故に、我が運命を（今さら）占って（将来の吉凶を）みてもらったりしないつもりだ、と。当時の作者自身の運命に対して、改めて占いを試みることを否定していることになっているが、例えば、道真と占卜との関連について考え合わせれば、彼が讃岐守として当地に赴任していた、仁和二年（八八六）七月に詠述した七律「早秋夜詠」（『菅家文草』巻三）中には、「家書ノ久シク絶ユレバ詩ヲ吟ジテ咽ビ、世路ノ多ク疑ハシムレバ夢ニ託シテ占フ。」（家書久絶吟レ詩咽、世路多疑託レ夢占。）との一聯が見えていて、そこでは、彼が「夢占い」をしたことになっているのである。

仁和二年七月と言えば、同年三月二十六日に讃岐守として道真（四十二歳）が当地に赴任して、それこそ、間もない頃ということになるだろうが、その頃の彼は、「夢占い」を実際に行っているわけなのだ。もっとも、それは疑惑の多い世上の事柄についての占卜ということになっていて、我が運命についてのそれということにはなっていないが、彼と占卜との関連を考える上では、大いに注目していいことになるだろうと思う。大宰府に左遷されることになってしまった、延喜元年（九〇一）当時の彼（五十七歳）が本句（一九八句）中において、自身の運命に対して、改めて占いをすることを否定すると詠述しているからなのである。彼が過去に「夢占い」を実際に行なっていることからして、本句中のその場合にも、彼が占卜そのものの信頼性を認めなかったからだということには、それは、決してならないはずなのだ。前句（一九七句）中で詠述しているように、やはり、当時の彼が自身の運命が糾える縄のようであることを十分に知り尽くしていたということ、そのことがもっぱらの理由であったと考えないわけには、ここは、いかないのではないだろうか。

　上記「鵩鳥賦」の一文「夫禍之与レ福兮、何異二糾纆一。命不レ可レ説兮、孰知二其極一。」が指摘していることは、例えば、『淮南子』〈「人間訓」〉中にもすでに、「夫(そ)レ禍福ノ転(てん)ジテ相生(あひしやう)ズルヤ、其ノ変(へん)ハ見難(みがた)キナリ。」（夫禍福之転而相生、其変難レ見也。）との一文とか、「故(ゆゑ)ニ福ノ禍ト為リ、禍ノ福ト為ルハ、化(くわ)ハ極(きは)ム可(べ)カラズ、深(しん)ハ測(はか)ル可カラザルナリ。」（故福之為レ禍、禍之為レ福、化不レ可レ極、深不レ可レ測也。）との一文とかにおいて明白に指摘されているわけなのであり、当時の道真がそうした指摘によって、彼自身の運命もまた糾える縄のようなものであること、それ故に、確かに、禍福の転変の有り様を見極めることは困難で、その微妙な奥深さを予測することも不可能ではあるが、福が禍となり、禍が福となること、これだけは、十分に知り尽くしていたことになるだろう。

　人の運命が糾える縄のようなものであり、福が禍となり、禍が福となるということを知り尽くしていることになっているわけなのである、当時の道真は。自身の将来の吉凶について、その彼が、改めて卜占を試みようとはしなかったというのは、これは、まったく、当然と言えるだろう。何故か。福が禍となり、禍が福となることになっているからなのだ。大宰府に身を置くことになった当時の彼の運命たるや、まさに、禍・憂・凶を見せ付けていることになっているわけなのであるが、運命が糾える縄である以上、必ず、次には、福・喜・吉を見せ付けることになるはずだからなのである。道真の場合に当て嵌(は)めれば、それは、現在の禍・憂・凶そのものが将来の福・喜・吉の到来を固く約束していることになるだろう。運命が糾える縄そのものであるのを知り尽くしていることは、理論的には、そういうことを意味していることになるに違いない。すなわち、第一の故郷である京都への帰還の実現が将来的には確実にあるはずなのだ、とのそうした希望的観測を彼は心に持ち続けることが、それによって出来たということになるわけなのだ。何しろ、福・喜・吉が禍・憂・凶となり、禍・憂・凶が福・喜・吉となることになっているのだから。運命の巡り合わせがそのように決まっている以上、改めて、卜占に頼る必要などはないことになるだろう。

ところで、本聯（一九七・一九八句）の前・後句においても、また、前聯（一九五・一九六句）並びに前々聯（一九三・一九四句）の前・後句との内容上の関連性、これは十分に考慮しなければならないだろう。とりわけ、生前の道真自身が本「叙意一百韻」の執筆当時および将来のことに関して、大宰府の地を「終の住処」と言うことになるだろうと詠述し（一九四句）、さらに、その先の将来の、彼の死後のこととして、大宰府の地が第二の故郷であったが故に、魂魄をしてその地のことを思い起こし、そこを訪れさせることになるだろうと詠述する一方で（一九五句）、遺骨は第一の故郷である京都（平安京）の地に埋葬させるようにした方がいいだろうと詠述していたはずで（一九六句）、それらのこととの内容上の関連性を十分に考慮しなければならないだろうと思う。

本作品の執筆時期については、すでに、第五段落中の、「一タビハ逢フ蘭気ノ敗ルルニ、九タビハ見ル桂華ノ円カナルヲ。室ヲ掃カントシテ磬ヲ懸クルガゴトキナルヲ安シトスルモ、門ヲ扃サントシテ鍵ヲ脱スルガゴトキナルヲ嬾シトス。」（一逢蘭気敗、九見桂華円。掃レ室安レ懸レ磬、扃レ門嬾レ脱レ鍵。）〈一三七―一四〇句〉との両聯の詠述内容によって、それが、道真が大宰権帥への左遷の命を被って（昌泰四年正月二十五日）、京都を離れることになった当日（同年二月一日）からすると、九回目の満月を迎えるに至った延喜元年九月後半から（同年には閏六月あり）、同年十月前半までの期間中であると想定出来たはずなのだ。『延喜式』〈巻二四「主計上」〉の行程表によると、京都から大宰府までの日数が下りの場合には「十四日・海路三十日」となっているから、二月一日に京都を出発した道真の大宰府到着は、およそ三月中頃であったということになるだろう。ということは、本作品の執筆までの大宰府滞在期間は、いまだ七箇月余りに過ぎないわけなのだ。

いまだ七箇月余りに過ぎない大宰府滞在期間にあって、生前の道真は、当時および将来のことに関して、大宰府の地が

「終の住処」となるだろうと詠述し、さらに、そこが第二の故郷となる故に、死後には、魂魄をして大宰府の地を思い起こし、そこを訪れさせることになるだろうと詠述していることになっているが、一方で、遺骨については、第一の故郷である京都（平安京）の地に埋葬させるようにした方がいいだろう、と彼は詠述しているわけなのだ。京都への帰還という彼の念願がいまだ叶(かな)えられず、それについての勅許が何時(いつ)頃に発せられることになるのか、皆目(かいもく)見当のつかない状態に置かれていたはずなのである、当時の道真は。大宰府の地が「終の住処」となるのではないかとの思いを抱かざるを得ないことになったのも、当時の、彼の置かれた状況を考えれば、これは無理からぬことと言えるだろう。

　大宰府、そこが生涯を終える場所となるかもしれないとの、そうした思いを、当時、どうしても抱かざるを得なくなってしまった道真なのであるが、その彼は、例えば、第五段落中において、「形(かたち)ハ馳(は)セテ魂(たましひ)モ恍(きやうきやう)々タリ、目(め)ハ想(おも)ヒテ涕(なみだ)モ連々(れんれん)タリ。京国(けいこく)ハ帰(かへ)ルコト何(いつ)レノ日(ひ)ゾ、故園(こゑん)ハ来(いた)ルコト幾(いくばく)ノ年(とし)ゾ。」（形馳魂恍々、目想涕連々。京国帰何日、故園来幾年。）〈一四九―一五二句〉との詠述も、すでにものしていたはずなのだ。（故郷への恋しさがより一層募ることになってしまい、わたしの）体はそわそわと落ち着きを失うことになり心も魂が抜け出てしまったかのようにぼんやりとしてしまったし、（故郷への恋しさがより一層募ることになってしまい、わたしの）目は次から次へもの思いに耽(ふけ)ることになり涙も止めどなく滴(したた)り落ちることになってしまったのだった。（その結果、わたしは次のような問いを改めて発せざるを得なくなってしまったのだ。すなわち）京都に帰還出来るのは（いったい）何日のことになるのであろうか（一日も早く帰りたいものだ）、故郷に帰還出来るのは（いったい）何年(いつ)のことになるのであろうか（一日も早く帰りたいものだ）、と。そこには、当時の道真の、強い望郷の念と熱い帰還への思いとがまさしく詠述されていたはずなのだ。

　第一の故郷である京都への、以上のような、限り無く強い望郷の念と熱い帰還への思いとを一方で訴え続けている事実を考え合わせれば、大宰府の地で生涯を終えるかもしれない、との当時の道真の、そうしたもう一つの思いを引き起こさせることになった原因、それについては、単純に、故郷への帰還という、彼の日頃の希望が早くも断たれ失われたためである、とそのように見なすわけには、やはり、いかないだろうと思う。何しろ、本作品の執筆当時の道真にとって、大宰府滞在期間がいまだ七箇月余りに過ぎないということになっているのだから。失望のためではなくて、むしろ、当時の彼の、大宰府の地に対するそうした思いを引き起こさせた理由、それが、日増しに募る強い望郷の念と熱い帰還への思いとのためであった、とそのように見なすべきだろうと思う。強い望郷の念と熱い帰還への思いとが、むしろ、その理由であったのだ、と。大宰府の地が「終焉の地」になるかもしれない、との当時の道真の思いは、ここでは、逆の、熱い帰還への期待感についての、その裏返し表現となっているに違いない。まさに、その期待感がどれ程に差し迫った、切実なものとなっていたのかを物語っている詠述である、とそのように、ここでは見なさなければならないだろうと思う。

何故か。それは、大宰府の地が「終焉の地」になるかもしれない（一九四句）と詠述する一方で、死後の遺骨については、道真は、第一の故郷である京都に埋葬されることをより強く望んでいるからなのである（一九六句）。生前には、たとえ、我が帰還への思いが叶わず、大宰府の地で終焉を迎えることになったとしても、死後には、どうしても、我が遺骨だけは京都に埋葬させるようにしたいものだ、との彼のそうした詠述内容からすれば、遺骨の帰還云々（うんぬん）とはあくまでも、仮定の話なのであって、それは、あくまでも、第二の希望でしかないということになるはずなのだ。死後などではなく、生前となる、現在および近い将来にこそ帰還を果たせるようになること、そのことこそが、彼の第一の希望であったということになるに違いない。遺骨の帰還云々の詠述内容からすると、必ずや、そういうことになるだろう。大宰府の地が「終焉の地」になるかもしれないとの、そうした恐れの気持を彼が抱いていて、死後に遺骨となって帰還を果たすことになるかもしれないと思っていたこと、これは、間違いないことであったとしても、勿論、そうなることを、彼が第一に望んでいたはずはないだろう。第五段落中において、京都に帰還出来るのは、「（いったい）何年何月何日のことになるのであろうか（一日も早く帰りたいものだ）」との詠述を、確かに、ものしていた道真なのである。

遺骨の帰還云々の話は、ここでは、やはり、仮定の話なのであって、そのことは、あくまでも、当時の道真にとっては第二の希望でしかなかったと見なさなければならないはずなのだ。死後などではなく、生前となる、現在および近い将来にこそ、京都への帰還を果たせるようになること、それこそが彼の第一の希望であったはずなのだから。そのことがどうしても叶わず、大宰府の地が「終焉の地」になるかもしれない、との当時の道真の恐れの気持は、やはり、強い望郷の念と熱い帰還への思いとの、それらの裏返し表現であると見なさなければならないだろう。仮に、その恐れが現実のものとなり、大宰府で命を失うようなことになったとしても、その場合でも、我が遺骨は京都に埋葬してもらい、そのことによって、故郷への帰還という念願を実現することにしたい、というのが彼の第二の希望なのであった。確かに、その第二の希望は、仮定の希望なのであって、第一の希望の裏返し表現と見ていいはずなのだ。

　前々聯と前聯との都合四句（一九三―一九六句）の詠述内容、それを、上述のように、当時の道真の、その強い望郷の念と熱い帰還への思いと、さらに、帰還についての、大いなる期待感とを裏返しにした表現であると見なすならば、本聯（一九七・一九八句）の前・後句の詠述内容との関連性は、より一層密接ということになるはずなのだ。何となれば、人の運命というもの、それは縒り縄そのものということになっていて、人の意志とは全く関係なく、まさに、人に対して、禍・憂・凶なりと、福・喜・吉なりとを交互に見せ付けることになっているわけなのであるが、道真は、そうした運命というものの存在を熟知していたことになっていて（一九七句）、彼自身の運命を（今さら）占って（将来の吉凶を）みてもらったりするつもりはない（一九八句）、とそのように詠述しているからなのである。

　つまり、本作品の執筆当時、道真は、今現在、自身の運命が見せ付けている禍・憂・凶なりのそれ（大宰府への左遷）に苦しめられているわけであるが、「禍福ハ糾纏ノ如シ」（禍福如二糾纏一）との教えを熟知している故に、必ず、次に、福・喜・吉なりのそれ（京都への帰還）を自身の運命は見せ付けることになるはずだ、と彼は期待感を強く抱くことになったはずなのだ。

　日増しに募る、強い望郷の念と熱い帰還への思いとを持ち続け、そして、それらと比例して大きく成長する期待感をもしっかりと胸に抱き続けていたはずなのだ、当時の道真は。そうした彼であるからこそ、本聯の前句（一九七句）の詠述において、「禍福如二糾纆一」との運命論を持ち出し、それを根拠にして、自身の期待感により一層の妥当性を与える必要があったわけなのだ。自身の期待感が正当なものであることを、彼が証明したいと思うに至った点については、容易に理解出来る。運命を「福」と「禍」で分類するならば、何しろ、現在の彼の運命たるや、間違いなく、「禍」の方を見せ付けていることになっているわけで、次に、彼が見せ付けられるもの、それは、「福」ということに決まっているはずだからなのである。「禍」と「福」とは、まさしく、縒り縄そのものということになっているわけなのであり、「禍」の次には「福」が、「福」の次には「禍」が来ることになっていて、それが人の運命ということになっている以上、道真の現在の「禍」の次に来るもの、それは、必ずや、「福」そのものでなければならないことになるはずなのだ。

　当時の道真にとっては、言うまでもなく、現在の、大宰府への左遷が「禍」、将来の、京都への帰還が「福」ということになるはずなのだ。ということは、以上のような、運命論の法則を熟知していることになっている彼であるからには、彼自身の期待感が大いなる妥当性を有していることになるだろうし、そして、それ故に、将来の、京都への帰還が必ず実現するはずなのである、とのそうした確信を彼は抱いていたに違いないということになるだろう。そうした確信を抱いていたと想定出来る以上、本聯の後句（一九八句）の詠述において、その彼が、改めて、占卜によって疑問を質そうとは思わない、と断言しているのは、至極当然ということになるだろう。

(25) **叙二意千言裏一**　「意ヲ千言ノ裏ニ叙ブルモ」と訓読して、（以上）我が心中の思いを一千字（五言二百句）を使用して詠述することにしたが、との意になる。

　本聯（一九九・二〇〇句）の前句に当たる本句は、その後句に当たる次句「何人ゾ一タビ憐ムベケンヤ」（何人一可レ憐）と共に、本「叙意一百韻」における最終の一聯を構成していて、この五言二百句からなる近体長律詩を締め括る役割を果たすことになっている。「叙」とは、ここでは述べる意。次第を追って陳述すること。「意」とは、ここでは心中の思いとの意。本句中の詩語「叙意」は、詩題「叙意一百韻」中のそれを直接的に継承していることになっている。用例としては、「郡斎（郡の役所）ノ暇日（休日）ニ、廬山（江西省九江市の近くにあり、風景と避暑とで有名な山。江州司馬の官に左遷された白居易が草堂を営んだことがある。）ノ草堂ヲ憶ヒ、兼ネテ二林ノ僧社（東林・西林の両寺院）ニ寄スルノ三十韻、多ク貶官（左遷）已来ノ出処ノ意ヲ叙ス。」（郡斎暇日、憶二廬山草堂一、兼寄二二林僧社一三十韻、多叙二貶官已来出処之意一。）〈『白氏文集』巻一八〉との詩題中にも見えている。そして、それは、内容的に大いに興味深い用例となっている。

と言うのは、『白氏文集』中の上記「三十韻」という作品は、元和十年（八一五）の四十四歳の時に江州司馬に左遷された白居易が、同十三年（八一八）の四十七歳の時に忠州（四川省忠県）刺史に赴任し、その官舎にあって暇日に詠述したものとなっているからなのであり、内容が、江州左遷の際に営んだ廬山の草堂のことに思いを馳せると共に、当時、その山麓にあった東林・西林の両寺院の、交友を続けていた僧侶のことを懐かしんで詠述されたものとなっているからなのである。すなわち、「多叙二貶官已来出処之意一」と述べられているように、それは、白居易が江州司馬に左遷されて以来の、彼自身の出処進退についての思いをもっぱら詠述した内容ということになっているのだ。

確かに、「諫諍（諫官である左拾遺の役職）ノ補ヒ無キヲ知レバ、遷移（江州司馬への左遷）セラルルハ分（身分）ノ当タル所ナリ。聖主（皇帝）ヲ匡スニ堪ヘザレバ、只ダ合ニ空王（仏の尊称）ニ事フベシ。」（諫諍知レ無レ補、遷移分所レ当。不レ堪レ匡二聖主一、只合レ事二空王一。）との冒頭の両聯を目にするだけで、上記「三十韻」という作品が、内容的にどのようなものであるかが分かるだろう。元和三年四月に左拾遺に除せられ、同五年に京兆府戸曹参軍となった白居易は、たちまちに、江州司馬に左遷されてしまうことになるわけであるが、まさに、その左遷先においての、彼自身の出処進退（出でて官に就くことと退いて家に居ること。朝に在ることと野に処ること。）についての思いを、それは多く詠述したものとなっているわけなのである。

道真の「叙意一百韻」の場合にも、上述のように、「生涯ニハ定地無ク、運命ハ皇天ニ在リ。職モテ豈ニ西府ヲ図ランヤ、名モテ何ゾ左遷ニ替ヘンヤ。」（生涯無二定地一、運命在二皇天一。職豈図二西府一、名何替二左遷一。）との、大宰府への左遷の下命を被った作者の驚きを詠述した、そうした冒頭の両聯から始められていたはずなのだ。内容的には、本作品もまた、左遷先の大宰府の官舎に在って、その暇日に、「多叙二貶官已来出処之意一」を詠述したものということになるはずなのだ。それこそ、道真の作品の場合もまた、大宰府に左遷されて以来の、彼自身の出処進退についての思いをもっぱら詠述する内容となっていることからすれば、詩題及び本句（一九九句）中に見えている詩語「叙意」とは、まさしく、具体的には、「貶官已来ノ出処ノ意ヲ叙ス」（叙二貶官已来出処之意一）との、『白氏文集』中に見えているその一文の省略形と考えていいのではないだろうか。つまり、本作品とは、大宰府に左遷されてから以後の、彼自身の出処進退についての心中の思いをもっぱら述べることを目的としてものされた作品ということになるはずなのだ。ただ、もとより、白居易とは違って、道真の場合には、いまだ、大宰府に左遷中ということになっているわけなのであり、当時の、「処」（退）についての彼自身の心中の思いばかりがそこにもっぱら詠述されることになっているのは、至極当然と言えるだろう。

本句中の詩語「千言」とは、一千字の意。詩題「叙意一百韻」中の「一百韻」のことを、ここでは直接に指示していることになる。本作品は、近体五言一百韻（二百句）の長大な作品となっており、それ故、字数は「千言」ということになるわけなのだ。「一百韻」詩は、例えば、『白氏文集』中にも、㈠「書ニ代フルノ詩一百韻。微之（元稹）ニ寄ス。」（代レ書詩一百韻。寄二微之一。）〈巻一三〉と、㈡「夢ニ春ニ遊ブ詩ニ和ス一百韻幷ビニ序」（和二夢遊レ春詩一一百韻幷序）〈巻一四〉と、㈢「渭村ノ退居ニ、礼部ノ崔侍郎ト翰林ノ銭舎人トニ寄スルノ詩一百韻。」（渭村退居、寄二礼部崔侍郎翰林銭舎人一詩一百韻。）〈巻一五〉と、㈣「東南行一百韻。通州ノ元九侍御・澧州ノ李十一舎人・果州ノ崔二十二使君・開州韋大員外・庾三十二補欠・杜十四拾遺・李二十助教員外・竇七校書ニ寄ス。」（東南行一百韻。寄二通州元九侍御澧州李十一舎人果州崔二十二使君開州韋大員外庾三十二補欠杜十四拾遺李二十助教員外竇七校書一。）〈巻一六〉との、それぞれの詩題を有する四作品が見えており、そのうちの㈠㈢㈣の三作品が、近体五言一百韻（二百句・一千字）の構成となっていて、その㈡は古体五言（古調）一百韻（二百句・一千字）の構成となっている。

ちなみに、我が平安朝漢詩人の手になる「一百韻」詩としては、近体五言長律詩としての構成を有するそれは、道真作の本「叙意一百韻」の一作品だけということになっていて、他の、例えば、大江匡衡作「述懐古調詩一百韻」〈『江吏部集』巻中〉や、藤原敦光作「初冬ノ述懐百韻」（初冬述懐百韻）〈『本朝続文粋』巻一「雑詩」古調詩〉などは、共に、古体五言（古調）一百韻（二百句・一千字）としての構成となっているのである。我が平安朝漢詩人の手になる「一百韻」詩として、近体五言長律詩の構成を有する本「叙意一百韻」は、その構成の点だけから見ても、大いなる独自性をそこに認めないわけにはいかないことになっている。

古体（古調）詩としてのそれに比べて、もとより、近体長律詩としてのそれの方は、形式的にも、「平仄式」や対句などの規則を厳守する必要があることになるはずで、それ故に、作者の、その詩人としての技量がより大きく要求されることになるはずなのだ。構成上から見ただけでも、本「叙意一百韻」をものした道真の、つまり、我が平安朝漢詩人としての彼の、その技量が如何に高く抜きん出ていたかという、そのことを読者をして十分に窺い知らしめずにはおかないだろう。なお、そうした近体長律詩としての構成（五言長律二百句）を有する本「叙意一百韻」は、内容的には、上述したように、大宰府に左遷されて以来の、作者自身の出処進退についての思いをもっぱら詠述した作品ということになっているわけなのである。そうした五言長律二百句（一百韻）の構成を有しているという点において、さらに、内容的にも、大宰府に左遷されて以来の、作者自身の、出処進退についての、その「処」（退）についての思いをもっぱら詠述しているという点において、やはり、ここは、そうした構成面と内容面との、その両方面に共通項を有していると強く想定出来ることになっている、上述の、『白氏文集』〈巻一六〉中の「東南行一百韻。……。」と題する五言長律二百句、それを、本「叙意一百韻」の成立に多大な影響を与えた作品であると認めないわけにはいかないのではないだろうか。

白居易のその作品「東南ノ行一百韻。……。」は、彼が左遷先の江州（江西省九江市）に向かって長安を出発し、目的地に到着したことを詠述した「南ニ去リテ三楚ヲ経、東ニ来リテ五湖ヲ過グ。山頭ニハ候館ヲ看、水面ニハ征途ヲ問フ。」（南去経二三楚一、東来過二五湖一。山頭看二候館一、水面問二征途一。）との両聯から始まっていて、「壮志ハ愁ニ因リテ減ジ、衰容ハ病ト倶ニス。相逢フモ応ニ識ラザルベシ、頷ニ満ツル白髭鬚。」（壮志因レ愁減、衰容与レ病倶。相逢応レ不レ識、満レ頷白髭鬚。）との両聯の、左遷先での落魄した彼自身の生活ぶりについての詠述で終わっている。詩題中の「東南」とは、言うまでもなく、都の長安から見て東南の方向に位置する、左遷先の江州の地のことを指示しており、「行」とは、ここでは「琵琶行」などと同じく、詩の一体のことを指示している（ちなみに、白居易のこの作品に応酬した、次韻詩「酬二楽天東南行一詩一百韻」及びその序文が『元氏長慶集』（巻一二）に見えていて、これも五言長律二百句〈一百韻〉の構成を有している。）。

元和十年（八一五）に江州司馬に左遷されることになった白居易（四十四歳）が作品「東南行一百韻。……。」をものしたのは、同十二年十二月二日以前のこととされている〈花房英樹著『白氏文集の批判的研究』四〇七頁〉。江州に到着したことを述べた後、作品中において彼が先ず言及することにするのは、江州の地の自然・風俗・習慣が如何に都の長安のそれらと相違しているかということ、そのことなのである。すなわち、「漸ク覚ユ郷原ノ異ナルヲ、深ク知ル土俗ノ殊ナルヲ。」（漸覚郷原異、深知土俗殊。）〈九・一〇句〉との一聯に見えている通りの、そうした彼の驚きと思いとが以下の二十二聯四十四句にわたって具体的に詠述されることになっていて、そこでは、人々の話す言葉遣いを初めとして、市場の様子・群れ集う男女の姿・酒や果物や動植物などの珍しさについての言及がなされている。長安とは大いに異なった環境に身を置くことになったわけなのであり、白居易が「帰ランコトヲ憶ヒテ恒ニ惨澹タリ、旧ヲ懐ヒテ忽チ踟蹰タリ（行きつ戻りるするさま）。」（憶レ帰恒惨澹、懐レ旧忽踟蹰。）〈五五・五六句〉との望郷の念を強く抱くことになり、帰郷への思いを新たにすることになったのは当然なのであって、その結果、次に、以下の三十一聯六十二句にわたって、過去の長安に居住していた頃の、彼にとっての得意の時代を思い起こし、これまた、具体的に、その頃の楽しい思い出に耽らないわけにはいかなくなるわけなのだ。そこでは、経国済民の志を立て儒学を修めんとして、故郷を離れて長安に遊学することになってから以後の出来ごと、例えば、詩賦を作ることをも熱心に学び、科挙にも次々と合格を果たしたこと、官吏となって朝廷に出仕すると共に、その余暇には友人達と心行くまで詩を詠じ酒を酌み交わしたこと、朝廷の宴席にも参列し行幸にも付き従ったことなどの、有り難い経験などについての言及がなされている。

そうした得意の時代の楽しい思い出を語り終えた後、いよいよ、「日ノ近クシテ恩ハ重シト雖モ、雲ノ高クシテ勢ハ却リテ孤ナリ。身ヲ翻シテ霄漢（天上の雲。転じて、宮中の喩え。）ヨリ落チ、脚ヲ失シテ泥塗ニ倒ル。」（日近恩雖レ重、雲高勢却孤。翻レ身落二霄漢一、失レ脚倒二泥塗一。）〈一一七―一二〇句〉との両聯以下の四十聯八十句に亘って、失脚して中央政界から追放され、江州に到着してから以後の、作者自身の出処進退についての、その「処」（退）についての思いをもっぱら具体的に詠述することになっている。そこでは、日々の貧苦と謹慎との生活についてのこと、運命の転変は計り知れないが、このたびの左遷の理由がそれまでの自身の生き方の拙劣さによるものであり、まったく、自身のせいなのである、との、そうした思いなどについてのことが言及されている。

白居易作「東南行一百韻。……。」の内容は、要約すれば以上の通りなのであり、道真作の本作品のそれとは、確かに、内容的に大いに類似点を有していると言えるのではないだろうか。白居易のそれが左遷先の江州の地でものされ、道真のそれも左遷先の大宰府の地でものされていることからすれば、成立の事情を共通にする両作者が、類似点を有した内容をそれぞれに詠述しているということも至極当然なこととして納得出来るわけなのであるが、その点を踏まえた上で、両作品が、さらに、五言長律二百句（一百韻）の構成を共に有している事実をも改めてここで考え合わせてみるならば、道真作のそれが白居易作のそれの存在を強く意識し、それに多大な影響を受けてものされたと見なすとの、そうした意見は十分に説得力を有することになるはずなのである。今は、そうした意見に従うことにする（なお、白居易作のそれが『広韻』〈上平声・一〇虞韻〉の「一韻到底」を作っていて、韻字の種類については、両者は異にしている。）。

（26）**何人一可レ憐**　「何人ゾ一タビ憐ム可ケンヤ」と訓読して、そもそも誰が（我が本「意」を正しく理解し、わたしのことを）憐れに思うことがあろうか（いや、そのように思う人は、もとより、誰一人としていないであろう。なんとなれば、「千言」をも費やしていながら、我が詩才の拙劣さの故に、今なお、我が本「意」が十分に述べ尽くされていないからなのであり、さらには、言葉そのものが本「意」を十全に述べ尽くせないことになっているからなのである。）、との意になる。

「千言」（五言長律二百句）から成る本「叙意一百韻」、それをこれまで長々と詠述して来た作者なのであるが、彼は締め括りとして、大宰府に左遷の命を被ることになった彼自身がその大宰府において抱いた心情、それを正しく理解し、そのことを本当に憐れに思ってくれる人は、もとより、誰一人としていないであろう、との意見を本句（二〇〇句）において述べることになっている。掉尾を飾る本聯の、その後句に当たる本句中の詩語「何人」とは、「なにびと・如何なる人・どんな人・誰」との意。ここでは、「なんびとぞ」と訓読して、本句中のそれの場合には、反語形の文体を導き出す役割を担っている。「いったい誰が、……するなどということがあろうか（いや、そのようにする人は、誰一人としていないであろう。）。」との意をここでは導き出している。「一」とは、「一タビ」と訓読し、「もっぱら・ひとえに・まったく」との意。ここでは、反語形の文体中のそれとして、「そもそも・もとより」との意となる。前句中の詩語「千」の対語（数対）。

本句中の詩語「可レ憐」は、反語形の文体中のそれとして、ここでは、「憐ム可ケンヤ」と訓読し、「（我が心情を思い計って）憐れに思うなどということがあろうか（いや、そのように思う人は誰一人としていないであろう。）」との意となる。類似表現として、「春ノ深ケテ落チント欲スルモ誰カ憐レミ惜シマンヤ、白侍郎ノミ来リテ一枝ヲ折ル。」（春深欲レ落誰憐惜、白侍郎来折二一枝一。）《『白氏文集』巻五八「晩桃花」》との一聯などに見えている。

本句（二〇〇句）中の詩語「可レ憐」の場合には、反語形として「憐ム可ケンヤ」と訓読しなければならないはずで、ここでの「可シ」とは、「近い将来、ある事態がほぼ確実に起こることを予想する。きっと…だろう。…するにちがいない。」《『日本国語大辞典』》との意になっているわけだから、そのことからすると、作者の道真は、「千言」（五言長律二百句）

を使用して詠述した本作品の、その制作上の本「意」について、読者は決してそれを理解しないだろう、と予想し推量していることになるだろう。何故に、彼はここで、そうした悲観的な予想なり推量なりをすることにしたのであろうか。

一般的に言えば、それに対する理由付けとして、以下の三通りのそれを想定することが出来るに違いない。すなわち、㈠読者側のせいであるとするもの、㈡作者側のせいであるとするもの、㈢言葉そのもののせいであるとするもの、との三通りについての想定ということになるはずだ。㈠がその理由付けであるとする場合には、それは、「千言」を費やして詳述したにも関わらず、読者の方がこれを読んで我が本「意」を理解しようとしたり、あるいは、読むことすらもしようとしないからである、ということになるだろう。この場合には、全てが読者のせいということになる。㈡がその理由付けであるとする場合には、それは、「千言」を費やして詳述したつもりであるが、我が思いの丈はさらに深く、今なお、本「意」を十分に述べ尽くすまでには至っておらず、そのために、読む人に我が本「意」を理解してもらえない、ということになるだろう。この場合には、全てが作者のせいということになる。そして、㈢がその理由付けであるとする場合には、「千言」を費やしてはみたが、そもそも、「言」（言葉）そのものが人の「意」（思い）を十全に伝える道具（伝達手段）とはなっていないからなのである、ということになるだろう。この場合には、全てが言葉そのもののせいということになる。

結論から言えば、その三通りの理由付けのうち、やはり、ここでは、㈠を採用するわけにはいかないだろう。何故か。㈠を採用する場合には、作者の立場を一方的に自己正当化し、読者の立場を一方的に非難して見放すことになるはずだからなのである。例えば、本第六段落の冒頭の一聯（一七五・一七六句）において、作者は、「器ハ拙キモ豊ナル沢ヲ承ケ、舟ハ頑ナルモ巨ナル川ヲ済レリ。」（器拙承㆓豊沢㆒、舟頑済㆓巨川㆒。）との詠述をものしていたはずなのである。そこでは、作者自身の政治的な才能に関してのこととなっているが、謙譲表現が明白に採用されていて、彼の立場が大きく卑下の対象となっていたはずなのだ。本第六段落の冒頭の一聯に見えている、作者自身に対するそうした謙譲表現が、同じ本第六段落の結末の一聯（一九九・二〇〇句）において、自身に対する尊敬表現に急変するなどということ、そのようなことは、どうしても考えることは出来ないだろう。むしろ、そうではなくて、冒頭の一聯とこの結末の一聯とは、本段落においては対比的に配置されて、謙譲表現で統一されていると考えるべきだろう。まして、本「叙意一百韻」の執筆当時、作者は、強い望郷の念と京都への帰還の思いとを抱いていたはずなのだ。まさしく、そうした希望なり思いなりを詠述すること、そのことが、彼にとっては、本作品執筆の第一の動機であったはずなのである。当時の作者にとっては、何よりも、醍醐天皇を始めとする、より広い、朝廷の読者層に自身の希望なり思いなりを知らせ、理解してもらう必要が絶対にあったわけだろう。そのような立場にあったはずの作者が、読者側を一方的に非難して見放すなどということ、そんなことは有り得るはずがないだろう。当時の作者には、一人でも多くの人に本作品を読んでもらう必要が、是非ともあったはずなのだから。

次に、その三通りの理由付けのうちの㈡については、全てが作者のせいである、との理由、これを事実のこととして、そのままに捕えるわけには、もとより、いかないだろう。何故か。その「千言」のうちに、作者の本「意」が十分に述べられていないことになっている場合には、読者がそのことに思いを致し、作者に同情を寄せ憐れがるなどということは、理論的に、当然に有り得ないことになるからなのである。作者が「何人一可ㇾ憐」と、改めて詠述することなど、初めから、不必要ということになるはずだからなのである。すでに、そんなことは、分かりきったことになるわけなのだから。ただし、上述のように、その㈡を作者自身の謙譲表現として捕えることにすれば、理由付けとしては、確かに、大いに有り得ると見ていいことになるだろう。何しろ、前述したように、本第六段落の冒頭の一聯（一七五・一七六句）において、作者は謙譲表現を採用し、自身の政治的才能の劣っていることを詠述し、当時の自身の立場をひたすら卑下していたはずなのだから。そのこととの内容上の脈絡からして、本段落の結末の一聯（一九九・二〇〇句）において、今度は、謙譲表現として、自身の詩才の劣っていることを詠述しているのではないか。当時の自身の立場を、作者がここで、ひたすら卑下していると見なすことは、本段落における、冒頭の一聯と結末の一聯との対比的な配置のことを考えれば、十分に出来るはずなのだ。そのように解釈すれば、理由付けの㈡については、以下のように明白に納得出来ることになるに違いない。すなわち、「千言」をも費やしていながら、この本「叙意一百韻」においては、我が詩才の拙劣さの故に、今なお、我が本「意」が十分に述べ尽くされてはいないし、今なお、我が本「意」が読者に対して十全に説明し尽くされてはいないはずなのだ、とのそうした、作者の謙譲表現としての内容ということで、それがあるならば、本句（二〇〇句）において、作者が「何人一可レ憐」との詠述を改めてものすることも、まさしく、有り得ると見ていいことになるはずなのだ。勿論、その場合に前提条件となるのは、作者自身の、「千言」のうちに詩才を尽くした結果、我が本「意」はそこに十全に説明し尽くされているはずだ、とのそうした信念の存在なのであり、必ずや、読者の理解と憐れみとは、それによって勝ち得ることになるはずだ、とのそうした信念の存在なのである。作者自身の、当時の望郷の念と京都への帰還の思いとが、いかに強いものであったかということが、本作品中においては、十分に述べ尽くされているはずなのであり、そのような本作品を目にすることになる読者は、それ故に、作者の本「意」をそのまま理解し、憐みの気持を強く抱かないわけにはいかないことになるはずなのである。と言うことは、本句が謙譲表現となるための前提条件となっている、つまり、作者の、以上の二つの信念の存在を、ここでは、逆に、明白に認めてやってもいいことになるだろう。そうした作者の信念の存在の裏返しとして、ここで、謙譲表現が、敢えて、採用されていると見なすことは、確かに、許されていいはずだ。

　最後に、その三通りの理由付けのうちの㈢について、これはどういうことになるのであろうか。作者は本作品の末尾の一聯（一九九・二〇〇句）において、「意ヲ千言ノ裏ニ叙ブルモ、何人ゾ一タビ憐ム可ケンヤ。」（叙二意千言裏一、何人一可レ憐。）と詠述していたはずで、そこでは、「意」（心中の思い）と「言」（言葉）とが対比的に配置されている。千「言」もの言葉を多用してわが本「意」を説明しようとしたが、誰一人としてそれを理解し、憐れんでくれる人はいないだろう、との意を作っている、この一聯中において、以上のように、「言」と「意」とが対比的に配置されていることになっているわけなのである。

「言」と「意」との対比的な配置ということになれば、例えば、「言ハ意ヲ尽クサズ」（言不レ尽レ意）〈『易経』「繋辞伝上篇」〉との一句を思い起こさないわけにはいかないだろう。この一句は、同書によると、「子曰ク、書ハ言ヲ尽クサズ、言ハ意ヲ尽クサズ。」（子曰、書不レ尽レ言、言不レ尽レ意。）との一文中に見えており、孔子の言葉とされている。すなわち、それは、「文字に書き表わされたものは、言葉を全て述べ尽くしているわけではないし、言葉も、心の中に思っていることを全て述べ尽くしているわけではない。」との内容を記述した一文ということになっていて、とりわけ、その後半部に当たる「言不レ尽レ意」論は、取りも直さず、儒教的「言語」観として、中国の漢代以後の「言語」観に大きな影響を与えたことになっているのである〈拙著『儒教と「言語」観』一三三頁〉。それが『易経』を出典にしたものであるからには、我が平安朝の道真も、当然に、そうした儒教的「言語」観を熟知していたと考えていいであろう。その彼が、自身の「意」を「千言」の中に述べたと詠述しながら、それでも、「何人一可レ憐」との予想を下し、推量を下さざるを得なかったのは、まさに、「言葉も、それは心の中に思っていることを全て述べ尽くしているわけではない。」との、そうした「言不レ尽レ意」論の立場に従ったからだと考えるならば、そのことによって、彼が予想を下し、推量を下すことになった理由については、確かに、大いに納得がいくことになるのではないだろうか。

「言」が「意」を述べ尽くすための道具（伝達手段）として、不十分なものである以上は、たとえ、「千言」を費やしたとしても、「意」を述べ尽くすことは、到底出来ないことになるはずだからなのである。理論的には、そういうことになるはずなのだ。作者の道真が本「叙意一百韻」をものすることにしたのは、当時の彼自身の、大宰府左遷中の本「意」を述べ尽くし、多くの読者にそれを理解してもらおうとしたからに違いないだろうし、「千言」をも費やすことにしたのは、まったく、そのためと見ていいだろう。ところが、「言不レ尽レ意」論の立場に従えば、当然に、作者の本「意」は「千言」を費やしたとしても、十全に述べ尽くすことは、理論的に不可能ということになるはずなのである。そして、作者の本「意」が、そのために、十全に述べ尽くされないことになっているからには、読者が本「叙意一百韻」をどんなに熱心に読み返したとしても、作者の本「意」を知り尽くすことは、これまた、理論的に不可能ということになるだろう。読者の誰一人として、それを知り尽くすことは、もとより、理論的に不可能ということになるはずなのである。理論的には、まったく、そういうことになるはずで、その点で、「何人一可レ憐」との、そうした作者の予想なり推量なりを下すことになった理由付けとしては、すこぶる妥当性を有することになるだろう。

以上、作者の道真が、「千言」（五言長律二百句）を使用して詠述した本「叙意一百韻」の、その制作上の本「意」について、読者は決してそれを理解しないだろう、との悲観的な予想なり推量なりを下していることに対して、三通りの理由付けを想定してみたわけなのであるが、結果的に、㈠作者側のせいであるとするもの（ただし、謙譲表現として。）と、そして、㈢言葉そのもののせいであるとするものとの、その二通りが、ここでは理由付けとしての妥当性を有するものと考えることが出来た。㈡のそれをあくまでも主観的な理由付け、㈢のそれをあくまでも客観的な理由付けと見なすことにすれば、謙譲表現を採用するに際して、作者は、この主観・客観双方の理由付けを利用し、「何人一可レ憐」との、作者自身の悲観的な予想なり推量なりを下すことにしたところの、その判断に正当性を付加しようとしたことになるだろう。果たして、どうなのであろうか。今は、そうした考えに従って、㈡と㈢との双方を理由付けとして認めることにしたい。謙譲表現としての、その㈡の主観的な理由付けをより正当化するために、ここでは、その㈢の客観的なそれの力をも借用することにしたと考えれば、より多く納得がいくのではないだろうか。

【評　説】

本「叙意一百韻」中の最終段落となっている、本第六段落（一七五から二〇〇句までの十三聯二十六句）は、もとより、直前の第五段落（一二七から一七四句までの二十四聯四十八句）の内容を直接的に継承している。改めて、その第五段落の内容を簡単に紹介するならば、以下の通りということになるだろう。すなわち、到着した大宰府において、引き続き、延喜元年（九〇一）の秋三箇月を過ごし、本作品の執筆時期と想定されるところの、その初冬十月の時期を迎えて、望郷の念をいよいよ募らせ、京都への帰還の日の一日も早いことを期待して、ついには、作者をして「京国ハ帰ルコト何レノ日ゾ、故園ハ来ルコト幾ノ年ゾ。」（京国帰何日、故園来幾年。）〈一五一・一五二句〉との一聯を詠述させることになったわけなのだ。その、京都への帰還の日の一日も早いことを期待した作者は、一転して、京都での懐かしい生活を思い起こすことにする。大学寮に入学してからは懸命に学問に励んだこと、文章得業生に補せられた後に「下野権少掾」にも任官することが出来たこと、さらに、「文章得業生方略試」に及第して儒者となり、学問の名家としての菅原家を継承し発展させる決意を新たに固めた後に、思いがけなくも、「讃州刺史」に任命されて都を離れることになってしまったことなどについても、次々に思い浮かべないではいられない作者なのである。

　作者の思い出はなおも続き、讃岐から帰京を果たした後には何度となく官位昇進を果たしたこと、そして、最終的には、「従二位・右大臣兼右大将」の官位にまで昇り詰めたことに思い出は及ぶことになる。その重責に対しての、世間の人々の思惑と中傷との渦巻く中、如何に熱心に、如何に献身的に職務に励んだことか、どれ程に宇多上皇及び醍醐天皇に襟を正して謹んで近侍したことか、謹んで近侍したと言えば、職務を離れた宮中の作文会の宴席においてさえも、常に参列し近侍しては詩作を献上したものであった、と作者は延喜元年（九〇一）正月二十五日に「大宰員外帥」への左遷の命令が下される直前までの、京都での思い出に耽り続けるわけなのだ。以上が第五段落の簡単な内容ということになるが、そうした前段落の内容を直接的に継承し、まさに、その左遷の命令が下された直後の作者の思い、また、大宰府の地に到着してからの思い、さらには、京都への帰還が生前に勅許されない場合のことにまで思い巡らすことになっているわけなのだ、本第六段落の内容は。

　本第六段落の内容上、最も興味深いのは、本段落の冒頭部分（一七五―一七八句）において、大宰府への左遷が作者自身の政治的才能の拙劣さの故なのであって、作者個人に対する手厚い国家の恩愛に正しく答えることが出来なかった、彼自身のせいなのである、と詠述している点なのである。勿論、それは謙譲表現ということになるだろうが、確かに、京都への帰還の日の、その一日も早いことを期待していたはずの執筆当時の作者にとってみれば、それ以外の詠述方法はなかったに違いない。本段落の冒頭部分にこうした謙譲表現を採用しているという事実は、逆に、京都への帰還に対する、執筆当時の作者自身の期待感がいや増しに膨らんでいたことを物語っているようにも思えて来るが、どうなのであろう。

作者は、その冒頭部分に引き続いて、自身の政治的才能の拙劣さの故に被ることになった大宰府左遷という事件に関連して、先人である後漢の張衡と西晋の潘岳との、先例としての、彼等の中央政界からの追放事件を取り上げることにするわけなのだ。実は、その両者に関連する詠述が本段落十三聯二十六句中の、ほぼ、半分に当たる六聯十二句（一七九―一九〇句）を占めていることになっているのである。もとより、それは本段落における内容上の重要部分となっているわけなのであるが、何故に、作者はそうした両人たちの事例をここで取り上げることにしたのであろうか。また、何故に、その両人が張衡であり潘岳であらねばならなかったのであろうか。

まずは、前者の疑問について考えることにしよう。ここで、先人たちの事例を取り上げることにしたのは、作者自身の中央政界からの追放事件が歴史的に見る限り、それは、決して、希有なことなのではないという、その証拠を明示したかったからに違いないだろう。歴史上、そうした事例がすでに多く見えているからなのである。しかも、作者自身の場合には、謙譲表現ではあるが、それは政治的才能の拙劣さの故なのであり、作者個人に対する手厚い国家の恩愛に正しく答えることが出来なかったせいということにされている。一方、歴史上に見えている先人たちの事例の場合には、中央政界から追放された者たちは、そのほとんど全てが、政治的にも文学的にも人並み優れた才能の持ち主ということになっていて、勿論、張衡や潘岳の場合にも、その点は全く同様ということになっている。そのように才能に恵まれた人々が、たびたび、中央政界から追放処分を受けることになっているわけなのだ。そうした先人たちの事例に比べれば、作者自身の大宰府左遷の理由は、個人的な才能不足の然らしむるところということになっていて、むしろ、追放事例としては、歴史上、ほとんど、在り来たりのそれということになるであろう。ここでの謙譲表現からすれば、そういうことになるはずなのだ。つまり、本段落の冒頭部分の謙譲表現が、そのまま、内容的に、次の、張衡・潘岳の追放事件の詠述にも引き継がれていると認める以上は、作者が、その両人の事例をここでわざわざ取り上げることにした理由、それは、まさしく、彼我の追放事件としての、それらの事件の重大性における差異を、殊更(ことさら)に、強調したかったからだ、ということになるはずなのである。

次に、後者の疑問について考えることにしよう。作者がここで先例として取り上げることにした両人の追放事件のことであるが、それが、何故に、張衡と潘岳とのそれでなければならなかったのであろうか。理由のその㈠としては、上述のように、両人が共に、政治的にも文学的にも人並み優れた才能の持ち主であったという、その点を取り上げねばならないだろう。理由のその㈡としては、〔語釈〕（5・6）において既述した通り、張衡は作品「帰田賦」をものし、潘岳は作品「閑居賦」をものしていて、彼等が共に、各人の追放事件に先立って、それぞれの田園なり旧居なりに隠棲する気持を抱いていたという、その点と、さらには、その両作品が『文選』〈巻一五・一六「志」〉中で隣り同士に並置されている、そうした著名な作品になっているという、その点とを取り上げねばならないだろう。理由のその㈢としては、両人に関する、以上の二つの共通点の他に、張衡の方は、後に罪を許されて中央政界に復帰して再び活躍の場を得ることになっているのに対して、潘岳の方が、後に処刑されて命を失うことになっているという、そうした追放後の彼等の運命における相違点をも取り上げなければならないだろう。

理由のその㈠の場合には、本段落の冒頭部分の謙譲表現をそのまま内容的に引き継ぎ、彼我の追放事件としての、それらの事件の重大性における差異を強調するためには、ここに採用する人物たちは、どうしても、歴史上、政治的にも文学的にも人並み優れた才能の持ち主でなければならないことになるはずなのだ。その点では、後漢の張衡・西晋の潘岳という、彼等両人の採用の場合には、如何にも、そうした資格を十分に有する人物ということになるだろう。

理由その㈡の場合には、張衡は「帰田賦」をものし、潘岳は「閑居賦」をものしていることになるわけなのだ。つまり、それら両作品の詠述内容に従えば、彼等は共に追放事件を身に被ることになるのではないか、との危惧を予感し、官職を離れてそれぞれの田園なり旧居なりに自由に隠棲する気持を事前に抱いていたことになっている。追放事件を身に被ることになるのではないか、との危惧を予感していた点では、作者の道真も同様であって、本段落中においても、「溝壑ニ先ヅ塡メラレンコトヲ恐ル」（溝壑恐二先塡一）〈一七八句〉との一句をものしているはずなのだ。危惧を予感していた点で、確かに、道真は彼等と共通項を有していることになっていて、ここで彼等の事件を取り上げることにした理由の一つは、そのためであったと考えていいだろう。そうした危惧を予感していた作者であってみれば、事件直前（昌泰三年十月十一日）に送られてきた三善清行の書状「奉二菅右相府一書」中に認められた、「伏シテ冀ハクハ、其ノ止足（足るを知る）ヲ知リ、其ノ栄分ヲ察シテ、風情（詩情）ヲ煙霞（山川のよい景色）ニ擅ニシ、山智（優れた識見）ヲ丘壑（丘と谷）ニ蔵サンコトヲ。」（伏冀、知二其止足一、察二其栄分一、擅二風情於煙霞一、蔵二山智於丘壑一。）との、隠退を勧めた一文に、殊の外、心を留めないわけにはいかなかったであろうし、追放事件を身に被る前に、確かに、張衡や潘岳が抱いたような、官職を離れて田園なり旧居なりに自由に隠棲したいとの気持を道真自身も抱いていたと見ていいことになるだろう。官職を離れて田園なり旧居なりに自由に隠棲する気持を事前に抱いていたからこそ、道真は、共通項を有しているということで、ここで、彼等両人を取り上げることにしたはずなのである。取り上げるべき人物は、張衡であり潘岳である必要が、その点で、有ったことになるわけなのだ。

　取り上げるべき人物が張衡・潘岳でなければならないとする、その理由の㈢の場合には、そこに、より大きな、道真の京都への、帰還実現への思いが籠められている、とそのように想定してもいいのではないだろうか。前述したように、後漢の張衡は追放事件の後に罪を許され、中央政界に復帰して再び活躍の場を手中にすることになっているわけなのだ。一方、対照的に、西晋の潘岳の場合には、追放事件の後に処刑されて命を失うことになっている。ということは、道真が敢えて、追放事件後のそうした対照的な運命を有する両人、彼等をここで対比的に取り上げることにしたのは、決して、偶然ということにはならず、彼自身の、今後の運命に彼等のそれを重ね合わせようとしたからなのであって、それは、必然的な取り上げ方と考えなければならないことになるだろう。何しろ、自身の運命を張衡のそれに重ね合わせたいと強く願っていたはずの道真なのだから。何しろ、あれ程に京都への帰還実現を熱望し、遂には、「京国ハ帰ルコト何レノ日ゾ、故園ハ来ルコト幾ノ年ゾ。」（京国帰何日、故園来幾年。）〈一五一・一五二句〉との、一日も早い帰郷の願いを詠述し、さらには、たとえ、帰還が死後ということになったとしても、それでも、「縦ヒ魂ヲシテ峴ヲ思ハシムルトモ、其レ骨ヲシテ燕ニ葬ラシムルニ如カンヤ。」（縦使二魂思一レ峴、其如二骨葬一レ燕。）〈一九五・一九六句〉との、自身の遺骨の埋葬地を大宰府ではなく、是非とも、京都にしてもらいたいと詠述していた作者なのだから。彼自身の今後の運命を張衡のそれに重ね合わせたいと、必ずや、思ったに違いないはずで、道真が、張衡を、敢えて、ここで取り上げることにしたのは、もっぱら、そのためと見なしていいだろう。

一方、潘岳を、敢えて、ここで取り上げることにしたのは、追放後に、張衡とは対極的な運命に遭遇することになった人物だったからなのである。もとより、道真が、自分自身の今後の運命、それを潘岳のそれに重ね合わせたいなどと思うはずがないわけで、これは、万が一の、そうした自身の運命の到来を恐れたためと見ていいだろう。そのために、今後の自身の運命、それを決して重ね合わせようとは思わない人物として、潘岳を、敢えて、ここで取り上げることにしたに違いない。張衡と潘岳とが辿った運命の分岐点に、当時の道真は、確かに、置かれていたと見ることも出来るわけで、敢えて、ここでその両人を彼が取り上げることにしたのは、そのことを意識したからと考えていいのではないだろうか。

追放後の潘岳が処刑されて命を失うことになったという点に関して言えば、確かに、大宰府に左遷されたままの状態にあった当時の道真の場合とは、運命的に、それは、まったく、違っているということになるだろうが、仮に、当時の道真がそのまま流謫の地に留められ、その地で命を失うようなことになれば、結果的に、望郷の念のまま、帰還実現という願いを生前に叶えることも、そして、中央政界において再び活躍する機会を生前に手にすることも、結局、彼は出来なかったということになるわけなのだ。実際には、その通りということになってしまうわけであるが、望郷の念のまま、帰還実現という願いを生前に叶えられず、中央政界において再び活躍する機会を生前に手にすることも出来ないという、万が一の、そうした自身の運命の到来をも、当然のことに、当時の道真は、想定しないわけにはいかなかったはずなのである（実際に、彼は大宰府で命を終えた時のことを想定して、自身の遺骨の埋葬場所のことについても言及している〈一九六句目〉）。彼がそうした運命の到来を現実的なものであると考えたとするならば、追放後に処刑されて命を失うことになった潘岳の運命と彼自身のそれとは、少なくとも、望郷の念のまま、帰還実現という願いを生前に叶えられず、中央政界において再び活躍する機会を生前に手にすることが出来なかったという点において、共通項を有しているということになるだろう。

今後、自分自身の運命は、どちらの方向に向かうことになるのか。張衡のように、帰京の望みが叶い、しかも、中央政界に復帰出来ることになるのか、はたまた、潘岳のように、帰京の望みも叶わず、同様に、中央政界に復帰出来ないままに命を終えることになるのか、右なのか左なのか、思い悩む日々を当時の道真は送っていたはずなのである。勿論、自身の運命を張衡のそれに重ね合わせたいと強く願い、逆に、自身の運命を潘岳のそれに重ね合わせたくないと強く願いながら。当時の道真が、歴史上の先例として、張衡と潘岳との追放事件を取り上げ、その両人に関する詠述を本第六段落十三聯二十六句中の、ほぼ、半分に当たる六聯十二句（一七九―一九〇句）にわたって長々と続けることにしたのは、まさしく、張衡のようになるのか、あるいは、潘岳のようになるのか、との日々の苦しい思い悩みのためであったと見て間違いないだろう。取り上げるべき人物は、当時の道真にとっては、必ずや、張衡と潘岳とでなければならなかったわけなのである。

以上の理由によって、後漢の張衡と西晋の潘岳とを取り上げることにしたわけなのであるが（一七九・一八〇句）、それに続く五聯十句（一八一―一九〇句）において、作者の道真は、彼等両人が、何故に、追放事件に遭遇することになったのかということについて改めて言及し（一八一―一八四句）、さらに、彼等両人が、どれ程に酷（ひど）い仕打ちを身に被ることになったのかということについて改めて言及することにするわけなのだ（一八五―一九〇句）。作者の言及によると、理由は二つであるという。一つは、彼等両人が政治的にも文学的にも人並み優れた才能の持ち主だったからなのであり、二つは、その人並み優れた才能が宮中に勢力を占める小人どもに嫉妬され、憎悪されたためなのである、と。人並み優れた才能の持ち主だったからなのであり、その人並み優れた才能が宮中に勢力を占める小人どもに嫉妬され、憎悪されたためなのである、とのそうした、中央政界からの追放事件に関するその理由付けは、ここでは、あくまでも、張衡と潘岳とに限って言及されたところのものなのであって、決して、道真自身の追放事件に関して言及されたものではない、ということに注意しなければならないだろう。

前聯（一七九・一八〇句）において、わざわざ、取り上げることにした張衡・潘岳との関連において、その両人が追放された事実を継承した上での、後聯（一八一・一八二句）のそうした理由付けとなっているはずだからなのである。ここでも、その前・後聯の内容上の脈絡は密接となっていなければならないだろうし、何よりも、たとえ、謙譲表現であったとしても、本第六段落の冒頭両聯（一七五―一七八句）において、道真は自身の政治的才能の拙劣さについて言及していたわけなのであり、立て前から言って、表現上、彼自身の政治的・文学的才能を、一転して、人並み優れているとここで認めることなど、有り得るはずはないだろう。才能が拙劣であるとする以上、後聯（一八三・一八四句）において詠述するような、宮中に勢力を占める小人どもに彼が嫉妬されることはないはずだし、小人どもに憎悪されることもないはずなのだから。表現上は、そういうことになるだろうし、そういうことにしなければならないだろう。

とにかく、ここで、宮中に勢力を占める小人どもに嫉妬され、憎悪されることになっているのは、あくまでも、人並み優れた政治的・文学的才能の持ち主であった張衡・潘岳の両人のことでなければならないはずなのである。立て前からすれば、決して、作者の道真自身のことを指示していることにはならないだろう。何となれば、前者（張衡）の場合には、高く伸びた樹木が風に吹き折られてしまうかのように、人並み優れた才能の持ち主であった人物ということで、中央政界から（一時的に）追放されてしまったことになっているからなのであり（一八一句）、後者（潘岳）の場合には、燃え尽きた膏油が灯を消し去るのとは違って、汲めども尽きせぬ才能の持ち主であった人物ということで、追放され処刑されて（永久に）命を失ってしまったことになっているからなのである（一八二句）。張衡・潘岳の両人がそのように、人並み優れた才能の持ち主であり、汲めども尽きせぬ才能の持ち主であったことは、〔語釈〕（7・8）において既述した通りなのであり、そのことが彼等両人の運命を大きく変えることになったことも、そこで既述した通りなのである。何故に運命を変えることになったのか。宮中に勢力を占める小人どもに、その才能を嫉妬され憎悪されることになったからなのだ（一八三・一八四句）。そうした新しい原因が派生することになったからなのである。人並み優れた、汲めども尽きせぬ才能を持っていたという原因に、さらに、小人どもによって嫉妬・憎悪されるという原因が新しく派生し、両方の原因が重なったからなのだ。今、張衡・潘岳の両人の中央政界からの追放事件という、その結果（一八一・一八二句）と、その新しく派生した両方の原因（一八三・一八四句）との、いわゆる、果因関係を両聯の間に確認出来ると想定するならば、両聯における内容上の密接な関連性については、それによって、大いに納得出来ることになるだろう。ここでは、もとより、その新しく派生した両方の原因は、両人共通のものとなっているわけなのだ。

　ここでの果因関係の確認ということで改めて言えば、こういうことになるだろう。前聯（一八一・一八二句）の詠述によれば、張衡と潘岳とが人並み優れた、汲めども尽きせぬ才能の所有者であったがために（原因）、中央政界からの一時的な追放処分や処刑されて命を失うという罪科を受けることになったわけなのであるが（結果）、そうした因果関係について、作者の道真は、さらに、具体的に説明を加えることにしているわけなのだ。それが直後の両聯四句（一八三―一八六句）の内容上の役割と見ていいだろう。すなわち、そこでは、前聯の詠述中に見えている因果関係を改めて具体的に説明するべく、両人がそれぞれの罪科を受けるに至った原因が那辺にあったのかを改めて詠述することにしている。もっとも、両人はそれぞれの罪科を受けることになっているのであるが、それらを受けるに至った理由は、優れた才能の持ち主であったこと、そして、小人どもにその才能を憎悪されたことなのであって、それは、両人共通ということになっている。張衡は人並み優れた才能の持ち主であったからこそ（原因）、中央政界からの一時的な追放処分という罪科を受けること（結果）になったわけなのであり（一八一句）、潘岳は汲めども尽きせぬ才能の持ち主であった故に（原因）、中央政界からの一時的な追放と処刑されて命を失うという罪科を身に受けること（結果）になったわけなのである（一八二句）。この点は間違いないが、ただし、両人がそうした罪科をそれぞれ身に受けること（結果）になったのは、単に、彼等が人並み優れ、汲めども尽きせぬ才能の持ち主だったから（原因）だけではないこと、これは当然だろう。何となれば、人並み優れ、汲めども尽きせぬ才能の持ち主で、その才能をそのまま開花させ、当時にあっても大活躍をし、後世にも偉大な業績を遺した人物が歴史上には数多くいることになっているからなのである。

それなのに、張衡の場合には、一時的に中央政界から追放されることになったし、潘岳の場合には、追放された上に命をも失うことになっているわけなのだ。才能を十分に開花させた人々の場合と、張衡・潘岳両人のように、途中で挫折を経験する場合とでは、同じ才人でありながら、その差異は歴然としていることになるわけであるが、差異の原因は、それでは那辺にあったのであろうか。少なくとも、張衡・潘岳がそれぞれ罪科を身に受けることになった原因、それは、両人が才人であったという、そのことだけでないことは分明なのである。確かに、以下に述べるように、それが、原因の一部であったことは間違いないとしても、それが、原因の全部であったはずはないし、それだけが、具体的で、直接的な原因ということにはならないはずなのだ。

張衡・潘岳両人の場合には、別に、それぞれ罪科を受けるという、そうした結果を導くに至った、それこそ、具体的で、直接的な原因が有ったのだ、と作者はここでは見なしているわけなのである。その、具体的で直接的な原因が那辺に有ったのか、ということについて詠述しているのが、前聯（一八一・一八二句）の直後に配置されている両聯四句（一八三―一八六句）ということになっている。すなわち、その、具体的で直接的な原因こそが、彼等が才人であったという、その原因（一八一・一八二句）から新たに派生したところの、以下の、二つ目の原因なのである。つまり、宮中に勢力を占めていた小人どもの存在なのであり（一八三句）、才人である両人に対する小人どもの嫉妬心・憎悪感の存在なのである（一八四句）。そして、もう一つ、その小人どもの嫉妬心・憎悪感の存在という、その原因から新たに派生したところの、二つ目の原因、つまり、小人どもによる、有りもしない事件をでっち上げるための、両人の身辺に深く及んだ徹底的な粗捜し（あらさが）の存在なのであり（一八五句）、そのための、まことに情け容赦（ようしゃ）のない、追求の手口の存在なのである（一八六句）。

ここで、結果と原因との、その果因関係の理解をさらに進めるために、改めて、例えば、張衡・潘岳がそれぞれ罪科を身に受けたという、その結果をBとし、その原因をAとして図式化してみることにしよう。前聯（一八一・一八二句）の前・後句においては、共に、因果関係が詠述されていたはずで、その一聯は、内容的には、前・後句共にA・Bということになるわけなのだ。そして、その直後に配置されている両聯四句（一八三―一八六句）は、もっぱら、Aについて、共に、それを具体的に説明し、より直接的な原因として提示していることになっているから、内容的には、Aからさらに派生したA′を指示している一聯（一八三・一八四句）と、そのA′からさらに派生したA″を指示している一聯（一八五・一八六句）とに分類して、両聯四句をA′とA″とで対比させる必要があるはずなのである。Bにとっては、そのA′とA″こそが具体的で直接的な原因となるわけなのだ。ちなみに、原因となっているA・A′・A″は、Bを身に受けることになった張衡・潘岳両人にとっては共通項ということになっている。A・Bの因果関係を詠述した前聯（一八一・一八二句）の直後に配置された、その両聯四句（一八三―一八六句）は、もっぱら、そのAを継承して、そこから新たに派生したところの、より具体的で直接的な原因であるA′（一八三・一八四句）とA″（一八五・一八六句）とについての詠述内容となっているはずなのである。

結果と原因との、その果因関係を十全に理解するために、さらに、図式化の話を前に進めることにするが、張衡・潘岳両人にとっての、より具体的で直接的な原因であるところの、A′とA″とについて詠述した両聯四句（一八三―一八六句）

の、その直後に配置されている両聯四句（一八七―一九〇句）は、A・Bの因果関係を詠述した前聯（一八一・一八二句）を継承して、今度は、張衡・潘岳両人が身に受けることになったBについての、より具体的で直接的な結果であるところの、B′とB″とについて詠述することになっている。ただし、A・A′・A″が両人の共通項となっているのに対して、B・B′・B″の方は、おのずから、張衡・潘岳両人の間には差異があることになっている。前者の場合には、中央政界からの追放は一時的なものであり、その後は中央政界に復帰を果たすことになっていたはずだし、後者の場合には、中央政界から追放されただけではなく、処刑されて命を失うことになっているはずなのだ。

張衡・潘岳両人の身に受けることになったBそのものには、明白な差異があり、A・Bの因果関係を詠述している前聯（一八一・一八二句）においても、すでに、そのことが、前者の場合には、樹木の枝が折られたことに比喩され、後者の場合には、灯台の火が消されたことに比喩されている。その差異が、その前聯の前・後句において見事に対比されており、前句（一八一句）の方には張衡のBが、そして、後句（一八二句）の方には潘岳のBが指示されているのである。今は、混乱を避けるため、仮に、張衡のそれをBとし、潘岳のそれをbとすることにしよう。すなわち、その前聯のB・bの対比を直接的・具体的に継承したところの、後の両聯四句（一八七―一九〇句）の場合にも、各聯の前・後句はそれぞれB′・b′（一八七・一八八句）とB″・b″（一八九・一九〇句）との対比を構成して配置されていることが分かる。確かに、見事な対比構成がそこに形作られている。

B′には、張衡が法律の条文に書かれている以上の厳しい罪を身に受けることになったとの詠述がなされ（一八七句）、b′には、潘岳の死後に墓前に生前の功績を刻んだ石柱を建立することが拒絶されたとの詠述がなされている（一八八句）。そして、B″には、忠誠を第一と心掛けてきた張衡がそうした生き方を後悔するに至ったとの詠述がなされ（一八九句）、b″には、刑罰によって処刑されることになった潘岳が大いに悲しんだとの詠述がなされている（一九〇句）。つまり、張衡についてのB′・B″といい、潘岳についてのb′・b″といい、これらは、前者に関する中央政界からの一時的な追放と後者に関する追放・処刑という、そうした結果（B）について、改めて、それぞれ直接的・具体的に説明を加えたところの詠述なのである。すなわち、Bを継承した上での、それはB′・B″ということになるわけなのであり、b′・b″ということになるわけなのである。

さて、張衡と潘岳との事件についての因果関係を詳しく詠述した作者は、次に、彼等両人のそうした因果関係と自分自身の現在及び将来の境遇とを対比することにするわけなのだ（一九一―一九八句）。勿論、作者自身の大宰府左遷事件と彼等両人の事件とでは、その因果関係において、立て前上では、もとより、大きく相違していることになっているはずなのである。例えば、原因についても、彼等両人の場合には、彼等が人並み優れ、汲めども尽きせぬ才能の持ち主であったから（一八一・一八二句）であるのに対して、作者自身の場合には、謙譲表現ではあるが、立て前上、その政治的な才能はまことに拙劣ということになっていて、それが原因ということにされている（一七五・一七六句）。彼等両人の場合には、その彼等の豊かな才能が、小人どもに嫉妬され憎悪されるという、新たな二つ目の原因を発生させることになっているのに対して、作者自身の場合には、その拙劣な才能の故に、当然に、小人どもによって新たな二つ目の原因が引き起こされることもないわけなのだ。小人どもの嫉妬・憎悪の対象とはなり得ないのだから。理論的には、こういうことになるだろう。作者自身の大宰府左遷事件の原因は、とにかく、拙劣な才能のためなのである、と。

結果についても、彼等両人の場合と現在の作者自身の場合とでは、大きな差異があることになるだろう。張衡の場合には、それは一時的な追放となっていて、それ以後は、再び中央政界に復帰しているからなのであり、潘岳の場合には、追放後に刑死しているからなのである。そうした、彼等両人がそれぞれ身に受けることになった結果に対して、現在の作者自身は中央政界からの追放という結果だけを身に受けているわけなのだ。中央政界からの追放という点に関しては、確かに、同一の結果ということになるだろうが、作者自身の場合、今のところ、将来の結果は未定となっているわけなのである。張衡のように中央政界への復帰が可能となるのか、はたまた、刑死のことは無いとしても、このまま中央政界への復帰が勅許されず、大宰府の地で命を終えることになってしまい、生前に故郷（京都）への帰還が果たせなかったということで、結果的に、潘岳のような運命を辿ることになるのか、将来的に、どちらの結果を作者自身は我がものとして身に引き受けるのか、現時点では、まさしく、未定ということになっているわけなのだ。

本作品「叙意一百韻」の執筆当時、作者にとっての最大の関心事は、もとより、自分自身の将来の、それも、より近い将来の結果（進路）がどのようなものとなるのか、それが張衡のような結果となるのか、はたまた、潘岳のような結果となるのか、との疑問点に対するものであったであろうこと、これは間違いないだろう。勿論、前出の第五段落中において、当時の彼の望郷の念が如何に押え難いものであったかという点に言及して、故郷（京都）のことを思い起こすたびに、「形ハ馳セテ魂モ怳々タリ、目ハ想ヒテ涕モ連々タリ。」（形馳魂怳々、目想涕連々。）〈一四九・一五〇句〉との状態にまで立ち至ったと詠述したり、遂には、故郷（京都）への帰還の実現を夢みて、「京国ハ帰ルコト何レノ日ゾ、故園ハ来ルコト幾ノ年ゾ。」（京国帰何日、故園来幾年。）〈一五一・一五二句〉との期待感を抱くまでになったと詠述したりしているような作者であってみれば、張衡のような結果、それも、より近い将来に、そのような結果（進路）を我がものにすることを明白に期待していたと見ていいことになるはずなのだ。

本第六段落中において、張衡と潘岳との追放事件を取り上げ、それぞれの因果関係について、都合五聯十句〈一八一―一九〇句〉にわたって詳述することにしているのも、当時の作者の期待感の率直な発露と見なしていいのではないだろうか。より近い将来に、張衡のように、故郷（京都）への帰還を果たし、中央政界への復帰をも果たしたいものだ、との、そうした当時の作者の期待感というものの存在、それを、そこに明白に認めてやらないわけにはいかないはずなのだ。作者には、そうした当時の彼の期待感を、改めて、強く自分自身で訴える必要があったはずで、張衡・潘岳両人の事件における因果関係と、自分自身の事件におけるそれとの差異の大きさを、それ故に、強調しなければならなかったはずなのだ。そして、その上で、その期待感の存在の故にこそ、改めて、作者自身が置かれている現在の境遇と、抱いている現在の心境とを後聯四句（一九一―一九八句）において詠述し、読者に訴える必要があったに違いない。

まずは、作者自身が置かれている現在の境遇について、以下のように言及することになる。大宰府に用意された官舎が如何（いか）に小さくて粗末なものであるかということ（一九一句）、さらに、その官舎の立地している環境が如何に荒涼とした場所であるかということ（一九二句）について、前者の場合には、それを「黄茅ノ屋（くわうばうをく）」（黄茅屋）に見立て、後者の場合には、そこを「碧海ノ壖（へきかいみぎは）」（碧海壖）に見立てて強調することにしているわけなのだ。官舎が小さくて粗末なものであり、それの立地する環境がどんなに荒涼としているかということについては、第二段落中の四聯八句（三九―四六句）においてすでに詳述していたはずなのであるが、そのことを、改めて、ここで取り上げ、本第六段落の一聯両句（一九一・一九二句）を費やしてその点を強調していることになるわけなのである。これは、表現的には、作者自身が置かれている現在の境遇について、読者に、改めて、訴える必要があるからに違いなく、つまり、張衡のような結果を我がものにしたい、との彼の期待感の表われと見ていいだろう。

さて、官舎がどんなに小さくて粗末なものであるのか、それの立地する環境がどんなに荒涼としているのか、ということについて詠述した後、作者は、現在の心境として、前者の条件を、むしろ、受け入れるつもりであると言い（一九三句）、後者の条件のもとで、このまま命を終えることをも覚悟している（一九四句）と述べているわけなのであるが、これは、表現的には、あくまでも、作者の、現在の心境であるところの期待感の、その裏返しと見なさなければならないだろう。張衡のような結果を我がものにしたい、との彼の強い期待感がある一方で、潘岳のような結果が、あるいは、我がものとなってしまうのではないか、との不安感も、彼の当時の心境の多くを占めていたはずなのだ。将来的に、張衡のような（故郷への帰還を果たして中央政界に復帰することになる）結果を受け入れることになるのか、はたまた、潘岳のような（生前に故郷への帰還を果たせないままに命を失うことになる）結果を受け入れることになるのか、道真の当時の心境は、大いなる不安感によって激しく揺れ動いていたに違いないだろう。すなわち、期待感の裏側に、ぴったりと絶望感が貼り付くという状況であったわけなのだ、作者の当時の心境は。そうした、大いなる不安感の中で、ぴったりと貼り付いた裏側のものが、そのまま、表側のものとなる可能性をも覚悟する必要が当然にあったはずで、その覚悟を表明しているのが、以上の一聯（一九三・一九四句）の内容ということになるのではないだろうか。

とにかく、立て前上では、道真の大宰府左遷事件は、彼の政治的な才能の拙劣さが原因ということになっていて（一七五・一七六句）、しかも、彼はそのことによって国家に恩返しが出来ないことを心苦しく思う一方で（一七七句）、中央政界から追放され野山において命を失うことになるのではないか怖れ戦いたことになっていたはずなのであり（一七八句）、その結果、中央政界からの追放事件を避けるために、潘岳や張衡のように、事前に、自分から故郷の田園なり旧居なりに退居して、そこで自由気ままな生活を送りたいと願っていたことを表明し、「潘岳ノゴトク宅ヲ忘ルルニ非ズ、張衡ノゴトク豈ニ田ヲ癈テンヤ。」（潘岳非レ忘レ宅、張衡豈癈レ田。）〈一七九・一八〇句〉との詠述をものしていたはずなのである。それが、今や、事前の予想通りに、中央政界からの追放ということが現実のものとなってしまい、野山において命を失うことになるのではないか、との恐れ戦きをこの大宰府において実際に経験することになっているわけなのだ。張衡のような結果を我がものにすることになるのか、はたまた、潘岳のような結果を我がものにすることになるのか、当時の道真の心境は大いなる不安感によって激しく揺れ動いていたはずなのである。

まさしく、期待感の裏側に、ぴったりと絶望感が貼り付いた状況に、当時の道真の心境はあったわけなのであり、時には、絶望感が表側に踊り出し、逆に、期待感をその裏側に閉じ込めるということにもなったはずなのだ。いや、むしろ、絶望感が表側に踊り出す時間の方が、はるかに多かったに違いない。何故か。彼が左遷事件に先立って抱いたとされる恐れ戦きの感情（一七八句）、それを改めて現実のものとして体験し味わうことになっていたはずだからなのである。つまり、張衡のように、事件後に中央政界への復帰を果たしたい、との期待感を抱いていた当時の道真にとっても、中央政界からの追放の原因そのものが、彼我の間において、才能の有無という点で、大きく異なっている事実を明白に認めないわけにはいかなかったはずだからなのである。

張衡の場合には、その原因は、第一に、彼が人並み優れた才能の持ち主であったからなのであり、第二に、彼のそうした才能が宮中に勢力を占める小人どもに嫉妬され憎悪されたからなのであり、第三に、その小人どもに無実の罪を着せられたからなのである。それに対して、道真の場合には、その原因は、ただ一つ、彼自身の政治的才能が拙劣だったからなのである。立て前上は、そういうことになっているはずで、彼我の間におけるそれぞれの追放の原因そのものが、確かに、大きく異なっていることになっている。張衡の場合、彼が事件後に中央政界への復帰を果たすことになったのは、彼の才能を嫉妬し憎悪した小人どもが宮中における勢力を失うことになり、第二と第三による障壁が無くなったからなのであろうし、それこそ、第一の原因となっていた彼の人並み優れた才能の存在、それを、逆に、称賛する声が宮中に再び高まることになったからに違いない。

道真の場合は、どういうことになるのであろうか。立て前上、彼の大宰府左遷の原因が、ただ一つ、彼自身の政治的才能の拙劣さのためということになっているわけなのであり、そうである以上は、彼が事件後に中央政界への復帰を果たすことは、これは、難題中の難題ということになるだろう。復帰を果たすべき理由が見当たらないからなのだ。すなわち、張衡のような結果を我がものにすることは、理論的には、ほとんど不可能ということになるはずなのだ。むしろ、このまま大宰府において命を失うことになり、最終的に、潘岳のような結果を我がものにすることになるのではないか、との不安感を彼が多く抱くことになったのは、むしろ、そうした意味において、建て前からして、当然と言えるだろう。左遷事件に先立って道真が抱いたとされる、野山に打ち捨てられ（命を奪われ）てしまうのではないかと恐れ戦いたという心境を、今や、彼は現実のものとして経験し、味わうような毎日を過ごしていたはずなのだから。

道真の場合にも、同じく、左遷事件に先立って、中央政界からの追放事件を避けるために、潘岳や張衡のように、事前に、自分から故郷の田園なり旧居なりに退居して、そこで自由で気ままな生活を送りたいと願ってもいたはずなのである。

それは、中央政界から追放され、野山に打ち捨てられ（命を奪われ）てしまうのではないか、とのそうした恐れ戦きによって導き出されたところの願いということになるわけであるが、今や、その願いの方もまた、大宰府という場所において、しっかりと現実のものとなっていたはずなのだ。

左遷事件に先立って抱いていた以上のような心境と願いとを、道真は、今や、共に、大宰府という場所において、しっかりと現実のものとして、改めて、抱き続けなければならない状況に身を置いていたことになるわけなのだ。そうした状況に身を置いていた当時の彼としては、左遷事件に先立って抱いていたその願い（一七九・一八〇句）との関連からして、大宰府に用意された官舎の小さくて粗末なこと（一九一句）、立地条件が荒涼であること（一九二句）に対しても、もとより、そうした環境に不満を言い立てる筋合いなどは全く無かったはずなのだ。むしろ、前者に対しては、十分に満ち足りた住まいであると詠じ（一九三句）、後者に対しても、確かに、ここが「終(つい)の住処(すみか)」となるであろうと述べる（一九四句）ことにしているのは、事件に先立って抱いていたその願いとの関連性からして、まったく、当然ということになるだろう。張衡のような結果を我がものにすることは、ほとんど不可能なのではないのか、との不安感を抱き、絶望感に苛(さいな)まれる日々を送っていたはずの道真によって導き出されることになったわけであるが、彼が導き出すことになったその結論としては、これ以外には有り得るはずは無いだろう。大宰府に用意された官舎とその立地条件に対しての、そうした当時の作者の心境（一九三・一九四句）を理解するためには、前聯（一七九・一八〇句）において詠述されている、事件に先立って抱いたとされる彼の願いとの関連性に大いに注目する必要があるはずなのだ。

ただ、絶望感に苛まれて導き出された結論が、たとえ、そうであったからと言って、当時の道真が故郷（京都）への帰還を完全に放棄したはずはなく、そのことに対する期待感も相変わらずに保持されていたであろうこと、このことも間違いないはずなのだ。例えば、彼自身の死後の遺骨の埋葬のことを詠述した次の一聯（一九五・一九六句）においても、我が魂をして終焉(しゅうえん)の地である峴山(けんざん)（大宰府）をなつかしく思い起こさせるようなことになったとしても、我が遺骨をして燕山（京都）に埋葬させるようにした方が（大宰府に埋葬させるようにするよりも）よりいいであろう、との彼の意見がそこに表明されているわけなのであり、そのことからしても、期待感の方も相変わらずに保持されていたことが容易に分かるはずなのだ。大宰府が「終の住処」となるであろう（一九四句）、と詠述しているわけなのであり、そのこととの関連で、次には、その地で亡くなった後の、道真自身の遺骨の埋葬ということが引き続き問題ということになるわけなのだ。

「終の住処」となった大宰府にそのまま遺骨を埋葬する方がいいのか、それとも、せめて、遺骨だけでも故郷（京都）に帰還させ、そこに埋葬する方がいいのか、道真は重大な決意をしたことになっている（一九五・一九六句）。そして、その決意によると、埋葬地としては、やはり、故郷（京都）の方がより好いということになっている。「縦ヒ魂ヲシテ峴ヲ思ハシムルトモ、其レ骨ヲシテ燕ニ葬ラシムルニ如カンヤ。」（縦使魂思峴、其如骨葬燕。）との、その一聯は、言うまでもなく、対句構成を形作っていて、それぞれの対語「縦」と「其」、「使」と「如」、「魂」と「骨」、「思」と「葬」、「峴」と「燕」とが密接な関連性を有して配置されていることは、〔語釈〕（21・22）の項において詳述した通りなのである。とりわけ、対語としての「峴」（峴山）と「燕」（燕山）との対比には、大いに注目する必要がある。それが大宰府と故郷（京都）との両地のことをそれぞれ指示していることになっているはずだからなのである。ここでは、やはり、峴山が前者を、そして、燕山が後者を指示していると見なさなければならないだろうことは、前述した通りなのである。そのように見なすならば、遺骨の埋葬地として、道真は、故郷（京都）の方をはっきりと選択したことになるはずなのだ。

この、道真の選択は、生前の彼が絶望感に苛まれ続けた日々にあってさえも、京都への帰還実現という、そうした期待感を決して放棄していなかったことを物語っていると言えるだろう。そのことは、彼の絶望感の裏側に、ぴったりと期待感が貼り付いていた事実を証明していることになるはずなのだ。「形ハ馳セテ魂モ悦々タリ、目ハ想ヒテ涕モ連々タリ。」（形馳魂悦々、目想涕連々。）（一四九・一五〇句）との詠述に見えたように、望郷の念を募らせ、遂には、故郷（京都）への帰還の実現を夢みて、「京国ハ帰ルコト何レノ日ゾ、故園ハ来ルコト幾ノ年ゾ。」（京国帰何日、故園来幾年。）（一五一・

一五二句〉との詠述をものしたことになっていることからすれば、彼が遺骨の埋葬地に故郷（京都）の方を選択したというのは、これは、理の当然と言えるに違いない。

少なくとも、本作品「叙意一百韻」をものしていた、延喜元年九月後半から十月前半に掛けての時期においては、帰郷への期待感を道真は抱き続けていたことになるわけなのだ。勿論、生前にその期待感が実現することを彼は強く願っていたであろうが、一方で、そうした期待感の裏側にぴったりと絶望感が貼り付いていて、それが彼の不安感を大きく膨らませていたことも、確かに、これも事実なのである。大宰府が自身の終焉の地となる可能性について言及しているのは（一九四句）、そうした不安感のためなのである。期待感が生前のうちに、それも、より近い将来に実現することを願いながら、そのことが、よしんば、生前に実現出来ず、大宰府を自身の終焉の地とせざるを得なかったとしても、せめて、死後の我が遺骨だけは、故郷（京都）の地に埋葬させるようにしたい（一九五・一九六句）、との希望を表明している詠述は、やはり、作者の、生前における故郷への期待感の大きさをそのまま物語っていると言えるだろう。遺骨の埋葬地として、故郷（京都）を選択することにしたのは、あくまでも、潘岳のように、彼自身の期待感が生前に実現出来ない場合のことを想定したからなのであり、それは彼の第二希望でしかないはずなのだ。もとより、彼の第一希望は、張衡のように、彼自身の期待感が生前に、それも近い将来に実現し、帰郷を果たせること、そのことなのである。

張衡のようになるのか、はたまた、潘岳のようになるのか、期待感と絶望感との入り混じった、それこそ、大いなる不安感を抱き続ける生活を日々余儀無くされていたはずの作者は、将来の自身の運命が、まぎれもなく、禍福の分岐点にあることを、改めて、認識せざるを得なくなるわけなのだ。そのことを認識した結果、人の運命というもの、それが縒り縄そのものということになっていて、人の意志とは全く関係なく、まさに、人に対して、禍・憂・凶なりと、福・喜・吉なりとを交互に見せ付けることになっているのであるという、そうした、十分に知り尽くした「禍福ハ糾ヘル纆ノ如シ」〈禍福如㆓糾纆㆒〉《『鶡冠子』「世兵」〉との運命論に、作者は拠所を見出すことになり（一九七句）、占法に事新しく頼ろうとはしなかったとされている（一九八句）。

　大いなる不安感を抱き続ける生活を日々余儀無くされていた作者が、将来の自身の運命を知りたいと願うのは、まことに当然ということになるだろうが、何故に、十分に知り尽くした「禍福如二糾纏一」との運命論に拠所を見出す一方で、事新しく占法に頼ろうとはしなかったのであろうか。例えば、前述したように、作者はかつて讃岐守に在任中の、仁和二年（八八六）七月に詠述した七律「早秋夜詠」（『菅家文草』巻三）中において、「家書ノ久シク絶ユレバ詩ヲ吟ジテ咽ビ、世路ノ疑多ケレバ夢ニ託シテ占フ。」（家書久絶吟レ詩咽、世路多レ疑託レ夢占。）との一聯をものし、世上の疑問点について、事新しく占法（夢占い）を試みたと詠述していたはずなのである。それに対して、本「叙意一百韻」においては、敢えて、従来の運命論をのみ拠所とし、事新しく占法に頼ろうとはしないと詠述しているわけなのだ。

　まさしく、従来の運命論を拠所にさえすれば、人の運命というものが、縒り縄そのもののように、禍・憂・凶なりと福・喜・吉なりとが交互に入れ替わることになっていて、当時の作者にしてみれば、そちらの運命論の方が、彼の期待感を大いに保証し、力を貸してくれることになるはずなのだ。何故か。大宰府左遷以後の彼の運命は、まぎれもなく、禍・憂・凶そのものであり、左遷以前の彼の運命は、それ故に、福・喜・吉そのものであったということになるだろう。つまり、作者の運命は、大宰府左遷を境にして、大きく一変したことになるわけであるが、その、現在の禍・憂・凶は、次には、間違いなく、福・喜・吉に一変することになっているわけなのだ。将来的に、従来の運命論を拠所にさえすれば、現在の作者の運命は次の機会に一変して、帰郷への期待感が現実のものとなるはずで、その点が、はっきりと約束されていることになるからなのだ。

　本作品「叙意一百韻」執筆当時の道真が、事新しく占法に頼ることをせずに、従来の運命論にのみ拠所を見出そうとしたとの、そうした詠述内容（一九七・一九八句）からしても、さらに、以下のことを確認してもいいように思うが、どうなのであろうか。すなわち、大宰府の日々の生活において、絶望感を抱かざるを得なかった道真であるが、しかし、彼の、その絶望感の裏側に、ぴったりと期待感が貼り付けていたのだ、と。その期待感が、敢えて、彼をして従来の運命論を拠所にさせるように仕向けることにしたのである、と。ただ、残された問題は、彼の帰郷への期待感が現実のものになるとして、その年月日が何時（いつ）ということになるのか、何時、それが実現するのか、近い将来のことなのか、遠い将来のことなのか、生前なのか、死後のことなのか、ということになるだろう。まさしく、「京国（けいこく）ハ帰（かへ）ルコト何（いつ）レノ日（ひ）ゾ、故園（こゑん）ハ来（いた）ルコト幾（いくばく）ノ年（とし）ゾ。」（京国帰何日、故園来幾年。）〈一五一・一五二句〉との、そうした問題点ということになるはずなのだ。従来の運命論では、その問題点についての解答案までは手に出来なかったはずで、それを手にするためには事新しく占法に頼るしかないはずなのであるが、しかし、ここでは、作者は占法に頼るつもりは無い、と断言しているのである。何故なのだろうか。

　そもそも、当時の道真が抱いた期待感ということである以上、帰郷が現実のものになるとして、その年月日は何時ということにしたいのか、との問いに対しては、当然に、彼は、より近い将来を希望していると明白に答えることになるはずだ。帰郷への期待感が、より近い将来に現実のものとなることを、何よりも、彼は切実に願っていたはずなのだから。近い将来との、それ以外の答えを彼が用意するはずはないだろうし、それ以外の答えを受け入れる余地など、どこにも、彼は有していなかったに違いないのだから。生前の、それも、なるべく近い将来の帰郷を強く願っていたはずの彼のことなのである、事新しく占法に頼るなどということ、そのようなことを、敢えて、するはずはないだろうし、また、する必要もなかったのではないだろうか。なんとなれば、そのようなことをすれば、あるいは、彼の期待感に反した、彼にとって、受け入れる余地のない、遠い将来なり、死後なりとの、そうした占い結果が出る可能性も、有るはずなのだから。そうすることによって、期待感を裏切る結果が出ることも、当然に覚悟しなければならなかったはずだからなのである。期待感を裏切る結果が出るかもしれない、と恐れたのだとすれば、彼の、事新しく占法に頼るようなことをしない（一九八句）、とのここでの詠述内容は、逆に、当時の彼が、絶望感の裏側に、ぴったりと期待感を貼り付けていた事実を物語っていることになるのではないだろうか。一方で、そのようにする必要も無かったのだとすれば、逆に、当時の彼の帰郷への期待感は、それだけ大きく膨らみ、より近い将来に、必ずや、それが現実のものとなるはずだ、との確信を持つまでになっていたこと、そのことを物語っていることになるのではないだろうか。とにかく、従来の運命論を拠所にするということ（一九七句）と、事新しく占法に頼るようなことをしないということ（一九八句）とは、結局、道真の、当時の帰郷への期待感がどれ程に強いものであり、どれ程に差し迫ったものであったのかという、そうした内容を共に詠述していることになるわけで、両句は、その点で見事な対句構成を形作っていると言えるだろう。

さて、道真の、当時の帰郷への期待感がどれ程に強いものであり、どれ程に差し迫ったものであったのか、という内容を詠述しているその一聯両句（一九七・一九八句）は、実質的には、本作品「叙意一百韻」の掉尾を飾るものということになっているわけなのであり、もとより、内容的にも、作者のこれまで長々と述べて来た「思い」そのものの結論が、そこにこそ深く込められていると見ていいことになるはずなのだ。

つまり、詩題中に「意ヲ叙ブ」（叙レ意）と作っているからには、本作品は成立当時の、すなわち、延喜元年（九〇一）の晩秋九月後半から孟冬十月前半に掛けての時期に、作者自身がどのような「思い」を抱いて大宰府での日々を過ごしていたのかという、そのことが具体的に、作者自身によって表明されていることになっているはずなのであるが、以上のように、本作品の掉尾を飾っている一聯（一九七・一九八句）を見る限り、本作品は、意味内容的には、もっぱら、作者の、帰郷への期待感と共に、その期待感の、より近い将来における実現、それを、改めて、期待する「思い」とが述べられている、と言っていいことになるのではないだろうか。

確かに、本作品を執筆していたはずの、晩秋九月後半から孟冬十月前半のことを詠述した、第五段落中の、「一タビハ逢フ蘭気ノ敗ルルニ、九タビハ見ル桂華ノ円カナルヲ。」（一逢蘭気敗、九見桂華円。）〈一三七・一三八句〉と「室ヲ掃カントシテ磬ヲ懸クルガゴトキナルヲ安シトスルモ、門ヲ扃サントシテ鍵ヲ脱スルガゴトキナルヲ嬾シトス。」（掃レ室安レ懸レ磬、扃レ門嬾レ脱レ鍵。）〈一三九・一四〇句〉との両聯、そして、その両聯を引き継いだ、「跛牂ヲシテ重ネテ縶有ラシムレバナリ、瘡雀ヲシテ更ニ攣ヲ加ヘシムレバナリ。」（跛牂重有レ縶、瘡雀更加レ攣。）〈一四一・一四二句〉との一聯を見れば、作者自身の、帰郷への期待感がどれ程に強いものであり、どれ程に膨らみ、より近い将来における、それの実現を彼が如何に強く願い、それについて、「思い」描いていたかということが理解出来るはずなのだ。

道真が大宰府への左遷の命を受けたのは昌泰四年（延喜元年）正月二十五日のことであり、京都を出発して謫所を目指すことになったのは同年二月一日ということになっている。そして、今や、蘭の香気が消え失せる時期（晩秋九月）を一度迎えることになり（一三七句）、月が真ん丸に見える日時（毎月の十五日）を九度も迎えることになってしまったわけなのだ（一三八句）。昌泰四年（延喜元年）度には閏六月があることになっているから、作者が京都を出発して九度目の満月を目にすることになるのは、九月十五日ということになるはずだし、一方では、次の、十月十五日の十度目の満月を彼はいまだ目にしていないことになっているわけなのだ。本作品「叙意一百韻」の執筆時期の上限を九月十六日（九月下旬）とし、その下限を十月十四日（十月上旬）とすべきである、と強く想定するのは、まさしく、そのためなのであるが、そうした自然現象を通しての日時の推移と共に、それと対比する形で、人事現象を通しての日時の推移について、以下のように言及していることも、また、本作品の執筆時期の下限、それを知るための手掛かりとなるはずなのである。

と言うのは、前聯（一三七・一三八句）において、自然現象を通しての日時の推移を詠述した後、今度は、作者は人事現象としての、部屋を掃除して、そこが家財道具の無いせいで、がらんとしていることに改めて気付いたこと（一三九句）、門戸を閉鎖しようとして、そこの錠が、ものの役に立たなくなっていることに改めて気付いたこと（一四〇句）を対比的に詠述することにしているからなのである。部屋の掃除をしたり門戸の錠を確認したりすることが、何故に日時の推移について言及することになるのかと言えば、例えば、『礼記』〈「月令篇」〉中に、「是ノ月（孟冬十月）ヤ、……百官ニ命ジテ謹ミテ蓋蔵セシメ（よくよく注意して倉庫の戸を閉じさせ）、有司ニ命ジテ、積聚ヲ循行シ、斂メザル有ル無カラシム

（諸方に集積されてある物資の状態をきちんと調査して把握させ、外に置き放しになっている品物が無いかを点検させる。）。城郭ヲ坏シ（修理し）、門閭ヲ戒メ、鍵閉ヲ脩メ、管籥（かんぬきや錠や鎖や鍵など）ヲ慎ミ、……。」（是月也、……命二百官一謹蓋蔵、命二有司一、循二行積聚一、無レ有レ不レ斂。坏二城郭一、戒二門閭一、脩二鍵閉一、慎二管籥一、……。）との一文が見えているからなのである。

上記「月令篇」によれば、部屋の掃除をし（財物の所在の確認をし）たり門戸の錠を確認したりする仕事は、これは、孟冬十月の仕事になっているわけなのだ。つまり、作者が人事現象としての、部屋の掃除や門戸の閉鎖に関する詠述をしているのは、日時の推移が孟冬十月に至った事実を暗示していることになるはずなのである。日時の九月への推移を自然現象を通して暗示し、同じく、十月への推移を人事現象を通して暗示し、それによって前聯（一三七・一三八句）と後聯（一三九・一四〇句）とは対句構成を形作ることになり、対比的な意味内容を配置することになっている。しかも、この両聯の詠述は、本作品「叙意一百韻」の成立時期との関係で極めて重要な意味合いを有することになっているが、勿論、その中で、作者自身が九度目の満月を目にすることになったと言い（一三八句）、十度目の満月を目にしたとは言っていないことから、作者が本作品を執筆することになった時期は、前述の通り、延喜元年の九月十六日から同年の十月十四日までの期間と考えていいことになるはずなのである（延喜元年には閏六月があることになっている）。

さて、本作品の執筆時期を延喜元年の九月後半から同年の十月上旬のことであると見なすことにする以上は、作者がその十月の人事現象としている、部屋の掃除や門戸の閉鎖に関しての詠述には、大いに注目しないわけにはいかないだろう。何故か。それが、本作品の執筆時期の、その下限の期間に当たっているからなのである。恐らく、家財道具の所在場所の確認のためなのであろうが、作者は、改めて、部屋の掃除をしているわけなのであり、また、門戸の閉鎖のために、作者は、改めて、錠前の点検をしているわけなのだ。上記「月令篇」に記載された通りの、十月中にやり遂げることになっている作業を、彼は忠実に行ったことになっている。その結果、前者の作業に関しては、部屋の中ががらんとしてしまっていて、（家財道具などが）何一つ無いことを再確認することになったけれども、（そのことについては）少しも苦にはならない作者なのであったが、後者の作業に関しては、門戸の錠が車軸の楔を引き抜いてしまっているかのように、それ程に、ものの役に立たなくなっていて、（戸締まり道具などが）何一つ無いことを再確認することになってしまい、（そのことについては）大いに気にせずにはいられない作者なのであった。

後者の作業に関して、作者が大いに気にせずにいられなくなったのは、勿論、上記「月令篇」に記載されているところの、その十月の作業、それを責任をもって完了することが出来なかったからに違いない。何しろ、「戒二門閭一、脩二鍵閉一、慎二管籥一」などの作業をするという役目、それを彼は十分に果たすことが出来なかったわけなのだから。

門戸の閉鎖に関する役目が十分に果たせないということ、そのことを作者は大いに気にせずにはいられなくなってしまったわけなのであるが、彼が、大いに気にせずにはいられなくなってしまった理由については、以下の後聯（一四一・一四二句）において、「跛牂ヲシテ重ネテ 縶 有ラシムレバナリ、瘡雀ヲシテ更ニ 攣ヲ加ヘシムレバナリ。」（跛牂重有レ縶、瘡雀更加レ攣。）と詠述し、次のように明白に説明している。その理由は、何であったのか。すなわち、それは、門戸の閉鎖に関して、役目を十分に果たせないということが、「（ひとたび、既に罪人とされてしまっている、まさに）足萎えの雌羊であるわたしに今度は新たに足枷を嵌めさせることになってしまうからなのであり」、また、それは、門戸の閉鎖に関して、役目を十分に果たせないということが、「（ひとたび、既に罪人とされてしまっている、まさに、小さな）傷付いた雀であるわたしに今度は新たに手枷を嵌めさせることになってしまうからなのである。」とのそうしたことが理由であったとされている。つまり、簡単に言えば、それらのことが、今や、罪人となっている作者自身に、新たな罪科を付け加える切っ掛けを作り出すことになるからなのであり、新たな罪科を付け加える切っ掛けを作り出すことを、作者がひたすら恐れたからなのである、ということになるだろう。「跛牂」といい「瘡雀」といい、これらは、言うまでもなく、すでに、罪人として大宰府に身を置いている作者自身のことを指示しているはずで、そのような作者に、「重ネテ」「更ニ」足枷や手枷を嵌めることになるというのは、改めて、新たな罪科を彼の身の上に付け加える、との意味になるだろう。

　そうした、新たな罪科が付け加えられることを、本作品「叙意一百韻」執筆当時の道真は極力避けたい、と細心の注意を払っていたわけなのだ。当然、門戸の閉鎖の件などは、時節に合わせた、一つの象徴的な事柄とここでは考えるべきであろうし、「重ネテ」「更ニ」足枷や手枷を嵌められることになる、との作者の恐れの対象については、具体的には、例えば、故郷（京都）への帰還実現の時期が、そのことによって、延び延びにされてしまうことを指示している、とここでは考えるべきであろう。前述したように、本作品の掉尾を飾っている一聯「分モテ糾纏ニ交フルコトヲ知レバ、命モテ筳篿ニ質スコトヲ詎メン。」（分知㆑交㆓糾纏㆒、命詎㆑質㆓筳篿㆒。）〈一九七・一九八句〉を、運命（の吉凶）というものを糾える縄のようであると（わたしはすでに十分に）知り尽くしているので、我が運命を（今さら）占って（吉凶を）みてもらったりしないつもりでいる、と通釈し、作者の、帰郷への期待感と共に、その期待感の、より近い将来における実現を改めて期待する「思い」とが、そこに述べられていると見なすならば、さらには、本作品全体が、意味内容的に、その掉尾の一聯に述べられている「思い」、それをもっぱら主題にして作られたものであると見なすならば、まさしく、本作品を執筆していた当時の道真が、新たな罪科の付け加えられることに対して、細心の注意を払い、極力、それを避けようと努力していたことと、彼のその「思い」との整合性は、明白に承認してもいいことになるのではないだろうか。当時の、作者の、そうしたことに対しての細心の注意は、あくまでも、彼のその「思い」の実現を強く願っていたため、ということになるのではないだろうか。

　未詳ながら、当時の道真が、その「思い」の実現をより近い将来の、どの辺りに置いていたのかということについても、序に、ここで想定してみることにしたい。本作品の執筆時期が、延喜元年の九月下旬から十月上旬に掛けてのことであると認められるからには、その、より近い将来とは、翌延喜二年の春の季節を第一候補に挙げなければならないだろう。その季節の到来を念頭に置いた上で、作者は、恐らく、本作品を執筆することにしたのではないだろうか。何故か。一つ目には、翌延喜二年の春の季節ということならば、道真が大宰府への左遷の命を被った、延喜元年正月二十五日からすると、まさしく、年度の、はっきりとした一区切りということになるからなのである。そして、二つ目には、そのように、翌延喜二年の春の季節ということならば、例えば、『礼記』〈「月令篇」〉中にも、「仲春（二月）ノ月、……有司ニ命ジテ、囹圄ヲ省キ（牢獄の囚人を少なくし）、桎梏ヲ去リ（手枷・足枷を赦し）、肆掠スルコト毋ク（処刑された人の遺体を見せしめにしたり罪人を殴打したりすることを禁じ）、獄訟ヲ止メシム（裁判を中止させる）。」（仲春之月、……命二有司一、省二囹圄一、去二桎梏一、毋二肆掠一、止二獄訟一。）との記述が見えていて、罪人に対する恩赦のことなどもそこに述べられているからなのである。年度の、はっきりとした一区切りということからして、また、上記「月令篇」中にも、春二月のこととして、そうした、罪人に対する恩赦の記述が見えていることからして、本作品「叙意一百韻」を執筆中の道真が、翌延喜二年の春に、故郷（京都）への帰還が勅許されるのではないか、との期待感を心の中に抱くようになっていたであろうこと、そのことは容易に想定出来るが、どうなのであろうか。

今は、そうした想定に従い、本作品の執筆中の十月上旬に、門戸の閉鎖に関する役目が十分に果たせないということを、道真は大いに気にせずにはいられなかったわけであるが、そのことも、例えば、間も無くやって来ることになる、その春の季節の到来を待ち兼ねる彼の気持が、偏に、そのように仕向けさせたのだと考えることにしたい。作者の、帰郷への期待感と共に、その期待感の、より近い将来における、すなわち、来春の実現を改めて期待する「思い」が、敢えて、そのように仕向けさせたのである、と。そして、その「思い」こそが、本作品の成立に対する大いなる原動力の働きをなすに至ったのである、と結論付けることにしたい。

最終の一聯（一九九・二〇〇句）において、道真は、「意ヲ千言ノ裏ニ叙ブルモ、何人ゾ一タビ憐ム可ケンヤ。」（叙二意千言裏一、何人一可レ憐。）との詠述をものしている。それは、「（以上）我が心中の思いを一千字（五言二百句）を使用して詠述してみることにしたが、そもそも誰が（我が本「意」を正しく理解し、わたしのことを）憐れに思うことがあろうか（いや、そのように思う人は、もとより、誰一人としていないであろう。なんとなれば、「千言」をも費やしていながら、我が詩才の拙劣さの故に、今なお、我が本「意」が十分に述べ尽くされていないからなのであり、さらには、言葉そのものが本「意」を十全に述べ尽くせないことになっているからなのである。）」との意味内容が述べられている一聯ということになっていて、あくまでも、そこには、謙譲表現が採用されていて、作者自身の詩才の拙劣さの故に、我が本「意」が読者に十全に伝わることはないであろう、との主観的な意見が述べられている。しかも、儒教的・客観的な「言不ㇾ尽ㇾ意」論を正当化することを通して、それによって、作者自身の意見の妥当性を補強しようとさえしている。まさしく、詩題「叙意一百韻」に即して、本作品が我が本「意」を述べることを目的にして作成されたものであることが、最終の一聯においても、改めて、表明されていることになるわけなのだ。そうである以上、確かに、本段落の〔評説〕においても、その、我が本「意」が、もっぱら、作者のどんな「思い」のことを指示しているのか、それを問題にしなければならないことになるわけなのだ。ここでは、前述した通り、作者のその「思い」、すなわち、帰郷への期待感がより近い将来に、例えば、来春にも実現して欲しいものだとの、そうした「思い」、それこそが我が本「意」であると解釈することにし、既述のように、さらに、その「思い」が実現することを強く期待した上で本作品がものされたと考えることにしたい。そうすれば、最終の一聯「叙㆓意千言裏㆒何人一可ㇾ憐。」の詠述内容も容易に理解出来るようになると思うが、どうなのであろうか。その謙譲表現を通して、逆に、作者の本「意」を知り得ることになった読者の多くが、作者の身の上を憐れに思わないではいられなくなるはずだ、と思うからなのである。

　とにかく、詩題、そして最終の一聯の詠述内容からすれば、本作品をものせんとした作者・道真の執筆動機は、彼自身の本「意」を読者に広く知らしめたい、とのそうした願いであったということが分かる。「叙意一百韻」は、そうした願いのために執筆することになったはずなのだ。そして、その執筆時期が、延喜元年の九月後半から十月前半であったことは前述した通りなのである。どうして、そうした時期に、彼は、敢えて、筆を執って自分自身の本「意」、それを広範囲の読者に正しく理解してもらい、憐みの気持を抱いてもらいたいと願ったのであろうか。当時の作者が抱いていた本「意」とは、どのような「思い」のことを指示しているのか、という問題点と共に、そのことに関連して、執筆時期もまた、大きな問題点としなければならないことになるはずなのだ。以上の二つの問題点については、上述した通り、結局、より近い将来に、作者自身の帰郷への期待感が是非とも実現して欲しい、とのそれを前者のための解答として、そして、その期待感が実現するかもしれないとの希望を抱かせる来春という、そうした時期を間近に控えることになっている、とのそれを後者のための解答として用意することになった。執筆動機と執筆時期とを考えれば、そうした回答を用意しなければならないだろう、との私見をここでも提出することになったが、そのことに関しては、これまでも、繰り返し言及して来た通りなのである。

言うまでもないが、本作品「叙意一百韻」中において作者が読者に対して訴え掛けているその本「意」は、来春だけではなく、生前において、遂に、実現を見ることは叶わなかったわけなのだ。つまり、後漢の張衡のように、左遷後に、都への帰還を果たしたいとの、作者の執筆当時の願いは全く叶えられないことになり、逆に、生前に故郷への帰還を果たせなかったという点で、西晋の潘岳のような運命を手にすることになってしまった作者なのである。本作品、とりわけ、本第六段落を読了した人々の多くは、作者の、この上ない無念の思いを、改めて、実感し、憐みを強く抱かないわけにはいかないだろうし、期待感を見事に裏切られてしまった彼の失意・落胆の大きさを考えるならば、必ずや、同情の涙の流れるのを禁じ得ないことになるだろう。

本第六段落に関する形式面（平仄式）について、次に見ていくことにしたい。その「平仄式」を図示すれば次の通りとなっている（横の漢数字は句の順番を、縦の算用数字は句の語順を指示。〇印は平声字、×印は仄声字、◎印は平声字で韻字となっていることを指示。）。

1
2
3
4
5

1
2
3
4
5

一七五　××○○×
○○××◎
×○○××
○××○◎
○×○○×
一八〇　○○××◎
○○○××
○××○◎
××○○×
○○××◎
一八五　×○○××
○××○◎
××○○×
○○××◎
×○○××
一九〇　○××○◎
××○○×
○○××◎
○○○××
×××○◎
一九五　××○○×
○○××◎
×○○××
×××○◎
××○○×
二〇〇　○○××◎

本作品「叙意一百韻」の第六段落（一七五―二〇〇句）は、都合十三聯二十六句で構成されていて、その「平仄」は以上の通り。いわゆる、「孤仄」が一箇所（一七九句の上から二字目）確認出来るだけで、「粘法」「二四不同」「下三連」の、近体五言長律詩としての大原則は、もとより、厳守されている。「平仄式」上、まことに見事な配置となっている。何しろ、「孤仄」に関しては、「孤平」に比べて、「平仄式」上、あまり問題にされないことになっており〈小川環樹著『唐詩概説』一〇九頁〉、それも、一箇所だけどいうことになっているわけなのだから。全体的に見れば、近体五言長律詩として、極めて整然とした、見事な「平仄」上の配置と言えるはずなのである。

近体五言長律詩としての、極めて整然とした、見事な「平仄式」上の配置ということで、第六段落のそれを具体的に見てみるならば、例えば、一聯の前・後句における平声字と仄声字とを対比的に配置しているものが、全十三聯中の十聯にも及んでいることが分かる。近体五言長律詩ということで、本第六段落も、最終の一聯（一九九・二〇〇句）を除いた各聯は対句構成を形作っていることになっている。すなわち、最終の一聯を除いた、他の十二聯の前・後句は、勿論、意味内容的に密接な対応関係を有する必要があることになっているわけなのであるが、その十二聯の中の九聯までもが、形式的（「平仄式」上）にも密接な対応関係を見せているのである。しかも、最終の一聯は原則通りに、意味内容的には対句構成を形作ってはいないが、形式的（「平仄式」上）には、これも密接な対応関係を見せている。前・後句に平声字と仄声字とが対比的に配置されている。

まさしく、本第六段落中においても、意味内容的・形式的（「平仄式」上）の両面にわたって、作者の優れた詩才と力量とが遺憾無く発揮されていて、おのずから、読者の強い感動を呼び起こすことになっている。本段落もまた、見事な出来映えと言えるだろう。

あとがき

このたび、本書が刊行されることになり、この上ない喜びを感じている。長年の願いが成就し、ライフワークの一つが日の目を見ることになったからなのである。

わたしが、この菅原道真作「叙意一百韻」の全注釈に真剣に取り組むようになったのは、今は昔、四十年程以前のことになるが、山口県下関市にある梅光女学院大学日本文学科に、東京から新たに赴任することになってからのことなのである。学部の学生に漢文を教えていたわたしに、ある日、何人かの院生が授業の課題となっていたのだろうか、「叙意一百韻」を持って来て、突然に、その五言二百句のうちの、それも、途中の一、二聯の訓読と解釈とをして欲しい、と依頼して来たことがあった。漢文の教員である以上、即答出来るだろうとの思いからの、そうした依頼であったに違いないが、もとより、そんなことは出来るはずがない。テキストは、勿論、「岩波日本古典文学大系本」であったが、数日の猶予を貰って、研究室であれこれと考えを巡らし、『大漢和辞典』と格闘したことを覚えている。詩作であるからには、各聯ごとの意味内容上の脈絡は、もとより、密接であるはずなのだし、その脈絡がどのようになっているのか、一聯を調べれば、前聯との繋り、さらには、前々聯との繋りを調べる必要が当然に出て来て、勿論、際限が無いことになって、結局は、冒頭の一聯まで至らざるを得ないことになるはずなのだ。

案の定、院生たちへの解答は、時間切れで、まったく、不十分なものしか用意出来ないことになってしまったが、全百聯二百句という、長大で難解な本作品に真剣に取り組む切っ掛けを与えてくれた、という意味で、当時の彼女たちと与えてくれた質問と、そして、わたしとの偶然な出会いとには、今も感謝すること頻りなのである。ノート作りは楽しいものであった。冒頭の一聯から読み始めることにしたが、内容的に、道真の詩作中の最高傑作であるということだけではなく、平安朝漢文学史上に燦然と輝く素晴らしい作品であるということも、すぐに納得することが出来た。ただ、最初のうち、わたしは、本作品の形式は、「古調詩」（古体詩）だとばかり思い込んでいて、近体五言長律詩だということには全く気付かず、「平仄式」全般に関しては、むしろ、無頓着なままであった。正直に申し上げると、恥ずかしながら、平安朝の漢詩人が、白居易や元稹などの、極めて、限られた詩人だけがものしているような、百聯二百句にも及ぶ、そうした長大な近体長律詩「一百韻」をものすることなど、出来るはずがない、と安易に決め込んでいたことになるわけなのだ。百聯二百句の「古調詩」（古体詩）ならば、後輩の、大江匡衡《『江吏部集』巻中「述懐古調詩一百韻」》も藤原敦光《『本朝続文粋』巻一「初冬述懐百韻」》も、確かに、作っている事実は知っていた。

　ところが、本作品の最初の段落を読み終え、通釈を確認した後で、押韻を再調査することになり、序に、冒頭部分の、その「粘法」と「二四不同」とを試しに調べてみて、大いに驚くことになってしまったのである。慌てて、第一段落中に配置されたすべての漢字の、その「平仄」の一覧表を作成してみて、ますます、驚くことになってしまったわけなのだ。この作品は、近体五言長律詩としての「平仄式」に見事に合致しているではないか、と。内容的に素晴らしいだけではなく、形式的にも素晴らしい出来映えの作品なのである、と。第二段落、第三段落と調べて行くうちに、ますます、そのことを確信するに至った。平安朝漢文学史上にあって、まさに、内容・形式両方面において、空前絶後の優れた作品であるということを、改めて、知らされることになったのである。

　幸いなことに、大学のある下関市は大宰府に比較的に近いこともあって、その頃のわたしは、何度となく、そこに、見学のために足を運んでいたし、さらに、幸いなことには、大学院時代に中国文学を教えていただいた恩師の目加田誠先生が、当時、大宰府に隣接する大野城市にご健在で、しばしば、ご挨拶にお伺いする機会にも恵まれるということがあって、次第に、大宰府という場所と本作品とを、より身近な存在と認識するようになっていった。本作品の注釈作業にも、そのことで、自然と力が入るようになっていったが、言うまでも無く、計画は思うようには行かず、その作業が順調に進むようなことは無かった。授業・公務・雑務の合間(あいま)の私的な作業ということもあって、遅々として研究は捗(はかど)らないのであった。ただ、その後に、東京の武蔵野女子大学（武蔵野大学に改称）日本文学科に転任となって、大学院で新たに漢文の授業を担当することになり、テキストに「叙意一百韻」を選ぶようになってからは、少しずつではあるが、作業が捗るようになって行った。一字一句を忽(ゆるが)せにせず、「平仄」の確認も含めて徹底的に調べ上げることを信条にして、毎年の授業を進めて行くようにしたので、年度毎(ごと)に入れ替わり立ち替わりする院生各自にとっては、これはこれで、大いに、有り難迷惑な授業であったろうと想像している。ノートを原稿に書き直し、「菅家後集叙意一百韻注釈補訂稿—平安朝漢文学の注釈的研究—㈠」との論文題目で、学内の学術雑誌「武蔵野大学大学院紀要」（平成一七年三月刊）に掲載し、研究成果を公開することにしたのは、それから間もなくのことであって、以後は、その論文掲載は年中行事化することになって行くのであった。

今の所、本作品の成立に大きく影響を及ぼしている、と個人的に想定している、白居易の「東南行一百韻」（『白氏文集』巻一六）も、その形式は、近体五言長律二百句（一百韻）ということになっているわけなのである。都長安よりも東南に位置する江州に左遷された、白居易が元和(げんな)十二年（八一七）にものし、江州での生活の惨状や長安での得意な思い出を詠述している、そうした、それは内容となっていて、京都よりも西南に位置する大宰府に左遷され、その謫所での生活の惨状や京都での得意な思い出を詠述している、道真の「叙意一百韻」とは、確かに、形式面だけではなく、内容面においてもまた、大いなる類似点を有していることになっている。わたしが、本「叙意一百韻」の形式、それを近体五言長律詩であると強く認識するに至った理由の一つに、両作品における、そうした類似点ということも、確かに、有ったのである。「凡例」及び「はじめに」で述べたように、意味内容的にはほとんど変わらないにも拘(かかわ)らず、敢えて、原詩中の四箇所の漢字を「平仄式」に合わせ、意をもって改めることにしたのも、また、校異及び「平仄」の説明に多くの紙幅を費やすことにしたのも、本作品の形式、それをそのように認識しているからなのである。

本書の刊行を四十年来の宿題を仕上げたかのように、心より喜ぶ一方で、以上のような、わたしなりの認識を始めとして、通釈・語釈においても、幾(いく)つかの思い過ごしがあるのではないかと危惧(きぐ)する気持も、今に捨て切れないでいるが、これからも、江湖の諸賢の、そうした問題点に対する忌憚(きたん)のないご意見を頂戴して、本作品についての注釈的研究をより一層前進させたいと心より念願している。最後になるが、この場を借りて、本書の刊行を快く承諾して下さった新典社の岡元学実社長と編集部員の皆様に、深甚なる謝意の念を表したいと思う。また、校正作業その他に尽力してくれた妻加奈子にも改めて感謝することにしたい。

蟬時雨を耳にしながら　著者しるす

今浜　通隆（いまはま　みちたか）
昭和 18 年 8 月 27 日　東京都に生まれる
昭和 42 年 3 月　早稲田大学第二文学部日本文学科卒業
昭和 44 年 3 月　同大学大学院文学研究科
　　　　　　　　日本文学専攻修士課程修了
昭和 47 年 3 月　早稲田大学第一文学部中国文学科卒業
昭和 50 年 3 月　同大学大学院文学研究科
　　　　　　　　中国文学専攻修士課程修了
専　攻　日本中古文学・中国六朝文学
現　職　武蔵野大学名誉教授
主　著　『儒教と「言語観」』（昭53，笠間書院），『元亨釈書』（昭55，教育社），『本朝麗藻全注釈一』（平5，新典社），『本朝麗藻全注釈二』（平10，新典社），『本朝麗藻全注釈三』（平22，新典社），『本朝麗藻全注釈四』（平29，新典社）

新典社注釈叢書26
菅家後集 叙意一百韻全注釈（じょいいっぴゃくいんぜんちゅうしゃく）

平成30年12月25日　初版発行

著　者　今浜　通隆
発行者　岡元　学実
印刷所　惠友印刷㈱
製本所　牧製本印刷㈱
検印省略・不許複製

発行所　株式会社　新典社
東京都千代田区神田神保町一―四四―一一
営業部＝〇三（三二三三）八〇五一番
編集部＝〇三（三二三三）八〇五二番
ＦＡＸ＝〇三（三二三三）八〇五三番
振　替　〇〇一七〇―〇―二六九三二番
郵便番号一〇一―〇〇五一番

ISBN978-4-7879-1526-9 C3395
http://www.shintensha.co.jp/　E-Mail:info@shintensha.co.jp